tspan

AMY TINTERA

REINICIADOS

GRANTRAVESÍA

REINICIADOS

GRANTRAVESÍA

REINICIADOS

Título original: *Reboot*

© 2013, Amy Tintera

Traducción: Sonia Veryovski Paul

Diseño original de portada: Torborg Davern y Sarah Nichole Kaufman

D.R. © Editorial Océano, S.L.
Milanesat 21-23, Edificio Océano
08017 Barcelona, España
www.oceano.com

D.R. © Editorial Océano de México, S.A. de C.V.
Blvd. Manuel Ávila Camacho 76, piso 10
11000 México, D.F., México
www.oceano.mx
www.grantravesia.com

Primera reimpresión: noviembre, 2015

ISBN: 978-607-735-319-5

IMPRESO EN MÉXICO / *PRINTED IN MEXICO*

Para mi hermana, Laura.

CAPÍTULO UNO

Siempre gritaban.
Mi asignación soltaba alaridos al resbalar en el lodo, y volteó rápidamente para ver si la estaba alcanzando.

Lo estaba.

Sus pies golpearon el pavimento sólido y comenzó a correr a toda velocidad. Mis pies rozaban el suelo al perseguirla; mis cortas piernas sobrepasaron con facilidad su aterrado intento de correr.

Le jalé un brazo. Cayó al suelo, de golpe. El sonido que escapó de su boca cuando trataba desesperadamente de levantarse era más animal que humano.

Yo detestaba los gritos.

Saqué dos pares de esposas de mi cinturón y las aseguré en sus muñecas y pies.

—No, no, no, no —dijo sofocada cuando le ataba la correa a las esposas. Yo no lo hice.

Ceñí la correa con la mano e ignoré sus protestas, al tiempo que la levanté de un tirón y la arrastré por la calle, más allá de las casuchas de madera derruidas.

—¡Yo no fui! ¡Yo no maté a nadie! —sus movimientos se volvieron salvajes, eran casi convulsiones, y volteé para verla con fiereza.

—Todavía te queda algo de ser humano, ¿no? —preguntó, estirando el cuello para ver el número en el código de barras de mi muñeca.

Se paralizó. Sus ojos volaron del *1-7-8* impreso sobre mi piel a mi rostro y soltó otro alarido.

No. No quedaba nada de ser humano en mí.

Los alaridos continuaron al guiarla hasta el transbordador y aventarla adentro con los otros miembros de su banda. Las barras metálicas se cerraron con estruendo tan pronto como me hice a un lado, pero no trató de huir. Se zambulló hasta el fondo, detrás de dos humanos cubiertos de sangre.

Lejos de mí.

Volteé y miré rápidamente hacia los barrios bajos. La desolada y sucia calle de terracería se extendía frente a mí, salpicada de casas de madera malhechas. Una de ellas se inclinaba tanto a la izquierda que pensé que la menor ráfaga de viento podría volcarla.

—Wren Uno-Siete-Ocho —ajusté la cámara en mi casco para que apuntara en línea recta. Asignación asegurada.

"Asiste a Tom Cuatro-Cinco", ordenó una voz al otro lado de los auriculares. "Persecución sobre la calle Dallas. Está por llegar a la esquina de la calle principal."

Salí corriendo por la terracería y doblé por un callejón; el hedor a basura podrida flotando en el aire húmedo era tan espeso que lo quería apartar de mi rostro con las manos. Inhalé una profunda bocanada de aire y la guardé en mis pulmones tratando de bloquear el olor de aquellos tugurios.

Cuatro-Cinco pasó volando frente a mí, junto al callejón, sobre la calle pavimentada; sus pantalones negros y desgarrados aleteaban contra sus piernas flacas. Dejó un rastro líquido tras de sí; supuse que era sangre.

Salí como flecha hacia la calle y lo pasé casi volando; el sonido de mis botas hizo que el humano frente a nosotros volteara. No gritó.

Aún.

Se tambaleó sobre la calle dispareja y un cuchillo cayó de su mano y se deslizó sobre el pavimento. Estaba lo suficientemente cerca de él como para escuchar su despavorida respiración al lanzarse a recuperarlo. Traté de alcanzarlo, pero se puso de pie, dio una vuelta y rebanó mi estómago con su navaja.

Salté hacia atrás al tiempo que la sangre goteaba de mi abdomen, y los labios de aquel humano apuntaban hacia arriba en una sonrisa triunfal, como si fuera una victoria.

Resistí el impulso de poner los ojos en blanco, fastidiada.

Cuatro-Cinco se lanzó contra el corpulento humano y ambos cayeron. Yo no había entrenado a Cuatro-Cinco, esto era obvio. Descuidado e impulsivo, era apenas más veloz que el humano.

Antes de que yo pudiera intervenir, el Corpulento agarró a Cuatro-Cinco por el cuello, empujó su casco con la palma de la mano y clavó su cuchillo directo en la frente del chico. Hice una mueca de dolor mientras Cuatro-Cinco balbuceaba y se deslizaba a un lado; sus ojos dorados y brillosos quedaron vacíos al caer a tierra.

El humano se puso rápidamente de pie, dio un par de brincos de celebración y gritos de alegría.

— ¡Sí! ¿Tú qué traes, Rubia?

Ajusté mi intercomunicador e ignoré el fastidioso intento del humano por tratar de provocarme.

—Wren Uno-Siete-Ocho. Cuatro-Cinco derribado —la sonrisa de Corpulento se escurrió de su cara con la sola mención de mi número.

"Adelante", la voz que venía de mi intercomunicador era impasible, sin interés.

Mi mirada se cruzó con la de Corpulento. Deseaba que corriera. Quería patearle las piernas para derribarlo y estrellar contra el suelo esa mirada triunfal que tenía en el rostro.

Bajé la mirada rápidamente hacia Cuatro-Cinco.

Quería que le doliera.

Corpulento se giró con prontitud y se alejó de mí corriendo, moviendo vigorosamente sus fofos brazos tan rápido como podía. Me mordí los labios para no sonreír al verlo partir. Le daría una pequeña ventaja.

La persecución era mi parte favorita.

Salté sobre el cuerpo de Cuatro-Cinco y el humano miró hacia atrás al comenzar a alcanzarlo. Agarré su camisa y se tambaleó con un gruñido; su cara se golpeó contra el suelo. Arañó la grava con desesperación, pero era demasiado tarde. Hundí mi pie sobre su espalda mientras sacaba mis esposas. Las puse alrededor de sus tobillos.

Soltó un alarido, claro.

—Wren Uno-Siete-Ocho. El asignado de Cuatro-Cinco ha sido asegurado.

"Repórtate al transbordador", dijo la voz en mi oído.

Até una correa a las muñecas de Corpulento, y la apreté hasta que aulló del dolor, lo jalé hasta el cuerpo de Cuatro-Cinco. Este último era un chico joven, quizá de unos catorce años, que apenas había terminado su entrenamiento. Esquivé sus ojos vacíos al amarrar la correa alrededor de sus muñecas.

Los arrastré junto a las tristes casitas de madera de los tugurios y de vuelta al transbordador; la sangre se coagulaba sobre mi abdomen mientras se cerraba la herida. Empujé a

Corpulento dentro de la caja negra con los otros humanos, quienes se encogieron con sólo verme.

Di la vuelta y me dirigí al otro transbordador, hice una pausa para sacar el cuchillo de la cabeza de Tom Cuatro-Cinco. La puerta se abrió y los Reiniciados levantaron la mirada desde sus asientos; de inmediato sus ojos pasaron sobre mí para posarse sobre Cuatro-Cinco.

Hice a un lado la persistente voz que decía que debí haberlo salvado, y lo coloqué con cuidado en el suelo. Eché un rápido vistazo por el transbordador y encontré a mi aprendiz más reciente, Marie Uno-Tres-Cinco, en su asiento, con el cinturón puesto. La escruté en busca de señales de heridas, pero no vi ninguna. Había sobrevivido a su primera misión a solas. No era que esperara lo contrario.

Su mirada se dirigía hacia mí y hacia Cuatro-Cinco, y viceversa. Estuvo callada durante la mayor parte de nuestro entrenamiento, así que apenas la conocía un poco más que cuando la tuve el primer día como novata, pero pensé que la expresión en su rostro era de gratitud. Mis aprendices tenían la mejor tasa de supervivencia.

Le pasé el cuchillo al oficial del transbordador, quien me ofreció una mirada comprensiva. Leb era el único oficial al que podía tolerar. Para el caso, el único humano al que podía tolerar.

Tomé uno de los pequeños asientos que estaban alineados dentro del transbordador negro, sin ventanillas, y bajé los cinturones sobre mi pecho mientras me inclinaba hacia atrás. Le lancé una mirada a los otros Reiniciados, pero todos miraban a Cuatro-Cinco con tristeza. Incluso una hasta se limpió lágrimas de la cara y, al hacerlo, se embarró la mejilla de sangre y tierra.

Los números más bajos a menudo lloraban. Cuatro-Cinco probablemente lloraba. Sólo estuvo muerto por cuarenta y cinco minutos antes de levantarse. Cuanto menos tiempo estuvieran muertos antes del Reinicio, más humanidad retenían.

Yo estuve muerta por 178 minutos.

No lloraba.

Leb caminó hacia el frente del transbordador, se sujetó al borde de la puerta abierta y se asomó dentro.

—Listo —le dijo al oficial que pilotaba el transbordador. Jaló la puerta para cerrarla y escuché el chasquido de los seguros acomodándose en su lugar. Despegamos mientras Leb se metía en su asiento.

Cerré los ojos hasta sentir que el transbordador aterrizaba con un tirón. Los Reiniciados salieron por encima del techo en una fila silenciosa y, mientras salía, resistí el impulso de voltear a ver a Cuatro-Cinco, una vez más.

Me uní a la fila y me quité la playera negra de manga larga para revelar una delgada camiseta blanca. El aire fresco me hizo cosquillas en la piel al tiempo que me echaba la camisa sobre el hombro; en ese momento abrí las piernas y extendí los brazos como si intentara volar.

Una vez vi a un Reiniciado volar. Saltó de la cima de un edificio de quince pisos con los brazos abiertos, golpeó el suelo y trató de arrastrar su cuerpo roto hasta la libertad. Tal vez avanzó como medio metro antes de que le metieran una bala en la cabeza.

Un guardia, un humano que olía a sudor y cigarro, me palpó con rapidez. Apenas podía quitarse la torcida mueca del rostro y mejor volteé a mirar los pequeños edificios chatos de los tugurios. Los guardias odiaban tocarme. Creo que lo echaban a la suerte para hacerlo.

Con la cabeza señaló bruscamente hacia la puerta, mientras se limpiaba las manos en los pantalones como si pudiera lavarles la muerte.

No. Yo ya lo había intentado.

Un guardia me abrió la puerta y pasé. Todos los pisos superiores de las instalaciones eran oficinas del personal; bajé corriendo por varios tramos de escalones oscuros y me detuve en el octavo piso; eran los dormitorios de los Reiniciados. Abajo había dos pisos más donde se les permitía acceso regular a los Reiniciados, pero más abajo había, principalmente, laboratorios de investigación médica que rara vez visitaba. Les gustaba examinarnos de vez en cuando, pero en general usaban el espacio para investigar enfermedades humanas. Los Reiniciados no se enferman.

Extendí mi código de barras hacia el guardia de la puerta, quien lo escaneó y asintió con la cabeza. Mis botas hacían poco ruido en el suelo de concreto al bajar por el pasillo. Todas las chicas de mi sección estaban dormidas, o fingían hacerlo. Podía ver dentro de cada habitación a través de las paredes de vidrio. La privacidad era un derecho humano, pero no de los Reiniciados. Dos chicas por habitación, una en cada una de las camas individuales empujadas contra cada pared. Una cajonera al pie de cada cama y un ropero para compartir al fondo de la habitación: eso era lo que llamábamos hogar.

Me detuve frente a mi cuarto y esperé a que el guardia diera la orden para que alguien de arriba me abriera la puerta. Sólo los humanos podían abrir las puertas una vez que las cerraban con llave por la noche.

La puerta se recorrió al abrirse y Ever se giró en su cama mientras yo daba un paso dentro. Había estado durmiendo poco durante las últimas semanas. Parecía que siempre estaba despierta cuando yo entraba después de una asignación.

Sus grandes ojos verdes de Reiniciada brillaban en la oscuridad y arqueó las cejas, preguntando en silencio cómo había salido la misión. Estaba prohibido hablar después de que se apagaban las luces.

Mostré cuatro dedos en una mano, cinco en la otra, y soltó un pequeño suspiro. Su rostro se apretujó con una emoción que yo ya no lograba avivar en mí misma; me volteé para aflojar la correa de mi casco. Lo puse sobre mi cajonera junto con mi cámara y el intercomunicador, y me quité la ropa. Rápidamente me puse unos pants —tenía frío, siempre frío— y me metí en mi diminuta cama.

El bonito rostro de Ever Cinco-Seis todavía estaba afectado por la tristeza; incómoda, me giré para clavar la mirada en la pared. Éramos compañeras de cuarto desde hacía cuatro años, desde que teníamos trece años, pero nunca me acostumbré a la manera en que brotaba la emoción en ella, como en un humano.

Cerré los ojos, pero el sonido de los alaridos humanos pulsaba contra mi cabeza.

Odiaba los alaridos. Sus alaridos eran mis alaridos. Lo primero que recordé tras despertarme como Reiniciada fue un grito agudo que rebotaba por las paredes y zumbaba en mis oídos. Entonces pensé: *¿Quién es el idiota que está haciendo ese ruido?*

Era yo. Estaba aullando como una adicta al crack después de dos días sin una dosis.

Bastante bochornoso. Siempre me enorgullecí de ser estoica y callada en toda situación. Era la que permanecía tranquila mientras los adultos se salían de sus casillas.

Pero a los doce años, cuando desperté en la Sala de Muertos del hospital, 178 minutos después de que me dieran tres balazos en el pecho, grité.

Grité mientras me marcaban en la muñeca el código de barras y mi nombre humano, Wren Connolly. Grité mientras me encerraban en una celda; mientras me escoltaban hasta el transbordador; mientras me formaban con todos los demás niños que recientemente se habían transformado en muertos vivientes. Grité hasta que llegué a las instalaciones de la Corporación de Avance Humano y Repoblación, o CAHR, y me dijeron que los gritos significaban muerte. Comportarme como si aún fuera una niña humana significaba muerte. Desobedecer las órdenes significaría mi muerte.

Y entonces callé.

CAPÍTULO DOS

—¿Crees que esta vez haya alguno que esté bueno? —me preguntó Ever, mientras alisaba mi playera negra sobre los pantalones.

—¿No te pareció guapo Siete-Dos? —me di la vuelta para lanzarle una mirada divertida. A ella le gustaba cuando algo me parecía divertido.

—Una especie de patán —me dijo.

—De acuerdo.

—Y siento como que hemos pasado por una temporada de sequía.

Me até las botas y una genuina diversión chispeó dentro de mí. Los nuevos Reiniciados llegaban, más o menos, cada seis semanas y era un momento que muchas veían como una oportunidad de renovar novios.

No nos permitían salir con nadie, pero el chip de control de natalidad que desde el primer día les insertaban a las mujeres en el brazo, sugería que sabían que ésa era una regla que, en realidad, no nos podían hacer cumplir.

Para mí, los nuevos Reiniciados sólo significaban el inicio de un nuevo ciclo de entrenamiento. Yo no salía con nadie.

Como cada mañana, a las siete, el seguro de la puerta de nuestra habitación se abrió con un chasquido y se corrió la puerta transparente. Ever dio un paso afuera y ató su largo pelo castaño en un nudo y aguardó. En las mañanas, a menudo me esperaba para que pudiéramos ir juntas hasta la cafetería. Supongo que era una cosa de amigas. Yo veía a las otras chicas hacerlo, así que le seguía la corriente.

La alcancé en el pasillo y la humana pálida que estaba parada justo afuera de nuestra puerta se encogió con sólo verme. Apretó más cerca de su pecho la pila de ropa que cargaba, esperaba a que nos fuéramos para poderla dejar sobre nuestras camas. Ningún ser humano que trabajara en CAHR quería entrar a un espacio pequeño y cerrado conmigo.

Ever y yo nos dirigimos por el pasillo mirando hacia el frente. Los humanos construían muros de cristal para poder ver cada movimiento que hacíamos. Los Reiniciados trataban de permitirse un poco de privacidad los unos a los otros. Por las mañanas los pasillos estaban en silencio, sólo había un ocasional murmullo de voces y el suave zumbido del aire acondicionado.

La cafetería estaba en el siguiente piso hacia abajo, pasando por un par de grandes puertas rojas que advertían sobre los peligros adentro. Entramos al recinto, que era cegadoramente blanco, con excepción del cristal transparente de la parte superior de una pared. Los oficiales de CAHR estaban posicionados del otro lado, atrás de las armas que tenían montadas sobre el cristal.

La mayoría de los Reiniciados ya estaba ahí; cientos de ellos sentados en sus pequeños asientos redondos ante las largas mesas. Las filas de brillantes ojos que resplandecían contra la piel pálida parecían un hilo de luces que se extendía por cada mesa. El olor a muerte flotaba en el aire y hacía que la mayoría de los humanos que entraba al lugar arrugara la nariz. Yo rara vez lo notaba.

Ever y yo no comíamos juntas. Una vez que teníamos nuestra comida, ella se largaba a la mesa para los menores de sesenta con su charola; yo me sentaba en la mesa para los de ciento veinte y más. El único que se acercaba a mi número era Hugo, Uno-Cinco-Cero.

Marie Uno-Tres-Cinco asintió con la cabeza mientras me sentaba, al igual que unos cuantos más; los Reiniciados con más de 120 minutos de muertos no eran conocidos por sus habilidades sociales. Rara vez se hablaban. Sin embargo, el resto del cuarto era ruidoso; la charla de los Reiniciados llenaba la cafetería.

Mordí un trozo de tocino y, en ese momento, al fondo del cuarto, las puertas rojas se abrieron y entró un guardia, seguido por los novatos. Conté catorce. Escuché el rumor de que había humanos que estaban trabajando en una vacuna para evitar el Reinicio. Al parecer, todavía no la conseguían.

No había adultos entre ellos. A los Reiniciados mayores de veinte años los mataban tan pronto como Reiniciaban. *Si es que* Reiniciaban. No era muy común.

—No están bien —me dijo alguna vez un maestro, cuando le pregunté por qué ejecutaban a los adultos. Los niños ya no están del todo ahí, pero los adultos… no están bien.

Incluso a la distancia podía ver cómo temblaban algunos de los novatos. Iban desde los once o doce años de edad hasta adolescentes mayores; el terror que irradiaban era el mismo. Habría pasado menos de un mes desde que Reiniciaron, y a la mayoría le tomaba mucho más que eso aceptar lo que le había ocurrido. Durante algunas semanas los colocaban en sitios de retención, en el hospital de su localidad, para que se ajustaran, en lo que CAHR les asignaba una ciudad. Al igual que los humanos, seguíamos envejeciendo, así que a los Reiniciados menores de once años los retenían en las instalaciones hasta que llegaran a una edad útil.

Yo sólo tuve que pasar unos cuantos días en el sitio de retención, pero fue una de las peores partes de Reiniciar. El edificio en donde nos tenían no estaba tan mal en sí, simplemente era una versión más pequeña del lugar donde vivía ahora. Pero el pánico era constante, obsesivo. Todos sabíamos que existía una gran posibilidad de que nos Reiniciáramos si moríamos (era casi una certeza en los barrios bajos), pero aún así, la realidad de ello era aterradora. Por lo menos al inicio. Una vez que se me pasó la conmoción y logré completar el entrenamiento, advertí que estaba mucho mejor como Reiniciada de lo que alguna vez estuve como humana.

Por sí mismo, Reiniciar era otro tipo de reacción al virus KDH. El virus mataba a la mayoría de la gente, pero para algunos… los jóvenes, los fuertes… esto funcionaba de otra manera. Incluso los que morían de algo que no era KDH podían Reiniciar si habían tenido el virus, incluso una sola vez en sus vidas. Eso Reiniciaba el cuerpo después de la muerte, y lo traía de vuelta con más fuerza y más poder.

Pero también más frío, sin emociones. Una copia malvada de lo que solíamos ser, decían los humanos. La mayoría hubiera preferido morir por completo antes que ser uno de los "afortunados" que Reiniciaban.

Los guardias le ordenaron a los novatos que se sentaran. Todos lo hicieron con rapidez, informados ya de que había que seguir las órdenes o recibirían un balazo en el cerebro.

Los guardias se fueron y dejaron cerrar las puertas de golpe mientras se apresuraban a salir. Ni siquiera a nuestros curtidos guardias les gustaba estar en presencia de tantos Reiniciados a la vez.

Las risas y riñas comenzaron de inmediato; yo volví a prestar atención a mi desayuno. El único novato que me interesaba era mi próximo aprendiz, pero no nos pondrían en pareja hasta mañana. A los Noventa les gustaba domarlos de inmediato. Considerando la velocidad con la que sanábamos, no veía ningún problema si a los novatos los maltrataban un poco. Bien podrían empezar a curtirlos desde ahora.

En esta ocasión, los Noventa estaban un poco más alborotados de lo normal. Me metí el último trozo de tocino en la boca, en ese instante los gritos alcanzaban un nivel molesto. Dejé mi charola encima del bote de basura y me dirigí a la salida.

Un destello de color cruzó el piso blanco y se detuvo a mis pies con un crujido. Era un novato, disparado por el resbaladizo azulejo como un juguete. Apenas pude evitar pisarle la cabeza y colocar mi bota en el suelo.

Un hilillo de sangre le salía de la nariz y se le había hecho un moretón bajo un ojo. Sus piernas largas y desgarbadas estaban extendidas por el suelo; su delgada playera blanca se pegaba al cuerpo desnutrido de un antiguo humano.

Su pelo negro, cortísimo, combinaba con sus ojos, éstos eran tan oscuros que no pude encontrar sus pupilas. Es probable que solieran ser cafés. Los ojos cafés normalmente tomaban una especie de brillo dorado tras la muerte, pero me gustó su negrura. Estaba en completo contraste con el blanco de la cafetería y el brillo de los ojos de los otros Reiniciados.

Nadie se acercó a él ahora que estaba en mi espacio, pero alguien gritó: "Veintidós", y rio.

¿Veintidós? No podía ser su número. No había visto a nadie abajo de cuarenta en varios años. Bueno, hubo una Tres-Siete el año pasado, pero murió al mes.

Le di un empujoncito en el brazo con mi bota para poder ver su código de barras. Callum Reyes. Veintidós.

Arqueé las cejas. Sólo estuvo muerto por veintidós minutos antes de Reiniciar. Era prácticamente humano. Mis ojos se dirigieron de nuevo a su rostro para ver una sonrisa extenderse por sus labios. ¿Por qué sonreía? No parecía ser un momento apropiado para hacerlo.

—Hola —se recargó sobre sus codos. Parece que me dicen *Veintidós*.

—Es tu número —le contesté.

Su sonrisa creció. Quería decirle que parara.

—Lo sé. ¿Y el tuyo?

Me jalé la manga y volteé mi brazo para revelar el 178. Sus ojos se abrieron, y sentí un arrebato de satisfacción cuando su sonrisa titubeó.

—¿Eres Uno-Siete-Ocho? —se levantó de un salto.

Hasta los humanos habían oído hablar de mí.

—Sí —contesté.

—¿En serio? —sus ojos me miraron rápidamente. Su sonrisa había vuelto.

Fruncí el ceño ante su duda, y rio de nuevo.

—Lo siento. Pensé que serías… No sé. ¿Más grande?

—No puedo controlar mi estatura —dije, traté de estirarme un par de centímetros más, aunque eso no ayudara. Era mucho más alto que yo y tenía que levantar mi barbilla para mirarlo a los ojos.

Rio, aunque yo no tenía la menor idea de qué. ¿Por qué era divertida mi estatura? Su risa era grande, genuina, y resonaba por la ahora silenciosa cafetería. Esa sonrisa no pertenecía aquí. Él no pertenecía aquí, con esos labios carnosos que se curvaban hacia arriba con verdadera felicidad.

Lo esquivé para irme, pero me sujetó la muñeca. Algunos Reiniciados jadearon. Nadie me tocaba. Ni siquiera se me acercaban, excepto Ever.

—No escuché tu nombre —dijo y volteó mi brazo para poder verlo, inconsciente del hecho de que era muy extraño hacer eso. "Wren" —leyó. Me soltó. Soy Callum. Encantado de conocerte.

Le fruncí el ceño sobre mi hombro al tiempo que me dirigía hacia la puerta. No estaba segura de cómo había sido el conocerlo, pero *encantada* no era la palabra que hubiera escogido.

El día de los novatos era mi favorito. Mientras me dirigía al gimnasio esa mañana, un poco más tarde con los otros entrenadores, la emoción se extendió por mi pecho. Casi sonreí.

Casi.

Los novatos estaban sentados en el lustroso piso de madera, al centro del extenso salón, junto a varios tapetes negros. Su mirada, antes puesta en el instructor, ahora se dirigió hacia nosotros; sus rostros estaban tensos por el temor. Por lo visto nadie había vomitado todavía.

—No los miren —gritó Manny Uno-Uno-Nueve. Estaba a cargo de combatir con los novatos durante sus primeros días. Llevaba más tiempo haciendo esto del que yo había permanecido aquí, y supuse que estaba amargado, por haber perdido la oportunidad de ser un entrenador, por sólo un minuto él lo hubiera deseado.

Todos los novatos concentraron su atención sobre Manny, excepto Veintidós, quien me brindó esa extraña sonrisa antes de voltear.

Detrás de Manny, el personal médico de CAHR estaba parado en fila contra la pared, portapapeles en mano y con equipos tecnológicos que ni siquiera podría comenzar a entender. Hoy había cuatro de ellos, tres hombres y una mujer, todos vestidos con sus típicas batas blancas de laboratorio. Los doctores y científicos siempre venían a observar a los novatos. Después los llevaban a uno de los pisos médicos para picarlos y examinarlos.

—Bienvenidos a Rosa —dijo Manny con los brazos cruzados sobre el pecho, las cejas bajas como si tratara de infundir temor. No me lo creí. Ni ahora, ni cuando era una novata de doce años.

—Sus entrenadores los escogerán mañana. Hoy los observarán —prosiguió Manny. Su voz reverberó por el gimnasio. Era una sala gigantesca y vacía, de sucias paredes blancas que muchas veces habían sido manchadas con sangre.

Manny comenzó a enumerarlos y señalarlos para beneficio nuestro. El más alto era Uno-Dos-Uno, un adolescente mayor y bien formado, que probablemente había lucido intimidante incluso cuando era humano.

CAHR codiciaba a los números más altos. A mí, sobre todo. Mi cuerpo tuvo más tiempo que la mayoría para adaptarse al cambio, así que me regeneraba y sanaba con más rapidez que cualquier otro en las instalaciones. El Reinicio ocurría sólo después de que se terminaba toda función corporal. El cerebro, el corazón, los pulmones… todo tenía que irse antes que el proceso pudiera comenzar. Oí referirse a la cantidad de minutos de muerte como un "descanso", un tiempo para que el cuerpo se reagrupara, se refrescara y se preparara para lo que venía después. Cuanto más largo el descanso, mejor el Reinicio.

Hoy no fue distinto. Manny reunió a los novatos y les ordenó que comenzaran, para darles la oportunidad de impresionarnos. Uno-Dos-Uno entendió rápidamente la pelea, y dejó a su compañero hecho un lío de sangre en pocos minutos.

Callum Veintidós pasó más tiempo en el suelo que parado frente a su compañero, que era más bajo y joven. Era torpe y sus largas extremidades iban a todos lados menos a donde él quería. Se movía como humano, como si ni siquiera hubiera Reiniciado. Los números más bajos no sanaban tan rápidamente y les quedaba demasiada emoción humana.

Cuando los primeros humanos comenzaron a resucitar lo llamaron un "milagro". Los Reiniciados eran la cura contra el virus que eliminó a la mayor parte de la población. Eran más fuertes, más veloces y casi invencibles.

Después, mientras quedaba claro que el Reiniciado no era el humano que conocieron, sino una especie de copia fría y alterada, nos llamaron *monstruos*. Los humanos dejaron fuera a los Reiniciados, los echaron de sus hogares y, con el tiempo, decidieron que la única medida de acción que tenían era ejecutar a cada uno de ellos.

Los Reiniciados contraatacaron, pero fueron superados en cantidad y perdieron la guerra. Ahora somos esclavos. El proyecto Reinicio comenzó hace casi veinte años, unos cuantos años después del final de la guerra, cuando CAHR advirtió que ponernos a trabajar era mucho más útil que sólo ejecutar a cada humano que resucitaba. No nos enfermábamos; podíamos sobrevivir con menos comida y agua que un humano; teníamos mayor resistencia al dolor. Podríamos ser monstruos, pero de todos modos éramos más fuertes y veloces, y mucho más útiles que cualquier ejército humano. Bueno, por lo menos la mayoría de nosotros. Los números más bajos tenían más probabilidad de morir en trabajos de campo, haciendo que entrenarlos fuera una pérdida de tiempo. Yo siempre elegía el número más alto.

—Le doy seis meses a Veintidós —me dijo Ross Uno-Cuatro-Nueve a mi lado. Rara vez decía algo, pero me daba la impresión de que disfrutaba el entrenamiento tanto como yo. Era emocionante la posibilidad de moldear a un Reiniciado asustado e inútil y transformarlo en algo mucho mejor.

—Tres —respondió Hugo.

—Estupendo —masculló Lissy en voz baja. Como Uno-Dos-Cuatro, era la entrenadora de número más bajo y, por lo tanto, la última en elegir a sus novatos. Veintidós sería su problema.

—Quizá si los entrenaras mejor, no acabarían en pedacitos todos tus novatos —dijo Hugo. Años atrás yo entrené a Hugo, y apenas terminaba su primer año de entrenador. Tenía un excelente historial de mantener vivos a sus novatos.

—Sólo a uno le cortaron la cabeza —dijo Lissy, y apretó sus manos contra el lío de rizos que le brotaban de la cabeza.

—A los otros les dispararon —dije. Y a Cuatro-Cinco le enterraron un cuchillo en la cabeza.

—Cuatro-Cinco era un caso perdido —espetó Lissy. Miró el suelo con furia, tal vez porque le faltaba el valor para lanzarme una mirada fulminante.

—¡Uno-Siete-Ocho! —vociferó Manny, llamándome a su lado.

Crucé el piso del gimnasio hasta el centro del círculo que los novatos habían hecho en el suelo. La mayoría evitaba el contacto visual.

—¿Voluntario? —les preguntó Manny.

La mano de Veintidós se levantó de golpe. La única. Dudo que se hubiera ofrecido de voluntario de haber sabido lo que venía.

—Arriba —dijo Manny.

Veintidós se levantó de un brinco, con una sonrisa de ignorancia estampada en su rostro.

—Tus huesos rotos tardarán de cinco a diez minutos en sanar, dependiendo de tu tiempo personal de recuperación —le dijo Manny. Asintió hacia mí.

Tomé el brazo de Veintidós, lo torcí detrás de su espalda y lo quebré con un rápido golpe. Soltó un grito y jaló el brazo para alejarlo, lo acunó después contra su pecho. Los ojos de los novatos estaban muy abiertos y me miraban con una mezcla de horror y fascinación.

—Trata de golpearla —dijo Manny.

Veintidós alzo la mirada hacia él, el dolor grabado sobre todo su rostro.

—¿Qué?

—Golpéala —repitió Manny.

Veintidós dio un paso vacilante hacia mí. Me lanzó un débil gancho y me incliné hacia atrás para evitarlo. Se dobló por el dolor, mientras un leve quejido escapaba de su garganta.

—No eres invencible —le dijo Manny. No me importa qué hayas escuchado cuando eras humano. Sientes dolor, te puedes lastimar. Y en el campo de operaciones, cinco o diez minutos es demasiado tiempo para estar incapacitado —hizo señas hacia los otros entrenadores, y los rostros de los novatos se afligieron cuando se dieron cuenta de lo que venía.

Los crujidos reverberaban por el gimnasio, mientras los entrenadores rompían brazos.

Nunca me gustó mucho este ejercicio. Demasiados alaridos.

El asunto era empezar a aprender a hacer a un lado el dolor y pelear a través de él. Cada hueso roto dolía tanto como el anterior; la diferencia era cómo aprendía un Reiniciado a trabajar con él. Un humano se quedaría tirado en el suelo llorando. Un Reiniciado no reconocía el dolor.

Miré a Veintidós, ahora desplomado en el suelo, su rostro estaba retorcido en una especie de agonía. Levantó la mirada y pensé que iba a gritar. Normalmente me gritaban después que les rompía los brazos.

—No me vas a romper nada más, ¿verdad? —me preguntó.

—No, por ahora no.

—Ah, ¿entonces después? Estupendo. No veo la hora —hizo un gesto de dolor mientras bajaba la mirada hacia su brazo.

Manny indicó a los entrenadores que volvieran a la pared e indicó a los novatos que se acercaran.

—Deberías levantarte —le dije a Veintidós.

Inconsciente de la mirada fulminante de Manny, Veintidós se puso lentamente de pie y me arqueó una ceja.

—¿Vamos a seguir con mi pierna? —preguntó. ¿Me puedes advertir algo la próxima vez? Un rápido "Oye, te voy quebrar el hueso con las manos ahora mismo. Sujétate".

Uno de los entrenadores atrás de mí soltó un bufido y Manny chasqueó los dedos con impaciencia.

—Veintidós, ven acá y siéntate. En silencio.

Me uní a los entrenadores, tras echarle un vistazo rápido a Veintidós, en el momento que se dejaba caer en el círculo de novatos. Todavía me miraba con chispas en los ojos, y desvié la mirada con rapidez. Qué novato tan raro.

CAPÍTULO TRES

Con disimulo le lancé otra mirada al verlo al final de la fila, al recoger mi charola para el almuerzo. Veintidós estaba ahí, inspeccionando la cafetería. Sus ojos se posaron en mí y volteé de prisa, al tiempo que empezaba a saludarme con la mano.

Enfoqué mi atención en la humana detrás de la barra al ponerme un filete en la charola. Había tres empleados atrás del mostrador de cristal; dos mujeres y un hombre. Los Reiniciados también solían hacer los trabajos de servicio en CAHR, hasta que los humanos comenzaron a ponerse inquietos por la falta de empleos y se crearon unos cuantos trabajos más para tenerlos contentos. Aun así, no parecía entusiasmarles mucho la idea de estar al servicio de los Reiniciados.

Dejé que llenaran mi charola, luego me dirigí al otro lado de la cafetería para tomar mi lugar habitual junto a Hugo. Enterré mi tenedor en el filete perfectamente cocido y metí un trozo en mi boca. CAHR le echaba un discurso a los padres de los Reiniciados acerca de la manera en que estaríamos mucho mejor bajo sus cuidados (no era que los padres tuvieran otra opción). Seríamos útiles, decían. Podríamos tener algo parecido a una vida. Yo no sabía si estábamos mejor así, pero era cierto, estábamos mejor alimentados. Un Reiniciado podía sobrevivir con menos comida, pero nos desempeñábamos mejor cuando nos alimentaban regularmente, y bien. Si nos negaban la comida nos volvíamos débiles e inútiles, como los humanos.

—¿Me puedo sentar aquí?

Levanté la mirada para ver a Veintidós parado frente a mí, charola en mano. Había sangre en su camisa blanca, tal vez uno de los Noventa había aprovechado una segunda oportunidad para doblegarlo. Normalmente era así por un par de días, hasta que los guardias se cansaban de la conmoción.

—Los menores de sesenta están allá —le dije e indiqué la mesa de Ever, donde estaban hablando y riendo, mientras un chico gesticulaba aparatosamente con los brazos.

Volteó a verlos.

—¿Es una regla?

Hice una pausa. ¿Lo era? No, eso lo comenzamos nosotros.

—No —contesté.

—Entonces, ¿me puedo sentar aquí?

No se me ocurría una sola razón por la que no lo pudiera hacer, aunque me seguía pareciendo una mala idea.

—Está bien —le dije titubeante.

Se dejó caer en el asiento frente a mí. Varios de los Ciento-Veinte voltearon hacia mí, con una mezcla de confusión y molestia en sus rostros. Marie Uno-Tres-Cinco entornó los ojos y movió la cabeza viendo hacia mí y luego hacia Veintidós. La ignoré.

—¿Por qué lo hacen si no es una regla? —preguntó, señalaba el entorno de la cafetería.

—Los números más cercanos tienen más en común —le dije y mordí un trozo de filete.

—Es una tontería.

Fruncí el ceño. No era una tontería. Era la verdad.

—No veo cómo la cantidad de minutos que estuviste muerto puede afectar tu personalidad —dijo.

—Eso es porque eres un Veintidós.

Levantó una ceja antes de volver a concentrar su atención en su platillo de carne. La picó como si temiera que, al morderla, ésta brincara y le devolviera el favor. Arrugó la nariz y miró mientras yo llevaba un trozo a mi boca.

—¿Está buena? —preguntó. Se ve rara.

—Sí, está buena.

La miró con reticencia.

—¿Qué es?

—Filete.

—¿Entonces es vaca?

—Sí. Nunca has comido carne, ¿eh? —era difícil conseguir cualquier tipo de carne en los barrios bajos, a menos que un humano trabajara para CAHR. Ellos controlaban las granjas, por eso, a menudo la cacería era un esfuerzo infructuoso. Hacía años que el exceso de cacería había dejado las reservas sin la mayoría de sus animales salvajes. En ocasiones, aparecía un conejo o una ardilla, pero no los veía seguido. Los Reiniciados comían mejor que la mayoría de los humanos, lo cual sólo hacía que nos odiaran más.

—No —contestó Veintidós. Su expresión indicaba que no tenía el menor interés en cambiar eso.

—Pruébala, te gustará.

Levantó un bocado hasta sus labios y lo metió con rapidez. Lo masticó lentamente y tragó con una mueca. Bajó la mirada hacia el trozo de filete restante que aún quedaba en su plato.

—No sé. Es muy raro.

—Sólo cómelo y deja de gimotear —dijo Lissy desde su lugar. Le tenía poca paciencia a sus novatos. Veintidós no sería la excepción.

Él la miró brevemente, y de nuevo me vio a mí. Lissy frunció el ceño ante la total indiferencia de él hacia ella.

—Es un poco gruñona, ¿no? —me dijo en voz baja.

Siempre. Casi sonreí cuando miré por encima y vi a Lissy apuñalar su carne como si ésta intentara escapar. Hugo levantó su cuchillo sobre su filete con una mueca, imitándola. Ross Uno-Cuatro-Nueve le parpadeó dos veces, cosa que, estoy bastante segura, era su versión de una sonrisa.

—Todos dicen que será mi entrenadora —dijo Veintidós.

Lissy levantó la cabeza de golpe y le apuntó con el cuchillo mientras hablaba.

—Tienen razón. Así que cálmate y cómete eso.

El rostro desafiante de Veintidós era distinto al de cualquier otro que hubiera visto. Su sonrisa no desapareció; simplemente se transformó en una sonrisa grande, retadora y burlona. Soltó su tenedor y se reclinó en la silla. No tuvo que decir *oblígame*. Quedaba claro.

Lissy se metió en la boca la comida que aún quedaba y de un salto se puso de pie, murmurando para sí. Pisando fuerte le lanzó una mirada a Veintidós al pasar junto a él.

—Espero que te mates rápidamente para que no te tenga que soportar por mucho tiempo —le gruñó.

—Creo que ésa es la estrategia que toma con todos sus novatos —dijo Hugo con una risa, mirándola mientras ella quitaba a Cinco-Uno de su camino y desaparecía a toda velocidad por las puertas de salida.

—Ella supone que los transforma en buenos Reiniciados —dije, pero el recuerdo de haber tenido que sacarle el cuchillo a la cabeza de Cuatro-Cinco aún revoloteaba en mi mente.

—Entonces quizá deberías hacerlo tú —dijo Veintidós, animado. Te toca escoger, ¿no?

—Sí. Y no entreno a números tan bajos.

—¿Por qué no?

—Porque no sirven.

Marie Uno-Tres-Cinco soltó una risa breve y Veintidós nos lanzó una mirada divertida.

—Quizá porque no te tienen a ti. Además, me siento insultado —su sonrisa sugirió que no lo estaba.

Piqué en mi plato con el tenedor. Podría tener razón. Los grupos más bajos de novatos nunca tenían la menor oportunidad. ¿Era por su número? ¿O era por Lissy?, quien los entrenaba a gritos. Levanté la mirada hacia él, sin saber qué decir. Nunca lo había pensado.

Su sonrisa se desvaneció, y claramente tomó mi silencio como un rechazo. Ésa no fue mi intención, pero mantuve la boca cerrada y él comenzó a comer.

Vagabundeé hasta llegar al sexto piso después del almuerzo. A menudo me aburría en los días entre los ciclos de entrenamiento, sin saber qué hacer conmigo misma. No podía imaginar lo que era ser un Reiniciado de número bajo, uno de los muchos que no estaban hechos para ser entrenadores. Tenían poco para llenar sus días, en especial porque CAHR consideraba que casi todas las formas de entretenimiento eran innecesarias para un Reiniciado.

Me asomé a la pista interior y vi a varios Reiniciados corriendo; algunos trotaban o se perseguían unos a otros. Pasé al siguiente salón: el área de tiro, como siempre, estaba llena. Era de los pasatiempos favoritos. En cada cabina los Reiniciados apuntaban sus pistolas contra hombres de papel alineados contra la pared. En cada ocasión, la mayoría le daba al blanco previsto —la cabeza. CAHR no confiaba en nosotros como para darnos balas de verdad, así que las que usábamos dentro del área de tiro eran de plástico.

Metí las manos en los bolsillos de los pantalones cuando me dirigí a la última puerta, el gimnasio. La abrí y le eché una mirada a los grupos de Reiniciados. Algunos sólo hablaban, otros hacían intentos tímidos por luchar para evitar los gritos de los guardias.

Ever estaba en el rincón, y frente a ella tenía a uno de los hombres de papel del campo de tiro pegado con cinta a la pared. Se balanceaba de un pie a otro y aferraba un cuchillo en su mano. En ese momento estudiaba con seriedad al blanco frente a ella. Una chica alta estaba parada junto, Mindy Cinco-Uno. Estaba atenta al cuchillo que volaba de la mano de Ever y llegaba a la pared, en medio de la cabeza del hombre de papel.

Cuando me dirigía hacia ellas, Ever se acercó a Cinco-Uno y se inclinó hacia ella para hablarle. Los Reiniciados solían jugar dardos en esta esquina del gimnasio, pero CAHR tuvo que ponerle un alto a eso. El lanzamiento de cuchillos también era un juego, sólo que parecía una práctica. Yo no participaba, pero unos cuantos Menos-Sesenta conservaban un registro de cuántas veces hacían blanco en la cabeza durante una sola sesión. Según lo último que supe, Ever estaba entre los tres primeros lugares.

Ever comenzó a pasar su mano por el brazo de Cinco-Uno, pero me sorprendió observando y rápidamente se alejó de ella, imprimiendo una sonrisa sobre su rostro cuando me acerqué.

—Hola.

—Hola —dije, mirando de manera fugaz a Cinco-Uno. Se estaba limpiando los ojos con dedos temblorosos y deseé no haberme acercado. Las emociones de los Menos-Sesenta me incomodaban. Di un paso hacia atrás, lista para pretextar algo e irme, pero ella dio unos pasos para alejarse de nosotras.

—Me tengo que ir —dijo. Ever lleva cuarenta y dos lanzamientos.

Asentí con la cabeza y volteé hacia Ever, quien ahora sacaba el cuchillo sin filo del muro de corcho. Lo extendió hacia mí y negué con la cabeza. Volvió a su lugar y miró de reojo el blanco al tiempo que giraba el cuchillo en sus manos.

—Dejaste que Callum se sentara contigo hoy en el almuerzo —dijo, arqueando una ceja, justo antes de tirar el cuchillo. Cayó en la mitad de la frente.

—Puede sentarse dondequiera —dije, mientras la mirada desafiante de Veintidós dirigida a Lissy me pasaba por la mente.

Ever rio mientras arrancaba el cuchillo de la pared.

—Claro. Porque siempre comes con los Menos-Sesenta.

Me encogí de hombros.

—Preguntó. Y no se me ocurrió una buena razón para decir que no.

Volvió a reír y tomó su lugar a unos cuantos metros frente al hombre de papel.

—Es lo justo —se le iluminaron los ojos y rápidamente volteó a mirarme. ¿Te gusta?

—No.

—¿Por qué no? Es guapo.

—Aquí todos lo son.

Era cierto, de alguna manera todos los Reiniciados eran atractivos. Después de la muerte, cuando el virus se arraigaba y el organismo reiniciaba, la piel se aclaraba, el cuerpo se afilaba, los ojos brillaban. Éramos más bonitos, pero con un toque de desquiciados.

Si bien mi *toque* correspondía a una porción más generosa.

Ever me miró como si fuera un adorable cachorrito que se hubiera acercado para pedir atención. Nunca me gustó esa mirada.

—Está bien pensar que es guapo —dijo. Es natural.

Natural para ella. Yo no tenía sentimientos así. No existían.

Me encogí de hombros, evitando sus ojos. A menudo se afligía cuando le decía que no tenía las mismas emociones que ella. Encontré que era mejor no decir nada.

Volteó y se meció de un pie a otro, exhalando mientras se preparaba para volver a tirar. Permaneció quieta mientras se concentraba en el blanco, el cuchillo suspendido en el aire y listo para lanzar. Al soltarlo, una de sus botas se levantó del suelo y su cuerpo se deslizó hacia delante por el esfuerzo. Le sonrió al cuchillo enterrado en la pared.

La vi lanzar el cuchillo varias veces más, hasta que llegó a cincuenta y volteó a verme.

—¿De qué hablaron? —preguntó. Vi que trataba de entablar una conversación contigo, esa alma valiente.

Una sonrisa jaló las comisuras de mis labios.

—Principalmente comida. Nunca había comido carne.

—Ah.

—Y me pidió que lo entrenara.

Ever bufó y me dio la espalda.

—Pobre tipo. No te puedo imaginar entrenando a un Veintidós. Probablemente lo partirías en dos.

Asentí mientras miraba el cuchillo volar por el aire una vez más. Ever sólo era una Cinco-Seis, y era una buena Reiniciada. O, por lo menos, adecuada. Se había mantenido viva por cuatro años, siguiendo órdenes y completando sus asignaciones con éxito.

—¿Quién fue tu entrenador? —le pregunté. No le puse mucha atención a Ever cuando era novata, aunque estábamos en el mismo cuarto. Llegó a CAHR casi un año después de mi arribo, cuando yo todavía no era entrenadora.

—Marcus Uno-Tres-Cero —dijo.

Asentí. Lo recordaba vagamente. Murió en acción hacía varios años.

—Yo era el número más bajo de nuestro grupo de novatos, por lo que cargó conmigo —se encogió de hombros. Pero era bueno. Por suerte Lissy todavía no llegaba. Tal vez yo habría muerto la primera semana.

Muchos de los entrenados por Lissy sobrevivían perfectamente el entrenamiento, pero una sucesión de malos elementos cimentaron su reputación como asesina de novatos. Quizá la merecía. Tal vez Veintidós sería la próxima víctima de aquella mala suerte.

Levanté la mirada hacia Ever cuando hundía el cuchillo en la pared otra vez.

—¿Cuántos van con ése? —preguntó.

—Cincuenta y dos.

—Maldición.

No pude evitar reír cuando ella le sonrió al blanco. Quizá no todos los Menos-Sesenta eran casos perdidos.

CAPÍTULO CUATRO

Al día siguiente, temprano, Manny hizo desfilar a los novatos en el gimnasio para su selección. Lo siguieron a través de la puerta en una sola fila; tenían los rostros tensos por el miedo y el agotamiento.

Los seguían unos cuantos médicos con batas de laboratorio. Sus pruebas y rayos x continuaban, lo que contribuía a dejarlos exhaustos. Recuerdo haber tenido que correr sobre una caminadora con una pronunciada inclinación, conectada a todo tipo de aparatos. Los doctores se la pasaron incrementando la velocidad hasta que al final caí.

Algunos Reiniciados permanecían en grupitos detrás de los instructores, curiosos por saber a quién le tocaría estar con determinado entrenador. Ever estaba en el rincón a mi izquierda con varios Menos-Sesenta, recargada contra la pared desde donde miraba a los novatos formarse frente a nosotros.

Giré y mis ojos fueron de inmediato hacia Veintidós. Su mirada estaba sobre Lissy, pero cuando me vio observándolo, en su rostro apareció una sonrisa, seguida de un puchero.

"¿Por favor?", dijo con los labios.

Las súplicas no funcionaban conmigo. Los objetivos humanos me rogaban todo el tiempo. *Por favor no me lleves.* O,

Por favor no me toques. O *Por favor no me mates.* No funcionaba.

Por otro lado, esa sonrisa… casi dejé que apareciera una en mi rostro.

No. Eso era ridículo. No podía permitir que este chico extrañamente sonriente me convenciera de hacer algo estúpido. Era la mejor entrenadora; sólo aceptaba a los mejores novatos.

Quizá sean los mejores porque así los hiciste. La idea me había estado molestando desde la noche anterior.

La puerta se abrió de golpe y el silencio cayó sobre el gimnasio, mientras el oficial Mayer, comandante de cinco instalaciones CAHR, cruzaba el salón. Se detuvo junto al personal médico y cruzó los brazos sobre su redonda barriga. El oficial Mayer pasaba la mayoría del tiempo en Rosa, la más grande de las cinco instalaciones y, a menudo, se presentaba para observar a los novatos. Los miraba durante la totalidad del proceso de seis semanas, para mantener su atención sobre los buenos y deshacerse de cualquiera que pudiera crear problemas.

—Uno-Siete-Ocho —dijo Manny.

Volteé la mirada hacia Uno-Dos-Uno, quien asintió hacia mí. Sabía que lo elegiría. Los otros Reiniciados se lo habrían dicho.

Miré a Veintidós. ¿Cuánto tiempo le quedaría con Lissy? Estarían en el campo de operaciones un par de semanas, y con la trayectoria de Lissy, estaría muerto en dos meses, máximo.

Sus ojos oscuros me miraron fijamente. No hay mucha gente que me mire a los ojos. Los humanos no me querían ver en absoluto y los Reiniciados estaban asustados, o sentían que yo era algún tipo de superior.

Y esa sonrisa. Esa sonrisa era extraña aquí. Los novatos no llegaban sonriendo; llegaban aterrados y miserables.

Definitivamente era un bicho raro.

—¿Uno-Siete-Ocho? —repitió Manny, mirándome con expectación.

—Veintidós —salió de mi boca antes que pudiera cambiar de opinión. Una sonrisa se extendió en el rostro del chico.

Los entrenadores miraron entre la fila, atónitos. El humor de Lissy había mejorado.

—¿Veintidós? —repitió Manny. ¿Callum?

—Sí —confirmé. Eché una mirada furtiva por el gimnasio para ver al oficial Mayer frotándose la barbilla; torcía la boca con algo muy parecido a la desilusión. Pensé que quizás objetaría y me haría escoger un número más alto, pero permaneció callado.

—Está bien —dijo Manny. ¿Uno-Cinco-Cero?

Hugo abrió la boca, la cerró y volteó a mirarme con el ceño fruncido.

—¿Estás segura?

Veintidós rio, y Manny le indicó que se callara.

No.

—Sí —dije.

—Yo...Uno-Dos-Uno, entonces —dijo Hugo, mirándome como si yo fuera a protestar.

No lo hice. Me quedé ahí de pie mientras los demás entrenadores elegían a sus novatos y se separaban para comenzar a discutir el proceso. Esperé, entumecida por mi decisión, hasta que Veintidós caminó hacia mí, las manos metidas en los bolsillos de sus pantalones negros.

—Después de todo te agrado —me dijo.

Fruncí el ceño. No estaba segura de eso. Tenía curiosidad. Estaba intrigada. ¿Agradar? Eso era exagerar un poco.

—O tal vez no —dijo riendo.

—Tomé en cuenta lo que dijiste. Sobre cómo los números más bajos no me tienen a mí.

—Ah. Así que no fue por mí.

Me sonrió y me dio la impresión de que no creía ni una sola de las palabras que había salido de mi boca. Me moví de un pie a otro, incómoda. Quería moverme nerviosamente, y yo nunca lo hacía.

—¿Eres bueno para correr? —pregunté con rapidez.

—Lo dudo.

Suspiré.

—Nos reuniremos en la pista interior todas las mañanas a las siete.

—Está bien.

—Trata de no gritar cuando te rompa los huesos. Me molesta. Puedes llorar si quieres, no hay problema con eso.

Soltó una carcajada. No advertí que hubiera hecho un comentario cómico.

—Entendido —dijo, intentando, sin éxito, cubrir su amplia sonrisa. Gritos, no. Llanto, sí.

—¿Alguna vez has manejado armas?

—No.

—¿Habilidades?

—Soy bueno con la tecnología y esas cosas.

—¿Tecnología y esas cosas? —repetí, frunciendo el ceño confundida. ¿Dónde viste computadoras en los tugurios?

—No soy de los barrios bajos —bajó la voz cuando lo dijo.

Parpadeé.

—¿Vienes del *Rico*?

Rio levemente.

—Nadie le dice así. Nada más es Austin.

Nadie del *Rico* le decía así. Afuera, en los barrios bajos, usábamos la palabra *Rico* para referirnos al lado opulento de las ciudades.

Eché una mirada rápida por el gimnasio. Había unos cuantos Reiniciados que venían del *Rico*, pero, sin duda, eran la minoría. Nunca había entrenado a uno. Mi última aprendiz, Marie Uno-Tres-Cinco, había vivido en las calles de Richards, y eso la había curtido más. La vida en el tugurio volvía a los Reiniciados mejores y más fuertes. Veintidós estaba doblemente jodido. De haberlo sabido, no podía asegurar que lo habría escogido.

—¿Cómo moriste? —le pregunté.

—KDH.

—Pensé que casi habían erradicado el virus KDH de las partes ricas de la ciudad —le dije.

—Están cerca. Soy uno de los pocos suertudos.

Hice una mueca. El KDH era una forma horrible de morir. Al virus lo llamaron así por la ciudad que fue la zona cero de la epidemia, Kill Devil Hills, en Carolina del Norte. Era una cepa distinta de un virus respiratorio común entre los niños, y en pocos días mataba a la mayoría de los humanos.

—Mis papás me llevaron a un hospital de los barrios bajos porque no tenían dinero para las medicinas —prosiguió.

—Ésa fue una tontería —todos sabían que el KDH estaba fuera de control en los barrios bajos. Ahí a nadie le daban tratamientos contra el virus.

—Sí, bueno, estaban desesperados. Y no sabían que…

—Sólo vas al hospital de los barrios para morirte y que te clasifiquen.

—Sí. ¿Cómo moriste? —preguntó.

—Me dispararon —dije. ¿Alguna otra habilidad?

—No creo. Espera, ¿cuántos años tenías cuando moriste?

—Doce. No estamos hablando de mí.

—¿Quién le dispararía a una niña de doce años? —preguntó con una inocencia que sólo podía venir de vivir su vida entera dentro de esos muros donde no ocurría nada malo.

—No estamos hablando de mí —le repetí. ¿Para qué hacerlo? ¿Cómo le explicaría la vida de unos padres drogados, casuchas sucias y las peleas y gritos que surgían cuando pasaban demasiado tiempo sin una dosis? Un chico rico no lo entendería nunca.

—¡Novatos! —llamó Manny, indicándoles que lo alcanzaran junto a la puerta del gimnasio.

—¿No vamos a empezar ahora? —preguntó Veintidós.

—No, todavía les faltan pruebas —hice un gesto hacia el personal médico. Comenzaremos mañana.

Soltó un suspiro y pasó una mano por su rostro.

—¿En serio? ¿*Más* pruebas?

—Sí.

Su mirada se apartó de mí y se dirigió a los otros novatos que ya habían alcanzado a Manny.

—Está bien. Nos vemos mañana, entonces.

—¡Veintidós! —gritó Manny. ¡Muévete!

Le indiqué que se fuera; corrió al otro lado del gimnasio y desapareció por la puerta. Todos los entrenadores me veían cuando pasaban junto a mí. Hugo y Lissy se pararon frente a mí con las mismas expresiones de confusión.

—¿Qué te pasa? —preguntó Lissy. Tenía las manos en las caderas, las cejas bajas.

—¿Es especial o algo así? —preguntó Hugo.

Lissy puso los ojos en blanco.

—Sí. Realmente especial, Hugo.

Me encogí de hombros.

—Quizá lo pueda mejorar.

—No cuentes con ello —masculló Lissy. Se fue enojada. Hugo me lanzó otra mirada aturdida, despúes la siguió a la salida.

Giré para irme, y mi mirada se cruzó con la de Ever. Sonreía, tenía la cabeza inclinada hacia un lado, y después asintió como si dijera: *Bien por ti.*

CAPÍTULO CINCO

Un sonido me despertó en medio de la noche. Parpadeé hasta que el sueño en el que estaba perdida se desvaneció, y suavicé la intensidad con la que me aferraba a las sábanas. Había estado en el rincón de un minúsculo departamento, mientras miraba a mis padres gritarles a unas personas en la sala. En mi sueño sus gritos eran acerca de mí. En realidad, no estoy segura de haberles importando lo suficiente como para que me dieran ese tipo de atención.

Me di la vuelta para ver a Ever agachada sobre su cama, mostraba los dientes y soltaba un gruñido suave. El sonido creció, en ese momento se balanceaba hacia delante y atrás sobre el colchón.

—Ever —le dije, sentándome. Violación de las reglas, pero seguramente querrían que alguien la despertara y callara ese escándalo.

Volteó hacia mí. Sus ojos brillantes no mostraban señal de reconocerme. De hecho, gruñó.

—Ever —dije otra vez, me quité las cobijas y puse mis pies en el suelo frío. Traté de alcanzar su hombro y ella volteó la cabeza rápidamente hacia mí. Abrió la boca y sus dientes rasparon la piel de mi mano.

La alejé. *¿Qué demonios fue eso?*

Dejé mi mano sobre mi pecho; mi corazón daba latidos extraños. Estaba nerviosa, creo. Casi nunca estaba nerviosa.

Mis ojos volaron hacia el pasillo. Por la pared de cristal, al frente de nuestra celda, pude ver que se acercaba un guardia, su linterna iba dirigida hacia nosotras. Se detuvo frente a nuestra habitación y se asomó dentro, sujetando su intercomunicador. Volteó mientras hablaba, y miré de vuelta hacia Ever, quien seguía meciéndose en su cama y rugía desde lo más profundo de su garganta. Quería presionar mi mano contra su boca para detener el ruido, para hacer que el guardia se fuera antes que Ever se metiera en problemas.

Escuché el golpe de pisadas y volteé para ver a un científico con bata blanca de laboratorio bajar corriendo por el pasillo. Contuve el aliento de golpe mientras miraba al científico hablarle frenéticamente al guardia; sus cejas tupidas estaban fruncidas por la preocupación mientras miraba a Ever.

Los humanos no se preocupan por los Reiniciados. No corren para ayudarlos.

El científico extrajo una jeringa de su bolsa y mi estómago dio un vuelco cuando comencé a descifrar lo que ocurría.

Le habían hecho algo, y ahora se daban cuenta de que lo habían echado a perder. La habían echado a perder a *ella*.

Ever saltó de la cama a una altitud y con una velocidad como nunca antes había visto, y golpeó su cuerpo contra la pared. Solté un grito ahogado, dando tumbos hacia atrás hasta que mis piernas golpearon la cama.

Le dio un cabezazo al vidrio, y un hilillo de sangre bajó por su rostro cuando se enderezó. Les mostró los dientes a los humanos y los dos se alejaron de un salto, mientras que al científico casi se le cae la jeringa.

—Uno-Siete-Ocho.

Volteé la mirada hacia el guardia que gritaba desde el otro lado de la pared.

—Sométela.

Ever comenzó a golpear su mano contra la pared, un martilleo lento y rítmico.

Golpe.

Golpe.

Golpe.

Miró con decisión a los humanos, como si les fuera a arrancar los rostros si le daban medio segundo para hacerlo.

—Dije que la sometas, Uno-Siete-Ocho. Derríbala al suelo —el guardia me fulminó con la mirada.

Me levanté lentamente de la cama, y apreté las manos cuando me di cuenta de que temblaba.

No tengo miedo.

Lo repetí en mi cabeza. No había razón para tenerle miedo a una Cinco-Seis. No podría lastimarme.

¿O sí? Nunca había visto a un Reiniciado comportarse así. No había ni un indicio en ella de la Ever que conocía.

No tengo miedo.

Traté de alcanzar su brazo pero fue demasiado veloz; salió como flecha al otro lado del cuarto y saltó sobre su cama. Rebotó de un pie a otro sobre el colchón, y me miró como si aceptara mi desafío.

—Ever, todo está bien —le dije.

¿Qué le estaba pasando?

Se lanzó de la cama y cayó sobre mí. Caí en el suelo con fuerza, y me golpeé la nuca contra el concreto. Parpadeé para quitarme los puntos blancos de los ojos mientras ella golpeaba mis muñecas contra el suelo sobre mi cabeza y abría la boca, agachándose como si quisiera arrancarme un trozo del cuello.

Pateé con las piernas, quitándomela de encima, y salió volando a la cama con un gruñido. Salté sobre ella, golpeando mi cuerpo contra su espalda mientras se revolcaba y gruñía.

La puerta se destrabó con un clic y se recorrió; los pasos de los dos humanos hicieron eco por la habitación.

—Mantenla abajo —ordenó el guardia.

Apreté los dientes y bajé mi rostro más hacia el hombro de Ever para que él no pudiera ver mi disgusto.

El científico se arrodilló y le hundió la jeringa en el brazo. Sus dedos temblaban.

¿Qué estaba haciendo ese idiota? Nosotros no necesitábamos medicina.

—Le ayudará a dormir —me dijo, me miraba de reojo. Sólo está teniendo una pesadilla.

No le ayudaría a dormir para nada. Los Reiniciados procesaban todo con mucha rapidez. Su cuerpo metabolizaría el medicamento incluso antes de darle tiempo de funcionar.

Ever quedó sin fuerzas bajo mi cuerpo y bajé la mirada hacia ella, sorprendida. Cuando volteé hacia los humanos, los dos me miraron con expresiones duras, de las que se supone que me debían infundir miedo.

Es difícil tenerles miedo cuando podría romperles el cuello antes que notaran que me había puesto de pie.

—No debes contarle esto a nadie —dijo el científico con severidad. ¿Entendiste?

No. No entendía. *¿Qué le acababan de dar?*

¿Qué le habían dado antes?

¿Qué le habían hecho?

Los humanos bajaron la mirada hacia mí, en busca de una confirmación de que me había creído esa explicación tan ridícula.

Reiniciada estúpida, su cerebro no funciona bien.

Alguna vez un guardia dijo eso de mí.

Asentí.

—Entiendo.

Salieron de la habitación y la puerta se cerró tras ellos. Me quité de encima a Ever y miré su rostro con detenimiento. Tenía los ojos cerrados, su respiración era profunda y uniforme.

Dormida. Rara vez la había visto dormir últimamente.

La rodeé con suavidad y puse mis manos bajo sus brazos para levantarla sobre la cama. Deslicé sus piernas bajo el cobertor y lo extendí sobre su cuerpo.

Me metí en mi propia cama, incapaz de quitarle la vista de encima.

No dormí. En vez de eso pasé la noche mirando fijamente a Ever y hacia el techo. Cuando comenzó a moverse me apresuré a ponerme la ropa de deportes y salí corriendo por la puerta, escondiendo mi rostro cuando creí ver que se daba la vuelta para mirarme.

Veintidós me esperaba en la pista interior, sus ojos estaban puestos sobre los otros Reiniciados que daban vueltas a toda velocidad por la habitación.

—Buenos días —dijo con alegría.

Sólo asentí con la cabeza, porque no era un buen día. No podía pensar en otra cosa que Ever y sus ojos vacíos e iracundos. ¿Habría vuelto a la normalidad? ¿Siquiera lo recordaría?

Me ordenaron que no dijera nada.

Nunca había desobedecido una orden.

—Vamos —dije, dando un paso sobre el hule negro. La pista interior era una de mis partes menos preferidas de las instalaciones CAHR. Era un anillo de 400 metros con un guardia en el centro, encerrado en una caja de plástico a prueba de balas. Las ventanas se podían bajar rápidamente para detener una pelea con un balazo en el cerebro.

Destrozar el cerebro. La única manera de matar a un Reiniciado.

La horrenda iluminación le daba a mi pálida piel un tono color verde vómito. La piel aceitunada de Veintidós lucía básicamente igual, casi bien bajo el fulgor. Desvié la mirada, haciendo a un lado cualquier pensamiento sobre cómo debía verse mi pelo rubio aquí adentro.

Veintidós apenas podía correr cuatrocientos metros sin detenerse, lo que no era un buen presagio para huir de los humanos iracundos que lo estarían persiguiendo. Con suerte los evitaríamos un rato.

Algunos otros Reiniciados estaban con nosotros en la pista, incluida Marie Uno-Tres-Cinco, quien miraba sobre su hombro riendo mientras nos rebasaba volando, su pelo negro ondeaba. Era una de las aprendices más veloces que jamás hubiera tenido.

—Hagamos dos minutos de caminata y uno de trote —dije con un suspiro mientras el paso de Veintidós se desaceleraba a un ritmo imposiblemente lento.

Asintió, tomando bocanadas de aire. Debía admitirlo, no estaba de humor para correr esta mañana. Un descanso sería bienvenido.

—¿Eras buena para correr cuando llegaste aquí? —preguntó cuando recobró el aliento.

—Estaba bien. Mejor que tú.

—Bueno, eso no es tan difícil —me sonrió. ¿Cuántos años tienes?

—Diecisiete.

—Yo también. ¿Cuánto tiempo nos quedaremos aquí? ¿Hay instalaciones para adultos en alguna parte? No he visto a Reiniciados más grandes.

—No lo sé —lo dudaba. A medida que los Reiniciados se acercaban a los veinte, dejaban de regresar de las misiones. Quizá los transferían a otra instalación.

Quizá no.

—¿De dónde eres? —preguntó.

—De Austin.

—Yo también —me sonrió como si tuviéramos algo en común.

—No somos del mismo Austin —dije tensa.

Frunció el ceño.

—¿Perdón?

—Eres del *Rico*. Yo vengo de los tugurios. No somos del mismo Austin —nunca había visto el Austin *Rico* más allá de las luces que vislumbraba sobre el muro que nos separaba de ellos, pero había visto algunas de las otras Ciudades Unidas de Texas. Nuevo Dallas. Richards. Bonito (alguien se estaba haciendo el chistoso; era todo, menos eso). Unos cuantos centenares de kilómetros en medio de Texas era lo único que quedaba del gran país que mis padres conocieron de niños. CAHR logró salvar sólo a Texas del virus y de los ataques de Reiniciados que siguieron.

—Ah. Nunca he ido a los barrios bajos de Austin —dijo Veintidós. Quiero decir, excepto cuando mis papás me llevaron al hospital. Pero en ese momento estaba delirando demasiado como para recordar algo. ¿Crees que me manden a una misión ahí? Me gustaría ver a mis padres. Y a mi hermano. ¿Has visto a tus padres desde que Reiniciaste?

—Mis padres murieron al mismo tiempo que yo.

—Ah, lo siento —dijo, su rostro se puso serio. A ellos… ¿les dispararon también?

—Sí —dije tensa, sin interés por hablar sobre mis padres. Y no querrás ver a tus padres. No mandan a los Reiniciados a sus ciudades natales. Confunde a la gente.

—¿Y los Reiniciados no van de todos modos?

Fruncí el ceño.

—Por supuesto que no. Aunque quisieras, te equiparon con un rastreador en el centro de detención. Siempre saben en dónde estás.

Extendió sus brazos frente a él.

—¿Dónde? Yo no recuerdo eso.

—De eso se trata. No sabemos dónde está.

—Ah —dijo, con un dejo de tristeza en la voz. Pero ¿has visto las otras ciudades?

—Sí.

—Esto está bien, ¿no? Nunca habríamos podido ver nada fuera de Austin de no haber Reiniciado.

—Vas a trabajar —le dije. Los novatos siempre tienen preguntas sobre viajar a otras ciudades. Era una de las únicas prestaciones de volverse Reiniciado, los viajes ocasionales a otros lugares para asignaciones especiales. CAHR instituyó una política de "cero viajes" para detener la expansión del virus KDH, y todavía seguía en la actualidad. Sin embargo, esta mañana sus preguntas eran demasiadas. Me estaban haciendo girar la cabeza. Acelera el paso —le dije, comenzando a correr.

No podía hablar mientras corría, pero cuando disminuimos el paso abrió la boca con más preguntas.

—¿Crees en la teoría de la evolución?

Quizá. Le dirigí una mirada penetrante.

—No.

—Pero tiene un poco de sentido, ¿no? ¿Los Reiniciados sólo son humanos evolucionados? Encontramos una inmunidad al virus. Una manera de no morir. Escuché teorías de que el virus KDH está hecho por el hombre y creo que...

—¡Veintidós! —espeté. CAHR tenía cámaras de pared a pared. Escuchaban y veían todo lo que hacíamos, y no toleraban ese tipo de charla. Suficiente.

—Pero...

—¿Te puedes ahorrar las preguntas, por favor? —soné más cansada y triste de lo que era mi intención, y me miró preocupado.

—Oh. Sí, claro. Lo siento.

—Sólo estoy cansada —le dije. No le debía una explicación. No debí decirle eso.

—Disculpa. Me quedaré callado —su sonrisa era pequeña y empática, y algo que no pude identificar me hizo cosquillas en el pecho. ¿Culpa? ¿Era eso?

Permaneció callado el resto de la carrera, los únicos sonidos provenían de sus bocanadas de aire. Cuando terminamos asentí con la cabeza y me fui caminando a mi habitación por ropa, y luego a las regaderas.

Apreté mi ropa y toalla contra mi pecho mientras arrastraba los pies hacia la habitación vaporosa; el sonido de risas y gruñidos me llenaba los oídos. Tras el arribo de una nueva tanda de Reiniciados casi siempre se alborotaban más las regaderas, y esta mañana la fiesta estaba en pleno. Dos Reiniciadas pasaron rápidamente junto a mí, una apenas sosteniendo su toalla mientras soltaba un alarido de emoción. Un Reiniciado levantó una cortina de baño y una de las chicas se deslizó adentro con él.

Las regaderas eran para sexo primero y, después, para bañarse.

No eran mixtas en el sentido estricto, pero la regadera de los chicos estaba al lado, y no había nada más que una cortina que separara las dos habitaciones. A veces los guardias entraban y acompañaban a los chicos para que salieran, pero en general no les importaba. Los Reiniciados hacían casi todo lo que se les decía, excepto por eso.

Para el humano, el sexo estaba relacionado con el amor. Mi mamá no hablaba mucho de las cosas que importaban, pero recuerdo vagamente esa conversación. El sexo y el amor iban juntos.

Aquí no. Las hormonas adolescentes estaban aún ahí, pero las emociones se habían ido. La actitud general era de que nada de eso importaba ya. No éramos ni humanos.

Los azulejos estaban resbalosos bajo mis pies; avancé con cuidado hasta las cortinas cerradas y me agaché detrás de una, al final de la fila, todavía completamente vestida. Antes me lanzaban miradas extrañas por eso, pero ahora todos lo sabían. No me paseaba por ahí en toalla. No tenía el menor interés en el sexo. Ciertamente no quería que me miraran embobados como bicho raro.

Algunas de las chicas tenían cicatrices de su muerte humana, pero no como las mías. Estuve muerta por tanto tiempo que, cuando lograron coser mis tres orificios de bala, mi cuerpo ya pensaba que así era como se suponía que debía lucir. El resultado fueron cuatro grapas plateadas y feas para sujetar mi piel en el centro de mi pecho, y dos cicatrices irregulares que se disparaban en ambas direcciones. Una se extendía de manera extraña sobre mi pecho izquierdo y se había deformado incluso más cuando me crecieron los senos.

Nadie tenía por qué ver mi pecho horriblemente destrozado. De cualquier modo, no era que alguien se hubiera acercado a mí por sexo.

Nadie quería tocar a una Uno-Siete-Ocho. Destrozada o no.

CAPÍTULO SEIS

E ver estaba pálida cuando volví a nuestra habitación, justo antes de la cena. La había estado evitando, pero ahora me costó trabajo quitar la mirada de su piel macilenta y sus manos temblorosas. Si hubiera sido humana, habría pensado que estaba enferma.

Levantó su mirada hacia la mía cuando caminé hacia mi vestidor para ponerme una sudadera.

—Hola —intentó sonreír y tuve que desviar la mirada. Ella no lo sabía. *¿No debería saberlo?*

Dijeron que no dijera nada. Fue una orden.

Me detuve a la entrada e hice una pausa cuando se quedó sentada en la cama, torciendo las sábanas blancas alrededor de sus dedos.

—¿Vienes? —pregunté.

Levantó la mirada con una sonrisa más amplia en su rostro. Ella me esperaba a mí; yo nunca la esperaba a ella. Parecía gustarle.

Sus piernas temblaron cuando se paró, y quería preguntarle si estaba bien. Pregunta estúpida. No lo estaba. CAHR le había hecho algo.

Bajamos en silencio por las escaleras hacia la cafetería.

Después de llenar nuestras charolas tuve la loca ocurrencia de irme a sentar con ella, pero se dirigió al otro lado de la cafetería y se metió un trozo de filete en la boca. Caminé fatigosamente a la mesa de los Ciento-Veinte.

Miré cuando Ever se dejaba caer frente a Veintidós, quien levantó la mirada y me sonrió. Su sonrisa se desvaneció al ver a Ever meterse carne desesperadamente a la boca. Arrugó la nariz, dirigiendo la mirada hacia mí y hacia ella, como diciendo: *¿Qué le pasa?*

Yo no tenía la menor idea.

Le hice señas de que se acercara, pero sin duda no podía hacer eso.

Bueno, sí podía. No era una regla. Pero sería extraño.

Veintidós le dio unas palmadas a la silla junto a él y yo fruncí el ceño y negué con la cabeza. Ever volteó para ver a quién le hacía señas; su mirada brincó hasta la mesa de los Ciento-Veinte. Rio y giré para advertir que todos los entrenadores me observaban; todos con la misma expresión confundida en el rostro.

Lissy abrió la boca y me levanté y recogí mi charola. No quería más preguntas ni miradas raras. No había ninguna regla que me obligara a sentarme con ellos. Podía hacerlo donde quisiera.

Crucé la cafetería de varias zancadas y tiré mi charola en la mesa, junto a Ever. Veintidós levantó la mirada, sus oscuros ojos chispeaban.

—Ah, qué gusto verte, Wren.

Ever me miró asombrada cuando me dejé caer en la silla. Di un vistazo rápido a la charola de Veintidós y no vi nada más que un trozo sin tocar de pan y un pastelillo de chocolate.

—¿Qué es eso? —pregunté. ¿Ya comiste una cena de verdad?

Bajó la mirada a la comida.

—No. No tengo mucha hambre. O por lo menos, creo que no. Me cuesta trabajo saber.

—Te darás cuenta si pasas hambre por demasiado tiempo —le dije. No es divertido —las señales de hambre para los Reiniciados no llegaban tan rápido como para los humanos, pero cuando llegaban, eran intensas. Nuestros cuerpos podían sobrevivir indefinidamente sin comida, pero no lo apreciábamos. Yo no comí casi nada durante los primeros días que pasé en las instalaciones, y un día me desperté tan débil y hambrienta que casi tuve que ir a rastras hasta la cafetería.

—Me queda claro que tú tienes hambre —le dijo riendo Veintidós a Ever, y apuntó hacia sus mejillas enormes. Parecía como si hubiera tratado de meterse cada trozo de carne en la boca de una sola vez. Logró mostrar una sonrisa débil mientras tragaba.

Debo haber parecido preocupada, porque bajó la mirada rápidamente a su charola vacía y luego hacia mí.

—Me siento rara —dijo por lo bajo; la angustia era evidente en su voz.

—¿Rara cómo? —pregunté.

—Como muy hambrienta. Y medio confusa —frunció el ceño. No puedo estar enferma, ¿o sí?

Me miró con expectación y no dije nada. Volvió la mirada a su plato, decepcionada.

—Pero la comida me hace sentir un poco mejor. Menos temblorosa —agregó.

Sentí una punzada de algo, quizás esa sensación de culpa otra vez, y rápidamente deslicé mi carne sobre su plato. Alzó la mirada y me sonrió con gratitud.

—Puedes tomar mi comida también —dijo Veintidós, comenzando a deslizar su charola hacia ella.

Tomé el borde de la charola y la empujé de vuelta hacia él, advirtiéndole con la mirada.

—Por lo menos come un poco. Necesitas tu fuerza para entrenar.

—¿Y por qué tú si puedes? —indicó hacia donde había estado antes mi comida.

—Porque yo te digo qué hacer, y no al revés.

Ever soltó una risita, mientras se metía un enorme trozo de carne en la boca.

—Prefiero la carne, de todos modos —dijo ella.

—¿Y nunca me tocará a mí decirte qué hacer? —me preguntó.

—Lo dudo —tomé mi charola y me puse de pie.

—No, por favor, no te vayas —era Ever quien lo decía, con ojos grandes y suplicantes. Parecía la niña de trece años que conocí, sentada en la cama, absolutamente aterrada de compartir la habitación con una Uno-Siete-Ocho. No me dirigió una sola palabra en un mes. Un día sólo abrió la boca y dijo: "Soy de New Dallas. ¿Y tú?", y siguió hablando como si hubiéramos sido amigas todo ese tiempo. Tenía cuatro hermanas en casa, y creo que con el tiempo decidió que me tenía que adoptar como una especie de remplazo, o perdería la cordura.

Aun así, no habría imaginado jamás que yo podría ser algún tipo de consuelo para ella. Quería sentarme de nuevo y disfrutar la sensación de que me necesitaran, la sensación de alguien a quien le gustaban mis cosas, más allá de mi número y mis habilidades para atrapar criminales.

Me senté. Pareció ser la decisión correcta tan pronto como lo hice. Ever me sonrió agradecida y le devolví la sonrisa. De repente Veintidós parecía tan contento que bajé la mirada hacia mi plato y me concentré en comer los frijoles.

Un suave gruñido me despertó en medio de la noche. Me di la vuelta en mi colchón, parpadeando en la oscuridad. Ever estaba inclinada sobre mi cama.

Me senté de golpe, mi corazón estaba latiendo furiosamente. Detuvo el gruñido y sus ojos brillantes penetraron los míos.

—¿Ever? —susurré.

Se abalanzó sobre mí, salí de la cama y corrí al otro lado de la habitación. Me mostró los dientes cuando volteaba para buscarme.

Apreté mi espalda contra la pared mientras se acercaba, mi corazón latía más rápido que la ocasión en que veinte aldeanos me persiguieron con antorchas encendidas y cuchillos de cocina. Me apuñalaron varias veces antes de que lograra ganarles la carrera, pero de alguna manera una Ever sin armas y gruñendo daba más miedo.

—¡Ever! —dije, esta vez más fuerte, y me agaché bajo su brazo cuando se lanzó otra vez sobre mí.

Corrí al otro lado de su cama y me tiré hacia el botón de emergencias. Lo empujé una y otra vez, frenéticamente, hasta que Ever se lanzó sobre mí. Sus dedos se cerraron alrededor de mi cuello y solté un grito ahogado; la empujé con toda mi fuerza para quitármela de encima.

Golpeó contra el muro de cristal y se puso de pie de un salto, inclinó la cabeza a un lado como si examinara a su presa. Cerré los puños, y el calor de una pelea estalló por mi cuerpo. Ella se lanzó contra mí y caí de rodillas, agarré entonces uno de sus tobillos.

Cayó al suelo con un quejido y le torcí la pierna hasta que se quebró. Soltó un grito que debe haber despertado a la sección entera. Se lanzó contra mí de nuevo, mientras trataba de equilibrarse sobre una pierna, así que también se la rompí.

Se colapsó completamente de espaldas, lamentándose con suavidad. Me senté en mi cama, miraba la puerta. Los humanos debían estar en camino.

Después de un tiempo las dos piernas de Ever sanaron, y ellos todavía no llegaban. Volví a rompérselas antes de que se pudiera parar, cubrí mis oídos con las manos cuando comenzó a aullar.

Nunca llegaron.

Debían saberlo. Esos malditos humanos debían saber que Ever estaba perdiendo los estribos, que me atacó, que, de nuevo, tendría que permanecer despierta toda la noche para vigilarla, incluso después de que quedara inconsciente.

Lo sabían y no les importaba.

No debió sorprenderme —los Reiniciados eran una propiedad, no personas—, pero de todos modos comencé a sentir que la ira me oprimía el pecho. Siempre me habían ofrecido un poquito más de libertad, un poco de respeto adicional debido a mi número y mi trayectoria.

Pero no les importaba lo que nos ocurriera.

Los de los barrios bajos sabíamos que a CAHR no le importábamos. Lo supe desde niña. CAHR podrá haber sido un "salvador" para la última generación, para los humanos a quienes ayudaron a luchar en la guerra de los Reiniciados, pero no para los hambrientos y moribundos de los arrabales.

Después de que me Reinicié, me dieron comida y ropa, y pensé que me respetaban como la mejor. Pensé que quizá no eran tan malos.

Quizás estaba equivocada.

Cuando llegó la mañana dejé la habitación antes que Ever siquiera se moviera, pero mientras caminaba a las regaderas después de correr encontré que la buscaba en el mar de Reiniciados. Unos cuantos me echaron miradas extrañas, que ignoré. Tenía que hablar con ella y ésta era la única manera.

Ever no sabría que le rompí las piernas cuatro veces anoche. No sabría lo que le hicieron.

No, a menos que se lo contara.

Salió del vestidor con sólo una toalla puesta. Se detuvo y me miró con curiosidad. Le hice señas para que me siguiera y lo hizo, se metió tras una cortina y la cerró con un chasquido.

Di un vistazo rápido alrededor para asegurarme de que nadie estuviera mirando y rápidamente me metí con ella tras la cortina.

Volteó y arqueó una ceja, con una sonrisita en las comisuras de la boca. Me sonrojé y di un paso atrás y chocando contra la cortina.

—Hola —dijo. Era más que una pregunta, y su sonrisa creció mientras se subía la toalla aún más sobre el pecho.

—Algo te está pasando —espeté.

—¿De qué estás hablando? —su sonrisa se desvaneció.

—Tú… estás teniendo pesadillas o algo así. Estás gritando en las noches y me atacas.

Un grito ahogado se le escapó de su garganta, justo antes de que se dejara caer al suelo. Enormes sollozos le retorcieron el cuerpo mientras yo me quedaba ahí, helada. No sabía qué pensar ante esa reacción. Parecía una enorme exageración.

A menos que supiera lo que estaba pasando.

Me arrodillé junto a ella.

—Ever.

Siguió llorando, se balanceaba adelante y atrás sobre sus rodillas, con las manos en el rostro. El sonido me hizo sentir incómoda, me apretó el pecho. No me gustó.

—Ever —repetí. ¿Sabes qué está pasando?

Tomó desesperadas bocanadas de aire y quitó sus manos del rostro.

—Es... —se volvió a deshacer en sollozos de nuevo, y cayó contra mí.

Casi la empujo a un lado. Nadie me había utilizado de consuelo, quizá nunca (sólo que contara las veces en que mi mamá se recargó sobre mí cuando iba demasiado drogada como para caminar). Para empezar, era un momento incómodo para mí, con ella casi desnuda y todo eso, pero luché contra el impulso de hacerla a un lado.

En vez de eso le di unas palmaditas incómodas en la espalda. Presionó su rostro contra mi hombro y lloró como humano.

—Son... ellos —ella logró decir. Nos hacen algo.

—¿A quiénes? —pregunté.

—A los Menos-Sesenta —respiró profundo y se enderezó. Sus ojos verdes brillantes estaban ligeramente rojos. Comenzaron por darnos inyecciones y nos vuelve...

No se lo tuve que decir. Ella sabía en qué los volvía.

—Pensé que quizás había logrado evadirlos porque estaba muy cerca de los sesenta. Deben haberme inyectado al dormir, cuando tú salías de misión —resolló.

—¿Por qué harían esto? —pregunté.

Se encogió de hombros, se limpió la nariz.

—No lo sabemos. Comenzó hace unas cuantas semanas. Algunos dicen que los pone más fuertes, pero los demás se vuelven raros y hostiles.

Raros y hostiles era decir poco.

—Cinco-Uno comenzó a perder la cabeza la semana pasada —prosiguió Ever. Pero dijo que le dieron otra inyección y que eso la volvió normal otra vez. Todos creen que están haciendo algún tipo de experimento con nosotros.

¿Todos? ¿Quiénes eran todos? Nunca había oído hablar de esto.

—No lo discutimos con los Más-De-Sesenta —dijo en voz baja; obviamente había notado la mirada en mi rostro. Se supone que no debemos. Les dicen a los compañeros de cuarto que no pueden decir nada —inclinó la cabeza. ¿Te ordenaron que no me dijeras?

—Sí.

Eso provocó una nueva oleada de lágrimas, aunque no estaba del todo segura por qué. Creí escuchar un *gracias* ahogado, pero era difícil saber.

Comencé a levantarme, pero me tomó del brazo.

—¿Qué hice? ¿Te lastimé?

—No. Gritaste mucho. Me atacaste. Te rompí ambas piernas varias veces anoche. Lo siento por eso.

Bajó la mirada hacia ellas.

—Ah. No hay problema.

—Te dieron una inyección la noche anterior, pero anoche nunca llegaron.

—Lo siento —susurró. Por eso te ves tan cansada —se limpió el rostro con el borde de la toalla. ¿Qué se supone que debo hacer?

Me encogí de hombros con impotencia.

—No lo sé.

—¿Y si te lastimo?

—Soy más fuerte.

Cerró los ojos y asintió ligeramente, nuevas lágrimas le escurrieron por las mejillas.

Al parecer lo que dije no la había consolado nada.

CAPÍTULO SIETE

Veintidós golpeó el tapete e hizo lo que le había pedido: no gritó.

Presionó el rostro contra el plástico negro y sus puños aferraron la tela de su camisa, pero no lloró. Su tarde había estado repleta de heridas, pero estaba haciendo un buen trabajo al no gritar ni llorar.

Me arrodillé y empujé la pernera de su pantalón hacia arriba. El hueso salía de la piel.

—En este caso tienes que empujarlo de nuevo para adentro —le dije.

Él gimió y negó con la cabeza.

—Tienes que hacerlo. Tienes que acercar más el hueso a donde se supone que debe estar, o no sanará bien. Tu piel se cerrará alrededor del hueso y entonces voy a tener que cortarte la piel para abrirla de nuevo.

—Eso es asqueroso —masculló contra el tapete.

—Incorpórate.

Se levantó lentamente hasta quedar sentado e hizo una mueca. Los equipos de entrenamiento a nuestro alrededor volteaban para observar. Al otro lado del cuarto, Hugo reprimía una carcajada con la mano.

Me concentré en Veintidós otra vez.

—Sólo vuélvelo a empujar hacia adentro.

—¿Nada más? —exclamó. ¿Empújalo para adentro?

—Dame tu mano —extendí la mía.

Deslizó su mano en la mía. Se sentía tibia y no tan perfecta como la imaginé. Pensaba que lo ricos debían tener manos suaves, libres de cualquier marca. No tenían que hacer ningún trabajo manual duro como la gente de los barrios bajos. Estaba segura de que Callum no había construido una barda ni trabajado en una granja de algodón en toda su vida.

Pero sus manos eran más toscas que las mías, y cuando volteé su palma hacia arriba vi pequeñas cicatrices en sus dedos. Las cicatrices de la vida humana nunca desvanecen.

—Así —le dije y coloqué su palma sobre el hueso. Lo empujé hacia adentro, con fuerza, y apretó una mano sobre su boca para sofocar un grito.

Volvió a colapsarse sobre el tapete, mientras un suave gemido se escapaba de su garganta. Sentí una punzada de culpa. Otra vez esa culpa. No sé si me gustaba.

No fue mi intención romperle la pierna. Era una buena experiencia de aprendizaje, una que con el tiempo habría necesitado, pero había sido un efecto secundario infortunado el que sus movimientos no fueran tan veloces como le había pedido.

—Vas a tener que aprender a moverte con más rapidez —creo que mi intención era decirlo como disculpa. No salió bien. Quiero decir, yo no… —espera, yo no me disculpaba con los novatos. Estaba ahí para enseñarle. Él necesitaba saber cómo volver a meterse el hueso.

Se rodó de espaldas y me miró divertido. Bueno, diversión con un toque de dolor candente.

—Si me pides una disculpa cada vez que me lastimes, no estarás haciendo otra cosa.

Una risa surgió en mi pecho y rápidamente me volteé para que no pudiera ver la sonrisa en mi rostro.

—Levántate —me puse de pie de un salto.

—Todavía tengo rota la pierna.

—No me importa. Levántate. Si te quedas ahí tirado en el campo de operaciones, te romperán la otra pierna y entonces estarás perdido.

Se puso de pie con paso vacilante.

—¿De verdad está tan mal allá fuera? —preguntó, tratando de mantener todo su peso sobre su pierna buena.

—Eso depende —dije.

—¿De qué?

De quién es. Si sólo estás extrayendo a un enfermo, es bastante fácil. Si es un criminal con una familia grande, podrían tenderte una emboscada en lo que llegas a ellos. Depende de qué tanto miedo tengan. Si se pusieron bravucones y creen que se pueden rebelar.

—¿Y qué hay si no lo hicieron?

—¿Qué?

—El crimen por el que los estamos levantando. ¿Qué pasa si no lo hicieron?

—Siempre dicen que no lo hicieron. Nuestro trabajo es arrestarlos. CAHR se encarga de lo demás.

—¿Los dejan ir si son inocentes? —preguntó.

Vacilé. Como Reiniciada nunca me informaban de lo que le sucedía a los humanos que capturaba. Como chica que vivió en los barrios bajos, conocía la verdad. Una vez que se llevaban a alguien, jamás volvía.

—Ellos están seguros de su culpabilidad antes de llevárselos —dije.

—¿Cómo?

—No nos concierne.

—¿Por qué no? —preguntó. Somos los que estamos atrapando a toda esa gente.

—Nuestro trabajo termina ahí.

—¿A dónde van?

Yo también me lo pregunté alguna a vez. ¿A algún tipo de prisión? Lo dudaba.

—No lo sé.

Frunció el ceño.

—¿Le dicen a alguien? ¿A las familias?

Claro, el chico rico no tenía idea de cómo funcionaba esto. Me tocaba una asignación en el área rica por cada cien que me tocaban en los barrios bajos.

—No. De cualquier manera, no lo creo.

—Pero...

—¿Qué tal la pierna? —interrumpí.

Bajó la mirada y la estiró.

—Ahí va.

—Entonces levanta los brazos. Hay que seguir.

Su mirada encontraba la mía casi cada vez que le lanzaba un gancho. No estaba segura de cómo interpretar la manera en que me miraba, como si algo le intrigara. Los pequeños mariposeos que me causaba en el pecho me distraían.

—Terminemos por hoy —dije, después de que su quijada sanó de la segunda ruptura del día. La cena era en diez minutos; todos los demás estaban saliendo del gimnasio.

Extendí la mano para ayudarlo a levantarse del tapete y la tomó. Cuando jaló hasta incorporarse, colocó la mano con ligereza en mi brazo y se inclinó tan cerca de mi oreja que su aliento me hizo cosquilleos en la mejilla.

Mi primer instinto fue alejarme de un salto. Nadie se acercaba tanto a mí. Incluso como humana, no recuerdo que jamás se hubiera acercado alguien a mí tanto que pudiera sentir el calor de su piel. Pero comenzó a hablar tan suavemente que no podría haberlo escuchado si me movía de ahí.

—¿Nos escuchan todo el tiempo aquí? —preguntó.

—No lo sé —susurré. Sé que lo hacen cuando sales al campo de operaciones. Hay cámaras por todos lados aquí, así que es probable.

Se paró derecho pero no se alejó. Creo que mi intención era establecer una distancia más apropiada entre nosotros, pero me distraje por la manera en que bajó el rostro para sonreírme. Siempre había vivido en un mundo en el que tenía que mirar hacia arriba, pero por primera vez en mi vida quería pararme de puntas y acercar mi rostro al suyo.

Escuché una garganta aclararse y rápidamente di un paso atrás. Nos pudieran escuchar o no, era indudable que nos podían ver. El guardia en el rincón, las cámaras en la pared, otros Reiniciados pasando por ahí: todos nos podían ver muy bien.

—Buenas noches —me di la vuelta con rapidez para alejarme caminando.

CAPÍTULO OCHO

—Esta vez sólo vas a observar —le dije a Veintidós la siguiente noche, cuando estábamos parados sobre el techo de CAHR. Recuerda eso.

Asintió. No paró de frotarse los brazos con las manos y balancearse sobre sus talones. Los novatos siempre estaban nerviosos, pero yo pensaba que tal vez se pasearía por el techo con la sonrisa de siempre. No lo había hecho, y casi extrañaba eso.

Había diez Reiniciados parados en el techo de CAHR, en la oscuridad, esperando el transbordador. Cinco eran novatos con sus entrenadores. Lissy le lanzó una mirada desdeñosa a Veintidós, al tiempo que se balanceaba, luego miró a su Cuatro-Tres con aire de suficiencia. Cuatro-Tres con sus brazos diminutos y un extraño tic facial no parecía ofrecer mucho para sentirse superior.

—No hables a menos que te hablen —proseguí, ignorando a Lissy. Haz todo lo que te digan los oficiales en el campo de operaciones. Si no, te dan un tiro.

Asintió de nuevo mientras el transbordador aterrizaba de golpe en el techo, trayendo una ráfaga de viento que hizo que se levantara mi cola de caballo. La puerta lateral se abrió y

Leb se paró ahí, con las mangas negras enrolladas hasta los codos aunque fuera una noche fresca. Era un tipo alto y musculoso, y a menudo lucía incómodo en el tieso uniforme de CAHR.

Hizo señas con la mano para que nos metiéramos. Dimos un paso adentro; el metal sonó bajo nuestras botas. Aunque esta noche salíamos diez, estábamos en uno de los transbordadores de tamaño mediano. Los pequeños asientos de plástico negro formaban una fila al lado del transbordador, que miraban hacia una silla más grande para el oficial. La puerta que conducía al asiento del piloto todavía estaba abierta, y pude ver la nuca de una cabeza humana. Los pilotos jamás dejaban el transbordador bajo ninguna circunstancia, y no interactuaban con los Reiniciados que iban atrás.

Veintidós se sentó junto a mí, sin moverse, como lo instruí, y Leb tomó su brazo y lo volteó para mirar su código de barras. Se carcajeó, las líneas de su rostro cuadrado y duro eran más pronunciadas cuando sonreía.

—Supe que escogiste a Veintidós —dijo. Tenía que verlo con mis propios ojos.

No tenía la menor idea de cómo responder a eso. Asentí ligeramente y sonrió, era el único guardia que le sonreía a cualquier Reiniciado; ellos no sonreían y mucho menos a mí. Era un humano extraño.

—Siéntate —dijo, cerró la puerta del piloto de golpe y se dejó caer en su asiento. Ni siquiera se había sacado la pistola de la funda. Era uno de los pocos oficiales que la dejaban en su cadera cuando los Reiniciados entraban al transbordador. La mayoría de ellos nos la ponían en la cara, tratando de que no les temblara.

Me senté primero, seguida de Veintidós, quien jaló los cinturones sobre su pecho y trató de abrocharlos con torpeza.

Ahora sí temblaba. Los novatos siempre le tenían miedo al transbordador; en sus vidas humanas nunca habían estado dentro de nada que se moviera tan rápidamente o se levantara del suelo. La mayoría escondía su miedo. Sólo fue Cuatro-Tres quien dejó entrever su terror abiertamente, con una respiración pesada y vacilante. Lissy le dio un golpe en la cabeza.

Me quedé mirando a Veintidós cuando nos elevábamos en el aire. Cerró los ojos. Parecía casi humano con sus ojos negros cerrados. No había desarrollado todavía la velocidad o calidad depredadora que definía a los Reiniciados. Todavía tenía muchas características humanas de torpeza. Pero cuando estiró las piernas frente a él y recorrió sus manos por sus muslos, pude ver al Reiniciado en él: el movimiento lento y controlado, la manera en que parecía ocupar cada centímetro de espacio en una habitación por la manera en que sostenía su cuerpo. Era una diferencia sutil la que había entre humanos y Reiniciados, pero era inconfundible.

Leb me sorprendió mirándolo y arqueó las cejas. Enfoqué mi vista rápidamente en mis manos.

—Pueden hablar con libertad —dijo.

Veintidós se quedó en silencio; sus dedos se aferraban al asiento cada vez que se sacudía. Entre tanto, los otros novatos susurraban con sus entrenadores.

—No hay razón para asustarse —le dije. Aunque chocáramos, lo más probable es que estaríamos bien.

—A menos que nos decapiten.

—Pues sí, pero eso parece poco probable.

—O si se cae el techo y nos aplasta la cabeza —su mirada voló hacia el metal negro sobre nosotros.

—Créeme cuando te digo que esta noche estrellarnos en un transbordador es la menor de tus preocupaciones.

—Gracias. Me siento mucho mejor —miró a Leb. ¿Cuánto tiempo llevas haciendo esto? ¿Alguna vez has…?

—Veintidós —le dije mordazmente. Me miró y negué con la cabeza. El transbordador había quedado en silencio de nuevo.

—¿Qué? Dijo que podíamos hablar libremente.

—Eso no lo incluía a él.

Veintidós puso los ojos en blanco y sentí una chispa de enojo en el pecho.

—Podría castigarte por eso —miré a Leb. Miré el bastón junto a su mano. Un oficial de transbordador jamás lo había usado sobre mí.

—¿Quieres que lo haga? —Leb miró a Veintidós. No alcanzó el bastón.

Contuve el aliento de golpe. Nunca había castigado a ninguno de mis novatos, pero nunca había tenido que hacerlo. Todos hacían exactamente lo que yo les decía.

Pero pedir permiso para golpear a mi novato era extraño. Yo lo sabía. Los demás entrenadores lo sabían.

—No —contesté. Todos los Reiniciados del transbordador se me quedaron viendo. Me volví a concentrar en Veintidós.

—¿Debería de sentirme insultado porque titubeaste? —preguntó con una sonrisa.

—Todavía puedo cambiar de parecer.

—¿Cómo se lo dirás? —paró de hablar. Al parecer, eso quiere decir que sólo se nos permite hablar uno con el otro una vez más.

—Encontraré un bastón y te golpearé yo misma cuando aterricemos.

—¿Me lo prometes?

Escuché un sonido parecido a una risa venir de la dirección de Leb y sorprendida volteé a mirarlo. Agachó la cabeza en un intento por esconder su expresión. Veintidós esbozó una amplia sonrisa.

—Enfócate, Veintidós —dije.

—¿No me puedes llamar Callum?

—Enfócate, Callum —le dije con tranquilidad, con firmeza.

—Lo siento —puso una cara más seria.

El transbordador aterrizó y Leb nos indicó que nos levantáramos. Deslizó la puerta para abrirla y marchamos hacia fuera, hacia la oscuridad, mientras una suave brisa me acariciaba la cola de caballo.

Nombraron a la ciudad *Rosa*, por la mujer que la construyó. Siempre me gustó el nombre, y hasta me emocioné cuando me dijeron que me asignarían ahí.

Veintidós se quedó mirando, con los labios entreabiertos y su cuello pulsando extrañamente. Su horror era palpable, pero cuando volteé, no vi nada inusual.

—¿Qué? —pregunté.

—¿Qué es esto? ¿Dónde estamos?

—Rosa —dije, lanzando una mirada hacia atrás como para asegurarme. Claro que era Rosa.

—Pero… ¿éstos son los barrios bajos?

—Sí.

—¿Todos son así? —preguntó; su voz era forzada.

—¿Así cómo?

Gesticuló y volví a mirar. Los barrios de Rosa eran parecidos a los de Austin, pero quizás algo peores.

Quizá los peores. Rosa era una ciudad construida por los enfermos. Era una sorpresa que aún sobrevivieran despues que los corrieran de Austin. Tenía entendido que hasta el lado *Rico* de Rosa no era mucho, comparado con otras ciudades de Texas.

Los edificios eran estructuras de madera erigidas tras la guerra. Las casitas estaban colocadas cerca una de la otra, de una planta y dos habitaciones, y en algunos casos apenas se sostenían. Los humanos con casa tenían suerte. Los departamentos al otro lado del pueblo no eran tan lindos.

Tenemos suerte de tener techo sobre nuestras cabezas, dijo mi mamá el día en que nos echaron de otro departamento más. Terminamos por dormir en un edificio abandonado hasta que reunieron el dinero para un departamento compartido. Nunca tuvimos casa.

Miré a Veintidós de reojo y casi cedí a la tentación de horrorizarlo aún más con esa historia, pero sus ojos seguían fijos directamente frente a él. Seguí su mirada.

Las calles eran, sobre todo, de tierra, pero las dos principales estaban pavimentadas. Sin embargo, estaban llenas de baches, abandonadas después que quedara claro que los barrios bajos no eran otra cosa que un caldo de cultivo para Reiniciados lleno de enfermedades.

La basura estaba apilada a la orilla de la calle, y el aire estaba lleno de la peste proveniente de comida y desechos humanos pudriéndose. El sistema de drenaje de Rosa era un trabajo en proceso.

—No están todas así de mal, ¿o sí? —preguntó.

—No tan, tan mal, pero parecidas.

—¿En Austin? —preguntó. Cuestionamiento tonto, pues podía ver que él ya sabía la respuesta.

—Sí. He olvidado mucho. Pero sí, era así.

—Y tú creciste en…

La expresión de compasión en su rostro me molestó. Lo último que necesitaba era que un chico rico me compadeciera.

—Mira tu mapa —le dije en tono mordaz. Te tienes que familiarizar con Rosa.

Sacó un mapa de su bolsillo y no pude evitar pensar que le aliviaba mirar hacia cualquier otro lado que no fuera yo.

—¿En qué dirección? —pregunté.

Indicó en la dirección equivocada.

—Ése es el norte.

—¿El norte está mal?

Suspiré.

—Sí.

—Lo siento —tomó el mapa con torpeza, y soltó un lado mientras el rubor comenzaba a extenderse por sus mejillas. Una punzada de compasión me golpeó el pecho. Cuando era novata no era buena para leer mapas. Los humanos no necesitaban mapas. Sus vidas consistían del mismo espacio de quince a veinticinco kilómetros.

—Estás aquí —le dije, indicando el lugar en el mapa. Vamos acá.

Levantó los ojos hacia los míos y sonrió.

—Está bien. Gracias.

Me fui a toda velocidad por la calle y dio saltos para alcanzarme. Di un vistazo atrás de él y volteé para ver a Leb recargado contra el transbordador, sus ojos clavados en algo a la distancia.

—¿Se queda ahí? —preguntó.

—Sí. Los oficiales se quedan junto al transbordador, a menos que pierdan la transmisión de audio o video de un Reiniciado. Entonces vienen a buscarte. Pero no esperes que te ayuden con tu tarea. Sólo están aquí para seguirnos la pista.

Volteamos por una esquina y caminé a hurtadillas por los parches de pasto muerto hasta la puerta de nuestro objetivo, Thomas Cole. Había matado a su hijo.

Siempre me daban a los asesinos de niños.

Y no me quejaba.

No lo decía en la nota de misión, pero era muy probable que hubiera matado a su hijo porque el niño murió y después reinició. Una vez que un humano se volvía Reiniciado, era propiedad de CAHR, y aunque CAHR no tenía el menor escrúpulo en matarnos después, a los civiles no les permitían tomar esa decisión. Aunque fuera su propio hijo. Unos cuantos padres hacían lo contrario, y trataban de esconder a sus hijos Reiniciados de CAHR, pero eso también conducía al arresto.

No creía que a la mayoría de los padres les importara que sus hijos Reiniciados fueran enviados a otro lado. Les daba gusto deshacerse de nosotros.

—¿Primero? —volteé para mirar a Veintidós.

—Tocar la puerta.

Asentí. Les daba la oportunidad de venir por voluntad propia. Rara vez funcionaba.

Toqué y levanté mi puño hacia Veintidós, desdoblé cada dedo para contar hasta cinco.

Después derribé la puerta de una sola patada.

Cada mueble que tenía Thomas Cole estaba apilado frente a la puerta. No era la primera vez que una asignación bloqueaba la puerta del frente, pero definitivamente era uno de los peores intentos.

Aparté del camino los muebles viejos y desvencijados y salté sobre lo demás. La gente que ponía barreras en sus casas no tenía otro lugar a dónde ir. No tenía amigos. No tenía familias. Ni un humano los tocaría.

Una sonrisa me pasó por el rostro. La omití rápidamente mientras Veintidós subía por los muebles. Pensaría que estaba loca si sonreía en un momento como éste.

Dos balas me impactaron en un hombro mientras estallaban las explosiones desde el pasillo. Los humanos tenían prohibido tener armas. De todos modos, muchos las tenían.

Le indiqué a Veintidós que se quitara del camino. Se tambaleó sobre una silla, sus ojos estaban clavados en los orificios de mi hombro. Me agaché mientras otro disparo pasaba sobre mi casco y Veintidós apretó su cuerpo contra la madera podrida de la pared.

Corrí hacia el pasillo y usé mi brazo para cubrirme el rostro. Dependiendo del tipo de pistola que estuviera usando, mi casco podría no ofrecer protección alguna contra un disparo directo.

Pero tenía pésima puntería. Sentí un proyectil en mi pecho y otro pasarme por el cuello mientras los estallidos repicaban en mis oídos. Cuando di la vuelta por la esquina y quedé frente a él, erró por casi un metro.

Se le acabaron las balas con ese último disparo.

—¡Veintidós! —grité. Misión de aprendizaje.

Cole lanzó su pie directo contra mi estómago. Un grito ahogado escapó de mi boca y mi espalda golpeó la pared con fuerza.

Salió corriendo a toda velocidad por la puerta trasera y me levanté por completo. Sentía punzadas de dolor en varios lados. ¿Cuántas veces me había disparado? Cuatro, quizá. Sólo dos me habían atravesado por completo. Tendría que sacarme los otros dos impactos con un cuchillo cuando llegara a casa.

—Vamos —llamé a Veintidós al tiempo que salía corriendo tras el humano.

Sólo conseguí tener un breve vistazo del terror en su rostro antes de que yo saliera corriendo a toda velocidad por la terracería, detrás de Cole. Sus largas piernas levantaban el polvo mientras volaba por la calle.

Aceleré el paso, mientras las zancadas de Veintidós golpeaban detrás de mí. Por lo menos ahora lograba mantener el ritmo.

Salté sobre el contenedor de basura que Cole lanzó en mi dirección y desapareció a la vuelta. Era más veloz que el humano promedio.

La persecución se sentía bien.

Rodeé la esquina y esquivé su gancho antes de que su puño entrara en contacto con mi rostro.

Me encantaba cuando se ponían bravucones y paraban de correr.

¿Qué posible daño me podría hacer esta rubia? Ningún humano me lo ha dicho jamás, pero lo había visto en sus ojos.

Le di un veloz golpe a la quijada para responder a la pregunta.

Se tambaleó y lo volví a golpear. Esta vez me quedó sangre en las manos.

Con una patada le doblé las piernas y le coloqué las esposas en las muñecas. Soltó un grito furioso y pateó con los pies, tratando frenéticamente de hacer contacto con mi estómago. Agarré las esposas y se las cerré en los tobillos.

Le amarré la correa y levanté la vista hacia Veintidós. Su pecho se levantaba y bajaba tan rápidamente que pensé que algo podría salir estallando de él. Su rostro estaba rojo, aunque parecía ser más por la ira que por correr.

—Asegúrales los pies si son corredores —le dije. En especial, si son veloces.

Cole me escupió en los zapatos, así que le di una patada en la boca. No era necesario. Pero se sintió bien.

—Wren Uno-Siete-Ocho con Veintidós —dije en mi intercomunicador. Asignación asegurada.

"Procedan al transbordador."

Levanté la vista hacia Veintidós.

—¿Recuerdas cómo regresar?

Su respiración se había desacelerado. Sin embargo, su pánico se había elevado. El sonriente Veintidós, el chico del transbordador de hace diez minutos había desparecido, y lo había remplazado ese aterrado Reiniciado con la mirada clavada en mí. Sus ojos pasaron sobre las heridas de bala que aún filtraban sangre por todo mi cuerpo, y después al hombre que tenía atado a mis pies.

Todos se veían aterrados la primera vez. Supongo que debí haber sabido que Veintidós estaría peor.

Le indiqué la dirección correcta pero no se movió. Tiré a Cole por tierra y lo rebasé, lo agarré del brazo y le di un jalón.

—Vámonos.

No dijo nada; tuve que dar un vistazo hacia atrás para ver si en realidad me seguía. Lo hizo, caminado pesadamente, con el rostro mirando hacia el suelo.

—¡Oye! ¡Oye! ¡Ayúdame! —gritó Cole.

Giré sólo para ver a un humano agachado junto a un edificio, sus brazos estaban alrededor de sus desgastados pantalones cafés. Veintidós se detuvo y el humano cayó hacia atrás, mientras escapaban resuellos aterrados de su boca. Los ojos del humano encontraron los míos y vi el chispazo de reconocimiento. Muchos humanos de Rosa me conocían después de cinco años de asignaciones. Nunca les daba gusto verme.

Veintidós dio un respiro tembloroso, miró hacia mí y hacia el humano aterrado.

—Violación de toque de queda —dije en mi intercomunicador.

El humano soltó un grito y se puso rápidamente de pie.

"Déjalo", dijo la voz al otro lado.

Le hice un gesto con la cabeza a Veintidós, pero estaba mirando al humano y, al mismo tiempo, lanzaba miradas aterradas sobre su hombro al correr.

—Nos ordenaron que lo dejáramos —le dije, jalando la correa de Cole otra vez. Me di la vuelta y Veintidós me siguió un par de segundos después.

Aventé a Cole dentro del transbordador humano y caminamos al nuestro en silencio. Sentía como que debería de decir algo, aunque no tenía la menor idea de qué. Tenía un discurso que normalmente hacía en este momento: *a curtirse, acepta tu vida, se vuelve más fácil...* pero no lo podía recordar. Su carita triste me quitaba las ganas de decir cualquier cosa.

Entramos al transbordador de Reiniciados y Leb nos indicó que nos sentáramos. Sólo habían regresado Hugo y sus novatos, así que no había nada que llenara el silencio mientras nos abrochábamos los cinturones.

El resto de los Reiniciados entraron poco a poco, con Lissy y su novato al final. Cuatro-Tres tenía dos ojos morados y le escurrían las lágrimas por su rostro lleno de sangre. Parecía que les había tocado un humano rudo, y Lissy no había hecho mucho para sacar a su novato del camino. Veintidós me ofreció una minúscula sonrisa de agradecimiento. Ése podría haber sido él. Mis labios esbozaron una leve sonrisa.

—Siéntense —nos dijo Leb, mientras se daba la vuelta para cerrar la puerta del piloto.

Cuatro-Tres se quedó ahí parado nada más. Lissy le jaló la camisa, él se dio la vuelta y le golpeó la cara con una mano. Ella soltó un grito ahogado y de un salto se puso de pie, empujó sus manos contra los hombros de él con tanta fuerza que él se tambaleó.

De un par de zancadas Leb pasó al otro lado del transbordador y agarró a Cuatro-Tres por el frente del cuello de la camisa. Lo empujó con rudeza en su asiento, indicándole a Lissy que también se sentara. Ella le lanzó una mirada fulminante a su aprendiz mientras se abrochaba el cinturón.

La respiración de Cuatro-Tres seguía siendo fuerte, sus ojos dorados estaban clavados en Leb. El oficial no lo notó. Leb se sentó y clavó la mirada en sus manos, ensimismado.

La boca de Cuatro-Tres se torció, lanzaba odio por cada poro. He visto a otros novatos tener reacciones similares después de su primera misión, aunque muchos de ellos eran mejores para esconderlos. El odio a los humanos, en particular a los oficiales CAHR, era comprensible en un nuevo Reiniciado. Se la pasaban poniéndonos pistolas en la cara, gritando y obligándonos a hacer el trabajo sucio. A mí ya no me molestaban, pero recordaba el sentimiento de novato. Entendí que mi entrenador tampoco tenía opción, al igual que yo. Eran los humanos los que nos obligaban a hacer esto.

Traté de llamar la atención de Lissy y hacer que controlara a su aprendiz antes que Leb se diera cuenta, pero se estaba mordiendo las uñas y la mirada perdida en la pared del transbordador.

Cuatro-Tres se metió la mano en el bolsillo. Sólo vi el destello plateado cuando se levantó de su asiento de un salto, pero sabía que era un cuchillo. El grito hizo eco por el transbordador mientras corría hacia Leb, con el filo apuntando a su pecho.

Me quité el cinturón y me levanté disparada. Los ojos del oficial estaban muy abiertos, su mano todavía muy lejos de su arma. Me planté frente a Leb mientras Cuatro-Tres enterraba el cuchillo. Se deslizó en mi estómago como si fuera un buen trozo de filete jugoso.

Cuatro-Tres sacó el cuchillo, rojo y temblándole en la mano. Le pateé la pierna y le arrebaté el cuchillo con facilidad mientras caía. Rodó sobre sus rodillas; los sollozos sacudían su cuerpo. Lo eliminarían por traer un arma en el transbordador, así que casi pude entender las lágrimas.

Algunos oficiales lo habrían matado de inmediato, pero Leb era el tipo que dejaba que el oficial Mayer repartiera los castigos más permanentes.

—Estupendo —masculló Lissy en voz baja, sin mover un dedo para ayudar a Cuatro-Tres.

Limpié la sangre que goteaba del filo del cuchillo sobre mis pantalones y se lo extendí a Leb. Seguía sentado ahí, el pobre humano lento. Me miró fijamente, levanté las cejas y le acerqué el cuchillo un poco más. Lo tomó.

—Gracias —dijo en voz baja.

Fruncí el ceño tras esa respuesta. Bajó la cabeza y deseé haber asentido o dicho: *De nada*. No me esperaba que me agradecieran. Ni siquiera estaba segura de por qué lo había hecho. Supuse que él era mi oficial CAHR favorito, pero eso era un poco como tener una verdura favorita. Todas eran bastante aburridas.

Regresé a mi asiento, y mi mano se desvió a mi estómago. Mi camiseta estaba empapada de sangre.

Veintidós tenía la cabeza en las manos. Me concentré en el suelo, feliz de no tener que encontrarme de nuevo con esos ojos llenos de pánico, horrorizados.

CAPÍTULO NUEVE

Veintidós estaba sentado, desplomado sobre su desayuno y picando la avena con su cuchara. Su mano descansaba contra su mejilla y sus ojos permanecían entrecerrados. Su cabeza prácticamente estaba sobre la mesa de la cafetería.

Ever y yo nos sentamos frente a él; ella me dirigió una mirada de preocupación al advertir de un vistazo la expresión hosca de Callum. Hoy ella se veía algo mejor. No había habido gruñidos por la noche. De hecho, hasta me quedé dormida.

—¿Estás bien? —le preguntó Ever a Veintidós. Deseé que no lo hubiera hecho. Era evidente que no estaba bien. Los novatos rara vez lo estaban después de su primera asignación.

—No tiene ningún sentido —masculló.

—¿A qué te refieres? —preguntó Ever.

Veintidós levantó la mirada hacia mí.

—Estás desperdiciando tu tiempo conmigo. Debiste haber escogido a Uno-Dos-Uno. Nunca podré hacer eso.

La mirada de Ever se dirigió hacia mí y después hacia él; su ceño fruncido indicaba preocupación.

—Todo mejora —dijo. Podía notar que estaba mintiendo.

Veintidós también advirtió la mentira. Frunció el ceño, después volteó la cabeza; la mirada en sus ojos oscuros era dura y enojada.

—Ese tipo te disparó cuatro veces —dijo. Ni siquiera parpadeaste. Era como si ni siquiera te hubieras dado cuenta.

—Me han disparado muchas veces. Te adaptas —dije.

—*Tú* te adaptas. Yo no puedo hacer eso.

—El entrenador de ella le disparó una y otra vez —dijo Ever tranquilamente, y yo me puse tensa. Recordé que también ella había tenido miedo, así que aquel instructor y sus guardias le dispararon hasta que ya no lo tuvo.

Era cierto, pero miré mal a Ever por compartirlo. Al principio, al hacerme recordar mi muerte humana, las balas me paralizaban y para mi entrenador eso era inaceptable. Le dio instrucciones a los guardias de dispararme hasta que me desensibilizara.

Parte del enojo se había desvanecido del rostro de Veintidós cuando giró hacia mí.

—¿Quién fue tu entrenador? —preguntó con disgusto en cada palabra. No debería haber sentido disgusto. La única razón por la que hoy estaba viva era porque tuve un buen entrenador.

—Uno-Cinco-Siete. Murió en el campo de operaciones hace unos meses —o, por lo menos, eso es lo que me dijo Leb. Tenía casi veinte años.

—Qué lástima que no pude conocer a ese tipo —masculló, cruzando los brazos sobre su pecho.

—El punto es que la cosa mejoró para ella —dijo Ever, ignorando mi mueca. Mejorará para ti.

—No quiero que mejore. No lo quiero hacer en absoluto —con esos brazos cruzados me recordaba a un niño de tres años haciendo pucheros. Era casi adorable.

—No tienes opción —le dije.

—Debería. Nada de esto es mi culpa. Yo no pedí morir y levantarme de la muerte.

Mis ojos miraron fijamente alrededor de la habitación. Esperaba que los humanos no estuvieran escuchando. Ése era el tipo de cosas por las que eliminaban a los Reiniciados.

—Contrólate —bajé la voz. La primera vez es la más dura. Te adaptarás.

—No me adaptaré. No me quiero convertir en una especie de monstruo que disfruta cazando a la gente.

Y luego hizo un gesto hacia mí.

Un cuchillo me atravesó el pecho. Parpadeé, sin estar segura de cómo entender aquel dolor. Sus palabras hicieron eco en mis oídos, y de repente fue difícil respirar.

Un especie de monstruo que disfruta cazando a la gente. No me gustaban las palabras; no quería que él pensara eso de mí.

¿Desde cuándo me importaba lo que pensaban mis aprendices sobre mí?

—¿Por qué no te vas a mear a otro lado? —la voz de Ever fue dura y helada, hizo que alzara la vista. Fulminó a Veintidós con la mirada, mientras aferraba su tenedor como si estuviera pensando usarlo como arma.

Él agarró su charola y se puso de pie. Le eché una mirada furtiva y vi confusión y sorpresa en su rostro. No estaba segura de dónde venía cualquiera de las dos emociones. Abrió la boca, miró a Ever, y pareció pensarlo dos veces. Se dio la vuelta y se escabulló.

Ever exhaló y empuñó el tenedor con menos fuerza.

—Eso es mierda. Lo sabes, ¿verdad? Absoluta mierda.

—¿Qué? —todavía me estaba costando juntar aire en mis pulmones. Sus palabras seguían dando vueltas por mi cerebro, mofándose de mí.

—No eres un monstruo que disfruta cazando gente.

Fruncí el ceño. Esa evaluación parecía justa. Podía entenderlo.

—Oye, Wren.

Levanté la mirada hacia Ever y ella puso su mano sobre la mía.

—Se equivoca. ¿De acuerdo?

Asentí y deslicé mi mano fuera de la suya. Su piel era cálida, mucho más que la mía, e hizo que la tensión en mi pecho empeorara.

—Todavía no puedo creer que hubieras escogido a Callum —tomó un bocado de su avena.

—Es un desafío, supongo —dije.

—Pero siempre escoges el número mayor —dijo. Siempre haces todo exactamente igual.

Levanté mis ojos hacia los suyos para encontrar que me miraba atentamente. Me había estado mirando así desde nuestra conversación en la regadera. No parecía estar segura sobre qué pensar de mí.

—Él me pidió que lo escogiera.

—¿Eso es todo? Te lo pidió ¿y lo hiciste?

—Me necesitaba más.

Arqueó las cejas y me sonrió lentamente.

—Cierto —se metió un trozo de tocino en la boca. Además, está bastante guapo cuando no se está comportando como un imbécil.

—Él no… —no sabía para dónde iba eso. No podía decir que *no lo estaba*. Eso no era cierto. Cualquiera podía ver que era guapo. Cualquiera podía ver esos ojos y esa sonrisa.

Sentí un calor en mi rostro. ¿Me estaba sonrojando? Nunca había tenido ese tipo de pensamientos sobre un chico.

Ever se quedó con la boca abierta. Había estado bromeando sobre lo "guapo". Era claro que jamás esperó que yo estuviera de acuerdo. Soltó una carcajada y la sofocó con la mano.

Me encogí de hombros, avergonzada de haberme delatado. Avergonzada de tener esos sentimientos, para empezar.

Pero era claro que a Ever la complació. Hacía días que no lucía tan feliz, y le devolví la sonrisa.

—Debilucha —bromeó en voz baja.

Entré al gimnasio sólo para ver a Veintidós parado en un rincón, solo, de espaldas a los otros entrenadores y novatos. Todavía llevaba la misma expresión miserable.

Me sobresaltó el rayo de ira que de golpe recorrió mi cuerpo. Tan sólo de verlo, mi corazón comenzó a latir de forma extraña; hizo que la furia subiera hormigueando por mi piel. ¿Qué derecho tenía de sentirse miserable, cuando era él quien me llamaba a *mí* un monstruo? Quería zarandearlo y gritarle que no tenía derecho a juzgarme.

Quería reventarle la cara hasta que retirara lo dicho.

Alzó la mirada cuando me acercaba con pisadas fuertes, y su expresión se suavizó apenas un poco.

—Wren, yo…

—Cállate y ponte en posición.

No se puso en posición. Permaneció en su lugar y extendió la mano para tocarme. Di un paso atrás rápidamente.

—Lo siento, no era mi intención…

—¡Levanta los brazos! —grité tan fuerte que saltó. No me gustó la sonrisa vacilante que me brindó.

No levantó los brazos, así que le di un puñetazo rápido y fuerte en la cara. Se tambaleó y cayó de nalgas.

—Ponte de pie y levanta los brazos —dije tensa. Bloquea el siguiente.

Se veía mareado y le goteaba sangre de la nariz, pero se levantó y metió los brazos frente a su cara.

Le lancé golpes a propósito que no pudo bloquear. Fuertes, rápidos, enojados. Mi pecho ardía de una manera que nunca antes había sentido. La garganta me dolía por el nudo que crecía.

Cayó en el tapete por décima vez, su rostro era un desastre sangriento apenas reconocible. Esta vez no se levantó. Se colapsó, jadeando.

—Tienes razón —le dije. Debí escoger a Uno-Dos-Uno. Pero ya no me puedo librar de ti, así que te sugiero que le pares a tu gimoteo y que te controles. Ya no hay opciones, niño rico. Esto es lo que hay, y para siempre. Vete acostumbrando.

Me di la vuelta y salí hecha una furia del gimnasio, los ojos de los demás entrenadores y novatos estaban clavados en mí.

—Buen trabajo, Uno-Siete-Ocho —me dijo un guardia, asintiendo con la cabeza.

Me inundó una sensación de asco. Había escuchado esas palabras muchas veces durante mis cinco años en CAHR, pero esta vez no había ni orgullo, ni satisfacción de mi parte.

Giré bruscamente hacia las regaderas y corrí al lavabo. Limpié la sangre de Veintidós bajo el grifo mientras lo abría con torpeza.

El agua corrió roja mientras goteaba desde mis dedos; apreté bien los labios y me di la vuelta. Nunca había sido quisquillosa para ver sangre, pero ésta era distinta. Vi su rostro en ese color rojo.

Me lavé las manos cuatro veces. Cuando acabé, levante la mirada a mi reflejo. No podía recordar la última vez que me había visto en el espejo. Habían pasado años.

Los recuerdos humanos se desvanecían con más rapidez cuanto más joven moría un Reiniciado. Recordaba pincelazos amplios de mi vida antes de los doce años, pero los detalles eran borrosos. Recordaba mis ojos. En mi cabeza, mis ojos tenían el mismo azul claro que tenían antes de que muriera.

Mi reflejo era distinto. El azul era brillante, penetrante, antinatural. Inhumano. Yo habría supuesto que mis ojos eran temibles. Fríos y carentes de emociones. Pero eran… ¿bonitos? Parecía extraño describirme así. Pero mis ojos eran grandes y tristes, y el profundo color azul en realidad era bastante lindo.

A primera vista no intimidaba. Hasta era bonita. Era la persona más bajita en casi cualquier habitación, a menudo más baja que los novatos de trece y catorce años. Un mechón de pelo rubio salía de mi cola de caballo; pelo que yo misma cortaba para que quedara justo arriba de mis hombros.

No daba tanto miedo como imaginaba. Casi ni daba miedo, a decir verdad.

Desde luego, no parecía un monstruo que gozara cazando gente.

CAPÍTULO DIEZ

El aire nocturno estaba tranquilo cuando abrí la puerta de las escaleras y salí al techo de las instalaciones. Los humanos me esperaban cerca del borde y me dirigí hacia ellos, ajusté mi casco para que quedara recto sobre mi cabeza.

—Confío en ti, Uno-Siete-Ocho —el oficial Mayer puso las manos en sus amplias caderas y me vio con una mirada que decía que debía responder a eso.

—Gracias —dije en automático. El oficial Mayer me decía que confiaba en mí cada vez que me veía, como si tratara de convencerse a sí mismo. Yo era la única Reiniciada que tenía contacto regular con el oficial al mando.

Dudaba que alguien lo envidiara.

Lo veía a menudo, ya que la unidad más grande era la de Rosa y él tenía una oficina ahí. Muy rara vez veía a la mujer parada junto a él, Suzanna Palm. Era la presidenta de CAHR, y yo no tenía la menor idea de lo que hacía exactamente, pero su presencia esta noche no podía significar nada bueno.

—Quiero creer que… ¿te dijeron que esta misión es confidencial? —preguntó Suzanna. Me miraba de una manera que parecía desaprobatoria. Quizá sólo se sentía incómoda con sus ridículos tacones. O quizá le molestaban esos rizos indómitos con rayos plateados que volaban por todos lados. A mí me habrían molestado.

Asentí mientras el transbordador aterrizaba en el techo. El oficial Mayer dio un paso atrás cuando la puerta se abrió, y me miró de una manera que trataba de ser alentadora. No me sentí alentada. Lo último que quería hacer esta noche era ir a una misión sorpresa a solas. Pero tenía que admitir que esperaba que me hubieran asignado a un corredor. No me molestaría aplastarle el rostro a un humano contra el suelo esta noche.

La visión del rostro sangriento de Veintidós navegó frente a mis ojos, e hice la imagen a un lado. Pero no se quedaría lejos por mucho tiempo. La había visto todo el día y sentía el peso en mi pecho. Quería decirle a mi cerebro que parara de ser tan estúpido. Él debía haber sanado desde hacía horas, no era para tanto; como si le hubiera ocasionado daños permanentes.

Leb se retorció las manos al tiempo que yo subía al pequeño transbordador, y apenas me volteó a ver. Su incomodidad era tan palpable que casi me puso nerviosa. Las misiones solitarias del oficial Mayer rara vez eran buenas, pero casi siempre tenían a Leb como oficial de servicio para llevarlas a cabo. Al parecer también "confiaban" en él.

Usaríamos un solo transbordador esta noche, así que el prisionero regresaría con nosotros. Tomé uno de cuatro pequeños asientos frente a Leb y deslicé los cinturones sobre mi cuerpo; traté de ignorar la mirada ansiosa en su rostro. No me gustó esa mirada. Me concentré en mi nota de misiones, que simplemente decía: *Milo, treintañero, 1.77, cabello castaño*. No se mencionaba por qué lo estaba arrestando. Sabían que yo no preguntaría.

Me pasó por la mente el comentario de Veintidós sobre cómo deberíamos saber lo que el humano hizo para justificar que lo capturaran. Lo hice a un lado. Podría preguntarme por todos los crímenes humanos que quisiera, pero CAHR nunca daba esa información durante las misiones solitarias.

Volamos en silencio sobre Rosa, hasta que el transbordador aterrizó y se acomodó en el suelo. La puerta se recorrió y reveló el corazón de los barrios bajos; me desenganché los cinturones y me puse de pie. Un camino de terracería serpenteaba entre las diminutas casas de madera, cada una estaba oscura y silenciosa; ya había comenzado el toque de queda.

Nos detuvimos muy cerca de la casa asignada. El oficial Mayer no corría riesgos; no disfrutaba la persecución como yo.

La casa estaba igual de derruida y triste que las demás, con una excepción notable: las ventanas. Dos ventanas cuadradas, al frente de la casa, no estaban cubiertas por absolutamente nada. Cualquiera podría pasar por ahí y ver todo lo que tenían. La mayoría de las casas en Rosa no tenían ventanas, o si las tenían, eran pequeñas y estaban bloqueadas. El robo estaba fuera de control. Las ventanas eran una invitación.

Este humano era un completo idiota.

Di un salto fuera del transbordador y corrí por la tierra hasta los escalones frente a la casa. Los tablones crujieron bajo mis pies mientras me acercaba a la puerta y me detenía. Incliné mi cabeza hacia la casa. Estaba en silencio, el único ruido era el murmullo de las hojas del árbol en la casa contigua.

No se requería que tocara la puerta en las misiones especiales del oficial Mayer, así que la derribé, pateándola con todas mis fuerzas, y se abrió para revelar la oscuridad.

Di un paso dentro, examiné hacia mi izquierda, donde podía ver el contorno suave de un sofá y unas cuantas sillas.

Había un pasillo justo después de la sala, pero no vi señal de vida en las otras habitaciones de la casa. Quizá tuve suerte y el humano tenía el sueño pesado.

Mis botas hicieron un sonido ligerísimo contra la madera mientras pasaba con cautela atrás del sofá y por el pasillo. La primera puerta a mi izquierda estaba abierta: era un baño. La única otra puerta estaba justo al otro lado, presioné las puntas de mis dedos contra ella y aferré el picaporte con la otra. Chirrió cuando lo giré, e hice una mueca de dolor con el sonido.

Abrí la puerta de un empujón y entorné los ojos en la oscuridad hacia la cama frente a mí. Estaba vacía.

Percibí un movimiento borroso por el rabillo del ojo y enterré los dedos en ambos lados del marco de la puerta. Ninguna ventana en esta habitación. Lo tenía atrapado.

La luz se encendió y parpadeé, sorprendida. El humano —Milo, supuse— estaba parado junto a la cama, sólo llevaba puestos una camiseta, boxers y calcetines.

Estaba sonriendo.

Incliné mi cabeza a un lado, confundida por su reacción. Sus ojos volaron de mi cabeza a mis pies y sonrió más ampliamente, mientras agarraba algo en su mano. Era un tubo metálico, de unas dos pulgadas de largo.

"Uno-Siete-Ocho, ¡espósalo!", me gritó el oficial Mayer por el audífono.

Un horrible chillido me atravesó el oído; solté un grito ahogado y saqué rápidamente mi intercomunicador. Me froté la oreja y le fruncí el ceño a Milo.

—¿Quién es tu oficial de transbordador? —corrió hacia mí desde su lado de la habitación. Di un paso atrás, levanté mis brazos para defenderme. Hizo un sonido exasperado.

—¿Quieres pararle? Estoy de tu lado.

¿Mi lado? ¿Qué lado sería ése?

Volteé al escuchar el sonido de pasos y Leb apareció desde una esquina, sus ojos estaban muy abiertos y llenos de pánico. Su mirada pasó de Milo a mí y alcancé rápidamente mis esposas, sin poder pensar en una explicación de por qué no había asegurado a mi asignado.

Milo levantó un dispositivo plateado hacia Leb y el rostro de Leb cambió de pánico a enojo.

—¿El tuyo tampoco funciona, verdad, Leb? —preguntó Milo.

Me paralicé. El humano conocía a Leb.

Leb abrió la boca, pero después la cerró de golpe y volteó hacia mí. Estaba preocupado. Asustado. ¿De mí? Leb nunca pareció tenerme miedo.

Suspiró, se apretó el puente de la nariz con dos dedos.

—Sacaste todo el video y comunicaciones, incluso en el transbordador.

—Qué bonito —dijo Milo, echando el dispositivo en su cama. Habría agradecido un aviso, ¿sabes?

—No tuve tiempo —dijo Leb. Me dieron la misión hace media hora.

Milo suspiró.

—Muy listo de su parte, supongo. ¿Me lo quieres compensar dejándome ir? Puedes decir que me escapé.

—Ella no deja que se le escape nadie —dijo Leb.

Eso era cierto. ¿Y por qué lo dejaría escapar Leb?

—¿Qué demonios estabas pensando? —prosiguió Leb, enojado. Van a saber por qué cortaste sus comunicaciones. La van a matar. Y a mí, quizá.

Parpadeé, dejando caer mi intercomunicador, y Leb me lanzó una mirada pesarosa mientras lo recogía. ¿Por qué me matarían? Yo había seguido las órdenes.

—Métete al transbordador —le dijo Leb a Milo. Uno-Siete-Ocho, espósalo.

—¿Qué? —exclamó Milo mientras yo daba un paso hacia él. Vamos, hombre, ¡no me puedes entregar!

—No tengo opción —dijo Leb, e indicó que lo siguiéramos. Si no nos subimos a ese transbordador ahora mismo y volvemos a CAHR, nos matarán a mí y a ella, y probablemente te cazarían en unos cuantos días de todos modos.

—Pero... —la mirada de Milo pasó de mí a Leb, sus ojos estaban pendientes de las esposas en mi mano.

Milo salió como flecha al pasillo, empujando a Leb fuera del camino. Traté de alcanzar su cintura, pero sólo logré agarrar un trozo de camiseta. Se torció para liberarse de mi mano y salió disparado por la puerta, después se resbaló en el suelo debido a los calcetines.

—Ah, claro, buena idea, Milo —dijo Leb secamente. Escaparse de Uno-Siete-Ocho.

Fui corriendo a la sala y me lancé sobre Milo. Caímos juntos en el suelo; gruñó y comenzó retorcerse debajo de mí. Alcancé mis esposas mientras él agarraba el borde del sofá.

—¿Quieres parar? —le dijo Leb, y sus botas aparecieron junto a mí. Sólo deja que te espose.

Milo gimió, pero paró de retorcerse lo suficiente como para dejar que le rodeara las muñecas con las esposas. Lo jalé para que quedara de pie, y se sopló unos mechones de pelo de los ojos mientras giraba para mirar a Leb.

—Pero yo creo...

—Sólo cállate hasta que subamos al transbordador —Leb se paró en el marco de la puerta con su mano acomodada sobre el picaporte. ¿Entendiste?

Milo asintió de mala gana y Leb salió, apartando cosas de su camino. El piloto estaba parado junto a la puerta del transbordador con una expresión de curiosidad.

—Todo está bien —le dijo Leb mientras recorría la puerta del transbordador. Regresemos.

El oficial asintió y saltó a su asiento. Yo le hice señas a Milo de que subiera. A los objetivos humanos había que encerrarlos en un compartimento separado al fondo del transbordador, como una manera de salvaguardar al oficial de guardia. Milo entró por la pequeña abertura y cerré la puerta tras él.

Me acomodé en mi asiento, mis ojos estaban sobre Leb. De manera enfática estaba evitando mi mirada.

—¿Me puedes ayudar? —Milo comenzó a hablar lo más rápido que podía, su frente presionada contra el compartimento de cristal. Quizá durante el transporte. Podrías dejarme escapar cuando me manden a Austin, ¿verdad?

—Puede ser —dijo Leb.

—O quizás incluso esta noche. ¿Sabes una manera de salir? ¿Sabes...?

—¿Me das un minuto para pensar? —Leb frunció el ceño y se inclinó hacia delante, acomodó los codos sobre las rodillas y pasó las manos por su pelo oscuro.

El transbordador se llenó de silencio; el único sonido era el zumbido proveniente del motor. Los ojos de Milo se dirigieron hacia mí y después a Leb, en su rostro había una expresión de curiosidad.

—¿Ella habla? —preguntó Milo después de varios momentos de silencio.

Leb no contestó ni hizo movimiento alguno que indicara que lo había escuchado.

—¿Haces muchas misiones solitarias con Uno-Siete-Ocho? —preguntó Milo. Tony apreciaría ese detalle. ¿Le has explicado a ella? Quizás ella me pueda ayudar. O a nosotros, con el tiempo.

Leb levantó la cabeza y fulminó a Milo con la mirada.

—¿Ha habido progreso con Adina?

—No. Perdieron a tres rebeldes más adentro de CAHR el mes pasado tan sólo en Austin, y por ahora dejaron de sacar a los Reiniciados.

Los rebeldes. De niña escuché rumores sobre ellos. Humanos arrabaleros que se unían para resistirse a CAHR, derribar los muros entre el *Rico* y los tugurios y volver a formar un gobierno dirigido por ciudadanos. Una chica de la escuela decía que su papá formaba parte de un equipo que lanzó un ataque sobre las instalaciones de CAHR en Austin. La familia entera desapareció pocos días después.

Mis ojos se abrieron más y Leb notó mi expresión. Soltó un largo suspiro y masculló algo para sus adentros.

—¿Qué quieres decir con eso: "por ahora dejaron de sacar a los Reiniciados?" —pregunté.

—Ah, vamos —Milo le dirigió una mirada a Leb. ¿De verdad no le has dicho nada?

—No te pienso ayudar hasta que saques a Adina, así que no le vi ningún sentido hacerlo —dijo Leb. Y ahora nos expusiste a que la eliminen, así que ni siquiera importa.

Deseaba que Leb dejara de decir eso. El sentimiento de náuseas en mi estómago comenzaba a extenderse por mi garganta y tuve que tragar el nudo que me crecía dentro.

—Por favor —Milo entornó los ojos. No le van a hacer nada a su preciosa Uno-Siete-Ocho. De todos modos creen que no es más que un cascarón vacío —hizo una mueca. Disculpa, pequeñita.

—Me llamo Wren —fruncí el ceño. ¿Cascarón vacío? No estaba muy segura de eso. No era una emocional Menos-Sesenta, pero había algo dentro.

Estaba bastante segura de que había algo ahí dentro.

—Escúchame —Milo levantó la voz para que lo pudiera escuchar a través del cristal— hay Reiniciados que escapan.

Eso era ridículo. Le dirigí una mirada suspicaz, sin estar segura de cuál era su juego.

—Se escapan, formaron una reserva en Texas del Norte, no muy lejos de la frontera. ¿Recuerdas a los que te dijeron que murieron en acción, pero misteriosamente no pueden encontrar sus cuerpos? No murieron.

Yo no vi ningún cuerpo cuando murió mi entrenador.

Volteé a mirar a Leb con ojos muy abiertos.

—¿Uno-Cinco-Siete? —pregunté.

—Sí. Escapó —Leb se movió, incómodo.

—¿Cómo?

No enfrentaba mi mirada.

—Logré conseguir un localizador de rastreadores y lo saqué cuando estaba en una misión.

—¿Por qué hiciste eso? —¿por qué querría cualquier humano ayudar a un Reiniciado? Éramos el peor enemigo de la humanidad.

—Porque prometieron ayudar a mi hija —dijo. Es una Reiniciada en las instalaciones de Austin, y los rebeldes dijeron que si los ayudaba a sacar a un número alto, a alguien que CAHR jamás pensara que intentara fugarse, a cambio la ayudarían a escapar —sus ojos se endurecieron y miró a Milo con furia. Mintieron.

—¡No mentimos! —protestó Milo. Pero apenas perdimos a tres personas, y lo siento, pero sacar a una Tres-Nueve no es nuestra prioridad más alta en este momento.

—¿Ayudas a que los números altos escapen? —pregunté. Todavía no lograba entender por qué.

—Los números altos son nuestra prioridad porque son más útiles para CAHR. Pero también hemos sacado a números bajos. Todo depende de a quién podamos conseguir.

—¿Por qué? —pregunté, incrédula.

—Porque no podemos cambiar nada si todos ustedes trabajan para CAHR —dijo Milo. Si alguna vez tenemos oportunidad de deshacernos de CAHR, necesitaremos ayuda. Como la de cabrones entrenados en combate. Y se nos ocurrió que ustedes no dirían que no a la oportunidad de escapar.

—Pero... —no éramos humanos. Y yo no quería darle la mala noticia a este tipo, pero si alguien me ayudara a escapar probablemente sólo me daría a la fuga. No me quedaría por ahí para ayudar a un montón de humanos. Me costaba trabajo creer que hubiera alguna reservación de Reiniciados, y menos una aliada con estos rebeldes.

—O, en el peor de los casos, necesitan que ustedes se vayan para tener alguna oportunidad —dijo Leb, como si pudiera adivinar lo que yo pensaba.

El transbordador comenzó a descender y Milo miró a Leb con los ojos muy abiertos.

—Me puedes ayudar, ¿verdad? ¿Me puedes sacar de esto?

—Puede ser —Leb pasó una mano por su rostro. Puedo tratar de arreglar algo cuando te transfieran a Austin. Pero Suzanna Palm está en Rosa esta noche. Por ahora vas a tener que soportar el interrogatorio.

El color se desvaneció del rostro de Milo, pero asintió.

—Pero me puedes sacar después, ¿verdad? Porque...

—Dije que lo intentaría —rezongó Leb. Volteó hacia mí. Te van a preguntar qué ocurrió durante el silencio. Tienes que decirles la verdad, más o menos.

Parpadeé, confundida. Todos los humanos habían perdido la cordura.

—Una versión de la verdad. Diles que Milo comenzó a despotricar sobre la reservación de Reiniciados y la gente que escapaba. Diles que dijo que Uno-Cinco-Siete escapó. Y que quería ayudarte. Después diles que piensas que está loco. Y que aunque no lo estuviera, no irías. Haz eso que haces cuando pones la mirada en blanco, como si no tuvieras sentimiento alguno.

—Creo que ésa es mi cara normal.

—Perfecto. Tienes que darles algo. Nunca van a creer que él permaneció callado mientras no funcionaba tu intercomunicador —me miró suplicante. Pero por favor no les digas nada de mí ni de Adina. ¿Puedes decir que sólo te indiqué que te quedaras callada? Tengo dos hijos más y mi esposa ya no está. No puedo dejar que me atrapen.

El transbordador se sacudió hasta detenerse sobre el suelo y asentí. No parecía del todo convencido de que no lo delataría.

—Y no puedes contarle nada de esto a ninguno de los otros Reiniciados —susurró Leb; sus palabras salieron de golpe. Por ahora no puedo sacar a más. Casi me atrapan la última vez. No vuelvo a arriesgarme —volteó a mirar a Milo con furia. En especial cuando ciertas personas no mantienen su palabra.

Milo le devolvió la mirada furiosa mientras se abría la puerta y revelaba al oficial Mayer en el techo, con las manos sobre las caderas y la ira irradiando de su cuerpo regordete. Suzanna estaba parada junto a él, su ira parecía controlada, si es que sentía alguna. Simplemente arqueó las cejas. Las comisuras de su boca se levantaron mientras miraba a Milo.

No pude culpar al humano por hacer una mueca de dolor.

—Llévalo abajo para que Suzanna lo interrogue —le gritó el oficial Mayer a Leb, señalando hacia Milo. Luego baja a la sala de interrogatorios y espérame. ¡Tú, ven aquí! —me gritó y salí a toda velocidad del transbordador.

Me tomó por el brazo y me jaló por las escaleras como si fuera una niña que había escapado. No me dejó hasta que llegamos a su oficina en el noveno piso y soltó mi brazo para meter su llave en el cerrojo.

Cerró la puerta con fuerza tras de él y giró para mirarme; acercó tanto su rostro que podía oler su aliento acre.

Me gritó algo. No tenía la menor idea de qué era.

En serio. Todos los humanos habían perdido la razón.

—Lo siento, no entiendo, señor —soné calmada.

Fue evidente que tomó un respiro.

—¿Por qué te quitaste el intercomunicador? —preguntó entre dientes, haciendo señas hacia él, todavía lo tenía en mi mano.

—Me chirrió en el oído. Está fallando —lo extendí hacia él. Me hizo la mano a un lado y el pequeño dispositivo de plástico saltó por el suelo de azulejo y se detuvo abajo de su largo escritorio de cristal.

—¿Y tu cámara? —su saliva me salpicó el rostro en el momento que hablaba, y resistí la tentación de limpiarme las mejillas.

—No lo sé. ¿No está funcionando? —pregunté con inocencia.

—¿Qué pasó en esa casa?

—El criminal empezó a delirar sobre una reservación de Reiniciados. Dijo tonterías sobre cómo nos quería rescatar a todos. El oficial entró porque se perdió la comunicación, y juntos llevamos al asignado al transbordador.

Cubrió con una mano la otra. Pensé que podría estarse preparando para golpearme con el puño.

—¿Y?

—Siguió hablando en el transbordador. Dijo que Uno-Cinco-Siete no murió, que escapó.

—¿Y?

—Es todo. El oficial me dijo que no hablara. El humano siguió gritando sobre una reservación de Reiniciados.

—¿Te dijo dónde estaba?

—No —o por lo menos, no exactamente. Texas del Norte no era una descripción muy amplia. Todo lo que estaba al norte de nosotros era un páramo desolado, hasta donde yo sabía.

—¿Dijo que te ayudarían a escapar?

—Sí, mencionó que me quería ayudar. Pero creo que sólo está loco, señor.

El oficial Mayer me miró de reojo, sus resoplidos y jadeos fueron el único sonido en la habitación durante varios segundos.

—Crees que estaba loco —dijo lentamente.

—Los Reiniciados no escapan. Los he visto intentarlo. Los matan. Y aunque lo lograran, no hay dónde ir.

—¿Y qué hay de esta reservación?

—Me cuesta trabajo creerlo, señor —no estaba mintiendo. No la podía imaginar. ¿Cómo vivían? ¿De dónde sacaban alimentos? ¿Por qué los humanos los dejaban tranquilos?

Me clavó la mirada, buscaba una mentira en mi rostro.

—No sabía que se pondría tan difícil. Pero te mandé porque confío en ti —tomó una bocanada irregular de aire y dio un paso hacia atrás. Esta gente… sé que no puedes entender esto, pero nosotros los salvamos. Somos el único estado que sobrevivió, porque cerramos nuestras fronteras a tiempo y detuvimos todos los viajes civiles. Y esta gente cree que puede ir adondequiera y hacer lo que quiera. ¡Hicimos estas reglas por una razón! Los protegimos y estos rebeldes... —escupió la palabra— creen que están en algún tipo de misión para salvar a todos. Nos están matando más rápidamente. ¡Viajando entre ciudades, quebrantando la ley! Este lugar... —señaló como loco por toda la habitación— se supone que protege a los humanos. Eso es lo que haces tú. Lo sabes, ¿verdad?

Proteger no era la palabra que usaría para describir lo que hacía, pero casi podía entender lo que decía. Los humanos escogían dejar vivir a los Reiniciados más jóvenes para que les ayudaran a limpiar las ciudades. Deshacerse de los criminales y los enfermos sin correr el riesgo de quedar infectados ellos también, y dispersar el virus aún más.

—Sí —contesté.

Dio un paso delante, tan cerca de mí que me daban ganas de golpear mis manos contra su pecho y lanzarlo al otro lado de la habitación.

—Estaré vigilando cada movimiento que hagas. Una sola palabra de esto a alguien más y estás muerta. ¿Entendiste?

Asentí.

Eso no me sonaba, ni remotamente, a confianza.

CAPÍTULO ONCE

Esa noche, cuando volví a mi habitación, me acurruqué en la cama y miré la pared. Pensé que había una buena posibilidad de que el oficial Mayer me estuviera mirando en ese instante, y no estaba segura de que mi rostro no delatara los pensamientos que pasaban a toda velocidad por mi cabeza.

¿Escapar?

Era ridículo. CAHR diseñó las instalaciones para hacerlo imposible. Nos monitoreaban constantemente y nos rodeaban de guardias armados; la ubicación de nuestros rastreadores era secreta, y cada humano en las ciudades estaba más que dispuesto a entregarnos a CAHR si nos veían.

Bueno, al parecer, no todos los humanos.

Jalé mis rodillas hasta el pecho y fruncí el ceño, intentando encontrarle sentido. Mi intuición inicial fue que los rebeldes nos tendían una trampa. Que ayudaban a los Reiniciados a escaparse con un cuento sobre una reservación y después los mataban. Pero no le veía el sentido a eso. Si realmente quisieran deshacerse de los Reiniciados, ¿no los matarían mientras cumplían sus misiones en las ciudades? Prerarar una elaborada trampa para sacarlos primero de CAHR parecía tonto, hasta para un humano.

Pero si no nos estaban tendiendo una trampa, si realmente nos ayudaban con la esperanza de que los ayudaríamos, entonces estaban siendo muy listos. Era bastante optimista, por parte de los humanos, esperar que los Reiniciados cooperaran, pero era un plan sólido si querían deshacerse de CAHR.

Me apreté el rostro. No podía asegurar cómo me sentía acerca de que los humanos decidieran trabajar con los Reiniciados. Se volvía más difícil odiarlos cuando comenzaban a darle sentido común a la ecuación.

Esa noche casi no dormí, y cuando me di la vuelta en la mañana, Ever estaba hecha un ovillo; sus dedos temblaban y jalaba las cobijas hasta su barbilla. Me levanté y giré las piernas sobre un lado de la cama, desvié mi mirada rápidamente cuando notó que la veía.

Quería hablar con ella sobre lo ocurrido la noche anterior, pero me parecía cruel. Si alguien necesitaba salir de aquí era ella, y Leb había dejado claro que no le interesaba ayudarnos a ninguno de nosotros. De todos modos, ¿qué le podía decir? *¿A algunos Reiniciados les toca escapar, pero parece que no seremos ni tú ni yo?*

Me deslicé fuera de la cama y me puse la ropa para correr, le lancé otra mirada rápida antes de salir del cuarto y dirigirme hacia el pasillo. Veintidós me esperaba en la pista, sus ojos lucían grandes, redondos y llenos de arrepentimiento.

—Wren, yo…

—Sólo corramos —lo interrumpí y evité esos ojos. Me hacían sentir culpable de nuevo, y no me quería sentir así cuando fue él quien pensó que yo era un monstruo.

Comencé a correr y me siguió, los dos en silencio mientras dábamos la vuelta a la pista. Permaneció callado toda la carrera y esa tarde, durante el entrenamiento. Me siguió lanzando una mirada que interpreté como que se quería disculpar, pero la ignoré y hablé con él sólo sobre el entrenamiento.

—Te veo en el techo en una hora —le dije cuando terminamos de entrenar ese día. Teníamos una asignación de enfermos esa noche, y agradecí el descanso. Extraer a los humanos enfermos para entregarlos al hospital era una tarea sencilla, difícil de echar a perder. Y casi nunca involucraba violencia.

Veintidós asintió y me di la vuelta para salir. Divisé a Leb recargado contra la pared del gimnasio; sus ojos estaban puestos en mí. Dejé que Veintidós caminara frente a mí, y cuando me acercaba a la puerta desaceleré el paso, hice una pausa con la mitad de mi cuerpo ya casi fuera.

—Gracias —susurró Leb, bajando la cabeza como para hablar con el piso.

—¿Todavía lo tienes? —le pregunté volteando hacia la puerta. ¿El localizador de rastreadores?

—No. Lo regresé para que no sospecharan que lo ayudó alguien de adentro.

Me aferré al borde de la puerta, mientras el tembloroso cuerpo de Ever me pasaba frente a los ojos.

—Y realmente no puedes...

—No.

—Pero...

—No —sus ojos se deslizaron hacia la cámara en la pared. Vete. Mayer se va a dar cuenta de que estás hablando conmigo.

Tenía razón, y suspiré mientras empujaba la puerta para entrar al pasillo. Quizá ni siquiera era buena idea tratar de ayudar a Ever a escapar. No estaba en las mejores condiciones y, ciertamente, enviarían de inmediato a oficiales de

CAHR para rastrear a una Reiniciada prófuga que anduviera allá fuera. Era un enorme riesgo para cualquiera, pero ¿para una Cinco-Seis que no estaba en la mejor condición? Aunque encontrara una manera de acompañarla, en el mejor de los casos las posibilidades de supervivencia eran mínimas. Quizás estaba mejor aquí.

Me puse el casco y apreté la correa bajo mi mandíbula, le eché una mirada nerviosa a Ever. Ajustaba su intercomunicador con manos temblorosas, mucho más temblorosas que esta mañana.

—¿Necesitas ayuda? —le pregunté.

Negó con la cabeza, y puso el aparato en posición frente a su boca.

—¿Está mejor Callum?

—Perfecto —mascullé.

—Se siente muy mal, sabes. Quizá debas… ¿deberías tenerle un poco de paciencia? Las primeras semanas aquí siempre son difíciles.

Me encogí de hombros, aunque se me ocurrió que quizá tenía razón. Los ojos grandes y tristes de Veintidós revolotearon por mi cabeza y solté un suspiro.

Ever se levantó y de inmediato le flaquearon las piernas. Cayó al suelo jadeando.

—¿Estás…? —me detuve cuando levantó la cabeza de golpe y sus ojos vidriosos se clavaron en mí.

Se alzó bruscamente y voló hacia mí. Caímos el suelo y ella golpeó mis hombros hacia abajo, sujetándome con su cuerpo.

Le pateé las piernas pero no se movía, sólo me mostraba los dientes y gruñía.

Aparecieron dos humanos afuera de nuestra habitación, uno con un portapapeles. La cabeza de Ever dio un giro y salió como flecha hacia ellos. El doctor que llevaba el portapapeles apretó rápidamente el botón para encerrarnos.

Lentamente me puse de pie, fulminando el suelo con la mirada en vez de dirigirla hacia los humanos.

Golpe.

Golpe.

Golpe.

Cerré los ojos, escuchando el ritmo de Ever. No quería hacer esto esta noche. Quería tener de vuelta a la Ever de verdad, la que hacía que me sintiera mejor y quería caminar hacia la cafetería conmigo.

La extrañaba.

Abrí los ojos y suspiré. Ever se volteó con lentitud, frunciendo el entrecejo como si eso la ofendiera.

—Cuidado, Uno-Siete-Ocho —advirtió el doctor desde afuera.

Oh, gracias, humano. Eso es de tanta ayuda.

Saltó hacia mí como un animal, agarró mi camisa mientras trataba de evadirla. Escuché cómo se rasgaba la tela cuando arrancó un trozo de la espalda. Tomó lo que quedaba y me jaló hacia ella, enredando un brazo alrededor de mi vientre. Sentí sus dientes rasgar mi cuello y le di un codazo en el costado para escaparme de su llave.

Salté sobre mi cama, pero fue demasiado rápida. Sus dedos rodearon mi muñeca y me dislocaron el brazo mientras me jalaba hacia el suelo. Saltó sobre mí y apretó sus dedos alrededor de mi cuello.

Un pequeño gemido escapó de mi boca. Apreté los labios, avergonzada, con la esperanza de que los humanos no hubieran escuchado.

Pero Ever sí lo escuchó. Sus ojos se aclararon y quitó las manos de mi cuello, al mismo tiempo su linda cara se cubrió de horror.

—Lo siento —se alejó rápidamente de mí. Su mirada pasó de mí hacia los humanos afuera, sus ojos estaban llenos de lágrimas.

—Está bien —carraspeé, me incorporé y me recargué contra mi cama. Mi brazo colgaba de forma extraña. ¿Puedes volver a meter esto?

Cabizbaja sujetó mi brazo y lo metió de nuevo en su lugar; las lágrimas comenzaron a derramarse por sus mejillas.

—Lo siento —volvió a susurrar cuando los humanos entraron.

—Está bien, Ever. En serio —le sonreí pero no me estaba mirando.

—¿Te sientes un poco débil? —preguntó el médico en tono amable, como si no fuera él quien le hubiera hecho eso.

Ella asintió en silencio y él extendió una jeringa, indicándole que acercara el brazo.

—Esto te ayudará —le inyectó el líquido y le dio una palmadita en la cabeza.

Ella cerró los ojos e inhaló unas cuantas veces.

—¿Así está mejor? —preguntó. ¿Crees poder salir a la misión de esta noche?

Ella asintió, se limpió las mejillas con los dedos.

El humano se mordió el labio, lo consideró por un momento.

—Sólo hay que extraer a un enfermo esta noche, ¿verdad?

—Sí —respondió Ever.

—Está bien —indicó hacia mí. Cámbiate. Se te desgarró la parte de la espalda.

Salieron de la habitación y me levanté; me quité la camisa negra y me puse otra idéntica. La puse sobre mi camiseta y ajusté el casco y la cámara.

—¿Lista? —pregunté al ofrecerle una mano a Ever.

Se mantuvo cabizbaja mientras caminábamos hacia el techo, inconsciente de las múltiples miradas que lancé en su dirección. De todos modos no podíamos hablar de ello, con nuestros intercomunicadores encendidos y los humanos atentos a cada palabra.

Veintidós y los otros Reiniciados ya estaban en el transbordador con los cinturones puestos. Hugo y su novato eran el único otro equipo de entrenamiento que salía esta noche; los demás eran Reiniciados veteranos. La mayoría menores de sesenta, excepto por Marie Uno-Tres-Cinco, quien iba a su segunda misión solitaria desde que la entrené. Las misiones de enfermos no requerían muchas habilidades. Al entrar al transbordador miré a los menores de sesenta en busca de señales de locura, como las que acababa de ver en Ever, pero todos miraban hacia abajo, con expresiones en blanco.

Dos oficiales estaban parados en un rincón del transbordador. Un joven llamado Paul, y otro que no conocía. El desconocido nos miró con desprecio y apuntó su pistola directamente hacia mí, mostrando sus dientes amarillentos.

—Sentada —ordenó.

Tener dos oficiales no era buena señal.

Me deslicé a mi asiento junto a Veintidós e ignoré sus esfuerzos por llamar mi atención. No estaba de humor.

Viajamos al centro de los barrios bajos en silencio, salimos en fila del transbordador cuando Dientes Amarillos gritó la orden. Esta noche hacía más calor en los arrabales; la brisa fresca de las últimas noches había desparecido.

—¿Traes tu mapa? —le pregunté a Veintidós, y le entregué la nota de nuestra misión cuando la puerta del transbordador se cerró de golpe atrás de nosotros.

Asintió, y lo levantó para mostrármelo.

—Las misiones de enfermos son más fáciles —le dije mientras él lo estudiaba. Sólo extraemos a los enfermos que contaminan la ciudad.

—¿Y qué les importa a ellos? —señaló hacia el transbordador.

—Están tratando de eliminar la enfermedad entre la población humana. No pueden hacerlo si esos humanos se pasean por ahí infectando a todos. Tratan de prevenir un segundo brote masivo.

Frunció el ceño pero no dijo nada.

—¿Por ahí? —apuntó.

—Sí.

Nos dirigimos hacia una calle de terracería poblada de casitas y tiendas de campaña. Esta área de la ciudad todavía no había sido construida del todo; algunos humanos vivían en hogares improvisados hasta que construyeran algo más sólido. Era lo peor de los barrios bajos; el olor a muerte y enfermedad me cosquilleó en la nariz. El clima más cálido empeoraba el hedor, aunque no tanto como en el verano, cuando era tan fuerte que había que contener el aliento.

Me detuve frente a una tienda de campaña hecha de algún tipo de material plástico. No era particularmente sólida; de hecho, estaba tan llena de orificios que dudé que proporcionara algún tipo de protección. En el mejor de los casos, las delgadas ramas que la sostenían se veían inestables.

—Bell Trevis —llamé.

Escuché a alguien toser adentro; después se abrieron las aletas de la tienda y una joven salió corriendo. Tenía el pelo oscuro grasoso y apelmazado contra su cabeza, los ojos hundidos y negros. Tenía la barbilla manchada con puntitos rojos, seguramente por escupir sangre al toser.

Levantó los brazos hacia nosotros. Los enfermos rara vez luchaban.

—La tengo —dijo Veintidós, levantándola.

—Tienes que esposarla —dije.

—¿Por qué? ¿Qué va a hacer, correr? —bajó la mirada hacia la humana. ¿KDH?

Ella asintió; su cabeza se bamboleaba como recién nacida. Él la acomodó con cuidado contra su pecho.

—No hables con ella, Veintidós.

Como respuesta sólo frunció el ceño y dio la vuelta en dirección al transbordador.

—¡Veintidós! —solté un suspiro de exasperación y hablé por mi intercomunicador. Wren Uno-Siete-Ocho con Veintidós. Aseguramos la misión.

"Procedan al transbordador. Controla a tu novato, Uno-Siete-Ocho."

Fui corriendo para alcanzar a Veintidós, quien miraba hacia abajo, hablando con la humana.

—Con el tiempo no sentirás nada —le decía.

—¡Veintidós!

—Todo se adormece. Ni siquiera te darás cuenta cuando te mueras… te lo juro.

—No se habla con los humanos —le agarré el brazo. Se detuvo y me fulminó con la mirada. Jaló el brazo pero quedó en silencio mientras continuábamos. Bajó a la humana con suavidad en el transbordador con los otros enfermos, y fingió no notar mi expresión molesta cuando caminábamos fatigosa-mente hacia nuestro propio transbordador.

Los otros Reiniciados se pararon en fila y nos unimos a ellos. Sentí cómo se me apretaba el estómago mientras los oficiales nos miraban con el ceño fruncido. Algo estaba mal. Le eché un vistazo a Ever pero ella miraba sin expresión hacia el suelo.

—Hemos tenido a Reiniciados que traen artículos del campo de operaciones y amenazan a los oficiales —dijo Paul. Tenemos que registrarlos antes de que suban.

Me quité la camiseta de arriba y abrí los brazos, como siempre.

—Todo —dijo Paul con un gesto de la mano. También las camisetas. Volteen los bolsillos y bájense los pantalones. No se quiten la ropa interior. No necesitamos ver eso.

Los otros Reiniciados siguieron la orden de inmediato, se quitaron las camisas, mientras sus pantalones caían contra el suelo con un suave chasquido.

Con el dedo toqué el botón de mis pantalones, mientras mis ojos revoloteaban hacia los pechos desnudos en la fila. Ninguno parecía perturbado por la orden. De todos modos era probable que ya se hubieran visto en calzones los unos a los otros. Podía ver de reojo que hasta Veintidós había segui-do la orden.

Nadie me había visto jamás sin la ropa puesta.

—Oye.

Alcé la mirada para ver a Dientes Amarillos levantar su pistola hacia mí. Hizo un movimiento brusco con la cabeza, indicándome que obedeciera la orden.

Mis dedos temblaban tanto que no me podía abrir los bo-tones de los pantalones. No pasaban por el ojal. Ésta no era ni siquiera la parte mala. Los pantalones, perfecto.

Pero la camiseta. No me podía quitar la camiseta.

—¿Quién es ésta? —preguntó Dientes Amarillos.

—Uno-Siete-Ocho —dijo Paul.

De todos modos no tendría por qué quitármelos. Salvé a Leb. Yo no fui quien le sacó un cuchillo a un oficial.

—¿Qué te pasa? —exigió Paul, y empujó su pistola contra mi espalda.

Cada uno de los Reiniciados en la fila me volteó a ver. Marie Uno-Tres-Cinco frunció el ceño profundamente, casi preocupada, mientras asentía con la cabeza para que siguiera las órdenes.

Yo lo salvé. Quería gritárselos.

—Oye —espetó Veintidós, estiró la mano y tomó el cañón de la pistola. Solté un grito ahogado. ¿Puedes parar? No debería de tener que hacerlo si no quiere.

Paul jaló la pistola hacia atrás y golpeó con fuerza la cabeza de Veintidós con el cañón. Hice una mueca de dolor mientras caía, y volví a jalar el botón de mis pantalones otra vez. Paul se alejó de mí un paso, ahora apuntaba la pistola contra Veintidós.

Dientes Amarillos soltó un suspiro de molestia, enfundó su arma y dio unas zancadas hacia mí. Me dio un tirón hacia él por la cintura de mis pantalones, jaló el botón a través del ojal y los empujó hacia abajo.

—¿Alguien más quiere una bala en el cerebro? —masculló, y agarró la parte de abajo de mi camiseta y la jaló sobre mi cabeza.

Apreté los brazos contra mi delgado sostén blanco e intenté respirar, pero mis pulmones no cooperaban. Mi pecho subía y bajaba con demasiada rapidez, mi garganta se cerraba por el dolor.

—Por el amor de Texas —dijo Dientes Amarillos en total exasperación, mientras jalaba mis brazos hacia el lado. Pensaría que eres novata.

Dientes Amarillos hizo una mueca al ver las feas cicatrices que se extendían por mi cuerpo y rápidamente desvió los ojos. Pero los Reiniciados no lo hicieron. Todos miraron fijamente.

Volteé la cabeza, trataba que mis brazos no temblaran. Fracasé.

Veintidós no me miró. Su rostro estaba volteado con firmeza hacia un lado y yo no podía ver nada más que su nuca. No había mirado.

—Está bien, vuélvanselos a poner. Métanse en sus asientos —ordenó Paul.

Tomé mis dos camisas y me las puse con la mayor velocidad posible, mis ojos estaban sobre Veintidós —sobre Callum— todo el tiempo. Aún no me había visto.

Abotoné mis pantalones, me senté junto a él y me puse los cinturones con rapidez. Las manos me temblaban mientras las doblaba sobre mi regazo, y volteé a ver a Callum que las miraba fijamente. Las apreté para que pararan de temblar, pero no funcionó.

Ever llamó mi atención cuando levanté la cabeza, y me brindó una mirada comprensiva que, en vez de mejorar, empeoró más la presión en mi pecho. Enfoqué la mirada en mi regazo.

Cuando aterrizó el transbordador salí lentamente hasta el final. Mis piernas temblorosas ya no funcionaban bien. Me quedé atrás al tiempo que los demás Reiniciados marchaban al otro lado del techo y bajaban las escaleras.

Callum se quedó al inicio de las escaleras y esperó, me abrió la puerta. Me aferré al barandal mientras bajaba temblorosa con mis estúpidas piernitas.

Sentí algo cálido contra mi mano libre y desvié la mirada para ver que Callum enredaba sus dedos con los míos. Su piel se sentía agradablemente caliente contra mi carne fría y muerta; me aferré a su mano, agradecida, y traté de sonreír. Sus grandes ojos brillaron con preocupación y compasión, pero me devolvió la sonrisa.

Caminamos lentamente por las escaleras y la puerta del octavo piso. No quería soltarlo, pero la residencia de los chicos estaba a la izquierda y la de las chicas a la derecha. Me dio un apretón en la mano y saqué la mía de la suya; la empujé dentro de mi bolsillo para tratar de guardar el calor.

Cuando llegué a mi habitación, evité los ojos de Ever mientras me cambiaba la ropa de campo y me ponía unos pantalones deportivos.

—Wren, en realidad no es… —comenzó.

Le fruncí el ceño y me metí en la cama; ella dejó de hablar. Jalé las mantas completamente sobre mi cabeza y me hice un ovillo apretado hasta que me envolvió la oscuridad.

CAPÍTULO DOCE

—Te lo perdiste esta mañana. Qué lástima, porque fui bastante genial.

Callum me dio una amplia sonrisa cuando atravesé el gimnasio y me detuve frente a él. La gran sonrisa resplandeciente había regresado.

—Lo siento —dije, y mis ojos revolotearon por el gimnasio. Un par de Reiniciados me miraron fijamente. Me quedé dormida —me concentré en Callum y mis mejillas ardieron con sólo ver su sonrisa. De todos modos, gracias por ir. Está muy bien.

Se encogió de hombros.

—Sí, claro.

Advertí la mirada fija de Hugo desde el otro lado del gimnasio y crucé los brazos sobre mi pecho, fulminé el brillante suelo de madera con una mirada. Quería arrastrarme hasta un rincón y esconder mi rostro y nunca volver a mirar a ninguna de estas personas otra vez.

—¿Me vas a pegar, o qué? —preguntó Callum

Una risa de sorpresa escapó de mi boca y aclaré la garganta rápidamente para esconderla. Pero era demasiado tarde: la había escuchado, y una total felicidad bailó por su rostro.

—Eh, sí —me sonrojé cuando volví a mirar sus ojos.

Callum colocó los puños frente a su rostro y le tiré un golpe ligero que bloqueó con facilidad. Le dirigí uno más fuerte y paré justo antes de darle en la mandíbula.

—Más rápido —dije. Casi te pego.

—Es posible que tengas que aceptar que nunca seré bueno para esto —se agachó cuando mi puño voló hacia él.

—No.

—¿No? —saltó cuando traté de patearle las piernas para derribarlo.

—Bien.

—Gracias. ¿No? ¿No lo aceptas?

—No. Todos mis novatos son buenos. Nunca he perdido a uno durante el entrenamiento. Sólo a dos pero después.

—¿De cuántos? —preguntó, tirando un golpe débil que esquivé con facilidad.

—¿Siquiera le echaste ganas al último? —pregunté, sin poder evitar que las comisuras de mi boca se fueran hacia arriba.

—Un poquito —se balanceó sobre sus pies.

—Intenta más.

Dio un golpe más duro pero aún así lo esquivé fácilmente. Por lo menos estuvo mejor.

—¿Cuántos? —me volvió a preguntar.

—¿Veinte? ¿Veinticinco? Algo así —esta vez nos lanzamos ganchos con más fuerza uno al otro, y mi puño golpeó su barbilla ligeramente. Le agarré el brazo mientras se acercaba, y lo jalé con tanta fuerza que cayó de nalgas. De inmediato trató de patearme las piernas para derribarme, como le enseñé, y una sonrisa se me dibujó en el rostro.

—¿Te parece chistoso? —preguntó Callum, dándose por vencido después de que salté para salirme de su camino.

—No, estuvo bien —agaché la cabeza para que no pudiera ver la sonrisa que se extendía cada vez más sobre mi rostro.

Sus dedos aferraron mi muñeca de repente y me tambaleé, entonces mis rodillas se estamparon contra su estómago y caí encima de él. Soltó un gruñido entremezclado con risas.

—Yo gano —dijo con un resoplido.

—¿A eso le llamas ganar?

Me agarró las manos cuando yo comenzaba a quitármele de encima, y se levantó sobre los codos para acercar su rostro al mío.

—Sí.

Miré nuestras manos entrelazadas en vez de sus ojos oscuros y felices, mientras trataba de luchar contra el calor que se extendía por mi cuerpo. Un rubor de cuerpo entero. Estupendo.

—Lamento lo que dije antes —dijo en voz baja, y levanté la mirada. No hablaba en serio.

Saqué mi mano de la suya y me aparté de él para caer en el suelo frío. Quizá sí lo lamentaba, pero sin duda aquella vez hablaba en serio.

—No hay problema.

—Sí lo hay —dijo, se incorporó y se inclinó hacia mí para hablar en privado. No debí decir que disfrutas cazando a la gente sólo porque eres buena para hacerlo…

—Lo disfruto —lo interrumpí. De cierta manera. En especial la persecución. Pero…—no estaba segura de qué manera lo podría entender él… no en este momento.

—¿Pero qué?

—No es que tenga una opción —dije suavemente. Apenas si recuerdo mi vida humana, y lo que sí recuerdo es terrible.

Esto es lo único que conozco. Sólo soy buena para esto. Así que, sí, a veces lo disfruto.

—Tiene sentido —hasta sonaba como si lo dijera en serio.

—Y no siento cosas. No de la misma manera. Soy una Uno-Siete-Ocho. Es cierto que no tengo emociones, de verdad.

—Eso es mentira —dijo con un tono divertido en la voz.

—No lo es.

Callum se inclinó más hacia mí, hasta que pude oler el aroma fresco de su piel. Olía a limpio, vivo y como un Veintidós; yo quería envolverme en algo para esconder mi hedor a muerte.

—Sí, lo es. Me hiciste papilla el otro día. Eso era rabia. Y esa mirada en tus ojos, cuando hablaste de tu vida humana, ésa es tristeza —podía sentir el calor de su aliento contra mi rostro. En ese momento inclinaba su cabeza para acercarla a la mía. Una sonrisa le cruzó los labios mientras yo daba un gritito ahogado de sorpresa.

—Sientes mucho.

—¡Uno-Siete-Ocho! ¡Veintidós! ¡De vuelta al trabajo! —alcé la cabeza de golpe para ver a un guardia que nos fulminaba con la mirada. Me levanté rápidamente y le extendí mi mano a Callum. La tomó y se puso de pie de un salto.

—¿Me perdonas? —preguntó, mientras colocaba sus puños en posición. Sus ojos eran grandes y redondos, como un cachorrito que ruega que le den un premio.

—Sí —le dije con una risa.

—Hazlo otra vez —dijo, pegando saltos de la felicidad.

—¿Que haga qué?

—Ríete.

—Hagamos un trato. Si logras golpearme, me rio.

—Qué rara eres.

Solté a Callum para que fuera a cenar después de que se empezara a vaciar el gimnasio. Apenas estaba por seguirlo a las puertas, cuando vi a Ever entrar y enfilarse hacia el área de prácticas de cuchillo. Levantó una de las navajas sin filo y retrocedió varios pasos; su cuerpo se quedó quieto mientras se preparaba para lanzar.

Lanzó el cuchillo. Rebotó contra la pared y golpeó el suelo.

Callum me miró con expectación y me abrió la puerta del gimnasio; le hice una seña para que se fuera.

—Adelántate. Llego en un minuto —me acerqué de varias zancadas y me detuve junto a Ever.

Levantó la mirada un momento mientras alcanzaba el cuchillo con dedos temblorosos.

—Hola, ¿estás bien?

—Venía a preguntarte lo mismo.

Dio un paso atrás y lanzó el cuchillo. Golpeó la pared a por lo menos quince centímetros del objetivo.

—Fabuloso.

Miré durante varios intentos más, fallaba cada lanzamiento. La mayoría ni se incrustaba. Estaba pálida y vacilante; lo que le habían dado anoche no parecía haber durado mucho.

—Ugh, me pregunto por qué estoy fallando tanto hoy —la voz de Ever destilaba sarcasmo mientras se agachaba para recoger el cuchillo tras otro lanzamiento sin éxito. ¿No te parece extraño?

Crucé los brazos sobre mi pecho e hice mi mejor esfuerzo por mirarla con compasión. No estaba segura de cómo me había salido. Quería decir algo, lo que fuera, pero no se me ocurrían palabras que no le sonaran sospechosas al oficial CAHR que estuviera escuchando.

—Pensaría… —gruñó mientras lanzaba el cuchillo otra vez— que esto es exactamente lo opuesto a lo que quieren —el cuchillo se atoró en el vientre del hombre de papel. Inclinó la cabeza. ¡Bah! Supongo que por lo menos lo debilitará.

—Ever…

—¡Uno-Siete-Ocho! —di la vuelta al escuchar la voz del oficial. El Oficial Mayer quiere verte en su oficina.

Asentí, manteniendo la cara seria pero mi estómago se retorcía en nudos. Eso no sonaba bien.

Le lancé una mirada pesarosa a Ever antes de salir del gimnasio y subir las escaleras. El blanco pasillo del noveno piso estaba helado, y jalé mis mangas para cubrirme los brazos mientras me detenía frente a la puerta del oficial Mayer.

La puerta se deslizó y el oficial al mando levantó la vista desde su enorme escritorio de cristal, para mirarme con detenimiento. Sus dedos gordos pasaban rápidamente por la pantalla, y movió la cabeza hacia una silla.

—Siéntate.

Lo hice, con la espalda rígida. ¿Sabía de mi conversación con Ever? O peor aún, ¿sabía que mentí sobre Leb y Milo?

—Interesante selección de novato —me dijo, se inclinó hacia atrás en su silla y dobló las manos sobre sus muslos.

Traté de no suspirar con visible alivio.

—¿Gustas explicármelo? —preguntó.

—Quería ver si podía mejorar a un número más bajo.

Asintió con la cabeza, se columpió en su silla.

—¿Y no va bien?

—Apenas empezamos.

—No acepta bien las órdenes. Les respondió a los oficiales del transbordador ayer.

—Es nuevo.

—Te ignora —el oficial Mayer estrujó su cara roja. O bromea como si lo divirtieras. Ya los vi en el gimnasio.

Enfoqué mis ojos sobre su escritorio, froté mis palmas nerviosamente. Nunca me habían reprendido por mi entrenamiento de novatos.

—Los números bajos a menudo son... difíciles, pero él es tremendo. Me sorprende que sólo lo golpearas una vez —se inclinó hacia delante, y su silla golpeó contra el suelo. Y supe que también tú causaste problemas en el transbordador ayer.

Me aclaré la garganta.

—Yo...

—Está bien manoteó. No estoy de acuerdo con que desobedezcas las órdenes, pero ya le dije a los oficiales que no obliguen a las chicas a quitarse las camisetas. No somos animales, por el amor de Texas.

Asentí.

—Gracias —le dije con suavidad. Hasta estaba siendo sincera, un poquito.

—Les dije que tal vez sólo estabas frustrada con tu novato, cosa que entiendo. Deberías de estar frustrada. Yo estoy frustrado.

Me tragué el nudo en la garganta y enfrenté su mirada. *Frustrado* no era una buena palabra en el idioma de Mayer.

—Todavía no lo vamos a eliminar. Ya tuve que eliminar a Cuatro-Tres por tratar de matar a un oficial. Muchas gracias por eso, por cierto. Leb te elogió mucho.

Volví a asentir, mientras retorcía los dedos. No lo vamos a eliminar *todavía*.

—Pero necesita ponerse en forma. Haz que siga las órdenes, o no tendré otra opción. Siéntete en plena libertad de comentarle lo que dije.

Se me oprimió el pecho hasta el punto en que los extremos de mi visión comenzaron a oscurecerse por falta de oxígeno. No lo podían eliminar. No podía dejar que eso ocurriera. Tenía que mejorarlo.

El oficial Mayer volvió a concentrar su atención sobre su escritorio, presionó sus dedos contra el cristal.

—Eso es todo. Puedes irte.

Me levanté, lista para escapar, pero me detuve cuando dijo mi número.

—Hablo en serio sobre la eliminación. No quiero verte desperdiciar tu tiempo. Mejoría inmediata, o está fuera.

CAPÍTULO TRECE

Necesito que mejores.
Necesito que seas bueno.

Las palabras me pasaban por la mente mientras me acercaba a las puertas rojas de la cafetería. Nunca antes habían amenazado a mis novatos con la eliminación. No sabía cómo abordar esa conversación.

Necesito que no te mueras.

Abrí la puerta de un empujón y me enfrenté a una pared de ruido. Los guardias rara vez dejan que nos alborotemos, pero parecía que hoy era la excepción. Unos cuantos Reiniciados indiferentes seguían en sus mesas: todos los Ciento-Veinte, y algunos de los Menos-Sesenta… pero todos los demás estaban en un rincón de la cafetería en un grupo gigantesco. Algunos ovacionaban, otros se propinaban golpes, pero todos trataban de abrirse paso hacia el centro para ver lo que ocurría.

Callum. Mis ojos revolotearon rápidamente por el cuarto, pero no lo encontré. Encontré a Ever, pálida y temblorosa en una mesa, sola, mientras apuntaba con un dedo hacia la multitud.

Crucé la cafetería a paso veloz, y la rabia me incendió el pecho. No tenía tiempo para las tonterías de los Noventa. No podía permitir que el oficial Mayer viera cómo otros Reiniciados le pateaban el trasero a Callum.

—Muévanse —empujé a varios Reiniciados hacia un lado para llegar al centro de la multitud. Escuché cómo se callaban cuando notaron mi presencia; muchos de ellos corrieron a sus mesas tan pronto como me veían.

Quité a un Noventa del camino de un empujón y bajé la mirada para ver por qué gritaban.

Era Callum, con un pequeño Reiniciado. De trece años, o por ahí. El niño estaba como loco, revolcándose y tratando desesperadamente de morder a Callum. Ya lo había logrado varias veces, a juzgar por los brazos ensangrentados de Veintidós.

No sabía el número del niño, pero lo podía adivinar. Menos de sesenta. E inyectado recientemente.

Callum trató de correr pero la multitud lo había encerrado. El niño se abalanzó e hincó los dientes en el brazo de Callum, para arrancarle un trozo de carne.

Callum lo apartó con una mirada de completo horror y confusión. Sus ojos se movieron con rapidez por el círculo y se detuvieron en mí, con evidente alivio. No estaba segura de que alguna vez alguien hubiera estado tan feliz de verme.

—¡Oigan! —grité. Los Reiniciados comenzaron a esparcirse de inmediato y tomé la camisa del chico mientras se lanzaba de nuevo contra Callum. Lo golpeé en la cara, con fuerza y lo lancé por el suelo, en dirección a la puerta. ¿No iban a venir los guardias por él? ¿Sólo lo iban a dejar aquí de esa manera?

Algunos de los Menos-Sesenta se dirigieron al chico así que volteé hacia Callum y me arrodillé junto a él. Abrí la boca para gritar, para preguntar por qué no había golpeado al chico más pequeño y débil que trataba de devorárselo, cuando enredó sus brazos alrededor de mi cintura y me abrazó.

—Gracias —dijo, su respiración todavía era pesada y llena de pánico.

Me puse tensa con el calor del abrazo. Era demasiado cómodo. Y no podía recordar por qué le quería gritar.

—Lo siento —se apartó y se llevó los brazos al pecho. Te estoy cubriendo de sangre.

La cafetería estaba demasiado callada. Todos los ojos estaban sobre nosotros, así que bajé la voz.

—¿Estás bien?

Espera. Eso no es lo que quería decir. Le iba a gritar.

—Ese chico trató de comerme —miró sus brazos. ¡Mira esto! ¡Sí me comió!

Tenía grandes trozos mordidos en los brazos. Tragué saliva, traté de borrar el asco de mi cara. Como si fuera algún tipo de animal ese chico en verdad mordió su carne.

¿Qué les estaban haciendo?

—¿Por qué no te defendiste? —pregunté. Mi voz salió más estable de lo que me sentía. Necesitaba que él estuviera más calmado, y mejor aún, sin ponerse como loco por el experimento actual de CAHR.

—No… no lo sé. Sólo es un niño. Y me desconcertó todo eso de que me estuviera tratando de comer.

—Debiste defenderte.

—¡Me tenían arrinconado! —miró rápidamente detrás de mí antes de bajar la voz hasta casi un susurro. Además, tiene la misma edad que mi hermanito.

—No es tu hermanito.

—Lo sé, pero de todos modos…

—Necesito que mejores —le dije.

—¿De verdad no te preocupa que me haya tratado de comer? —preguntó, volvió a extender el brazo.

—Te vuelve a crecer en un minuto.

—Ese definitivamente no es el punto. Estoy traumatizado.

—Necesito que mejores —repetí.

—Yo…

Un alarido rebotó por la cafetería y giré la cabeza rápidamente para ver al chico alocado saltar por el aire y abalanzarse contra un guardia que acababa de entrar por la puerta. No era natural lo alto que podía saltar, incluso para un Reiniciado.

Antes de que alguien pudiera reaccionar tenía sus dientes en el cuello del humano; sujeté la cabeza de Callum y lo empujé hacia abajo. Escuché a los otros Reiniciados tirarse al suelo. Las armas se movieron.

El cuerpo de Callum se sacudió cuando varias pistolas dispararon diez o quince balas antes de detenerse. Me quedé abajo un momento más, hasta estar segura de que todo hubiera terminado, después levanté la cabeza lentamente. Tanto el niño como el guardia estaban muertos, aunque el guardia tal vez había muerto en el momento en que le arrancaron la garganta.

—¿Qué…? —los ojos de Callum se veían grandes y asustados. ¿Qué le pasó?

—Se volvió loco —dije. No sabía de qué otro modo explicarlo. Era claro que no le podía contar la verdad en medio de la cafetería, donde CAHR podía escuchar cada palabra.

No dijo nada, pero sus ojos se movieron rápidamente hacia la mesa de los Menos-Sesenta. Era claro que ya había oído hablar algo sobre eso.

—Callum.

Se giró hacia mí. Su expresión era seria, pero me gustó cómo la suavizó un poco cuando me miró. La manera en que me miraba era distinta a la forma en que miraba a todos los demás.

—Necesito que mejores. En serio. Necesito que sigas órdenes y trabajes más. Aquí no toleran que te pases de la raya —gesticulé con la cabeza hacia el Reiniciado muerto, y tragó saliva. Me entendió. ¿Sí?

—Sí.

Ever estaba en su cama cuando volví al cuarto, antes de que se apagaran las luces; su cuerpo entero temblaba. Sus ojos estaban muertos, desesperanzados, pero era ella misma. Una versión temblorosa y triste de sí misma.

Me senté en mi cama y levantó la cabeza, su mirada era mordaz y llena de ira.

—Estoy muerta.

—Todos lo estamos —dije, con un intento de sonrisa.

Una risa seca escapó de su garganta, y una mirada de sorpresa cruzó su rostro.

—¿Acabas de hacer una broma?

—Una pequeña. Y no muy buena.

—Me gustó —apretó los labios y alzó las piernas de arriba abajo, y me dio la impresión de que intentaba no llorar. Pero esta vez estoy muerta de verdad. Todavía no me matan, pero ya me fui.

Abrí la boca y la volví a cerrar, miré a mi alrededor. Los humanos probablemente grababan cada palabra que decíamos. Podrían estar escuchando ahora.

—No te has ido —le dije muy suavemente.

—Levi ya estaba muerto —continuó— antes de que tratara de comerse a Callum. Llevaba días muerto. Todavía estaba caminando por ahí, pero ya no había nada dentro. Sólo era un cascarón desquiciado —agarró las mangas de su camisa y las jaló con tanta fuerza que pensé que las rasgaría. Y cuando fue tras Callum, lo entendí. Huele tan bien. Como… —su rostro se retorció y susurró—: como carne.

Mi estómago se contrajo y me concentré en mis pies, esperando que no viera mi incomodidad.

—Ya pasará. Probablemente sólo sea…

—Lo siento si te ataco esta noche —dijo. Se puso rápidamente de pie, con los puños a los lados, y gritó contra nuestra pared de cristal—: ¡PERO NO ES MI CULPA!

—¡Ever! —me asomé por la ventana nerviosamente.

—¿Qué les importa? —dijo tirando el edredón, sobre la cama mientras se metía debajo. Ya me mataron.

—Sigues aquí —susurré.

—Apenas.

CAPÍTULO CATORCE

Ever se metió un dedo en la boca y empujó hacia dentro la carne de res que colgaba. Sus mejillas estaban rellenas de comida, y su mirada estaba decaída aunque hubiera dormido toda la noche.

Yo había ignorado la mesa de los Ciento-Veinte y me había sentado junto a ella tan pronto como entré a la cafetería, a la hora del almuerzo, y vi cuánta carne había apilado sobre su charola.

—¿Estás bien? —preguntó Callum mientras le daba una mordida a su sándwich de crema de cacahuate.

Ella tragó su comida.

—Soy un cascarón desquiciado.

Callum me miró confundido, pero evité sus ojos y apuñalé mi propio almuerzo con el tenedor.

No podía explicar nada. No con el oficial Mayer mirando cada movimiento que hacía.

Ever se aferró a la mesa mientras tragaba su último bocado de carne. Levantó la vista de su charola vacía con ojos salvajes que miraban sin ver.

Sus fosas nasales se dilataron cuando volteó hacia Callum, mostró los dientes mientras emitía un gruñido. Le agarró la muñeca y él tiró su sándwich, sus ojos estaban muy abiertos y nos miraba a ambas de manera alternada.

—Ever —le arranqué la mano de su brazo mientras se inclinaba para darle un mordisco. Detente.

Callum dio un salto atrás cuando ella se lanzó contra él, y cerró sus brazos contra su pecho como protección. La tomé por la cintura mientras trataba de lanzarse por encima de la mesa. Se revolcaba contra mí y la aferré con fuerza con un brazo, usé el otro para tomar mi carne de res y metérsela en la boca.

Chasqueó los dientes contra mis dedos pero la inhaló con un suspiro de alivio.

—Ten —dijo Callum, también deslizando su carne hacia ella.

La metí entre los dientes de Ever y masticó frenéticamente; algunos trozos caían de su boca abierta. Cuando terminó, comenzó a chasquearle los dientes a Callum otra vez.

—Ever —apreté mi brazo alrededor de su cintura. Por favor, detente.

Se relajó al escuchar mis palabras tranquilizantes en su oído. Aflojé mi brazo con cuidado y volteó; sus ojos brillaban por las lágrimas y la preocupación.

—Lo siento —susurró, echó un vistazo al desastre de charolas vacías y trozos de comida sobre la mesa. Se levantó con dificultad y salió de prisa de la cafetería, su paso era tembloroso y desequilibrado.

Callum la vio salir, y cuando volteó hacia mí sus ojos permanecían grandes y perplejos. Me encogí de hombros, al mismo tiempo que mis ojos se dirigían con rapidez hacia la cámara en la pared. Entendió la señal y volvió la atención a su sándwich.

Nos dirigimos al gimnasio después del almuerzo y tomamos nuestro lugar de siempre. Puse las manos sobre mi cadera mientras lo miraba. Era hora de que mejorara.

—Nos quedaremos aquí hasta que me golpees —anuncié.

—¿Qué?

—Nunca has logrado hacer contacto. En este punto ya deberías poder golpearme. Nos quedaremos aquí hasta que lo hagas.

—Pero yo… —una sonrisa avergonzada se extendió por su rostro y se encogió de hombros. No te quiero pegar.

—No es opcional. Soy tu entrenadora —lo miré con el ceño fruncido. ¿No has estado haciendo tu mejor esfuerzo?

—Sí, lo he estado haciendo. O casi todo, por lo menos.

—Ya no hay *casi todo*. Los dos nos quedaremos aquí hasta que me puedas pegar. Y no voy a bajar la guardia.

Me miró cautelosamente. No lo podía creer.

—Vamos —le hice señas para que se acercara.

Dio un paso con cuidado hacia el frente, y su sonrisa se desvaneció al levantar sus manos frente a su rostro, pero no hizo movimiento alguno hacia mí.

—Adelante —le dije.

Lanzó su puño hacia mí, pero lo evadí fácilmente.

—¿Qué te he dicho? Rápido. No te detengas con un golpe. Te golpeé sin intentarlo. ¿Qué debiste hacer?

—Tratar de golpearte otra vez.

—Sí. Confundirme. Sorprenderme. De nuevo.

Me trató de tirar golpe tras golpe, pero ninguno alcanzaba siquiera a conectar. Era lento, torpe, y sus pies se movían para un lado mientras sus brazos iban al otro. Casi podía ver cómo funcionaba su cerebro, y me encontré evitando golpes casi tan pronto como decidía tirarlos.

—Alto —le dije con un suspiro. Soltó los brazos y me vio con pesar.

—Lo siento, lo estoy intentando…

—Sé que lo haces.

Jalé un mechón de cabello detrás de mi oreja y fruncí el ceño hacia el suelo mientras se me ocurría algo.

—¿Qué? —preguntó Callum.

—¿Estoy haciendo algo mal? —le pregunté con calma, avergonzada de dejar que los otros entrenadores escucharan. Yo era la mejor. No debería de estar haciendo nada mal.

—Tú eres la que lo está haciendo bien. Yo soy el que la caga.

—Debo de estar explicándolo mal. O no te estoy entrenando bien. ¿Quieres otro entrenador?

—No —dijo de inmediato.

—¿Estás seguro? No quiero que fracases por mi culpa.

—No es por tu culpa —dijo Callum, levantando sus grandes ojos de nuevo. Por favor, no me transfieras con otro.

—Entonces dime qué estoy haciendo mal.

Vaciló.

—No lo sé. No es que algo esté mal, exactamente… es que no entiendo cómo se supone que debo moverme tan rápido. Es como si tuviera que tratar de acordarme de todas estas cosas que se supone que estoy haciendo y no puedo mantenerlo todo en orden, y mi cuerpo no le sigue el paso a mi cerebro. Es como cuando aprendes a bailar y tus pies van por todos lados y nada tiene sentido.

Arqueé las cejas rápidamente.

—¿Sabes bailar?

—Claro —me miró con extrañeza. Era obligatorio.

—¿Quién te obligaba?

—Las escuelas. Es una habilidad básica. ¿No hacen eso en los barrios?

—No. Definitivamente no —entorné los ojos; *ricos*. Teníamos suerte si lograban que se quedara el maestro de historia un par de meses.

—Ah.

Extendí los brazos, pues se me ocurrió una idea.

—Enséñame a bailar.

Levantó las cejas.

—¿Cómo?

—Enséñame a bailar.

—No tenemos música.

—¿Y? Imagínala —balanceé los brazos con impaciencia. Vamos.

Dio un paso hacia delante y envolvió un brazo alrededor de mi cintura. Sentí el rubor en mis mejillas de inmediato, pero el cosquilleo que causó su tacto en mi espalda fue inesperado. Sus manos estaban tibias contra mi camisa y produjeron pequeñas ráfagas de emoción que subían y bajaban por mi cuerpo.

—Tu mano va aquí —la puso en su hombro. Su mano grande cubría la mía por completo mientras tomaba la otra, y quería entrelazar mis dedos con los suyos y jalarlo más cerca de mí.

Parpadeé después de pensar eso, y bajé la mirada para que quedara al nivel de su pecho. Quería recargar mi mejilla ahí. Sentir su tibieza en mi rostro y respirar su aroma fresco y vivo.

—Qué bajita eres —dijo.

Levanté la mirada y vi una sonrisa en sus labios. Lo que decía era obvio, pero sonreí de todos modos.

—Ya lo había notado.

—Lo siento. Es algo adorable.

Adorable parecía la palabra equivocada para describirme. Era más apropiada para él.

—No estamos bailando —le indiqué.

—Está bien. Voy a dar un paso atrás. Toma uno conmigo.

Bajó la mirada mientras le pisaba el pie.

—Me tienes que esperar. Yo estoy dirigiendo.

—¿Por qué estás dirigiendo?

—Porque no tienes idea de lo que haces.

—Me parece justo.

Retrocedió un paso.

—Vas a tener que ser más rápida que eso —dijo, mientras yo me quedaba ahí parada.

Me reí y su mirada bajó a mis labios mientras una enorme sonrisa se extendía por su rostro.

—Habríamos bailado antes, de haber sabido que te haría reír.

Di un paso hacia él, igualando su sonrisa con una mía.

—Ahora da un paso atrás —dijo en voz baja, sus ojos abrasaban los míos.

Hice lo que pidió, y casi me tropecé sobre mis propios pies cuando apretó su brazo alrededor de mi cintura. Habría sido tan fácil poner mis brazos alrededor de su cuello y apretar mi cuerpo entero contra el suyo, para perderme en los suyos.

Levanté la mirada con rapidez y vi la diversión brillando en sus ojos. Quizá sabía exactamente lo que estaba pensando.

Le pisé el pie accidentalmente una vez más, y se rio.

—Por lo menos no eres buena en todo.

—¿Qué están haciendo? —la voz ronca de un guardia rompió el encanto y me alejé de Callum de un salto.

—Entrenando —esperaba que mis mejillas no estuvieran demasiado ruborizadas.

El guardia frunció el ceño. Su bigote era tan grueso que le cubría la boca completa, e hice mi mejor esfuerzo por no arrugar la nariz de asco.

—No lo parece.

—Estamos probando algo nuevo. Necesita distintos métodos.

—Supongo —masculló el guardia. Bien. Pero no quiero ver que esto esté pasando por mucho tiempo.

Asentí y se alejó con pasos fuertes, para tomar otra vez su lugar junto a la puerta.

Le hice señas a Callum para que se acercara a mí.

—Vamos, sigamos.

Se acercó de un salto y me jaló tan rápidamente en sus brazos que solté un grito ahogado.

—¿Dónde está esa velocidad cuando estamos peleando? —pregunté, mientras empezamos a movernos de nuevo.

—Esto me gusta más —dijo suavemente.

Debí haberle dicho que no importaba qué le gustara, pero sólo negué con la cabeza.

—Te voy a hacer girar —dijo, dio un paso hacia atrás y levantó los brazos.

Me di por vencida en mi intento de no sonreír mientras bailábamos. Era demasiado fácil perderme en sus ojos y brazos. Quería moverme así con él para siempre, deslizándome por el piso del gimnasio al ritmo de una música invisible. Dejé que siguiera más tiempo de lo que había planeado, hasta olvidar que buscaba una manera de volverlo un mejor cazador, un mejor asesino.

Finalmente salí de sus brazos con un paso y moví un puño en su dirección, me detuve antes de hacer contacto con su rostro. Se detuvo y sacudió la cabeza, indicó sus pies.

—Sigue moviéndolos. Y después haz un gancho.

Se rio.

—Baile iracundo.

Volví a lanzar un gancho y lo bloqueó, movió sus pies como si todavía estuviéramos bailando. No pude evitar sonreírle.

—Bien —le dije.

Seguimos con nuestro baile retorcido por mucho tiempo, moviéndonos en círculos, lanzando ganchos, moviéndonos de una manera que hizo que un extraño calorcillo se moviera en mi estómago. Mis ojos seguían pasando rápidamente sobre su cuerpo, mirando la manera en que sus músculos aparecían en sus brazos cuando cerraba el puño. La manera en que podía ver el contorno de sus muslos contra sus pantalones negros. La mirada intensa que tenía cuando bloqueaba un golpe.

No dio señal de ver a los otros Reiniciados salir a cenar, no se quejó de que lleváramos tantas horas en eso con tan pocos descansos. Sus ojos estaban fijos sobre mí, intensos, enfocados, y me encantó. Sentía como si no hubiera nada más en el mundo, sólo él, nada más sus puños lanzándome un gancho.

Me abrumó el deseo de agarrar sus dos puños, jalarlos detrás de su espalda y besarlo. Jamás había besado a nadie, pero juraría que podía sentir sus labios contra los míos cada vez que los miraba.

Cuando rompió el encanto al bajar sus manos y dar un paso atrás, tuve que parpadear varias veces para aclarar la neblina. Ésta lo rodeaba por completo y por un breve instante pensé que podría ser real. Pero parpadeé de nuevo y se había ido, no había nada más que él y un gimnasio silencioso y vacío. Mis ojos se encontraron con el reloj. 11:16 p.m.

Él jadeaba y mis ojos se clavaron en la manera en que su pecho subía y bajaba, presionando contra su camiseta blanca como si quisiera salir de un estallido.

—Tienes que seguir hasta que me golpees —dije. Mis palabras sonaron más firmes de lo que creí que lo harían. Pensaba que mi voz temblaría y delataría el hecho de que en realidad ya no me importaba si me pegaba.

Pero me importaba. Si no me golpeaba, si no mejoraba, lo eliminarían. La idea de que ya no respirara me hizo apretar tanto los puños que me dolió.

No dijo nada. Puso las manos sobre las caderas y frunció el ceño, miró al piso hasta que me preocupó que fuera algún tipo de rebelión silenciosa.

Pero con el tiempo levantó sus brazos y gesticuló para que me acercara a él. Su rostro se endureció, determinado, pero vi la punzada de la derrota revolotear por sus ojos.

La diferencia no fue notoria de inmediato. Me tomó un par de minutos darme cuenta de que me tenía que mover con más rapidez, evadiendo y bloqueando al mismo tiempo. El hechizo se rompió, y estaba luchando, defendiéndome, moviéndome de una manera en que sólo hacía cuando estaba en el campo de operaciones.

Cuando vi su brazo izquierdo acercarse a mí, apenas había levantado mi mano a medias para bloquearlo, entonces me agarró la muñeca y sentí su gancho contra mi mejilla.

El golpe fue mucho más duro de lo que esperaba. Mis rodillas golpearon el tapete y rápidamente me pasé una mano por la nariz, con la esperanza de que no hubiera notado la sangre.

Me estaba dando la espalda, con las manos entrelazadas en la nuca, sus codos doblados frente a su rostro.

—Callum —le dije. No se movió. Eso estuvo muy bien.

Bajó los brazos para cruzarlos frente a su pecho y volteó hacia mí. Pensé que quizás estaba llorando, pero sus ojos estaban despejados. Despejados, tristes, enojados.

—Lo siento —dijo calladamente.

—No te disculpes —dije mientras me levantaba. Te obligué a hacerlo.

—De todos modos se siente mal no pedir una disculpa —masculló, su mirada estaba clavada en sus pies.

—Vamos. Te acompaño hasta tu dormitorio para que no tengas problemas.

Caminó fatigosamente atrás de mí, ignoró cada mirada que le lanzaba. Tuve un impulso loco y repentino de preguntarle si estaba enojado conmigo.

La respuesta era que sí, sin importar lo que saliera de su boca. De todos modos no me debería importar. Mis novatos a menudo se enojaban conmigo. Es difícil no enojarte con alguien que se pasa la mayor parte del tiempo golpeándote. Pero era extraño que uno estuviera afligido por haberme golpeado a *mí*.

—Entrenamiento —dije mientras pasábamos al guardia frente a los dormitorios de los chicos. Asintió ligeramente.

Callum se detuvo frente a un cuarto y me asomé rápidamente. Era idéntico al mío, excepto por el chico dormido en una de las camas.

—Buenas noches —dije. Mi voz temblaba un poco. ¿Por qué hacía eso? Mi pecho se sentía pesado, como si estuviera… triste. No sabía qué pensar de eso. Ira, miedo, nervios: podía con todos. Pero, ¿tristeza?

A la tristeza no le tenía gran estima.

Los ojos de Callum estaban finalmente sobre los míos. Entonces me rodearon sus brazos, y me jalaron más cerca de lo que nunca habíamos estado. Sus dedos rozaron ligeramente la piel que acababa de golpear y aquel peso abandonó mi pecho. Dejó un rastro de fuegos artificiales por mi mejilla, cuello y en mi pelo, y mis ojos se cerraron antes de que lo pudiera evitar.

—No me obligues a golpearte más, ¿está bien? —susurró.

Asentí y abrí los ojos.

—Pero tienes que golpear a otra gente.

Al reír, su pecho se movió contra el mío y no quise hacer nada más que besarlo.

No lo podía besar. ¿Qué haría el guardia? ¿Qué haría Callum? Quizá ni siquiera quería tener a una Uno-Siete-Ocho que presionara sus labios fríos y muertos contra los suyos.

—Trato hecho —inclinó su cabeza hacia abajo para que nuestras frentes casi se tocaran.

Quizá si lo quería.

Pero los dedos de los pies no me escuchaban. Tendrían que haber sido los primeros —esos diez dedos traidores—, los primeros en levantarme desde mi pequeña estatura patética para alcanzar esos labios.

No se movieron. Él me soltó y me puse un mechón de pelo detrás del oído, insegura de qué más hacer.

—Nos vemos en la mañana —balbuceé, dándome vuelta para partir.

—Oye, ¿lo hice mejor, no crees? —preguntó.

Estás perfectamente bien como estás.

Hice el pensamiento a un lado, porque no lo estaba. Estaría muerto si no mejoraba.

—Sí. Lo hiciste mejor.

Aunque todavía no estaba segura de que fuera lo suficientemente bueno.

CAPÍTULO QUINCE

Le eché una mirada furtiva a Ever en el momento en que me ponía un suéter sobre la camiseta. Hoy parecía más normal. Equilibrada, en calma, mientras se ataba las botas.

Demasiado calmada.

No pensé que hubiera dormido anoche. Estaba despierta cuando regresé al cuarto y encaramada en la orilla de la cama cuando desperté. Cuando regresé de correr con Callum, seguía en la misma posición, con la mirada clavada en la pared.

—¿Estás lista? —pregunté, mientras avanzaba poco a poco hacia la puerta. Me estaba asustando. Sus ojos eran duros y glaciales, casi esperaba que se levantara de un salto y me arrancara la garganta.

Se levantó con lentitud, soltó un pequeño suspiro mientras nuestras miradas se encontraban.

Después dio un paso adelante y me abrazó.

Me puse tensa, esperando la trampa, la verdadera razón por la que me abrazaba, pero sólo se aferró con más fuerza.

Levanté mis brazos alrededor de su espalda lentamente y presioné mis manos con delicadeza contra el algodón suave de su camisa. Estaba tibia, no tibia como Callum, pero sin duda más tibia que yo, aunque su cuerpo temblaba con la intensidad de alguien que se congelaba.

Se apartó y respiró profundo, al tiempo que trataba de sonreír entre las lágrimas que se le formaban en los ojos.

—Lo siento —susurró.

Escuché primero el crujido. Caí al suelo antes de advertir que me había estrellado su pie contra una rodilla y me había despedazado la rótula.

—Ever, qu… —apreté los labios para evitar un grito. Entre tanto me tomó del tobillo y me rompió la otra pierna con un horrible giro.

Hice el dolor a un lado y lo relegué a una parte de mi cerebro que no reconocí. Me cosquilleaba y se rehusaba a ser del todo ignorado, pero yo era una maestra en desensibilizar mi cuerpo.

Ever me lanzó una mirada de arrepentimiento y salió corriendo por la puerta. Era ella. ¿Por qué haría eso si era ella misma?

Aferré el borde del colchón y me puse de pie con dificultad. Un gruñido escapó de mi boca mientras una nueva agonía recorrió mis piernas, y tuve que agarrarme al borde de la cama para quedar sentada.

Un disparo.

Mi cabeza giró hacia la puerta para ver cómo los Reiniciados que pasaban por ahí se congelaban a medio paso.

Silencio.

Aquí el silencio nunca era algo bueno.

Solté la cama y de inmediato caí estrepitosamente al suelo, sin que mis piernas rotas lograran sostener mi peso. Apoyé mis dedos en el azulejo frío y me fui arrastrando hacia el pasillo, volteando hacia un lado y otro.

El guardia al final del pasillo estaba muerto, despatarrado en el suelo, con una bala en la cabeza. La funda de su arma estaba vacía.

—¿Quién hizo eso? —dije con un grito ahogado, aunque sabía la respuesta.

Una joven Reiniciada parada a unos cuantos pasos de mí me miró con tristeza.

—Ever.

Le aferré la mano y saltó, con los ojos muy abiertos por el miedo; la usé como apoyo para ponerme de pie con dificultad. Mis huesos estaban comenzando a sanar, pero todavía me tambaleaba.

Abrí la boca para preguntar si me ayudaría a caminar cuando sonó otro disparo. Desprendió su mano de la mía y corrió en dirección contraria.

La pared no tenía nada que me permitiera sujetarme, así que me recargué en ella, arrastrándome por el pasillo. Los Reiniciados pasaban volando junto a mí; todos se alejaban de los disparos. Sonaron más mientras abría la puerta hacia la escalera. Podía caminar más rápidamente si agarraba el barandal firmemente, y bajé cojeando tan rápido como pude.

—Oye —agarré el brazo de Hugo, cuando subía por las escaleras. ¿Dónde está?

—Se dirigía a la cafetería —dijo, bajando las cejas mientras me examinaba. ¿Qué te pasó?

Sentí cómo se acomodaba en su lugar una de mis rótulas con un chasquido, poco a poco sanaba por completo, y bajé corriendo por las escaleras, arrastrando la otra pierna.

—¿A dónde vas? —gritó Hugo tras de mí. Está matando guardias. ¡Te van a disparar!

Su advertencia se desvaneció cuando atravesé corriendo la puerta del séptimo piso. El tiroteo estalló en mis oídos y miré de izquierda a derecha frenéticamente.

Había dos guardias muertos en el suelo. Ever estaba frente a la puerta de la cafetería, con un casco de guardia en la cabeza. Varias balas la habían rozado y su camisa blanca estaba cubierta de sangre.

Un guardia dio la vuelta a toda prisa por una esquina y Ever giró para enfrentarlo, apuntando la pistola. Disparó una ronda directo a su pecho antes que él pudiera reaccionar. Su rostro era duro, sus labios estaban fruncidos; sus ojos examinaban el área en busca de otra amenaza.

No obstante, seguía siendo ella misma.

Levantó una mano y se quitó el casco, dejándolo caer al suelo mientras empujaba la puerta de la cafetería para entrar.

¿Qué estaba haciendo? La matarían en el instante en que entrara.

Mis dos piernas habían sanado y corrí hacia ella en el momento en que abrió la puerta, trataba de gritar su nombre. Mi voz no salió.

—¡Wren! —sentí que alguien jalaba mi brazo y volteé para ver el rostro preocupado de Callum. Jalé mi brazo y salté corriendo tras Ever cuando entraba a la cafetería.

—¡Wren, detente! —las pisadas de Callum me siguieron.

Crucé las puertas para ver a Ever subir a una mesa. Arrojó la pistola a un lado e hizo señas hacia los oficiales que estaban en la pequeña habitación sobre la cafetería, como diciendo: *¿Qué están esperando?*

Corrí hacia ella, traté de alcanzar su mano.

—Ever, deten… —mi voz se perdió entre una ráfaga de disparos.

Sentí que su sangre me salpicaba el rostro.

Su cabeza se hizo hacia atrás.

Y luego yo estaba en el suelo, los brazos de alguien me rodeaban, era su cuerpo el que escudaba al mío. Creo que hablaba, pero en mis oídos sus palabras sonaban confusas. Su aroma me era familiar.

Callum.

"Despejen la cafetería", el sonido en el intercomunicador me hizo brincar, una aburrida voz humana atravesaba la neblina.

Sus brazos me soltaron, pero no me podía mover.

Despejen la cafetería. Tenía que caminar.

No podía caminar. No me podía mover.

Callum me agarró por los brazos y me jaló para que me pusiera de pie. Al sentir una tela contra mi rostro abrí los ojos y lo vi usar su camisa para quitarme la sangre de Ever.

—Camina —dijo.

Parpadeé y traté de poner un pie frente al otro. Me tambaleé.

Callum pasó un brazo alrededor de mi cintura y me sujetó contra él, me arrastró por las puertas hasta el pasillo.

Me jaló hacia el baño de los chicos y me colocó junto a un lavabo, lentamente quitó su brazo de mi cintura. Me recargué contra la fría pared de azulejo y cerré los ojos, aferrada al borde del lavabo para apoyarme.

Sentí algo tibio y mojado en mi rostro y cuello; abrí los ojos y vi que me limpiaba con un trapo.

—¿Traes puesta la camiseta?

No entendí la extraña pregunta. Me toqué la camisa y mi mano se retiró mojada, roja. Contuve el aliento bruscamente.

Levantó mi camisa para revisar, pues no respondí. Llevaba una. Siempre.

Me quitó la camisa negra de encima y la tiró, y limpió mis dedos llenos de sangre hasta que quedaron limpios. Tiró la ropa en la basura.

Extendió su mano hacia mí y lo empujé a un lado. Pensé que podría gritar si me abrazaba, si me estrechaba como lo había hecho Ever hacía unos minutos.

Nada de gritos. Ésa era mi propia regla.

En vez de eso, puso sus manos en mis mejillas y me hizo mirar sus ojos negros.

—Lo siento —susurró, al borde de las lágrimas.

Yo debería haber estado al borde de las lágrimas. Ever lo habría estado. Un humano estaría sollozando.

Llorar era lo normal. Ella merecía lágrimas.

Me quité sus manos de encima y presioné la palma contra mi boca para evitar el grito que crecía en mi pecho. No podía desmoronarme frente a él.

Salí corriendo del baño, la mano contra mis labios mientras subía saltando por las escaleras y me dirigía a mi cuarto. Me acurruqué en mi colchón y jalé las mantas sobre mi rostro para no ver su lecho vacío.

Pero aun así, las lágrimas no llegaron.

CAPÍTULO DIECISÉIS

Esa noche nos dieron una asignación a Callum y a mí. Por poco no voy. Quería volverme a meter en la cama, para ver si se apiadaban de mí y designaban a otro Reiniciado para su estúpida misión.

Pero nunca había visto misericordia alguna por parte de CAHR, y no me parecía correcto abandonar a Callum. Así que me vestí, me puse el casco, y atravesé las instalaciones, caminando penosamente.

CAHR encontró a un Reiniciado adulto que vivía en Rosa y necesitaban que lo trajéramos de inmediato. No nos dieron detalles, pero sospeché que lo usarían para hacer pruebas y luego lo matarían. Los hospitales se aseguraban de que los adultos no reiniciaran; no obstante, si alguno moría en la ciudad y reiniciaba teníamos que ir por él antes de que empezara a matar gente.

Lissy y Nueve-Tres se reunieron con nosotros en el techo. Cuatro Reiniciados adolescentes para un adulto. Era necesario.

—¿Cómo está? —me preguntó Lissy, haciendo un ademán hacia Callum.

Parpadeé. No podía hablar. Todo a mi alrededor parecía falso, lejano, como si al tratar de tocarlo mi mano fuera a atravesarlo.

Lissy me miró como si fuera una imbécil; entre tanto, el transbordador se acercaba. Sentí el brazo de Callum sobre el mío y volteé. Había una mirada de preocupación en su rostro. Me había mirado así todo el día al entrenar, cuando yo le daba y evitaba golpes sin mucho entusiasmo. De haber querido me pudo haber golpeado muchas veces. No me podía concentrar, no podía enfocarme en el momento.

La puerta del transbordador se recorrió y enfilamos hacia dentro, nos sentamos cuando Leb nos indicó que lo hiciéramos. Me abroché el cinturón, me recargué, y dejé que se me cerraran los ojos.

Lo siento.

Contuve el aliento bruscamente y mis ojos se abrieron de repente al escuchar la voz de Ever. Casi esperaba que estuviera en el transbordador conmigo, pues su voz era muy clara, pero sólo Leb me miraba fijamente.

Estaba parado justo frente a mí y fruncí el ceño por su cercanía. ¿Por qué no estaba en su asiento?

—¿Estás bien, Uno-Siete-Ocho? —pregunto en voz baja.

Callum rondaba junto a mí. Los asientos donde habían estado sentados Lissy y Nueve-Tres estaban vacíos. Habíamos aterrizado.

Leb se arrodilló y me desabrochó el cinturón. Lentamente me puse de pie, confundida, ¿por dónde habían desaparecido los minutos? Nada tenía sentido.

Salí a tumbos del transbordador, volteé la mirada al suelo al notar cierta molestia en los rostros de Lissy y Nueve-Tres.

Callum sacó su mapa y apuntó al oeste. Lissy y Nueve-Tres me miraron en busca de confirmación.

Yo no tenía la menor idea.

Lissy frunció el ceño y se asomó sobre el hombro de Callum. Asintió y comenzó a caminar al oeste con Nueve-Tres. Nos dejaron en la calle principal, Lissy se salió del camino pavimentado y desapareció sobre la calle de terracería detrás de una pequeña casa.

Callum entrelazó sus dedos entre los míos y comencé a bajar la mirada hacia ellos mientras seguíamos a los demás. Me detuve justo a tiempo y levanté la cabeza precipitadamente antes de que mi cámara lo registrara. El oficial Mayer no lo aprobaría.

—¿Hay algo que deba saber? —preguntó, apretándome la mano. ¿Sobre esta noche?

No sabía a qué se refería.

—Sobre luchar con un Reiniciado adulto —me recordó. Miró hacia la nota de la misión. Gregor, Reiniciado adulto.

Sentí que una emoción me apretaba el pecho, y esta vez supe exactamente lo que era. Culpa. Debí haberlo preparado. No debí haberme quedado ahí parada, tan sólo en silencio, escuchando la voz de Ever en mi cabeza.

—No correrá como humano; se quedará y luchará si nos acercamos a él —dije, y mi voz funcionó por primera vez ese día. En un adulto el Reinicio causa locura y agresión extrema. Nos ordenan que lo capturemos si podemos y lo matemos si es necesario. Su fortaleza dependerá de cuál era su fuerza humana, porque tal vez no lleva mucho tiempo Reiniciado. Pero será veloz. Los reflejos de los Reiniciados entran de inmediato. No trates de hablar con él. No puedes razonar con un Reiniciado adulto. Quienquiera que haya sido antes ya desapareció.

—¿Por qué son distintos los adultos? —preguntó.

—Dicen que tiene algo que ver con el hecho de que nuestros cerebros no están del todo formados. El cerebro de un adulto no puede lidiar con el Reinicio de la manera que lo hace un chico —me encogí de hombros. No lo sé. Creo que tiene más que ver con los cambios.

—¿Los cambios?

—Mis papás siempre se empezaban a gritar cuando algo cambiaba. Por ejemplo, si teníamos que mudarnos, o si CAHR decretaba otra vacuna para la cual no les alcanzaba. Pero yo siempre me dejaba llevar. Creo que nos adaptamos mejor.

Un indicio de sonrisa atravesó su rostro.

—Eso tiene sentido.

Lissy se detuvo frente a una casa con un techo torcido y unas sábanas que cubrían las dos ventanas del frente. Solté la mano de Callum con rapidez cuando ella giró. De inmediato extrañé ese calor, y quise que ella apuntara su cámara en otra dirección para poder entrelazar mis dedos de nuevo con los de él.

—Ustedes tomen la parte trasera —dijo. Nosotros entramos por delante.

Asentí y caminé hacia el otro lado, alcancé la mano de Callum tan pronto como estuvimos fuera de su vista. Él mantuvo su rostro apuntando directamente hacia el frente, pero me jaló más cerca, hasta que mi hombro tocó su brazo.

Cerré los ojos brevemente y dejé que los cosquilleos de calor bailaran sobre mi piel. Podía ver a Ever en la oscuridad, sentir su mano presionándome la espalda.

Lo siento.

Mis ojos se abrieron de repente y un pequeño grito ahogado escapó de mi boca. Los ojos de Callum ya estaban sobre los míos, llenos de preocupación, y rápidamente miré hacia otro lado.

—Prepárate para luchar —dije, mientras me aclaraba la garganta y trataba de sacar la voz de Ever de mi cabeza.

Tenía la mano acomodada sobre el picaporte de la puerta trasera cuando escuché a Lissy vociferar.

—¡Uno-Siete-Ocho! —gritó Nueve-Tres.

Corrí de inmediato con Callum detrás, y doblamos la esquina para llegar al frente de la casa en segundos.

Gregor era enorme, tan grande que Lissy parecía una muñeca encaramada en su espalda, con los brazos alrededor de su grueso cuello. Como la mayoría de los Reiniciados adultos que había visto sus ojos no enfocaban bien, y su boca estaba abierta, incluso cuando no estaba gruñendo. Blandía un cuchillo grande y lo guiaba detrás de él salvajemente hacia ella.

Nueve-Tres se lanzó contra él y Gregor sostuvo el cuchillo en su dirección.

Vi la cabeza de Nueve-Tres hacerse hacia atrás de golpe mientras la navaja se deslizaba dentro; me tapé los ojos con las manos antes de tener que verlo caer al suelo.

—Lissy, ve... —las palabras de Callum se cortaron cuando escuché a Lissy gritar; después otro golpe.

Quítate las manos de los ojos.

Muévete.

Mi cerebro no se comunicaba con mi cuerpo, no hacía nada de lo que le pedía. Enterré los dedos en mi piel y traté de destrabar mis manos, pero estaba congelada.

Un gruñido de Callum rompió aquel hechizo. Solté las manos y lo vi arrancar el cuchillo de la mano de Gregor y lanzarlo lo más lejos posible. Lissy y Nueve-Tres estaban inmóviles en el suelo, y Callum se tambaleó sobre la primera cuando Gregor lo golpeó en la mandíbula.

Los ojos de Callum volaron hacia mí mientras se ponía de pie de un salto; su expresión era clara.

Ayúdame.

Mis pies funcionaban, aunque el resto de mí no lo hacía. Crucé la tierra corriendo y lancé mi pie contra el estómago de Gregor. Apenas se tambaleó, en tanto que sus ojos oscuros de Reiniciado brillaron ante el desafío de una pelea.

Descubrí que los Reiniciados adultos tenían eso en común. Parecían estar contentos de pelear, ansiosos por soltar la agresión y la ira que tenían acumuladas dentro. Eso lo entendía. Pero esta noche no lograba encontrar mi energía.

Gregor lanzó un golpe. Me agaché, pero de inmediato lo siguió otro. Cuando era humano lo habían entrenado en combate.

Su puño golpeó contra mi mejilla y caí en el suelo con un gruñido.

Quería alzarme con más rapidez, levantarme de un brinco y regocijarme en el fuego de una pelea que se incendiaba en mi vientre, pero mis extremidades eran de plomo y me movía como cuando era humana.

Apenas me había logrado poner de rodillas cuando me volvió a patear.

Levantó su pie para darme otro golpe, pero Callum se lanzó contra el Reiniciado y lo derribó. Trató de sujetarlo contra el suelo, pero Gregor lo agarró de la camisa y lo lanzó al otro lado del césped.

Logré levantarme antes que Gregor se lanzara contra mí, y levanté los puños para protegerme. Tenía que ser más veloz que él. Él era más fuerte, así que tenía que ser más rápida.

Me levanté de prisa para llegar atrás de él mientras tiraba un gancho, y le di una buena patada en el trasero. Cayó de rodillas y alcancé mis esposas; me inundó una sensación de alivio.

Jalé un brazo detrás de su espalda pero giró y me agarró el tobillo, para mandarme al suelo de nalgas. Su pie conectó con mi casco y estrelló la cámara.

"¡Uno-Siete-Ocho!", me gritó en el oído el oficial Mayer. "Perdimos la visión de tu cámara."

Un par de brazos me agarraron por la cintura y me arrastraron para alejarme cuando Gregor se lanzaba contra mí. Callum salió como flecha desde atrás de mí y le propinó un golpe directo a Gregor en el rostro.

"¡Uno-Siete-Ocho!", gritó el oficial Mayer en mi oído.

—Me la…rompió —resollé, el mundo daba vueltas al levantarme.

Callum giró al escuchar mi voz y Gregor le dio un enorme golpe en el estómago, y jaló su cabeza de manera cruel. Logró arrancarle el casco y lo lanzó a un lado con un gruñido.

"¡Uno-Siete-Ocho! ¡Colócale ese casco a Veintidós en la cabeza otra vez! ¡Sólo vemos el suelo!"

Corrí hacia ellos, luchando contra el impulso de arrancarme el audífono. Me lancé entre los dos Reiniciados y rompí el agarre de Gregor sobre Callum. Estaba hecha un desastre, en pánico, mientras mis ojos volaban hacia mi novato para ver si estaba bien. Nunca vi llegar los golpes. Sólo sentí el *crac* mientras me rompía la nariz y me la aplastaba.

Tenía la cara en la tierra otra vez. No recordaba por qué tenía que volver a levantarme.

"¡Uno-Siete-Ocho!".

Esta vez la voz del oficial Mayer era distante, y entrecerré los ojos hasta ver mi audífono tirado en el suelo.

"Uno-Siete-Ocho, repórtese…"

Bajé el puño con fuerza y el pequeño dispositivo de plástico hizo un placentero murmullo. Casi me hizo sonreír, pero una mano me agarró el cuello de la camisa, y me limpié los ojos para ver que Gregor se preparaba para otro golpe.

No me importó.

Callum le sujetó el puño y Gregor me soltó. Volví a caer. Callum golpeó a Gregor, con el golpe más fuerte que jamás le hubiera visto dar. El Reiniciado mayor se tambaleó y Callum lo volvió a golpear.

—¿Te puedes callar? —gritó Callum. Como ni Gregor ni yo habíamos dicho una sola palabra, podía adivinar con quién hablaba.

Trató de dar un tercer golpe, pero Gregor le agarró el brazo y se lo quebró.

Callum ni siquiera hizo un gesto de dolor. Golpeó su palma contra el hueso y lo volvió a meter en su lugar mientras pateaba a Gregor en el estómago. Se dobló por el dolor y Callum le dio un rodillazo en la cara.

Gregor cayó con un grito y Callum le colocó las esposas en las manos y pies. Sus pies se movían por todos lados, pero no iría a ningún lado.

Callum se arrodilló junto a mí y me obligué a incorporarme; me limpié el rostro ensangrentado con la parte de atrás de mi manga.

—Lo siento —susurré, incapaz de mirarlo.

"¡Veintidós!", podía escuchar al oficial Mayer que le gritaba al oído. "¿Qué está pasando?".

Sentí su mano en mi mejilla y levanté la mirada hacia su rostro magullado. Me ofreció una pequeña sonrisa. Abrió su boca para decir algo, después frunció el ceño mientras el oficial Mayer comenzaba a gritar de nuevo.

Suavemente le quité el audífono del oído y lo puse en el suelo.

—Qué rebelde —dijo con voz baja. Se acercó más y me tomó en sus brazos. Me sentí como una niñita en su regazo, pero cuando apreté mi cara contra su pecho y olí su piel fresca entre su ropa, no me importó.

—Lo siento —repetí. Fui una inútil…

—No lo fuiste —dijo, y pasó sus dedos debajo de mi casco, hacia mi pelo. Me gustaba tener sus dedos tibios ahí; me gustaban las sensaciones que recorrían mi cuello. Siento lo de Ever. ¿Era tu mejor amiga?

Nunca había pensado en ella de esa manera.

—Sí —dije.

Enredó ambos brazos alrededor de mi cintura y me agarró con fuerza. Podía escuchar los sonidos amortiguados del oficial Mayer que gritaba a través del audífono a unos pasos de nosotros, pero cerré los ojos y bloqueé el sonido. Nadie nos podía ver ni escuchar. Un guardia de CAHR me había vigilado cada minuto en los últimos cinco años.

Me sentí libre.

Era una falsa libertad, claro, ya que mi rastreador delataba mi ubicación exacta, pero me hundí contra Callum por un momento y fingí.

Cuando me aparté, trató de volver a abrazarme, pero negué con la cabeza e hice señas hacia su audífono.

—Deberías ponértelo —dije. Si no te reportas, van a mandar a más Reiniciados. Será muy malo si mandan a otros y seguimos vivos.

Suspiró y se metió el audífono en el oído de mala gana.

—Callum Veintidós con Uno-Siete-Ocho. Asignación asegurada. Lissy Uno-Dos-Cuatro y Raúl Nueve-Tres están muertos —escuchó y miró a su alrededor. De acuerdo —agarró su casco, se lo puso y ajustó la cámara. ¿Ya puede ver? Ella está bien. Su intercomunicador se aplastó —Callum me guiñó un ojo. Él sabía exactamente cómo había sucedido.

Hizo una pausa, después me miró con tristeza.

—¿No pueden enviar...? —suspiró. Está bien —señaló con la cabeza hacia Nueve Tres y Lissy. Quieren que los llevemos de vuelta.

Asentí mientras luchaba contra el asco.

—Sí, es un procedimiento estándar cuando los Reiniciados mueren en el campo de operaciones. Yo los llevo.

—Yo lo puedo hacer, Wren...

—Está bien —dije, mientras ataba una correa a las muñecas de Nueve-Tres y después a las de Lissy. Tú llévatelo a él.

Callum aseguró a Gregor, e hizo una mueca mientras lo jalaba para ponerlo de pie.

—No.

Fruncí el ceño, confundida.

—No —repitió en su intercomunicador.

—¿Qué están diciendo? —pregunté.

—Nada. ¿Estás seguro de que los tienes? Yo me puedo llevar uno.

—Está bien. ¿Te están pidiendo que hagas algo?

—No. Vámonos —le dio un empujoncito a Gregor hacia delante.

—Callum, no puedes ignorarlos.

Me lanzó una sonrisa divertida.

—Vamos. Todo está bien.

Lo dudaba, pero caminé pesadamente después de él, mientras jalaba a los dos Reiniciados muertos detrás de mí.

Leb dobló la esquina corriendo y se detuvo cuando nos vio. Hizo una mueca de dolor cuando su mirada se detuvo en mí; me froté la cara y encontré sangre.

—¿Dónde está tu equipo? —preguntó.

—Destrozado —contesté.

Sacó su intercomunicador del bolsillo, lo levantó hasta sus labios y nos dio la espalda.

—Tengo a Veintidós y a Uno-Siete-Ocho. Equipo roto. Ahora nos dirigimos de regreso.

Callum y yo apilamos al Reiniciado adulto, a Lissy y a Nueve-Tres en el transbordador para cargamento, y nos dirigimos de vuelta al nuestro. Nos dejamos caer en nuestros asientos y Leb se sentó al otro lado de nosotros mientras el trasbordador despegaba del suelo.

Callum soltó un suspiro, molesto, y empujó su casco para que la cámara apuntara hacia el techo. Se sacó el audífono del oído y se sentó encima.

—Nunca se callarán —dijo ante nuestras miradas horrorizadas.

—¿Qué están...? —me detuve, le lancé una mirada a Leb; el transbordador despegaba.

—No hay otra transmisión de cámara o de audio aquí, si desaparecieron los tuyos. Sólo las de él —dijo Leb. Señaló el intercomunicador en su bolsillo. No pueden escuchar todo en el mío. Cambia a modo silente a menos que lo use.

Callum miró hacia uno y otro con sorpresa.

—¿Qué están diciendo? —pregunté, ignorando la mirada.

—Me dijeron que matara a Gregor.

Solté un grito ahogado y puse una mano sobre mi boca para detener la oleada de náusea que me cubrió de golpe.

—No debiste hacer eso, chico —dijo Leb. No se oían contentos.

El tono de compasión de Leb empeoró el palpitar de mi estómago, me obligó a quitar mi mano de la boca y a sujetarme mejor al asiento.

—No puedes desobedecer una orden —le dije, mi voz era temblorosa.

—Puedo y lo hice. No me pueden obligar a hacer eso.

—¡Pero lo sabías! Te dije que era una misión de capturar-si-es-posible, matar-si-es-necesario.

—No era necesario. Lo contuvimos. La única vez que es necesario es en defensa propia. No pueden hacerme matar a alguien.

—Pero…

Pero te matarán.

No le podía decir eso.

—Sé lo que me podrían hacer —dijo suavemente. No voy a matar a nadie por ellos.

Salí de mi asiento de un salto, sin estar segura de qué era lo que iba a hacer, hasta que lo golpeé en la cabeza. Levantó los brazos para defenderse, pero yo volví a golpearlo; mi ira por su estupidez me hacía un agujero ardiente en el estómago.

Quería gritarle, preguntarle cómo podía ser tan imprudente cuando apenas la acababa de perder a ella, pero las palabras no me salían de la boca. Mi garganta se apretaba dolorosamente.

—Lo siento —dijo, y trató de sujetar mis manos mientras yo le pegaba a medias.

—Uno-Siete-Ocho —dijo Leb. Lo sentí en mis brazos, jalándome hacia atrás, y lo dejé; mis hombros se hundieron.

—Lo siento —repitió Callum, sus ojos se veían grandes y suplicantes. No te enojes. Sólo que no pude.

Volteé y miré hacia Leb, quien con un suspiro se volvió a sentar de nuevo.

Nuestras miradas se encontraron y contuvo el aliento; apenas movió su cabeza para indicar que no.

Él podía ver lo que yo estaba pensando.

Me incliné y puse las manos a ambos lados de la silla de Leb. Él se replegó contra la pared.

—¿Nos puedes ayudar? —susurré.

—No —dijo en automático.

Por el rabillo del ojo podía ver a Callum inclinarse hacia nosotros, tratando de escuchar, así que le lancé una mirada hosca. Se volvió a hundir en su asiento.

—¿Lo puedes ayudar?

—No.

—Por favor. Lo van a matar.

Frunció el ceño.

—Lo siento mucho, pero aunque quisiera ayudar, necesitaría tiempo. Tiempo que él no parece tener.

—Creo poder convencer al oficial Mayer de que lo deje seguir entrenando. Aceptaré la culpa. Le diré que no lo preparé bien.

—Entonces, estará bien.

—No, no lo estará —susurré. ¿Cuánto tiempo crees que le queda aquí, en serio? Va a volver a desobedecer y lo van a eliminar —o un humano lo matará. O CAHR comenzará a ponerle inyecciones.

La mirada de Leb se dirigió hacia Callum por un momento.

—No puedo. Es demasiado riesgo.

—Por favor. Haré lo que quieras. Tú dímelo.

Su rostro adusto cambió y algo pasó por sus ojos. Contuve la respiración al ver que lo consideraba, pero el rictus adusto volvió y bajó la mirada.

—No —dijo con firmeza. En ese momento el transbordador golpeaba el suelo. Siéntate.

Claro que no. Y de todos modos, ¿qué tenía yo que pudiera intercambiar? No se me ocurría nada que un humano pudiera querer de un Reiniciado.

Me senté mientras se abría la puerta del transbordador y revelaba a un furioso oficial Mayer.

—Los dos a mi oficina. Ahora.

CAPÍTULO DIECISIETE

El oficial Mayer nos fulminó con la mirada desde su silla, con el rostro enrojecido.

—Sentados —ordenó, y eso hicimos. Tú —me miró. Es la peor misión de campo que te he visto hacer jamás. Juro que a veces me hiciste pensar que sólo estabas parada ahí, mirando.

Tragué saliva, sin saber qué decir, ya que eso era completamente cierto.

—Tú —volteó hacia Callum. Desobedeciste una orden directa y te quitaste el intercomunicador en el transbordador. ¿Había algo que necesitaras decir y no querías que escucháramos?

—No, sólo estaba cansado de escuchar sus gritos —masculló Callum.

El oficial Mayer golpeó el escritorio con un puño.

—¡No tienes derecho a estar cansado! ¡Si te quiero gritar, grito! ¿No te dijo tu entrenador que obedecieras? ¿No te dijo que debías seguir todas las órdenes?

—Sí —contestó Callum.

—¿Entonces por qué no debería eliminarte?

—No quiero matar a nadie —dijo Callum en voz baja.

—No te pedí que mataras a alguien; te pedí que mataras a un Reiniciado. A un Reiniciado loco que mató a dos de tus amigos. Habría pensado que te daría gusto hacerlo.

Callum negó con la cabeza.

—Entonces deberíamos eliminarte —asintió con la cabeza, como si lo hubiera decidido, y sentí como si alguien me hubiera puesto la mano alrededor del cuello.

—No, no fue así...

—No hablaba contigo —me dijo el oficial Mayer antes de volver a girar hacia Callum. Te advertimos y optaste por no seguir una orden directa. No veo ninguna mejoría, y desafortunadamente no hay lugar aquí para los Reiniciados que no se desempeñen bien.

—Pero mejoró —ignoré la mirada fulminante que me dirigió el oficial Mayer al volver a hablar fuera de turno. Él es el que completó la misión esta noche. De no ser por él, probablemente estaría muerta y el asignado habría escapado.

El oficial Mayer apretó los labios, mirándome a mí y luego a Callum; sentí un pequeño destello de esperanza en medio de mi pánico.

—Y no lo preparé bien para matar a un asignado —añadí.

—¿Por qué no?

—No estoy acostumbrada a entrenar a números tan bajos. No me percaté de que sería algo tan emotivo para él —la mentira salió fácilmente de mi boca. De haberlo pensado un poquito más, me habría dado cuenta de que Callum no estaría de acuerdo con matar. Es mi culpa.

—No lo es...

—Cállate hasta que te dirija la palabra —le advirtió el oficial Mayer a Callum. De nuevo se volvió hacia mí. ¿Debería de eliminarte a ti en su lugar?

Tragué saliva, aunque su comentario no era del todo inesperado, tomando en cuenta que acababa de decirle que metí
la pata.

—Creo que si seguimos entrenando, mejorará y seguirá
órdenes.

—Así que no crees que debería eliminarte —el oficial Mayer tenía una sonrisa minúscula en la cara, y tuve el repentino impulso de borrársela a bofetadas. Disfrutaba ver cómo
me retorcía.

—Preferiría que no, señor.

Soltó un suspiro largo y exagerado; se recargó en su silla
y cruzó los brazos sobre el pecho. Su mirada pasó de mí a Callum durante varios segundos de agonía; el único ruido en la
habitación era el zumbido de su computadora.

Finalmente, hizo señas con la mano.

—Está bien. Veintidós: a tu cubículo. Uno-Siete-Ocho,
quédate un minuto.

Solté un suspiro de alivio al ver salir a Callum lentamente
de la oficina. El oficial Mayer se levantó, juntó algunos docu-
mentos y su computadora en sus manos.

—Los voy a mandar a una misión de asesinato tan pronto
como localicemos al otro Reiniciado adulto —dijo. Llevamos
varios días rastreándolo, así que no deberá tardar mucho. Si
Veintidós se rehúsa a cumplir la misión de nuevo, lo elimi-
narás.

Un destello de ira me golpeó con tanta fuerza que casi solté un grito ahogado. Me quemó el pecho con tanta intensidad
que apreté los puños con fuerza y miré mi regazo con firmeza
para evitar saltar y quebrarle el cuello.

¿*Yo* lo eliminaría?

—Lo tienes que hacer en el campo de operaciones. Nuestras instalaciones están... inquietas esta noche después de que esa loca hizo que la mataran.

Esa loca. Mi mejor amiga.

Podía escuchar el chasquido que hacía en mi cabeza. *Crac.*

Hizo un ademán para que me parara y lo hice, con las piernas temblorosas. Abrió la puerta de su oficina.

—Diremos que lo hizo un humano. Lo último que necesitamos es otra eliminación. Ya tuvimos demasiadas últimamente.

Crac.

Crac.

Crac.

El oficial Mayer me indicó que lo siguiera al tiempo que caminaba hacia el pasillo.

—Haz tu mejor esfuerzo —dijo, volteando para irse. Pero también te estás hundiendo tú. Tenemos que poner un alto a esas tonterías.

Miré su espalda mientras se alejaba. Podría hacerlo tan rápidamente. Estaría muerto antes de golpear el suelo. Y entonces yo estaría muerta unos cuantos minutos después. Quizá sólo unos segundos después, dependiendo de qué tan lejos estuvieran los guardias.

Me obligué a moverme en dirección contraria. Sin duda no podría ayudar a Callum si estaba muerta.

Abrí la puerta para bajar por las escaleras y me detuve junto a Callum, quien estaba parado en la oscuridad, solo.

Golpe.

Golpe.

Golpe.

Volteé hacia el ruido proveniente de un piso más abajo. El mismo donde dormían los Reiniciados.

—¿Qué es eso? —preguntó Callum.

Bajé las escaleras y le hice señas para que me siguiera. Empujé la puerta y entré al octavo piso.

Golpe.

Golpe.

Golpe.

Venía de mi derecha, del ala de las chicas.

—¿Por qué están haciendo eso? —susurró Callum.

—Ever hacía eso —contesté— cuando ella...

Cuando enloqueció.

¿Los habían drogado a todos? ¿De qué servían los Reiniciados si estaban totalmente locos?

—Vuelvan a sus habitaciones —gritó un guardia.

Entré a la sección femenina y me detuve. En casi cada cuarto, ambas chicas estaban fuera de sus camas y golpeaban el muro metódicamente.

Sus ojos me siguieron mientras entraba a mi cuarto.

No las habían drogado.

Se estaban rebelando.

CAPÍTULO DIECIOCHO

La mañana siguiente, me senté a la orilla de la pista y miré a Callum correr. Incluso después de que terminaron los golpes, apenas dormí; mis ojos se dejaban llevar constantemente hacia la cama vacía de Ever. Hoy no podría correr.

Me pregunté, ¿si un humano la hubiera ayudado a salir, habría sobrevivido? ¿Habría mejorado una vez que estuviera fuera de CAHR? ¿O habría empeorado?

Nunca me llamó la atención escapar, incluso cuando escuché hablar de los rebeldes y de la supuesta reservación de Reiniciados. El mundo exterior estaba repleto de humanos que nos odiaban, y un gobierno establecido para esclavizar o matarnos. Afuera, como humana, habría pasado hambre, adquirido muchas enfermedades y muerto de un tiro. Adentro, me alimentaban regularmente, me daban ropa y un lugar para dormir.

Pero ahora, lo único en lo que podía pensar era en huir.

Rosa estaba rodeada por una cerca electrificada. Aunque un Reiniciado lograra descubrir su rastreador y deshacerse de él, todavía tenía que encontrar una manera de saltar o pasar debajo de la cerca.

Saltarla sería un poco doloroso.

Lo sería, si en efecto llegáramos hasta ahí. Había guardias armados patrullando los límites de la ciudad de uno y otro lado, y francotiradores apostados en torres colocadas estratégicamente cada 800 metros, más o menos.

Hasta ahora mi plan era correr como loca, esperar que no me dispararan en la cabeza y saltar sobre una cerca electrificada.

No era el mejor de los planes.

Miré mientras Callum rodeaba la pista frente a mí con respiración uniforme. Había mejorado en casi todos los aspectos. Era más rápido, más fuerte, más seguro. Su cuerpo estaba más musculoso, sus movimientos eran cuidados y controlados.

Pero debí saber que nunca cumpliría con las expectativas de CAHR. Aunque mejorara su mayor obstáculo —sus tristes y pequeños veintidós minutos—, no estaba hecho para seguir órdenes. Tenía demasiadas preguntas. Demasiadas opiniones.

No tenía idea de cómo salvarlo sin deshacernos de nuestros rastreadores. Y no había manera de encontrar un rastreador sin un localizador de CAHR. Nunca había visto uno. Me sorprendería que lo guardaran en el mismo edificio que a los Reiniciados.

Necesitaba a alguien que supiera dónde estaban esos localizadores. Necesitaba a Leb.

Depender de un humano hacía que se me hiciera un nudo en el estómago. No había razón por la que él quisiera ayudarme, ni razón por la que yo debiera confiar en él.

Presioné mi mano contra mi frente y me obligué a dejar de mirar a Callum. No podía pensar bien cuando lo miraba. Yo no era más que un patético nudo de emociones y no podía pensar en lo que necesitaba Leb, en lo que quería, lo que un humano no podía…

Su hija.

Quería a su hija.

Prometieron ayudar a mi hija, dijo. *Mintieron.*

Me puse de pie lentamente; la emoción se arremolinaba en mi estómago y llegaba hasta mi pecho. Tenía que encontrarlo. Ahora.

—¡Alto! —llamé a Callum.

Su pecho se levantaba acompasado al hacer una pausa en su carrera por la pista, y me lanzó una mirada inquisitiva.

—Ven acá —dije, y le indiqué con la mano.

Me apuré para salir por las puertas hacia al pasillo, los pasos de Callum iban tras de mí. Leb estaba de guardia hoy en el gimnasio, y tenía que llegar hasta él lo más rápidamente posible. El oficial Mayer nos encontraría una misión de asesinato pronto. No tenía mucho tiempo.

Doblé la esquina y abrí la puerta del gimnasio de un empujón; examiné la habitación para encontrar a Leb. Estaba recargado contra una pared, fingió no haberme visto.

—Flexiones de brazos —le dije a Callum, y apunté hacia el suelo.

Se tiró al suelo sin decir nada, pero sus ojos me siguieron cuando di unos pasos hacia Leb. El oficial negó ligeramente con la cabeza. No quería que hablara con él.

Qué lástima.

Eché un rápido vistazo por el gimnasio. Hugo y Ross estaban del otro lado, absortos en entrenar a sus novatos. El resto de los Reiniciados estaba entrenando o hablando. Me acerqué un poco más a Leb.

—Sí, sí está mejorando —dije en voz alta. Esperaba que quien estuviera mirando las cámaras no se diera cuenta de que en realidad Leb no me había preguntado nada.

Me miró fijamente con expresión pétrea. No iba a jugar conmigo.

Volteé a ver a Callum.

—Ya es mucho más veloz —seguí diciéndole a Leb. Incliné la cabeza y me concentré en el suelo. Tu hija —susurré.

El silencio se extendió demasiado tiempo. Había alrededor de diez Reiniciados más en el gimnasio, y durante varios segundos no se escuchó otra cosa que puños golpeando cuerpos.

—¿Qué hay con ella? —masculló Leb.

—La puedo sacar.

No dijo nada. Estaba tan callado que, al final, volteé sobre mi hombro para verlo y encontré su rostro afligido, casi horrorizado. Era como si le hubiera dicho que iba a matar a su hija, no a rescatarla.

—Ya lo intentaron —tartamudeó.

—Estoy mejor equipada que cualquier otro humano. Me entrenaron para esto. Si la quieres, me necesitas.

Hizo una pausa, mirándome con los ojos muy abiertos.

—¿Cómo sé que cumplirás tu palabra después de salir de aquí?

—¿Confianza? —una sola mirada a su rostro bastó para dejarme claro que ésa no era una opción.

De nuevo quedamos en silencio, y Leb miró el suelo fijamente con el ceño fruncido. Finalmente, me dijo:

—Quieres ir a la reservación, ¿verdad?

—Si en realidad existe.

—Existe.

—¿Has estado ahí?

—No, pero los Reiniciados que se reúnen con los rebeldes dicen que sí —sonaba casi emocionado mientras hablaba. Podría instruir a los rebeldes de Austin que no te dieran el mapa para llegar a la reservación hasta que aparecieras con Adina. ¿Lo harías?

Mi preocupación principal no era la reservación —pero sacar a Callum sí lo era—, Leb no tenía por qué saber eso.

—Sí. Pero tienes que conseguirme un localizador de rastreadores que pueda conservar. No puedo ir por ella sin uno.

Leb asintió y mi corazón dio un brinco de esperanza. Esto podría funcionar.

—Hazlo rápidamente —dije, alejándome de Leb. Le hice una seña con la cabeza a Callum. Te puedes ir a duchar.

Callum me lanzó otra mirada interrogante que ignoré y cada uno fue a su respectiva regadera. Mi pecho martilleaba por la anticipación, pero no podía decidir si le quería decir algo. ¿Qué pasaría si le daba esperanzas y todo se derrumbaba?

Tomé una toalla y me metí a un cubículo, cerrando la cortina detrás de mí. Eché la toalla sobre una pared lateral y agarré el borde de mi camiseta.

—¿Wren?

Me di la vuelta con rapidez y vi la silueta de alguien parado al otro lado de la cortina.

—¿Callum?

Abrió la cortina y entró al cubículo; una mirada de regocijo revoloteó por su rostro cuando miró mis dedos, que seguían aferrados al borde de la camiseta.

La solté rápidamente y extendí la tela sobre mi vientre. Sólo permaneció ahí de pie. ¿Se suponía que debía hacer algo? ¿Vino creyendo que yo quería tener sexo con él? De repente me temblaban las manos y sentí alivio de que no me hubiera saltado encima de inmediato.

Y quizás un poco de desilusión.

—¿De qué hablabas con Leb? —preguntó.

Crucé los brazos sobre mi pecho y controlé la descarga de decepción; en realidad, no había entrado para besarme.

—Planes —dije.

—¿Qué significa eso?

Le quería decir que lo iba sacar de ahí. Quería decirle que aguantara, que se portara bien por un rato más hasta que pudiera armar un plan. Sabía que me obsequiaría una mirada de felicidad, esperanza y emoción. Pero me preocupaba que quedara deshecho si todo se estropeaba.

—¿Planes, como que él nos ayudará a escapar? —preguntó.

—No lo sé.

Sus ojos ya mostraban esperanza. Fue demasiado para no aumentar sus expectativas.

—¿Puedes seguir las órdenes hasta que lo sepa? —pregunté.

Vaciló. Fue breve, pero ahí estaba.

—Sí.

Esperé. Él no había querido decir ese *sí*.

Ese *sí* era una mentira.

—Dentro de lo razonable —terminó.

Ésa era la verdad.

—Nos van a mandar a una misión de asesinato cualquier día —dije con calma. De cualquier modo, tendrás que hacerlo.

—No.

—Callum...

Sonrió.

—Me gusta que ya me llames Callum.

—Lo tienes que hacer.

—No, no tengo que hacerlo —alargó la mano y trató de quitarme uno de los brazos del pecho.

Me liberé de él.

—Leb no nos puede ayudar si estás muerto.

—No me pueden obligar a matar a nadie.

—Es un Reiniciado adulto. Ya ni siquiera es una persona.

Me miró; un rictus le contrajo la cara.

—¿No dirían los humanos lo mismo sobre nosotros?

—Sí. Es cierto, pero con los adultos, ellos…

—Eso no lo sabes. Eso es lo que dice CAHR. Me inclino a sospechar algo.

—Anoche viste a Gregor —dije. Estaba como loco. Y toda persona adulta a la que he visto Reiniciada está así. Ya ni siquiera pueden hablar, Callum.

—Teníamos que capturarlo para que CAHR pudiera experimentar con él. Yo también me resistiría. Y además, yo estaba histérico después de que reinicié, ¿tú no?

—Sí.

—Así que…

—No importa —dije con exasperación. O matas al siguiente, o CAHR te elimina.

—¿De verdad has matado a mucha gente? —preguntó.

—Sí —dije, y bajé la mirada. Lo hice sin pensarlo siquiera. Nunca se me hubiera ocurrido rehusarme.

—¿Humanos también?

—Sí.

—¿Te obligaron a hacerlo?

—A veces me ofrecía —levanté la mirada cuando contuvo el aliento de golpe con esa última confesión.

—¿Por qué hiciste eso? —preguntó, mientras se le quebraba la voz.

—Cuando el asignado había matado a alguno de mis compañeros Reiniciados, me ofrecía.

—Así que era porque estabas enojada.

Hice una pausa y abracé mis brazos con más fuerza alrededor de mi pecho.

—Supongo —su rostro estaba lleno de confusión, horror y quizás hasta un poco de asco. Una piedra se había formado dentro de mi pecho y cerré los ojos, intentando hacerla desaparecer.

—Sólo tenía doce años cuando morí; llevo mucho tiempo aquí y pensaba que tenía que hacer todo lo que me... quiero decir, todo lo que me ordenan. Eran malos, es decir, la gente a la que maté, y yo no...

—No te estoy juzgando —interrumpió Callum; su rostro se suavizó y dio un paso más hacia mí. Bueno, lo estaba haciendo, pero no debería hacerlo. Lo siento. Sólo llevo aquí unas semanas y tú... No puedo imaginar estar aquí cinco años —una sonrisa le cruzó el rostro. Quizá ni tenga que estarlos. Tú y Leb parecían bastante serios hoy.

—O no estarás aquí cinco años porque otra vez vas a volver a desobedecer las órdenes y mañana te matarán.

—O eso —dijo, y le dio una palmadita a mi cabeza con una risa tenue. Parecía que su propia muerte le molestaba muy poco.

—Se trata de mí, Callum. Si no llevas a cabo la asignación, se supone que te debo eliminar.

—Oh —me miró inquisitivamente.

—No lo voy a hacer —dije, mientras brotaba irritación de mi voz.

—Pero entonces...

—Entonces tal vez me eliminarán a mí también.

—Maldita sea, Wren... —soltó un silbido y puso sus manos detrás de la cabeza. Eso no es justo.

—Es la verdad.

—No. No lo harán. Eres su preciada Uno-Siete-Ocho. El oficial Mayer sólo gritará y hará que alguien más me mate.

—Soy una Reiniciada, alguien como todos los demás —dije. Me matarán si empiezo a rebelarme.

—Así que, o mato a esa persona, o seré responsable de tu muerte. Estupendo. Maravillosa opción la que me estás dando con eso.

—No quiero que mueras.

—Y ahora sólo me estás tentando —me jaló por la cintura y trató de acercarme más hacia él. Dejé que lo hiciera, y presioné mi palma contra su pecho tibio. Sólo que no quiero ser...

—¿Como yo? —insinué.

—No. No quiero que me transformen en esa persona. En alguien que mata.

No tenía nada que responder a eso, pues yo, en realidad, ya era esa persona. Apreté los labios y lo miré suplicante.

—Esa mirada —gimió mientras ponía sus manos en mis mejillas. No me mires así.

—¿Lo harás? ¿Por favor?

Suspiró y bajó las manos.

—¿Lo tengo que decidir ahora?

—La misión podría llegarnos en cualquier momento.

—Podría... intentarlo, supongo —su voz derrotada hizo que mis entrañas se retorcieran incómodamente.

—Gracias —di un paso atrás, para indicar que estaba lista para que se fuera.

—Está bien, te dejaré duchar —tomó el borde de la cortina, pero se detuvo; el humor había vuelto a sus ojos.

—O me podría quedar.

Se me escapó un pequeño quejido; jalé mis brazos hacia dentro y los apreté contra mi pecho.

—Yo… mhhh… —*sí*. Y *no*. Me sentí enferma.

—Lo siento —dijo con una risa contenida, y levantó las manos. Te ves horrorizada. Estaba más bien bromeando.

—No, no estoy horrorizada —dije, me forcé a estar relajada. Me brindó una última sonrisa antes de jalar la cortina y saltar fuera.

Una Menos-Sesenta se inclinó y asomó por la cortina antes que la pudiera cerrar. Se había formado una pequeña multitud y todas las chicas mostraban sonrisas raras en sus rostros.

—Ah, sabíamos que en algún momento cederías —dijo una Menos-Sesenta. Realmente es guapo.

Cerré la cortina de un jalón y solté un largo suspiro e incliné mi frente contra el frío azulejo.

No debí haber tartamudeado ni balbuceado así. No debí haber parecido horrorizada. Quería… bueno, no sabía si quería quitarme la ropa y bañarme con él, pero me gustaba que me rodeara con sus brazos. Pensé que me hubiera gustado besarlo. Aunque no podía estar segura, pues nunca antes había besado a nadie.

Ever lo habría disfrutado. Se habría entusiasmado si le hubiera contado todo. Sus ojos se habrían iluminado con la esperanza de que, después de todo, yo terminara por ser una persona de verdad. Habría dicho algo que me hubiera consolado, algo humano, aunque no tenía idea de qué.

La extrañaba.

Esa tarde, después de la cena, caminé por el pasillo, y detuve mis pasos cuando advertí que un humano salía de mi cuarto. Captó mi atención e hizo señas hacia adentro.

—Entrega de ropa —dijo, y se alejó con rapidez.

Confundida miré la ropa que estaba doblada con cuidado sobre mi cama. Ayer ya me habían dejado ropa.

Tomé una sudadera negra de encima. Era demasiado grande, por mucho.

Pero abajo había un trozo de papel doblado.

Lancé la sudadera sobre la cama y sostuve el papel cerca de mi pecho, dando la espalda a mi pared transparente y abriéndolo con la mayor discreción posible.

Era un mapa. Uno que abarcaba las cinco ciudades de Texas, con una ruta dibujada en azul desde Rosa hasta Austin. Había un círculo alrededor de la intersección de Nelson y Holly, precisamente en Rosa, a un par de calles de donde por lo general aterrizaba el transbordador, también las palabras *"Encuéntrame aquí"*. Había una estrella en los límites de la ciudad de Rosa, directamente entre dos torres. ¿Quizás era ahí donde debíamos salir de la ciudad? La línea azul se extendía entre kilómetros de árboles, en medio de las dos ciudades, y se detenía en la palabra *túnel* garabateada cerca de los márgenes del lado *Rico* de Austin.

Se me cortó la respiración y el mapa tembló ligeramente en mis manos cuando leí las letras pequeñas escritas hasta abajo.

"Acepto".

CAPÍTULO DIECINUEVE

La asignación de asesinato llegó al día siguiente. Me dieron una pistola y me dijeron que podía dársela a Callum para matar al Reiniciado, o que podía usarla sobre Callum yo misma. Desde hacía varios meses no me habían dado un arma para utilizarla en el campo de operaciones; la sentí fría y pesada contra mi cadera.

Tenía el mapa en mi bolsillo, aunque dudaba que Leb hubiera conseguido un localizador de rastreadores en un solo día. No podría correr sin primero quitarnos los rastreadores. No tenía ningún sentido.

Si Leb nos abandonaba hoy, Callum tendría que llevar a cabo la asignación de asesinato.

Callum le lanzó una mirada a mi arma cuando lo alcancé en el techo. Nos cubrió una brisa fresca, que traía el hedor de los barrios, y vi cómo arrugaba la nariz. No sé si por el olor, o por haber visto la pistola.

El transbordador aterrizó en el techo con un ruido sordo; la puerta se abrió revelando a Paul adentro. Si Leb no estaba en esta misión, quizá tenía el localizador de rastreadores y nos esperaba en el punto de reunión.

No podía respirar. Se me había ido el aire y me dolía el pecho. Ésta podría ser mi última misión. Mi última vez en el transbordador. El último día en el lugar que llamé hogar durante cinco años.

Paul nos indicó que nos sentáramos y me tambaleé de camino a mi asiento.

Callum temblaba al momento de abrocharse los cinturones. Quería decirle que estaba bien, que no tendría que llevar a cabo la asignación, pero en realidad no lo sabía.

El transbordador permaneció en silencio mientras viajábamos hacia los barrios. Paul se metió la mano en el bolsillo y sacó cuatro balas cuando aterrizamos, y nos las ofreció.

—Saca las que no hayas usado antes de volver a abordar el transbordador —me advirtió al momento en que cerraba mi puño alrededor de las balas.

Asentí y seguí a Callum hacia el fresco aire nocturno. Él tenía los ojos pegados a la pistola cuando la cargué. No quería darles ninguna clase de advertencia a los oficiales CAHR que miraban nuestro video. Necesitaban creer, el mayor tiempo posible, que seguíamos las órdenes.

Le extendí la pistola a Callum, pero sus manos permanecieron a sus lados.

—Callum —dije con calma.

Envolvió sus dedos alrededor de la pistola, y la sostuvo lejos de él como si estuviera contaminada. Sus ojos encontraron los míos.

—¿Tengo que hacerlo? —preguntó, su voz era forzada.

No.

—Sí —aclaré la garganta y moví la cabeza bruscamente a la derecha. Vayamos por acá. Es un atajo.

Callum frunció el ceño al mirar su mapa y su nota de misión, después me miró boquiabierto, tal vez para decirme que íbamos en la dirección equivocada. Apretó los labios de inmediato y su rostro se iluminó al comprender; volteé para que CAHR no pudiera ver la esperanza que surgía en él.

Lo llevé a la intersección de Holly y Nelson, y giré la cabeza con rapidez para encontrar a Leb.

Nada.

La noche estaba tranquila; no había nada más que el sonido del viento entre los árboles y unos cuantos grillos. Nos quedamos parados en medio del camino de terracería, rodeados de pequeñas tiendas de campaña.

Quizá no vendría esta noche.

—¿Puedo ver el mapa? —pregunté, para hacer tiempo.

Callum me lo pasó y fingí ver las líneas rectas que representaban las calles de Rosa. No tenía mucho tiempo; los oficiales CAHR que me observaban comenzarían a sospechar algo. Casi nunca necesitaba mirar un mapa.

Volví a lanzar una mirada, pero no había nadie más, sólo Callum y yo. Solté un largo suspiro.

—Deberíamos de ir por allá —dije, haciendo mi mejor esfuerzo por mantener la derrota lejos de mi voz.

El rostro de Callum se desencajó y miró la pistola en su mano.

—Así que le tengo que disparar a la cabeza, ¿verdad? ¿Matar a los míos? —miró rápidamente la nota de misión. Danielle. ¿Asesinaré a Danielle?

Me apenó su selección de palabras y la furia que goteaba de cada sílaba. CAHR seguramente lo había escuchado.

—Sí —contesté. Apunta a la frente, no a la cara. Quieres destruir el cerebro. Lo mejor son dos disparos, para estar seguros.

—¿Y después qué? ¿La arrastro de vuelta al transbordador?

—O lo hago yo —me di la vuelta, incapaz de enfrentar su mirada acusadora. Podría haber estado enojado principalmente con CAHR, pero también había bastante para mí. ¿Sería capaz de perdonarme algún día si lo obligaba a hacer esto?

—Yo… —un agudo chirrido en mi oído me interrumpió; Callum y yo hicimos una mueca y nos quitamos los audífonos.

—¿Qué fue eso? —preguntó Callum, frotándose la oreja. ¿Acababan de apagarse nuestros intercomunicadores?

Mis ojos inspeccionaron alrededor del área, y tanta esperanza llenó mi pecho que me resultaba difícil respirar.

Un hombre se asomó desde el borde de una tienda de campaña, una figura ancha, de negro. Se levantó de su postura arrodillada y corrió hacia nosotros, empujando el ala de su sombrero hacia arriba al detenerse frente a mí.

Leb. Sostenía un cuchillo en una mano y con la otra sacó un objeto negro de su bolsillo; Callum dio un paso hacia delante, con la pistola levantada a medias para defendernos. Negué con la cabeza hacia él y la bajó lentamente, con los ojos pegados todavía al cuchillo de Leb.

—No te muevas —dijo Leb, mientras levantaba el objeto negro hacia mi pecho. Era un dispositivo pequeño, casi del tamaño de su palma; se iluminó con una luz roja cuando lo escaneó sobre la parte superior de mi brazo derecho.

—Quítate la chamarra —dijo.

—¿Cómo lo conseguiste tan rápido? —pregunté mientras sacudía la chamarra para quitármela.

—Conseguirlo no fue el problema —masculló. El problema es la tormenta de mierda que va a estallar cuando se den cuenta de que desapareció.

Levantó el cuchillo e hizo un tajo de unos cuantos centímetros sobre mi codo, usando la punta del cuchillo para tirar un pequeño dispositivo metálico al suelo. Apreté mis dedos alrededor de la herida sangrante. No era lo suficientemente profunda para ser dolorosa, pero aún así mis dedos temblaban mientras los apretaba contra mi piel.

Clavé los ojos sobre el rastreador plateado cubierto de sangre. Libertad. Ahora podría correr y nadie sabría dónde estaba. Lo que hacía. Lo que decía.

Leb le indicó a Callum que se acercara, pero permaneció inmóvil, sólo miraba correr la sangre de mi brazo. Parecía conmocionado, al borde de la felicidad, como si no pudiera creer que era real.

—¿Te puedes apresurar? —le reclamó Leb, lo agarró del brazo y le pasó el localizador sobre el cuerpo. El oficial del transbordador quizá viene en camino.

Leb giró a Callum y pasó el localizador por su espalda hasta que prendió la luz roja. Le levantó la camisa y cortó una línea breve a lo largo de su espalda, justo bajo el omóplato. Agarró el rastreador y lo colocó en el suelo con cuidado.

Leb giró hacia la calle, indicándonos que lo siguiéramos. Corrimos dos cuadras y nos detuvimos detrás de una casa oscura con una gran variedad de basura y juguetes rotos en el jardín de atrás.

Leb me metió algo en la mano y bajé la mirada para ver unos papeles, el localizador y un mapa de los barrios bajos de Austin. No creía necesitar un mapa —lo recordaba lo suficientemente bien—, pero había marcado un lugar en particular, en medio del área residencial.

—Se llama Adina —dijo, y le dio un golpecito con el dedo a un sobre y a la foto de una Reiniciada de pelo oscuro en la parte de abajo del mapa. Tiene asignaciones el martes y miércoles por la noche. El transbordador normalmente aterriza al final de la calle Guadalupe. Dale esa carta. Marqué la dirección de los rebeldes en el mapa. Si consigues a Adina, ve ahí y les dirán cómo llegar a la reservación.

—Perfecto —dije, metiéndome todo en el bolsillo trasero. ¿Tienes balas? Sólo tenemos cuatro.

Sacó su pistola y vació cerca de diez en mi mano.

—Son muy agresivos sobre eso de mantener en secreto esta ubicación. La gente de CAHR la desconoce. Vayan de noche. No llamen la atención —soltó el cuchillo en mi otra mano. Llévate esto también. Márchense.

—Gracias —dije, mientras Leb giraba para correr. Asintió ligeramente con la cabeza sobre su hombro antes de desaparecer por un callejón.

Me paralicé. Leb dijo *márchense*. ¿En qué dirección? ¿A dónde? ¿A una mítica reservación para Reiniciados que probablemente ni existía?

El pánico me oprimió el pecho mientras me daba cuenta de lo que había hecho. Estaba en los barrios bajos, rodeada de humanos, y ya no regresaría a CAHR.

No volvería a casa.

—Wren —alcé la vista y vi la cara emocionada de Callum que me miraba con atención. Me rompió la cámara del casco, arrancó los audífonos de mi mano, y tiró ambos en el suelo—, creo que deberíamos correr.

CAPÍTULO VEINTE

Agarré la mano de Callum y zigzagueamos a través de un callejón oscuro; después comenzamos a correr a toda velocidad y nos dirigimos hacia un refugio abandonado. En los años que habían seguido a la guerra, tuvo la finalidad de ayudar a los humanos a recuperarse. Cuando los traficantes y las pandillas tomaron control de Rosa, CAHR lo clausuró con tablas.

Estábamos en las orillas de Rosa, cerca de los límites de la ciudad y en el corazón de los barrios. CAHR estaba del otro lado de la ciudad, después de los campos de operación, pero no les tomaría mucho enviar oficiales. En términos de escondites, éste no era el mejor lugar. Las casas eran diminutas y las tiendas de campaña de la siguiente calle proporcionarían aún menos protección.

Una alarma perforó el silencio y un reflector pasó sobre el área. Me metí de prisa hasta el fondo de una casucha, presionándome contra la madera desvencijada. Callum hizo lo mismo, sus ojos estaban fijos en el cielo; el reflector de un transbordador vigilaba el área. Al pasar sobre la calle, él me volteó a ver.

—¿Seguimos? —susurró.

Sí. ¿Quizá? No estaba segura. Casi cada decisión que había tomado en los últimos cinco años, en realidad no era mía. Conocía las reglas de CAHR y las seguía.

El reflector se dirigió hacia nosotros y Callum me agarró la mano con fuerza y corrimos a través del pasto irregular que rodeaba la casucha. Escuché las balas antes que varias me perforaran los hombros y rebotaran contra mi casco.

—Por acá —grité, y solté la mano de Callum al cruzar la calle de terracería. El reflector nos perdió mientras yo zigzagueaba entre las casas y me lanzaba sobre el césped, pero podía ver a los oficiales a la distancia, un grupo enorme de ellos se distribuía por las calles.

Me detuve en la parte trasera de un viejo refugio y jalé la puerta con tanta fuerza que la construcción se bamboleó como si fuera a caer. Tropecé pero la puerta cedió fácilmente, y di un paso adentro sólo para tambalearme hacia atrás, golpeando el pecho de Callum.

Personas. Humanos, por todos lados. Olían a suciedad, mugre e infección. Conocía ese olor.

Reconocí a los humanos apiñados en sus propios rincones, algunos usaban sólo ropa o palos para marcar su territorio. Vi las marcas de las agujas en sus brazos, las manos temblorosas, la desesperación dibujada en sus rostros.

De niña viví en un lugar parecido durante meses, entre tanto mis padres flotaban en un intenso viaje, debido a una droga que duraba tanto que, a menudo, no tenían tiempo de aterrizar antes de encontrar la oportunidad de volver a inyectarse. De todos los que viven en los barrios, los ocupantes ilegales de los edificios abandonados son los que están peor; fueron los que dieron cada centavo que tenían a los traficantes y criminales que frenaron el progreso de Rosa.

Había olvidado gran parte de mi tiempo como ocupante ilegal con mis padres, pero recordaba el olor y cómo por la noche solía sostener la cobija contra mi nariz para bloquearlo mientras dormía.

Callum tuvo una arcada, cosa que atrajo varias miradas de interés. Algunos de los humanos parpadearon y se nos quedaron mirando, demasiado intoxicados como para reconocer que había dos Reiniciados parados frente a ellos. Pero otros no estaban tan drogados todavía.

Levanté los dedos a mis labios, rogando silencio, pero fue inútil. Un ser humano normal era malo, pero esta gente era peor.

Gritaron y tuve el impulso inmediato de sacar mi pistola y comenzar a disparar. Había unos treinta. ¿Cuánto tardaría en matarlos a todos?

—Podemos salir por ahí.

La voz de Callum penetró mis pensamientos y volteé a mirarlo con sorpresa. Casi había olvidado que estaba ahí.

Pensé que le aterraría que comenzara a matar a gente. Me echaría esa mirada, como si fuera un monstruo. Él había estado dispuesto a morir porque se rehusaba a terminar con una vida.

En cuanto a mí, consideré la idea de dispararles a todos.

—Wren —me jaló del brazo con insistencia.

Dejé que me arrastrara hasta la puerta del frente y luego hacia afuera, a la oscuridad. Salimos en dirección contraria al reflector.

Olvidaba que odiaba a los humanos. Había desplegado una eficiencia clínica en mis misiones; así es como nos entrenaban. Pero los odiaba, incluso cuando también yo era una.

Sucios, asquerosos, violentos, egoístas, impulsivos, y ahora tenía que pasar días… semanas… vadear entre ellos para encontrar a Adina y esa mítica reservación de Reiniciados.

Quería odiar a Callum por ello, pero de inmediato mi cerebro me gritó sólo a mí. Yo, la que no podía lograr nunca que Callum siguiera las reglas. Yo, que no lo podía entrenar lo suficientemente bien como para sobrevivir dentro de CAHR. Yo, que lo traje a esta locura, donde lo más probable era que lo mataran de todos modos.

Las balas acribillaban el suelo mientras corríamos, rasgando los tobillos de Callum y salpicando sangre por la tierra. Eso lo frenó, así que fui adelante y jalé su brazo para remolcarlo.

Las casas estaban más juntas, la noche más tranquila cuando cruzamos hacia el área más bonita de los barrios. Las balas disparadas desde arriba se detuvieron y pensé que quizá nos habían perdido.

Pero el personal de tierra nos encontró. Los oficiales, seis, siete… no, nueve de ellos, dieron la vuelta por la esquina con sus armas listas.

—Agáchate —dije, empujando su cabeza hacia abajo mientras disparaban.

Lo dejé en el suelo y me lancé contra los soldados. Reconocí un par de rostros familiares a través de sus máscaras de plástico, aunque el terror que los bañaba era nuevo.

Golpeé mi pie contra el pecho de un oficial, en el momento en que me disparaba a la cabeza, evadiendo el disparo y arrebatándole la pistola de la mano. Los otros trataron de sujetarme pero me alejé como flecha, con más velocidad de la que pudieran seguir sus pequeños ojos humanos.

Levanté la pistola. Uno, dos, tres. Le disparé a cada uno en el pecho, ignorando las balas que atravesaban mi chamarra y rebotaban de mi casco.

Uno de los soldados se desenganchó una granada del cinturón y la lanzó frenéticamente en mi dirección, fallando por un par de metros.

Callum.

La granada pasó más allá y golpeó la casa justo detrás de él. Se tiró al suelo en el momento en que la explosión hizo volar la parte trasera de la casita de madera, y envolvió al patio en llamas, y a él.

Alguien presionó el cañón de una pistola contra mi frente. Sentí pánico, por sólo un momento; pateé sus piernas mientras la bala rozaba mi oreja. Mis dedos apretaron mi pistola y le disparé al pecho.

Otro estallido sacudió el suelo; agarré una granada del cinturón del oficial muerto y la lancé contra los hombres que corrían detrás de mí.

Quedaba uno, y lo vi apuntando a Callum, quien estaba en el suelo tratando de extinguir las llamas que le lamían las piernas.

Disparé tres veces hacia un objetivo indefinible porque mi miedo se hizo cargo. El último soldado cayó tras el tercer disparo y me tiré hacia Callum, saltando sobre él y rodando ambos por tierra. Le sofoqué con las manos las llamas que aún quedaban y me aparté, jalándolo para ayudarlo a ponerse de pie.

Se balanceó; sus manos temblaban al levantarlas para examinar el daño. Su piel estaba roja, carbonizada en algunas partes. Su camisa había desaparecido casi del todo, sus pantalones no eran más que hilachos chamuscados.

—¿Estás bien? —pregunté, y eché un rápido vistazo alrededor.

—Sí —balbuceó. Yo... lo siento, traté de alejarme, pero tan pronto como apagué el primer incendio lanzaron otra y...

—Todo está bien —le dije, y tomé su mano tan suavemente como pude. ¿Puedes correr?

Asintió, hizo una mueca de dolor cuando partimos. Sólo teníamos que avanzar una calle; me dirigía al escondite más cercano que se me ocurrió.

El receptáculo grande y cuadrado de basura estaba apilado demasiado alto, como siempre, y estaba acomodado no muy lejos del muro de ladrillo de la escuela. Empujé el enorme contenedor gris más cercano a la pared, y le hice señas a Callum para que se metiera detrás. Mi primer impulso instintivo fue saltar dentro y enterrarnos bajo la basura, pero si yo fuera un oficial, de inmediato buscaría en cualquier lugar con tapa o puerta que se cerrara. No estábamos del todo cubiertos detrás del contenedor de la basura —nos podrían ver de un lado, desde el ángulo correcto—, pero era un lugar tan abierto para esconderse que crucé los dedos para que no se les ocurriera buscarnos ahí.

Rodeé el contenedor y me incliné contra la pared junto a Callum, con una mirada de preocupación. Yo nunca me había quemado como él —sus brazos estaban negros en algunas partes—, pero recordaba muy bien el dolor de las quemaduras menores. El ardor era imposible de ignorar del todo, mezclado con la incómoda sensación de la nueva piel que se estiraba sobre la que ya estaba muerta.

Alejó sus brazos de su cuerpo y apretó el rostro de una manera que me hizo querer tomarlo en mis brazos, pero eso sólo lo empeoraría.

No podía verlo más, así que apreté mis palmas contra mis ojos y deseé prestar más atención al tiempo de sanación de Callum. ¿Diez minutos? ¿Veinte?

Cerré los ojos con fuerza, pero cuando logré sacar de mi cabeza la imagen llena de dolor del rostro de Callum, lo único que podía ver era la madriguera de drogadictos.

Quédate muy quieta.

Contuve el aliento de golpe; en ese momento el recuerdo cayó como un estallido, tan claro como si acabara de suceder.

No la mires.

Era mi madre la que hablaba, su aliento pútrido acariciaba mi rostro y me susurraba al oído; su brazo apretaba mi barriguita, tanto que me dolía.

No la escuché. Levanté la mirada y vi más allá de los demás humanos apiñados por el temor en todo el tugurio hasta detenerme en el rostro de la Reiniciada que estaba en el centro de la habitación.

Vio que la observaba; sus ojos color verde claro brillaban en la oscuridad.

—*Uno-Uno-Tres* —habló con otro Reiniciado y éste giró. Ella apuntó hacia mí.

—*¿Qué?* —preguntó él.

—*Es una niña.*

—*¿Y?*

—*No debería estar aquí, ¿o sí? Mira este lugar.*

—*Eso no nos incumbe. Sólo vinimos por la asignación.*

—*Pero…*

—*Siete-Uno* —interrumpió bruscamente.

Ella cerró la boca y volteó a verme con tristeza cuando se iba. La miré con fijeza, incluso después de que se fue, deseando poder seguirla.

Mi madre debió darse cuenta, porque me apartó de su regazo con un empujón, su rostro estaba enojado y asqueado.

Mi corazón latió de una manera extraña con el recuerdo; los rostros de mis padres me inundaban la mente. Mi madre había sido rubia, como yo, aunque su pelo era más oscuro por la mugre y la grasa. Mi padre tenía cejas grandes y pobladas que constantemente se arqueaban por la tristeza o las preocupaciones.

Apreté mis manos contra mi casco, deseaba expulsar las imágenes. Lo odiaba aquí. No quería recordar esas cosas. No quería ir a Austin. El dolor que me golpeó el pecho fue tan intenso que por un momento pensé que alguien me había disparado.

—Wren.

La voz de Callum me sacó de mis pensamientos y levanté la vista hacia su adorable rostro preocupado.

—¿Estás bien? —preguntó.

Su piel aún no sanaba del todo; podía ver frente a mis ojos las heridas que se cerraban y adquirían un tono rosado. Y era tanta su mejoría, que tuve el salvaje impulso de lanzar mis brazos alrededor de su cuello.

—Sí, ¿y tú?

Callum volteó y apretó su cuerpo contra el mío, poniendo sus palmas contra el muro detrás de mí. Me aplasté contra el ladrillo, desconcertada por su repentina cercanía.

—¿Cómo lo lograste? —preguntó, y sus ojos destellaron mientras sonreía. ¿Cómo lograste que Leb ayudara?

—Fui a una misión a solas con Leb, y capturé a un humano que dijo que estaban ayudando a los Reiniciados a escapar. Que los mandaban a alguna reservación de Reiniciados. Hice un trato.

—¿Algo sobre su hija?

—Tuve que prometer que iría a rescatarla. Es una Reiniciada, está en Austin —mis palabras brotaron forzadas, sin aliento. No podía hablar bien con su cuerpo tan cerca del mío.

—¿Qué es esa reservación de Reiniciados? ¿En serio los Reiniciados viven ahí? ¿Libres?

—No lo sé. Para ser honesta, lo dudo.

—¿Así que vamos por Adina, nos encontramos con esos humanos, y luego vamos a esa reservación?

—Sí.

—¿A dónde iremos si no está ahí?

—No lo sé —dije, y el pánico me volvió a apretar el pecho. No lo pensé. Sólo estaba... —me detuve, esperaba no tener que terminar la oración. Pero sólo arqueó las cejas con expresión inquisitiva. No quería que murieras.

Deslizó sus manos sobre mis mejillas y ladeó mi cabeza hacia él para que no pudiera más que mirar directo hacia sus ojos. Creí que no podría acercarse más, pero se inclinó y mi cuerpo se dobló contra el suyo. Su pecho se levantaba y caía contra el mío, entonces dejé que mis manos descansaran en él.

—Gracias.

Parpadeé, pues no esperaba gratitud. No estaba segura de merecerla. No sabía qué contestar, pero él no me miraba como si esperara una respuesta.

Tuvo que darle un empujoncito a su casco y bajar la cabeza para besarme; yo no podía creer que en realidad lo haría hasta que sentí sus labios contra los míos. Mi cuerpo se sobresaltó, sorprendido, y lo sentí sonreír contra mis labios.

Y me perdí completamente.

Los dedos de mis pies ya no necesitaron de mi insistencia. Me levanté sobre ellos lo más que pude y rodeé su cuello con mis brazos. Soltó sus manos para que cayeran en mi cintura y me abrazó contra su cuerpo.

No fue como había pensado. Besar era algo que, en cierta forma, me desconcertaba. Como humana pensaba que parecía algo peligroso… era una manera fácil de pasar gérmenes. Como Reiniciada me confundía. No estaba del todo segura de por qué a la gente le gustaba hacerlo.

Ahora sólo estaba confundida en cuanto a por qué alguien querría besar a otro que no fuera Callum.

Cuando levantó la cabeza, casi se la volví a jalar nuevamente hacia abajo, pero sonrió y no quise perderme eso.

—Te dije que te gustaría.

Me reí y una delicia absoluta bailó en su rostro, como si no hubiera estado seguro de que esa afirmación fuera verdad.

Se alejó un paso y se quitó lo que quedaba de su camisa sobre la cabeza. Se desenganchó el casco y lo colocó con cuidado en el suelo; examinó sus pantalones, que más bien parecían shorts con unos cuantos hilos sueltos de tela. Podía ver cómo se asomaba su ropa interior negra. Se tiró al suelo y me deslicé por la pared junto a él. Mi cerebro quería seguir corriendo, pero ahora, de pronto, mis piernas estaban flácidas y trémulas.

—Por cierto, esto realmente duele —dijo, extendiendo su brazo para ver su nueva piel. ¿Alguna vez te has quemado?

—No así —dije por lo bajo, con voz temblorosa.

—¿Qué pasa? —preguntó, acercándose más. ¿Estabas preocupada por mí?

Crucé los brazos sobre mi pecho y le respondí con un falso fruncimiento de ceño, lo que le hizo sonreír más. Extendió su mano hacia mí y sentí que mi rostro se sonrojaba.

—Callum, sólo traes ropa interior.

—Tengo los pantalones puestos. Más o menos —volvió a extender su mano hacia mí, y frunció el ceño cuando tomó una de mis manos entre las suyas. Estás fría. Ven acá.

—¿No tienes frío? —pregunté mientras me jalaba hacia su regazo y yo enredaba mis brazos alrededor de sus hombros desnudos.

—No. No hace frío.

Pensé que me iba a besar, pero en vez de eso se inclinó hacia delante y enterró su cabeza en mi cuello; sus labios presionaban suavemente contra un punto que hizo que mi estómago bailara una danza de felicidad.

—Hueles tan bien —murmuró, besando mi cuello otra vez.

—No, no es así —dije, tratando de alejarme, avergonzada. Huelo a muerte.

—Estás loca —dijo con una risa, y me abrazó más. No estás muerta. No hueles a muerte.

—Estuve muerta mucho tiempo.

—Y ya no lo estás. Por eso hueles a viva —levantó su cabeza y presionó sus labios contra los míos.

Mi intención era empujarlo con más fuerza, pero en realidad mi cuerpo no quería que se fuera a ninguna parte. Sus labios sólo se alejaron de los míos un par de centímetros.

—No deberíamos permanecer aquí demasiado tiempo —dije.

—¿Por qué no? Se está tan cómodo. El aire nocturno se mezcla con el perfume de la basura podrida. Es hermoso.

—Estarán… —me detuve cuando escuché el sonido de pasos que se acercaban.

—No hay elementos visuales —escuché decir a un oficial. Nueve muertos. No pudo haber sido hace mucho.

Callum me miró sorprendido por la cantidad, y me concentré en el suelo, temerosa de ver el disgusto en sus ojos.

—Prepárate para correr —murmuré en su oído.

—¡Revisen ahí! —gritó un oficial.

Se escuchó el crujir de los pasos sobre la grava en nuestra dirección y contuve el aliento, temerosa de moverme un centímetro. Se escuchó el golpe de la tapa de la basura al abrirse, y su rebote contra el lado de la escuela que estaba sobre nuestras cabezas. La basura crujía mientras el oficial removía adentro.

—¡Todo despejado! —gritó. Los pasos de desvanecieron y las voces de los otros oficiales desaparecieron en la distancia.

Callum sonrió y me balanceó entre sus brazos hasta que también sonreí.

—¿Por qué no me sorprende que escogieras un buen escondite?

—Tuvimos suerte —dije, desenganché mi casco y lo coloqué en el suelo.

—Yo no buscaría mucho, si fuera ellos. No, si saben que se enfrentan a ti.

—Yo… este… esos nueve guardias… —aclaré mi garganta. Quería preguntar si le horrorizaba que hubiera matado a todos esos humanos, pero no parecía escandalizado. No quería llamar su atención sobre el hecho de que quizá yo era un monstruo, y no alguien a quien debería estar besando.

—Lo sé —dijo calladamente. Debías salvarnos.

Sonreí aliviada y solté una exhalación lenta. Quizá, de haber hecho un esfuerzo mayor, sólo hubiera lastimado a unos cuantos. Decidí no hacerle notar ese detalle.

—Quiero hacer algo mientras estemos en Austin —dijo, y me miró con intensidad. Quiero ver a mi familia.

Negué de inmediato con la cabeza.

—No. No es una buena idea.

—Pero de todos modos tenemos que ir, ¿no? ¿Para ir por Adina?

—Sí, pero...

—Sólo quiero verlos. Decirles que estoy bien.

—Ellos no van... —no lo podía decir. No le podía decir que no lo querrían ver. Que considerarían que su hijo estaba muerto, y que este niño sólo era una ilusión.

—Me querrán ver —dijo en respuesta a mis palabras no expresadas. Sé que CAHR dice que no podemos estar en contacto con nuestras familias, pero no conocen a mis padres. Y mi hermano David...—pasó su mano sobre su pelo corto y oscuro. En realidad éramos muy unidos. Creo que le gustaría verme.

Tampoco conocía a sus padres, pero podía adivinar su reacción si un monstruo parecido a su hijo se apareciera en la puerta.

—¿Qué edad tiene tu hermano? —pregunté.

—Trece.

—¿No se enfermó como tú?

Negó con la cabeza.

—No, estaba perfectamente bien cuando morí.

Un niño de trece años probablemente aceptaría mejor a un Reiniciado que un adulto, dado que todavía podría ocurrirle en cualquier momento. No obstante, con sus padres no podía imaginar que el asunto saliera bien.

—No creo que debas ir.

—Tengo que hacerlo —dijo, mientras empujaba un rizo fugitivo de pelo detrás de mi oreja. Y preferiría que vinieras conmigo.

Suspiré. Iría aun cuando yo lo acompañara o no.

—Sabes que probablemente me matarían en menos de una hora sin ti —dijo.

—Como van las cosas, me asombraría que lográramos salir de Rosa.

—Acabas de derribar a nueve oficiales tú sola. Creo que estaremos bien —se movió poco a poco contra la pared y envolvió bien su brazo alrededor de mi cintura cuando me traté de mover. ¿Vamos a tratar de salir de Rosa esta noche?

—Creo que sería mejor mañana por la noche, ¿no crees? Todos estarán en alerta máxima, a la espera de que tratemos de salir ahora.

Asintió.

—Deberíamos permanecer aquí un rato. Probablemente no vuelvan a revisar esta zona.

—Esperemos —me aparté de su regazo y me acomodé junto a él. Deslizó su mano dentro de la mía y se inclinó hacia mí para presionar mi mejilla con un suave beso. Me acerqué un poco más, hasta que su brazo tibio se frotó contra el mío, y bajé la mirada para esconder la sonrisa boba que se extendía por mi rostro.

CAPÍTULO VEINTIUNO

—Wren.

La suave voz me hizo despertar e hice una mueca por el dolor que me atravesó el cuello. Estaba recargada contra algo, con la mejilla presionada contra un hermoso objeto tibio y sólido; en ese momento obligué a mis párpados a abrirse.

Mi cabeza estaba en el hombro de Callum. Me había quedado dormida. Inhalé sorprendida y di un tirón brusco hasta quedar sentada, volteé con rapidez para ver si estábamos seguros. Las calles estaban desiertas y brillantes a la luz de la madrugada.

—Pensé que tal vez querrías moverte antes de que todos se levanten —dijo Callum, una sonrisa le rondaba las comisuras de los labios.

—¿Me dormí? —pregunté tontamente.

—Sí.

—Lo siento —no podía creer que me había desmayado. Durante horas. Cualquiera pudo habernos sorprendido.

—Está bien —dijo Callum, estirándose. Permanecí despierto y vigilando. Además, te ves tan adorable e inofensiva cuando duermes.

Me subió el rubor por las mejillas y se inclinó hacia delante para besarme, lo que hizo que me sonrojara aún más.

—Hmmm, sí —dije cuando se alejó. Probablemente deberíamos movernos antes de que las calles se llenen de gente.

No estaba segura de cuál sería el mejor lugar para escondernos; necesitábamos acercarnos al otro lado de la ciudad, aproximarnos más a la cerca, en los límites.

—¿Y si tratamos de conseguir ropa? —preguntó Callum mientras buscaba su casco y se lo sujetaba. En realidad no me importa andar con ropa interior y shorts, pero podría llamar demasiado la atención.

—Quizá —dije, conteniendo una sonrisa. Miré alrededor y me levanté con lentitud para asomarme en el bote de basura.

—¿De verdad estás buscando ropa en la basura?

Levanté una bolsa sucia de papel.

—Podríamos hacerle agujeros a ésta.

—Pienso que un vestido de papel podría atraer más las miradas —dijo secamente.

La volví a tirar y alcancé mi casco. Miré alrededor, no podía ver a ningún humano, pero escuché el movimiento de algunos rondando cerca. En algún momento necesitaríamos comida —mi estómago se sentía un poco vacío—, pero mi principal preocupación era atravesar la ciudad antes que se llenara demasiado de gente.

—¿No ha pasado nadie por aquí recientemente? —pregunté.

—No. En ocasiones escuché a varios oficiales, pero nada desde hace un par de horas.

—Gracias —le dije, me recargué contra la pared y le sonreí—, por vigilar.

Pasó sus dedos sobre mi pelo con ligereza y los bajó por mi cola de caballo.

—Claro. Puedes dormirte recargada sobre mí cuando quieras.

Su mirada era suave, distinta a como la había visto jamás; quería volver a su regazo y aceptar su propuesta. Cuando se inclinó hacia mí para besarme, dejé que lo hiciera, aunque sólo por un momento.

Me aparté y eché una mirada alrededor, sujeté mi casco mientras me ponía de pie de un salto.

—Hora de nuestra carrera matutina —dije. Quizá podamos llegar hasta el otro lado de la ciudad sin que nadie nos vea.

Asintió y se puso de pie; cerré mis dedos alrededor de su muñeca cuando de un salto salimos de atrás del basurero y empezamos a correr por el callejón. Llegamos a una calle de terracería y solté a Callum para estirar mis brazos al tiempo que nos alejábamos del centro de la ciudad, hacia las tiendas de campaña y la peor parte de los barrios. Mis pies golpeaban la tierra y volteé a ver a Callum para ver si estaba bien.

Había desaparecido.

Patiné hasta detenerme, mi respiración salía en grandes resuellos y giré la cabeza frenéticamente para mirar alrededor. Regresé hacia a la escuela y doblé la esquina de nuevo.

No había nada. Ni siquiera un humano. En el patio trasero de una casa que estaba junto a mí ondeaba la ropa en un tendedero y me alejé corriendo del ruido, me esforcé por escuchar una señal suya.

Surgió el pánico en mi pecho con tanta fuerza que me tuve que cubrir la boca con la mano para no gritar su nombre. Revelar mi ubicación no sería muy inteligente.

Cerré los ojos y escuché. Podía oír a gente correr, unos cuantos gritos, pero nada que sonara como Callum.

Pero no podía indicar nada bueno que hubiera humanos gritando y corriendo, en especial con un Reiniciado suelto. Corrí a toda velocidad en dirección de los gritos, y me detuve rápidamente en la esquina de un edificio cuando advertí que eran oficiales de CAHR que se gritaban órdenes entre sí. No los podía ver, pero estaban cerca, a no más de una o dos calles.

¿Y si lo habían encontrado?

¿Qué haría si no lo encontraba? ¿Simplemente dirigirme a Austin sin él y esperar que lo lograra él solo?

La idea era tan ridícula que casi me reí. Volteé por una calle al azar y comencé a correr. Nunca habría escapado sin él. Me habría quedado en mi pequeña celda blanca, feliz, insensible, hasta morir.

No iría a ningún lado sin Callum.

Detuve mis pasos, y todos los pensamientos de quedarme escondida y segura salieron volando de mi mente.

Grité su nombre con tanta fuerza que mi garganta protestó, pues me dolió. Pero volví a gritar y escuché una respuesta desesperada.

—¡Wren!

El grito distante venía de atrás, hacia la escuela, y salí a toda velocidad, ignorando a los humanos que comenzaban a salir de sus casas y me miraban embobados.

Reconocí los sonidos cuando pasé la escuela y me dirigí hacia el centro. La histeria, los gritos furiosos. Eso lo había escuchado antes, cuando los humanos atrapaban un Reiniciado.

Doblé una esquina y vi a Callum corriendo hacia mí lo más rápido que podía. Sus pantalones deshechos volaban mientras corría, sus rodillas y muslos estaban expuestos y llenos de sangre.

Atrás de él había una horda de pueblerinos iracundos. Eran unos quince, la mayoría sin armas, pero otros se les iban uniendo; salían corriendo de sus casas para ver por qué tanto alboroto. No era frecuente que pudieran enfrentar a un Reiniciado sin la protección de CAHR, y era claro que querían aprovecharlo. Levantaban polvo cuando corrían y el aire turbio oscurecía sus rostros y hacía toser a algunos.

Le habían dado una paliza a Callum. Su rostro tenía moretones; uno de sus brazos estaba doblado en un ángulo raro, y salí disparada hacia él.

Un chico de una edad parecida a la nuestra le agarró el brazo que no estaba herido y lo jaló hacia el suelo, pero Callum lo pateó en el pecho con tanta fuerza que salió volando hasta el otro lado de la calle. Si no hubiera estado tan concentrada en llevarlo hasta un lugar seguro, podría haber sonreído orgullosa por la velocidad con la que reaccionó.

Se puso de pie con rapidez, ahuyentó a una mujer que trataba de golpearle la cabeza con un bate de beisbol. El alivio le inundó los ojos cuando aparecí y tomé el bate, tras arrebatarlo de las manos de la mujer, lo lancé lo más lejos posible. Una mano me sujetó el hombro y escuché gritos ahogados de varios humanos cuando caí boca arriba en el suelo.

Todos trataban de sujetarme y gritaban cosas que no podía escuchar. Una mano trató de alcanzar mi cuello y la quebré; mis ojos fulminaron con una mirada los de un hombre. Lo pateé y tomé la pistola de mis pantalones, mientras sus manitas ávidas trataban de agarrarla para poder meternos una bala en el cerebro.

Callum empujó a un lado a un hombre que estaba justo frente a mí y me jaló hasta que quedé de pie; me arrastró para alejarme de su alcance. Me di la vuelta rápidamente, apuntando la pistola en su dirección. Unos cuantos retrocedieron con las manos en alto para indicar que se rendían, pero la mayoría seguía tras nosotros.

Sólo me quedaban unas cuantas balas, así que le disparé en la pierna al humano que parecía más veloz y corrí en dirección contraria con Callum.

—¡Son unos monstruos! —escuché gritar a una mujer. ¡Son monstruos desalmados!

Los humanos se estaban cansando, se atrasaban más y más, sus débiles pulmones y piernas cedían. Salimos volando por las calles, sobre los caminos de terracería, hasta el lugar más feo de la ciudad. Al acercarnos al viejo edificio de medicina, eché un vistazo hacia atrás y advertí que los habíamos perdido definitivamente.

Me detuve junto al edificio, de una sola planta, y apreté mis manos contra mis muslos; en ese momento jadeaba para conseguir aire.

—Lo siento —dijo Callum, recargado contra el edificio; su pecho subía y bajaba. Debí haber… —negó con la cabeza y encogió un poco los hombros.

Lo miré, volví a sentir ansiedad, aunque estaba parado frente a mí. Traté de esconder mi miedo, empujar hacia atrás el sentimiento de asco que seguía surgiendo al darme cuenta de que casi lo perdía, pero debo haber fracasado, porque me lanzó una mirada inquisitiva, confusa. Aparté mi mirada de la suya. No sabía cómo juntar las frases, decirle que me aterraba que le pasara algo. Sonaba patético en mi cabeza. Sonaría peor en voz alta.

Me aclaré la garganta.

—¿Qué pasó?

—Un par de tipos me agarraron. Traté de gritar, me engancharon por la cabeza. Me arrastraron a un callejón para poder... —frunció el ceño. Para poder golpearme, supongo. De verdad nos odian, ¿eh?

Vacilé, después asentí, porque era la verdad. Bajó los ojos, decepcionado.

—Lo siento —dije en voz baja. Es mi culpa. Llevo mucho tiempo trabajando en esta área. Me desprecian. Probablemente me querían a mí.

Se encogió de hombros.

—No es tu culpa —levantó la mano para frotarse la cabeza. Pero se llevaron mi casco.

Ni me había dado cuenta, estaba tan distraída por mis ridículos sentimientos. No tenía sentido disfrazar mi horror.

—Sí, eso no está bien —dijo con un suspiro.

Definitivamente no estaba bien. Los oficiales apuntarían a su cabeza y no habría nada que bloqueara sus balas.

—¿Sabes dónde te lo quitaron? —pregunté.

—Cuando llegamos al centro, creo.

Miré hacia atrás, como si de verdad pudiera verlo desde ahí.

—No puedes regresar —protestó.

Sonó una alarma, probando que tenía razón. El rugido de los transbordadores acercándose llenó el aire; oculté la pistola en mi bolsa y me adherí a un lado del edificio con Callum.

—¿Qué podemos hacer? —miró hacia el cielo.

—Shhh.

El siseo venía del interior del edificio, seguido por un sollozo. Callum y yo volteamos. La madera era vieja y la pintura blanca se estaba descascarando por doquier, entonces logré ver un movimiento entre los huecos. Me acerqué más y alguien soltó un grito ahogado.

La puerta junto a mí se abrió y me alejé de un salto de la niñita que apareció en el dintel. Parpadeó, me miró con ojos cansados y entrecerró los ojos ante la luz del sol.

—¡Grace! —gritó una voz aterrada, pero la niñita sólo permaneció ahí, mirándome.

Una adolescente de pelo desaliñado corrió a la puerta y levantó a Grace en sus brazos.

—No hicimos nada —retrocedió y abrazó a la niña contra su pecho.

—No vinimos por ti —dijo Callum con voz casi molesta.

Sus ojos se levantaron hacia los transbordadores, después volvió a mirarnos.

—No se pueden quedar aquí.

Miré afuera, hacia el espacio abierto frente a nosotros. El pasto irregular conducía hacia un pequeño bosquecillo de árboles a varios metros de distancia, pero eran espigados y les faltaba la mitad de sus hojas. No proporcionarían ninguna protección, y de seguro nos verían si pasábamos demasiado tiempo a campo abierto.

—¿Escaparon? —preguntó.

Ninguno de los dos respondió y sentí una punzada de orgullo al ver que Callum no confiaba en esta humana.

—No se pueden quedar aquí —repitió. Lo siento. Sé que ustedes… no lo pueden evitar —gesticuló hacia nosotros— pero se tienen que ir —apuntó hacia la izquierda. Hay una zanja allá. Está medio cubierta por los árboles. Pueden tratar de esconderse ahí.

La miré, sorprendida, mientras Callum me jalaba el brazo.

—Vamos —estudió el cielo. Tenemos un resquicio para ocultarnos.

Dejé que me jalara, aunque yo seguía mirando hacia atrás a la adolescente.

—Gracias.

—Sí. Suerte.

Salí corriendo con lentitud detrás de Callum, con un ojo puesto en los transbordadores. Estaban esparcidos en otras áreas, pero uno se dirigía, en parte, en nuestra dirección.

Corrí a toda velocidad sobre el pasto hasta el bosquecillo de árboles, rogando que no nos hubieran visto. El pequeño agujero parecía como que si alguien hubiera comenzado a cavar una tumba y cambiado de opinión a medio camino. No estaba muy profundo, pero quizá serviría.

Callum saltó dentro y lo seguí, deslizándome hacia abajo por la tierra. La zanja no era lo bastante grande como para estirarme, así que jalé mis piernas contra mi pecho.

Apreté mi rostro contra mis rodillas, entre tanto el transbordador zumbaba más cerca y deseé que siguiera de largo. Si nos veían estábamos muertos. Un casco, espacio abierto, y una pistola a la que le quedaban apenas unas cuantas balas.

El transbordador aterrizó con un golpe seco y traté de luchar contra la creciente sensación de terror.

—¿Te di las gracias? —susurró Callum. ¿Por sacarme? Si morimos, sólo quiero decir *gracias*.

Apreté los labios y clavé mi mirada en el piso. Parecía una estupidez contestar *de nada*, ya que podríamos estar a segundos de la muerte. *Lo siento* podría ser más apropiado.

Unas botas crujieron sobre el pasto, ahorrándome la necesidad de tener que decir algo.

—El edificio está abandonado —dijo un oficial de CAHR. Revísenlo en caso de que estén escondidos dentro.

Solté un largo suspiro cuando advertí que no nos habían visto correr hacia la zanja.

—Sólo hay algunos chicos adentro —contestó otra voz. Dicen que no vieron nada.

—¿Qué hacen ahí dentro?

—Parece que viven ahí.

—Está bien, súbanlos. Los dejaremos en el orfanato cuando volvamos.

Cerré los ojos; un gran peso se hizo sitio en mi pecho. Había pocos lugares peores que el orfanato de los tugurios. De niña hice elaborados planes para evitarlo a como diera lugar, en caso de que mis padres murieran.

—¡No! —escuché el grito agudo. ¡Estamos bien! ¡No pueden hacerlo!

Cerré mi mano alrededor de un puñado de tierra, soportando el extraño deseo de salir de aquel agujero y ayudarlos.

Los gritos siguieron durante mucho tiempo, entre tanto los oficiales peinaban la zona. Quería apretar mis manos contra mis oídos como cuando era niña, pero temía que a Callum le pareciera extraño y patético.

Cuando subieron al transbordador dejé escapar un suspiro de alivio, pero era más porque los gritos habían terminado que por mi propia seguridad.

Callum reclinó su cabeza hacia atrás contra la tierra y me brindo una sonrisa vacilante.

—¿Estás bien? Por un rato te vi muy tensa.

—Estoy bien —me levanté y me asomé por el agujero. Todo estaba en silencio y desierto; la puerta batiente que llevaba al edificio médico se había abierto con el viento. Sólo quedaba un transbordador en el aire, como a un kilómetro de distancia. Los demás debieron aterrizar alrededor de Rosa.

—Tengo que conseguirte un casco —le dije.

—¿Qué? No. Debemos quedarnos aquí. Es probable que aquí estemos seguros hasta que anochezca.

—Y entonces tendremos que cruzar la cerca en los límites de la ciudad, donde habrá guardias armados. Las probabilidades de lograr cruzar con cascos son bastante bajas. Y sin ellos…

—¿Qué vas a hacer? ¿Volver al pueblo para buscarlo? —preguntó.

—Creo que tendría mejores posibilidades llevándome uno de los oficiales.

Gimió.

—Ese plan suena peor.

—Debes quedarte aquí —dije. No quería correr el riesgo de volverlo a perder, y él tenía razón. Habíamos encontrado un lugar bastante seguro.

—Creo que en realidad no me escuchas —dijo, con un dejo de diversión.

—Te escucho, sólo que no te contesto.

Negó con la cabeza, mientras una sonrisa rondaba sus labios.

—Perfecto. Me quedo aquí. Trata de no morir.

—Si te tienes que mover por alguna razón, vuelve tan pronto como puedas. Te espero aquí.

—¿Y si no vuelves?

Me detuve un momento, insegura.

—Volveré.

—Excelente plan B —rio y pasó una mano temblorosa sobre su rostro. Fruncí el ceño y me miró con curiosidad.

—¿Qué?

—¿Por qué tiemblas?

—Oh —se lanzó una mirada a sí mismo. No lo sé. Quizá tengo hambre.

Llevé mis manos hasta su otra mano, que temblaba en su regazo. El pánico creció en mi pecho con tanta rapidez que volteé para que no pudiera ver mi expresión.

Temblaba.

Como Ever.

Di un profundo suspiro, decidida a no asustarlo. Podría ser sólo hambre. Apenas llevaba unas cuantas semanas en CAHR. Era probable que no hubieran comenzado con las inyecciones todavía.

No pudieron haberlo hecho.

—Trataré de conseguir comida —dije, y enterré mis dedos en la tierra para impulsarme fuera del agujero.

—No te preocupes, estoy bien.

Giré mis piernas hacia arriba y me puse de pie, luego volteé hacia él. Se veía pequeño, con su pecho desnudo sucio y lleno de sangre, la piel de sus largas piernas asomándose por entre sus pantalones rotos en lugares extraños.

—Quizá te pueda conseguir un poco de ropa también.

—Claro. Y escógeme un libro, ya que andas por ahí. Algo chistoso.

Pensaba que hablaba en serio, hasta que se le extendió una sonrisa por la cara.

—Sólo vuelve, ¿ok? No necesito nada más.

Sonreí y asentí, soltando un silbido, después volteé hacia el lugar de donde vinimos.

En este momento todos los humanos estarían a la espera de los Reiniciados. Observé mi ropa. Hasta los que no me habían visto nunca reconocerían mi atuendo, completamente negro, como ropa de Reiniciado.

Me saqué la camisa sobre la cabeza, dándole la espalda a Callum. Me aseguré de que mi camiseta blanca cubriera mi pecho. Lo cubría. Le di la camisa, me quité el casco y la banda para el pelo e hice a un lado el fleco frente a mis ojos.

—¿Primero estás haciendo un *striptease*? Estoy totalmente de acuerdo con eso —Callum sonrió desde el fondo.

—Estoy tratando de camuflarme. ¿Parezco humana?

—Sólo mantén los ojos cubiertos. Ésa es la única diferencia real que hay entre ellos y nosotros.

No lo era, pero de todos modos asentí y saqué la pistola de mis pantalones, me incliné hacia abajo para pasársela. Sólo úsala si tienes que hacerlo. No le quedan muchas balas.

—Quizá tú deberías conservarla.

Negué con la cabeza y retrocedí cuando me la trató de devolver.

—Por lo menos dispara si tienes problemas, ¿está bien?

—Está bien.

—Y ponte mi casco —se lo lancé.

—No, llévatelo. De todos modos es demasiado pequeño.

—Así está bien. No lo puedo usar sin llamar la atención —asentí cuando se lo puso y lo sujetó. Le quedaba muy alto sobre la cabeza, pero funcionaría lo necesario.

Di unos cuantos pasos, hice un esfuerzo por ir más lento y añadirle cierto balanceo a mi paso. Los humanos eran más torpes, desarticulados y casuales; tenía que hacer un esfuerzo por disimular mi zancada. Le eché otra mirada a Callum y traté de devolverle la sonrisa. Dando un profundo suspiro miré al frente con la cabeza hacia abajo.

Di la vuelta sobre la calle pavimentada que separaba los tugurios, agaché la cabeza aún más, aunque no podía ver a los humanos. Las casas se volvían más sólidas y grandes a medida que me dirigía al centro.

Me habían dado asignaciones en varias casas de esta calle. Era ligeramente menos deprimente durante el día. A estas casas de Rosa siempre las consideré como horrendos montones de mierda, pero parecían casi adorables a la luz del sol. Casi todas eran idénticas, casitas de dos habitaciones con una ventana diminuta al frente; unas cuantas tenían flores en el patio, o un jardín a un lado. Nunca antes había notado los jardines.

Se escucharon pasos sobre el pavimento, detrás de mí, y eché un rápido vistazo hacia atrás. Sólo era un viejo que columpiaba una bolsa mientras caminaba.

Apuré el paso; mis pies apenas tocaban la banqueta, hasta que recordé que eso llamaría más la atención. Disminuí el paso y me metí las manos en los bolsillos, y dejé que los hombros se me elevaran hasta las orejas.

Te ves como un mono cuando haces eso, la voz risueña de mi madre me llenó la cabeza.

Párate derecha, Wren. Levanta esa linda cara. No sé de dónde la sacaste, cariño, pero no tienes por qué esconderla.

Cerré los ojos mientras el viejo me rebasaba, y el rostro de mi madre llenó la oscuridad. Tenía razón, ella no era linda. Se veía demacrada incluso antes de haber caído por completo en su adicción, sin haber tenido jamás las mejillas llenas o caderas redondas que a otras mujeres les ganaban miradas de admiración.

Llegué a una calle transversal y miré a mi izquierda. Los humanos pasaban de prisa junto a mí, de seguro iban de camino a sus casas. Detrás de un edificio aparecieron dos oficiales con sus armas listas.

Me dirigí hacia el otro lado del edificio de ladrillo, y me asomé para ver a los oficiales examinar lentamente la calle.

Mi mano se dirigió instintivamente a mi cabeza para asegurarme de tener el casco bien puesto, pero sólo toqué mi pelo. *Claro. Lo dejé con Callum.*

Un buen tiro de los oficiales y él se quedaría esperando para siempre.

Debí decirle que si no volvía se fuera sin mí. Quizá lo haría de cualquier manera.

Un extraño aleteo nervioso se arrastró hacia mi pecho, y traté de empujarlo hacia abajo con una inhalación profunda. Y qué si no tenía casco; de todos modos era más fuerte y veloz que esos humanos. Podría derribarlos antes de que hicieran un solo disparo.

Escuché a alguien acercarse y respiré profundo antes de voltear y mirar de frente a una mujer. Su boca formó una *o* mientras retrocedía, y por un segundo me preocupó que no gritara.

Pero por supuesto que lo hizo.

Corrí al otro lado del edificio y me detuve lo suficiente para dejar que los oficiales vieran a dónde iba. La mujer se alejó corriendo mientras me perseguían.

Les salté justo cuando daban vuelta a la esquina, y apunté mi pie contra el cuello del soldado más bajo. El otro levantó su pistola y lo embestí con dos golpes en la cara antes que pudiera jalar el gatillo. Cayó al suelo con un gruñido junto al otro humano.

Me agaché, tenía los dedos listos para quebrarle el cuello, cuando levantó sus manos para rendirse y negó con la cabeza frenéticamente.

Me detuve, le lancé una mirada al otro oficial de rodillas que aún resoplaba. Los debería matar de todos modos. Su rendición no debía significar nada. Alcancé su cuello de nuevo, pero me detuve cuando apretó los ojos y volteó para el otro lado. No parecía ser lo correcto, con él tirado ahí de esa manera.

En vez de eso, tomé el barbijo y le desabroché el casco, arrancándoselo de la cabeza. Lo metí bajo el brazo y agarré sus armas del suelo.

—Por favor —dijo en voz baja.

Fruncí el ceño y me enderecé, metí las armas atrás de los pantalones.

—Dame tu camisa.

Me miró de manera extraña pero desabotonó su camisa negra y me la extendió. Retrocedí lentamente, mi mirada clavada en ellos, pero ninguno se movió para seguirme.

Me arrepentí de mi decisión tan pronto como desaparecí detrás del edificio y comencé a correr. Debí haberlos matado. Tal vez ya estaban utilizando sus intercomunicadores, reportando a los otros oficiales sobre mi ubicación exacta.

Corrí otra calle y me agaché junto a una casa, para escuchar los sonidos de los oficiales que se acercaban.

Nada. Al contrario, parecía más callado, como si todos los humanos se hubieran encerrado.

Enderecé mis piernas y levanté la nariz, en busca de una cosa más antes de regresar con Callum.

Comida.

No quería arriesgarme a volver a las tiendas del centro de la ciudad. Robar algo de alguna de las casas tal vez sería mi mejor apuesta.

Presioné mi oreja contra la casa que estaba junto, pero escuché voces dentro. Me apuré a atravesar el patio hasta la siguiente, y la siguiente, buscando que estuviera en silencio.

La cuarta casa permanecía silenciosa. Caminé por la parte de atrás y me recargué para volver a escuchar; no había nada todavía. Jalé la puerta trasera hasta que se rompió el candado y se abrió. La pequeña cocina estaba desierta, pero había una hogaza de pan sobre la barra de madera. La agarré y revisé el refrigerador, pero no había carne. Debí haberlo esperado. En Rosa la mayoría de la gente lo consideraba un gasto frívolo.

—¿Buscabas algo?

Salté, empujando la puerta para cerrarla y apuntando mi pistola contra la joven frente a mí. Su mirada se encontró con la mía con calma, en tanto yo retrocedía hacia la puerta.

—No grite —dije— sólo voy a tomar esto y me iré. Abracé el pan contra mi pecho.

Levantó las manos.

—No voy a gritar. Pero…

Le hice señas para que se callara; desde afuera llegaba el sonido de gritos y gente que corría. Los oficiales se gritaban órdenes unos a otros y sujeté la pistola con más fuerza, mientras mis ojos hurgaban en su rostro buscando la señal de que debería rodear su cuello con mis manos para ahogar un grito.

Ella sólo me miraba fijamente.

Las voces se desvanecieron y me asomé por la puerta para ver cómo se dispersaban en todas direcciones. Volteé de nuevo hacia la mujer.

—¿Puede quedarse callada unos minutos? —pregunté.

—¿Me dejarías la mitad de la hogaza? Mi hijo tendrá hambre cuando regrese de la escuela. Como habrás notado, no hay mucho más.

Bajé mi pistola, incómoda bajo su mirada. No estaba acostumbrada a que los humanos me miraran a los ojos, y sus ojos claros estaban clavados en los míos.

La culpa que me presionó el pecho fue la peor que hubiera sentido jamás; solté un suspiro y puse la hogaza sobre la barra. Me habría encantado llegar de la escuela a casa y encontrar una hogaza de pan en la barra. Aunque creo que de niña me habría emocionado tener comida de cualquier tipo.

La mujer tomó un cuchillo del cajón y lo sostuvo sobre el pan, hasta que negué con la cabeza.

—No pasa nada —empujé la puerta para abrirla. Mande a arreglar su cerradura, la rompí.

Me miró de nuevo, su rostro era imposible de leer. No había rastro de miedo, ni de hostilidad, ni de nada en realidad. Sólo me miraba fijamente.

Giré para salir, metiendo la pistola en mis pantalones.

—Niña, espera —dijo. Rebanó un generoso trozo de pan, lo envolvió en un trapo y me lo pasó.

Lo tomé lentamente y lo sostuve por un momento para darle oportunidad de cambiar de parecer, pero no lo hizo.

—Gracias —le dije.

—No hay de qué.

CAPÍTULO VEINTIDÓS

Callum me miró desde el agujero; el alivio y la felicidad se extendieron por su rostro. Tenía un brazo alrededor de sus rodillas y el casco colocado en la tierra frente a él. Estaba tan feliz de verlo que ni me preocupé por señalarle que debía de tenerlo puesto.

—Lo conseguiste —miraba con genuina sorpresa el casco acomodado bajo mi brazo.

—Sí —salté dentro del agujero y se lo di. También tomé su camisa. Espero que no apeste.

Se la llevó a la nariz.

—Nah, está perfecta.

Le extendí el pan.

—Esto es para ti.

Lo desenvolvió y me miró con asombro.

—¿En serio? Das miedo por lo buena que eres a veces.

—Te lo puedes comer todo, no tengo hambre —mentí.

Frunció el ceño mientras lo ponía en el suelo.

—No seas ridícula. No hemos comido desde anoche —metió los brazos por la camisa, la dejó desabotonada en tanto partía el pan en dos y me ofrecía una parte.

—Tómalo, estoy bien por ahora —dije mientras me deslizaba hasta el suelo.

—Wren. Cómelo. En realidad sí soy un poquito rudo, sabes. No me tienes que cuidar.

El tono de su voz me hizo hacer una pausa.

—No quise decir…

Me interrumpió con un beso, que le devolví, aliviada de no tener que terminar la oración. Apretó el pan en mi mano y lo tomé, sonriéndole mientras se apartaba.

—¿Dónde lo conseguiste? —preguntó mientras daba una mordida.

—En una casa —masculló. ¿Quieres dormir un rato? Yo puedo vigilar.

—Nah, no tengo sueño —dijo mientras se terminaba su pan.

—Pero no dormiste en toda la noche.

—No duermo todo el tiempo. No puedo.

—Ever no dormía mucho —pasé mis dedos por la tierra. ¿Eso es común con los Menos-Sesenta?

—Sí, eso me han dicho. La última semana estuve durmiendo más, pero me siento muy despierto de nuevo.

—¿Te sientes bien? —pregunté.

—Me siento perfecto. Le dieron las inyecciones a Ever, ¿no? Las que nos vuelven locos.

Asentí, mantuve la mirada sobre la tierra.

—Qué pasaría si…

Levanté los ojos para ver su rostro preocupado, ansioso.

—¿Qué pasaría si te las dieron a ti? —indagué.

—Sí.

—Que tú sepas, no lo hicieron, ¿o sí?

—No. Pero mi compañero de cuarto y yo no hablábamos mucho. No creo que me lo hubiera dicho.

—Pero ¿te sientes bien?

—Sí, excepto por... —bajó los ojos hacia sus manos temblorosas.

—Probablemente sólo tengas hambre. Nunca comiste lo suficiente. Y estás cansado. Deberías tratar de dormir.

—Supongo. Pero ¿qué pasará si no es sólo eso? ¿Entonces qué?

—Ya estás fuera —le dije con una confianza que no sentía. No te pudieron haber dado tantas inyecciones. Probablemente pierden su efecto.

Asintió, recargado contra la tierra.

—Sí. Estoy seguro de que está todo bien. No estuve ahí tanto tiempo.

Se trataba de convencer más a sí mismo que a mí, pero le sonreí y asentí.

—Exactamente.

—Trataré de dormir —cerró los ojos. Después entreabrió uno y me extendió su brazo. ¿Te quieres acercar más?

—No puedo. Uno de nosotros tiene que quedar despierto y vigilar.

—Un abrazo. Quizá dos. Quince, máximo.

—Callum —le dije riendo. Ya duérmete.

—Está bien —me dijo con un suspiro exagerado, entre tanto una sonrisa surgía en sus labios.

Horas después, cuando me asomé fuera del agujero, la noche lucía engañosamente tranquila. Una suave brisa soplaba por el campo y hacía murmurar a las pocas hojas que quedaban en los árboles. Se sentía tan agradable que me pasó la breve y enloquecida idea de sólo acostarme bajo los árboles con Callum.

Se incorporó junto a mí, miró alrededor. Había intentado dormir, o fingió hacerlo, por bastante tiempo, hasta que se dio por vencido y se quedó mirando la orilla de la zanja. Me recordaba tanto a Ever que se me hizo difícil respirar. Sentía como si tuviera a alguien parado sobre mi pecho.

Extendí el mapa frente a nosotros, le indiqué el área donde Leb nos dijo que deberíamos escapar.

—Correremos por aquí —tracé la ruta con mi dedo. Espero que nos podamos acercar bastante a la valla antes que los guardias nos vean. De ahí nos dirigiremos hacia los árboles e iremos al norte hasta perder a los humanos. Después damos vuelta y volvemos al sur.

Callum asintió.

—Entendido.

Me impulse fuera del agujero y Callum hizo lo mismo. Las luces del tugurio seguían brillando mientras los oficiales de CAHR peinaban la zona para encontrarnos, pero el campo estaba oscuro.

Comencé a ir hacia los límites de la ciudad y Callum me siguió. Tomó mi mano mientras caminábamos, entrelazando sus dedos con los míos. Íbamos un poco más lento de lo normal. Mis pies se sentían pesados y me rugía el estómago, pues exigía comida. Casi me tentaba la idea de detenernos y encontrar algo, pero no quería arriesgarme a atraer a los oficiales de CAHR en esta dirección otra vez. Necesitábamos acercarnos lo más posible a los linderos de la ciudad sin que nadie lo notara.

Callum parecía estar en mejor condición. No había mencionado que tenía hambre, y cuando me volteó a ver parecía firme y tranquilo.

—¿Sabes quién les disparó a ti y a tus padres? —preguntó.

—No. De todos modos no importa.

Hizo una pausa, me lanzó una mirada.

—¿Extrañas a tu mamá y tu papá?

—No lo sé —era la única manera honesta de contestar esa pregunta.

—¿No lo sabes?

—No. No lo sé. No me acuerdo mucho de ellos, y lo que sí recuerdo, no es muy bueno. Pero, a veces, me siento… extraña.

—¿Extraña?, ¿tal vez triste?

—Supongo.

—¿No quisieras verlos de nuevo si pudieras?

—Callum, jamás lograrás hacerme decir que es una buena idea. Y no, no los quisiera volver a ver.

Permaneció callado unos minutos y seguimos caminando por el vecindario, nos mantuvimos cerca de la parte trasera de las casas mientras nos acercábamos más a los límites de la ciudad.

—¿Qué hacías? —preguntó. Cuando eras humana.

—Tenía doce años. Iba a la escuela y trabajaba.

—¿Dónde trabajabas?

—En un bar. Lavando platos. Muchos de los chicos querían el trabajo, pero les agradó el que yo fuera pequeña. No ocupaba tanto espacio.

—¿No había reglas sobre la edad laboral en los barrios? —preguntó.

—No. Si podías hacer el trabajo, lo podías solicitar. ¿Tienen reglas de edad en el *Rico*?

—Dieciséis. Después de la graduación. Los ricos van a la escuela de oficios, los demás comenzamos a trabajar.

Lo miré con sorpresa.

—Pensaba que todos ustedes iban a la escuela de oficios.

—No. Es demasiado caro.

—Entonces ¿qué hacías? —pregunté.

—Trabajaba en el campo —rio ante mi mirada atónita. ¿Qué? Alguien lo tiene que hacer.

—Sí, bueno, pero… no pensé que fuera la gente del *Rico*.

—¿Quién más? —se encogió de hombros. No quieren traer trabajadores de los barrios bajos para los cultivos de alimentos, por el riesgo de enfermedad. No quieren que los Reiniciados toquen su comida. CAHR trató de llevarlos hace tiempo, pero la gente protestó. Les aterramos.

—Y deberían de estarlo.

Aparecieron las luces de los límites de la ciudad y me detuve para revisar el mapa. Al principio las casas fueron disminuyendo y después desaparecieron por completo. No había mucho del lado sur de Rosa. CAHR estaba al oeste, y la peor parte de los barrios hacia el este. Los árboles también escaseaban y no había nada más que tierra plana con pasto frente a nosotros. Sin duda CAHR lo había limpiado para que no hubiera manera de salir de la ciudad a escondidas. Toda la zona estaba más iluminada que con la luz del día.

—Leb no nos indicó un área donde pudiéramos protegernos —dije, me escondí detrás de un árbol y le hice señas a Callum para que me siguiera.

—Dudo que haya alguna protección en toda esta área —dijo Callum. Se acercó a mí hasta que nuestros cuerpos quedaron escondidos detrás del tronco.

Desafortunadamente, lo más probable es que tuviera razón. Leb había dibujado la estrella directamente entre dos de las torres metálicas de vigilancia; debió pensar que era la ruta más segura. Había un espacio de varios cientos de metros entre cada torre. Me asomé desde nuestro escondite y vi a un oficial pasear de un lado al otro frente a la reja, con un arma enorme en la cintura.

—Corramos y ya —dijo. ¿Qué tenemos que perder? —dio un paso, como si fuera a correr de inmediato.

—Nuestras cabezas —le dije, molesta, y lo jalé junto a mí por el brazo. Ellos tendrán francotiradores ahí arriba.

—¿Qué otra cosa vamos a hacer? Además, tenemos éstos —golpeó su casco con la mano.

Tenía razón, pero de todos modos sentí un estallido de irritación ante su indiferencia por su propia vida. Otra vez.

—Esos cascos no aguantan para siempre —dije. No te salvé de que te dispararan adentro sólo para que pudieras morir afuera un día después. Por lo menos finge que te importa morir —volteé a mirar el mapa otra vez. Éste no puede ser el mejor lugar. Parece tan estúpido.

Me miró sorprendido.

—Me importa si muero.

—No parece.

—Ya morí una vez. Y todo salió bien —me sonrió.

—No es gracioso. Esta vez morirías de verdad. ¿Y luego qué? ¿Se supone que me tengo que ir sola a esa estúpida reservación de Reiniciados? Jamás me hubiera ido si no fuera por ti.

—No te pedí que lo hicieras —dijo. ¿Y a qué te refieres con que nunca te habrías ido? ¿Estabas bien con eso? ¿Con ser prisionera?

—Sí. Era mejor que mi vida humana.

—Pero te obligaban a matar a gente.

—Yo no… —puse los brazos alrededor de la cintura y me detuve. No le podía decir eso.

—¿No te importaba? —supuso. ¿No sentías culpa? ¿Tristeza?

—No —miré el suelo. Al principio sí. Pero ahora... no.

Lo vi de reojo, sólo para advertir una mirada desgarradoramente abatida en su rostro.

—No sé por qué te la pasas diciendo eso —dijo.

—Porque es cierto.

—No, no lo es. Vi tu cara cuando se llevaron a esos niños. Sientes todo, igual que nosotros.

Hizo una pausa y me miró antes de que un destello travieso le brillara en los ojos.

—Y además te traigo loca.

Una risa de sorpresa escapó de mi boca.

—¿Qué? Es cierto.

No podía discutir con eso, así que sólo sonreí. Agarró mi mano y me jaló hacia él, plantó un beso suave en mis labios.

—Leb quería que saliéramos —dijo. No podemos rescatar a su hija si estamos muertos. Debe haber pensado que era la mejor manera.

—Sí —admití, metiéndome el mapa en el bolsillo. Sólo que preferiría que no explotaran nuestras cabezas.

—Entonces, corramos rápidamente —levantó las cejas y buscó con la mirada mi aprobación.

Asentí.

—Comienza a correr en zigzag cuando nos miren. Eso deberá hacer que darnos sea más difícil para ellos.

—Entendido.

Eché otra mirada alrededor antes de salir agachada de atrás del árbol y dirigirme hacia el campo abierto.

Apenas habíamos dado unos pasos cuando sonó una sirena. Era más fuerte aquí, pues ululaba desde una de las torres. Sentí las balas antes de escucharlas.

Me llovieron sobre los hombros y golpearon contra mi casco. Mis pies volaron sobre la tierra, con Callum a mi lado incluso cuando adquirí más velocidad y comencé a correr en línea desigual.

De repente, el mundo se puso blanco y el suelo comenzó a retumbar cuando caí contra él. Una segunda explosión, más cercana, me arrojó sobre la tierra y sentí un dolor agudo por mi pierna.

No podía escuchar. No podía ver. Me levanté rápidamente, sólo para sentir que el mundo se volvía a sacudir con una explosión tan intensa que caí a un par de metros de distancia.

Una bala me rozó la oreja cuando me levanté de un salto. Pasaron zumbando junto a mí y golpearon la tierra como gotas pesadas.

Callum. No podía verlo.

—¡Callum! —corrí hacia el humo y me estrellé directamente contra un pecho duro.

No podía distinguir la cara, pero levantó una pistola hacia mi cabeza. Me agaché, dirigí mi puño contra su vientre y pegué en sus rodillas para tirarlo. Le arrebaté la pistola de la mano y golpeé su cabeza con el cañón.

—Wren —escuché la voz de Callum, tranquila, pero cuando levanté la mirada estaba junto a mí, gritando. La mitad de su casco había desaparecido, y el lado izquierdo de su cabeza estaba totalmente expuesto. Lo tomé de la mano y corrimos a toda velocidad hacia la cerca.

Sus ojos estaban muy abiertos por el miedo, en ese momento volteaba para mirar detrás de nosotros. Giré la cabeza con rapidez, sólo para ver a un grupo enorme de oficiales CAHR que seguía de cerca nuestro rastro.

Bajé la barbilla contra mi pecho en tanto disparaban y solté la mano de Callum para poder correr más rápido.

La cerca estaba tan próxima que ya la podía ver con bastante claridad. No era demasiado alta; quizás algo más de cuatro metros.

Pero estaba electrificada.

Pude escuchar el zumbido cuando nos acercamos. Tendríamos que sostenernos de ella por varios segundos para poder subir y saltar encima, pero la fuerza del choque podría tirarnos de inmediato.

Callum llegó a la cerca un segundo antes que yo. Vi el impacto pasar por su cuerpo cuando sus dedos se enredaron alrededor del cable, pero se sostuvo, con rostro determinado.

Agarré el cable y solté un grito ahogado cuando mis entrañas sintieron que se quemaban. El shock era tan intenso que casi grité, a punto de romper mi propia norma.

Me impulsé por la cerca tan rápido como pude; mis manos ya estaban negras cuando llegué a la cima y me lancé al otro lado.

Las contracciones eran tan intensas que era difícil pararme y mucho menos correr. Pero escuché que el zumbido se detenía cuando desactivaron la cerca para que pasaran los oficiales de CAHR. Nos atraparían si no nos movíamos. El cuerpo de Callum se sacudía tanto como el mío, así que lo agarré de la cintura y lo volteé en dirección a los árboles.

Teníamos que ir al norte, y el pánico pasó rápidamente por mi cerebro mientras luchaba por recordar cuál dirección era ésa. Austin estaba al sur, pero no quería que CAHR nos viera dirigirnos hacia ahí. Si sabían a dónde íbamos, nos estarían esperando.

Un transbordador rugió por los cielos y trajo con él una ronda fresca de balas. Escuché el crac, luego sentí el golpe contra mi cabeza.

Los restos de mi casco cayeron al suelo.

A la derecha. El norte era a la derecha.

Mi cerebro no quería correr pero, de cualquier manera, mis piernas me llevaron flotando sobre la tierra y el pasto con más velocidad de la que pudiera conseguir un humano.

Estábamos en los árboles, hermosos árboles, chocábamos contra las ramas mientras nuestros pies golpeaban la tierra. Mis entrañas se sacudían, agitadas, pero seguí adelante hasta que las voces de los oficiales quedaron atrás, distantes.

Me detuve de repente, mirando hacia arriba cuando un transbordador pasó a toda velocidad. Le hice señas a Callum para que me siguiera, al tiempo que corría más para meterme entre los árboles y me escondía atrás de uno muy grueso. Ya no los podía ver, pero podía escuchar a los oficiales correr y gritar desde varias direcciones.

Volteé y vi a Callum; las contracciones habían desaparecido, y tenía los dedos alrededor del tronco de un árbol mientras sus ojos examinaban el área. También había desaparecido su casco, probablemente perdido y quebrado en alguna parte, como el mío.

—¿Estás bien? —preguntó, con respiración pesada.

—Sí, puedo seguir.

Miré el cielo: otro transbordador nos sobrevolaba y di un paso titubeante atrás del árbol. Cerca de nosotros se escuchaba el crujir de botas contra las hojas y entrecerré los ojos en la oscuridad. No usaban linternas; eso era algo inteligente. Así era más fácil que alguien nos tomara por sorpresa.

Le asentí a Callum, puse un dedo en los labios e inicié un cuidadoso paso hacia el oeste. Siguió mi ejemplo, y quise abrazarlo para felicitarlo por sus silenciosas pisadas. Me agaché para pasar tras una rama caída y miré sobre mi hombro.

Nos movimos con lentitud entre los árboles hasta que ya no pudimos escuchar a nuestros perseguidores. Todo estaba tranquilo; los únicos sonidos eran el murmullo de las hojas y el zumbido distante del motor de un transbordador.

—¿Corremos? —le susurré a Callum, volteando para mirar hacia el sur.

Asintió para mostrar que estaba de acuerdo, su mirada era seria cuando enfrentó la mía, pero una sonrisa comenzó a esbozarse en sus labios.

Me di permiso de sonreír también, sólo por un momento. Y después corrimos.

CAPÍTULO VEINTITRÉS

La tranquilidad se arremolinaba a mi alrededor. Nunca había experimentado tanto silencio antes. Conocía los sonidos de la ciudad; los sonidos de los transbordadores; los sonidos de la respiración de Ever cuando trataba de dormir, pero este tipo de silencio era del todo extraño. Me sentía como una intrusa en este mundo. Todavía estábamos justo afuera de Rosa, pero era un nuevo planeta, uno en donde no había más, excepto Callum y una suave brisa que soplaba suavemente contra mi piel.

Los árboles nos proporcionaban una protección sólida, pero el suelo estaba disparejo, cubierto de hojas, agujeros y ramas caídas. Salté, esquivé y me tambaleé, pero mi respiración se volvió más estable mientras sanaba, al igual que la de Callum; entre tanto, nuestros pies golpeaban el suelo.

La sanación sólo nos proporcionó un alivio momentáneo, y desaceleré el paso, pues mi estómago se retorcía protestando. Sólo habíamos corrido un poco más de seis kilómetros, pero mi rostro estaba caliente y mis piernas inestables. Callum miró hacia mí frunciendo el entrecejo. Detuvo el paso, jaló mi mano para detenerme.

—¿Estás bien? —preguntó.

Asentí.

—Sí. Sólo tengo hambre, creo —no había ingerido una comida de verdad en más de veinticuatro horas, y mi cuerpo no agradeció correr tanto con tan poco combustible. De hecho, mi cuerpo no agradecía nada el tener tan poquito combustible. En los últimos cinco años se había acostumbrado a estar bien alimentado, y de manera regular.

Me sentí mejor estando de pie sin moverme; hice una mueca de dolor cuando me toqué el hombro izquierdo. Podía sentir un bulto duro justo detrás de mi hombro, era una bala que se había atorado ahí. Mi piel se había cerrado por encima.

Traté de ignorar el dolor, pero era más difícil cuando estaba débil. Me palpitaba, se rehusaba a ser ignorado, y fruncí el ceño. Qué molesto era.

—¿Qué? —preguntó Callum, y alcanzó mi hombro.

Me encogí y volteé. Me avergonzaba que alguien pudiera leer las emociones de mi rostro. Jamás creí que alguien lo pudiera hacer, ni siquiera cuando era humana.

—No es nada —masculleé. Hay una bala aquí.

Volvió a tratar de alcanzarme, y dejé que presionara su mano contra mi chamarra, mientras sus dedos encontraban el lugar.

—¿Quieres que la saque?

Vacilé, mirando alrededor. Estaba oscuro y desierto. Todavía estábamos bastante retirados de Austin, y no lo suficientemente lejos de Rosa, como para haber dejado atrás a los transbordadores y los oficiales. Una brisa me jaló unos mechones de pelo que escaparon de la cola de caballo hacia mi rostro, y los hice a un lado.

—Quizá deberíamos seguir adelante.

Callum me sonrió con suficiencia y me extendió su mano.

—Sólo dame el cuchillo.

Lo saqué de mis pantalones y se lo pasé. Cuando Callum no accedió a seguir corriendo sentí una pequeña ráfaga de alivio. Era lo último que quería hacer.

—Probablemente será más fácil si te sientas —dijo, mientras yo me quitaba la chamarra encogiendo los hombros.

Eché un último vistazo alrededor antes de deslizarme con lentitud hasta la tierra y cruzar las piernas. Cerré los ojos un instante, ya que todo en mí se colapsó en un montón de agotamiento. Los dedos de Callum me rozaron los brazos cuando se sentó atrás de mí, y temblé al sentir su tacto. Sus dedos encontraron el orificio que hizo la bala en mi camisa, y cuando habló, pude sentir su aliento en mi cuello.

—Te tienes que quitar esto —dijo.

Saqué los brazos por las mangas y dejé que la prenda colgara alrededor de mi cuello, sobre mi camiseta.

—Hmmm, ¿sólo debo excavar por ahí con el cuchillo? —preguntó mientras sostenía mi hombro con una mano para que estuviera estable.

—Sí, no tienes que ser cuidadoso. Lo mejor es que sea rápido.

—Está bien —exhaló lentamente y sentí que la punta del cuchillo hurgaba bajo mi piel. Cerré los ojos mientras presionaba con más fuerza. Era más fácil bloquear el dolor con su aliento en mi cuello y su calor detrás de mí.

La bala cayó en el suelo con un ruido sordo, y Callum dejó el cuchillo a un lado; sus brazos se deslizaron por los míos. Se inclinó hacia delante hasta que su mejilla rozó contra mi rostro, y su ligera barba me hizo cosquillas en la piel. Entrelazó sus dedos con los míos y volteó la cabeza para que sus labios rozaran contra mi sien.

—Ésa es la cosa más brutal que he hecho en mi vida —susurró, con un rastro de diversión en su voz.

Reí y me apretó la mano, sus labios formaron una sonrisa contra mi piel. Me di la vuelta y nuestras miradas se encontraron, después lo hicieron nuestros labios, por un brevísimo momento. Él fue quien se alejó, la mirada de preocupación había vuelto a su rostro.

—¿Quieres tratar de encontrar comida? —preguntó. Te ves agotada.

Me alejé de él y volví a meter mis brazos en mi camisa.

—Estoy bien. Sigamos adelante.

Al parecer discutiría, pero cuando me puse la chamarra y comencé a caminar, me siguió sin decir una palabra. Consideré fugazmente tratar de atrapar un animal, pero no vi ninguno y, de todos modos, no podíamos hacer una fogata para cocinarlo. CAHR podría ver el fuego.

Era distinto estar sin comida como Reiniciada. Como humana fue incómodo, doloroso, incontenible. El hambre me dominaba hasta que no podía pensar en otra cosa.

Mi mente era más clara como Reiniciada. Podía concentrarme en otras cosas, pero el persistente agobio en mi estómago era peor. Sentía como si un monstruo me devorara desde adentro.

Lo de la comida no se me ocurrió cuando planeaba nuestro escape. No consideré tantas cosas, como dónde dormir, o dónde encontrar agua, o ropa. En mi pánico por sacar a Callum, no me detuve a pensar que afuera quizás estaríamos peor. Tal vez CAHR tenía razón y nos estaban haciendo un favor al darnos refugio y comida. Sí, técnicamente éramos sus esclavos, pero quizás era mejor que lo que encontráramos aquí afuera.

Lo siento. La voz de Ever resonó en mis oídos con la claridad del día en que murió. No habría estado peor afuera. De hecho, si hubiera puesto más atención, si hubiera trabajado más para escapar cuando descubrí por primera vez que era posible, tal vez ella seguiría viva.

Cerré los ojos contra la culpa que empujaba en mi pecho. Le habría gustado estar aquí afuera, con hambre o sin ella.

—La reservación está por allá, ¿verdad? —preguntó Callum, sacándome de mis pensamientos. Estaba mirando el cielo negro y apuntaba hacia el norte.

—Sí.

—Así que todos los transbordadores de CAHR fueron en esa dirección. ¿Crees que saben dónde está?

—Sí. Suena lógico.

—En realidad no crees que está ahí, ¿o sí? —preguntó.

—No, nunca lo pensé. Más bien, es probable que se trate de Reiniciados que corren de un lugar a otro, escondiéndose de CAHR —suspiré cuando su rostro se desencajó, desilusionado. Lo siento. ¿Es el tipo de cosas sobre las que debería mentir para hacerte sentir mejor?

Rio.

—No. Me gusta que siempre digas la verdad.

—No le encuentro sentido a mentir.

—Eso me gusta.

—Gracias —dije, y el calor se extendió por mi pecho hasta llegar a mis mejillas. Por lo menos no parecía alarmado por el hecho de que no tuviéramos la menor idea de lo que hacíamos. Su optimismo era reconfortante, y alcancé su mano mientras caminábamos.

A medida que el sol comenzaba a salir, los espesos árboles dieron paso al terreno abierto, con pasto verde y café que se extendía frente a nosotros. Todavía estábamos a unos dieciséis kilómetros de Austin, y seríamos fácilmente visibles para cualquier transbordador CAHR que pasara.

Pasé una mano sobre mi rostro cuando nos detuvimos. Debimos haber corrido. Si lo hubiéramos hecho, ya estaríamos ahí, y en Austin habríamos encontrado comida más fácilmente.

—¿Descansamos un momento? —preguntó Callum.

—Creo que tendremos que hacerlo hasta que se ponga el sol —di la vuelta para caminar arduamente de regreso a un área de árboles más espesa. Me tiré junto a uno y estiré mis piernas frente a mí; Callum se quedó donde estaba y volteó, para evaluar el área.

—¿Qué tan lejos estamos de Austin? —preguntó.

—Como a medio camino. Unos dieciséis kilómetros.

—Voy a buscar comida —me volteó a ver. ¿Quieres esperar aquí? No me alejaré mucho.

—Buscar comida ¿dónde? —pregunté, eché una mirada perpleja hacia los árboles que nos rodeaban.

—Voy en esa dirección —dijo, apuntando. Eh... —volteó unas cuantas veces. Al este. ¿Correcto? ¿Para allá está el este?

Asentí.

—¿Qué esperas encontrar ahí?

Arqueó una ceja.

—Hay comida más allá de la cafetería, Wren.

Traté de contener una sonrisa, pero aun así ésta jaló las comisuras de mis labios.

—Eso me han dicho. ¿De verdad crees que vas a encontrar comida?

—Trabajé en los campos. Sé qué buscar. Yo y algunos otros solíamos aprovecharnos cuando caminábamos de regreso a la ciudad y los granjeros de CAHR no estaban mirando.

Comencé a ponerme de pie, pero negó con la cabeza.

—Puedes descansar —dijo. No iré lejos. De todos modos no hay nadie por aquí.

Volteé a mirar el cielo. Tenía razón, estaba azul y despejado, y no había ningún transbordador a la vista. Para ser sincera mi cuerpo, de cualquier manera, no tenía el menor interés en caminar.

—Sólo no te pierdas —recargué mi cabeza contra el árbol. Grita si tienes problemas.

Asintió y volteó para irse caminando, lanzó una sonrisa en mi dirección, aunque su paso era lento y pesado. Debe haber estado cansado también, e igual de hambriento, pero lo ocultaba mejor. Tenía que admirar su capacidad para conservar esa sonrisa en su rostro, incluso cuando las cosas estaban muy mal.

Entrecerré los ojos; el sol se asomaba detrás de las hojas. Comencé a cabecear. Quería mantener los ojos abiertos, pero se me cerraban, y con el tiempo dejé que se quedaran así.

Desperté sobresaltada. Mis piernas golpearon contra la tierra cuando mis ojos se abrieron de repente. Una hoja me cosquilleaba en el brazo; la hice a un lado y volteé rápidamente para mirar el sol. Ahora estaba más alto, arriba de los árboles.

—¿Callum? —llamé con suavidad y me puse de pie. Giré en círculo; estaba sola, el único sonido era el aleteo de un pájaro que despegaba desde algún lugar cercano.

Me ceñí más la chamarra al cuerpo y miré de nuevo el sol. ¿Dónde estaba antes? No pude haber dormido tanto tiempo. Quizás una hora. Menos, tal vez. Fue una tontería dejarlo ir solo. Separarnos era lo peor que nos podría suceder ahora, y lo dejé ir a vagabundear en medio del campo, solo.

El pájaro que sobrevolaba chilló y me sobresalté; metí mis manos frías en los bolsillos. Escapar de CAHR en el verano habría sido un plan mucho más inteligente. De hecho, cualquier plan menos éste habría sido más inteligente.

Tragué saliva tratando de no sentir pánico, pero los minutos sin señas de Callum se alargaban. Pasaba de un pie a otro y luchaba contra el impulso de correr hacia los árboles para buscarlo. Estaba bien. Si lo seguía repitiendo tendría que ser cierto.

Un crujido me hizo girar, y me puse tensa; mi mano voló a la pistola. Un momento después apareció el rostro triunfal de Callum y exhalé, le devolví la sonrisa.

—Lo siento, me llevó más tiempo de lo que creí —dijo. Fui un poco más lejos de lo que pensaba.

Tenía la camisa extendida frente a él; fruncí el ceño al verlo dejarse caer de rodillas y vaciar el contenido ante mí. Me arrodillé y recogí un objeto pequeño, negro y redondo.

—¿Una cosa oscura y otra blanda? —pregunté, arqueando las cejas. Miré las esferas cafés y duras mezcladas con las otras. ¿Son nueces?

—Wren —dijo riendo, se arrimó y tomó la nuez. Es una pacana. ¿Nunca has visto una pacana?

—Hmmm… Nunca con cáscara, supongo.

Echó una mirada alrededor y eligió una roca, colocando la pacana en el suelo.

—Nos vamos a poner un poco creativos, ya que no tenemos cascanueces —bajó la piedra con fuerza y quebró la corteza. Sacó los trozos de nuez y los colocó en mi mano libre.

—Gracias —le dije; parpadeaba con sorpresa.

—Y ése es un pérsimo —dijo, señalando la fruta. Sólo la exprimes en tu boca. No es mi favorito, pero funciona.

Comí un par de trozos de pacana mientras Callum las seguía quebrando en el suelo, y luego aplasté el pérsimo con mis dedos y lo sostuve sobre mi boca. Era dulce y suculento; mis manos estaban negras con los jugos cuando tiré la corteza a un lado.

Comimos en silencio y cuando terminamos todo me limpié las manos en los pantalones. Callum se recargó contra un árbol, abrió sus brazos y me fui a sentar feliz junto a él.

—Gracias —le dije, descansé la cabeza sobre su pecho.

—De nada —reposó su barbilla sobre mi cabeza, al tiempo que bajaba los dedos lentamente sobre mi brazo. Estuvo en silencio mucho tiempo. Cerré los ojos; mi cabeza se movía de arriba abajo con su respiración.

—¿Siempre fue tu intención ir a Austin?

—¿A qué te refieres? —abrí los ojos de golpe, sorprendida por el sonido de su voz.

—Cuando le prometiste a Leb que irías por su hija. ¿Lo decías en serio? ¿O sólo pensabas escapar?

—No sabía a dónde iría —dije. Si la reservación es real, me gustaría saber dónde está. Está claro que no estoy exactamente equipada para sobrevivir lejos de la civilización.

Él rio entre dientes.

—Creo que no tendrías problemas.

—Y no quiero darle la razón —dije en voz baja. Sé que Leb espera que escapemos. Ellos no confían en nosotros, y no quiero darles la razón.

Levantó la mano y la presionó contra mi mejilla; sentí que me daba un beso suave sobre la cabeza.

—Buen punto —susurró.

CAPÍTULO VEINTICUATRO

Salimos de nuestro escondite después de que se ocultó el sol. Dos transbordadores CAHR pasaron durante el día, pero no había visto ninguno en horas.

De nuevo me quedé dormida por un rato, pero Callum estaba despierto y alerta. Todavía no dormía desde que salimos de las instalaciones, y podía ver que, una vez más, le temblaban las manos. Aunque advirtió que lo noté, ninguno dijo nada. Sin embargo, no había mostrado alguna de las otras señales de locura y me rehusaba a hablar de algo que seguramente no pasaría.

Que *no podía* pasar.

Nos dirigimos a las afueras de los árboles e inhalé profundo, al mismo tiempo miraba hacia el cielo. Todo despejado.

Corrimos. Nuestras botas golpeaban el suelo mientras corríamos a toda velocidad sobre la hierba. El viento entraba por los orificios de bala en mi chamarra y arrugué la cara para enfrentar el frío. Mi pecho lo sentía tenso y la garganta me quemaba, pero mantuvimos un paso veloz, echando miradas nerviosas hacia los cielos.

Fue después de unos ocho kilómetros que apareció otro bosquecillo y detuvimos el paso hasta caminar entre la arboleda y desaparecer entre ella. Inhalé profundamente y crucé mis brazos sobre mi pecho para guardar un poco de calor.

—¿Cuánto nos tomará pasar por esa cosa, el túnel? —preguntó Callum después de recobrar el aliento.

—Ni idea. En el mapa sólo dice *túnel*. Podemos volver a saltar la cerca si no está ahí.

—Estupendo. Como si no hubiera sido difícil la última vez —echó un brazo alrededor de mi hombro y me jaló hacia él.

Ahí los árboles eran más escasos, estaban dispersos y proporcionaban menos protección que los de las cercanías de Rosa, pero seguimos caminando, demasiado cansados para seguir corriendo.

A medida que nos acercábamos apareció Austin en el horizonte, y los labios de Callum esbozaron una sonrisa.

—Es más bonito que Rosa.

—Estamos entrando por el lado *Rico* —las cimas de los edificios parecían vagamente familiares. Había tres estructuras altas de cristal, rodeadas de unas cuantas más bajas, que apenas podía ver sobre los árboles. El edificio más alto estaba al lado oeste de la ciudad, y hasta la cima era de un blanco brillante, como si guiara a la gente a casa. Me pareció divertido, tomando en cuenta que el lado *Rico* de Austin no tenía el menor interés en dejar entrar a nadie.

—¿Habías visto este lado de la ciudad? —preguntó Callum.

—No. Lo pasamos cuando íbamos a los centros de detención, después de que morí, pero creo que seguía conmocionada. En realidad no lo recuerdo.

—¿Recuerdas haber muerto? —preguntó. ¿O el despertar?

—Recuerdo el despertar.

—¿Sabías que estabas muerta? Yo no lo sabía.

—Más o menos —contesté. Estaba histérica, así que todo está confuso. Sólo recuerdo haber despertado gritando en la Sala de Muertos.

—¿Te sacaron de la Sala de Resucitación? Fue terrible.

—Sí. Pensaban que estaba definitivamente muerta —el hospital trasladaba a todos los jóvenes que podrían Reiniciar a la Sala de Resucitación, donde los ataban a las camas. Si Reiniciaban los pasaban a los centros de detención; si no, los llevaban a la Sala de Muertos.

Nadie debería despertar en la Sala de Muertos, rodeado de humanos fallecidos ese día, en espera de la cremación. La sala estaba llena el día que estuve ahí.

Le eché una mirada a Callum, para apartar aquel recuerdo.

—¿No te diste cuenta de que estabas muerto?

—No. Pensaba que me había dormido. Preguntaba por mis padres una y otra vez. Pensaba que me sentiría distinto como Reiniciado. Pero me siento igual. Nunca se sintió real hasta que llegué a Rosa.

—Sí —coincidí.

Los árboles aumentaron a medida que nos acercábamos a la ciudad, y cuando empujé una rama baja lejos de mi rostro, apareció la cerca gris, de alambre, y las luces rojas intermitentes. Me detuve y saqué el mapa. La cerca emitía un zumbido suave; indicaba que también estaba electrificada.

Nos alejamos más hacia los árboles, hasta que ya no era visible la cerca. Si el mapa de Leb era correcto, el túnel debería estar justo en esa área.

—¿Está aquí? —preguntó Callum, y se asomó sobre mi hombro para ver el mapa.

—Se supone —dije, entrecerrando los ojos para mirar el suelo. Estaba demasiado oscuro para poder ver casi nada. Incliné el mapa en su dirección. ¿Estamos en la zona correcta? Parece que el túnel debería de salir no muy lejos del centro de la ciudad.

Callum miró el mapa, luego la oscuridad que nos rodeaba.

—Intentemos un poco más hacia el oeste —apuntó. No creo que estemos lo suficientemente cerca del centro.

Asentí y lo seguí, pateaba la tierra y toda piedra sospechosa. No estaba segura de qué era lo que buscábamos. Probablemente debí preguntarle a Leb cómo se veía el túnel. O para qué lo usaban. O si Leb estaba seguro de que todavía estaba ahí.

Guardé el mapa en mi bolsillo y solté un suspiro. Callum y yo caminamos hacia el oeste, después el este, después el oeste otra vez, peinamos la zona, buscamos entre hojas y ramas caídas.

—Nos vamos a tener que electrocutar otra vez, ¿verdad? —preguntó Callum. Mirando el cielo con ojos entrecerrados. Los primeros indicios de la luz de la mañana comenzaban a aparecer.

—Puede ser.

—Estupendo. Creo que se me licuaron las entrañas la última vez. Todo se me zangoloteó ahí dentro.

Le dirigí una mirada divertida.

—Intentemos un poco más cerca de la valla.

Me siguió al dirigirme hacia allá. Me detuve cuando pude escuchar el zumbido de la electricidad. Volteé cuando Callum cayó de rodillas e hizo a un lado una pila de ramas. Indicó un agujero pequeño y sonrió ampliamente, apuntaló sus manos contra los lados y se asomó dentro.

—Se ve diminuto.

—Iré primero —le dije.

Me arrodillé junto a él y me asomé en lo que parecía ser sólo un agujero mal hecho en el suelo. Hice una pausa, miré de nuevo a Callum. En realidad me ponía un poco nerviosa la idea de arrastrarme por un agujero minúsculo y oscuro en el suelo. No tenía idea de lo que había ahí, pero tenía que creer que Leb no nos conduciría al peligro si estaba su hija en juego.

—Si lo prefieres, todavía nos podemos electrocutar —dijo Callum, y señaló la cerca.

—Creo que deberíamos intentar el método más silencioso —ignoré mis nervios y me arrastré dentro del agujero. Un momento después, escuché a Callum seguirme.

El túnel era apenas lo suficientemente grande como para que pasáramos a gatas. Tuve un poco de espacio para respirar, pero cuando me giré para ver a Callum, sólo podía advertir el contorno de su espalda rozando contra el techo del túnel.

El techo tenía un soporte hecho con una especie de vigas blancas de madera que no parecía muy sólido. Aparte de eso, lo único que había bajo mis dedos era tierra.

—¿Qué pasa si se desploma? —preguntó Callum. ¿Nos quedamos aquí, enterrados vivos para siempre?

—Sí, probablemente.

—Ah, qué bien. Gracias por hacerme sentir mejor.

Quería voltear y sonreírle, pero la idea de que el túnel se desplomara y nos atrapara no era tan descabellada. Quizá lo correcto era hacer la menor cantidad de movimientos posibles. Además, de cualquier manera, estaba demasiado oscuro para poder verlo.

Me seguí arrastrando a gatas, inhalé profundamente, en un esfuerzo por frenar las veloces ráfagas de aire provenientes de mis pulmones. A pesar de sus palabras, la respiración de Callum era lenta, rítmica; cerré los ojos y cuando la escuché, me calmé también.

Me arrastré hasta que mi cabeza golpeó contra algo sólido. Me detuve y extendí la mano para tocarlo. ¿El túnel estaba sellado?

Callum chocó contra mis pies y sentí que también se detenía.

—¿Qué?

—Está bloqueado —le dije, y empujé aquel objeto sólido. Se sentía áspero contra mi piel. Quizá deberíamos...

El obstáculo se movió antes que pudiera terminar mis cobardes palabras acerca de que deberíamos olvidarnos de este plan, de Leb y Adina. Lo empujé de nuevo y apareció un rayo de luz. Eran troncos, tal vez acomodados para esconder la entrada.

Empujé mi hombro contra ellos hasta que el de arriba cayó al suelo de golpe, y pude mover el otro. Salí del túnel con dificultad y me hundí en el pasto con un suspiro. El aire estaba fresco, la hierba húmeda de rocío bajo mis dedos; por una vez no me importó el frío. Inhalé una cantidad generosa de aire fresco dentro de mis pulmones.

No había disparos, ni bombas, ni gritos; sólo el aire fresco de la mañana y el sonido del murmullo de las hojas y el canto de los grillos. Nuestra huida de Rosa era una pesadilla lejana comparada con la facilidad de nuestra entrada a Austin.

Callum se sacudió la ropa, luego me alcanzó con su mano y me desordenó el pelo en forma juguetona, haciendo que saliera tierra volando. Me sonrió brevemente, pero tenía los ojos enfocados en algo a la distancia.

Volteé. La salida del túnel estaba sobre una colina, esto nos daba una panorámica clara del barrio *Rico* de Austin. No recuerdo haberlo visto con tanta claridad durante mis años en los tugurios.

Era pequeño, probablemente entre dieciséis y veinticuatro kilómetros cuadrados. Era el segundo Austin. El original estaba varios kilómetros al sur y, por lo que alguna vez me contaron, no había nada más que un montón de escombros. Los Reiniciados destruyeron la mayoría de las ciudades humanas durante la guerra.

Escuché que a Austin la llamaban la mejor ciudad de Texas. A juzgar por las otras ciudades que había visto, parecía una afirmación correcta. Estaba enclavada junto a un lago que relucía a la luz de la mañana. Los edificios del centro de la ciudad eran más altos que los de Rosa, de unos diez o quince pisos de altura.

Por el centro de la ciudad pasaba una calle ancha; comenzaba no muy lejos de los árboles que rodeaban el lago y terminaba en un encantador edificio pequeño y redondo. El diseño era una réplica del capitolio original de Austin. Texas no tenía capitolio, así que no sabía qué hacían en el edificio ahora. Quizás estuviera vacío.

—¿Hacia dónde está la casa de tus padres? —pregunté cuando volví a apilar los troncos frente al agujero.

—Pasando el capitolio y bajando por la avenida del lago Travis —indicó la amplia calle. Bajó las cejas al cruzar los brazos sobre su estómago.

—¿Qué? —pregunté, mientras me ponía de pie y me limpiaba las manos sobre los pantalones.

—Tengo mucha... —respiró profundamente y apretó la mano contra su estómago. Creo que tengo mucha hambre.

Había palidecido y sus manos temblaban peor que antes. Tragué saliva y alcancé su mano.

—Tus padres deben tener comida, ¿verdad? —mi voz era firme, aunque también yo comenzaba a temblar. Ever había estado famélica en la cafetería y se había metido carne en la boca con la mayor rapidez posible.

Callum asintió.

—Tendrán un poco, probablemente.

—Vamos, quizá podamos encontrar otra cosa en el camino también —dije. El sol estaba subiendo más en el cielo, y no nos quedaba mucho tiempo antes que los humanos estuvieran por todos lados.

Dejó que lo empujara por la colina y al otro lado del pasto; el ruido de los grillos se desvaneció cuando nos acercamos a los edificios. La única manera de llegar al otro lado del capitolio era atravesar la ciudad, ya que la cerca de CAHR no estaba lejos de los límites de la ciudad y no me quería arriesgar a acercarnos demasiado a ella.

Nos movimos lentamente por un callejón detrás de los edificios de ladrillo y madera. Avisté a unos cuantos humanos que caminaban en la siguiente calle y apuré el paso, jalando de la mano a Callum. Tenía la mirada baja y la otra mano apretada contra la boca.

—¿Qué es eso? —sofocaba la voz detrás de sus dedos.

—¿Qué?

—Ese olor —se detuvo, se inclinó hacia delante y apretó sus manos contra sus muslos. Inhaló profundo, me acerqué a él y coloqué una mano en su hombro. ¿Huele a carne o algo así?

Levanté la nariz pero lo único que podía oler era el aire fresco de la mañana y quizás algún indicio de pasto o hierbas.

Huele tan bien. Es como… carne.

Las palabras de Ever pasaron por mi mente y volteé a ver a los humanos; una sensación de terror corría por mi estómago.

Estaba oliendo a los humanos.

Lo agarré del brazo; se sobresaltó, pestañeó hacia mí.

—Entonces, vamos a conseguirte carne —le dije. ¿Dónde está el restaurante más cercano?

No me contestó. En vez de eso volteó a ver a los humanos, su expresión era ilegible.

—¿Recuerdas cuando ese chico me trató de comer? —dijo con suavidad.

—O un carnicero —lo ignoré. O una tienda. ¿Hay alguna por acá?

—Y después Ever se comportaba como si me fuera a comer también. ¿Recuerdas? Se puso muy rara y loca —bajó la mirada a sus manos.

Mi corazón latía con demasiada rapidez. Me rehusaba a contestar esas preguntas porque tendría que admitir que debíamos tener miedo de lo que CAHR le había hecho, y él ya se veía aterrado.

—No me vas a dejar hacerlo, ¿verdad? —sus palabras eran tranquilas, su mirada iba de los humanos a mí.

Negué con la cabeza, con demasiado vigor.

—No. No te dejaré.

Asintió y se metió las manos en los bolsillos.

—Hay un restaurante como a una calle. Tienen carne, creo.

Enlacé mi brazo con el suyo y nos apresuramos. Callum inclinó su barbilla hacia abajo y comenzó a tomar profundas bocanadas de aire, mientras trataba de retener la respiración lo más posible.

—Ése —apuntó a una puerta de madera ligeramente quebrada atrás de un contenedor apestoso. Por la abertura surgía el estruendo de platos y comida frita; saqué la pistola de mis pantalones y abrí la puerta de golpe.

Había dos humanos trabajando en la cocina. Un hombre y una mujer, tal vez de treinta y tantos años, y agradablemente regordetes al estilo de los *ricos* bien alimentados. El hombre nos vio primero, soltó un grito y sujetó a la mujer.

Quizá nos veíamos peor de lo habitual, o quizá la gente de *Rico* no estaba acostumbrada a ver Reiniciados, pero su terror fue el más intenso que hubiera visto jamás. La mujer comenzó a llorar de inmediato y trataba de arrastrar al hombre hacia la otra puerta.

—Deténganse —apunté la pistola directamente al hombre. No los lastimaremos, sólo queremos comida.

Se paralizaron, se aferraron entre sí y sollozaban.

—¿Pueden parar de llorar y sólo conseguirnos comida? —les grité molesta. *¿Por qué la gente tiene que llorar?*

La mujer soltó un grito ahogado, se desenredó del hombre y corrió al refrigerador. Callum apretó su rostro contra mi coronilla mientras un sollozo se le escapaba de la boca.

—Carne —aclaré.

Ella volteó con dos paquetes grandes de carne cruda en las manos, y los extendió hacia nosotros con terror tembloroso.

—Carne cocida, pedazo de… —di una inhalación profunda.

—No somos animales —y señalé hacia el filete en el asador; el hombre comenzó a meterlo en un recipente. El pan también.

Metió la hogaza entera en una bolsa y colocó el recipiente con carne en ella. Se movió para dármelo pero la mujer se lo arrebató y empujó al hombre detrás de ella. Dejó colgar la bolsa de un dedo al tiempo que daba un paso cauteloso hacia nosotros.

No advertí que ese destello que vi por el rabillo del ojo era Callum, hasta que estuvo sobre ella.

Mostraba los dientes.

Gruñía.

Los humanos gritaron.

Esta vez no me molestó el clamor. Mis ojos volaron a los de Callum. Eran unos ojos vidriosos.

Mis pies se rehusaron a moverse; en ese instante él empujó las frenéticas manos de ella e intentó acercar su rostro al cuello de la mujer.

No me vas a dejar hacerlo, ¿verdad?

Sus palabras me sacaron de mi estado de parálisis. Me lancé contra él y quité al hombre de su camino. Sujeté el cuello de la camisa de Callum y lo retiré de la humana sollozante con tanta fuerza que golpeó la pared. Parpadeó y sacudió la cabeza, pero aún no era Callum.

No era Callum.

Los humanos se agazaparon en el suelo mientras yo agarraba la bolsa y corría hacia él.

—Callum —dije, con voz ligeramente temblorosa.

Parpadeó una vez más y su rostro se llenó de confusión al dirigir su mirada hacia mí. Lo empujé hacia la puerta antes que notara la condición de los humanos.

—¿Qué...?

—Vámonos —interrumpí, tomé su mano y comencé a correr.

Tiré con fuerza cuando disminuyó la velocidad y lo jalé por el callejón. Corrimos por la ciudad y sobre un amplio camino pavimentado que llevaba a unas casas distantes. Se dividía en dos direcciones, y volteé la cabeza con rapidez para mirar a Callum.

—¿En qué dirección? —miré detrás de mí para ver si había alguna señal de CAHR, pero aún no había nada. En el tranquilo aire de la mañana el cielo estaba despejado

Apuntó a la derecha y corrimos. Callum me hizo parar cuando nos acercábamos a las casas, e indicó una fila de arbustos.

—Tengo que comer algo antes que nos volvamos a acercar a ellos —aludió con un gesto a la carne. No puedo ver a mi familia así.

Volví a mirar detrás de nosotros. Todavía nada.

—Quizá deberíamos seguir adelante. Esos humanos alertarán a CAHR en cualquier momento...

Callum rio por la nariz.

—No, no lo harán. ¿Crees que les interesa que todos sepan que entraron dos Reiniciados a ese restaurante? Nadie volvería a entrar —apuntó hacia el cielo vacío. No le dijeron a nadie.

Examiné el área. Tenía razón. No se veía ni un transbordador, ni un guardia.

Seguí a Callum y me tumbé junto a él en el pasto atrás de los arbustos. Abrí el recipiente de carne y se lo ofrecí. Tomó un pedazo y lo mordió de inmediato, comiendo con un fervor que nunca había visto en él. Tomé un trozo pequeño para mí y empujé lo demás hacia él; comió sin protestar. Mordisqueé el pan mientras lo miraba.

Cuando acabó se pasó la mano sobre la boca y volteó su mirada hacia el pasto. Lo cogió, sus dedos casi estaban estables de nuevo.

—Acabo de atacar a esa mujer, ¿verdad? Parece que perdí el conocimiento, pero lo recuerdo... —su voz era forzada, calmada.

No contesté, pero él no necesitaba que lo hiciera. Sabía lo que había pasado. Nos sentamos en silencio durante largos segundos antes de advertir que era uno de esos momentos en que debía decir algo para consolarlo.

—Quizá te deje de hacer ese efecto —dije. O podamos pedir ayuda cuando lleguemos a la reservación. Deben haber visto esto antes.

Asintió.

—Cierto.

Me puse de pie de un salto y extendí mi mano hacia él. El sol subía cada vez más en el cielo y no teníamos tiempo que perder. Existía la posibilidad de que la pareja cambiara de parecer.

—Hasta entonces, te mantendremos bien alimentado. Estoy segura de que todo saldrá bien.

Tomó mi mano para levantarse, con un asomo de alivio en su rostro. Me creía.

Traté de sonreír como si yo también lo creyera.

CAPÍTULO VEINTICINCO

Nos dirigimos por la calle pavimentada y dimos vuelta sobre una calle más angosta. Las casas eran más pequeñas de lo que había imaginado, pero estaban limpias y bien cuidadas, sin la basura que cubría los patios de los barrios de Rosa.

—¿Estamos cerca? —pregunté. Apunté hacia los grandes árboles cerca de la orilla de los límites de la ciudad. Podría esperar ahí. Tal vez revise la seguridad alrededor del muro del barrio.

—No, tienes que venir conmigo —dijo Callum, y me miró sorprendido.

—No creo que sea buena idea —dije— pero me quedaré cerca.

—No, tienes que venir. Te van a querer conocer.

—No van a querer conocerme en absoluto.

—Sí lo harán. Me salvaste.

Suspiré.

—Iré, pero me quedaré atrás. Los aterrorizaría.

—No lo harás. No das miedo hasta que comienzas a atacar a la gente.

—Lo haré. Y tú también lo harás.

—Definitivamente no soy aterrador. Ni tantito.

Solté un suspiro de derrota y sonrió.

De verdad esperaba que tuviera razón.

Miré detrás de nosotros, donde podía ver los contornos de las casas más grandes asomándose entre los árboles. No podía ver mucho más allá de los techos, pero sólo el tamaño sugería riqueza.

—¿Qué hay ahí? —pregunté.

—Gente rica —dijo.

—Pensaba que todos aquí eran ricos.

Me miró divertido. Le había regresado el color después de comer carne y casi parecía ser el de siempre otra vez.

—La mayoría sólo estamos aquí porque la propiedad se transmite de padres a hijos. Mis papás nunca tuvieron dinero. Tampoco mis abuelos.

—¿Qué hacen? —pregunté. Pensaba que los ricos no hacían nada, pero si Callum trabajaba en los campos, sus padres debían tener trabajos.

—Mi mamá es maestra y mi papá trabaja en una procesadora de alimentos. Pero despidieron a mi mamá cuando enfermé, así que no sé si todavía enseña.

—¿Por qué? —pregunté.

—Riesgo de infección —dijo Callum. Le dio una de las variedades más ligeras de KDH cuando enfermé. No se arriesgan a que los niños se infecten.

—Quizá le volvieron a dar el trabajo después de que mejoró —las casitas tenían patios traseros con cercas de madera, y pude entrever jardines y flores. Todo se veía más alegre aquí.

Doblamos la esquina y Callum se detuvo de repente, su rostro mostró una expresión de tristeza.

Seguí su mirada hasta una casita blanca de persianas azules. Un sendero empedrado llevaba hasta la puerta de entrada y las ventanitas que daban hacia la calle la hacían lucir encantadora y pintoresca.

Pero enfrente, sobre un letrero de madera con letras grandes y negras, estaba escrito: *En cuarentena hasta el 24 de noviembre. Subasta el 1 de diciembre.*

Lo miré rápidamente.

—¿Subasta? ¿Eso quiere decir que…?

—La perdieron —dijo, y se le quebró la voz.

—¿La perdieron? ¿Cómo?

—Tenían muchas deudas. Se gastaron todo lo que tenían tratando de salvarme y deben… —tragó saliva y le tomé la mano.

—¿Tenían amigos?

—Sí, pero nadie les ofrecería una habitación. Y no estarían dispuestos a aceptar tres bocas adicionales cuando todo el mundo ya la está pasando mal.

—¿Entonces a dónde irían? —pregunté.

—No lo sé. Por allá, supongo —su mirada se dirigió al este, hacia los barrios bajos. CAHR manda a los sin techo hacia allá. No quieren ese tipo de cosas aquí.

Un hombre salió de su casa unas cuantas casas más adelante, y golpeó la puerta de malla metálica detrás de él al dirigirse hacia sus flores.

—No deberíamos quedarnos a campo abierto —dije. Callum aún miraba en dirección a los barrios, y el pánico creció en mi pecho ante la idea de ir ahí. Pensé que tendría más tiempo.

—Vamos adentro —lo jalé de la mano. Por lo menos hasta que se ponga el sol. Nadie va a poner un pie en una casa en cuarentena.

—Podríamos ir a los barrios ahora.

—Será más seguro de noche —le jalé la mano otra vez y, finalmente, volteó a verme. Su expresión se suavizó. Tal vez el pánico que yo sentía inundaba mi rostro.

—Sí, está bien.

Subimos por los escalones de piedra hasta la pequeña puerta blanca del frente. Estaba cerrada con llave, pero una fuerte patada de Callum la abrió de golpe.

A primera vista, la casa lucía más grande de lo que era. Las habitaciones estaban escasamente amuebladas y abiertas; los pisos eran de una madera brillante que nunca antes había visto. No había mesa en la cocina, nada más un sofá sucio y una televisión en la sala. Como si el lugar hubiera sido vaciado por ladrones.

La luz del sol entraba por una ventana lateral, se reflejaba en el suelo y danzaba por las paredes desnudas color crema. Lo que hubo ahí antes ya no estaba, sólo quedaban los pequeños huecos que dejaron los clavos.

—Supongo que les dieron permiso de llevarse las fotos —dijo Callum, mientras caminaba hacia el pasillo de atrás.

—¿Y algunos de los muebles?

—No, esto era lo único que teníamos.

Bajé la mirada, avergonzada, aunque sus papás tenían mucho más de lo que jamás tuvieron los míos.

—Vamos —dijo.

Lo seguí por el sombrío pasillo; una afelpada alfombra gris se extendía bajo mis pies. Echó una rápida mirada en la primera puerta a nuestra izquierda; era una habitación pequeña y vacía, excepto por algunos carteles en la pared de personajes de cómic. Caminó hasta la segunda puerta a la izquierda.

Era su habitación. Parecía que no la habían tocado desde el día en que murió; la cama estaba sin hacer; los papeles y libros permanecían esparcidos por su escritorio; fotos y equipo electrónico, que no pude identificar, lucía disperso en las estanterías.

Los muebles de madera eran viejos y estaban astillados, pero el cuarto estaba bastante ordenado. Acogedor, incluso. El grueso edredón azul, al final de la cama, se veía más lindo que la cobija delgada que me daban en CAHR, y el sol que entraba por las ventanas blancas y transparentes hacía que la habitación luciera cálida y abierta.

—Hubieran vendido esto, o se lo hubieran dado a David —pasó los dedos sobre lo que imaginé que era su lector de la escuela. A menudo usábamos viejos libros de papel en la escuela del barrio; no eran comunes los lectores electrónicos.

—No podían. Cuando mueres, todas tus posesiones anteriores se vuelven propiedad de CAHR —el costo de la seguridad, decían.

—Ah.

Se sentó en la cama y encendió el radio de su buró. El sonido de un violín y la voz de un hombre llenaron el cuarto.

—Extrañaba la música —dijo, su mirada estaba sobre su regazo.

— Al principio, yo también.

—No debí dejar que pagaran mis tratamientos —dijo, frotándose las manos sobre el rostro. Sabía cuál era la tasa de supervivencia. En el fondo sabía que no tenía sentido. Pero tenía tanto miedo de Reiniciar. Estaba tan aterrado que acabé enfermándome en los centros de detención —levantó la mirada y me sonrió. Hasta que te vi. Recuerdo estar acostado en el suelo mirándote y pensando: *Si hay chicas tan lindas aquí, no puede estar del todo mal.*

Giré tratando de esconder una sonrisa mientras el rubor se esparcía por mi rostro. La cama crujió cuando se levantó y me plantó un ligero beso en la cabeza.

—Voy a revisar si aún hay agua. Quizá nos podamos dar un baño —volteó para mostrar una amplia sonrisa cuando salió del cuarto. Por separado, claro.

El rubor de todo mi cuerpo no se había desvanecido en lo más mínimo después que él regresó. Fue a su clóset y tomó una toalla, pantalones negros de algodón y una camiseta verde.

—Sí hay agua —me ofreció la ropa. Esto te quedará muy grande, pero me imagino que te quieres cambiar.

—Gracias.

—Está en la siguiente puerta.

El baño de azulejos blancos estaba limpio y era privado. Había olvidado cómo se sentía tener un baño privado. Me quité la ropa y con cuidado me metí bajo el chorro de agua. La regadera se sentía caliente y gloriosa, pero el agua se puso roja al caer al drenaje. Al parecer, yo estaba cubierta de sangre, la evidencia de los numerosos disparos que había sufrido.

Salí de la regadera limpia y suave; mi pecho destrozado era la única mancha en mi piel. Me puse la ropa de Callum y me pasé un peine por el cabello. Junté la ropa en mis brazos y la dejé en un rincón del cuarto de Callum.

Él estaba poniendo sábanas nuevas en la cama, eran grises y parecían tan suaves que de inmediato quise trepar a la cama.

—Pensé que quizá querrías dormir —dijo cuando ponía la última funda en las almohadas. Descansa si quieres, iré a bañarme.

Asentí, pero me senté en su escritorio cuando salió del cuarto. Alcancé una pantalla de fotos y accioné el botón del borde para que mostrara la primera imagen.

Era Callum.

Más o menos.

El Callum humano tenía el pelo desgreñado, ojos cafés claros y una sonrisa relajada en la cara. Su brazo rodeaba a otro chico humano, pero sólo lo podía ver a él. Su piel era imperfecta, lucía una sonrisa boba en su rostro; irradiaba inocencia.

Su piel era más oscura como humano. Los Reiniciados eran más pálidos, evidencia de que la muerte los había tocado, pero casi no se notaba. Los humanos tenían cierto brillo, un fulgor que sólo extinguía la muerte.

Apreté el botón y pasé por docenas de fotos de Callum con sus amigos. Casi no lo reconocí.

Levanté la cabeza cuando se acercó detrás de mí, y casi sentí alivio al ver que era como lo recordaba. Su rostro era duro y fuerte, muy distante del niño de la foto. Sus ojos oscuros circundaron el cuarto de una manera que tal vez ya era instintiva… buscaba amenazas. Miró la foto por encima de mi hombro, y se estiró para quitarla de mis manos. Comenzó a fruncir el ceño.

—Ya no me veo así —dijo.

—No.

—No pensé que había cambiado. Sólo han sido unas cuantas semanas.

—Si lo has hecho —toqué sus dedos. Me gustas más así.

Levantó los ojos de la foto hacia mí, después a la pared justo atrás de nosotros. Volteé para ver lo que miraba y vi nuestros reflejos en un espejo.

—Ya no me veo como humano —dijo.

—No. Ya no.

Miró la foto con tristeza.

—Cuando desperté, después de morir, pensaba que me veía casi igual.

—Pues sí, te pareces, de cierta manera —admití, y tomé la foto de sus manos. Tus recuerdos humanos comienzan a nublarse de inmediato. En especial las cosas que no quieres recordar.

Arqueó una ceja.

—Tú sabes algo de ese tema.

Me encogí de hombros y puso la pantalla de fotos en su escritorio, tomó mi mano y la jaló para que me levantara de la silla.

—¿Quieres bailar? —me tomó en sus brazos antes que pudiera contestar. Esta vez tenemos música. Y no te tengo que golpear cuando acabemos.

—No tienes que hacerlo. Pero si te piso demasiadas veces los pies, adelante.

—Paso, pero gracias por el ofrecimiento.

Me hizo girar una, dos, tres veces, hasta que caí contra su pecho riendo. Me levanté de puntas para que me besara; me tomó bajo los brazos y me levantó en el aire hasta que enredé mis piernas alrededor de su cintura.

—Así está mejor —rozó sus labios contra los míos.

Cerré los ojos y me dejé desvanecer en su beso. Me gustaba el hecho de no tener que preocuparme por ataques furtivos o humanos que pasaran por ahí. Me gustaba ceder por completo al beso, a sus brazos y a la tibieza de su cuerpo.

—Aquí no hay ningún baile —le dije finalmente con una sonrisa.

—Claro que lo hay —se movió en un círculo lento. Y, por cierto, éste es mi baile favorito.

—También el mío —recargué mi frente contra la suya, y dejé que la felicidad me hiciera cosquillas, que subían por mi cuerpo.

Cuando terminó la canción, se sentó conmigo en la cama, con mi cabeza en su regazo; pasó su mano por mi pelo húmedo y me besó desde la mandíbula hasta el cuello.

Quería llegar debajo de su camisa y tocar la tibia piel de su espalda con la punta de mis dedos, pero dudé; de inmediato mi mente trataba de analizar cuánta gente o cuántas cámaras podrían estarnos vigilando.

Pero no había nadie. Sólo nosotros.

Así que bajé mis dedos lentamente por su espalda y cerré los ojos; me concentré sólo en él.

Su aliento contra mi boca.

Sus brazos ceñían mi cintura.

Mis labios contra su mejilla.

Mis ojos buscando los suyos, mi sonrisa ante el deseo en su mirada.

Sus dedos contra mi espalda, el aire fresco que me cosquilleaba la piel al levantarme la camisa apenas un poquito.

Me tensé, me alejé de él de un salto, con tanta velocidad que casi caigo de la cama. De inmediato extrañé su tibieza, pero mi estómago se había trenzado en nudos nerviosos y no lograba siquiera mirarlo.

Cuando sugerí que nos quedáramos en su casa no consideré que habría una cama. No consideré que estaríamos solos.

Y no consideré lo que esas dos cosas podrían significar.

—Lo siento —dijo Callum —su voz era suave, algo confundida. ¿No está bien?

—Hmmm —fue la única palabra que se me ocurrió.

¿Eso estaba bien? Jamás consideré si yo querría alguna vez tener sexo, con cualquiera.

Ciertamente, jamás supuse que alguien querría tener sexo conmigo.

—Yo nunca, hmmm… —al final lo miré y advertí una genuina sorpresa en sus facciones.

—Estás bromeando —dijo. Estuviste ahí cinco años ¿y nunca lo hiciste con nadie?

—Claro que no. Nadie me quería tocar. Fuiste la primera persona, incluso, en besarme.

Hizo la cabeza a un lado, mientras me estudiaba con curiosidad.

—Eso es ridículo, Wren.

—Es la verdad.

Se acercó más hasta que su pierna rozó contra la mía.

—Nadie te tocó porque no querías que lo hicieran.

Quizá tenía razón en eso. Apreté las palmas de mis manos contra mis muslos, pero mis manos temblaban, así que las entrelacé rápidamente.

—Yo tampoco —dijo.

Un alivio inesperado me inundó el pecho.

—¿En serio? —tener sexo era casi siempre lo primero que hacían los novatos.

—Creo que la gente inmediatamente asumió que era tuyo, así que permanecieron al margen —su mirada encontró la mía y sonrió. Lo era. Lo soy —se inclinó hacia delante y rozó sus labios contra los míos. Tuyo.

Tragué saliva y un extraño peso fue cayendo en mi vientre. Me sentía rara, acalorada y nerviosa; quería jalarlo hacia mí y no dejarlo ir nunca. Entrelacé mis dedos con los suyos. Esta vez era yo la que temblaba. Él se mantuvo firme.

—Nosotros… nosotros podemos —tartamudeé. Pero tengo que dejarme la camisa puesta.

Su mirada bajó un momento a mi camisa.

—¿Por qué?

—Es repugnante. Es mejor dejármela puesta.

—¿Repugnante? —repitió, confundido.

No dije nada, pero un indicio de comprensión cruzó su rostro.

—Ah, ¿ahí es donde te dispararon?

—Sí.

—No me importa que tengas una cicatriz, Wren.

—Es horrible. Y no es sólo una.

—¿Alguien te disparó más de una vez?

—Sí. Tres veces.

—¿Quién le haría eso a una niña de docc años?

—No lo sé —dije, mi voz era tensa y tranquila. En realidad no lo recuerdo.

—¿Nada de eso?

Los gritos —mis gritos— hicieron eco en mi cerebro, y hubiera sido una mentirosa si contestaba esa pregunta con un *no*.

—Recuerdo algunas partes —admití. Fue un hombrc, creo. Vivíamos en un departamento y entró gritándoles a mis padres. No recuerdo de qué se trataba, pero tal vez tenía algo que ver con drogas. Los dos estaban muy pasados, como siempre —fruncí el ceño y las imágenes pasaron con rapidez por mi cerebro. Mi mamá me llevó al cuarto trasero y creo que tratábamos de salir por la ventana. Recuerdo haber mirado el pasto y pensé que estaba muy, muy abajo. Escuché disparos, grité y mi mamá me puso la mano sobre la boca y…

¿Estás tratando de matarnos?

Tragué saliva al escuchar la voz de mi mamá en mis oídos.

—Eso es lo único que recuerdo.

Callum inhaló profundo y tembló.

—Lo siento —el horror se había extendido por cada una de sus facciones.

—¿Sientes haberlo preguntado? —dije con una risita.

—Claro que no.

—Así que lo podemos hacer si quieres, pero esta camisa se tiene que quedar puesta —dije y crucé mis brazos sobre mi pecho.

Rio. Vio mi confusión y trató de detenerse, pero dejó escapar otra risa y negó con la cabeza.

—No —dijo, metió un mechón de pelo detrás de mi oreja y besó la mejilla con suavidad. Creo que esperaré a que tengas algo más de entusiasmo que ese "podemos hacerlo si quieres" —volvió a reír entre dientes.

Mis mejillas se ruborizaron y traté de concentrarme en el suelo.

—Oh, yo no quería, era que…

—Está bien —apretó sus labios contra mi frente y se deslizó fuera de la cama. Para que lo sepas, no estaba buscando eso.

Quería derretirme en el piso. Volverme un enorme montón de Reiniciada rojo brillante y sentimental.

—Me puedo ir a dormir al cuarto de mis papás —dijo.

Tomé su mano rápidamente.

—No, ¿te quedarías conmigo? —todavía lo quería cerca, aunque no *tan* cerca.

—Claro —le complació que se lo pidiera, podía verlo en sus ojos cuando se metió en la cama.

Me deslice junto a él y me acerqué más hasta que me envolvió en sus brazos. Apreté mi rostro contra su pecho y se inclinó hacia mí hasta que sus labios rozaron mi oreja.

—Cuando tengamos sexo, no habrá nada de esa tontería de dejarte-la-camisa-puesta.

—Pero...

—No, lo siento. No me importan las cicatrices y a ti tampoco deberían importarte. Todo o nada.

—Entonces, la respuesta podría ser nada.

—Por favor. No serás capaz de resistirme por mucho tiempo.

Me reí e incliné la cabeza para besarlo. Me abrazó con más fuerza contra su pecho mientras nuestros labios se encontraban y, por un segundo, pensé que él podría estar en lo correcto.

CAPÍTULO VEINTISÉIS

—Wren —el aliento de Callum me hizo cosquillas en la oreja y desperté; mi frente rozó su pecho. Se está ocultando el sol.

Me asomé a través de mis párpados para ver el cuarto bañado por una luz anaranjada. La piel de Callum estaba brillante, y en su fulgor casi parecía humana.

Extendí las piernas contra la suavidad de las sábanas. Tenía el material afelpado del edredón apretado en la mano contra mi barbilla. Estaba en una nube… una nube suntuosa y burbujeante donde mi cuerpo se hundía en una cama más suave que cualquier cosa que hubiera sentido antes. La nube olía a Callum. Como jabón, especias, calor y el inconfundible indicio de un Reiniciado.

Me hizo a un lado el pelo de la frente y apretó sus labios contra la piel, desatando una estela de fuego en su trayecto hasta mi cuello.

—Deberíamos irnos pronto —sus ojos oscuros miraron los míos y no vi razón para tratar de fingir que no tenía miedo. Ya lo podía ver. Su pulgar me frotó la mejilla para darle calor y su mirada firme sugería que no le molestaba mi miedo.

Asentí pero no me moví. Hubiera preferido quedarme en esta cama con él toda la noche, todo el día, toda la semana. Olvidarnos de la hija de Leb, olvidar la reservación inexistente, olvidarlo todo, menos sus brazos y su sonrisa.

Sólo que él estaba temblando. Sus dedos se sacudían contra mi piel y se hizo a un lado. Le lanzó una rápida mirada a sus manos temblorosas antes de alcanzar su ropa.

El pánico que atravesó mi pecho me quitó el aliento; me hizo querer apretar mi rostro contra la cama por temor a gritar.

—Quizá tenga una camisa más pequeña que puedas usar —dijo Callum, saltó de la cama y atravesó el cuarto de una zancada hasta el clóset. Algo de cuando tenía unos cuatro años o algo así.

Me reí contra el colchón, incorporándome y haciendo a un lado el pánico que se asentaba sobre mi pecho, insistente, burlón.

—Por lo menos siete —respondí. No estoy tan pequeña.

—Ten esto —me tiró una camisa color azul claro. Todavía te va a quedar muy grande, pero la puedes amarrar abajo.

Salió del cuarto para cambiarse y me puse mis propios pantalones y su camisa, que me llegaba casi hasta la mitad de los muslos. Traté de atar un nudo con la tela sobrante, pero al final me di por vencida y metí todo en mis pantalones. Tomé la sudadera negra que aventó sobre la silla del escritorio para mí y sonreí al jalar el suave material sobre mi cabeza.

Callum regresó y colocó en una bolsa la pantalla de fotos y una cámara pequeña, junto con un par de mudas de ropa.

—Podemos revisar si mis padres dejaron algo de comida, pero la verdad lo dudo —dijo, cerró la cremallera de la bolsa y se la echó a la espalda.

La cocina estaba vacía excepto por unos cuantos platos viejos y estropeados. Callum se encogió de hombros y me extendió la mano.

—¿Lista?

Nunca.

—Lista —dije, y lo tomé de la mano.

Miré alrededor una última vez al bajar por el pasillo y dirigirnos hacia la sala. Callum parecía esforzarse por no ver a su alrededor, su mirada permaneció en el suelo cuando me abrió la puerta de la entrada. Desde la noche anterior la temperatura había bajado varios grados y el aire nocturno estaba fresco. Incluso Callum tiritó.

—Una parada antes de cruzar al otro lado —señaló la casa contigua. Necesito descubrir a dónde fue mi familia.

—¿Qué vas a hacer? ¿Presentarte y preguntar?

—Sí —dijo, y me jaló hasta la parte posterior de la casa. Tocó en la puerta trasera antes que pudiera protestar.

Las cortinas se abrieron y un niño humano sólo un poco menor que nosotros se asomó; soltó un grito y las cerró de golpe cuando nos vio.

—¡Eduardo! —gritó Callum. ¡Sólo necesito saber a dónde fueron mis padres y David!

Eduardo se asomó otra vez, sus ojos estaban muy abiertos y apretaba su frente contra el cristal para mirarnos fijamente.

—¿Callum?

—Sí.

—¿Es malo eso?

La pregunta podría haber significado muchas cosas, pero Callum asintió.

—Sí. Es malo.

El vaho de la respiración de Eduardo nubló la ventana; aún parpadeaba horrorizado.

—¿Escapaste?

—Sí. ¿Sabes a dónde fue mi familia?

—Mi mamá dijo que a los departamentos Tower.

—Gracias —dijo Callum, mientras retrocedía un paso.

—Espera —dijo Eduardo, y empujó la ventana hacia arriba para abrirla. Callum retrocedió otro paso. ¿Cuál es tu número?

—Veintidós —dijo, y levantó su muñeca.

Eduardo rio a medias.

—Auu, es precioso.

Me reí y Callum me sonrió.

—¿Quién es ella? —preguntó Eduardo.

—Wren. Uno-Siete-Ocho. No le digas preciosa.

—¡Uno-Siete-Ocho! —exclamó Eduardo con demasiada fuerza. ¡Por el amor de Texas!

—Gracias —dijo Callum, me jaló a su lado y comenzamos a dar la vuelta.

—Espera, espera —llamó Eduardo. Nos giramos de nuevo hacia él y se mordió el labio nerviosamente. Después de que moriste mi mamá me preguntó qué desearía hacer si me enfermara.

—¿Qué desearías hacer? —repitió Callum.

—Sí, ya sabes. Si ella pudiera asegurarse… —formó una pistola con los dedos y los puso contra su sien.

Había oído hablar de eso. Nadie me había pedido mi opinión al respecto, y de repente encontré que no estaba segura acerca de qué decir. Miré a Callum y tenía una expresión parecida en su rostro. Arqueó las cejas de manera inquisitiva hacia mí.

—No —dije.

Eduardo miró a Callum para que lo confirmara y, por un largo momento, pensé que podría no estar de acuerdo.

—No —dijo al final. Arriésgate a Reiniciar.

—¿Sólo lo dices porque tu cerebro está todo desordenado ahora? —preguntó Eduardo.

—Puede ser —Callum movió la cabeza, divertido, y Eduardo sonrió ampliamente.

Le lancé una mirada perpleja a Callum cuando reía y daba la vuelta. Nunca había sido testigo de un intercambio tan amigable entre un humano y un Reiniciado.

—¿Sabes dónde están los departamentos Tower? —preguntó, mientras echaba su brazo sobre mis hombros.

—Creo que eso podría llevarnos tal vez hasta la zona general —me giré a medias para mirar la puerta cerrada de Eduardo. ¿Era tu amigo?

—Sí.

—No nos tenía mucho miedo.

—La mayoría de los chicos tiene más terror de Reiniciar que de los Reiniciados en sí.

—Supongo que eso tiene sentido.

Caminamos en silencio por la parte posterior de la zona residencial. Con cada paso aumentaba mi terror; el barrio que conocí comenzaba a tomar forma en mi cabeza.

Mientras nos acercábamos al muro me detuve y miré fijamente. Alguien había pintado un hermoso mural de niños que jugaban y gente que corría bajo el sol. Me dieron ganas de estrangular al artista.

No había oficiales de este lado del muro. ¿Quién querría entrar a escondidas a los tugurios?

—Wren —dijo Callum, e hizo señas para que lo siguiera.

—Tengo miedo —la confesión brotó de mi boca antes de que la pudiera detener.

Observó el muro.

—¿De volver?

—Sí.

—Quizás está mejor de como lo recuerdas.

Me estiré hasta el máximo de mi patética altura e inhalé profundo. No era que tuviera opción. Tenía que ir.

—Déjame revisarlo primero —dije. Me impulsé hacia arriba y me asomé. No vi nada más que pasto hasta que volteé a la izquierda y vi a un oficial parado a varios metros de distancia.

—Sin hacer ruido —le susurré a Callum.

Bajé de un salto, e hice un ruido sordo con mis pies. El oficial volteó cuando Callum cayó junto a mí. Corrimos, pero sólo nos siguió el silencio. El oficial era un rebelde o no quería tomarse la molestia de ocuparse de un par de chicos locos que se escabullían del *Rico* para entrar a los tugurios.

Todo parecía familiar. El centro de los tugurios a la distancia, el centro médico que se elevaba a mi derecha, las filas de casuchas a mi izquierda.

Olía a muerte. El aire puro del *Rico* había desaparecido; el aroma a flores y pasto era sólo un recuerdo.

Me sentí como en casa. Estábamos en la peor zona de los barrios bajos, la parte donde alguna vez viví, y apreté bien los ojos cuando reconocí un edificio grande lleno de pequeños departamentos.

¿Nos estás tratando de matar?

Mi pie se atoró con algo y mi rostro golpeó la tierra. Solté un grito ahogado, que empujó las imágenes de mis padres fuera de mi cabeza.

—Wren —dijo Callum, mientras se arrodillaba junto a mí.

Mi respiración escapaba en bocanadas cortas, como si fuera humana. Me arrodillé con dificultad y apreté las manos contra mis muslos.

¿Por qué había accedido a venir aquí? ¿Por qué me había hecho esto a mí misma?

Callum me levantó del suelo y me cargó en sus brazos. Puse mi rostro contra su pecho y traté de bajar el ritmo de mi respiración, pero aún era entrecortada y sacudía mi cuerpo.

Se asomó detrás del edificio médico y me bajó con suavidad. Apreté las piernas contra mi pecho y se agachó frente a mí, pasó sus dedos por mi cabello.

—No quiero estar aquí —susurré, y enterré mi cabeza contra mis rodillas, avergonzada.

—Lo sé —siguió acariciándome el pelo y me calmó; el ritmo de mi respiración disminuyó hasta que mi cuerpo dejó de temblar.

—Cuéntame un buen recuerdo —dijo.

—No hay ninguno.

—Tiene que haber por lo menos uno.

—Si lo hay, no lo recuerdo —le dije.

—Piensa más.

Parecía inútil, pero cerré los ojos y lo hice de todos modos. No me vino nada a la mente, excepto gritos y disparos.

—Mi mamá me dijo que parecía un mono —dije finalmente.

Me miró confundido.

—¿Perdón?

—Me decía que cuando me jorobaba parecía un mono y que tenía una linda cara, y que no debería esconderla.

—Sí, tienes una linda cara —dijo con una pequeña sonrisa.

—Eso es más o menos feliz, supongo. Por lo menos no me hace sentir mal.

—¿Cómo era ella?

—No lo sé. Sólo recuerdo uno que otro detalle.

—¿Más ahora? —supuso.

—Sí.

—Quizás eso significa que la extrañas.

—Tal vez significa que mi subconsciente es mezquino.

Rio y se inclinó hacia adelante para besar mi frente con suavidad.

—Extrañas a tus padres —le dije. Y no era una pregunta.

—Sí —parecía casi avergonzado.

—Pues entonces vamos a buscarlos —dije con un suspiro, y me puse lentamente de pie. Pronto tengo que ir a la calle Guadalupe a vigilar los transbordadores. Se supone que Adina tiene una asignación esta noche.

—¿Estás bien? Podemos descansar más si quieres.

—Descansamos todo el día.

—Bueno, no sólo descansamos —dijo con una sonrisa coqueta que me hizo sonrojar. Me tomó de la cintura y me besó. Era cierto que habíamos pasado buena parte del día besándonos más que durmiendo.

—Gracias —dijo cuando me soltó. Por venir conmigo. Por no cagarme sobre eso de querer ver a mis padres.

—Definitivamente te he cagado.

—Entonces gracias por cagarme lo mínimo.

—De nada.

—¿Por ahí? —preguntó, señaló.

Asentí y entrelacé mis dedos con los suyos al caminar por la calle. Esta noche no había humanos afuera. Ni uno solo, lo cual confirmó que mis recuerdos eran correctos... había un toque de queda estricto en los tugurios de Austin.

Levanté polvo con mis botas y el viento lo regresó contra mis pantalones. La brisa fresca me azotó el rostro; puse un brazo alrededor de mi estómago y arrugué la cara.

Mis pies se arrastraban; el sonido de mis botas raspaba contra el suelo reconfortante y familiar.

—¿Quieres que paremos? —preguntó Callum y le lanzó una mirada divertida a mis pies.

—No. Me recuerda... —levanté los ojos y vi la escuela a mi derecha. Los tres edificios blancos parecían iguales. Era más grande que la escuela de Rosa y, definitivamente, más alegre. La pintaron con los materiales que tenían. Alguien dibujó grandes flores goteando con algún tipo de líquido espeso y negro.

El lado más grande del conjunto estaba cubierto de algo, y contuve el aliento de golpe cuando recordé lo que era.

—¿Podemos parar un minuto? —pregunté, y deslicé mi mano fuera de la de Callum.

—Claro. ¿Qué es? —me siguió.

—Hacen un collage con fotos. De todos los chicos que mueren.

Su rostro se iluminó.

—¿Estás ahí? ¿Tu versión humana? —saltó frente a mí.

—Probablemente no. Creo que los padres les daban las fotos. Pero pensé que quizá...

Me detuve frente al muro. Había cientos de fotos pegadas al edificio, protegidas detrás de un plástico grueso. Más o menos cada mes, los maestros quitaban el plástico y ponían a los nuevos, nos reuníamos alrededor y contábamos historias sobre los chicos que perdíamos.

—¿Qué tal ésta? —preguntó Callum.

Miré a la niña rubia larguirucha.

—No.

Mis ojos examinaron las fotos, pero no veía a mi ser humano en ninguna de ellas. Dudaba que mis padres hubieran tenido muchas fotos mías, y me costaba trabajo creer que alguien las hubiera buscado después que morimos.

Luego la vi.

La niñita no le fruncía el ceño a la cámara, pero era obvio que estaba molesta. Su pelo rubio estaba sucio y su ropa demasiado grande, pero se veía ruda. Tanto como lo puede parecer una niña humana de once años. Sus ojos eran azules, la única parte de su rostro que era bonito.

Era yo.

Puse mi dedo en el plástico, tocando la carita de la humana fea.

—¿Eres tú? —preguntó Callum, apareciendo junto a mí. Ah, no lo es.

—Sí lo es —dije con suavidad.

Miró la foto en la oscuridad con los ojos entrecerrados. Quizá miraba las mejillas hundidas, o la barbilla puntiaguda, o la manera en que clavaba la mirada detrás de la cámara.

—¿Estás segura? —preguntó.

—Sí. La tomó una maestra, lo recuerdo.

—Te ves distinta ahora.

—Ella estaba muy fea.

—No estabas fea —dijo. Mírate. Estabas linda. No particularmente feliz, pero linda.

—Ella nunca estaba feliz.

—Me asusta la manera en que te refieres a ti misma en tercera persona.

Una sonrisa cruzó mis labios.

—Lo siento. Ya no me siento como esa persona.

—No lo eres —la miró otra vez. Nunca lo había pensado antes, pero me da gusto que no seas humana. ¿Suena raro que lo diga?

—No. También me da gusto no ser humana —le extendí mi mano. Vámonos.

—Espera —sacó la cámara de su bolso. La sostuvo cerca de la imagen y tomó una foto. Necesitas al menos una foto suya.

Guardó su cámara y me tomó la mano mientras nos dirigíamos a la ciudad. La calle se ampliaba mientras pasábamos el mercado y las tiendas. El centro de la ciudad era una calle larga y recta a la que había remplazado en mi cabeza con la de Rosa.

No era igual: todos los edificios de madera estaban pintados como si fueran de gente rica con dinero de sobra. Pero no estaban pintados de colores normales, como blanco o gris. Estaban hechas con diseños elaborados... enormes flores rosas, llamas naranjas y rojas que atravesaban las puertas, coloridos esqueletos funky que bailaban en los costados de los edificios.

—Es más lindo aquí que en Rosa —dijo Callum, sorprendido.

—Ésos son los departamentos Tower —le dije, apunté a un complejo de tres pisos al otro lado de la calle.

Me apretó la mano. Habíamos llegado a los departamentos Tower mucho más rápido de lo que esperaba. Me sorprendía que hubiéramos tomado la dirección correcta, aunque no tanto el que fuera exactamente ahí.

—Podrían... estar peor —dijo Callum mientras los miraba.

Podrían estar peor. Alguien había pintado un sol en la parte de arriba del edificio, y arbolitos y cielos entre las ventanas de los departamentos. Yo no recordaba nada de eso, sólo que, con tres pisos, era el edificio más alto de los tugurios de Austin.

Nos acercamos a la puerta y Callum estudió el Registro de Ocupación Humana pegado en la pared.

—Departamento 203 —apuntó al nombre Reyes.

Jaló la puerta principal, pero estaba cerrada con llave. Jaló con más fuerza, hasta que la cerradura cedió y nos deslizamos a través de la puerta.

Caminé fatigosamente por las escaleras, detrás de él, hasta el segundo piso. Los muros eran de color blanco simple y deslucido, y los pisos de concreto estaban sucios. Podía escuchar los sonidos apagados de humanos hablando; Callum acercó su oído contra la puerta marcada con el 203.

Me indicó que me acercara, pero me moví hacia delante sólo unos pasos, entre tanto el terror se instalaba de lleno en mi estómago. Debí haber puesto mucha más resistencia contra esto.

Tocó con suavidad y se dejaron de escuchar las voces al otro lado de la puerta.

—¿Mamá? ¿Papá? —susurró.

Se oyó un golpe en el interior del departamento y Callum brincó. Quería taparme los ojos con las manos, esconderme hasta que terminara todo, pero permanecí firme.

La puerta se entreabrió apenas. No pude ver a nadie, pero Callum sonrió. La puerta se abrió unos centímetros más.

El hombre que tenía emparejada la puerta se parecía mucho a Callum. Era alto y larguirucho, con pelo oscuro y desgreñado, como el de las fotos de su hijo.

Su boca se abrió conmocionada, su cuerpo tembló. Su mirada recorrió a Callum de arriba abajo, frenéticamente, como si buscara algo.

Una mujer apareció detrás, con el pelo peinado en un moño desordenado. Tenía la misma tez aceitunada que Callum, aunque su piel humana era un poco más oscura, y aunque sus ojos eran muy parecidos, los de ella estaban muy abiertos por el sobresalto. Apretó una mano contra la boca, emitiendo extraños sonidos guturales.

—Está bien, soy yo —dijo Callum, mientras su sonrisa se desvanecía.

Inhalé por la boca y, por un momento, confié en que todo saldría bien.

Las lágrimas podrían ser porque estaban muy felices de verlo.

La conmoción podría ser porque nunca esperaron volverlo a ver.

Iban a rodearlo entre sus brazos y le dirían que lo extrañaban.

Su padre soltó un sollozo ahogado y cerró los ojos.

No podía mirar.

—Sigo siendo yo —dijo Callum con desesperación.

Su madre soltó un gemido y dio un rápido vistazo alrededor. El humano del departamento al otro lado del pasillo se asomó por su puerta entreabierta.

Di un paso adelante y toqué el brazo a Callum; sus padres cayeron en una histeria mayor cuando me vieron.

—Vámonos —le dije con suavidad.

—¡Mamá! —exclamó Callum. Estaba al borde del llanto. ¿Tú no me...? —sujetó su mano entre las suyas. Todavía soy yo, ¿ves?

Se cubrió el rostro para llorar aún más, tratando de liberar la otra mano. Para ella, él debió haberse sentido frío. Muerto.

—Papá, mírame —dijo, tras darse por vencido con su madre y trató desesperadamente de hacer que sus ojos se encontraran. ¡Sólo mira!

Ninguno de los dos lo hizo. Su padre comenzó a agitar las manos con angustia. Sus ojos miraban fijamente el pasillo al tiempo que trataba de alejar a su hijo.

—Vete —su voz era baja, ahogada, después empujó a su esposa tras él. Si te ven aquí...

CAHR arrestaría a sus padres si encontraban a Callum ahí.

—Pero... —Callum respiró tembloroso cuando sus ojos encontraron algo detrás de ellos.

Me paré de puntas para ver detrás de su madre. Un chico de pelo oscuro estaba parado junto a un sillón. Supuse que se trataba de David. Su mirada estaba clavada en Callum, pero no hizo ningún intento por acercarse a su hermano.

—Vete —repitió su padre, y dio un paso hacia atrás.

Cerró la puerta con fuerza.

CAPÍTULO VEINTISIETE

La desilusión me oprimió el pecho mientras Callum parpadeaba y veía hacia el lugar donde habían estado parados sus padres. Pensé que quizá yo había tenido razón acerca de ellos.

Extendí mi mano hacia él, pero estaba solo, en otro mundo; había olvidado que yo existía. Deslicé mi mano en la suya y se sobresaltó.

—Vamos —dije, le jalé el brazo con suavidad.

Dejó que lo guiara por el pasillo y las escaleras, pero seguía mirando hacia atrás, incluso cuando la puerta ya no era visible. Me preocupó que se alejara rápidamente de mí y que lo intentara de nuevo, así que apreté sus dedos con más fuerza y nos abrimos paso hacia el fresco aire nocturno.

Callum se detuvo frente al edificio; su chamarra se abría con el viento cuando volteó a mirarme. Estaba tan inmóvil, tan tranquilo, que temí moverme por temor a romper el momento.

Pero estábamos al aire libre, rodeados de departamentos con humanos curiosos que presionaban sus rostros contra las ventanas. Podía ver a David dos pisos arriba, con las manos contra el vidrio sucio y su boca muy abierta.

Así que jalé con suavidad la mano de Callum y me siguió cuando empecé a correr. Nos dirigimos de vuelta a la calle larga y volvimos a pasar junto a las casas pintadas de colores brillantes. Yo no sabía a dónde iba, pero, cuando nos acercamos al mercado, Callum se desvió. Apretó su mano contra la nuca y se dirigió hasta el otro lado del edificio de madera; lo seguí en silencio.

Estiró la mano y tocó la pared con las puntas de sus dedos, soltando un pesado suspiro.

—Necesito un minuto.

Él había cerrado los ojos, pero de todos modos asentí, porque no sabía qué más hacer. Debería haber considerado maneras de consolarlo. Yo me lo esperaba. ¿Por qué no lo había pensado más?

Sin duda, pararme ahí y mirarlo no era lo que debía hacer. Extendí mi brazo alrededor de su cintura y apreté mi mejilla contra su hombro.

—Lo siento —susurré.

Unas cuantas lágrimas cayeron cuando abrió los ojos y me plantó un beso suave en la frente. Se aclaró la garganta y se apartó; limpió sus ojos con los dedos, tenía una expresión teñida de vergüenza y trataba de eliminar toda evidencia de su llanto.

Se me ocurrió que era más vergonzoso no poder llorar en absoluto.

—Tenemos que ir por Adina, ¿no? —preguntó.

Tomé eso como una negativa para hablar del tema. No lo podía culpar.

Cuando deslicé mis dedos entre los suyos, sus manos temblaban con violencia. Respiré profundo. Podría ser que estuviera devastado por lo de sus padres.

O podía ser que estaba por perder la cordura.

De cualquier manera, me rehusaba a dejarle ver mi temor. Sujeté su mano con más fuerza, salimos del callejón y nos apresuramos a seguir por la calle. En esta parte de la ciudad todas las casitas estaban formadas una junto a otra, con uno que otro complejo de departamentos al final de la calle. También estaban pintadas, algunas con dibujos coloridos, otras, con palabras. Palabras de lucha. Palabras que, en Rosa, provocarían un arresto inmediato.

Retoma Texas.

Texanos por la libertad.

Callum entornó los ojos cuando pasamos.

—Esto es extraño aquí —masculló.

Tenía razón. Yo no recordaba nada limpio, ni colorido, ni rebelde del Austin donde crecí. Algo había cambiado.

El rugido del transbordador me hizo voltear. Aterrizó al final de la calle Guadalupe, y nos escondimos al lado de una casa, al momento en que salieron cinco Reiniciados. Todos se veían iguales con ropa negra, pero podía ver una cola de caballo, larga y oscura, que salía por debajo de uno de los cascos.

—Creo que ésa podría ser—dije, asomándome por la esquina de la casa cuando los Reiniciados se separaron. La chica de pelo oscuro se dirigió por la Calle Primera y desapareció de nuestra vista.

Salimos tras ella a paso lento, corríamos detrás de las casas para mantenernos alejados de los otros Reiniciados. Cruzamos sobre la Calle Primera y vi a Adina parada frente a una casa, miraba su nota de misión.

Callum se desplomó junto a una cerca de alambre, respiró pesadamente y apretó sus brazos contra su estómago.

—Creo que no debería ir hacia allá con un humano.

Vacilé, mirando de él hacia ella. Tal vez tenía razón.

—Está bien. No te muevas, ¿está bien? Grita si te sientes... raro. Y prepárate para correr cuando volvamos.

Asintió, e hizo señas con la mano. Adina estaba en la puerta delantera de la casa y tocaba. En ese momento me apresuré a ir en silencio por el jardín. Levantó el pie y rompió la puerta de entrada.

No se escucharon gritos humanos y subí con lentitud por las escaleras siguiéndola. Estaba parada en medio de la pequeña sala, con las manos sobre las caderas, examinaba de izquierda a derecha. La casa parecía vacía.

La tomé de la cintura y dejó escapar un grito ahogado. Mi otra mano encontró su cámara y la arranqué del casco, aventándola contra la pared.

Me retiró el brazo de su vientre y me lanzó un gancho, apenas rozándome la mejilla. Traté de llamar su atención, pero de nuevo volvió contra mí, dura y rápida. Me agaché y lancé mis pies contra sus piernas. Saltó sobre ellos y golpeó su puño derecho contra mi mejilla.

Parpadeé, sorprendida. Era buena para un Tres-Nueve.

Evité su siguiente golpe, tomé su brazo y lo torcí detrás de su espalda. La jalé más cerca de mí, hasta que su rostro estuvo a centímetros del mío. No quería hablar mientras su intercomunicador siguiera en su oído, así que la miré directo a los ojos.

Arrugó el rostro por la confusión y me empujó a un lado, levantó sus brazos como si fuera a seguir luchando contra mí. Levanté mis manos para rendirme, apunté un dedo hacia mi código de barras.

Dio un paso vacilante hacia adelante, movió su casco más arriba y esto reveló mechones de pelo largo y castaño... Sus grandes ojos café con vetas doradas miraron a los míos, llenos de sospecha y curiosidad.

Metí la mano al bolsillo y me sujetó por la cintura, enterrándome los dedos en la piel. Le lancé una mirada molesta y me la quité de encima, sacando la nota de Leb. La extendí hacia a ella y frunció el ceño por varios segundos antes de tomarla de mis dedos.

Sus ojos revisaron rápidamente las palabras, su expresión fue ilegible. Cuando me volvió a mirar alcancé el auricular del intercomunicador en su oído. Me dejó sacarlo y lo apreté en mi puño.

—¿Quieres venir conmigo? —susurré.

—¿A esa cosa de la reservación? —miró la nota.

—Sí —di un rápido vistazo detrás de mí, hacia la puerta del frente. Callum seguía desplomado contra la cerca, con el rostro levantado hacia el cielo.

No contestó por varios segundos. Apretó los labios, tenía las cejas bajas, estaba pensando. Cuando volvió a levantar la mirada estaba casi segura de que diría que no. Hace unas cuantas semanas, antes de conocer a Callum, yo habría dicho que no.

Apenas asintió.

—¿Sí? —pregunté.

—Sí —dobló la nota con cuidado y la deslizó en su bolsillo.

Apreté el auricular en mi mano y solté los trozos en el suelo. Saqué el localizador de rastreadores de mi bolsillo y lo pasé por su cuerpo hasta que se encendió justo arriba de la clavícula izquierda.

—Tu rastreador —susurré, saqué el cuchillo de mi bolsillo y corté justo bajo su cuello. Ella no se inmutó mientras sacaba el rastreador y lo ponía en el suelo con cuidado.

—Wren —dije.

—Addie —dijo. ¿Conoces a mi papá?

—Sí, pero tenemos que correr. Ellos…

Un grito estrangulado y aterrado atravesó la noche. Me di la vuelta para mirar el frente de la casa; mis ojos buscaban a Callum.

Había desparecido.

Salí corriendo; los pasos de Addie me seguían, al tiempo que volaba por los escalones y sobre el pasto.

La puerta de la reja estaba abierta.

La puerta de entrada estaba rota en pedazos.

Corrí por el patio y lo que quedaba de la puerta. La cocina estaba en total desorden, las sillas esparcidas por la habitación, la mesa volteada.

—¿Callum? —grité.

Llegó un gruñido del cuarto de atrás y corrí por el pasillo. Me detuve de repente en la puerta del dormitorio.

El humano estaba tirado en el suelo, con las manos de Callum alrededor de su cuello. Los ojos de aquel hombre miraban inexpresivos más allá de mí.

Estaba muerto.

Callum lo soltó y abrió bien la boca, listo para arrancarle un gran trozo del cuello.

Me lancé al otro lado del cuarto, empujando a Callum para quitarlo de encima del humano antes que pudiera hundir los dientes. Golpeamos el suelo juntos, sus dientes rasguñaron mi brazo; gruñía y se sacudía. Empujé sus brazos contra la madera y me impulsé encima de él.

—Callum —dije entre dientes, golpeé sus brazos hacia abajo al tiempo que luchaba contra mí.

Miré hacia el hombre muerto y hacia Callum. No podía dejarlo ver eso. Si lo sacaba del cuarto no tendría que decirle nada. No tendría que saberlo.

—Toma sus pies —le dije a Addie, y agarré a Callum por debajo de los brazos.

Hizo lo que le dije; juntó los pies de Callum cuando intentó patearla.

—¿Es un Menos-Sesenta? —preguntó cuando lo levantábamos del suelo.

—Sí. Veintidós.

¡Se fue! ¡Tres-Nueve se fue!

El grito de un hombre desde la casa contigua nos hizo levantar las cabezas de golpe. Nos teníamos que apurar. Addie corrió por el cuarto hacia la puerta trasera de la casa, volteando rápidamente cada pocos segundos para ver por dónde iba mientras arrastrábamos a Callum con nosotras.

La puerta delantera se abrió de golpe, en el instante en que salíamos por atrás y buscábamos desesperadamente un escondite. No podíamos correr lejos con Callum así; no con ellos justo detrás de nosotros.

El patio trasero estaba cercado con madera podrida y corrí al otro lado del pasto, con Callum rebotando en mis manos. Ya no luchaba. En vez de eso, parpadeaba y sacudía la cabeza, como si tratara de aclarar sus ideas.

Addie desenganchó la reja y entramos rápidamente al callejón; los gritos y pisadas no estaban muy lejos. Enterré mis dedos en los hombros de Callum, sostuve su peso, al tiempo que corríamos. No podía haber llegado tan lejos y dejarme atrapar.

Addie dio una vuelta cerrada en el momento que nos acercábamos a una calle mal pavimentada, salpicada de casas destartaladas y unas cuantas tiendas. La dejé que nos guiara, pues conocía la ciudad mejor que yo; además, ninguna brillante idea acudía a mí.

Los gritos se volvieron más fuertes cuando ella iba a toda velocidad por un patio y hasta la parte posterior de una casa. Una luz tenue titilaba dentro, y traté de correr lo más silenciosamente posible.

Nos dirigíamos hacia un cobertizo, diminuto, de forma rectangular y, al parecer, apenas lo suficientemente grande como para que cupiéramos los tres. Addie soltó las piernas de Callum y él trastabilló contra la tierra hasta que encontró el equilibrio. Me hizo a un lado con suavidad, encogiéndose de hombros; lo solté mientras Addie abría de golpe la puerta del cobertizo.

Corrimos dentro y me tropecé contra un rastrillo y una caja de herramientas antes de encontrar un lugar contra la pared. Callum se deslizó junto a mí; le quería decir que no se sentara, que se preparara para correr, pero parecía tan fuera de sí que no encontré las palabras.

Addie trató de cerrar la puerta pero parecía que había roto el candado, así que se dio por vencida y sujetó el picaporte manteniéndola cerrada. Después de un momento se inclinó hacia delante para escuchar. Se oían gritos cercanos y cerré mis dedos sobre la pistola que llevaba a la cadera.

—¿Ésa es Adina? ¿Qué pasó? —susurró Callum volteando su rostro hacia mí. Sus ojos se veían enormes y preocupados, como si sospechara algo.

—Allá atrás perdiste el control por un rato —le susurré; las voces afuera comenzaron a perderse.

—Y sí, soy Addie —dijo ella.

Callum la miró, pero ella siguió concentrada en lo que había afuera. Él volteó de nuevo hacia mí y tuve que bajar la mirada porque no quería que viera mi miedo.

—Wren —su voz era firme, controlada. ¿Qué acaba de ocurrir?

Debí haber dicho una mentira. Contarle una historia que llenara los huecos. Quizá sólo podría decirle que atacó a alguien y que lo aparté justo a tiempo.

Pero esa mentira me hacía sentir enferma. Me lo agradecería, y su gratitud de seguro me haría vomitar.

Esperé demasiado tiempo para responder, y me miró como si supiera que algo terrible había ocurrido. Yo temblaba un poco al cruzar los brazos sobre mi pecho.

—Lo siento —susurré. No debí dejarte.

—¿Lastimé a alguien?

Asentí. La garganta me volvió a arder y traté de tragar. Eso no me ayudó.

—¿Maté a alguien?

—Sí —solté la palabra, me ahogaba. Permaneció en silencio y alcé la mirada. Estaba completamente estático, y el horror iba cubriendo sus rasgos.

—No es tu culpa —dijo Addie. He visto lo que hacen las inyecciones y me ha tocado a mí…

Callum levantó la mano y ella cerró la boca, levantando sus hombros hacia mí, como si no supiera qué más decir.

Yo tampoco. Las pisadas de afuera desaparecieron, así que me deslicé por la pared para estar junto a él. Sus ojos estaban cerrados, sus manos entrelazadas en la nuca.

—Lo siento —susurré. Es mi culpa. Dije que no dejaría que te lastimaran, y lo hice.

¿Qué era un cuerpo más sumado a mi cuenta? Quería subrayar eso, recordarle que yo había matado a más gente de la que él mataría jamás. Pero dudaba que eso fuera reconfortante.

Movió la cabeza, soltó las manos de su cuello y me miró directo a los ojos. Pensé que estaría triste, pero su mirada era dura y llena de enojo. Me preparé, pensé que me iba a gritar, pero deslizó su mano en la mía y la apretó.

—No es tu culpa —dije. Es culpa de CAHR.

Addie masculló algo que sonaba a que estaba de acuerdo. Levanté la cabeza con rapidez. En ese momento se me ocurrió que ella podría estar en la misma situación que Callum.

—¿Estás bien? —pregunté. ¿Te inyectaron?

—Sí. Pero por ahora estoy bien. Estoy entre rondas.

—¿A qué te refieres? —preguntó Callum.

—Te aplican múltiples dosis —dijo Addie. Tú debes estar en la primera.

—Supongo. Sólo llevaba unas cuantas semanas ahí.

—Sí, entonces probablemente en la primera. Comienzas a perder la cabeza y entonces te dan algo que otra vez te hace sentir normal. Algún tipo de cura, o antídoto, o algo así. Luego empiezan de nuevo.

Los ojos de Callum se abrieron con esperanza al igual que los míos.

—No lo puedo asegurar —dijo rápidamente Addie. Pero mis amigas me dijeron que la semana pasada estaba hecha un desastre y ahora estoy bien. Por cierto, calcularon perfecto el tiempo. Gracias por eso.

—Es posible que tu papá lo supiera —dije. Podría ser que fue por eso que se había tardado tan poco en conseguirnos el localizador de rastreadores. Cerré los puños y enterré mis dedos contra mis palmas. Leb no se había molestado en verificar el estatus de Callum.

—Si existe un antídoto, quizá los rebeldes lo tengan —dijo Callum, esperanzado. O nos lo puedan conseguir.

Le lancé una mirada insegura. A duras penas logré persuadir a Leb para que nos ayudara, y sólo a cambio de algo.

—No me puedo quedar así —tragó saliva, volteó hacia Addie. Sólo empeoraré, ¿correcto?

—Es probable —dijo en voz baja. Los que no recibieron rondas múltiples, o los que dejaron el tratamiento… sí, nunca mejoraron.

El nudo en mi garganta fue inesperado, y tuve que tragar saliva varias veces antes de poder hablar.

—Por lo menos tenemos que preguntarles a los rebeldes —dijo él.

Asentí.

—Lo haremos. Y cuando digan que no, nosotros lo conseguiremos.

Addie arqueó las cejas.

—¿En serio? Sabes que tendrías que entrar a CAHR para conseguirlo.

—Sí.

Apretó los labios y dio un paso hacia mí.

—Me acabas de liberar y ahora quieres que…

Un sonido afuera nos hizo girar. La puerta del cobertizo se abrió de golpe.

Era un oficial de CAHR.

Nos apuntaba con una pistola.

CAPÍTULO VEINTIOCHO

Me levanté de golpe y me lancé contra el oficial, dolorosamente consciente de que yo no traía casco. Addie llegó primero, y agarró el brazo del oficial justo cuando disparaba. La bala pasó junto a ella y atravesó la pared del cobertizo.

Volvió a disparar y Addie tropezó cuando la bala le dio en el pecho. El oficial volteó hacia mí en el momento en que lo embestí y lo tiré contra la tierra. Callum se levantó velozmente del suelo y forcejeó para quitar la pistola de las manos del oficial.

Los gritos de afuera significaban que los otros oficiales de la zona habían escuchado la conmoción. Pisé con fuerza la pierna del humano hasta que escuché que crujía; gritó y dio zarpazos contra la tierra para alejarse de mí.

Salté sobre él y atravesé la puerta corriendo, mientras extendía mi mano hacia la de Callum. La tomó y Addie salió corriendo atrás de él.

Atravesamos el patio y de vuelta a la calle mal pavimentada. Giré la cabeza con rapidez y alcancé a ver un grupo de unos cinco oficiales que nos perseguían. Me agaché cuando uno de ellos disparó, y coloqué mis manos sobre la nuca como si eso detuviera una bala.

Las largas piernas de Addie la hacían una corredora veloz; logró rebasarnos y doblar a la izquierda al acercarse a una intersección. Las balas volaban junto a mis orejas en el momento en que corríamos tras ella a toda velocidad, justo a tiempo para verla dar vuelta bruscamente a la izquierda, detrás de un edificio de dos pisos. Rodeé el edificio y nos estaba esperando en el extremo más alejado, con la espalda apoyada contra la pared mientras observaba la calle por la que acabábamos de llegar. Los oficiales nos rebasaron y esperamos medio segundo antes de salir disparados de nuevo hacia la calle y correr en dirección contraria.

Llegamos a los límites de la ciudad, donde los árboles eran espesos, antes de dar paso al terreno abierto frente a la reja de CAHR. Nos detuvimos ahí, en la oscuridad; volteé a ver las casas a la distancia. No vimos a los oficiales CAHR por ningún lado, pero los transbordadores planeaban sobre la ciudad, con reflectores que barrían las calles.

—Ésta… era la totalidad de tu plan… ¿verdad? —dijo Addie con un grito ahogado, con una mano contra un árbol mientras trataba de recobrar el aliento. ¿Sólo agarrarme y correr?

—¿Tienes uno mejor? —preguntó Callum, frunciendo el ceño.

—Estoy dispuesta a apostar a que pude idear algo mejor.

Entorné los ojos y saqué el mapa de Austin de mi bolsillo. No estábamos lejos de los rebeldes.

Podríamos llegar hasta ellos en unos diez minutos, una vez que estuviéramos seguros de haber perdido a CAHR.

—¿Te sientes bien? —le pregunté a Callum.

Asintió.

—Bien. Todavía… —extendió su mano para mostrarme cuánto temblaba.

—Deberías comer un poco de carne —dijo Addie. Ayuda. En especial con todo eso de "quererte comer a los humanos". Como que engaña a tu sistema por un rato, o algo así.

—Te conseguiremos un poco tan pronto lleguemos con los rebeldes —dije, eché otra mirada alrededor antes de tumbarme en el pasto. Callum se sentó junto a mí y entrelazó sus dedos temblorosos con los míos. Quería sentarme en sus piernas y apretarlo hasta convencerlo —y a mí misma— de que todo estaba bien. Me resistí ya que seguramente Addie no lo agradecería.

Ella estaba aún de pie y, una vez más, leía la nota de su padre.

—¿Por qué te mandó? —preguntó, sin levantar la mirada.

—Porque yo quería salir, e hicimos un trato.

—Él te ayudaba si tú me ayudabas —dijo.

—Sí.

—Pudiste haber roto el trato. Hacerte a un lado y despegar.

—No tendremos la ubicación de la reservación hasta que te llevemos con los rebeldes.

Se mordió el labio y suspiró.

—No confían en nosotros, en absoluto.

—Leb fue muy bueno conmigo —dije, y la culpa invadió mi pecho cuando advertí que la desilusión en su rostro era por su padre. El mejor oficial con el que trabajé. Dijo que tenía otros hijos, así que tenía sentido que no quisiera arriesgarlo todo.

—Supongo —le echó una mirada a Callum. ¿Te fuiste porque te estabas volviendo loco?

—No, eso pasó después —soltó una risa sin humor, frotó una mano por su rostro. Me iban a eliminar porque no quería matar a nadie.

Addie desvió la mirada, claramente incómoda, y yo apreté la mano de Callum. Él encontró algo en la distancia a lo cual mirar con fijeza y yo quise cambiar de tema con desesperación.

Addie se deslizó hacia el suelo y nos sentamos en silencio por mucho tiempo, escuchando el sonido distante de oficiales y transbordadores. La mano de Callum se sentía tibia en la mía, pero yo seguía temblando. Pensé que era más por miedo que por el viento que azotaba mis mejillas.

El rostro de Callum se volvió hacia el suelo y traté de no mirarlo, pero su expresión consternada era como un imán. Mi boca se abría y cerraba mientras trataba de pensar en algo reconfortante que decirle, pero no se me ocurría nada.

Abría mi boca por centésima ocasión cuando Addie se levantó y se quitó el polvo de los pantalones con las manos.

—No escucho nada —inclinó su cabeza hacia la ciudad, ahora tranquila. ¿Quieren que lo intentemos?

Asentí, le ofrecí mi mano a Callum y me puse de pie. Se levantó y cruzó los brazos sobre su pecho, soltó una gran exhalación de aire, al tiempo que examinaba el área frente a nosotros. Estaba despejada, sin oficiales ni transbordadores.

—¿Todo en orden? —le toqué ligeramente el brazo.

Asintió sin verme a los ojos.

—Estoy bien. Vamos a conocer a estos rebeldes.

CAPÍTULO VEINTINUEVE

La dirección que nos dio Leb para encontrar a los rebeldes estaba después de la escuela, en una zona de la ciudad que había conocido bien de niña. La calle se curvaba y las casas estaban derruidas, tristes y, algunas más, cayendo a pedazos. Esta parte de los tugurios de Austin era más parecida a Rosa, aunque muchas casas estaban pintadas de colores brillantes y alegres.

Fuimos mitad a trote y mitad corriendo al otro lado del pueblo, apresurándonos a ir detrás de los edificios y árboles con cada sonido que escuchábamos. Estaba muy oscuro, pero el sol comenzaría a salir en cualquier momento, y quería llegar con los rebeldes antes de que hubiera más luz.

—Es ésa —apunté a una calle de terracería. Reduje el paso al bajar por ella, miré a lo largo de una fila de casas color café. Según el mapa, era la última casa a la derecha.

Llegamos al final de la calle y caminamos arduamente sobre el pasto irregular y marrón hasta la puerta del frente. La casa no estaba pintada. Era de madera café, sin ventanas frontales, y más angosta que las casas de uno y otro lado, pero se extendía un poco más hacia atrás. Si la idea fue no destacar, lo habían logrado.

Miré el costado de la casa y vi una pequeña cerca de madera. Le hice señas a Addie y Callum para que nos acercáramos.

—Síganme —susurré, corriendo con rapidez. Saltamos la cerca y caímos en el piso terregoso de un diminuto patio trasero. Me acerqué con lentitud hacia la oscura puerta de la parte posterior de la casa, y con los nudillos toqué suavemente la madera.

Nada.

Volví a tocar, un poco más fuerte, mientras le lanzaba una mirada nerviosa a Callum. Lidiar con humanos me ponía inquieta. Detestaba depender de ellos para cualquier cosa, y podía ver, por la esperanza en sus ojos, que él esperaba que esta gente tuviera todas las respuestas.

—¿Qué? —dijo con calma la voz de un hombre desde el otro lado de la puerta.

—Somos nosotros —dije en voz muy baja. Hmmm, nos mandó Leb.

Un silencio siguió mis palabras, después una ráfaga de ruido. Se susurraban unos a otros y corrían alrededor.

Solté la mano de Callum y extendí un dedo hacia la pistola en mi cadera. No desenfundaría aún. Les daría una oportunidad.

Les tomó por lo menos un minuto, pero, al final, la puerta se abrió para revelar a un chico con cara de sueño, rizos oscuros y desaliñados que me apuntaba con una pistola a la cabeza.

Darles oportunidades a los humanos era una estupidez.

Agarré mi pistola, pero el humano rápidamente levantó una mano indicándome que me detuviera. Temblaba.

—No la quiero usar —dijo. Sólo somos precavidos. Si quieren entrar, necesitaremos todas sus armas.

—¿Pero ustedes pueden conservar las suyas? —preguntó Callum.

Su tono tranquilo y relajado desconcertó al humano. Lo podía notar por la manera en que sus ojos nos veían a cada uno, tragando saliva mientras miraba a Callum de pies a cabeza. Era mucho más bajo que Callum —en realidad, casi tan bajo como yo— y se veía ridículo apuntándole a él con la pistola. Era probable que tuviéramos la misma edad, aunque podría haber sido un poco más joven.

—Si quieren entrar tienen que entregar sus armas —repitió.

—Está bien —le extendí mi pistola. De todos modos no la necesitaba. Por la manera en que temblaba, podría tomar su pistola, romperle el cuello y bailar sobre él en dos segundos exactos.

Sonreí mientras se la entregaba.

—¿Algo más? —preguntó, y bajó la pistola. Miró a Addie enfáticamente.

—No tengo nada —dijo ella, y levantó las manos.

Saqué el cuchillo de mi bolsa y también se lo entregué. Lo tomó, mirando sobre su hombro. Pasó de un pie a otro, obviamente sin saber qué hacer a continuación.

Un hombre apareció tras él. Era mucho más alto, y aferró el borde de la puerta con una mano enorme. También parecía que se acababa de levantar; pasó una mano por su pelo encanecido y nos miró con ojos entrecerrados.

—¿Cuál de ustedes es Wren? —preguntó.

—Yo.

—Entonces… ¿Adina? —preguntó, y ella asintió. Enfocó a Callum. Y tú eres Veintidós.

—Callum.

—Tony —dijo. Puso su mano en el hombro del chico. Éste es Gabe. Leb nos aseguró que no nos matarían. ¿Estamos todavía de acuerdo con ese plan?

La pregunta iba dirigida a mí.

Callum rio un poco, y una sonrisa surgió en la comisura de mis labios.

—Sí.

Tony hizo señas con la cabeza y Gabe dio un paso atrás, con la pistola apuntando todavía hacia nosotros mientras yo cruzaba la entrada. Los pisos de madera crujieron bajo mis botas y entrecerré los ojos en la oscuridad; Tony nos condujo por el pasillo hasta la sala. La luz provenía de un par de lamparitas. La única ventana, en la cocina, a mi izquierda, estaba cubierta por cortinas oscuras.

Había otro humano, éste era desgarbado, con grueso pelo castaño que le llegaba a los hombros, sentado en un felpudo sillón café y frunciendo el ceño. Parecía tener casi la misma edad que Tony, y miró cada paso que di al entrar.

Mis ojos se movieron con rapidez hacia la cocina, pero, al parecer, eran los únicos humanos en la casa.

Tony cruzó la sala dando grandes zancadas y se detuvo en la mesa de la cocina. Levantó un trozo de papel. Regresó a mí y me lo entregó.

—Lo prometido.

Era un mapa. Lo tomé y miré el dibujo de Texas y las instrucciones escritas abajo. La reservación de Reiniciados estaba a varios kilómetros al norte, no muy lejos de lo que solía ser la frontera de Texas.

—Podemos ayudarles parte del camino —dijo. Pueden quedarse aquí hasta mañana en la noche, entonces…

Se detuvo. Sus ojos atentos estaban enfocados sobre Callum, giré para verlo recargado contra la pared, con una mano sobre su nariz y boca. Su cuerpo entero temblaba.

—¡Jesús! Lo inyectaron, ¿verdad? —preguntó Tony.

—Sí. Tú…

—Desmond, ve por una cuerda —dijo, y el chico desgarbado se puso de pie de un salto y se apresuró a ir por el pasillo. Un momento después salió con dos trozos de cuerda y se dirigió hacia Callum.

—¿Qué están haciendo? —pregunté y salté frente a él.

—Siéntate —le dijo Tony a Callum. Las manos detrás de la espalda.

Callum dio un paso adelante como si fuera a hacerle caso a este humano, y lo tomé del brazo, jalándolo hacia mí.

Desmond siguió como si su intención fuera hacerme a un lado y proseguir; lo miré como desafiándolo a que lo intentara. Tony levantó su brazo para detenerlo.

—Es por nuestra seguridad —explicó Tony. Los Menos-Sesenta no se pueden controlar con esas drogas desquiciadas que les da CAHR.

—Está bien, Wren —dijo Callum, y acarició mi brazo con su mano antes de dar un paso hacia ellos. Desmond le indicó que se sentara, y se deslizó sobre el suelo detrás del sofá. Puso sus manos a la espalda y comenzó a atarlo con la cuerda.

—Tú todavía estás entre rondas, ¿verdad? —le preguntó Tony a Addie.

—Sí —me miró de reojo. Les dije que quizás existiera un antídoto, o algo que lo haga sentir mejor.

Desmond apretó las cuerdas en las muñecas de Callum y comenzó a atar sus tobillos.

—Hay uno. Pero no lo tenemos.

—¿Quién lo tiene? —pregunté. ¿Está en CAHR?

—¿Te quieres sentar? —preguntó Tony, e hizo señas hacia la mesa de la cocina. ¿Quieres agua, café, o algo?

Hice una pausa. ¿Qué les pasaba a estos humanos? ¿De verdad querían tomar agua y café con un montón de Reiniciados?

Addie comenzó a ir hacia la mesa pero yo no iba a dejar solo a Callum atado en el suelo, mientras tomaba una taza de café. Me senté junto a él y me regaló una pequeña sonrisa.

—Sólo quiero saber cómo conseguir el antídoto —crucé las piernas y enfrenté la mirada de Tony.

En realidad pareció triste por un momento y su compasión me hizo sentir incómoda. No sabía cómo manejar esa mirada con la mayoría de la gente, y menos con un humano.

—Está en los laboratorios médicos de CAHR. No hay… no hay manera. Lo siento.

No habría manera para él.

—¿No tienen gente adentro? —preguntó Addie. ¿Como mi papá?

—Yo estoy dentro —dijo Tony, recargado contra la pared. Llevo años trabajando como guardia de CAHR.

Adina lo miró confundida.

—¿Dónde? Nunca te he visto.

—Trabajo arriba, en los pisos humanos, las salas de control —volteó hacia mí. Y te puedo decir que no hay manera de que nuestra gente saque el antídoto. No tenemos a nadie en la sección médica y revisan a todos antes de salir —de nuevo me volvió a dirigir esa horrible mirada de compasión. Lo siento.

Si me volvía a decir que lo sentía, le quebraría el cuello.

—Está bien —dije. Entonces voy a tener que entrar a la fuerza y conseguirlo yo misma.

Gabe se rio, y se detuvo abruptamente cuando volteé hacia él. Tragó saliva.

—Ah, hablabas en serio.

Tony y Desmond intercambiaron una mirada confundida. Tony giró hacia mí y pareció considerar sus palabras con cuidado.

—Cariño, estuviste en CAHR por cinco años, ¿sí?

—Sí. No me digas cariño.

—Mis disculpas. Así que, si acabas de estar ahí, conoces la seguridad. Quizá *podrías* entrar. Y es un gran *podrías*. Pero jamás saldrías.

—¿Y en medio de la noche? —preguntó Addie. Tienen un mínimo de personal.

—Aún así la superan por mucho. Y sólo cerrarían las puertas. Las cámaras la verían.

—Encontraremos la manera de cortar la electricidad —dije.

—Hay generadores de respaldo —dijo Tony. Se encienden en alrededor de un minuto. No lo podrías hacer a tiempo.

Entrelacé las manos; en ese instante se empezó a formar una piedra en el fondo de mi estómago. No me importaba lo que dijeran. Iba a encontrar la manera de conseguir ese antídoto.

—Una bomba —dije. ¿Qué tal si hiciéramos estallar una parte del lugar? Nadie lo extrañaría.

Desmond soltó un bufido.

—Esa idea sí me gusta.

—A mí no —dijo Addie, frunciendo el ceño. Podrías matar a los Reiniciados.

—Sin mencionar que no estamos muy bien surtidos de bombas por acá —dijo Tony. Escucha, cariño, disculpa, Wren… si pensara que existe alguna manera de que lo pudieras lograr, te lo diría. Pero no hay nada que puedas hacer —soltó un largo suspiro. Quiero decir, quizá si tuvieras un ejército de Reiniciados. Pero sin eso, no tengo nada.

Me paralicé y mis ojos se movieron rápidamente hacia los de Addie. Pensamos en lo mismo.

—¿Cuántos hay ahí dentro? —pregunté.

—Como unos cien o algo así —Addie miró a Tony, sus ojos brillando por la emoción. ¿Correcto? ¿Un poco más de cien?

—¿En las instalaciones de Austin, dices? Sí, hay alrededor de cien Reiniciados ahí. Pero no son un ejército; son prisioneros.

Volteé a mirar a Callum, quien tenía una ceja arqueada y una mirada de incredulidad. Puse mi mano en su rodilla y la apreté con suavidad antes de voltear a ver a Tony.

—Entonces iremos a sacarlos a todos.

CAPÍTULO TREINTA

Giré hacia la puerta del frente para ver que entraba otro humano. Durante la última hora habían entrado en un flujo constante, y la cocina comenzaba a llenarse. Todos estaban reunidos alrededor de Tony, y podía escuchar trozos de conversación mientras debatían si ayudarme o no. Parecían divididos entre referirse al plan como "idiota" o "genial".

Tony y Desmond se alejaron tan pronto como propuse la idea de liberar a todos los Reiniciados de Austin. Tuvieron una acalorada discusión en el cuarto de atrás que terminó cuando Desmond salió hecho una furia, sólo para volver con los primeros rebeldes.

Casi todos eran hombres, pero variaban en la edad. Algunos parecían de dieciséis o diecisiete años, como Gabe, otros ya tenían canas. Pensé que Gabe era hijo de Tony, pero no lo llamaba papá, y escuché a Gabe decirle a Addie que creció en un orfanato. No estaba segura sobre qué tenían en común estas personas, más allá de un odio evidente hacia CAHR y un raro impulso de prestar ayuda a los Reiniciados.

Eran un grupo extraño.

Desmond me sorprendió mirándolos fijamente entre sus cejas. Se recargó contra la pared de la cocina y cruzó una bota negra sobre otra, pero no se intimidó cuando enfrenté su mirada. Había sido el más franco en su oposición a que me ayudaran los rebeldes. Sus palabras exactas fueron "no voy a morir por ellos" y podía entender su postura. Aun así, en esa habitación era uno de los humanos que no parecía mínimamente temeroso de nosotros, y no sabía cómo interpretar eso.

Un hombre bajito se detuvo frente a mí y Addie, colocó las manos sobre sus caderas cuando dirigió la vista hacia nosotros.

—¿Te agarraron mientras salías a una misión anoche? —le preguntó a Addie con una media sonrisa.

—Sí —dijo, me lanzó una mirada cautelosa.

—¿Estabas en la Calle Primera? ¿O uno de tus compañeros?

—Sí —dijo con sorpresa. Me enviaron ahí, pero mi asignado no estaba en casa.

El hombre rio entre dientes.

—Sí, ése era yo —levantó sus brazos en señal de victoria. ¡Volví a eludirlos!

—¿Eres Henry? —preguntó Addie, riendo también.

—Claro que sí —le dirigió una amplia sonrisa antes de dirigirse a la cocina con los otros rebeldes.

Addie lo miró mientras se iba.

—Estos humanos son extraños —colocó un codo en su rodilla y recargó su cabeza sobre su mano. Pero no podemos sin ellos, tú sabes.

—¿Podemos? —pregunté, arqueando las cejas. Todavía estábamos sentados en el suelo atrás del sofá; Callum en silencio, sin moverse, junto a mí.

—Por favor, no me digas que crees poder entrar a CAHR tú sola —dijo.

—No me había dado cuenta de que querías ayudar.

—Todos mis amigos están ahí. Por supuesto que quiero ayudar —miró a los rebeldes en la cocina con los ojos entrecerrados. Desearía que mi padre hubiera podido venir hoy. Me habría gustado hablar con él.

—Dudo que pudiera salir de Rosa.

—Sí —frunció el ceño ligeramente. No puedo creer que trabaje para CAHR. Quiero decir, sé que está con los rebeldes, pero de todos modos. Es algo raro.

—¿No lo estaba la última vez que lo viste? —pregunté.

Soltó un bufido.

—Definitivamente no. No lo he visto desde que morí hace seis años, así que supongo que todo cambia, pero detestaba a CAHR. Morí en casa debido al KDH y después de que Reinicié me mantuvo con él. Dijo que no iba a dejar que CAHR se apoderara de mí.

—Estás bromeando. ¿Por cuánto tiempo? —eran pocos los padres que quisieran conservar a sus hijos Reiniciados, aunque no me sorprendía del todo que Leb fuera uno de ellos.

—Sólo un par de semanas. Con el tiempo se aclararon las cosas y me di cuenta de que no me podría esconder para siempre. Lo atraparían. Así que un día cuando fue a trabajar simplemente partí. Fui al centro médico y les dije que era huérfana.

Eso explicaba cómo Leb podía trabajar en CAHR, aun cuando tenía una hija Reiniciada. No lo sabían.

Un gruñido de Callum me hizo voltear. Estaba recargado detrás del sofá y miraba la pared con ojos vacíos. Puse mis dedos alrededor de su brazo y le tomó varios segundos parpadear y voltear a verme. Sus ojos no enfocaban del todo bien.

—¿Estás bien? —pregunté. ¿Quieres algo de comer?

No respondió. Su mirada se dirigió hacia mí y luego hacia los humanos; entrechocaba los dientes soltando un gruñido bajo. Rápidamente retiré mi mano y me alejé cuando comenzó a forcejear con las cuerdas. Los humanos voltearon por la conmoción y Tony salió de entre la multitud, con las manos en las caderas.

—¿Por qué no lo llevas al cuarto de atrás? —sugirió. No debería de estar aquí con todos nosotros.

Addie agarró los pies atados de Callum y yo enganché mis brazos bajo sus hombros. Se retorció en nuestras manos y Addie dio unos pasos apurados por el pasillo hacia la parte posterior de la casa, y abrió la segunda puerta a la derecha.

El cuarto no tenía nada más que una cama y una cómoda. En un rincón había una pequeña pila de ropa y unos cuantos libros, pero no vi mucho que Callum pudiera dañar si se revolcaba por el cuarto en un esfuerzo por liberarse de las ataduras.

Lo pusimos en la cama y Callum paró de forcejear cuando pasé mi mano por su frente y su cabello. Me regaló una sonrisa débil antes de cerrar los ojos, y deseé poder meterme con él en la cama.

Addie salió del cuarto y Tony apareció ante la puerta, indicándome que lo siguiera. Salí al pasillo y cerré la puerta tras de nosotros.

—Así está la cosa —dijo con calma, dando un vistazo rápido tras de sí, hacia los humanos en la cocina. Tienen mucha gente ahí que los quiere ayudar.

No lo habría imaginado por las conversaciones que escuché; sin mencionar la manera en que me veían.

—Pero este tipo de asunto sería más eficaz si tuviéramos un par de semanas para planearlo —prosiguió. Podríamos encontrar la mejor manera de entrar y de salir, quizá tratar de meter algunos de los nuestros en posiciones clave, la noche que lo hiciéramos. Pero… —echó un vistazo a la puerta del cuarto. No quieren que te diga esto, pero siento que no sería lo correcto.

—¿Decirme qué? —pregunté, mientras mi estómago se retorcía en nudos.

—El antídoto tiene un inconveniente. Si esperas demasiado será inútil, y Veintidós está demasiado afectado.

Tragué el nudo en mi garganta, y cuando hablé mi voz sonaba rara.

—¿Cuál es el …? ¿Cuánto tiempo tengo?

—Definitivamente no tienes un par de semanas —dijo. Y por eso no quieren que te lo diga. Diría que probablemente estás dentro del rango aceptable, pero no tienes mucho tiempo. ¿Cuánto lleva así?

—Comenzó a sentirse raro y a temblar hace como tres días, creo. Pero apenas ayer comenzó a perder el conocimiento y el juicio.

Tony hizo una mueca de dolor y pasó una mano por su pelo.

—Sí. No tienes mucho tiempo.

—¿Cuánto?

—No lo sé. Es un programa nuevo; el mismo equipo médico aún lo está tratando de entender. Están dejando que algunos sigan hasta el final para ver qué pasa, y no son buenas noticias. Pero diría… tal vez, no más de un día. Quizá tengas más, pero sería arriesgado.

Presioné una mano contra la pared porque el mundo comenzó a balancearse un poco y me preocupaba caer.

—Así que tendríamos que ir esta noche.

—Sí.

Cerré los ojos brevemente.

—¿Qué sentido tiene todo esto? ¿CAHR está tratando de deshacerse de nosotros?

—Oh, no. Los necesitan. Pero los necesitan como soldados agresivos, mecánicos. No están consiguiendo eso, en particular de los Menos-Sesenta. Ésta es la solución. O lo será, si alguna vez logran que funcione bien.

Básicamente necesitaban a más como yo. Alguien como yo, con mucho menos libre albedrío. Inhalé profundo y asentí hacia Tony.

—Está bien, voy esta noche, me ayuden o no. Les puedes decir eso.

Una sonrisa cruzó por sus labios.

—Sí, fue lo que supuse.

Volteó para irse y sujeté una esquina de su camisa para detenerlo. Crucé los brazos sobre mi pecho e hice mi mejor esfuerzo por no mirarlo con suspicacia, pero podría asegurar que fracasé.

—¿Por qué están liberando a los Reiniciados? —pregunté. ¿Qué te pasa?

Rio frotando una mano sobre su boca.

—¿Qué me pasa?

—Sí. Han estado sacando a los Reiniciados y dejándolos ir, ¿verdad?

—Sí, lo hemos estado haciendo. En realidad era la única solución.

—¿Solución para qué?

—Para deshacernos de CAHR. Para realmente tener la oportunidad de porciones iguales de comida y medicina, y todo lo que CAHR le da a la gente que está al otro lado, porque creen que somos un caso perdido. No tenemos la menor oportunidad contra CAHR si los tienen a todos ustedes de su lado.

—Pero CAHR los mantiene seguros —dije el mantra que escuché cientos de veces durante mis cinco años como Reiniciada. De nosotros, de los virus, de los criminales....

—Eso es debatible —dijo Tony, arqueando una ceja. Quizá comenzaron así, pero, indudablemente, ya no lo están haciendo. Muchos de los criminales —entornó los ojos cuando dijo la palabra— que ustedes persiguen son uno de nosotros. O sólo gente que quería hacer algo loco como, qué sé yo, conservar a su hijo de ocho años que murió y resucitó. Todos creyeron el cuento que nos contó CAHR sobre cómo todos ustedes eran criaturas desalmadas. La mayoría de los humanos ni siquiera ha hablado con un Reiniciado en su vida.

Supuse que tenía razón. La mayoría de los humanos sólo nos veía cuando teníamos una asignación, cuando los estábamos cazando. Rara vez se nos permitía decirles una sola palabra.

—Vamos —dijo Tony, hizo señas con la cabeza hacia la cocina. Si vamos a hacer esto esta noche tenemos que empezar a planear.

Abrí la puerta un poquito; Callum estaba tranquilo, con los ojos cerrados. Me quería quedar con él, pero Tony tenía razón. No podía sólo entrar a CAHR por la fuerza y esperar que todo saliera bien. Necesitábamos un plan.

Seguí a Tony hasta la cocina, le indiqué a Addie que nos siguiera también. Los humanos estaban ante la mesa, sentados en la barra, parados en grupitos, y dejaron de hablar cuando entramos.

—Esta noche, o no se hace —dijo Tony. Puso su mano sobre mi hombro y me sobresalté, chocando contra Addie. Ése es el trato de Wren.

—Bien —dijo Desmond. No hay trato. Era una idea tonta de todos modos; vámonos todos a casa.

Tony le lanzó una mirada y Desmond suspiró, se recargó contra la pared y masculló para sí. Luego, otra vez, comenzaron a hablar todos al mismo tiempo; Tony levantó las manos.

—¡Oigan! —gritó. Cálmense por un segundo. ¿Qué es lo esencial? ¿Qué tiene que pasar para que logremos esto?

—Tienes que cortar la electricidad para que entren sin que los vean —manifestó un hombre bajito que se estaba quedando calvo.

—Pero dijeron que había generadores de respaldo —dijo Addie.

—Los hay —contestó el humano. Pero se tardan un minuto, y tienen más oportunidad de entrar mientras no haya electricidad.

—Correcto —dijo Tony. Es probable que pudieran entrar al edificio antes que la electricidad volviera.

—Primero tendríamos que abrir las habitaciones de los Reiniciados, ¿verdad? —preguntó Addie. Todos estarán encerrados a esa hora de la noche.

—Sí —dijo Desmond. Primero la sala de control del cuarto piso; habrá guardias armados ahí. Les sugiero que vayan juntas a abrirla. Después Addie puede subir corriendo al octavo piso para sacar a los Reiniciados, y Wren puede ir al séptimo, a los laboratorios médicos.

—¿Y a dónde iríamos todos una vez que nos escapáramos? —pregunté. ¿Sólo vamos a correr y esperar que todo salga bien?

Desmond soltó un largo y exagerado suspiro para darnos a entender lo que pensaba de esa idea.

—¿Sugerencias, Des? —preguntó Tony con una media sonrisa.

—No pueden sólo correr —levantó los brazos con molestia. Aunque algunos lo logren, CAHR subirá a sus transbordadores y matará a la mitad desde el aire.

—Buen punto —dijo Addie, mordisqueándose el labio. ¿Podemos deshabilitar los transbordadores?

—Si tenemos a unos cuantos voluntarios dispuestos a hacerlo, sí —dijo Tony. Podríamos entrar a escondidas por el hangar y meter mano a los motores, lo suficiente como para retrasarlos, por lo menos. Tendríamos que movernos con rapidez, pero creo que podríamos hacerlo con casi todos.

Los transbordadores. CAHR tenía grandes transbordadores de transporte que, en general, se utilizaban para mover a grupos grandes de criminales humanos de un lado a otro. La reservación de Reiniciados estaba a cientos de kilómetros, pero si lográbamos conseguir uno de ésos, estaríamos ahí en cuestión de horas.

—¿Y qué pasaría si sólo tomamos los transbordadores? —pregunté.

—¿Perdón? —preguntó Tony.

—¿Qué tan difíciles son de operar? ¿Y si tomáramos un par de los grandes, como los de transporte, y simplemente saliéramos volando de ahí?

—Eh… bueno, podrían hacerlo, supongo —dijo Tony. No son difíciles de pilotar. Les podría dibujar un diagrama muchachos y tendríamos una lección rápida. Me imagino que chocarían al aterrizar, pero en realidad ésa no sería una preocupación para los Reiniciados.

—¿Tienen un sistema de rastreo? —preguntó Addie.

—Sí. Pero no es difícil de remover. Yo lo podría hacer

cuando todos estuvieran listos para salir —sus ojos atisbaron el cuarto. Pero necesitaré ayuda.

El tiempo pasaba en silencio y Desmond cruzó sus brazos sobre su pecho, frunciendo el ceño. El resto de los humanos parecían resueltos a evitar mi mirada, excepto Gabe, que se relajaba contra la pared junto a un rubio que parecía como de nuestra edad.

—Yo puedo ayudar —dijo Gabe.

Tony torció el rostro como si fuera a objetar, pero el rubio interrumpió antes que pudiera hacerlo.

—Vamos. Dijiste que no podíamos entrar al edificio. Nunca dijiste nada sobre el hangar.

Desmond soltó un bufido.

—Sí, eso dijiste.

Tony entornó los ojos y miró a los chicos, divertido.

—Perfecto. Gabe y Zeke, ustedes van conmigo —volteó hacia Desmond. ¿Estás dispuesto a cortar la electricidad? Lo podrías hacer a varias calles de distancia.

—Sí. Yo lo hago —pero no le emocionaba hacerlo.

—Está bien —Tony juntó las manos. Bien. Tengo a un tipo que nos va a traer el diagrama del edificio, así que revisaremos eso cuando llegue. ¿Quieren descansar o algo? ¿Comida, quizá?

Mi estómago saltó con sólo la mención de comida.

—Estaría bien un poco de comida, si tienen.

—Claro —señaló la mesa. Tomen asiento.

Addie y yo nos sentamos ante la mesa de la cocina y casi todos los humanos salieron y se fueron a sentar a la sala, o desaparecieron por la puerta trasera para enviar mensajes. Seguí vigilando la puerta de Callum, pero nadie se acercó a ella.

Tony colocó unos sándwiches frente a Addie y a mí. El

pan estaba suave y fresco, la crema de frijoles y las verduras que tenía adentro, deliciosas. Parecía contento cuando le di unos mordiscos gigantes, y logré darle las gracias mientras masticaba.

—De nada. El de la barra es para Callum, si se lo quieres llevar después —puso un par de vasos de agua en la mesa y se encaminó hacia los humanos de la sala. Avísenme si necesitan algo.

—Extraño —masculló Addie, y me lanzó una mirada confusa.

—¿Verdad que sí? —*¿qué le avisemos si necesitamos algo? Rarísimo*. No creerás que se traen algo entre manos, ¿o sí?

Negó con la cabeza.

—No. Mi papá no nos habría conducido a una trampa —volteó y frunció el ceño a los humanos. Creo que de verdad nos quieren ayudar.

Volteé y seguí su mirada hasta donde estaban parados Tony y Desmond, con las cabezas muy juntas mientras hablaban.

—Creo que más bien se quieren ayudar a ellos mismos —dije a media voz—, pero con eso me conformo.

CAPÍTULO TREINTA Y UNO

Addie decidió descansar después del almuerzo, así que Tony la dejó usar su cuarto y sugirió que también yo tomara una siesta. Rechacé la sugerencia. No había manera de que pudiera dormir, no con Callum amarrado en el otro cuarto y mi estómago hecho nudos.

En lugar de eso me dirigí por el pasillo con el sándwich de Callum y me asomé dentro del cuarto. Estaba de lado, con los ojos fijos sobre la pared frente a él. Sus brazos y piernas aún estaban atados.

—¿Estás incómodo? —pregunté, crucé el cuarto y le puse el plato en el buró. Si quieres te puedo desatar mientras comes.

No contestó, así que me arrodillé junto a la cama y le pasé los dedos por el cabello.

—Callum.

No se movió un centímetro. Sus ojos estaban vacíos y cuando pasé mi mano frente a su rostro ni siquiera parpadeó.

¿Y si ya era demasiado tarde? ¿Y si ya habíamos perdido tiempo?

Mi corazón latía con demasiada fuerza. Estaba golpeando mis oídos, era el único sonido en el silencioso cuarto.

—Callum —mi voz era desesperada; le sacudí el hombro. La cama crujió bajo su peso cuando lo moví.

Nada.

Esa mirada fija dirigida hacia la nada era demasiado horrible. Lo sacudí con más fuerza, repitiendo su nombre, mientras el dolor de mi pecho crecía. Tenía lágrimas en las mejillas antes de advertir que iba a llorar, entonces apreté mi mano contra mi boca para ahogar un sollozo. De cualquier modo, éste sobrevino e hizo eco por la habitación, seguido rápidamente por otro. Había imaginado que el llanto sería como una liberación, pero las lágrimas casi me dolían. Quería volver a meterlas. Mi cuerpo se rehusaba a escuchar.

Solté su hombro y me hundí en el suelo. Tal vez debí haber corrido para llegar hasta Tony, o Addie, y preguntarles si él estaba bien, pero tenía demasiado miedo. No quería que me asestaran esa mirada de compasión otra vez.

—¿Wren?

Levanté la cabeza de golpe al escuchar la voz de Callum. Parpadeó hacia mí, frunció el entrecejo y torció sus manos contra las cuerdas.

Salté sobre la cama y en segundos le desaté las manos, apretando mi cabeza contra su cuello mientras él rodeaba con sus brazos mi cuerpo. Acarició mi piel con su mejilla, su aliento tibio me hizo cosquillas en el cuello.

—Lo siento —le dije, inhalé profundo.

—No tienes que disculparte por llorar.

—No, por todo esto. Por dejarte atacar al humano y por iniciar la fuga en un momento verdaderamente malo. Debí verificarlo antes. Sabía que le hacían esto a los Menos-Sesenta y ni siquiera pensé en revisar eso.

—Sí —dijo, su voz estaba teñida de diversión —la próxima vez que arriesgues tu vida salvándome, ¿podrías planearlo mejor? para empezar. Esto me parece inaceptable.

Me reí, lo estreché con fuerza en un brazo.

—No tienes por qué disculparte —dijo, sus labios rozaron contra mi oreja. Más bien debería agradecerte.

—Por favor no lo hagas. Me harás sentir terriblemente mal.

Apenas rio, pasó sus dedos bajo mi barbilla hasta que volteé mi rostro hacia él. Me besó, cosa que se sintió más o menos como un agradecimiento, pero ése en particular no me molestó. Cuando se apartó me vio con una sonrisita triste.

—Tan sólo no me dejes así, ¿ok?

Sollocé bajando la mirada para no tener que verlo.

—No quiero que me transformen en esta… —bajó la mirada hacia su cuerpo— esta cosa loca —plantó un suave beso en mi mejilla. Sería como si ellos hubieran ganado, ¿sabes?

Sería eso exactamente, como si ellos hubieran ganado.

—No quiero matar a más gente —frunció el rostro. O peor, comerme a alguien. Así que, si esto no sale, sólo no me dejes estar así, ¿de acuerdo?

Asentí, presionando mis labios para detener las lágrimas.

—Está bien.

Callum calló por un momento, sus cejas se juntaron mientras pensaba.

—Y aunque no consigan el antídoto, tienes que ayudarlos —señaló con la cabeza hacia la puerta. Ve a la reservación y haz que también los otros Reiniciados les ayuden.

—¿A los humanos?

—Sí. No puedes dejar que CAHR gane. No después de todo lo que han hecho. Así que aunque yo no… no lo logre, creo que los deberías ayudar.

Sabía que me interesaba muy poco ayudar a los humanos. Lo único que quería era que él estuviera mejor para poder alejarnos de ellos y no volver nunca. No quería pensar en lo que haría si Callum no lo lograba, pero quedarme por acá para unir fuerzas con los humanos no era una prioridad en mi lista.

—Ése no será un problema. Vas a estar bien.

—Wren, por lo menos piénsalo. No deberías desperdiciar el hecho de que eres una cabrona.

A pesar de todo, conseguí reír.

—Lo pensaré.

Era mentira. Ni siquiera iba a pensar en ningún escenario que no lo incluyera.

Al final, Callum se desvaneció de nuevo, aunque pude ver que trataba de luchar contra ello. Me senté en el suelo por largo rato, hasta que no pude soportar más esos ojos vacíos. Me rehusaba a sentir pánico por ello, así que lo até y lo llevé a la sala, donde pasé la tarde y el anochecer caminando de un lado a otro.

Apenas se había puesto el sol y estaba ansiosa por dirigirme a las instalaciones, pero Tony insistió en que lo mejor era hacerlo muy temprano por la mañana. Las instalaciones tenían menos guardias entre las cuatro y las seis, y el mejor momento era cerca de las seis, pues a esa hora habría unos cuantos miembros del personal de laboratorio aún en servicio. Nadie me podría decir cómo se veía el antídoto, así que quizá necesitaría que un humano me lo indicara.

Tony estaba a la mesa con unos diez humanos, analizando con atención el esquema de las instalaciones CAHR de Austin. Un grupo mucho más grande del que esperaba había aceptado ayudarnos. Algunos se habían ido, argumentando que estaban seguros de que estaríamos muertos al siguiente día, pero los demás parecían emocionados de tener un plan tan ambicioso después de años de tratar de derrotar a CAHR.

Gabe entró por la puerta del frente con Zeke, el chico rubio. Gabe llevaba contra su pecho una bolsa blanca de lona y asintió hacia Tony.

—Las conseguí —tiró la bolsa en el sofá y hurgó dentro después. Sacó varias pistolas y tiró unas balas amarillas de forma extraña sobre la mesa. Fruncí el ceño, agachándome para tomar una.

—¿Qué es esto? —pregunté, mientras volteaba la bala amarilla de plástico entre mis dedos. Una pequeña aguja sobresalía de ella.

—Dardos tranquilizantes —dijo Gabe. Tony no quiere que maten humanos cuando estén adentro.

Volteé a mirar a Tony con las cejas arqueadas, y se recargó hacia atrás en su silla para enfrentar mi mirada. Le mostré el dardo amarillo.

—Estas cosas ¿de verdad funcionan? ¿Rápidamente?

—En un par de segundos. Apunta al pecho, o brazo, o pierna.

—¿Por cuánto tiempo estarán sin sentido? —pregunté.

—Por horas. No te tienes que preocupar por eso. Te devolveré tu pistola real; pero no quiero que la uses ahí. La mayoría de esos tipos sólo están haciendo su trabajo. Incluso algunos de ellos están con nosotros.

Asentí y eché el dardo en la mesa.

—Perfecto.

—¿Encontraste cascos? —preguntó Tony.

—Sí, Henry los traerá pronto —contestó Gabe.

Addie tomó una de las pistolas de tranquilizadores de la mesa y le introdujo un dardo; la estudió con curiosidad. Gabe corrió detrás del sofá y ella resopló.

—Ah, relájate, humano. Sé cómo usar una pistola.

—Soy Gabe —la corrigió, e hizo una mueca cuando apuntó contra la pared, detrás de Zeke.

—Sal detrás del sofá, *Gabe*. No voy a disparar. A menos que te lo merezcas.

Se deslizó fuera de su escondite con cautela para llegar a la pistola.

—Sólo voy a tomar eso.

Addie entornó los ojos mientras se la entregaba, y le lancé una mirada divertida.

—Oigan —volteé al escuchar la voz de Desmond. Metió una cucharada de algo en un tazón. ¿Quieren cenar?

—Sí, gracias.

—Entonces vengan y coman.

Me apuré a ir a la cocina y me asomé para ver el contenido del tazón. Era una especie de estofado. Le dirigí una mirada de agradecimiento y me metí un poco en la boca con la cuchara. No esperaba que me volvieran a alimentar.

—¡Pensé que los números más bajos eran más amables! —escuché a Gabe exclamar desde la sala, y cuando miré hacia allá vi a Addie apuntando una pistola tranquilizadora contra su pecho.

—Adina, deja de torturar a Gabe —le dijo Tony riendo entre dientes.

Casi me rio, pero Desmond tenía la mirada clavada sobre mí como si estuviera planeando mi muerte. Tragué la comida y me limpié la boca. Él había estado callado y malhumorado toda la tarde; era claro que no estaba a favor del plan.

—¿Por qué estás ayudando si no quieres hacerlo? —le pregunté.

—Dije que lo haría, ¿no? —preguntó. Había peinado su pelo café en una cola de caballo corta, y los bordes filosos de su rostro se veían duros. No era un hombre atractivo, ni siquiera cuando estaba contento.

—Y pareces tan feliz al respecto.

Lo único que recibí como respuesta fue que me fulminara con la mirada. Consideré llevar mi comida al otro cuarto, pero tenía demasiadas preguntas. Aunque no parecía tenerme miedo, parecía odiarme sólo un poquito menos de lo que me odiaba el humano promedio.

—¿Pero por qué ayudarnos si nos odias? —insistí.

Soltó un suspiro largo y se recargó contra la barra.

—No los odio. Simplemente no confío en que no regresarán después y nos matarán a todos.

Preocupación válida, en mi opinión.

—¿Así que decidiste liberarnos y jugártela?

Hizo una pausa y deslizó sus manos en los bolsillos de sus jeans.

—Hubo una discusión hace unos años. Cuando decidimos que necesitábamos que se fueran los Reiniciados para tener cualquier tipo de éxito contra CAHR; algunos pensamos que debíamos matarlos.

—¡Ah! Y consideraste esa posibilidad.

Se aclaró la garganta.

—Quizás un poco. Pero luego Tony dijo: "Sólo hay que conocer a uno. Vamos a rescatar a uno y hablar con ellos sin que CAHR esté mirando y veamos lo que piensan". Así que rescatamos a una.

—Y la Reiniciada era… ¿qué? ¿Amable?

—No. Oh, demonios, no lo sé —se sentó en la sala y sollozó. No nos dirigió una sola palabra.

—Probablemente pensó que la iban a matar.

—Sí. Pero en realidad ninguno de nosotros esperaba esa reacción. Pensábamos que se resistiría, o nos atacaría. Cuando no lo hizo y llegó la hora de la verdad, no la pudimos matar. Habíamos oído rumores de que había Reiniciados al norte, así que la llevamos lo más lejos que pudimos y la soltamos. Le pedimos que hablara con cualquier Reiniciado que encontrara sobre la posibilidad de que aceptaran a cualquier otro que rescatáramos. Ya sabes, para ver si estarían dispuestos a trabajar con nosotros. Y lo estaban.

—¿Por qué no la pudieron matar? —pregunté. CAHR nos elimina todo el tiempo. Tony debe haberlo visto.

—Estoy seguro de que sí. Pero es distinto cuando estás sentado con una quinceañera que no parece muy distinta de ti —se encogió de hombros. Siempre he pensado que tomamos un riesgo terrible al liberarlos, pero era la mejor de dos opciones de mierda. Así que aquí estoy. Esperando que los tuyos sean lo suficientemente agradecidos como para no regresar y destruirnos a todos.

—Si esto te ayuda, no tengo ningún interés en regresar y matar a ninguno de ustedes.

Un esbozo de sonrisa apareció en su rostro.

—Agradezco eso.

—Des, ya detén eso. No son asesinos —Tony puso sus manos en mis hombros; me sobresalté y casi suelto la cuchara. Era extraño que no le molestara tocarme.

Pero a mí sí, por lo que, esquivé sus manos y fruncí el ceño. O no se dio cuenta, o no le importó, porque sólo me sonrió. Miré a Desmond de nuevo. Quizás era el único cuerdo aquí.

—Wren, ¿quieres venir a revisar el mapa de nuevo conmigo? —preguntó Tony. Quiero asegurarme de que mi gente sepa a dónde va, pero te estarán siguiendo.

Asentí y lo acompañé a la mesa, parada detrás de los humanos. En ese momento Tony volvía a describir la ruta que tomaríamos para entrar. Ya había oscurecido, y tuvo que acercar una lámpara a la mesa para que lo pudiéramos ver.

—Y luego ustedes saldrán por aquí —terminó Tony, pasando su dedo por el vestíbulo de CAHR. O por donde quieran, supongo. Después de soltar a unos cien Reiniciados, lo más probable es que puedan escoger sus salidas.

Una sonrisa me levantó las comisuras de los labios.

Él no tenía ni idea.

CAPÍTULO TREINTA Y DOS

Apreté mis brazos contra mi pecho, estaba temblando en el aire fresco de la noche. En esos momentos clavaba la mirada sobre CAHR, desde la protección de los árboles que rodeaban al edificio. Éste se levantaba alto y negro a la orilla de los tugurios de Austin —quince o veinte pisos de altura. De niña nunca vine tan lejos como para verlo.

Había un grupo de unos diez rebeldes parado a varios metros a mi izquierda, vestidos con lo que parecían ser uniformes negros de CAHR. Eran falsos, pero esperábamos que en el caos nadie lo notara, y que pudieran subir y robarse las armas y medicamentos que CAHR había estado aprovisionando. Corrían un riesgo enorme; podía ver el temor en sus expresiones tensas.

Callum gruñó atrás de mí, y bajé la mirada para ver cómo Tony y Addie apretaban sus cuerdas contra una roca. Habíamos cavado un agujero junto a ésta, de sólo un par de metros de profundidad, pero era suficiente para mantenerlo escondido durante el tiempo que permaneciéramos dentro. Sus piernas estaban bien atadas; la tela alrededor de su boca reprimía sus ocasionales gruñidos y apenas se podía mover.

Addie emplazó un par de ramas de árboles sobre el agujero, después, tanto ella como Tony se retiraron. Era apenas visible entre los espesos arbustos, pero podía ver los ojos muertos de Callum cuando parecía voltear a vernos. No había regresado aún.

Me aterraba que fuera demasiado tarde.

Me di la vuelta y caminé unos cuantos pasos hasta poder ver el cielo. El sol apenas comenzaba a salir y el horizonte estaba bañado de anaranjado y azul.

Una vez fui al norte cuando era niña, antes que llegara el virus —cerré los ojos mientras la voz de mi madre llenaba mis oídos. *Condujimos por tres días desde Austin y, cuando llegamos, recuerdo que miré el cielo y me pregunté dónde acababa. Hay más cielo en Texas, cariño. Nunca conocerás otra cosa, pero de cualquier manera mira hacia arriba y aprécialo de vez en cuando.*

—Wren.

Abrí los ojos y miré las manchas de color hasta que desaparecieron en la distancia.

—Wren, vámonos. Desmond va a cortar el suministro de energía en pocos minutos —dijo Addie.

Giré y tomé el casco que me extendió. Lo aseguré alrededor de mi barbilla. En ese momento Tony dirigió su mirada hacia Callum.

—Estará bien ahí hasta que regresen —dijo, y asintió con la cabeza. No habrá nadie por acá; las estarán persiguiendo en dirección contraria.

—¿Sabes cuánto tiempo toma para que funcione el antídoto? —pregunté. ¿Podremos escaparnos de inmediato?

—Debe ser muy rápido. Según mi experiencia cuanto más bajo el número, funciona con más rapidez —hizo una pausa y aclaró su garganta. ¿Qué quieres que haga con él si no regresas?

Evité mirar a Callum. Necesitaba enfocarme, y cada vez que le echaba un vistazo comenzaba a entrar en pánico.

—Volveré —no había otras opciones.

Abrió la boca, pareció pensarlo dos veces y me ofreció una sonrisa triste. No era la expresión más alentadora.

—Está bien, cariño —volteó para unirse a Gabe, Zeke y los otros humanos.

Addie y yo nos acercamos más a la cerca de malla que rodeaba la propiedad de CAHR. No estaba electrificada, pero teníamos que esperar a que cortaran el suministro de luz para que las cámaras no nos detectaran.

Permanecimos en las sombras, el único sonido era el de los grillos y la brisa que soplaba entre los árboles. El corazón me latía con tanta fuerza que estaba segura de que Addie lo podía escuchar, pero sólo permaneció parada ahí, estoicamente, mirando con fijeza hacia el edificio y al único guardia de seguridad a la vista. Hice a un lado el miedo que gritaba en mi pecho; hice a un lado la molesta vocecita que me recordaba que era mi única oportunidad para salvar a Callum. No necesitaba miedo ni dudas en ese momento.

Sólo necesitaba concentrarme.

Las luces se apagaron y corrí; el sonido de las botas golpeó el pasto a mi alrededor. Enredé mis dedos en el metal de la cerca y salté hacia arriba, volé por encima y caí unos cuantos segundos antes que Addie. Los humanos nos siguieron.

Extendí mi mano en cuanto nos acercamos al edificio y todos los que iban detrás de mí se detuvieron. Saqué mi pistola tranquilizadora de los pantalones, me arrastré por el pasto y sobre el bloque de concreto. Mi bota chirrió cuando di un paso adelante, y el oficial de guardia giró rápidamente; tenía la boca muy abierta en el momento en que apreté el gatillo.

El dardo se enterró en su pecho. Dio un paso antes de cabecear y lo sujeté cuando caía, arrastrándolo contra el edificio, con la esperanza de que la cámara no lo detectara.

Agarré la llave y tarjeta de acceso del cinturón del guardia; metí la llave en la cerradura, abrí la puerta de golpe y le indiqué a Addie que se apresurara. La atravesó corriendo y la seguí, la mantuve abierta también para los rebeldes.

El vestíbulo estaba oscuro y desierto, el escritorio circular en el centro de la habitación estaba vacío. Nunca antes había visto un vestíbulo de CAHR. A los Reiniciados, el transbordador siempre nos dejaba en el techo.

Había carteles en las paredes. Letreros que anunciaban su genialidad.

¡Cuenta con CAHR para sanar! La mujer del cartel sonreía, al parecer estaba curada de todo lo que la afligía.

¡CAHR protege! Ese cartel tenía una foto de Reiniciados, aunque estaban lejos y borrosos junto al transbordador.

Al momento de pasar, Addie volteó y observó los carteles con una mirada perpleja.

—¿Están hablando en serio? —masculló.

Los azulejos negros parecían un río oscuro cuando los cruzamos para llegar apresuradamente hasta el hueco de la escalera. Nos hicimos a un lado y dejamos que los humanos subieran primero, pues se dirigían a los pisos superiores, donde se encontraban los almacenes de alimentos, los medicamentos humanos y el depósito de armas. Casi me entristecí al verlos subir las escaleras de manera atropellada. Para al menos la mitad de ellos, si no es que para todos, era una misión suicida, y lo sabían.

Dejé cerrar la puerta detrás de mí con suavidad. Nos apresuramos a subir por las oscuras escaleras, dos a la vez, hasta que llegamos al cuarto piso. Las tenues luces se encendieron en las escaleras. Los generadores de respaldo se habían activado.

Addie me miró, al tiempo que agarraba la manija de la puerta. Asentí.

La abrió apenas lo suficiente para asomarse.

—Dos guardias al final del pasillo —susurró. Por lo menos dos en el cuarto, hasta donde puedo ver —abrió la puerta tan sólo un poco más.

—¿Ves hacia dónde vamos?

El pasillo blanco se extendía frente a mí. Los guardias al final estaban aburridos, recargados contra la pared y conversaban tranquilamente, a pesar del reciente apagón.

A la izquierda estaba la sala de control. Las puertas estaban abiertas y un oficial estaba sentado frente a una computadora grande, mientras otro se asomaba encima de su hombro. A juzgar por sus expresiones relajadas (y el hecho de que ninguno hubiera sacado su arma) aún no nos detectaban a través de las cámaras.

Buenas noticias.

Asentí hacia Addie.

—Me haré cargo de los dos que están en el cuarto.

Abrió la puerta de golpe. Me agaché y corrí hacia la sala de control mientras estallaban disparos al otro lado del pasillo. Los guardias giraron desde la computadora y sujetaron sus armas. Pero fueron demasiado lentos.

Disparé dos veces, y le di a uno en el pecho y al otro en el cuello. Cayeron al suelo en segundos, justo antes de que escuchara el golpe de los otros dos humanos del pasillo.

Solté un respiro lento. Paso uno, completado.

Volteé para ofrecerle una sonrisa de victoria a Addie; pero titubeé ante su expresión aturdida. Parpadeó y llevó sus dedos a la sien.

Había sangre.

Salté sobre uno de los oficiales para llegar hasta ella y le empujé el casco hacia atrás. Su pelo estaba empapado de sangre, la cual cubrió mis dedos cuando buscaba el orificio de la bala.

—No, está bien —dijo. Temblaba al empujar mi mano hacia un lado, volvió a colocarse el casco. Sólo me rozó.

Asentí, aunque el estómago se me había hecho nudos. Al parecer, no sólo había sido un rozón.

Addie pasó sus dedos por la frente ensangrentada y dio un paso delante de mí en la sala de control y con un pie hizo a un lado al humano más cercano. Se sentó ante la computadora. Tocó la pantalla unas cuantas veces. Entre tanto, yo caminaba de un lado a otro, atrás de ella, y miraba con nerviosismo hacia el pasillo en espera de que entraran más guardias por las puertas.

Fui increíblemente afortunada desde el momento en que la bala no la alcanzó de manera más directa. De lo contrario, no podría ir al área médica y liberar a los Reiniciados. Sin ella me habría quedado atrapada aquí, y Callum se habría quedado en ese agujero hasta que lo encontrara CAHR.

Aferré el borde del marco de la puerta, y miré a Addie tocar la pantalla una vez más. De repente, se detuvo; se echó hacia atrás y abrí la boca para preguntar qué había salido mal.

Sobre la pantalla, en letras rojo brillante, aparecieron las palabras: *Puertas desbloqueadas.*

—Lo tengo —dijo, saltó de su silla.

Salimos corriendo por el pasillo y de vuelta a la escalera; una explosión de energía estalló por mi cuerpo cuando mi cerebro advirtió que realmente podríamos lograrlo.

—¿Cuánto tiempo quieres que espere? —preguntó Addie, mientras subíamos las escaleras. Es probable que yo llegue primero a los transbordadores.

—El tiempo que puedas —le dije, en ese momento pasábamos el sexto piso. Pero si CAHR comienza a pisarte los talones, despega. Encuentra a alguien más que pilotee el segundo transbordador.

—Está bien.

Me detuve frente al séptimo piso y le eché un vistazo a Addie; ella seguiría hasta el octavo. Me envió una sonrisa alentadora, pero aún podía ver el hilillo de sangre que bajaba de su casco. Tuvo que volver a limpiárselo al subir a toda velocidad por los escalones.

—Buena suerte —grité.

Rio.

—Creo que tú la necesitas más que yo. Estoy por conseguir a cien Reiniciados como refuerzo.

Desapareció por la esquina y sujeté la pistola tranquilizadora con más fuerza mientras volteaba hacia la puerta otra vez. Había llegado el momento. Si no llegaba al laboratorio médico, no había esperanza para Callum.

Alcancé la manija y deslicé mis dedos alrededor del metal frío.

De repente, la puerta se abrió del otro lado y salté hacia atrás, agarré el barandal antes de caer rodando por las escaleras.

Tres oficiales corrieron hacia el hueco de la escalera, con sus armas levantadas.

Me agaché justo en el instante en que el primer oficial jalaba el gatillo. Apunté mi pistola contra su pierna y le introduje un dardo, salté hacia atrás, al tiempo que él caía de cabeza por las escaleras.

Hice un nuevo disparo, que impactó al segundo oficial en el estómago, no obstante, una bala del tercer guardia me alcanzó en el hombro. Agarré su brazo mientras él trataba de disparar otra vez y lo torcí hacia atrás, coloqué la pistola tranquilizante directamente en su espalda. Lo solté cuando se desplomó hacia el frente.

La excitación de la pelea se extendió sobre mi miedo, y casi sonreí mientras saltaba sobre los cuerpos de los oficiales y llegaba hasta la puerta. La abrí de golpe para ver desierto aquel pasillo largo y blanco, excepto por un solitario humano que se alejaba de mí corriendo. Un humano con bata blanca de laboratorio.

Mis ojos se abrieron más y tomé la pistola real sujeta en mi cadera. Necesitaba a ese humano.

—¡Alto! —grité, y apunté demasiado a la izquierda mientras disparaba.

Pero siguió corriendo. Sus zapatos crujían en el azulejo al dirigirse al otro extremo del pasillo. Corrí tras él, apunté contra su hombro derecho. Jalé el gatillo.

Soltó un grito y tropezó, gruñía en el momento en que sus rodillas golpearon el suelo. Giró la cabeza con rapidez y al verme sus ojos se abrieron más.

Apretó su mano ensangrentada contra el suelo al tratar de ponerse de pie, pero llegué antes. Lo arrastré de la parte trasera de su bata y deslicé mi brazo alrededor de su cuello. Miré el nombre en su bata. *Bishop*.

—Bishop —apreté mi brazo alrededor de su cuello mientras él se retorcía. Haré un trato contigo. Tú me ayudas a entrar a ese cuarto —apunté hacia el laboratorio médico, detrás de un cristal transparente a nuestra izquierda—, y no te mataré.

Bishop no dijo nada. Continuó retorciéndose y estrangulándose en mi agarre, mientras las lágrimas le escurrían por las mejillas. Era joven, quizá de unos veintitantos años, de rostro redondo y lindo. Era un poco bajo para ser hombre, pero aun así me tenía que parar de puntas para sostenerlo.

—Oye —dije, solté su cuello sólo un poco. ¿Trato hecho?

Asintió. Un sollozo ahogado escapó de su boca y la abrió más. Se preparaba para gritar.

Apreté la pistola contra su sien mientras lo jalaba por el pasillo blanco desierto.

—Los gritos son algo que no está entre mis cosas favoritas.

Su boca se cerró al instante.

Me detuve frente a la puerta del laboratorio y utilicé la tarjeta electrónica de Bishop. La pasé por el lector y la puerta se abrió, deslizándose. Bishop avanzó a tumbos y lo jalé dentro del cuarto.

El angosto espacio se extendía casi a lo largo de todo el pasillo. Las paredes estaban cubiertas de monitores de computadoras y había mesas de laboratorio a lo largo del centro. Olía a desinfectante y a Reiniciado. Alguien trató de borrar el olor a muerte, pero fracasó.

Tony había dicho que el antídoto estaría al fondo del laboratorio, encerrado con llave en un cuarto grande de cristal. Jalé al humano por el centro del laboratorio, más allá de las computadoras y mesas largas y gruesos libros.

Las ampolletas estaban formadas en dos filas bien acomodadas dentro de sus estuches, tal y como lo dijo Tony. También estaban etiquetadas, tal y como lo sospechaba Tony, con letras y números al azar que yo no entendía. No había manera de que supiera cuál de ellas necesitaba.

Pasé la tarjeta de Bishop por el lector y se abrieron las puertas. Entré al cuarto frío, solté mi brazo del cuello del humano y le enterré mi pistola en el hombro sano.

—¿Cuál es el antídoto?

Parpadeó. Había lágrimas en sus pestañas. Entrecerró los ojos para ver mi código de barras.

—Uno-Siete-Ocho —dije. No es para mí.

Vaciló, miró hacia las ampolletas y hacia mí. Debió saber que me podía mentir. Podría apuntar hacia una droga que le haría cosas terribles a Callum. Yo contaba con el miedo que me tenía ese humano.

—Te acabo de decir que soy Uno-Siete-Ocho —le dije, apreté la pistola más contra su hombro. No me molestaría, en lo más mínimo, matarte.

Dio un respiro tembloroso y señaló los estuches de la repisa de abajo. Había tres, con alrededor de cincuenta ampolletas por estuche. El líquido de adentro era turbio, casi gris.

—Sácalos —dije. Todos.

Un ruido sobre nosotros me hizo detenerme y mirar hacia el techo. Corrían. Era el sonido de cien Reiniciados corriendo. El techo temblaba, y las risas y gritos llenaban el aire.

Addie lo había logrado.

Sonreí antes de enfocarme de nuevo en el humano, el cual seguía ahí parado mirándome fijamente. Volteé la cabeza hacia él, se puso de rodillas y sacó el primer estuche de la repisa, mientras lanzaba una mirada a hurtadillas hacia mí.

—Tú nos has matado a todos —susurró.

—¿Cómo llegaste a esa conclusión? —señalé hacia las ampolletas a mi alrededor. Yo diría que ustedes son los culpables al inyectarnos esa basura.

—Estamos tratando de protegernos de ustedes —dijo, se limpió la nariz con la mano y colocó el segundo estuche sobre el primero. Ahora los... —apuntó hacia el techo, al octavo piso, donde también él debió reconocer el sonido de los Reiniciados corriendo. Los soltaron a todos.

—Los salvamos.

Bishop gruñó su desacuerdo y colocó un tercer estuche encima de la pila.

—Ahí está. Es todo.

—¿Estás seguro de que son las correctas? Porque voy a salir y las voy a probar de inmediato. Si no son las correctas regresaré por ti. Créeme, no querrás que vuelva.

Asintió.

—Son ésas.

Quería sonreír, gritar y brincar, pero me contuve. Estaba tan cerca. Lo único que tenía que hacer era salir del edificio.

Me incliné para agarrar las ampolletas.

Tan pronto como le quité los ojos de encima a Bishop, me di cuenta de mi error.

Salió corriendo del cuarto de cristal. Di la vuelta y salí tambaleando tras él.

Demasiado tarde. Mis manos golpearon contra el cristal.

Estaba encerrada.

CAPÍTULO TREINTA Y TRES

El rostro de Bishop esbozó una amplia sonrisa al tiempo que me miraba desde el otro lado del cristal. Hurgó en su bolsillo con torpeza y sacó un intercomunicador que casi suelta al sostenerlo contra su boca.

—Bishop —dijo en el micrófono. Laboratorio médico, séptimo piso. Díganle al oficial Mayer y a la señorita Palm que vengan a Austin, de inmediato. Tengo a Uno-Siete-Ocho.

Tengo a Uno-Siete-Ocho. Las palabras reverberaron en mis oídos e hicieron que se me cerrara la garganta. No iba a fracasar por culpa de ese pequeño humano.

Saqué la pistola de mi bolsillo. El cristal no podía ser a prueba de balas.

No podía.

Disparé una vez. La bala lo atravesó, dejó una telaraña de grietas alrededor del orificio. Los ojos de Bishop se abrieron, y retrocedió varios pasos, hasta que chocó contra una mesa de laboratorio.

Le envié una amplia sonrisa y levanté la pistola de nuevo.

Nada.

Se me habían terminado las balas. Alcancé mi pistola tranquilizante, en la cual quedaban muchos disparos, pero era inútil con el humano al otro lado del cristal.

Bishop soltó un visible suspiro y volvió a hablar por su micrófono.

—No, está bien. Pero vengan rápido.

No te muevas, escuché a una voz decir al otro lado del intercomunicador. *No la pierdas de vista.*

Bishop tragó saliva y asintió, retrocedió unos cuantos pasos más del cristal.

Miré las ampolletas a mis pies. No. No iba a dejar que Callum muriera como un robot de CAHR, vacío y sin emociones.

Iba a salir de aquí.

Levanté mi bota y pateé el vidrio tan fuerte como pude.

Una grieta se alargó desde el orificio de la bala hasta el techo.

Volví a patearla. Otro crac.

Bishop se tambaleó y rápidamente se dirigió al otro lado del laboratorio.

—¡Hey! —gritó en el intercomunicador. ¡Apúrense! Está…

El cristal se quebró. Solté un grito de alegría y me lancé al otro lado del laboratorio, dejando las ampolletas por el momento. Bishop se dirigía a la puerta y no iba a cometer el mismo error dos veces.

Lo agarré del pelo y gritó cuando le jalé la cabeza hacia atrás. Jadeó y escaparon ruidos ahogados de su boca.

—Por favor no me mates —sollozó.

No quise mostrarle que podía estar en lo cierto, en lugar de eso decidí golpearlo. Le di tan duro que escuché un chasquido y se hundió en el suelo. Le disparé un dardo en el cuello por precaución; su cuerpo se aflojó.

Corrí de vuelta hacia las ampolletas, las recogí en mis brazos y salí como rayo del laboratorio hasta el pasillo. Todavía estaba vacío, entonces abrí la puerta hacia el hueco de la escalera.

Un río de Reiniciados bajaba corriendo, brincando y riendo. Todos tenían puestos sus cascos y su equipo de campo, y no veía a un solo guardia entre la multitud.

Me uní a la muchedumbre y dejé que me llevaran con ellos por las escaleras. Las explosiones y disparos sacudían el edificio, pero el ánimo y la emoción no se desvanecieron mínimamente. No pude evitar sonreír.

Casi estábamos libres.

Cuando salíamos por la puerta ya en la planta baja, vi que el vestíbulo estaba lleno de humo y de oficiales CAHR muertos o inconscientes. Apreté los estuches de las ampolletas contra mi pecho al momento de salir como un estallido por la puerta trasera. El temprano sol de la mañana me quemaba los ojos y los entrecerré mientras corría sobre la yerba hacia los árboles, donde había dejado a Callum.

Dos grandes transbordadores de CAHR estaban justo a mi izquierda. Addie estaba frente a uno, dirigiendo a los Reiniciados. Ella sonrió al verme. Había desaparecido la sangre de su frente, y sentí una pequeña explosión de alivio al ver que estaba bien.

—¡Me llevaré éstos! —gritó, corriendo hacia mí. Eché los estuches en sus brazos extendidos y saqué una ampolleta para Callum. Ve rápido por él. ¡Nos tenemos que ir!

Addie regresó a los transbordadores y yo corrí hacia la cerca; puse mis dedos alrededor del metal y lancé mi cuerpo por encima. Mi impulso me llevó hasta los árboles, donde salté sobre un leño caído, con el antídoto bien asegurado. El agujero estaba frente a mí, y rápidamente hice a un lado las hojas y ramas que lo cubrían.

Callum estaba hecho un ovillo en la tierra, con los ojos medio abiertos. No se movió ni hizo muestra alguna de haberme escuchado llegar.

Bajé hacia el agujero y lo jalé para que se sentara. Estaba flojo, como un cascarón vacío.

Pinché su brazo con la aguja y empuje el líquido dentro.

No pasó nada.

Tomaría un minuto. Eso era todo. Rehuí cualquier alternativa y le desaté las piernas y los brazos, después me dejé caer en su regazo. Puse mis manos en sus mejillas; mis intentos aterrados por respirar llenaban el silencio. Su cabeza se hacía de un lado a otro y veía más allá de mí, hacia la distante nada.

—Callum —susurré, mientras mis dedos subían lentamente hacia su cabello.

¿Sería demasiado tarde? ¿Y si no era la correcta? Se me cerró la garganta y apreté los labios con fuerza para contener un grito. ¿Y si el humano me había dado otra cosa? ¿Y si…?

Callum respiró fuerte y su cabeza se sacudió de golpe. Parpadeó algunas veces y el color volvió de nuevo a su rostro.

Una risa escapó de mi pecho como un extraño tipo de grito ahogado; enredé mis brazos alrededor de su cuello y apreté mis labios contra los suyos. Le di besos a lo largo de las mejillas hasta que él rio también.

Pasé mis manos hasta su cuello y miré sus ojos fijamente.

—¿Te sientes bien? ¿Te sientes normal de nuevo?

Una sonrisa se extendió por su rostro. La sonrisa grande, feliz, esperanzada que yo amaba. Asintió, se inclinó hacia mí hasta que sus labios rozaron mi mejilla.

—A veces eres escandalosamente buena, ¿sabías eso?

Me reí, le di otro rápido beso y brinqué.

—Tenemos que salir de aquí —enterré mis dedos en el suelo y me apuré para salir del agujero, volteé para ayudar a Callum. Ya había salido detrás de mí y estaba de pie, mirando la escena frente a él con los ojos muy abiertos.

Había Reiniciados corriendo por el césped y oficiales inconscientes en el suelo. La parte de atrás del edificio CAHR estaba acribillada. Había humo saliendo desde varias ventanas en los niveles superiores.

Alcancé la mano de Callum, salimos de entre los árboles y nos lanzamos sobre la cerca y atravesábamos el pasto corriendo.

—¡Adentro! ¡Adentro! —gritó Addie. ¡Todos, ahora!

No vi a Tony ni a ninguno de los otros rebeldes; de camino al segundo transbordador, hice una pausa cerca de Addie.

—¿Y Tony? —grité.

—Se fue. Todos lograron salir —cerró de golpe la puerta trasera de su transbordador y me lanzó el localizador de rastreadores. Tengo otro adentro de mi transbordador.

—Gracias —le pasé el localizador a Callum al tiempo que abrí la puerta del piloto del segundo transbordador. Le indiqué que se metiera y arqueó una ceja.

—¿Sabes pilotar?

—Sólo métete —le dije riendo. Se subió al asiento del copiloto y lo seguí, cerré la puerta tras de mí. El tablero de instrumentos frente a mí era muy parecido al diagrama que me dibujó Tony: la palanca en el centro nos hacía subir o bajar; los botones de ambos lados eran para el equipo de aterrizaje y comunicaciones. Alguien había encendido el transbordador antes, así que todo frente a mí estaba iluminado, listo para despegar.

Algunas balas golpearon la puerta y me asomé por la ventana para ver a unos cuantos oficiales rezagados de CAHR por el césped. Rápidamente tomé la palanca central, como me enseñó Tony, y la empujé hacia arriba.

Despegamos, estábamos en el aire. La empujé más arriba y se agitó. Pude escuchar a la gente de atrás gritar y chocar unos contra otros; Callum se aferró al tablero de instrumentos frente a él, pero me concentré en volar, empujando la palanca hacia el frente para aumentar nuestra velocidad.

—Toma —le dije, y saqué mi cuchillo. Dales el localizador. Todos se tienen que sacar los rastreadores lo más rápido posible.

Asintió y desapareció hacia la parte de atrás del transbordador. Jalé la palanca a la derecha hasta que pude ver al otro transbordador planeando no muy lejos de nosotros. Lo seguí y giré hacia el norte.

Una mano me rozó la barbilla y brinqué, volteando a ver a Callum. Sonreía mientras desenganchaba mi casco y me besaba la mejilla.

—Oye, estoy pilotando —le dije riendo cuando me volvió a besar.

—Ya me di cuenta. Qué presumida —dijo con una risita. ¿No te bastó con salvarme?

Sonreí ampliamente y me besó otra vez. Se dejó caer en el asiento junto a mí, con nuestros cascos en su regazo. Atrás de mí podía escuchar el tintineo de los rastreadores que caían en el suelo del transbordador y a los Reiniciados celebrarlo.

—¿Sabemos a dónde vamos? —preguntó Callum, inclinado para asomarse por la ventana. Los tugurios estaban debajo de nosotros, y unos cuantos humanos comenzaban a pasearse de un lado a otro.

—Addie tiene el mapa, la estamos siguiendo —dije. Pero, en general, conozco la dirección en caso de que nos separemos.

Mientras mirábamos, la puerta lateral del transbordador de Addie se abrió un poquito y pequeños trozos plateados atraparon la luz del sol dispersándose hacia abajo.

—¡Oigan! —grité, volteándome en mi asiento. ¡Echen sus rastreadores por la puerta! —unos cuantos Reiniciados asintieron, y volteé para mirar al frente.

Pasamos sobre la cerca de CAHR, a la orilla de Austin, y me incliné a un lado para asomarme por la ventana a mi derecha. El cielo estaba despejado junto a mí; el edificio de CAHR se volvía cada vez más pequeño a la distancia.

Solté un largo suspiro y volteé hacia Callum; una sonrisa se extendió sobre mi rostro al ver su expresión emocionada. Me concentré en el cielo frente a mí otra vez, agarré la palanca y la empujé al frente sólo un poco. Estábamos a un par de transbordadores de distancia de Addie, y apreté el botón que decía *crucero*. El transbordador siguió adelante sin necesidad de la palanca.

—Así queeee...

Volteé y miré a una chica como de mi edad que se sujetaba a los bordes de la puerta del piloto, con una sonrisa torcida en su rostro. Inclinó la cabeza a un lado, y su oscura cola de caballo se balanceó.

—Tenemos algo así como ciertas dudas y nos preguntamos hacia dónde nos dirigimos —su mirada pasó de mí a Callum. Y quiénes son ustedes.

Un Reiniciado más joven se paró de puntas para asomarse sobre su hombro.

—Escuché a Addie decir que ella era Uno-Siete-Ocho.

—Sí —le extendí la mano. Wren. Uno-Siete-Ocho.

Arqueó las cejas y tomó mi mano.

—Beth. Uno-Cuatro-Dos.

—Callum —dijo él. No ofreció su número, pero la vi darle un vistazo a su muñeca y fruncir el ceño, confundida.

—Nos dirigimos al norte —dije. Hacia la antigua frontera de Texas. Se supone que ahí existe una reservación de Reiniciados.

Los Reiniciados detrás de ella comenzaron a sosegarse; muchos de ellos arrastraron los pies acercándose para escuchar.

—¿Donde hay Reiniciados que viven por sí mismos? —preguntó Beth.

—Sí. Por lo menos eso es lo que nos han dicho. Tenemos un mapa.

La mirada de Beth revoloteó por el transbordador.

—¿No crees que podrías matarlos del susto si llegas en un par de transbordadores de CAHR?

—Vamos a aterrizar a varios kilómetros de la reservación y llegaremos caminando. No mencioné que fueron los rebeldes humanos quienes sugirieron que hiciéramos eso, para evitar que nos derribaran. Podríamos explicarles lo de los rebeldes más tarde.

La mirada de Beth pasó de mí hacia Callum. Por la manera en que todos permanecieron en silencio detrás de ella, pensé que quizás era uno de los números más altos de las instalaciones de Austin, si no es que el más alto.

Soltó una risa suave y retrocedió unos pasos.

—Interesante plan. Espero que funcione —movió su cabeza hacia la ventana delantera. Algunos de ustedes deberían mirar.

Dirigí mi atención al frente mientras algunos Reiniciados entraban a la cabina del piloto. Se suponía que los transbordadores no debían volar demasiado lejos del suelo, así que no estábamos muy arriba de las copas de los árboles. El terreno abierto se extendía frente a nosotros, y un lago resplandecía a la distancia. Podía ver algunos tramos de viejas autopistas ahora desiertas, donde había vegetación que se asomaba por entre el asfalto negro.

Callum se inclinó hacia delante en su asiento, y parpadeó ante la escena que nos rodeaba. Todavía estaba un poco pálido, pero aparte de eso, parecía ser él mismo.

—¿Te sientes bien? —pregunté con suavidad, acercándome hasta que pude poner mi mano en su pierna.

Volteó, tomó mi mano y presionó sus labios contra ella.

—Estoy bien —deslizó una mano por mi cuello y se acercó poco a poco hasta lograr apretar sus labios contra los míos. Alcancé su mano, me derretí en el beso. Atrás de mí, alguien aclaró su garganta.

—¿Nos estamos besando o pilotando? —preguntó Beth, enfadada, pero con un dejo de diversión.

Me alejé de Callum y sonreí entre dientes.

—Cierto. Volando.

El transbordador se tranquilizó un poco durante nuestra travesía hacia el norte, con el vagabundeo ocasional de algún Reiniciado que se acercaba al frente para echar un vistazo al panorama. El terreno tenía principalmente árboles y pasto, pero en ocasiones aparecía algún animal. En algún momento volamos sobre un rebaño grande, y me pregunté cómo conseguían comida los Reiniciados de la reservación. ¿Cazaban? ¿Araban el campo?

Los Reiniciados de Austin no pasaron mucho tiempo conmigo y con Callum. En general hablaban en susurros atrás de nosotros y nos lanzaban miradas suspicaces. No los podía culpar.

Muchos de los Reiniciados me miraban fijamente, pero no se acercaban para hablar, y pasé mi dedo sobre el *178* impreso sobre mi muñeca.

—¿Crees que aquí importen los números? —le pregunté en voz baja.

—Espero que no —dijo Callum, se hizo para atrás con un suspiro. Digo, creo que no. CAHR es el que empezó con todo eso.

Pero lo creímos. Nos separamos en grupos y nos comportamos de acuerdo a eso. Miré a Beth, quien estaba parada atrás con dos chicas y un chico. Ni siquiera tenía que preguntar para saber que eran los Ciento-Veinte de las instalaciones de Austin. Sus rostros eran serios, las cejas del chico permanecían fruncidas mientras escuchaba a Beth. Los otros Reiniciados se paseaban alrededor de ellos, pero nadie se acercaba mucho.

No tenía la menor idea de cómo se dividirían los Reiniciados si los dejaban a su suerte. Quizá no lo harían. Quizá Callum tenía razón, y los números no importarían sin CAHR por ahí.

Lo miré y sonreí, volteé mi muñeca para no ver más mi número. Eso esperaba.

Callum se enderezó de repente y apuntó frente a él.

—Mira.

Volteé hacia su ventanilla para ver las ruinas de una ciudad. Era más grande que cualquiera que hubiera conocido, y estaba justo en medio de un círculo de autopistas. Partes de la ciudad parecían intactas desde la distancia, pero mientras volábamos más cerca pude ver edificios destrozados.

—¿Qué ciudad era ésa? —pregunté.

—No lo sé. Estamos demasiado al oeste para que sea la ciudad original de Dallas o Fort Worth —me miró con una sonrisa. Deberíamos de ir a verlas algún día. Me han dicho que son enormes.

Nunca había considerado ir a alguna de las viejas ciudades. Jamás habría adivinado que sería atractivo, pero sentí una descarga de emoción ante esa posibilidad.

—Deberíamos.

El transbordador de Addie comenzó a descender unos veinte minutos después, y extendí mi mano hacia Callum.

—Casco. Ponte el tuyo también —miré a los Reiniciados que estaban atrás. ¡Todos pónganse sus cascos y sujétense!

—Pero no se ve nada —dijo Callum preocupado, mientras me pasaba mi casco y se abrochaba el suyo.

Examiné el área frente a nosotros. El terreno era bastante plano, pero no podía ver muy lejos desde esa altura.

—Vamos a aterrizar a unos kilómetros de distancia —dije. Todavía tenemos que caminar bastante.

Asintió, echó otro vistazo alrededor al dirigirnos a tierra.

—Nos vamos a estrellar por completo, ¿verdad?

Le sonreí.

—Probablemente.

Empujé la palanca hacia abajo y traté de hacer descender el transbordador con lentitud, pero de repente el suelo estaba justo ahí y nos estrellamos contra él. Cerré mis brazos para amortiguar el impacto del tablero de instrumentos, al tiempo que dábamos una, dos, tres volteretas. Terminamos de costado; Callum se desplomó contra la ventana, y cuando me quité el cinturón de seguridad caí sobre él.

—Disculpa —le dije riendo y sujeté el borde del asiento del piloto para impulsar mi peso hacia la puerta. La abrí de un empujón y salí a gatas, para aterrizar sobre la tierra anaranjada rojiza. El transbordador de Addie patinó hasta detenerse a unos cuantos metros más allá, y lo miré con ojos entrecerrados debido al sol. También ella había tenido un aterrizaje rudo, pero por lo menos no se habían volteado. El terreno frente a su transbordador era plano y seco, y el cielo se extendía enormemente sobre la tierra roja.

Un viento fuerte me azotó el rostro cuando le ofrecí mi mano a Callum y salió junto a mí. Abrí la puerta trasera del transbordador para ver que todos los Reiniciados estaban apilados uno arriba del otro pero con amplias sonrisas, sus ojos muy abiertos miraban el escenario que estaba tras de mí. Conversaban felices mientras salían.

—Oye, ¡lindo aterrizaje! —gritó Addie, y volteé para verla junto a su transbordador, sonriente.

Reí y me encogí de hombros.

—¡Aún están vivos!

—No te propusiste metas muy altas, ¿eh? —dijo Beth, y me dio un golpecito juguetón en el hombro cuando la ayudé a salir del transbordador.

Reí y el sonido hizo eco en el repentino silencio. La plática y las risas a mi alrededor se suspendieron de improviso. Todos quedaron en silencio.

Callum tocó mi brazo y, cuando volteé, vi que se extendía una sonrisa sobre su rostro.

Señaló a un gran letrero de madera frente a él.

TERRITORIO DE REINICIADOS
HUMANOS, RETROCEDAN

AGRADECIMIENTOS

Fueron muchos los que me ayudaron a que *Reiniciados* llegara a manos de los lectores, y les estaré eternamente agradecida. Gracias:

A mi agente, Emmanuelle Morgen, quien tuvo una fe increíble en *Reiniciados* y que trabajó tanto para asegurarse de que Wren y Callum encontraran una buena casa editorial. ¡Y gracias a Alison, Ellen, Judy y Sarah, de Stonesong, por su entusiasmo y apoyo!

A mi editora, Kari Sutherland, por tu visión editorial y tu increíble atención al detalle. Este libro de verdad mejoró muchísimo en tus manos. Y gracias a Farrin Jacobs, Alice Jerman y al equipo entero de Harper por cuidarnos tanto a *Reiniciados* y a mí.

A Lucy Stille y Lane Shefter-Bishop por el estupendo trabajo que hicieron con los derechos cinematográficos del libro, y a todos en Paradigm, desde mis amigos de la sala de correos hasta el director que vino a celebrar conmigo. Y gracias, Lindsey y Peggy, por darme días felices en el trabajo que me dejaban fresca y lista para escribir esta historia en las noches.

A los otros escritores que tomaron este viaje conmigo: a los "13 de la Suerte", por responder todas mis preguntas (hasta las más tontas) y por ser tan maravillosamente solidarios. A Natalie, Kim, Michelle, Amy, Ruth, Corinne, L.J., Deborah, Gemma, Lori y Stephanie… gracias por compartir sus historias conmigo y escuchar la mía.

A John T., Sara y Sean, por ofrecer leer y criticar no sólo *Reiniciados* sino el último libro también; a Vong y Hannah R., por su retroalimentación en la primera parte del manuscrito; y Hannah P., por ser la primera fan de *Reiniciados* y mostrarme que tenía una falta de ortografía (tenía razón). A todos los amigos que leyeron mi trabajo, celebraron conmigo y no se enojaron cuando no salía a divertirme con ellos los domingos… A Michelle y Josh, Sara y Sean, Mely y JP —¡gracias por soportar mis rarezas!

A mi familia, por siempre alentar mi escritura, incluso cuando garabateaba mis novelas a mano. Gracias a mi mamá y papá por compartir su amor por la lectura conmigo y por permitirme perseguir mis sueños.

A Mike, gracias por tu optimismo y entusiasmo constante, y por nunca enojarte cuando te ignoraba para pasar tiempo con personas imaginarias.

Y a mi hermana Laura, la primera en decirme que le encantó *Reiniciados* y la única que leyó cada libro malo que salió antes de éste. Gracias por ser mi primera y mejor cómplice en la crítica.

Esta obra se imprimió y encuadernó
en el mes de noviembre de 2015,
en los talleres de Edamsa Impresiones, S.A. de C.V.,
Av. Hidalgo No. 111, Col. Fraccionamiento
San Nicolás Tolentino, Delegación Iztapalapa
México, D.F., C.P. 09850

SIXTH EDITION

MANAGEMENT
and LEADERSHIP
for Nurse Administrators

The Pedagogy

Management and Leadership for Nurse Administrators, Sixth Edition drives comprehension through various strategies that meet the learning needs of students, while also generating enthusiasm about the topic. This interactive approach addresses different learning styles, making this the ideal text to ensure mastery of key concepts. The pedagogical aids that appear in most chapters include the following:

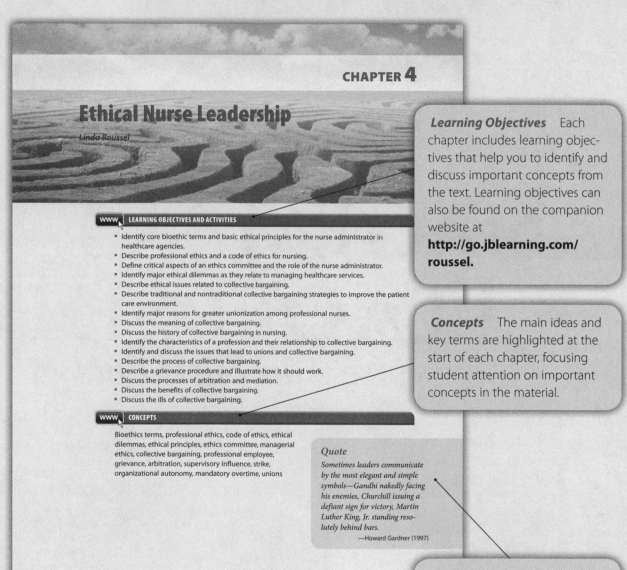

CHAPTER **4**

Ethical Nurse Leadership

Linda Roussel

www | LEARNING OBJECTIVES AND ACTIVITIES

- Identify core bioethic terms and basic ethical principles for the nurse administrator in healthcare agencies.
- Describe professional ethics and a code of ethics for nursing.
- Define critical aspects of an ethics committee and the role of the nurse administrator.
- Identify major ethical dilemmas as they relate to managing healthcare services.
- Describe ethical issues related to collective bargaining.
- Describe traditional and nontraditional collective bargaining strategies to improve the patient care environment.
- Identify major reasons for greater unionization among professional nurses.
- Discuss the meaning of collective bargaining.
- Discuss the history of collective bargaining in nursing.
- Identify the characteristics of a profession and their relationship to collective bargaining.
- Identify and discuss the issues that lead to unions and collective bargaining.
- Describe the process of collective bargaining.
- Describe a grievance procedure and illustrate how it should work.
- Discuss the processes of arbitration and mediation.
- Discuss the benefits of collective bargaining.
- Discuss the ills of collective bargaining.

www | CONCEPTS

Bioethics terms, professional ethics, code of ethics, ethical dilemmas, ethical principles, ethics committee, managerial ethics, collective bargaining, professional employee, grievance, arbitration, supervisory influence, strike, organizational autonomy, mandatory overtime, unions

Quote

Sometimes leaders communicate by the most elegant and simple symbols—Gandhi nakedly facing his enemies, Churchill issuing a defiant sign for victory, Martin Luther King, Jr. standing resolutely behind bars.

—Howard Gardner (1997)

Learning Objectives   Each chapter includes learning objectives that help you to identify and discuss important concepts from the text. Learning objectives can also be found on the companion website at **http://go.jblearning.com/roussel.**

Concepts   The main ideas and key terms are highlighted at the start of each chapter, focusing student attention on important concepts in the material.

Quotes   Located at the beginning of each chapter, these quotes provide insight into the world of management and leadership in nursing.

SPHERES OF INFLUENCE

Unit-Based or Service Line–Based Authority: Facilitates an atmosphere of interactive management and the development of collegial relationship among nursing personnel and other healthcare disciplines; implements the vision, mission, philosophy, core values, evidence-based practice, and standards of the organization; creates a learning environment that is open and respectful and promotes the sharing of expertise to promote the benefits of health outcomes.

Organization-Wide Authority: Catalyst and role model providing leadership and direction in accord with both the organization's mission and values and nursing's core ideology; collaboration and partnering to share and nourish this ideology; foster better relationships across organizations, practices, interest groups, and the community for better communication and outcomes.

Introduction

In 2010 Congress passed and President Obama signed into law comprehensive healthcare legislation referred to as the Affordable Care Act (ACA). The ACA's intent is to "transform its healthcare system to provide higher-quality, safer, more affordable, and more accessible care."[1] The ACA is considered the broadest change to the healthcare system since the creation of the Medicare and Medicaid programs, predicted to provide insurance coverage for an additional 32 million previously uninsured Americans. In order to realize this vision, nursing must play a role in realizing a transformed healthcare systemuccess. In order to add clarity to this purpose, the Institute of Medicine (IOM) in *The Future of Nursing*, outlines four messages that provide structure for future recommendations. In this report, the following messages were proposed:[2]

1. Nurses should practice to the full extent of their education and training.
2. Nurses should achieve higher levels of education and training through an improved education system that promotes seamless academic progression.
3. Nurses should be full partners, with physicians and other health professionals, in redesigning health care in the United States.
4. Effective workforce planning and policy making require better data collection and an improved information infrastructure.

Recommendations are intended to support efforts to improve the health of the U.S. population through the contributions nurses can make to the delivery of care. Nursing as a professional practice must be conceptualized to provide the scientific underpinnings for safe, high-quality nursing care. Patient safety and quality initiatives as well as magnet status continue to mandate that nurses practice from a framework of professionalism.

A sound evidence-based management practice advances the overall practice of nursing administration. Nurse leaders guided by a conceptualized practice have an opportunity to transform health care. In 1999 the Institute of Medicine released *To Err Is Human: Building a Safer Health System*, a disturbing report that brought significant public attention to the crisis of patient safety in the United States.[3] In 2002, *Crossing the Quality Chasm: A New Health System for the 21st Century* provided a more detailed reporting of the widening gap between how good health care is defined and how health care is actually provided.[4] The latter report calls the divide not just a ... ference between those two metaphors is quantitative as well as quali... healthcare system lagging behind the ideal in large and numerous ways...

Spheres of Influence   Spheres of Influence are highlighted in the opening section of each chapter. Learn how concepts and terms within each chapter are related to different types of authority in nursing.

Introductions   Important concepts and topics covered in each chapter are highlighted at the beginning of each chapter to help focus students' attention on the essential material.

For a full suite of assignments and additional learning activities, use the access code located in the front of your book to visit this exclusive website: http://go.jblearning.com/roussel. If you do not have an access code, you can obtain one at the site.   www

NOTES

1. Casicio, W. F., & Aquinis, H. (2005). *Applied psychology in human resource management* (6th ed.). Upper Saddle River, NJ: Prentice Hall.
2. Ibid.
3. Benner, P., Sutphen, M., Leonard, V., & Day, L. (2010). *Educating nurses: A call for radical transformation* (1st ed.) San Francisco: Jossey-Bass.
4. Cohen, J. D. (2006). The aging nursing workforce. How to retain experienced nurses. *Journal of Healthcare Management, 51*, 233–245.
5. Health Resources and Services Administration. (2007). *Toward a method for identifying facilities and communities with shortages of nurses.* Summary report. Washington, DC: U.S. Department of Health and Human Services.
6. Degazon, C. E., & Shaw, H. K. (2007). Urban high school students' perceptions of nursing as a career choice. *Journal of National Black Nurses' Association, 18*, 8–13.
7. Hu, J., Herrick, C., & Hodgin, K. A. (2004). Managing the multigenerational nursing team. *Health Care Manager, 23*, 334.
8. Stuenkel, D. L., Nguyen, S., & Cohen, J. (2007). Nurses' perceptions of their work environment. *Journal of Nursing Care Quality, 22*, 337–342.
9. Pattan, J. E. (1992). Developing a nurse recruitment plan. *Journal of Nursing Administration, 2*, 33–39.
10. Costello, D., & Vercler, M. A. (2006). Are your recruitment strategies up to date? *Nursing Homes, 6*(1), 26–34.
11. Flynn, W. J., Mathis, R. L., & Jackson, P. J. (2004). *Healthcare human resource management.* Mason, OH: Thompson.
12. Thompson, M. R. (1975). *Why should I hire you?* (p. 94). New York: Jove Publications.
13. del Bueno, D. J., Weeks, L., & Brown-Stewart, P. (1987). Clinical assessment centers: A cost-effective alternative for competency development. *Nursing Economic$, 5*, 21–26.
14. Battle, E. H., Bragg, S., Delaney, J., Gilbert, S., & Roesler, D. (1985). Developing a rating interview guide. *Journal of Nursing Administration, 15*, 39–45.
15. Alpern, S., & Shmuel, G. (2002). Searching for an agent who may or may not want to be found. *Operations Research, 50*, 311–327.
16. Spitzer-Lehmann, R. (1990). Recruitment and retention of our greatest asset. *Nursing Administration Quarterly, 14*, 66–69.
17. Erenstein, C. F., & McCaffrey, R. (2007). How healthcare work environments influence nurse retention. *Holistic Nursing Practice, 21*, 303–307.
18. Aiken, L. H., Clarke, S. P., Sloane, D. M., & Sochalski, J. A. (2004). An international perspective on hospital nurses' work environments: The case for reform. *Policy, Politics, & Nursing Practice, 4*, 255–263.

Notes   This section details the references that are included as footnotes throughout each chapter. Students can follow up on these references to research areas of interest.

References This section outlines additional material that is referenced throughout the text.

Selected Websites Refer to online resources for timely information relevant to content in the text. Link directly to additional websites online at **http://go.jblearning.com/roussel.**

Evidence-Based Practice Boxes Learn how EBP affects nurses in leadership and management positions with these in-text features. Short essay questions accompany these EBP boxes on the companion website. Find them at **http://go.jblearning.com/roussel.**

Application Exercises Featured at the end of each chapter, you can apply the principles you have learned with these exercises. Find them on the companion website at **http://go.jblearning.com/roussel.**

---

49. Silber, M. B. (1984). Managing confrontations: Once more into the breach. *Nursing Management, 15*, 54, 56–58.
50. Murphy, 1984.
51. Powell, J. T. (1986). Stress listening: Coping with angry confrontations. *Personnel Journal,* 27–29.
52. Hampton, D. R., Summer, C. E., & Webber, R. A. (1987). *Organizational behavior and the practice of management* (pp. 635–639). Glenview, IL: Scott, Foresman.
53. Dubler, N. N. & Marcus, L. J. (1994). *Mediating Bioethical Disputes: A Practical Guide.* New York: United Hospital Fund, p. 32.
54. Ibid.
55. Hashem, A., & Alex, P. (2001). Conflict resolution using cognitive analysis approach. *Project Management Journal, 32*, 4.

REFERENCES

Agency for Healthcare Research and Quality. (2007). Research news. Washington, DC: Author.
Aiken, L., Havens, D., & Sloane, D. (2000). The magnet nursing services recognition program: A comparison of two groups of magnet hospitals. *American Journal of Nursing, 100,* 26–36.
Aiken, L. H., Clarke, S. P., Sloane, D. M., & Sochalski, J. A. (2004). An international perspective on hospital nurses' work environments: The case for reform. *Policy, Politics, & Nursing Practice, 4,* 255–263.
Alpern, S., & Shmuel, G. (2002). Searching for an agent who may or may not want to be found. *Operations Research, 50,* 311–327.
American Health Care Association (AHCA). (2002). *Results of the 2001 AHCA nursing position vacancy and turnover survey.* Washington, DC: Author.
American Hospital Association (AHA). (2002). *Hospital statistics 2002.* Chicago, IL: Author.
American Hospital Association Commission on Workforce for Hospitals and Health Systems. (2002). *In our hands: How hospital leaders can build a thriving workforce.* Chicago, IL: Author.
Battle, E. H., Bragg, S., Delaney, J., Gilbert, S., & Roesler, D. (1985). Developing a rating interview guide. *Journal of Nursing Administration, 15,* 39–45.
Beehr, T. A., Nair, V. N., Gudanowski, D. M., & Such, M. (2004). Perception of reason for promotion of self and others. *Human Relations, 57,* 413–438.
Benner, P., Sutphen, M., Leonard, V., & Day, L. (2010) *Educating nurses: A call for radical transformation*

Stetler, C., Brunell, M., Giuliano, K., Morsi, D., Prince, L., & Newell-Stokes, V. (1998). Evidence-based practice and the role of nursing leadership. *Journal of Nursing Administration, 28,* 45–53.
Thomas, J. D., & Herrin, D. (2008). Executive Master of Science in Nursing Program: Incorporating the 14 forces of magnetism. *Journal of Nursing Administration, 38,* 64–67.
Transforming care at the bedside. Retrieved August 7, 2011 http://www.ihi.org/offerings/Initiatives /PastStrategicInitiatives/TCAB/Pages/default.aspx
University of North Carolina Health Care System. Patient safety initiative. Retrieved February 17, 2008, from http://www.unchealthcare.org/site.
U.S. Department of Veterans Affairs, Veterans Health Administration. (2008). VA Interprofessional Fellowship Program in Patient Safety. Retrieved February 17, 2008, from http://www.va.gov/oaa /specialfellows/programs/SF_patient_safety.asp?p=17
Watson, T. J., & Petre, P. (2001). *Father, son & co.* New York: Bantam.
Wheatley, M. J. (2005). *Finding our way.* San Francisco: Berrett-Koehler.
Zimmerman, B., Lindburg, C., & Plsek, P. (1998). *Edgeware* (p. 263). Dallas, TX: VHA Inc.

SELECTED WEBSITES

Agency for Healthcare Research and Quality
www.ahrq.gov

AHRQ funds, conducts, and disseminates research to improve the quality, safety, efficiency, and effectiveness of health care. The information gathered from this work and made available on the website assists all key stakeholders—patients, families, clinicians, leaders, purchasers, and policymakers—to make informed decisions about health care.

American Association of Critical-Care Nurses
www.aacn.org

American Association of Critical-Care Nurses provides leadership and resources to their members to improve health care for critically ill patients and their families. Core concepts of patient- and family-centered health care are integrated throughout their practice guidelines.

American Hospital Association
www.aha.org

The AHA is the premier membership organization for U.S. hospitals and provides leadership and advocacy... care for patients and their families. IFCC collaborated with ...Leadership: Patient- and Family-Centered Care, available for ...issues/patient_safety/resources/patientcenteredcare.html.

...ofit research and advocacy organization of health care and ... effort to improve health quality through architecture and ...

...ty-based primary care setting that provides and coordinates ...-centered health promotion, acute illness care, and chronic ... ...num of care, across the lifespan.

---

www | Evidence-Based Practice 2-1

Professional nursing practice makes a difference in care delivery by empowering nurses. A study describing the experiences of work empowerment among nurses engaged in elderly care in southern Finland found that education and work experience related to behavioral empowerment. The data were collected with a questionnaire that included items on verbal, behavioral, and outcome empowerment. A response rate of 80.8% (252) was achieved, with nurses experiencing strong verbal and behavioral empowerment than in the two other fields of empowerment. Nurses reported that they were less confident about outcome empowerment than in the two other fields of empowerment. "All fields of empowerment showed a statistically significant correlation with each other. Education and work experience were also related to behavioral empowerment. The results provide important clues for the development of elderly care."98

modality and in which the knowledgeable nurse becomes the case manager, making or facilitating all clinical nursing decisions about a case load of patients during an entire episode of illness.

As new technologies of patient treatment develop and the healthcare delivery system evolves around managed care, nurses need avenues to pursue the ensuing ethical dilemmas. Nursing practice is further complicated by the need for multicultural assessments as part of the nursing process and its outcomes.

www | APPLICATION EXERCISES

Exercise 2-1
Define nursing management as it relates to your job. If you are a student, observe the work of a nurse manager and define management in terms of your observations.

Exercise 2-2
Describe a belief you have about nursing management in the organization in which you work or are doing clinical practice. Discuss your belief with your peers in clinical practice or students and with your nurse manager or instructor.
Summarize the conclusions. Is your belief valid? Totally? Partly? Not at all? Validity can be established by comparing your conclusions with viewpoints found in publications or by obtaining agreement from practicing nurse managers. You will codify selected theories of nursing management.

Exercise 2-3
Translate the management of time into nursing management theory with examples such as "A nurse who practices good management will know how to use time effectively." The example may be one that applies to you as manager or to the observed behavior of another nurse manager. Keep a log for a day, making entries at 15-minute intervals on a separate sheet of paper. Use the following format:

Time   Activity   Delays and Bottlenecks

Analyze your log. How much of your day was productive? How much was unproductive? What can be done to increase productive time? Using the following format, make a management plan to make better use of your time.

SIXTH EDITION

MANAGEMENT
and LEADERSHIP
for Nurse Administrators

EDITED BY

LINDA ROUSSEL, DSN, RN, NEA-BC

Professor
University of South Alabama College of Nursing
Department of Community Mental Health
Mobile, Alabama

JONES & BARTLETT
LEARNING

Contents

Healthcare institutions have been restructured, demassed, and decentralized along with other business and industrial institutions. This book has been revised to provide the best management and leadership concepts and theory of business available from the fields of generic management as well as nursing and management sources.

Chapters have been updated and streamlined. New chapters have been written to reflect changing markets and trends and to better address the critical need to collaborate, innovate, and work with our clinical and academic partners. Chapters on trends, executive summary and portfolio development, risk management, and a culture of magnetism have been revised and added to this new edition.

Contributors

Elizabeth Anderson, MSN, RN

Chief Executive Officer/Chief Nursing Officer
University of South Alabama Medical Center
Mobile, Alabama

Amy Bearden, MSN, RN, NEA, BC

Director of Patient Care Services
St. Luke's Magic Valley Regional Medical Center
Twin Falls, Idaho

Denise Danna, DNS, RN, NEA, BC, FACHE

Louisiana State University Health Sciences Center
School of Nursing
New Orleans, Louisiana

Valorie Dearmon, DNP, RN, NEA-BC

University of South Alabama College of Nursing
Mobile, Alabama

Debbie Faulk, PhD, RN, CNE

Professor of Nursing
Auburn Montgomery School of Nursing
Montgomery, Alabama

James L. Harris, DSN, APRN-BC, MBA, CNL

Cynthia R. King, PhD, NP, CNL, FAAN

Professor and Nurse Scientist
Queens University
Charlotte, North Carolina

Michael A. Knaus, PhD

President
Michael A. Knaus & Associates
Winston-Salem, North Carolina

Marylane Wade Koch, MSN, RN, CNA

Instructor
Loewenberg School of Nursing
University of Memphis
Memphis, Tennessee

Robert W. Koch, DNS, RN

Associate Dean
Loewenberg School of Nursing
University of Memphis
Memphis, Tennessee

Anita Kelso Langston, MSN, RN, ANP-BC, CCNS, CCRN

Clinical Assistant Professor
Loewenberg School of Nursing
University of Memphis
Memphis, Tennessee

Anne Longo, PhD, MBA, RN-BC

Sr. Director, Center for Professional Excellence/
Education
Cincinnati Children's Hospital Medical Center
Cincinnati, Ohio

Carol Maietta, MS, RN

Senior Vice President, Human Resources and Chief
Learning Officer
St. Vincent East
Birmingham, Alabama

Donna Faye McHaney, DNP, BSCS, RN, ARNP-C

National Consultant, Clinical Affairs
ITT Technical Institute
Henderson, Nevada

Lisa Mestas, MSN, RN

Chief Nursing Officer
University of South Alabama Medical Center
Mobile, Alabama

Arlene H. Morris, EdD, RN, CNE

Distinguished Teaching Assistant and Professor of
Nursing
Auburn Montgomery School of Nursing
Montgomery, Alabama

Francine Mancuso Parker, EdD, RN

Associate Professor
Auburn University
School of Nursing
Montgomery, Alabama

Carol Ratcliffe, DNP, RN

Vice President of Patient Care Services at Medical
Center East
St. Vincent East
Birmingham, Alabama

Linda Roussel, DSN, RN, CNAA, BC

Professor
University of South Alabama College of Nursing
Department of Community Mental Health
Mobile, Alabama

Ebenezer Sackey

ITT Educational Services, Inc.
Henderson, Nevada

Bonnie Sanderson, PhD, RN

Associate Professor
Auburn University
School of Nursing
Montgomery, Alabama

Elizabeth Simms, MSN, RN

Nurse Manager
New Orleans, Louisiana

Casaundra Stiner-Chapman, MSN, RN

Loewenberg School of Nursing
University of Memphis
Memphis, Tennessee

Russell C. Swansburg, PhD, RN

Consultant in Nursing and Hospital
Administration
San Antonio, Texas

Susan H. Taft, PhD, RN, MSN

Associate Professor and Director
MSN-MBA/MPA, Dual Degree Programs, College
of Nursing
Kent State University
Kent, Ohio

Elizabeth Thomas, MSN, RN

Clinical Associate Professor
Loewenberg School of Nursing
University of Memphis
Memphis, Tennessee

Patricia L. Thomas, PhD, RN, CNL, NEA-BC

Trinity Health Systems
Novi, Michigan

Kathy S. Thompson, MSN, RN

Clinical Associate Professor
Loewenberg School of Nursing
University of Memphis
Memphis, Tennessee

Sandra E. Walters, MSN, RN

Associate Chief Nurse
VA Tennessee Valley Healthcare System
Nashville, Tennessee

Forces Shaping Nursing Leadership

James L. Harris, DSN, APRN-BC, MBA, CNL, FAAN

Education cannot make us all leaders but it can teach us which leader to follow.

—Anonymous

www CONCEPTS

Controlling, evaluating, measuring, standards, transformation, Information Age, quantum leadership, microsystems, root cause analysis, Gantt chart, performance evaluation and review technique, benchmarking, evidence-based management, quality awards.

In the past decade, health care in the United States has experienced both challenges and opportunities for improvement. Current healthcare delivery evolved from the industrial age of the late eighteenth and early nineteenth centuries when separate and distinct departments were formed with defined roles and tasks. The separate departments increased barriers to interprofessional collaboration, and inefficiencies were commonplace leading to prolonged hospital stays, medical specialization, and inflated cost for care.[1] From the 1990s to today, caregivers and managers are challenged to consider multiple strategies to manage complex situations due to biomedical and information technology advances, increases in patient morbidity and mortality, shorter hospital stays, escalating costs, and demands for quality and access.[2,3] Of notable interest is historical markers that continue to impact the healthcare industry, including: hospital ratings on technology and safety; introduction of 10 starter set core measures by The Joint Commission; the Malcolm Baldridge Award first awarded to a hospital; the Centers for Medicare and Medicaid launching hospital comparisons; transforming care at the bedside introduction;, passing of healthcare reform legislation, and release of the *Future of Nursing* report by Robert Wood Johnson Foundation/Institute of Medicine.

Since the industrial revolution, there are four different generations with four different approaches and work-related behaviors operating in tandem within healthcare organizations. These include:

1. Veterans (1922–1943): Defines workplace based on military or church hierarchy, respect for authority with clear privileges given to each level in the organization; they expect and deliver no-nonsense performance.
2. Baby Boomers (1943–1960): Self-esteem and happiness are driving forces, driven by passion and need to make a difference; desire social/team environments with personal recognition for their hard work; if they believe in the vision of an organization, they will give 110% of self in hours and commitment; invented the 60-hour work-week.

3. Generation X (1960–1980): Desire independence and hands off management; demand balance between personal life and career; see themselves as an equal player to ALL ages; desire to be evaluated by merit, not seniority; respect comes from competency not hierarchy.

4. Nexters (1980–current): Expect economic prosperity; recognize they are in high demand because there are not enough of them; used to a global world; technologically very savvy; can access and use information and knowledge quickly; will value new knowledge and a fast-paced environment."[4]

Coupled with potential conflicts and differences that may arise in today's workforce from differing generations, work behaviors, and the challenges inherent in reforming health care, nurse managers must use a variety of approaches. Managers must be armed with skill sets different from those of past decades. Logic, predictability, and linear reasoning are no longer enough for nurse managers. A new way of approaching work is requisite for success and survival in a constantly changing and evolving healthcare environment.

ORGANIZATIONAL SYSTEM: CONTEXT FOR CHANGE

Today's nurse managers must position themselves to manage in chaotic and constantly changing environments. The forces and pressures that require change as an imperative, not option, coupled with a quest for quality, safety, efficiency, and customer satisfaction necessitates managers to consider alternatives to past practices and techniques. The pursuit of quality, safety, and efficiency consumes significant amounts of time and requires creativity. Likewise, developing and adopting new care delivery models are increasingly required and become instruments for change.[5] The multiplicity and complexity of increasing demands being placed on nurse managers can lead to leadership blind spots, where the manager is not the best steward of the organization. Robinson-Walker asserts leadership blind spots are significant aspects of institutional life, whereby individuals fail to exercise best judgment and discrimination.[6] Often, nurse managers find themselves in new leadership roles without adequate, formal education and support, contributing to an unawareness of leadership blind spots. It is imperative that nurse managers possess exceptional organizational agility in order to know and understand how organizations work, how to get things done, the reasoning behind policy and practice, the value of evidence to guide practice, and an organization's culture.[7] Thus, leadership blindspots can be minimized.

Management in times of chaos and proposed health care reform requires a new way of thinking and responding to mandates. Managing in light of intense demands for greater quality, efficiency, and effectiveness of patient care necessitates consideration of alternatives to usual business practices. The unusual becomes the usual; the ordinary becomes the extraordinary. Both have a place in managing and leading organizations and cause pause for consideration.

Stacey distinguished ordinary from extraordinary management. Ordinary management considers a logical analytic process to daily operations, using data analysis, goal setting, evaluating available options against goals, rationality, implementation, and evaluation, generally through hierarchical monitoring. Control is at the center of ordinary management. Cost effective performance is the measure by which effective and efficient systems are valued and judged.[8]

According to Stacey, extraordinary management is also essential if the organization is to transform itself in situations of open-ended change. "Extraordinary management requires the activation of the tacit knowledge and creativity available within the organization. This necessitates the encouragement of informal structures—for example, workshops around particular issues or processes, with membership drawn from different business units, functions, and levels."[8]

Innovative strategies grounded in structure, process, and outcome measures are needed in today's environment. Moving an organization dominated by an over-rationalistic thinking "machine" focused on predictability, theorists of complexity and chaos support that the natural world does not operate this way. Stacey purports that this revelation of "creative disorder" in the universe needs to be an integral part of nurse manager activities. The consequences of creative disorder as Stacey summarizes, turns management practices upside down. Considering complexity theory and organizations as complex adaptive systems (CAS), Stacey postulates the following points:

- Analysis loses its primacy.
- Contingency (cause and effect) loses its meaning.
- Long-term planning becomes impossible.
- Visions become illusions.
- Consensus and strong cultures become dangerous.
- Statistical relationships become dubious.[9]

The above list could be endless. Any organization attempting to achieve stable relationships within an unpredictable environment is a recipe for catastrophe. Organizations seeking and expecting linear and predictable outcomes may lag behind others as they continuously engage in work processes that had previously worked. Successful organizations emerge from complex and continuing interactions between people. According to Stacey, the dominant 1980s approach to strategy, which distanced itself from the strategic planning paradigm of preceding decades, still managed to maintain the aim of strategic management as its intent. "Management complexity theorists emphasize, rather, the importance of openness to accident, coincidence, and serendipity. Strategy is the emerging resultant."[10]

Innovation and creative approaches in nursing management are required more today than in the past. Thinking differently will require individuals to try new ideas, learn from failures, and embrace a willingness to function in an often ambiguous and uncertain environment. This is an essential skill set for nurse managers.

COMPLEX SYSTEMS: REVISITING MENTAL MODELS TO EFFECT CHANGE

Healthcare environments challenge the most skilled manager and often lead to questioning one's ability and approach in effecting change whether at the micro, meso, or macro level. Change resides at the heart of leadership. Appreciative inquiry enhances a system's capacity to apprehend, anticipate, and heighten positive potential.[11]

The emergence of complexity science offers alternative leadership and management strategies for the chaotic and complex healthcare environment. Survey data revealed that healthcare leaders intuitively support principles of complexity science. Leadership that uses complexity principles offers opportunities in the chaotic healthcare environment to focus on less prediction and control more on fostering relationships and creating conditions in which CAS can evolve to productive creative outcomes.[8]

Zimmerman, Lindberg, and Plsek, in their work with CAS, note that this theory has much in common with general systems thinking, the learning organization, quality, empowerment, gestalt theory, organizational development, and various other approaches. Conceptualizing CAS asserts an understanding of how things work in the real world. The authors provide the following nine principles in their work with CAS:

1. View your system through the lens of complexity.
2. Build a good-enough vision.
3. When life is far from certain, lead with clockware and swarmware in tandem.
4. Tune your place to the edge.
5. Uncover and work with paradox and tension.
6. Go for multiple actions at the fringes, and let direction arise.
7. Listen to the shadow system.

8. Grow complex systems by chunking.
9. Mix cooperation with competition.[12]

Plsek stresses that mental models often are so ingrained in one's thinking that it is difficult (without reflection and examination) to embrace other perspectives and viewpoints.[13] Without this much needed work, it is likely that "fads and gimmicks" will be espoused without real change; thus, sustainability of new ways of doing business are unlikely to last, add value, and spread throughout an organization. Nurse managers have a moral obligation to embrace divergent thinking, stay informed of impending legislation, and lead dialogue of reform beyond fads and gimmicks here today and gone tomorrow.

Change is inevitable in healthcare. Arming oneself with knowledge and engaging others in meaningful activities will result in prolonged and sustainable change. Being open to new venues and embracing differing perspectives drive success and engender collaboration between and among all healthcare team members.

CREATING INNOVATIVE ENVIRONMENTS TO SUSTAIN CHANGE AND ADD VALUE

In an era of healthcare reform and the quest for quality, safe, and efficient care, creating and sustaining innovative environments where staff function at the highest potential and add value to an organization is pivotal to ongoing success. The two sides of reform span coverage expansion proposals and payment reform proposals. For example, the coverage expansion includes an individual mandate for coverage and no pre-existing condition exclusions to name two. Payment reform proposals include, but are not limited to, no-pay for never events, pay-for-performance, readmission penalty, and bundled payment.

With the advent of the Institute of Medicine (IOM) *Future of Nursing* report, a blueprint was created that positions nursing to lead and effect change, partner with others in redesigning healthcare in the United States, be transformative, and create environments for lifelong learning while adding value within organizations and communities of interest. The four key messages included in the IOM report include:

1. "Nurses should practice to the full extent of their education and training.
2. Nurses should achieve higher levels of education and training through an improved education system that promotes seamless academic progression.
3. Nurses should be full partners, with physicians and other health care professionals, in redesigning health care in the United States.
4. Effective workforce planning and policy making require better data collection and an improved information infrastructure"[14]

Eight recommendations were also outlined in the report. The eight recommendations include:

1. **Remove scope-of-practice barriers.** *Advanced practice registered nurses should be able to practice to the full extent of their education and training.*
2. **Expand opportunities for nurses to lead and diffuse collaborative improvement efforts.** *Private and public funders, health care organizations, nursing education programs, and nursing associations should expand opportunities for nurses to lead and manage collaborative efforts with physicians and other members the health care team to conduct research and to redesign and improve practice environments and health systems. These entities should also provide opportunities for nurses to diffuse successful practices.*
3. **Implement nurse residency programs.** *State boards of nursing, accrediting bodies, the federal government, and health care organizations should take actions to support nurses' completion of a*

transition-to-practice program (nurse residency) after they have completed a prelicensure or advanced practice degree program or when they are transitioning into new clinical practice areas.

4. **Increase the proportion of nurses with baccalaureate degree to 80 percent by 2020.** *Academic nurse leaders across all schools of nursing should work together to increase the proportion of nurses with a baccalaureate degree form 50 to 80 percent by 2020. These leaders should partner with education accrediting bodies, private and public funders, and employers to ensure funding, monitor progress, and increase the diversity of students to create a workforce prepared to meet the demands of diverse populations across the lifespan.*

5. **Double the number of nurses with a doctorate by 2020.** *Schools of nursing, with support from private and public funders, academic administrators and university trustees, and accrediting bodies, should double the number of nurses with a doctorate by 2020 to add to the cadre of nurse faculty and researchers, with attention to increasing diversity.*

6. **Ensure that nurses engage in lifelong learning.** *Accrediting bodies, schools of nursing, health care organizations, and continuing competency educators from multiple health professional should collaborate to ensure that nurses and nursing students and faculty continue their education and engage in lifelong learning to gain the competencies needed to provide care for diverse populations across the lifespan.*

7. **Prepare and enable nurses to lead change to advance health.** *Nurses, nursing education programs, and nursing associations should prepare the nursing workforce to assume leadership positions across all levels, while public, private, and governmental health care decision should ensure that leadership positions are available and filled by nurses.*

8. **Build an infrastructure for the collection and analysis of inter-professional health care workforce data.** *The National Health Care Workforce Commission, with oversight from the Government Accountability Office and the Health Resources and Services Administration, should lead a collaborative effort to improve research and the collection and analysis of health data on health care workforce requirements. The Workforce Commission and Heath Resources and Services Administration should collaborate with state licensing boards, state nursing workforce centers, and the Department of Labor in this effort to ensure that the data are timely and publicly accessible.*[14]

Meeting the recommendations in the IOM report will require actions and engagement by Congress, state legislators, the Centers for Medicare and Medicaid Services, the Office of Personnel Management, the Federal Trade Commission and the Antitrust Division of the Department of Justice, governmental agencies, professional organizations, communities, accrediting bodies, organizations that are supportive, all stakeholders, nursing programs, and the nursing profession.

In an envisioned future where healthcare environments continuously adapt to change, reform, and are responsive to individuals' desires and needs through patient-centered care, innovation will become the hallmark of sustainment and value. Primary care and prevention, interprofessional collaboration, a healthy work environment, and affordable, quality care for all will be the norm, not the exception. To ensure the vision is realized, several drivers are framing meaningful strategies and are the linchpins for success. The drivers are timely and central to the efforts required by all nursing leaders, administrators, and stakeholders. The following text identifies and overviews each of the drivers.

There are a number of industries that are error-prone where the slightest mistake can be catastrophe. Health care is not exempt. While multiple efforts have focused on quality improvement, high reliability organizations (HRO) is the next step. High reliability organizations is the consistent performance at high levels of safety over time.[15]

Although the introduction of Medicare improved care access, the quality of care was not directly improved. What followed were utilization review committees, experimental medical care review organizations, professional standards review organizations, peer review organizations, and multiple improvement activities. Practice guidelines were later developed and adopted in an effort to prompt providers to rely on scientific evidence in providing care. However, Balas and Boren identifies that it takes an average of seventeen years for research to reach practice.[16]

During the 1990s, a shift from practice guidelines to the use of standardized quality measures and public reporting of the resulting data emerged.[17] More than ever is the requirement for improvements in quality and safety and the role for nurse managers in this requirement. Frankel, Leonard, and Denham identify three requirements for achieving high reliability to include: 1) leadership, 2) safety culture, and 3) robust process improvement.[18] Each of the requirements will guide actions by all members of the healthcare team and offer opportunities for nurses to guide processes and evaluate outcomes. This is supported by evidence-based practice where nurses are positioned to influence and shape care decisions and improve the delivery of quality care. Newhouse and colleagues define evidence-based practice as "a problem-solving approach to clinical decision making within a healthcare organization that integrates the best available scientific evidence with the best available experiential (patient and practitioner) evidence.[19] Nurse managers can coach staff to use the best available evidence to guide practice. This supports the notion of nursing is a science and applied discipline. Accountability continues to be the vanguard leading to high quality, safe, and efficient care and can be achieved through translating evidence into practice.

Building on initiatives that Medicare implemented in prior years, accountable care organizations (ACO) is another model set forth to address the inadequacy in the United States healthcare system. An ACO is characterized by provider groups willing to take responsibility for improving the overall health status, efficiency, and healthcare experience for a defined population.[20] The success of ACO will be supported by collective efforts with other health reforms that include support for primary care, comprehensive performance measurement, and interface with other payment reforms.[21] Additionally, other activities that will support and advance ACO include the following:

- Executive sponsors and participation
- Payer partners
- Data transparency
- Aligned physician networks
- Contracting savvy
- Adequate population base
- Acceptance of common cost and quality metrics
- Data infrastructure
- People-centered foundation
- Leadership
- Population health data management

In 2011, the US Department of Health and Human Services launched a new incentive, the Hospital Value-Based Purchasing (VBP) program, designed to adjust Medicare reimbursement based on how well hospitals were performing on 12 clinical process measures and nine patient experience measures relative to a baseline performance period. Hospitals are scored for each measure between an achievement threshold and a benchmark. The achievement threshold is the minimum performance level and the benchmark is set based on the highest level of performance among hospitals during the baseline period. The financial incentives of the VBP program are not the most significant characteristic, but the measurement tools it provides. Many hospitals are concerned about meeting and maintaining performance measures, thus increasing the likelihood of reduced operating revenue.[22] However, gains in value secondary to the program can be realized from prevention, early intervention, and ambulatory management of patients versus emergency department visits and hospital admissions and readmissions.[23] Such gains are supported by nursing activities through patient management and inclusiveness of patients in all care decisions.

The evolving Patient Centered Medical Home (PCMH) model of care is another innovative driver to effect change and add value.[24] The model has two primary goals to treat patients in lowest cost setting and proactively manage treatment of patients to prevent acute care episodes. The PCMH model is an interdisciplinary team approach whereby staff work to the full scope of practice and expertise, focus care on holistic health, and enhance access to enable more frequent communication between patients and team members. PCMH maximizes capabilities of existing staff to support the care model. This is just another avenue where nurse managers can have significant impact on enhancing care delivery and placing the patient at the center of care and decision making.

Lastly, nurses have an opportunity in the creation of a standardized, scientifically reliable method to document, measure, and disseminate nursing contributions to safe and efficient patient outcomes in support of healthcare information technology. For the next five years, the US government will be developing the standards for a national electronic medical record (EMR). Meaningful use will guide the process, criteria, and terms to direct the collection, recording, and reporting clinical data in the EMR. Criteria defining meaningful use will roll out in three stages through year 2015 where mechanisms are framed that allow exchange of key information among the healthcare team and elements related to privacy and security.[25,26]

SUMMARY

Change in healthcare is inevitable and the various forces effecting care delivery require innovative approaches. Understanding and responding to organizational dynamics and mandates necessitate that nurse manager's approach business from different perspectives and engagement of others in arriving at decisions. Using evidence to guide actions will accentuate success and result in sustained change that is valued by an organization, employees, and stakeholders served. The health and welfare of Americans are entrusted in all managers and provides. This will be accomplished through knowledge attainment and engagement in activities that promote learning environments.

NOTES

1. Wiggins, M. S. (2008). The challenge of change. In C. Lindberg, & S. Nash (Eds.), *On the edge: Nursing in the age of complexity* (pp. 149–190). Bordentown, NJ: Plexus Press.
2. Long, K. A. (2004). Preparing nurses for the 21st century: Reenvisioning nursing education and practice. *Journal of Professional Nursing, 20*(2), 82–88.
3. Aiken, L. H., Clark, S. P., Slone, D. M., Sochalski, J., & Silber, J. H. (2002). Hospital nurse staffing and patient mortality, nurse burnout, and job satisfaction. *Journal of the American Medical Association, 288*, 1987–1993.
4. Leitschuh, C. (2011). *Understanding generational differences.* Retrieved October 5, 2011, from http://ezinearticles.com/?Understanding-Generational-Differences&id=503459
5. Morjikian, R. L., Kimball, B., & Joynt, J. (2007). Leading change. The nurse executive's role in implementing new care delivery models. *The Journal of Nursing Administration, 37*(9), 399–404.
6. Robinson-Walker, C. (2008, August). Leadership blind spots. *Nurse Leader,* 10–11.
7. Lombardo, M., & Eichinger, R. (2004). *For your improvement (FYI): A guide for development and coaching.* Minneapolis, MN: Lominger International.
8. Stacey, R. D. (1996). *Complexity and creativity in organizations.* San Francisco: Berrett-Koehler.
9. Stacey, R. D. (1992). *Managing the unknowable: Strategic boundaries between order and chaos in organizations.* San Francisco: Jossey-Bass.

10. Stacey, R. D. (1993). *Strategic management and organizational dynamics.* London: Pitman.

11. Cooperrider, D. L., & Whitney, D. (2011). *A positive revolution in change: Appreciative inquiry.* Retrieved October 15, 2011, from http://appreciativeinquiry.case.edu/intro/whatisai.cfm

12. Zimmerman, B., Linderberg, C., & Plsek, P. (1998). Nine emerging and connected organizational leadership principles. In B. Zimmerman, & C. Linderberg (Eds.), *Edgeware: Lessons for complexity science for health care leaders* (pp. 292–305). Dallas, TX: VHA, Inc.

13. Plsek, P. E. (2001). Appendix B: Redesigning health care with insights from the science of complex adaptive systems. In IOM Committee on Quality of Health Care in America, *Crossing the quality chasm: A new health system for the 21st century* (pp. 309–322). Washington, DC: National Academies Press.

14. Institute of Medicine. (2011). *The future of nursing: Leading change, advancing health.* Committee on the Robert Wood Johnson Foundation Initiative on the Future of Nursing, at the Institute of Medicine. Washington, DC: National Academies Press.

15. Chassin, M. R., & Loeb, J. M. (2011). The ongoing quality improvement journey: Next stop, high reliability. *Health Affairs, 30*(4), 559–568.

16. Balas, E. A., & Boren, S. A. (2000). Managing clinical knowledge for health care improvement. In J. Bemmel, & A. McGray (Eds.), *Yearbook of medical informatics: Patient centered systems.* Stuttgart, Germany: Schattauer, 65–70.

17. Kizer, K. W. (2001). Establishing health care performance standards in an era of consumerism, *Journal of the American Medical Association, 286*, 1213–1217.

18. Frankel, A. S., Leonard, M. W., & Denham, C. R. (2006). Fair and just culture, team behavior, and leadership engagement: The tools to achieve high reliability. *Health Services Research, 41*(4 part 2), 1690–1709.

19. Newhouse, R. P., Dearholt, S. L., Poe, S. S., Pugh, L. C., & White, K. M. (2007). *Johns Hopkins Nursing: Evidence-based practice model and guidelines.* Indianapolis, IN: Sigma Theta Tau.

20. DeVore, S., & Champion, R. W. (2011). Driving population health through accountable care organizations. *Health Affairs, 30*(1), 41–50.

21. McClellan, M., McKethan, A. N., Lewis, J. L., Roski, J., & Fisher, E. S. (2010). A national strategy to put accountable care into practice. *Health Affairs, 29*(5), 982–990.

22. Shoemaker, P. (2011, August). What value-based purchasing means to your hospital. *Healthcare Financial Management Association*, 61–68.

23. Tompkins, C. P., Higgins, A. R., Ritter, G. A. (2009). Measuring outcomes and efficiency in Medicare value-based purchasing. *Health Affairs, 28*(2), w251–w261.

24. Clancy, T. R. (2011). Improving processes through evolutionary optimization. *The Journal of Nursing Administration, 41*(9), 340–342.

25. Bolla, Y. (2011, August). Meaningful use 101. *Nursing Management*, 18–22.

26. Halamka, J. (2009, March). Making smart investments in health information technology-core principles. *Health Affairs—Web Exclusive*, w385–w389.

REFERENCES

Aiken, L. H., Clark, S. P., Slone, D. M., Sochalski, J., & Silber, J. H. (2002). Hospital nurse staffing and patient mortality, nurse burnout, and job satisfaction. *Journal of the American Medical Association, 288*, 1987–1993.

Balas, E. A., & Boren, S. A. (2000). Managing clinical knowledge for health care improvement. In J. Bemmel, & A. McGray (Eds.), *Yearbook of medical informatics: Patient centered systems.* Stuttgart, Germany: Schattauer, 65–70.

Bolla, Y. (2011, August). Meaningful use 101. *Nursing Management*, 18–22.

Chassin, M. R., & Loeb, J. M. (2011). The ongoing quality improvement journey: Next stop, high reliability. *Health Affairs, 30*(4), 559–568.

Clancy, T. R. (2011). Improving processes through evolutionary optimization. *The Journal of Nursing Administration, 41*(9), 340–342.

Cooperrider, D. L., & Whitney, D. (2011). *A positive revolution in change: Appreciative inquiry.* Retrieved October 15, 2011, from http://appreciativeinquiry.case.edu/intro/whatisai.cfm

DeVore, S., & Champion, R. W. (2011). Driving population health through accountable care organizations. *Health Affairs, 30*(1), 41–50.

Frankel, A. S., Leonard, M. W., & Denham, C. R. (2006). Fair and just culture, team behavior, and leadership engagement: The tools to achieve high reliability. *Health Services Research, 41*(4 part 2), 1690–1709.

Halamka, J. (2009, March). Making smart investments in health information technology-core principles. *Health Affairs—Web Exclusive*, w385–w389.

Institute of Medicine. (2011). *The future of nursing: Leading change, advancing health.* Committee on the Robert Wood Johnson Foundation Initiative on the Future of Nursing, at the Institute of Medicine. Washington, DC: The National Academies Press.

Kizer, K. W. (2001). Establishing health care performance standards in an era of consumerism, *Journal of the American Medical Association, 286*, 1213–1217.

Leitschuh, C. (2011). *Understanding generational differences.* Retrieved October 5, 2011, from http://ezinearticles.com/?Understanding-Generational-Differences&id=503459

Lombardo, M., & Eichinger, R. (2004). *For your improvement (FYI): A guide for development and coaching.* Minneapolis, MN: Lominger International.

Long, K. A. (2004). Preparing nurses for the 21st century: Reenvisioning nursing education and practice. *Journal of Professional Nursing, 20*(2), 82–88.

McClellan, M., McKethan, A. N., Lewis, J. L., Roski, J., & Fisher, E. S. (2010). A national strategy to put accountable care into practice. *Health Affairs, 29*(5), 982–990.

Morjikian, R. L., Kimball, B., & Joynt, J. (2007). Leading change. The nurse executive's role in implementing new care delivery models. *The Journal of Nursing Administration, 37*(9), 399–404.

Newhouse, R. P., Dearholt, S. L., Poe, S. S., Pugh, L. C., & White, K. M. (2007). *Johns Hopkins Nursing: Evidence-based practice model and guidelines.* Indianapolis, IN: Sigma Theta Tau.

Plsek, P. E. (2001). IOM Committee on Quality of Health Care in America, *Crossing the quality chasm: A new health system for the 21st century.* Washington, DC: National Academies Press.

Robinson-Walker, C. (2008, August). Leadership blind spots. *Nurse Leader, 6*(4), 10–11.

Shoemaker, P. (2011, August). What value-based purchasing means to your hospital. *Healthcare Financial Management Association*, 61–68.

Stacey, R. D. (1996). *Complexity and creativity in organizations.* San Francisco: Berrett-Koehler.

Stacey, R. D. (1992). *Managing the unknowable: Strategic boundaries between order and chaos in organizations.* San Francisco: Jossey-Bass.

Stacey, R. D. (1993). *Strategic management and organizational dynamics.* London: Pitman.

Tompkins, C. P., Higgins, A. R., Ritter, G. A. (2009). Measuring outcomes and efficiency in Medicare value-based purchasing. *Health Affairs, 28*(2), w251–w261.

Wiggins, M. S. (2008). The challenge of change. In C. Lindberg, & S. Nash (Eds.), *On the edge: Nursing in the age of complexity* (pp. 149–190). Bordentown, NJ: Plexus Press.

Zimmerman, B., Linderberg, C., & Plsek, P. (1998). Nine emerging and connected organizational leadership principles. In B. Zimmerman, & C. Linderberg (Eds.), *Edgeware: Lessons for complexity science for health care leaders* (pp. 292–305). Dallas, TX: VHA, Inc.

PART I

Leading in Times of Complexity and Rapid Cycle Change

Trends Shaping Nursing Leadership
Implications for Education and Practice

Linda Roussel   Carol Ratcliffe

WWW **LEARNING OBJECTIVES AND ACTIVITIES**

- Consider personal, organizational, and systems changes needed to effect greatness.
- Describe current trends in the business of health care and its impact on nurse administration.
- Discuss major influences, particularly of the Institute of Medicine, Agency for Healthcare Research and Quality, Institute for Healthcare Improvement, and other major players in the healthcare system.
- Describe the impact of evidence-based practice in promoting safety and quality patient care and healthy work environments.

WWW **CONCEPTS**

Complexity, complex adaptive systems, chaos, change, innovation, safety, quality, healthy work environments, health promotion, competency, diversity, strategic thinking, globalization, lifelong learning

SPHERES OF INFLUENCE

Unit-Based or Service Line–Based Authority: Evaluating the quality and appropriateness of health care; promoting care delivery with respect for individuals; consideration of patients' right and preferences; accepting organizational accountability for services provided to recipients; evaluating performance of personnel in a fair and transparent manner.

Organization-Wide Authority: Encourages management by objectives and other directing activities that develop the conditions for individual and organizational effectiveness; directs human resource personnel to develop working conditions to satisfy and retain the best workers at high levels of productivity; facilitates the conduct, dissemination, and utilization of research to create evidence-based nursing, healthcare, management and administrative systems; communicates effectively with staff; responds to expressed needs from staff and provides leadership by example; promotes the delivery of culturally competent care.

Quote

There comes a special moment in everyone's life, a moment for which that person was born. That special opportunity, when he seizes it, will fulfill his mission—a mission for which he is uniquely qualified. In that moment, he finds greatness. It is his finest hour.

—Winston Churchill

Introduction

Nursing is front and center in realizing a transformed healthcare system. In 2008, the Institute of Medicine (IOM) and Robert Wood Johnson Foundation (RWJF) partnered to assess and respond to the need to consider the state of the science of nursing. Thus, the 2-year Initiative on the Future of Nursing was established. Following the completion of this report, IOM and RWJF hosted national conferences on November 30 and December 1, 2010 to share how the report's recommendations could be translated into action. RWJF will use the report as a basis for an extensive implementation phase. As a result of the conferences and discussions, four key messages are being communicated that will provide structure for future recommendations:[1]

1. Nurses should practice to the full extent of their education and training.
2. Nurses should achieve higher levels of education and training through an improved education system that promotes seamless academic progression.
3. Nurses should be full partners, with physicians and other health professionals, in redesigning health care in the United States.
4. Effective workforce planning and policy making require better data collection and an improved information infrastructure.

A number of recommendations were also included in *The Future of Nursing*. These recommendations flow from the four key messages. Eight recommendations were proposed:[2]

1. Remove scope-of-practice barriers.
2. Expand opportunities for nurses to lead and diffuse collaborative improvement efforts.
3. Implement nurse residency programs.
4. Increase the proportion of nurses with a baccalaureate degree to 80% by 2020.
5. Double the number of nurses with a doctorate by 2020.
6. Ensure that nurses engage in lifelong learning.
7. Prepare and enable nurses to lead change to advance health.
8. Build an infrastructure for the collection and analysis of interprofessional healthcare workforce data.

The Future of Nursing's recommendations are just beginning to influence the direction of policy as they are presented to national, state, and local government leaders; payers; healthcare researchers; executives; and professionals, including nurses and others, as well as to larger groups such as licensing bodies, educational institutions, and philanthropic and advocacy organizations. Additionally, organizations focusing on advocating for consumers are also essential aspects of the recommendations from the IOM and RWJF.[3]

In the past decade, health care has witnessed dramatic swings, including a change in social demographics, advancements in medical technologies, heightened consumer awareness, and greater demand for high-quality, efficient, and cost-effective care. This consumer-driven, competitive environment heralds a transformation that all healthcare organizations must embrace to succeed and be sustainable. Quality improvement, evidence-based practice, the patients' experience, and systems thinking are essential to maintaining one's competitive edge. The traditional hierarchical, bureaucratic, and insulated organizational models no longer work in this new business of health care. An emerging model needs to be flat, innovative, nimble, and responsive to change. If a healthcare organization is to survive in today's frenetic pace, greater flexibility and the ability to deal with ambiguity are essential.[4]

Being great or going from good to great takes the courage of one's convictions, vision, and energy. We are charged with keeping up with trends that affect short- and long-term planning. Collins contends that visionary companies have better management development and succession planning than comparable companies, thereby ensuring greater continuity in leadership talent grown from within. Level five leadership does matter.[5]

Visioning and futuristic thinking do embrace an openness to change. In the 21st century workplace that is driven by innovation and technological transformation, new knowledge, skills, and abilities are demanded from everyone. New roles to address the demands are critical. High trust, encouraging the heart, authentic leadership, and relationship-based care are important in balancing quality, safe health care, efficiency, and cost constraints. There is a different emphasis and skill set for nurse administrators today than those that dominated the past century. Logic, predictability, and linear reasoning were the order of the day and did give some measure of success in a stable environment. These skills are not enough and alone no longer serve us well in our complex, complicated systems.

ORGANIZATIONAL SYSTEM: CONTEXT FOR TRENDS AND CHANGE

Considering trends in light of organizations and systems propels the nurse administrator to consider different, innovative ways to structure and redesign processes and outcomes necessary to transform care delivery. Organizations must move away from domination by an overrationalistic thinking "machine" focused on predictability; theorists of complexity and chaos show us that the natural world does not operate this way. Stacey purports that this revelation of the role of "creative disorder" in the universe needs to be taken to heart by managers. The consequences, as Stacey summarizes, turn management practices upside down. Considering complexity theory and organizations as complex adaptive systems (CAS), Stacey postulates the following points:[6]

- Analysis loses its primacy.
- Contingency (cause and effect) loses its meaning.
- Long-term planning becomes impossible.
- Visions become illusions.
- Consensus and strong cultures become dangerous.
- Statistical relationships become dubious.

The list goes on. An organization seeking stable relationships within an unpredictable environment is a recipe for failure. An organization expecting predictable outcomes by focusing on its strengths, continuing what it does best, and making limited adjustments will likely be left in the dust by its innovative rivals. Successful strategies, in the long run, do not come by fixing organizational intention and circling around it; they emerge from complex and continuing interactions between people. According to Stacey, the dominant 1980s approach to strategy, which distanced itself from the strategic planning paradigm of preceding decades, still managed to maintain the aim of strategic management as its intent. "Management complexity theorists emphasize, rather, the importance of openness to accident, coincidence, serendipity. Strategy is the emerging resultant."[7]

Management in times of chaos requires a new way of thinking and being in the world. Managing in light of intense demands for greater quality, efficiency, and effectiveness of patient care necessitates consideration of alternatives to business as usual. The unusual becomes the usual; the ordinary becomes the extraordinary. Both have a place in managing and leading organizations.

Stacey distinguishes ordinary from extraordinary management. Ordinary management considers a logical analytic process to the day-to-day operations, using data analysis, goal setting, evaluation of available options against goals, rationality, implementation, and evaluation, generally through hierarchical monitoring. Control is at the center of ordinary management. Cost-effective performance is often the yardstick by which effective and efficient systems are judged.[8]

According to Stacey, extraordinary management is also essential if the organization is to transform itself in situations of open-ended change. "Extraordinary management requires the activation of the tacit knowledge and creativity available within the organization. This necessitates the encouragement of informal structures—for example, workshops around particular issues or processes, with membership drawn from different business units, functions, and levels."[9]

Establishing informal groups requires spontaneity within the organization, often stimulated by paradoxes, inconsistencies, and conflicts occurring in the process of ordinary management. Informal groups need to be self-organizing systems, capable of redefining or extending their purpose versus being bound by fixed terms of reference. Such conditions enhance group learning, and such results are influenced as arguments to the broader management view. Stacey proposes that "in the necessary absence of hard evidence, arguments in favor of new assumptions and directions will be analogical and intuitive, and the process of decision making will be political as champions attempt to persuade others to their point of view."[10]

It is within this frame of reference that the nurse executive can truly be innovative, moving the organization to think differently, try out new ideas, fail, start over again and again, and embrace the willingness to deal with ambiguity and uncertainty.

COMPLEX SYSTEMS

Healthcare systems are complex. The emerging field of complexity science offers alternative leadership and management strategies for the chaotic, complex, healthcare environment. A survey revealed that healthcare leaders intuitively support principles of complexity science. Leadership that uses complexity principles offers opportunities in the chaotic healthcare environment to focus less on prediction and control and more on fostering relationships and creating conditions in which CAS can evolve to produce creative outcomes.[10]

Zimmerman, Lindberg, and Plsek, in their work with CAS, note that this theory has much in common with general systems thinking, the learning organization, total quality, empowerment, gestalt theory, organizational development, and other approaches. Conceptualizing CAS purports an understanding of how things work in the real world. The authors provide the following principles in their work with CAS:[11]

1. View your system through the lens of complexity.
2. Build a good-enough vision.
3. When life is far from certain, lead with clockware and swarmware in tandem.
4. Tune your place to the edge.
5. Uncover and work with paradox and tension.
6. Go for multiple actions at the fringes, and let direction arise.
7. Listen to the shadow system.
8. Grow complex systems by chunking.
9. Mix cooperation with competition.

Working through these principles affords the nurse executive the opportunity to consider work from a number of different angles. For example, in principle 5, the authors suggest one balance data and intuition, planning and acting, safety and risk, giving due credit to each. "Clockware," coined by Kelly, describes the management processes that involve operating the core production processes of the organization in a manner that is rational, planned, standardized, repeatable, controlled, and measured. In contrast, "swarmware," also coined by Kelly, refers to management processes that discover new possibilities through experimentation, trials, autonomy, freedom, intuition, and working at the edge of knowledge and experience. Good-enough vision, minimum specifications, and metaphor are examples of swarmware. This process provides just enough of an idea or concept or paints a landscape that leads individuals in CAS to become more participatory in trying whatever might work.[12]

Another example when working on principle 4 (tune your place to the edge) could be interpreted as placing the group at the edge of chaos, which increases the likelihood that creative approaches would emerge. The authors put forth the following paradoxical questions to consider:

- How can we give direction without giving directives?
- How can we lead by serving?
- How can we maintain authority without having control?
- How can we set direction when we don't know the future?
- How can we oppose change by accepting it? How can we accept change by opposing it?
- How can a large organization be small? How can a small one be large?
- How can we be both a system and many independent parts?
- What other questions might be relevant to the context of your work environment?[13]

> *"The chaos manager must recognize these 'forks in the road' and create a context supporting the new line of development by finding interventions that transcend the paradoxes or make them irrelevant .... The task hinges on finding new understandings or new actions that can reframe the paradox in a way that unleashes system energies in favor of the new line of development."*
>
> —Gareth Morgan

Furthering the need to understand macro-, micro-, and mesosystems as CAS, Plsek notes CAS as a "collection of individual agents who have the freedom to act in ways that are not always predictable, and whose actions are interconnected such that one agent's actions change the context for other agents."[14] By studying natural and human systems properties we can better understand the overall environment. These properties are described as follows:[15]

- Relationships as central to the system
- Structures, processes, and patterns
- Actions based on internalized simple rules and mental models
- Attractor patterns
- Constant adaptation
- Experimentation and pruning
- Inherent nonlinearity
- Systems embedded within other systems that coevolve

Using these properties, Plsek describes specific ways that such properties can be considered in adopting healthcare innovation within a complexity framework. Actions based on internalized simple rules and mental models would consider how individuals respond to their environment using internalized rules that drive action. For example, in a biochemical system, the "rules" are a series of chemical reactions. According to Plsek,[16]

At a human level, the rules can be expressed as instincts, constructs and mental models. "First, do no harm" is an example of an internalized rule that might be behind an individual's reluctance to embrace the risk of an innovative change. These mental models need not be shared, explicit, or even logical when viewed by others, but they nonetheless contribute to the patterns in the complex system.

Plsek notes that mental models often are so ingrained in one's thinking that it is difficult (without reflection and examination) to embrace other perspectives and viewpoints. Without this much-needed work, it is likely that "fads and gimmicks" will be touted without real change, thus sustainability of new ways of doing business are unlikely to last and spread throughout the organization.

Zimmerman, Lindberg, and Plsek pose the question of how complexity science might improve management and the health of organizations. They put forth the following questions to ponder:[17]

- How does coevolution affect the role of a leader? If everything is changing and I am part of that change, how do I plan?
- If a CAS self-organizes, what is the job of manager or leader of a CAS?
- Can we use ideas of self-organization to unleash the full potential of our staff?
- Can we create the conditions for emergence as two or more organizations are coming together in a merger?
- What do we have to change to improve the quality of our services and reduce costs? Can complexity science provide us with any insights to this question?
- If an organization is a CAS, what does this imply about strategic planning?
- Can we use insights from complexity to improve the health of communities?
- If the edge of chaos is the area of greatest innovation, how do we stay on the edge of chaos? What are the risks of staying on the edge?
- What organizational structures, designs, and processes are consistent with a complexity science perspective? How would implementing these "complex" ideas improve organizations and the services they offer?
- How can we ensure that complexity science enhances and complements proven management approaches? Where and when does complexity science add most value? Where are "traditional" approaches more appropriate?

Such foundational work in rethinking, questioning, and reflecting one's organization, its core business, and its relationship often provides a first step to developing policies and procedures within the system.

WORKING IN COMPLEX ADAPTIVE SYSTEMS

Nurses continue to top Gallup's annual survey of honesty and ethics among professions. We are in a strategic position to make a difference in managing and sustaining positive healthcare outcomes. Our hope is that our citizens count on nurses to bring about real change that ensures safe patient care by setting a path toward greatness and that we make good on our promises.[18]

Conceptualizing organizations as CAS provides a more useful framework for today's chaotic organizations. The content and context of leadership and management affect what nurse leaders do and how they must now behave in fundamentally altered work environments.

In 1996 the Institute of Medicine took on healthcare improvement to resolve unsafe care by ambitiously moving toward quality initiatives. The Institute of Medicine's seminal works, *To Err Is Human: Building a Safer Health System*[19] (1999) and *Crossing the Quality Chasm* (2001), underscore the failings of the current healthcare system in which an estimated 98,000 hospitalized patients die annually in this country as a result of medical error. These well-documented sources of evidence also provide a vision for healthcare reform required for transformation and to bridge the gap between the current state of healthcare delivery and the ideal state. Small fixes are not enough to repair a broken system. Because of its strategic positioning in the healthcare arena as well as its strength in numbers, nursing must take up the challenge (it is there for the taking!), focusing on safe patient outcomes within healthy work environments. *Keeping Patients Safe*[21] provides well-grounded evidence, practices, and models in which care delivery led by nurses can make the difference. The American Organization of Nurse Executives, the American Association of Critical-Care Nurses, the American Nurses Association, and other major nursing organizations have provided models to work with in making these changes.[19,20] Understanding complexity, complex adaptive systems, and change are all a part of this drive not only to improve care but also to strive for greatness. Transforming the workplace by translation are skills and competencies that can be learned and embraced in this new world of healthcare work. Authentic leadership can make the difference in translating evidence into practice.

CREATING HEALTHY WORK ENVIRONMENTS

Creating and sustaining healthy work environments must be taken on by nurse leaders. Unhealthy work environments contribute to medical errors, outdated care delivery systems, and stress among healthcare providers. Our workplaces cannot allow unsafe conditions that demoralize the workforce. Unhealthy work environments often tolerate lateral and horizontal violence; thus basic civility, respect, and courtesy are not a part of the organization's culture. Healthy work environments support meaningful work and are a joyful place to be, charged with energy and vitality. The American Organization of Nurse Executives identifies six critical factors to improve workplace initiatives, extracted from their study of workplace improvement and innovation:[22]

1. Leadership development and effectiveness
2. Empowered collaborative decision making
3. Work design and service delivery innovation
4. Values-driven organizational culture
5. Recognition and rewards systems
6. Professional growth and accountability

Using the preceding as a framework and an agenda for change, nurse executives are poised to initiate innovations and sustain healthy workplaces in the midst of persistent healthcare provider shortages, shrinking Medicare and Medicaid reimbursement, increasing healthcare costs and double-digit health premium increases, an aging population, and increased chronic illness management. To address such demands requires a major overhaul of our thinking and an unearthing of our mental models as we engage our workforce and carry out our business mission and professional responsibility. Professional nursing organizations are making strides to improve care delivery within a healthy work environment.

PROFESSIONAL ORGANIZATIONS FOR CHANGE TO IMPROVE CARE DELIVERY

A number of professional organizations have as their core mission patient safety and patient-centered care. For example, the American Association of Critical-Care Nurses, in their *Standards for Establishing and Sustaining Healthy Work Environments*, reports that successful outcomes can only be supported by key elements: skilled communication, true collaboration, effective decision making, appropriate staffing, meaningful recognition, and authentic leadership.[23]

In the same vein, the American Organization of Nurse Executives (AONE) also offers strategies and tools for addressing this critical work of sustaining healthy workplaces. AONE has partnered with the Robert Wood Johnson Foundation in the support of Transforming Care at the Bedside (TCAB). The intent of this initiative is the advancing and informing with evidence of healthy workplace strategies for patients and staff to make a difference. TCAB provides a framework and direction to managers and staff as they move forward in taking these bold moves: safe and reliable care, vitality and teamwork, patient-centered care, and value-added care processes.[26] Working with the TCAB initiative, Martin et al. combine these moves and add six core values of work redesign, called the test of change. These work redesign strategies include an emphasis on the nursing staff, creating systems where work happens and, as it happens, improving efforts centering around patients' and employees' needs, executive leadership support, testing small samples to learn and spread to a larger scope, teaching along the way, and making it happen now.[27] Lessons learned in this journey focus on the importance of getting things started, with local spread moving to system spread. The concern was that this may have been considered a "flavor of the month" initiative, thus delaying the progression and sustainability of the change. Guided by evidence, with the continuation of outcomes management and measurement, has offered further support for the importance of this work.

Another example includes the Registered Nurses' Association of Ontario, which provides guidelines and tools for developing healthy work environments. These evidence-based guidelines include attention to professionalism, staffing, teamwork, ethics, and lifelong learning and development. These evidence-based guidelines and other tools equip the nurse executive with important resources for implementing, measuring, and evaluating change. Translating evidence into practice requires that the nurse executive has a working knowledge of how to find, use, and evaluate the evidence to support best practices.[27]

EVIDENCE-BASED PRACTICE

Evidence-based practice and organizational transformation require that we be intentional and focused. Paying attention necessitates strategies to speed the rate of diffusing innovation. This is critical when innovation improves the quality of care. The evidence continues to grow; however, being slow to move is a barrier to best practice. The Institute of Medicine report, *Crossing the Quality Chasm*,[20] identified two barriers in particular that today are impeding health quality improvement: suboptimal investment in information technology and a reimbursement system that fails to provide coverage for innovative technologies in a timely manner. Understanding evidence-based practice underscores the need to be conversant with the drivers and barriers of diffusion, a major challenge today.

Nurse executives have a number of evidence-based practice models at their disposal, along with tools for appraising the evidence and best practice guidelines. For example, the University of Iowa, Johns Hopkins Medical Center, Academic Center for Evidence-Based Practice, and the Stetler Model of evidence-based practice offer exemplars for infusing evidence into professional nursing practice.[28-31] It is important that the nurse executive use these tools to inform clinical practice as well as create an evidence-based–rich environment with a culture that supports curiosity and inquisitiveness.

Competent nurse leaders must push on the drivers and reduce or eliminate barriers, when appropriate. If nurse executives have no systematic way of identifying breakthrough innovations early in their development, they are not able to give them the drive they need. Identifying innovations alone is not enough. Nurse executives must overcome resistance to change and embrace new information, knowledge, and skills in this aspect of the change process. In *Accelerating Quality Improvement in Health Care: Strategies to Speed the Diffusion of Evidence-Based Innovations*, examples are given to illustrate the need for thoughtful, rapid response. For example, when contemplating hospital redesign, consideration for optimum clinical care flow should take into account not only patient comfort but also ease of access to facilities and ease of movement for patients and their families. This would address infection control and other patient safety issues, allowing both integration of today's latest technology and technological upgrades over time. Along with clinical care concerns, creating a physical and working environment that would attract and retain the best medical, nursing, and administrative staff is also essential to this holistic approach.[32]

TRENDS AND TRANSFORMATION: A FOCUS ON SAFETY, QUALITY, AND EDUCATION

The viability of our organizations depends on a successful transformation from traditional hierarchies to models of shared accountability that capitalize on the organizations' collective talent. Structures, processes, and outcomes are created and implemented to improve the quality of how we deliver health care. Patient safety is at the center of quality and is critical to what we do.

Integrating patient safety into nursing practice requires a change in the organizational culture. At most healthcare institutions, senior leadership identifies patient safety and quality as a strategic imperative within the organization. For example, the University of North Carolina Health Care System created a patient safety plan that emphasizes a focus on processes and systems rather than on the individual performance of a hospital staff member. Nurse managers on the University of North Carolina's inpatient units were challenged to identify areas for improvement, develop practice strategies to address these areas, and then work with staff to implement and evaluate the newly redesigned practice.[33]

The nurse manager's role has evolved into a highly complex pivotal position within healthcare organizations. This role is the cornerstone to high-quality patient care, financial success, and patient and family satisfaction. At this level of leadership, strategic goals and objectives are translated and operationalized at the unit/departmental level. Through this evolutional process, traditional undergraduate nursing programs do not adequately prepare nurses for these complex middle management roles. Advanced knowledge, skills, and abilities are no longer for the selected few! Based on the needs and complexity of our healthcare business, formal graduate-level education is critical for the development of the nurse manager. Graduate degrees in nursing administration or an advanced nursing degree combined with a master's in business administration can equip the new nurse manager with the fundamental tools and knowledge needed for development. The nurse executive, in leading the organization, can facilitate this by creating innovative programs for bridging this gap. Programs that might be included are partnerships with universities that grant the required degrees, special tuition reimbursement policies that accelerate completion of the degree, and flexible scheduling focusing on time management. A supportive and facilitative environment can do much to lay the groundwork for doctoral education for those nurse managers who ultimately move on to senior leadership roles. There must be evidence of organizational commitment for advancing the nurse manager's education.[34]

---

www Evidence-Based Practice 1-1

A qualitative study described six themes critical to the work of chief nurse executives that included communication, continuous learning, high-quality health care, partnerships, relationship, and future orientation.[35]

Furthering this emphasis, Scoble and Russell developed a list of 130 competencies desired of nurse administrators. From this list, 13 key competency categories were ranked in order, with the top 6 identified as leadership behaviors and skills, financial acumen and budgeting, business acumen, management skills, communication skills, and human resource and labor relations. As the chief nurse executive considered priorities and challenges, five critical areas were enumerated: quality, patient safety and compliance, financial performance, leadership, and patient care delivery. These skill sets and competencies are underscored by current quality initiatives requiring interdisciplinary interventions often spearheaded by nursing.[36]

NURSING-SENSITIVE INDICATORS, SAFETY STANDARDS, AND QUALITY INDICATORS

Maas, Johnson, and Morehead proposed the phrase "nursing-sensitive indicators" to reflect patient outcomes influenced by nursing practice.[37] Needleman et al. noted that "nursing-sensitive indicators" may be a more comprehensive term focusing on the relationship of nursing with negative—or adverse—patient outcomes, such as medication errors, patient falls, and nosocomial infections. These authors note that there is less evidence that examines the relationship of nursing and positive patient outcomes, attributing the use of negative outcomes to the fact that adverse patient outcomes are more readily available in medical records and existing administrative data sets.[38]

Needleman et al. used the phrase "outcomes potentially sensitive to nursing" to recognize nursing contributions in the clinical care delivery process; however, the reluctance here points to the struggle in determining attribution when care delivery processes are interwoven.[38] Reporting of nursing sensitive to the CMS is forthcoming. In October 2010, hospitals were required to inform CMS of the systems plan to report the measures electronically.

This is changing, however, with the National Database of Nursing Quality Indicators (NDNQI) translating data into high-quality care. The American Nurses Association (ANA) pushed through efforts to collect and evaluate nursing-sensitive indicators in the early 1990s, providing ongoing support for database development activities through the National Center for Nursing Quality. University of Kansas School of Nursing, which ranks among the top nursing schools in the nation in National Institutes of Health funding for nursing research, continues to provide ongoing nursing-sensitive indicator consultation and research-based expertise to the NDNQI. This school of nursing primarily conducts research on clinical and health policy topics in two areas: healthcare effectiveness and health behavior. The NDNQI continues to grow and is a powerful tool available to nurse executives. This national database program has two primary goals:[39]

- To provide comparative information to healthcare facilities for use in quality improvement activities
- To develop national data on the relationship between nurse staffing and patient outcomes

According to the ANA, the database is growing and contains hundreds of participating healthcare facilities along with various kinds of data being collected. For example, patient outcome and nurse staffing data are being collected on critical care, step-down, medical, surgical, medical/surgical, pediatric, psychiatric, and rehabilitation units. Nurse satisfaction data are being collected from a wide variety of nursing units and across the organization. The data are collected according to strict standards; collaboration has been a key component in the growth of NDNQI. Participants can be part of the development process if they so choose.

NDNQI provides the capacity to trend data. NDNQI provides participants with quarter-by-quarter and unit-by-unit comparisons of nursing care, thus eliminating isolated and perhaps misleading snapshots of performance. The NDNQI data allow the nurse executive to mark progress, understand and improve the care of patients and the work environment of nurses, avoid costly complications, and assist in marketing the quality of nursing leadership's efforts. The NDNQI can also serve as a valuable tool for retention of nursing staff and recruitment of potential employees.[40] In a similar vein, reports from the Institute of Medicine's Quality Initiative brought public attention to the urgent need for understanding, measuring, improving, and ensuring the quality of health care in the United States. Focused on important aspects of healthcare quality, such as revealing serious healthcare systems errors and patient safety concerns, these quality initiatives recommended a taxonomy of quality attributes for the healthcare system. Recommendations were further proposed to enhance quality initiatives to coordinate quality-related efforts in six government programs, offering strategies for interdisciplinary education in the health professions and identifying changes needed in the work environment for nurses to improve patient safety. These major initiative reports represent a systematic effort to focus on quality and patient safety concerns in health care and to advance critical healthcare quality efforts in the United States.[19–21] Additionally, although putting recommendations from these reports into practice is challenging, macro-level quality initiatives in the public and private sectors are ongoing. For example, within the federal government the Quality Interagency Coordination Task Force was formed, bringing together independent initiatives within various governmental agencies relating to or affecting healthcare quality.[41] Another example is the National Healthcare Quality Report, developed by the Agency for Healthcare Research and Quality (AHRQ), which presented data on the quality of services for seven clinical conditions and included a set of performance measures that serve as a baseline for the quality of health care.[42]

Private groups, such as the Leapfrog Group,[43] the National Quality Forum,[44] the Joint Commission,[45] and the Institute for Healthcare Improvement,[46] are also proposing efforts and recommendations for improving and ensuring high-quality health care. Many of these initiatives attempt to move closer to the point of care delivery. As reported, professional organizations and provider groups, such as the American Nurses Association,[47] the American Medical Association,[48] and the Veterans Health Administration,[49] also proposed quality surveillance activities aimed at identifying and capturing provider- and profession-specific clinical quality indicators. Public reporting of healthcare quality data can drive quality improvement, expanding the potential value of quality indicators.

Another example comes from the AHRQ, which identifies quality indicators to measure healthcare quality by using available hospital inpatient administrative data. Patient safety indicators are tools to help health system leaders identify potential adverse events occurring during hospitalization.[50] The AHRQ quality indicators expanded the original Healthcare Cost and Utilization Project quality indicators. The prevention quality indicators, the first set of AHRQ quality indicators, were released in November 2001. The second set, the inpatient quality indicators, were released in May 2002 and in March 2003. In February 2006 the fourth quality indicator module, the pediatric quality indicators, was added as the pediatric population was removed from the other modules.[51]

AHRQ is making the patient safety indicators software available without charge to hospitals and other users as SAS® and SPSS® programs with software documentation and a user guide that provides a synopsis of the evidence taken from the *Measures of Patient Safety Based on Hospital Administrative Data*. According to AHRQ, patient safety indicators[52]

- Can be used to help hospitals identify potential adverse events that might need further study
- Provide the opportunity to assess the incidence of adverse events and in-hospital complications using administrative data found in the typical discharge record

www Evidence-Based Practice 1-2

Despite the Institute of Medicine reports calling for the creation of a standardized set of measures for monitoring the quality and effect of structural changes on the process and outcomes of nursing care, we did not observe a unified direction emerging in the literature. Reviews suggest that the following problems persist in efforts to examine profession-specific quality of care:

- Lack of standardized performance measure definitions
- Lack of consensus on a core set of evidence-based measures
- Limited availability of data at the unit and/or shift level

As such, controversy regarding the appropriate definition, number, and approach to indicator identification was found to persist.[53]

Evidence-Based Practice 1-3

Improvement Science is an emerging scientific field focused on healthcare improvement. A critical goal of this field of research is to determine which improvement strategies work best to facilitate effective and safe patient care. The Improvement Science Research Network (ISRN) has been instrumental to this effort, including all aspects of research that investigates improvement strategies in healthcare, systems, safety, and policy. Translational science and implementation science are related terms in this new field. The ISRN will contribute to the ongoing development of a working definition of improvement science. [54]

- Include 20 indicators for complications occurring in hospital that may represent patient safety events
- Include six indicators with area-level analogs designed to detect patient safety events on a regional level
- Are free and publicly available
- Can be downloaded

SUMMARY

We are in a new world of health care, and business as usual is the unusual order of the day. Understanding the organization through different lenses, such as CAS, may provide new tools for enhancing performance. Change, innovation, and infusion of evidence-based practice also contribute to greater efficacy and efficiency in leading. Being armed with an understanding of evidence-based practice and quality indicators improves one's success in creating a safe environment for patients, their families, and the workforce. Without the authentic leadership that is transparent in its serving, there is little hope for real change that is sustained over time. The health of the patients and families entrusted to our care depends on our courage to be great and to continually strive for excellence. It is the hope of these authors that increasing knowledge, skills, and abilities can serve this end.

APPLICATION EXERCISES

Exercise 1-1
Interview a nurse manager. Discuss nursing-sensitive indicators and how they are measured and evaluated. How are these data used to improve nursing care?

Exercise 1-2
Spend time on a nursing unit (department, service) that you have not been exposed to (work or field site). What do you observe in light of a complex adaptive system (CAS)? Write down what you are observing and compare and contrast to the principles of a CAS.

Exercise 1-3
Observe at least three (3) shifts of care delivery on a nursing unit (department) using the principles of Transforming Care at the Bedside (TCAB) Write down your observations and contrast these to TCAB principles.

For a full suite of assignments and additional learning activities, use the access code located in the front of your book to visit this exclusive website: http://go.jblearning.com/roussel. If you do not have an access code, you can obtain one at the site.

NOTES

1. Institute of Medicine. (2011). *The future of nursing, leading change, advancing health.* Committee on the Robert Wood Johnson Foundation Initiative on the Future of Nursing, Institute of Medicine. Washington, DC: National Academies Press, p. 4.
2. Institute of Medicine, 2011, pp. 9–15.
3. Institute of Medicine. (2011). *The future of nursing, leading change, advancing health.* Committee on the Robert Wood Johnson Foundation Initiative on the Future of Nursing, Institute of Medicine. Washington, DC: National Academies Press.
4. Malloch, K., & Porter-O'Grady, T. (2005). *The quantum leader: Applications for the new world of work.* Sudbury, MA: Jones and Bartlett.
5. Collins, J. C. (2001). *Good to great.* New York: HarperCollins.
6. Stacey, R. D. (1992). *Managing the unknowable: Strategic boundaries between order and chaos in organizations.* San Francisco: Jossey-Bass.
7. Stacey, R. D. (1993). *Strategic management and organizational dynamics.* London: Pitman.
8. Stacey, R. D. (1996). *Complexity and creativity in organizations.* San Francisco: Berrett-Koehler.
9. Ibid.
10. Ibid.
11. Zimmerman, B., Lindberg, C., & Plsek, P. (1998). Nine emerging and connected organizational leadership principles. In *Edgeware: Lessons from complexity science for health care leaders.* Dallas, TX: VHA, Inc.
12. Kelly, K. (1994). *Out of control: The new biology of machines, social systems and the economic world.* Reading, MA: Addison-Wesley.
13. Zimmerman et al., 1998.
14. Ibid.
15. Ibid.
16. Plsek, P. E. (1999). Innovative thinking for the improvement of medical systems. *Annals of Internal Medicine, 131,* 438–444.
17. Zimmerman et al., 1998.
18. Gallup Poll News Service. (2006). *Occupational outlook handbook: Registered nurses.* U.S. Department of Labor, Bureau of Labor Statistics.
19. Kohn, L. T., Corrigan, J. M., & Donaldson, M. S. (Eds). (1999). *To err is human: Building a safer health system.* Committee on Quality of Health Care in America, Institute of Medicine. Washington, DC: National Academies Press.
20. Institute of Medicine. (2001). *Crossing the quality chasm: A new health system for the 21st century.* Committee on Quality of Health Care in America, Institute of Medicine. Washington, DC: National Academies Press.
21. Page, A. (Ed.). (2004). *Keeping patients safe: Transforming the work environment of nurses.* Committee on the Work Environment for Nurses and Patient Safety, Institute of Medicine. Washington, DC: National Academies Press.

22. American Organization of Nurse Executives. (2003). *Healthy work environments: Striving for excellence*. Retrieved June 22, 2011, from http://www.aone.org/aone/docs/hwe_excellence_intro.pdf

23. American Association of Critical-Care Nurses. (n.d.). *Standards for establishing and sustaining healthy work environments*. Retrieved August 7, 2011, from http://www.aacn.org/wd/hwe/content/hwehome.pcms?menu=hwe

23. American Association of Critical-Care Nurses. (2005). *AACN standards for establishing and sustaining healthy work environments*. Retrieved June 22, 2011 from http://www.aacn.org/WD/HWE/Docs/HWEStandards.pdf

24. American Organization of Nurse Executives, 2003.

25. American Association of Critical-Care Nurses, 2005.

26. Robert Wood Johnson Foundation/American Organization of Nurse Executives. (2005). Transforming care at the bedside. Retrieved August 7, 2011, http://www.aone.org/search?q=transforming+care+at+the+bedside&site=AONE&client=AONE_FRONTEND_1&proxystylesheet=AONE_FRONTEND_1&output=xml&filter=0&oe=UTF-8

27. Martin, S. C., Greenhouse, P. K., Merryman, T., Shovel, J., Liberi, C. A., & Konzier, J. (2007). Transforming care at the bedside: Implementation and spread model for single hospital and multihospital systems. *Journal of Nursing Administration, 37*, 444–451.

28. Academic Center for Evidence-Based Practices. (2004). ACE star model. Retrieved August 7, 2011 http://www.acestar.uthscsa.edu

29. Melnyk, B., & Fineout-Overholt, E. (2005). *Evidence-based practice in nursing and healthcare: A guide to best practice*. Philadelphia: Lippincott Williams & Williams.

30. Stetler, C., Brunell, M., Giuliano, K., Morsi, D., Prince, L., & Newell-Stokes, V. (1998). Evidence-based practice and the role of nursing leadership. *Journal of Nursing Administration, 28*, 45–53.

31. Conduct and utilization of research in nursing model. Retrieved February 17, 2008, from http://www.medicalcityhospital.com/CustomPage.asp?guidCustomContentID={ABD30A7E-3A16-424C-A44F-51CCC1B1ED9B}

32. *Accelerating quality improvement in health care: Strategies to speed the diffusion of evidence-based innovations*. (2003). The National Institute for Health Care Management (NIHCM) Research and Educational Foundation and the National Committee for Quality Health Care (NCQHC), conference proceedings, January 27–28, Washington, DC.

33. University of North Carolina Health Care System. Patient safety initiative. Retrieved February 17, 2008, from http://www.unchealthcare.org/site.

34. Thomas, J. D., & Herrin, D. (2008). Executive Master of Science in Nursing Program: Incorporating the 14 forces of magnetism. *Journal of Nursing Administration, 38*, 64–67.

35. Scott, E. (2007). Nursing administration graduate programs in the United States. *Journal of Nursing Administration, 97*, 517–522.

36. Scoble, K., & Russell, G. (2003). Vision 2020, part 1. *Journal of Nursing Administration, 33*, 324–330.

37. Maas, M., Johnson, M., & Moorehead, S. (1996). Classifying nursing-sensitive patient outcomes. *Journal of Nursing Scholarship, 28*, 295–301.

38. Needleman, J., Buerhaus, P. I., & Mattke, S. (2001). *Nurse staffing and patient outcomes in hospitals* (contract no. 230-99-0021). Final report for Health Resources and Services Administration. Department of Health Policy and Management, Harvard School of Public Health, Boston, MA 02115, USA. needlema@hsph.harvard.edu

39. American Nurses Association. (2004). NDNQI: Transforming data into quality care. Retrieved June 22, 2011 from http://nursingworld.org/MainMenuCategories/ThePracticeofProfessionalNursing/PatientSafetyQuality/NDNQIBrochure.aspx

40. Ibid.

41. Quality Interagency Coordination Task Force. Informing consumers about health care quality: New directions for research and action. Retrieved February 17, 2008, from http://www.quic.gov/consumer/conference/summary/index.html

42. Agency for Healthcare Research and Quality. (2005). National healthcare quality report. Retrieved February 17, 2008, from http://www.ahrq.gov/qual/nhqr05/fullreport/Index.htm

43. Leapfrog Group. (2008). Leapfrog hospital survey and Leapfrog hospital rewards program. Retrieved February 17, 2008, from http://www.leapfroggroup.org/66445/hospital_contact.

44. National Quality Forum. (2008). Standardizing a patient safety taxonomy. Retrieved June 22, 2011 from http://www.qualityforum.org/Publications/2006/01/Standardizing_a_Patient_Safety_Taxonomy.aspx

45. Joint Commission. (2008). National patient safety goals. Retrieved February 17, 2008, from http://www. jointcommission.org/PatientSafety/NationalPatientSafetyGoals

46. Institute for Healthcare Improvement. (2008). Patient safety and the reliability of healthcare systems. Retrieved February 17, 2008, from http://www.ihi.org/IHI/Topics/PatientSafety/MedicationSystems/Literature/Patient safetyandthereliabilityofhealthcaresystems.htm

47. American Nurses Association. (2008). ANA statement for the Institute of Medicine's Committee on Work Environment for Nurses and Patient Safety. Retrieved February 17, 2008, from http://nursingworld.org/FunctionalMenuCategories/MediaResources/PressReleases/2006_1/ANAonWorkEnvironment.aspx

48. American Medical Association. (2008). Quality of care campaign for patient safety. Retrieved February 17, 2008, from http://www.ama-assn.org/ama/pub/category/14785.html

49. U.S. Department of Veterans Affairs, Veterans Health Administration. (2008). VA Interprofessional Fellowship Program in Patient Safety. Retrieved February 17, 2008, from http://www.va.gov/oaa/specialfellows/programs/SF_patient_safety.asp?p=17

50. Hussey, P. S., Mattke, S., Morse, L., & Ridgely, M. S. (2006). Evaluation of the use of AHRQ and other quality indicators. Agency for Healthcare Research and Quality. Retrieved February 17, 2008, from http://www.ahrq.gov/ about/evaluations/qualityindicators/qualityindicators.pdf

51. Agency for Healthcare Research and Quality. (2008). Healthcare Cost & Utilization Project (HCUP). Retrieved February 17, 2008, from http://www.ahrq.gov/data/hcup

52. Agency for Healthcare Research and Quality. (2002). Measures of patient safety based on hospital administrative data: The patient safety indicators. Retrieved February 17, 2008, from http://www.ahrq.gov/downloads/pub/evidence/pdf/psi/psi.pdf

53. Eden, J., Wheatley, B., McNeil, B., & Sox, H. (Eds.). (2008). *Knowing what works in health care: A roadmap for the nation*. Committee on Reviewing Evidence to Identify Highly Effective Clinical Services, Institute of Medicine. Washington, DC: National Academies Press.

54. University of Texas Health Sciences Center, Academic Center for Evidence-Based Practice, Improvement Science Research Network. Retrieved on August 7, 2011 http://www.improvementscienceresearch.net/about/improvement_science.asp

REFERENCES

Academic Center for Evidence-Based Practices. (2004). ACE star model. Retrieved June 22, 2011 from http://www.acestar.uthscsa.edu/acestar-model.asp

Accelerating quality improvement in health care: Strategies to speed the diffusion of evidence-based innovations. (2003). The National Institute for Health Care Management (NIHCM) Research and Educational Foundation and the National Committee for Quality Health Care (NCQHC), conference proceedings, January 27–28, Washington, DC.

Agency for Healthcare Research and Quality. (2002). Measures of patient safety based on hospital administrative data: The patient safety indicators. Retrieved February 17, 2008, from http://www.ahrq.gov/downloads/pub/evidence/pdf/psi/psi.pdf

Agency for Healthcare Research and Quality. (2005). National healthcare quality report. Retrieved February 17, 2008, from http://www.ahrq.gov/qual/nhqr05/fullreport/Index.htm

Agency for Healthcare Research and Quality. (2008). Healthcare Cost & Utilization Project (HCUP). Retrieved February 17, 2008, from http://www.ahrq.gov/data/hcup

American Association of Critical-Care Nurses. (2005). *AACN standards for establishing and sustaining healthy work environments.* Retrieved June 22, 2011 from http://www.aacn.org/WD/HWE/Docs/HWEStandards.pdf

American Medical Association. (2008). Quality of care campaign for patient safety. Retrieved February 17, 2008, from http://www.ama-assn.org/ama/pub/category/14785.html

American Nurses Association. (2004). NDNQI: Transforming data into quality care. Retrieved June 22, 2011 from http://nursingworld.org/MainMenuCategories/ThePracticeofProfessionalNursing/PatientSafetyQuality/NDNQIBrochure.aspx

American Nurses Association. (2008). ANA statement for the Institute of Medicine's Committee on Work Environment for Nurses and Patient Safety. Retrieved February 17, 2008, from http://nursingworld.org/FunctionalMenuCategories/MediaResources/PressReleases/2006_1/ANAonWorkEnvironment.aspx

American Nurses Association. (2009). *Nursing administration: Scope and standards of practice.* Silver Spring, MD: Author.

American Nurses Credentialing Center. (n.d.). Find a magnet hospital. Retrieved June 22, 2011 from http://www.nursecredentialing.org/Magnet/FindaMagnetFacility.aspx

American Nurses Credentialing Center. (2007). *Overview of the ANCC magnet recognition program.* Silver Spring, MD: Author.

American Organization of Nurse Executives. (n.d.). AONE nurse executive competencies. Retrieved February 17, 2008, from http://www.aone.org/aone/AONE_NEC.pdf

American Organization of Nurse Executives. (2003). *Healthy work environments: Striving for excellence.* Retrieved January 17, 2008, from http://www.aone.org/aone/docs/hwe_excellence_intro.pdf

Christensen, C. M. (1997). *The innovator's dilemma.* Boston: Harvard Business School Press.

Collins, J. C. (2001). *Good to great.* New York: HarperCollins.

Collins, J. (2005). *Good to great and the social sectors.* New York: HarperCollins.

Collins, J. C., & Porras, J. I. (1997). *Built to last.* New York: HarperCollins.

Conduct and utilization of research in nursing model. Retrieved February 17, 2008, from http://www.medicalcityhospital.com/CustomPage.asp?guidCustomContentID={ABD30A7E-3A16-424C-A44F-51CCC1B1ED9B}

Eden, J., Wheatley, B., McNeil, B., & Sox, H. (Eds.). (2008). *Knowing what works in health care: A roadmap for the nation.* Committee on Reviewing Evidence to Identify Highly Effective Clinical Services, Institute of Medicine. Washington, DC: National Academies Press.

Gallup Poll News Service. (2006). *Occupational outlook handbook: Registered nurses.* U.S. Department of Labor, Bureau of Labor Statistics.

Gladwell, M. (2002). *The tipping point.* New York: Little, Brown and Company.

Haig, K., Sutton, S., & Whittington, J. (2006). SBAR: A shared mental model for improving communication between clinicians. *Joint Commission Journal on Quality and Patient Safety, 32,* 167–175.

Hohenhaus, S., Powell, S., & Hohenhaus, J. (2006). Enhancing patient safety during hands-off. *American Journal of Nursing, 106,* 72A–72C.

Hussey, P. S., Mattke, S., Morse, L., & Ridgely, M. S. (2006). Evaluation of the use of AHRQ and other quality indicators. Agency for Healthcare Research and Quality. Retrieved February 17, 2008, from http://www.ahrq.gov/about/evaluations/qualityindicators/qualityindicators.pdf

Institute for Healthcare Improvement. (2008). Patient safety and the reliability of healthcare systems. Retrieved February 17, 2008, from http://www.ihi.org/IHI/Topics/PatientSafety/MedicationSystems /Literature/Patient safetyandthereliabilityofhealthcaresystems.htm

Institute of Medicine. (2001). *Crossing the quality chasm: A new health system for the 21st century*. Committee on Quality of Health Care in America, Institute of Medicine. Washington, DC: The National Academy Press.

Institute of Medicine. (2011). *The future of nursing, leading change, advancing health*. Committee on the Robert Wood Johnson Foundation Initiative on the Future of Nursing, Institute of Medicine. Washington, DC: The National Academies Press.

Joint Commission. (2008). National patient safety goals. Retrieved February 17, 2008, from http://www . jointcommission.org/PatientSafety/NationalPatientSafetyGoals

Kelly, K. (1994). *Out of control: The new biology of machines, social systems and the economic world*. Reading, MA: Addison-Wesley.

Kerfoot, K. M., & Lavandero, R. (2005). Healthy work environments: Enroute to excellence. Retrieved January 17, 2008, from http://ccn.aacnjournals.org/cgi/content/full/25/3/72

Kohn, L. T., Corrigan, J. M., & Donaldson, M. S. (Eds). (1999). *To err is human: Building a safer health system*. Committee on Quality of Health Care in America, Institute of Medicine. Washington, DC: The National Academy Press.

Leapfrog Group. (2008). Leapfrog hospital survey and Leapfrog hospital rewards program. Retrieved February 17, 2008, from http://www.leapfroggroup.org/66445/hospital_contact.

Maas, M., Johnson, M., & Moorehead, S. (1996). Classifying nursing-sensitive patient outcomes. *Journal of Nursing Scholarship, 28*, 295–301.

Malloch, K., & Porter-O'Grady, T. (2005). *The quantum leader: Applications for the new world of work*. Sudbury, MA: Jones and Bartlett.

Malloch, K., & Porter-O'Grady, T. (2006). *Introduction to evidence-based practice in nursing and health care*. Sudbury, MA: Jones and Bartlett.

Martin, S. C., Greenhouse, P. K., Merryman, T., Shovel, J., Liberi, C. A., & Konzier, J. (2007). Transforming care at the bedside: Implementation and spread model for single hospital and multi-hospital systems. *Journal of Nursing Administration, 37*, 444–451.

Massoud, M. R., Nielsen, G. A., Nolan, K., Nolan, T., Schall, M. W., & Seven, C. (2006). TCAB spread phase 2: a framework for spread: from local improvements to system-wide change. IHI innovation series white paper. Cambridge, MA: Institute for Healthcare Improvement. Retrieved February 17, 2008, from http://www.ihi.org/IHI/Results/WhitePapers/AFrameworkforSpreadWhitePaper.htm

McClure, M., Hinshaw, A. S. (Eds.). (2002). *Magnet hospitals revisited: Attraction and retention of professional nurses*. Washington, DC: American Nurses Publishing.

Melnyk, B., & Fineout-Overholt, E. (2005). *Evidence-based practice in nursing and healthcare: A guide to best practice*. Philadelphia: Lippincott Williams & Williams.

National Quality Forum. (2008). Standardizing a patient safety taxonomy. Retrieved June 22, 2011 from http://www.qualityforum.org/Publications/2006/01/Standardizing_a_Patient_Safety_Taxonomy .aspx

Needleman, J., Buerhaus, P. I., Mattke, S., et al. (2001). *Nurse staffing and patient outcomes in hospitals* (contract no. 230-99-0021). Final report for Health Resources and Services Administration. Department of Health Policy and Management, Harvard School of Public Health, Boston, MA 02115, USA. needlema@hsph.harvard.edu

Nurse Week. The 14 forces of magnetism. Retrieved May 22, 2007, from http://www.nurseweek.com /news/features/02-10/magnetism.asp

Oman, K. S., Duran, C., & Fink, R. (2008). Evidence-based policy and procedures: An algorithm for success. *Journal of Nursing Administration, 38*, 47–51.

Page, A. (Ed.). (2004). *Keeping patients safe: Transforming the work environment of nurses.* Committee on the Work Environment for Nurses and Patient Safety, Institute of Medicine. Washington, DC: National Academies Press.

Plsek, P. E. (1997). *Creativity, innovation, and quality.* Milwaukee, WI: ASQ Quality Press.

Plsek, P. E. (1998). Bringing creativity to reengineering efforts. In P. Lenz (Ed.), *Reengineering health care: A practical guide.* Tampa, FL: American College of Physician Executives.

Plsek, P. E. (1999a). Innovative thinking for the improvement of medical systems. *Annals of Internal Medicine, 131,* 438–444.

Plsek, P. E. (1999b, March/April). No special gift needed: Generating creative ideas for health care organizations. *Health Forum Journal,* 24–28.

Plsek, P. E. (1999c). Quality improvement methods in clinical medicine. *Pediatrics, 103,* 203–214.

Plsek, P. E. (2001). Redesigning health care with insights from the science of complex adaptive systems. In IOM Committee on Quality of Health Care in America, *Crossing the quality chasm: A new health system for the 21st century.* Washington, DC: National Academy Press.

Plsek, P. E., & Greenhalgh, T. (2001). The challenge of complexity in health care. *British Medical Journal, 323,* 625–628.

Plsek, P. E., & Kilo, C. M. (1999). From resistance to attraction: A different approach to change. *Physician Executive, 25,* 40–46.

Porter-O'Grady, T., & Malloch, K. (2003). *Quantum leadership: A textbook of new leadership.* Sudbury, MA: Jones and Bartlett.

Quality Interagency Coordination Task Force. Informing consumers about health care quality: New directions for research and action. Retrieved February 17, 2008, from http://www.quic.gov/consumer/conference/summary/index.html

Quinn, R. E. (2000). *Change the world.* San Francisco: John Wiley & Sons.

Robert Wood Johnson Foundation/American Organization of Nurse Executives. (2005). Transforming care at the bedside. Retrieved February 18, 2008, from http://www.rwjf.org/pr/product.jsp?id=21085&catid=18

Rodgers, K. (2007). Using the SBAR communication technique to improve nurse-physician phone communication. *American Academy of Ambulatory Care Nursing ViewPoint,* March/April.

Rogers, E. M. (2003). *Diffusion of innovations* (5th ed.). New York: Free Press.

Sandlin, D. (2007). Improving patient safety by implementing a standardized and consistent approach to hand-off communication. *Journal of Perianesthesia Nursing, 22,* 289–292.

Scoble, K., & Russell, G. (2003). Vision 2020, part 1. *Journal of Nursing Administration, 33,* 324–330.

Scott, E. (2007). Nursing administration graduate programs in the United States. *Journal of Nursing Administration, 97,* 517–522.

Senge, P. M. (2006). *The fifth discipline.* New York: Currency Doubleday.

Senge, P. M., Kleiner, A., Roberts, C., Ross, R. B., & Smith, B. J. (1994). *The fifth discipline fieldbook.* New York: Currency Doubleday.

Serling, R. J. (1992). *Legend and legacy.* New York: St. Martin's Press.

Shalizi, C. (2006). Methods and techniques of complex systems science: An overview. In T. Diesboeck & J. Kresh (Eds.), *Complex systems science in biomedicine* (pp. 33–95). Singapore: Springer.

Shortell, S. M., Bennett, C. L., & Byck, G. R. (1998). Assessing the impact of continuous quality improvement on clinical practice: What will it take to accelerate progress? *Millbank Quarterly, 76,* 593–624.

Stacey, R. D. (1992). *Managing the unknowable: Strategic boundaries between order and chaos in organizations.* San Francisco: Jossey-Bass.

Stacey, R. D. (1993). *Strategic management and organizational dynamics.* London: Pitman.

Stacey, R. D. (1996). *Complexity and creativity in organizations.* San Francisco: Berrett-Koehler.

Stetler, C., Brunell, M., Giuliano, K., Morsi, D., Prince, L., & Newell-Stokes, V. (1998). Evidence-based practice and the role of nursing leadership. *Journal of Nursing Administration, 28,* 45–53.

Thomas, J. D., & Herrin, D. (2008). Executive Master of Science in Nursing Program: Incorporating the 14 forces of magnetism. *Journal of Nursing Administration, 38,* 64–67.

Transforming care at the bedside. Retrieved August 7, 2011 http://www.ihi.org/offerings/Initiatives/PastStrategicInitiatives/TCAB/Pages/default.aspx

University of North Carolina Health Care System. Patient safety initiative. Retrieved February 17, 2008, from http://www.unchealthcare.org/site.

U.S. Department of Veterans Affairs, Veterans Health Administration. (2008). VA Interprofessional Fellowship Program in Patient Safety. Retrieved February 17, 2008, from http://www.va.gov/oaa/specialfellows/programs/SF_patient_safety.asp?p=17

Watson, T. J., & Petre, P. (2001). *Father, son & co.* New York: Bantam.

Wheatley, M. J. (2005). *Finding our way.* San Francisco: Berrett-Koehler.

Zimmerman, B., Lindburg, C., & Plsek, P. (1998). *Edgeware* (p. 263). Dallas, TX: VHA Inc.

SELECTED WEBSITES

Agency for Healthcare Research and Quality

www.ahrq.gov

AHRQ funds, conducts, and disseminates research to improve the quality, safety, efficiency, and effectiveness of health care. The information gathered from this work and made available on the website assists all key stakeholders—patients, families, clinicians, leaders, purchasers, and policymakers—to make informed decisions about health care.

American Association of Critical-Care Nurses

www.aacn.org

American Association of Critical-Care Nurses provides leadership and resources to their members to improve health care for critically ill patients and their families. Core concepts of patient- and family-centered health care are integrated throughout their practice guidelines.

American Hospital Association

www.aha.org

The AHA is the premier membership organization for U.S. hospitals and provides leadership and advocacy for member hospitals to improve care for patients and their families. IFCC collaborated with AHA to develop the toolkit, Strategies for Leadership: Patient- and Family-Centered Care, available for download at http://www.aha.org/aha/key_issues/patient_safety/resources/patientcenteredcare.html.

Center for Health Design

www.healthdesign.org

The Center for Health Design is a nonprofit research and advocacy organization of health care and design professionals who are leading the effort to improve health quality through architecture and design.

Center for Medical Home Improvement

www.medicalhomeimprovement.org

A medical home is defined as a community-based primary care setting that provides and coordinates high quality, planned, patient and family-centered health promotion, acute illness care, and chronic illness management throughout the continuum of care, across the lifespan.

Improvement Science Research Network

http://www.improvementscienceresearch.net/

The only National Institutes of Health-supported improvement research network. The primary mission of the Improvement Science Research Network is to accelerate interprofessional improvement science in the context of systems across multiple hospital sites.

Institute of Healthcare Improvement

http://www.ihi.org/Pages/default.aspx

The Institute for Healthcare Improvement (IHI) is in an independent not-for-profit-organization based in Cambridge, Massachusetts. The IHI focuses on inspiring and building the case for change; identifying and testing new models of care partnering with both patients and health care professionals; and ensuring the broadest adoption of best practices and innovations.

CHAPTER 2

Conceptualizing Professional Nursing Practice

Linda Roussel   *Carol Ratcliffe*

WWW LEARNING OBJECTIVES AND ACTIVITIES

- Discuss how *The Future of Nursing* provides a framework for leading change and advancing health.
- Describe the importance of having a theory for professional nursing practice.
- Identify the scope and standards for nurse administrators as a framework for practice.
- Discuss the linkages of theory, evidence-based nursing, and practice.
- Discuss the guiding principles and competencies for nurse administrative practice and how they crosswalk to the scope and standards of nurse administrators.
- Define the terms executive, manager, managing, management, and nursing management.
- Identify five essential management practices that promote patient safety.
- Differentiate among concepts, principles, and theory.
- Describe critical theory.
- Discuss general systems theory.
- Illustrate selected principles of nursing management.
- Describe roles for nurse managers and nurse executives, differentiating among levels.
- Distinguish between two cognitive styles: intuitive thinking and rational thinking.
- Discuss the use of nursing theory in managing a clinical practice.
- Discuss the responsibility of the nurse administrator for managing a clinical discipline.

WWW CONCEPTS

Aim of health care, scope of practice, standards of practice for nurse administrators, management theory, nursing management theory, critical theory, general systems theory, nursing management, management principles, management development, nursing management roles, role development, cognitive styles, intuitive thinking, rational thinking, management levels, modalities of nursing.

Quote

Do not, I beg you, look for anything behind phenomena. They are themselves their own lessons.

—Goethe

SPHERES OF INFLUENCE

Unit-Based or Service Line–Based Authority: Facilitates an atmosphere of interactive management and the development of collegial relationship among nursing personnel and other healthcare disciplines; implements the vision, mission, philosophy, core values, evidence-based practice, and standards of the organization; creates a learning environment that is open and respectful and promotes the sharing of expertise to promote the benefits of health outcomes.

Organization-Wide Authority: Catalyst and role model providing leadership and direction in accord with both the organization's mission and values and nursing's core ideology; collaboration and partnering to share and nourish this ideology; foster better relationships across organizations, practices, interest groups, and the community for better communication and outcomes.

Introduction

In 2010 Congress passed and President Obama signed into law comprehensive healthcare legislation referred to as the Affordable Care Act (ACA). The ACA's intent is to "transform its healthcare system to provide higher-quality, safer, more affordable, and more accessible care."[1] The ACA is considered the broadest change to the healthcare system since the creation of the Medicare and Medicaid programs, predicted to provide insurance coverage for an additional 32 million previously uninsured Americans. In order to realize this vision, nursing must play a role in realizing a transformed healthcare systemuccess. In order to add clarity to this purpose, the Institute of Medicine (IOM) in *The Future of Nursing*, outlines four messages that provide structure for future recommendations. In this report, the following messages were proposed:[2]

1. Nurses should practice to the full extent of their education and training.
2. Nurses should achieve higher levels of education and training through an improved education system that promotes seamless academic progression.
3. Nurses should be full partners, with physicians and other health professionals, in redesigning health care in the United States.
4. Effective workforce planning and policy making require better data collection and an improved information infrastructure.

Recommendations are intended to support efforts to improve the health of the U.S. population through the contributions nurses can make to the delivery of care. Nursing as a professional practice must be conceptualized to provide the scientific underpinnings for safe, high-quality nursing care. Patient safety and quality initiatives as well as magnet status continue to mandate that nurses practice from a framework of professionalism.

A sound evidence-based management practice advances the overall practice of nursing administration. Nurse leaders guided by a conceptualized practice have an opportunity to transform health care. In 1999 the Institute of Medicine released *To Err Is Human: Building a Safer Health System*, a disturbing report that brought significant public attention to the crisis of patient safety in the United States.[3] In 2002, *Crossing the Quality Chasm: A New Health System for the 21st Century* provided a more detailed reporting of the widening gap between how good health care is defined and how health care is actually provided.[4] The latter report calls the divide not just a gap but a chasm, and the difference between those two metaphors is quantitative as well as qualitative. Not only is the current healthcare system lagging behind the ideal in large and numerous ways, but the system is fundamentally and incurably unable to reach the ideal. To begin achieving real improvement in health care, the whole system has to change.

Looking at the other side of the chasm, the 2002 report outlined an ideal health care with six "aims for improvement":

1. Health care must be safe. This means much more than the ancient maxim "First, do no harm," which makes it the individual caregiver's responsibility to somehow try extra hard to be more careful (a requirement modern human factors theory has shown to be unproductive). Instead, the aim means that safety must be a property of the system. No one should ever be harmed by health care again.

2. Health care must be effective. It should match science, with neither underuse nor overuse of the best available techniques—every elderly heart patient who would benefit from beta-blockers should get them, and no child with a simple ear infection should get advanced antibiotics.

3. Health care should be patient centered. The individual patient's culture, social context, and specific needs deserve respect, and the patient should play an active role in making decisions about her or his own care. That concept is especially vital today, as more people require chronic rather than acute care.

4. Health care should be timely. Unintended waiting that doesn't provide information or time to heal is a system defect. Prompt attention benefits both the patient and the caregiver.

5. The healthcare system should be efficient, constantly seeking to reduce the waste—and hence the cost—of supplies, equipment, space, capital, ideas, time, and opportunities.

6. Health care should be equitable. Race, ethnicity, gender, and income should not prevent anyone in the world from receiving high-quality care. We need advances in healthcare delivery to match the advances in medical science so the benefits of that science may reach everyone equally.

However, we cannot hope to cross the chasm and achieve these aims until we make fundamental changes to the whole healthcare system. All levels require dramatic improvement, from the patient's experience—probably the most important level of all—up to the vast environment of policy, payment, regulation, accreditation, litigation, and professional training that ultimately shapes the behavior, interests, and opportunities of health care. In between are the microsystems that bring the care to the patients, the small caregiving teams and their procedures and work environments as well as all the hospitals, clinics, and other organizations that house those microsystems. "We're trying to suggest actions for actors, whether you're a congressman or the president or whether you're a governor or a commissioner of public health, or whether you're a hospital CEO or director of nursing in a clinic or chairman of medicine," says Donald M. Berwick, MD, MPP, Administrator to the Center for Medicare and Medicaid (CMS), the former President and Chief Executive Officer of the Institute for Healthcare Improvement, and one of the Chasm report's architects. "No matter where you are, you can look at this list of aims and say that at the level of the system you house, the level you're responsible for, you can organize improvements around those directions."

A framework for nursing administrative practice necessitates a redesigning of the various functions, roles, and responsibilities of a nurse administrator. Changes in the landscape of health care, such as new technology, increased diversity in the workplace, greater accountability for practice, and a new spiritual focus on the mind and body connection, require creativity, innovative leadership, and management models. A roadmap, with its definitive lines of direction, is not enough. A more appropriate analogy is that of using a compass to find true north in this new age of healthcare delivery systems and nursing practice models. Productivity and cost concerns remain important; however, there is an equal if not greater focus on safety, high-quality relationships, and healing environments. Sound nursing and management theories, along with evidence-based management practices, equip the nurse administrator with the tools to foster a culture of collaborative decision making and positive patient and staff outcomes. Core competencies identified by the Institute of Medicine in its work on educating healthcare professionals further underscore the work that needs to be done:[5]

1. Provide patient-centered care.
2. Work in interdisciplinary teams.
3. Use evidence-based practice.
4. Apply quality improvement.
5. Utilize informatics.

Core competencies apply to all healthcare professionals and emphasize greater integration of disciplines, creating a culture focused on improving safety outcomes in health care. Transformational leadership and evidence-based management are necessary for redesigning our current healthcare system. Creating a professional practice model of nursing can serve to strengthen this agenda and advance a safe, high-quality healthcare system.

PROFESSIONAL PRACTICE MODEL OF NURSING

If nursing is truly to be a professional practice, an environment supporting professional practice must be created. Models of care delivery by professional nurses further advance this important work. The impact of increasing demand and decreasing supply of registered nurses and rapid aging of the nursing workforce means that by the year 2020 there will be a 20% shortage in the number of nurses needed in the U.S. healthcare system. This translates into an unprecedented shortage of more than 400,000 registered nurses.[6] Given the anticipated shortage as well as the increased demand for nursing as a professional practice, the American Nurses Association (ANA) identifies the following characteristics of work environments that support professional practice to enhance positive staff and patient outcomes:[7]

1. Magnet hospital recognition
2. Preceptorships and residencies
3. Differentiated nursing practice
4. Interdisciplinary collaboration

Magnet Recognition Programs

The foundation for the magnet nursing services program is the Scope and Standards for Nurse Administrators.[8] The program provides a framework to recognize excellence in

1. Nursing services management, philosophy, and practices
2. Adherence to standards for improving the quality of patient care
3. Leadership of the chief nurse executive and competence of nursing staff
4. Attention to the cultural and ethnic diversity of patients, their significant others, and the care providers in the healthcare system

Nurse scientists continue to evaluate magnet hospitals. There have been substantial improvements in patient outcomes in organizational environments that support professional nursing practice. The magnet nursing services designation remains a valid marker of nursing care excellence.[9]

Preceptorships and Residencies

Clinical experiences helping students and graduates make the transition to the work setting with more realistic expectations and maximal preparation are necessary.[10] Academic and clinical partnerships are essential, taking such forms as summer internships, externships, and senior capstone preceptored experiences. These partnerships offer opportunities for role socialization and for increasing clinical skills, knowledge, competence, and confidence.[11–13] Extended preceptorships serve as well-thought-out recruitment strategies to decrease costly, lengthy orientation programs and potentially reduce turnover rates.[14,15]

Along with socializing students and new nursing graduates, postgraduate residencies or internships are innovative ways to transition new graduates into practice. The National League for Nursing defines residencies as formal contracts between the employer and the new graduate that outline clinical activities performed by the new nurse in exchange for additional educational offerings and experiences.[16] In a survey of chief nursing officers, 85% of responding chief nursing officers reported having an extended program of orientation for new graduates.[17] Assisting new graduates with nurse residency programs is also an essential support mechanism providing an excellent transition from the novice to advanced beginner nurse.

Differentiated Nursing Practice

Differentiated practice models are clinical nursing practice models defined or differentiated by level of education, expected clinical skills or competencies, job descriptions, pay scales, and participation in decision making.[18–20] Differentiated models of practice support clinical "ladders" or defined steps for advancement within the organization. These steps or "rungs" on the ladder are based on experience, additional education, specialty certification, or other indicators of professional excellence. Specialty practice and advanced generalist roles, like the Clinical Nurse Leader role, differentiate and strengthen nursing practice, enhancing safe, high-quality patient care. Evidence supports differentiated practice models that foster positive patient and nursing staff outcomes.[21–24]

Interdisciplinary Collaboration

Interdisciplinary practice or collaboration is described as a joint decision-making and communication process among healthcare providers that is patient centered, focusing on the unique needs of the patient and the specialized abilities of those providing care. Characteristics of interdisciplinary collaboration include mutual respect, trust, good communication, cooperation, coordination, shared responsibility, and knowledge.[25]

Interdisciplinary practice emphasizes teamwork, conflict resolution, and the use of informatics, facilitating collaboration in patient care planning and implementation.[26] The best integrated health delivery systems evolve toward a model of care in which complex patients are managed by interdisciplinary providers. The Pew Health Professions Commission study supports collaboration among physicians, nurses, and allied health professionals. There is evidence of improved outcomes for both acutely and chronically ill patients when cared for by interdisciplinary teams.[27]

Professional nursing practice must be supported by an environment of professionalism, with exemplars of magnet recognition, preceptorships, residencies, differentiated practice, and interdisciplinary collaboration providing evidence that such an environment makes a difference. Using this as a backdrop, the ANA outlines components of a professional nursing practice environment:[28]

1. Manifests a philosophy of clinical care emphasizing quality, safety, interdisciplinary collaboration, continuity of care, and professional accountability, in that nursing staff assume responsibility and accountability for their own practice and nurse staffing patterns have an adequate number of qualified nurses to meet patients' needs, considering patient care complexity.
2. Recognizes contributions of nurses' knowledge and expertise to clinical care quality and patient outcomes, in that the organization has a comprehensive reward system that recognizes role

distinctions among staff nurses and other expert nurses based on clinical expertise, reflective practice, education, or advanced credentialing. Nurses are encouraged to be mentors to less experienced colleagues and to share their enthusiasm about professional nursing within the organization and the community.

3. Promotes executive-level nursing leadership, in that the nurse executive participates on the governing body and has the authority and accountability for all nursing or patient care delivery, financial resources, and personnel.

4. Empowers nurses' participation in clinical decision making and organization of clinical care systems, in that decentralized, unit-based programs or team organizational structure are used for decision making and review systems for nursing analysis and correction of clinical care errors and patient safety concerns are used.

5. Maintains clinical advancement programs based on education, certification, and advanced preparation, in that peer review, patient, collegial, and managerial input is available for performance evaluation on an annual or routine basis and financial rewards are available for clinical advancement and education.

6. Demonstrates professional development support for nurses, in that professional continuing education opportunities are available and supported and long-term career support programs target specific populations of nurses, such as older individuals, home care or operating room nurses, or nurses from diverse ethnic backgrounds.

7. Creates collaborative relationships among members of the healthcare provider team, in that professional nurses, physicians, and other healthcare professionals practice collaboratively and participate in standing organizational committees, bioethics committees, the governing structure, and the institutional review processes.

8. Uses technological advances in clinical care and information systems, in that documentation is supported through appropriate application of technology to the patient care process and resource requirements are quantified and monitored to ensure appropriate resource allocation.

Professional nurse administrative practice considers the scope and standards for nurse administrators, providing a template for excellence in healthcare management.

SCOPE AND STANDARDS FOR NURSE ADMINISTRATORS: FRAMEWORK FOR PRACTICE

In a joint position statement on nursing administration education, the American Association of Colleges of Nursing and the American Nurses Association (ANA) outline core abilities necessary for nurses in administrative roles. These include the abilities to use management skills that enhance collaborative relationships and team-based learning to advocate for patients and community partners, to embrace change and innovation, to manage resources effectively, to negotiate and resolve conflict, and to communicate effectively using information technology. Content for specialty education in nursing administration includes such concepts and constructs as strategic management, policy development, financial management/cost analysis, leadership, organizational development and business planning, and interdisciplinary relationships. Being mentored by expert executive nurses, engaging in research, and enacting evidence-based management (such as the tracking of effectiveness of care, cost of care, and patient outcomes) are also critical to the education of nurse administrators.

Nursing Administration: Scope and Standards of Practice provides a conceptual model for educating and developing nurses in the professional practice of administrative nursing and health care. This document serves as a framework for this book, which focuses on the levels of nursing administration practice, the standards of practice, and the standards of professional performance for nurse administrators. Consideration of the scope and standards, the role of certification, magnet recognition, and best practice are also included from this frame of reference.[29] Management and leadership theory serves to further reinforce the concepts required for nursing administrative practice. Such concepts are essential to managing a clinical practice discipline.

THE NURSE ADMINISTRATOR

The nurse administrator has been described as a "registered nurse whose primary responsibility is the management of health care delivery services and who represents nursing service."[30] Nurse administrators can be found in a wide variety of settings, with entrepreneurial opportunities available throughout the healthcare arena. In addition to hospitals, home health care, and skilled care, nurse administrators can also serve in such settings as assisted living, community health services, residential care, and adult day care. In these settings, the nurse administrator must be adequately prepared to face challenges in diverse fields such as information management, evidence-based care and management, legal and regulatory oversight, and ethical practices.

Spheres of Influence in Nursing Administrative Practice

The ANA conceptually divides nursing administration practice into spheres of influence: Organization-wide authority; Unit-based or Service Line based Authority; Program-focused Authority; and Project- or Specific-Task–based Authority, each with a particular focus that makes a unique contribution to the management of healthcare systems. The nurse executive's scope includes overall management of nursing practice, nursing education and professional development, nursing research, nursing administration, and nursing services. "The nurse executive holds the accountability to manage within the context of the organization as a whole, and to transform organizational values into daily operations yielding an efficient, effective, and caring organization."[31] Particular functions of the nurse executive include leadership, development, implementation, and evaluation of protocols, programs, and services that are evidence based and congruent with professional standards.

Nurse managers are responsible to a nurse executive and have more defined areas of nursing service. Advocating and allocating for available resources to facilitate effective, efficient, safe, and compassionate care based on standards of practice are the cornerstone roles of the nurse manager. A nurse manager performs these management functions to deliver health care to patients. Nurse managers or administrators work at all levels to put into practice the concepts, principles, and theories of nursing management. They manage the organizational environment to provide a climate optimal to the provision of nursing care by clinical nurses and ancillary staff.

Management knowledge is universal; so is nursing management knowledge. It uses a systematic body of knowledge that includes concepts, principles, and theories applicable to all nursing management situations. A nurse manager who has applied this knowledge successfully in one situation can be expected to do so in new situations. Nursing management occurs organization wide, unit based or service line based, program focused and project or specific task based. At the organization-wide authority level, it is frequently termed administration; however, the theories, principles, and concepts remain the same.

With decentralization and participatory management, the supervisor, or middle management, level has been largely eliminated. Nurse managers of clinical units are being educated in management theory and skills at the master's level. Clinical nurses are being educated in management skills that empower them to take action in managing groups of employees as well as clients and families. Clinical nurse managers perform more of the coordinating duties among units, departments, and services. "Nurse managers are accountable for the environment in which clinical nursing is practiced."[32] Standards of practice and standards of professional performance serve as priorities for nurse administrative practice.

The standards of practice (as framework for this edition) include the following:[33]

- Standard 1: Assessment. Collects comprehensive data pertinent to the issue, situation, or trends. Considers data collection systems and processes. Analyzes workflow in relation to effectiveness and efficiency of assessment processes. Evaluates assessment practices.
- Standard 2: Identifies Issues, Problems, or Trends. Analyzes the assessment data to determine the issues, problems, or trends. Considers the identification and procurement of adequate resources for decision analysis. Promotes interdisciplinary collaboration. Promotes an organizational climate that supports the validation of problems and formulation of a diagnosis of the organization's environment, culture, and values that direct and support care delivery.
- Standard 3: Outcomes Identification. Identifies expected outcomes for a plan individualized to the situation. Considers the interdisciplinary identification of outcomes and the development and utilization of databases that include nursing measures. Promotes continuous improvement of outcome-related clinical guidelines that foster continuity of care.
- Standard 4: Planning. Develops a plan that prescribes strategies and alternatives to attain expected outcomes. Considers development, maintenance, and evaluation of organizational systems that facilitate planning for care delivery. Creativity and innovation that promote organizational processes for desired patient-defined and cost-effective outcomes are also included in this standard. Collaborates and advocates for staff involvement in all levels of organizational planning and decision making.
- Standard 5: Implementation. Considers the appropriate personnel to implement the design and improvement of systems and processes that ensure interventions. Considers the efficient documentation of interventions and patient responses.
  - Standard 5A: Coordination. Coordinates the implementation and other associated processes; provides leadership in the coordination of multidisciplinary healthcare resources for integrated delivery of care and services.
  - Standard 5B: Health Promotion, Health Teaching, and Education. Employs strategies to foster health promotion, health teaching, and the provision of other educational services and resources.
  - Standard 5C: Consultation. Provides consultation to influence the identified plan, enhance the abilities of others, and effect change.
- Standard 6: Evaluation. Evaluates progress toward attainment of outcomes. Considers support of participative decision making. Develops policies, procedures, and guidelines based on research findings and institutional measurement of quality outcomes. Evaluation includes the integration of clinical, human resource, and financial data to adequately plan nursing and patient care.

Standards of professional performance such as quality of practice, education, professional practice evaluation, collegiality, collaboration, ethics, research, resource utilization, leadership and advocacy are also integrated in the framework of this edition. These standards are woven within the chapters and provide continuity of processes and systems of nursing administration (**Figure 2-1**).

Magnet Recognition Program and Scope and Standards for Nurse Administrators

The American Nurses Credentialing Center provides guidelines for the magnet recognition program. This program's purpose is to recognize healthcare organizations that have demonstrated the very best in nursing care and professional nursing practice. Such programs have been recognized for having the

FIGURE 2-1   ANA Scope and Standards for Nurse Administrators

Standards of Practice	Standards of Professional Performance
Standard 1: Assessment	Standard 7: Quality of Practice
Standard 2: Identifies Issues, Problems, or Trends	Standard 8: Education
Standard 3: Outcomes Identification	Standard 9: Professional Practice Evaluation
Standard 4: Planning	Standard 10: Collegiality
Standard 5: Implementation	Standard 11: Collaboration
Standard 5A: Coordination	Standard 12: Ethics
Standard 5B: Health Promotion, Health Teaching, and Education	Standard 13: Research
Standard 5C: Consultation	Standard 14: Resource Utilization
Standard 6: Evaluation	Standard 15: Leadership
	Standard 16: Advocacy

best practices in nursing, and they also serve to attract and retain high-quality employees. A key objective of the program is to promote positive patient outcomes. This program also offers a vehicle for communicating best practices and strategies among nursing systems. "Magnet designation helps consumers locate health care organizations that have a proven level of nursing care."[34] Quality indicators and standards of nursing practice as identified by the ANA's Scope and Standards for Nurse Administrators are the cornerstone to the magnet recognition program. Qualitative and quantitative factors in nursing are also included in the appraisal process. Certification of nurse administrators is also endorsed through the magnet recognition program.

Qualifications of Nurse Administrators

Attaining the license, education, and experience required for levels of nursing administrative practice is paramount to success in the role as well as to the organizational responsibilities accepted. The nurse manager and nurse executive must hold an active registered nurse license and meet the requirements in the state in which they practice. The nurse executive should hold a bachelor's degree and master's degree (or higher) with a major in nursing.

In the nurse manager's role, preparation should be a minimum of a bachelor's degree with a major in nursing. A master's degree with a focus in nursing is recommended along with nationally recognized certification in nursing administration with an appropriate specialty. "The experience backgrounds of professional nurses who serve as nurse administrators must include clinical and administrative practice, which enables these registered nurses to consistently fulfill the responsibilities inherent in their respective administrative roles."[35]

Certification in Nursing Administration

The American Nurses Credentialing Center offers two levels for nursing administration, including an advanced level. Both certification examinations include the following domains: organization and structure, economics, human resources, ethics, and legal and regulatory issues. The domain of organization and structure accounts for the highest percentage of questions for the advanced level. For the nurse manager level, the domain of human resources ranks highest. Both certification examinations include

175 questions with 150 questions scored. Review and resource materials for certification are available and can provide continuing education units for the certification examination.

Using management theory as an underlying framework supports the work of the nurse administrator through the Scope and Standards for Nurse Administrators.

MANAGEMENT: HISTORICAL PERSPECTIVES

Consideration of premodern, modern, and postmodern eras provides a broader perspective on management. The premodern era includes the concepts of work as craft, apprenticeship, journeyman artisan, fraternal organization of professions, and tradition. The modern management era considers pyramids, hierarchy, and systems of money, materials, human resources, inspection, distribution, and production in specialized cells that minimize interaction. The postmodern era includes networks, network stakeholders, and team planning.

Mary Parker Follett is credited with being the "mother of modern management." Taylor, Fayol, and Weber have had considerable influence on modern management and are called the "fathers of modern management." Scientific management (efficiency) provided information on standards, time/motion studies, task analysis, job simplification, and productivity incentives.

Modern management theory evolved from the work of Henri Fayol, who identified the activities or functions of the administrator as planning, organizing, coordinating, and controlling.[36] His work has been called "process management." Fayol defined management in these words:

> To manage is to forecast and plan, to organize, to command, to coordinate, and to control. To foresee and provide means [of] examining the future and drawing up the plan of action. To organize means building up the dual structure, material and human, of the undertaking. To command means binding together, unifying and harmonizing all activity and effort. To control means seeing that everything occurs in conformity with established rule and expressed demand.[37]

Although some persons believed these were technical functions that could be learned only on the job, Fayol believed that they could be taught in an educational setting if a theory of administration could be formulated.[38] He also stated that the need for managerial ability increases in relative importance as an individual advances in the chain of command. The principles of management described by Fayol are listed in **Figure 2-2**.[39]

Human relations management and behavioral science and management are also integrated into the modern management paradigm. The Hawthorne studies validated the influence of working conditions on employee efficiency and productivity. Labor and management relationships, communication, and democratization of the workplace are key aspects of human relations management. Maslow, Herzberg, MacGregor, Argyris, and Likert have been instrumental in developing behavioral science management theory. Additionally, Blake, Mouton, Fiedler, Hersey, and Blanchard are also noted for their work in this aspect of the modern era. Building on the work of human relations management, the behaviorists paid particular attention to leadership, participative management, personal motivation and hygiene factors, and hierarchy of workers' needs. During the modern management era, there was noted stability in the workforce, limited diversity in the workplace, and a better educated workforce.

Throughout management literature, the original functions of planning, organizing, directing (command and coordination), and controlling as defined by Fayol and others have been accepted as the principal functions of managers. Although linear structures, bureaucracy, rationality, and control define the modern area, the postmodern era considers a new universe of pattern, purpose, and process. Postmodern organizations are described as loosely coupled, fluid, organic, and "adhocratic." Organic, continuum-based, and living systems are inherent to this era. Wilson and Porter-O'Grady contrast linear integration with meta-integration, which focuses on long-term service orientation, systems design, and population/person-driven, continuum-based, and outcome-driven systems. According to the

FIGURE 2-2   Fayol's Principles of Management

1. Division of work
2. Authority
3. Discipline
4. Unity of command
5. Unity of direction
6. Subordination of individual interests to the general interests
7. Remuneration
8. Centralization
9. Scalar chain (line of authority)
10. Order
11. Equity
12. Stability or tenure of personnel
13. Initiative
14. Esprit de corps

authors, the postmodern manager's role is accountability based, resource oriented, and service driven. The term "service driven" highlights the manager's role as facilitator, integrator, and coordinator.[40]

Peter Drucker first applied the term postmodern to organization in 1957, identifying a shift from the Cartesian universe of mechanical cause and effect (subject/object duality) to this new order of pattern, purpose, and process. Knowledge workers were also included in this discussion with greater emphasis on providing management processes and systems that supported decision making at the point of service by those knowledgeable about the processes. Evidence-based management is viewed as critical to transforming work environments and providing safe and high-quality care.[41]

Evidence-based management has particular significance in health care, because the work environment experiences greater turbulence, chaos, and instability than do those of other disciplines. Dated and untested management practices are no longer useful and may be detrimental to providing safe care. In *Keeping Patients Safe: Transforming the Work Environment of Nurses*, the importance of sound, evidence-based management practices is underscored. Using an evidence-based frame of reference, managers, like their clinical counterparts, are accountable for searching for, appraising, and applying empirical evidence from management research in their practices. Additionally, thoughtful reflection, decision making, and actions by managers should be systematically recorded and evaluated in ways that further add to the evidence base of effective management practice. The Committee on the Work Environment for Nurses and Patient Safety identified five essential management practices.[42] These five practices have not been consistently applied, providing further evidence of their importance in today's healthcare environment:

1. Balancing the tension between efficiency and effectiveness. Best practices in this domain include putting redundancy into work design, which has proven effective in the air traffic control industry. Consideration of production efficiency, balance and alignment of organizational goals, accountability processes, rewards, incentives, and compensation are aspects of this practice, which can improve patient outcomes.

2. Creating and sustaining trust. Trust and honest, open communication are critical to successful organizational change. When there is openness and trust, individuals are more willing to make contributions to the organization without immediate payoffs. Trust in an organization's leaders

and management practices has been linked to positive business outcomes such as increased productivity and greater profitability, whereas distrust has been linked to increased absenteeism, turnover, and risk aversion.

3. Actively managing the process of change. This management practice is related to human resource management and includes practices such as ongoing communication; training; designing mechanisms for feedback, measurement, and redesign; sustained attention; and worker involvement. The concept of investment in change as being good for the organization and individual is illuminated in this practice.

4. Involving workers in work design and workflow decision making. Hierarchically structured and highly controlled organizations lack the flexibility to respond to situations that are highly variable and associated with reduced safety. The concepts of shared governance, nursing empowerment, control over nursing practice, and clinical autonomy have been noted to improve patient outcomes as well as worker satisfaction. The key element in this practice is nurses' control over their practice. This influences care of the individual patient as well as organizational policies and practices carried out within nursing units, the effects of the healthcare organization as a whole on nursing care, and the control of resources in care provision. Magnet hospitals support these aspects of nurses' involvement. Studies reveal that both autonomy and control over nursing practice are consistent magnet characteristics. Additionally, nurses' autonomy and control over practice are positively related to trust in management.[43]

5. Creating a learning organization. Learning organizations constantly manage the learning process and consider all sources of knowledge, the use of systematic experimentation to generate new knowledge within the organization, and the quick and efficient transfer of knowledge within the organization. Understanding the existing knowledge culture within the organization is important to the work of creating a learning organization with enough time to think, learn, and train. Incentives and reward systems must be aligned and must facilitate knowledge management practices in the creation of a learning environment.[44]

These five essential management practices in nurses' work environment and health care at large are inconsistent at best and create barriers to positive patient outcomes. An understanding of management theory and practices provides a foundation for best practice.

Managing means accomplishing the goals of the group through effective and efficient use of resources. Specifically, project management is considered a core competency for nurses and managers. Some organizations have adopted project management as their main management approach (management-by-project); other organizations superimpose project management on their current organizational structure and management practices. The manager creates and maintains an internal environment in an enterprise in which individuals work together as a group. Managing is the art of doing, and management is the body of organized knowledge underlying the art. In modern management, staffing is frequently separated from the planning function, directing is labeled leading, and controlling is used interchangeably with evaluating. The ANA's standards for nursing administration are based on these principles, which support the science of nursing administration.[45]

THEORY, CONCEPTS, AND PRINCIPLES

The knowledge base of management science includes theory, which in turn includes concepts, methods, and principles. The principles are related and can be observed and verified to some degree when they are translated into the art or practice of management. Concepts are thoughts, ideas, and general notions about a class of objects that form a basis for action or discussion. Concepts tend to be true but are not always true. Principles are fundamental truths, laws, or doctrines on which other notions are based. Principles provide guidance to concepts and to thought or action in a situation.[46]

White explores a viewpoint on nursing theories in which she addresses prescriptive theories. She notes that their use as practice guidelines must be broad enough to provide a wide range of practice situations but not so broad as to be meaningless. A theory of decision making might be as beneficial in practice as a theory of nursing. If nursing is going to base its theory on laws, nurses need to validate principles through research—a difficult task, as theorists in the social sciences have discovered. It is not easy to reduce human behavior to laws. Nurses deal with human behavior in all roles but particularly in nursing management. Nurses believe that for nursing to be a real profession, it should have a scientific and theoretical base. Nursing is thus a practice profession based on the physical and social sciences.[47]

Nurse managers learn to merge the disciplines of human relations, labor relations, personnel management, and industrial engineering into a unified force for effective management. Nurse managers would add the theory of nursing to this list. A successful synthesis of these disciplines can promote employee commitment and involvement, increased productivity, enhanced competency, good labor relations, and competitiveness in health care. The workforce is poorly managed when these goals are not achieved.

Critical Theory versus Critical Thinking

Steffy and Grimes note that a strict natural science approach to social science is naive, because subjective or qualitative analysis is important to quantitative research. This holds true for management and consequently for nursing management. Healthcare organizational models are not objective and value free. Steffy and Grimes suggest using a critical theory approach to organizational science rather than a phenomenological or hermeneutic approach.

A phenomenological approach uses second-order constructs, or "interpretations of interpretations." This approach requires researchers to become participants in the organization and to suspend all judgments and preconceived ideas about possible meanings. The nurse manager interprets the meaning of nursing management experiences or observations and arrives at a nursing management theory from the aggregate of meanings.

Hermeneutics is the art of textual interpretation. In this approach, the nurse manager as researcher views self as a historically produced entity and recognizes personal biases in doing research. He or she considers the specific context and historic dimensions of data collected and reflects on the relationship between theory and history.[48]

Critical theory is an empirical philosophy of social institutions. Decision makers, such as nurse managers, translate theories into practice. Theories in use are behavioral technologies that include organizational development, management by objectives or results, strategic planning, planned change, performance appraisal, and other practice-oriented activities performed by managers. Critical theory aims to do the following:

1. Critique the ideology of scientism, the institutionalized form of reasoning that accepts the idea that the meaning of knowledge is defined by what the sciences do and thus can be adequately explicated through analysis of scientific procedures
2. Develop an organizational science capable of changing organizational processes

These aims are compatible with a theory of nursing management. Nurses use science to legitimize the practice of clinical nursing and nursing management.[49]

General Systems Theory

General systems theory is an organic approach to the study of the general relationships of the empirical universe of an organization and human thought. The theory comes from the field of biology and poses an analogy between an organism and a social organization. General systems concepts form the theoretical underpinnings for other leadership and management theories. Boulding describes nine levels of a general systems theory,[50] which are given here with nursing management applications:

1. A static structure: the framework. Nursing is a discipline with an aggregate population of registered nurses educated at several levels (including those with hospital diplomas and those with degrees from associate through doctoral levels), licensed practical nurses, and unlicensed assistive personnel (e.g., aides, orderlies, attendants, nursing assistants, and clerks). This population functions within a dynamic and flattening structure that may change frequently. Superior/subordinate relationships are giving way to decentralized, participatory, and transformational management at the practice level. Flat organizations usually have a top administrator, first-line managers, and practitioners. These nursing persons usually function in an environment in which the focus of attention is the client. One approach to a framework in nursing is that nursing persons apply the nursing process in giving care to patients. Many similarities exist between the nursing process and nursing management.

2. A moving level of necessary predetermined motions: the clockwork. Nurse managers process the knowledge and skills of management—planning, organizing, leading, and evaluating—to produce nursing care. The function of nursing management is the use of personnel, supplies, equipment, clinical knowledge, and skills to give nursing care to clients within varying environments. The nurse manager may also have other ancillary personnel to manage, such as therapists, housekeepers, and social workers, adding to the complexity of providing overall high-quality services for client care. One such environment is the hospital physical plant. Nursing planning + nursing organizing + nursing leading + nursing evaluating = nursing management. To this we may add that nursing management + nursing practice = nursing care of clients. The move is toward equilibrium of all forces that go into the nursing management equation.

3. A control mechanism: the thermostat. In nursing administration this thermostat could be the top administrator or any first-line manager. This person maintains a management information system that transmits and interprets information and communication to and from employees. Production of nursing care of satisfactory quality and quantity depends on the manager maintaining an environment satisfactory to employees.

4. An open system or self-maintaining structure: the cell. Nursing management will survive and maintain the nursing organization by being open to new ideas, new management techniques, and the input of human and material resources to produce the nursing care needed by clients. An open system reproduces itself by keeping up to date and by developing replacements. Keep up to date by adding nursing education: nursing management + nursing planning + nursing evaluation = nursing care of clients (see **Figure 2-3**).

5. The genetic–societal level. There is a division of labor even within nursing management but especially among nursing personnel who produce the nursing care of patients. Further integrating multiple skill-level personnel into the mix offers more comprehensive complimentary care in meeting clients' healthcare needs. The raw materials—that is, the human and material resources—are input. These resources are processed as put through by a group of nursing personnel with varying knowledge and skills using a theory-based nursing care delivery system. The output is resolution of the nursing needs and problems of clients, with their improvement, accomplishment of healthcare goals, and healing, or their succumbing to a peaceful death.

6. The "animal" level. This level has increased mobility, teleological (designing or purposeful) behavior, and self-awareness. Some evidence indicates that nursing management is reaching this level. As nurse managers learn the knowledge and skills of the business and industrial world, they adapt these skills to the management of healthcare services. This gives nursing management and nursing practice a more scientific basis, the result of which may be that nurses will be able to demonstrate empirically and theoretically that what they do affects client outcomes.

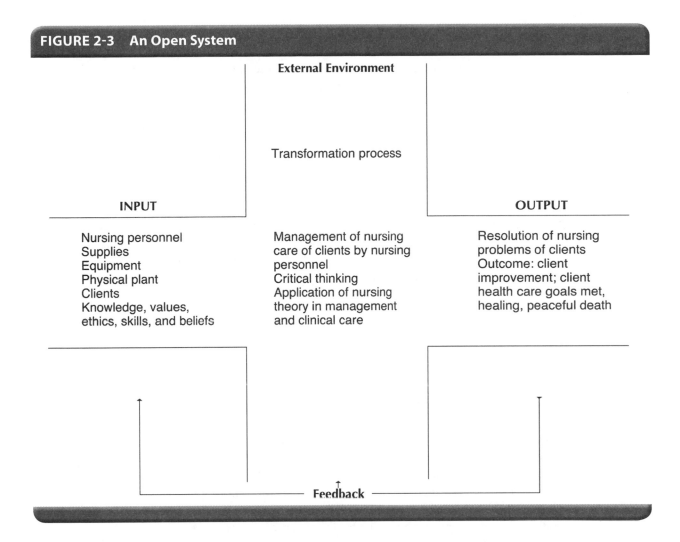

FIGURE 2-3   An Open System

External Environment

Transformation process

INPUT

Nursing personnel
Supplies
Equipment
Physical plant
Clients
Knowledge, values,
ethics, skills, and beliefs

Management of nursing
care of clients by nursing
personnel
Critical thinking
Application of nursing
theory in management
and clinical care

OUTPUT

Resolution of nursing
problems of clients
Outcome: client
improvement; client
health care goals met,
healing, peaceful death

Feedback

7. The "human" level. The nurse manager develops an increased awareness and knows that he or she can process the knowledge and skills of management to produce specific results.

8. The level of social organization. Nurse managers at this level distinguish themselves from other groups of managers. Nurse managers operate within complex roles; their functions are made effective by communication, relationships, and other interpersonal processes.

9. Transcendental systems. At this level nurse managers ask questions for which there are as yet no answers. Theoretical models of nursing management extend to level 4 (the cell), the level of application of most other models. Empirical knowledge is deficient at nearly all levels. Descriptive models are needed to catalog events in nursing. The movement toward decentralization and participatory and service-line management, although still a very simple system, is growing each year as nurse scientists develop and apply new nursing administration models and theories of nursing. General systems theory is the skeleton of a science. Adding nursing research gives: nursing management + nursing planning + nursing evaluation + nursing research = nursing care of clients.

Disciplines and sciences have bodies of knowledge that grow with meaningful information. The empirical universe provides general phenomena relevant to many different disciplines; these phenomena can be built into theoretical models, including one for nursing management. Nursing as a discipline has varied populations (phenomena) that interact dynamically among themselves. These include professional nurses, technical nurses, practical nurses, and unlicensed assistive nursing personnel as well as professional nursing teachers, researchers, and managers. Individuals within the discipline interact with the environment (another phenomenon). Through knowledge and experience they grow. The media for growth are information, interpersonal processing, relationships, and communication, which are themselves phenomena.[51]

With the emerging changes in healthcare systems, nurse leaders need to accelerate changes in nursing organizations. The goal may be nursing modules centered on closely related operations, such as differentiated practice delivery models matched with intensity of care or specialized services. Standardization and flexibility can be melded to develop systems based on a requirement for a theory of nursing practice as a foundation for all modules, but with different theories being used in different modules chosen by professional clinical nurses.[52]

Full realization of systems theory is as far in the future for nursing as it is for manufacturing. Nursing is a "head, heart, and hands" discipline. Nursing management and practice tie the parts of the health care system together. Transformational nurse leaders will be fully knowledgeable about the work being done by their constituents because they will be coaches, mentors, and facilitators. Followers of the systems concept will also have to implement the integration of people, materials, machines, and time.[53]

ROLES AND NURSING MANAGEMENT

Role Development

The nurse manager draws from the best and most applicable theories of management to create an individual management style and performance.[54] This requires knowledge and the skills to use it. The nurse manager continues to acquire and use management knowledge to solve managerial problems, which require a contingency approach because no single approach works for all situations.[55] The nurse manager acts with the assumption that clinical nurses and other healthcare providers want to be competent and that with managerial support they will be motivated to achieve competence and greater levels of productivity. With achievement of competence and productivity goals, higher goals are set. Clinical nurses will seek out the organization that fits their needs.[56]

Adding to the nurse manager's ever-expanding role is the need to increase knowledge of and sensitivity to other healthcare individuals providing clinical services. These services are integrated into the client's overall experience of health care, of which nursing is a critical component.

McClure points out that nurse managers manage a clinical discipline performed by professional nurses. Because most nurses are women, conflicts may arise between their professional and personal lives. The nurse manager devises strategies to deal with these conflicts. Some blue-collar nurses lack knowledge of nursing research and do not read to keep up to date; they want nurse managers to do everything. White-collar nurses often want to be treated differently; they want job enrichment, with primary nursing duties and professional autonomy, and they want to be organized like the medical staff, with staff appointments and peer review. The nurse manager manages these two groups differently.[57]

Management Levels

Nurse managers perform at several levels in the healthcare organization. These include first-line patient care management at the unit level, middle management at the department level, and top management at the executive level. In some organizations decentralization has displaced the middle management level and redistributed department-level functions to staff functions under a matrix or another organizational structure. The middle management role is often reconsidered in work redesign efforts, particularly as leadership moves further away from clinical care. The roles of managers are developmental, building on knowledge and skills as the scope of the nurse manager's role increases in breadth and depth. Middle nurse manager roles are frequently eliminated, and clinical nurses become empowered through management education.[58]

First-Line Nurse Managers

The following are some of the knowledge and skills needed by nurses in first-line management roles:

- Clinical expertise in specialty
- Promotion and use of evidence-based practice in care delivery
- Financial management knowledge and skills to prepare and defend a budget for expenses of unit personnel, supplies, and capital equipment and for revenues to meet expenses; the ability to manage scarce and expensive resources for performance
- The ability to match moral and ethical choices with respect to human needs, moral principles for behavior, and individual feelings in making decisions
- Recognition of and advocacy for patients' rights
- Active and assertive effort to share power within the organization, including shared power with nursing's practitioners. This includes nursing autonomy, which is threatened by authoritarian management. In turn, practicing nurses are involved in decisions that affect their work environment and practice.
- The ability to communicate and to promote effective communication and interpersonal relationships among nursing staff and others; presentation skills
- Knowledge of internal factors related to purpose, tasks, people, technology, and structure
- Knowledge of external factors related to economy, political pressures, legal aspects, sociocultural characteristics, and technology
- The ability to study situations and use management concepts and techniques, analyze the situations correctly, make diagnoses of problems, and tie the processes together to arrive at decisions
- The ability to provide for staff development
- The ability to provide a climate in which nurses clearly perceive that they are pursuing meaningful and worthwhile goals through their individual efforts
- Knowledge of organizational culture and its impact on productivity and problem solving
- Ability to effect change through an orderly process
- The ability to build relationships with others
- Commitment to maintain self-development by reading and attending workshops and other educational programs
- Knowledge of how to empower clinical nurses through committee assignments, quality circles, primary nursing, and even assigning titles
- Knowledge of recruitment and retention strategies to promote and retain valued nursing and healthcare personnel

To these could be added staffing and scheduling, management reports, hiring, performance appraisal, job productivity and satisfaction, constructive discipline dealing with stress and conflict, personnel management, diversity, and awareness of culture, values, norms, and ways of doing things.[59] Although these skills and this knowledge may be obtained through staff development, master's-level management preparation is essential.

In no way are these lists complete. They are a beginning, however, and are built on in succeeding chapters.

The Nurse Executive

Executive nurse managers increase their knowledge and skills by building on what they learned as lower level managers. Executive nurse managers should be able to do the following:

- Apply financial management principles to costing and pricing nursing care and convey this knowledge to the nurses providing care
- Coordinate the division budget
- Empower lower level nurse managers
- Undertake corporate self-analysis of what nursing can do (skills, capabilities, weaknesses, the work of nursing) and its assumptions about itself, its environment, and its beliefs and convey results to employees
- Specify, weigh, interrelate, and simultaneously accomplish multiple goals
- Abandon obsolete principles of standardization, centralization, specialization, and concentration
- Decentralize and share authority and power through participatory management and transformational leadership, shared governance, professional nursing models, employee involvement, and programs on the quality of work life
- Establish a matrix organization using task forces and project teams with project leaders
- Set the stage for clinical nursing practice. This does not necessarily require that the nurse executive be clinically competent.
- Promote application of a theory of nursing within a nursing care delivery system
- Advise nursing educators on content of nursing administration programs
- Set depth and breadth of nursing research programs
- Anticipate the future of health care and of nursing
- Manage strategic planning
- Serve as mentor, role model, and preceptor to lower level managers, graduate students, and others
- Recognize and use authority and the potential for power

Evidence from research indicates that executive nurses prepared at the doctoral level need courses in ethical and accountable decision making, including missions and goals, policies, human resources, financial and material resources, databases, and communication management. These courses would be organized into organizational structure and governance, resources, and information management.[60]

With major changes in business practices, lessons learned from Japan offer meaningful strategies to American business, including the business of health care. For example, the Japanese have found that less variety is best when it comes to cutting costs and saving time. Consensus decision making does not always work. With the help of high-tech information systems, lone decisions based on multiple data sources and data points may be the best decisions.[61] However, involving and working with others creating a collaborative environment is also important to the process. The understanding of theories, roles and responsibilities, and evidence-based management provides the foundational work for the nurse administrator to manage a clinical practice.

MANAGING A CLINICAL PRACTICE

Nursing is a clinical practice discipline. Professional nurses want autonomy and control of their practice. They want to apply their nursing knowledge and skills without interference from nurse managers, physicians, or persons in other disciplines. The effective nurse manager trusts the professional nurse to apply knowledge and skills correctly in caring for a group of patients. In turn, the clinical nurse trusts the nurse manager to coordinate supplies, equipment, and support systems with personnel in other departments. Clinical nurses trust a human relations management in which they participate rather than one in which they have rules and regulations imposed on them. They use the body of nursing knowledge (theory) gained in nursing school and maintained through continuing education and staff development to practice nursing as they determine it should be practiced. In doing so, they adhere to management policies regarding such issues as documentation or quality improvement, because these requirements are also part of clinical nursing practice.

Use of Nursing Theory in Professional Practice

In developing nursing as a professional scientific discipline, nursing educators and researchers have developed theoretical frameworks for the clinical practice of nursing that are used by clinical nurses as models for testing and validating applications of nursing knowledge and skills. The results are added to the body of knowledge commonly called the theory of nursing. Theory gives practicing nurses a professional identity. It is based on scientific inquiry: nursing research. Each result of nursing research adds tested facts to nursing theory that can be learned by nursing students and active practitioners.

Watson's Theory of Caring

Caring is central to nursing, and most persons choosing nursing as a profession do so because they desire to care for others. Caring as a science has been defined by Jean Watson. She describes the science of caring as one that encompasses a humanitarian, human science orientation, human caring processes, phenomena, and experiences. Watson outlines caring from a science perspective, grounded in a relational ontology of being-in-relation and a world view of unity and connectedness. Transpersonal caring, as Watson notes, acknowledges unity of life and connections that move in concentric circles of caring—from individual, to others, to community, to world, and to the universe. Caring science embraces inquiry that is reflective, subjective, and interpretative as well as objective-empirical. Caring science inquiry includes ontological, philosophical, ethical, and historical inquiry and studies.[62]

An example of how Watson's theory of caring can serve as a framework is illustrated in the Attending Nursing Caring Model (ANCM). ANCM is an exemplar for advancing and transforming nursing practice within a reflective, theoretical, and evidence-based context. The ANCM serves as a program for stimulating the profession and its professional practices of caring–healing arts and science, when nursing is experiencing decline, shortages, and crises in care, safety, and hospital and health reform. With the ANCM, Watson's theory of human caring is used as a guide for integrating theory, evidence, and advanced therapeutics in the area of children's pain. The ANCM raises contemporary nursing's caring values, relationships, therapeutics, and responsibilities to a higher level of caring science and professionalism, interacting with other professions, while sustaining the finest of its heritage and traditions of healing.[63]

Orem's Theory

Orem's theory of self-care is composed of three related theories: the theory of self-care, the theory of self-care deficit, and the theory of nursing systems. She viewed each person as a self-care agent who possesses capabilities, termed self-care agency, essential to performing self-care actions. Deliberate action is taken to meet the therapeutic self-care demand arising out of known needs for care. Self-care needs and demands vary throughout the lifespan. If the demand is not met, a self-care deficit exists, which creates the need for nursing. In the nurse–patient experience, a joint decision is made between the nurse and the patient. The role of the nurse is to facilitate and increase the self-care abilities of the individual. Self-care is not instinctive or reflexive but is performed rationally in response to a known need, which is learned through the individual's interpersonal relations and communication. Self-care agency is the power to engage in action. This is a complex developed capability that enables adults and maturing adolescents to recognize and understand factors that must be controlled and managed to regulate functioning and developing as well as the capability to decide about and perform proper care measures. This capability is dependent on lifelong experiences and values related to culture. This is aided by intellectual curiosity and by instruction and supervision from other persons.[64]

Parissopoulos and Kotzabassaki describe Orem's self-care theory in the management of elderly rehabilitation. Orem's theory provides common language in self-care leading to improved communication and enhances consistency in care delivery and building consensus of goals and outcomes of nursing. Nurses are in key positions to facilitate the achievement of self-care that requires sophisticated communication skills, teaching skills, specialized knowledge, and an awareness of the multiple factors affecting nurse–patient relationships during the provision of care.[65]

Roy's Theory

Roy advocates adaptation level theory to nursing intervention. She notes that a person adapts to the environment through four modes: physiologic needs and processes, self-concept (beliefs and feelings about oneself), role mastery (behavior among people who occupy different positions within society), and interdependence (giving and receiving nurturance).[66] Just as the individual patient adapts to changes in the environment, so does the nursing worker.

According to Roy, the goal of nursing is to assist the patient to adapt to illness so as to be able to respond to other stimuli. The patient is assessed for positive or negative behavior in the four adaptive modes. Once the assessment is made at the necessary (first or second) level, intervention is established by a nursing care plan of goals and approaches. The approach is selected to match the goal.[67] According to Mastal and Hammond, Roy's views are "that the developing body of nursing knowledge now contains verifiable theories and general laws related to (1) persons as holistic beings, and (2) the role of nursing in promoting the person's maximum potential health and harmonious interaction with the environment."[68]

Frederickson illustrates application of the Roy adaptation model to the nursing diagnosis of anxiety. He describes or defines anxiety from the nursing perspective as exhibited by "poor nutritional status, reduction in usual physical activity, and lowered self-esteem, in addition to concern for job security." The nurse diagnoses the symptoms of anxiety through assessment of the four modes and then designs and implements an intervention that promotes client adaptation.[69]

Evaluation criteria for empirical testing of nursing theory were developed by Silva and expanded by others. Theory testing includes processes of verifying whether what was purported or experienced is true or solves problems in one's discipline or practice. Silva and Sorrell define nursing theory as "a tentative body of diverse but purposeful, creative, and logically interrelated perspectives that help nurses to redefine nursing and to understand, explain, raise questions about, and seek clarification of nursing phenomena in their research and practice."[70] They list three alternative approaches of testing to verify nursing theory:

1. Through critical reasoning
2. Through description of personal experiences
3. Through application to nursing practice (This concept has been applied at the National Hospital for Orthopedics and Rehabilitation, Arlington, Virginia, where the Roy adaptation model has been implemented throughout the hospital.)

Newman's Theory

Margaret Newman's theory of health as expanding consciousness emphasizes the whole pattern of the person in interaction with the environment and the process of nursing practice as the content of nursing research.[71] Newman's theory is grounded in Martha Rogers' science of unitary human beings and is consistent with the unitary transformative paradigm of nursing. Newman describes her model as the process of nursing intervention from the unitary–transformative paradigm. The outline of this intervention process can be applied to research and takes into account the following steps:

> Step 1: Determining the mutuality of the process of inquiry
>
> Step 2: Zeroing in during the interview on the most meaningful persons and events in the participant's life
>
> Step 3: Sharing the researcher's depiction of the participant's life pattern, which has been translated from the interview data into a diagram as sequential patterns over time
>
> Step 4: Determining evidence of pattern recognition and concomitant insight into the meanings of the client's life pattern

According to Newman, this process is the unitary–transformative nursing intervention via pattern recognition. It is the dynamic flow of patterning through the researcher and the researched interacting within the larger dynamic context. Newman's theory has been used in working with cancer patients and provides a conceptualization of intervening in a meaningful way.

Johnson's Theory

Johnson incorporated the nursing process (assessment, diagnosis planning, intervention, and evaluation) into a general systems model. Rawls applied this model to care of a patient for the purpose of testing, evaluating, and determining its utility for predicting the effect of nursing care on a patient. Rawls indicates that the model has disadvantages but is a tool that can be used "to accurately predict the results of nursing interventions prior to care, formulate standards of care, and most importantly, administer truly holistic empathic nursing care."[72]

Derdiarian sampled 223 cancer patients to verify the relationship among the eight subsystems of Johnson's behavioral system model. These eight subsystems (achievement, affiliative, aggressive/protective, dependence, eliminative, ingestive, sexual, and restorative) function through behavior to meet a person's demands. Illness disrupts and changes behavior sustained in the subsystems, resulting in negative effects on the behavioral systems. Changes in one subsystem initiate changes in others. Findings of this research indicated "fairly large, statistically significant (p <.001) direct relationships between the aggressive/protective subsystems and each of the other subsystems." The research presents a model for continued research of Johnson's behavioral system model with "implications for comprehensive assessment, early intervention, prevention of patients' potential problems, and ultimately for efficient care."[73]

Peplau's Theory

Peplau's theory defines nursing as a "significant, therapeutic, interpersonal process."[74] Peplau's theory involves such concepts as communication techniques, assessment, definition of problems and goals, direction, and role clarification.

Peplau states that four components make up the main elements of the nurse–patient relationship: nurse, patient, professional expertise, and client need. The nurse–patient relationship has three phases: the orientation phase, the working phase, and the resolution phase. During encounters with patients, the nurse observes, interprets what he or she observes, and then decides what needs to be done.

Interpersonal relations use the theoretical constructs of concepts, processes, and patterns:

- A concept is a small, circumscribed set of behaviors pertaining to a particular phenomenon such as conflict.
- A process is more complicated, more comprehensive, and longer lasting.
- A pattern is made up of separate acts that may have variations but share a common theme, aim, or intention.

Interpersonal theory is especially useful in psychiatric nursing and is useful in relation to psycho-social problems and nurse–patient relationships in all clinical areas of nursing. The joint effort of the nurse–patient relationship "includes identification of the presenting problems, understanding the problems and their variation in pattern, and appreciating, applying, and testing remedial measures in order to produce beneficial outcomes for patients."[75]

Case Management: An Example of a Nursing Practice Modality

Case management is more than a modality of nursing. It has been described as all of the following: clinical system that focuses on the accountability of an identified individual or group for conditioning care for a patient or a group of patients across a continuum of care; ensuring and facilitating the achievement of quality and clinical and cost outcomes; negotiating, procuring, and coordinating services and resources needed by the patient or family; intervening at busy points (and/or when significant variance occurs) for individual patients; addressing and resolving patterns in aggregate variances that have a negative quality/cost impact; and creating opportunities and systems to enhance outcomes.[76] Simply stated, case management is a process of coordinating services, and the case manager is the person who does the coordinating.[77]

The Center for Case Management's model of case management was designed as a clinical one. The model's underlying assumption was that caregivers of each discipline needed to have management skills, better patient care management tools, and more responsible administrative support to create high-quality clinical outcomes within a new cost-conscious milieu. The organizational structure is flat, with attending-level physician and "selected primary care nurses expanded into case managers to produce the integration of processes, aided by critical paths."[78] Critical paths have been integrated into CareMaps®. The CareMap® is used as the nursing care plan and for documentation.

A collaborative team approach is used when integration of care occurs across geographical care units such as the emergency room, the coronary care unit, the step-down unit, and the ambulatory clinic. Primary nurses from these units who have undergone formal orientation join the team.[79]

Personnel at the Center for Case Management believe that 100% of patients need their care managed by a CareMap®. The CareMaps® provide the documented standards for specific patient populations and disease states. With this infrastructure of care delivery, only 20% believe that patients need a case manager in addition to a CareMap® system.[80]

Quality improvement is an integral part of the case management system. Quality management is operationalized by the use of critical paths, CareMaps®, and case management, all of which provide the tools for accomplishing the nursing process.[81] CareMaps® present problems by defining quality as a product.[82] When interventions and goals are recorded that are different from those planned, they are termed variances. A variance indicates deviations from a norm or standard. Variance indicates intervention that works or does not work. Variances alter discharge dates, expected costs, and expected outcomes.

Variances show how the CareMap® and reality differ both positively and negatively. Variance that shows negative outcomes requires action to improve quality. Variance data are collected, totaled, analyzed, and reported; they then result in decisions that revise CareMaps® critical paths, procedures, and other elements of the plan–do–check–act cycle.[83] Because CareMaps® can be used to document nursing care, are outcome based, and have been found to be effective and efficient, nurses may want to use a computerized version for documentation.

Other Models of Case Management

University of Kentucky Hospital Model   The University of Kentucky Hospital model of case management uses a problem-solving process. Case managers are master's-prepared nurses to whom cases are referred by quality-monitoring groups. Case managers verify problems, design strategies to fix them, and evaluate outcomes.

The priority in this model is efficient movement through the healthcare system. Case managers consult with finance personnel, administrators, and healthcare providers; they collaborate with physicians, primary nurses, and other healthcare providers; and they establish therapeutic relationships with patients and families. A case management advisory board meeting takes place quarterly. Members perform prospective or retrospective surveys for clinical problems. Case managers follow up with diagnoses and procedure codes specific to the cases with verified problems. Sample problems of outcomes include poor continuity in patient's care, inadequate discharge planning, inadequate patient teaching, extended preoperative and postoperative stays, and poor nutritional status of patients.

Among the results were the following:

- Reduced glucose levels in diabetic, adult, open-heart surgery patients (which resulted in a savings of $11,585 in room charges during a 6-month period)
- Decreased arterial blood gas charges in cardiovascular patients
- Intensive care newborn patients home 218 days earlier than comparable patients during the previous year (a savings of $82,731 for Medicaid patients alone)

Management will pay for performance when hiring case managers in the future.[84]

Carondelet/St. Mary's Hospital and Health Center Model   Another model of case management is the Carondelet/St. Mary's Hospital and Health Center in Tucson, Arizona. In this model, nurse case managers work in partnership with high-risk individuals in the hospital (30%) and in the community (70%). Reports of applications of this model of nursing case management indicate that it results in financial savings and liability defenses. It is case management in which the nurse manages and coordinates the entire spectrum of a patient's care in all settings, hospital and community. Effective case management wins the confidence of all team members, including social workers and physicians. Nursing case management supports the highest use of clinical nursing skills. Rogers, Riordan, and Swindle report that case management reduced total admissions, mean admissions per patient, and mean length of stay per patient and improved net reimbursement. The authors recommend mandating Bachelor of Science in nursing qualifications for case managers and 5 years of clinical experience. They worked out comparable arrangements with social workers.[85]

Other Factors Related to Case Management

Bower reported that case managers at Hennepin County Medical Center in Minneapolis were responsible for the following[86]

- Over $1 million in direct cost savings
- Readmission rates for patients having major bowel procedures reduced from 67% to 26%
- Readmission rates for patients with cerebrovascular disorders (except transitory ischemic attacks) reduced from 43% to 31%
- Compliance with antibiotic protocols in patients having hip and femur procedures increased from 38% to 89%

Nurses have been at the forefront of case management as it relates to moving patients through the hospital efficiently. There may be conflicts between nurse case managers and other providers within the community.[87] Professional nurses should become educated about case management programs, interagency groups, use of interdisciplinary teams, and legal issues and should keep respect for clients' wishes and rights continually in mind.[88] Strong indicates that clinical nurse specialists have the expert clinical and management skills to enhance planning, clinical decision making, and evaluation of resource use.

The case management system has been applied to promote cost-effective, long-term wellness in migrant children by addressing cultural, nutritional, and dental care needs and by using available resources. This has also been done with homeless families. Case management identifies the clients' needs and makes and implements plans to meet those needs efficiently and effectively. Case management may be performed by a group practice of primary nurses.[89]

Discussing clients with learning disabilities, Thomas describes case management applied to clients in their local communities as managing a team of field workers who assess clients' needs and make action plans with them.[90] These plans address assessment, action planning, package development, and financial management. Case managers draw up contracts for clients' services.

These packages include an estimate of hours required for 1 month's care and residential versus home care costs, and they break down costs into those for such workers as community care assistant, respite care home outreach worker, physiotherapist, and occupational therapist and for transportation. Contracts involving groups of clients may obtain discounts. Third-party payers usually approve contracts. Thomas states that caseworkers are frequently social workers, and case management may develop into a new autonomous profession.

Dowling states that nursing case management makes the patient's nurse the central decision hub for the entire spectrum of patient care requirements and services.[91] He calls this matrix management. The common results of nursing case management fall into five primary areas:

1. Early, or appropriate, patient discharges
2. Expected, or standardized, clinical outcomes
3. Promotion of collaborative practice, coordinated patient care, and true continuity of care
4. Promotion of nurses' professional development and job satisfaction
5. Use of appropriate, or reduced, resources

The model is the critical path forecasting physician intervention, diagnostic testing, ancillary department patient care, support department input, and supply and equipment requirements. The individual critical path is a communication tool for all care given. It is a production schedule. The critical path provides the hospital material manager with a dynamic distribution of patient care supplies and equipment needed in advance of any requests. Hospital information supplements provide the information needed for supplies and equipment planning to be case specific. Just-in-time programs can provide patient-specific supplies for multiple supply-retention locations on a nursing unit.

Research indicates that using the critical path technique for assessing the postoperative recovery of coronary artery bypass graph patients prevents complications, reduces lengths of stay, and reduces hospital costs. Nursing interventions such as use of inspirometers, resumption of activity, and patient education support this finding. Critical paths may be used by nurses to identify appropriate nursing interventions and their costs.[92]

Case management is outcome based and supports evidence-based practices. The Medical Center of Central Georgia in Macon used outcome-based nursing practice. Researchers studied a population of stable cardiovascular patients receiving specialty infusions. By treating these patients on the telemetry unit rather than in the coronary care unit, the center realized cost avoidance of $46,121.83 in 1 year. Patient classification systems estimate caregiver time and caregiver costs. The weighted salary of caregivers was $14.34 per hour in the coronary care unit and $10.00 per hour in the telemetry unit. Cost per patient day was $102.45 versus $49.23, for a cost avoidance of $53.22 per patient day.[93]

Zander and McGill states that the complete results of case management must include length of stay statistics, readmission rates, and some tally of patient satisfaction.[94]

Bower catalogues the reasons for implementing case management:[95]

1. A client/family focus on the full spectrum of needs
2. Outcome orientation to care

3. Coordination of care by team collaboration
4. Cost management through facilitation through the healthcare system
5. Response to insurers and payers
6. A merger of clinical and financial interests, systems, and outcomes
7. Inclusion for marketing strategies

PATIENT OUTCOMES

Outcomes and their relation to productivity are a major concern in human relations management. At the University of Iowa College of Nursing, nurse researchers and practitioners have developed the nursing outcomes classification. At the College of Nursing, the nursing outcomes classification has been integrated with the nursing diagnoses classification, the nursing interventions classification, and the nursing management minimum data set.[96] Patient outcomes are the outcomes resulting from care of patients by nurses or an interdisciplinary care team. Patient outcomes include those related to patient satisfaction and health status, nosocomial infection control, and risk events and adverse outcomes. Activities related to patient outcomes are directed toward improving organizational performance continually over time.[97]

SUMMARY

Nursing Administration: Scope and Standards of Practice provides a conceptualization for practice. Levels of nursing administration further delineate the roles of nurse manager and nurse executive.

A theory of nursing management evolves from a general theory of management that governs effective use of human and material resources. The four major functions of management are planning, organizing, directing (or leading), and controlling (or evaluating). All management activities—cognitive, affective, and psychomotor—fall within one or more of these major functions, which operate simultaneously.

Nursing management focuses on human behavior. Nurse managers with knowledge and skills in human behavior manage professional nurses and nonprofessional assistive nursing workers to achieve the highest level of productivity of patient care services. To do this, nurse managers must become competent leaders to stimulate motivation through relationships and interpersonal processes and communication with the workforce.

The primary role of the nurse manager is that of managing a clinical practice discipline. To accomplish this requires numerous competencies supported by a theory of nursing management.

Nurse managers work with staff consisting of clinical practitioners. Educated in nursing management, they can assist these practitioners in their work according to the models of such theorists as Watson, Orem, Roy, Newman, Johnson, and Peplau.

Several modalities of nursing have evolved over the past 50 years. Functional nursing, the oldest nursing practice modality, is a method in which each staff member is assigned a particular nursing function, such as administering medications, admitting and discharging patients, and making beds and serving meals. Later, team nursing became the modality of choice for many hospital nursing services. Under the leadership of a professional nurse, a group of nurses works together to provide patient care. Team nursing rests on theoretical knowledge related to philosophy, planning, leadership, interpersonal relationships, and nursing process.

Since the 1970s the modality of total patient care through primary nursing has evolved. With primary nursing, the total care of a patient and a case load is the responsibility of one primary nurse. Joint or collaborative practice by a physician–nurse team has developed as a modality of nursing in a few hospitals. A more recent development is case management, a method of practicing nursing that incorporates any

Evidence-Based Practice 2-1

Professional nursing practice makes a difference in care delivery by empowering nurses. A study describing the experiences of work empowerment among nurses engaged in elderly care in southern Finland found that education and work experience related to behavioral empowerment. The data were collected with a questionnaire that included items on verbal, behavioral, and outcome empowerment. A response rate of 80.8% (252) was achieved, with nurses experiencing strong verbal and behavioral empowerment. Nurses reported that they were less confident about outcome empowerment than in the two other fields of empowerment. "All fields of empowerment showed a statistically significant correlation with each other. Education and work experience were also related to behavioral empowerment. The results provide important clues for the development of elderly care."[98]

modality and in which the knowledgeable nurse becomes the case manager, making or facilitating all clinical nursing decisions about a case load of patients during an entire episode of illness.

As new technologies of patient treatment develop and the healthcare delivery system evolves around managed care, nurses need avenues to pursue the ensuing ethical dilemmas. Nursing practice is further complicated by the need for multicultural assessments as part of the nursing process and its outcomes.

APPLICATION EXERCISES

Exercise 2-1
Define nursing management as it relates to your job. If you are a student, observe the work of a nurse manager and define management in terms of your observations.

Exercise 2-2
Describe a belief you have about nursing management in the organization in which you work or are doing clinical practice. Discuss your belief with your peers in clinical practice or students and with your nurse manager or instructor.

Summarize the conclusions. Is your belief valid? Totally? Partly? Not at all? Validity can be established by comparing your conclusions with viewpoints found in publications or by obtaining agreement from practicing nurse managers. You will codify selected theories of nursing management.

Exercise 2-3
Translate the management of time into nursing management theory with examples such as "A nurse who practices good management will know how to use time effectively." The example may be one that applies to you as manager or to the observed behavior of another nurse manager. Keep a log for a day, making entries at 15-minute intervals on a separate sheet of paper. Use the following format:

Time   Activity   Delays and Bottlenecks

Analyze your log. How much of your day was productive? How much was unproductive? What can be done to increase productive time? Using the following format, make a management plan to make better use of your time.

Management Plan
Goal:
Actions   Target Dates   Assigned to   Accomplishments

Based on your observations from this exercise, write a theory statement that describes management as the effective use of time.

Exercise 2-4

The following functions originate from a theory of the institution or organization and the division of nursing:

Plans for accomplishing objectives are made.
Strategies for accomplishing objectives are formulated.
Activities are organized by priority.
Work is assigned.
Managerial jobs are designed.
An organizational structure evolves.

Describe how each of these activities is evident in your place of practice as a student or a practicing professional nurse.

Exercise 2-5

Write a short theory of nursing management based on information presented in this chapter. Remember that a theory of nursing management is an accumulation of concepts, methods, and principles that can be or have been observed and verified to some degree and translated into the art or practice of nursing management.

Exercise 2-6

Examine the periodicals listed for the last 12-month period:

Journal of Nursing Administration
Nursing Administration Quarterly
Nursing Management
Nursing Research

Note the following:

- The number of articles on nursing theory versus nursing management theory.
- Theories of nursing that could be incorporated into a theory of nursing management. Did the research indicate that the theory fulfilled its claim? Explain.
- According to these periodicals, what theory of nursing management is being used in the organization in which you are gaining clinical experience as a student or in which you are employed?
- According to these periodicals, what theory of nursing management could be used in the organization in which you are gaining clinical experience as a student or in which you are employed? Consider the value the research has for meeting the goals of the organization, the division of nursing, and the nursing unit.
- Make a management plan for putting the research results into practice.

Exercise 2-7

Use your student group or form an ad-hoc committee of nurses to plan for needed implementation of nursing theory in a nursing unit. Make a management plan using the following format. To help make a decision, access the Internet and find applications of theories of Watson, Orem, Roy, Newman, Johnson, and Peplau.

Management Plan
Problem:
Objective:

| Actions | Target Dates | Assigned to | Accomplishments |

Exercise 2-8

Evaluate case management as practiced in the agency in which you are employed or to which you are assigned as a student. Do this by gathering and analyzing data that do the following:

1. Describe the model of case management being used.
2. Identify the standards used to trigger the case management process.
3. Trace the continuum of case management from patient's entry through discharge.
4. Measure the achievement of stated outcomes.
5. Relate the nursing modality to case management.

Exercise 2-9

Consider the Scope and Standards for Nurse Administration. Interview a nurse executive to determine how this individual meets the standards.

Exercise 2-10

Nursing-sensitive indicators can be described as the structure, process and outcomes of nursing care. An example of structure may include the nursing staff skill set, nursing staff ratios, and education/certification. The assessment, intervention aspects of nursing care are considered process indicators. Patient outcomes that are sensitive to nursing care (greater quality/quantity) such as pressure ulcers, falls, restraint use, are also related to aspects of the organizational and agency care policies, procedures that are "sensitive" to nursing's care delivery. Identify nursing sensitive indicators in your field site, describing how such are measured, monitored, and evaluated.

For a full suite of assignments and additional learning activities, use the access code located in the front of your book to visit this exclusive website: http://go.jblearning.com/roussel. If you do not have an access code, you can obtain one at the site.

NOTES

1. Institute of Medicine (2011). *The future of nursing, leading change, advancing health.* Committee on the Robert Wood Johnson Foundation Initiative on the Future of Nursing. Washington, DC: National Academies Press, p. 2.
2. Institute of Medicine, 2011, p. 4.

3. Kohn, L. T., Corrigan, J. M., & Donaldson, M. S. (Eds). (1999). *To err is human: Building a safer health system*. Committee on Quality of Health Care in America, Institute of Medicine. Washington, DC: National Academy Press.

4. Institute of Medicine. (2001*). Crossing the quality chasm: A new health system for the 21st century*. Committee on Quality of Health Care in America, Institute of Medicine. Washington, DC: National Academy Press.

5. Greiner, A. C., & Knebel, E. (Eds.). (2003). *Health professions education: A bridge to quality*. Washington, DC: National Academies Press.

6. Buerhaus, P., Staiger, D., & Auerbach, D. (2000). Implications of an aging registered nurse workforce. *Journal of the American Medical Association, 283*, 2948–2954.

7. American Nurses Association. (2004). *Scope and standards for nurse administrators* (2nd ed.). Washington, DC: Author.

8. Ibid.

9. Aiken, L., Havens, D. S., & Sloane, D. M. (2000). The magnet nursing services recognition program: A comparison of two groups of magnet hospitals. *American Journal of Nursing, 100*, 26–36.

10. Mills, M. E., Jenkins, L. S., & Waltz, C. F. (2000). Emphasis courses: Preparing baccalaureate students for transition to the workforce. *Journal of Professional Nursing, 16*, 300–306.

11. Letizia, M., & Jennrich, J. (1998). A review of preceptorship in undergraduate nursing education: Implications for staff development. *Journal of Continuing Education in Nursing, 29*, 211–216.

12. Mills et al., 2000.

13. Nordgren, J., Richardson, S. J., & Laurella, V. B. (1998). A collaborative preceptor model for clinical teaching of beginning nursing students. *Nurse Educator, 23*, 27–32.

14. Mills et al., 2000.

15. Woodtli, A., Hazzard, M. E., & Rusch, S. (1988). Senior internship: A strategy for recruitment, retention and collaboration. *Nursing Connections, 1*, 37–50.

16. National League for Nursing. (1983). *Internships for the new nurse graduate*. New York: Author.

17. University Health System Consortium. (2000). *Survey on professional recognition and nurse internship and residency programs*. Oak Brook, IL: Author.

18. American Nurses Credentialing Center. (2001). Magnet nursing services recognition program. Retrieved August 7, 2011, from http://www.nursecredentialing.org/Magnet.aspx

19. American Organization of Nurse Executives. (2000). *Perspectives on the nursing shortage: A blueprint for action*. Chicago, IL: Author.

20. Bellack, J. P., & Loquist, R. S. (1999). Employer responses to differentiated nursing education. *Journal of Nursing Administration, 29*, 4–8, 32.

21. Anderko, L., Uscian, M., & Robertson, J. F. (1999). Improving client outcomes through differentiated practice: A rural nursing center model. *Public Health Nursing, 16*, 168–175.

22. Anderko, L., Robertson, J., & Lewis, P. (1999). Job satisfaction in a rural differentiated-practice setting. *Journal of Nursing Connections, 12*, 49–58.

23. Hutchens, G. C. (1994). Differentiated interdisciplinary practice. *Journal of Nursing Administration, 4*, 52–58.

24. Malloch, K. M., Milton, D. A., & Jobes, M. O. (1990). A model for differentiated nursing practice. *Journal of Nursing Administration, 20*, 20–26.

25. Arcangelo, V., Fitzgerald, M., Carroll, D., & David, J. (1996). Collaborative care between nurse practitioners and physicians. *Primary Care: Clinics in Office Practice, 23*, 103–113.

26. Wakefield, M., & O'Grady, E. (2000). Putting patients first: Improving patient safety through collaborative education. In Health Resources and Services Administration (HRSA), *Collaborative education to ensure patient safety*, Report to the Secretary of Health and Human Services and

the Congress. Joint Meeting, Council on Graduate Medical Education and National Advisory Council on Nurse Education and Practice. Washington, DC: Author.

27. Pew Health Professions Commission. (1998, December). *Recreating health professional practice for a new century*. The fourth report of the Pew Health Professions Commission. University of California, San Francisco: Pew Health Professions Commission.

28. American Nurses Association (ANA). (2003). *Nursing scope and standards of practice*. Washington, DC: American Nurses Publishing.

29. American Nurses Association. (2009). *Nursing administration: Scope and standards of practice*. Silver Spring, MD: Author.

30. ANA, 2009, p. 10.

31. ANA, 2009, p. 13.

32. ANA, 2009, p. 15.

33. ANA, 2009, p. 17.

34. ANA, 2009, p. 19.

35. ANA, 2009, pp. 11–13.

36. Fayol, H. (1949). *General and industrial management* (C. Storrs, Trans., p. 3). London: Pitman & Sons.

37. Ibid., pp. 5–6.

38. Hodgetts, R. M. (1990). *Management: Theory, process, and practice* (5th ed., p. 38). Orlando, FL: Harcourt Brace.

39. Fayol, 1949, pp. 8–9.

40. Wilson, C. K., & Porter-O'Grady, T. (1999). *Leading the revolution in health care: Advancing systems, igniting performance*. Gaithersburg, MD: Aspen Publishers.

41. Drucker, P. F. (1999). The emerging theory of manufacturing. *Harvard Business Review, 68,* 94–98.

42. Page, A. (Ed.). (2004). *Keeping patients safe: Transforming the work environment of nurses*. Committee on the Work Environment for Nurses and Patient Safety, Institute of Medicine. Washington, DC: National Academies Press.

43. Ibid., pp. 112–125.

44. Ibid., p. 122.

45. Ibid., p. 125.

46. Megginson, L. C., Mosley, D. C., & Pietri, P. H., Jr. (1996). *Management: Leadership in action* (5th ed., pp. 15–20). New York: Harper & Row.

47. White, V. (1984). Nursing theory: A viewpoint. *Journal of Nursing Administration, 6,* 15.

48. Steffy, B. D., & Grimes, A. J. (1986). A critical theory of organizational science. *Academy of Management Review, 11,* 322–336.

49. Ibid.

50. McKenzie, L. (1992). Critical thinking in health care supervision. *Health Care Supervisor, 10,* 2.

51. Boulding, K. E. (1956). General systems theory: The skeleton of science. *Management Science, 2,* 197–208.

52. Ibid.

53. Drucker, 1999.

54. Ibid.

55. Drucker, 1999, p. 96.

56. Huey, J. (1994). The leadership industry. *Fortune,* 54–56; Perry, N. J. (1994). How to mine human resources. *Fortune,* 96.

57. McClure, M. L. (1984a). Managing the professional nurse, part I: The organizational theories. *Journal of Nursing Administration, 14,* 15–21; McClure, M. L. (1984b). Managing the pro-

fessional nurse, part II: Applying management theory to the challenges. *Journal of Nursing Administration, 14*, 11–17.

58. Ibid.

59. Rew, L. (1986). Intuition: Concept analysis of a group phenomenon. *Advances in Nursing Science, 8*, 21–28.

60. Mathews, J. J. (1988). Designing a first line manager development program using organization-appropriate strategies. *Journal of Continuing Education in the Health Professions, 8*, 181–188.

61. Princeton, J. C. (1993). Education for executive nurse administrators: A databased curricular model for doctoral (PhD) programs. *Journal of Nursing Education, 32*, 59–63.

62. Henkoff, R. (1995). New management secrets from Japan. *Fortune*, 135–146.

63. Watson, J., & Foster, R. (2003). The attending nurse caring model: Integrating theory, evidence, and advanced caring-healing therapies for transforming professional practice. *Journal of Clinical Nursing, 12*, 360–365.

64. Orem, D. E. (1985). *Nursing: Concepts of practice* (3rd ed.). New York: McGraw-Hill.

65. Parissopoulos, S., & Kotzabassaki, S. (2004). Orem's self-care theory, Transactional analysis and the management of elderly rehabilitation. *ICUS Nursing Web Journal, 17*, 1–11.

66. Roy, C. (1971). Adaptation: A basis for nursing practice. *Nursing Outlook*, 254–257; Frederickson, K. (1993). Using a nursing model to manage symptoms: Anxiety and the Roy adaptation model. *Holistic Nursing Practice, 7*, 36–43.

67. Ibid.

68. Mastal, M. F., & Hammond, H. (1980). Analysis and expansion of the Roy adaptation model: A contribution to holistic nursing. *Advances in Nursing Science, 2*, 71–81.

69. Frederickson, 1993.

70. Silva, M. C., & Sorrell, J. M. (1992). Testing a nursing theory: Critique and philosophical expansion. *Advances in Nursing Science, 14*, 12–23.

71. Newman, M. A. (1995). Recognizing a pattern of expanding consciousness in persons with cancer. In M. A. Newman (Ed.), *A developing discipline. Selected works of Margaret Newman* (pp. 159–171). New York: National League for Nursing.

72. Rawls, A. C. (1980). Evaluation of the Johnson behavioral system model in clinical practice. *Image*, 12–16.

73. Derdiarian, A. K. (1990). The relationships among the subsystems of Johnson's behavioral system model. *Image*, 219–225.

74. Thompson, L. (1986). Peplau's theory: An application to short-term individual therapy. *Journal of Psychosocial Nursing, 24*, 26–31.

75. Peplau, H. E. (1992). Interpersonal relations: A theoretical framework for application in nursing practice. *Nursing Science Quarterly, 5*, 13–18; Schafer, P. (1999). Working with Dave: Application of Peplau's interpersonal nursing theory in the correctional environment. *Journal of Psychosocial Nursing and Mental Health Services, 37*, 18–24.

76. Herman, J., & Ziel, S. (1999). Collaborative practice agreements for advanced practice nurses: What you should know. *AACN Clinical Issues, 10*, 337–342.

77. Center for Case Management. (1983). Toward a fully-integrated CareMap® and case management system. *The New Definition*, 1.

78. Center for Case Management. (1994). Part 1: Rationale for care-provider organizations. *The New Definition*, 1.

79. Ibid.

80. Ibid.

81. Center for Case Management. (1992). Quantifying, managing, and improving quality, part I: How CareMaps® link CQI to the patient. *The New Definition*, 1.

82. Ibid.

83. Center for Case Management. (1992). Quantifying, managing and improving quality, part III: Using variance concurrently. *The New Definition*, 1–2.

84. Brockopp, D. Y., Porter, M., Kinnaird, S., & Silberman, S. (1992). Fiscal and clinical evaluation of patient care. *Journal of Nursing Administration, 22*, 23–27.

85. Rogers, M., Riordan, J., & Swindle, D. (1991). Community-based nursing case management pays off. *Nursing Management, 22*, 30–34.

86. Bower, K. (1992). *Case management by nurses* (2nd ed., pp. 33–34). Washington, DC: American Nurses Publishing.

87. Williams, R. (1992). Nurse case management: Working with the community. *Nursing Management, 23*, 33–34.

88. Strong, A. G. (1992). Case management and the CNS. *Clinical Nurse Specialist, 6*, 64.

89. Thomas, J. (1992, July 15). Package deals. *Nursing Times*, pp. 48–49.

90. Dowling, G. F. (1991). Case management nursing: Indications for material management. *Hospital Material Management Quarterly, 12*, 26–32.

91. Strong, A. G., & Sneed, N. V. (1991, January/March). Clinical evaluation of a critical path for coronary artery bypass surgery patients. *Progress in Cardiovascular Nursing, 6*(1), 29–37.

92. Servais, S. H. (1991). Nursing resource applications through outcome based nursing practice. *Nursing Economic$, 9*, 171–174, 179.

93. Zander, K., & McGill, R. (1994). Critical and anticipated recovery paths: Only the beginning. *Nurse Manager, 25*, 34–37, 40.

94. Bower, 1992, pp. 7–8.

95. University of Iowa College of Nursing. (2000). *CHAOS*. Iowa City, IA: University of Iowa Press.

96. Titler, M. G., & McCloskey, J. M. (Eds.). (1999). On the scene: University of Iowa hospitals and clinics: Outcomes management. *Nursing Administration Quarterly, 24*, 31–65.

97. Ibid.

98. Suominen, T., Savikko, N., Kiviniemi, K., Doran, D. K., & Leino-Kilpi, H. (2008). Work empowerment as experienced by nurses in elderly care. *Journal of Professional Nursing, 24*, 42–45.

REFERENCES

Aiken, L., Havens, D. S., & Sloane, D. M. (2000). The magnet nursing services recognition program: A comparison of two groups of magnet hospitals. *American Journal of Nursing, 100*, 26–36.

American Nurses Association (ANA). (2003). *Nursing scope and standards of practice*. Washington, DC: American Nurses Publishing.

American Nurses Association. (2004). *Scope and standards for nurse administrators* (2nd ed.). Washington, DC: Author.

American Nurses Association. (2009). *Nursing administration: Scope and standards of practice*. Silver Spring, MD: Author.

American Nurses Credentialing Center. (2001). Magnet nursing services recognition program. Retrieved June 27, 2011 from http://www.nursecredentialing.org?Magnet.aspx

American Organization of Nurse Executives. (2000). *Perspectives on the nursing shortage: A blueprint for action*. Chicago, IL: Author.

American Organization of Nurse Executives. (2001). *Strategies to reverse the new nursing shortage: Tri-Council policy statement, January 31*. Washington, DC: Author.

Anderko, L., Robertson, J., & Lewis, P. (1999). Job satisfaction in a rural differentiated-practice setting. *Journal of Nursing Connections, 12*, 49–58.

Anderko, L., Uscian, M., & Robertson, J. F. (1999). Improving client outcomes through differentiated practice: A rural nursing center model. *Public Health Nursing, 16,* 168–175.

Arcangelo, V., Fitzgerald, M., Carroll, D., & David, J. (1996). Collaborative care between nurse practitioners and physicians. *Primary Care: Clinics in Office Practice, 23,* 103–113.

Bednash, G. (2000). The decreasing supply of registered nurses: Inevitable future or call to action. *Journal of the American Medical Society, 283,* 1–8.

Bellack, J. P., & Loquist, R. S. (1999). Employer responses to differentiated nursing education. *Journal of Nursing Administration, 29,* 4–8, 32.

Boulding, K. E. (1956). General systems theory: The skeleton of science. *Management Science, 2,* 197–208.

Bower, K. (1992). *Case management by nurses* (2nd ed., pp. 33–34). Washington, DC: American Nurses Publishing.

Brafman, O., & Beckstrom, R. A. (2006). *The starfish and the spider.* New York: Penguin Group.

Brockopp, D. Y., Porter, M., Kinnaird, S., & Silberman, S. (1992). Fiscal and clinical evaluation of patient care. *Journal of Nursing Administration, 22,* 23–27.

Buerhaus, P., Staiger, D., & Auerbach, D. (2000). Implications of an aging registered nurse workforce. *Journal of the American Medical Association, 283,* 2948–2954.

Caroselli, C. (2000). Scarce staff not your mother's nursing shortage. *Surgical Services Management, 6,* 23–25.

Caroselli, C. (2001, January). The first six months of practice: Strategies for success. *Imprint, 48,* 51–53.

Center for Case Management. (1983). Toward a fully-integrated CareMap® and case management system. *The New Definition,* 1.

Center for Case Management. (1992a). Quantifying, managing, and improving quality, part I: How CareMaps® link CQI to the patient. *The New Definition,* 1.

Center for Case Management. (1992b). Quantifying, managing and improving quality, part III: Using variance concurrently. *The New Definition,* 1–2.

Center for Case Management. (1994). Part 1: Rationale for care-provider organizations. *The New Definition,* 1.

Center for Health Policy, Research and Ethics, George Mason University. (2001). *Hard numbers, hard choices: A report on the nation's nursing workforce.* Fairfax, VA: Author.

College of Nurses of Ontario. (April 12, 2000). News release: College of Nurses welcomes baccalaureate requirement for registered nurses. Toronto, Ontario: Author.

Cotlier, S. N. (2000). *Allied health workforce 2000: Building a foundation for health care in the 21st century.* Baltimore, MD: Center for Health Policy and Workforce Research, Towson University.

Derdiarian, A. K. (1990). The relationships among the subsystems of Johnson's behavioral system model. *Image,* 219–225.

Dowling, G. F. (1991). Case management nursing: Indications for material management. *Hospital Material Management Quarterly, 12,* 26–32.

Drucker, P. F. (1999). The emerging theory of manufacturing. *Harvard Business Review, 68,* 94–98.

Fayol, H. (1949). *General and industrial management* (C. Storrs, Trans., p. 3). London: Pitman & Sons.

Frederickson, K. (1993). Using a nursing model to manage symptoms: Anxiety and the Roy adaptation model. *Holistic Nursing Practice, 7,* 36–43.

Gosbee, J. (2005). *Using human factors engineering to improve patient safety.* Oakbrook Terrace, IL: Joint Commission Resources, Inc.

Gothberg, S. (2000). Retention of nurses: an organizational priority. *Medical-Surgical Nursing, 9,* 109, 143.

Greiner, A. C., & Knebel, E. (Eds.). (2003). *Health professions education: A bridge to quality.* Washington, DC: National Academies Press.

Havens, D. S. (2001). Comparing nursing infrastructure and outcomes: ANCC magnet and nonmagnet CNEs report. *Nursing Economic$, 19,* 258–266.

Health Resources and Services Administration. (2000). *Collaborative education to ensure patient safety.* Report to the Secretary of Health and Human Services and the Congress. Joint Meeting, Council on Graduate Medical Education and National Advisory Council on Nurse Education and Practice. Washington DC: Author.

Health Resources and Services Administration. (2001). *National survey cites slowdown in number of registered nurses entering profession.* Washington, DC: Author.

Henkoff, R. (1995). New management secrets from Japan. *Fortune,* 135–146.

Herman, J., & Ziel, S. (1999). Collaborative practice agreements for advanced practice nurses: What you should know. *AACN Clinical Issues, 10,* 337–342.

Hodgetts, R. M. (1990). *Management: Theory, process, and practice* (5th ed., p. 38). Orlando, FL: Harcourt Brace.

Huey, J. (1994). The leadership industry. *Fortune,* 54–56.

Hurson, T. (2008). *Think better.* New York: McGraw Hill.

Hutchens, G. C. (1994). Differentiated interdisciplinary practice. *Journal of Nursing Administration, 4,* 52–58.

Institute of Medicine. (2001). *Crossing the quality chasm: A new health system for the 21st century.* Committee on Quality of Health Care in America, Institute of Medicine. Washington, DC: National Academy Press.

Institute of Medicine (2011). *The future of nursing, leading change, advancing health.* Committee on the Robert Wood Johnson Foundation Initiative on the Future of Nursing Washington, DC: National Academies Press.

Kohn, L. T., Corrigan, J. M., & Donaldson, M. S. (Eds). (1999). *To err is human: Building a safer health system.* Committee on Quality of Health Care in America, Institute of Medicine. Washington, DC: National Academy Press.

Letizia, M., & Jennrich, J. (1998). A review of preceptorship in undergraduate nursing education: Implications for staff development. *Journal of Continuing Education in Nursing, 29,* 211–216.

Malloch, K. M., Milton, D. A., & Jobes, M. O. (1990). A model for differentiated nursing practice. *Journal of Nursing Administration, 20,* 20–26.

Mastal, M. F., & Hammond, H. (1980). Analysis and expansion of the Roy adaptation model: A contribution to holistic nursing. *Advances in Nursing Science, 2,* 71–81.

Mathews, J. J. (1988). Designing a first line manager development program using organization-appropriate strategies. *Journal of Continuing Education in the Health Professions, 8,* 181–188.

McClure, M. L. (1984a). Managing the professional nurse, part I: The organizational theories. *Journal of Nursing Administration, 14,* 15–21.

McClure, M. L. (1984b). Managing the professional nurse, part II: Applying management theory to the challenges. *Journal of Nursing Administration, 14,* 11–17.

McKenzie, L. (1992). Critical thinking in health care supervision. *Health Care Supervisor, 10,* 1–11.

Megginson, L. C., Mosley, D. C., & Pietri, P. H., Jr. (1996). *Management: Leadership in action* (5th ed., pp. 15–20). New York: Harper & Row.

Mensik, J. S., Maust Martin, D. M., Scott, K. A. & Horton, K. (2011). Development of a professional nursing framework, The journey toward nursing excellence. *Journal of Nursing Administration, 41*(6), 259–264.

Mills, M. E., Jenkins, L. S., & Waltz, C. F. (2000). Emphasis courses: Preparing baccalaureate students for transition to the workforce. *Journal of Professional Nursing, 16,* 300–306.

National League for Nursing. (1983). *Internships for the new nurse graduate.* New York: Author.

Nelson, E. C., & Baralden, P. B. (2000). Knowledge for improvement: Improving quality in the micro-systems of care. In N. Goldfield & D. B. Nash (Eds.), *Managing quality of care in a cost-focused environment* (pp. 75–87). Tampa, FL: American College of Physician Executives.

Newman, M. A. (1995). Recognizing a pattern of expanding consciousness in persons with cancer. In M. A. Newman (Ed.), *A developing discipline. Selected works of Margaret Newman* (pp. 159–171). New York: National League for Nursing.

Nordgren, J., Richardson, S. J., & Laurella, V. B. (1998). A collaborative preceptor model for clinical teaching of beginning nursing students. *Nurse Educator, 23*, 27–32.

Orem, D. E. (1985). *Nursing: Concepts of practice* (3rd ed.). New York: McGraw-Hill.

Page, A. (Ed.). (2004). *Keeping patients safe: Transforming the work environment of nurses.* Committee on the Work Environment for Nurses and Patient Safety, Institute of Medicine. Washington, DC: National Academies Press.

Parissopoulos, S., & Kotzabassaki, S. (2004). Orem's self-care theory, Transactional analysis and the management of elderly rehabilitation. *ICUS Nursing Web Journal, 17*, 1–11.

Peplau, H. E. (1992). Interpersonal relations: A theoretical framework for application in nursing practice. *Nursing Science Quarterly, 5*, 13–18.

Perry, N. J. (1994). How to mine human resources. *Fortune*, 96.

Pew Health Professions Commission. (1998, December). *Recreating health professional practice for a new century.* The fourth report of the Pew Health Professions Commission. University of California, San Francisco: Pew Health Professions Commission.

Princeton, J. C. (1993). Education for executive nurse administrators: A databased curricular model for doctoral (PhD) programs. *Journal of Nursing Education, 32*, 59–63.

Rawls, A. C. (1980). Evaluation of the Johnson behavioral system model in clinical practice. *Image*, 12–16.

Rew, L. (1986). Intuition: Concept analysis of a group phenomenon. *Advances in Nursing Science, 8*, 21–28.

Rogers, M., Riordan, J., & Swindle, D. (1991). Community-based nursing case management pays off. *Nursing Management, 22*, 30–34.

Roy, C. (1971). Adaptation: A basis for nursing practice. *Nursing Outlook*, 254–257.

Schafer, P. (1999). Working with Dave: Application of Peplau's interpersonal nursing theory in the correctional environment. *Journal of Psychosocial Nursing and Mental Health Services, 37*, 18–24.

Servais, S. H. (1991). Nursing resource applications through outcome based nursing practice. *Nursing Economic$, 9*, 171–174, 179.

Silva, M. C., & Sorrell, J. M. (1992). Testing a nursing theory: Critique and philosophical expansion. *Advances in Nursing Science, 14*, 12–23.

Steffy, B. D., & Grimes, A. J. (1986). A critical theory of organizational science. *Academy of Management Review, 11*, 322–336.

Strong, A. G. (1992). Case management and the CNS. *Clinical Nurse Specialist, 6*, 64.

Strong, A. G., & Sneed, N. V. (1991, January/March). Clinical evaluation of a critical path for coronary artery bypass surgery patients. *Progress in Cardiovascular Nursing, 6*(1), 29–37.

Suominen, T., Savikko, N., Kiviniemi, K., Doran, D. K., & Leino-Kilpi, H. (2008). Work empowerment as experienced by nurses in elderly care. *Journal of Professional Nursing, 24*, 42–45.

Thomas, J. (1992, July 15). Package deals. *Nursing Times*, pp. 48–49.

Thompson, L. (1986). Peplau's theory: An application to short-term individual therapy. *Journal of Psychosocial Nursing, 24*, 26–31.

Titler, M. G., & McCloskey, J. M. (Eds.). (1999). On the scene: University of Iowa hospitals and clinics: Outcomes management. *Nursing Administration Quarterly, 24*, 31–65.

University Health System Consortium. (2000). *Survey on professional recognition and nurse internship and residency programs*. Oak Brook, IL: Author.

University of Iowa College of Nursing. (2000). *CHAOS*. Iowa City, IA: University of Iowa Press.

U.S. Department of Health & Human Services, Office of Disease Prevention & Health Promotion. (2000). *Healthy People 2010* (2nd ed.). Washington, DC: Author.

U.S. Department of Veterans Affairs, Nursing Strategic Health Care Group. (2000). RN education by grade, September 30. 1999. Washington, DC. (Unpublished data received August 1, 2000 from Author.)

Wakefield, M., & O'Grady, E. (2000). Putting patients first: Improving patient safety through collaborative education. In *Health Resources and Services Administration (HRSA), Collaborative Education to Ensure Patient Safety*, Report to the Secretary of Health and Human Services and the Congress. Joint Meeting, Council on Graduate Medical Education and National Advisory Council on Nurse Education and Practice. Washington, DC: Author.

Watson, J., & Foster, R. (2003). The attending nurse caring model: Integrating theory, evidence, and advanced caring-healing therapies for transforming professional practice. *Journal of Clinical Nursing, 12*, 360–365.

White, V. (1984). Nursing theory: A viewpoint. *Journal of Nursing Administration, 6*, 15.

Williams, R. (1992). Nurse case management: Working with the community. *Nursing Management, 23*, 33–34.

Wilson, C. K., & Porter-O'Grady, T. (1999). *Leading the revolution in health care: Advancing systems, igniting performance*. Gaithersburg, MD: Aspen Publishers.

Woodtli, A., Hazzard, M. E., & Rusch, S. (1988). Senior internship: A strategy for recruitment, retention and collaboration. *Nursing Connections, 1*, 37–50.

Zander, K., & McGill, R. (1994). Critical and anticipated recovery paths: Only the beginning. *Nurse Manager, 25*, 34–37, 40.

Emotionally Intelligent Leadership in Nursing and Health Care Organizations

Susan H. Taft

WWW LEARNING OBJECTIVES AND ACTIVITIES

- Define emotional intelligence (EI).
- Distinguish between emotional intelligence and emotional competencies.
- Name the four emotional intelligence clusters.
- Identify the 18 emotional competencies discussed in the emotional intelligence clusters.
- Identify factors that may enhance or diminish one's innate emotional intelligence and learned emotional competencies.
- Describe the five core competencies and why they are considered crucial.
- Discuss why nursing settings are intensely emotional.
- Identify the desirable characteristics and capabilities of middle- and executive-level nurse leaders and how to select for these qualities.
- Discuss the emotional competencies that may be most important to practicing nurses.
- Identify the emotional intelligence strengths and weaknesses of the nurses in these case studies: Figures 3-2, 3-3, and 3-6.
- Describe how to develop emotional competencies.
- Examine the EI characteristics of best and worst bosses you have known.
- Identify areas of research—from nursing and other disciplines—that support emotional competencies as predictors of leadership success.
- Describe how middle- and executive-level nurse leaders might use emotional competencies in different situations.
- Discuss how emotionally intelligent nurse leaders might improve nursing work environments.
- Identify how emotional intelligence relates to national leadership standards and advancement of the nursing profession.

Quote

My continuing passion is to part a curtain, that invisible shadow that falls between people, the veil of indifference to each other's presence, each other's wonder, each other's human plight.

—Eudora Welty

www   **CONCEPTS**

Emotional intelligence, emotional competency, socioemotional leadership, effective and ineffective leaders, work engagement, self-awareness, self-assessment, self-confidence, self-control, trust and trustworthiness, adaptability, achievement drive, initiative, optimism, empathy, influence, organizational politics, service orientation, developing others, inspirational leadership, change agent, conflict management, teamwork, collaboration, nurse manager, leader competencies

SPHERES OF INFLUENCE

Unit-Based or Service Line–Based Authority: Managing oneself successfully, relating effectively to others, assuming accountability, acting ethically and with integrity, leading change initiatives and other people, communicating effectively, modeling professionalism, managing relationships and diversity, sharing decision making, improving performance, influencing, maintaining patient safety, understanding and working with organizational politics, building trust, promoting teamwork and collaboration, selecting and developing staff, and managing conflict. All behaviors are strengthened with greater concentrations of emotional competencies.

Organization-Wide Authority: Includes all behaviors expected of nurse managers plus assuming organization-wide scope of responsibility and engaging in strategic planning.

Introduction

Opportunities abound! The imperative for leadership practice by nurses has never been greater. Rapidly advancing knowledge and technologies in the healthcare sector are creating new priorities for the nursing role. The 2011 Institute of Medicine (IOM)[1] report calls for, among other developments, markedly expanded leadership by nurses. Members of the nursing workforce are needed to assume leadership activities and positions across all types, levels, and locations of healthcare settings. Nurse leadership capabilities will increasingly become part of the knowledge and skill set of all practicing nurses—not just those holding formal positions. To expand leadership capacity, nursing educational institutions must incorporate leadership development throughout all levels of study, with the necessity for doing so most compelling in baccalaureate and higher degree programs. The American Organization of Nurse Executives, the premier nursing leadership organization in the United States, has called for baccalaureate and master's degrees as the minimal educational preparation of nurse leaders and doctoral degrees for those in executive positions.[2]

Effective nursing leadership in organizations requires numerous talents, skills, competencies, and types of knowledge, as the existence of this textbook demonstrates. At its core, leadership is about relationships with other people. Leaders' accomplishments are largely achieved through the individual and coordinated efforts of others. Without followers, there are no leaders.[3]

Leadership theories have developed since before the time of Machiavelli, but the most recent theories originated in the industrialized world of the 20th century. In the works of scholars, researchers, exemplary leaders, and undistinguished nonleaders alike, there are few topics in management about which more has been written. Since the 1950s, research has tended to focus on Western methods of leadership in traditional industries. More recently, leadership research has expanded our traditional understanding by focusing on leadership behaviors at different levels and within different functional areas of organizations, women's leadership styles, leader diversity as a competitive advantage to organizations, multicultural and global leadership, the role of leaders in attaining safety and quality outcomes, and an acknowledgment that "no one size fits all" practicing leaders. But consistently throughout time and across cultures, leadership has been recognized as a people-oriented business.[4]

This chapter is devoted to exploring the people skills of good leaders—leaders who enable "their people" to be happy and productive workers and engaged employees, who support employees to grow and develop to their full potential, and who themselves work successfully as committed organizational agents. As the standard bearers for high performance, effective leaders empower good performers but also counsel irretrievably poor employees to leave a setting where they perform poorly. The leadership framework discussed in this chapter is emotional intelligence, a composite of 18 intra- and interpersonal competencies that predicts successful leadership at work.[5]

WHAT IS EMOTIONAL INTELLIGENCE?

Emotional intelligence is defined as "the capacity for recognizing our own feelings and those of others, for motivating ourselves, and for managing emotions well in ourselves and in others."[6] Emotional intelligence (EI) includes capabilities distinct from, but complementary to, intelligence or the purely cognitive capacities measured by intelligence quotient. Emotional competencies are defined as "learned capabilities based on emotional intelligence that contribute to effective performance at work."[7] From extensive research conducted by Goleman and his associates and by The Hay Group of Boston, emotional competence has been found to matter twice as much as intelligence quotient and technical skill combined in producing superior managerial job performance. The nursing literature shows widespread support for EI as central to nursing practice.[8]

Emotional intelligence develops in humans as a result of genetic inheritance and the socializing influences of childhood, adolescence, and adulthood; emotional competencies are a result of emotional intelligence plus opportunities we have to develop related competencies. They are capabilities we can learn and expand. Thus an individual born with average emotional intelligence might become exceptionally emotionally competent in adulthood if she had parents who, during her upbringing, tuned in well to her feelings; practiced leadership in college through her sorority; and worked with emotionally competent managers (positive role models) in her early work experiences. Similarly, it is possible to have life experiences that erode one's emotional intelligence. An individual born with high natural emotional intelligence could become limited in emotional competencies if he came from a home in which a parent was an alcoholic, suffered taunting or hazing in school, or had previous bosses who were abusive (negative role models).

The nursing profession requires a high degree of emotional labor—the ability of nurses to regulate their own emotions and the expression of emotions for the sake of their patients' needs.[9] Nurses are expected to display emotions that convey caring, understanding, and compassion toward patients while regulating their own feelings. For newly graduated nurses, the added emotional burdens of coping with the transition from school to work are enormous.[10] The role of the nurse leader, then, becomes critical "in creating a supportive and positive work environment to help nurses cope with the stress of managing their own and others' emotions" concurrently.[11] The American Nurses Association defines the nurse administrator as one who "orchestrates and influences the work of others in a defined environment . . . to enhance the shared vision of an organization,"[12] and identifies emotional intelligence as one of nine frameworks for administrative practice. The emotional intelligence framework provides for understanding the ways in which leader behaviors are necessary for the creation of a positive emotion-intensive work environment.[13]

Emotional Intelligence Framework

The emotional intelligence framework consists of two dimensions: the ability to understand and manage oneself and the ability to understand and relate well to others. These dimensions are further subdivided into self-awareness and self-management and social awareness and relationship management. In each dimension the ability to manage oneself or others is predicated on the awareness one has of self and others. **Figure 3-1** shows the framework of the emotional intelligence competencies.

Self-awareness can be considered the inner barometer, or rudder, people have to understand and direct the moment-to-moment and situation-to-situation variation in internal emotions. Humans are emotional animals, constantly reacting to internal and external stimuli. These stimuli may cause feelings that are positive or negative, uplifting or discouraging, threatening or pleasing, exciting or boring, and so on. An emotionally intelligent individual is aware of feelings as they emerge, understands them accurately, and has the self-confidence to continue activity within their context regardless of his or her emotions. Self-management extends one's emotional intelligence by allowing for self-control of emotions, maintenance of one's integrity, and adaptability to emerging situations. Individuals low in self-awareness or emotional self-management or both may "blurt" reactions in social situations, show rigidity or brittleness when faced with differences of opinion, be defensive to criticism, act contrary to their espoused values, or project insecurity when around others (**Figure 3-2**).

Emotionally intelligent interactions with other people depend and build on an individual's strengths in self-awareness and self-management. Without a solid base of self-understanding, self-control, emotional security, trustworthiness, and adaptability, it is virtually impossible to be open to others and constructive in work relationships. Thus, good leaders must know themselves well and be able to choose how they will respond in social situations. These strengths then provide the foundation for working effectively with others.

Good relationships with others are shown through social awareness and relationship management. These qualities are considered "social radar"—the ability to understand others and work with them productively. Social awareness is grounded, most directly, in the skills of empathy: sensing others' feelings, needs, and concerns and taking an active interest in them. Social awareness in work settings extends into the ability to use good political skills and an active, principled orientation to service toward customers or patients. To exhibit political astuteness at work and to serve patients with sensitivity, the nurse draws on his or her empathy for others, whether individuals or people in groups. Relationship management includes areas frequently depicted in books and journal articles about leadership. Of all the emotional competencies, these are the most readily learned, either through study, reading, and practice or through leadership development programs. Relationship management encompasses competencies in inspiring and influencing others, visioning, developing others, collaboration and teamwork, leading change initiatives, and managing conflict. The effective use of relationship management at work involves leadership that builds individual, group, and organizational engagement toward future accomplishments (see, for example, **Figures 3-2 and 3-3**).

FIGURE 3-1　Framework of Emotional Intelligence	
Self	**Others**
Self-awareness	Social awareness
Self-management	Relationship management

FIGURE 3-2 The New Nurse Manager

Tiffany worked in a large university medical center. She completed her BSN 3 years ago and in her first job as a staff nurse on a complex surgical unit rapidly proved herself to be a competent staff nurse. Because of her capabilities and positive attitude, she was promoted to charge nurse after 1 year. In her third year she was promoted to unit manager when the previous manager left to direct an ambulatory surgery center within the medical center system. Although a "quick study" in managing the logistics of her unit, she lost trust among the nurses in the unit when she reacted defensively and impatiently to criticisms and complaints from the staff, tended to give summary orders, and projected an "I'm too busy to talk to you now" response to staff concerns. For the first time since she started on the unit, Tiffany began to dread going to work. She believed that her former colleagues had turned against her and didn't appreciate how hard she worked for them. She often saw their concerns as petty and viewed them as not taking enough responsibility for their own roles on the unit. She talked to her nursing director regularly about the staff issues, but the director just laughed and told her that the "honeymoon was over" and that things would even out in time. After 6 months, her relationship with her staff had deteriorated to the point that Tiffany, feeling betrayed, scapegoated, and disillusioned, left the medical center to work in a position with an insurance agency.

FIGURE 3-3 The Quality Manager

Joe had worked as a staff nurse on medical floors at two different institutions for 6 and 5 years, respectively. When his first child was born, he decided to accept a job offer as the quality manager for a suburban community hospital so that he could enjoy regular hours and arrange his schedule to coordinate with the working hours of his wife. The position he accepted turned out to have more challenges than he anticipated: uneven patient quality outcomes on different nursing units, physicians angry with implied "report cards" on their medical practices, a new nurse executive who was trying to surmount the multiple demands of her position, a recently completed Joint Commission on Accreditation of Healthcare Organizations survey that enumerated more than a dozen deficiencies that needed correcting within 6 months, and declining patient satisfaction scores in many areas. His first meeting with the executive team of the hospital, in which his charge to "fix things" was laid out, was a demoralizing and overwhelming experience. For a day, Joe regretted having left the comfort of staff nursing, where he knew what to do and how to do it. As a staff nurse, problems could be addressed one patient at a time.

   After talking with several nurse manager colleagues from his previous place of work and with a nurse educator at a local university where he had enrolled for master's study, Joe began to get a handle on how to approach his new responsibilities. He understood hospitals. He trusted his own ability to learn what he needed to learn and to move forward one step at a time, and he recognized that the amount he needed to accomplish required a systematic and comprehensive plan. Over the next week he talked to many different employees of the hospital and some of the physicians in leadership positions. Some of his meetings involved listening to people venting about the problems they faced in their work or the people they worked with; several included angry accusations about the perceived "quality agenda" of the chief executive officer. Joe made no attempt to counter the comments he heard, nor did he allow himself to get defensive and angry in return. Instead, he reiterated frequently that he was just trying to learn about the issues the hospital faced so that he could put together some ideas on how to move forward.

Emotional Competencies

Emotional competencies are developed from life experiences in combination with an individual's innate emotional intelligence. Humans tend to become increasingly emotionally competent with age as we accumulate experiences that help us understand ourselves and others better. We learn from positive as well as negative experiences. Who has not made political mistakes in a job early in a career? How many haven't suffered through a performance appraisal that found them less than perfect? Who has not failed to influence a peer group to do something they thought was an obvious "no-brainer"? To our benefit or detriment, we learned from these experiences. Similarly, almost everyone can identify a teacher who helped us to know ourselves better and, in the process, improved us, or a leader whom we would follow anywhere. Parenting, socialization experiences, role models, and the practice of new behaviors all help or hinder us in developing emotional competence. Life experiences create positive or negative influences on any individual depending on the nature of the experience and how it is processed by that person. The fields of child and adult development focus on how one's natural endowment, culture, central figures, and life experiences interact to create the unique mature individual.

Eighteen work competencies, depicted in **Figure 3-4**, constitute the emotional intelligence framework. Four clusters—self-awareness, self-management, social awareness, and relationship management—contain lists of the emotional competencies relevant to self and others.[14] Though all competencies are considered important for leadership effectiveness, five are core competencies on which all the other competencies depend. For knowing and managing oneself, core competencies include emotional self-awareness, accurate self-assessment, emotional self-control, and self-confidence, and, for working effectively with others, empathy. Without these core competencies, one cannot effectively exercise leadership. For example, one must be self-aware—in tune with one's own emotions—to practice emotional self-control. Emotional self-control is essential to collaborate with others, build work teams, or manage conflict.[15] Empathy is required to develop others constructively, understand organizational politics, or respond proactively to customer needs.

FIGURE 3-4   The Emotional Intelligence Framework & 18 Competencies[5]

Personal Competence	Social Competence
Self-awareness	Social awareness
Emotional self-awareness*	Empathy*
Accurate self-assessment*	Organizational awareness
Self-confidence*	Service orientation
Self-management	Relationship management
Emotional self-control*	Developing others
Transparency	Inspirational leadership
Adaptability	Change catalyst
Achievement orientation	Influence
Initiative	Conflict management
Optimism	Teamwork and collaboration

Note: *Core competencies, on which the remaining 13 competencies depend.

Source: Goleman, 1995, 1998a; Goleman et al., 2002; The Hay Group, 2004.

In Figure 3-2 Tiffany's behavior as a new nurse manager reflects limitations in emotional self-awareness, self-control, adaptability, and self-confidence in how she understands and manages herself. In working with others, Tiffany's empathy, organizational awareness, development of others, inspirational leadership, conflict management, and teamwork and collaboration all appear to be weak. Although she has been a competent and effective staff nurse, Tiffany lacks the skills and emotional competencies to move effectively into a management role. It is common in all industries, including health care, for good workers to be promoted into management positions with little or no additional training or mentoring. Sometimes these promotions work well, but often they do not. It is a management myth that the best staff workers make the best leaders. Leading people requires skills and knowledge that even the most talented employees can lack.[16] Emotional intelligence is just one of many areas in management in which proactive planning for human resource development is critical for leader success.

Because the core emotional competencies are essential leadership traits, they are the areas in which leadership development should, in the case of deficiencies, begin. Once integrated well into leadership behavior, the core competencies can be used to support or leverage further emotional competency development.

Figure 3-3 gives the scenario of Joe, the new quality manager at a community hospital. Like Tiffany, Joe came from a staff nurse position to a management role. Unlike Tiffany, Joe demonstrates a number of emotional competencies as he takes on a difficult work assignment: Although initially overwhelmed and discouraged by his new responsibilities, he is aware of his emotional reactions to those responsibilities. Rather than recede into self-doubt and make a choice to resign, he shows confidence in his own abilities to learn and move forward. He adapts to the magnitude of the job, seeks counsel from others (initiative and optimism), and sets out to gather information necessary for him to succeed (achievement orientation). His meetings with others in the organization are conducted with good political insight (organizational awareness) and empathy. He avoids responding emotionally to the comments he hears (emotional self-control). Joe recognizes that the job requires him to be a champion of change and that it takes collaboration and teamwork, plus development of others, to be effective. Within a reasonable period of time, Joe creates a vision for quality improvements at the hospital. In the near future, he stands a good chance of becoming an influential and inspirational leader for quality improvement.

Why was Joe so much more effective than Tiffany? We cannot say for sure, but some combination of innate emotional intelligence, socialization, positive role models, and age and experience probably provided him with the opportunities to develop his emotional competencies. In contrast, Tiffany came to her new position with serious limitations and, presumably, less positive prior growth opportunities relative to leadership. Nurse leaders who are responsible for selecting, hiring, and promoting personnel need to be aware of the great variation in emotional intelligence that exists among employees. Though Joe needed some coaching in his new position, which he obtained primarily from external sources, Tiffany required far greater development in house to become a successful nurse manager. At a minimum, management classes and good mentoring would have provided Tiffany with some necessary initial support to face the challenges she encountered in her new position. In her organization, Tiffany's development needs were not identified and no coaching provided, so she floundered and failed, carrying negative views of leadership with her to future jobs. Most likely, the harm done to her as a potential leader will need to be "unlearned" before she can develop leadership capabilities later in her career.

The 18 emotional competencies that constitute emotionally intelligent leadership are summarized in **Figure 3-5**. In the upper left cell are the competencies of self-awareness: emotional self-awareness, accurate self-assessment, and self-confidence. They are the foundation for effective leadership. Self-awareness gives an individual a constant internal monitoring system. It reports feelings and reactions to experiences in the present, but also includes knowing and anticipating situations in which one is apt to feel stress, joy, anger, insecurity, defensiveness, impatience, and so on. Self-awareness is a prerequisite for the social competency of empathy. The individual who is emotionally self-aware or has accurate

FIGURE 3-5 Emotional Competencies Constituting Emotionally Intelligent Leadership[5]

Personal Competence	Social Competence
Self-awareness One's "inner barometer," rudder	**Social awareness** One's "social radar"
Emotional self-awareness* A fundamental and essential emotional competence Recognizing your own emotions and their effects Knowing where your "buttons" are	**Empathy*** Sensing others' feelings, needs, concerns and perspectives and taking an active interest
Accurate self-assessment* Knowing your strengths & weaknesses Seeking out and "taking in" feedback from others	**Organizational awareness** Reading a group's emotional/political currents and power relationships, and acting on this awareness
Self-confidence* Sense of self-worth & capabilities that can sustain you during failures & defeats; having "presence"	**Service orientation** Anticipating, recognizing, and meeting customers' needs, and the motivation
Self-management Enables one to resist the tyranny of emerging moods	**Relationship management** Enables one to act in the interests of others without tripping over his or her own ego
Emotional self-control* Being unfazed in stressful situations; influenced by biochemistry and neurological system	**Developing others** Sensing others' development needs and bolstering the development of others' abilities
Transparency Trustworthiness, credibility, accountability for self; others can count on you High integrity: acting consistently with your own values	**Giving timely feedback**
	Inspirational leadership Having vision; inspiring and guiding; communicating often and effectively
Adaptability Ability to let go of previous ways of doing things, willingness to try new ways	**Change catalyst** Recognizing the need for change; removing barriers; communicating widely; modeling
Achievement orientation A drive to accomplish goals, stretch for high performance; sets apart high achievers Core for entrepreneurs	**Influence** Winning people over; indirectly building consensus and support; orchestrating effective tactics of persuasion; good communication Fine-tuning presentations/appeals to fit the audience
Initiative Motivation; seeking out new ideas and methods; taking responsibility; readiness to act	**Conflict management** Understanding all perspectives and negotiating with these in mind; does not mean suppressing conflict
Optimism Persisting despite obstacles and setbacks; not fearing failure	**Teamwork and collaboration** Working toward shared goals using individual strengths and group synergy; nurturing relationships, building esprit de corps, sharing credit lavishly Includes managing meetings well

Note: *Core competencies.

Source: Goleman, 1995, 1998a; Goleman et al., 2002; The Hay Group, 2004.

self-assessment knows his or her strengths and weaknesses and is comfortable "owning" them around other people. Comfort with one's own capabilities, values, and skills—both those that are strong and those that are limited—leads to self-confidence and the potential for behavioral integrity. The self-confident leader uses these competencies to support his or her self-assurance and self-efficacy, and often they enable acts of courage to voice unpopular views in the workplace. Any leader in today's healthcare settings needs to have some "toughness" to survive; self-confidence is a core component of a good survival strategy.

The capacity for good self-management, shown in the lower left cell, includes the emotional competencies of emotional self-control, transparency, adaptability, the drive to achieve, initiative, and optimism. Emotional self-control prevents us from being hijacked by our feelings, but it does not imply that the expression of all emotions at work is undesirable. There are many experiences in the workplace that call for the appropriate expression of feelings, such as events that stimulate anger, sadness, frustration, humor, or happiness. The key to self-control is that the individual is aware of his or her feelings and makes a choice as to whether to express them or keep them submerged from view. Thus a nurse might choose to let a manager know when he or she is frustrated with an ongoing lack of supplies to care for patients but decide not to express indignation when a coworker makes a mistake with a patient, as the latter case may be more constructively dealt with through subsequent rational discussion.

The rules for emotional expression or emotional control vary greatly across ethnic groups, cultures, national origins, social class, organizations, and other contexts. Some organizations enable both staff and leaders to be frank and open in the expression of feelings, whereas others maintain codes of formality that tend to limit the sharing of feelings. Leaders need to understand the norms of their own workplaces and use these to guide how they manage their own feelings and those of others.

Transparency—being honest, open, trustworthy, and authentic—is the competency that most supports an individual's integrity. Transparent leaders can be depended on and trusted.[17] They model ethical behavior. When pressured to do something they believe to be wrong, transparent leaders demonstrate courage by standing up against it, even when taking a stand may be personally risky. Almost everyone would like to have a transparent leader because he or she engenders trust. Such leaders live and model the behaviors they expect of others,[18] in the process enabling others to act with integrity. Trust in a leader gives rise to positive emotions in employees, and positive emotions are what attach people to their work.

The emotional competency of adaptability enables leaders to be flexible in changing situations or in overcoming obstacles to getting work done. It provides for emotional resilience in the face of multiple demands, complex or ambiguous situations, shifting priorities, and painful realities. Though people who lack adaptability may be ruled by anxieties and fears about change, it is also true that an adaptive response to every challenge is not always desirable. There are values and principles to which leaders should adhere, and too much flexibility on these may be the wrong choice. Examples include nurse executives who hold to a floor of safe staffing rather than agree to budget cuts that could result in dangerously low nurse-to-patient ratios, an agency director who rejects requests for special treatment for family members of local politicians, or the medical department head who refuses gifts to his department offered by pharmaceutical representatives in exchange for the promotion of specific brand-name drugs. Because healthcare organizations are complex, fast moving, and concerned with the health of humans, adaptability is important for any nurse leader, but equally important is knowing those areas in which existing practices should be maintained.

The ability to harness internal motivation, the readiness to take responsibility and to persist, and the drive to stretch for high performance, take risks, and accomplish goals typify leaders high in achievement orientation and initiative. High achievers are inwardly directed, holding challenging standards for themselves. They are proactive, love to learn, seek challenges, and are willing to bend rules. In the business world entrepreneurs tend to have these characteristics to an extreme degree, although they often lack some of the other important leadership competencies associated with social awareness and relationship management. In health care, high achievers/initiators operate in a constant state of readiness. They are frequently results oriented and focus on performance improvements by mobilizing themselves and others.

People at work take their emotional cues from their leader(s). Because positive or negative emotions from a leader powerfully penetrate the work climate, the presence of the former is clearly preferable to the latter. An optimistic leader is one who carries a "can do" attitude and who persists despite obstacles and setbacks. Optimism enables a leader and his or her employees to learn from mistakes and move forward. He or she is a carrier of hope.

Displayed in the upper right cell of Figure 3-5 are the competencies of social awareness: empathy, organizational awareness, and service orientation. As a core competency, empathy provides the foundation for the remaining two competencies in this cell as well as the ability to manage relationships (as shown in the lower right cell). Empathy is the "sine qua non of all social effectiveness in working life,"[19] a critical competency for working with a diverse group of people and those from different cultures. Every organization has an invisible nervous system of connection and influence.[20] Political astuteness, a part of the competency of organizational awareness, derives from being attuned to individuals, groups, and organizational power dynamics; detecting social networks and unspoken rules; and knowing how to use other people and processes to advance one's own interests. For middle managers, awareness of politics needs to include those above and below them. The politically aware leader tends to have an organizational, as opposed to subunit or departmental, perspective. Even for empathetic leaders, this perspective may be the most difficult of emotional competencies to learn. As an educator, I have found that the competency of organizational awareness is best learned by my graduate students through mentoring experiences with politically gifted leaders.

Service orientation, whether customers are patients or members of other departments, draws on the ability of the leader to grasp the customer's perspective and to create actions responsive to that perspective. He or she seeks ways to increase satisfaction and loyalty.[21]

The lower right cluster of Figure 3-5 lists the emotional competencies of relationship management: development of others, inspirational leadership, change catalyst, influence, conflict management, and teamwork and collaboration. These too are built on a foundation of the core competencies of emotional self-awareness, accurate self-assessment, self-control, self-confidence, and empathy.

Healthy organizations cultivate formal and informal leadership throughout the system by developing leaders. Nurse executives, for example, play a pivotal role in the development of nurse managers. In performance-oriented cultures, all staff are considered worthy of development. This can be informally addressed through coaching and feedback—giving accurate, specific, timely, descriptive feedback that the receiver can use effectively and from which he or she can grow.[22] Such cultures disparage the singular use of "overly nice" feedback that excludes critical, but important, appraisal information.

To guide others, leaders must first have a clear sense of their own direction, values, and priorities. Inspiring leaders rely on core values to orient decisions; they are intentional and authentic,[23] leading by example, whether supporting people through day-to-day work challenges or episodes of difficult change. They value and nurture the relationship between leader and followers, typically creating an empowered staff.[24] Honest, authentic, frequent, two-way communication enables trust development and is the hallmark of the inspirational leader.[25] It is an "emotional craft."[26] Some research has found that the intent of staff nurses to leave their organizations is negatively correlated with their leader's transformational leadership style[27]—that is, transformational leadership contributes to nurse retention.

Any leader in health care is a change agent: it comes with the job. Most healthcare leaders essentially lead change all the time. No longer is most change "planned"; it usually originates outside of healthcare organizations in the form of government regulations, alterations in reimbursement, technological innovation, shifts in the economy and demographics, and so on. More often than not, we respond to changes beyond our control. All changes in organizations evoke some resistance. The best change agents do not give ultimatums; they use the competencies of self-awareness and self-management, as well as empathy, politicking, influence, visionary leadership, conflict management, and teamwork and collaboration, to engage employees and lead successful change efforts. Because changes are always occurring, the skills and abilities of change managers need to be fully integrated into the daily practices of managers.

The desire to exert influence can be directed at individuals or groups. Skills in influencing others in the workplace are not routinely taught in nursing school, nor do staff nurses typically learn to be influential through their work except in the area of patient care. Influence skills are built on self-awareness and empathy—being in touch with your own priorities and sensing how others are likely to respond, then fine tuning your appeal to engage others. Nurses use these skills frequently to influence medical and administrative staffs. The persuasive leader intentionally uses her or his emotions and body language to affect the emotions of others. This requires good communication skills,[28] a collaborative stance, trust, and both direct and indirect methods of influencing others. Indirect methods may be especially useful, as when one builds support for an idea before presenting it to the intended audience.

Managing conflict in organizations can include such actions as intervening in interpersonal or group frictions, confronting one's boss, addressing interdepartmental conflicts, facilitating a restructuring, and bargaining with labor unions. Facility in handling difficult people and tense situations constructively is not a widely distributed skill in American society. It is one of the most demanding of emotional intelligence competencies, requiring all the competencies of self-awareness and self-management, as well as empathy, organizational awareness, the ability to develop others and exert influence, and collaboration. Although organizations rife with conflict are unhealthy work environments, the most dysfunctional organization is often one where differences are suppressed and conflicting views are disallowed. Differences of opinion and the emotions that accompany them can become toxic if not addressed. In most cases conflicting views can be expressed, acknowledged, and addressed in positive ways. Part of Victoria's difficulty in **Figure 3-6** was that she never surfaced and addressed differences in perspectives between the chief operating officer and herself. A politically savvy leader often anticipates where and when conflicts are likely to surface and prepares to address them.[29] The insightful use of varying viewpoints can enable the leader to channel strong feelings into problem solving and creative solutions.

Across all types of industries, teamwork is one of the most consistently valued attributes of managers. Teamwork and collaboration are related to the emotional intelligence of groups and are the means by which virtually all work is accomplished in healthcare organizations. Collaborative styles typically reflect an equal focus on task accomplishment and concern for relationships. Individuals able to function effectively as team players do so as a result of emotional intelligence, especially the competencies associated with self-awareness and self-management, plus empathy and service orientation. Cognitive intelligence, technical expertise, or ambition alone do not make people collaborative. As a result of the synergies of "social intelligence," well-functioning teams consistently outperform the contributions of skilled individuals. Combined talents and knowledge on a healthy team interactively and unpredictably catalyze the best in everyone, leveraging the full capabilities of the team members.[30] Thus leaders who are good team builders and facilitators (e.g., running meetings well, building esprit de corps) greatly enhance work performance while generating an atmosphere of friendly collegiality. Group cohesion has been found to be partially predictive of nurse job satisfaction, as has nurse–physician collaboration.[31]

It is important to note that all forms of interactions at work need to be considered relevant to emotionally intelligent behaviors. This means that e-mails, faxes, voicemails, and written memos or reports are all improved by the same sensitivities that the emotional competencies employ. An example of this is using empathy when sending an e-mail or writing a memo; the emotionally intelligent sender is aware of what the recipient knows and thinks before framing the message. Often, providing a sentence or two of background before stating a message, or stating at the outset what the sender wants from the

FIGURE 3-6   The Remote Nursing Agency Director

Victoria was the director of nursing for a large, multidisciplinary home health agency serving 12 acute care hospitals in a multicounty region. Her boss, the chief operating officer (COO), was a physician who worked offsite because of numerous other responsibilities with one of the medical centers. Victoria saw the COO about one or two times a month; otherwise, they communicated by telephone, e-mail, and fax. The COO was erratic in his oversight of the agency. Most of the time he let it "run itself," but at other times he would arrive unannounced and demand data and financial reports all at once, often grilling the directors about what he found. Victoria and the other directors of the agency didn't like the COO's style, but they were content because, most days, he didn't meddle with them. Although not yielding much profit, the agency nonetheless covered its costs, had reasonable patient and family satisfaction scores, and continued to have a steady flow of referrals.

As time went on, Victoria focused on her staff nurses and team leaders, patient care needs, interdisciplinary coordination, and referring hospitals. She attended to accreditation preparedness and compiled required reports in collaboration with her codirectors. Staff at the agency was reasonably content, although scheduling and salary complaints never seemed to go away. E-mails and faxes from the COO came frequently but were primarily concerned with issues of regulation, quality developments in health care, and cost-saving ideas. Victoria responded to these when she had something to share back with the COO, but mostly she filed or saved his communications for future reference. He knew little about home nursing care and was not much of a team player when he interacted with others, so she tended to avoid discussions with him when possible.

After 18 months in her position, Victoria came in on a Friday morning to find the COO and the director of human resources waiting for her. They took her into the conference room, where the COO informed her that she was being relieved of her duties. He had completed a performance review about her that stated he had found her resistant to direction, aloof, unwilling to innovate, and stuck in a "narrow nursing frame of mind." He indicated he had lost confidence in her. Shocked, Victoria responded as calmly as she could manage, noting that the agency's referrals, nursing statistics, cost per visit, patient satisfaction, profitability, turnover rates, and staff satisfaction ratings were all as good as, if not better than, those of similarly sized home health agencies. Since her departmental outcome measures were better than acceptable, how could he justify firing her? He told her the nursing department needed a change of leadership, so that's what he was doing. He then gestured to the director of human resources, who had said nothing to this point, and indicated that she and the director could work out her termination arrangements. After their meeting, the director walked Victoria to her office for her personal items and then to her car, collecting the agency's keys before she indicated that Victoria should leave and not return to the premises.

receiver, helps the message reach the receiver. For example, as a nurse educator, it is not unusual for me to get e-mails from my undergraduate students that contain no signature at the end of the message. If I don't recognize the e-mail address, I often have no idea who sent me the message. In these cases, clearly the student is focused entirely on his or her needs and not thinking about my ability to interpret the message.

No leaders, good or bad, have equal strengths or equal weaknesses in all 18 emotional competencies. Leaders and managers have their own unique constellations of the components of emotional intelligence.

Best and Worst Bosses

In training individuals in emotional intelligence, I have worked with healthcare professionals from many different organizations. I often ask people to list the characteristics of their best and worst bosses, and I have found that the results of this exercise are very consistent across settings. People tend to list variations of the behaviors shown in **Figure 3**-7.

FIGURE 3-7 Characteristics of My "Best" and "Worst" Bosses

Best Bosses	Worst Bosses
Understands my strengths and weaknesses	Poor listener
Always has an open-door policy	Micro-manager
Is available and accessible	Is too busy to help me
Is genuinely interested in others	Gives orders and expects them to be carried out without question
Works with me on difficult projects	
Has a good sense of humor	Gives negative feedback but rarely says anything positive
Admits to own mistakes; open to feedback	Gets angry easily; tends to "shoot the messenger"
Expects effort and conscientiousness but not perfection	Has no insight into him or herself
Willing to change plans based on input from me and others in my workgroup	Gives unclear instructions and then blames others when it's done wrong
Gives an assignment and then lets us do it; doesn't meddle	Doesn't want to know my opinion
Is positive and upbeat	Prefers to fire off e-mails rather than sit down and talk
Often brings in bagels or fruit for us	Incompetent; can't acknowledge own weaknesses; is insecure
Is quick to give credit to others for good work	Wants to look good to his or her boss at all costs
Takes a lot of stress from upper management but never brings it back to us	Is unavailable, inaccessible, never "around"
Always has our department's best interests at heart	Is often in a bad mood
Really cares about how our patients are treated	Lazy; I have absolutely no idea what he or she does all day
Will "handle" anyone who is abusive to one of us on the unit; won't back down or let us down	Is unethical
Works harder than anyone else	Will lie or misrepresent things rather than admit she or he made a mistake
Has high standards, sticks to values	Takes credit for the work that others do
"Walks the talk"	Is clueless about our feelings about things
Understands the "big picture"; is visionary	Can't deal with conflict, so avoids it
Always looks for new and better ways to do things; is open	Seems unhappy with home life, and brings a lot of that into work
Knows a lot about what's going on in other organizations like ours and brings new ideas back to us	Changes direction all the time
Treats everyone fairly and equally	Is rigid and defensive
Gives feedback—all kinds—frequently; is collaborative	Is cold and distant
Encourages us to have different points of view and to express them; helps us find resolutions	Holds grudges
Will sit down with two people who are not working well together and get them to work it out	Doesn't advocate for us at higher levels or with other departments; "sells out"
Shares information; is upfront with us when something can't be changed	Doesn't tell me how he or she thinks I'm doing until I get slammed in my annual performance evaluation (which is usually months late)
Encourages us to come up with our own solutions to problems; will intervene if we're stuck	Listens to gossip (and selectively believes it)
Is creative; willing to take risks	Has "favorites" (who get special treatment)
Is very well liked and respected by people in other departments	Is not a team player
Makes us want to follow him or her	Doesn't deal well with office politics
	Doesn't address important issues, even when they go on for months or years
	Talks all the way through meetings without letting anyone else say anything
	Doesn't want to change anything—or the opposite: makes changes willy-nilly without thought
	Poor/no communication
	Has no vision, no charisma

Note that the characteristics of best and worst bosses tend to be the opposites of each other: creative versus rigid, gives credit versus takes credit, shares information versus withholds information, advocates versus sells out, and so on. What people report seeing and valuing in a best boss includes the competencies associated with emotionally intelligent leadership.

Although we know that knowledge, skills, and capabilities, in addition to those characteristics listed in Figure 3-7, are necessary for good leadership and management (e.g., the ability to secure and distribute resources for work tasks or the use of sound staffing and scheduling principles), it is noteworthy that how others evaluate their leaders rests disproportionately on the followers' perceived relationships with those leaders. This strikingly illustrates the basis for the importance of emotionally competent leaders.[32] Because nursing in all its forms is a people-oriented business, top-performing nursing work groups are powered by their leaders' abilities to manage themselves and work well with others.

RESEARCH AND PROFESSIONAL SUPPORT FOR EMOTIONALLY INTELLIGENT NURSING LEADERSHIP

The American Organization of Nurse Executives (AONE) sets research and education priorities that address critical issues facing the profession. The AONE, which represents the perspectives of nursing leaders across the United States, consistently calls for professional leadership and leadership development at all levels of nursing activity. Strong, effective executive leaders in nursing can be scarce commodities, but even where they exist their organizations frequently have inconsistent nurse leadership strength throughout the ranks. The AONE executive leadership competencies call for strengths in professionalism, leading change, and communication and relationship building with all stakeholders. At the nurse manager level, the critical art of leading others includes a cluster of relationship and diversity management capabilities, influence, human resource management, and shared decision-making competencies.[33]

The American Nurses Association's Scope and Standards for Nurse Administrators call for knowledge and qualifications that, in part, fall within the domain of the emotional competencies framework (e.g., leading customer service; integrating ethical principles; exhibiting trustworthiness, honesty, and integrity; facilitating difficult conversations; facilitating interpersonal, interdisciplinary, and inter/intraorganizational communication; employing conflict resolution abilities; utilizing organizational behavior and development; teambuilding; leading performance improvement; creating environments of practice and practice innovation; managing change; empowerment; coaching and mentoring; correcting poor performance; competence with cultural diversity; self-management and self-improvement; social competence; adaptability; promoting learning; inspiring and motivating others; and committing to excellence). The standards reflect the values and priorities of the profession, direct the leadership of professional nursing practice, and identify areas in which nurse leaders are accountable.[34]

A growing research base documents the relationship between nursing, environments of care, staffing ratios, and nurse education levels and patient outcomes.[35] Most of this research focuses on hospital nursing and appears in journals such as *Health Affairs*, the *Journal of Nursing Administration*, *Nursing Economic$*, and *Policy, Politics, & Nursing Practice* as well as in specialty nursing journals. Additionally, national foundations, such as the Robert Wood Johnson Foundation, and government agencies, such as the Agency for Healthcare Research and Quality (part of the U.S. Department of Health and Human Services), periodically issue reports on patient safety and outcomes research they have funded.[36] The documented importance of nursing to high-quality care is evident throughout these studies and, with it, the necessity for effective nursing leadership at all levels of healthcare organizations.

Several areas of need for emotionally intelligent nursing leadership are especially prominent in the research literature: recruiting and retaining qualified staff and limiting stress, transfer, grievance, turnover attrition, and nurses leaving the profession; promoting positive work climates; promoting nurse participation in decision making and enhancing power and control; improving nurse recognition, advancement opportunities, and lifelong learning; enhancing management responsiveness to and communication with nurses; and providing better administrative support for nursing activities. These areas of need are especially critical because of the shortage of nurses nationwide, the costs of turnover, and the disruptions in organizational effectiveness and patient care quality associated with unstable staffing.[37]

In spite of the common practice of promoting nonmanagement-prepared staff nurses into charge and leadership positions, the need for well-prepared managers is well established in the nursing literature. Nurse leaders make a significant difference in how nurses perceive and perform in their jobs. Repeatedly, effective behaviors and practices of nurse leaders have been found to influence work environments in innumerable ways, resulting in greater levels of staff nurse job satisfaction and organizational commitment.[38] With the proper infrastructural support,[39] exceptional nurse executive leadership, positively influences the entire climate of nursing work in an organization. And because nurse middle managers can "make or break" the care delivery process, there is growing evidence that well-run nursing units provide higher levels of care quality.

Nurse executives in any healthcare setting establish standards, provide resources, buffer staff nurses from the effects of ongoing uncertainties in the healthcare industry, lead with high expectations, and negotiate with other professional groups for control over nursing practice. Additionally, top-level emotionally intelligent nursing leadership is necessary to support the effective selection and development of nurse middle managers. In turn, nurse executives need support from their executive colleagues to create work environments that enable professional practice by nurses. Nationally, the strongest nursing organizations have tended to be those in which the chief executive officer understands and values nursing and "gets it" in regard to what is needed to maintain a strong base of nursing practice. He or she trusts and grants full authority to the nurse executive to run the nursing operation (**Figure 3-8**).

HOW TO DEVELOP YOUR EMOTIONAL COMPETENCIES

All emotional competencies can be learned and developed.[40] The core competencies—emotional self-awareness, accurate self-assessment, self-confidence, emotional self-control, and empathy—are fundamental and therefore the most important. A leader deficient in the core competencies will encounter difficulty mastering any of the remaining 13 competencies. In Figure 3-6 Victoria appears to have the competencies associated with self-awareness and self-management. She knows that she doesn't like the chief operating officer and his leadership style, is able to maintain self-control in his presence, and is confident of her abilities to run the nursing component of the home health agency. Her crucial mistake, however, is her lack of empathy for the chief operating officer. She didn't really know what motivated him or what was important to him, nor did she have any idea how he might be viewing her performance. It is likely that the chief operating officer, though not often present, had expectations that his direct reports would demonstrate attention and responsiveness to his communications, regardless of how important (or irrelevant) his direct reports believed those communications were. When Victoria ignored or deflected a good number of his e-mails and faxes, the chief operating officer probably found her behavior disrespectful, perhaps even offensive. As a result, he interpreted her behavior as resistant, aloof, and not innovative. Had Victoria been more aware of the chief operating officer's expectations and what his unique leadership behaviors meant to him, she could have been more astute in managing the politics with her boss. The competency of organizational awareness, which concerns one's political savvy at work, cannot be developed without first having the ability to empathize with the needs and feelings of other individuals and groups. Victoria used her own frame of reference to determine what was important in her job, giving little thought to what her chief operating officer viewed as important. She also let his relatively infrequent appearances on site lull her into a false sense of security.

FIGURE 3-8   Emotional Intelligence at Work

For nearly 30 years, until the managed care decade of the 1990s, the Beth Israel (BI) Hospital in Boston served as an icon for the empowerment of nursing. With its chief nurse executive, Joyce Clifford, working in a unique partnership with CEO physician Mitchell Rabkin, the BI helped to pioneer an innovative model of nursing care . . . . The hospital . . . employed an almost all registered nurse staff, hired only RNs with bachelor's degrees, and was committed to enhancing the collaboration between nurses and physicians and giving nurses a greater voice in their institution . . . . [T]hose nurses received institutional support from the highest levels . . . . [N]ursing care does not depend on the personal kindness or the moral virtuousness of the nurse. Instead it depends on education and experience and on the institutional support that nurses receive from the hospital in which they are employed . . . . Nurses there were among the most satisfied in the nation.[40]

Historically, Beth Israel had been one of the best hospitals in the world in which to practice as a nurse. Organizational features that both enhanced nurses' work satisfaction and improved patient outcomes included support for nurses' stature and representation in the hospital, control over the resources required to perform their work, autonomy in decisions about how to care for their patients, and teamwork and collegiality with physicians.[41] This did not happen by chance—all of its great accomplishments were voluntary creations constructed over years[42] by the collaborative relationship between the chief executive officer and chief nursing operator.

I interviewed Dr. Rabkin in 1992 as part of Beth Israel's participation in the program Strengthening Hospital Nursing, a national initiative funded by the Robert Wood Johnson Foundation and the Pew Charitable Trusts. His support for nursing and nurses was both seriously and humorously relayed through the following comments:

> There are very few places, I think, where other than by some dictatorial policy, nursing is deemed to be co-equal with medicine, surgery, etc. My argument is that nursing is a clinical service just like medicine and surgery, OB/GYN, and so on . . . . Hospitals—not this place alone—are nursing institutions primarily, not doctoring institutions. Now if you don't have a truly professional nursing service, [empowering nurses] is not going to work. You need two things: one, you need nurses who are smart, because doctors don't tolerate people as colleagues who are not as smart as they are. You need to have smart nurses. The other thing is that they have to be true colleagues, and that comes about not only in nurses' education but also with their image of themselves, the capacity to understand what nursing really is, and I see that here [at Beth Israel].
>
> In fact, there was a marvelous incident a number of years ago, with a head nurse who couldn't have weighed more than 90 pounds, and this was with a new resident on the orthopaedic service; these kids [residents] rotate through all of the Harvard hospitals. This one had spent some 6 months at [another hospital], and literally within 30 minutes of his arrival at BI, he had some floor nurse in tears. The head nurse manager asked him to come into her office, and she said to him, 'You're new here, you've been [at the other hospital] for 6 months, and I've got to tell you that the way we do things around here is rather different, and what you've done is completely unacceptable. This is the way we work here [and she went on to explain the co-equal role of nurses at BI]. This is your first day and I realize it and we're certainly going to give you time to learn.' Then this pipsqueak put her finger on this guy's chest—he's about 6'2"—and she said, 'If you do not learn, we will send you back to the minor leagues where you came from.' The guy got beet red, stormed out, and then went to see the senior orthopaedic surgeon, who said, 'Well, maybe you've got something to learn.' About 3 or 4 days later he came back and asked to speak to the head nurse in private. 'I have to apologize,' he said, 'I had no idea that nurses were so good and so confident, and so capable, I really had no idea at all.' So they [new residents] learn. They also learn from role modeling by the other physicians. It's not only the nurses standing up for themselves; the nurses know that the administration backs them up.[42]

Rabkin's story suggests many aspects of the BI culture that support nursing practice, but it also illustrates an emotional intelligence characteristic of "best bosses"—"handling" anyone who is abusive to nurses.

Developing emotional competencies first requires an awareness of areas of strength and weakness and then an identification of what the ideal behavior would be in a targeted area of weakness (**Figure 3-9**). The individual needs to assess honestly his or her motivation to change and willingness to practice new behaviors. From a feasibility standpoint, it is important to focus changes on just one or two competencies.

FIGURE 3-9 Steps to Developing Emotional Competencies[43]

1. Determine your behavioral goals.

   - Ground them in your assessment of your emotional strengths and weakness, and use feedback from others who know you well. Make sure you understand the gaps between your actual and your preferred "ideal" behavior.

   - Build on and engage your strengths.

   - Develop clear, manageable goals; have them reflect your personal vision for self-development.

   - Pick no more than one or two areas (competencies) at a time. Determine whether your plans for self-directed change will fit smoothly into your life: Are there day-to-day events that can be used as a learning laboratory?

   - Honestly assess your commitment to working on self-development.

2. Create a plan to reach your behavioral goals.

   - Select a coach and establish a verbal contract.

   - Identify and agree on the developmental priorities and behavioral indicators.

   - Identify how behavioral development will facilitate your career goals.

   - Identify opportunities for trials and action, using ways that fit your learning style.

   - Identify times and places for the coach (and any others you choose to involve) to observe you and provide feedback.

   - Identify role models you would like to emulate.

   - Understand that self-development will take time and sustained focus. It doesn't happen overnight!

3. Monitor your progress regularly.

   - Practice, practice, practice; use work and outside settings.

   - Tune in to behaviors you need to unlearn in order to learn new ones.

   - Meet and talk with your coach. Ask questions to help clarify issues.

   - Seek feedback from others as possible.

   - Identify in which situations it is easier or harder for you to improve.

   - Don't "slip" in other strength areas of emotional competency while you are focused on development in new areas; avoid relapses.

   - Do reading and thinking on your own behavior and developmental goals.

   - Keep a written record of thoughts, feedback, insights, difficulties, and successes.

   - Assess your continued commitment.

4. Celebrate successes.

   - Give yourself credit for evidence of developmental improvements; reinforce your growth.

   - Seek ways to further sharpen your developmental progress.

   - Assess your continued commitment to behavior change.

Source: Based on research conducted by Goleman, 1995, 1998a; Goleman et al., 2002; The Hay Group, 2004.

Behavior change is most effective when it connects to activities in the individual's work life that are most in need of and likely to show improvements. Many young and inexperienced nurses, for example, are uncomfortable approaching physicians with recommendations for changes in patient management. Reticence with physicians can be a good starting point for behavior change: more self-assertion leads to higher impact for both the nurse and his or her patients. Self-development in such a situation might focus on self-awareness (exactly what is the staff nurse afraid of?) and self-confidence (in which conversations are the nurse more or less secure?). Nurse managers who are uncomfortable standing up and addressing groups might choose to work on empathy (anticipate what the members of the group might be thinking and feeling) and self-confidence (plan the presentation thoroughly, rehearse with a peer, and actively seek responses from the group members during the presentation). Even minor successes in self-directed behavior change can be highly motivating for continuing development efforts.

Change in behaviors driven by emotional habits requires that as we practice new behaviors, we actively seek to unlearn the old behaviors. The old behaviors become a source of resistance and backsliding unless they are identified, acknowledged, and actively transformed. This kind of change depends on the ability to engage one's own emotions in order to change them. For example, use self-awareness to monitor how you are reacting emotionally to giving up an old habit (e.g., avoiding conflict) while trying a new one (e.g., asking conflicting parties to express their differences).

The engagement of an emotionally competent coach, mentor, or friend to aid self-development efforts is essential. We cannot change what we do not see or know, so external observation and feedback provides indispensable external data. A coach also enables the individual to learn by talking over the situation, exploring alternatives, and reflecting on behavioral options. Importantly, the coach can also function as a motivator, encouraging and holding the person accountable for his or her self-development plan.

Behavior change requires practice, typically sustained over weeks and months—often up to 6 months—to develop a new competency. With extended practice, reflection, reinforcement, and success, mastery is possible. Supplementary activities can facilitate behavior change: reading and studying about leadership or emotional intelligence, self-reflection (journals, discussion, reflective learning groups), experiential learning exercises, and measurement feedback.[41] Like athletic performance, developing proficiency requires ongoing cycles of practice–trial–feedback and correction.

Finally, even without intentional behavior change, there is evidence that humans intuitively develop emotional competencies with age and experience.[42,43]

SUMMARY

Throughout life we observe leaders and learn about what makes them proficient. A complex phenomenon, leadership occurs in all work settings and is enacted through countless individual behaviors. In this chapter, I focus on those aspects of leadership that involve relationships between leaders and other people—the "people" skills of leaders. Using a framework of emotional intelligence, I address the relevance of 18 emotional competencies to the successful intra- and interpersonal work lives of nurse leaders. Evidence is presented that emotionally competent organizational leadership raises the level of performance for everyone, improves staff engagement and work environments, and enhances the patient experience.

 For a full suite of assignments and additional learning activities, use the access code located in the front of your book to visit this exclusive website: http://go.jblearning.com/roussel. If you do not have an access code, you can obtain one at the site.

NOTES

1. Institute of Medicine (2011). *The future of nursing, leading change, advancing health.* Committee on the Robert Wood Johnson Foundation Initiative on the Future of Nursing. Washington, DC: National Academies Press.

2. American Organization of Nurse Executives (AONE). (2010, December 10). Press release: Position statement on the educational preparation of nurse leaders. Retrieved June 27, 2011, from http://www.aone.org/aone/about/pdfs/EducationPreparationofNurseLeaders_FINAL.pdf

3. Kellerman, B. (2008). *Followership: How followers are changed and changing leaders.* Boston, MA: Harvard Business Press.

4. Shipper, F. M., Hoffman, R. C., & Rotondo, D. M. (2007). Does the 360 feedback process create knowledge equally across cultures? *Academy of Management Learning and Education, 6*(1), 22–50; Rahim, M. A., Psenicka, C., Polychroniou, P., & Zhao, J. H. (2002). A model of emotional intelligence and conflict management strategies: A study in seven countries. *International Journal of Organizational Analysis, 10*(4), 302–326.

5. Goleman, D. (1995). *Emotional intelligence: Why it can matter more than IQ for character, health and lifelong achievement.* New York: Bantam Books; Goleman, D. (1998a). *Working with emotional intelligence.* New York: Bantam Books; Goleman, D. (1998b). What makes a leader? *Harvard Business Review, 76,* 93–102; Goleman, D., Boyatzis, R., & McKee, A. (2002). *Primal leadership: Realizing the power of emotional intelligence.* Boston: Harvard Business School Press.

6. The Hay Group. (2004b). Emotional intelligence services. Retrieved June 27, 2011, from http://www.haygroup.com/leadershipandtalentondemand/your-challenges/emotional-intelligence/index.aspx.

7. Côté, S., Lopes, P. N., Salovey, P., & Miners, C. T. H. (2010). Emotional intelligence and leadership emergence in small groups. *The Leadership Quarterly, 21,* 496–508.

8. Smith, K. B., Profetto-McGrath, J., & Cummings, G. G. (2009). Emotional intelligence and nursing: An integrative literature review. *International Journal of Nursing Studies, 46*(12), 1624–1636.

9. Hurley, J. (2008). The necessity, barriers and ways forward to meet user-based needs for emotionally intelligent nurses. *Journal of Psychiatric and Mental Health Nursing, 15,* 379–385; McQueen, A. C. H. (2004). Emotional intelligence in nursing work. *Journal of Advanced Nursing, 47*(1), 101–108; van Dusseldorp, L. R. L. C., van Meijel, B. K. G., & Derksen, J. J. L. (2010). Emotional intelligence of mental health nurses. *Journal of Clinical Nursing, 20,* 555–562.

10. Duchscher, J. E. B. (2001). Out in the real world: Newly graduated nurses in acute-care speak out. *Journal of Nursing Administration, 31,* 426–439; Vitello-Cicciu, J. M. (2002). Exploring emotional intelligence: Implications for nursing leaders. *Journal of Nursing Administration, 32,* 203–210.

11. Montes-Berges, B., & Augusto, J.-M. (2007). Exploring the relationship between perceived emotional intelligence, coping, social support and mental health in nursing students. *Journal of Psychiatric and Mental Health Nursing, 14,* 163–171.

12. American Nurses Association. (2009). *Nursing administration: Scope and standards of practice.* Silver Spring, MD: NursesBooks.org., p. 3.

13. Akerjordet, A. & Severinsson, E. (2008). Emotionally intelligent nurse leadership: A literature review study. *Journal of Nursing Management, 16,* 565–577.

14. Goleman, 1998; Goleman, Boyatzis, & McKee, 2002.

15. McCallin, A. & Bamford, A. (2007). Interdisciplinary teamwork: Is the influence of emotional intelligence fully appreciated? *Journal of Nursing Management, 15,* 386–391.

16. Boyatzis, R. E., Smith, M., & Blaize, N. (2006). Developing sustainable leaders through coaching and compassion. *Academy of Management Journal on Learning and Education, 5*(1), 8–24.

17. Eason, T. (2009). Emotional intelligence and nursing leadership: A successful combination. *Creative Nursing, 15*(4), 184–185.

18. Dickenson-Hazard, N. (2004). World health, global health: Issues and challenges. *Journal of Nursing Scholarship, 36*(1), 6–10.

19. Goleman, Boyatzis, & McKee, 2002, p. 50.

20. Goleman, 1998a, p. 160.

21. Goleman, 1998.

22. Michaelsen, L. K., & Schultheiss, E. E. (1989). Making feedback helpful. *Organizational Behavior Teaching Review, 13*, 109–113.

23. Dickenson-Hazard, 2004.

24. Page, A. (Ed.). (2004). *Keeping patients safe: Transforming the work environment of nurses.* Committee on the Work Environment for Nurses and Patient Safety, Institute of Medicine. Washington, DC: National Academies Press.; Lucas, V., Laschinger, H. K. S, & Wong, C. A. (2008). The impact of emotional intelligent leadership on staff nurse empowerment: The moderating effect of span of control. *Journal of Nursing Management, 16*, 964–973.

25. Woolf, R. (2001). How to talk so people will listen. *Journal of Nursing Administration, 31*, 401–402.

26. Goleman, 1998a, p. 197; Mandell, B. & Pherwani, S. (2003). Relationship between emotional intelligence and transformational leadership style: A gender comparison. *Journal of Business and Psychology, 17*(3), 387–404; Parker, P.A. & Sorensen, J. (2009). Emotional intelligence and leadership skills among NHS managers: An empirical investigation. *International Journal of Clinical Leadership, 16*(3), 137–142.

27. Bingham, R. (2002). Leaving nursing. *Health Affairs, 21*, 211–217; Larrabee, J. H., Janney, M. A., Ostrow, C. L., Withrow, M. L., Hobbs, G. R., & Burant, C. (2003). Predicting registered nurse job satisfaction and intent to leave. *Journal of Nursing Administration, 33*, 271–283; Laschinger, H. K. S., Almost, J., & Tuer-Hodes, D. (2003). Workplace empowerment and magnet hospital characteristics. *Journal of Nursing Administration, 33*, 410–422.

28. Woolf, 2001; O'Connor, M. (2001). Reframing communication: Conversation in the workplace. *Journal of Nursing Administration, 31*, 403–405.

29. Morrison, J. (2008). The relationship between emotional intelligence competencies and preferred conflict-handling styles. *Journal of Nursing Management, 16*, 974–983; Forman, H., & Grimes, T. C. (2002). Living with a union contract. *Journal of Nursing Administration, 32*, 611–614.

30. Druskat, V. U., & Wolff, S. B. (2001). Building the emotional intelligence of groups. *Harvard Business Review, 79*, 81–90; Quoidbach, J., & Hansenne, M. (2009). The impact of trait emotional intelligence on nursing team performance and cohesiveness. *Journal of Professional Nursing, 25*(1), 23–29; Rapisarda, B. A. (2002). The impact of emotional intelligence on work team cohesiveness and performance. *International Journal of Organizational Analysis, 10*, 363–379.

31. Larrabee et al., 2003; Boyle, D. K., & Kochinda, C. (2004). Enhancing collaborative communication of nurse and physician leadership in two intensive care units. *Journal of Nursing Administration, 34*, 60–70.

32. Goleman, 1998b.

33. American Organization of Nurse Executives. (2011). Retrieved on August 8, 2011, from http://www.aone.org; Ritter-Teitel, J. (2003). Nursing administrative research: The underpinning of decisive leadership. *Journal of Nursing Administration, 33*, 257–259; Merkey, L. L. (2010–11, December, January, February). Emotional intelligence: Do you have it? (OONE News). *The Oklahoma Nurse*, 14.

34. American Nurses Association, 2009.

35. Aiken, L. H., Clarke, S. P., Sloane, D. M., Sochalski, J., & Silber, J. H. (2002). Hospital nurse staffing and patient mortality, nurse burnout, and job dissatisfaction. *Journal of the American Medical Association, 288,* 1987–1993; Aiken, L. H., Clarke, S. P., Sloane, D. M., Sochalski, J., Busse, R., Clarke, H. (2001). Nurses' reports on hospital care in five countries. *Health Affairs, 20,* 43–53; Aiken, L. H., Smith, H. L., & Lake, E. T. (1994). Lower Medicare mortality among a set of hospitals known for good nursing care. *Medical Care, 32,* 771–787; Blegen, M. A., Goode, C. J., & Reed, L. (1998). Nurse staffing and patient outcomes. *Nursing Research, 47,* 43–50; Blegen, M. A., Vaughn, T., & Goode, C. (2001). Nurse experience and education: Effect on quality of care. *Journal of Nursing Administration, 31*(1), 33–39; Page, 2003; Mullan, F. (2001). A founder of quality assessment encounters a troubled system firsthand. *Health Affairs, 29,* 137–141.

36. Kaissi, A., Johnson, T., & Kirschbaum, M. S. (2003). Measuring teamwork and patient safety attitudes of high-risk areas. *Nursing Economic$, 21,* 211–218.

37. Cathcart, D., Jeska, S., Karnas, J., Miller, S. E., Pechacek, J., & Rheault, L. (2004). Span of control matters. *Journal of Nursing Administration, 34,* 395–399; Laschinger et al., 2003; Laschinger, H. K. S. (2004). Hospital nurses' perceptions of respect and organizational justice. *Journal of Nursing Administration, 34,* 354–364; Larrabee et al., 2003; Mark, B. A. (2002). What explains nurses' perceptions of staffing adequacy? *Journal of Nursing Administration, 32,* 234–242; McKinnon, C. (2002). You can do it too in 2002: Registry reduction. *Journal of Nursing Administration, 32,* 498–500; McNeese-Smith, D. (1995). Job satisfaction, productivity, and organizational commitment: The result of leadership. *Journal of Nursing Administration, 25,* 17–26; McNeese-Smith, D. K., & Crook, M. (2003). Nursing values and a changing nursing workforce. *Journal of Nursing Administration, 33,* 260–270.

38. Guleryu, G., Guney, S., Aydin, E.M., & Asan, O. (2008). The mediating effect of job satisfaction between emotional intelligence and organisational commitment of nurses: A questionnaire survey. *International Journal of Nursing Studies, 45,* 1625–1635.

39. Cooper, R. W., Frank, G. L., Gouty, C. A., & Hansen, M. C. (2002). Key ethical issues encountered in healthcare organizations: Perceptions of nurse executives. *Journal of Nursing Administration, 32,* 331–337.

40. Brown, R. B. (2003). Emotions and behavior: Exercises in emotional intelligence. *Journal of Management Education, 27*(1), 122–134; Meyer, B. B., Fletcher, T. B., & Parker, S. J. (2004). Enhancing emotional intelligence in the health care environment: An exploratory study. *The Health Care Manager, 23*(3), 225–234; Salovey, P., & Grewal, D. (2005). The science of emotional intelligence. *Current Directions in Psychological Science, 14*(6), 281–285; Stichler, J. F. (2006). Emotional Intelligence: A Critical Leadership Quality for the Nurse Executive. *The Nurse Executive, 10*(5), 422–425; Wilson, S. C. & Carryer, J. (2008). Emotional competence and nursing education: A New Zealand study. *Nursing Praxis in New Zealand, 24*(1), 36–47.

41. Brewer, J., & Cadman, C. (2000). Emotional intelligence: Enhancing student effectiveness and patient outcomes. *Nurse Educator, 25,* 264–266; Brown, 2003; de Janasz, S., Dowd, K. O., & Schneider, B. Z. (2006). *Interpersonal skills in organizations* (3rd ed.). Boston: McGraw-Hill; Goleman, Boyatzis, & McKee, 2002; The Hay Group. (2004a). Communication: The foundation for successful HR program implementation—Six key goals of a strategic communication plan. Retrieved June 27, 2011, from http://www.haygroup.com/Downloads/be/misc/Communication-foundation_for_successful_HR_progr_impl.pdf.

42. Taft, S. (1992, July). Interview with Mitchell Rabkin, personal communication, Boston, MA.

43. Based on research conducted by Goleman, 1995, 1998a; Goleman et al., 2002; The Hay Group, 2004b.

REFERENCES

Aiken, L. H., Clarke, S. P., Sloane, D. M., Sochalski, J., & Silber, J. H. (2002). Hospital nurse staffing and patient mortality, nurse burnout, and job dissatisfaction. *Journal of the American Medical Association, 288*, 1987–1993.

Aiken, L. H., Clarke, S. P., Sloane, D. M., Sochalski, J., Busse, R., Clarke, H. (2001). Nurses' reports on hospital care in five countries. *Health Affairs, 20*, 43–53.

Aiken, L. H., Smith, H. L., & Lake, E. T. (1994). Lower Medicare mortality among a set of hospitals known for good nursing care. *Medical Care, 32*, 771–787.

Akerjordet, A. & Severinsson, E. (2008). Emotionally intelligent nurse leadership: Aliterature review study. *Journal of Nursing Management, 16*, 565–577.

American Nurses Association. (2009). *Nursing administration: Scope and standards of practice.* Silver Spring, MD: Author.

American Organization of Nurse Executives (AONE). (2010, December 10). Press release: Position statement on the educational preparation of nurse leaders. Retrieved June 27, 2011 from http://www.aone.org/aone/about/pdfs/EducationPreparationofNurseLeaders_FINAL.pdf

American Organization of Nurse Executives. (2011). Retrieved September 27, 2011, from http://www.aone.org

Beecroft, P. C., Kunzman, L. A., Taylor, S., Devenis, E., & Guzak, F. (2004). Bridging the gap between school and workplace: Developing a new graduate nurse curriculum. *Journal of Nursing Administration, 34*, 338–345.

Benner, P., Sheets, V., Uris, P., Mallock, K., Schwed, K., & Jamison, D. (2002). Individual, practice, and system causes of errors in nursing. *Journal of Nursing Administration, 32*, 509–523.

Bingham, R. (2002). Leaving nursing. *Health Affairs, 21*, 211–217.

Blegen, M. A., Goode, C. J., & Reed, L. (1998). Nurse staffing and patient outcomes. *Nursing Research, 47*, 43–50.

Blegen, M. A., Vaughn, T., & Goode, C. (2001). Nurse experience and education: Effect on quality of care. *Journal of Nursing Administration, 31*(1), 33–39.

Boyatzis, R. E., Smith, M., & Blaize, N. (2006). Developing sustainable leaders through coaching and compassion. *Academy of Management Journal on Learning and Education, 5*(1), 8–24.

Boyle, D. K., & Kochinda, C. (2004). Enhancing collaborative communication of nurse and physician leadership in two intensive care units. *Journal of Nursing Administration, 34*, 60–70.

Brewer, J., & Cadman, C. (2000). Emotional intelligence: Enhancing student effectiveness and patient outcomes. *Nurse Educator, 25*, 264–266.

Brodeur, M. A., & Laraway, A. S. (2002). States respond to nursing shortage. *Policy, Politics, & Nursing Practice, 3*, 228–234.

Brown, R. B. (2003). Emotions and behavior: Exercises in emotional intelligence. *Journal of Management Education, 27*(1), 122–134.

Buerhaus, P. I., Needleman, J., Mattke, S., & Stewart, M. (2002). Strengthening hospital nursing. *Health Affairs, 21*, 123–132.

Carroll, T. L., & Austin, T. (2004). Career coaching: A hospital and a university link hands to retain nursing talent. *Reflections on Nursing Leadership, 30*, 30–31.

Cathcart, D., Jeska, S., Karnas, J., Miller, S. E., Pechacek, J., & Rheault, L. (2004). Span of control matters. *Journal of Nursing Administration, 34*, 395–399.

Cooper, R. W., Frank, G. L., Gouty, C. A., & Hansen, M. C. (2002). Key ethical issues encountered in healthcare organizations: Perceptions of nurse executives. *Journal of Nursing Administration, 32*, 331–337.

Corning, S. P. (2002). Profiling and developing nursing leaders. *Journal of Nursing Administration, 32*, 373–375.

Côté, S., Lopes, P. N., Salovey, P., & Miners, C. T. H. (2010). Emotional intelligence and leadership emergence in small groups. *The Leadership Quarterly, 21*, 496–508.

Cowin, L. (2002). The effects of nurses' job satisfaction on retention: An Australian perspective. *Journal of Nursing Administration, 32*, 283–291.

de Janasz, S., Dowd, K. O., & Schneider, B. Z. (2006). *Interpersonal skills in organizations* (3rd ed.). Boston: McGraw-Hill.

de Ruiter, H.-P., & Saphiere, D. H. (2001). Nurse leaders as cultural bridges. *Journal of Nursing Administration, 31*, 418–423.

Dickenson-Hazard, N. (2004). World health, global health: Issues and challenges. *Journal of Nursing Scholarship, 36*(1), 6–10.

Druskat, V. U., & Wolff, S. B. (2001). Building the emotional intelligence of groups. *Harvard Business Review, 79*, 81–90.

Duchscher, J. E. B. (2001). Out in the real world: Newly graduated nurses in acute-care speak out. *Journal of Nursing Administration, 31*, 426–439.

Duffield, C., Aitken, L., O'Brien-Pallas, L., & Wise, W. J. (2004). Nursing: A stepping stone to future careers. *Journal of Nursing Administration, 34*, 238–245.

Eason, T. (2009). Emotional intelligence and nursing leadership: A successful combination. *Creative Nursing, 15*(4), 184–185.

Fletcher, C. E. (2001). Hospital RN's job satisfactions and dissatisfactions. *Journal of Nursing Administration, 31*, 324–331.

Foley, B. J., Kee, C. C., Minick, P., Harvey, S. S., & Jennings, B. M. (2002). Characteristics of nurses and hospital work environments that foster satisfaction and clinical expertise. *Journal of Nursing Administration, 32*, 273–282.

Forman, H., & Grimes, T. C. (2002). Living with a union contract. *Journal of Nursing Administration, 32*, 611–614.

Garrett, D. K., & McDaniel, A. M. (2001). A new look at nurse burnout: The effects of environmental uncertainty and social climate. *Journal of Nursing Administration, 31*, 91–96.

Goleman, D. (1995). *Emotional intelligence: Why it can matter more than IQ for character, health and lifelong achievement.* New York: Bantam Books.

Goleman, D. (1998a). *Working with emotional intelligence.* New York: Bantam Books.

Goleman, D. (1998b). What makes a leader? *Harvard Business Review, 76*, 93–102.

Goleman, D., Boyatzis, R., & McKee, A. (2002). *Primal leadership: Realizing the power of emotional intelligence.* Boston: Harvard Business School Press.

Goode, C. J., & Williams, C. A. (2004). Post-baccalaureate nurse residency program. *Journal of Nursing Administration, 34*, 71–77.

Guleryu, G., Guney, S., Aydin, E.M., & Asan, O. (2008). The mediating effect of job satisfaction between emotional intelligence and organisational commitment of nurses: A questionnaire survey. *International Journal of Nursing Studies, 45*, 1625–1635.

Hay Group. (2004a). Communication: The foundation for successful HR program implementation—Six key goals of a strategic communication plan. Retrieved June 27, 2011 from http://www.haygroup .com/Downloads/be/misc/Communication-foundation_for_successful_HR_progr_impl.pdf

Hay Group. (2004b). Emotional intelligence services. Retrieved June 27, 2011, from http://www .haygroup.com/leadershipandtalentondemand/your-challenges/emotional-intelligence/index.aspx.

Hill, K. S. (2003). Development of leadership competencies as a team. *Journal of Nursing Administration, 33*, 639–642.

Holtom, B. C., & O'Neill, B. S. (2004). Job embeddedness: A theoretical foundation for developing a comprehensive nurse retention plan. *Journal of Nursing Administration, 34*, 216–227.

Horton-Deutsch, S. L., & Wellman, D. S. (2002). Christman's principles for effective management: Reflection and challenges for action. *Journal of Nursing Administration, 32*, 596–601.

HSM Group, Ltd. (2002). Acute care hospital survey of RN vacancy and turnover rates in 2000. *Journal of Nursing Administration, 32,* 437–439.

Hurley, J. (2008). The necessity, barriers and ways forward to meet user-based needs for emotionally intelligent nurses. *Journal of Psychiatric and Mental Health Nursing, 15,* 379–385.

Ingersoll, G. L., Olsan, T., Drew-Cates, J., DeVinney, B. C., & Davies, J. (2002). Nurses' job satisfaction, organizational commitment, and career intent. *Journal of Nursing Administration, 32,* 250–263.

Institute of Medicine (2011). *The future of nursing, leading change, advancing health.* Committee on the Robert Wood Johnson Foundation Initiative on the Future of Nursing. Washington, DC: National Academies Press. Irvine, D. M., & Evans, M. G. (1995). Job satisfaction and turnover among nurses: Integrating research findings across studies. *Nursing Research, 44,* 246–253.

Jeffries, E. (2002). Creating a great place to work: Strategies for retaining top talent. *Journal of Nursing Administration, 32,* 303–305.

Kahn, W. A. (1993). Caring for the caregivers: Patterns of organizational caregiving. *Administrative Science Quarterly, 38,* 539–563.

Kaissi, A., Johnson, T., & Kirschbaum, M. S. (2003). Measuring teamwork and patient safety attitudes of high-risk areas. *Nursing Economic$, 21,* 211–218.

Kalisch, B. J. (2003). Recruiting nurses: The problem is the process. *Journal of Nursing Administration, 33,* 468–477.

Kalliath, T., & Morris, R. (2002). Job satisfaction among nurses: A predictor of burnout levels. *Journal of Nursing Administration, 32,* 648–654.

Kellerman, B. (2008). *Followership: How followers are changed and changing leaders.* Boston, MA: Harvard Business Press.

Kimball, B., & O'Neil, E. (2002). *Health care's human crisis: The American nursing shortage.* Princeton, NJ: Robert Wood Johnson Foundation. Retrieved June 27, 2011, from http://www.rwjf.org/files/newsroom/NursingReport.pdf

Kleinman, C. S. (2003). Leadership roles, competencies, and education: How prepared are our nurse managers? *Journal of Nursing Administration, 33,* 451–455.

Kleinman, C. S. (2004). Workforce issues: Leadership strategies in reducing staff nurse role conflict. *Journal of Nursing Administration, 34,* 322–324.

Krugman, M., & Smith, V. (2003). Charge nurse leadership development and education. *Journal of Nursing Administration, 33,* 284–292.

Kupperschmidt, B. R. (1998). Understanding Generation X employees. *Journal of Nursing Administration, 28,* 36–43.

Larrabee, J. H., Janney, M. A., Ostrow, C. L., Withrow, M. L., Hobbs, G. R., & Burant, C. (2003). Predicting registered nurse job satisfaction and intent to leave. *Journal of Nursing Administration, 33,* 271–283.

Laschinger, H. K. S. (2004). Hospital nurses' perceptions of respect and organizational justice. *Journal of Nursing Administration, 34,* 354–364.

Laschinger, H. K. S., Almost, J., & Tuer-Hodes, D. (2003). Workplace empowerment and magnet hospital characteristics. *Journal of Nursing Administration, 33,* 410–422.

Letvak, S. (2002). Retaining the older nurse. *Journal of Nursing Administration, 32,* 387–392.

Lucas, V., Laschinger, H. K. S, & Wong, C. A. (2008). The impact of emotional intelligent leadership on staff nurse empowerment: The moderating effect of span of control. *Journal of Nursing Management, 16,* 964–973.

Ma, C.-C., Samuels, M. E., & Alexander, J. W. (2003). Factors that influence nurses' job satisfaction. *Journal of Nursing Administration, 33,* 300–306.

MacPhee, M., & Scott, J. (2002). The role of social support networks for rural hospital nurses. *Journal of Nursing Administration, 32,* 264–272.

Mandell, B. & Pherwani, S. (2003). Relationship between emotional intelligence and transformational leadership style: A gender comparison. *Journal of Business and Psychology, 17*(3), 387–404.

Manion, J. (2003). Joy at work! Creating a positive workplace. *Journal of Nursing Administration, 33,* 652–659.

Manojlovich, M., & Laschinger, H. K. S. (2002). The relationship of empowerment and selected personality characteristics to nursing job satisfaction. *Journal of Nursing Administration, 32,* 586–595.

Mark, B. A. (2002). What explains nurses' perceptions of staffing adequacy? *Journal of Nursing Administration, 32,* 234–242.

McCallin, A. & Bamford, A. (2007). Interdisciplinary teamwork: Is the influence ofemotional intelligence fully appreciated? *Journal of Nursing Management, 15,* 386–391.

McKinnon, C. (2002). You can do it too in 2002: Registry reduction. *Journal of Nursing Administration, 32,* 498–500.

McNeese-Smith, D. (1995). Job satisfaction, productivity, and organizational commitment: The result of leadership. *Journal of Nursing Administration, 25,* 17–26.

McNeese-Smith, D. K., & Crook, M. (2003). Nursing values and a changing nursing workforce. *Journal of Nursing Administration, 33,* 260–270.

McQueen, A. C. H. (2004). Emotional intelligence in nursing work. *Journal of Advanced Nursing, 47*(1), 101–108.

Merkey, L. L. (2010–11, December, January, February). Emotional intelligence: Do you have it? (OONE News). *The Oklahoma Nurse,* 14.

Meyer, B. B., Fletcher, T. B., & Parker, S. J. (2004). Enhancing emotional intelligence in the health care environment: An exploratory study. *The Health Care Manager, 23*(3), 225–234.

Michaelsen, L. K., & Schultheiss, E. E. (1989). Making feedback helpful. *Organizational Behavior Teaching Review, 13,* 109–113.

Montes-Berges, B., & Augusto, J-M. (2007). Exploring the relationship between perceived emotional intelligence, coping, social support and mental health in nursing students. *Journal of Psychiatric and Mental Health Nursing, 14,* 163–171.

Moore, S. C., & Hutchison, S. A. (2007). Developing leaders at every level: Accountability and empowerment actualized through shared governance. *Journal of Nursing Administration, 37,* 564–568.

Morrison, J. (2008). The relationship between emotional intelligence competencies and preferred conflict-handling styles. *Journal of Nursing Management, 16,* 974–983.

Mullan, F. (2001). A founder of quality assessment encounters a troubled system firsthand. *Health Affairs, 29,* 137–141.

Navaie-Waliser, M., Lincoln, P., Karuturi, M., & Reisch, K. (2004). Increasing job satisfaction, quality care, and coordination in home health. *Journal of Nursing Administration, 34,* 88–92.

Neuhauser, P. C. (2002). Building a high-retention culture in healthcare. *Journal of Nursing Administration, 32,* 470–478.

Nierenberg, R. J. (2003). The use of a strategic interviewing technique to select the nurse manager. *Journal of Nursing Administration, 33,* 500–505.

Nikolaou, I., & Tsaousis, I. (2002). Emotional intelligence in the workplace: Exploring its effects on occupational stress and organizational commitment. *International Journal of Organizational Analysis, 10,* 327–342.

Noyes, B. J. (2002). Midlevel management education. *Journal of Nursing Administration, 32,* 25–26.

O'Brien-Pallas, L., Thomson, D., Alksnis, C., & Bruce, S. (2001). The economic impact of nurse staffing decisions: Time to turn down another road? *Hospital Quarterly, 4,* 42–50.

O'Connor, M. (2001). Reframing communication: Conversation in the workplace. *Journal of Nursing Administration, 31,* 403–405.

O'Hara, N. F., Duvanich, M., Foss, J., & Wells, N. (2003). The Vanderbilt Professional Nursing Practice Program, part 2: Integrating a professional advancement and performance evaluation system. *Journal of Nursing Administration, 33*, 512–521.

Ohio Nurses Association. (2004). Creating a compelling workplace. *Ohio Nurses Review, 79*, 6.

Page, A. (Ed.). (2004). *Keeping patients safe: Transforming the work environment of nurses.* Committee on the Work Environment for Nurses and Patient Safety, Institute of Medicine. Washington, DC: National Academies Press.

Parker, P. A. & Sorensen, J. (2009). Emotional intelligence and leadership skills among NHS managers: An empirical investigation. *International Journal of Clinical Leadership, 16*(3), 137–142.

Quoidbach, J., & Hansenne, M. (2009). The impact of trait emotional intelligence on nursing team performance and cohesiveness. *Journal of Professional Nursing, 25*(1), 23–29.

Rahim, M. A., Psenicka, C., Polychroniou, P., & Zhao, J. H. (2002). A model of emotional intelligence and conflict management strategies: A study in seven countries. *International Journal of Organizational Analysis, 10*(4), 302–326.

Rapisarda, B. A. (2002). The impact of emotional intelligence on work team cohesiveness and performance. *International Journal of Organizational Analysis, 10*, 363–379.

Ritter-Teitel, J. (2003). Nursing administrative research: The underpinning of decisive leadership. *Journal of Nursing Administration, 33*, 257–259.

Roberts, B. J., Jones, C., & Lynn, M. (2004). Job satisfaction of new baccalaureate nurses. *Journal of Nursing Administration, 34*, 428–435.

Robinson, K., Eck, C., Keck, B., & Wells, N. (2003). The Vanderbilt Professional Nursing Practice Program, part 1: Growing and supporting professional nursing practice. *Journal of Nursing Administration, 33*, 441–450.

Rochester, S., Kilstoff, K., & Scott, G. (2002). Learning from success: Improving undergraduate education through understanding the capabilities of successful nurse graduates. *Nurse Education Today, 25*(3), 181–188.

Russell, G., & Scoble, K. (2003). Vision 2020, part 2: Educational preparation for the future nurse manager. *Journal of Nursing Administration, 33*, 404–409.

Safire, W., & Safire, L. (1982). *Good advice.* New York: Wing Books.

Salovey, P., & Grewal, D. (2005). The science of emotional intelligence. *Current Directions in Psychological Science, 14*(6), 281–285.

Shipper, F. M., Hoffman, R. C., & Rotondo, D. M. (2007). Does the 360 feedback process create knowledge equally across cultures? *Academy of Management Learning and Education, 6*(1), 22–50.

Smeltzer, C. H. (2002a). The benefits of executive coaching. *Journal of Nursing Administration, 32*, 501–502.

Smeltzer, C. H. (2002b). Succession planning. *Journal of Nursing Administration, 32*, 615.

Smith, K. B., Profetto-McGrath, J., & Cummings, G. G. (2009). Emotional intelligence and nursing: An integrative literature review. *International Journal of Nursing Studies, 46*(12), 1624–1636.

Snow, J. L. (2001). Looking beyond nursing for clues to effective leadership. *Journal of Nursing Administration, 31*, 440–443.

Sochalski, J. (2002). Trends: Nursing shortage redux: Turning the corner on an enduring problem. *Health Affairs, 21*, 157–164.

Stevens, S. (2002). Nursing workforce retention: Challenging a bullying culture. *Health Affairs, 21*, 189–193.

Stichler, J. F. (2006). Emotional Intelligence: A Critical Leadership Quality for the Nurse Executive. *The Nurse Executive, 10*(5), 422–425.

Sullivan, J., Bretschneider, J., & McCausland, M. P. (2003). Designing a leadership development program for nurse managers: An evidence-driven approach. *Journal of Nursing Administration, 33*, 544–549.

Sullivan, T., Kerr, M., & Ibrahim, S. (1999). Job stress in health care workers: Highlights from the National Population Health Survey. *Hospital Quarterly, 2*, 34–40.

Tourangeau, A. E. (2003). Building nurse leader capacity. *Journal of Nursing Administration, 33*, 624–626.

Tzeng, H. M., & Ketefian, S. (2002). The relationships between nurses' job satisfaction and inpatient satisfaction: An exploratory study in a Taiwan teaching hospital. *Journal of Nursing Care Quality, 16*, 39–49.

Upenieks, V. V. (2002a). What constitutes successful nurse leadership? A qualitative approach utilizing Kanter's theory of organizational behavior. *Journal of Nursing Administration, 32*, 622–632.

Upenieks, V. V. (2002b). Assessing differences in job satisfaction of nurses in magnet and non-magnet hospitals. *Journal of Nursing Administration, 32*, 564–576.

Upenieks, V. V. (2003). What constitutes effective leadership? Perceptions of Magnet and non-Magnet nurse leaders. *Journal of Nursing Administration, 33*, 456–467.

van Dusseldorp, L. R. L. C., van Meijel, B. K. G., & Derksen, J. J. L. (2010). Emotional intelligence of mental health nurses. *Journal of Clinical Nursing, 20*, 555–562.

Vitello-Cicciu, J. M. (2002). Exploring emotional intelligence: Implications for nursing leaders. *Journal of Nursing Administration, 32*, 203–210.

Wagner, C. M., & Huber, D. L. (2003). Catastrophe and nursing turnover: Nonlinear models. *Journal of Nursing Administration, 33*, 486–492.

Watson, C. A. (2002). Understanding the factors that influence nurses' job satisfaction. *Journal of Nursing Administration, 32*, 229–231.

Watson, C. A. (2004). Evidence-based management practices: The challenge for nursing. *Journal of Nursing Administration, 34*, 207–209.

Weinberg, D. B. (2003). *Code green: Money-driven hospitals and the dismantling of nursing.* Ithaca, NY: Cornell University Press.

Wellins, R., & Weaver, P. S., Jr. (2003, September). See-level leadership. *Training and Development*, 58–65.

Wilson, S. C., & Carryer, J. (2008). Emotional competence and nursing education: A New Zealand study. *Nursing Praxis in New Zealand, 24*(1), 36–47.

Woolf, R. (2001). How to talk so people will listen. *Journal of Nursing Administration, 31*, 401–402.

CHAPTER 4

Ethical Nurse Leadership

Linda Roussel

LEARNING OBJECTIVES AND ACTIVITIES

- Identify core bioethic terms and basic ethical principles for the nurse administrator in healthcare agencies.
- Describe professional ethics and a code of ethics for nursing.
- Define critical aspects of an ethics committee and the role of the nurse administrator.
- Identify major ethical dilemmas as they relate to managing healthcare services.
- Describe ethical issues related to collective bargaining.
- Describe traditional and nontraditional collective bargaining strategies to improve the patient care environment.
- Identify major reasons for greater unionization among professional nurses.
- Discuss the meaning of collective bargaining.
- Discuss the history of collective bargaining in nursing.
- Identify the characteristics of a profession and their relationship to collective bargaining.
- Identify and discuss the issues that lead to unions and collective bargaining.
- Describe the process of collective bargaining.
- Describe a grievance procedure and illustrate how it should work.
- Discuss the processes of arbitration and mediation.
- Discuss the benefits of collective bargaining.
- Discuss the ills of collective bargaining.

CONCEPTS

Bioethics terms, professional ethics, code of ethics, ethical dilemmas, ethical principles, ethics committee, managerial ethics, collective bargaining, professional employee, grievance, arbitration, supervisory influence, strike, organizational autonomy, mandatory overtime, unions

Quote

Sometimes leaders communicate by the most elegant and simple symbols—Gandhi nakedly facing his enemies, Churchill issuing a defiant sign for victory, Martin Luther King, Jr. standing resolutely behind bars.

—Howard Gardner (1997)

SPHERES OF INFLUENCE

Unit-Based or Service Line–Authority: Implements management plans through the process of supervision; provides extrinsic conditions of work in quality and quantity that maintain minimal job satisfaction.

Organization-Wide Authority: Develops and implements management plans through the process of delegating decision making to the lowest organizational entity; encourages management by objectives and other directing activities that develop the conditions for individual and organizational effectiveness; directs human resource personnel to develop working conditions to satisfy and retain the best workers at high levels of productivity.

NURSE MANAGER BEHAVIORS

Maintains privacy and confidentiality of patients/consumers/staff and organizational data; advocates for nonjudgmental and nondiscriminatory behaviors in serving patients/consumers/staff in culturally diverse environments; designs human resource management policies to prevent possible union organizing activities; shares knowledge and skills with students, colleagues, and others, serves as a mentor and role model.

NURSE EXECUTIVE BEHAVIORS

Advocates for patients/consumers/personnel who are recipients of services; adheres to Code of Ethics with Interpretive Statements (American Nurses Association, 2001); complies with regulatory and professional standards as well as integrity of healthcare business practices; maintains processes to identify and address ethical issues and dilemmas; designs human resource management policies to make employment satisfying to employees and to facilitate open communication among employees and managers; establishes and facilitates a framework for professional nursing practice based on core ideology, which includes vision, mission, philosophy, core values, evidence-based nursing practice, and standards of practice.

Introduction

Creating a fair and just culture is an essential responsibility of nursing leadership. A fair and just culture is important to high-reliability organizations in facilitating safe patient care.[1] Frankel, Leonard, & Denham[2] describe three initiatives critical to the ethics of creating and maintaining a safe environment for patients and staff: (1) the development of a Fair and Just Culture[3]; (2) leadership intelligently engaged in WalkRounds safety by using frontline provider insights to directly influence operational decisions[4]; and (3) systematic and reinforced training in teamwork and effective communication.[5–9] Examples that define a fair and just culture, including the importance of engaged leadership, effective teamwork and communication training through critical event training, and high fidelity simulation, are given. Ethical decision making and actions underscore safe, high-quality care.

Ethics is the discipline involved in the judgment of rightness or wrongness, unfairness or fairness, virtue or vice, ends, objects, or states of affairs. "Professions are defined in part by the ethics that govern their practice."[10] Morals and principles are incorporated into any discussion about ethics, ethical decision making, and ethical dilemmas. Collective bargaining also poses ethical issues for consideration in leading healthcare environments.

PROFESSIONAL ETHICS AND INTEGRITY

True professional status implies a code of ethics. Ethics has always been significant in professional nursing practice. This commitment has been further intensified with the establishment in 1990 of the Center for Ethics and Human Rights under the umbrella of the American Nurses Association (ANA). The center's guiding mission is to address the complex ethical and human rights issues confronting nurses and to designate activities and programs that serve to increase ethical competence and human rights sensitivity of nurses.[11] Professional integrity reinforces the Code of Ethics for Nurses with Interpretive Statements and can be defined as strict adherence to a code of conduct.

Standard 12 in the Scope and Standards for Nurse Administrators describes the decisions and actions made by nurse administrators that are based on ethical principles. Measurement criteria are identified as follows:[12]

1. Incorporates Code of Ethics for Nurses with Interpretive Statements (ANA, 2001) to guide practice.[1]
2. Ensures the preservation and protection of the autonomy, dignity, and rights of individuals.
3. Maintains confidentiality within legal and regulatory parameters.
4. Ensures a process to identify and address ethical issues within nursing and the organization.
5. Participates on multidisciplinary and interdisciplinary teams that address ethical risks, benefits, and outcomes.
6. Informs administrators or others of the risks, benefits, and outcomes of programs and decisions that affect healthcare delivery.
7. Demonstrates a commitment to practicing self-care, managing stress, and connecting with self and others.

This standard and the code of ethics provide a framework for decision making and managing healthcare systems.

Ethical Principles

Biomedical ethicists describe three primary principles—respect for persons, beneficence, and justice—that are sometimes stated as rules or obligations. Ethics addresses three types of moral problems: moral uncertainty (doubt about moral principles or rules that may apply or the nature of the ethical problem itself), moral dilemma (conflict of moral principles that support different courses of action), and moral distress (inability to take the action known to be right because of external constraints).[13]

The principle of respect for persons describes individuals' ability to take rational action and make moral choices. Autonomy, veracity (truth telling), confidentiality, and informed consent evolve from the principle of respect for persons.[14]

The principle of beneficence has two purposes: first, do no harm, and second, promote good. This principle is basic to those providing healthcare services and is often contradictory. For example, aggressive treatment causes pain and complications as it possibly promotes a positive outcome.[7]

The principle of justice involves fairness, rights, and obligation. The possible rationing of scarce resources may create ethical dilemmas and may be perceived as promoting or neglecting the principle of justice. For example, Mickey Mantle's liver transplant (given his history of alcoholism and later diagnosis of cancer) may have been perceived as preferential treatment and an unfair allocation of this limited resource.[15]

Ethical Theories

A number of ethical theories are foundational to health care and biomedical ethics. These theories provide principles and guidelines for ethical discussion and debates centered on ethical dilemmas. Using a theoretical framework when forming an ethics committee can further guide discussion and decision making. Useful theories include the utilitarianism theory of Jeremy Bentham (1748–1832) and John Stuart Mill (1806–1873), the natural rights theory of John Locke (1632–1704), and the contractarian theory of Thomas Hobbes (1588–1679). The consequentialist, or utilitarian, view purports that the consequences of our acts are of primary concern, that the ends justify the means, that one should consider the greatest good for the greatest number, and that the concepts of good and bad are personalized for each of us. John Locke's theory provided guidelines for the U.S. Declaration of Independence, which discusses our inalienable rights and the government's obligation to respect these rights. The contractarian theory states that morality involves a social contract, which provides the principles of what an individual can and cannot do.[16]

Other theoretical approaches, which are more traditional from a healthcare perspective, include the deontologic style (from the Greek root meaning "knowledge of that which is binding and proper") and teleologic style (from the Greek root meaning "knowledge of the end"). The deontologic approach assigns duty or obligation based on the intrinsic features of the act; the teleologic approach assigns duty or obligation based on the consequences of the act (its extrinsic nature).[17]

Holistic ethics has also been proposed as an ethical framework. "Holistic ethics is a philosophy that couples both reemerging and rapidly evolving concepts of holism and ethics."[18] Unity and integral wholeness of all people and of all nature is identified and sought out for unity and wholeness of self and within humanity. Dossey, Keegan, and Guzzetta further note that within this framework, "acts are not performed for the sake of law, precedent, or social norms; they are performed from a desire to do freely in order to witness, identify, and contribute to unity of the self and of the universe, of which the individual is a part."[20] Raising consciousness and being concerned about the effect of the act on an individual's larger self is the focus of holistic ethics. Decision making, problem solving, and the management of healthcare services can be guided by a holistic perspective, which considers all aspects within systems.

Ethical Terms

Ethical terms that are used in ethical discussions with healthcare providers provide a common language. Such terms may include the following:[20]

- Autonomy: One's actions are independent from the will of others. Moral autonomy denotes freedom to reach one's own values about what is right and wrong.
- Beneficence: Engaging in an act that is good or that brings about good effects
- Competence: Capacity to make decisions about the provision of medical care for oneself (decision-making capacity). Competence is also considered the legal capacity to make decisions.
- Confidentiality: Not divulging information that an individual considers secret
- Consent: One person voluntarily agrees to allow another to do something
- Decision-making capacity: One's ability to make decisions about the provision of medical care for oneself. This is a clinical determination that is specific to the decision at hand and, as such, may vary from time to time or from decision to decision (see Competence).
- Euthanasia: "Happy death" (Greek); has come to mean the deliberate ending of a human life. Active euthanasia refers to the direct killing of a patient. Passive euthanasia involves the withdrawal of medical technologies to allow the underlying disease to take its natural course. Voluntary euthanasia means that the act is undertaken at the behest of the patient and should be distinguished from nonvoluntary euthanasia, in which the patient has made no such request, and involuntary euthanasia, in which the action is performed against the patient's wishes.
- Informed consent: Generally, a formal written consent patients give to healthcare professionals expressing their complete understanding and agreement and allowing tests, procedures, or experimentation

- Nonmaleficence: Not performing actions that cause harm to patients
- Obligations: Responsibilities assumed by human beings toward one another by law, morality, custom, or tradition
- Rights: Justified claims upon others for actions or nonactions
- Slippery slope argument: If X is allowed, Y will follow, and Y is ethically unacceptable
- Utilitarianism: A normative ethical theory that advocates bringing about the greatest good for the greatest number of people; originally advocated by John Stuart Mill
- Value: Any object or quality that is found to be desirable or worthwhile

Other terms that may be useful to understand include the following:

- Natural law: Human good cannot be reduced to a mere function of what people desire; this theory considers the fulfillment of natural purpose, design, or essence.[21]
- Feminist ethics: An ethical framework that considers concepts that link relational autonomy, contextual reasoning, and indeterminate boundaries and that underscores caring[22]
- Rights-based ethics: An ethical theory that emphasizes the role of rights. One of the three kinds of ethics developed by R. Dworkin; the others are goal-based ethics (utilitarianism) and duty-based ethics (Kantian ethics).[23]
- Virtue-based ethics: Recognizes the reality of the moral agent[24]

It is important to have a working knowledge of the preceding terms in discussing ethical concerns and issues. This serves as a foundation to working with ethics committees and provides some foundational information for this critical work.

DEVELOPING A HEALTHCARE ETHICS PROGRAM

A healthcare ethics program can be instrumental in developing ethical competence and creating a climate conducive to ethical practice. Clinical practice, research, and administration can reinforce ethical competence. "Competence in ethics requires moral sensibility, moral responsiveness, moral reasoning, and moral leadership."[25] A sound healthcare ethics program should support the mission, philosophy, strategic plans, and policies related to human resource management and patient care. The Joint Commission on Accreditation of Healthcare Organizations standards address ethical issues, specifically focusing on respect for patients, responding to patient values and preferences, and patient responsibilities.[26]

Elements of an ethics program include education, consultation, and policy development and review.[27]

1. Education includes classes and information on such topics as natural law, deontology, utilitarianism, emotionalism, feminist ethics, and others. Developing a glossary of terms useful to understanding the vocabulary of an ethics committee is also important and may include principles such as autonomy, justice, beneficence, nonmaleficence, veracity, and confidentiality. Discussing clinical topics related to services offered in the facility helps to make the information disseminated applicable to the management of ethical dilemmas within the organization.
2. Consultation requires individuals skilled in assessment, process, and interpersonal competencies. "Ethics consultation is often assigned to an individual or group with demonstrated competency and skill in ethics consultation."[27] The American Society for Bioethics and Humanities provides core competencies for successful ethics consultation.[28]
3. Policy development provides guidance to organizations in addressing ethical dilemmas. "Tasks that must be assigned are (a) reviewing existing policies from an ethical perspective; and (b) developing and writing policies on such topics as informed consent, withholding/withdrawing treatment, advance directives, surrogacy, DNR, medical futility, privacy, confidentiality, organ

www **Evidence-Based Practice 4-1**

Jones found that offering ethics consultation reduces nonbeneficial life-sustaining treatments and that those patients receiving ethics consultation had fewer hospital, intensive care unit, and ventilation days than those who received usual care.[33]

transplant, donation, and procurement, research, conflict of interest, impaired providers, conscientious objectors, and the use of reproductive and other technologies."[29]

Developing a healthcare ethics program gives support and a foundation to an organization's ethics committee, which responds to the many challenging dilemmas facing healthcare providers. Hospital ethics committees began to appear in the 1970s and gained a high profile in 1982, when two Kaiser Permanente physicians were charged with first-degree murder. The physicians were adhering to a family's wishes to remove intravenous feeding tubes from a comatose, severely brain-damaged patient. At the time of the investigation, the judge found no guidelines within the organization to handle these issues.[30] Ethics committees' responsibilities include the following:[31]

- Defuse existing fears within an institution.
- Educate caregivers on how ethics committees can be used for personal and professional benefit.
- Be knowledgeable and nonthreatening.
- Serve in an advisory role to aid and assist decision makers.
- Make available diverse values, knowledge, and experience.
- Not usurp authority from a primary physician.

Along with ethics committees, ethics networks and ethics centers are also important. Quality indicators for ethics are particularly important to end-of-life care and caring for individuals who are seriously ill. Trinity Lutheran's medical staff put forth four performance improvement indicators related to end-of-life care:[32]

1. The patient's record contains physician documentation of the rationale for the patient's code status.
2. If the patient resuscitation category was changed during the patient's hospital stay, there is documentation by the physician about the reason for the change and patient/surrogate agreement.
3. If the patient has an advance directive, the wishes of the patient were followed.
4. For patients placed on life support, the record reflects
   a. That a meaningful discussion took place with the patient/surrogate.
   b. That the treatment decision supports the patient's known values and goals of life.

These guidelines and other types of protocols provide useful information in managing a clinical practice.

ETHICAL IMPLICATIONS FOR MANAGING A CLINICAL PRACTICE DISCIPLINE

Many ethical issues are directly related to the provision of patient care services. These have become more important since the 1990s because of several factors: the increased sophistication of medical science and technology; interprofessional relationships; organ donations and transplants; special concerns relating to patients with AIDS, uninsured persons, aged persons, and high-risk neonates; concern about practical limits on financial resources for health care; changes in society; and growing emphasis on the autonomy of the individual.[33]

Professional nurses implement the employer's policy concerning the moral responsibility of health care. Nurses have responsibility for supervising and reviewing patient care, meeting quality standards, making certain that decisions about patients are based on sound ethical principles, developing policies and mechanisms that address questions of human values, and responding to social problems and dilemmas that affect the need for healthcare services.[34]

To fulfill this responsibility, professional nurses support nurses confronted with ethical dilemmas and help them think through situations by open dialogue. Nurse managers establish the climate for this discussion. Davis recommends ethics rounds as a means of discussing ethical dilemmas. Such discussions can stem from hypothetical cases, case histories, or a case based on a current patient. Ethical reasoning requires participation by a knowledgeable person. Ongoing awareness and reinforcement of ethical principles and reasoning increases the organization's awareness of the nature of professional practice. Davis describes four ethical principles:[39]

1. Autonomy. Personal freedom of action is an ethical principle to be applied by nurse managers toward professional nurses, who in turn apply the principle in the care of their patients. The professional nurse is given autonomy to deliberate about nursing actions and has the capacity to take nursing actions based on this deliberation. Hospitalized or ambulatory patients may have diminished autonomy, and the professional nurse becomes an advocate or autonomous agent for these patients' rights. The patient is responsible for making decisions about his or her care, and the family may be involved with the patient's consent.

2. Nonmaleficence. This ethical principle is defined as the avoidance of intentional harm or the risk of inflicting harm on someone. The use of restraints is an area that pits the principle of autonomy and self-determination against that of nonmaleficence. When risks outweigh costs, one must protect the patient. Side rails, safety vests, tranquilizers, and wrist restraints all have the potential for abuse. Discharge planning can prevent negative outcomes and potential errors. When errors occur, the nurse should acknowledge them to the patient or a surrogate, with full and immediate disclosure to the physician and the institution's administration. Nurses can protect patients from incompetent practitioners and protect their own rights at the same time.

3. Beneficence. Beneficence is the principle of viewing persons as autonomous, not harming them, and contributing to their health and welfare.

4. Justice. Justice involves giving people what is owed, deserved, or legitimately claimed.

The four ethical principles of autonomy, nonmaleficence, beneficence, and justice are being studied and debated in relation to nursing research and practice, to drug trials (including the use of placebo control subjects), and to cost cutting in provider organizations.[36]

Many ethical issues relate to nursing and health care, including the issue of the right to health care. However, the United States does not provide health care as a matter of law. The following are some other ethical issues:

1. The rights of individuals and their surrogates versus the rights of the state or society. This issue creates confrontations between consumers and practitioners and may lead to management efforts to cut costs by cutting services (staff) or closing treatment centers. A survey of the Association of Community Cancer Centers indicated that 84% of these institutions staffed oncology units higher than other medical/surgical units.[37]

2. The rights of patients unable to make their own decisions weighed against the rights of patients' families and the rights of institutions

3. The rights of patients to forgo treatment versus the rights of society

4. Issues related to the following:
   a. Reproductive technology and preselection of desired physical characteristics of children; genetic screening

    b. Organ harvesting and transplants

    c. Research subjects

    d. Confidentiality

    e. Restraints

    f. Disclosure

    g. Informed consent

    h. Patient incapacity

    i. Court intervention

5. Reporting of ethical abuse of patients and staff

The ANA Committee on Ethics published several position statements and guidelines that seek to assist nurses in making ethical decisions in their practice. These guidelines are based on ethical theory and the ANA Code for Nurses, an expression of "nursing's moral concerns, goals, and values." They are designed to provide nurses with guidance on a range of ethical issues, including the withdrawing or withholding of food or fluid; risk versus responsibility in providing care; safeguarding client health and safety from illegal, incompetent, or unethical practices; nurses' participation in capital punishment; and nurses' participation and leadership in ethical review practices.[38]

Nurse managers need to know the legal framework for their actions. They should help clinical nurses to balance teaching, research, clinical investigation, and patient care. Practicing from an evidence-based framework provides a strong foundation for ethical work. All should work for social justice to ensure a desirable quality of life and health care services. Nurses may promote compassion and sensitivity through protest of public policies that reduce quality of or access to health care for the poor. Nurses should pursue human values, wholeness, and health values.[39] This does not mean that nurses must subsidize health care by working for lower salaries; rather, they should work to have the cost shared by all of society.

Among the ethical dilemmas seldom addressed by nurse managers are ethical boundaries, particularly those involving sex. Nurse managers and administrators should provide continuing education to increase nurses' awareness of improper nurse–patient relationships, including accepting gifts and favors, doing business with patients and their families, being coerced or manipulated by patients, visiting patients at home while off duty, and making nontherapeutic disclosures. Risk environments include inpatient psychiatric services and chemical dependency treatment programs.[40]

Patients are sometimes denied pain relief by lazy or policy-focused providers, despite mandates for a patient's right to freedom from pain and pain management. Although letters to Ann Landers are not scientific, their anecdotes can be revealing. One writer wrote that a physician would not give her father pain medication the night before he died of terminal cancer because that physician would have had to walk to another unit for a small needle. In another letter, the wife of a terminal cancer patient

---

www. **Evidence-Based Practice 4-2**

A study of ethical issues and problems encountered by 52 nurses in their work in one hospital used a 32-item ethical-issues-in-nursing instrument. Results indicated that nurses encountered few ethical issues. The five most common issues were inadequate staffing patterns, the prolonging of life through heroic measures, inappropriate resource allocations, situations in which patients were being discussed inappropriately, and irresponsible activity of colleagues. Ethical issues were more frequent in critical care units than in medical or surgical units. The study group recommended institutional ethics committees and nursing ethics rounds to sensitize nurses to ethical issues.[34]

> ## www Evidence-Based Practice 4-3
>
> A survey of institutions in the metropolitan New York area studied how nurses addressed ethical concerns in their practice. In this survey, 71 of 116 hospitals responded. Topics addressed by hospital ethics committees included allocation of resources, patients' rights, death and dying, abortion, prison health, and institutional issues. Formats used to address ethical issues included nursing meetings, inservice hospital committees, hospital ethics committees, and interdisciplinary rounds. All ethics committees had nursing representatives, mostly from administrative and management positions. It was concluded that most institutions do not adequately address nursing issues and concerns.[36]

requesting relief of intense pain was told by a nurse, "He has to wait another 30 minutes." The ethical and professional answer to such incidents is for assertive nurses to obtain adequate pain medication orders and implement them.[41]

One of the leading experts in nursing ethics, Leah Curtin, advocates creation of moral space for nurses to preserve their integrity. A nurse who believes an action to be wrong should not be forced to take that action. Curtin states that because ethics deals with values as well as with facts and interests, answers to ethical questions do not fall strictly within the bounds of any one discipline. Because ethical questions are complex, they are puzzling, even bewildering. Because any answer we frame touches many areas of concern, we cannot foresee all the consequences of the answers we choose. To solve an ethical problem, Curtin recommends that we do the following:[48,49]

1. Gather as much information as possible to understand precisely what the problem is.
2. Determine as many ways as possible to resolve the problem as they present themselves.
3. Consider the arguments for and against each alternative we can discover or imagine.

The nurse has an obligation to protect the welfare of patients and clients by virtue of his or her legal duties, the code for nurses, and nurses' social role. From a moral perspective, one must not knowingly harm another person. Any freely chosen human act is right insofar as it protects and promotes the human rights of individual nurses. Professionals have duties to guide their young colleagues, and nurses on all levels have mutual duties to support and guide one another.[43]

Values-based management stems from the actions of chief executive officers who set the stage for using a values credo of shared beliefs that govern the decisions and actions of top management. Two companies that do this are Levi Strauss & Company and Holt Companies. Their values include openness, teamwork, diversity, ethical behavior, and honest communication. Their priorities are ethics, human dignity, and self-fulfillment. The employees believe that they make important contributions to the company, customers, and the community. Such companies find that productivity and products increase as a result of this attention to ethics.[44]

Ethics committees should be established to prevent burnout. Their goals should include being a forum for expressing concerns, promoting awareness and education, participating in clinical decision making and policy and procedure development, developing professional identity, and communicating with other committees. Issues that are often reviewed by ethics committees are described in the following sections.[45]

Advance Directives

An advance directive is "a written instruction, such as a living will or a durable power of attorney for health care, recognized under state law (whether statutory or as recognized by the courts of the state) and relating to the provision of such care when the individual is incapacitated." Advance directives are mandated by the Patient Self-Determination Act (a provision of the Omnibus Budget Reconciliation Act of 1990).[46] Advance directives are considered necessary because people face choices about procedures to prolong life. Studies related to advance directives indicate the following:[47]

1. Use of proxies for persons with serious mental illness is neither meaningful nor beneficial.
2. Increased use of advance directives reduces use of healthcare services without affecting satisfaction or mortality of persons in nursing homes.
3. Elderly persons can use an interactive multimedia CD-ROM program to learn about advance directives.

The advance directive is a directive to physicians and other healthcare providers given in advance of incapacity with regard to a person's wishes about medical treatment. As an example, the Texas Natural Death Act gives a person the right to provide instructions about care when faced with a terminal condition. It covers such procedures as cardiopulmonary resuscitation, tube feeding, respirators, intravenous therapy, and kidney dialysis. A durable power of attorney for health care allows a person to name another person to make medical decisions for the incapacitated person.[54] directive to physicians may be called a living will. The attending physician and another physician certify that a person has a terminal condition that will result in death in a relatively short time and that the person is comatose, incompetent, or otherwise unable to communicate.

An advance directive is a legal document. In Texas, for example, it does not have to be drawn up by a lawyer or notarized but does have to be witnessed. An oral statement suffices when made in the presence of two witnesses and the attending physician. Witnesses cannot be physicians, nurses, hospital personnel, fellow patients, or persons who will have claim against a person's estate.[54]

Under Texas law (Consent to Medical Treatment Act), the following people have the option to make medical decisions for an incompetent person: spouse, sole child who has written permission from all other children to act alone, majority of children, parents, a person whom the patient clearly identified before becoming ill, any living relative, or a member of the clergy (surrogate).[50]

Ethics in Business

Lee writes that all organizations should develop a policy on ethics. Business ethics help people find the best way to satisfy the demands of competing interests. Ethics is part of corporate culture. Ethical organizations try to satisfy all of their stockholders, are dedicated to high purpose, are committed to learning, and try to be the best at whatever they do. Leaders of ethical organizations have the moral courage to change direction, hire brilliant subordinates, encourage innovation, stick to values, and persist over time. Polaroid established internal conferences on ethics in 1983 and 1984. These included philosophers, ethicists, and business professors who looked at the language and concepts of ethics. The conferences were broadened to include leadership and dilemma workshops to apply the knowledge to company cases.[56]

Nurse managers can explore similar modes of studying ethics. They can do so with clinical nursing staff to include looking at how business is done versus how it should be done. Such a study can set the organizational climate for ethical decision making. Ethics can be built into orientation, management development, participative management, and policies and procedures.

According to Beckstrand, "The aims of practice can be achieved using the knowledge of science and ethics alone."[57] To apply Beckstrand's theory to nursing management, nurse managers would apply their knowledge to change the nursing work environment to realize a greater good where and when needed.

Donley states that a healthcare system should be based on values that promote both the individual and the common good.[58] Limitations in nursing management knowledge can cause dilemmas for nurses. There could be a hierarchy of values in managing practice. Nurse managers need to determine how much decision-making power clinical nurses want and how much managers can delegate. A theory of ethics should be meshed with a theory of nursing management that is congruent with a theory of ethical conduct for clinical nurses.

Both clinical nurses and managers use scientific knowledge to determine whether conditions support change. The intrinsic value of the management actions should be given careful thought and should be debated by nurse managers who consciously attempt to practice management that realizes the highest good. The manager is more apt to be successful if scientific management knowledge is applied.

Ethics in management translated into nursing theory can be summarized as follows:

1. Nurse managers can influence the ethical behavior of nursing personnel by treating them ethically.
2. Nurse managers have a code of ethics on which peers have agreed. They enter into ethical dilemmas when they go against that code.
3. Nurse managers fall into moral dilemmas when they go against their internal values.
4. Although ethical and moral dilemmas differ, an ethical nurse manager is a moral nurse manager.
5. Ethical decisions can be clarified by three questions:
   a. Is it legal? This question resolves some dilemmas but not when questionable laws and policies are involved.
   b. Is it balanced? The nurse manager should aim for a win–win solution.
   c. How will it make me feel about myself? The nurse manager should consider the impact of each action on his or her self-respect.
6. Nurse managers with positive self-images usually have the internal strength to make the ethical decision.
7. An ethical leader is an effective leader.
8. Nurse managers should apply six principles of ethical power:
   a. The chief nurse executive promotes and ensures pursuit of the stated mission or purpose of the nursing division, because this statement reflects the vision of practicing nurses. Although the mission statement should be reviewed periodically, goals or objectives are set for yearly achievement.
   b. Nurse managers should build an organization to succeed, thereby building up employees through pride in their organization.
   c. Nurse managers should work to sustain patience and continuity through a long-term effect on the organization.
   d. Nurse managers should plan for persistence by spending more time following up on education and activities that build commitment of personnel.
   e. Nurse managers should promote perspective by giving their staff time to think. They should practice good management for the long term.
   f. Nursing service managers should consider developing an organization-specific code of ethics expressed in observable and measurable behaviors.[59]

A code of ethics should be ingrained in employees to create a strong sense of professionalism. Such a code should be the basis of a planned approach to all management functions of planning, organizing, leading, and evaluating. Nursing employees can help develop the code of ethics, help implement it, and determine its associated rewards and punishments. A code of ethics should be read and signed by employees and regularly reviewed and revised.

Contents of a code of ethics include definition of ethical and unethical practices, expected ethical behavior, enforcement of ethical practices, and rewards and punishments. To be objective, a code of ethics specifies rules of conduct. To be effective, it should be applied to all persons.[57]

ETHICS AND COLLECTIVE BARGAINING

Ethical decision making regarding work environment issues such as safety on the job and control over practice is important to professional practice. Transforming care at the bedside requires attention to the political as well as physical and emotional environment in the work site. Redesigning and negotiating for safe, healthy workplaces necessitates an understanding of collective bargaining, particularly in unionized work settings.

Improvement in wages, the primary purpose of collective bargaining in the past, is no longer the focal point of most negotiations. "Much more essential to nurses is assuring they have a safe practice environment free of mandatory overtime and other work issues, and a voice in the resource allocation decisions that affect their ability to achieve quality health outcomes for patients."[58] Control over practice, flexible scheduling, and a collegial environment are viewed as essential to a high-quality work life for professional nurses. Nurse activists note that finding processes, structures, and methods, such as collective bargaining, may offer nurses control over practice. This control is crucial to the survival of professional nursing in the face of an acute nursing shortage crisis.[59]

Research validates the importance of professional nurses having control of their practice; in fact, for many nurses this control is the deciding factor to remain in one's job and the profession. In 2001, Peter D. Hart Research Associates found that 21% of a sample of 700 nurses in current practice reported the desire to leave their positions due to stress and physical demands of work. Participants further reported that an improvement in staffing ratios would be a primary reason for remaining on the job and in the profession.[53] Nurses who had been in their positions longer than 5 years were asked why they remained. Satisfactory pay and benefits, collegial environment, and flexible scheduling were identified as the top reasons that nurses stayed longer than 5 years in their positions.[55] Additionally, research on shared governance models (which are prevalent in magnet hospitals) found positive patient outcomes; these models were also found to create nursing practice environments that attracted and retained professional nurses. Such structures were described as being conducive to autonomy and control over practice.[60] Recurrent themes are control over professional nursing practice, flexible schedules, and collegial respect.

These themes are also common subjects of collective bargaining agreements, which often cover the following issues:[61]

- Mandatory and voluntary overtime
- Acuity-based staffing systems
- Use of temporary nurses
- Protections from reassignments, work encroachment by nonnurses, and mandated nonnursing duties
- Provisions for work orientation and continuing education
- Whistle-blower protection
- Health and safety provisions, such as free hepatitis B vaccines
- "Just cause" language for discipline and termination
- Provisions for nursing and multidisciplinary practice committees

Collective Bargaining Defined

Collective bargaining is the "process by which organized employees participate with their employers in decisions about their rates of pay, hours of work, and other terms and conditions of employment."[62] Collective bargaining is the process through which the representatives of the employers and employees meet at reasonable times; confer in good faith about wages, hours, and other matters; and put into writing any agreements reached. The duty to bargain is required of both the employer and union.[63]

Collective bargaining is the means by which professional nurses can influence hospital nursing care delivery systems and labor–management relations through a united voice.[64] Collective bargaining is often viewed as a power relationship, either adversarial or cooperative.[65] Executives of firms have learned that employee empowerment and autonomy are good for business. As productivity increases, this knowledge has led to increased training of employees at the production level, elimination of middle management, decentralization of decision making with participatory management at the production level, and an upsurge in the success of the firm. This commitment to sharing power gives employees less reason to resort to collective bargaining.

The National Labor Relations Act (NLRA) of 1947 defines a professional employee as

(a) any employee engaged in work (i) predominantly intellectual and varied in character as opposed to routine mental, manual, mechanical, or physical work; (ii) involving the consistent exercise of discretion and judgment in its performance; (iii) of such a character that the output produced or result accomplished cannot be standardized in relation to a given period of time; (iv) requiring knowledge of an advanced type in a field of science or learning customarily acquired by a prolonged course of specialized intellectual instruction and study in an institution of higher learning or a hospital, as distinguished from a general academic education or from an apprenticeship or from training in the performance of routine mental, manual, or physical processes; or (b) any employee who (i) has completed the courses of specialized intellectual instruction and study described in clause (iv) of paragraph (a), and (ii) is performing related work under the supervision of a professional person to qualify himself to become a professional employee as defined in paragraph (a).[66]

Strauss summarizes the characteristics of professional behavior:[67]

- Specialized education and expertise
- Autonomy
- Commitment
- Societal responsibility for maintenance of standards of work

Pavalko differentiates between professionals and other workers by stating that professionals have the following:[73]

- A systematic body of knowledge and theory as a basis for work and expertise
- Social ability in times of crisis; the professional is sought out by the public
- Specified training, including transmission of ideas, symbols, and skills
- Motivation for service to clients
- Autonomy, self-regulation, and control by individual practitioners
- A sense of long-term commitment
- A need for common identity and destiny, with shared values and norms
- A code of ethics

Professional nursing organizations have supported the development of nursing theory, the goal of self-regulation, and a code for nurses with interpretive statements. Such a code includes behaviors such as maintaining competency in nursing and participation in activities that contribute to the development of the profession's body of knowledge. When unable as individuals to attain their goals, professional nurses pursue them through collective bargaining.

Collective Bargaining Issues: Ethical Considerations

Issues that lead to petition for unions usually occur because employers do not want to share power with employees. Historically, the chief executive officers of firms built bureaucratic organizations to retain power in the management structure. This has been costly for firms and has resulted in their restructuring to eliminate layers of management, empower employees with management knowledge and skills, and improve productivity and profits.

There are several major issues that lead to unions and collective bargaining:[69]

- Absence of procedures for reporting unsafe or poor patient care. Quality of patient care is the number one issue.
- Short staffing and improper skills mix to correspond to patient acuity
- Floating without orientation and training
- Use of temporary personnel and unlicensed assistive personnel
- Resistance of employers to accept joint decision making
- Adversarial relationships between nurses and management and exploitation of nurses by management
- Lack of respect for employees
- Lack of autonomy, that is, incursion by management into the scope of practice
- Lack of promotional opportunities
- Lack of professional practice committees
- Lack of staff development and continuing education opportunities
- Lack of child care and elder care
- Lack of involvement
- Poor differentials for shift work, education, and experience
- Low wages and limited benefits
- No pension portability
- Lack of employee assistance programs
- Poor on-call arrangements and lack of flexible schedules
- Overwork, mandatory overtime, and shift rotation
- Low morale
- Performance of nonnursing duties
- Poor management and poor communication
- No ability to take sufficient breaks
- Fair policies and practices for discipline and dismissal
- Assurance that patient classification systems have practicing nurse inputs
- Fair and consistent standards, policies, and practices
- Adequate health insurance
- Assurance that competence and qualification are considered with seniority
- Vacancy posting so that all nurses have an opportunity
- Lack of a system to apply peer review
- Lack of career ladders

The professional nurse works in an environment where human resources are not always valued but are viewed as a commodity. Professional nurses might get fired for such actions as questioning physician authority or refusing to work where they believe they are not qualified. Additionally, horizontal and lateral hostility in the workplace also increases risks to the health and safety of workers. Thus nurses often work in a climate of fear that results in poor morale, poor productivity, stifling of creativity, reluctance to take risks, ineffective communication, and reduced motivation.[70] Ultimately, these factors lead to an unbearable level of job stress, which culminates with a letter of resignation.

Collective Bargaining Process

Once nurses have decided to pursue collective bargaining because they believe they have no alternative, the general process is as follows:

1. An organization committee is formed. It should be broad based in structure and representative of the major issues so as to represent all prospective members on all shifts and in all practice areas. Members should be well known and respected.

2. The major campaign issues are identified and discussed.

3. The organizing committee does research to obtain extensive knowledge of all facets of the institution, including history, structure, organization, finances, administration, and culture.

4. A timetable is prepared, delineating the specific organizing activities.

5. Possible employer tactics are identified and discussed, and specific strategies are developed to manage them.

6. A system is established for keeping in constant communication with nurses.

7. A structural plan is made, including adoption of a set of bylaws and election of officers.

8. Recognition occurs by the employer or National Labor Relations Board (NLRB) certification. Voluntary recognition requires authorization cards signed by a majority of nurses. If the employer does not recognize the action, NLRB certification requires that at least 30% of the nurses sign cards. A majority is best.[71]

9. An election is held in which nurses vote for or against a collective bargaining unit. The NLRB sets the election date by mutual agreement. Notices posted on employee bulletin boards include the date, hours, and places of election; payroll period for voter eligibility; description of the voting unit; a sample of the ballot; and general rules for conduct of the election. With a majority of voting nurses (50% plus 1) voting for it, the NLRB certifies the petitioners as the exclusive bargaining unit. If there is no majority, the NLRB will not accept another petition for 1 year.

10. A bargaining committee is elected by the nurses to negotiate a contract.[72]

11. A contract is negotiated. Members of the bargaining committee should survey the membership to gather data for contract proposals. At the first bargaining meeting proposals are made. The easiest ones should be settled first. Management strategy will be to try to set the tone of the sessions and to package proposals so that they can slip some past the nurses. Their strategies will include flattery, conciliation, anger, astonishment, and total silence. For this reason, nurse members should track all proposals using minutes of the meetings and make index cards listing the proposals of each side. Debriefings at the end of each session are helpful. The nurse team should respond to management with care, spirit, and no unconditional concessions.[73]

12. When all proposals have been fully discussed and agreed on, the contract is written.

13. The contract is then presented to union members who vote to ratify or reject it. If ratified, it is signed by both sides.

14. The contract is enforced through grievance and arbitration procedures. It is reviewed or amended on a regular basis.[74]

Grievance Process

A strong grievance procedure increases employee satisfaction, so it is a good human resource management tool, with or without a union. Potential trouble spots are identified early and may include claims for higher wages when jobs are modified. Grievance procedures must be perceived as fair. Their contents should be told to all employees, and managers should be trained to follow them. This training allays managers' fears.[75]

The grievance policy should be communicated as an employee benefit and included in the personnel handbook (**Figure 4-1**). Peer review should be used in employee appraisals involving grievances and final decisions. Some courts have equated peer review to due process. Peer review builds values of conflict resolution, teamwork, decision making at lower levels, employee empowerment, and ownership.[76]

FIGURE 4-1   Sample Employee Grievance Procedure

GRIEVANCES AND DISCIPLINARY ACTIONS

4.1 Grievance and Appeal Process

Metropolitan Medical Center provides a means for you, as a regular employee who has completed the probationary period, to appeal disciplinary actions, including dismissal, suspension, or demotion when used as a disciplinary action, that you believe are unjust or to submit a grievance for any working condition that results in inequities or other situations which have a negative effect on morale. The Medical Center, in its sole discretion, reserves the right to determine whether an action is a management right as outlined in Section 4.5 of this Handbook and, therefore, not subject to grievance and/or appeal. Layoffs and written warnings may not be appealed.

This process may be used in a situation where there are allegations that an individual has been discriminated against based on race, sex, religion, color, national origin, age, disability, disabled veteran, or Vietnam Era veteran status. In such an event, if the individual against whom such allegations have been made is either in the first or second step of the grievance and appeal process, the employee should contact the Department of Human Resources to institute a grievance. This process is available to an employee who alleges such discrimination is related to the issue of sexual harassment.

Employees in their probationary period may only appeal if they believe they have been discriminated against on the basis of race, sex, religion, color, national origin, age, disability, disabled veteran, or Vietnam Era veteran status. Additionally, this process is available to a probationary employee who alleges such discrimination is related to the issue of sexual harassment.

4.1.1 First Step

If you are considering initiating a grievance or appeal, you should first discuss the matter with your Department Head. You should state your case, in writing, to your Department Head and state the adjustment desired. This should be done within 10 working days of the occurrence.

Eldridge suggests the following points for effective settlement of grievances:[82]

1. Accurate definition of the problem: Does it violate the contract or the law? Is it timely? Documented?
2. Timely presentation: Follows the time limits and steps of the grievance procedure and for notifying appropriate persons.
3. Documentation: Facts; claim adjustment desired; form signed, dated, and given to appropriate persons.
4. All steps are performed with a businesslike attitude to facilitate objectivity and communication.

Nursing is difficult and complex and requires specialized knowledge. All nurses should commit to a written employment agreement with a grievance procedure. This should be done whether they represent themselves or are represented by a union. When nurses use a labor organization, they should use one with a large membership and a long and successful history.[78] The ANA and some state nurses associations fall into this category.

Mediation

Mediation is assisted negotiation. When the negotiating parties cannot reach agreement on an issue during contract negotiations or during a labor dispute unresolved by grievance procedures, the issue is

FIGURE 4-1   Sample Employee Grievance Procedure

4.1.2 Second Step

If your grievance is not settled to your satisfaction with your Department Head, you may appeal, in writing, to your Assistant Hospital Administrator within 10 working days of the response to step one.

4.1.3 Third Step

If your grievance is not handled to your satisfaction in step two, you may appeal, in writing, to your Division Head within 10 working days of the response to step two.

4.1.4 Final Step

If your grievance is not handled to your satisfaction in step three, you may request, in writing, the Assistant Vice President of Human Resources to schedule a hearing before the Staff Grievance and Appeal Committee.

A hearing before the committee is a nonadversarial proceeding, and attorneys are not allowed to participate on either side. You may select another university employee who is both willing and able to arrange his or her work schedule accordingly to represent you in the grievance/appeal hearing.

The committee's recommendations are presented to the Vice President for Financial Services for a final decision. The Assistant Vice President of Human Resources will advise the concerned parties of the decision and assist in any personnel action required.

4.2 Disciplinary Guidelines

Disciplinary guidelines have been established by the Metropolitan Medical Center so that you and other employees will be accorded a process of progressive discipline as set forth in these guidelines. The guidelines on the following pages show example violations and the degree of disciplinary action that may be required for each.

Your supervisor has the authority to determine an appropriate corrective measure through disciplinary action for any other violation of conduct not listed in the guidelines. The Medical Center reserves the right to change the particular type of discipline noted on the listed guidelines, due to the extent and severity of a particular offense. In some instances, even though previous violation of policy has not occurred, the severity of the offense may result in disciplinary action, up to and including dismissal.

So that the safety and productivity of all employees of the Medical Center is ensured, a progressive disciplinary program has been established. If you fail to observe the accepted norm of behavior, your supervisor may issue either a verbal or written warning. Written warnings will be made a part of your permanent personnel file. Oral and written warnings may not be appealed. A layoff may not be appealed as it is not a disciplinary action.

4.2.1 Felony Charges

If you, as a regular or temporary employee of the Medical Center, are charged with a felony offense, you shall be suspended without pay pending the outcome of your trial. A temporary or grant-funded employee who is charged with a felony offense shall be suspended without pay pending the outcome of the trial or the ending date of the employee's temporary appointment or grant funding, whichever is earlier. You are responsible for notifying your supervisor if you are charged with a felony offense.

If you are suspended without pay because of a felony charge and are otherwise eligible for benefits, you may continue to participate in the group medical and life insurance programs. You are responsible for making arrangements with the Payroll Office to pay the total monthly premium costs for these benefits. If you are convicted of a felony offense, you shall be immediately dismissed.

If you are found not guilty of the felony offense as charged, you shall be reinstated with back pay for the period during which you were suspended without pay pending outcome of your trial with no break in service and you shall retain accrued vacation and sick leave benefits. A temporary or grant funded employee shall be reinstated with back pay until the ending date of the employee's temporary appointment or grant funding, whichever is earlier.

referred to a mediator trained to resolve such disputes. The mediator assists the parties in defining the issues, dissolving obstacles to communication, exploring alternatives, facilitating the negotiations, and reaching an agreement. In law cases, mediation works 80% of the time or more.[79]

Successful mediation involves good faith: All parties are present during the entire mediation session; there is adequate time; the mediator lays ground rules, describes the process, and answers questions; the session is private; the parties are separated into "caucuses" in which their conversations are private; and the mediator shuttles between parties until a settlement is reached. The parties negotiate the settlement.[80]

Arbitration

Whereas a mediator works with the parties in a dispute to get them to resolve their differences, an arbitrator examines the facts and makes a decision that is binding. Arbitration uses as the source of law the express provisions of the contract, past practices of the industry, and the shop (health care and nursing). Past practices must[81]

- Be unequivocal (clear, consistent, acceptable); be accepted by the people involved as the normal and proper response to the underlying circumstances presented
- Have longevity; have existed for a sufficient length of time to have developed a pattern
- Have mutuality; both parties regard the conduct as correct and customary in handling the situation

Practices that are longstanding and have been accepted by both parties are as binding as if written. Subjects not covered in the agreement are the residual rights of management, including the methods of operation and direction of the workforce. Union rights include areas of benefits, wages, and working conditions. Unchallenged customs and practices are considered accepted as part of the agreement by both parties. Arbitrators should effectuate the agreement and contain conflict.[82]

Supervisory Influence

With the power of unions generally declining, goals for unions of professional nurses are best met by multipurpose organizations that can respond and adapt to the particular concerns of nurses, such as "supervisory influence." Generally, employers raise these concerns with relation to who will represent professional nurses. Rank-and-file nurses may be concerned that nurse managers will dominate the bargaining unit through membership in the state nurses association SNA. The bargaining unit needs some insulation from SNA members who are managers. The issue usually extends beyond legal characterizations to political overtones of power and control within the organization. The California Nurses Association established the legal standard on the issue of supervisory influence in the Sierra Vista case in 1979. This standard is best met by an integrated, multipurpose professional association as a bargaining agent. This agent would include and meet the needs of clinical nurses of all specialties along with nurse managers, educators, and researchers who are members of the SNA.

Advantages of Unionization

Unions view the healthcare field as a potential pool for membership, which is a threat to hospital leaders. Concrete evidence shows "that collective bargaining, when used effectively, actually facilities delivery of the best care and services."[83]

Collective bargaining has contributed to the high standard of living for the working people of Western countries. Employee compensation levels are higher when they are determined at the bargaining table.[84]

Collective bargaining is viewed by employees as an enforceable way to secure justice in the workplace and a way for them to share power with employers. It provides fundamental protection against arbitrary or unfair treatment in the matter of promotions, remuneration, dismissal, and retirement. The bargaining agreement or contract balances management power with the combined might of all the employees. Protection under collective bargaining is greater than the contract itself. Unfair management authority can be challenged through a grievance system.[85] Contracts with nurses frequently include reference to the ANA code for nurses and standards of nursing practice.[86]

Research indicates that nurses have been reluctant to exercise collective power. Involvement peaks during organizing activity and in times of crisis or conflict. Nurses are more involved with committees related to the nursing product than with those related to bargaining unit affairs.[87]

The Michigan Nurses Association views its members as nurses who have combined the philosophies of professional nursing care and collective bargaining. The goal of this association is protection of patients through protection of nurses' professional and economic rights.[88]

Contracts give nurses input on nursing care standards, policies, and procedures. Unions improve working conditions related to shift rotation, floating, nonnursing duties, flexible staffing, meal breaks, rest periods, time away from work, continuing education, tuition reimbursement, educational leave, grievance and arbitration procedures, maternity/paternity leave, discipline, posting of vacancies, recall from layoffs, peer review, career ladders, joint committees to improve safety and quality of patient care, and adherence to the code for nurses.[89]

The success of unions depends on the quality of the work environment and the credibility and effectiveness of the organization as a bargaining agent and workplace advocate.[90] Outcomes of labor negotiations depend on employee and employer relationships, attitudes, and philosophies.[91] Research evidence on unionization produces estimates that union members average salaries are 6% higher than those of nonunion workers.[92]

Hannah and Shamian state that the foundation of modern nursing is a professional practice model of nursing. This model can be achieved through collective bargaining and nursing information. The following are the characteristics of a professional practice model of nursing:[99]

- Multidisciplinary and interdisciplinary collaboration
- Accountability
- Practice based on a sound and discipline-specific scholarly foundation (i.e., knowledge, theory, and inquiry)
- Autonomy rooted in a clear understanding of the scope and boundaries of the discipline of nursing
- Awareness of the sociopolitical context of practice
- Self-motivated professional development, including self- and peer evaluation, aimed at maintaining currency of practice knowledge

The professional practice model of nursing care can be achieved through functional, team, primary, or case management methodologies. The best environment is a decentralized organizational structure using self-governance. Collective bargaining environments can be suitable for a professional practice model of nursing that provides for career mobility, advancement, and wage increases using criteria beyond mere seniority.[94]

The purposes of collective bargaining include "facilitating communication between the parties to the contract; establishing and maintaining mutually satisfactory salaries, hours of work, and working conditions; prompt disposition of differences of opinion or grievances; and resolution of disputes."[95] The goal is collaboration. A fully implemented nursing information system provides clinical data quickly; improves nurses' work; and coordinates management activities, physician-delegated tasks, and professional nursing practice. Decision-support systems are information systems designed to provide the information needed to make clinical decisions about patient care. Entered data (such as history and test results) are processed against stored data to give decision outputs, such as differential nursing diagnosis and suggested therapeutic recommendations.

Source data entry should be conducted from bedside terminals or through two-way radio transmission. Patient discharge abstracts should be expanded to include nursing care delivery information. A nursing minimum data set is available. The collective bargaining unit can be a powerful ally to nursing management in integration of a professional practice model of nursing informatics.[96]

Disadvantages of Unionization

Unions cost money and create adversarial relationships. They focus on seniority rather than merit. Before joining a union, the nurse should study its experience or history and its track record. The nurse should talk to union members, tally the annual costs for dues and fees, and read the financial statement.[97]

Because they are elected, as are politicians, union officials have a vested interest in maintaining a combative relationship with management. Unions may discourage hard work and personal ambition while encouraging dependence.[98] Once nurses gain collective bargaining status they exhibit low participation in related activities. A survey of 261 registered nurses employed in voluntary hospitals in New York State and represented by the New York State Nurses Association for collective bargaining produced the following results:[99]

1. Few nurses attended union meetings regularly, although more did than do blue-collar workers.
2. Only 10.3% of respondents attended union conventions. Excuses included family responsibilities, location, expense, time off, and lack of interest.
3. Members read literature from the bargaining agent.
4. Few nurses submitted bargaining demands.
5. Of respondents, 45% voted in local bargaining unit elections and 35% in statewide elections.
6. About two-thirds read the bargaining agreement.
7. Few filed formal grievances. Of those who did file, 65% filed for professional concerns and 37.5% for economic concerns. One-third knew little about the grievance procedure. They handled grievances informally first.
8. Nurses do not appear to be prepared to assume leadership roles in bargaining units.
9. College-educated nurses were more aggressive about work stoppages and picketing.

The writer concluded that "nurses who have adopted collective bargaining and who fail to exercise their responsibilities are responsible for the abridgement of their own rights and the success or failure of collective bargaining in their institutions."[100]

Strikes

Strikes are usually a last resort. Striking nurses are frequently portrayed in a negative way by the media. A content analysis of 893 U.S. newspaper articles presented a more negative image of the nurse than did newspaper articles on other nursing subjects. There were more negative headlines, criticism of nurses, and negative relationships reported in the articles about strikes. A desire for higher salaries was the major strike issue reported by newspapers, conveying the message that nurses were more interested in personal economic gain than in quality of patient care.[107]

Causal factors may contribute to a strike vote:[99]

1. Perceived lack of responsiveness by nurse administrators in solving everyday problems experienced by nursing staff
2. Fear of change experienced by nursing staff

3. Resistance by nurses to the national trend of using unlicensed, assistive personnel to reduce operating costs
4. Perceived reduction in benefits for the nursing staff
5. Environmental and workplace health and safety concerns
6. Perceived inequities in salaries between the nursing staff and senior executives

Firing striking workers is illegal, but it is standard management strategy for companies to threaten to hire permanent replacements. Companies are then obligated to hire former strikers only as future openings occur. Approximately 21,000 workers in U.S. companies lost their jobs through permanent replacement policies. Organized labor has been unable to obtain federal legislation banning replacement of employees who strike. In 1938 the Supreme Court ruled that permanent replacements are legal.[102]

Vulnerability

There has been increased interest in collective bargaining among healthcare workers since the 1991 Supreme Court decision. The long-term goal of the ANA is to "enable the country's two million nurses to achieve control over their own practice and work environment."[103] If nurse administrators wish to avoid dealing with collective bargaining units, they should create the conditions under which nurses have equivalent control.

The signs and symptoms of increased vulnerability to collective bargaining activity are those of an unhealthy environment:[104]

1. Increased nursing staff turnover
2. Increased employee-generated incidents
3. Increased grievances filed
4. Breakdown in communication
5. Sudden changes in staff behavior
6. Increased inquiries about personnel policies and practices
7. Changes in behavior of "problem children"
8. Pro-union, collective bargaining, or professional organization literature, posters, or graffiti
9. Organization of and invitation to off-site meetings for staff members only
10. Formation and submission of petitions
11. Managers' "gut" feelings

Nurse administrators should do a formal assessment of collective bargaining and make a plan for action that prevents it. Some of the activities to consider in this plan of action are training of front-line management in communications, counseling, mentoring, participatory management, shared governance, and addressing quality-of-care issues immediately.[105] Other actions to take include the following:

- Make the nurses feel like stakeholders. This is especially important with advanced, technically trained nurse specialists.
- Make nurses feel connected and invested in their work so they can be creative and productive.
- Prepare nurses to increase their role functions as members of interdisciplinary teams.
- Examine the possibility of new partnership models with nurses: shared ownership, gain sharing, bonuses, pay for performance, outcome pay, per diem contracting, caseload payment structures, benefit smorgasbords, increased autonomy of work, participation, and self-managed teams.
- Work can be redesigned as a result of union leadership and management partnership, with mutually formed mission, goals, and planning for the future.[106]

Collective bargaining is unnecessary when nurses and management communicate well and participate in decision making. It is unnecessary when nurses receive adequate support and appropriate recognition. Nurses should be provided with a voice in decision making, resources to do the job, safe-guarding of standards of nursing practice, protection of employment rights, and attractive terms and conditions of employment.[107] These are all aspects of a model of human resource management that works and that keeps nurse employees happy.

One of the most important benefits of collective bargaining is increased job security. Nurses can be fired for economic reasons and for incompetence, but management should be sure terminations are done only for good and just causes. Laws prevent discrimination on the basis of sex, race, religion, national origin, age, handicap, and for some types of whistleblowing. The NLRA prevents discrimination on the basis of union activity. Termination should never be related to acts violating public policy or for refusal to perform an illegal practice.[108]

The employer is considered to have the absolute right to determine staffing patterns, ratios, and other personnel requirements. Employers should consider input from nurses in formulating standards of nursing practice; providing education benefits; and ridding nurses of nonnursing work; and for hiring, promotions, and transfers.[109]

ETHICS AND GOOD WORK IN NURSING

Gardner and colleagues proposed a toolkit reflective of their Good Work™ Project, which strives for excellence, ethics, and engagement in the professions. According to Gardner,[117]

> The Good Work™ Project is a large scale effort to identify individuals and institutions that exemplify good work—work that is excellent in quality, socially responsible, and meaningful to its practitioners—and to determine how best to increase the incidence of good work in our society.

The Good Work™ Project provides a variety of references and resources, along with courses, a toolkit, and traveling curriculum to help increase ethical, professional work. Miller, through her work with the Good Work Community of Interest through Sigma Theta Tau International, used these resources to better define Good Work in Nursing.

SUMMARY

The ANA's Scope and Standards for Nurse Administrators identifies ethics and ethical principles as critical to the nurse administrator's decisions and actions. This includes adherence to the Code of Ethics for Nurses with Interpretive Statements as well as compliance with regulatory and professional standards. Integrity in business practices requires checks and balances to decisions and actions taken within healthcare systems. Ethics committees, ethics networks, and ethics centers heighten awareness of patients' rights and consumer protection. Understanding ethical theories and principles guides

www Evidence-Based Practice 4-4

Paolillo and Vitell conducted an exploratory study of ethical decision making by individuals in organizations. The researchers found that moral intensity, as defined by Jones (2004) significantly influences ethical decision-making intentions of managers. According to the researchers, moral intensity explained 37% and 53% of the variance in ethical decision making in two decision-making scenarios. The research, in part, supports the need for a theoretical understanding of ethical/unethical decision making and serves as a foundation for future research.[119]

thinking and decision making. Developing a healthcare ethics program requires education, consultation, and policy review. Identifying ethics quality indicators further advances a healthcare ethics program and increases the competency of those involved in analyzing ethical dilemmas. As technologies of patient treatment develop and the healthcare delivery system evolves around managed care, nurses need avenues to pursue the ensuring ethical dilemmas.

Collective bargaining through unionization is a process whereby employees join together to gain collective power that somewhat neutralizes the power of management. Ethical consideration should also be given to the collective bargaining process. Collective bargaining has been used in the nursing profession for over 50 years. In 1991 the U.S. Supreme Court affirmed the ruling of the NLRB that professional nurses could form a distinctly separate bargaining unit within hospitals.

Issues related to collective bargaining include pay, benefits, and conditions of work related to provision of high-quality care to patients. Many professional nurses are reluctant to use the process of collective bargaining. Implementing the theory of human resource management that puts trust in employees by training them to manage themselves is the best management strategy to deter collective bargaining. Nursing and healthcare leaders who work collaboratively with practicing clinical nurses through decentralization and participatory management prevent collective bargaining. It has been proven time and again that people who manage their own work and who make professional decisions about their practice increase the productivity and profitability of the firm.

WWW APPLICATION EXERCISES

Exercise 4-1

Form a group of six to eight peers. Each group member identifies and describes, orally or in writing, an ethical dilemma. Discuss each dilemma from the viewpoints of care for the patient and support for the caregiver. What are the implications for interpersonal relationships among caregivers and care recipients?

Exercise 4-2

Set up two teams to debate the following issue:

> Professional nurses should intervene in instances in which they observe unethical conduct or illegal or unprofessional activities.

> Versus

> Professional nurses should not intervene in instances in which they observe unethical conduct or illegal or unprofessional activities.

Select a moderator. Decide on rules for selection and then decide on rules of procedure. For example, each speaker from each side may be allowed to speak to a question for 3 minutes. Consider the following questions:

1. What is the individual responsibility of the professional nurse employee in instances where he or she observes unethical conduct or illegal or unprofessional activities by the employer?
2. What is the responsibility of professional nursing organizations once they are made aware of such instances?
3. What is the responsibility of community organizations if they are made aware of such instances?

Consider the following issues:

- Accreditation action
- Government action (Medicare)
- Publicity (media)
- Prevention

Exercise 4-3

Examine organizational policies related to patients' rights as well as statements made by nursing associations and hospital associations and articles in professional journals. What authority or source would lead one to believe that the patient has a right to know his or her nursing diagnosis, the goals of care related to that diagnosis, and the nursing actions prescribed to meet those goals? What authority or source would lead one to believe that the patient has a right to assist in the planning of his or her nursing care? What authority or source would lead one to believe that the patient has a right to know what to expect as a result of his or her nursing care?

Exercise 4-4

Interview a professional nurse who is a member of a union. Determine his or her perceptions of the benefits of collective bargaining. What does he or she perceive as the weaknesses of collective bargaining?

Exercise 4-5

Prepare a plan to evaluate the vulnerability of a healthcare organization to collective bargaining. Use it to assess the organization. Prepare a list of recommendations for decreasing the vulnerability of the organization to collective bargaining. Present the results to the nurse administrator. This exercise may be done by a small group of nurse managers or students.

 For a full suite of assignments and additional learning activities, use the access code located in the front of your book to visit this exclusive website: http://go.jblearning.com/roussel. If you do not have an access code, you can obtain one at the site.

NOTES

1. Riley, W. (2009). High reliability and implications for nursing leaders. High reliability and implications for nursing leaders. *Journal of Nursing Management, 17,* 239–246.
2. Frankel, A. S., Leonard, M. W., & Denham, C. R. (2006). Fair and just culture, team behavior, and leadership engagement: The tools to achieve high reliability. *Health Research and Educational Trust, 41*(4, pt. II), 1690–1709.
3. Marx, D. (2001). *Patient safety and the "just culture": A primer for health care executives.* New York: Trustees of Columbia University in the city of New York, Columbia University.
4. Frankel, A., Gandhi, T. K., & Bates, D.W. (2003). Improving patient safety across a large integrated health care delivery system. *International Journal for Quality in health Care: Journal of the International Society for Quality in Health Care/ISQua 15*(Suppl), i31–40.
5. Helmreich, R. I., & Musson, D. M. (2000). Surgery as team endeavor. *Canadian Journal of Anaesthesia (Journal canadien d'anesthésie), 47*(5), 391–392.

6. Gaba, D. M. (2001). Structural and organizational issues in patient safety: A comparison of health care to other high-hazard industries. *California Management Review, 43*, 83–102.

7. Cooper, J. B., & Gaba, D. (2002). No myth: Anesthesia is a model for addressing patient safety. *Anesthesiology, 97*(6), 1335–1337.

8. Leonard, M. S., Graham, S., & Bonacum, D. (2004). The human factor: The critical importance of effective teamwork and communication in providing safe care. *Quality and Safety in Health Care*, 13(Suppl. 1), i85–90.

9. Baker, D. P., Salas, H., King, H., Battles, J., & Barach, P. (2005). The role of teamwork in the professional education of physicians: Current status and assessment recommendations. *Joint Commission Journal on Quality Improvement and Patient Safety, 31*(4), 185–202.

10. Baker, L., & Marquis, B. (Eds). (2003). *Nursing administration review and resources manual* (p. 67). Washington, DC: Institute for Research, Education, and Consultation at the American Nurses Credentialing Center.

11. Ibid.

12. American Nurses Association. (2009). *Nursing administration: Scope and standards of practice.* Silver Spring, MD: Author.

13. Ibid., p. 40.

14. Dossey, B. M., Keegan, L., & Guzzetta, C. E. (2005). *Holistic nursing: A handbook for practice* (4th ed., p. 94). Sudbury, MA: Jones and Bartlett.

15. Veatch, R. M. (Ed.). (2002). *Medical ethics.* Upper Saddle River, NJ: Prentice Hall.

16. Orentlicher, D. (2001). *Matters of life and death: Making moral theory work in medicine and the law.* Princeton, NJ: Princeton University Press.

17. Fowler, M. (1989). Ethical decision making in clinical practice. *Nursing Clinics of North America, 24*, 955–965.

18. Milner, S. (1993). An ethical practice model. *Journal of Nursing Administration, 23*, 22–25.

19. Ibid.

20. Dossey et al., 2005, p. 96.

21. Ibid.

22. Ibid.

23. Kantor, J. E. (1989). *Medical ethics for physicians-in-training.* New York: Plenum Medical Book Company.

24. Wolf, S. (1996). Introduction: Gender and feminism in bioethics. In S. Wolf (Ed.), *Feminism and bioethics: Beyond reproduction* (pp. 3–45). New York: Oxford University Press.

25. Bandman, E., & Bandman, B. (2002). *Nursing ethics through the life span* (4th ed., p. 294). Upper Saddle River, NJ: Prentice Hall.

26. Veatch, 2002.

27. Turner, M. (2003). A toolbox for healthcare ethics program development. *Journal for Nurses in Staff Development, 19*, 9–15.

28. Joint Commission on Accreditation of Healthcare Organizations. (1996). *Comprehensive accreditation manual for hospitals.* Oakbrook Terrace, IL: Author.

29. Turner, 2003.

30. Ibid.

31. Worthley, J. A. (1999). *Organizational ethics in the compliance context.* Chicago, IL: Health Administration Press.

32. Pellegrino, E. D. (2000). Interview with Edmund D. Pellegrino, M.D. In M. Boylan (Ed.), *Medical ethics* (pp. 25–36). Upper Saddle River, NJ: Prentice Hall.

33. Jones, T. (2004). Ethics consultations reduced hospital, ICU, and ventilation days in patients who died before hospital discharge in the ICU. *Evidence-Based Nursing, 7*, 53.

34. Eckberg, E. (1993). The continuing ethical dilemma of the do-not-resuscitate order. *The Association of Perioperative Registered Nurses, 67*, 784.

35. Ibid.

36. Christopher, M. (2001). Role of ethics committees, ethics networks, and ethics centers in improving end-of-life care. *Pain Medicine, 2*, 162.

37. Special Committee on Biomedical Ethics. (1985). *Values in conflict: Resolving ethical issues in hospital care*. Chicago, IL: American Hospital Association.

38. Ibid.

39. Davis, A. J. (1982). Helping your staff address ethical dilemmas. *Journal of Nursing Administration, 29*(6), 9–13.

40. Flaherty, M. (1999, August 30). Search for answers: Drug trials create ethical balancing act. *HealthWeek, 1*, 10; Noble-Adams, R. (1999). Ethics and nursing research, 1: Development, theories and principles. *British Journal of Nursing, 8*, 888–892; Dwyer, M. L. (1998). Genetic research and ethical challenges: Implication for nursing practice. *AACN Clinical Issues, 9*, 600–605; Kawas, C. H., Clark, C. M., Farlow, M. R., Knopman, D. S., Marson, D., Morris, J. C., et al. (1999). Clinical trials in Alzheimer disease: Debate on the use of placebo controls. *Alzheimer Disease & Associated Disorders, 19*, 124–129; Brommels, M. (1999). Sliced down to the moral backbone? Ethical issues of structural reforms in healthcare organizations. *Acta Oncology, 38*, 63–69.

41. Mortenson, L. E. (1984). Are oncology nurses too expensive? *Oncology Nursing Forum, 11*, 14–15; Committee on Ethics, American Nurses Association. (1988). *Ethics in nursing: Position statements and guidelines*. Kansas City, MO: Author.

42. American Nurses Association. (1988). *Ethics in nursing: Position statements and guidelines*. Kansas City, MO: Author.

43. Sauer, J. E. (1985). Ethical problems facing the healthcare industry. *Hospital & Health Services Administration, 30*, 44–53.

44. Berger, M. C., Seversen, A., & Chvatal, R. (1991). Ethical issues in nursing. *Western Journal of Nursing Research, 13*, 514–521.

45. Scanlon, T. M., & Fleming, C. (1990). Confronting ethical issues: A nursing survey. *Nursing Management, 5*, 63–65.

46. Pennington, S., Gafner, G., Schilit, R., & Bechtel, B. (1993). Addressing ethical boundaries among nurses. *Nursing Management, 7*, 36–39.

47. Landers, A. (1994, June 17). Pain-free death is a right worth defending. *San Antonio Express-News*, p. 5J.

48. Curtin, L. L. (1993). Creating moral space for nurses. *Nursing Management, 24*, 18–19.

49. Curtin, L. L. (1992). When the system fails. *Nursing Management, 23*, 21–25.

50. Konstam, P. (1992, December 12). Values-based system focuses on ethics. *San Antonio Light*, p. D1.

51. Buchanan, S., & Cook, L. (1992). Nursing ethics committees: The time is now. *Nursing Management, 23*, 40–41.

52. U.S. Cong. House. 101st Congress, 2nd Session. S. 4206. *Medicare provider agreements assuring the implementation of the patients right to participate in and direct health care delivery affecting the patient* [introduced in the U.S. House; 26 October 1990]. 101st Congress. Congressional Record-House, H12456–H12457.

53. Murphy, C. P., Sweeney, M. A., & Chiriboga, D. (2000). An educational intervention for advance directives. *Journal of Professional Nursing, 16*, 21–30; Molloy, D. W., et al. (2000). Systematic implementation of an advance directive program in nursing homes: A randomized controlled trial. *JAMA, 283*, 1437–1444; Geller, J. L. (2000). The use of advance directives by persons with serious mental illness for psychiatric treatment. *Psychiatric Quarterly, 71*, 1–13; Burt, J. G.

(1999). Compliance with advance directives: A legal view. *Critical Care Nursing Quarterly, 22*, 72–74.

54. Bexar County Hospital District. (1991). *Understanding advance directives: Your rights as a patient*. San Antonio, Texas: Author.

55. Premack, P. (1993, July 23). Medical OK law has a key change. *San Antonio Express-News*, p. 11D.

56. Lee, C. (1986). Ethics training: Facing the tough questions. *Training*, 30–33, 38–41.

57. Beckstrand, J. (1978). The need for a practice theory as indicated by the knowledge used in the conduct of practice. *Research in Nursing and Health, 1*, 175–179.

58. Donley, R. (1993). Ethics in the age of health care reform. *Nursing Economic$, 11*, 19–23.

59. Fernicola, K. C. (1988). Take the high road … to ethical management: An interview with Kenneth Blanchard. *Association Management*, 60–66.

60. Mizock, M. (1986). Ethics: The guiding light of professionalism. *Data Management*, 16–18, 29.

61. Budd, K. W., Warino, L. S., & Patton, M. E. (2004). Traditional and non-traditional collective bargaining: Strategies to improve the patient care environment. *Online Journal of Issues in Nursing*. Retrieved June 27, 2011 from http://www.nursingworld.org/MainMenuCategories/ ANAMarketplace/ANAPeriodicals/OJIN/TableofContents/Volume92004/No1Jan04/ CollectiveBargainingStrategies.aspx

62. Goodin, H. J. (2003). Collective bargaining. *Journal of Advanced Nursing, 43*, 335–350; McClure, M. L., Poulin, M. A., Sovie, M. D., & Wandelt, M. A. (2002). Magnet hospitals: Attraction and retention of professional nurses (the original study). In M. L. McClure, & A. S. Hinshaw (Eds.), *Magnet hospitals revisited: Attraction and retention of professional nurses*. Washington, DC: American Nurses Publishing.

63. Peter D. Hart Research Associates. (2003). *The nurse shortage: Perspectives from current direct care nurses and former direct care nurses*. Retrieved June 27, 2011 from http://www.aft.org/pdfs/ healthcare/staffing/Hart_Report.pdf

64. Lacey, L. M. (2003). Called into question: What nurses want. *Nursing Management, 34*, 15–17; Lacey, L. M., & Shaver, K. (2004). Retaining staff nurses in North Carolina. North Carolina Center for Nursing.

65. Aiken, L. H. (2002). Superior outcomes for magnet hospitals: The evidence base. In M. L. McClure & A. S. Hinshaw (Eds.), *Magnet hospitals revisited: Attraction and retention of professional nurses*. Washington, DC: American Nurses Publishing.

66. Budd et al., 2004, pp. 1–20.

67. White, B. (1984). An introduction to collective bargaining. *Oregon Nurse, 49*, 23, 27.

68. Common questions about union organizing and representation. (1985). *Michigan Nurse*, 3; Fulmer, W. E. (1982). *Union organizing: Management and labor conflicts*. New York: Praeger.

69. Hannah, K. J., & Shamian, J. (1992). Integrating a nursing professional model and nursing informatics in a collective bargaining environment. *Nursing Clinics of North America, 27*, 31–45.

70. Beletz, E. E. (1982). Nurses' participation in bargaining units. *Nursing Management, 13*, 48–50, 52–53, 56–58.

71. Project of the ABIM Foundation, ACP–ASIM Foundation, and European Federation of Internal Medicine (2002). Medical professionalism in the new millennium: A physician charter. *Annals of Internal Medicine, 136*(3), 243–246.

72. Strauss, G. (1968). Professionalism and occupational associations. *Industrial Relations, 2*, 7–31.

73. Pavalko, R. (1971). *Sociology of occupations and professions*. Itasca, IL: Peacock.

74. Fenner, K. M. (1991). Unionization: Boon or bane? *Journal of Nursing Administration*, 7–8; Benton, T. (1992). Union negotiating. *Nursing Management, 23*, 70, 72; Krasnansky, J. A. (1992). Time to stop the debate. *RN*, 116; Holmsted, L. (1991). E & GW annual business meeting. *The Maine Nurse*, 5.

75. Wheaton, D. (1991). Collective bargaining: Confronting the conflicts. *The Maine Nurse*, 10.

76. Kleingartner, A. (1969). Professional association: An alternative to unions? In R. Woodworth & R. Peterson (Eds.), *Collective negotiations for public and professional employees* (pp. 241–245). Glenview, IL: Scott, Foresman.

77. ChangHwan, K., & Sakamoto, A. (2008). Does inequality increase productivity? *Work and Occupations, 35*(1), 85–114.

78. Friedheim, M. K. (1982). Negotiating a union contract. *Medical Laboratory Observer, 14*, 58–63.

79. Kleingartner, 1969.

80. Eubanks, P. (1990). Employee grievance policy: Don't discourage complaints. *Hospital, 64s*, 36–37.

81. Ibid.

82. Eldridge, I. (1986). Some techniques and strategies of collective bargaining. *Washington Nurse*, 13.

83. Krasnansky, D. (1992). Professionalism and collective bargaining in nursing. Retrieved on July 4, 2008, from http://www.lotsofessays.com/viewpaper/1687107.html.

84. Brutsche, S. (1990). Mediation cross-examined. *Texas Bar Journal*, 584.

85. Ibid.

86. Dvorak, J. M. (1983). Past practice concepts in collective bargaining. *Michigan Nurse*, 5–7.

87. Ibid.

88. McLachlan, L. D. (1990). Meeting the challenges of collective bargaining. *California Nurse, 1*, 4–5.

89. Flanagan, R. (1999). Macroeconomic performance and collective bargaining: An international perspective. *Journal of Economic Literature, 37*, 1150–1175.

90. Aidt, T., & Tzannatos, S. (2002). *Unions and collective bargaining: Economic effects in a global environment.* Washington, DC: World Bank.

91. Freeman, R., & Medoff, J. (1984). *What do unions do?* New York: Basic Books.

92. Layard, R., Nickell, S., & Jackman, R. (1991). *Unemployment: Macroeconomic performance and the labour market.* Oxford: Oxford University Press.

93. ChangHwan & Sakamoto, 2008.

94. Michigan Nurses Association. (2008). Access on May 5, 2008: http://www.minurses.org/Labor/benefits.shtml

95. Ibid.; Aidt & Tzannatos, 2002.

96. Hoeven, van der, R. (2000). *Labour markets and income inequality. What are the new insights after the Washington Consensus?* UN/WIDER Working Papers 209. United Nations University, World Institute for Development Economics Research (UN/WIDER).

97. Aidt & Tzannatos, 2002.

98. Hepner, J. O., & Zinner, S. E. (1991). Nurses and the new NLRB rules: Implications for healthcare management. *Health Progress, 72*(8), 20–2.

99. Hannah, K. J., & Shamian, J. (1992). Integrating a nursing professional practice model and nursing informatics in a collective bargaining environment. *Nursing Clinics of North America, 27*(1), 31–45.

100. Ibid.

101. Ibid.

102. Ibid.

103. Leipert, B. (1998). The use of professional nursing practice standards in nursing labour arbitrations in British Columbia, 1987–1994. *Journal of Advanced Nursing, 27*(3), 622–632.

104. Worsler, R. (1993, September 27). Still fighting yesterday's battle. *Newsweek*, 12.

105. ChangHwan & Sakamoto, 2008.

106. Ibid.

107. Kalisch, P. A., & Kalisch, B. J. (1985). Policy and perspectives on newspaper reports of nurse strikes. *Research in Nursing and Health, 8*, 243–251.

108. Ponte, P. R., Fay, M. S., Brown, P., Doyle, M., Perron, J., Zizzi, L., et al. (1998). Factors leading to a strike vote and strategies for reestablishing relationships. *Journal of Nursing Administration, 28*, 35–43.

109. Levinson, M., & Chideya, F. (1993, July 19). One for the rank and file. *Newsweek*, 38–39.

110. American Nurses Association. (2003). *Nursing's social policy statement* (2nd ed.). Washington, DC: American Nurses Association.

111. MacLeod, M., Browne, A. J., & Leipert, B. (1998). Issues for nurses in rural and remote Canada. *Australian Journal of Rural Health, 6*, 72–78.

112. Ibid.

113. Porter-O'Grady, T. (1992). Transformational leadership in an age of chaos. *Nursing Administration Quarterly, 17*(1), 17–24.

114. Hannah & Shamian, 1992.

115. Goodin, H. J. (2003). Collective bargaining. *Journal of Advanced Nursing, 43*, 335–350.

116. Cohen, A. (1989). The management rights clause in collective bargaining. *Nursing Management, 20*, 24–26, 28.

117. Gardner, H. (2007). Good Work™ Project. Excellence, ethics and engagement in the professions. Retrieved February 28, 2008, from http://www.goodworkproject.org

118. Miller, J. (2006). Opportunities and obstacles for Good Work in Nursing. *Nursing Ethics, 13*, 471–487.

119. Paolillo, J. P., & Vitell, S. J. (2002). An empirical investigation of the influence of selected personal, organizational and moral intensity factors on ethical decision making. *Journal of Business Ethics, 35*, 65–74.

REFERENCES

Aidt, T., & Tzannatos, S. (2002). *Unions and collective bargaining: Economic effects in a global environment*. Washington, DC: World Bank.

Aiken, L. H. (2002). Superior outcomes for magnet hospitals: The evidence base. In M. L. McClure & A. S. Hinshaw (Eds.), *Magnet hospitals revisited: Attraction and retention of professional nurses*. Washington, DC: American Nurses Publishing.

American Nurses Association. (1988). *Ethics in nursing: Position statements and guidelines*. Kansas City, MO: Author.

American Nurses Association. (2003). *Nursing's social policy statement* (2nd ed.). Washington, DC: American Nurses Association, Silver Springs, MD: Author.

American Nurses Association. (2009). *Nursing administration: Scope and standards of practice*. Silver Spring, MD: Author.

Baker, L., & Marquis, B. (Eds). (2003). *Nursing administration review and resources manual* (p. 67). Washington, DC: Institute for Research, Education, and Consultation at the American Nurses Credentialing Center.

Baker, D. P., Salas, H., King, H., Battles, J., & Barach, P. (2005). The role of teamwork in the professional education of physicians: Current status and assessment recommendations. *Joint Commission Journal on Quality Improvement and Patient Safety, 31*(4), 185–202.

Bandman, E., & Bandman, B. (2002). *Nursing ethics through the life span* (4th ed., p. 294). Upper Saddle River, NJ: Prentice Hall.

Beckstrand, J. (1978). The need for a practice theory as indicated by the knowledge used in the conduct of practice. *Research in Nursing and Health, 1*, 175–179.

Beletz, E. E. (1982). Nurses' participation in bargaining units. *Nursing Management, 13*, 48–50, 52–53, 56–58.

Benton, T. (1992). Union negotiating. *Nursing Management, 23*, 70, 72.

Berger, M. C., Seversen, A., & Chvatal, R. (1991). Ethical issues in nursing. *Western Journal of Nursing Research, 13*, 514–521.

Bexar County Hospital District. (1991). *Understanding advance directives: Your rights as a patient.* San Antonio, Texas: Author.

Brommels, M. (1999). Sliced down to the moral backbone? Ethical issues of structural reforms in healthcare organizations. *Acta Oncology, 38*, 63–69.

Brutsche, S. (1990). Mediation cross-examined. *Texas Bar Journal*, 584.

Buchanan, S., & Cook, L. (1992). Nursing ethics committees: The time is now. *Nursing Management, 23*, 40–41.

Budd, K. W., Warino, L. S., & Patton, M. E. (2004). Traditional and non-traditional collective bargaining: Strategies to improve the patient care environment. *Online Journal of Issues in Nursing.* Retrieved June 27, 2011, from http://www.nursingworld.org/MainMenuCategories/ANAMarketplace/ANAPeriodicals/OJIN/TableofContents/Volume92004/No1Jan04/CollectiveBargainingStrategies.aspx

Burt, J. G. (1999). Compliance with advance directives: A legal view. *Critical Care Nursing Quarterly, 22*, 72–74.

ChangHwan, K., & Sakamoto, A. (2008). Does inequality increase productivity? *Work and Occupations, 35*(1), 85–114.

Christopher, M. (2001). Role of ethics committees, ethics networks, and ethics centers in improving end-of-life care. *Pain Medicine, 2*, 162.

Cohen, A. (1989). The management rights clause in collective bargaining. *Nursing Management, 20*, 24–26, 28.

Common questions about union organizing and representation. (1985). *Michigan Nurse*, 3.

Cooper, J. B., & Gaba, D. (2002). No myth: Anesthesia is a model for addressing patient safety. *Anesthesiology, 97*(6), 1335–1337.

Curtin, L. L. (1992). When the system fails. *Nursing Management, 23*, 21–25.

Curtin, L. L. (1993). Creating moral space for nurses. *Nursing Management, 24*, 18–19.

Davis, A. J. (1982). Helping your staff address ethical dilemmas. *Journal of Nursing Administration, 29*(6), 9–13.

Donley, R. (1993). Ethics in the age of health care reform. *Nursing Economic$, 11*, 19–23.

Dossey, B. M., Keegan, L., & Guzzetta, C. E. (2005). *Holistic nursing: A handbook for practice* (4th ed., p. 94). Sudbury, MA: Jones and Bartlett.

Dvorak, J. M. (1983). Past practice concepts in collective bargaining. *Michigan Nurse*, 5–7.

Dwyer, M. L. (1998). Genetic research and ethical challenges: Implication for nursing practice. *AACN Clinical Issues, 9*, 600–605.

Eckberg, E. (1993). The continuing ethical dilemma of the do-not-resuscitate order. *The Association of Perioperative Registered Nurses, 67*, 784.

Eldridge, I. (1986). Some techniques and strategies of collective bargaining. *Washington Nurse*, 13.

Eubanks, P. (1990). Employee grievance policy: Don't discourage complaints. *Hospitals, 64*, 36–37.

Fenner, K. M. (1991). Unionization: Boon or bane? *Journal of Nursing Administration*, 7–8.

Fernicola, K. C. (1988). Take the high road . . . to ethical management: An interview with Kenneth Blanchard. *Association Management*, 60–66.

Flaherty, M. (1999, August 30). Search for answers: Drug trials create ethical balancing act. *Health Week*, *1*, 10.

Flanagan, R. (1999). Macroeconomic performance and collective bargaining: An international perspective. *Journal of Economic Literature*, *37*, 1150–1175.

Fowler, M. (1989). Ethical decision making in clinical practice. *Nursing Clinics of North America*, *24*, 955–965.

Frankel, A., Gandhi, T. K., & Bates, D. W. (2003). Improving patient safety across a large integrated health care delivery system. *International Journal for Quality in Health Care: Journal of the International Society for Quality in Health Care/ISQua 15*(Suppl.), i31–40.

Frankel, A. S., Leonard, M. W., & Denham, C. R. (2006). Fair and just culture, team behavior, and leadership engagement: The tools to achieve high reliability. *Health Research and Educational Trust*, *41*(4, pt. II), 1690–1709.

Freeman, R., & Medoff, J. (1984). *What do unions do?* New York: Basic Books.

Friedheim, M. K. (1982). Negotiating a union contract. *Medical Laboratory Observer*, *14*, 58–63.

Fulmer, W. E. (1982). *Union organizing: Management and labor conflicts*. New York: Praeger.

Gaba, D. M. (2001). Structural and organizational issues in patient safety: A comparison of health care to other high-hazard industries. *California Management Review*, *43*, 83–102.

Gardner, H. (2007). Good Work™ Project. Excellence, ethics and engagement in the professions. Retrieved February 28, 2008, from http://www.goodworkproject.org/

Geller, J. L. (2000). The use of advance directives by persons with serious mental illness for psychiatric treatment. *Psychiatric Quarterly*, *71*, 1–13.

Goodin, H. J. (2003). Collective bargaining. *Journal of Advanced Nursing*, *43*, 335–350.

Hannah, K. J., & Shamian, J. (1992). Integrating a nursing professional model and nursing informatics in a collective bargaining environment. *Nursing Clinics of North America*, *27*, 31–45.

Helmreich, R. I., & Musson, D. M. (2000). Surgery as team endeavor. *Canadian Journal of Anaesthesia (Journal Canadien d'anesthésie)*, *47*(5), 391–392.

Hepner, J. O., & Zinner, S. E. (1991). Nurses and the new NLRB rules: Implications for healthcare management. *Health Progress*, *72*(8), 20–22.

Hoeven, van der, R. (2000). *Labour markets and income inequality. What are the new insights after the Washington Consensus?* UN/WIDER Working Papers 209. United Nations University, World Institute for Development Economics Research (UN/WIDER).

Holmsted, L. (1991). E & GW annual business meeting. *The Maine Nurse*, 5.

Joint Commission on Accreditation of Healthcare Organizations. (1996). *Comprehensive accreditation manual for hospitals*. Oakbrook Terrace, IL: Author.

Jones, T. (2004). Ethics consultations reduced hospital, ICU, and ventilation days in patients who died before hospital discharge in the ICU. *Evidence-Based Nursing*, *7*, 53.

Kalisch, P. A., & Kalisch, B. J. (1985). Policy and perspectives on newspaper reports of nurse strikes. *Research in Nursing and Health*, *8*, 243–251.

Kantor, J. E. (1989). *Medical ethics for physicians-in-training*. New York: Plenum Medical Book Company.

Kawas, C. H., Clark, C. M., Farlow, M. R., Knopman, D. S., Marson, D., Morris, J. C., et al. (1999). Clinical trials in Alzheimer disease: Debate on the use of placebo controls. *Alzheimer Disease & Associated Disorders*, *19*, 124–129.

Kleingartner, A. (1969). Professional association: An alternative to unions? In R. Woodworth & R. Peterson (Eds.), *Collective negotiations for public and professional employees* (pp. 241–245). Glenview, IL: Scott, Foresman.

Konstam, P. (1992, December 12). Values-based system focuses on ethics. *San Antonio Light*, p. D1.

Krasnansky, D. (1992a). Professionalism and collective bargaining in nursing. Retrieved on July 4, 2008, from http://www.lotsofessays.com/viewpaper/1687107.html.

Krasnansky, J. A. (1992b). Time to stop the debate. *RN*, 116.

Lacey, L. M. (2003). Called into question: What nurses want. *Nursing Management, 34*, 15–17.

Lacey, L. M., & Shaver, K. (2004). Retaining staff nurses in North Carolina. North Carolina Center for Nursing. Retrieved on August 8, 2011, from http://www.hwic.org/resources

Landers, A. (1994, June 17). Pain-free death is a right worth defending. *San Antonio Express-News*, p. 5J.

Layard, R., Nickell, S., & Jackman, R. (1991). *Unemployment: Macroeconomic performance and the labour market*. Oxford: Oxford University Press.

Lee, C. (1986). Ethics training: Facing the tough questions. *Training*, 30–33, 38–41.

Leipert, B. (1998). The use of professional nursing practice standards in nursing labour arbitrations in British Columbia, 1987–1994. *Journal of Advanced Nursing, 27*(3), 622–632.

Leonard, M. S., Graham, S., & Bonacum, D. (2004). The human factor: The critical importance of effective teamwork and communication in providing safe care. *Quality and Safety in Health Care, 13*(Suppl. 1), i85–90.

Levinson, M., & Chideya, F. (1993, July 19). One for the rank and file. *Newsweek*, 38–39.

MacLeod, M., Browne, A. J., & Leipert, B. (1998). Issues for nurses in rural and remote Canada. *Australian Journal of Rural Health, 6*, 72–78.

Marx, D. (2001). *Patient safety and the "just culture": A primer for health care executives*. New York: Trustees of Columbia University in the city of New York, Columbia University.

McClure, M. L., Poulin, M. A., Sovie, M. D., & Wandelt, M. A. (2002). Magnet hospitals: Attraction and retention of professional nurses (the original study). In M. L. McClure, & A. S. Hinshaw (Eds.), *Magnet hospitals revisited: Attraction and retention of professional nurses*. Washington, DC: American Nurses Publishing.

McLachlan, L. D. (1990). Meeting the challenges of collective bargaining. *California Nurse, 1*, 4–5.

Michigan Nurses Association. (2008). Retrieved on August 7, 2011, from http://www.minurses.org/legislation

Miller, J. (2006). Opportunities and obstacles for Good Work in Nursing. *Nursing Ethics, 13*, 471–487.

Milner, S. (1993). An ethical practice model. *Journal of Nursing Administration, 23*, 22–25.

Mizock, M. (1986). Ethics: The guiding light of professionalism. *Data Management*, 16–18, 29.

Molloy, D. W., et al. (2000). Systematic implementation of an advance directive program in nursing homes: A randomized controlled trial. *JAMA, 283*, 1437–1444.

Mortenson, L. E. (1984). Are oncology nurses too expensive? *Oncology Nursing Forum, 11*, 14–15.

Murphy, C. P., Sweeney, M. A., & Chiriboga, D. (2000). An educational intervention for advance directives. *Journal of Professional Nursing, 16*, 21–30.

Noble-Adams, R. (1999). Ethics and nursing research, 1: Development, theories and principles. *British Journal of Nursing, 8*, 888–892.

Orentlicher, D. (2001). *Matters of life and death: Making moral theory work in medicine and the law*. Princeton, NJ: Princeton University Press.

Paolillo, J. P., & Vitell, S. J. (2002). An empirical investigation of the influence of selected personal, organizational and moral intensity factors on ethical decision making. *Journal of Business Ethics, 35*, 65–74.

Pavalko, R. (1971). *Sociology of occupations and professions*. Itasca, IL: Peacock.

Pellegrino, E. D. (2000). Interview with Edmund D. Pellegrino, M.D. In M. Boylan (Ed.), *Medical ethics* (pp. 25–36). Upper Saddle River, NJ: Prentice Hall.

Pennington, S., Gafner, G., Schilit, R., & Bechtel, B. (1993). Addressing ethical boundaries among nurses. *Nursing Management, 7*, 36–39.

Peter D. Hart Research Associates. (2003). The nurse shortage: Perspectives from current direct care nurses and former direct care nurses. Retrieved June 27, 2011, from http://www.aft.org/pdfs/health-care/staffing/Hart_ Report.pdf

Ponte, P. R., Fay, M. S., Brown, P., Doyle, M., Perron, J., Zizzi, L., et al. (1998). Factors leading to a strike vote and strategies for reestablishing relationships. *Journal of Nursing Administration, 28,* 35–43.

Porter-O'Grady, T. (1992). Transformational leadership in an age of chaos. *Nursing Administration Quarterly, 17*(1), 17–24.

Premack, P. (1993, July 23). Medical OK law has a key change. *San Antonio Express-News,* p. 11D.

Project of the ABIM Foundation, ACP–ASIM Foundation, and European Federation of Internal Medicine (2002). Medical professionalism in the new millennium: A physician charter. *Annals of Internal Medicine, 136*(3), 243–246.

Riley, W. (2009). High reliability and implications for nursing leaders. High reliability and implications for nursing leaders. *Journal of Nursing Management, 17,* 239–246.

Sauer, J. E. (1985). Ethical problems facing the healthcare industry. *Hospital & Health Services Administration, 30,* 44–53.

Scanlon, T. M., & Fleming, C. (1990). Confronting ethical issues: A nursing survey. *Nursing Management, 5,* 63–65.

Special Committee on Biomedical Ethics. (1985). *Values in conflict: Resolving ethical issues in hospital care.* Chicago, IL: American Hospital Association.

Strauss, G. (1968). Professionalism and occupational associations. *Industrial Relations, 2,* 7–31.

Turner, M. (2003). A toolbox for healthcare ethics program development. *Journal for Nurses in Staff Development, 19,* 9–15.

U.S. Cong. House. 101st Congress, 2nd Session. S. 4206. *Medicare provider agreements assuring the implementation of the patients right to participate in and direct health care delivery affecting the patient* [introduced in the U.S. House; 26 October 1990]. 101st Congress. Congressional Record-House, H12456–H12457.

Veatch, R. M. (Ed.). (2002). *Medical ethics.* Upper Saddle River, NJ: Prentice Hall.

Wheaton, D. (1991). Collective bargaining: Confronting the conflicts. *The Maine Nurse,* 10.

White, B. (1984). An introduction to collective bargaining. *Oregon Nurse, 49,* 23, 27.

Wolf, S. (1996). Introduction: Gender and feminism in bioethics. In S. Wolf (Ed.), *Feminism and bioethics: Beyond reproduction* (pp. 3–45). New York: Oxford University Press.

Worsler, R. (1993, September 27). Still fighting yesterday's battle. *Newsweek,* 12.

Worthley, J. A. (1999). *Organizational ethics in the compliance context.* Chicago, IL: Health Administration Press.

Change, Complexity, and Creativity

Anne Longo

LEARNING OBJECTIVES AND ACTIVITIES

- Define and differentiate between creativity and innovation.
- Develop plans for recognizing and increasing the creativity, critical thinking skills, and innovation of clinical nurses.
- Identify methods of critical thinking.
- Perform a concept analysis of critical thinking.
- Identify reasons or need for change in nursing practice and management.
- Identify and differentiate between theories of planned change: Reddin, Lewin, Rogers, Havelock, Lippitt, Spradley, and Gladwell.
- Identify reasons for resistance to change; develop strategies to overcome that resistance.
- Describe change within complex adaptive systems.
- Describe the sound evidence and best practices in a service setting; develop a plan for an evidence-based project within that setting.

CONCEPTS

Creativity, innovation, critical thinking, change theory, scholarly inquiry, complexity science, complex adaptive systems, appreciative inquiry, current awareness

SPHERES OF INFLUENCE

Unit-Based or Service Line–Based Authority: The nurse administrator promotes an environment in which creativity, innovation, and critical thinking are recognized and rewarded. He or she considers change the domain of executive nursing and initiates all efforts for planned change accordingly.

Organization-Wide Authority: A nurse administrator encourages all nursing employees to think freely, considers creative ideas critically, and recommends innovations in the practice of nursing and in the environment in which nursing is practiced. He or she involves nurses in implementing planned change and encourages nurses to be involved in the change process, scholarly inquiry, and evidence-based practice within the framework of a healthy work environment.

> *Quote*
>
> *Nursing is an art, and if it is to be made an art, it requires as exclusive a devotion, as hard a preparation, as any painter's or sculptor's work.*
>
> —Florence Nightingale

Nursing has been identified as the designated change agent to transform the U.S. healthcare system. This is seemingly a daunting task, yet no other profession has the understanding of the patient as a whole. Thus as the nurse leader works within her own organization to accomplish change, the challenge is to keep in mind the key messages of the Robert Wood Johnson Foundation and Institute of Medicine's Initiative on the Future of Nursing as outlined in *The Future of Nursing: Leading Change, Advancing Health*.[1] The decisions and changes made by the nurse manager of a unit and the nurse leader of an organization will undoubtedly have an upstream and downstream effect on patient populations as a whole.

- Nurses should practice to the full extent of their education and training.
- Nurses should achieve higher levels of education and training through an improved education system that promotes seamless academic progression.
- Nurses should be full partners, with physicians and other health professionals, in redesigning health care in the United States.
- Effective workforce planning and policy making require better data collection and improved information infrastructure.

Introduction

In a climate of chaos and change within the healthcare industry, the trends at the forefront of the competitive market are based on the creativity and innovations of organizations. "Today's most sought-after talent is the ability to originate."[2] The creative process is not limited; it encompasses a range from organizations reaching out to develop new market strategies to direct care clinicians searching for new and better ways to provide care. Critical thinking skills must be applied to creative ideas, with successful innovations as the outcome, accomplished through planned change within an organization's stated policies and procedures. Changing organizations for excellence requires a change in the ways people think and interact to create workplaces and systems that are purposeful and aligned with evidence-based results. Whether the nurse leader is involved in research, education, or administration, the use of change theories as a means of creating a healthy work environment is considered. This is paramount to ensuring the intended goals of the Institute of Medicine as well as the environment in which the nurse leader seeks to make change.

The American Organization of Nurse Executives competencies include change management as part of a leadership skill set.[3] The responsibilities of the nurse leader in using change management are as follows:

1. Use change theory to plan for the implementation of organizational changes.
2. Serve as a change agent, assisting others in understanding the importance, necessity, impact, and process of change.
3. Support staff during times of difficult transitions.
4. Recognize one's own reaction to change and strive to remain open to new ideas and approaches.
5. Adapt leadership style to situational needs.

Using the change management theories addressed in this chapter provides the nurse leader with guidance in how to creatively think while solving problems on a daily basis.

ORGANIZING CHANGE AND INNOVATION

The nurse leader values the use of change through creativity and innovation. Both the nurse leader and the nurse manager desire to keep abreast of specific topics as they relate to their change efforts. One way to organize the latest information on a topic is through current awareness. Current awareness is a library science term defined as the process of keeping up to date with developments in a particular professional or interest area. Current awareness refers to the last 30–90 days of information published in any venue: journals, blogs, wikis, Facebook, Tweets, webinars, podcasts, videocasts, newspapers— essentially anything that can be subscribed to via the Internet.

Nurse leaders who use current awareness have been aware of the establishment of a partnership between the Robert Wood Johnson Foundation and the Institute of Medicine that began in 2008. These nurse leaders receive timely information via current awareness, which delivers chosen information directly to the nurse leader and manager via the Internet.

1. Download an RSS Reader from any number of sources such as Google Reader.
2. Search for specific topics of interest.
3. Determine reputable sites whose information is desired and subscribe.
4. Access all information from each site related to the search terms used, which is sent directly to the RSS Reader.

CREATIVITY AND INNOVATION

Creativity and Innovation Defined

Creativity is defined in *Webster's New Twentieth Century Dictionary*, Unabridged (2nd edition) as "artistic or intellectual inventiveness." Innovation is defined as "the introduction of something new." These definitions suggest that the terms are interchangeable. Creativity is the mental work or action involved in bringing something new into existence, whereas innovation is the result of that effort.[4] To differentiate between the two, one might say that a nurse can create or invent a new nursing product, process, or procedure (creativity) and then can effect change by putting a new product, process, or procedure into use (innovation). Creativity is a way of using the mind.[5] Creativity is a special talent and an important tool for survival in the 21st century. Research indicates that creativity is separate from intelligence.[6]

Why Creativity?

A constant flow of new ideas is needed to feed the mandate for change in every aspect of our lives. Business leaders argue that creativity yields profits. With creativity, new products can be developed and a company can compete. New methods (innovations) are the fruits of that creativity. For many years nurses have tended to think of selling their services like a product as mercenary or unethical; this thinking has changed as nurses have acquired a higher level of education and have become more autonomous, with professional nurses becoming entrepreneurs in establishing businesses of their own. Sister Reinkemeyer predicted this development as early as 1968 when she wrote, "University programs try to produce independent personalities and thinkers capable of facing some of the modern scientific and psychosocial changes in nursing."[7]

Innovation is key to the survival and growth of both health care and nursing. Entrepreneurs create the new and different; entrepreneurial nurses create new businesses with new products and services, from which both the nurse and the organization benefit. The nurse gains personal satisfaction, rewards, and recognition, whereas the organization survives, thrives, and prospers.[8]

Establishing a Climate for Creativity

For creativity to prosper, the organization must provide an intellectual environment that gives employees recognition, prestige, and an opportunity to participate. Employees gain a sense of ownership and commitment by being involved in planning their work and making decisions. Nurse managers promote creativity through sensitivity, giving people the attention they want and treating them as distinct individuals. Competent managers inspire creativity by taking risks and by showing confidence, giving praise and support, being nurturing, using tact, and having patience.[9] Implementing the American Nurses Credentialing Center's components of magnetism as part of change management provides the nurse leader with a framework within which a climate of creativity can flourish. The components are transformational leadership, structural empowerment, exemplary professional practice, new knowledge, innovations and improvement, and empirical outcomes. Critically thinking of how these components affect each desired change allows the nurse leader to ensure the staff adopts and incorporates the changes necessary to improve the hospital system overall. The nurse manager uses the components to improve systems at the point of care within their own work environment.

The goals of the magnet program are to promote quality in a setting that supports professional practice, identify excellence in the delivery of nursing services to patients/residents, and disseminate "best practices" in nursing services.[10]

Creative thinking can be developed with the intent of increasing the creative capacity and/or behavior of individuals or groups. Techniques of creativity training can include brainstorming, synectics, morphological analysis, forced fit, forced relationships, brainwriting, visualization, cueing, lateral thinking, and divergent thinking.[11] These techniques can be used when nurse leaders encourage free thinking and allow nurses to express their ideas openly.

Other motivators of creativity in nursing include the following:[12]

- Providing assistance to develop new ideas
- Encouraging risk taking while buffering resistant forces
- Providing time for individual effort
- Providing opportunities for professional growth and development
- Encouraging interaction with others outside the group
- Promoting constructive intragroup and intergroup competition
- Recognizing the value of worthy ideas
- Exhibiting confidence in workers

With motivators in place, leadership is able to allow the creative process to evolve. The following are actions that facilitate the production of goal-oriented ideas:[13]

1. Assemble the separate elements that will be creatively combined to produce a product or a new procedure. The problem must be identified in terms of usefulness of this product or process. If a known element is missing, what is available to replace it?
2. Use the available and assembled elements in combinations that produce original ideas.
3. Remove inhibitions to creativity such as excess motivation, anxiety, fear of taking risks, dependence on authority, and habitual modes of thinking and speaking. Creativity is not confined to a small, exclusive set of gifted people. Language contains the potential for creative thought, and everyone has this potential.
4. Study techniques of creativity so that the elements can be used.

Metamanagement

Metamanagement describes a cooperative effort of entrepreneurial or creative managers, strategic planners, and top management. It is a planning framework that cuts across organizational boundaries and facilitates strategic decision making about current practices and future directions. It is a flexible and creative planning process that stimulates in-house entrepreneurial thinking and behavior, and it is a consistent and accepted value system that reinforces management's commitment to the organization's strategy. Metamanagement stresses teamwork, organizational flexibility, open communication, innovation, risk taking, high morale, and trust.[14]

Nurse managers practicing metamanagement plan the organizational structure and its dynamics, nature, and position. They perform as an innovative, committed, enlightened, and disciplined group willing and able to restructure thinking and organizations and to generate and execute successful plans for a profitable nursing business. They stimulate the input of the clinical staff, thereby generating direction for the nursing organization and occupation.

The following task-related actions by nurse managers will help to develop and maintain a creative climate:[15]

1. Providing freedom to experiment without fear of reprimand
2. Maintaining a moderate amount of work pressure
3. Providing challenging yet realistic work goals
4. Emphasizing a low level of supervision in performance tasks
5. Delegating responsibilities
6. Encouraging participation in decision making and goal setting
7. Encouraging use of a creative problem-solving process to solve unstructured problems
8. Providing immediate and timely feedback on task performance
9. Providing the resources and support needed to get the job done

An example of action research that can be used in metamanagement is appreciative inquiry (AI).[16] Appreciative inquiry is used by nurse leaders who desire to make organization-wide changes by focusing on what is already working. Perhaps an organization-wide goal within the division of nursing or with all disciplines caring for patients is to implement/upgrade an electronic medical record. AI can be used to determine what works in the current documentation process and transform the current documentation system into one that meets the needs of the organizations culture with direct impact on patient outcomes. One form of appreciative inquiry, as interpreted by D. Cooperrider of Case Western Reserve University's Weatherhead School of Management, is a specific method for using metamanagement (represented as a four-dimensional cycle) and is guided by the following principles:

- The constructive principle focuses on understanding, reading, and analyzing organizations as living, human constructions.
- Simultaneity is the principle recognizing that inquiry and change are not truly separate but are simultaneous; inquiry is intervention.
- The anticipatory principle refers to our collective imagination and discourse about the future; bringing the future powerfully into the present as a mobilizing agent. This principle visualizes positive images of the future led by action.
- The poetic principle represents a metaphor that human organizations are much more like an open book than a machine; the organization's story is constantly being written and rewritten and is a source of learning, inspiration, and interpretation.
- The positive principle purports that for building and sustaining change momentum, large amounts of positive affect and social bonding are necessary.[17,18]

The nurse leader who chooses to use the action research form of appreciative inquiry involves stakeholders such as staff in designing the change by answering questions such as "What might be? What should be? and How do we make it happen?"

Creative Problem Solving

Creative problem solving starts by using vague or ill-defined problems as challenges. Problems can be attacked intuitively to generate as many ideas as possible. Solutions may create new challenges and new cycles of creative problem solving. The creative and innovative approaches to situations involve literacy and an exchange of ideas, perhaps more familiar to "right-brained" thinkers; in analytical thinking, an almost mathematical twist guides the process, stemming from "left-brain" thinking. Research indicates that both the right and left cerebral hemispheres contribute to the maintenance of multiple word meanings in highly creative persons.[19]

There are several theories of creative problem solving. Lattimer and Winitsky suggest the following:[20]

1. **Thinking:** Identifying factors to be used in solving an issue or developing a strategic plan; the choice is between a risk-free alternative and an alternative that involves risk
2. **Decomposing:** Breaking the situation into components—alternatives, uncertainties, outcomes, and consequences—and working with each component and combining the results for a decision
3. **Simplifying:** Determining the important components and concentrating the most crucial factors and the most essential relationships, then making intuitive judgments
4. **Specifying:** Establishing the value of key factors, the probabilities for the uncertainties, and the preferences for the outcomes
5. **Rethinking:** Examining the original analysis regarding omissions, inclusions, order, and emphasis

Godfrey recommends an alternative theory of creativity with the following five steps:[21]

1. **Perception:** Realizing there is a problem
2. **Preparation:** Research, data collection, and arrangement of information to define the problem
3. **Ideation:** Analysis and structure of a variety of formats that stimulate analogies and images; brainstorming
4. **Incubation:** Withdraw and relax when the flow of ideas ends. The unconscious takes off and forms images of possible solutions.
5. **Validation:** Test a solution

Drucker indicates that every corporation needs a strategy for innovation. He suggests four strategies:[22]

1. **The first with the most:** Be first in the market and first to improve a product or cut its price. This discourages prospective competitors.
2. **The second with the most:** Let someone else establish the market. Satisfy markets with narrow needs and specific capabilities. Provide excellent products for big purchasers with narrow needs. Offer new features. This strategy can be seen in the competitive healthcare market, in which certain corporations have specialized in psychiatric services, rehabilitation services, or drug-dependency services.
3. **The niche strategy:** Corner a finite market, making it unprofitable for others. When the niche becomes a mass market, change the strategy to remain profitable.
4. **Making the product your carrier; one product carries another:** This strategy is used by medical supply companies whose electronic thermometers are the basis for sales of disposable covers and intravenous pumps, which are in turn the basis for sales of fluid administration sets.

Creativity in the Workplace

Creative people, including nurses, have a broad background of knowledge. They have the mental skills of curiosity, openness, sensitivity to problems, flexibility, ability to think in images, and capability of analysis and synthesis.[23] Creative nurses use their knowledge to stimulate their sensory perceptions. In addition to solving problems, they identify new problems to solve by formulating questions about the hows and whys of established practices. Creative people are sometimes considered different from other people. Levinson purports that creativity is not so strangely mysterious and incomprehensible. It does involve innovativeness, the ability to think abstractly, and at times eccentricity.[24]

Creative individuals value the work and association of other creative individuals; they stimulate each other to think and perhaps even to be competitively creative. They can tolerate ambiguity; they have self-confidence, the ability to toy with ideas, and persistence.[25]

Nursing leaders possess the attributes of teamwork, global thinking, multitasking, creativity, and flexibility that are so important to the healthcare marketplace. They have integrated clinical and business principles and are a source of knowledge and skills to make their organizations prosper.[26] To foster independence and creative talents, nurse managers should assume that creative nurses are not odd or eccentric. As a consequence, barriers are not erected among peer groups. Nurse managers should communicate and cooperate with clinical nurses to set new goals or new practices for achieving goals.[27] Performance appraisals of creative employees should reward unconventional, intelligent efforts toward innovation, even if those efforts have failed. Evaluation must keep pace with human judgments resulting from complexity, uncertainty, theory, change, and control.[28]

Managing creativity can be challenging. Nurse managers must build an environment in which interpersonal relationships and trust are established to allow for the maximal creative effort among staff. With a willingness to listen and a spirit of cooperation, staff will accept differing behaviors and ideas without defensiveness or fear of losing control. Nurse managers can plan to nurture creativity in nursing personnel by doing the following:

1. Noting the creative abilities of those who develop new methods and techniques and enhancing employees' self-esteem
2. Providing time and opportunity for creative work, to be planned during performance appraisals and included in scheduling
3. Permitting time for educational offerings
4. Recognizing expertise in clinical practice, teaching, research efforts, and management skills
5. Encouraging nursing personnel to become involved in progress in the workplace, in community endeavors, and in professional organizations
6. Encouraging calculated risk taking and acceptance of personal responsibility, allowing for the freedom to fail

Creative people are often the ones who have taken time off to learn and explore; sometimes considered "off the wall," they bring fresh viewpoints to their chosen profession. Weed out the complacent. Support generous sabbaticals. Model, measure, and teach curiosity; seek out curious work. Change the pace, and make it fun![29]

More recently, creativity comes to the profession through second-career nurses. Their views of health care are seen through a different lens. They are most often the ones who ask a lot of questions, frustrating their preceptors, but for the manager who values the creativity in their need to know the rationale for why we perform a procedure in a certain way, there can be a shift in the unit's culture allowing for new evidence to be generated and subsequent change.

Developing a model of shared governance is one example of bringing creativity to the workplace whereby the decisions of care are made by staff working at the bedside. An example of shared governance in action is the innovative collaboration between Robert Wood Johnson Foundation and the Institute for Healthcare Improvement's Transforming Care at the Bedside initiative. Begun in 2003, the focus is on safe, reliable care, vitality and teamwork, patient-centered care, and value-added care processes.[30] It is at the bedside that the rigorous use of standardized measurements will assist in evaluating successful change, helping the nurse leader to drive diverse healthcare systems to common evidence-based goals.[31]

The use of evidence impacts the nurse leader seeking to implement change in her or his area of practice. It may be an example of change that requires incorporation into practice by means of planned strategies requiring a great deal of critical thinking.

Social Intelligence

Planning for creativity in the workplace must take into account both emotional intelligence as outlined in Chapter 3 and social intelligence as described by Karl Albrecht. Social intelligence is the ability to get along well with others and to get them to cooperate with you. Why? Because the biggest obstacle to learning something new, in this case implementing change, is that you already believe you know it. There are three principles of perception related to change:

1. Recognition: We relate the change to something we already know. For example, cover the face of your cell phone and then try to describe it.
2. Interpretation: Misinformation about the change comes from misinterpretation. The brain converts incoming data into what we believe it should be.
3. Expectation: This controls much of our perception; it is how we organize our thoughts about the change that can often be a self-fulfilling prophecy.

Leaders who are creating a healthy work environment where change can flourish must ask if they and their staff are exhibiting nurturing behaviors or toxic behaviors regarding change:

1. Toxic behavior is a consistent pattern of behavior that makes others feel devalued, inadequate, angry, frustrated, or guilty.
2. Nurturing behavior is a consistent pattern of behavior that makes others feel valued, loved, respected, capable, and appreciated, which are all behaviors required for change to be adopted and consequently successful.

Albrecht's model of social intelligence uses the mnemonic SPACE for the required skills a leader must use when interacting with staff:

- S = Situational awareness: This dimension is a kind of "social radar" or the ability to read situations and to interpret the behavior of people in change situations. What are their possible intentions, emotional states, and proclivity to interact?
- P = Presence: This incorporates a range of verbal and nonverbal patterns such as one's appearance, posture, voice quality, and subtle movements. In other words, presence is a whole collection of signals that others process into an evaluative impression of a person.
- A = Authenticity: Staff and others have a kind of "social radar" that enables them to pick up various signals from our behavior to judge whether we are honest, open, ethical, trustworthy, and well intentioned or inauthentic.
- C = Clarity: This is the ability to explain ourselves, illuminate ideas, put data into action, and enable leaders to get others to cooperate.
- E = Empathy: The shared feelings between two people or a state of connectedness with another staff member creates the basis for positive interaction and cooperation.[32]

CRITICAL THINKING

"The ideal critical thinker is habitually inquisitive, well informed, trustful of reason, open minded, flexible, fair minded in evaluation, honest in facing personal biases, prudent in making judgments, willing to reconsider, clear about issues, orderly in complex matters, diligent in seeking relevant information, reasonable in the selection of criteria, focused in inquiry, and persistent in seeking results which are as precise as the subject and circumstances of inquiry permit."

—P. A. Facione[33]

The term critical thinking has been prominent in the field of education since the early 1980s. Although some believe the term is applicable across all genres, others believe the term is best defined as discipline specific.[34] This idea is particularly pertinent to nursing because the discipline is continuously concerned with purposeful, goal-directed thinking toward making judgments on evidence-based practice rather than on conjecture.[35] On a daily basis, nurses are required to assimilate an abundance of data and information to make decisions within their practice for which there are frequently no absolute or singly correct responses.[36]

Nurses use critical thinking for several purposes, including applying professional and technical knowledge and skills in caring for clients. In these applications, critical thinking is the best guarantee that nurses will have successful outcomes. In the 10th edition of their book, titled *Argumentation and Debate*, Freeley and Steinberg claim that competence in critical thinking is necessary for developing one's ability to participate effectively in human affairs, pursue higher education, and succeed in the highly competitive world of business and the professions. These authors also indicate that the ability to reach successful decisions is based on accurate evidence and valid reasoning.[37] Behaviors based on critical thinking are essential to a nurse's role as clinician, manager, researcher, or teacher.

Freeley and Steinberg identify seven methods of critical thinking:

1. Debate: Debate involves inquiry, advocacy, and reasoned judgment on a proposition. A person or group may debate or argue the pros and cons of a proposition in coming to a reasoned judgment. A debate usually entails opposing positions and specific rules.

2. Individual decisions: An individual may debate a proposition in his or her mind using problem-solving or decision-making processes. When consent or cooperation of others is needed, the individual may use group discussion, persuasion, propaganda, coercion, or a combination of these methods.

3. Group discussion: Five conditions for reaching decisions through group discussion are that "the group members (1) agree that a problem exists, (2) have comparable standards of value, (3) have compatible purposes, (4) are willing to accept the consensus of the group, and (5) are relatively few in number."[38]

4. Persuasion: Persuasion is communication to influence the acts, beliefs, attitudes, and values of others by reasoning, urging, or inducement. Debate and advertising are two forms of communication whose intent is to persuade.

5. Propaganda: Propaganda can be good or bad; it is multiple media communication designed to persuade or influence a mass audience. Propagandists may debate and argue. Their tactics need to be subjected to critical analysis.

6. Coercion: Threat or use of force is coercion. An extreme example is brainwashing, in which subjects are completely controlled physically for an indefinite period of time.

7. Combination of methods: Some situations require a combination of the foregoing communication techniques to reach a decision.[39]

A consensus is emerging that critical thinking should underlie the nursing process within nursing education programs. Critical thinking generally is regarded by academics as essential to the educated mind and superordinate to problem solving in the nursing process.[40]

"The rudiments of critical thinking are recalling facts, principles, theories, and abstractions to make deductions, interpretations, and evaluations in solving problems, making decisions, and implementing changes."

Critical Thinking and Clinical Reasoning

What is the nurse leader's role in accountability for critical thinking as it relates to clinical reasoning and ultimately clinical judgment? Initially, it is nurturing the climate by

- Fostering an attitude of inquiry
- Encouraging staff to challenge assumptions
- Role modeling critical thinking strategies and skills by using the Socratic method of questioning out loud in front of others, thus making the process explicit for others
- Expecting colleagues at all levels to think critically and enforcing that expectation via rewards and consequences
- Modeling and expecting effective collaboration[41]

Thinking out loud by developing questions related to the domains of learning (affective, psychomotor, and cognitive) in relation to the specific desired change will assist staff in learning the expected behaviors required of the change. The nurse leader works with the educator to develop questions based in Bloom's taxonomy. For example, the taxonomy of cognitive verbs is knowledge, comprehension, application, analysis, synthesis, and evaluation.[42] What does the staff need to know about the planned change that can be addressed by developing questions related to each one of these areas with the ultimate goal of staff being able to assist with the evaluation of the desired change? Using the evidence to provide the initial knowledge and what facts need to be absorbed to understand the rationale for the change will then lead to valuing the change so that it is applied. Application of the desired change leads to critical thinking (analysis) and synthesis of how the change can be incorporated into the current work. Evaluation to ensure that the change has the intended outcome leads to trusting the process in a creative healthy work environment.

Complex Adaptive Systems

The use of the various types of intelligence as part of managing change is critical to the leader working in a complex adaptive system. A complex adaptive system is often characterized by dynamic relationships among many agents, influences, and forces. The concept of complex adaptive systems comes from a body of literature known as complexity science, chaos theory, or network science. According to Cynthia Olney, the key traits of complex adaptive systems are as follows:[43]

- An entangled web of relationships among any agents and forces, both internal and external. These influences cause constant change, adaptation, and evolution of the system in an unpredictable, nonlinear manner.
- Self-organizing
- Chaotic and do not move predictably toward an end goal
- Communication laden, which are heaviest at the boundaries of a system
- Observable systemwide patterns of behaviors
- Feedback loops as the mechanisms for change in a system
- Repeated patterns of behavior themselves at different levels of a system and across systems

Plsek and Greenhalgh purport additional concepts of

- Tension and paradox are natural phenomena, not necessarily to be resolved.
- Inherent pattern of the system
- Attractor behaviors, which are patterns that provide comparatively simple understanding of what first seems to be extremely complex behavior

Nurse leaders and managers work within a complex adaptive system. Possessing the knowledge of your own areas of influence and how they integrate into the system as a whole increases the likelihood of sustainable change throughout the entire change process.[44]

Applications of Critical Thinking

Concept analysis is frequently advocated as a strategy for promoting critical thinking.[45] Concept analysis uses critical thinking to advance the knowledge base of nursing management and nursing practice.

A class of master's-level nursing students at Louisiana State University developed a method of concept analysis in their nursing management course using critical thinking. The students did literature searches before each class in preparation for concept analysis. In their first session, they developed the following format for concept analysis:

1. Identify and clarify the concept, including the philosophy and content analysis.
2. List the characteristics and attributes of the concept—for example, concrete/abstract, quality, and quantity.
3. Obtain perceptions, that is, what people believe or their interpretations about selling, marketing, and customers (determine whom the concept affects and what is perceived as needed).
4. Identify the use or application and the policies, procedures, practices (skills), and knowledge required.
5. Perform a researchable and synergistic evaluation to promote change, create energy, and validate theory.[46]

The format was used to study and analyze concepts such as organizational climate, legal and ethical nursing practices, nursing care delivery systems, theory of nursing management, standards of nursing practice, evaluation of patient care, and research in nursing administration.

Application of critical thinking theory to nursing management requires that the nurse manager have knowledge of the theory. Faculty and staff development educators also must have knowledge of the theory and the teaching skills that stimulate critical thinking and test it at the highest cognitive, affective, and psychomotor domains, not only in process but also in outcomes. Lectures are the least effective method for teaching critical thinking. Teaching methods to develop and test the higher level of the cognitive domain and competencies of the affective and psychomotor domains should be a part of the staff development process.[47] Critical thinking skills can be developed through the study of logic, problem-solving observation, analytic reading of books and articles about nursing and management, and group discussion[48] (**Figure 5-1**).

Critical thinking is consistent with the nursing process and should be evident in higher level learning objectives in the cognitive, affective, and psychomotor domains.

Futurist John Naisbitt describes high tech as technology that embodies both good and bad consequences. "High touch is embracing the primeval forces of life and death. High touch is embracing that

---

FIGURE 5-1   Activities and Strategies for Promoting Critical Thinking

Activities and strategies for promoting critical thinking include problem solving, decision making, clinical judgment, reflective thinking, questioning, dialogue, dialectical thinking, concept mapping, concept analysis, inquiry-based learning, script theory, two-way talks, case studies, clinical pathways, research findings, clinical rounds, peer review, shift reports, information processing, skills acquisition theory, conferences, contextdependent test items, and cognitive apprenticeship.

Models for studying critical thinking include the following:

- Loving's competence validation model.[50]
- The cognitive apprenticeship model.[51]

Source: Author.

which acknowledges all that is greater than we."[49] Professional nurses are high-tech, high-touch people whose work requires the cognitive abilities of synthesis and analysis; professional nurses are critical thinkers.

NEED FOR CHANGE

Four general reasons for designing orderly change have been defined by Williams:[52]

1. To improve the means of satisfying economic wants
2. To increase profitability
3. To promote human work for human beings
4. To contribute to individual satisfaction and social well-being

To these reasons one must add the concerns of the new millennium: the structures of healthcare organizations will continue to change, as will the structures of other industries. These changes encompass higher standards and superior performance, constant innovation in technology and corporate structure, the accomplishment of doing more with less, teamwork, customer preference, employee versus employer loyalties, industry regulations, corporate ownership, increased opportunities, shrinking resources, increased competition, and increasing complexity.[53] The need for organizational change may involve not only the whole system but also each of its units. This change will require management of the political dynamics and transition as well as motivation of constructive behavior.[54]

Change can help achieve organizational objectives as well as individual ones. The status quo of nursing will change with new models of patient care. Nurses are certainly aware of changes in relationships with those who hold authority and power, changes in responsibility and status, and changes in organizational, departmental, and unit objectives. Increased mobility within society at large has given rise to the creation of highly profitable travel nurses' agencies, creating increased staffing turnover as nurses leave to travel and as travel nurses are temporarily employed. Some employees resist change, but others welcome it as an opportunity to make adjustments in existing work situations, alter their relationships with their associates, and achieve personal growth and goals.

Structural change will greatly affect central staffers; these changes will include those in human resource development as well as those in nursing staff development. Central staffers will need to become project creators and network builders for the primary business units—the direct patient care units and the product sales units. As consultants to these units, central staffers can help develop the expertise necessary for success. If not involved in consulting for the existing structure, they can develop independent service centers, selling their services to the business units within the organization and to outside markets.[55] All this change is needed because of increasing competition, technological advancements, and human resource concerns.[56]

The end of the 20th century saw significant changes in the nature of healthcare organizations, the demands placed on nurse managers, and the needs and motivations of nursing personnel. Successful nurse managers have learned to manage change and have publicly related the role of nursing to being an involved and concerned member of society. They recognize the growing complexity of the healthcare organization, particularly in the division of nursing, and they recognize the changing values of nurses within the profession.

Nurses want opportunities for advancement or promotion, recognition for their work, and more help from their peers and supervisors to improve their job skills. One dramatic change for nurses has been the impetus to develop their professional standards to higher levels by raising their credentials, particularly with regard to education. Nurses have also recognized the need for continuing education to deliver up-to-date services. Evidence suggests that technological innovation can cause scientists' and engineers' knowledge to become obsolete in 10 years or fewer if they do not pursue further education;

parallel evidence could be developed to support the same conclusion about nursing. A glance at the plethora of nursing journals shows nurses' awareness of society's current problems and their increasing involvement with them. These include problems of health, environmental pollution, poverty, ethnic equality, education, civil rights, religion, and advances in genetics.

Today's nurses are more committed to task, job, and profession than they are loyal to an organization; they are no longer bound by threat or ritual. Younger nurses, like other younger professionals, are mobile and have salable skills. They want to use all their skills and to be collaborative and democratic.[57] They look at the kind of services provided (short term, critical, or chronic), management's philosophy (participative vs. authoritarian), experimental outlook, and physical and geographical location. Nurses are willing to work hard; they desire an environment in which there is humor and the opportunity to use imagination and in which they can exert some control.

Nurse managers must change their behavior to suit the profile of this new breed of worker; they must be constantly aware of cues for the need for change. They must become more flexible and individualized in dealing with employees, and they must be candid, confronting conflict by allowing nurses to express their feelings, thoughts, and reactions. Management styles change, as do policies, procedures, relationships with subordinates, and employment and compensation practices. Individual needs and group motivations should be considered. The changes in nursing management aim to promote the ideas of all people, to encourage attentive listening, and to reward people for becoming personally involved and committed to their work. Nurse managers see themselves as agents of change functioning within a profession that draws its basic support from society. "[T]he nurse manager will have to act as change agent in moving the organization forward, utilizing human-intensive skills to mobilize the resources available to her and her professional nursing peers. All of this effort will serve to define, implement, and evaluate the strategies and processes that will meet the healthcare needs of the future."[58]

What framework should the nurse leader use to answer the need for change? Incorporating the standards of the American Association of Critical-Care Nurses *Healthy Work Environment* as part of the framework can guide the nurse leader to answer the call for change. The six standards with corresponding elements were developed in response to the Institute of Medicine's 1996 report, *Crossing the Quality Chasm*:

- Standard 1—Skilled Communication: Nurses must be as proficient in communication skills as they are in clinical skills.
- Standard 2—True Collaboration: Nurses must be relentless in pursuing and fostering true collaboration.
- Standard 3—Effective Decision Making: Nurses must be valued and committed partners in making policy, directing and evaluating clinical care, and leading organizational operations.
- Standard 4—Appropriate Staff: Staffing must ensure the effective match between patient needs and nurse competencies.
- Standard 5—Meaningful Recognition: Nurses must be recognized and must recognize others for the value each brings to the work of the organization.
- Standard 6—Authentic Leadership: Nurse leaders must fully embrace the imperative of a healthy work environment, authentically live it, and engage others in its achievement.[59]

Adaptation to change has always been a job requirement for nursing. Change is the key to progress and to the future; often that change begins with a focus on technology, without consideration for human relationships and political sensitivities. It is the task of nursing management to develop complimentary nursing systems that encompass new technology, improve patient care, and ultimately give greater satisfaction to nursing workers.

Change Theory

Some widely used change theories are those of Reddin, Lewin, Rogers, Havelock, Lippitt, and Spradley.

Reddin's Theory

Reddin developed a planned change model that can be used by nurses. He suggested seven techniques by which change can be accomplished:

1. Diagnosis
2. Mutual setting of objectives
3. Group emphasis
4. Maximum information
5. Discussion of implementation
6. Use of ceremony and ritual
7. Resistance interpretation

The first three techniques are designed to give those affected by the change an opportunity to influence its direction, nature, rate, and method of introduction. These individuals are then able to have some control over the change, to become involved in it, to express their ideas more directly, and to propose useful modifications.

Diagnosis (the first technique) is scientific problem solving. Those affected by the change meet and identify problems and the probable outcomes. Mutual objective setting (technique number 2) ensures that the goals of both groups, those instituting the change and those affected by it, are brought into line. It may be necessary for groups to bargain and compromise. Group emphasis (number 3) is sometimes referred to as team emphasis. Change is more successful when supported by a team rather than by a single person. "Groups develop powerful standards for conformity and the means of enforcing them."[60]

Maximum information (number 4) is important to the success of change. Discussion of implementation (number 5) by the use of ceremony and ritual (number 6) considers the culture of the organization, particularly the use of rewards to reinforce the change. Interpretation of any resistance to change (number 7) takes into account the processes and systems in place which may require a revisiting of the group's work and objectives set for implementation (numbers 3, 4, and 5). Management should make at least four announcements with regard to a proposed change:[61]

1. That a change will be made
2. What the decision is and why it was made
3. How the decision will be implemented
4. How implementation is progressing

Lewin's Theory

One of the most widely used change theories is that of Kurt Lewin, which involves three stages:

1. The unfreezing stage: The nurse manager or other change agent is motivated by the need to create change. Affected nurses are made aware of this need. The problem is identified or diagnosed, and the best solution is selected. One of three possible mechanisms provides input to the initial change: (1) individual expectations are not being met (lack of confirmation), (2) the individual feels uncomfortable about some action or lack of action (guilt anxiety), or (3) a former obstacle to change no longer exists (psychological safety). The unfreezing stage occurs when disequilibrium is introduced into the system, creating a need for change.[62]

2. The moving stage: The nurse manager gathers information. A knowledgeable, respected, or powerful person influences the change agent in solving the problems (identification). A variety of sources give a variety of solutions (scanning), and a detailed plan is made. People examine, accept, and try out the innovation.[63]

3. The refreezing stage: Changes are integrated and stabilized as part of the value system. Forces are at work to facilitate the change (driving forces). Other forces are at work to impede change (restraining forces). The change agent identifies and deals with these forces, and change is established with homeostasis and equilibrium.[64]

Rogers' Theory

Everett Rogers modified Lewin's change theory. Antecedents included the background of the change agent and the change environment. Rogers' theory has five phases:[65]

- Phase 1: Awareness, which corresponds to Lewin's unfreezing phase
- Phase 2: Interest
- Phase 3: Evaluation
- Phase 4: Trial, which corresponds to Lewin's moving phase
- Phase 5: Adoption, which corresponds to Lewin's refreezing phase. In the adoption phase the change is accepted or rejected. If accepted, it requires interest and commitment.

Rogers' theory depends on five factors for success:[66]

1. The change must have the relative advantage of being better than existing methods.
2. It must be compatible with existing values.
3. It must have complexity—more complex ideas persist even though simple ones get implemented more easily.
4. It must have divisibility—change is introduced on a small scale.
5. It must have communicability—the easier the change is to describe, the more likely it is to spread.

Havelock's Theory

Havelock's theory is another modification of Lewin's theory, expanded to six elements. The first three correspond to unfreezing, the next two to moving, and the sixth to refreezing:[67]

1. Building a relationship
2. Diagnosing the problem
3. Acquiring the relevant resources
4. Choosing the solution
5. Gaining acceptance
6. Stabilization and self-renewal

Lippitt's Theory

Lippitt added a seventh phase to Lewin's original theory. The seven phases of his theory of the change process are as follows:[68]

- Phase 1: Diagnosing the problem. The nurse as change agent looks at all possible ramifications and involves those who will be affected. Group meetings are held to win the commitment of others. To ensure success, key people in top management and policymaking roles are involved.

- Phase 2: Assessing the motivation and capacity for change. Possible solutions are determined, and the pros and cons of each are forecast. Consideration is given to implementation methods, roadblocks, factors motivating people, driving forces, and facility forces. Assessment considers financial aspects, organizational aspects, structure, rules and regulations, organizational culture, personalities, power, authority, and the nature of the organization. During this phase the change agent coordinates activities among a number of small groups.

- Phase 3: Assessing the change agent's motivation and resources. The change agent can be external or internal to the organization or division. An external change agent may have fewer bases but must have expert credentials. An internal change agent, however, knows the people. The process could involve both. The change agent must have a genuine desire to improve the situation, knowledge of interpersonal and organizational approaches, experience, dedication, and a personality to suit the situation. The change agent should be objective, flexible, and accepted by all.

- Phase 4: Selecting progressive change objectives. The change process is defined, a detailed plan is made, timetables and deadlines are set, and responsibility is assigned. The change is implemented for a trial period and evaluated.

- Phase 5: Choosing the appropriate role of the change agent. The change agent will be active in the change process, particularly in handling personnel and facilitating the change. The change agent will deal with conflict and confrontation.

- Phase 6: Maintaining the change. During this phase emphasis is on communication, with feedback on progress. The change is extended in time. A large change may require a new power structure.

- Phase 7: Terminating the helping relationship. The change agent withdraws at a specified date after setting a written procedure or policy to perpetuate the change. The agent remains available for advice and reinforcement.

Figure 5-2 compares these theories.

FIGURE 5-2 Comparison of Change Theories

REDDIN	LEWIN	ROGERS	HAVELOCK	LIPPITT
1. Diagnosis	1. Unfreezing	1. Awareness	1. Building a relationship	1. Diagnosing the problem
2. Mutual objective setting	2. Moving	2. Interest	2. Diagnosing the problem	2. Assessing motivation and capacity for change
3. Group emphasis	3. Refreezing	3. Evaluation	3. Acquiring the relevant resources	3. Assessing change agent's motivation and resources
4. Maximum information		4. Trial	4. Choosing the solution	4. Selecting progressive change objective
5. Discussion of implementation		5. Adoption	5. Gaining acceptance	5. Choosing the appropriate role of the change agent
6. Use of ceremony and ritual			6. Stabilization and self-renewal	6. Maintaining change
7. Resistance interpretation				7. Terminating the helping relationship

Source: Author.

It should be noted all five theories are similar to the problem-solving process itself, indicating the latter could be used to implement planned change. The nurse manager should select the theory he or she feels most comfortable with after identifying the change to be made. A management plan is then made to cover the phases of making the change. The planning phase requires gathering data to support a decision for change. To set objectives, the nurse manager works with the nursing staff who will be affected by the change. Thus, the entire group becomes aware of and interested in the need for change. A relationship is built between the nurse manager and nursing employees. The plan can then become an opportunity made cooperatively, implemented by an enthusiastic group, and evaluated and maintained by the group. Decision making is implemented by planned change.

Spradley's Model

Spradley developed an eight-step model based on Lewin's theory. She indicates that planned change must be constantly monitored to develop a fruitful relationship between the change agent and the change system. Following are the eight basic steps of the Spradley model:[69]

1. Recognize the symptoms: There is evidence that something needs changing.
2. Diagnose the problem: Gather and analyze data to discuss the cause. Consult with the staff. Read appropriate materials.
3. Analyze alternative solutions: Brainstorm. Assess the risks and the benefits. Set a time, plan resources, and look for obstacles.
4. Select the change: Choose the option most likely to succeed that is affordable. Identify the driving and opposing forces, using challenges that include assimilation of the opposition.
5. Plan the change: This includes specific, measurable objectives, actions, a timetable, resources, budget, an evaluation method such as the program evaluation review technique, and a plan for resistance management and stabilization.
6. Implement the change: Plot the strategy. Prepare, involve, train, assist, and support those who will be affected by the change.
7. Evaluate the change: Analyze achievement of objectives and audit.
8. Stabilize the change: Refreeze; monitor until stable.

In a study of a nursing center for the community elderly, results showed that the use of change theory could determine a client's readiness to change health behaviors.[70]

Tipping Point

"The biography of an idea and the idea is very simple" is from the book, *The Tipping Point*, which the nurse leader can also choose to use as a framework for change.[71] The tipping point, or "the one dramatic moment in an epidemic when everything can change all at once," is exactly the moment the nurse leader seeks during the implementation phase of change.[72] Seeking out the few staff members who will support the change and are seen as informal leaders is an example of what Gladwell calls the law of the few. Change becomes an epidemic because of a few who are social, energetic, knowledgeable, and influential among their peers.

Stickiness is the second law in causing a tipping point. "Stickiness means that a message makes an impact. You can't get it out of your head."[73] To the nurse leader, this is the time when all staff applies the required change. The third law, the power of context, says "that human beings are a lot more sensitive to their environment than they may seem." It is the nurse leader's responsibility to assess the environment where the change is to occur in order to know the context in which the change will take place.

New Management Theory

Dunphy and Stace describe a differentiated contingency model for organizational change. It includes two contrasting theories of change (incremental and transformational) and two contrasting methods of change (participation and coercion).

Incremental change assumes that the effective manager moves the organization forward in small, logical steps. The long time frame plus the sharing of information increases confidence among employees and reduces the organization's dependence on outsiders to provide the impetus and momentum for change. The incremental model is similar to the systems approach to change and organizational development. It is used when the organization is ready for predicted future environmental conditions, but adjustments are needed in mission, strategy, structure, and/or internal processes.[74]

An organization may require transformational change on a large scale when there is environmental "creep," organizational "creep," diversification, acquisition, merger, shutdowns, industry reorganization, or major technological breakthroughs. Transformational strategies embody large-scale adjustments in strategy, structure, and process requirements.

Participative methods of change are used to overcome workforce resistance. Coercive methods are authoritarian and use force. The contingency model uses a mixture of methods as dictated by conditions.[75]

The new theory of management is one of transformation or change. Today, the fundamental sources of wealth are knowledge and communication, not natural resources and physical labor. Change means opportunity and danger. Information technology and the computer are the enablers of productivity. Customers have much more power; computers have replaced middle managers. Success requires quick responses to changing circumstances. Organizational design should be reconfigurable on an annual, monthly, weekly, daily, or hourly basis. Organizations should be able to develop new products rapidly, have flexible production systems, and use team-based incentives. Big companies are outsourcing many functions and paying for intellectual labor. Intellectual assets—networks and databases—have replaced physical assets. The most valuable devices will help people cope with change.[76]

Management theory is going through a massive transformation, referred to in management literature as a revolution. The new theory of change process has three steps:

1. Awakening: This is when the need for change is realized. During step 1 the leadership articulates why the change is necessary.
2. Envisioning: This is a group effort that addresses technical, political, and cultural resistance. During step 2, resistance is dealt with. There will be technical resistance, political resistance related to resource allocation and powerful coalitions, and cultural resistance related to the chain of command, media, and training.
3. Rearchitecting: This eliminates boundaries and compartments. To get rid of boundaries or ceilings, the hierarchy is delayered, perks for executives are reduced, and gain-sharing incentive systems are broadened. To get rid of horizontal boundaries or internal walls, cross-functional teams, project teams, and partnership are used. To get rid of external boundaries, alliances are created, customer satisfaction is measured, and teams are built with customers and suppliers.

Leadership skills for the change include the following:[77]

1. Identify changes in the environment that will affect the business.
2. Lead others to overcome fear and uncertainty in making change.
3. Visualize the business through the eyes of the customer.
4. Have a clear vision of the future of the business.
5. Assume responsibility for own mistakes.

6. Build a coalition and network across organizational lines to achieve important goals.
7. Lead the change.

Transformation is the process of reinventing an organization. Leaders create an atmosphere of continual change. Evaluation is done by peers, superiors, and subordinates. Transformed organizations have no boundaries; employees work up and down the hierarchy, across functions and geography, and with suppliers and customers. Goals center on numbers, total quality, and unity. Celebration is crucial, with emphasis on teamwork and using people's brains, imagination, and dedication. Let the team map the work to do it better and faster. The transformational manager views any process as susceptible to improvement. Reorganization focuses on customer segments and needs.[78]

In this transformation, leadership requires courage, judgment, and visibility. It requires a burning desire to change as healthcare organizations move to meet a world standard of quality. Managers need to motivate, empower, and educate employees. Managers may practice seven steps to being the best:[79]

1. Determine the world standard in every part of the process of providing care.
2. Use process mapping for the system's parts. Redesign to get rid of inefficiencies. Survey customers.
3. Communicate with your employees as though your life depended on it.
4. Distinguish what needs to be done from how hard it is to do it.
5. Set stretch targets. Let people decide how to reach them. Do not punish.
6. Never stop.
7. Pay attention to your inner self.

Change Agent

As one studies change theory, one notes that its application tends to mimic the problem-solving process. The nurse, operating as a change agent, uses change theory to identify and solve problems. This nurse learns to anticipate impending change, including that arising from interdependent systems, responds to change, and takes action to direct its course.

Nurses can compete successfully in the world of health care by doing things a new way. Professional nurses are expected to have the vision to change things and to be change agents.[80]

Examples of the Application of Change Theory

Retrenchments involving layoffs do not always use appropriate change theory. As a consequence, considerable unnecessary pressures, including unfavorable publicity, are placed on nurses. The organizational climate becomes tense and disruptive and gives personnel a sense of loss of security. Nurse executives feel tired and drained.

Causes of such problems include policies and plans that are developed after the fact, with few policies developed to deal with employees remaining with the organization. The media can be used to inform the public of changes in the healthcare system that necessitated the layoff.

The following are among the positive responses that minimize resistance to the change of retrenchment:[81]

1. Have a strong orientation toward reality, preparedness, knowledge of human behavior, stress management, and openness and honesty in dealing with employees.
2. Develop organization-wide retrenchment plans and policies with the advice of the personnel or human resource management department and legal counsel.
3. Consider the use of consultants.

4. Evaluate the criteria for layoffs: seniority, performance appraisal, and job categories. The principle of last hired, first fired should be weighed against the principle of keeping the most qualified employees.
5. Have the public relations department (or a consultant) handle publicity.
6. Deal positively with rumors through newsletters, informal discussions, and open meetings.
7. Reassure remaining employees by being visible and available. Make frequent rounds.
8. Do team building with chaplains, psychiatric specialists, and human resource specialists.
9. Form a nurse manager support group that includes families, friends, colleagues, and nonnursing professional peers.
10. Be fair and honest and handle people with dignity and care.

Transformational change brings radical change to the mission, structure, and culture of an organization. This change may be managed with consultation and employee participation. The nurse manager should keep training personnel abreast of organizational changes. Empowerment is a key factor in managing change, because empowered employees become change agents. Some coping strategies are problem focused, whereas others are emotion focused.

Employees need time to adjust to change, sometimes as long as several years. They can use this time to learn new skills and should become well trained. If they are to leave the organization, they need time to prepare resumes and perform a job search. All employees should be treated with respect and concern. Whenever possible, change should give employees choices.[82]

Resistance to Change

Resistance to change, or attempting to maintain the status quo when efforts are being made to alter it, is a common response. Change evokes stress that in turn evokes resistance.

Resistance is often based on a threat to the security of the individual, because change upsets an established pattern of behavior. If the problem-solving approach is used, answers should be provided to questions about the impact of the change, including the following:

- Will the change affect the work standard and subsequent employment, promotion, and raises?
- Will it mean an increased work load at an accelerated pace?
- Do employees visualize how they will fit into the picture if this change occurs?

At this point the nurse leader and manager need to revisit the definitions of the six standards of the healthy work environment to determine both the upstream and downstream effect of their planned change. Taking into account the following will help make the change more sustainable.

1. Factors that stimulate resistance to change include habits, complacency, fear of disorganization, set patterns of response to change, conservatism, perceived loss of power, ego involvement, insecurity, perceived loss of current or meaningful personal relationships, and perceived lack of rewards.[83]
2. People are afraid of change because of lack of knowledge, prejudices resulting from a lifetime of personal experience and exposure to others, and fear of the need for greater effort or a higher degree of difficulty.
3. People have developed fears, biases, and social inhibitions from the cultural environment in which they live. Because they cannot be separated from these cultural factors, it is necessary to find ways of managing them within a system.
4. Barriers to change include a perception of implied criticism. "You are changing the system because you don't like the way I do it." Employees perceive that machines and systems are replacing

them or making their jobs less interesting. For example, a programmed system could be used by patients to take their own nursing histories.

Change may demand the investment of a great deal of time and effort in relearning. If nurses are to be independent practitioners, what happens to those who are not prepared? "Probably the greatest single personal barrier is that individuals do not understand or refuse to accept the reasons for the change or the need for it. Unfortunately, it is not always easy to equate the reasons and the needs and to communicate them in meaningful and compelling language."[84]

People are members of a social system in a community and will resist change if it affects that social system. Social changes that threaten social customs, values, self-esteem, and security are resisted more than technical changes. One member of the social system may influence others even if that person is unaffected by the change.

Other causes of resistance to change include time and pace; different generations of nurses have different rates of change.

Values and Beliefs

Cognitive frameworks are based on values and beliefs about the effective means of achieving these values. Nurse managers who value the chain of command, policies, and procedures and who believe their management experience does not need input from clinical nurses may not look for problems needing change. As long as they are successful, these nurse managers are strengthened by success that builds their self-respect. This success fosters resistance to any change that threatens the integrity of the framework. People resist discarding their own ideas. Accepting another's idea reduces their self-esteem. They may consider a good idea a unique event to be preserved. Ideas should have life cycles. They shine and then dim and need to be replaced. Ideas need to be considered a depreciable asset.[85]

Change is affected by the crucial differences among geographical regions. Some regions are more open to fast change, whereas others accept slow changes. Cultural changes are affected by religious or political beliefs. People hold fast to meaningful beliefs.[86]

One reason for resistance to change is that hierarchical, bureaucratic frameworks with rules achieve stability. It should be kept in mind that both individuals and organizations need such stability through continuity in policies and procedures so that recurring needs can be dealt with routinely and problems do not have to be resolved anew each time they appear.

The major symptoms of resistance to change are refusal, confrontation, and covert resistance such as no preparation for meetings or misunderstandings of the place or time, incomplete reports, refusal to accept responsibility, uncooperative employees, passive aggressiveness, absenteeism, and tardiness.[88]

---

www, Evidence-Based Practice 5-1

Gillen claims that change stimulates increased levels of energy, which is called hyperenergy and is not stress. Hyperenergy is the heightened drive a person feels in response to a perceived challenge or threat. If not managed, hyperenergy is used by employees to think of surreptitious ways of preventing change. Hyperenergy can be pooled for collective resistance to change. It distracts employees, causing errors and accidents.[87] Skilled nurse leaders bring employees into the change process so the employees do not view the change as a threat. Employees' hyperenergy is then channeled into involvement in the change process.

Strategies for Overcoming Obstacles to Change

According to Drucker, "One cannot manage change. One can only be ahead of it."[89] Drucker suggests that the manager lead change and view it as an opportunity. Change can be led with nurse managers acting as change agents. One of the strategies a nurse manager can use is to hire a consultant to make the diagnosis and recommend programs with the goal of improving the productivity of nurse personnel while giving them job satisfaction. The decision to hire a consultant must be tempered with the economic climate and the number of initiatives the nurse leader or manager has chosen to implement.

Effectively led change leads to improvement of patient care services, raised morale, increased productivity, and meeting of patient and staff needs. Change is an art, the mastery of which can be exhilarating, refreshing, challenging, and exciting, because it represents opportunity. Change is facilitated when nurse employees are assigned to adapt to changing job requirements.

Collection and Development of Data

Nurse managers need to gather both hard and soft data about the current work for discussion with the stakeholders. Nurse leaders need to participate in determining what benchmarks, such as those from the National Database of Nursing Quality Indicators and Leapfrog, their organization will participate in for staff satisfaction, patient satisfaction, even payer satisfaction. Coupled with anecdotal evidence (example of soft data), the data is analyzed and used to effect change when indicated. Personnel, particularly managers, can be educated to make and manage change. They will learn about labor power planning and use rather than leaving this entirely to the human resources department. They will learn about financial management rather than depend on the accounting office personnel to take care of it. These are areas in which effective strategies can be developed to foster external cooperative efforts among chief nurse executives of similar institutions and organizations within a community. Such concepts can be expanded to clinical services. If a division of nursing cannot afford to use such specialists as a full-time mental health nurse practitioner, several organizations can collectively contract for the services of one. Thus change becomes a cooperative venture.

Advocating for hard wiring of needed data components into an electronic medical record will provide the nurse leader with a much-needed source to plan and ultimately drive change as organizations become engaged in building accountable care organizations.

Adding the Evidence

Nurse leaders who use evidence as part of change management can facilitate innovation. Evidence-based decision making is not just for use by the direct care clinician. Communication, shared decision making, and quality improvement are all pieces of transformational leadership, which promotes change in the diverse healthcare system. There are many evidence-based frameworks from which the nurse leader can choose to determine which evidence to use. For example, the following five steps of evidence-based decision making, based on Melnyk and Fineout-Overholt, are reframed from a management perspective:[90]

1. Ask the burning management question in the format that yields the most relevant and best evidence.
2. Collect the most relevant and best evidence to answer the question.
3. Critically appraise the evidence for its validity, relevance, and applicability.
4. Integrate all evidence with one's management expertise, preferences, and organizational values in making a management decision or change.
5. Evaluate the management decision or change from implementing the evidence.

Another framework is Kathleen Stevens' ACE star model:

- Discovery: This is a knowledge-generating stage. In this stage, new knowledge is discovered through the traditional research methodologies and scientific inquiry. Research results are generated through the conduct of a single study. This may be called a primary research study, and research designs range from descriptive to correlational to causal and from randomized control trials to qualitative. This stage builds the corpus of research about clinical actions.
- Evidence summary: This is the first unique step in evidence-based practice—the task is to synthesize the corpus of research knowledge into a single, meaningful statement of the state of the science. The most advanced evidence-based practice methods to date are those used to develop evidence summaries (i.e., evidence synthesis, systematic reviews, such as the methods outlined in the *Cochrane Handbook*) from randomized control trials. Some evidence summaries use more rigorous methods than others, yielding more credible and reproducible results. The rigorous evidence summary step distinguishes evidence-based practice from the old paradigm of research utilization. Largely due to the work of the Cochrane Collaboration, rigorous methods for systematic reviews have been greatly advanced, using meta-analytic techniques and developing other statistical summary strategies, such as number needed to treat.
- Translation: The transformation of evidence summaries into actual practice requires two stages: translation of evidence into practice recommendations and integration into practice. The aim of translation is to provide a useful and relevant package of summarized evidence to clinicians and clients in a form that suits the time, cost, and care standard. Recommendations are generically termed clinical practice guidelines and may be represented or embedded in care standards, clinical pathways, protocols, and algorithms.
- Integration: Integration is perhaps the most familiar stage in health care because of society's longstanding expectation that health care be based on most current knowledge, thus requiring implementation of innovations. This step involves changing both individual and organizational practices through formal and informal channels. Major aspects addressed in this stage are factors that affect individual and organizational rate of adoption of innovation and factors that affect integration of the change into sustainable systems.
- Evaluation: The final stage in knowledge transformation is evaluation. In evidence-based practice, a broad array of endpoints and outcomes are evaluated. These include evaluation of the impact of evidence-based practice on patient health outcomes, provider and patient satisfaction, efficacy, efficiency, economic analysis, and health status impact. As new knowledge is transformed through the five stages, the final outcome is evidence-based quality improvement of health care.[91]

Planning helps overcome many obstacles to change. Planning keeps interpersonal relationships from being disrupted if persons with common frames of reference are brought together. The planner can assist people to meet their goals while minimizing their fear and anxiety. Fear is stimulated by the external threat of change. Anxiety, which is self-induced dread, is internally stimulated. Planning helps people accept change without fear or anxiety.

In making changes, nurse managers should plan to help people unlearn the old (unfreeze) and use the new (refreeze). Implementation and updating of nursing management information systems can refine much of the unfreezing and refreezing. Often, nurse managers help their staff learn the new without having them unlearn the old. This is a major problem in nursing because of the changing role of nurses.

To prepare a plan carefully, the nurse manager should share information and decision making, work for common perception and understanding, and support and reinforce the nursing staff's effort to effect change. Clear statements of philosophy, goals, and objectives are needed in preparing for change.

Beyers recommends that nurse leaders be involved in the following elements of strategy planning:[92]

- Product/market planning
- Business unit planning
- Shared resource planning
- Shared concern planning
- Corporate-level planning

Nursing in all areas, both clinical and managerial, must consider competition. The patient will go where there is higher quality nursing care, which results from effectively planned and managed change. Nurse educators should perform market surveys to determine the nursing products and services that consumers want.[93] This activity itself constitutes change and results in changes.

Looking at the theory of the business of the healthcare organization and of nursing, what needs to be abandoned? This may include products, services, markets, distribution channels, and every end user who does not fit the theory of the business. End users do not need many organizations to get information; they use the Internet to obtain information on providers and services. Nursing's goal is to improve this information and these services in the interest of survival and progress. The opportunity lies in maintaining physical and mental functioning of individuals and populations. Drucker suggests that managers look at windows of opportunity:[94]

- The organization's own unexpected successes and failures as well as the unexpected successes and failures of the organization's competitors
- Incongruities, especially incongruities in the process, whether of production or distribution, and incongruities in customer behavior
- Process needs
- Changes in industry and market structures
- Changes in demographics
- Changes in meaning and perception
- New knowledge

Plans list every person on whom the change depends and the level of involvement of each. Who will oppose and who will support the change? The dominant coalition in the organization and the forces that stimulate change should be identified and their support enlisted. Appropriate current events should be noted through reading and meetings; those that enhance the mission of the organization and for which the clinical nurses claim or share ownership should be highlighted.[95] This activity brings new ideas and new knowledge to stimulate and justify the need for change.

Planning also requires thinking in multiple time frames: changes to be effected in 6 months, 1 year, and so on. The nurse manager should identify the trade-offs between nursing and other departments, between clinical and management staffs, and within the change process itself, and he or she should list ways to enlist support.[96]

Nurse managers need to be careful not to overplan. They should leave some room for the people who implement the change to exercise intelligent initiative. They need to be sure that the rewards or benefits to individuals and to the group are carefully communicated. If people want a change to work, they will make it happen. Change leads to real innovation and, although it creates uncertainty and discomfort, requires nurse leaders to have the knowledge and skills to manage it.[97]

Education

The frequency of education should match the frequency of change. Nursing personnel require constant staff development programs to keep from depreciating in knowledge and competence. It is important to consider a wide variety of methods and tools, such as performance appraisals, professional port-folios, and professional development plans in ongoing competency.[91] Nurse managers assist staff in understanding how to integrate the myriad of changes into their current practice; often this can be accomplished through evaluating the change.

Using the steps of the nursing process or the American Society of Training and Development's Analysis, Design, Develop, Implement and Evaluate model as a means of instructional design theory and process provides a path for determining the status of the education for the planned change.[98]

Critical Thinking

Nurse leaders need critical thinkers during the change process from start to finish. These are individuals who are independent thinkers. They base decisions on sound reasoning. Critical thinkers are observant and able to organize and prioritize data. The critical thinker does not hesitate to question yet functions as a good role model and educator. Critical thinking in the world of nursing is based on the nursing process, and in planning change the nursing leader must allow the staff who are affected by the change time to critically reflect on how the change process is affecting their practice.

Rewards

Rewards for old behavior patterns should be removed after the individuals have been helped to see the reasons for the proposed change. Employees need to see the necessity for the new behaviors and should be given real incentives, financial or nonfinancial. Here is where job standards come in. The job standards should incorporate the new methods or skills and phase out the old ones. To provide an incentive, performance appraisal can be based on the new standards. Time must be allowed and opportunity provided for retraining. Nonfinancial rewards include enriching jobs and encouraging self-development. Such activities can satisfy individual needs.

Using Groups as Change Agents

Groups in themselves are often effective change agents. When the group appears to work in harmony and to have well-understood goals, it may be used to institute the change. If the idea can be planned in the group, it will be implemented more successfully. A group is more willing to assume risks than most individuals are. Planning should make clear the need for change and provide an environment in which group members identify with such need. Objectives should be stated in clear, concise, and qualitative terms. Administrative policy should contain broad guidelines with understandable procedures for achieving the objectives, and these guidelines and procedures should be communicated to the group.

As agents of change, nurse managers need to use staff talents by organizing temporary work teams to solve specific problems and effect change. They need to participate on interdisciplinary task forces and prepare people for job mobility through experiences planned to facilitate it. Third-party critics may help diagnose and solve problems.

The informal group can promote and support change. It can be formed by enlisting the help of a strong leader and by forming a strong group that will communicate its perception of needed change to nurse managers and educators.[99]

Communications

Too often change is announced by rumor when it should be clearly introduced. Because changes split teams and kill friendships, causing productivity to drop, employees should be told about upcoming changes before they become rumors.[100] Announcements should be factual and comprehensive and should state objectives, nature, methods, benefits, and drawbacks of the change. An announcement made face to face will be better received.

Discussion of implementation should give people maximum information. The discussion should cover the rate and method of implementation, including the first steps that will be taken and the sequence and people involved in each element.

Ceremonies may be effective in various aspects of the change. They are useful for retirement; promotion; introduction of a new coworker, superior, or subordinate; a move to a new job; start of a new system; and reorganization. When used well, ceremonies focus on the importance of the ongoing institution and underline the importance of individual loyalty to that institution and its positions. They convey that the organization and the employees are both needed.

As change agent, the nurse manager discusses with people reasons for resisting change. When people understand the real reasons for the change, they are not as resistant to it. They should be encouraged to sound off.

Planned change needs to be successfully communicated to all employees, even those who are not directly or immediately involved. Verbal announcements can be followed up with written ones and progress reports. Change occurs smoothly in direct proportion to the positive and democratic behavior that demonstrates management's philosophy and practice at all levels from the top down. Communication includes body language and tone of voice as well as words.[101]

Organizational Environment

Nurse managers could be more successful if they paid attention to the organizational environment into which change is introduced and the manner in which it is done. Managers need to be committed to a change and to support it by actions that express their attitudes. When the nurse leader attempts to impose change in an authoritarian manner, people often resist it. Concern for employees is as important as concern for patients. Managers can establish an environment for change by doing the following:

1. Emphasizing relationships with and between groups
2. Bringing out mutual trust and confidence
3. Emphasizing interdependence and shared responsibility
4. Containing group membership and responsibility by preventing individuals from belonging to too many groups and ensuring that the same responsibilities are not given to several groups
5. Having a wide sharing of control and responsibility
6. Resolving conflict through bargaining or problem-solving discussions[102]
7. Permitting job movement to facilitate careers
8. Anticipating and rewarding change, thus institutionalizing it[103]
9. Modifying the nursing organizational structure to accommodate changes that provide growth and development
10. Promoting a can-do attitude
11. Providing predictability and stability by maintaining job security, sharing bad news early, and shifting concern to teamwork and process improvement[104]

When the organizational climate changes, employees change behaviors. A desired organizational climate fosters high-quality patient care.[105]

Anticipating Potential Failures

Although preparation is the key to successful change, it should include anticipation of potential failure. Three questions need to be answered before actions for change begin. First, nurse leaders should determine what the risks are and how much they are willing to expend in terms of resources. Second, they should decide who would do the work. Third, they should have a flexible agenda and plan what will be done when it goes wrong.

Mistakes happen. The importance of the change determines how much risk the nurse leader is prepared to take. For example, one might risk a great deal and reorganize an entire unit to achieve the goal of having professional nurses perform as case managers. Changes can be introduced in one unit, evaluated, and modified before being extended to other units.

The positive aspect of resistance to change is that it pushes the change agent to plan more carefully, listen with sympathetic understanding, and reexamine goals, functions, priorities, and values. When properly addressed, resistance uses less of people's energy. Other effective responses to resistance are showing respect for honest questions and differences of opinion, altering strategy and tactics, altering composition of groups, and proceeding in an objective, firm, assertive, and nonjudgmental manner.[106]

Implementation Science

As the nurse leader determines what to change, when to change, and how to change, she or he must also consider how the staff behaves as they accept the change. One method of decreasing potential failures is to review the work of Sladek, Phillips, and Bond, who believe there are parallel dual processing models that need to be taken into account to assist staff in adopting behavior change. This is an example of implementation science: identifying and understanding behavior, barriers to changing behavior, and effective methods for changing behavior.

One mode of reasoning has been described as experiential, unconscious, fast, associative, heuristic, tacit, quick, intuitive, recognition primed, implicit, and automatic and acquired via biology or exposure. The other mode has been described as rational, conscious, deliberate, slow, rule based, analytic, explicit, controlled, and acquired by cultural and formal tuition. Sladek et al. believe reasoning can be either-or and that experiential processing is chosen when a judgment is considered relatively unimportant, whereas rational processing is chosen when the stakes are high. The nurse leader needs to implement change taking into account this parallel dual-processing model as she or he outlines the specific components of the change that staff will be responsible for knowing.[107]

Managing Creativity

For the first time in the history of the United States, there are four generations in the workplace. Each generation is defined by certain historical events. Each generation has specific values and expectations of the workplace. In other words, the boomers and the millennials often do not understand each other.

Thus the nurse manager can encourage creativity through interpersonal relationships that establish trust. This requires acceptance of differing behaviors and ideas and a willingness to listen. It requires friendliness and a spirit of cooperation. It also requires respect for the feelings of others and a lack of defensiveness.[108]

Creative nurses produce a lot. They are unconventional and individualistic. Their critical skills are problem awareness and specification, skills that lead to problem resolution.[109]

Nurse managers can plan to nurture creativity in nursing personnel by doing the following:

1. Noting the creative abilities of those who develop new methods and techniques
2. Providing time and opportunity for people to do creative work. This can be planned during the performance appraisal process.
3. Recognizing those who are masters or experts in nursing work in clinical practice, teaching, research, and management

---

www Evidence-Based Practice 5-2

Kalisch and Curley describe a case study in which an organization identified its strengths, weaknesses, opportunities, and threats through an analysis process. A transformation process was illustrated that included five phases: (1) setting the stage for change, (2) management training, (3) strategic planning, (4) developing and implementing changes at the organizational level, and (5) developing and implementing changes at the unit level. Lessons learned included the following: support from the top, adequate resources, willingness to face the brutal facts, early attention to sustainability, infusion into the grassroots, unrelenting communication, emphasis on building and maintaining trust, ensuring early wins, not declaring success too soon, and recognizing that you cannot fully know how. The need for change and appreciating the ongoing challenge and continuing efforts to transform were underscored in this case study.[111]

---

4. Encouraging nursing personnel to become involved in new nursing endeavors at work, in the community, and in professional organizations, as well as undertaking other activities that increase knowledge and skills
5. Encouraging risk taking and acceptance of personal responsibility

Successful companies hire and keep creative employees. They keep people by knowing how to manage, motivate, and reward them. The nurse leader seeks to create a team of managers who offer different skills in the way of creativity. One nurse manager may assist the nurse leader in the people portion of the planned change; another is creative on the technical or data side. Nurse leaders have nurse managers who are practical problem solvers and team players. All must be decisive.

Successful organizations do extensive interviewing before hiring. Often a form of behavior-based interviewing is used. They then offer orientations (onboarding) programs specific to the role. Performance appraisal rewards risk taking and intelligent effort that may result in failure.

Innovation results in profitability. Successful organizations reward generation of new ideas from within and adoption from without. Performance evaluation should help marginal performers do better. Six-month evaluations are recommended. Peer evaluation and feedback are effective.

Reward teams foster cooperation. Research confirms results. Reward individuals when someone has "gone the extra mile" to encourage the newcomer, to thank someone who is leaving, when someone's contribution has been ignored by the team, to stir up the team from group-think, and when members differ greatly in their choice of rewards.

Encourage careers through empowerment to raise self-esteem, leading by example, continuing education, and sabbaticals.[110]

SUMMARY

Ability to manage planned change is a necessary competency of all nurses, as it represents viability of the nursing organization. Because planned change is a necessity, nurse managers create the climate for its receptivity by nursing personnel. Change, the key to innovation and the future, has its basis in change theory.

Lewin's change theory is widely used by nurses and involves three stages: unfreezing, moving, and refreezing. In the unfreezing stage, employees are made aware of needed changes. A plan for change is made and tested in the moving stage. During the refreezing stage, the change becomes a part of the system, establishing homeostasis and equilibrium.

Rogers, Havelock, and Lippitt each modified Lewin's original change theory. Reddin's theory has many similarities, and all have common elements of problem solving and decision making.

Resistance to change is evoked by stress from threatened security of affected employees. It can be overcome by planning that involves those who will be affected, particularly if they can see a benefit. Established values and beliefs, imprinting, time perspectives, and hyperenergy all stiffen resistance to change.

The nurse as change agent is the manager of change and thus requires knowledge of the theory of change. Education and training are necessary for nursing personnel who will be affected. Intrinsic and extrinsic rewards are another management tool. Using groups to effect change will help absorb the risks of change; risks are part of the process.

Creativity and innovation are important aspects of nursing that lead to better practice as new knowledge and skills are applied. The result is change that leads to maintenance of a competitive share of the healthcare market, thus ensuring the position of nursing.

In essence, change is all about critical thinking as the nurse leader and nurse manager must think through all aspects of planning the change by answering the following:

- What is the desired outcome? Is there evidence to support the change and how will it be measured—via research, performance improvement process or evidence-based practice project?
- Who are the stakeholders and how will they be involved?
- What change theory will be used?
- Has a baseline needs assessment been performed?
- How/where does this planned change fit into strategic initiatives such as implementation of the American Association of Critical-Care Nurses's *Healthy Work Environments*?
- Will there be variations among the implementation plans depending on location?
- What is the level of understanding (dual processing) and commitment (social/emotional intelligence) of staff?
- Who needs to be involved in the design of the change process?
- Have the complex adaptive system issues been taken into consideration during the implementation?

Change involves nursing managers in many functions of nursing. It requires planning. The organization is adapted to accommodate the changes. The nurse manager uses communication, leadership, and motivation theory to overcome resistance and gain support in making the change work. The implemented change is continually evaluated to keep it working and effective.

APPLICATION EXERCISES

Exercise 5-1

In your own words, write a definition of critical thinking. Relate it to your use of the nursing process in caring for clients.

Exercise 5-2

We all make personal decisions daily that relate to work, home, family, community, or other aspects of our lives. State a personal problem facing you. Identify the outcome that you want. Determine the means available to achieve this outcome. List the pros and cons of each means, and decide which you will use. Do it!

Exercise 5-3

Refer to your daily newspaper. Identify an issue being discussed related to local (city or county) government.

- What are the arguments involved?
- Which do you support?
- What can you do about them?

Debate the issue. Form a group of your peers and do the following:

1. Determine the pros and cons of the issue.
2. Elect a team captain for each side of the issue.
3. Identify the members of each team.
4. Set rules for the debate: decide on a monitor, determine the speaking sequence and length of time each team member may speak, decide whether the team captains will give summaries, determine who will judge the debate, and decide when and where the debate will take place.
5. Evaluate the debate.

Note: If you wish to do a more formal debate, refer to Freeley and Steinberg, particularly pages 310–311.[36]

Exercise 5-4

Select a change that needs to be made in managing nursing personnel or in nursing care of patients. The needed change may originate from the results of research or from a notable problem. Decide which change theory or theories to use and make a plan for the change.

Exercise 5-5

Ascertain whether your unit of employment has a business plan. If not, develop one with your peers. If there is a business plan, note whether it needs updating, and, if so, update it. Will this process result in any changes within the unit?

Exercise 5-6

Organize a group of professional nurses to do the following:

- Explore the theory of the nursing business within an organization (hospital, nursing home, home health care, professional organization).
- Identify products and activities to be abandoned.
- Identify products or activities to be developed. Select one for a pilot test.

Exercise 5-7

You may complete the following exercise as an individual or as a group.

Scenario: It was obvious to the entire nursing staff of a community hospital that the workload was decreasing. There were empty beds on every unit. Deliveries on the obstetrical unit were down to an average of one per day, and the daily census of the postpartum unit and newborn nursery was four to six patients. Workload and patient census on the pediatric unit were low as well. Rumors were rampant. One was that the pediatric and obstetrical units would be combined. Another was that they would both be closed and their patients would be combined with medical–surgical patients on other units. A third rumor was that the other community hospital was having similar problems and that negotiations were under way to combine several specialty services between the two institutions. It was even rumored that one would become an extended-care facility and that the management of both hospitals would be combined. Worries of nursing staff gave way to gossip among various groups in corridors, at coffee breaks, in the dining room, and everywhere employees chanced to meet, including areas to which patients were transported, such as the x-ray lab, the physical therapy room, and the medical laboratory. Employees were concerned most about job security and institutional stability—whether there would be jobs for all of them and whether the job benefits would be the same if they worked at either hospital. At a clinical nurse managers' meeting, the director of nursing was asked if any of the rumors were true. She stated that the administrator would make an announcement at the appropriate time and that until then the staff should continue with its work. That afternoon the local newspaper announced a merger of the two hospitals, describing in detail the missions and services each would provide to the community. No reference was made to the plans for employees.

Prepare a business plan (management plan) that embodies application of change theory that would be best under the preceding scenario.

Exercise 5-8

Scan the previous year's issues of 10 different nursing journals and answer the following.

How many articles report research in

Management or administration?
Teaching?
Practice?

Exercise 5-9

Form a group of your peers and have each member identify something that can be improved in nursing. This may be a policy or a procedure; a change in a form to make its use more effective; an interdepartmental protocol, such as how tests are scheduled or patients transported or handled; or a change in clinical practice. Using change theory, each person makes a plan for improvement and discusses it with the peer group. When the group decides the plan merits implementation, present it to nursing administration where you work or are assigned as a student.

Exercise 5-10

Explore the idea of creating a nursing research/evidence-based practice council, or think outside the box and call it a council of professional inquiry. Consider its mission, philosophy, and objectives. If there is enough interest among the nurses in the organization in which you work, make a management plan to launch the council as an organizational entity.

Exercise 5-11

Use the Internet to look at some of the practices of highly profitable companies. What business practices do they use that could be used in the healthcare industry? Pay particular attention to practices related to creativity, innovation, and research. Is there evidence of the application of change theory?

Exercise 5-12

Take time with subordinates and review a recently implemented change. Have subordinates identify how/if each of the 14 forces were affected. Note areas not involved and determine if this would have made a difference in the adoption of the change and/or its sustainability.

For a full suite of assignments and additional learning activities, use the access code located in the front of your book to visit this exclusive website: http://go.jblearning.com/roussel. If you do not have an access code, you can obtain one at the site.

NOTES

1. Institute of Medicine (IOM). (2011). *The future of nursing, leading change, advancing health.* Committee on the Robert Wood Johnson Foundation Initiative on the Future of Nursing, Institute of Medicine. Washington, DC: National Academies Press.
2. Wynett, C., Fogarty, T., & Kadish, R. (2002). Inspiring innovation. *Harvard Business Review, 80*(8), 39–49.
3. American Organization of Nurse Executives. (2005, February). AONE nurse executive competencies. *Nurse Leader*, p. 51.
4. Newcomb, D. P., & Swansburg, R. C. (1971). *The team plan: A manual for nursing service administrators* (2nd ed., pp. 136–172). New York: Putnam.
5. Lattimer, R. L., & Winitsky, M. L. (1984). Unleashing creativity. *Management World*, 22–24.
6. Gilmartin, J. (1999). Creativity: The fuel of innovation. *Nursing Administration Quarterly, 23*(2), 1–8.
7. Reinkemeyer, M. H. (1968). A nursing paradox. *Nursing Research, 8*, 26–34.
8. Manion, J. (1991). Nurse entrepreneurs: The heroes of health care's future. *Nursing Outlook, 39*(1), 18–21.
9. Godfrey, R. R. (1986). Tapping employees' creativity. *Supervisory Management*, 16–20.
10. American Nurses Credentialing Center. (2005). ANCC magnet recognition program®. Silver Spring, MD: American Nurses Credentialing Center. Retrieved July 5, 2011 from http://www.nursecredentialing.org/Magnet.aspx
11. Gordon, J., & Zemke, R. (1986). Making them more creative. *Training, 23*, 30–34.
12. Van Gundy, A. G. (1984). How to establish a creative climate in the work group. *Management Review, 73*, 24–25, 28, 37–38.
13. Glucksberg, S. (1968). Some ways to turn on new ideas. *Think*, 24–28.
14. Munhall, P. (2007). *Nursing research: A qualitative perspective* (4th ed.). Sudbury, MA: Jones and Bartlett.
15. Stefaniak, K. (2007). Discovering nursing excellence through appreciative inquiry. *Nurse Leader, 5*(2), 42–46.
16. Troxel, J. (2002). Appreciative inquiry: An action research method for organizational transformation and its implications to the practice of group process facilitation. Retrieved July 2, 2011 from http://www.velinleadership.com/downloads/ai_institute_for_cultural_affairs.pdf.
17. Lattimer & Winitsky, 1984.
18. Van Gundy, 1984.
19. Atchley, R. A., Keeney, M., & Burgess, C. (1999). Cerebral hemispheric mechanisms linking ambiguous word meaning retrieval and creativity. *Brain Cognition, 40*, 479–499.
20. Lattimer & Winitsky, 1984.
21. Godfrey, 1986.
22. Drucker, P. F. (1985). Creating strategies of innovation. *Planning Review*, 8–11, 45.

23. Godfrey, 1986.

24. Levinson, H. (1965). What an executive should know about scientists. *Notes & Quotes* (p. 1). Hartford, CT: Connecticut General Life Insurance Company.

25. Godfrey, 1986.

26. Kleinman, C. S. (1999). Nurse executives: New roles, new opportunities. *Journal of Health Administration Education, 8*(6), 15–26.

27. Newcomb & Swansburg, 1971.

28. Southon, G. (1999). IT, change and evaluation: An overview of the role of evaluation in health services. *International Journal of Medical Information, 4*(1), 125–133.

29. Peters, T. (1990, August 11). Lack of curiosity may kill business. *San Antonio Light*, p. B2.

30. Rutherford, P., Lee, B., & Greiner, A. (2004). *Transforming care at the bedside.* IHI Innovation series white paper. Boston: Institute for Healthcare Improvement.

31. Newhouse, R. (2007). Accelerating improvement. *Journal of Nursing Administration, 37,* 264–268.

32. Albrecht, K. (2005). *Social intelligence: A different kind of "smart."* Paper presented at the American Society of Training and Development 2005 annual conference, concurrent session, Orlando, FL.

33. Facione, P. A. (1990). *The Delphi Report. Critical thinking: A statement of expert consensus for purposes of educational assessment and instruction.* Executive Summary (p. 2). Milbrae, CA: California Academic Press.

34. Scheffer, B. K., & Rubenfeld, M. G. (2000). A consensus statement on critical thinking. *Journal of Nursing Education, 39,* 352–359.

35. Simpson, E., & Courtney, M. (2000). Critical thinking in nursing education: Literature review. *International Journal of Nursing Practice, 8,* 89–98.

36. Ibid.

37. Freeley, A. J., & Steinberg, D. L. (1999). *Argumentation and debate* (10th ed., pp. 1–3). Belmont, CA: Wadsworth.

38. Ibid., p. 8.

39. Ibid., pp. 9–12.

40. Jones, S. A., & Brown, L. N. (1993). Alternative views on defining critical thinking through the nursing process. *Holistic Nursing Practice, 7,* 71–76.

41. Jackson, M., Ignatavicius, D., & Case, B. (2006). *Conversations in critical thinking and clinical judgment.* Sudbury, MA: Jones and Bartlett.

42. Bloom, B. (1956). *Taxonomy of educational objectives—handbook 1.* New York: David McKay Company, Inc.

43. Olney, C. (2005). Using evaluation to adapt health information outreach to the complex environments of community-based organizations. *Journal of the Medical Library Association, 93*(Suppl.), S57–S67.

44. Plsek, P., & Greenhalgh, T. (2001). The challenge of complexity in healthcare. *British Medical Journal, 323,* 625–628.

45. Kemp, V. H. (1985). Concept analysis as a strategy for promoting critical thinking. *Journal of Nursing Education, 24,* 382–384.

46. Graduate students in the master's program in nursing management at Louisiana State University School of Nursing, New Orleans, LA, Fall 1993.

47. Woods, J. H. (1993). Affective learning: One door to critical thinking. *Holistic Nursing Practice, 7,* 64–70.

48. McKenzie, L. (1992). Critical thinking in health care supervision. *Health Care Supervisor, 10,* 2.

49. Naisbitt, J. (1999). *High tech high touch* (pp. 24–26). New York: Broadway Books.

50. Bos, S. (1998). Perceived benefits of peer leadership as described by junior baccalaureate nursing students. *Journal of Nursing Education, 37,* 189–191.

51. Taylor, K. L., & Care, W. D. (1999). Nursing education as cognitive apprenticeship: A framework for clinical education. *Nurse Educator, 24,* 31–36.

52. Williams, E. G. (1969). Changing systems and behavior. *Business Horizons, 69,* 53–58.

53. Kanter, R. M. (1989). *When giants learn to dance* (pp. 9–26). New York: Simon & Schuster.

54. Nadler, D. A., & Tushman, M. L. (1989). Organizational frame bending: Principles for managing reorganization. *Executive,* 194–204.

55. Peters, T. (1991, November 19). Winds of change hit central staffs. *San Antonio Light,* p. E3.

56. Covin, T. J., & Kilmann, R. H. (1990). Participant perceptions of positive and negative influences on large-scale change. *Group & Organizational Studies, 15,* 233–248.

57. Brynildsen, R. D., & Wickes, T. A. (1970). Agents of changes. *Automation, 17,* 36–40.

58. Porter-O'Grady, T. (1986). *Creative nursing administration: Participative management in the 21st century* (p. 109). Norcross, GA: Affiliated Dynamics.

59. Barden, C. E. (2005). *AACN standards for establishing and sustaining healthy work environments.* Aliso Viejo, CA: American Association of Critical-Care Nurses.

60. Reddin, W. J. (1969). Confessions of an organizational change agent. *Group and Organizational Management, 2*(1), 33–41.

61. Ibid.

62. Spradley, James. (1980). *Participant observation.* New York: Holt Rinehart and Winston; Welch, L. B. (1979). Planned change in nursing: The theory. *Nursing Clinics of North America, 14*(2), 307–321.

63. Ibid.

64. Ibid.

65. Welch, 1979.

66. Ibid.

67. Ibid.; Oates, K. (1997). Models of planned change and research utilization applied to product evaluation. *Clinical Nurse Specialist, 11,* 270–273.

68. Welch, 1979.

69. Spradley, 1980.

70. Kreidler, C. M., Campbell, J., Lanik, G., Gray, V. R., & Conrad, M. A. (1994). Community elderly: A nursing center's use of change theory as a model. *Journal of Gerontological Nursing, 20,* 25–30.

71. Gladwell, M. (2000). *The tipping point: How little things can make a big difference.* Boston: Little, Brown and Company.

72. Ibid., pg.

73. Ibid., pg.

74. Dunphy, D. C., & Stace, D. A. (1988). Transformational and coercive strategies for planned organizational change: Beyond the O. D. model. *Organizational Studies, 9,* 317–334.

75. Ibid.

76. Stewart, T. A. (1993). Welcome to the revolution. *Fortune, 128,* 66–80.

77. Tichy, N. M. (1993). Revolutionize your company. *Fortune, 128,* 114–118.

78. Welch, J. A master class in radical change. (1993). *Fortune, 128,* 82–96.

79. Ibid.

80. Roach, J. V. (1988, April 4). U.S. business: Time to seize the day. *Newsweek,* p. 10; Beyers, M. (1984). Getting on top of organizational change: Part 1, process and development. *Journal of*

Nursing Administration, 14, 32–39; Freed, D. H. (1998). Please don't shoot me: I'm only the change agent. *Health Care Supervision, 17*, 56–61.

81. Feldman, J., & Daly-Gawenda, D. (1985). Retrenchment: How nurse executives cope. *Journal of Nursing Administration, 15*, 31–37.

82. Rosenberg, D. (1993). Eliminating resistance to change. *Security Management, 37*, 20–21.

83. Williams, 1969.

84. Ward, M. J., & Moran, S. G. (1984). Resistance to change: Recognize, respond, overcome. *Nursing Management, 15*, 30–33.

85. Hunt, R. E., & Rigby, M. K. (1984). Easing the pain of change. *Management Review, 73*, 41–45.

86. Ibid.

87. Gillen, D. J. (1986). Harvesting the energy from change anxiety. *Supervisory Management*, 40–43.

88. Ward & Moran, 1984.

89. Drucker, P. F. (1999). *Management challenges for the 21st century* (p. 73). New York: HarperCollins.

90. Melnyk, B., & Fineout-Overholt, E. (2005). *Evidence-based practice in nursing and healthcare* (p. 8). Philadelphia: Lippincott Williams & Wilkins.

91. Stevens, K. R. (2004). ACE star model of EBP: Knowledge transformation. Academic Center for Evidence-based Practice. The University of Texas Health Science Center at San Antonio. Retrieved July 1, 2011, from http://www.acestar.uthscsa.edu/acestar-model.asp

92. Brunt, B. A. (2007). Competencies for staff edeucators, Tools to evaluate and enhance nursing professional development. Marblehead, MA: HCPro, Inc. Retrieved August 12, 2011, from http://www.hcmarketplace.com/supplemental/4940_browse.pdf

93. Ibid.

94. Drucker, 1999.

95. Beyers, 1984; Gillen, 1986.

96. Gillen, 1986.

97. McPhail, G. (1997). Management of change: An essential skill for nursing in the 1990s. *Journal of Nursing Management, 5*, 199–205.

98. Hunt & Rigby, 1984.

99. Ward & Moran, 1984.

100. Report on Victor E. Dowling's change theory, "How to wage the war on change." (1990). *Electrical World*, 38–39.

101. Levick, D. (1996). How do you communicate? Managing the change process. *Physician Executive, 22*, 26–29.

102 Endres, R. E. (1972). Successful management of change. *Notes & Quotes*.

103. Hunt & Rigby, 1984.

104. Report on Victor E. Dowling's change theory, 1990.

105. Beyers, 1984.

106. Ward & Moran, 1984.

107. Sladek, R., Phillips, P., & Bond, M. (2006). Implementation science: A role for parallel dual processing models of reasoning? *Implementation Science, 1*, 1–8.

108. Van Gundy, 1984.

109. Gordon & Zemke, 1986.

110. Gupta, A. K., & Singhal, A. (1993). Managing human resources for innovation and creativity. *Resource Technology Management, 36*, 41–48.

111. Kalisch, B., & Curley, M. (2008). Transforming a nursing organization: A case study. *Journal of Nursing Administration, 38*, 76–83.

REFERENCES

Albrecht, K. (2005). *Social intelligence: A different kind of "smart."* Paper presented at the American Society of Training and Development 2005 annual conference, concurrent session, Orlando, FL.

American Nurses Credentialing Center. (2005). ANCC magnet recognition program®. Silver Spring, MD: American Nurses Credentialing Center. Retrieved July 5, 2011, from http://www .nursecredentialing.org/Magnet.aspx

American Organization of Nurse Executives. (2005, February). AONE nurse executive competencies. *Nurse Leader*.

Atchley, R. A., Keeney, M., & Burgess, C. (1999). Cerebral hemispheric mechanisms linking ambiguous word meaning retrieval and creativity. *Brain Cognition, 40*, 479–499.

Barden, C. E. (2005). *AACN standards for establishing and sustaining healthy work environments*. Aliso Viejo, CA: American Association of Critical-Care Nurses.

Barry-Walker, J. (2000). The impact of systems redesign on staff, patient, and financial outcomes. *Journal of Nursing Administration, 30*(2), 77–89.

Beasley, P. (2000, May 7). Ways to boost creativity in the workplace. *The Knoxville News Sentinel*, p. J1.

Beyers, M. (1984). Getting on top of organizational change: Part 1, process and development. *Journal of Nursing Administration, 14*, 32–39.

Bloom, B. (1956). *Taxonomy of educational objectives—handbook 1*. New York: David McKay Company, Inc.

Bos, S. (1998). Perceived benefits of peer leadership as described by junior baccalaureate nursing students. *Journal of Nursing Education, 37*, 189–191.

Bradshaw, M. J. (1999). Clinical pathways: A tool to evaluate clinical learning. *Journal of the Society of Pediatric Nurses, 4*, 37–40.

Brynildsen, R. D., & Wickes, T. A. (1970). Agents of changes. *Automation, 17*, 36–40.

Buckley, D. S. (1999). A practitioner's view on managing change. *Frontier Health Service Management, 16*, 38–43, 49–50.

Covin, T. J., & Kilmann, R. H. (1990). Participant perceptions of positive and negative influences on large-scale change. *Group & Organizational Studies, 15*, 233–248.

Drucker, P. F. (1985). Creating strategies of innovation. *Planning Review*, 8–11, 45.

Drucker, P. F. (1999). *Management challenges for the 21st century* (p. 73). New York: HarperCollins.

Dunphy, D. C., & Stace, D. A. (1988). Transformational and coercive strategies for planned organizational change: Beyond the O. D. model. *Organizational Studies, 9*, 317–334.

Endres, R. E. (1972). Successful management of change. *Notes & Quotes*.

Facione, P. A. (1990). *The Delphi Report. Critical thinking: A statement of expert consensus for purposes of educational assessment and instruction*. Executive Summary. Milbrae, CA: California Academic Press.

Feldman, J., & Daly-Gawenda, D. (1985). Retrenchment: How nurse executives cope. *Journal of Nursing Administration, 15*, 31–37.

Freed, D. H. (1998). Please don't shoot me: I'm only the change agent. *Health Care Supervision, 17*, 56–61.

Freeley, A. J., & Steinberg, D. L. (1999). *Argumentation and debate* (10th ed.). Belmont, CA: Wadsworth.

Gillen, D. J. (1986). Harvesting the energy from change anxiety. *Supervisory Management*, 40–43.

Gilmartin, J. (1999). Creativity: The fuel of innovation. *Nursing Administration Quarterly, 23*(2), 1–8.

Gladwell, M. (2000). *The tipping point: How little things can make a big difference*. Boston: Little, Brown and Company.

Glucksberg, S. (1968). Some ways to turn on new ideas. *Think*, 24–28.

Godfrey, R. R. (1986). Tapping employees' creativity. *Supervisory Management*, 16–20.

Gordon, J., & Zemke, R. (1986). Making them more creative. *Training, 23*, 30–34.

Greenwood, J. (2000). Critical thinking and nursing scripts: The case for the development of both. *Journal of Advanced Nursing, 31*, 428–436.

Gupta, A. K., & Singhal, A. (1993). Managing human resources for innovation and creativity. *Resource Technology Management, 36*, 41–48.

Hunt, R. E., & Rigby, M. K. (1984). Easing the pain of change. *Management Review, 73*, 41–45.

Ingersoll, G. L., Kirsch, J. C., Merk, S. E., & Lightfoot, J. (2000). Relationship of organizational culture and readiness for change to employee commitment to the organization. *Journal of Nursing Administration, 30*, 11–20.

Institute of Medicine (IOM). (2011). *The future of nursing, leading change, advancing health*. Committee on the Robert Wood Johnson Foundation Initiative on the Future of Nursing, Institute of Medicine. Washington, DC: National Academies Press.

Jackson, M., Ignatavicius, D., & Case, B. (2006). *Conversations in critical thinking and clinical judgment*. Sudbury, MA: Jones and Bartlett.

Jones, D. C., & Sheridan, M. E. (1999). A case study approach: Developing critical thinking skills in novice pediatric nurses. *Journal of Continuing Education in Nursing, 30*, 75–78.

Jones, S. A., & Brown, L. N. (1993). Alternative views on defining critical thinking through the nursing process. *Holistic Nursing Practice, 7*, 71–76.

Kalisch, B., & Curley, M. (2008). Transforming a nursing organization: A case study. *Journal of Nursing Administration, 38*, 76–83.

Kanter, R. M. (1989). *When giants learn to dance* (pp. 9–26). New York: Simon & Schuster.

Keenan, J. (1999). A concept analysis of autonomy. *Journal of Advanced Nursing, 29*, 556–562.

Kemp, V. H. (1985). Concept analysis as a strategy for promoting critical thinking. *Journal of Nursing Education, 24*, 382–384.

Kleinman, C. S. (1999). Nurse executives: New roles, new opportunities. *Journal of Health Administration Education, 8*(6), 15–26.

Kreidler, C. M., Campbell, J., Lanik, G., Gray, V. R., & Conrad, M. A. (1994). Community elderly: A nursing center's use of change theory as a model. *Journal of Gerontological Nursing, 20*, 25–30.

Lattimer, R. L., & Winitsky, M. L. (1984). Unleashing creativity. *Management World*, 22–24.

Levick, D. (1996). How do you communicate? Managing the change process. *Physician Executive, 22*, 26–29.

Levinson, H. (1965). What an executive should know about scientists. *Notes & Quotes*. Hartford, CT: Connecticut General Life Insurance Company.

Lyth, G. M. (2000). Clinical supervision: A concept analysis. *Journal of Advanced Nursing, 31*, 722–729.

Manion, J. (1991). Nurse entrepreneurs: The heroes of health care's future. *Nursing Outlook, 39*(1), 18–21.

McKenzie, L. (1992). Critical thinking in health care supervision. *Health Care Supervisor, 10*, 1–11.

McPhail, G. (1997). Management of change: An essential skill for nursing in the 1990s. *Journal of Nursing Management, 5*, 199–205.

Melnyk, B., & Fineout-Overholt, E. (2005). *Evidence-based practice in nursing and healthcare: A guide to best practice* (p. 8). Philadelphia: Lippincott Williams & Wilkins.

Muir, N. (2004). Clinical decision-making: Theory and practice. *Nursing Standard, 18*, 47–52, 54–55.

Munhall, P. (2007). *Nursing research: A qualitative perspective* (4th ed.). Sudbury, MA: Jones and Bartlett.

Naisbitt, J. (1999). *High tech high touch* (pp. 24–26). New York: Broadway Books.

Newcomb, D. P., & Swansburg, R. C. (1971). *The team plan: A manual for nursing service administrators* (2nd ed.). New York: Putnam.

Newhouse, R. (2007). Accelerating improvement. *Journal of Nursing Administration, 37,* 264–268.

Oates, K. (1997). Models of planned change and research utilization applied to product evaluation. *Clinical Nurse Specialist, 11,* 270–273.

Oermann, M. H. (1998). How to assess critical thinking in clinical practice. *Dimensions of Critical Care Nursing, 17,* 322–327.

Olney, C. (2005). Using evaluation to adapt health information outreach to the complex environments of community-based organizations. *Journal of the Medical Library Association, 93*(Suppl.), S57–S67.

Peters, T. (1990, August 11). Lack of curiosity may kill business. *San Antonio Light,* p. B2.

Peters, T. (1991, November 19). Winds of change hit central staffs. *San Antonio Light,* p. E3.

Platzer, H., Blake, D., & Ashford, D. (2000). An evaluation of process and outcomes from learning through reflective practice groups on a post-registration nursing course. *Journal of Advanced Nursing, 31,* 689–695.

Plsek, P., & Greenhalgh, T. (2001). The challenge of complexity in healthcare. *British Medical Journal, 323,* 625–628.

Porter-O'Grady, T. (1986). *Creative nursing administration: Participative management in the 21st century.* Norcross, GA: Affiliated Dynamics.

Reddin, W. J. (1969). Confessions of an organizational change agent. *Group and Organizational Management, 2*(1), 33–41.

Redfern, S., Christian, S., & Norman, I. (2003). Evaluating change in healthcare practice: Lessons from three studies. *Journal of Evaluation in Clinical Practice, 9,* 239–249.

Reinkemeyer, M. H. (1968). A nursing paradox. *Nursing Research, 8,* 26–34.

Report on Victor E. Dowling's change theory, "How to wage the war on change." (1990). *Electrical World,* 38–39.

Roach, J. V. (1988, April 4). U.S. business: Time to seize the day. *Newsweek,* p. 10.

Rodger, M. A., & King, L. (2000). Drawing up and administering intramuscular injections: A review of the literature. *Journal of Advanced Nursing, 31,* 574–582.

Rosenberg, D. (1993). Eliminating resistance to change. *Security Management, 37,* 20–21.

Rutherford, P., Lee, B., & Greiner, A. (2004). *Transforming care at the bedside.* IHI Innovation series white paper. Boston: Institute for Healthcare Improvement.

Scheffer, B. K., & Rubenfeld, M. G. (2000). A consensus statement on critical thinking. *Journal of Nursing Education, 39,* 352–359.

Simpson, E., & Courtney, M. (2000). Critical thinking in nursing education: Literature review. *International Journal of Nursing Practice, 8,* 89–98.

Sladek, R., Phillips, P., & Bond, M. (2006). Implementation science: A role for parallel dual processing models of reasoning? *Implementation Science, 1,* 1–8.

Southon, G. (1999). IT, change and evaluation: An overview of the role of evaluation in health services. *International Journal of Medical Information, 4*(1), 125–133.

Spradley, James. (1980). *Participant observation.* New York: Holt Rinehart and Winston.

Stefaniak, K. (2007). Discovering nursing excellence through appreciative inquiry. *Nurse Leader, 5*(2), 42–46.

Stevens, K. R. (2004). ACE star model of EBP: Knowledge transformation. Academic Center for Evidence-based Practice. The University of Texas Health Science Center at San Antonio. Retrieved July 1, 2011, from http://www.acestar.uthscsa.edu/acestar-model.asp

Stewart, T. A. (1993). Welcome to the revolution. *Fortune, 128,* 66–80.

Taylor, K. L., & Care, W. D. (1999). Nursing education as cognitive apprenticeship: A framework for clinical education. *Nurse Educator, 24,* 31–36.

Tichy, N. M. (1993). Revolutionize your company. *Fortune, 128,* 114–118.

Troxel, J. (2002). Appreciative inquiry: An action research method for organizational transformation and its implications to the practice of group process facilitation. Retrieved July 2, 2011, from http://www.velinleadership.com/downloads/ai_institute_for_cultural_affairs.pdf.

Van Gundy, A. G. (1984). How to establish a creative climate in the work group. *Management Review, 73,* 24–25, 28, 37–38.

Ward, M. J., & Moran, S. G. (1984). Resistance to change: Recognize, respond, overcome. *Nursing Management, 15,* 30–33.

Welch, J. A master class in radical change. (1993). *Fortune, 128,* 82–96.

Welch, L. B. (1979). Planned change in nursing: The theory. *Nursing Clinics of North America, 14*(2), 307–321.

Whitley, G. G. (1999). Processes and methodologies for research validation of nursing diagnosis. *Nursing Diagnosis, 10,* 5–14.

Williams, E. G. (1969). Changing systems and behavior. *Business Horizons, 69,* 53–58.

Woods, J. H. (1993). Affective learning: One door to critical thinking. *Holistic Nursing Practice, 7,* 64–70.

Wynett, C., Fogarty, T., & Kadish, R. (2002). Inspiring innovation. *Harvard Business Review, 80*(8), 39–49.

Collaborative Decision Making and Communication

Skills and Practices

Linda Roussel   Russell C. Swansburg

LEARNING OBJECTIVES AND ACTIVITIES

- Describe collaborative decision making.
- Define decision making.
- Distinguish among different models of decision making.
- Describe the steps in the decision-making process.
- Apply the decision-making process.
- Identify ways to make decision making more effective.
- Describe the place of intuition in the decision-making process.
- Describe the steps in the problem-solving process.
- Describe group problem-solving techniques.
- Illustrate the components of communication as it relates to decision making and problem solving.
- Interpret the elements of communication, evaluating the climate for effective communication.
- Distinguish between communication as perception and communication as information.
- Compare communication with feedback to communication without feedback.
- Distinguish among causes of listening habits and techniques to improve listening.
- Distinguish among media of communication.
- Contrast future impacts on communication on decision making and problem solving.

CONCEPTS

Collaborative decision making, decision making, normative model, decision-tree model, descriptive model, strategic model, cost–benefit analysis, intuition, organizational decision, personal decision, problem solving, communication, elements of communication, communication climate, perception, feedback, information, listening, media of communication, questions, oral communication, written communication, interviews, human capital

> *Quote*
>
> *Imagination is the beginning of creation: you imagine that you desire, you will what you imagine, and at last you create what you will.*
>
> —George Bernard Shaw

SPHERES OF INFLUENCE

Unit-Based or Service-Line-Based Authority: Facilitates an atmosphere of interactive management and the development of collegial relationship among nursing personnel and other healthcare disciplines; implementing the vision, mission, philosophy, core values, evidence-based practice and standards of the organization; creates a learning environment that is open, respectful, and promotes the sharing of expertise to promote the benefits of health outcomes.

Organization-Wide Authority: Catalyst and role model providing leadership and direction in accord with both the organization's mission and values and nursing's core ideology; collaboration and partnering to share and nourish this ideology; foster better relationships across organizations, practices, interest groups, and the community for better communication and outcomes.

Introduction

Shared decision making in the clinical encounter has had a limited impact on practice, as translation into practice has been limited at best. An alternative to shared decision making is collaborative decision making. This decision-making method may lead to more equitable and more favorable outcomes. Collaborative decision making can be described as a process of engagement in which health professionals and patients (and their significant others) work together, using information and communication technologies to understand clinical issues and determine the best course of action. Collaborative decision making goes beyond a two-way knowledge exchange of a shared decision-making model. In collaborative decision making the exchange of information leads to the development of stronger partnerships between patients and health professionals. Organizational readiness for change framework can be used to explore how information and communication technology can facilitate effective patient partnerships. Health care has become increasingly complex and challenging; thus collaboration is critical to transparency and relationship building.

Collaborative decision making is important to decentralized problem solving. Communicating at the unit level provides a greater opportunity to make a difference in staff integration of outcomes. When staff is engaged and productive, greater creativity can be expected. Collaborative decision making can enhance transparency because there is greater openness to all involved and improved accountability and commitment, equity, and efficiency as information is shared and redundancy is avoided. These strategies incorporate staff members' feedback and involvement in the organization and its work. Collaborative decision making and problem solving are often praised as the best management practices in successful organizations.[1] Research in magnet hospitals on attracting and retaining nurses as well as maintaining positive patient and organizational outcomes further advances this notion, identifying excellent communication, collaborative relationships, and participation in decision making as assets.[2–4] Keeping patients safe by transforming the work environment for nurses, a major initiative, underscores the critical nature of communication, collaborative decision making, and problem solving.[5] *Nursing's Agenda for the Future: A Call to the Nation* further strengthens these directives.[6] The nurse administrator's ability to meet these challenges requires an understanding of decision making, problem solving, and communication.

Complex decision making is a part of any level of nursing. Functioning successfully, the nurse must demonstrate problem-solving skills in uncertain and changing situations in which indecisiveness or poor decisions are costly. The ability to foster organizational decision making and problem solving is an essential personal skill for nurses. This chapter deals with models and strategies that nurses can use to strengthen personal skills and further develop the decision-making and problem-solving abilities of staff members. The theory of decision making, a required competency for professionals, is an essential component of the nursing and management process. Good decisions require internal and external information on how other people view the world of nursing and make decisions.

DECISION-MAKING PROCESS

Definition

Everyone at some time makes decisions, and it may be assumed that innate abilities, past experience, and intuition form the basis for making successful decisions. Decisions are often made by choosing among known alternatives. But what about unknown alternatives? Making a choice is not the only element of decision making. The process, which usually involves a systematic approach of sequenced steps, should be adaptable to the environment in which it is used. Lancaster and Lancaster define decision making as a systematic, sequential process of choosing among alternatives and putting the choice into action. This definition acknowledges natural and learned abilities while providing order and continuity to the process of decision making.[7]

Empirical evidence shows that timely decision makers are needed in today's environment. Such decision makers consider more alternatives, more batches of options, at one time. They are experienced mentors, or they rely on older, experienced mentors. Speedy decision makers thoughtfully integrate strategies and tactics. They juggle budgets, schedules, and organizational options simultaneously. They constitute the winning culture in decision making.[8]

Wah describes four predominant decision-making models: the rational model, incremental model, satisfying model, and garbage can model. The rational model is the most frequently used by managers because it is objective, logical, and systematic. Wah identifies eight common pitfalls in making good decisions:[9]

1. Complexity of problem: When one is able to comprehend or handle only seven pieces of information at any point of time, there is limited cognitive capability and information-processing capacity. This often results in managers being unable to fully comprehend the issue or problem. Given this predisposition, managers tend to reduce a problem's complexity to more manageable levels, often oversimplifying a problem. Teams can help to reduce such issues. Group decision making helps better diagnose and define the problem.

2. Unclear problem: Managers may not probe deep enough to get to the real cause or root of the problem; thus the problem may be defined too broadly or too narrowly. Symptoms may be confused with the problems. When a problem is not well defined, the solutions address the symptom and not the actual problem.

3. Mental blocks: Mental blocks may occur at the cultural, perceptual, emotional, or intellectual levels. "Perceptual blocks, also called biases, can distort problem identification, which in turn results in focusing on certain types of alternatives and not others. Similarly, cultural blocks prevent thinking out of the box and instead promote remaining in one's own comfort zone. Creating a multi-cultural team by bringing together members from different cultural backgrounds may help to reduce such a barrier."[10] Developing teams may take time, particularly if the organization's culture does not support innovative, diverse groups working together.

4. Available information: Decisions may be made with available, accessible information rather than high-quality, "fresh" alternatives. Quick fixes may be necessary; however, not all problems are urgent and thus require more time and more information, particularly if they are complex and far reaching.

5. Uncertain evaluation criteria: Deciding on the best, most useful criteria is an important step in the decision-making process. It is important to determine criteria as well as the weight, or ranking,

of the outcome. Agreeing on the evaluation criteria is never an easy task. If the criteria are not clearly defined, it will be difficult to evaluate and choose the right alternatives. Outcomes should be relevant and measurable.

6. Choosing the best decision: The organization's structure and culture are to be considered in choosing the best option in solving the problem. Individual self-interest or preference should be avoided. Discussions should be open and presented fairly and equitably. Teamwork and team spirit can reduce power struggles and are important in sustaining good decisions and change.

7. Constraint in resources: Decisions are interrelated, and a conceptual and holistic view is important to the process. A constraint on time, costs, and human resources limits the choice of the best alternative. The objective is to know how to use limited resources to achieve unlimited outcomes.

8. Management involvement: It is important that the right decisions be carefully considered. Implementation is the next step, often a more challenging task given the need for a motivated, committed workforce. A less than perfect alternative with good execution may likely bring about better results than a good alternative with poor execution.

In a holistic decision-making process, getting the "right" people involved in the process will not only increase acceptance of the alternative but will also enhance successful implementation and sustainability.

Clinical Decision Making

In the clinical decision-making arena, clinical nurses manage patients' histories and physical data, nursing diagnoses, nursing interventions, and nursing outcomes data to affect therapeutic results.[10] Many decision support systems are available in the medical treatment of patients. Evidence shows that most patients prefer to leave decision making to their healthcare providers. This is, however, changing with the widespread use of the Internet, informing patients of their illness and healthcare and treatment options. Evidence-based practices have also influenced patients' decision-making ability, giving sound information on which to base decisions.[11]

Patients' decision-making activity decreases with age and severe illnesses and increases with education.[12] Evidence on decision making related to individual protocols abounds. This literature includes decision making about cancer treatments, cardiovascular disease, growth hormone therapy, triage practices, and computer systems related to clinical decision-making models in general.[13] Nurse practitioners use these decision support systems while developing additional ones. Such nurse practitioner support systems are being studied in relation to general practice.[14]

A review of the literature yields a number of decision-making models. Four models are covered in this chapter: normative, decision tree, descriptive, and strategic.

Normative Model

The normative model is at least 200 years old. It is assumed to maximize satisfaction and fulfills the "perfect knowledge assumption" that in any given situation calling for a decision, all possible choices and the consequences and potential outcome of each are known.[15] Seven steps are identified in this analytically precise model:

1. Define and analyze the problem.
2. Identify all available alternatives.
3. Evaluate the pros and cons of each alternative.
4. Rank the alternatives.
5. Select the alternative that maximizes satisfaction.

6. Implement.

7. Follow up.

The normative model for decision making is unrealistic because it assumes that there are clear-cut choices between identified alternatives.

Decision-Tree Model

Various adaptations of decision-tree analysis are found in the literature; the essential elements described in the 1960s are standard. All factors considered important to a decision can be represented on a decision tree. Vroom arranged answers to seven diagnostic questions in the form of a decision tree to identify types of leadership style used in management decision-making models. The questions focus on protecting the quality and acceptance of the decision and deal with adequacy of information, goal congruence, structure of the problem, acceptance by subordinates, conflict, fairness, and priority for implementation.[16] Magee and Brown depict decision trees as starting with a basic problem and using branches to represent event forks and action forks. The number of branches at each fork corresponds to the number of identified alternatives. Every path through the tree corresponds to a possible sequence of actions and events, each with its own distinct consequences. Probabilities of both positive and negative consequences of each action and event are estimated and recorded on the appropriate branch. Additional options (e.g., delaying the decision) and consequences of each action–event sequence can be depicted on the decision tree. Computer simulations of decision trees are now available and can be adapted to a limited number or a highly complex network of branches involved in the decision-making process. Normal analysis of the tree is conducted by computing predicted consequences of all event forks (the right-hand edge of the tree), substituting that value for the actual event fork and its consequences, and selecting the action fork with the best expected consequences. Both the optimal strategy and its expected consequences are determined. Quantitative analysis in the form of decision trees can be used for any type of problem but may be unnecessary in simple problems involving limited consequences.[17]

Descriptive Model

Simon developed the descriptive model based on the assumption that the decision maker is a rational person looking for acceptable solutions based on known information. This model allows for the fact that many decisions are made with incomplete information because of time, money, or personnel limitations; it also allows for the fact that people do not always make the best choices. Simon wrote that few decisions would ever be made if people always sought optimal solutions. Instead, he contended, people identify acceptable alternatives. The following are the steps in the descriptive model:[18]

1. Establish an acceptable goal.

2. Define subjective perceptions of the problem.

3. Identify acceptable alternatives.

4. Evaluate each alternative.

5. Select an alternative.

6. Implement a decision.

7. Follow up.

The descriptive model may lend itself well to nurses faced with daily decisions that must be made rapidly and that have significant consequences. Steps in the model are not unlike those in the familiar nursing process, although the sequencing is different. Readers may readily identify conditions in their own environments similar to those described by Simon and see immediate application of this model.[19] Lancaster and Lancaster illustrated the use of this model for nursing administrators.[20]

Figure 6-1 was developed by Swansburg (one of this chapter's authors) after many years of experience using the descriptive model.

Strategic Model

Strategic decision making usually relates to long-term planning. As an example, hospitals merge and nursing departments are affected. Among the decisions that are made are whether to hire one top manager or department head versus two or more, whether to decentralize and eliminate middle managers, and what operational strategies prevent duplication and maximize scarce resources, providing for their efficient use. Nagelkerk and Henry used a model by Mintzberg, Raisinghani, and Theoret, known as the MRT model, to design and test the nature of strategic decision making that entails substantial risk. They worked with chief nurse executives employed in 6 acute care hospitals with 400 or more beds each.[21] In applying this model, participants used mixed scanning of general and specific information from associates to identify complex problems. To develop potential solutions, they gathered facts from hospital documents. They made their selection of the best single solution by "(1) screening solutions using predetermined criteria, (2) identifying the costs and benefits as nearly as possible, and (3) selecting the single best solution."[22]

It was concluded that top managers make these final choices using intuition, formal analysis, and knowledge of organizational politics. In making good choices, top managers do extensive planning, communicating, and politicking.

In this research project, successful strategies for decision making were reported as follows:[23]

1. Building extensive networks of individuals and groups who would provide resources at local, state, and national levels
2. Searching the nursing, hospital, and business literature
3. Being knowledgeable and involved in the politics of one's organization and professional organizations
4. Communicating regularly and repeatedly about decision-making activities to organization members, especially those in the hospital's dominant coalition—usually the chief executive officer, finance manager, and chief of the medical staff
5. Directing most of their time and energy toward the accomplishment of their plans

Because the model proved promising in strategic decision making, it needs further testing, particularly in the area of human resource development and investment in human capital. As described in this work, strategic decision making was the domain of top management. With healthcare organizations becoming flatter and leaner, input from self-managed work teams may be profitable.

Steps in the Process

From these and other models of decision making, seven general steps of the process have been identified. Goals and objectives may be set before beginning the general process to answer the question, "What do we want the outcome or results of this decision to be?" When new products or services are the outcome, the goals and objectives are established first and problems or decisions are then forecast (step 1 of Figure 6-1). (Managers who wish to reverse steps 1 and 2 may do so.)

The problem must be identified (step 2 of Figure 6-1). Although this step may seem simple, recognizing and defining the problem is complex because of the diversity of individual perceptions. Because all individuals affected by the problem should be involved in discussing it, authority for decision mak-

FIGURE 6-1   The Decision-Making Process, Including Cost–Benefit Analysis

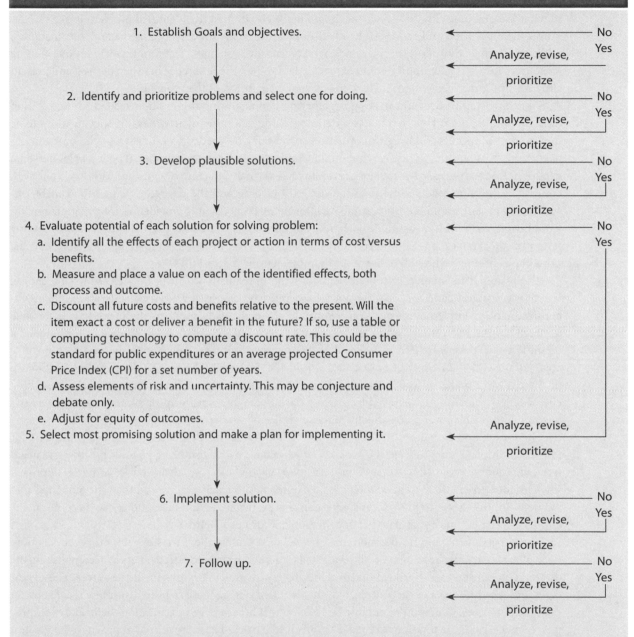

1. Establish Goals and objectives.

    No
    Yes
    Analyze, revise, prioritize

2. Identify and prioritize problems and select one for doing.

    No
    Yes
    Analyze, revise, prioritize

3. Develop plausible solutions.

    No
    Yes
    Analyze, revise, prioritize

4. Evaluate potential of each solution for solving problem:

    No
    Yes

  a. Identify all the effects of each project or action in terms of cost versus benefits.

  b. Measure and place a value on each of the identified effects, both process and outcome.

  c. Discount all future costs and benefits relative to the present. Will the item exact a cost or deliver a benefit in the future? If so, use a table or computing technology to compute a discount rate. This could be the standard for public expenditures or an average projected Consumer Price Index (CPI) for a set number of years.

  d. Assess elements of risk and uncertainty. This may be conjecture and debate only.

  e. Adjust for equity of outcomes.

5. Select most promising solution and make a plan for implementing it.

    Analyze, revise, prioritize

6. Implement solution.

    No
    Yes
    Analyze, revise, prioritize

7. Follow up.

    No
    Yes
    Analyze, revise, prioritize

Establishing goals and objectives requires that decisions are made as to how they will be achieved. A first decision may be setting the priority in which the goals are carried out. Decisions do not relate only to problems. They relate to development of plans and programs to accomplish nursing goals and objectives. When the best alternative does not work, another decision on whether to start over from step 1 is required, especially if other alternatives have less chance of success. The cost versus the benefit of the solution is introduced at step 4.

Source: Author.

ing should be delegated to individuals at the level of impact. When this is impossible, representatives of various affected groups may provide input. Each representative may have a different perspective as to what the outcome should be. Nurses should make certain that the identified problem is one that requires their attention and cannot be handled alone by those involved. Collecting factual information in addition to subjective perceptions is essential. Logical and systematic fact finding includes questioning all sources for divergent opinions and objective data. When the difference between desired and present situations or outcomes is significant, it may signal recognition of the problem.

The third step in decision making is gathering and analyzing information related to the solution (step 3 of Figure 6-1). This step involves defining, through a series of activities, the specifications to be met by the solution. A thorough information search may be needed to validate that the problem has been correctly identified. This search should include knowledge of organizational policy, prior personal experience or training, or the experience of others. Externally, the nurse begins to identify alternatives, comparing the potential solutions to the desired outcome and the desired outcome to available resources. In organizational settings, database information systems may provide this information quickly. Establishing goals with measurable objectives helps focus the search for alternatives. When comparing potential alternatives, one should certainly consider the cost, the time required and available, and the capabilities of those who will be involved in implementing a decision.

It is essential to involve in these discussions the individuals who will be affected by the choice. Irrelevant, insignificant, and extraneous factors must be eliminated from consideration. Gaining a commitment to implement a decision before the choice is made supports the process. It is possible to reach a point of overload when the searcher has received information too quickly or in too great a quantity to process. Research indicates that the quantity of information sought has a direct, positive correlation with the degree of anticipated risk in the decision to be made. The personal confidence of the decision maker also affects the amount of information required to support decision-making choices. Less searching is required by the nurse who recognizes patterns or similarities to previously encountered problems and confidently makes a choice of alternatives.

The fourth and fifth steps in decision making are evaluating all alternatives and selecting one for implementation (Figure 6-1, steps 4 and 5). In the evaluation of alternatives, possible positive and negative consequences and the estimated probability of each choice are identified. A common approach involves identifying the best and worst possible outcomes to an alternative and then the outcomes that fall between the two extremes. As each alternative is evaluated, additional options may become apparent. Disagreement may stimulate the imagination and produce better solutions.

The effects of making no decision must be weighed against the effects of each proposed solution. Each alternative must be systematically evaluated for its efficiency and effectiveness in accomplishing the desired outcome and for the likelihood of achieving it with available or obtainable resources. The advantages and disadvantages of each alternative are identified during these steps to determine risk factors in possible outcomes. One should identify the solution that best satisfies specifications before any compromises, concessions, or revisions are made by involved parties. The alternative that provides the greatest probability of an acceptable desired outcome using available resources is most likely to be selected.

A sixth step in the decision-making process is to act on or implement the selected alternative (step 6 of Figure 6-1). The knowledge and skills of the decision maker transform the alternative into action by completing any necessary plans involving sequencing steps and preparing individuals to implement the solution while effectively communicating the process with all involved.

Orton suggests asking seven questions to increase the success of one's decision:[24]

1. Does the quality of the decision really make a difference?
2. Do I have all the information I need to make the decision alone?

3. Do I know what I'm missing? Do I know where to find the information? Will I know what to do with the information I'm given?
4. Do I need anybody's commitment to make sure this succeeds?
5. Can I gain commitments without offering participation in the decision?
6. Do those involved in the decision share the organization's goals?
7. Is there likely to be conflict about the available alternatives?

A final step in the process of decision making is to monitor the implementation and evaluate the outcomes (step 7 of Figure 6-1). The nurse compares actual results with anticipated outcomes and makes modifications as needed to accomplish the desired outcome. Evaluation criteria obtained from measurable objectives provide feedback for testing the validity and effectiveness of the decision against the actual sequence of events in the process. Determination of flaws or gaps in the process may assist the decision maker to monitor the process more closely in the future and prevent the recurrence of problems. The effective decision maker consciously follows these seven steps in a logical sequence.

Cost–Benefit Analysis

Cost–benefit analysis has a major role to play as a decision-making tool. Is the expenditure justified in terms of the return or benefit on the investment? Figure 6-1 illustrates the addition of cost–benefit analysis to the decision-making process. Cost–benefit analysis should be as objective as possible. Many actions can be quantified and a value placed on them. Others are qualitative and should be evaluated on a rational basis.[25]

Prescriptive Decision Theory

Prescriptive decision theory uses decision-making rules that are more clearly related to the rational modes of thinking (left-brain thinking). Descriptive decision theory, on the other hand, looks for patterns, regularities, or principles related to the process by which people actually make decisions.

The defining attributes of a decision are the following:[26]

- Making a deliberate mental choice
- Taking action based on indication or evidence
- Choosing between two or more options
- Bringing doubt or debate to an end by committing to certain actions or inactions
- Expecting to accomplish certain goals

The antecedents of a decision are the following:

- Consideration of a matter that causes doubt, wavering, debate, or controversy
- Awareness of choices or options
- Gathering information about alternatives
- Examination and evaluation of the feasibility of the various alternatives
- Weighing the risks and possible consequences of each option

The consequences of a decision are the following:

- A stabilizing effect, with an end to the doubt, wavering, debate, or controversy
- An action with one of the following goals: to reaffirm the decision with full implementation, to reverse the decision, to stand by the decision but to curtail full implementation, and to consider subsequent decisions in response to ever-changing circumstances and desires

Issues in Decision Making

Information technology increasingly affects decision making; pitfalls in the process originate more frequently in individuals than in computers. Individuals are still resistant to change involving risk and new ideas. Such attitudes stifle not only individuals but also groups. When nurses find themselves resisting, they should analyze their behavior with the goal of becoming more imaginative and creative. It is important to move away from becoming authoritarian and controlling. If the nurse chooses to control decision making and omit from the process those affected by the decision, a weaker commitment to implementing the decision is a natural result. When feasible, the nurse may use a team approach to decision making, as in a matrix organization. Group decision making usually produces greater commitment to putting the selected alternative into action and working for success. Team decision making is especially effective in patient care.

Other pitfalls of decision making include inadequate fact finding, time constraints, and poor communication. Failing to systematically follow the steps of the decision-making process will likely result in unanticipated results.

Improving Decision Making by Improving Communication

Basic precepts other than those already mentioned include educating people so they know how to make decisions, securing top management support for decision making at the lowest possible level, establishing decision-making checkpoints with appropriate time limits, keeping informed of progress by ensuring access to first-hand information, using statistical analysis when possible to pinpoint problems for solution,[27] and staying open to the use of new ideas and technologies to analyze problems and identify alternatives. Computers can be used to support decision making through data-based management systems. Strategies and tools are available to improve decision-making abilities.

A successful nurse is one who stays informed about decisions being made at different levels of the organization after appropriately delegating these responsibilities, who deals only with those decisions requiring his or her level of expertise, who supports decision implementation, and who credits the decision maker. McKenzie purports that managers who make all decisions themselves convey a lack of trust in the ability or loyalty of their associates. Selective delegation of decision making gains the support of staff members and enhances their confidence. This can facilitate a sense of belonging and loyalty. Delegation leads to leadership. Leaders share authority and power rather than impose it. This is not to say that leaders never make decisions without input from associates. This may be necessary on occasion and is acceptable to associates who know they participate in decisions that rely on their level of knowledge and experience.[28]

Consensus Building

A positive strategy of decision making by Japanese leaders is consensus building. When a major change is to occur, Japanese leaders may spend months and even years gaining consensus of internal customers and even of some external customers such as suppliers. When change is initiated, concerned parties have had input into the decision-making process and get behind it to make it successful. They are stakeholders with a perception of a shared future. Kanter would probably label this a synergy, because it encourages cooperation of all groups. Partnerships among groups require consultation and cooperation. Such partnerships are egalitarian, with members talking about work and its tasks. These members search for consensus on goals that lead to successful outcomes for the corporation, the employees, and the shareholders.[29]

Groupthink and consensus building are somewhat in conflict. To build consensus, one listens to all parties, uses their ideas, and brings them onto the team by involving them in critical thinking and realistically considering their ideas. Groupthink aims for fast solutions with minimal critical thinking and participant input.

Role of Intuition

Intuitive reasoning abilities have a place in the decision-making process. Intuition is a powerful tool for guiding decision making. So-called left-brain activities, such as analytical and logical thinking, mathematics, and sequential information processing, are essential in decision making and problem solving. But right-brain functions allow people to simultaneously process information, conceive and use contradictory ideas, fantasize, and perceive intuitively. Intuition is defined as the power to apprehend the possibilities inherent in a situation. It is a subspecies of logical thinking and integrates information from both sides of the brain—facts and feeling cues.[30] Nurses who can think intuitively have a sense of vision; they generate new ideas and ingenious solutions to old problems. Agor reported research involving 2,000 managers using a Myers-Briggs type indicator. The Myers-Briggs type indicator is widely used to measure intuition. Initial findings showed intuitive ability varying by managerial level, with higher ability in top-level managers than in middle- or lower-level managers.

Factors cited by middle- and lower-level managers that impeded the use of intuition included lack of confidence, time constraints, stress factors, and projection mechanisms such as dishonesty and attachment. Follow-up of the 200 top executives who scored in the top 10% of the first study revealed that all but 1 used intuitive ability as a tool in guiding decisions. These managers stated that their intuitive ability stemmed from years of knowledge and experience. From this research, Agor identified eight conditions in which intuitive ability seems to function best:[31]

1. A high level of uncertainty exists.
2. Little previous precedent exists.
3. Variables are less scientifically predictable.
4. Facts are limited.
5. Facts do not clearly point the way to go.
6. Analytical data are of little use.
7. Several plausible alternative solutions exist to choose from, with good arguments for each.
8. Time is limited, and there is pressure to come up with the right decision.

Nurses are able to identify with these decision-making situations. Evidence supports the use of intuition in decision making. Research findings suggest that decision making in clinical practice is both a rational and intuitive process.[32] Evidence suggests "that intuition occurs in response to knowledge, is a trigger for action and/or reflection and thus has a direct bearing on analytical processes in patient/client care."[33] Intuition is based on rational factors of knowledge and experience.[34] However, it is stressed that there are appropriate times for using intuition as an adjunct to the logical steps of decision making—not situations in which objective data are complete. Because basic nursing education stresses the need for assessing facts and avoiding personal opinions, it may be difficult for some nurses to activate intuition for decision making. Agor identified techniques and exercises used by executives to activate and expand their intuitive decision-making abilities, including relaxation and mental/analytical techniques. A full account of Agor's research is beyond the scope of this chapter; the reader is referred to Agor's extensive writings on the subject of intuitive decision making.[35]

Intuition is observed in individuals and in groups and is a creative and powerful attribute. Groups use intuition to reach consensus, particularly when information is incomplete. Consensus in a group leads to selection of a solution to a problem or to the making of a decision. Intuition can be developed through group brainstorming sessions, group visualization, reflective practices, visualization, and quiet thinking time.[36]

The human brain has a specialized region for making personal and social decisions, which is located in the frontal lobes at the top of the brain and is connected to deeper brain regions that store emotional memories. Injury or stroke damage to this area causes personality changes, and the injured person can no longer make moral decisions. This knowledge has implications for behavior related to intuitive versus rational decision making.[37]

Decision making involves critical thinking. As the nurse becomes more expert, the process becomes more intuitive, and the expert nurse automatically processes the decision-making action as a consequence of a high level of knowledge and experience. The decision-making process is fostered by training, feedback, and the expansion of nursing knowledge. Case studies, value clarification exercises, and debates are good vehicles for teaching critical thinking.[38]

Nurses make critical decisions about resources affecting patient care. Resources include staff, equipment, supplies, bed space, time, and patient assignments to staff. Expert nurses make different decisions than do novice nurses. Nurses make decisions requiring intelligence and judgment, personal and professional values, ethics, law, political reality, organizational culture, norms of classes, and economics.[39] Intuitive nurses have clinical skills, incorporate a spiritual component in their practice, are interested in the abstract nature of things, are risk takers, are extroverted, and express confidence in their intuitions.[40]

Organizational Versus Personal Decisions

Organizational decisions relate to organizational purpose; constant refinement of organizational purpose is required because the organizational environment changes. This process provides opportunities for participative management styles, thereby giving associates the prerogative and responsibility of professional decision making.[41]

When are organizational decisions necessary? It would be easy to say we deal with professionals who are capable of making decisions related to their practice. An effective manager would not make decisions for competent professionals. However, limited decision-making skills of associates, uncertain instructions, novel conditions, conflicts, or failure of authority to make effective decisions or to make decisions at all may cause decisions to be appealed to a higher authority. Effective organizational decisions require collaboration and consultation with those having specialized knowledge.

From an organizational standpoint, decisions may be analyzed on the basis of futurity, impact, or qualitative (or value) factors and on whether the decision is recurrent, rare, or unique. Futurity is defined as the length of time over which the decision will affect the organization in the future and the time required to reverse its impact. Impact refers to the number of individuals or departments affected and is a determinant of the level at which the decision is made. When qualitative or value factors of philosophy or ethics are involved, decisions must be made at a higher level. The last characteristic refers to the uniqueness of the decision; recurrent decisions are made following a rule or principle already established.[42]

Historically, decision making in nursing has been authoritarian and centralized, with minimal input from nursing staff, particularly when it involves institutional policy. Nurses have also been limited in their professional autonomy. Literature on the sociology of professions indicates that a professional person has an ultimate or independent decision-making authority granted by society on the basis of unique knowledge and skill. This viewpoint gives physicians control over nurses. The traditional definition of autonomy no longer applies: Patients now demand more input in decision making, and, increasingly, patient care technology requires nurses to make independent life-and-death decisions. McKay redefined professional autonomy as "both independent and interdependent practice-related decision making based on a complex body of knowledge and skill."[43] Primary nursing promotes nurse accountability, intraprofessional and interprofessional consultation, and an assertive synthesis of nursing and medical care plans. Interdependent decision making promotes professional autonomy. The American Nurses Credentialing Center, Magnet Recognition Program, Force 9, emphasizes autonomy, specifically, the expectation of the Magnet Organization:[44]

> Autonomous nursing care is the ability of a nurse to assess and provide nursing actions as appropriate for patient care based on competence, professional expertise, and knowledge. The nurse is expected to practice autonomously, consistent with professional standards. Independent judgment is expected to be exercised within the context of interdisciplinary and multidisciplinary approaches to patient/resident/client care.[45]

Professional nurses are functioning with increasing professional autonomy, and nurse managers are moving into more executive positions in healthcare administration. Nurse managers recognize the advantages of nurses being involved in strategic institutional decisions such as those concerning major programs, policies, promotions, personnel, and budgets. Additionally, enhancing professional autonomy and the involvement of nurses in decision making have resulted in higher job satisfaction, better morale, lower turnover, improved communication, improved professional relationships with peers and colleagues from other disciplines, and higher productivity.[46]

Many nurses equate decision-making autonomy with nurse professionalism. Most nurses are not autonomous because they are not self-employed. Research studies do not always support the premise that decision-making autonomy increases job satisfaction or performance or decreases nurse turnover.[48]

The nurse manager can maximize the opportunity for staff nurses to be involved in interdependent decision making by involving them at all levels of patient-care decision making, especially on interdisciplinary institution-wide committees. Strategies that have proven successful in involving nurses in accomplishing this include decentralization to the unit level, committee systems, and governance systems.[49]

Nurses who pursue holistic nursing practice encourage clients to make decisions about health and healthcare issues. Decisions about healthcare policy are not all controlled by healthcare professionals. They are made by the business sector and according to sociopolitical and economic variables. Nurses need to become policy analysts because analysts use communication networks or structures as strategy to action. Communication with decision makers is crucial to effecting decision making. Nurses use networking and professional relationships to influence decision makers. They arrive at positions on

www. Evidence-Based Practice 6-1

Blegen and others at the University of Iowa studied nurses' preferences for decision-making autonomy in Iowa hospitals. They found that nurses wanted a more independent level of authority and accountability in 12 of 21 patient-care decisions, including those that concern patient teaching, pain management, preventing complications, clarifying and advancing orders, scheduling and discussing the plan of care with the patient, consulting with other providers, and arranging daily assignments and schedules. They also found that nurses wanted to make group decisions about such matters as setting policies, procedures, unit goals, job descriptions and standards, quality improvement, and job performance. Nurse managers wanted to increase decision making by staff nurses. It would appear that nurse managers should provide the impetus for more involvement in decision making by staff nurses by asking them what they want and actively involving them. The latter would include training and education. Staff nurses may want decision-making autonomy in areas in which they are expert and competent.[47]

healthcare policy through interest groups. Membership in professional associations, committees, and interest groups, plus communication with or as analysts, leads to participation in policy decision making and changes in the primary healthcare system.[50]

Shared governance is an organizational administrative model that has been used as a vehicle for increasing staff-nurse participation in decision making and problem solving. It often involves multidisciplinary groups. Shared governance has as its object the provision of a trusting and nonjudgmental environment in which nurses, along with others, use the decision-making and problem-solving processes to make productive changes in organizations. Improved communication is a product of the shared governance process.[51] Professional models of care are the expectation of magnet organizations. Components of this expectation include care delivery models that define and promote the professional role of the registered nurse, including accountability for practice and care continuity.

> *"Research indicates that promotion of decision making by nurse managers is a factor in retention of critical care nurses.[51] Research also indicates that increased academic education is associated with better decision making in practice."[52]*

Professional practice models incorporate evidence-based practice and contemporary management concepts and theory. Adequate consideration relating to care delivery models are expected as well as staffing systems that incorporate patient needs, staff member skill sets, and staff mix.[53]

PROBLEM-SOLVING PROCESS

Decision making and problem solving are related. The first step in decision making is to identify the problem. But problem solving can involve making several decisions. The best way to define the relationship between the two is to define the steps of problem solving.

Steps in the Process

The steps of the problem-solving process are the same as the steps of the nursing or scientific process and the decision-making process: assess and analyze, plan, implement, and evaluate. Assessment includes systematic collection, organization, and analysis of data related to a specific problem or need. It involves logical fact finding, questioning all sources, and differentiating between objective facts and subjective feelings, opinions, and assumptions. Knowledge and experience guide the data collection and analysis of data. Before the process goes any further, assessment should also determine whether a commitment exists to implement a decision or an action.[54] Making certain that there is no readily apparent solution also saves the time of all people who may become involved in problem solving. Once the problem is identified, it must be determined whether it requires other than routine handling—that is, whether it is a rare or unique situation rather than a recurrent one.

This leads to the second step of problem solving: planning. Planning involves several phases. In nursing terms we determine priorities, set goals and measurable objectives, and plan interventions. Management literature essentially describes the same process: break the problem down into components and establish priorities; develop alternative courses of action; determine probable outcomes for each alternative; decide which course is best in relation to resources, goals, risks, and the like; and decide on and make a plan of action with a timetable for implementation.[55]

When determining priorities, nurses should relate the problem to the corporate mission. Decisions involve choosing among alternative courses of action. They must have an acceptable effect on those directly involved, other areas affected, and the entire organization. Plans should include when and how to alter a course of action when undesired results occur.

The third step is implementation of the plan. The nurse should keep informed of the status of the process because it is unlikely that he or she will be directly involved. This is the one step in the process most likely to be delegated to associates. Implementation requires knowledge and skills appropriate to the specific alternatives selected.

Evaluation, the final step in problem solving, includes determining how closely goals and objectives were met, the success or failure of actions taken in resolving the problem, and whether the plan should be terminated because the problem has been resolved or whether it should be continued with or without modification.

Effective problem solving requires that the practitioner frequently work at a high cognitive level: the level of abstract thinking. The essential difference between problem solving and decision making is that in the former, the thinking process works to solve a problem, whereas in the latter, it serves to reach a goal or condition. Students learn to do problem solving by actually solving a client's problems. In doing so, student and client collaborate. Computer simulations are available for problem solving. Students progress through several levels of cognitive problem solving and practice: novice, advanced beginner, competent, and proficient. Interactive videos are available for practice in solving clinical problems.[56] Many strategies are available through the Internet.

Shared Problem Solving

Although each step of the problem-solving process can be approached by an individual, input from all affected individuals or areas promotes more complete data collection, creative planning, successful implementation, and evaluation indicating problem resolution. Managerial problem-solving groups or teams are often formed in organizations, with the expectation that the team's effectiveness will prove to be greater than that of its individual members. Brightman and Verhoeven state that "[a] team of problem solvers has greater potential resources than an individual, can have a higher motivation to complete the job, can force members to examine their own beliefs more carefully, and can develop creative solutions."[57]

Grounded in decision-making and problem-solving skills, the nurse administrator uses expert communication skills to advance the organization's mission and goals.

Clark provides a problem-solving format that is a useful tool for professional nurses to drill down problem issues and to improve critical-thinking skills.[58]

COMMUNICATION TO ENHANCE DECISION MAKING AND PROBLEM SOLVING

To answer the question of who is involved in communication one could simply say, "everyone." Several aspects must be considered. The first of these is that the person who wants to be heard is involved in communication. For example, Exotic Winery wants to sell wine and wants people to know that it has wine and specialty products to sell. Its manager therefore advertises in an effort to communicate this desire to sell an appetizing product. The manager advertises through media such as newspapers, billboards, radio, television, and the Internet. A variety of tempting pictures is portrayed in these advertisements. If the manager is successful and people buy lots of wine and specialty cheeses as a result of the advertisements, then the message has been received and the manager has communicated to them.

A second aspect of communication occurs when a person seeks out desired information. Suppose someone plans a dinner party and wants to serve specialty wines and cheeses. That person knows where the nearest store is, having heard or seen it advertised. He or she may have driven past the shop and observed signs that identify the product. That person may have been reminded of the product in the Sunday paper that morning. Even if the person cannot remember the address, he or she can always refer to the Yellow Pages for an address and phone number, call directory assistance, or search the World Wide Web. When a person wants information, there are many sources from which to obtain it. All these sources are media for communication.

Elements of Communication

At least two people are involved in communication: a sender, or provider, and a receiver. A sender usually has something he or she wants to communicate, even if the information is distasteful. A receiver usually has need of some information, whether good or bad. Regardless of the medium, information is transmitted from sender to receiver, and a communication occurs.

Whether or not money is exchanged, communication always involves a "buyer" or a "seller." The buying or selling is based on a need. Sometimes the receiver's need to hear is not as acute as the sender wants it to be. An example of this is the communication between a manager and an associate. A manager communicates the critical nature of patient safety goals to the staff, with policies established to ensure that mechanisms are in place to guarantee safety checks and ongoing monitoring. This message continues to be reinforced in staff meetings, by quality improvement data that is circulated, and on bulletin boards throughout the facility. Failure to adhere to policy is noted to result in serious consequences, possibly termination. However, when a staff member violates a safety standard and the patient is put in harm's way, there are no consequences. As a result, now the staff member does not even hear the manager, because he or she has no reason to listen. When the staff member (and possibly the entire unit) is made aware of the unsafe nature of the actions and receives consequences, there is a reason to listen. Communication now takes place, because the staff member(s) finds sufficient reason for listening.

Communication is a human process involving interpersonal relationships, and therein lies its difficulty. In the workplace, some managers view their knowledge of events as power; sharing knowledge through communication is sharing power, and the manager does not want to share. Other managers do not realize the importance of communication in an information age because they are not up to date on the advantages of decentralization and participatory management. These managers frequently fall into crisis management, treating the symptoms of poor communication and never identifying the root causes. A third group of managers recognizes that communication is like the central nervous system in that it directs and controls the management process.

More than 80% of a higher level manager's time is spent on communication: 16% of that time is spent reading, 9% on writing, 30% on speaking, and 45% on listening. Is there any question that communication skills are absolutely essential to career advancement in nursing?[59] Effective communication has three basic principles:

1. Successful communication involves a sender, a receiver, and a medium.
2. Successful communication occurs when the message sent is received.
3. Successful nurse managers achieve successful communication.

Climate for Communication

Organizational climate and culture are discussed in Chapter 7, Organizational Structure and Analysis. The communication climate should be in harmony with the corporate culture and should be used to encourage positive values, such as quality, independence, objectivity, and client service, among nursing employees. Communication is used to support the mission (purpose or business) and vision of the nursing organization and to tell the consumers or clients that nursing is of high quality. The media used include performance, nursing records, and marketing. Communication is objective when it is accurately portrayed with descriptions of factual outcomes judged on the basis of objective outcome criteria.

Nursing literature abounds with evidence of nurses' desire for autonomy and knowledge that they may use to communicate their support of autonomy. Nurses also may provide a climate in which the nursing business remains as free as possible of political constraints. When political considerations are imperative, the imperative is communicated to employees, who make decisions based on the institution's values and beliefs.

Organizational culture is more difficult to change than organizational climate, but both can be modified with managerial effort and skill. The first step for nurse managers is to sample employees' attitudes or ideas of how they receive information and effect communication. Managers and employees know the formal structure, including roles and modes of operation used to inform and communicate. What is the informal structure? It involves people who are heroes or role models who can be involved in communication if they are positive and enthusiastic. Otherwise, they may have to be replaced, particularly if these role models are destructive.

Cultural Agendas

Cultural agendas publicize the mission or business of the organization. They tell what the organization stands for and on what the nursing division, department, or individual unit places value.

Cultural agendas are used to communicate promotions, new hires, marriages, deaths, and other news about personnel. Heroes are highlighted with features that illustrate support of desired values and beliefs: the nurse who presents a paper, authors a book, or achieves prominence in the profession or the community; the nurse who is a champion bowler, an elected officer in an organization, or an appointed official in the healthcare system; and the nurse who is a volunteer in community activities. The cultural agendas also are used to publicize nursing units and special achievements such as ongoing research in burn care or rehabilitation.

Cultural agendas are publicized using various media, including newsletters, memoranda, awards ceremonies, and external communications, such as publications, radio, television, and organizational meetings. Such communications are most effective when they depict the people who are directly involved in the publicized events.

Cultural agendas can be effectively used to change the organizational climate and culture.[60] The nurse leader must establish the climate for effective communication. Wlody recommends the following:[61]

- Step I: Review your own communication technique.
- Step II: Concentrate the staff's attention on communication as a needed skill that everyone can develop.
- Step III: Lead the staff into more positive interaction within the unit.
- Step IV: Make daily rounds with the whole team.
- Step V: Form a group to reduce stress.

To be an effective communicator, a manager should develop close professional relationships with customers on their own turf. Nurse managers can do this by identifying their customers and visiting them. Their customers include their employees, other professionals, patients, families, suppliers, and others. Being a role model shows that the manager cares. Success is ensured through partnerships between managers and front-line employees.[62]

Nature of an Effective Climate for Communication

Important communication occurs between supervisor and employees at the work level, where climate is set. A supportive climate encourages employees to ask questions and offer solutions to problems. Additionally, a supportive climate facilitates equality, spontaneity, empathy, and respect. Conversely, a defensive climate emphasizes control, traditional hierarchical structures, superiority, and one-way communication. Nurse leaders should strive for a supportive climate.

Although research in the area of organizational attributes has been limited and the results inconclusive, some evidence shows that organizational size (number of employees) influences communication among associates but not between supervisors and associates. The climate is more open at the top, where higher level supervisors are more likely to involve associates in decision making.

A supportive climate produces clear communication to support productive nursing workers and effective teamwork. It provides for identification of communication problems by designing instruments to collect data during specified periods of time. Real communication patterns and problems are diagnosed from analysis of the data and can be related to the communication climate and solved by using problem-solving techniques.

> *"A strong relationship exists between good communication skills and good leadership."*

Communication problems have been described as a major source of job dissatisfaction. Organizational communication systems are powerful determinants of an organization's effectiveness. Communication rules are organization specific and are either explicit or implicit. Explicit rules are codified. They govern formal activities such as access to managers or supervisors. Violation of explicit rules may result in sanctions. Implicit rules mimic norms of behavioral expectations and are not codified but mutually shared. Conformation to rules reduces dissonance and maintains stability. A questionnaire may be used to assess communication in six areas:

1. Accessibility of information
2. Communication channels
3. Clarity of messages
4. Span of control
5. Flow control/communication load
6. Individual communicators.[63]

Open-Door Policy

Communication climate influences the success of an open-door policy. An open-door policy of a nurse manager implies that an employee can walk into the manager's office at any time. Because nurse managers follow schedules, however, it usually is more convenient for both parties when the employee makes an appointment.

The communication climate associated with some organizations has made employees wary of the open-door policy. Line managers sometimes feel threatened when they see their employees in the boss's office. They find out the reason for the visit by any means possible. Some managers punish the employee by telling them to use the chain of command, adjusting performance evaluations, ostracizing the employee, adjusting pay increases, or working to fire the employee. This climate quickly teaches the employee not to use the open-door policy.

A nurse manager who believes in the open-door policy clearly states the rules, including whether the employee needs someone else's permission to make an appointment with the manager. A democratic manager who believes in setting a climate for open communication encourages visits. Such a manager knows how to deal with confidential communication to protect employees and their supervisors.

> *"During negotiation, a supportive environment includes a favorable location."*

Communication as Perception

In nursing, as in other disciplines, communication is perception. A person perceives only that which he or she is capable of hearing. A communication must be uttered in the receiver's language, and the sender must have knowledge of the receiver's experience or capacity to perceive.

Conceptualization conditions perception; a person must be able to conceive to perceive. In writing a communication, the writer must work out his or her own concepts first and ask whether the recipient can receive them. The range of perception is physiological, because perception is a product of the senses. However, the limitations to perception are cultural and emotional. Fanatics, for instance, cannot receive a communication beyond their range of emotions.

Different people seldom see the same thing in a communication because they have different perceptual dimensions. Drucker said that, in order to communicate, the sender must know what the recipient, the true communicator, is able to see and hear, and why. Perhaps if we focus on the recipient as the "true" communicator, we can improve communications. The unexpected is not usually received at all or is ignored or misunderstood. The human mind perceives what it expects to perceive; to communicate, the sender must also know what the recipient expects to see and hear. Otherwise, the recipient has to be shocked to receive the intended message.[64]

People selectively retain messages because of emotional associations and receive or reject messages based on good or bad experiences or associations. Communication makes demands on people. It is often propaganda and so creates cynics. It demands that the recipient become somebody, do something, or believe something. This is powerful when the demand fits aspirations, values, and goals. Communication is most powerful when it converts because conversion demands surrender.

Communication as perception indicates the value of a stated mission, philosophy, and goals. If statistical quality control is practiced, it should be applied to organizational communication as part of the total system and to prevent misconceptions.

Communication is the process by which time management, skills, prioritization, planning, and personal involvement are transmitted by managers to establish a statistical quality control program that implements change effectively. As managers effectively implement statistical quality control, they inspire conviction, commitment, and conversion of their workers. The workers are first motivated with conviction of the desirability of change; they are inspired by the leader's attitudes. This leads to commitment to the change and internal conversion to a personal attitude that results in high productivity.

Statistical quality control succeeds in a climate that fosters open communication among all managers and workers, commitment to employee involvement, and recognition of individuals and the unit or organization. The climate should be nonthreatening and positive.[65]

> *"There is a major difference in perceptions between patients and clinic managers of patients' accessibility to healthcare clinics.[66] Patients with less education, a history of chronic heart disease, and a diagnosis of stable angina need special follow-up."[67]*

Communication Direction

For effective communication, start with the perceptions of the recipients. Listeners do not receive the communication if they do not understand the message. Nurse managers need to know what listeners are able to perceive before formulating a message. Many nurse managers focus on what they want to say and then cannot understand why the recipient does not understand the message.

The information load should be kept to a minimum to help increase communication. Management by objectives focuses on perceptions of both recipients and senders. Recipients have access to the experience of the manager. The communicative process focuses on aspirations, values, and motivations: the needs of the subordinates. Performance evaluation or appraisal should focus on the recipient's concerns, perceptions, and expectations. Communication then becomes a tool of the recipient and a mode of organization for the employee to use.

> *"Communication requires mutual respect and confidence."*

Information

Although they are interdependent, communication and information are different. Communication is perception; information is logic. Information is formal and has no meaning. It is impersonal and not altered by emotions, values, expectations, and perceptions.

Computers allow us to handle information devoid of communication content (e.g., personnel information). Information is specific and economical, based on a need of a person and for a purpose. Information in large amounts beyond that which meets a person's needs is an overload.

Communication may not be dependent on information; it may be shared experience. Information should be passed to the person who needs to know it, and that person must be able to receive it and act on it. Perception and communication are primary to information, and as information increases the communicator or receiver must be able to perceive its meaning. In the interest of time management, nurse managers need skills that sort information according to its importance. These skills require clear communication and acute perception.

Feedback

Feedback completes or continues communication, making it two way. Today's workers are better managed in a climate that promotes theory, participation, or involvement. Most workers are more affluent and better educated than workers of the past, have increased leisure time, and retire earlier—all indications of their changed values.

Feedback is one of the most important factors influencing behavior. People want to know what they have accomplished and where they stand. Feedback works best when specific goals are set to note the improvements sought, measurable targets, deadlines, and specific methods of attaining goals.

Effective communication includes giving and receiving suggestions, opinions, and information. If this two-way interaction does not occur, little or no communication takes place.

One-way communication prevents input or feedback and interaction. It causes nurses to depersonalize their relationships with patients and families and serves as a barrier between nurses and physicians. It causes distorted communications that result in distorted and inaccurate feedback; scapegoating of peers, patients, and families; emotional blowups; skepticism of all messages; frustration and stress; delay of therapeutic interventions; and negative socioeconomic consequences.[68]

Evidence on Feedback

Evidence supports that feedback increases productivity. One study showed an 83% increase in productivity as measured by staff treatment programs and client hours, using the technique of private group feedback. Using the technique of public group feedback, productivity increased 163% in 38 weeks.[69]

When suggestions were answered promptly in a mental health organization of 80 employees, the number of suggestions increased by 222.7% over a 32-week period. In other studies, feedback plus training have been found to be even more effective. A review of 27 empirical studies indicated that objective feedback worked in virtually every case.[69]

> ### www Evidence-Based Practice 6-2
>
> A study was done to test the effect of feedback on process versus outcomes of reality orientation in a psychiatric hospital serving elderly patients. Subjects were psychiatric nurses and were divided into three groups: two groups were given appropriate feedback, whereas the third group did not receive any feedback. The nurses in the process feedback group showed "substantial increases" in process behavior over the control group that did not receive feedback. The nurses in the feedback group had increased patient contacts, but it was not determined whether their patients had increased reality orientation.[70]

Innovation and experimentation may be reduced by feedback that causes people to concentrate on process, methods, and procedures. Nurse managers should focus on outcomes or accomplishments that show that clinical nurses have been creative. New ideas as well as application of results of nursing research should be encouraged, and clinical nurses should be supported to develop proposals and conduct new nursing research. Levenstein recommends the following:[71]

- Be clear in your own mind about the criteria you are using to assess staff performance.
- Clarify the ends, and the means are more likely to fall into place.
- Emphasize flexibility in getting results rather than ritualistic observance of rules and procedures.

Successful synergies require leadership, cooperative management plans, joint incentives, information sharing, computer networks, face-to-face relationships, shared experiences, mutual need, and a shared future.[72] Communication is involved in almost every one of these activities. Kanter goes on to say that the communication imperative is that "[m]ore challenging, more innovation, more partnership-oriented positions carry with them the requirement for more communication and interaction."[73]

Difficult Conversations

Much has been written on the topic of difficult, fierce, and crucial conversations.[74–76] Patterson, Grenny, McMillan, and Switzler define a crucial conversation as "a discussion between two or more people when (1) stakes are high, (2) opinions vary, and (3) emotions run high."[77] The authors purport that we can handle these crucial conversations in three ways by avoiding them, facing them and handling them poorly, or facing them and handling them well. Crucial conversations can take many forms, including evaluating a colleague's work, talking to an associate about a personal hygiene problem, giving feedback, and talking to a team member who is not keeping his or her commitments. In their work on crucial conversations, Patterson et al. outline and define practical strategies, providing ways of "mastering crucial conversations" as well as ways to influence outcomes to make powerful changes. The power of dialogue is underscored in their work.[78]

Scott defines a fierce conversation as "one in which we come out from behind ourselves into the conversation and make it real."[79] Scott offers seven principles of fierce conversations:

1. Master the courage to interrogate reality.
2. Come out from behind yourself into the conversation and make it real.
3. Be here, prepared to be nowhere else.
4. Tackle your toughest challenge today.
5. Obey your instincts.
6. Take responsibility for your emotional wake.
7. Let silence do the heavy lifting.

Each principle is described with strategies to develop skills in handling fierce conversations. For example, in principle 4, tackle your toughest challenge today, Scott identifies skills in naming the problem, identifying and confronting the real obstacles in your path, and staying current with individuals important to the work of organization. She recommends that one "travel light, agenda-free." In principle 7, let silence do the heavy lifting, Scott offers the need for breathing space, slowing down the conversation so that insight can occur in the space between words. This affords the opportunity to discover what the conversation really means and what it needs to be about. Scott offers tools for questioning on one-to-one conversations, a decision tree, a confrontation model, and an outline for preparing an issue for discussion.[80]

Communication and Conflict Management

Conflict is often a result of poor communication. Supervisors sometimes react to employee outbursts in any of the following ways:

- Overriding their better judgments
- Becoming defensive
- Reprimanding the individual
- Cutting off further expression of feelings
- Monopolizing the conversation

The result is increased frustration for both the employee and the manager.

Baker and Morgan suggest the following techniques for dealing with employee outbursts:[81]

1. Tune into the real message the employee is trying to communicate. Interpret it correctly, and direct a response at the feeling level of the employee.
2. Determine the nature of the feelings being expressed. Be sensitive to them because they are subjective and express the employee's values, needs, and emotions. Feelings are neither right nor wrong, but they represent absolute truth to the individual and usually are disguised as factual statements. Determine if they disguise anger, frustration, hurt, or disappointment.
3. Let the feelings subside by encouraging venting. Listen and give emotional support, and then summarize what you have heard and interpreted from the outburst.
4. Clarify issues with questions that can be answered yes or no.
5. When impasses occur, try linking the ideas or feelings the employee has expressed.
6. Allow the employee to save face.
7. Be sure perceptions are accurate by summarizing them and checking them with the employee.
8. Verbalize your feelings as a supervisor by using positive "I" statements.

Negotiation

When disagreements about the intent of a communication occur, negotiation is needed to prevent conflict, resignation, or avoidance between supervisor and employee. Negotiation requires knowledge of human behavior and is based on human needs. When there is lack of confidence between supervisor and employee or among employees, nurse managers can solve the communication problem through a climate of openness that restores confidence through agreement and promotes individual autonomy as well as esprit de corps.[82]

Communication and change require negotiation; two basic types are cooperative and competitive. Agreement is the objective in both types. For nurse managers, cooperative or win–win negotiation is best. Nurse managers and employees negotiate cooperatively for win–win outcomes for employees and the institution.

The principles of negotiation are as follows:

- Maintain self-identity and insight into your own motives, values, perceptions, and skills.
- Understand others' values without judging them to be better or worse but only different from your own.
- View issues as potentially solvable.
- Use personal flexibility in analyzing and reacting to issues and behaviors.
- Use skills to repair damaged relationships, including the ability to retreat and regroup in a manner that allows for perceptual openness.

In the win–win negotiation process, the nurse manager will state these principles so that both manager and employee are on equal footing.

The following are the steps of the negotiation process:[83]

1. Preparing for negotiation (e.g., introducing a topic at a meeting)
2. Communicating a general overview of what is to be accomplished during the process
3. Relating the history of why negotiation is required
4. Redefining the issue to be addressed
5. Selecting when issues will be worked on
6. Encouraging discussion during the conflict stage of the issue
7. Addressing the fallback or compromise for both parties on the issue
8. Agreeing in principle during the settlement stage
9. Recapping and summarizing the agreement
10. Monitoring subsequent compliance of the agreement (after settlement)

During the negotiation process, the nurse manager is always positive in explaining ideas, suggestions, and benefits. The nurse manager actively listens to employee responses, gaining perceptions, identifying concerns, and explaining obstacles to these ideas. The manager encourages explanations and suggests ways of overcoming obstacles. Questions are phrased to obtain doubtful discussion and answers.

Successful negotiators achieve win–win outcomes that indicate progress, maintain self-respect, leave positive feelings, are sensitive to each other's needs, achieve a majority of each other's objectives, and facilitate future negotiation.

Change theory is involved in negotiation.[84]

Listening

Communication takes place between employer and employee. To have satisfied, productive employees, an employer must hear what employees are saying as well as what they are not saying. To really hear someone requires concentration. Many managers do not listen effectively to what employees are saying to them and thus discourage the person who may want to point out a problem but knows that either he or she will not be heard or that the suggestion will have no effect.

One reason nursing personnel find it difficult to listen to a change-of-shift report is that a person can listen four times faster than the 125 to 150 words per minute that are being spoken. The listener who is tuned out may not hear a message about an appointment or a directive regarding a patient. As a result, it is usually more efficient for the person to read a change-of-shift report or listen to it on a tape recorder.

Most working persons are engaged in some form of verbal communication 70% of the waking day, or approximately 11 hours and 20 minutes out of 16 hours. Of that time, 45% is spent listening to what will be 50% forgotten within 24 hours. Another 25% is forgotten in the next 2 weeks.[85] If this is true of nursing personnel, they will forget 75% of what they hear today within the next 2 weeks. Some researchers claim that immediately after a 10-minute speech we remember only 50% of what we hear; 25% is considered a good retention level.[86]

By learning the art of listening and observing, managers better understand what employees mean by what they say. They receive cues from employees' words and actions. Managers learn that men and women communicate differently. Learning the art of listening creates a better organization with better relationships and better outcomes.[87]

Causes of Poor Listening

Remember that it is an ineffective strategy to call a subject uninteresting or boring. Listen for useful information from what is considered a dull subject. Sift and screen, separate wheat from chaff, and look for something useful. Be an interested person, and make the subject interesting. Good listeners attempt to hear what is said.

It is also an ineffective strategy to criticize the delivery. Concentrate on finding out what the speaker has to say that is interesting or useful. Keep from being overstimulated by the subject. Otherwise, you mentally prepare an argument or rebuttal and miss what the speaker says. Hear the speaker out before making judgments. Listen for the main idea rather than the facts; identify principles, concepts, and generalizations. Facts merely support the generalizations. Accept the face value of the message rather than evaluate it.

Avoiding eye contact with the speaker is ineffective and decreases trust. Communication is both verbal and nonverbal. Body language such as gestures, postures, and tone of voice may give stronger messages than the spoken word.

Defensive listening occurs when the speaker's message threatens the listener with blame or punishment for something. It prevents accurate listening and perceptions. Defensive listening is stimulated when a person's speech implies that a listener's behavior is being evaluated. Defensive response is reduced when the speaker describes behavior objectively. Speech that indicates the sender is trying to control the receiver evokes defense. People do not want their values and viewpoints controlled and shut out such messages. They want to have freedom to choose. When the sender solicits the collaboration of the receiver in solving mutual problems, the receiver responds positively.

Receivers defend themselves against perceived strategies to change their behaviors or control them, which they regard as deceitful. They respond to spontaneity and honesty, which they perceive as free of deceit.

Speech perceived as being unconcerned about the group's welfare evokes defense, whereas speech perceived as being empathetic evokes acceptance. People want to hear speech that indicates they are valued. Gestures can also communicate neutrality or empathy.

> *"Active listening is a skill for recognizing and exploring patients' clues, thereby giving healthcare providers a deeper understanding of the true reasons for the visit, which should result in increased patient satisfaction and improved outcomes."[90]*
>
> *"The speech-comprehension difficulties of aging persons primarily reflect declines in hearing rather than in cognitive ability."[91]*

Communication, verbal or nonverbal, that indicates superiority evokes defense, whereas speech indicating equality is accepted and supported. Certainty indicates dogmatism and evokes defense. A defensive reaction is reduced by professionalism; such speech indicates the sender wants help, information, data, or input from the listener.[88]

Other reasons supervisors give for not listening include the following:[89]

- Employees do not expect them to listen.
- Employees have nothing of value to say.
- Listening is not part of their jobs.
- Employees should listen to them.

Techniques to Improve Listening

Improving listening ability can be accomplished in many ways. One method is to summarize what is being said for better understanding and retention. The listener should give empathetic attention to the speaker and try to understand the substance of what is being said; seek to be objective and to apply creativity; go beyond the speaker's dialect, stance, gestures, and attire to understand the meaning of the speaker's words; and try to counter his or her own emotions or prejudice even though the speaker may have opposite convictions.

It is important to discriminate among those to whom one listens. Listen to people who keep you informed and lighten your workload or save time. Listen to those who argue constructively and use those judgments to sharpen your own judgment. Know the kind of people who want to listen to you and the situation in which they will try to make you hear. Learn to recognize when you are prone to listen and when you are not.

Some people give good information, and others should listen to them. These people are trusted troubleshooters, line managers in charge of the bread-and-butter functions of primary patient care, staff specialists who have been delegated special tasks, or reliable decision makers. Graciously avoid exaggerators, opportunists, office politicians, gossips, and chronic complainers.[92]

The speaker's appearance, facial expression, posture, accent, skin color, or mannerisms can turn off the listener. A person who wants to hear must thus put aside all preconceived ideas or prejudices and give the speaker full attention so that the speaker is motivated to do a better job of communicating. While the person is talking, the listener analyzes what is said for ideas and facts. The receiver must also listen for feelings, which are the background to the performance—tone of voice, gestures, and facial expressions.

Mnemonics

A mnemonic is a device used to help one remember. The following are two examples of mnemonics:

1. AIDA: Capture attention, sustain interest, incite desire, and get action.
2. PREP: Point, reason, example, and point.[93]

Such formulas are useful for preparing impromptu comments. The AIDA formula causes the speaker to focus on the listener's needs, interests, and problems. The PREP formula is ideal for spur-of-the-moment speaking. The first point reminds the speaker to clearly express a point of view on the subject. In giving the reason, the speaker explains why this is his or her point of view. These reasons should be illustrated with specific examples to clarify and substantiate the point: statistics, personal experiences, authoritative quotes, examples, analogies, anecdotes, and concrete illustrations. In the final point, the speaker brings the speech to a close with a restatement of the initial point of view. These formulas are intended to gain the attention of the listener and to elicit a positive response.

The following are some practical suggestions for encouraging people to listen:

- Be prepared by answering the questions who and what.
- Identify and evaluate the purpose of your remarks.
- Organize and outline the report or speech to convey the facts.

- Make efficient notes, and use them.
- Remember that you are part of the presentation.
- Make your voice work for you with proper breathing and pitch.
- Communicate with your eyes.

Because critical thinking skills require interpretation of events based on present experience and factual data collection, they are also communication skills. Conceptualizing, which is a part of both communication and critical-thinking processes, supports this conclusion. Also, the set of information, belief-generating, and processing skills and abilities and the habit (based on intellectual commitment) of using these skills and abilities to guide behavior support the integration of critical-thinking ability and communication skills. Managers use their critical-thinking ability to identify feelings and become aware of beliefs, values, and attitudes of employees to communicate and respond to their needs. Active listening through use of all the senses is required of managers who need to recognize and respond to verbal and nonverbal messages from employees.[94]

> *"Peters says that managers should become obsessed with listening."*[95]

To become a good listener requires practice. Listening to the patient can prevent errors. For example, during a patient's temporary stay in a skilled nursing facility, a medication error was made because the nurse refused to listen to the patients, a husband and wife admitted to the same room. The nurse communicated with a physician who did not know either patient. Unneeded laboratory tests were done and reported late. A further irony was the wife was a registered nurse, the husband was a medical doctor, and both were mentally alert. Every nurse manager and practicing nurse should work at improving his or her listening skills.

Good listeners get out from behind the desk and circulate with their customers. Good listening turns people on. Good listeners provide quick feedback, act on what they hear, and listen intensely and without preconceived notions.

> *"Managers who are good listeners may want to reward acts of meritorious listening."*

Listening provides information that facilitates work, notes changes in patients' conditions more quickly, and speeds up responses to changes. It brings closure to action and problems, and it involves everyone.[96]

People tend to change the focus from listening to talking and telling. They perceive education as a solution to communication problems, whereas listening and adapting are the real solutions.

Listen informally at meals and coffee breaks, and listen formally to feedback from informative newsletters. Listen at no-holds-barred meetings. Listen rather than preach. Train people to listen. Provide employees with opportunities and places to talk and solve problems.

Listening to employees empowers them. A good listener is an engaged listener and takes notes. It is okay to ask "dumb" questions when one needs information. Knowledge is power and should never be hoarded. Because information is frequently leaked before it happens, managers should provide it to the first-line people who need it. Providing information does many things:[97]

- Motivates employees by making them potent partners
- Facilitates continuous improvement
- Discourages unneeded controls and delays

- Speeds up problem solving and decision making
- Stirs competition by stimulating ideas
- Begets more information
- Abets the flattened organizational pyramid

In *Crucial Conversations*, the authors describe power listening tools: ask, mirror, paraphrase, and prime. These tools are called power listening because they can best be remembered by the acronym AMPP. Briefly, these tools are as follows:[98]

1. **A**sk to get things rolling: Common questions might be, "What's going on?" "I'd really like to hear your opinion on this." "Don't worry about hurting my feelings. I really want to hear what you have to say."
2. **M**irror to confirm feelings: Common questions might be, "You seem angry to me. You say you're okay, but by the tone of your voice, you seem upset."
3. **P**araphrase to acknowledge the story: This tool allows for a summary of what the receiver understands. "Be careful not to simply parrot back what was said. Instead, put the message in your own words—usually in an abbreviated form."[99]
4. **P**rime when you are getting nowhere: This strategy comes from "priming the pump." The authors purport that, "when it comes to power listening, sometimes you have to offer your best guess at what the other person is thinking or feeling. You have to pour some meaning into the pool before the other person will do the same."[100]

To get information flowing requires extensive training in basic management skills.[101] The results of effective listening are that two people hear each other, beneficial information is furnished on which to base right decisions, a better relationship between people is established, and it is easier to find solutions to problems.[104]

> *"Managers who are good listeners may want to reward acts of meritorious listening." "Techniques to improve communication and prevent malpractice claims include documenting telephone advice to patients, determining when and how to terminate patients, improving communication and listening styles, knowing how to effectively obtain the patient's consent, and implementing careful oversight mechanisms with the receipt of outside diagnostic test results."[102]*
>
> *"Some providers are being taught active listening techniques because malpractice suits are considered an expression of anger about some aspect of patient–provider relationships and communications."[103]*
>
> *"Communication across settings is needed to understand nurses' contribution to the care of elderly patients making the transition from hospital to home.[105] Knowledge of the communication dynamics of caring for patients may help providers to design strategies to attain the basic goals of continuity of care."[106]*

COMMUNICATION MEDIA

Meetings

Meetings of all kinds are a medium for communication, often for purposes of information dissemination as well as for true communication.

To make his company successful, Robert Davies, founder and president of SBT Corporation, changed his management style. To keep his employees motivated, he decided to include two employees in all management meetings to provide ideas from the production level of the organization. Davies encourages employees to risk telling what they really think through an e-mail suggestion system. This computer suggestion box is connected to all employees via more than 100 stations. It ensures anonymity, and in 6 months it has spawned more than 100 suggestions, which must be read and answered. For example, employees kept requesting relaxation of the dress code, which was done and is successful. Even Robert Davies dresses casually, and employees are more comfortable talking with him. Technology, combined with listening, results in consensus, support for decisions, and a company in which employees do their best.[107]

Managers

Managers at all levels are also a medium for communication. To be successful in a complicated work environment, the nurse manager should be out and about. Communication includes gathering information for decision making, spreading the management vision, and letting employees know that leaders care for them. Communication is visibility. By walking around among employees and other customers, the nurse manager can prevent information distortion. This requires visiting and chatting with these knowledgeable people. The vision stamp is applied on the front line. By walking around, managers facilitate and coach; they do not give orders and conduct inspections. That is the work of the hands-on team.

Peters recommends the following actions for increasing management visibility:[108]

1. Put a note card in your pocket that says, "Remember, I'm out here to listen."
2. Take notes, promise feedback, and deliver. Fix things.
3. Cycle your actions through the chain of command and give managers the credit for fixing things.
4. Protect informants.
5. Be patient.
6. Listen, but preach a little, too, by killing unneeded red tape.
7. Give some, but not much, advance notice and travel alone. Take your own notes.
8. Work some night shifts; take a basic training course.
9. Watch out for the subtle demands you put on others that cut down on their practice of visible management.
10. Use rituals to help force yourself and your colleagues to get out and about.

We live in an information society; communication is the necessary ingredient for accomplishing missions and objectives. An effective communicator is an effective leader. Some managers use models or drawings to get their meanings across. Use synesthesia, the technique of transforming one sense to another, to communicate. Synesthesia helps one think "outside the box" by involuntarily joining real information from one of our senses to a perception in another sense. It stretches the mind to perceive reality from a more vivid sphere and range. Learn to express ideas graphically to engender employees' understanding, trust, and support. Use symbols of success, not symbols of defeat.

"Some corporate executives have dismantled their offices. They maintain work areas at unit levels, with a system to correspond on the phone or computer and handle mail. They are visible."

"A nurse manager who holds information as a source of power is not an effective manager or leader."

Effective communication creates meaning. It should be an act of persuasion. The right metaphor connects with the listener. The effective manager as leader acts and personifies the message transmitted via the metaphor. This leader transmits the message over and over.[109]

Effective nurse leaders share all the information possible. Employees cannot have too much information about the company. The only information a manager does not share is that protected by law, ethics, and decency.

Recognition programs promote communication. Nurse managers recognize fairly mundane actions, send written notes for work well done, and offer special recognition, such as serving a box of doughnuts or a cake to celebrate an individual or a group achievement. Nurse managers should be sure that all acts of special effort are heartfelt, that is, they should not be phony. Nurse managers should do a few big rewards and many small ones, be systematic, and celebrate events they would like to have repeated.[110]

Questions

Asking questions is an important method of communicating. Questions are asked to obtain information; the goal is mutual understanding. The tone of voice must encourage confidence and trust from the person questioned. Facial expression is important, as is the physical conduct of the questioner. The nurse manager should always go beyond the answer to a primary question and not flatly agree or disagree with the question.

The following types of questions should be used:

1. Open questions that give the other person the opportunity to freely express thoughts and feelings, rather than closed questions that force the receiver to become the sender of information. Questions that can be answered yes or no do not give information or explanation. In the courtroom, attorneys use these questions to trap people or to clarify a point.
2. Leading questions that give direction to the reply, rather than loaded ones that restrict by putting the respondent on the spot
3. Cool questions that appeal to reason, rather than heated ones reflecting the emotional state of asker and answerer
4. Planned questions that are reflective and asked in logical sequence, rather than impulsive ones that just happen to occur to the asker
5. Complimentary or "treat" questions that tell the respondent that he or she can make an important contribution to the asker's views, rather than trick ones that place the respondent on the spot
6. "Window" questions that elicit the respondent's true thoughts and feelings, rather than "mirror" ones that reflect the point of view of the questioner

Successful questioning consists of creating and maintaining a climate for communication, asking the right questions in the right way, and listening to the responses.

Questions can be used to improve listening, with their use serving to clarify unclear statements. The questioner should take care not to overawe or threaten the speaker. Questions should be worded and spoken in a nonthreatening way, for example, "I am sorry I did not hear your comment clearly. Would you mind repeating it, please?" or "I do not quite understand what you mean by 'capital resource.' Would you explain further, please?"

A listener should never be embarrassed to ask questions that improve his or her understanding of a person's communication. Serious questions that result in clarification of or additional information increase comprehension and clear up misperceptions, thus helping senders and receivers. If the medium is an oral presentation, questions can be written down for use at appropriate times, such as during question periods and breaks, after meetings, and even later at an interview. Thus the listener can construct thoughtful questions.

When questions are used to clarify a point made by the sender, they can be closed yes-or-no questions. An example is, "Do you support the position on nurse autonomy you have just described?"[111]

Oral Communication

Oral communication is the most common form of communication used by executives, who spend 50% to 80% of their time communicating. Because oral communication takes so much time, a nurse manager should use the most effective words. Verbal messages are said to be 7% verbal (word choice), 38% vocal (oral presentation), and 55% facial expression.[112]

An advantage of face-to-face communication is that a person can respond directly to another or others. The larger the group, the less effective is face-to-face communication. An effective message requires knowledge of words and their various meanings as well as of the contexts within which the words can be used. Thus, effective communication may depend on use of the dictionary for correct vocabulary.

When giving a speech, one needs to keep in mind that the members of the audience are usually informed and sophisticated and have access to information. The members of the audience want the speaker to talk things over with them, not to talk to them. The speaker must be sincere and respect the listeners.

To present an effective speech, the speaker needs to do the following:

- Develop an outline and hold to four or five main ideas.
- Put other ideas under the main topic as subordinate ones.
- Open with an introduction.
- Close with a brief summary.
- Type the speech for easy reading.
- Practice by reading the speech.
- Maintain eye contact during the speech.
- Keep voice and manner informal and conversational.

A speaker should know the audience and its members' knowledge of the subject, intellectual level, attitudes, and beliefs. Former Vice President Hubert Humphrey said, "The necessary components to build a speech are full understanding of the facts of the subject, thorough understanding of the particular audience, and a deep and thorough belief in what you are saying."[113]

Figure 6-2 lists other techniques to use in preparing and giving an effective oral presentation.

Interviews

An interview is essential to practicing management by objectives. When good counseling and guidance techniques are practiced, interviews also are used to apprise current employees of their performance as well as to interview prospective employees. In disciplining an employee, it is necessary to interview the individual. When an employee leaves, an exit interview is desirable to learn why the person is leaving and to gain ideas for strengthening the personnel management program. Interview questions should be worded to obtain the most beneficial information. The following are suggestions for conducting effective interviews:

1. Use plain and direct language rather than technical, professional, or slang terms.
2. Keep questions short.
3. Use familiar illustrations.
4. Do not assume that the person being interviewed knows what you mean or are saying. Check the extent of the interviewee's knowledge beforehand.

FIGURE 6-2   Techniques for Effective Public Speaking

1. Prepare carefully. What is the goal of your presentation? Is it to inform? Persuade? Entertain? It can be a combination of these and, to be effective, should probably combine at least two, such as entertainment with information or persuasion.

2. Prepare the presentation carefully. Make an outline and develop the content to fit the outline. Start well in advance so that you can read and adjust the material for a smooth flow of ideas.
   a. What is the purpose of the presentation? Did you select the topic, or was it given to you? In either instance, clarify the purpose with the organizers of the event or whoever engaged you to do the presentation.
   b. Prepare an introduction that gains the attention of the audience. Spark their interest. Humor often helps, but be careful of using cynicism or making derogatory remarks. References to religion, sex, and other controversial subjects should be carefully selected, if used at all. They are better avoided if you wish to persuade or inform, unless they are a part of your topic. Remember, words convey feelings, attitudes, opinions, and facts. Use them to turn the audience on, not off.
   c. Make the main points in the body of the presentation. Support them with appropriate and specific examples.
   d. Prepare or select visual aids to support the key points of the presentation. They are an extension of your presentation designed to appeal to the senses and increase reception.
   e. Know who the audience is and tailor the message to it. Provide useful material.
   f. Plan for audience participation with questions or appropriate exercises to involve listeners.
   g. Tie the message together with interval summaries and an effective conclusion. How do you want to leave the audience?
   h. If you plan to speak extemporaneously, make notes on cards or put outlines on a visual aid such as a poster, a chalkboard, an overhead transparency, or a slide projection screen.

3. Prepare the environment beforehand. Surroundings are important and should be as attractive as possible. Bear this in mind when you have input into selection.
   a. If you want to speak from a podium, make sure it is in place. If you want to sit, have a table and chair in place.
   b. Check lighting and sound equipment.
   c. Check audiovisual equipment.
   d. Remove unneeded barriers such as screens, furniture, and other movable objects. If pillars are in the way, rearrange your position or the audience seating, if this is possible. Arrange your proximity to the group to facilitate a feeling of closeness.
   e. Prepare your person for the presentation. Wear clothes that present you best. Conventional clothes are best because the audience should focus on your words and not your appearance. Be well groomed.
   f. Good preparation will help you to be relaxed. Get a good night's sleep the night before the presentation. Plan your schedule so as not to be excited beforehand. Eat and drink moderately. Sit and do deep-breathing exercises immediately before.

4. Be on time and use time effectively.

5. Speak to be heard.
   a. Use your voice, varying pitch, volume, rate, and tone for planned effect.
   b. Practice pronouncing words with which you have trouble.
   c. Pause to enhance your delivery. Short silences emphasize points and allow the audience to think about them.
   d. Make your presentation sound natural even if you read it.

(continues)

FIGURE 6-2 Techniques for Effective Public Speaking (Continued)

6. Use body language effectively.
   a. Slowly develop the audience's awareness of your nonverbal behavior. Be aware of it yourself.
   b. Maintain eye contact.
   c. Plan your movements: walking, standing. Your posture should convey energy, interest, approval, confidence, warmth, and openness.
   d. Keep the space between you and the audience open.
   e. Use positive gestures.
   f. Use head movements for effect.
   g. Use facial expression for effect.
   h. Know where your hands and feet are at all times.
   i. Be genuine! An audience can quickly identify a fake.

7. Adapt to audience feedback, being sensitive to listeners' interests and moods.
   a. Listen for unrest, shifting in seats, whispering, muttering.
   b. Watch for nonverbal responses. Pay attention to body language, facial expressions, gestures, and body movements. Leaning backward or away is perceived as a negative response.
   c. Be prepared to answer questions if there are breaks in the presentation. You may want to plan for them. Repeat them before answering, regardless of whether they are oral or written. You are giving additional information.
   d. Treat your audience with respect in every way, and they will view you as genuine.

Source: Author.

5. Avoid improper emphasis so as not to indicate the answer you hope to elicit.
6. Be sure the interviewee attaches the same meaning to words that you do.
7. Be precise in choosing words. Use accurate synonyms and words with one pronunciation.

Written Communication

Writing is a common medium of communication. It comes in massive quantities: memos to be read and passed on, even if they go into someone else's wastebasket; letters and e-mail that need to be answered; newspapers and magazines that collect in stacks; junk mail; posters and flyers; and notices and newsletters. How should one handle all this material? First, make a mental decision to deal with each piece of paper. Establish a system for assigning priorities to the mass of written communications; skim through everything, and then answer or delegate that which can be handled immediately. Put aside whatever can be taken care of at a future date, but do not put things where they will be forgotten. Papers can be placed in a folder according to priority.

When writing, remember that you are writing for a receiver: a reader, viewer, listener, observer, or member of an audience. The receiver is not interested in you as a writer but only in the message being conveyed. Direct your message to the reader, use good marketing techniques, and sell your product.[114]

Figure 6-3 lists nine rules to follow when writing. The writer should put the reader's interest first, begin with a provocative question or striking statement, and get right to the point: the purpose of the written communication and the request for action. A personal letter is always better than a form letter. One should use a friendly tone, with first names and personal pronouns, which express an interest in the reader.

FIGURE 6-3 Nine Rules to Follow When Writing

1. Empathize. Be sensitive to the needs and desires of those who will read what you are writing. Arouse and maintain the reader's interest by appealing to the mind and emotions. For example, compose a message that transmits respect for the nurse while offering a credible and unique inspiration for taking nursing histories or preparing nursing care plans. When giving orders, explain why you are asking for the task to be done. You-centered (rather than I-centered) communications are interesting to the reader or listener. Give people honest and deserved praise, the kind of flattery that makes them feel that they are worth flattering. If you are addressing a particular person, put that person's name in the salutation as well as in the body of the letter or memo. Make an effort to please the receiver by using tact, respect, good manners, and courtesy.

2. Attempt to avoid the COIK ("clear only if known" to the reader or listener already) fallacy. Think of the misunderstandings that could occur in a written message that uses abstract terms. Your aim should be to create mental pictures using language that is suitable to the experience and knowledge level of the receiver.

3. Do not repeat anecdotes frequently, or the reader will be insulted. Avoid overcommunication, overdetailing, and redundancy. Necessary repetition can be achieved by using pleasant and meaningful examples, illustrations, paraphrasing, and summaries. Repetition is essential to the mastery of a skill.

4. Express yourself in clear, simple language. Lincoln's Gettysburg Address contains 265 words, three-fourths of them with just one syllable. Abstract, technical-sounding jargon, clichés, and trite platitudes may cover up insecurity in a writer afraid of committing herself or himself in writing. Avoid archaic commercial expressions, specialized in-house jargon, and fading "journalese" by writing clearly and concisely.

5. Make yourself accessible to the reader by positively and courteously requesting a response. You can ask a direct question and expect a reply by a certain date. You can also encourage response by giving a special return address, a private box or phone number, writing instructions, a postcard, or a return envelope. Make it easy, desirable, and pleasant for the reader to reply.

6. Use the format of the newspaper story: accuracy, brevity, clarity, digestibility, and empathy. Arouse the reader with a headline opener. Follow it with a summary that tells significant highlights in the opening paragraph. Then tell the details. Here is an example of a memo form that has worked for others.

   Date: _____ Time: _____

   To: _____ Subject: _____

   From: _____

   Objective:

   1. _____

   2. _____

   3. _____

7. Break up a solid page of print with a variety of forms: underline, space, italicize, capitalize, enumerate, indent, box, summarize, and illustrate. Make your reading attractive and digestible.

8. Back up what you write by what you do; build a reputation for integrity.

(continues)

FIGURE 6-3   Nine Rules to Follow When Writing (Continued)

9. Organize your material.
   a. Outline key points.
   b. Compile data into groups according to commonality.
   c. Arrange materials in a logical sequential order:
      (i) Chronological
      (ii) Cause–effect relationship
      (iii) Increasing complexity
   d. Tie the groups together using transitional devices:
      (i) Time-order words (first, later, finally)
      (ii) Guide words (as a result, therefore, on the other hand)
   e. Link the communication with the previous message by referring to the following:
      (i) Date
      (ii) Subject
      (iii) Sender of correspondence
   f. Furnish appropriate excerpts from past correspondence.

Source: Author

The following are some simple suggestions for communicating effectively through writing:[115]

- Use the active voice to give strength to written communication. About 10% of total words should be verbs.
- Use strong nouns.
- Use the subject and main verb early in the sentence.
- Avoid overuse of adjectives and adverbs; be specific when using adjectives. State a specific amount such as 100 instead of much, any, or a lot.
- Be as brief as possible.
- Use short words.
- Use sentences that contain one idea and are no longer than 16 to 20 words. Vary sentence length.
- Write naturally, using friendly conversational language. Use contractions such as "didn't" and "aren't" with discretion.
- Reread and revise your written communication. Look at the nouns and verbs. Evaluate your sentences; they should be simple, not complex. Determine whether you have said what you mean. Eliminate unneeded words.
- You may want to add a personal handwritten note at the bottom.

Written Reports

Written reports should indicate how the nursing objectives are being met. If a 24-hour nursing report is made from the patient units to the director of nursing, the information provided should show progress in relation to the achievement of unit and department objectives. The information should be provided in a simple, functional or practical, and qualitative (rather than complex and quantitative) manner. In providing information, the reporter should consider its relative value and purpose, eliminate overlap and duplication, and put the report in perspective. The report should indicate the workload and state pertinent facts describing the patients' status, the reason for hospitalization, and the nursing diagnosis and prescription. The following are other factors to consider in writing useful reports:

1. Size and cost should not exceed the need or strength of the objective or operation.
2. A strong report will not be contaminated with individual bias. For that reason, a computer print-out has value over a hand-prepared report.
3. A strong report will be useful to many people, providing them with vital information to run the operation.
4. A strong report will have authentic and reliable sources of information, that is, people with the knowledge and skills required to judge what information needs to be transmitted. Some information can be given by clerks, some by technicians, and some, of necessity, by the nurse manager.
5. If the report is going to a group of people with limited time, such as a board of directors, the writer should add an executive summary at the beginning of the report and highlight items on which he or she wants the readers to act. This may speed up the response.

Sometimes managers have a tendency to eliminate reports. Although the busy nurse manager may hope that all reports would be eliminated, doing so without consensus sometimes drives reports underground. Because reports and forms tend to proliferate, each should have an elimination date, at which time it will be eliminated unless it is rejustified.

Time is an element common to all reports. The perpetual report shows up-to-date events for a full year. As the latest month or quarter is added, the oldest is dropped. This time base deals with the realities of the present and provides consistency, completeness, and effectiveness in reporting.

If top management cannot extract the information it wants from reports, then either the information is unnecessary or the procedures need to be improved. Persons who design reports and reporting procedures should do the following:

1. Gain access to all documents listing the short- and long-term objectives of the unit, department, division, and institution. Objectives should be in agreement and clearly stated in writing. Progress is reported.
2. Establish priorities for reports.
3. Categorize reports, indicating which objectives are supported by each.
4. Determine what top management needs and wants to know, and then screen reports.
5. Test reports for logical patterns that avoid complexity and unwieldy clumsiness.
6. Classify reports according to frequency.
7. Determine the levels through which reports will pass.
8. Determine the point of origin.
9. Coordinate reports with the organizational structure.
10. Check for accuracy and consistency.
11. Account for the total cost of reporting.
12. Obtain the concurrence of all levels of management.

Reports form the nucleus of all management communications, and successful communications depend on an intelligently conceived report structure. The reader should be able to read from top to bottom and laterally as well as from bottom to top.

Organizational Publications

Barnard states that the first function of an executive is to develop and maintain a system of communication.[116] The bigger the organization, the more difficult it is for the director of nursing to communicate with the employees who give direct care to patients. This problem is further complicated by the requirement that services be provided 24 hours a day, 7 days a week. One medium for communication between nurse executives and employees is an organizational publication such as a newsletter or in-house magazine. This procedure does not have to be confined to nursing but can be supported and used by nursing staff. Certainly, the nurse executive will have input into the development and evaluation of such an organizational publication.

According to Tingey, a successful organizational publication will fulfill six requirements:[117]

1. It will meet clearly stated objectives related to the process of communications. These objectives will state what the executives of the institution or organization, including those in nursing, want to accomplish through the publication.
2. The publication will need a competent editor who can provide professional editing and who will ensure that the objectives are met.
3. The editor will need access to the ideas of top management. The nurse executive must provide the editor with the information needed to inform nursing personnel of changes in policy and procedures.
4. The objectives of the publication will be developed into a master management plan. This plan will indicate articles and story themes to be used to accomplish each objective.
5. Information about future events will provide personnel with articles that give an anticipatory viewpoint. In nursing this could include the organization's role in supporting continuing education, expected problems involved in collective bargaining, changes in organizational structure, and changes that will affect practice, such as new equipment, new supply products, and new support activities.
6. The editor should know the audience, including its members' educational level, interests, problems, and attitudes. The publication should be interesting to family members and contacts. An unread publication is useless.

Specific objectives of the publication will be related to the internal technologic environment, the internal social environment, the external environment, company social responsibilities, and organizational dynamics.

Electronic Media

Electronic media are key to a successful management strategy. To increase productivity in the workplace, nurse managers need to be aware of development within the telecommunications industry. For example, fax machines provide quick and accurate transmission of orders from physicians to nurses. Nurse managers should consider the following questions:

- Will fax machines improve the output of clinical nurses if they can use faxes to get drugs from the pharmacy more quickly and accurately?
- Will fax machines improve response times and the accuracy of diagnostic testing by providing an electronic link to the medical laboratory, radiology, and other departments?
- Will fax machines increase therapeutic response times among clinical nurses, physicians, physical therapists, respiratory therapists, and others?

Numerous other electronic media are available, including computer bulletin boards for fast memos and software programs that can be used to control supply inventories and provide just-in-time supplies. Electronic networks provide sources of instant up-to-date information about diagnoses and treatments. Cellular phones, electronic memo pads, and all the latest in telecommunications technology should be evaluated by nurse managers for use within and among patient care units. Evaluation should be a part of the strategic planning process. Adoption of new tools should be evaluated on the basis of value added to individual and corporate performances and cost–benefit analysis.

Even though sophisticated communications technology is in place, managers and employees often fail to communicate. Good communication is the key to achieving personal and organizational effec-

---

FIGURE 6-4 Communication Media

Meetings

Managers

Questions

Oral communication

Written communication

Interviews

Organizational publications

Electronic media

Source: Author.

---

tiveness. To be effective, information must be transferred in a timely fashion. Managers are responsible for using available information technology and therefore need to have related competencies. To communicate effectively, managers and employees need training in the skills of information technology.[118] The management information system or nursing information system should be transformed into a customer information system. Lack of electronic memos or faxes or other communications may indicate to personnel and patients that a nurse manager is not listening.

Figure 6-4 summarizes the different forms of communication media.

THE FUTURE

People as Capital

Specialization, division of labor, and economics of scale do not work in a service organization. People are the capital resource, and return on people is the measurable outcome, not capital in buildings and machines. The cost basis of service organizations will continue to be in people.

- Good employees want ownership. They want to own stock in the company. They also want psychic ownership in the company. They believe they are entrepreneurs. Within the corporation, "intrapreneurship" is already creating new products and new markets, revitalizing companies from the inside out.
- The service economy produces to meet unique human needs. Ideas come from employees, who have a rich mix of cultures. Customer demands and needs spur intuition and creativity, leading to new products and services. Medical problems, including nursing problems, are not neatly packaged. They are organic and interdependent, requiring workers who integrate the specialties to meet the needs of the people.
- Capital must be compounded through education and software. Training and education reduce general and administrative costs to maintain and increase competition. Information should be bought as a direct cost because a productive employee must be up to date and have information to be competent and productive.

Organizational Best Practices

Organizations that foster personal growth and communication best practices will attract the best and brightest people. Work enlargement yields greater productivity from such people. They want health and fitness and education programs from their employers. They want work integrated into their lives. They want to work in environments that are democratic and that allow them to network and to work in small teams. They want work to be fun. This is the cornerstone to creating and sustaining healthy work environments.[119]

The American Organization of Nurse Executives in their work on Healthy Work Environments noted the following six critical factors essential for achieving work environment excellence:[120]

1. Leadership development and effectiveness
2. Empowered collaborative decision making
3. Work design and service delivery innovation
4. Values-driven organizational culture
5. Recognition and rewards system
6. Professional growth and accountability

Each of these factors is described in this important work. For example, factor 2, empowered collaborative decision making, supports the essential nature of working with multidisciplinary teams and sharing decision making. "Job satisfaction, productivity, and retention are positively related to the professional recognition nurses enjoy in a work environment that supports nursing practice autonomy and meaningful nurse participation in operational decisions. The shared governance model represents one approach to nurse empowerment that many organizations are using to create the structural and cultural conditions necessary to enhance the professional status and influence of nursing."[121]

To grow and profit, organizations have to eliminate their hierarchical orientation and become team oriented. They must emulate the positive and productive qualities of small business. The infrastructure of the organization will give way to networking and people orientation.

Many businesses are striving for monopoly through mergers, acquisitions, and coalitions to control their environments. Though success evolves from market feedback, market forces demand change from people and are brutally destructive when people fail. The market will become the arbiter of power, obliterating layers of bureaucracy unless seized by political means.

A successful organization has effective communication at all levels, including the managerial level. Managers are skilled in managing human resources to effect communication. Communication makes employees valuable, contributing members of the corporate team (an important perception). Successful communication reduces conflict by reducing litigation and external intervention by labor unions and regulatory governmental agencies.

A good communication system does the following:

- Aids in cost savings, improves efficiency, and enhances productivity. People who know the system uncover and fix any problems.
- Keeps management better informed as it supports trust
- Keeps employees informed of the company's plans, policies, goals, philosophies, and requirements. Informed employees act positively.
- Improves morale. Information means a satisfied employee not swayed by outside influences.
- Makes employees believe they are part of a team. Again, spirit and trust support common goals.
- Maintains a work environment free of outside adversaries and unwanted third-party influences
- Provides some confidentiality for mutual trust and respect
- Responds promptly and completely
- Provides a means for employees to vent
- Provides sufficient information
- Recognizes employees as individuals

Employee attitude surveys may be a means of evaluating the effectiveness of company communication. These surveys cover employees' feelings about job duties, working conditions, supervisory and managerial skills, communications, pay, benefits, training, promotional opportunities, personnel policies and procedures, morale, and job security. Analyze results, and make and implement a plan to resolve problems. Resurvey after a sufficient period.[122]

Managers

Managers should be retrained to be coaches and facilitators. Some organizations are already doing this. W. L. Gore & Associates has 38 plants, 5,000 employees, and no plant managers. Plant size is limited to 150 employees. As employees develop a following, they become the chosen leaders. Employees have sponsors when they are employed. If a job is not learned within 90 days, the employee is no longer paid. Advocate sponsors are consulted by a compensation sponsor to determine salary based on accomplishment.

Thirty-five percent of American corporations pay managers more than they deliver as value added, that is, the increased production and profit they add as a result of their performance. The manager's new role is that of coach, teacher, and mentor.[123]

Technology

Technology will be linked to the service orientation of surviving, adaptive, customer-oriented organizations. It will shift the cost curve, with labor continuing to have high income because of increased productivity. Quality will be paramount, requiring that the organizational design and the technology be brought together as enablers for human resources. Computers can supplement, not replace, human capital.

Technology will become overhead. Information technology will be used to solve problems for which there is little intelligence and very little collective knowledge. When available, information should be bought and not generated directly to decrease overhead costs and hierarchy. Otherwise, managers must

www   Evidence-Based Practice 6-3

Perry, Ryan, Bailey, and Thompson in their work on the 2001 Arkansas State Planning Grant included qualitative methods to guide the development of options to expand health insurance coverage in the state. To understand the processes surrounding decisions related to health insurance coverage, focus groups were conducted with employers and household decision makers. The authors used qualitative research methods, and focus groups targeting small to moderately sized employers and household decision makers were conducted to outline steps in the decision-making process related to health insurance coverage. Analysis of qualitative data collected from both employers and household decision makers led to the development of a single model that described the decision-making process regarding health insurance. These findings provided key opportunities for policy development and intervention. Short-term interventions focused on the precipitating event and strategies available to individuals. Long-term research and educational opportunities focused on influencing the assessment of issues and the valuation of health insurance. The implication for policy, delivery, and practice is awareness of the decision making about health insurance, and knowledge of external factors likely to influence that process. This provides policymakers with the ability to develop targeted and timely strategies to expand health insurance coverage.[125]

establish entire teams of experts to develop and implement a system that may already be available. It will be cheaper to pay the experts by the minute, because many will be available electronically. Thus contract or consultative labor will replace hired labor, especially in the technologic sphere.

Artificial intelligence will be a key enabler that will create generalists. It replaces experts and encapsulates and capitalizes knowledge. Knowledge will be added to machines to become an extension of the user. A symbiotic relationship will exist between the manager and the expert machine.

Survival in the information age will depend on a combination of technology and strategic insights. Service organizations will have to find people who need services and deliver these services to them. During the past 6,000 years, information has belonged to the power structure, which did not trade it, market it, or give it away. The service industries of the information age will market services that are heavily information based.

People and technologic systems can quickly become obsolete. Managers should go after strategic, not technical, gains. They should not computerize what does not work or maintain obsolete technology in hiring people. Employers must be developed and updated, adjusted to the system, or they will "career hop" within and outside of the organization. Turnover is expensive because it throws away assets. Human resource assets generate more value added when they are managed, enriched, and involved in the enterprise.[124]

SUMMARY

Creative decision making and problem solving occur concurrently with all major functions of nursing. Four models of the cognitive thinking skills involved in decision making are presented: the normative model, the decision-tree model, the descriptive model, and the strategic model.

Decision making involves having an objective, gathering data pertaining to the objective, analyzing the data, identifying and evaluating alternative courses of action to achieve the objective, selecting an alternative (the decision), implementing it, and evaluating the results. Nurses make the best decisions through knowledge and use of the theory of decision making combined with intuitive ability developed over years of experience.

Although problem solving is not the exact equivalent of decision making, it uses a similar thinking process. Decision making is different from problem solving in that its objective does not have to pertain to a problem. It can be an objective that relates to change, progress, research, or implementation of any operational or management plan.

Communication occurs between government and the governed, between governments, between buyers and sellers, between manufacturers and consumers, between pupils and teachers, between parents and children, and between neighbors. Most important, communication occurs between people only if they want it to. The products of lack of communication are too costly to accept: misinformation, misunderstanding, waste, fear, suspicion, insecurity, and low morale.

People have difficulty accepting that communication is not the answer to all problems of human relations and personnel management. A gap exists between senders and receivers that must be recognized before it can be bridged—a gap in background, experience, and motivation.

Good communication is frequently an illusion. It is not achieved only with open doors, geniality, or jokes. Communication is aided by listening to what people are really saying and perceiving what they are projecting through their words, facial expressions, tone of voice, and actions. To induce people to accept direction, one must encourage them to participate. They will listen for genuineness in the word of the boss as demonstrated by actions. Crucial conversations and crucial confrontation offer valuable tools to influence positive organizational outcomes.

WWW APPLICATION EXERCISES

Exercise 6-1

From your communications (calls, memos, etc.), follow up on complaints or problems. Help resolve them.

Exercise 6-2

Have a group of internal and external customers meet with you to discuss communication and information problems. Listen to them. Guide them to good solutions. Facilitate action.

Exercise 6-3

The following exercises may be done individually or as a group. You may want to work with a group of your peers.

Case Study: You are Ms. Carrie Platt. You have been director of nursing at Mason General Hospital for 1½ years. Mason General is a 500-bed general hospital in a metropolitan area, serving a population of 700,000. The city has four other hospitals and a University Medical Center. A local ADN nursing program is affiliated with your hospital. Today is Monday, March 20. During the past week, on Thursday, March 16, and Friday, March 17, you were away from the hospital to conduct a 2-day workshop. It is 8 A.M. and you have just arrived at the hospital. You must leave the hospital at 8:50 A.M. to be at the airport at 9:10 A.M. There has been an unexpected death in the family and you will be gone the entire week. You notice that the in-basket contains several items. You should make decisions about these things before leaving.

INSTRUCTIONS: Three decision-making exercises appear on the following pages. Each exercise is composed of a memorandum or other medium and a decision worksheet format. Use the worksheet format to list ideas for action and arrive at a decision. If the information given lacks essential details, make any assumptions necessary. Possible examples of decisions include the following:

1. Take immediate action and state what the action is.
2. Delegate the action to another person and state who the person is.
3. Postpone the action; state to what time.
4. Other course; please specify.

A. MEMORANDUM

TO: Ms. Platt   SUBJECT: Poor charting of I&O

FROM: Kay Campbell, Nurse Manager–5 N   Date: March 17

The I&O record on Mrs. East in 517 is incomplete for evening and night shifts for her post-operative period. She went into shock in the recovery room and is in renal failure. Dr. Blake is extremely upset about the lack of thorough charting of I&O. One of the evening aides heard Mr. East call his lawyer about the possibility of a lawsuit. We thought you needed to be aware of this situation.

DECISION WORKSHEET
SUBJECT DECISION   DECISION
ALTERNATIVES   ANALYSIS   SELECTED   DECISION

B. MEMORANDUM
TO: Ms. Platt   SUBJECT: Uniform Regulations
FROM: Mrs. Back, Inservice Instructor DATE: March 17

The meeting with the nursing assistants regarding uniform regulations has been scheduled for March 21 at 10:00 a.m. in Inservice Room 406. We appreciate your offer to discuss this matter with the nursing assistants.

DECISION WORKSHEET			
SUBJECT DECISION ALTERNATIVES	DECISION ANALYSIS	DECISION SELECTED	DECISION

C. MEMORANDUM

SUBJECT DECISION ALTERNATIVES	DECISION ANALYSIS	DECISION SELECTED	DECISION

Exercise 6-4

Check your inbox. If you are not receiving communications from your customers (clinical nursing personnel, patients, and others), start a personal listening ritual. Call three customers a day and ask how they are doing and what their problems are. Listen to their responses.

Exercise 6-5

Use a group of coworkers to evaluate your current recognition program. Discard those activities that are not working if they cannot be fixed. Infuse the others with excitement. Consider having an "attaboy" and "attagirl" award for which customers can pick up a short form and fill it out when they feel especially good about something an employee has done. Recognize the employee immediately at change-of-shift report, breakfast, lunch, dinner, or whenever. Send out 10 thank-you notes a month to employees and 10 more to customers.

Exercise 6-6

Make notes of calendar events and bring a fresh fruit and vegetable tray, whole-grained breads, and crackers and cheeses to them.

Exercise 6-7

Be the first to make a contribution to the United Way or other community agency. Lead the charge when supporting a voluntary effort for a community activity. Recognize those who put forth community effort.

Exercise 6-8

Walk around your area of responsibility. Note at least one hassle that can be fixed each day (or week or month). Fix it! Use your crucial conversation and confrontation skills.

Exercise 6-9

Identify and analyze your worst failure each month. How can it be fixed? Fix it!

Exercise 6-10

Visit customers who call you on the phone. These include employees, patients, suppliers, peers, and others.

Exercise 6-11

Make a list of all the information you want employees to have. Schedule meetings with all of them. Give them the information, and leave them with a printed version.

Exercise 6-12

Consider a major project that your preceptor is working on. Drill down on the steps in decision making with your preceptor, identifying how decisions are made, rationales are given, and budgets are determined to ensure that such will be carried out.

For a full suite of assignments and additional learning activities, use the access code located in the front of your book to visit this exclusive website: http://go.jblearning.com/roussel. If you do not have an access code, you can obtain one at the site.

NOTES

1. Page, A. (Ed.). (2004). *Keeping patients safe: Transforming the work environment of nurses* (p. 118). Committee on the Work Environment for Nurses and Patient Safety, Institute of Medicine. Washington, DC: National Academies Press.
2. Ingersol, G., Fisher, M., Ross, B., Soja, M., & Kidd, N. (2001). Employee response to major organizational redesign. *Applied Nursing Research, 14,* 18–28.
3. Rousseau, D., & Tijoriwala, S. (1999). What's a good reason to change? Motivational reasoning and social accounts in organizational change. *Journal of Applied Psychology, 84,* 514–528.
4. Heifetz, R., & Laurie, D. (2001). The work of leadership. *Harvard Business Review, 79,* 131–140.
5. Ibid.; Page, 2004.
6. American Nurses Association. (2002). *Nursing's agenda for the future: A call to the nation.* Washington, DC: Author.
7. Lancaster, W., & Lancaster, J. (1982). Rational decision making: Managing uncertainty. *Journal of Nursing Administration, 12,* 23–28.
8. Peters, T. (1992, March 3). This is CNN: Chaos is the future of business. *San Antonio Light,* p. B9.
9. Wah, S. S. (2001, July 1). Chinese cultural values and their implications to Chinese management. The Free Library (2001). Retrieved February 28, 2008, from http://www.thefreelibrary.com /Chinese+Cultural+Values+and+their+Implication+to+Chinese+Management.-a077417369
10. Nolan, P. (1998). Competencies drive decision making. *Nursing Management, 9*(46), 27–29.
11. Arora, N. K., & McHorney, C. A. (2000). Patient preferences for medical decision making: Who really wants to participate? *Medical Care, 38,* 335–341; Babic, S. H., Kokol, P., Zorman, M., & Podgorelec, V. (1999). The influence of class discretization to attribute hierarchy of decision trees. *Student Health Technology Information, 68,* 676–681.
12. Wah, 2001.
13. Shankar, R. D., & Musen, M. A. (1999). *Justification of automated decision making: Medical explanations as medical arguments.* Proceedings of the AMIA Symposium, November 10–11 at Buena Vista Palace, Orlando, Florida, pp. 395–399; Jamieson, P. W. (1990). A new paradigm for

explaining and linking knowledge in diagnostic problem solving. *Journal of Clinical Engineering, 19*(1), 371–380; Gerdtz, M. F., & Bucknall, T. K. (1999). Why we do the things we do: Applying clinical decision-making frameworks to triage practice. *Accident Emergency Nursing, 35*(4), 50–57; Dowie, J. (1999). What decision analysis can offer the clinical decision maker: Why outcome databases such as KIGS and KIMS are vital sources for decision analysis. *Hormone Research, 51*(Suppl. 1), 73–82; Taylor, C. A., Draney, M. T., Ku, J. P., Parker, D., Steele, B. N., Wang, K., Feinstein, J. A., & LaDisa, J. F. (1999). Predictive medicine: Computational techniques in therapeutic decision making. *Computer Aided Surgery, 4*, 231–247; Balneaves, L. G., & Long, B. (1999). An embedded decisional model of stress and coping: Implications for exploring treatment decision making by women with breast cancer. *Journal of Advanced Nursing, 30*(6), 1321–1331; Mazumdar, M., & Glassman, J. R. (2000). Categorizing a prognostic variable: Review of methods, code for easy implementation and applications to decision making about cancer treatments. *Statistical Medicine, 90*(4), 113–132.

14. Offredy, M. (1998). The application of decision making concepts by nurse practitioners in general practice. *Journal of Advanced Nursing, 31*(2), 988–1000; McGuinness, S. D., & Peters, S. (1999). The diagnosis of multiple sclerosis: Peplau's interpersonal relations model in practice. *Rehabilitation Nursing, 24*, 30–33.

15. Lancaster & Lancaster, 1982, p. 23.

16. Vroom, V. H. (1973). A new look at managerial decision making, organizational decision making. *Organizational Dynamics, 34*, 66–80.

17. Brown, R. V. (1970). Do managers find decision theory useful? *Harvard Business Review, 15*, 78–89; Magee, J. (1964). Decision trees for decision making. *Harvard Business Review, 42*, 126; Magee, J. (1964). How to use decision trees in capital investment. *Harvard Business Review, 42*, 79.

18. Simon, H. A. (1976). *Administrative behavior* (3rd ed.). New York: The Free Press.

19. Ibid.

20. Lancaster & Lancaster, 1982.

21. Nagelkerk, J. M., & Henry, B. J. (1990). Strategic decision making. *Journal of Nursing Administration, 20*(7/8), 18–23.

22. Ibid., p. 21.

23. Ibid.

24. Orton, A. (1984). Leadership: New thoughts on an old problem. *Training, 28*, 31–33.

25. Harrison, K. (1991). Cost benefit analysis: A decision-making tool for physiotherapy managers. *Physiotherapy, 37*, 445–448.

26. Matteson, P., & Hawkins, J. W. (1990). Concept analysis of decision making. *Nursing Forum, 25*, 4–10.

27. Graham, D, & Reese, D. (1984). There's power in numbers. *Nursing Management, 30*, 48–51.

28. McKenzie, M. E. (1985). Decisions: How you reach them makes a difference. *Nursing Management, 31*, 48–49.

29. Kanter, R. M. (1989). *When giants learn to dance* (pp. 114, 153–155). New York: Simon & Schuster.

30. Agor, W. H. (1986). The logic of intuition: How top executives make important decisions. *Organizational Dynamics, 14*, 5–18.

31. Ibid., p. 9.

32. Watkins, M. P. (1998). Decision-making phenomena described by expert nurses working in urban community health centers. *Journal of Professional Nursing, 14*(1), 22–23.

33. King, L., & Appleton, J. V. (1997). Intuition: A critical review of the research and rhetoric. *Journal of Advanced Nursing, 26*, 194–202.

34. Easen, P., & Wilcockson, J. (1996). Intuition and rational decision making in professional thinking: A false dichotomy? *Journal of Advanced Nursing, 24,* 667–673.

35. Agor, 1986.

36. Rew, L. (1986). Intuition: Concept analysis of a group phenomenon. *Advances in Nursing Science, 8,* 21–28.

37. Blakeslee, S. (1994, May 30). Seat of morality inside the brain. *San Antonio Express-News,* p. 24A.

38. Casebeer, L. (1991). Fostering decision making in nursing. *Journal of Nursing Staff Development, 66,* 271–274.

39. Botter, M. L., & Dickey, S. B. (1989). Allocation of resources: Nurses the key decision makers. *Holistic Nursing Practice, 4,* 44–51.

40. Miller, V. G. (1995). Characteristics of intuitive nurses. *Western Journal of Nursing Research, 17,* 305–316.

41. Barnard, C., & Beyers, M. (1982). The environment of decision. *Journal of Nursing Administration, 12,* 25–29.

42. Swansburg, R. C. (1976). *Management of patient care services* (pp. 149–170). St. Louis, MO: C.V. Mosby.

43. McKay, P. S. (1983). Interdependent decision making: Redefining professional autonomy. *Nursing Administration Quarterly, 7,* 21–30.

44. American Nurses Credentialing Center. (2005). ANCC magnet recognition program®. Silver Spring, MD: American Nurses Credentialing Center. Retrieved July 5, 2011, from http://www.nursecredentialing.org/Magnet.aspx.

45. Ibid., p. 54.

46. American Hospital Association (AHA). (1984). Strategies: nurse involvement in decision making and policy development (pp. 1–10). Washington, DC: AHA.

47. Blegen, M. A., Goode, C., Johnson, M., Maas, M., Chen, L., & Moorhead, S. (1993). Preferences for decision-making autonomy. *Image,* 339–344.

48. Dwyer, D. J., Schwartz, R. H., & Fox, M. L. (1992). Decision making autonomy in nursing. *Journal of Nursing Administration, 22,* 17–23.

49. AHA, 1984.

50. Murphy, N. J. (1992). Nursing leadership in health policy decision making. Nursing Outlook, 158–161.

51. Anderson, B. (1992). Voyage to shared governance. *Nursing Management, 23,* 65–67; Ide, P., & Fleming, C. (1999). A successful model for the OR. *AORN Journal, 70,* 805–808, 811–813; Bell, H. M. (2000). Shared governance and teamwork: Myth or reality. *AORN Journal, 71,* 631–635; Boyle, D. K., Bott, M. J., Hansen, H. E., Woods, C. Q., & Taunton, R. L. (1999). Managers' leadership and critical care nurses' intent to stay. *American Journal of Critical Care, 8,* 361–371.

52. Girot, E. A. (2000). Graduate nurses: Critical thinkers or better decision makers? *Journal of Advanced Nursing, 31,* 288–297.

53. Ibid.; American Nurses Credentialing Center, 2005.

54. Scharf, A. (1985). Secrets of problem solving. *Industrial Management, 27,* 7–11.

55. Blai, B., Jr. (1986). Eight steps to successful problem solving. *Supervisory Management, 10,* 7–9.

56. Klaasens, E. (1992). Strategies to enhance problem solving. *Nurse Educator, 17,* 28–30.

57. Brightman, H. J., & Verhoeven, P. (1986). Why managerial problem solving groups fail. *Business,* 24–29; Shaddinger, D. E. (1992). Digging for solutions. *Nursing Management, 23,* 96f, 96h.

58. Clark, C. C. (2009). *Creative nursing leadership and management* (p. 117). Sudbury, MA: Jones and Bartlett.

59. Morgan, P., & Baker, H. K. (1985). Building a professional image: Improving listening behavior. *Supervisory Management*, 34–36; Griver, J. A. (1979). Communication skills for getting ahead. *AORN Journal*, 242–249.

60. Corbett, W. J. (1986). The communication tools inherent in corporate culture. *Personnel Journal*, 71–72, 74.

61. Wlody, G. S. (1984). Communicating in the ICU: Do you read me loud and clear? *Nursing Management, 15*, 24–27.

62. Bice, M. (1990). Behavior is the most effective communicator. *Hospitals, 64*, 78.

63. Farley, M. J. (1989). Assessing communication in organizations. *Journal of Nursing Administration, 19*, 28.

64. Drucker, P. F. (1973). *Management: Tasks, responsibilities, practices* (p. 483). New York: Harper & Row.

65. Crosby, P. (1987). *Running things: The art of making things happen.* New York: NAL-Dutton.

66. Sanchez, J., Byfield, G., Brown, T. T., LaFavor, K., Murphy, D., & Laud, P. (2000). Perceived accessibility versus actual physical accessibility of healthcare facilities. *Rehabilitation Nursing, 25*, 6–9.

67. Missik, E. (1999). Personal perceptions and women's participation in cardiac rehabilitation. *Rehabilitation Nursing, 24*, 158–165.

68. Wlody, 1984.

69. Levenstein, A. (1984). Feedback improves performance. *Nursing Management, 15*, 64, 66.

70. Levenstein, A. (1984). Back to feedback. *Nursing Management, 15*, 61.

71. Ibid.

72. Kanter, 1989, pp. 108–114.

73. Ibid., p. 275.

74. Patterson, K., Grenny, J., McMillan, R., & Switzler, A. (2005). *Crucial conversations: Tools for talking when stakes are high.* New York: McGraw-Hill.

75. Stone, D., Patton, B., & Heen, S. (1999). *Difficult conversations: How to discuss what matters most.* New York: Penguin Books.

76. Scott, S. (2002). *Fierce conversations.* New York: Penguin Books.

77. Ibid., Patterson et al., 2002.

78. Patterson, et al., 2005.

79. Ibid.; Scott, 2002.

80. Ibid.; Scott, 2002.

81. Baker, H. K., & Morgan, P. (1986). Building a professional image: Using "feeling-level" communication. *Supervisory Management*, 25.

82. O'Sullivan, P. S. (1985). Detecting communication problems. *Nursing Management, 16*, 27–30.

83. Smeltzer, C. H. (1991). The art of negotiation: An everyday experience. *Journal of Nursing Administration, 21*, 26–30.

84. Bazerman, M. H., Curhan, J. R., Moore, D. A., & Valley, K. L. (2000). Negotiation. *Annual Review of Psychology, 51*, 279–314.

85. Haakenson, R. (1964). How to be a better listener. *Notes & Quotes*, 3.

86. Morgan & Baker, 1985.

87. Sousa, L. (1993, May 1). We need to teach life 101. *San Antonio Express-News*, p. 6B; Foster, N. J. (2001). Good communication starts with listening. Retrieved July 25, 2005, from www.mediate.com/articles/foster2.cfm

88. Gibb, J. R. (1982). Defensive communication. *Journal of Nursing Administration, 12*, 14–17.

89. Shields, D. E. (1984). Listening: A small investment, a big payoff. *Supervisory Management*, 18–22.

90. Lang, F., Floyd, M. R., & Beine, K. L. (2000). Clues to patients' explanations and concerns about their illnesses: A call for active listening. *Archives of Family Medicine, 9*, 222–227.

91. Schneider, B. A., Daneman, M., Murphy, D. R., & See, S. K. (2000). Listening to discourse in distracting settings: The effects of aging. *Psychology of Aging, 15*, 110–125.

92. Stewart, N. (1963). Listen to the right people. *Nation's Business*, 60–63.

93. Guncheon, J. (1967). To make people listen. *Nation's Business*, 96–102.

94. Woods, J. H. (1993). Affective learning: One door to critical thinking. *Holistic Nursing Practice, 7*, 64–70.

95. Peters, T. (1981). *Thriving on chaos*. New York: Harper & Row.

96. Ibid.

97. Ibid., pp. 524–532.

98. Ibid., Patterson et al. (2005).

99. Ibid., Patterson et al. (2005), p. 150.

100. Ibid., Patterson et al. (2005), p. 152.

101. Peters, 1981.

102. Irving, A. V. (1998). Twenty strategies to reduce the risk of a malpractice claim. *Journal of Medical Practice Management, 14*, 130–133.

103. Virshup, B. B., Oppenberg, A. A., & Coleman, M. M. (1999). Strategic risk management: Reducing malpractice claims through more effective patient-doctor communication. *American Journal of Medical Quality, 14*, 153–159.

104. Sigband, N. B. (1969). Listen to what you can't hear? *Nation's Business*, 70–72.

105. Bowles, K. H. (2000). Patient problems and nurse interventions during acute care and discharge planning. *Journal of Cardiovascular Nursing, 14*, 41.

106. Anderson, M. A., & Helms, L. B. (2000). Talking about patients: Communication and continuity of care. *Journal of Cardiovascular Nursing, 14*, 15–28.

107. Davies, R. (1992). Managing by listening. *Nation's Business*, 1–6.

108. Peters, 1981, pp. 608–613.

109. Bennis, W., & Nanus, B. (1985). *Leaders: The strategies for taking charge* (pp. 14, 33–43, 106–108). New York: Harper & Row.

110. Ibid., pp. 366–367.

111. Nathan, E. D. (1966). The art of asking questions. *Personnel*, 63–71; Pulick, M. A. (1983). How well do you hear? *Supervisory Management*, 27–31; Morgan & Baker, 1985.

112. St. John, W. D. (1985). You are what you communicate. *Personnel Journal*, 40–43; Caruth, D. (1986). Words: A supervisor's guide to communication. *Management Solutions*, 34–35.

113. Zelko, H. P. (1965). How to be a better speaker. *Notes & Quotes*, 3.

114. Wilkinson, R. (1986). Communication: Listening from the market. *Nursing Management*, 42J, 42L.

115. Dulik, R. (1984). Making personal letters personal. *Supervisory Management*, 37–40.

116. Barnard, C. I. (1938). *The functions of the executive* (p. 226). Cambridge, MA: Harvard University Press.

117. Tingey, S. (1967). Six requirements for a successful company publication. *Personnel Journal*, 638–642.

118. Nalley, E. A., & Braithwaite, J. E., Jr. (1992). Communication: Key to a vital future. *Phi Kappa Phi Newsletter*, 1–3.

119. American Organization of Nurse Executives (2003). *Healthy work environments: Striving for excellence* (Vol. II). Manassas, VA: McManus & Monslave Associates.

120. Ibid.

121. Ibid.

122. Gilberg, K. L. (1993). Open communication provides key to good employee relations. *Supervision*, 8–9.

123. Strassman, P. A., & Zuboff, S. (1985). Conversation with Paul A. Strassman. *Organizational Dynamics*, 19–34; Rutigliano, A. J. (1985). Naisbitt & Aburdene on "re-inventing" the workplace. *Management Review, 74*, 33–35.

124. Ibid.

125. Perry, D., Ryan, K., Bailey, M., & Thompson, J. W. (2002). A health insurance decision making model. *Academy of Health Services Research Health Policy, 17*(5), 19, 21.

REFERENCES

Agor, W. H. (1986). The logic of intuition: How top executives make important decisions. *Organizational Dynamics, 14*, 5–18.

American Hospital Association (AHA). (1984). Strategies: nurse involvement in decision making and policy development. Washington, DC: AHA.

American Nurses Credentialing Center. (2005). ANCC magnet recognition program®. Silver Spring, MD: American Nurses Credentialing Center. Retrieved July 5, 2011, from http://www.nursecredentialing.org/Magnet.aspx.

Anderson, B. (1992). Voyage to shared governance. *Nursing Management, 23*, 65–67.

Arora, N. K., & McHorney, C. A. (2000). Patient preferences for medical decision making: Who really wants to participate? *Medical Care, 38*, 335–341.

Babic, S. H., Kokol, P., Zorman, M., & Podgorelec, V. (1999). The influence of class discretization to attribute hierarchy of decision trees. *Student Health Technology Information, 68*, 676–681.

Baker, H. K., & Morgan, P. (1986). Building a professional image: Using "feeling-level" communication. *Supervisory Management*, 25.

Balneaves, L. G., & Long, B. (1999). An embedded decisional model of stress and coping: Implications for exploring treatment decision making by women with breast cancer. *Journal of Advanced Nursing, 30*(6), 1321–1331.

Barnard, C., & Beyers, M. (1982). The environment of decision. *Journal of Nursing Administration, 12*, 25–29.

Barrick, I. J. (2009). *Transforming health care management: Integrating technology strategies*. Sudbury, MA: Jones and Bartlett.

Bazerman, M. H., Curhan, J. R., Moore, D. A., & Valley, K. L. (2000). Negotiation. *Annual Review of Psychology, 51*, 279–314.

Bell, H. M. (2000). Shared governance and teamwork: Myth or reality. *AORN Journal, 71*, 631–635.

Bice, M. (1990). Behavior is the most effective communicator. *Hospitals, 64*, 78.

Blai, B., Jr. (1986). Eight steps to successful problem solving. *Supervisory Management, 10*, 7–9.

Blakeslee, S. (1994, May 30). Seat of morality inside the brain. *San Antonio Express-News*, p. 24A.

Blegen, M. A., Goode, C., Johnson, M., Maas, M., Chen, L., & Moorhead, S. (1993). Preferences for decision-making autonomy. *Image*, 339–344.

Botter, M. L., & Dickey, S. B. (1989). Allocation of resources: Nurses the key decision makers. *Holistic Nursing Practice, 4*, 44–51.

Boyle, D. K., Bott, M. J., Hansen, H. E., Woods, C. Q., & Taunton, R. L. (1999). Managers' leadership and critical care nurses' intent to stay. *American Journal of Critical Care, 8*, 361–371.

Brafman, O., & Beckstrom, R. A. (2006). *The starfish and the spider: The unstoppable power of leaderless organization*. New York: Penguin Books.

Brightman, H. J., & Verhoeven, P. (1986). Why managerial problem solving groups fail. *Business*, 24–29.

Brown, R. V. (1970). Do managers find decision theory useful? *Harvard Business Review, 15,* 78–89.

Casebeer, L. (1991). Fostering decision making in nursing. *Journal of Nursing Staff Development, 66,* 271–274.

Clark, C. C. (2009). *Creative nursing leadership and management* (p. 117). Sudbury, MA: Jones and Bartlett.

Collette, C. L. (2000). Understanding patients' needs is the foundation of perioperative nursing. *AORN Journal, 71*(3), 629–630.

Corbett, W. J. (1986). The communication tools inherent in corporate culture. *Personnel Journal,* 71–72, 74.

Crosby, P. (1987). *Running things: The art of making things happen.* New York: NAL-Dutton.

Dilenschnedier, R. L. (2007). *Power and influence.* New York: McGraw Hill.

Dowie, J. (1999). What decision analysis can offer the clinical decision maker: Why outcome databases such as KIGS and KIMS are vital sources for decision analysis. *Hormone Research, 51*(Suppl. 1), 73–82.

Drucker, P. F. (1973). *Management: Tasks, responsibilities, practices* (p. 483). New York: Harper & Row.

Dwyer, D. J., Schwartz, R. H., & Fox, M. L. (1992). Decision making autonomy in nursing. *Journal of Nursing Administration, 22,* 17–23.

Farley, M. J. (1989). Assessing communication in organizations. *Journal of Nursing Administration, 19,* 28.

Foster, N. J. (2000). Barriers to everyday communication. Retrieved July 25, 2005, from www.mediate.com/articles/foster.cfm

Foster, N. J. (2001). Good communication starts with listening. Retrieved July 25, 2005, from www.mediate.com/articles/foster2.cfm

Gerdtz, M. F., & Bucknall, T. K. (1999). Why we do the things we do: Applying clinical decision-making frameworks to triage practice. *Accident Emergency Nursing, 35*(4), 50–57.

Gibb, J. R. (1982). Defensive communication. *Journal of Nursing Administration, 12,* 14–17.

Girot, E. A. (2000). Graduate nurses: Critical thinkers or better decision makers? *Journal of Advanced Nursing, 31,* 288–297.

Graham, D, & Reese, D. (1984). There's power in numbers. *Nursing Management, 30,* 48–51.

Greiner, A. C., & Knebel, E. (Eds.). (2003). *Health professions education: A bridge to quality.* Washington, DC: National Academies Press.

Griver, J. A. (1979). Communication skills for getting ahead. *AORN Journal,* 242–249.

Guncheon, J. (1967). To make people listen. *Nation's Business,* 96–102.

Haakenson, R. (1964). How to be a better listener. *Notes & Quotes,* 3.

Hansten, R. I., & Jackson, M. (2004). *Clinical delegation skills: A handbook for professional practice* (3rd ed.). Sudbury, MA: Jones and Bartlett.

Harrison, K. (1991). Cost benefit analysis: A decision-making tool for physiotherapy managers. *Physiotherapy, 37,* 445–448.

Heifetz, R., & Laurie, D. (2001). The work of leadership. *Harvard Business Review, 79,* 131–140.

Ide, P., & Fleming, C. (1999). A successful model for the OR. *AORN Journal, 70,* 805–808, 811–813.

Ingersol, G., Fisher, M., Ross, B., Soja, M., & Kidd, N. (2001). Employee response to major organizational redesign. *Applied Nursing Research, 14,* 18–28.

Irving, A. V. (1998). Twenty strategies to reduce the risk of a malpractice claim. *Journal of Medical Practice Management, 14,* 130–133.

Iyengar, S., & Simon, A. F. (2000). New perspectives and evidence on political communication and campaign effects. *Annual Review of Psychology, 51,* 149–169.

Jamieson, P. W. (1990). A new paradigm for explaining and linking knowledge in diagnostic problem solving. *Journal of Clinical Engineering, 19*(1), 371–380.

Kanter, R. M. (1989). *When giants learn to dance.* New York: Simon & Schuster.

King, L., & Appleton, J. V. (1997). Intuition: A critical review of the research and rhetoric. *Journal of Advanced Nursing, 26,* 194–202.

Klaasens, E. (1992). Strategies to enhance problem solving. *Nurse Educator, 17,* 28–30.

Kleinman, C. S. (2004). Leadership and retention. *Journal of Nursing Administration, 34,* 111–113.

Lancaster, W., & Lancaster, J. (1982). Rational decision making: Managing uncertainty. *Journal of Nursing Administration, 12,* 23–28.

Lang, F., Floyd, M. R., & Beine, K. L. (2000). Clues to patients' explanations and concerns about their illnesses: A call for active listening. *Archives of Family Medicine, 9,* 222–227.

Levenstein, A. (1984). Back to feedback. *Nursing Management, 15,* 61.

Levenstein, A. (1984). Feedback improves performance. *Nursing Management, 15,* 64, 66.

Levitt, S. D., & Dubner, S. J. (2006). *Freakonomics.* New York, NY: Harpercollins.

Macrae, C. N., & Bodenhausen, G. V. (2000). Social cognition: Thinking categorically about others. *Annual Review of Psychology, 51,* 93–120.

Magee, J. (1964). Decision trees for decision making. *Harvard Business Review, 42,* 126.

Magee, J. (1964). How to use decision trees in capital investment. *Harvard Business Review, 42,* 79.

Martin, R. (2007). *The opposable mind.* Boston: Harvard Business School Press.

Matteson, P., & Hawkins, J. W. (1990). Concept analysis of decision making. *Nursing Forum, 25,* 4–10.

Mazumdar, M., & Glassman, J. R. (2000). Categorizing a prognostic variable: Review of methods, code for easy implementation and applications to decision making about cancer treatments. *Statistical Medicine, 90*(4), 113–132.

McGuinness, S. D., & Peters, S. (1999). The diagnosis of multiple sclerosis: Peplau's interpersonal relations model in practice. *Rehabilitation Nursing, 24,* 30–33.

McKay, P. S. (1983). Interdependent decision making: Redefining professional autonomy. *Nursing Administration Quarterly, 7,* 21–30.

McKenzie, M. E. (1985). Decisions: How you reach them makes a difference. *Nursing Management, 31,* 48–49.

Miller, V. G. (1995). Characteristics of intuitive nurses. *Western Journal of Nursing Research, 17,* 305–316.

Missik, E. (1999). Personal perceptions and women's participation in cardiac rehabilitation. *Rehabilitation Nursing, 24,* 158–165.

Morgan, P., & Baker, H. K. (1985). Building a professional image: Improving listening behavior. *Supervisory Management,* 34–36.

Murphy, N. J. (1992). Nursing leadership in health policy decision making. *Nursing Outlook,* 158–161.

Nagelkerk, J. M., & Henry, B. J. (1990). Strategic decision making. *Journal of Nursing Administration, 20*(7/8), 18–23.

Nolan, P. (1998). Competencies drive decision making. *Nursing Management, 9*(46), 27–29.

O'Sullivan, P. S. (1985). Detecting communication problems. *Nursing Management, 16,* 27–30.

Offredy, M. (1998). The application of decision making concepts by nurse practitioners in general practice. *Journal of Advanced Nursing, 31*(2), 988–1000.

Orton, A. (1984). Leadership: New thoughts on an old problem. *Training, 28,* 31–33.

Page, A. (Ed.). (2004). *Keeping patients safe: Transforming the work environment of nurses.* Committee on the Work Environment for Nurses and Patient Safety, Institute of Medicine. Washington, DC: National Academies Press.

Patterson, F., Ferguson, E., Lane, P., Farrell, K., Martlew, J., & Wells, A. (2000). A competency model for general practice: Implications for selection, training, and development. *British Journal of General Practice, 50,* 188–193.

Patterson, K., Grenny, J., McMillan, R., & Switzler, A. (2005). *Crucial conversations: Tools for talking when stakes are high.* New York: McGraw-Hill.

Peters, T. (1981). *Thriving on chaos.* New York: Harper & Row.

Peters, T. (1992, March 3). This is CNN: Chaos is the future of business. *San Antonio Light,* p. B9.

Rew, L. (1986). Intuition: Concept analysis of a group phenomenon. *Advances in Nursing Science, 8,* 21–28.

Rousseau, D., & Tijoriwala, S. (1999). What's a good reason to change? Motivational reasoning and social accounts in organizational change. *Journal of Applied Psychology, 84,* 514–528.

Sanchez, J., Byfield, G., Brown, T. T., LaFavor, K., Murphy, D., & Laud, P. (2000). Perceived accessibility versus actual physical accessibility of healthcare facilities. *Rehabilitation Nursing, 25,* 6–9.

Scharf, A. (1985). Secrets of problem solving. *Industrial Management, 27,* 7–11.

Schneider, B. A., Daneman, M., Murphy, D. R., & See, S. K. (2000). Listening to discourse in distracting settings: The effects of aging. *Psychology of Aging, 15,* 110–125.

Scott, S. (2002). *Fierce conversations.* New York: Penguin Books.

Shaddinger, D. E. (1992). Digging for solutions. *Nursing Management, 23,* 96f, 96h.

Shankar, R. D., & Musen, M. A. (1999). *Justification of automated decision making: Medical explanations as medical arguments.* Proceedings of the AMIA Symposium, November 10–11 at Buena Vista Palace, Orlando, Florida, pp. 395–399.

Shields, D. E. (1984). Listening: A small investment, a big payoff. *Supervisory Management,* 18–22.

Simon, H. A. (1976). *Administrative behavior* (3rd ed.). New York: The Free Press.

Smeltzer, C. H. (1991). The art of negotiation: An everyday experience. *Journal of Nursing Administration, 21,* 26–30.

Sousa, L. (1993, May 1). We need to teach life 101. *San Antonio Express-News,* p. 6B.

Stewart, N. (1963). Listen to the right people. *Nation's Business,* 60–63.

Stone, D., Patton, B., & Heen, S. (1999). *Difficult conversations: How to discuss what matters most.* New York: Penguin Books.

Swansburg, R. C. (1976). *Management of patient care services* (pp. 149–170). St. Louis, MO: C.V. Mosby.

Taylor, C. A., Draney, M. T., Ku, J. P., Parker, D., Steele, B. N., Wang, K., Feinstein, J. A., & LaDisa, J. F. (1999). Predictive medicine: Computational techniques in therapeutic decision making. *Computer Aided Surgery, 4,* 231–247.

Vroom, V. H. (1973). A new look at managerial decision making, organizational decision making. *Organizational Dynamics, 34,* 66–80.

Wah, S. S. (2001, July 1). Chinese cultural values and their implications to Chinese management. The Free Library (2001). Retrieved February 28, 2008, from http://www.thefreelibrary.com/Chinese+Cultural+Values+and+their+Implication+to+Chinese+Management.-a077417369

Watson, C. A. (2004). Evidence-based management practices. *Journal of Nursing Administration, 34,* 207–209.

Watkins, M. P. (1998). Decision-making phenomena described by expert nurses working in urban community health centers. *Journal of Professional Nursing, 14*(1), 22–23.

Wlody, G. S. (1984). Communicating in the ICU: Do you read me loud and clear? *Nursing Management, 15,* 24–27.

Woods, J. H. (1993). Affective learning: One door to critical thinking. *Holistic Nursing Practice, 7,* 64–70.

PART II

Leading the Business of Health Care: Processes and Principles

Organizational Structure and Analysis

Denise Danna

- Describe the basic principles of organizing.
- Examine the key components in developing an organizational structure.
- Evaluate the various types and characteristics of organizational structures with an emphasis on participatory management style.
- Analyze the various types and characteristics of successful teams.
- Evaluate indicators for assessing committee effectiveness.
- Explore the concept of group dynamics with an emphasis on functional roles of group members, group techniques, and groupthink.
- Synthesize the characteristics of a culture, in particular a culture of safety.
- Compare the culture and climate of an organization.
- Examine several types of nursing care delivery systems models and professional practice models of care.
- Discuss the characteristics of a healthful work environment.
- Analyze organizational structures in a nursing division as well as departmentation.
- Describe the informal organization.
- Synthesize the indicators used in monitoring organizational effectiveness.

WWW **CONCEPTS**

Organizational theory, chain of command, unity of command, span of control, specialization, bureaucracy, line and staff, coordination, delegation, system of policies, role theory, organizational structure, organizational charts, hierarchical structure, matrix structure, decentralization structure, participatory management, shared governance, job enrichment, personalization, primary nursing, entrepreneurship, gain sharing, pay equity, organizational development, autonomy, accountability, organizational culture, team building, self-managed teams, committees, ad-hoc committees, standing committee, group dynamics, focus group, groupthink, culture of safety, organizational climate, nursing care delivery system, functional nursing, team nursing, case method, professional nursing practice environment, professional models of care, departmentation, informal organization

> *Quote*
>
> *Our life is frittered away by detail ... Simplify, simplify.*
>
> —Henry David Thoreau

SPHERES OF INFLUENCE

Unit-Based or Service-Line-Based Authority: Authority at this level includes maintaining the nursing organization to support an organizational structure by adhering to basic principles of organizing and appointing nursing personnel to all organizational committees; ensures shared accountability for professional practice; collaborates in the design and improvement of systems and the identification of resources that ensure interventions that are safe, effective, efficient, age relevant, and culturally sensitive; collaborates in the design and improvement of systems and processes that ensure interventions are implemented by the appropriate personnel. Authority at this level advocates for a work environment that minimizes work-related illness and injury.

Organization-Wide Authority: Authority at this level works with clinical employees to develop a decentralized and participatory management and organizational structure that supports a professional practice environment that endorses autonomy, accountability, shared governance, and decision making through committee structure and group dynamics. At this level of authority, the nurse administrator evaluates systems and processes of nursing services to ensure achievement of nurse-sensitive patient, client, or family-centered outcomes and a safe working environment.

NURSE MANAGER BEHAVIORS

The nurse manager maintains the nursing organization to support an organizational structure through adherence to basic principles of organizing and by appointing nursing personnel to all organization committees; ensures shared accountability for professional practice; collaborates in the design and improvement of systems and the identification of resources that ensure interventions are safe, effective, efficient, age relevant, and culturally sensitive; collaborates in the design and improvement of systems and processes that ensure interventions are implemented by the appropriate personnel. The nurse manager advocates for a work environment that minimizes work-related illness and injury.

NURSE EXECUTIVE BEHAVIORS

The nurse executive works with nursing employees to develop a decentralized and participatory management organizational structure that supports a professional practice environment that endorses autonomy, accountability, shared governance, and decision making through committee structure and group nurse executive evaluates systems and processes of nursing services to ensure achievement of nurse-sensitive patient, client, or family-centered outcomes and a safe working environment.

Introduction

Organizations consume most of our daily lives, whether we are going to school, church, or work. It is important for nurse executives to identify and function effectively within different types of organizational structures, delivery systems, professional practice environments and models. To get work done and improve patient outcomes in a culture of quality and safety, individuals need to work together with clear expectations and a common goal. Teams, groups, and committees are critical elements within the framework of professional nursing administrative practice that accomplish these goals.

Healthcare delivery has changed dramatically over the years, and it is imperative that nurse executives lead the way to identify, develop, and implement delivery models that are appropriate for both the nursing profession and to the patients served. Challenges in the nursing work environment have come from such issues as changes in patient demographics, technological advances, biomedical advances, and the distribution of delivery of care to different and various clinical sites.

The American Organization of Nurse Executives (AONE) identifies the required skill set for nursing leaders in the AONE Nurse Executive Competencies (**Figure 7-1**).[1] These competencies are critical for the nurse executive to master to succeed in today's healthcare environment. The second domain, Knowledge of the Healthcare Environment, identifies the nurse executive as the person who is accountable for the professional environment where nurses practice (**Figure 7-2**). Five professional organizations worked together to create a list of approximately 300 competencies in five domains for healthcare leaders and managers.[2]

ORGANIZATIONAL THEORY

Organizations exist to bring people and material resources together to accomplish the work of the organization. "Organizing is the process of grouping the necessary responsibilities and activities into workable units, determining the lines of authority and communication, and developing patterns of coordination."[3] Once plans are made, the mission, purpose, or business for which the organization exists has been established; the philosophy and vision statements have been developed and adopted; the objectives have been formulated; and resources are organized to sustain the philosophy, achieve the vision, and accomplish the mission and objectives of the organization. Organizations develop as goals become too complex for the individual and must be divided into units that individuals can manage.[4]

Fayol[5] referred to the organizing element of management as the form of the corporate body and stated that the organization takes on form when the number of workers rises to the level requiring a supervisor. It is necessary to group people and distribute duties by putting essential employees where they are most useful. An intermediate executive is the generator of power and ideas.[5] The corporate body of the nursing organization includes executive management and its staff, departmental managers (middle managers), operational managers (first-line managers), and practicing professional and technical nursing personnel. Reformed organizations eliminate middle management, with operational managers becoming the department managers. Professional nursing personnel manage the performances of technical nursing personnel. In a theory of nursing management, nurse managers have as their object the development of a nursing organization that facilitates the work of clinical nurses.

Definitions of Organizing

Urwick referred to organizing as the process of designing the machine. The process should allow for personal adjustments, but these are minimal if a design is followed. It should show the part each person will play in the general social pattern as well as the responsibilities, relationships, and standards of performance. Jobs should be put together along the lines of functional specializations to facilitate the training of replacements. The organizational structure must be based on sound principles, including that of continuity, to provide for the future.[6]

Organizing is the grouping of activities for the purpose of achieving objectives, the assignment of such groupings to a manager with authority for supervising each group, and the means of coordinating appropriate activities horizontally and vertically with other units that are responsible for accomplishing organizational objectives. Organizing involves the process of deciding which levels of organization are necessary to accomplish the objectives of a nursing division, department or service, or unit. For the unit, it would involve the type of work to be accomplished in terms of direct patient care, the kinds

FIGURE 7-1   AONE Nurse Executives Competencies

The American Organization of Nurse Executives (AONE) believes that managers at all levels must be competent in:

Communication and relationship building:

- Effective communication
- Relationship management
- Influence of behaviors
- Ability to work with diversity
- Shared decision making
- Community involvement
- Medical staff relationships
- Academic relationships

Knowledge of the healthcare environment:

- Clinical practice knowledge
- Patient care delivery models and work design knowledge
- Healthcare economics knowledge
- Healthcare policy knowledge
- Understanding of governance
- Understanding of evidence-based practice
- Outcome measurement
- Knowledge of and dedication to patient safety
- Understanding of utilization/case management
- Knowledge of quality improvement and metrics
- Knowledge of risk management

Leadership skills:

- Foundational thinking skills
- Personal journey disciplines
- The ability to use systems thinking
- Succession planning
- Change management

Professionalism:

- Personal and professional accountability
- Career planning
- Ethics
- Evidence-based clinical and management practice
- Advocacy for the clinical enterprise and for nursing practice
- Active membership in professional organizations

Business skills:

- Understanding of healthcare financing
- Human resource management and development
- Strategic management
- Marketing
- Information management and technology

Source: Copyright © 2005 American Organization of Nurse Executives.

> **FIGURE 7-2   AONE Competencies for Nurse Executives.**
> **II. Knowledge of the Healthcare Environment**
>
> - Clinical Practice Knowledge
>   - Delivery Models/Work Design
>   - Maintain current knowledge of patient care delivery systems and innovations.
>   - Articulate various delivery systems and patient care models and the advantages and disadvantages of each.
>   - Serve as a change agent when patient care work/workflow is redesigned.
>   - Determine when new delivery models are appropriate, and then envision and develop them.
> - Healthcare Policy
>   - Governance
>   - Evidence-based Practice/Outcome Measurement
>   - Patient Safety
>   - Utilization/Case Management
>   - Quality Improvement/Metrics
>   - Risk Management
>
> *Source:* Copyright © 2005 American Organization of Nurse Executives.

of nursing personnel needed to accomplish this work, and the span of management or supervision needed. Understanding key organizational principles is an essential step in developing an organizational structure (**Figure 7-3**).

Organization of Work

Work is organized according to the stages in the process. In some areas the work moves to the skills and tools; examples are coronary care nursing and operating room nursing. Sometimes a team needs different skills and tools to complete the work, for example, when an operating room team moves to a delivery room to perform a caesarean section. We certainly find combinations in nursing.

Much of the work in nursing is accomplished by a functionally structured organization. Clarity is an advantage of the functional structure, because the individuals know where they stand, and they understand their tasks. Functional structures are usually stable. A disadvantage is that sometimes the task neither relates to the whole structure nor contributes to the common purpose. Functional structures are rigid, and frequently they either prepare nurses for the future or train or test them. Functional organizations become costly when friction builds up and requires coordinators, committees, meetings, troubleshooters, and special dispatchers. Functional organizations make low psychological demands on people; people in such organizations tend to focus on their efforts only. Small functional organizations are economical and foster good communications. These organizations are good when one kind of work is done. Usually, they require that decisions be made at the top. Nurses within them have narrow visions, skills, and loyalties. Employees of such organizations focus on function rather than on results and performance. The functional process does not usually apply to top management positions or to performance of innovative work by employees.

Healthcare institutions integrate standards of practice into their nursing care delivery systems. Structure and process standards are stated as outcome standards and are used to measure the overall effectiveness of the nursing division. The integration is accomplished throughout the core committees

---

FIGURE 7-3   Key Organizational Principles

- Chain of command: This principle supports a mechanistic structure with a centralized authority that aligns authority and responsibility. Communication flows through the chain of command or channel of communication and tends to be one-way—downward.

- Unity of command: The unity of command principle states that an employee has one supervisor and that there is one leader and one plan for a group of activities with the same objective. This principle is still followed in many nursing organizations but is increasingly being modified by emerging organizational theory.

- Span of control: The span of control principle states that a person should be a supervisor of a group that he or she can effectively manage in terms of numbers, functions, and geography. This original principle has become elastic—the more highly trained the employee, the less supervision is needed. Some management experts recommend up to 75 employees answering to one supervisor.[8]

- Specialization: The principle of specialization is that each person should perform a single leading function. Thus there is a division of labor: a differentiation among kinds of duties. Specialization is thought by many to be the best way to use individuals and groups.

- Bureaucracy: Bureaucracy is highly structured and usually includes no participation by the governed. The principles of chain of command, unity of command, span of control, and specialization all support bureaucratic structures.

- Line and staff: Line authority refers to direct supervision of employees, whereas the staff function is associated with an employee that has an advisory role.

- Coordination: Coordination is when all departments and employees work together for achieving the overall purpose, mission, and goals of the organization.

- Delegation: Allowing decisions to be made at the lowest possible level within the organization. This does not, however, relieve the managers from their responsibility.

- A system of policies: Organizations, especially hospitals, operate with a set of policies, procedures, and guidelines.

Source: Author.

---

of the nursing division, including performance improvement, policy and procedure, job descriptions, and other committees.[7]

Bureaucracy

Bureaucracy, a term coined by Max Weber, evolved from the early principles of administration, including those of organizing. These structures do not work in pure form and have been greatly adapted in today's organization.

Among the historic strong points of bureaucratic organizations is their ability to produce competent and responsible employees. These employees perform by uniform rules and conventions; are accountable to one manager who is an authority; maintain social distance with supervisors and clients, thereby reducing favoritism and promoting impersonality; and receive rewards based on technical qualifications, seniority, and achievement. The characteristics of bureaucracy include formality, low autonomy, a climate of rules and conventionality, division of labor, specialization, standardized procedures, written specifications, memos and minutes, centralization, controls, and emphasis on a high level of efficiency and production. These characteristics frequently lead to complaints about red tape, procedural delays, and general frustration.[9]

Using the bureaucratic model as a reference, Hall studied 10 organizations evaluating the following six dimensions: division of labor, hierarchy of authority, employee rules, work procedures, impersonality, and technical competence. He found varying degrees of each of these dimensions. An organization could be highly bureaucratized in one dimension but not in others. Highly bureaucratic structures have a high degree of bureaucracy in each of the six dimensions. Similar organizations may have similar degrees of bureaucracy.[10]

Hall also found that age and size of an organization do not relate to its degree of bureaucratization. The "technical competence" dimension did not appear to correlate with the other five dimensions. It is the rational aspect of bureaucracy. A high degree of impersonality develops in organizations that deal with large numbers of customers or clients.[11] Hall's study has significance for nursing administration; the scale can be used for testing in healthcare organizations and in nursing divisions. Hall also studied the relationship between professionalism and bureaucratization and found a relationship between structural aspects and attitudinal attributes of a profession (**Figure 7-4**).[12]

The conclusion would be that the less bureaucratic the organization, the more nurses perceive themselves as professionals. Nurse managers need to move from bureaucratic management to transformational leadership, thereby empowering professional nurses in a world in which technology, communication, and political, economic, demographic, and social forces are constantly reshaping the healthcare system.[13]

Organizational Components

Role Theory

Role theory claims that when employees receive inconsistent expectations and little information, they experience role conflict, which leads to stress, dissatisfaction, and ineffective performance. Role theory

---

FIGURE 7-4   Relationship between Professionalism and Bureaucratization

- Attitudes are strongly associated with behavior, particularly as they are related to membership in professional organizations and obtaining specialty certifications.
- Nurses are high in professionalism in terms of belief in service to the public, belief in self-regulation, and sense of calling to the field but are low in feeling of autonomy and using the professional organization as a reference point.
- Nurses are high in bureaucratization, except for technical competence.
- Autonomous organizations have less hierarchy of authority.
- An organization's size does not affect hierarchy.
- Autonomous organizations have less division of labor.
- Autonomous organizations have fewer procedures.
- Autonomous and heteronymous organizations emphasize technical competence.
- Professionalism increases with decreased division of labor, decreased procedures, decreased impersonality, and increased autonomy. Hierarchy is accepted if it serves coordination and communication functions.
- Bureaucracy inhibits professionalism.

Source: Author.

supports the chain of command and unity of command principles. Multiple lines of authority disrupt, divide authority between profession and organization, and create stress. They force employees to make choices between formal authority and professional colleagues. The result is role conflict and dissatisfaction for employees and reduced efficiency and effectiveness for the organization. Role conflict reduces trust of and personal liking and esteem for the person in authority; it reduces communication and decreases employee effectiveness. If management creates an environment that provides the needed support and guidance for employees, role conflict and ambiguity can be minimized (**Figure 7-5**).

The implications for nurse managers are obvious. Role conflict and role ambiguity are separate dimensions; role conflict is more dysfunctional. In a changing work environment nurses are required to perform in new roles and under new circumstances. Managers provide the education and support needed by nurses who are coping with their role changes. Management support addresses the potential and real need deficits nurses confront. The goal is to prevent role insufficiency by thoroughly preparing nurses to function in new roles. Managers may opt to do this through role modeling. Clear understanding of role changes and planned programs to support them reduce role stress and prevent role strain.[14]

Effective use of role theory has a positive impact when making changes in a nursing care delivery system. Role ambiguity, role stress, and role strain are minimized through educational programs aimed at socializing nurses into their new roles. Effective communication improves role changes.[15] Nurses acquire more personal power and incentives as they move up the managerial hierarchy. Nurse managers are motivated by the content of their work and the tasks and responsibilities assigned to their positions. Upper-level managers and supervisory-level nurses have firm beliefs in their competence and

---

FIGURE 7-5   Activities that Reduce Role Conflict and Ambiguity

- Certainty about duties, authority, allocation of time, and relationship with others
- Guides, directives, policies, and the ability to predict sanctions as outcomes of behavior
- Increased need fulfillment
- Structure and standards
- Facilitation of teamwork
- Toleration of freedom
- Upward influence
- Consistency
- Prompt decisions
- Good, prompt communication and information
- Use of the chain of command
- Personal development
- Formalization
- Planning
- Receptiveness to ideas by top management
- Coordination of work plans
- Adaptation to change
- Adequacy of authority

Source: Author.

regard their roles as meeting professional goals.[16] With the restructuring of healthcare organizations, particularly hospitals, a whole new approach to organizing is required that will include applications of organizational theory as related to culture, climate, team building, and role theory, among others.

Developing an Organizational Structure

A structure for an organization must meet the needs of that organization as written in the statements of mission, philosophy, vision, values, and objectives. Most existing institutions already have an organizational structure, which is typically a pyramid or hierarchical form of organization.[17] However, before the structure is changed, the management team should engage in a systematic analysis and do some sound thinking about altering the organization's design and structure, starting with objectives and strategy.

A newer concept in the theory of organizations is that the organizational structure affects the strategic decision-making process. Historically, changes in organizational structure have followed changes in strategy such as unit volume, geographical dispersion, and vertical and horizontal integration. The organizational form determines the decision-making environment: It delimits responsibilities and communication channels, controls the decision-making environment, and facilitates information processing.[18] Strategic decision making requires wide expertise from numerous levels. In nursing, managers should seek broad input from clinical nurses. This can be done through task forces, committees, project teams, or ad-hoc groups.

In developing or changing an organizational structure, results from research should be considered. In the report *To Err Is Human: Building a Safer Health System for the 21st Century*, the Institute of Medicine (IOM) found that approximately 98,000 patients who are hospitalized each year die as a result of medical errors.[19] In a response to this report, the U.S. Department of Health and Human Services' Agency for Healthcare Research and Quality requested that the IOM conduct a study to identify the opportunities to improve the work environment of healthcare staff, especially nurses, to improve patient safety.[20] Several of the recommendations made by the IOM included changes in the organizational structure and culture. By analyzing the current practices and structure in organizations, recommendations such as the following can be implemented to ultimately change the structure of an organization:[21]

- Ensure that direct-care nursing staff participates in the decisions relating to design of work processes and work flow.
- Organizations should support and develop interdisciplinary collaboration throughout the organization.
- Organizations should provide the resources necessary to create a work environment for nurses to reduce errors.
- Organizations should create a culture of safety.

Organizational Charts

Most nursing organizations have made graphic representations of the organizing process in the form of organization charts. These charts usually show reporting relationships and communication channels. Line charts show supervisor and employee relationships from top to bottom of the nursing organization. Hierarchical relationships exist on which communication channels follow the line of authority to and through the chief nurse executive.

Organizational charts distribute the nursing responsibilities, and lines connect the positions. These responsibilities may be divided according to one function or a combination of functions: contiguous geography, similar techniques, similar objectives, or similar clientele. The solid lines on an organizational chart represent line positions. Lines of authority can be either horizontal or vertical. An example is that all the nurses in the intensive care unit report to one nurse manager who has the authority over all the nurses in the intensive care unit and where the nurses are accountable to the one manager. The horizontal lines represent the communication patterns between individuals with similar responsibilities in the organization. For example, a solid horizontal line would exist between the nurse manager of an oncology unit and the nurse manager on the intensive care unit. Both nurse managers have the same responsibility in their job duties, report to the same supervisor, and have to work together to achieve the overall objectives of nursing and the organization.[22] The dotted lines on an organizational chart represent staff positions. Staff positions provide support and assistance to others. For example, the cardiovascular clinical nurse specialist and the intravenous nurse hold staff positions.[23]

Organizational charts are sometimes referred to as schemas. Decentralized schemas are flatter because there are fewer levels of control or management. Managers have more freedom to act, and the emphasis is on results.

There are advantages and limitations to having a current organization chart (**Figure 7-6**). Also, organizational charts can be used in an organization to plan, develop policies, implement organizational changes, and identify strengths and weaknesses of the current organizational structure.[24]

The success of nursing and of healthcare organizations depends on service to the customer. The focus then is on job function, and the organization chart should reflect this rather than show titles or names. The traditional organization chart tells the employee who the boss is, and it often becomes a plan for empire building and for abdication of responsibility. **Figure 7-7** shows how to evaluate an organization chart of a nursing division, department, or unit using standards for evaluating the effectiveness of line and staff relationships in a hierarchical organization.

Context

Certain contextual variables relate to an organization's structure, such as organizational charter or social function, size, technology, environment, interdependence with other organizations, structuring of activities, concentration of authority, and line of control of work flow (**Figure 7-8**).[25]

Contingency theory was used to study the technology, size, environment, and structure in 157 nursing subunits located in 24 hospitals in the Canadian province of Alberta. The theory postulated that the wide range of differences in organizational structure varies systematically with such factors as technology, size, and environment. It was found that increased subunit beds decreased the registered nurse ratio and increased the measure of bureaucratization of professionals. There was no relationship between decentralization of the subunit and size and little relationship between size and role specificity.[26]

FIGURE 7-6   Advantages and Limitations of Organizational Charts

Advantages	Limitations
Depict clear relationships	Depict only formal authority structure
Facilitate coordination	Often outdated and obsolete
Facilitate communication	Confuse authority with status
Utilize to implement organizational changes	No informal relationships shown
Facilitate organizational planning	
Use as instructional tool in orientation	
Promote decision making	
Identify inconsistencies and complexities	

Source: Author.

FIGURE 7-7   Standards for Evaluating the Effectiveness of Line and Staff Relationships in a Hierarchical Organization

Standards

1. Line authority relationships are clearly delineated and defined by the organizational and/or functional charts and policies.

2. Staff authority relationships are clearly delineated and defined by the organizational and/or functional charts and policies.

3. Functional authority relationships are clearly delineated and defined by the organizational and/or functional charts and policies.

4. Staff personnel consult with, advise, and provide counsel to line personnel.

5. Service personnel functions are clearly understood by line and staff personnel.

6. Line personnel seek and effectively use staff services.

7. Appropriate staff services are being provided by line nursing personnel and other organizational departments or services.

8. Services are not being duplicated because of line and staff authority relationships.

Source: Author.

These findings support those of Pugh and others, who found no relationship between size and concentration of authority, between size and line control of work flow, or between size and autonomy.[27]

Forms of Organizational Structures

A structure enables an organization to get the work done. It helps ensure that the purpose, goals, and objectives of the organization are achieved. The framework supported by the Magnet Recognition Program®

FIGURE 7-8   Contextual Variables of an Organizational Structure

- Organizational charter/social function: Nursing organizations exist within institutions that are either government owned, private not-for-profit, or private for-profit. Government-owned organizations are impersonally founded and highly centralized, with concentrated authority. Impersonality of origin increases the level of control of work flow. Because many healthcare organizations are impersonal in origin, they are highly centralized with increased line control of work flow of professional nurses.

- Size: Larger organizations tend to have more specialization and more formalization than small ones. The larger the size, the more decentralized the organization and the more standardized the procedures for selection and advancement of personnel.

- Technology: Technology can be defined as the steps or ordering of physical techniques used for organizational work flow, even if the physical techniques involve only the formulation of the plan. The more rigid and highly integrated the technology, the greater the structuring of activities and procedures and the more impersonal the control.

Source: Author.

is an organizational structure that is flat, tall, and decentralized, allowing decision making by the nurse closest to the delivery of care to occur.[28] Before selecting an organizational structure for an organization, it is critical to know the characteristics of each of the structures (**Figure 7-9**).

Hierarchical (Tall, Centralized, Bureaucratic) Structure   A hierarchical structure is commonly called a line structure (**Figure 7-10**). It is the oldest and simplest form of management and is associated with the principle of chain of command, bureaucracy and a multitiered hierarchy, vertical control and coordination, levels differentiated by function and authority, and downward communications. This structure has all the advantages and disadvantages of a bureaucracy. Most line structures have added a staff component. In nursing organizations both line and staff personnel are usually professional nurses.

Line functions are those that have direct responsibility for accomplishing the objectives of a nursing department (service or unit). For the most part, they are filled with registered nurses, licensed practical nurses, and nursing technicians. Staff functions are those that assist the line in accomplishing the primary objectives of nursing. They include clerical, personnel, budgeting and finance, staff development, research, and specialized clinical consulting. The relationships between line and staff are a matter of authority. Line has authority for direct supervision of employees, whereas staff provides advice and counsel. There may be line authority within a staff section. Management is responsible for defining these positions clearly.

FIGURE 7-9   Characteristics of Organizational Structures

Decentralization	Hierarchical (Centralized)	Matrix
Flat organizational structure	Oldest and simplest form of management	Maintenance of old-line authority structures
Authority shifted downward within the organization to its divisions, services, and units	Use of such concepts as chain of command, vertical control, and coordination	Specialist resources obtained from functional areas
Delegates decision-making responsibilities to the ones doing the work—participatory management	Levels in organization differentiated by function and authority	Promotion of formation of new organizational units
Involves more people in making decisions at the level at which an action occurs	Downward communication pattern	Decision making at the organizational level of group consensus, first-line management level
Delegate authority from top managers downward to the people who report to them	Multitiered hierarchy	Exercise of authority by matrix manager over the functional manager
Employee is accountable for results	Company larger in number of employees.	Cooperative planning, program development, allocation of resources to accomplish program objectives
Increased productivity, improved morale, decreased absenteeism	Uniformity of policies and procedures	Assignment of functional managers to teams that respond to the chief of the functional discipline and matrix manager
Employee and relationship centered	Power and authority prevails	Usually focuses on specific product line or services

Source: Author.

FIGURE 7-10   A Typical Hospital Organization Chart

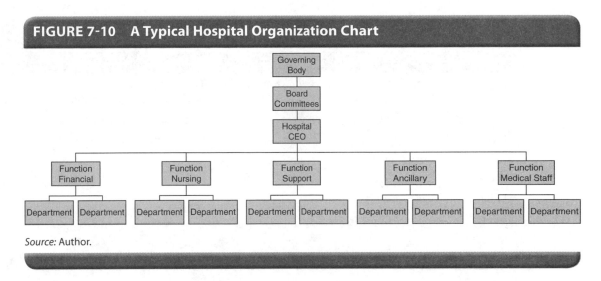

Source: Author.

Functional authority takes place when an individual or department is delegated authority over functions in one or more additional departments. This has occurred in the development of infection control and quality performance systems in which professional nurses have line authority to hospital management and staff authority to nursing management or line authority to nursing management and staff authority to other divisions. The functional staff does this through delegated authority to consult and prescribe procedures, and sometimes policies, for the function as it is to be carried out in the other departments. These delegated authority functions are clearly defined and carefully restricted. They are usually limited to procedures and time frames and do not include personnel. They should not weaken or destroy the authority, and thus the effectiveness, of line managers. For example, staff personnel might be assigned authority to recruit nurses with line managers retaining final authority over hiring. The nurse administrator should ensure effective use of staff functions by line managers to make effective use of the advice of experts and reduce duplication of effort of line managers. Staff gives information that facilitates the solution of problems. Line managers in an effective and cooperative relationship seek such information.

Service departments are not necessarily staff in their authority relationships. Usually, they are a grouping of activities that facilitate the work of other departments through their operating functions. An example of this is the hospital's maintenance department, which provides the service of a functioning plant in which patient services are provided. It has the authority for performing its functions and may provide some staff advice and counsel. Within a hospital, as in any business, there may be many service departments, such as word processing centers and learning resource centers.

Activities are grouped together to provide for economical specialization. There may be service units for labor relations, contracts, legal matters, purchasing, and others. They may have functional authority, but care must be taken to keep them from causing divided loyalties, from delaying performance, and from displaying arrogance. They should provide for uniformity of procedures, policies, and standards for skilled service and a smooth operation.

Matrix Structure   A matrix management structure superimposes a horizontal program management over the traditional vertical hierarchy. Personnel from various functional departments are assigned to a specific program or project and become responsible to two supervisors—a program manager and a functional department head. Thus an interdisciplinary team is created with core and extended team members. A longitudinal study of a geriatrics matrix team program showed initial increased costs offset after a year by decreased acute care readmission rates, emergency room use, and nursing home placement. Mortality was significantly decreased and the functional ability of patients increased.[29]

FIGURE 7-11   Advantages and Disadvantages of Matrix Structure

Advantages	Disadvantages
Improved communication (vertical and horizontal)	Conflict due to multiple lines of authority, responsibility, and accountability
Improved coordination between healthcare teams	Loss of control over functional discipline
Increased organizational response to changes	Challenge to manage
Increased employee satisfaction	
Fewer organizational levels	
Enhanced decision making at bedside	
Improved collegial relationships	

Source: Author.

The matrix organization design enables timely response to external competition and facilitates efficiency and effectiveness internally through cooperation among disciplines. Matrix nursing organizational structures have both advantages and disadvantages, as listed in **Figure 7-11**.[30,31]

Decentralization (Flat, Horizontal, Participatory) Structure   Flat organizational structures are characteristic of decentralized management. Decentralization refers to the degree to which authority is shifted downward within an organization to its divisions, services, and units. Decentralization is delegating decision-making responsibilities to the ones doing the work—participatory management. Implementation of a philosophy of decentralized decision making by top management sets the stage for involving more people—perhaps even the entire staff—in making decisions at the level at which an action occurs. Both decentralized management and participatory management delegate authority from top managers downward to the people who report to them. In doing so, objectives or duties are assigned, authority is granted, and an obligation or responsibility is created by acceptance. The employee is accountable for results.[32] In a decentralized participatory management structure, key attributes are integrated throughout the organization, management, and workforce. Such attributes consist of trust, commitment, goal setting, and autonomy (**Figure 7-12**).

FIGURE 7-12   Characteristics of Participatory Management

- Trust
- Commitment
- Goals and objectives
- Autonomy

Top Management

- Vertical versus horizontal integration
- Training
- Changed roles of supervisors
- Communication

Source: Author.

In nursing, as in other organizations, delegation fosters participation, teamwork, and accountability. A first-line manager with delegated authority contacts another department to solve a problem in providing a service. The first-line manager does not need to go to his or her department manager, who in turn would contact the department manager of the other service, creating a communication bottleneck. The people closest to the problem solve it, resulting in efficient and cost-effective management. Research conducted on magnet hospitals found that most of the hospitals have a decentralized structure in which nurses had a feeling of control over their unit work environment (**Figure 7-13**).[33,34]

Role of the Nurse Executive

What is the role of the nurse executive under a decentralized system with participatory management? This role is directed toward results. The nurse executive and nurse management team shares in planning and implementing the program. The nurse executive has a position of influence and attends the organization's highest decision-making body, the board of directors.

In one research study, 18 of 20 hospitals had some decentralization and 77% had some decentralization down to the unit level. The overriding purpose of decentralization was to increase worker satisfaction. Decentralization resulted in increased morale and job satisfaction and greater motivation among managers and workers. Personnel development, flexibility, and effective decision making all increased; conflict decreased, along with operational costs, negative attitudes, and underuse of managers. The workforce stabilized and became more effective and efficient. The study indicated that most managers do not understand the concept of delegation, are not effective communicators, do not concentrate on goals, and do not delegate according to the abilities and interests of their employees.[35] With the dynamics of decentralization, each unit works with its own budget; job descriptions are clear, concise, flexible, and current; inservice training is effective; performance standards are clear; employee recognition occurs; and accountability is enforced at all times. **Figure 7-14** outlines standards for evaluating decentralization of authority in a nursing division, department, service, or unit. and employee, together developing goals and objectives that are challenging, clear, consistent, and specific. Nurses and managers both will be motivated, healthy stress will be increased, and undesirable stress will be reduced.

Managers at all levels of nursing should subscribe to the philosophy of participatory management if it is to be successful. All managers and employees must unfreeze the present system of attitudes and values. This unfreezing process requires a comprehensive, well-planned, training program. Training promotes a sense of job security by preparing everyone for changed roles. Staff members at every level learn the reasons for participatory management, the advantages and disadvantages (**Figure 7-15**), and the roles they will play.

FIGURE 7-13   Essential Conditions for Effective Decentralization

- Freedom to function effectively
- Support from peers and leaders
- Concise and clear expectations of the work environment
- Appropriate resources

Source: Author.

FIGURE 7-14 Standards for Evaluating Decentralization of Authority in a Nursing Division, Department, Service, or Unit

Standards

1. Authority for decision making is delegated to the lowest operating level consistent with:
   a. Competence of subordinate managers
   b. Responsibility and accountability
   c. Economic management of enterprise
   d. Costs involved
   e. Need for uniformity and innovation of policy
   f. Management philosophy
   g. Subordinate managers' desires for independence
   h. Development of subordinate managers
   i. Need for evaluation and control
   j. Physical location of subordinate managers
   k. Organizational dynamics

2. Delegated authority is clear, specific, certain, and written. It is known by each subordinate manager.

3. Delegated authority supports the organizational, departmental, service, and unit goals, policies, standards, and plans.

4. Delegated authority is consistent with requirements of regulatory agencies, private and governmental.

Source: Author.

FIGURE 7-15 Advantages and Disadvantages of Participatory Management

Advantages	Disadvantages
High trust, mutual support	Increased time and money
Improved accountability and decision making	Decrease in management status
Enhanced communication	More competitiveness among departments
Increased morale and motivation	Duplication of functions
Improved effectiveness and productivity	Underutilization of management
Higher job satisfaction	Lack of teamwork
More teamwork	Revisions of policies and procedures
Decreased absenteeism	Lack of involvement by employees
Improved recognition of employee contributions	Self-evaluation threatening to employees
Better quality of work	Lack of understanding of change process

Source: Author.

Good communication within the nursing organization is essential to an effective employee participation program. Good communication is effective communication and is evident in employees who are informed about the business of nursing. Such employees know what management is saying and what management's intentions are. Management knows what employees are saying and how that agrees with the perceptions that management is working to develop. Broken communication contributes to stress and leads to direct economic losses through low productivity, grievances, absenteeism, turnover, and work slowdowns or strikes.

Flat organizational structures promote effective communication. Managers plan the vehicles, content, and intent of effective communication, and they monitor the process. Supervisors are important to effective communication and (as another aspect of their changed roles) work to ensure its openness. Management attitudes should promote truth, frankness, and openness. More than 1,000 businesses in the United States are involved in some form of participatory management. Many nursing organizations subscribe to the notion of participatory management to some degree. Centralized management and authority are becoming history in the development of the science of human behavior.[36] Because they have been subjected to centralized authoritarian management for so long, nursing personnel need to be schooled in the process of participatory management. This includes training to make input into collaborative decision making.[37]

Trust

Participatory management is based on a philosophy of trust. The employee is trusted to complete the task with periodic progress reports and a final review with management. The time and rate of participation should be managed to control stress. Managers who empower and facilitate employee performance communicate trust through effective communication, warmth, similar values, and empathy.[38] These processes demonstrate the employee's capabilities and reveal shortcomings.

Motorola has had a participatory management program in effect since 1968 with almost all of its thousands of employees involved in it at some stage. Motorola's program embodies trust and includes the following:[39]

1. Every worker knows his or her job better than anybody else.
2. People can and will accept responsibility for managing their own work if that responsibility is given to them in the proper way.
3. Intelligence, perspective, and creativity exist among people at all levels of the organization.

Commitment

Personal involvement in managing nursing services requires commitment from the chief nurse executive and other nurse managers. Managers should be highly visible to the staff, supporting and nurturing them. In turn, the staff should be committed, a characteristic they develop from association with the committed managers. They gain this commitment from seeing their supervisors out at the production level where patients are being treated, from cooperating with their colleagues and managers in a spirit of teamwork, and from acquiring feelings of accomplishment.

Nursing commitment comes from knowing that the purpose of the organization is patient care and that the managers are working with the nurses to provide positive outcomes. Staff members share in making decisions and in coming to consensus with their supervisors. This experience in participation "turns them on and tunes them in" so that they do not want to be lazy or mediocre. Commitment inspires staff to be industrious, outstanding, and productive. Under participatory management commitment is elicited, not imposed.

Professional nurses are motivated to develop their human skills resulting in increased self-esteem. They have a sense of accomplishment and believe that management has supported their accomplishments. They believe they are expanding their worth through their work.

Goals and Objectives

Conflict resolution is a major requirement or goal of participatory management. Conflict is inevitable when human beings work together, but it is not productive to process or outcomes. In nursing, as in other occupations, conflict produces stress and results in turnover and absenteeism. Employees can be sensitized to deal with potential and real conflict and to take action to reduce its destructive consequences of fear, anger, distrust, jealousy, and resentment. Reducing the destructiveness of conflict can be accomplished by establishing a climate of openness with procedures for problem solving, persuasion, bargaining, and dealing with organizational politics. The goal is to reduce adversarial relations, which is accomplished through joint planning and problem solving and facilitating employee consultation.[40]

A key goal for a nursing organization is to keep itself healthy. Participatory management encourages a healthy work environment. Participation makes maximum use of employees' abilities without relinquishing the ultimate authority and responsibility of management. Professional nurses want to have input into decisions but do not want to do the job of managers. They want the support of managers, to talk with them, and to be informed. Without this support, nurses develop anger and hostility, which results in absenteeism and lower productivity.

Goal-setting activities can occur with reasonably frequent performance review and feedback. Nursing personnel discuss their goals and objectives with their managers during the performance evaluation process. Then the manager and employee together develop goals and objectives that are challenging, clear, consistent, and specific. Nurses and managers both will be motivated, healthy stress will be increased, and undesirable stress will be reduced.

Career development programs for professional nurses help to reduce conflict and inspire loyalty to an organization. Provided with job information, nurses can set goals for themselves that relate to promotion, tenure, and job security. Differences in work attitudes and personal aspirations are recognized, resulting in less professional role conflict. New employees should be given information about the nature of the organization, current and future availability of jobs, career opportunities and career ladders, and management goals and responsibilities. Managers learn about the professional nurse aspirations and expectations and should help them set a course and monitor it.[41]

Autonomy

Autonomy is the state of being independent and of having responsibility, authority, and accountability for one's work and personal time. Professional employees indicate they want autonomy for practicing their profession and in making decisions about their work. They do not want their decisions made for them by hospital administrators, physicians, or others. They want to be treated as equal partners and colleagues in the healthcare delivery system. This desire for autonomy has increased as nurses have developed increasingly sophisticated knowledge and skills and have used them with effective results.

Professional nurses want autonomous control over conditions under which they work, including pace and content. Such decisions are often in conflict with management's coordination role, a conflict that can be mitigated by involving professional nurses in delegating coordination of activities.[42]

Professional nurses are willing to assume and accept responsibility and to be held accountable for a charge. They want authority, the rightful and legitimate power to fulfill the charge. This authority comes from their expert knowledge and skill, their license, their position, and their peers.[43] The autonomy of professional nurses is evident in an organization in which management trusts nurses by giving them freedom to make decisions and take actions within the scope of their knowledge and training. Nurses are free to exercise their authority. This freedom is legitimized in the bylaws of their departments and in job descriptions, performance appraisals, and management support of their decisions. Nurses' independent behavior includes acknowledging mistakes, taking action to correct them, and preventing them from happening again.

The professional nurse is accountable for the consequences of his or her actions. Relationships exist between responsibility, authority, autonomy, and accountability.

To have autonomy, nursing employees should be involved in setting their own goals and be allowed to determine how to accomplish their goals. This principle applies to all nursing employees. When professional nurses work with other nursing employees, they should facilitate participation and input from these groups. This approach promotes interest, trust, and commitment.[44]

A study of nurse autonomy found variations in perceptions of whether the nurses were expected and supported to exhibit autonomy. The typical nurse exhibiting the highest level of autonomy was a female with a master's degree practicing in a clinical administrative role in the emergency room who perceived an expectation to function autonomously. The typical nurse exhibiting the lowest level of autonomy was a male staff nurse in the operating room or postanesthesia unit with less than a master's degree who perceived an expectation to practice autonomously to a lower extent or was unsure of the expectation for autonomy. No change was found in the perceived levels of autonomy from studies done 15 years before. Highest scores were found among nurses practicing in the emergency room, psychiatry, and critical care areas. These areas are usually where institutions and physicians grant the greatest autonomy. Nurses at the master's level had the highest scores in autonomy. Below that level, poor role definition, role confusion, and poor role modeling contribute to a socialization process that encourages all nurses to act the same. Conversely, nurses in administrative roles have clearer role expectations and correspondingly higher scores on autonomy. Apparently, they are not empowering their practice staff to have the same level of autonomy. The authors found that their results may indicate that autonomy is not expected or supported by hospitals.[45]

To foster greater autonomy, nurses need to be included in decision making, policy setting, and financial decisions. They need to have role clarity and to be educated at a higher level for autonomous practice. Greater attention needs to be paid to role modeling to facilitate understanding of nursing independent, dependent, and interdependent aspects. When elements are identified within one area of practice that promote autonomy, they need to be incorporated into other areas as well.[46]

WWW Evidence-Based Practice 7-1

A study of graduating students at one university indicated that the students ranked high on individual autonomy. It would appear that lack of professional status is not due to lack of autonomy in individual nurses. Therefore, consideration must be given to the denial of autonomy by employing institutions as the root cause. Nurses probably arrive at their first job with more autonomous attitudes than do workers in other industries. Serious consideration should be given to the role that institutions play in blocking nurses' efforts at achieving professional autonomy. Nursing education should address this issue by looking critically at existing programs and working to educate nurses who will be able to claim their rightful professional status.[47]

Top Management

What is the role of top management under a decentralized system? Its role is directed toward results. Because effective controls are needed to monitor performance of lower-level units, top managers use computers to assist in making decisions and developing controlling techniques for decentralization.

Vertical Versus Horizontal Integration

Vertical integration combines decentralization with integration. When businesses and industries decentralize operations into product lines and subsidiaries, each unit maintains its partnership and identity within the corporate structure. Before the advent of the prospective payment system and competition among hospitals, the industry was largely characterized by horizontal integration of departments within divisions. Some examples are nursing; operations related to patient care services, such as pharmacy, physical therapy, and occupational therapy; operations related to plant management, including housekeeping; and finance.

As competition increased, hospitals began the quest to diversify into new markets. New corporate structures that included umbrella corporate management with subsidiary companies were formed. As hospitals struggle for survival, many choose vertical integration as a means of capturing lost revenues through control of input and output. Whether all efforts at vertical integration will be successful depends on the market share of products and services captured. Moderate effects on operating costs as a result of hospital mergers have been reported. Certain objectives for vertical integration can be found in **Figure 7-16**.[48] From the viewpoint of function rather than structure, organizations have focused on the vertical dimension of decentralized decision making. This vertical dimension aims for representation by levels of employees, thereby restricting decentralization to a single function or issue considered to be of primary importance to the organization. Health care has sometimes focused on issues of marketing and quality control, in which decisions are made up or down the hierarchy.

Horizontal integration is also important to the success of participatory management. Integration of the decentralized decision-making process horizontally or laterally links traditionally separate functional hierarchies. The organizational structure and functions require adaptation to models that support participatory processes.[49] Organizational integration requires a merger of information technology that reports results for all organizational entities.[50] Healthcare systems are sometimes horizontally and vertically integrated for maximum service integration, service delivery, patient capture, and medical education.[51]

FIGURE 7-16   Objectives of Vertical Integration and Horizontal Integration

Vertical Integration	Horizontal Integration
Conversion of internal cost centers into revenue producers	Improved communication across functions
Development of new and expanding markets for hospitals	Links separate functional hierarchies

Source: Author.

Training

Managers at all levels of nursing should subscribe to the philosophy of participatory management if it is to be successful. All managers and employees must unfreeze the present system of attitudes and values. This unfreezing process requires a comprehensive, well-planned training program. Training promotes a sense of job security by preparing everyone for changed roles. Staff members at every level learn the reasons for participatory management, the advantages and disadvantages, and the roles they will play.

Managers might be threatened by the concept of participatory management if they perceive their authority is being diminished. Their training program requires that their competencies be assessed. This training will include developing managers' abilities to be frank with employees, to be willing to admit to past failures, and to encourage contributions from their workers and to be influenced by them. Managers need to learn to deal with justifying the existence of their jobs.[52]

Centralized management and authority are becoming history in the development of the science of human behavior.[53] Because they have been subjected to centralized authoritarian management for so long, nursing personnel need to be schooled in the process of participatory management. This includes training to make input into collaborative decision making.

In participatory management a complementary relationship exists between managers and practitioners, rather than a hierarchical one. Training is done to prepare staff and prevent insecurity. Availability of managers qualified to function in participatory management increases decentralization. Training of supervisors should focus on changes in their needs as well as their functions. Supervisors will learn to gain self-fulfillment from delegating and team building.[54]

Management training of supervisors includes group dynamics, problem solving, planning, and decision making. Such training can occur through conferences, workshops, and seminars. It should be rewarding and continuous to be successful. It will relieve the threats supervisors feel from challenges by employees, from exposure of their weaknesses, from perceived loss of prestige and power, and from "digging in" to keep control.[55]

Changed Roles of Supervisors

Decentralization with participative management means that roles must be redefined and coordinated to prevent conflict. Nurse managers and primary nurses have increased management responsibility. For some, this means decreased hands-on clinical responsibility. Supervisors of nurse managers have decreased responsibility for unit management and become mentors, role models, and facilitators. With a flattened organizational structure, some may lose jobs, whereas others have the overall scope of their responsibility increased.[56]

As supervisors learn to delegate authority, they modify the climate that promotes deviant behavior by giving professional nurses what they want: the authority to manage themselves. Because authority gives the supervisors initiative in performing their jobs and freedom to question managers, managers should expect loyalty in return. The profession of nursing does not employ nurses; organizations do. Participatory management is a process in which there must be an ongoing dialogue with constraints: nurses will control their profession, and management uses its input to set objectives and priorities and to review output. Nurse employees cannot control the enterprise, and management cannot compromise the professional or ethical standards of professional nurses.[58]

In participatory management, the supervisor facilitates rather than directs the workforce. Traditional supervising functions are delegated downward. There must be clear delineation of a manager's basic responsibilities, distinct from behavioral or management style. Managers can gain satisfaction from their ability to make clinical nurses successful and satisfied. The interpersonal skills and conceptual abilities demanded of supervisors increase. Supervisors should be challenged and should have a future. Supervisors promote implementation of committee decisions, listen, and offer assistance.[59]

> ### www Evidence-Based Practice 7-2
>
> In one experiment in decentralized patient education, all clinical nurses caring for patients became the teachers. The assistant head nurse became the facilitator, that is, the person responsible for planning and developing objectives for patient education programs and for promoting staff interest and participation in all phases. The education department became the resource available to coordinate teaching programs in support of the primary nurse. The advantages of decentralized versus centralized patient education include using all nursing and health personnel for education, providing education to a maximum number of patients and families, and having each nurse assume professional responsibility for patient education.[57]

Because fewer supervisors are needed, career development programs for college-educated nurses must provide them promotional opportunities as clinical practitioners, managers, teachers, or researchers. Supervisors are important to the success of decentralized decision making and employee involvement in the management of nursing and the healthcare system. They should be taught to manage under employee involvement programs. They need to learn that they will have more time to plan and organize work and to be creative. Their jobs can be expanded upward, but they should keep in contact with employees and encourage participation by everyone.

Communication

Good communication is effective communication; it is evident in employees who are informed about the business of nursing. Such employees know what management is saying and what management's intentions are. Management knows what employees are saying and how that agrees with the perceptions that management is working to develop. Communication should be timely, accurate, and useful to the sender and receiver of the message. Broken communication contributes to stress and leads to direct economic losses through low productivity, grievances, absenteeism, turnover, and work slowdowns or strikes.

Flat organizational structures promote effective communication. Managers plan the vehicles, content, and intent of effective communication, and they monitor the process. Supervisors are important for effective communication and (as another aspect of their changed roles) work to ensure its openness. Managers' attitudes should promote truth, frankness, and openness.

Participation enhances commitment and interdepartmental and intradepartmental communication. In medium-size and large organizations, a communication center will operate 24 hours a day. Message delivery will be facilitated. Computers will be used to communicate instantly, nurse to nurse, nurse to manager, manager to nurse, and nurse to others. Messages will be hand delivered when necessary.

Decentralization requires a movement away from mainframe information processing toward distributed systems of smaller computers. This change increases flexibility and control at lower organizational levels, giving users heightened feelings of ownership of the system. Packaged software then offers fast relief for specific application needs. End-user involvement with computer applications increases.[60]

With direct communication, the middle person is eliminated and time is saved. The problem of missing medical laboratory or radiology reports is taken up between the primary nurse or the nurse manager and the manager of the department immediately responsible.[61] Increased representation of clinical nurses on hospital and departmental committees improves communication. The goal is to facilitate the flow of information, not to embody it in the authority of a management position. Objectives, group brainstorming, and self-managed work teams are vehicles of effective communication used in participatory management.

Activities Involving Nurses in Participatory Management

Some of the programs and structures that involve nurses in participatory management are job enrichment, personalization, primary nursing, shared governance, entrepreneurship, gain sharing, and pay equity (**Figure 7-17**).

Shared Governance

Data supporting reduction in turnover and an increase in levels of nursing satisfaction provide evidence of successful outcomes of a shared governance process. The main principles of shared governance that should be reviewed before deciding to implement this structure are listed in **Figure 7-18**.[64]

Three models of shared governance are the congressional model, the unit-based model, and the councilor model. All three models delineate four broad areas of accountability: practice, quality, education, and management. Accountabilities of practice include practice standards, job descriptions, care delivery systems, and nursing representation in hospital-wide committees. Additional quality issues include practice standards, job descriptions, the care delivery system, and nursing representation in hospital-wide committees. Accountabilities for quality include delineation of data sources, evaluation criteria, evaluation processes, and mechanisms for quality improvement, credentialing, peer review, and research. Education accountabilities include needs assessment, incorporation of new standards of research, and evaluation of educational endeavors. Accountabilities of management include provision of resources, including human and financial resources; implementation of council or committee decisions; interdepartmental problem solving; and facilitation of staff problem solving, decision making, and leadership.[65]

Under collaborative governance, managers become integrators, facilitators, and coordinators. Clinical managers are educated in decision making, team building, group dynamics, goals and objectives development, interviewing skills, budgeting, disciplining, and rewarding. Unit personnel develop policy. Structure is kept informal except for areas governed by law, regulations, and efficiency, in which representative central committees operate. Unit personnel decide whether their unit will be "open," in which case personnel float in and out, or "closed." For the system to work, all unit employees must have buy-in. It takes years to build a successful collaborative governance. A successful system is in a constant state of flux and chaos. This system is based on shared beliefs, including such assumptions as knowledge is power; risk taking, with or without success, is growth; individuals are unique in their contributions; and maximum productivity results when organizational and personal values are congruent.[66]

To prepare for self-management, there must be a committed administration, a prepared staff, time, a willingness to make mistakes and move on, and managers who are able to relinquish decision-making power over daily operations. Those responsible for fostering self-management must prepare for a fundamental change in the perception of "self as manager" and "subordinate" roles and responsibilities. In self-management, it is more important than ever for management to set and communicate clear expectations. Without a safe environment, self-management will fail because people will avoid changing or taking risks. Ongoing training and information sessions, with feedback and practice, are fundamental to the success of the new model. Gaining trust of staff and first-line supervisors and managers is made possible through modeling self-management principles and practices in the administrative structure of the organization.[67]

Although it appears that shared governance is expanding, a persistent question relates to whether its benefits are being objectively evaluated. Research studies show that nurses gain job satisfaction and growth satisfaction from working in a nurse-managed special care unit with a shared governance management model.[68] Surveys of nurses involved in horizontal integration through hospital acquisition

FIGURE 7-17 Participatory Management Activities

- Job enrichment: Job enrichment satisfies the motivation to fulfill higher-order needs, including variety within and among jobs and a strategy that challenges by emphasizing performance output over job processes. Job enrichment creates jobs with greater responsibility and more flexibility and promotes personal development.

- Personalization: A strategy that focuses on people and knowledge, not numbers and politics. Those who use personalization stress empathy and involve professionals in making critical decisions that affect them.

- Primary nursing: Primary nursing as a modality of nursing care delivery makes nursing worthwhile work, enhances nurses' self-esteem through performing a complete function, produces results of a personal endeavor, and realizes collegial and collaborative relationships.[62] In a hospital setting where primary nursing is practiced, decentralization of patient care delivery systems provides the most efficient nursing care. Primary nurses are accountable. The ideal environment for self-governance is primary nursing with a stable, mature, self-directed, skilled, and committed staff trained in leadership skills.[63] Other nursing modalities that are compatible with participatory management are modular nursing, team nursing, case management, and collaborative practice models.

- Shared governance: Shared governance is defined as the allocation of control, power, or authority among mutually interested parties. The principles of shared governance are more consistent with the principles of professionalism than are the principles of participatory management.

- Entrepreneurship: As decentralization and vertical integration strategies are implemented in healthcare organizations, a great opportunity exists for professional nurses to be involved in entrepreneurship. Nurses can form small companies with the support of government agencies and private businesses. Such companies require venture capital that can, with sufficient preparation, be obtained from the government and the private healthcare industry. Entrepreneurship in nursing will be good for professional nurses and the healthcare industry because it will create independent thinkers who are motivated to be productive, creative, and more competitive in the marketplace. They will become like other business people who have a strong desire to control their own careers.

- Gain sharing: Gain sharing is a group incentive program in which employees share in the financial benefits of improved performance. It has many of the same advantages and disadvantages as other methods of participatory management. Top management is sensitive to the employees' goals, and employees identify with the organization through greater involvement. The results of gain sharing are measurable: savings, improved labor-management relations, fewer grievances, less absenteeism, and reduced turnover. Gain sharing adds money to intrinsic rewards. Stock ownership and profit sharing are economic rewards similar to gain sharing. Gain sharing, stock ownership, and profit sharing may not be legally possible in not-for-profit organizations. However, increased financial benefits can be made available through legal means such as merit pay, certification pay, and clinical promotions.

- Pay equity: Pay equity between management and employees is an issue of participatory management. Professional nurses, like other professional workers, frequently respond negatively to the strategy of linking financial benefits to promotion into management. They want financial reward for accomplishing personal and organizational objectives that increase productivity and reduce turnover and absenteeism. These rewards can be in the form of nonmanagerial advancement of salary, status, recognition, autonomy, and responsibility. This can be accomplished through dual ladders, that is, clinical promotions that match management promotions. Such promotions preserve nurses' professional career opportunities with financial rewards based on graduated pay scales that can be objectively measured through levels of achievement culminating in mastery.

Source: Author.

FIGURE 7-18   Principles of Shared Governance

- Shared governance is not a form of participatory management. Participatory management means allowing others to participate in decisions over which a line manager has control.

- Shared governance is not management driven. All activities that are neither direct care giving nor related to that process are in support of it.

- Shared management has no locus of control. Accountabilities of a role are attributed to the role from within the role; they can never be assigned, nor can they be given away.

- Models should be based on a clinical rather than an administrative organization.

- Governance should be representative in nature, not democratic.

- Representatives should be elected, not selected.

- Bylaws should provide a system of checks and balances, and they should be passed by a majority vote of the entire nursing staff

Source: Author.

indicate that nurses value shared governance and professional nursing autonomy.[69] Descriptive reports of shared governance organizations report the following:

- Shared governance decentralizes decision making, disperses power, increases participatory management, and enlarges the span of control. It can be unit based, department based, or organization based.[70]

- Shared government involves staff in management, education, quality, and practice issues that support changes in skill-mix and patient-focused care systems.[71]

- Shared governance as an organizational structure supports vertical integration, product line development, and an organizational culture with strong relationships.[72]

One way to develop support for a self-governance structure is to create nursing bylaws or a set of principles or statements that govern the internal affairs of the nursing division.[73] The nursing bylaws are based from the mission, philosophy, goals, and objectives from both the organization and specific to nursing services and should contain essential elements (**Figure 7-19**).

Organizational Development

Organizational development deals with changing the work environment so it becomes more conducive to worker satisfaction and productivity. An underlying premise is that "people planning" is as important as technical and financial planning. Organizational development allows managers to attend to the psychological as well as the physical aspects of organizations. Change is the terrain to which organizational development applies. Several common types of organizational development interventions used are teams, process improvement, work redesign, training, performance management systems, and structural change.[74]

Organizational development can sustain the favorable or desirable aspects of bureaucracy. Change can be used to modify the undesirable aspects of bureaucracy. There is room for directive and nondirective leadership within organizations. Nurse managers have to be strong and resilient in supporting the values of clinical nurses. They have to be proactive in planning, designing, and implementing new organizational structures and work environments. The object is to develop people, not to exploit them.

FIGURE 7-19   Essential Elements in a Set of Nursing Bylaws

- Mission, vision, and philosophy of the professional nursing organization
- Core values of the professional nursing organization
- Definition of nursing
- Governance functions of the professional nursing organization
- Role of the professional nurse
- Professional nurse staff membership
- Advancement opportunities for professional nurse
- Credentials review process
- Description of the governance structure
- Discipline, appeals, and parallel levels processes
- Bylaw review and revision process

Source: Author.

Organizational development emphasizes personal growth and interpersonal competence.[75] Rothwell and associates (1995, in Borkowski, 2011) identified various interventions that practitioners may use in making change in an organization:[76]

> Team building
> Process improvement
> Total quality management
> Work redesign
> Training
> Structural change
> Performance management systems

The Action Research Model depicted in **Figure 7-20** is a tool that identifies the steps in the organizational process.[77] Cummings and Worley (1997, in Borkowski, 2011) also developed a model for organizational development.[78] A comparison of the two models can be found in **Figure 7-21**.

Autonomy and Accountability

Among the psychological and personality attributes of organizational development are autonomy and accountability, both crucial elements of nursing professionalism. A professional nurse is obliged to answer for decisions and actions. This is achieved using a management by results approach. This approach defines performance standards incorporating acceptable behavior and results. It includes tracking for progress, performance feedback, making adjustments, and personnel accountability.[79]

Characteristics of professional autonomy include self-definition, self-regulation, and self-governance. Professional nurses respond to demographic changes in society by defining and reshaping the content of nursing practice. They address societal needs, including the needs for increased care for the elderly and the control of resources. Autonomy is strengthened by unbundling the hospital bill and by direct reimbursement for nursing services by third-party payers.

Organizational Theory   **241**

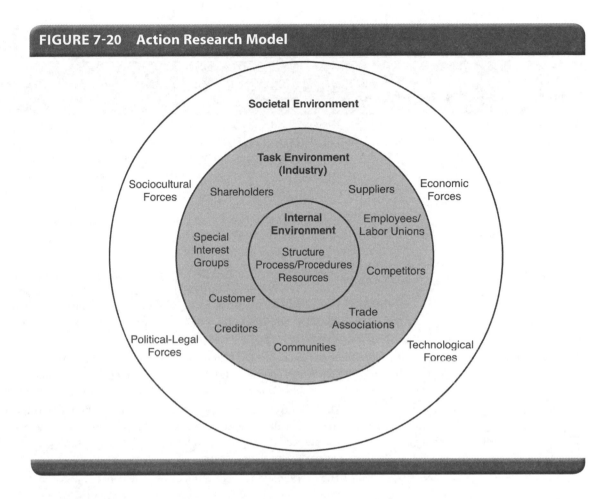

FIGURE 7-20   Action Research Model

Self-governance for nursing includes a nursing administrator hired or elected with input from nurses, self-employment of nurses, and approval of nursing staff privileges by peer review with privileges revoked by the nursing staff organization, and case management.[80]

Argyris describes people as complex organizations who work for an organization for their own needs or gains. These needs exist in varying degrees or at varying depths that must be understood by organizations. People seek out jobs to meet their needs. They develop and live on a continuum from infancy to adulthood that is reflected throughout life and work and leisure.[81]

Ridderheim describes a particular hospital administrator's action to change a management style that was paternalistic, used downward communication, encouraged dependency, and inhibited management development. In an opinion survey, the hospital's employees scored high on patient care and personal pride in work but low in decision-making ability. The following are among the changes made by the administrator after organizational assessment and consultation:[82]

- Decisions were turned back to operating managers, giving them freedom to act within broad policy guidelines.
- Operating management was restructured in an executive operating committee that included the administrator and assistants for medical staff affairs, operations, facilities, patient care, personnel, and finance. Each assistant had policymaking status.
- A core group was established at lower levels of management to focus on the technical interests and objectives of the hospital.
- Task forces were established for special projects.

FIGURE 7-21 Comparison of the Two Models for Action Research

Burke, 1982; McLean and Sullivan, 1989	Cummings and Worley, 1997	Description
1. Entry 2. Start up	1. Entry and contracting	Key leaders identify a need and work to begin the OD process. An OD practitioner is identified and the key components of the working relationship between the organization and practitioner are established. Ground rules, mutual expectations, and deliverables are identified.
3. Assessment and feedback	2. Diagnosing	Data-collection techniques are employed to determine the extent of issues identified by the organization. A diagnosis of relevant organizational processes, interpersonal relationships, or group analysis may be employed.
4. Action planning		Steps are taken to work with the organization to ensure long-term success of any intervention. Key relationships are established and mutual plans are developed. The impact of change on any change initiative is reviewed, and steps put into place to assist the organization through the change process.
5. Intervention	3. Planning and implementing change	The planning phase is similar to the action planning phase just listed. The plan is implemented and carried out. The process of managing change is implemented, and steps taken to ensure the success of the intervention.
6. Evaluation 7. Adoption	4. Evaluating and institutionalizing change	The change process is evaluated through data analysis and comparison to previous data. The change becomes part of the organization, and the members of the organization begin to adopt these strategies and take ownership for their success.
8. Separation		The OD practitioner begins the disengagement process from the organization if it is an external consultant or the disengagement of the project if it is an internal consultant.

- A team was set up to monitor terminations, retirements, recruitments, advancements, and demotions.
- Performance standards were developed for each manager.
- Team-building seminars were held.
- After 9 months, progress was critiqued at a retreat, first by the executive operating committee and then by subordinate managers.
- Achievement in relation to goals, individual growth, and teamwork was stressed over seniority.
- Subsequent surveys showed improvement in job satisfaction, supervisory concern for employees, supervisory emphasis on goal achievement, and work group emphasis on teamwork, decision-making practices, and motivational conditions.

Team Building

Team building is an essential process in today's healthcare environment. As healthcare organizations are faced with intense pressure to control cost and increase productivity and efficiency with continued regulatory and legislative constraints, effective team building can produce the ultimate outcome of improved health care. For example, one study concluded that the amount of involvement and interaction between the nurses in an intensive care unit and the physicians directly influenced the differences in patient mortality.[83] In the *Scope and Standards for Nurse Administrators*, interdisciplinary collaboration (team building) is threaded throughout the standards of practice: assessment, diagnosis and identification of outcomes, planning, and implementation.[84] In the *Standards of Professional Performance*, Standard 11. Collaboration, the nurse administrator is identified as the one who should collaborate with nursing staff, interdisciplinary teams, all departments, and the community.[85] Collaboration should be focused on developing, implementing, and evaluating programs and services; enhancing care delivery; and increasing employee satisfaction.[86] As the nursing workforce continues to intensify and the shortages increase, nursing is called on to develop interdisciplinary collaborative solutions.[87] One way to achieve this expectation is through team building and the effective use of interdisciplinary teams, work groups, and committees.

Team building is a method of participative management that encourages commitment, creativity, support, and growth of the individual, the unit, and the organization. The objective of team building is to establish an environment of cohesiveness among healthcare workers, whether among different shifts on one unit or between other units and departments throughout the facility. This cohesiveness enables organizations to develop patient care teams, committees, or work groups that use problem-solving techniques and demonstrate a commitment to the organization and each other to reach the goals and objectives of the organization. Team building and team performance are based on the fit between each individual member in relationship to competence; work capacity and relationship.[88] The essential elements for high team performance can be found in **Figure 7-22**.

Katzenbach and Smith (1993, in Borkowski, 2011) identify the key elements needed in order for teams to achieve high performance[89]:

Establish urgency and direction.
Choose team members that have the skills and personality.
Be keenly aware of what is going on during first team meeting and the resulting actions that occur.
Establish ground rules for behavior.
Establish some goals that can be accomplished early on.
Spend hours together as a team.
Challenge the team members with innovation and creativity.
Provide feedback, recognition, and rewards to the team.

FIGURE 7-22 Comparison of the Two Models for Action Research

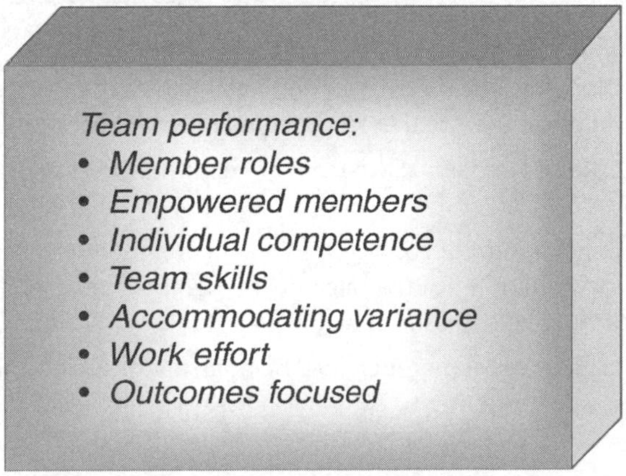

Team performance:
- *Member roles*
- *Empowered members*
- *Individual competence*
- *Team skills*
- *Accommodating variance*
- *Work effort*
- *Outcomes focused*

One continually hears such remarks as "This organization does not care about the employees!" or "This organization really cares about its employees!" Nurse managers want to hear positive statements about the work their employees do. A person who works courageously and confidently, and is willing to endure hardship, manifests high morale. Morale is a motivation factor related to productivity and product or service quality indicators. A person with low morale is not satisfied with his or her work. Low morale is evident in the person who is timid, cowardly, devious, fearful, disorderly, unruly, rebellious, turbulent, or indifferent as a result of job dissatisfaction and organizational milieu. Dissatisfied workers do not contribute positively to the esprit de corps. Companies want high morale and cohesiveness among employees, and they use different strategies, such as team building, to address the issue.

The principle of synergy underlies team building. Synergy puts together the thinking power of a selected group for the most effective outcome. To sustain synergy, there are six basic rules to follow, as listed in **Figure 7-23**.[90]

The value of team building is to improve such processes as goal setting, relationships among people performing the work, collaboration, and the allocation of the work that needs to be done.[91] Nurse managers should create a humanistic environment for nursing employees, one that fosters trust and cooperation—the synergy. Such an environment treats employees, rather than technology and buildings, as the most important asset. Nurses who have high self-esteem or self-worth are energetic and confident, take pride in their work, and have genuine respect and concern for their patients, visitors, peers, and others. Their behavior reflects this self-worth expressed in high morale, job satisfaction, and a commitment to each other and to the organization.

Today's nurse managers will be effective if they are informed about nursing staff's personal values and concerns. Work conflicts, type of shifts, child care services, and family responsibilities are examples of what is important to staff nurses. By knowing such information, the nurse manager can be knowledgeable about the issues and provide whatever guidance and assistance is needed to promote a positive work climate for staff.

FIGURE 7-23   Six Basic Rules to Synergy and Team Building

1. Define a clear purpose. Each team member must clearly be knowledgeable about the reason they are together. The team members must be able to articulate the goals, objectives, and purpose of the team.

2. Actively listen. Each team member must be focused on each individual and listen to what is being said. Active listening is not judgmental and means being completely absorbed and attentive to the speaker.

3. Maintain honesty. Each team member must be objective in providing feedback to the speaker. No one should make the speaker feel belittled or that his or her views are not correct or important.

4. Demonstrate compassion. Each team member should listen in a caring manner to the other's viewpoint.

5. Commit to resolution of conflicts. Each team member must agree to disagree even though his or her view or opinion is not the same. Team members must work toward a common understanding and acceptance of the issue at hand.

6. Be flexible. Each team member must be open and flexible to another individual's perspective. Everyone works together to accomplish the goal or objective.

Source: Author.

Before team performance can be improved, the nurse manager must assess how the current team is functioning.[92] To facilitate team building and successful teams, the nurse manager should use steps similar to the problem-solving process, listed in **Figure 7-24**.[93]

A nurse manager may begin team building by asking for volunteers from every shift to work together on an issue. One example is to work on improving the response time of answering patients' call lights. The team is asked to present its recommendations to the staff on that unit.[94] Once the team functions well, team building then can focus on work production. Some meeting time should always be dedicated to morale, motivation, and team skills and discussion of team direction.[95]

Recognition of the individual worth of each nurse is an important morale builder. It gives the individual self-esteem. Managers can stimulate self-esteem with praise that promotes a sense of competence, success, and worth. Nurse managers have to believe they are worthy before they can nurture that belief in subordinates. Each nurtures the other. Managers who have self-esteem are not afraid to explore their personal feelings with their peers or subordinates.

Most professional nurses spend many hours in the workplace, and they depend on their jobs as a major source of self-esteem. For this reason, nurse managers should aspire to build a work environment that enhances the self-esteem of all nurses. Such an environment promotes outstanding performance. This is even more important in times of stress and with particular challenges: downsizing, declining patient days, and workforce shortages. Recognition can be made through

many avenues, and even a simple "thank you" can increase the self-esteem of an individual. Nave and Thomas suggest 50 specific techniques to boost employee morale, including such strategies as snacks during breaks, potluck suppers, annual parties, birthday cards, and other strategies that acknowledge the individual and teams.[96]

Team development is a complex and tough job. The team leader identifies training needs of the team and the individual members. The team leader also runs interference for the team, acts as liaison in negotiation for scarce resources, arranges publicity for accomplishments, and keeps abreast of information on outside events affecting the team. When conflicts arise from perceptions that some team members are doing more than their share of work or that the wrong members are getting promoted, the team leader manages them. The dream team collaborates with enthusiasm to get a job done well.

Teams

Teams have been used in nursing since the 1950s. They have been used mainly at the operating or primary care level rather than at top or middle management levels. A team is a number of people—usually

---

FIGURE 7-24   Steps to Facilitate Team Building

1. Assess the functioning of the team through such methods as direct observation, employee interviews or meetings, and questionnaires.
2. Identify the problem(s) resulting in team dysfunction, such as negativism, poor goal setting, poor interpersonal relationships among the members, and lack of commitment and disengagement.
3. Analyze the team's strengths and weaknesses.
4. Develop an action plan to develop strategies for the team.
5. Implement the strategies that should be communicated to the entire staff.
6. Evaluate the results of the team-building effort on a continuous basis.

Source: Author.

fairly small and with different backgrounds, skills, and knowledge, and drawn from various areas of the organization (their home) who work together on a specific and defined task. There is usually a team leader or team captain.[97]

In healthcare institutions, patients see the physician as team leader. However, the team leader uses the resources of the entire organization; in many cases it is the nurse who identifies, recommends, and coordinates these resources.

A team should work within the mission and goals of the organization. The team should be highly flexible without a rigid chain of command, yet structured enough to achieve the desired goals and outcomes. Like all organizational structures in business, industry, or healthcare institutions, the team needs clear and sharply defined objectives. Leadership decides on decision and command authority, and the team is responsible for accomplishing the tasks or mission. Team members know each other's functions, but leadership must first establish clarity of objectives. Team members should know the entire task and be adaptable and receptive to innovation. The team leader gives continuing attention to clear communications and clear decision making.

Types of Teams

There are various types of teams identified in the literature. Cohen & Bailey (1997) identify four basic types that include (a) management teams, (b) work teams, (c) project teams, and (d) parallel teams.[98]

Management Teams Management teams are becoming more popular as organizations are faced with constant change that is complex and demanding. These teams are led by upper management and the composition of the team includes the managers of interdependent subunits across specific business processes (Borkowski, 2011).[99]

Work Teams Another name for a work team is the self-managed (self-directed) work team. A self-managed work team is a functional group of typically 8 to 15 employees. The team shares responsibility for a particular unit of production, including units of service or information. Members are cross-trained in all the technical skills necessary to complete the tasks assigned. Members have the authority to plan, implement, and control all work processes. Members are responsible for scheduling, quality, and costs, and responsibilities have been clearly defined in advance. There are nine characteristics of a self-managed work team:

1. Bottom-up communication
2. Consensus
3. Big picture
4. Ongoing diverse training
5. Mobility
6. Empowerment
7. Challenge/innovation
8. External competition
9. Work and celebration

Employers indicate that self-managed work teams improve quality, increase productivity, decrease operating costs, and foster greater commitment from workers. Employees state that they feel "in on things," involved in decisions, challenged, and empowered, and they also have increased job satisfaction.

Self-managed work teams have leaders. During early phases, upper management appoints the leader. As the team grows and changes, it selects its leader. Eventually, the role rotates. The team leader is an internal facilitator. Middle managers are trained to become external facilitators.[100]

Self-managed work teams are empowered to make all decisions about the work they do. For example, Federal Express and IDS claim productivity is up 40% with self-managed work teams. A survey of Fortune 1000 companies indicates that 68% use self-managed work teams, although only 10% of workers are in them (**Figure 7-25**).[101]

The change to self-managed work teams requires training of management personnel who are uncomfortable with the process and find their status and power threatened. Managers have to unlearn traditional autocratic approaches with punitive emphasis and tight controls on the workforce. Managers are trained to overcome feelings of threat and resentment to change, to perceive workers as mature and responsible, to believe that workers can train each other, to believe that peer pressure can overcome absenteeism and that a self-managed team gives them time to develop key people, and to believe they can be a resource to team members and a support group among themselves. They are facilitators who work with the group. Leaders are key to the success of self-directed work teams, and their use of power is crucial in breaking down the organizational barriers preventing effective teams. Managers can make the transition to new roles with modified behavior and attitudes, but this is not a simple task for them.[102]

One of the activities that self-managed work teams can do effectively is problem solving, a powerful service strategy that gets everyone working toward top performance. Employees believe their ideas and efforts are valued. Once the self-managed work teams are formed, problem solving may be introduced in five steps, shown in **Figure 7-26**.[103]

Self-managed work teams and work groups are successfully used to reduce cost per unit of service, improve service and customer satisfaction, determine optimal staffing levels, and reduce the number of layers of organization. These teams perform tasks that require technical and management skills, thereby increasing productivity.[104]

Project Teams   These teams are formed for one purpose (e.g., new product, new service) and then are disbanded. The team members are people who have the necessary expertise needed for the task and are usually from various disciplines and departments. The project team is time limited and the members will return to their unit or department once the task is completed.[105]

FIGURE 7-25   Elements of Successful Self-Managed Teams

- Empower the teams with decision making.
- Provide teams with e-mail communication systems so teams can talk with each other.
- Create teams only for work that can be done by teams.
- Make teamwork the centerpiece of a pay-for-performance system.
- Inspire teams to increase morale, productivity, and innovation.
- Use the right team for the right job. Form a problem-solving team to solve a problem, and then disband it. Use work teams to do the day-to-day work. Work teams should be self-managed, have power to change the order of things, and have budgets.
- Create a hierarchy of teams that make decisions on the spot. To build the 777, Boeing used three layers of teams: a top management team to see that the plane was built correctly and on time, leader teams from engineering and operations to oversee the work teams, and cross-functional work teams. A fourth layer of airplane integration teams with access to everyone in the organization was added later. Problems were identified and solved early.
- Maintain trust and morale. When restructuring, bring employees into the process. Plan for job loss by retraining, reassigning, retiring, and attrition.
- Tackle people problems head on by spending time to get people to work together.

Source: Author.

> ## FIGURE 7-26 Five Steps for Problem Solving
>
> 1. Brainstorm to identify problems. Team members are asked to describe problems they have observed or experienced.
>
> 2. Once all problems are listed, team members are asked to vote on paper for the three problems they believe are most significant. The votes are tallied and the most important problem is presented.
>
> 3. Brainstorm for possible solutions to the problem. The most promising solution is selected. Team members are assigned to investigate the solution and gather further information to report on later. The meeting is then closed.
>
> 4. At the next meeting, the team reports their findings, which are discussed, including positive and negative aspects.
>
> 5. The team chooses the solution through discussion and general agreement. Team members share the responsibility for putting the solution to work.
>
> *Source:* Author.

Parallel teams   The purpose of a parallel team is to solve problems and make recommendations for improvement activities.[106] Members usually come from various units or departments to perform a task that the organization cannot do well. Examples of parallel teams include quality improvement teams or task forces.[107]

Team Models

Several examples of team models include the Dynamic Cybernetic Team Model, Team STEPPS®, and the Drexler/Sibbet Team Performance Model™:

Dynamic Cybernetic Team Model   According to Porter-O'Grady & Malloch, teams are considered the work unit in today's healthcare environment. It is through the engagement and actions of teams that will create a successful organization.[108] The Dynamic Cybernetic Team Model (DCTM) (**Figure 7-27**) provides a framework for teams to respond to changes or crisis situations that occur in organizations. Teams usually work in isolation and are focused internally on the task at hand. They fail to be aware of the environmental and contextual changes that may be affecting the results or work of the team. Several influences that affect teams—environmental, managerial goals, social structure, technology and team organizational and participant—are depicted in this model.[109]

TeamSTEPPS®   This team model was created by the Agency for Healthcare Research and Quality (AHRQ) and the Department of Defense. as an evidence-based teamwork system.[110] The model is based on the following skills: leadership, mutual support, situation monitoring, and communication. The model describes these skills as necessary for team outcomes and depends on using feedback cycles and specific tools to communicate, plan, and deliver improved quality care. This team process can lead to improved performance in the areas of quality, practices, and culture change. This model uses such tools as briefings, team huddles, and SBAR (Situation-Background-Assessment-Recommendation).

Drexler/Sibbet Team Performance Model™   This team model centers upon seven primary concerns that teams must focus on as they move through team development striving for higher performance. These areas include orientation, trust building, goal clarification, commitment, implementation, high performance, and renewal.[111]

FIGURE 7-27   Team Performance

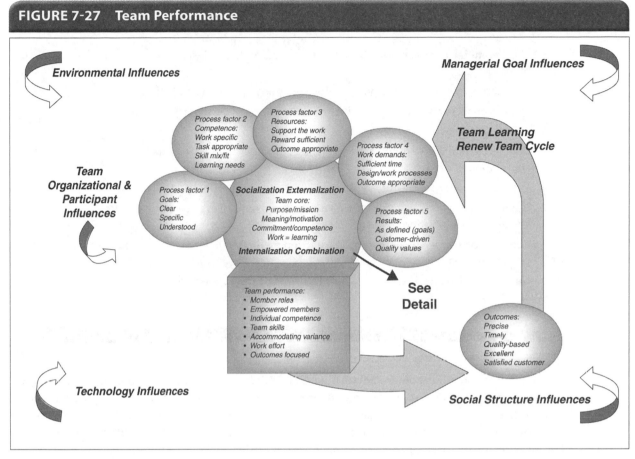

Dynamic Cybernetic Team Model

Committees

A committee is a group that evolves out of a formal organizational structure. Committees are formed to make collective use of knowledge, skills, and ideas. Committees can serve useful functions in the organizational process of nursing and administration. In addition to being organizational entities, committees are a part of managerial planning, and, in turn, they make plans. They are directed by leaders who are appointed by management or elected by constituents determined by management. Because professional nurses want autonomy but are mostly employed by organizations, formal groups, including committees, are a medium for promoting autonomy by giving nurses a voice in managing the organization. Research conducted on magnet hospitals in the early 1980s revealed that nursing staff was significantly involved in committees throughout the hospital. Committees included medical staff, hospital, and nursing committees in which nurses were viewed as active participants and contributors to the committees.[112] **Figure 7-28** outlines standards for evaluating nursing committees.

Types of Committees   Two of the most common types of committees in which nurses participate are ad-hoc/task force and standing committees. Committees are used by organizations to provide a mechanism to bridge communication gaps between departments or units. Standing committees are advisory in authority, although some may have collective authority to make and implement decisions.

FIGURE 7-28   Standards for Evaluating Nursing Committees

1. The committee has been established by appropriate authority: bylaws, executive appointment, or other.

2. Each committee has a stated purpose, objectives, and operational procedures.

3. There is a mechanism for consultation between chairs and persons to whom they report.

4. Each committee meeting has a published agenda.

5. Committee members are surveyed beforehand to obtain agenda items, including problems, plans, and sharing of news.

6. Each committee has an effective chair.

7. Recorded minutes of each committee's meetings are used to evaluate the committee's effectiveness in meeting stated objectives.

8. Committee membership is manageable and representative of the expertise needed and the people affected.

9. Nurses are adequately represented on all appropriate institutional committees.

Source: Author.

An example of a standing committee is the nurse practice committee or the infection control committee. Ad-hoc committees, or task forces, are groups of several individuals who work together on a specific project that is time limited—for example, a group of nurses selected by their peers to develop a preceptor program for graduate nurses. Ad-hoc committees are very important in healthcare organizations because they bring together in a short time frame individuals who have the expertise to work on the projects.

Making Committees Effective

Purposes of Committees   Organizations promote communication through meetings. In 1 year the cost of meetings in U.S. companies is several billion dollars, and executives spend as much as 60% of their time in meetings. For this reason, nurse managers should evaluate the purposes and functions of committees, particularly of standing committees. Evaluation should be both normative and summative and should determine whether committees are accomplishing their purpose or are wasting the time and talents of many people who are required to attend the meetings. As a nurse leader, you need to ask the question, "Are unnecessary meetings being held?"

Meetings fulfill deep personal and individual needs. Their effective use by groups improves productivity. Types of committees are determined by organizational objectives and functions. Committees can be effectively used to implement major policy changes, to accomplish a job, and to plan strategically. Problems requiring research and planning are better assigned to individuals. Day-to-day decisions should be handled by line managers.[113]

A major purpose for using committees is to involve personnel at all levels to share in the decision-making process. According to Dixon,[114] this goal can be accomplished by having the following:

- Enough groups to ensure representation at all levels
- Standing committees, ad-hoc committees, town hall meetings, and small meetings so that all levels are represented

- Representation by visible managers to ensure support
- Control of employees
- Planned absence of managers at selective meetings to encourage discussion
- Stimuli to employee participation with tangible results
- Members solicited as volunteers, appointed by managers, or selected by employees
- Technical assistance to identify problems, promote communication, and solve problems
- A focus on the power of the group to act on its own recommendations, have its own budget, or access company resources

Organization of Committees   Committees are effective when they are formally organized, have a purpose, designate a leader, keep written minutes of their work, and achieve results (**Figure 7-29**).

Nursing should be represented on most healthcare institution committees and always on those whose activities affect nursing. It should have representation that is effective in determining the outcomes of a health team approach to patient care services. In effect, nurses should determine how they practice nursing. The organizational standards presented in **Appendix 7-1** meet the goals of shared governance.

Improving Committee Effectiveness   There is no one way to measure group effectiveness, but multiple indicators can provide a framework to measure effectiveness of groups and committees:[115]

- Productivity of the work group or committee
- Satisfaction of group members
- Quality of work produced
- Opportunity for the work group or committee to work together toward one common goal

Nurse managers can improve the effectiveness of standing and ad-hoc committees by establishing minimal ground rules, shown in **Figure 7-30**.[116]

Group Dynamics

Because the work of organizations is accomplished by groups, teams, or committees, many researchers have studied the dynamics of group function. Nurse managers need to be well grounded and knowl-

---

FIGURE 7-29   Success Factors for Effective Committees

- Every committee should have a purpose and short-term objectives.
- Committee members should be chosen according to their expertise and their capacity to represent the larger group.
- The committee members must contribute in terms of commitment, time, and energy.
- Committees should be of manageable size for discussion and disagreement. Six to eight members are usually recommended.
- Committee chairs should be accountable to a specific administrator who provides guidance to the chair through consultation.
- Committees should have prepared agendas and effective chairs. Figure 7-29 contains standards for evaluating nursing committees.

Source: Author.

FIGURE 7-30 Ground Rules for Improving Committee Effectiveness

- Establish clearly stated objectives (see Appendix 7-1)
- Establish a committee structure to support the clearly stated objectives (see Appendix 7-1)
- Plan all meetings and events to meet the goals and objectives
- Keep committee to a manageable size
- Define membership:
  - Councils: 40–50 persons
  - Committees: 10–12 persons
  - Assemblies: 1001 persons
- Draw up point-to-point agenda and send to attendees
- Tailor the meeting room to the group and prepare it beforehand
- Draw up a point-by-point agenda and send it to the attendees. Include the purpose of the meeting. Key points in developing agenda include
  - Put dull items early and "star" items last
  - Decide whether to place divisive items early or late
  - Plan a time for starting important items
  - Limit committee meetings to 2 hours or fewer.
- Schedule meetings to begin 1 hour before lunch or 1 hour before the end of the workday.
- Avoid putting extraneous business on the agenda.
- Read the agenda and write in comments before the meeting.
- Prepare for the meeting by learning the subject matter and by preparing audiovisual materials to support it.
- Time the agenda items. New or controversial subjects usually take more time. Attention spans diminish after the first hour. Use time efficiently, including mealtimes.
- Referee and set the pace of the meeting. Summarize and clarify as needed.
- Promote lively participation by involving attendees in the program with a warm-up "getting acquainted" phase, a conflict phase, and a total collaboration phase. Bring out the personal goals of the individuals.
- Listen to what others have to say so there will be a sharing of knowledge, experience, judgments, and folklore.
- Bring the meeting to a definite conclusion by obtaining decisions and commitments.
- Follow-up as necessary to eliminate loose ends. Evaluate whether the meeting's purpose was achieved.
- Circulate useful information with the minutes. Keep the minutes brief, listing time, date, place, chair, attendance, agenda items and action, time ended, and the time, date, and place of the next meeting. **Figure 7-31** provides a checklist for evaluating meeting effectiveness.

Source: Author

FIGURE 7-31   Checklist for Evaluating Meeting Effectiveness

Standards	Yes	No
1. The meeting started on time.	_____	_____
2. A quorum existed.	_____	_____
3. The meeting agenda is on a schedule.	_____	_____
4. The agenda for the meeting reflects the purpose of the committee.	_____	_____
5. The chair acts as an equal member of the group, taking no special considerations.	_____	_____
6. The chair follows the agenda.	_____	_____
a. Dull items are scheduled early, star items last.	_____	_____
b. Divisive items are strategically placed.	_____	_____
c. Important items have a starting time.	_____	_____
d. The agenda avoids "any other business."	_____	_____
e. Meetings are scheduled for one hour before lunch or one hour before end of work day.	_____	_____
f. The chair is well prepared for the meeting.	_____	_____
g. The chair referees, paces, summarizes, and clarifies discussion.	_____	_____
h. The meeting concludes with definite decisions and a commitment to them.	_____	_____
i. The chair follows up on necessary items.		
j. Useful information is circulated with the minutes.		
7. The chair allows adequate time for discussion.	_____	_____
8. The chair facilitates participation by all members.	_____	_____
9. Items requiring further study are referred to smaller groups as projects. Timetables for results are established.	_____	_____
10. Managers attend meetings when needed to ensure support.	_____	_____
11. Managers plan absences from selected meetings to encourage discussion.	_____	_____
12. Technical assistance is provided to facilitate meeting success.	_____	_____

Source: Author.

edgeable about group dynamics, because group work is such a time commitment. Although not all groups are committees, the management of a group of employees whose goal is to accomplish the objectives of the enterprise is similar to the leadership and management of a committee whose goal is to accomplish selective objectives. In the 1920s researchers at Harvard Business School found that worker morale and productivity were positively influenced by small, informal work groups.[117]

A group can be described by the following four criteria: (a) social interaction between two or more individuals, (b) has an established structure, (c) shared interests or goals, and (d) the individuals identify themselves as a group.[118] In healthcare environments, work is performed by individuals and by groups. Primary nursing is a frequently used modality of practicing nursing because it gives professional nurses more autonomy than do other modalities. It adds accountability, because nurses are continuously responsible for patients from admission through discharge. Case management adds group dynamics to the autonomy, because the case manager is responsible for functioning in a collaborative practice with other professional nurses and with physicians. Case management also uses managed care as a medium to keep the patient on the critical path from admission through discharge. Case management can extend through the illness episode to include home care, even at the critical care level.

Stevens advocates the use of groups for management and states that they can greatly increase productivity when used effectively. Nurse managers need to function in groups to promote problem solving and acceptance of responsibility. The group can function within an administrative council and demonstrate its ability to manage itself by preparing agendas, reviewing status of agenda topics, obtaining and using learning aids, and handling meetings. In short, it is possible to structure the business of groups and to direct and control the behavior of group members.[119]

Each member of a group plays a role in achieving the work of the group. Because each member has a unique personality and individual abilities, the group leader needs to know how groups function to facilitate effectiveness. Original studies of group dynamics were done through observations of informal groups. The Hawthorne studies of 1924–1932 were conducted in four phases designed to discover what would make workers increase their output. The results of the studies indicate that employees respond to identification with their groups and to the interpersonal relationships with members of their small groups by increasing their output.

Through interpersonal relationships, group members perform task roles, group-building and maintenance roles, and individual roles. In the performance of these roles, the group members share the power of the organization and its management. Benne and Sheats identify functional roles of group members, shown in **Figure 7-32**.[120–122]

Nurse managers with a working knowledge of group dynamics can use their knowledge to assemble groups. Such knowledge is important in the selection of chairs of committees, task forces, and other groups of clinical nurses. It is equally important in selecting nurses for organization committees if nursing is to gain power and recognition for its contributions to the mission and objectives of the corporate entity.

Group training gives members awareness of the roles they play and the opportunity to manage themselves so that they become more productive. Group training has evolved into a science that contributes to a theory of nursing practice and nursing management. Self-analysis or self-evaluation and development of sensitivity to others to make oneself productive within group settings are a part of these theories. Nurse managers benefit from training in group dynamics and may include it in a continuing staff development program for professional nurses. This can be done through actual role playing and case studies.

Group Leaders

Group leaders may be formal, informal, or specialized. Formal leaders are appointed by management or elected by a management directive. They carry line authority and the power to discipline and control group members. Informal leaders emerge from the group process. Their influence inspires cooperation and mediation, and group members reach consensus about their contributions to the effective functioning of the group in their quest of goals. Specialized leaders are often temporary leaders who have a special skill or ability that is needed by the group at a particular point in time.

Participative management requires commitment of individuals to work toward shared goals as well as profitability. A dynamic leader inspires people to put spirit into working for a shared goal. The leader can use symbols, posters, slogans, T-shirts, and memorable events. The leader must believe in people and support a theory of leadership that espouses self-direction, self-control, commitment, responsibility, imagination, ingenuity, creativity, and effort. How the leader behaves toward peer group members demonstrates these beliefs.[123] Leaders can make committees and meetings effective by having an extensive knowledge of group dynamics. They keep the group on course by convincing each member of the

FIGURE 7-32   Benne and Sheats' Functional Roles of Group Members

Group task roles: Each member of a group performs a role related to the task of the group or committee to arrive cooperatively with the other group members at a definition of and solution to a common problem:

- Initiator-contributor: A group member who proposes or suggests new group goals or redefines the problem
- Information seeker: A group member who seeks a factual basis for the group's work
- Opinion seeker: A group member who seeks opinions that reflect or clarify the values of other members' suggestions
- Information giver: A group member who gives an opinion indicating what the group's view of pertinent values should be
- Elaborator: A group member who suggests by example or extended meanings the reason for suggestions and how they could work
- Opinion giver: A group member who states personal beliefs pertinent to the group discussion
- Coordinator: A group member who clarifies and coordinates ideas, suggestions, and activities of the group members or subgroups
- Orienter: A group member who summarizes decisions or actions and identifies and questions differences from established goals
- Evaluator critic: A group member who compares and questions group accomplishments and compares them to a standard
- Energizer: A group member who stimulates and prods the group to act and to raise the level of its actions
- Procedural technician: A group member who facilitates the group's action by arranging the environment
- Recorder: A group member who records the group's activities and accomplishments

Group-building and maintenance roles: Individual members of the group work to build and maintain group functioning:

- Encourager: A group member who accepts and praises the contributions, viewpoints, ideas, and suggestions of all group members with warmth and solidarity
- Harmonizer: A group member who mediates, harmonizes, and resolves conflicts
- Compromiser: A group member who yields his or her position within a conflict
- Gatekeeper and expediter: A group member who promotes open communication and facilitates participation to involve all group members
- Standard setter or ego ideal: A group member who expresses or applies standards to evaluate group processes
- Group observer and commentator: A group member who records the group process and uses it to provide feedback to the group
- Follower: A group member who accepts the group members' ideas and listens to their discussion and decisions

Individual roles: Group members also play roles to serve their individual needs:

- Aggressor: A group member who expresses disapproval or vetoes the values or feelings of other members through attacks, jokes, or envy
- Blocker: A group member who persists in expressing negative points of view and resurrects dead issues
- Recognition seeker: A group member who works to focus positive attention on himself or herself
- Self-confessor: A group member who uses the group setting as a forum for personal expression
- Playboy: A group member who remains uninvolved and demonstrates cynicism, nonchalance, or horseplay
- Dominator: A group member who attempts to dominate and manipulate the group
- Help seeker: A group member who manipulates members to sympathize with expressions of personal insecurity, confusion, or self-deprecation
- Special interest leader: A group member who cloaks personal prejudices or biases by ostensibly speaking for other

Source: Author

genuine need for input and by having sensitivity to the group members and processes. They draw in the shy and the quiet, politely cut off the garrulous, and protect the weak. While controlling the squashing reflex in themselves, they encourage a clash of ideas by mitigating domination by cliques. They refrain from being judgmental. Group leadership requires a thoughtful, skilled performance based on knowledge and ability acquired through management education and training.[124]

Phases of Groups

Groups have a natural history of development. Some groups move through all five stages, whereas other groups, due to factors such as leadership or membership experience, may never experience each phase. The following are five generally accepted phases of a group.

1. Forming or orientation phase. This is the phase during which group members discover themselves. They want uniqueness; they want to belong while maintaining personal identity. They test each other for appropriate and acceptable behavior. This is the time to exchange information, discover ground rules, size each other up, and determine fit. When forming these groups, the nurse manager includes experts, affected constituencies, people who implement the solution, persons with different problem-solving styles, and equal numbers of sensing/thinking and intuitive/feeling individuals. The group leader develops the explicit norm of constructive conflict: disagreement, multiple definitions, minority opinions, devil's advocate, professional management, and a "group wins" psychology. Implicit norms are avoided because they bring bias to the group process by imposing individual values and beliefs. The leader helps members fit into the group, providing structure, guidelines, and norms, and making members comfortable.

2. Conflict or storming phase. During this phase, group members jockey for position, control, and influence. Leadership struggles and increase competition occurs. The leader helps members through this phase, assisting with group roles and assignments.

3. Cohesion or norming phase. Roles and norms are established with a move toward consensus and objectives. Members reach a common understanding of the true nature of the opportunity to reach the group's goals. They diagnose the root cause of the problem, the deviation from expected performance. They are open to alternative definitions with multiple views. Morale and trust improve and the negative is suppressed. The leader guides and directs as needed.

4. Working or performing phase. Members work with deeper involvement, greater disclosure, and unity. They complete the work. The leader may intervene as needed.

5. Termination phase. Once goals are fulfilled, the group terminates. The leader guides the members to summarize discussions, express feelings, and make closing statements. The group is reluctant to break up. A celebration can help.[125]

Group Cohesiveness

Group cohesiveness includes the forces (bundle of properties) acting on the members of a group to preserve group integrity. These forces deal with and overcome disruption and conflict. Among the forces are such beliefs as the power or influence of the group, the personality of individual members of the group, and the mission or goals of the group. Cohesiveness is demonstrated by mutual understanding and support, improvements in self-esteem, and successful completion of the mission and goals of the group. Cohesive groups have a positive valence, with the combination of members' inputs leading to a strengthening of group processes and outcomes.[126]

Knowledge of group dynamics is needed by nurse managers to improve leadership competencies and to facilitate group discussion and communication. Groups are a common feature of a majority of experiences of all nurses in such roles as outcome management, team coordination, and teaching of students, patients, and families.[127]

Group Types

Borkowski acknowledges that there are several types of groups: (a) primary groups, (b) secondary groups, (c) reference groups, (d) informal groups, and (e) formal groups. All groups influence a person's behavior or personality. Primary groups are made up of close friends and family members and strongly influence an individual's personality and behavior over the years.[128] Primary groups have common goals and all members of the group know each other well. Primary groups are composed of a smaller number of members.[129] Secondary groups are composed of a larger number of people with whom individuals come in contact, specifically in a person's professional life (e.g., professional nursing organization).[130] A reference group is used by an individual to compare and evaluate his/her beliefs and attitudes. A reference group may have a negative or positive influence on an individual. Examples of reference groups can be a collective bargaining unit, church, or political party.[131]

Informal groups and formal work groups are typically found in the workplace. Informal groups are composed of individuals who have common interests. Membership is voluntary and informal groups are usually not approved or a part of the formal organizational structure of an organization. Informal groups can have a significant impact and influence on an organization and its employees. Managers should be aware of the influence that informal groups can have and use these groups to effect position change in the organization.[132] Formal groups are a part of the organizational structure and include such groups as ad-hoc committees or task forces. Formal groups can be short term or long term in duration.[133]

Selected Group Techniques

A number of group techniques have been developed to make groups effective and productive. Among these are the Delphi technique, brainstorming, the nominal group technique, and focus groups (**Figure 7-33**).

Groupthink

One of the potential disadvantages of team building and working in committees or other work groups is the possibility of groupthink among group or committee members. Groupthink is inappropriate conformity to group norms. It occurs when group members avoid risk and fear to disagree or to carefully assess the points under discussion. The symptoms of groupthink are listed in **Figure 7-34**.[139]

Groupthink will not occur when members are aware of the potential for it. Groups are considered effective when their resources are well used; their time is well used; their decisions are appropriate, reasonable, and error free; their decisions are implemented and supported by group members; problem-solving ability is enhanced; and group cohesion is built by promoting group norms and structuring cooperative relationships. The group's leader should teach group members cures for groupthink that include the following:[140]

- Acting as devil's advocate
- Considering unlimited alternatives
- Thinking critically
- Providing increased time for discussion
- Changing directions
- Surveying people affected by the problem under discussion
- Seeking other opinions
- Constructing challenging group measures
- Including input from people in the group who do not agree with you

FIGURE 7-33 Group Techniques

- Delphi: Originally developed by the Rand Corporation as a technological forecasting technique, the Delphi technique pools the opinion of experts. This technique can be used in nursing management to pool the opinions of a group of leaders in the field. Each round of questioning has three phases. For example, the group is polled for input, which is analyzed, clarified, and codified by the investigator and given as feedback to the experts; the experts are then polled for further commentary on the composite of the first round. This process can continue for three to five rounds.[134] Members of the group using the Delphi technique may never have the opportunity to meet personally, because most of the activities are done through correspondence or electronically.

- Brainstorming: As a group technique, brainstorming seeks to develop creativity by free initiation of ideas. The object is to elicit as many ideas as possible. The following are the steps in the brainstorming technique:

  - The leader instructs the group, giving the member the topic or problem and telling him or her to respond positively with any ideas or suggestions relative to it. No critical responses are allowed.

  - The leader lists on a poster or chalkboard all ideas and suggestions as they are given and encourages their generation.

  - Ideas and suggestions are evaluated only after each group member has contributed all possible ideas and suggestions.

- Nominal group technique: The problem or task is defined. Members independently write down ideas about it, trying to make the ideas more problem-centered and of higher quality. Each member presents ideas to the group without discussion. The ideas are summarized and listed. Next, the members discuss each recorded idea to clarify, evaluate, and assign a priority to each decision. The results are averaged and the final group decision is taken from the pool. The process takes about 1.5 to 2 hours and results in a sense of accomplishment and closure.[135] Nominal group technique is a reliable evaluation tool and an efficient group teaching technique.[136]

- Focus groups: Focus group methods stem from consumer market research. They do not provide quantitative research but a phenomenologic approach to qualitative research. Focus groups offer descriptions of the vicarious experiences of the participants. Groups of 8 to 12 participants meet as a group with a moderator who facilitates focused discussion on a topic. Focus groups have been used to develop nurse retention programs. Some of the objectives of focus groups are as follows:[137]

  - To provide an intellectual forum for innovative solutions to chronic problems

  - To encourage a specific communication process whereby a different breadth and depth of interaction, spontaneity, and cross-fertilization can occur, allowing participants to pick up ideas from one another. Ultimately, group ownership of ideas occurs.

  - To allow for necessary venting of workplace irritants

  - To provide an excellent opportunity for management to hear and translate constructive criticism in a neutral, nonemotional environment

  - To provide an environmental process whereby groups can visualize, define, and appreciate the size and complexity of the problem as well as that of the solution[138]

Source: Author

> **FIGURE 7-34   Symptoms of Groupthink**
>
> - Illusions of invulnerability, leading to overconfidence and reckless risk taking
> - Negative feedback ignored and rationalized to prevent reconsideration
> - A belief of inherent morality
> - Stereotyping of the views of people who disagree as wrong or weak and badly informed
> - Pressure on members to suppress doubts
> - Self-censorship by silence about misgivings
> - Unanimous decisions
> - Protection of members from negative reaction
>
> *Source:* Author.

Culture

Organizational culture is the sum total of an organization's beliefs, norms, values, mission, philosophies, traditions, and sacred cows. It is a social system that is a subsystem of the total organization. Organizational cultures have artifacts, perspectives, values, assumptions, symbols, language, and behaviors that have been effective. Schein proposes that there are three levels of culture that interact with each other that forms the framework of a culture: (a) Level 1—artifacts and creations, (b) Level 2—Values, and (c) Level 3—Basic Underlying Assumptions.[141] Organizational culture includes communication networks, both formal and informal. They include a status/role structure that relates to characteristics of employees and customers or clients. Such structures also relate to management styles, whether authoritative or participatory. Management style affects individual behavior. In a healthcare setting, these structures promote either individuality or teamwork. They relate to classes of people and can be identified through demographic surveys of both employees and patients. In addition, there is a technical or operational arm for getting the work done and an administrative arm for wages and salaries; hiring, firing, and promoting; report making and quality control; fringe benefits; and budgeting. **Figure 7-35** illustrates aspects of organizational culture.

The artifacts of an organizational culture may be physical, behavioral (rituals), or verbal (language, stories, myths). Verbal artifacts result from shared values and beliefs. They include traditions, heroes, and the party line, and they result in ceremonies that embody rituals. These include ceremonies to reward years of service, the annual picnic, the holiday party, and the wearing of badges and insignia.[142] Culture is created by such rites and rituals as follows:[143]

- Casual day (e.g., workers wear jeans and sport shirts on Friday to create an atmosphere of creativity and friendship)
- Birthing rooms and sibling birth participation programs to promote family health
- Focus on quality, service, and reliability
- A strong communication network
- Face-to-face contacts

Cultural differences can be classified into four categories:

1. Language.
2. Context (high versus low). Cultures who value high context emphasize nonverbal communication compared to low context where the emphasis is placed on verbal expression.

FIGURE 7-35   Organizational Culture

ARTIFACT	Dress, office space, office décor, logos, pictures
VALUES, ASSUMPTIONS	Language, stories, verbal communication, nonverbal communication, rites
BEHAVIORS	Ceremonies, hiring and terminating practices

Source: Author.

3. Contact (high versus low). Individuals from some cultures prefer to be in close proximity to others, which is high contact compared to those individuals in a culture who prefer personal space.
4. Time (monochronic versus polychronic). Monochronic cultures are more precise on time as compared to polychronic cultures who are not precise on time.[144]

Figure 7-36 depicts a high- versus low-context cultures continuum.[145]

Leaders are responsible for determining which organizational culture best meets the needs of the internal and external environment.[146] A nurse manager needs to be aware of the culture of his or her unit, department, and organization. Culture is the one thing that connects such components as communication, change, problem solving, and decision making. A successful manager identifies and accepts the prevailing culture before making changes. It is more difficult to change a culture at the level of basic beliefs, values, and perspectives. It is easier to change technical and administrative systems. Managers and personnel who survive in a culture learn how to support the values and norms of that culture. Their conformity impedes change and innovation. The social, technical, and managerial systems are changed

FIGURE 7-36   High- Versus Low-Context Cultures Continuum

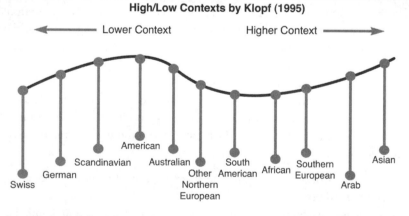

Low-Context Cultures
- Less aware of nonverbal cues, environment, situation
- Lack well-developed networks
- Need background information; need to control information
- Knowledge is a commodity

High-Context Cultures
- Nonverbal important
- Information flows freely
- Maintain extensive networks
- Physical context relied on for information

Source: Beebe, S. A., & Masterson, J. T. (1997). *Communicating in Small Groups: Principles and Practices* (5th ed.). New York: Addison-Wesley Educational Publishers, pp. 152–158.

through organizational development. To change the culture may require changing the leader.[147] Ledlow and Coppola identify several guidelines to assist leaders in changing the organizational culture:[148]

Model the behavior you expect yourself
Provide training to leaders, managers and staff
Communicate what is expected with the organizational culture change
Adjust structures and reporting relationships
Perform team-based planning and the development of policy
Effective communication that is consistent and frequent
Continue to assess the internal and external environment

When nurse executives from magnet hospitals were asked to identify nursing's top three current challenges, one of their responses included culture—"identifying, reassessing, changing the culture of nursing in my organization."[149] Nurse executives reported that culture issues were related to the changing role of the registered nurse and effects of mergers and consolidations. Other notable issues identified by the nurse executives were their concern about educating new staff to the organization's culture and values and how financial awareness and responsibility is so ingrained into healthcare organizations.[150]

Culture of Safety

In today's healthcare environment, quality and safety are paramount. Building a culture of safety is a strategic goal for all healthcare organizations, especially since the seminal report *To Err Is Human: Building a Safer Health Care System in the 21st Century*.[151] This report focused on the fact that healthcare environments, especially hospitals, require a substantial improvement in quality and safety and nurses play a critical role in achieving this goal. Nurses are the closest to the patient and can easily identify the problems and issues encountered in the work environment. The report provides the haunting statement that medical errors are responsible for 44,000 to 98,000 patient deaths per year,[152] costing an estimated $17 billion to $29 billion per year.[153] Four specific recommendations were made from the report, listed in **Figure 7-37**. *Crossing the Quality Chasm* was the next critical report from the IOM that focused on changes in the healthcare system to improve safety and with the outcome of protecting patients from harm. The report addressed the outdated systems used in healthcare organizations and called for healthcare providers to come together to redesign healthcare processes. The report outlined 10 principles to guide healthcare redesign, listed in **Figure 7-38**.[154]

FIGURE 7-37   To Err Is Human: IOM Goals

- Establish a national focus to create leadership, research, tools, and protocols to enhance the knowledge base about safety.
- Identify and learn from errors through immediate and strong mandatory reporting efforts as well as encouragement of voluntary efforts to ensure the system continues to be made safer for patients.
- Raise standards and expectations for improvements in safety through the actions of oversight organizations, group purchasers, and professional groups.
- Create safety systems inside healthcare organizations through the implementation of safe practices at the delivery level.

Source: Reprinted with permission from *To Err Is Human: Building a Safer Health System.* Copyright 1999 by the National Academy of Sciences. Courtesy of the National Academy Press, Washington, D.C.

FIGURE 7-38   10 Principles to Guide the Redesign of the Healthcare System

1. Care should be based on continuous healing relationships.
2. Care should be customized based on patient needs and values.
3. Patients should have control with shared decision making.
4. There should be shared knowledge and a free flow of information.
5. Evidence-based decision making should be evident.
6. Safety should be designed in as a system priority.
7. There should be transparency to promote informed decision making.
8. The system should anticipate patient needs, not just respond.
9. There should be a continued decrease in waste within the system.
10. There needs to be cooperation among clinicians.

Source: IOM, *Crossing the Quality Chasm.*

The third report from the IOM, *Keeping Patients Safe: Transforming the Work Environment of Nurses*,[155] identified factors in the work environment for nurses that affected safety and made specific recommendations for improving the work environment to improve safety. **Figure 7-39** lists the areas identified for improving safety in the work environment.

Critical components and processes that relate to a culture of safety within an organization include such aspects as identifying sentinel events, implementing the national patient safety goals, improving communication, developing teamwork, enhancing clinical systems, patient inclusion, providing ongoing staff education, and discovering staff perceptions related to safety.

How do you build a culture of safety and what role does nursing, in particular the nurse executive, have in this process? The culture of an organization determines whether patient care delivered in the setting is safe or not. If the organization cultivates an environment open to identifying and reporting errors, the organization will be headed in the right direction on building the infrastructure necessary

FIGURE 7-39   Areas Identified for Improving Safety in the Work Environment

- Nurse staffing ratios and practices
- National data reporting of staffing
- Increased resources for knowledge and skill development from orientation through length of tenure
- Support for interdisciplinary activities that promote collaboration
- Limits on hours worked
- Design of work environments and care processes with a recommendation to first focus on medication administration and hand washing
- Creating an overall culture of safety within healthcare organizations

Source: IOM, *Keeping Patients Safe.*

for a safe environment. It is imperative for organizations to move from a culture of blame to a culture of safety and quality. In *The Nurse's Role in Promoting a Culture of Patient Safety*, Friesen and coworkers compare the characteristics between a culture of safety and a culture of blame.[156] In a culture that promotes safety, the organization has a leadership team that is supportive, expects open communication, requires a root cause analysis when errors occur, and encourages reporting of events in a nonpunitive environment. In a culture that promotes blame, the organization has a leadership team that is not visible, exhibits closed communication, and demonstrates a punitive approach to errors.

Page identifies three stages for implementing a culture of safety:[157]

- Stage 1: Emphasis on compliance with regulatory standards and meeting technical requirements
- Stage 2: Valuing a culture of safety and achieving the performance expectation of safety
- Stage 3: The culture of safety becomes inherent throughout the organization where there is a culture supporting continuous improvement.

Nurse Executive's Role in Patient Safety Nurse executives are challenged to create a practice environment that fosters multidisciplinary collaboration, professional development, and a culture of safety. For nurse executives to accomplish such a task, they must achieve and develop competencies that specifically address culture of safety skills, knowledge, and commitments. The AONE developed a toolkit outlining the nurse executive's role in patient safety, *Role of the Nurse Executive in Patient Safety: Guiding Principles Toolkit*. AONE identifies guiding principles to assist the nurse executive in developing an organizational culture of safety:[158]

- Lead cultural change
- Provide shared leadership
- Build external partnerships
- Develop leadership competencies

To address the competencies needed by nurse executives to build a culture of safety in their organizations, AONE developed the AONE Nurse Leader–Patient Safety Competency Model. This model is designed to support an environment that promotes safe, high-quality patient care through leadership (**Figures 7-40, 7-41, and 7-42**).[159–161]

Several organizations address patient safety in healthcare organizations: Agency for Healthcare Research and Quality (AHRQ) and The Joint Commission. AHRQ has a website that focuses on quality and patient safety through such topics as National Quality Measures Clearinghouse™, CAHPS®, Measuring Healthcare Quality, and Medical Errors and Patient Safety.[162] They also have a webpage dedicated to research findings and tools for healthcare providers and policymakers. The Joint Commission has done extensive work on patient safety and addresses patient safety on their website with such topics as the National Patient Safety Goals, Sentinel Event Policy, Sentinel Event Alert, Patient Safety, and other resources.[163]

Healthcare organizations want a culture that provides the customer with a positive experience through an organizational commitment and attention to quality and safety that permeates to each employee. Organizations achieve a culture of safety when they are challenged to be the best they can be and promote a sense of pride in the organization. Leaders work collaboratively with all members of the healthcare team to lead a commitment to patient safety.

Climate

Organizational climate is the emotional state, perceptions, and feelings shared by members of the system. It can be formal, relaxed, defensive, cautious, accepting, trusting, and so on. It is the employees' subjective impression or perception of their organization. The employees of major concern to nurse

FIGURE 7-40 Patient Safety Leadership Competencies

- Active and disciplined listening
  - Use of active and effective listening behaviors, such as questioning and summarizing. Encourage participation, discussion, and engagement.
- Engagement and inclusiveness
- Vigilance for error identification
  - Continuously scan organization for patient safety risk trends and identify areas of opportunity and create plans to intervene and improve. Develop a system to track events and patient safety concerns so that data can be assessed and trended.
- Integrator of people and task
  - Encourage participation, discussion, and engagement from a variety of team members. Connect people together that are working on similar objectives.
- Interdisciplinary coleadership and collaboration
  - Collaborate with leadership at the top of the organization and members of the interdisciplinary team to create a partnership to support patient safety as a priority within the organization
- Action orientation
  - Define a plan for patient safety with a timeline. Assign responsible parties, objectives, and a timeline to complete specific action plan toward improving patient safety.
- Art of championing
  - Communicate vision of safety to all staff throughout the organization. Serve as a positive and encouraging role model for a safe patient care environment.
- Collaborative practice agreements
  - Define a vision, mission, goals, and objectives for patient safety within the organization. Work collaboratively with leaders in the organization to meet defined goals and objectives including adequate and appropriate resources, human as well as material/supply.
- Team leading and participation
  - Form partnerships with individuals with expertise and competence in the realm of patient safety. Foster a single team of engaged staff with mutually agreed upon goals and expectations.
- Importance of top down leadership culture of safety
  - Senior leaders must embrace patient safety as a priority, determine a plan, align resources, motivate, and encourage others throughout the organization.

Source: Copyright © 2005 American Organization of Nurse Executives.

managers are the practicing nurses. Practicing nurses create or at the very least contribute to the creation of the climate perceived by patients.

Managers create the climate in which practicing nurses work. If managers trust them, practicing nurses provide good information to keep their managers informed. This climate promotes the concept that most hands-on employees can perform routine management, accounting, engineering, and quality tasks. Well-trained, well-equipped, and self-managed work teams, the members of which are also good salespersons, can perform 90% of expert staff work. The object of expert staff is to spread knowledge quickly.[164]

FIGURE 7-41 Core Patient Safety Technology Competencies Systems

- Systems: process management and process improvement
  - ° Determine critical indicators and system to measure performance and opportunities for improvement. This requires a defined process.
- Human factors
  - ° Focus on systems, but understand characteristics of human behaviors to understand errors.
- Root cause analysis
  - ° Review variations in process with involved staff to determine cause of error. Continue to ask why to find potential cause of error.
- Safety rounding
  - ° Conduct patient safety rounds by senior leadership to identify safety risk trends; ensure follow-up.
- Teaming
  - ° Work collaboratively with key leaders and staff members allows for communication and information sharing and requires accountability. Need to develop outcome-based solutions.
- Risk management
  - ° Intention is to create and maintain a safe and effective environment for patients, visitors, and staff to prevent or reduce loss.
- Error mitigation
  - ° Explore patient care scenarios, identify potential sources of error, and recommend specific solutions, knowledge and practice in Failure Mode Effect Analysis (FMEA).
- Error recovery at the sharp edge
  - ° Establish processes to make it easier to recover or back out if a wrong action is taken by practitioners at the patient that is closest to the process breakdown.
- Victims of error
  - ° Apology to patient/family, support staff at sharp edge.
  - ° Need to have timely, full disclosure with a sincere apology. It is the provider's moral obligation to do this. Acknowledge stress of error to patient, family, staff—everyone will need support and intervention.
- System thinking and quality improvement methods
  - ° Method to improve processes, safety and care delivery through assessing systems, and how individuals function within the system (not focused solely on the individual).

Source: Copyright © 2005 American Organization of Nurse Executives.

Organizational climate relates to the personality of an organization and can be changed. Following are six sociological dimensions of organizational climate:

1. Clarity in specifying certification of the organization's goals and policies. This is facilitated by smooth flow of information and management support of employees.
2. Commitment to goal achievement through employee involvement
3. Standards of performance that challenge, promote pride, and improve individual performance
4. Responsibility for one's own work fostered and supported by managers

---

FIGURE 7-42   Culture of Safety Competencies

- Patient and family centered care
  - Care that is focused on the patient's and family's needs and expectations.
- Fair and just principles
  - Timely, fair, appropriate actions that are carried out equitably when blameworthy behaviors have occurred (see http://www.justculture.org).
- Practice environment of autonomy and shared decision making
  - Respect for individual's ability and right to determine what happens. A team-oriented structure that gives everyone the authority to make decisions for themselves.
- Accountability vs. blame
  - Assign accountability. Determine goals. Avoid blame. Thank those that share concerns and perceived patient safety risk.
- Safety over convenience orientation
  - Resources—acquire resources needed for patient safety (personnel, systems, finances).
  - Supports—patient safety requires significant commitment, resource, and support.
  - Communication—patient safety requires excellent, intense communication among care providers (SBAB) and leaders.
- Shouldering the burden of improvement vs. external blame
  - Start somewhere and always seek process improvement. Avoid finding excuses/hindrances. Determine and manage a timeline. Set goals and priorities.

Source: Author.

---

5. Recognition for doing good work
6. Teamwork and a sense of belonging, mutual trust, and respect[165]

Practicing nurses want a climate that gives them job satisfaction through good working conditions, high salaries, and opportunities for professional growth through counseling and career development experiences and opportunities. Nurses achieve job satisfaction when they are challenged and their achievements are recognized and appreciated by managers and patients. They achieve satisfaction from a climate of collegiality with managers and other healthcare providers and in which they have input into decision making. Just as important, nurses want a climate of administrative support that includes adequate staffing and shift options. Personnel shortage, frustration, failure, and conflict in nursing have required sweeping changes in intrinsic and extrinsic rewards, including career development programs that increase the ability of professional nurses to develop their self-esteem through self-actualization. This is particularly relevant in today's environment of constrained resources and nursing shortages.

Management climate surveys measure clarity and understanding of an organization's goals, effectiveness of decision-making processes, integration, cooperation, vitality, leader effectiveness, openness and trust, job satisfaction, opportunities for growth and development, level of performance, orientation and accountability, effectiveness of teamwork and problem solving, and overall confidence in management. Surveys may be used to make a diagnosis and to achieve the following:[166]

- Establish new strategic directions
- Clarify an organization's mission, objectives, and goals

- Identify managers' and supervisors' training and development needs
- Reallocate resources
- Prepare a foundation for cultural change
- Revise hiring priorities using a patterned interview as well as peer interviewing to select the best fit for the unit and organization

Many studies have been done to determine work climate within business, industry, and healthcare organizations. Climate and philosophy result from the corporate culture, and changing the culture leads to climate change. One head nurse designed and implemented a project to motivate the nursing staff of a medical unit to better service and greater self-satisfaction. She designed an "employee of the month" motivational strategy that included measurable performance criteria. Though the staff was initially uninterested, they eventually increased their interest and participation. Productivity increased, as did emergence of talents. The strategy culminated in a recognition ceremony. The employee of the month received a free lunch or dinner, and his or her picture was put on the bulletin board. By the end of 6 months, 25 of 144 employees had earned the title of employee of the month, their voluntary participation indicating that it met some of their needs.[167] **Figure 7-43** lists several activities that promote a positive organizational climate.

Models of Nursing Care Delivery Systems

Nurse executives are responsible for both promoting a professional nursing practice environment and identifying and implementing an effective care delivery model that achieves positive outcomes for the organization and patient. A nursing care delivery model is one component of the professional practice model.[168] Traditional models of care delivery have been useful to nursing over the years; however, with such challenges and trends affecting the delivery systems of care, including changes in inpatients and providers, medical advances, technology, care delivery, professional relationships, patient demographics and characteristics, financial constraints, and clinical trends, these traditional models may not be as effective as they once were. In addition, the demand for competency and quality continues to be a driving force, as the healthcare environment becomes more complex and rapidly changes.[169]

Wolf and Greenhouse suggest that nursing care delivery systems should be sustainable over time, fit within the strategic framework of the organization, and be evidence based.[170] These authors indicate the nursing care delivery models should be structure, process, and outcome driven. Wolper identified key aspects of nursing practice 20 years ago that have remained central in today's healthcare environment (**Figure 7-44**).[171]

Several authors have identified specific elements of innovation in newer care delivery models that include the following characteristics: an elevated registered nurse role, increased focus on the patient, improving patient transitions and handoffs, leveraging technology, result-driven, early and regular involvement of caregivers in the design and implementation of the models, and involvement of the patient in decision making.[172]

Several nursing care delivery models that are emerging in today's environment are discussed here:

1. Parish nursing: One of the oldest types of nursing whereby patients are provided with healthcare services in their church or church-related settings. This nursing care delivery model delivers care in a holistic approach with spirituality at the core, which makes this model unique.[173] The role of the parish nurse includes health educator, community liaison, personal health counselor, and volunteer counselor.[174]

2. Community-based nursing centers: Originated to (a) serve the poor and uninsured in areas that were difficult to reach and (b) initiate faculty practice in nursing graduate programs.[175] Community-based nursing centers can be found in underserved areas and also in school-based

---

FIGURE 7-43 Activities to Promote a Positive Organizational Climate

- Develop the organization's mission, philosophy, vision, goals, and objectives statements with input from practicing nurses, including their personal goals.

- Establish trust and openness through communication that includes prompt and frequent feedback and stimulates motivation.

- Provide opportunities for growth and development, including career development and continuing education programs.

- Promote teamwork.

- Ask practicing nurses to state their satisfactions and dissatisfactions during meetings and conferences and through surveys.

- Market the nursing organization to the practicing nurses, other employees, and the public.

- Follow through on all activities involving practicing nurses.

- Analyze the compensation system for the entire nursing organization and structure it to reward competence, productivity, and longevity.

- Promote self-esteem, autonomy, and self-fulfillment for practicing nurses, including feelings that their work experiences are of high quality.

- Emphasize programs to recognize practicing nurses' contributions to the organization.

- Assess unneeded threats and punishments and eliminate them.

- Provide job security with an environment that enables free expression of ideas and exchange of opinions without threat of recrimination, which may manifest as downscaled performance reports, negative counseling, confrontation, conflict, or job loss.

- Be inclusive in all relationships with practicing nurses. Trends affecting the delivery systems of care are as follows: changes in patients and providers, medical advances, technology, care delivery, professional relationships, and recognition and rewards, patient demographics and characteristics, financial constraints, and clinical trends. Demand for competency and quality continues to be a driving force, as the healthcare environment becomes more complex and experiences rapid change.

- Help practicing nurses to overcome their shortcomings and to develop their strengths.

- Encourage and support loyalty, friendliness, and civic consciousness.

- Develop strategic plans that include decentralization of decision making and participation by practicing nurses.

- Be a role model of performance desired of practicing nurses.

Source: Author.

---

clinics and faith-based clinics. Community-based nursing centers usually have nurse practitioners providing patient care with emphasis on health promotion, wellness, and provision of services for designated populations.[176]

3. Patient- and family-centered care: Eight elements are espoused:

- Recognize family and professional collaboration
- Honor diversity of families
- Recognize family strengths
- Share complete and unbiased information

FIGURE 7-44   Key Aspects of Nursing Practice Models

- Create the environment for practice.
- Establish and ensure the standards of nursing care delivery.
- Coordinate patient care with inputs from all types of health professionals.
- Select and develop the nursing workforce.
- Evaluate and plan the work of nursing to meet patient requirements for care.
- Provide adequate staffing.
- Evaluate and develop relationships within and external to the hospital services.

Source: Author.

- Promote family-to-family support and networking
- Incorporate developmental needs
- Implement comprehensive policies and programs
- Design accessible healthcare systems

Patient- and family-centered care emphasized collaboration with families and patients at all ages and in all settings. Both the families and patients take an active role in their health care and develop a partnership with healthcare providers to improve their healthcare outcomes.

4. Collaborative patient management model: High Point Regional Health System in High Point, North Carolina designed a multidisciplinary, population-based, case management model as their delivery model of patient care.[177] The purpose of this model was to link quality, cost, and care delivery processes. High Point Regional Health System built a nursing care delivery model that was designed for specific population-based groups targeting high-volume, high-risk, and high-cost patients. This model included patient care coordinators who had oversight of the interdisciplinary teams. A nurse-initiated patient education focus was central to this model.

5. Partnership clinical model: This nursing care delivery system uses unlicensed assistive personnel in direct patient care in partnership with a registered nurse. The partnered model includes the following:[178]

   - Cross-trained unlicensed assistive personnel to work one to one with a registered nurse in direct patient care
   - Registered nurse accountable for all patients and included in all decision making
   - Unlicensed assistive personnel trained to draw labs, administer electrocardiograms, and assist with respiratory and physical therapy

6. Hospital at home: This model was developed at Johns Hopkins Bayview Medical Center in Baltimore, Maryland, and is an acute home-based program. Elderly patients who are seen in the emergency room or referred by their personal physician may be eligible to participate. A multidisciplinary team that includes a physician, registered nurse, and nursing assistant provide hospital-level care to the patient in the home.[179] This model was tested as a demonstration project with the Veterans Administration medical system with the assistance of computerized medical system. Results to date have shown a 75% reduction in complications for patients receiving services in this care delivery system.[180]

WWW **Evidence-Based Practice 7-3**

A research project conducted by McManis & Monsalve Associates in collaboration with the AONE examined the characteristics of healthy work environments of 21 hospitals. The study revealed six critical factors that are essential for creating an excellent work environment:[185]

1. Leadership development and effectiveness
2. Empowered collaborative decision making
3. Work design and service delivery innovation
4. Values-driven organizational culture
5. Recognition and reward systems
6. Professional growth and accountability

These success factors are familiar to those organizations that have achieved Magnet Recognition and those who are working toward that achievement. The report provides the reader with in-depth discussions and presentations of the creative and effective strategies that these 21 hospitals implemented to achieve a work environment of excellence.[186]

Professional Nursing Practice Environment

There are many challenges the national healthcare system is facing that render the nursing workplace a less-than-optimal environment to recruit and retain registered nurses. Problems such as nursing shortages resulting in increased workloads, intergenerational staff, unpredictable payment systems, technological advances, new delivery systems, along with the multiple and complicated quality and safety initiatives all play a part in shaping organizations with a sense of complexity, chaos, and instability. The nursing practice environment consists of specific organizational characteristics that either facilitate or constrain professional nursing practice.[181] Several professional nursing organizations address the characteristics or elements of a positive work environment where nurses practice, such as AONE's *Principles and Elements of a Healthful Practice/Work Environment*,[182] the American Nurses Credentialing Center's Magnet Recognition Program®,[183] or American Association of Colleges of Nursing's white paper, *Hallmarks of the Professional Nursing Practice Environment*[184] (**Figure 7-45**).

FIGURE 7-45 **Characteristics of a Healthful Work Environment**

- Support professional development through educational and clinical advancement programs.
- Develop a culture emphasizing accountability, collaboration, quality, and safety.
- Recognize nurses' contributions to practice.
- Enhance nursing leadership through training and development.
- Ensure that an adequate number of qualified nurses are available to provide quality care.
- Encourage decision making at all levels in the organization.

Source: Copyright © 2005 American Organization of Nurse Executives.

Professional Models of Care

The professional practice model is the structure that allows nursing to accomplish defined goals within the context of a client-centered healthcare plan and evaluate responses to nursing care and treatment.[187] Hoffart and Woods identify five subsystems in a professional practice model:[188]

1. Professional values
2. Professional relationships
3. A care delivery model
4. Management or governance
5. Professional recognition and rewards

According to the Magnet Recognition Program®, professional models of care support the following:[189]

- Promotes the professional role of the registered nurse to include accountability for one's own practice
- Incorporates evidence-based practice
- Includes contemporary management concepts and theory
- Staffing systems
- Addresses patient needs, patient population demographics, nursing of nursing staff members, and ratio of nurses serving in various roles and levels
- Continuity of care
- Care delivery model

Several professional models of care include the following.

1. Transforming care at the bedside: This model was created by the joint efforts of the Institute for Healthcare Improvement and the Robert Wood Johnson Foundation to develop and validate interventions for transforming care in acute care hospital medical-surgical units. The model is built on a four-point framework that guides managers and staff in implementing specific interventions to transform care at the bedside (**Figure 7-46**).[190]
2. Nursing practice model: Valley Baptist Medical Center in Harlingen, Texas, built a nursing practice model that included unit action committees on each nursing unit; a comprehensive integrated tool called the restorative care path; variance analysis; permanent care teams with clinical

FIGURE 7-46   Transforming Care at the Bedside

- Safe and reliable care: Care for moderately sick patients who are hospitalized is safe, reliable, effective, and equitable.

- Vitality and teamwork: Within a joyful and supportive environment that nurtures professional formation and career development, effective care teams continually strive for excellence.

- Patient-centered care: Truly patient-centered care on medical-surgical units honors the whole person and family, respects individual values and choices, and ensures continuity of care. Patients will say, "They give me exactly the help I want (and need), exactly when I want (and need) it."

- Value-added care processes: All care processes are free of waste and promote continuous flow.

Source: Author.

managers, assistant clinical managers, licensed vocational nurses, and nursing assistants; and collaborative nurse physician practice with a physician–nurse liaison committee. Credentialing and recredentialing of physicians is considered the ultimate form of peer review and it should be considered for professional nurses.[191]

3. Group practice: An example of a nursing group practice is provided by Catherine McAuley Health System. The hallmark of this innovative model is contracted nursing care for a specific patient population by professional nurses. Nurses may contract privately or as employees of an organization. They provide 24-hour coverage 365 days a year. The group's staffing for cardiothoracic surgery includes 16 nurses, two certified surgical technologists, and one clinical nurse manager who reports to the clinical director of operating room services. The group eliminated the first-line manager, making the clinical nurse manager a resource facilitator, liaison, and mentor. A supportive climate emphasizes trust, accountability, and responsibility. The criteria for group practice membership include clinical competence and leadership ability. A clinical ladder is used for evaluating peers with described behaviors. The practice model is considered shared governance that includes practice, education, and performance improvement councils.

   Suggested activities to implement a group practice include:

   - Define roles and organizational structure
   - Determine program costs
   - Decide on membership criteria and staffing mix
   - Set salary guidelines (e.g., hourly or salaried status)
   - Work with hospital administration in writing policies and procedures
   - Plan to evaluate the success of the program using specific and predetermined instruments

4. In a group practice model, staff satisfaction, cost, and quality improved. Staff turnover rate decreased, turnaround times improved in the operating room. along with a 25% reduction in incorrect sponge and instrument counts. Problems such as surgical complications and poor communications were prevented. Products and techniques were changed to reduce costs. Financial recognition was made quarterly.[192]

5. Helper model: The helper model is frequently used in healthcare delivery. This model matches registered nurses with nursing assistants. To work efficiently, the helper model requires the following:[193]

   - Experienced registered nurses at the competent or proficient levels of practice
   - Permanent registered nurse–nurse assistant pairs
   - Enhanced primary nursing
   - Support for agency and float nurses
   - Policy for attendance that targets incentive and reward programs
   - Thoroughly prepared registered nurses/nurse aides
   - Support systems
   - Follow-up inservice training

6. Differentiated practice: Role theory underlies the concept of differentiated practice, which defines the levels of competence within two categories of registered nurses practice: nurses with bachelor's degrees and those with associate degrees. The BSN (bachelor of science in nursing) level is the professional practice level, the ADN (associate degree in nursing) is the associate or technical practice level. These practice levels can function within a variety of different delivery systems including team and primary systems. The premise for differentiated practice is that professional practice supports the nurse's autonomous decisions, including personal acceptance of risks and responsibilities in making professional judgments. Extended education at a BSN

level or higher is the required preparation for this role at the professional practice level.[194] The differentiated group professional practice model has three major components of which differentiated care delivery is one:[195]

- Group governance
- Differentiated care delivery
- Shared values

A differentiated practice system or delivery model has the following components:

- Differentiated registered nurse practice
- Use of nurse extenders
- Primary case management

Differentiated care delivery is designed so that nurses with varying educational preparation and work experience can most efficiently use their knowledge and skills while delegating non-nursing tasks to assistive personnel. Nurse extenders are delegated tasks rather than patient assignments.[196] The differentiated practice role has three basic components: (1) provision of direct care, (2) communication with and on behalf of patients, and (3) management of patient care.

A differentiated practice model maximizes available registered nurse resources for efficiency and effectiveness. "Differentiated practice is a strategy that calls for licensed and practicing nurses to be used in accord with their respective experience, ability, and formal and continuing education. Further, differentiated practice is defined as both a human resource deployment model and an alternative to primary nursing and case management." It is role differentiation. More education and experience are needed for cognitive skills.[197]

In an ethnographic study of differentiated practice in an operating room, it was found that introduction of a new role requires insight into setting and an emphasis on staging and orientation of employees to the new role.[198] Otherwise, introduction of a new role can create turmoil and job insecurity. To use the differentiated practice mode, the nurse's knowledge and skills are assessed (**Figure 7-47**).

What are the goals of differentiated credentialing and what would it accomplish? In the practice environment cost-effectiveness often calls for varied nursing personnel. It is essential that the professional level be designated. To gain public respect and rights of self-determination, nursing must adhere to the professional norm. Role-delineated relationships with other health professionals and incentives for improvement depend on identification of professional status. In brief, higher standards of care; clear public recognition and specificity in authority, accountability, roles, and responsibilities; and rewards for the professional nurse are the goals of the entry effort.

The proposed solution might work like this: BSN education, registered nurse licensure, followed with national generalist certification with the title CPN (certified professional nurse), and then a differentiated practice with recognition/reimbursement.[199]

7. Relationship-based care model: Creative Healthcare Management consultants developed a nursing practice model called relationship-based care.[200] The model is based on theories of caring and relationships, relationships between the healthcare employee and the patient and family, the healthcare employee's relationship with self, and his or her relationship with peers.[201] The model is structured on the following dimensions:[202]
   - Teamwork
   - Professional nursing
   - Leadership
   - Care delivery
   - Resources
   - Outcomes

FIGURE 7-47   Differentiated Practice Assessment

RN Professional	RN Associate or Technician
BSN prepared	Non-BSN RN
Makes complex decisions and interactions	Assists the professional nurse
Cost management of supplies, clinical alternatives, flexible scheduling of personnel, and case loads	Performs high-skill tasks such as chemotherapy
Structures the unstructured	Special tests and procedures
Cognitive role and highly skilled tasks	May lead self-managed work team coached by professional nurse
Care manager	Direct care provider
Independent judgments, initiative, problem solving	Uses common, well defined diagnoses
Coaches self-managed work team	Works in structured settings and situations
Manages all resources, fiscal and material	
Consults with other disciplines	
Discharges patients	

Source: Author.

Analyzing Organizational Structures in a Division of Nursing

Analyzing the organizational structure of a division of nursing entails six main steps, which should be used when major organizational problems occur, such as friction among department heads over authority, staffing problems, and the like. These steps also apply to organizing a new corporation, division, or unit and to reorganizing.

Step 1

Compile a list of the key activities determined by the mission and objectives of patient care. The written philosophy and vision statements will help by indicating important values to be considered. Once this list is completed, it must be analyzed. Group similar activities together. What are the central load-carrying elements? Most will be related to primary care, and philosophy usually dictates that excellence of patient care is a requirement for the accomplishment of objectives.

Whenever the strategy changes, the organizational structure should be reviewed and analyzed. This includes changes in mission, philosophy, vision, objectives, and the operational plan for accomplishing the objectives. The analysis of key activities can be done according to the kinds of contributions made, including the following:

- Results-producing activities related to direct patient care, such as training, recruiting, and employment
- Support activities, which may include those related to vision or future, values and standards, audit, advice, and teaching
- Hygiene and housekeeping activities
- Top management activities to include "conscience" activities such as vision, values, standards, and audit as well as managing people, marketing, and innovation

Service staff such as those performing advisory and training support should be limited. They should be required to abandon an old activity before starting a new one. Prevent them from building empires as a career. Informational activities are the responsibility of top management though they stem from support such as controller and treasurer. There must be a system for disseminating information. Hygiene and housekeeping need the attention of nurses if they are to be done well and cheaply. This does not mean that nurses will do these tasks but rather that nurses will recognize their importance and support and facilitate their being done by the appropriate departments. Contract services are the answer in some instances. Consider whether the groups of key activities should be rank ordered in the sequence in which they will occur.

Step 2

Based on the work functions to be performed, decide on the units of the organization. Decision analysis is important here, because it must be determined which kinds of decisions will be required and who will make them. Decisions involving functions of future commitments may have to be a top management function, depending on the degree of futurity of a decision and the speed with which it can be reversed. It will be necessary to analyze the impact of decisions on other functions; the number of functions involved will be an important factor. Qualitative factors such as decisions involving ethical values, principles of conduct, and social and political beliefs will have to be analyzed. The frequency of the decision will influence its placement: Is it recurrent or is it rare? In principle, all decisions should be placed at the lowest level and as close to the operational scene as possible.

Step 3

Decide which units or components will be joined and which separated. Join activities that make the same kind of contribution. This requires relations analysis and will be related to the sequence of key activities or functions.

Step 4

Decide on the size and shape of the units or components.

Step 5

Decide on appropriate placement and relationships of different units or components. This will result from the relations analysis (see step 3). There should be the smallest possible number of relationships, with each made to count.

Step 6

Draw or diagram the design and put it into operation. This results in an organizational chart or schema.

Minimum Requirements of an Organizational Structure

Minimum requirements of an organizational structure should be taken into consideration to achieve organizational success (**Figure 7-48**).

To apply design principles that are appropriate, the nurse manager uses a mixture of all that are productive, including the following:

- Organizational needs derive from the statements of mission and objectives and from observation of work performed.
- Organizational design and structure develop to fit organizational needs, so that people perform and contribute to achieving the work of the division of nursing.

- A formal organization should be flexible and based on policy that promotes individual contributions to the achievement of organizational objectives.
- A formal organization is efficient when it promotes achievement of objectives with a minimum of unplanned costs or outcomes. Most results should be planned, should give satisfaction to supervisors and employees, and should not occasion waste and carelessness. When grouping activities for organizing purposes, the supervisor or administrator should examine the benefits and disadvantages of alternate groupings.
- A formal organization should build the least possible number of management levels and forge the shortest possible chain of command. This eliminates stresses and levels of friction, slack, and inertia.

Figure 7-49 outlines standards for evaluating departmentation of authority in a nursing division, department, service, or unit.

Departmentation

These steps should be used when major organizational problems occur, such as friction among department heads over authority and staffing problems. They also apply to organizing a new corporation, division, or unit and to reorganizing an established entity. Steps 3, 4, and 5 involve departmentation, the grouping of personnel according to some characteristic.

Departmentation is an organizing process. For departmentation purposes, functional specialties are formed from clusters of units with similar goals. In most healthcare institutions, the functions of nursing are grouped into a division or department. Within that division or department are further

---

FIGURE 7-48   Minimum Requirements of an Organizational Structure

- Clarity: Nurses need to know where they belong, where they stand in relation to the quality and quantity of their performances, and where to go for assistance.

- Economy: Nurses need as much self-control of their work as they can possibly be given. They need to be self-motivating. There should be the smallest possible number of overhead personnel necessary to keep the division and units operating and well maintained.

- Direction of vision: Nurse managers must direct their vision and that of their employees toward performance, toward the future, and toward strength. Nurses must understand their own tasks and the common tasks of the organization. They should see that their tasks fit the common tasks so that the structure helps communication.

- Decision making: Nurses should be organized to make decisions on the right issues and at the right levels. They should be organized to convert their decisions into work and accomplishments. The chair of the department of nursing and the staff make all nursing decisions and see that nursing work is done.

- Stability and accountability: Nurses should be organized to feel community belonging. They can adapt to show objectives requiring changes in their functions and productivity.

- Perception and self-renewal: Nursing services should be organized to produce future leaders. The organizational structure should produce continuous learning for the job each nurse holds and for promotion.

Source: Author.

FIGURE 7-49 Standards for Evaluation of Departmentation

1. Nursing activities have been grouped to attain goals and sustain the enterprise.
2. Nursing activities have been grouped for intradepartmental and interdepartmental coordination.
3. Personnel roles have been designed to fit the capabilities and motivation of persons available to fill them.
4. Personnel roles have been designed to help employees contribute to departmental or unit objectives.
5. Personnel roles provide optimum and economic job enlargement.
6. Nursing activities have been grouped for full use of resources, people, and material.
7. Nursing activities have been grouped for optimum cost benefits.
8. Nursing activities have been grouped to match special skills to special needs.
9. Nursing activities have been grouped to achieve an optimum management span.
10. Nursing activities and personnel have been grouped for optimum correlation for decision making and problem solving.
11. Nursing activities have been grouped to achieve minimal levels of management by providing for delegation of responsibility and authority to the lowest competent operational level.
12. Nursing activities and personnel have been grouped to eliminate duplication of staff services and centralized services of specialists.
13. Nursing activities and personnel have been grouped to facilitate production of products and services that will promote health of individuals and groups.
14. Nursing activities and personnel have been grouped to promote soundness of industrial relations programs and fiscal policies and procedures.
15. Nursing activities have been grouped to fulfill time demands of shifts.
16. Nursing activities have been grouped to achieve priorities and allow for change and flexibility in achievement of objectives.
17. Nursing activities have been grouped to facilitate training of employees.
18. Nursing activities have been grouped to facilitate communication.

Source: Author.

groupings of nursing personnel by specialization, such as medical, surgical, pediatric, and obstetric. Sometimes the grouping is further broken down into areas of subspecialization. This process is termed functional departmentation. Clients may also be grouped according to degree of illness, such as minimal, intermediate, or intensive care.

There are advantages and disadvantages of functional departmentation. Among the advantages are focus on the basic activities of the enterprise through a logical and time-proven method of organizing, efficient use of specialized personnel, simplified training, and tight control by top administration. A big disadvantage for nursing is that people tend to develop tunnel vision about their specialty and the service or unit within which they work.

Time departmentation is common within healthcare organizations. Personnel are grouped by shift. This has important implications for administration as the activities of shifts have to be grouped according to qualifications and numbers of personnel on any shift.

Territorial departmentation involves grouping of activities according to geography or physical plant. This is more common in merged organizations with geographically separated units. Some activities, such as staff development, may be assigned by territory and specialization and grouped by function.

Territorial departmentation should encourage participation in decision making in provision of health services to a wider population base and be of a nature that prevents illnesses and injuries. There may be justification for the exploration and formation of consortia using the principle of territorial departmentation. For example, several small hospitals in an area could contract for consultant services in research, clinical nurse specialist services, or nursing education services.

In addition to functional, time, and territorial departmentation, there is the fourth option, product departmentation. This approach has implications for health care, although its ultimate achievement may not always be immediately practical. Increasingly, the products of nursing care are focused on the health needs of populations and those who need not only the illness care but also the care that keeps aging populations healthy; that maintains health and prevents injury and disease in the large group who take voluntary risks such as smoking, reckless driving, poor eating, poor exercising, or using artificial mood changers; that promotes a clean environment; that modifies the health risks associated with human reproduction; and that decreases the need for illness care. In the vertically integrated organization, product line departmentation is common.

Departmentation could be done on the basis of consumer needs or demands. There is a distinct possibility that healthcare institutions will offer people a choice of services in the future, thereby giving them the opportunity to select those services that are covered by third-party payers and those that are paid for out of pocket. Also, the times the services are given and who are giving them may well be part of the choice.

There may be no pure form of departmentation that will work in the healthcare institution. It may be more important to look at all the variables to group people to facilitate successful production of healthcare services. In the matrix organization, product and functional forms of departmentation are combined. Projects have managers who move products through production stages in coordination with managers of each production stage. We will see more use of matrix organizations in nursing as health care takes on new dimensions.

At the present, nursing services are usually organized using a mix of departmentations. As long as the system is based on logic, it will provide a viable and efficient organization. Figure 7-49 can be used to evaluate departmentation of nursing service activities and personnel.

Informal Organization

Every formal organization has an informal one. The informal organization meets the needs of individuals with similar backgrounds, values, hobbies, interests, and physical proximity. It meets their needs for sharing experiences and feelings. Some administrators try to hinder the effects of informal organizations because they facilitate the passing of information. The information may be rumor, but the best way to combat rumor is by free flow of truthful information. Only information that might violate individual privacy or the survival and health of the enterprise should be kept from subordinates. The informal organization can help to serve the goals of the formal organization if it is not made the servant of administration. It should not be controlled. A major shortcoming in its use is that not all employees are part of the informal organization.

Nurse managers should encourage and nurture informal organizations that do the following:

- Provide a sense of belonging, security, and recognition
- Provide methods for friendly and open discussion of concern
- Maintain feelings of personal integrity, self-respect, and independent choice
- Provide an informal and accurate communication link

- Provide opportunities for social interaction
- Provide a source of practical information for managerial decision making
- Are sources of future leaders

Problems can include creation of conflicting loyalties, restricted productivity, and resistance to change and management's plans.[203]

Organizational Effectiveness

The product or output of an organization is termed organizational effectiveness. There should be a relationship between organizational effectiveness and organizational performance. Nurse managers define the goals and provide the resources for both organizational effectiveness and organizational performance. There are multiple indicators to monitor in determining organizational effectiveness (**Figure 7-50**).

Nurse administrators control these dimensions of organizational effectiveness. Proactivity is more successful in developing them than is reactivity.[204] The organizational effectiveness of hospitals could be improved if administrators would enter into general or limited partnerships with nurses. Hospitals have moved to vertical integration to capture the lost revenues of retrospective reimbursement. General hospitals have entered into services such as home care, long-term care, psychiatric care, rehabilitation, hospice care, rental and sale of durable medical supplies, and many other profit–making services. Although they call for general or limited partnerships with physicians, they ignore nurses as a potential source of partnerships for profit. Instead, the not-for-profit status of hospital inpatient beds is reputed to be maintained by policies that tie nursing to charity and idealism rather than to viability and profitability. Such statements as the following validate this tie: "Keeping nursing care in the not-for-profit hospital corporation preserves the oldest tradition of hospitals and their role in serving the needy."[205]

Nurses can overcome this attitude by themselves becoming proactive. As an example, nurses could plan a limited partnership that would provide contract nurses through a staffing agency owned by them. They could offer a hospital a contract to provide needed personnel on a first priority basis, with surplus personnel provided for other institutions. The contract could provide for up-to-date continuing education of the agency nurses through cooperative arrangements with the contracting hospital. Profits would be shared, and nurses would perceive that the hospital supported nursing entrepreneur-

---

FIGURE 7-50   Indicators Used In Monitoring Organizational Effectiveness

- Patient satisfaction with care
- Family satisfaction with care
- Staff satisfaction with work
- Staff satisfaction with rewards, intrinsic and extrinsic
- Staff satisfaction with professional development: career, personal, and educational
- Staff satisfaction with organization
- Management satisfaction with staff
- Community relationships
- Organizational health

Source: Author.

ship, thus contributing to their morale and professional esteem. Other ventures could be added to improve organizational performance as well as organizational effectiveness and to give nurses a sense of ownership.

Vertical integration, mergers, linkages, and multihospital systems have created more and new corporate nurse roles. The corporate nurse is physically and organizationally removed from daily nursing service operations. As such, the corporate nurse reviews data from a number of hospitals and organizations, comparing outcomes. Having access to much data and many specialties and serving on corporate committees, the corporate nurse creates a personal power base. She or he can develop systems for member organizations in such areas as management education, nursing division policy, search and selection of nurse executives, research, quality assurance, risk management, and others.[206]

Symptoms of Malorganization

Recurring problems signal malorganization. They indicate that the focus is on the wrong elements of the business when it should emphasize key activities, major business decisions, performance, and results rather than secondary problems. Another symptom of malorganization is too many meetings attended by too many people. Such meetings are poor tools for accomplishing work. An alternative is to give individual assignments, to meet only to report, and to avoid duplication. Committees are instruments of participation and communication and must be made productive. Too many management levels are another symptom of malorganization. Build the least possible number of management levels and forge the shortest possible chain of command. This eliminates stresses and levels of friction, slack, and inertia.

If people always have to worry about other people's feelings, there will be overstaffing. If the organization is put together to get the job done, layers of coordinators will not be needed. Fit the chart to the organization and its needs rather than drawing a chart and building the organization to support it.

RESTRUCTURING NURSING ORGANIZATIONS

The survival of many hospitals is threatened as they compete for growth and a competitive edge in the marketplace. Consumers and payers are searching for organizations that are efficient in producing positive, cost-effective health care. For this reason, Flarey indicates that the governing boards may need to be reconstituted. Members of governing bodies should focus on patient care. Many hospitals include the chief nurse executive in governing board meetings as an active participant.[207] **Figure 7-51** provides questions through which to evaluate organizational function.

Kanter defines synergies as "interactions of businesses that would provide benefits above and beyond what the units could do separately."[208] Synergies are a positive consequence of restructuring in which organizations are downsized (employees cut), debased (middle management cut), and decentralized. The aim of restructuring is to achieve synergies from the value of adding up the parts to create a whole.[209] One of the elements of restructuring is to build a synergistic model of a governing body. A synergistic model for the governing body as suggested by Flarey considers governing body functions such as defining mission, quality of care, strategic planning, financial viability, community relations, policy development, and decision making.

Old organizational forms do not work in today's healthcare environment. Sovie recommends development of special project teams to design the required structure and system change using five steps of restructuring shown in **Figure 7-52**. The goals are improvement of patient care, organizational success, and staff satisfaction.[210]

Restructuring of organizations includes downsizing and elimination of middle managers. The hands-on workers are thus empowered to provide clients (customers, patients) what they need and

FIGURE 7-51   Evaluating Organizational Function

Answer the following questions as a final evaluation of your organizing function within a department or unit. For those checked No, plan changes so that they will result in effective organizing. Then implement the management plan.

	Yes	No
1. Is there evidence that organizing is an intentional and ongoing function of the division, department, service, or unit?	_____	_____
2. Is there evidence that organizing changes as plans, goals, or objectives change?	_____	_____
3. Is there evidence that managers are developed or replaced to fit organizational changes emerging from changed plans and objectives?	_____	_____
4. Are organizational managerial relationships clearly structured to give security to individual managers?	_____	_____
5. Has authority been delegated to appropriate levels of managers?	_____	_____
6. Is there evidence that delegation of authority has been balanced to retain control of appropriate administrative functions by the chief nurse executive?	_____	_____
7. Is information dissemination clearly separated from decision making?	_____	_____
8. Is the authority delegated commensurate with the responsibility?	_____	_____
9. Is there evidence of acceptance of responsibility and authority by subordinate managers?	_____	_____
10. Is there evidence that subordinate managers have the power to accomplish the results expected of them?	_____	_____
11. Is there evidence that authority and responsibility have been confined within divisional, departmental, service, or unit boundaries?	_____	_____
12. Is there evidence of balance in support and use of staff functions?	_____	_____
13. Is there evidence of balance in support and use of functional authority?	_____	_____
14. Is there evidence of maintenance of the principle of unity of command?	_____	_____
15. Is there evidence of efficient and effective use of service departments?	_____	_____
16. Is there evidence of too many levels of managers (overorganization)?	_____	_____
17. Is there evidence of unneeded line assistants to managers (overorganization)?	_____	_____
18. Is there evidence that the nursing division, department, service, or unit is organized to facilitate accomplishment of its specified objectives by its personnel?	_____	_____
19. Is there evidence that the nursing division, department, service, or unit structure has been modified to fit human factors after being organized to accomplish its specified objectives?	_____	_____
20. Is there evidence that the nursing division, department, service, or unit is organized to accomplish planning for recruiting and training to meet present and future personnel needs?	_____	_____
21. Is there evidence that the organizational process is flexible enough to adapt to changes in its external and internal environment?	_____	_____
22. Are changes in organization justified, based on deficiencies, experience, objectives, purpose, and plans?	_____	_____
23. Is there evidence that the organizing process is balanced between inertia and continual change?	_____	_____
24. Is there evidence that all nursing personnel know the organizational structure and understand their assignments and those of their co-workers?	_____	_____
25. Is there evidence that the nursing organizational charts are widely used?	_____	_____
26. Is there evidence that nursing organizational charts provide comprehensive information to all workers?	_____	_____

FIGURE 7-51 Evaluating Organizational Function (Continued)

	Yes	No
27. Is there evidence that there are job descriptions and job standards for every job and that they are widely used by nursing managers?	____	____
28. Is there evidence that nursing employees are all oriented to the nature of the nursing organizing process?	____	____
29. Is there evidence that the organizing process within the nursing division, department, service, or unit prevents waste or unplanned costs?	____	____
30. Is there evidence that the nursing organization has an effective span of control by managers?	____	____
31. Are the lines of authority within the nursing organization clear?	____	____
32. Is there evidence that the management information system is effective?	____	____
33. Is there evidence that each employee has only one supervisor?	____	____
34. Is there evidence that the CNE has absolute responsibility for subordinate nursing managers?	____	____
35. Is there evidence that all nursing managers are able to effect their leadership abilities?	____	____

Source: Author.

want. Before they can be empowered, hands-on nursing workers need to have management training for their new roles. The span of control is greater when hands-on workers are educated, trained, motivated, stable, and empowered. Such workers neither want nor need micromanagement. The manager with a widened or expanded span of control now becomes mentor, guide, facilitator, and coach.

Small departments can be consolidated under one department manager through empowerment. Examples are physical therapy, occupational therapy, endoscopy, neurodiagnostics, sleep disorders, social services, and respiratory therapy. Issues of loss of power and authority arise and must be resolved so that job sharing and empowerment can occur. Managers who spend time protecting their turf decrease productivity of their workers. Nurse managers of their units can do all hiring, resolve patient

FIGURE 7-52 Five Steps of Restructuring Nursing Organizations

- Create an organizational culture marked by commitment to high-quality care and superior, responsive service to all users including patients, families, physicians, nurses, and other staff.

- Redesign the organizational structure to flatten it and eliminate or reduce barriers among departments, disciplines, and services.

- Empower the staff, invest in employee education and training, and create mechanisms to ensure information flow.

- Develop special project teams to design the required system changes; nurture and promote innovation and pilots of new approaches.

- Celebrate accomplishments and innovators, and champion care for the caregivers; support, recognize, and reward.

Source: Author.

complaints, have budget authority associated with staffing and patient losses, and provide orientation to new managers. Clearly, the span of control for top managers can increase as first-line managers are empowered.

Downsizing is a common organizing activity in the corporate world, including healthcare organizations and institutions. The goals of downsizing are to decrease costs and increase profits. Although decentralization and participatory management are identified with downsizing, the goals are not always the same. Decentralization and participatory management have increasing job satisfaction and increased productivity as primary goals.

Companies are now reporting that the anticipated results of downsizing have not occurred. There have been huge emotional and financial costs to employees and significant costs to American corporations. Between 1983 and 1993, Fortune 500 companies eliminated 4.7 million people from their payrolls. Job cuts do not necessarily lead to improved productivity. Gains in production are frequently traced to firms with growing employment. Mass layoffs do not inspire worker loyalty; workers should be well prepared for restructuring.[211]

Business must adapt organizational structures because of marketplace demands related to greater rates of change, higher competitive intensity, and information technology. Healthcare organizations should do the same. What services should a business offer, and what should it divest? Hospitals are high cost producers. Diagnosis-related groups (DRGs) with its excessive vertical integration may be one reason for the high costs. The emerging organizational structure is messy: Some resources need to be centralized to improve productivity by responding to customers' needs. A good organization has key aspects of both consistency and inconsistency.[212]

When reengineering organizations, leaders should use key strategies such as emotional management, professional empowerment, and empowerment by values. Staff members are given room to grow and to learn from their mistakes.[213]

Excessive organizational structures are inhibitors to quick responses to change. Get staff out into the field. This includes accounting, purchasing, personnel, and others. There should be only three to five layers of management in the total organization. Every chief executive officer should look at the corporate structure from the perspective of increasing the span of control through reduction of layers of management. Matrix organization brought about de facto centralization as groups were connected to groups by dotted lines on organizational charts. The most effective management structure is supervisor, department manager, and executive level. In healthcare organizations, this would be nurse manager, nurse executive, and hospital administrator.

Winning companies have three to nine fewer levels of management. Winning companies have workers doing their own maintenance, self-inspection, direct costing, and just-in-time inventory management. Winning companies have few people located at the headquarters level. They decentralize database management, eliminate approval signatures, retrain middle managers, and increase spending authority at unit level.[214]

Mergers and acquisitions result in unified management teams with single executive managers. Some examples include the following: one chief executive officer replaces two to several, one assistant administrator for nursing replaces two to several, and one department head replaces two to several. Desirable characteristics include a highly visible chief nurse executive, a professional practice model of patient care, nursing diagnosis as the basis for nursing care delivery, and collaborative practice among professions.

An organizational analysis should be done to gain the theory and skills needed to intervene in complex organizational systems. Areas analyzed include formal organizational structure; power bases, leadership, communication system, and organizational climate (see Figure 7-53). An organizational analysis can be used by nurse managers and practicing clinical nurse specialists.[215]

SUMMARY

There are neither best designs for a nursing organization nor universal design principles. Nurse managers need to work for an ideal organizational structure, and they need to be pragmatic. They should build, test, concede, compromise, and accept. They should design the simplest organization for getting the job done. They should focus on key activities to produce key results. The organization is productive when the people are performing care that meets clients' needs and for which employees have a sense of accomplishment.

An organization can be shaped through the following:

- Enacting job enlargement that is qualitative and meaningful, interesting, and intellectually rewarding
- Making the structure more manageable. Increasing clinical nurses' autonomy reduces the organization's size.
- Increasing the span of control of the manager
- Shortening the hierarchy
- Involving the employees in participation
- Decentralization
- Increasing the employee's stake in his or her own performance
- Increasing creativity while maintaining fiscal responsibility
- Replacing direction and control with advice
- Meeting employees' needs

One main way to get employees involved in the shape of the organization is through committee work. Committees provide employees with a representative voice in the management of organizations. A standing committee has continuity as an organizational entity, whereas an ad-hoc committee is formed for a purpose and disbanded when that purpose is fulfilled. Committees can facilitate communication, promote loyalty, pool special human resources, reduce resistance to change, and give people opportunities to work together. They should have purposes, objectives, and operational procedures. Committees can waste time if they make a premature decision or do not accomplish their objectives. They can be made effective by application of the management functions of planning, organizing, directing (leading), and controlling (evaluating).

Chairs of committees need knowledge and skills of group dynamics, which can be provided through staff development programs for all nurses desiring it. Groups work in five phases:

1. Forming or orientation phase
2. Conflict or storming phase
3. Cohesion or norming phase
4. Working or performing phase
5. Termination phase

Group techniques include the Delphi technique, brainstorming, the nominal group techniques, and focus groups, among others. Group leaders either are appointed (formal leaders) or emerge from the group (informal leaders).

Self-directed work teams increase participatory management by broadening jobs and increasing employee cohesiveness. Self-directed work teams enable the employees to have more decision-making abilities, thereby improving employee satisfaction, productivity, and commitment to the organization.

Decentralization disperses authority and power downward to the operational units of an organization. Increased productivity, improved morale, increased favorable attitudes, and decreased absenteeism are the products of decentralized decision making. Decentralization supports participatory management, the characteristics of which are trust, commitment, involvement of employees in setting goals and objectives, autonomy, inclusion of employees in decision making, change and growth, originality, and creativity.

Decentralized and participatory organizations are usually flat or horizontal, employee and relationship centered. They are vertically integrated to enhance revenue production by developing new markets for healthcare organizations.

Training is essential to the success of participatory management because managers are often threatened by loss of authority. They have to be prepared for their new roles. Practicing nurses need to be able to perform as collaborators in the management of nursing organization and the healthcare institution. With their new roles comes increased accountability for practicing nurses. Managers become facilitators.

Although participatory management has numerous benefits or advantages, it also has some disadvantages. Among those disadvantages are occasional failures, occasional difficulty fixing responsibilities, and difficulty in changing employee perceptions of previously authoritarian management.

The nursing management function of organizing is an evolving one. It evolves as nurse managers learn and apply the knowledge gained from research and experience in business and industry. They further develop the organizing function through nursing research and experience in nursing management.

 APPLICATION EXERCISES

Exercise 7-1

Use Figure 7-39 to evaluate the nursing organization chart of the organization in which you work as a student or employee.

Exercise 7-2

Use Figure 7-7 to evaluate the nursing division, department, service, or unit in which you work as a student or an employee.

Exercise 7-3

List characteristics of decentralization and participatory management evident in your organization.

List characteristics of centralized management evident in your organization.

List changes you would like to see implemented to increase decentralization of decision making in your organization.

Exercise 7-4

Describe the form of organizational structure of the nursing division and unit in which you work as a student or employee. Discuss the changes that could be made to make it more functional.

Exercise 7-5

Select two teams, one composed of experienced employees and the other composed of newer employees. Consider an emergency situation in which the fire alarm has gone off in a patient care area. Compare the two teams with regard to their working relationships, communication skills, and ability to prioritize and make decisions. Create a plan to develop the skills of the less effective team.

Exercise 7-6

Use Figure 7-27 and Figure 7-24 to evaluate a nursing meeting in the organization in which you work as a student or as an employee.

When the minutes of the same meeting have been distributed, use Figure 7-27 to evaluate them. Is there a difference between the actual meeting and the minutes? What is it? How can the process be improved?

Make a management plan to improve the committee's meetings and/or the minutes. Be tactful and use a positive approach in your planning.

Exercise 7-7

Examine the collective minutes of an ad-hoc committee. Identify the phases of the committee and link each phase with recorded behaviors. Summarize your findings.

Exercise 7-8

Attend meetings of several committees for the purpose of identifying behavior of members in the group task roles. Identify the role each member is playing. Write a brief summary of your observations. Do the same for members in group-building and maintenance roles and members in individual roles.

Exercise 7-9

Utilize Figure 7-31 and compare two nursing units, preferably on different shifts and determine the different rites and rituals that differ.

Exercise 7-10

Go to the websites of the IOM, Agency for Healthcare Research and Quality Response, Leapfrog, The Joint Commission, and Quality & Safety Education for Nurses and update the status of each. What is new? What is the evidence, if any, to demonstrate that any of the initiatives are working?

Exercise 7-11

Reflect on a recent error that resulted in serious harm in your organization. How was the situation managed? Did the questions asked focus on identifying someone to blame, like these: What is wrong here? Who was responsible for this? Or were they questions that would allow the organization and the provider to learn more about the situation and be better positioned to avoid recurrences of the error? Better questions for investigating an error include these: Why is this error occurring again and again? Am I missing a lesson here? How can I turn this situation into an opportunity for growth and learning for myself and the team?

Exercise 7-12

Differentiate between culture and climate of an organization. Support your answer.

Exercise 7-13

Describe the nursing care delivery model used at the hospital where you are a student or employee. Identify the role of the registered nurse in this model.

Exercise 7-14

Provide an example to illustrate the type of professional practice model used at the organization where you are a student or employee.

For a full suite of assignments and additional learning activities, use the access code located in the front of your book to visit this exclusive website: http://go.jblearning.com/roussel. If you do not have an access code, you can obtain one at the site.

NOTES

1. American Organization of Nurse Executives (AONE). AONE nurse executive competencies. Retrieved July 1, 2011, from http://www.aonc.org/aone/pdf/AONE_NEC.pdf
2. Ledlow, G., & Coppola, M. (2011). *Leadership for health professionals. Theory, skills, and applications* (pp. 103–105). Sudbury, MA: Jones & Bartlett Learning.
3. Liebler, J. G., & McConnell, C. R. (2004). *Management principles for health professionals* (p. 166). Sudbury, MA: Jones and Bartlett.
4. Argyris, C. (1973). Personality and organization theory revisited. *Administrative Science Quarterly, 18*, 141–167.
5. Fayol, H. (1949). *General and industrial management* (pp. 53–61) (C. Storrs, Trans.). London: Pittman & Sons.
6. Urwick, L. (1944). *The elements of administration* (pp. 37–39). New York: Harper & Row.
7. McAllister, M. (1990). A nursing integration framework based on standards of practice. *Nursing Management, 21*, 28–31.
8. Peters, T. (1987). *Thriving on chaos*. New York: Harper & Row.
9. Gibson, J. L., Ivancevich, J. M., & Donnelly, J. H., Jr. (1994). *Organizations: Behavior, structures, processes* (8th ed., pp. 539–541). Burr Ridge, IL: Richard D. Irwin.
10. Hall, R. H. (1963). The concept of bureaucracy: An empirical assessment. *American Journal of Sociology, 10*, 32–40.
11. Ibid.
12. Hall, R. H. (1968). Professionalization and bureaucratization. *American Sociological Review, 33*, 92–104.
13. Sofarelli, D., & Brown, D. (1998). The need for nursing leadership in uncertain times. *Journal of Nursing Management, 6*, 201–207.
14. Warda, M. (1992). The family and chronic sorrow: Role theory approach. *Journal of Pediatric Nursing, 7*, 205–210.
15. MacLeod, J. A., & Sella, S. (2002). One year later: Using role theory to evaluate a new delivery system. *Nursing Forum, 27*, 20–28.
16. Miller, J. O., & Carey, S. J. (1993). Work role inventory: A guide to job satisfaction. *Nursing Management, 24*, 54–62.
17. Wolper, L. F. (2004). *Health care administration: Planning, implementing, and managing organized delivery systems* (p. 653). Sudbury, MA: Jones and Bartlett.
18. Pugh, D. S., Hickson, D. J., Hinings, C. R., & Turner, C. (1969). The context of organization structures. *Administrative Science Quarterly*, 91–114; Leatt, P., & Schneck, R. (1982). Technology, size, environment, and structure in nursing subunits. *Organizational Studies, 3*, 221–242.
19. Kohn, L. T., Corrigan, J. M., & Donaldson, M. S. (Eds). (1999). *To err is human: Building a safer health system*. Committee on Quality of Health Care in America, Institute of Medicine. Washington, DC: National Academy Press.

20. Page, A. (Ed.). (2004). *Keeping patients safe: Transforming the work environment of nurses* (p. 2). Committee on the Work Environment for Nurses and Patient Safety, Institute of Medicine. Washington, DC: National Academies Press.

21. Ibid., pp. 8, 9, 12, 13.

22. Marquis, B., & Huston, C. (1996). Roles and functions in organizing. In *Leadership roles and management functions in nursing: Theory and application* (2d ed., pp. 144–149). Philadelphia: Lippincott-Raven.

23. Ibid.

24. Rowland, H. S., & Rowland, B. L. (1997). *Nursing administrative handbook* (4th ed., p. 87). Sudbury, MA: Jones and Bartlett.

25. Pugh et al., 1969.

26. Ibid.

27. Ibid.

28. American Nurses Credentialing Center. (2005). *Magnet Recognition Program®. Application manual* (pp. 38–39). Silver Spring, MD: American Nurses Credentialing Center Publishers.

29. Newman, J. G., & Boisoneau, R. (1987). Team care and matrix organization in geriatrics. *Hospital Topics*, 10–15.

30. McClure, M. L. (1984). Managing the professional nurse: Part I. The organizational theories. *Journal of Nursing Administration, 14*, 15–21; Timm, M. M., & Wavetik, M. G. (1983). Matrix organization: Design and development for a hospital organization. *Hospital & Health Services Administration, 28*, 46–58; American Organization of Nurse Executives (AONE). (1984). *Organizational models for nursing practice*. Chicago: American Hospital Association.

31. Ibid.

32. Mosley, D., Pietri, P. H., & Megginson, L. C. (1996). *Management: Leadership in action* (pp. 274–277, 346, 582). New York: Harper Collins.

33. McClure, M., Poulin, M., Sovie, M., & Wandelt, M. (2002). Magnet hospitals: Attraction and retention of professional nurses (the original study). In M. McClure & A. Hinshaw (Eds.), *Magnet hospitals revisited: Attraction and retention of professional nurses*. Washington, DC: American Nurses Publishing.

34. Koloroutis, M. (2004). *Relationship-based care: A model for transforming practice* (p. 75). Minneapolis, MN: Creative Health Care Management.

35. Shoemaker, H., & El-Ahraf, A. (1983). Decentralization of nursing service management and its impact on job satisfaction. *Nursing Administration Quarterly, 7*, 69–76.

36. Walton, R. E. (1985). From control to commitment in the workplace. *Harvard Business Review, 63*, 77–84.

37. Gordon, G. K. (1982). Developing a motivating environment. *Journal of Nursing Administration, 12*, 11–16.

38. Porter-O'Grady, T., & Malloch, K. (2011). *Quantum leadership: Advancing innovation, transforming health care* (3rd ed., pp. 442–443). Sudbury MA: Jones & Bartlett Learning.

39. Weisz, W. J. (1985). Employee involvement: How it works at Motorola. *Personnel*, 29–33; Poteet, G. W. (1984). Delegation strategies: A must for the nurse executive. *Journal of Nursing Administration, 14*, 18–27.

40. Walton, 1985.

41. Raelin, J. A., Sholl, C. K., Leonard, D. (1985). Why professionals turn sour and what to do. *Personnel, 62*, 28–41.

42. Ibid.

43. Batey, M. V., & Lewis, F. M. (1982). Clarifying autonomy and accountability in nursing services: Part I. *Journal of Nursing Administration, 12*, 13–17.

44. Bragg, J. E., & Andrews, I. R. (1984). Participative decision making: An experimental study in a hospital. In B. Fuszard (Ed.), *Self-actualization for nurses* (pp. 102–110). Rockville, MD: Aspen.

46. Collins, S. S., & Henderson, M. C. (1991). Autonomy: Part of the nursing role? *Nursing Forum, 26*, 23–29.

47. Bough, S. (1992). Nursing students rank high in autonomy at the exit level. *Journal of Nursing Education, 31*, 58–64.

48. Snail, T. S. (1998). Organizational diversification in the American hospital. *Annual Review of Public Health, 19*, 417–453.

49. Clegg, C. W., & Wall, T. D. (1984). The lateral dimension to employee participation. *Journal of Management Studies, 21*, 429–442.

50. Friedman, B. A. (1997). Orchestrating a unified approach to information management. *Radiology Management, 19*, 30–36.

51. James, D. M. (1998). An integrated model for inner-city health-care delivery: The Deaconess center. *Journal of the National Medical Association, 90*, 35–39.

52. Weisz, 1985.

53. Walton, 1985.

54. Simons, B. J. (2002). Participatory management strategies. *Journal of Nursing Administration, 2*, 72–78.

55. Schuster, M. H., & Miller, C. S. (1985). Employee involvement: Making supervisors believers. *Personnel, 24–28.*

56. Simons, 2002.

57. Malkin, S., & Lauteri, P. (1980). A community hospital's approach: Decentralized patient education. *Nursing Administration Quarterly, 4*, 101–106.

58. Raelin et al., 2002.

59. Walton, 1985.

60. Robinson, M. A. (1991). Decentralize and outsource: Dial's approach to MIS improvement. *Management Accounting, 73*, 27–31.

61. Cox, C. L. (1980). Decentralization uniting authority and responsibility. *Supervisor Nurse, 11*, 28, 32.

62. Bragg & Andrews, 1984.

63. Probst, M. R., & Noga, J. M. (1980). A decentralized nursing care delivery system. *Supervisor Nurse, 11*, 57–60; Elpern, E. A., White, P. M., & Donahue, A. F. (1984). Staff governance: The experience of the nursing unit. *Journal of Nursing Administration, 16*, 9–15.

64. Porter-O'Grady, T. (1992). *Implementing shared governance.* St. Louis, MO: Mosby.

65. Ibid.

66. Jacoby, J., & Terpstra, M. (1990). Collaborative governance: Model of professional autonomy. *Nursing Management, 21*, 42–44.

67. Maldonado, T. (1992). Lecture, senior management class. San Antonio, TX: Incarnate Word College.

68. Pugh et al., 1969.

69. George, V. M., Burke, L. J., & Rodgers, B. L. (1997). Research-based planning for change: Assessing nurses' attitudes toward governance and professional practice autonomy after hospital acquisition. *Journal of Nursing Administration, 27*, 53–61.

70. Prince, S. B. (1997). Shared governance. Sharing power and opportunity. *Journal of Nursing Administration, 27*, 28–35.

71. Joiner, G., & Wessman, J. (1997). Expanding shared governance beyond practice issues. *Recruitment, Retention, Restructuring Research, 10*, 4–7.

72. Aikman, P., Andress, I., Goodfellow, C., LaBelle, N., & Porter-O'Grady, T. (1998). System integration: A necessity. *Journal of Nursing Administration, 28*, 28–34.

73. Rowland, H., & Rowland, B. (1992). *Nursing administration handbook* (3rd ed., p. 99). Sudbury, MA: Jones and Bartlett.

74. Borkowski, N. (2005). *Organizational behavior in health care.* Sudbury, MA: Jones and Bartlett.

75. Dunphy, D. (1983). Personal and organizational change—Status and future direction. *Work and People,* 3–6.

76. Borkowski, N. (2011). *Organizational behavior in health care* (2nd ed, pp. 368–369). Sudbury, MA: Jones & Bartlett Learning.

77. Ibid., pp. 362–364.

78. Ibid., p. 365.

79. Johnson, J., & Luciano, K. (1983). Managing by behavior and results—Linking supervisory accountability to effective organizational control. *Journal of Nursing Administration, 13,* 19–26.

80. Dayani, E. C. (1983). Professional and economic self-governance in nursing. *Nursing Economic$, 1,* 20–23.

81. Argyris, 1973.

82. Ridderheim, D. S. (1986). The anatomy of change. *Hospital & Health Services Administration, 31,* 7–21.

83. Knaus, W., Draper, E. A., Wagner, D. P., & Zimmerman, J. E. (1986). An evaluation of outcome from intensive care in major medical centers. *Annals of Internal Medicine, 104*(3), 410–418.

84. American Nurses Association. (2009). *Nursing administration: Scope and standards of practice* (pp. 15, 16, 17, 19, 20). Silver Spring, MD: Author

85. Ibid., p. 28.

86. Ibid.

87. Ibid., p. 3.

88. Porter-O'Grady & Malloch, 2011, p. 217.

89. Ibid., p. 218.

90. Kowalski, K. (1995). Teambuilding. In P. Yoder-Wise (Ed.), *Leading and managing in nursing* (pp. 286–288). St. Louis, MO: Mosby-Year Book.

91. Ibid., in Dyer, W. (1987). *Team building issues and alternatives.* Boston: Addison-Wesley.

92. Schaffner, T., & Bermingham, M. (1993). Creating and maintaining a high-performance team. In *Nursing leadership: Preparing for the 21st century* (p. 80). Washington, DC: American Organization of Nurse Executives.

93. Ibid.

94. Ibid.

95. Russell-Babin, K. (1992). Team building for the staff development department. *Journal of Nursing Staff Development, 8,* 231–234; San Juan, S. P. (1998). Team building: A leadership strategy. *Journal of the Philippine Dental Association, 50,* 49–55.

96. Nave, J. L., & Thomas, B. (1983). How companies boost morale. *Supervisory Management,* 29–33.

97. Drucker, P. F. (1973). *Management: Tasks, responsibilities, practice* (p. 564). New York: Harper & Row.

98. Borkowski, 2011, pp. 343–344.

99. Borkowski, 2011, p. 344.

100. Dumaine, B. (1994, September 5). The trouble with teams. *Fortune,* 86–88, 90, 92.

101. Caudron, S. (1993). Teamwork takes work. *Personnel Journal,* 76–84.

102. Manz, C. C., Keating, D. E., & Donellon, A. (1990). Preparing for an organizational change to employee self-management: The managerial transition. *Organizational Dynamics, 19,* 15–26.

103. Seelhoff, K. L. (1992). Six steps to team problem solving. *Hotels,* 26.

104. Brandon, G. M. (1996). Flattening the organization: Implementing self-directed work groups. *Radiology Management, 18,* 35–42; Yeatts, D. E., & Schultz, E. (1998). Self-managed work teams: What works? *Clinical Laboratory Management Review, 12,* 16–26.

105. Borkowski, 2011, p. 344.
106. Ibid., p. 344.
107. Ibid., p. 344.
108. Porter-O'Grady & Malloch, 2011, p. 214.
109. Ibid, pp. 214–215.
110. Agency for Healthcare Research & Quality (AHRQ). TeamSTEPPS®: National implementation. Retrieved on August 26, 2011, from http://teamstepps.ahrq.gov
111. Drexler/Sibbet Team Performance Model™. Retrieved on August 26, 2011, from http://www.grove.com/site/ourwk_gm_tp.html
112. McClure et al., 2002, p. 12.
113. Stevens, B. J. (1975). Use of groups for management. *Journal of Nursing Administration, 5*, 14–22.
114. Dixon, N. (1984). Participative management: It's not as simple as it seems. *Supervisory Management, 29*, 2–8.
115. Fried, B., & Rundall, T. (1994). Managing groups and teams. In S. Shortell & A. Kaluzny (Eds.), *Health care management: Organization design and behavior* (3rd ed., pp. 144–147). New York: Delmar.
116. Jay, A. (1982). How to run a meeting. *Journal of Nursing Administration, 12*, 22–28.
117. Mayo, E. (1946). *The human problems of industrial civilization*. Boston: Harvard Business School.
118. Borkowski, 2011, p. 310.
119. Stevens, 1975, pp. 14–22.
120. Benne, K. D., & Sheats, P. (1948). Functional roles of group members. *Journal of Social Issues, 4*, 41–49.
121. Ibid.
122. Ibid.
123. Dixon, 1984, pp. 2–8.
124. Caramanica, L. (1984). What? Another committee? *Nursing Management, 15*, 12–14; Jay, 1982, pp. 22–28.
125. Northouse, L. L., & Northouse, P. G. (1985). *Health communication: A handbook for health professionals*. Englewood Cliffs, NJ: Prentice Hall; Brightman, H. J., & Verhowen, P. (1986). Running successful problem solving group. *Business*, 15–23.
126. Beeber, L. S., & Schmitt, M. H. (1986). Cohesiveness in groups: A concept in search of a definition. *Advances in Nursing Science, 8*, 1–11.
127. Tipping, J., Freeman, R. F., & Rachlis, A. R. (1995). Using faculty and student perceptions of group dynamics to develop recommendations for PBL training. *Academic Medicine, 70*, 1050–1052; Cook, S. H., & Matheson, H. (1997). Teaching group dynamics: A critical evaluation of an experiential programme. *Nurse Education Today, 17*, 31–38; Krejci, J. W., & Malin, S. (1997). Impact of leadership development on competencies. *Nursing Economic$, 15*, 235–241; Abusabha, R., Peacock, J., & Achterberg, C. (1999). How to make nutrition education more meaningful through facilitated group discussion. *Journal of the American Dietetic Association, 99*, 72–76.
128. Borkowski, 2011, pp. 327–328.
129. Borkowski, 2011, pp. 327–328.
130. Borkowski, 2011, p. 328.
131. Borkowski, 2011, p. 328.
132. Borkowski, 2011, pp. 328–329.
133. Borkowski, 2011, pp. 330–331.

134. Hodgetts, R. M. (1990). *Management: Theory, process and practice* (5th ed., p. 286). Orlando, FL: Harcourt Brace.

135. Northouse & Northouse, 1985, pp. 240–241.

136. Lloyd-Jones, G., Fowell, S., & Bligh, J. G. (1999). The use of the nominal group technique as an evaluative tool in medical undergraduate education. *Medical Education, 33*, 8–13; Swansburg, R. C. (1995). Nominal group technique. In B. Fuszard (Ed.), *Innovative strategies in nursing* (2nd ed., pp. 93–100). Gaithersburg, MD: Aspen.

137. Ekblad, S., Marttila, A., & Emilsson, M. (2002). Cultural challenges in end-of-life care: Reflections from focus groups' interviews with hospital staff in Stockholm. *Journal of Advanced Nursing, 31*, 623–630; Corring, D. J., & Cook, J. V. (1999). Client-centered care means that I am a valued human being. *Canadian Journal of Occupational Therapy, 66*, 71–82; Hind, M., Jacjson, D., Andrewes, C., Fulbrook, P., Galvin, K., & Frost, S. (1999). Exploring the expanded role of nurses in critical care. *Intensive Critical Care Nursing, 15*, 147–153; Dewar, B. J., & Walker, E. (1999). Experiential learning: Issues in supervision. *Journal of Advanced Nursing, 30*, 1459–1467; Dreachslin, J. L. (1998). Conducting effective focus groups in the context of diversity: Theoretical underpinnings and practical implications. *Qualitative Health Research, 98*, 813–820; Jinks, A. M., & Daniels, R. (1999). Workplace health concerns: A focus group study. *Journal of Management in Medicine, 13*, 95–104; Hildebrandt, E. (1999). Focus groups and vulnerable populations. Insight into client strengths and needs in complex community health care environments. *Nursing Health Care Perspectives, 20*, 256–259; Reiskin, H., Gendrop, S., Bowen, A., Wright, P., & Walsh, E. (1999). Collaboration between community nurses and nursing faculty using substance abuse prevention focus groups. *Nursing Connections, 12*, 31–36; Hirst, S. P. (2000). Resident abuse: An insider's perspective. *Geriatric Nursing, 21*, 38–42; Lowry, R. J., & Craven, M. A. (1999). Smokers' and drinkers' awareness of oral cancer: A qualitative study using focus groups. *British Dental Journal, 187*, 668–670.

138. DesRosier, M. B., & Zellers, K. C. (1989). Focus groups: A program planning technique. *Journal of Nursing Administration, 19*, 20–25.

139. Rosenblum, E. H. (1982). Groupthink: One peril of group cohesiveness. *Journal of Nursing Administration, 12*, 27–31; Rowland, H. S., & Rowland, B. L. (2002). *Handbook for nurse administrators*. Philadelphia, PA: Lippincott; Leo, M. (1984). Avoiding the pitfalls of management think. *Business Horizons, 27*, 44–47.

140. Ibid.

141. Ledlow, G. & Coppola, M. (2011). *Leadership for health professionals. Theory, skills, and applications* (p. 232) Sudbury, MA: Jones & Bartlett Learning.

142. del Bueno, D. J., & Vincent, P. M. (1986). Organizational culture: How important is it? *Journal of Nursing Administration, 16*, 15–20.

143. Moore, W. W. (1991). Corporate culture: Modern day rites and rituals. *Healthcare Trends and Transitions*, 8–13, 32–33.

144. Ledlow & Coppola, 2011, p. 144.

145. Ibid., p. 145.

146. Ibid., p. 146.

147. Dyer, W. G., & Dyer, W. G., Jr. (1986). Organizational development system change or culture change? *Personnel*, 14–22.

148. Ledlow & Coppola, 2011, p. 229.

149. Kramer, M., & Schmalenberg, C. (2002). Staff nurses identify essentials of magnetism. In M. McClure & A. Hinshaw (Eds.), *Magnet hospitals revisited: Attraction and retention of professional nurses* (p. 52). Washington, DC: American Nurses Publishing.

150. Ibid.

151. Kohn, Corrigan, & Donaldson, 2000.

152. Ibid.

153. Ibid.

154. Institute of Medicine. (2001). *Crossing the quality chasm: A new health system for the 21st century*. Committee on Quality of Health Care in America, Institute of Medicine. Washington, DC: National Academy Press.

155. Page, A. (Ed.). (2004). *Keeping patients safe: Transforming the work environment of nurses*. Committee on the Work Environment for Nurses and Patient Safety, Institute of Medicine. Washington, DC: National Academies Press.

156. Friesen, M., Farquhar, M., & Hughes, R. (2005). *The nurse's role in promoting a culture of patient safety* (pp. 13–19). Silver Spring, MD: Center for American Nurses.

157. Page, T. (2003). Applying airline safety practices to medication administration. *Medical-Surgical Nursing, 12*, 77–93.

158. American Organization of Nurse Executives. (2007). Role of the nurse executive in patient safety. Guiding principles toolkit. Retrieved on August 26, 2011, from http://www.aone.org /resources/PDFs/AONE_GP_Role_Nurse_Exec_Patient_Safety.pdf

159. Ibid.

160. Ibid.

161. Ibid.

162. Bragg & Andrews, 1984.

163. Probst & Noga, 1980; Elpern, White, & Donahue, 1984.

164. Peters, T. (1991, September 24). Experts' strengths can be a weakness. *San Antonio Light,* p. B3.

165. Munn, H. E., Jr. (1984). Organizational climate in the health care setting. *Health Care Supervisor, 3*, 19–29.

166. Desatnick, R. L. (1986). Management climate surveys: A way to uncover an organization's culture. *Personnel*, 49–54.

167. Holt-Ashley, M. (1985). Motivation: Getting the medical units going again. *Nursing Management, 16*, 28–30.

168. Wolper, 2004, p. 359.

169. Ibid., p. 361.

170. Wolf, G., & Greenhouse, P. (2007). Blueprint for design. Creating models that direct change. *Journal of Nursing Administration, 37*, 381–387.

171. Wolper, 2004, p. 350.

172. Kimball, B., & Joynt, J. (2007). The quest for new innovative care delivery models. *Journal of Nursing Administration, 37*, 392–398.

173. Wolper, 2004, p. 363.

174. Ibid.

175. Wolper, 2004, p. 364.

176. Ibid.

177. Kimball & Joynt, 2007.

178. Lookingland, S., Tiedeman, M., & Crosson, A. (2005). Nontraditional models of care delivery. *Journal of Nursing Administration, 35*, 74–80.

179. Kimball & Joynt, 2007.

180. Ibid.

181. Wolf & Greenhouse, 2007, p. 382.

182. American Organization of Nurse Executives. (2004). Principles and elements of a healthful practice/work environment. Retrieved July 1, 2011, from http://www.aone.org/aone/pdf/ PrinciplesandElementsHealthfulWorkPractice.pdf

183.   American Nurses Credentialing Center, 2005, pp. 45–46.

184.   American Association of Colleges of Nursing. (2002). Hallmarks of the professional nursing practice environment. Retrieved July 17, 2008, from www.aacn.nche.edu/publications/positions /hallmarkswp.pdf

185.   McManis & Monsalve Associates. (2003). Healthy work environments. Striving for excellence. Retrieved July 17, 2008, from www.mcmanis-monsalve.com/assets/publications/healthy_work_ environments_full.pdf

186.   Ibid.

187.   Model nursing practice act. Retrieved July 1, 2011, from https://www.ncsbn.org/1455.htm

188.   Hoffart, N., & Woods, C. (1996). Elements of a nursing professional practice model. *Journal of Professional Nursing, 12*, 354–364.

189.   American Nurses Credentialing Center, 2005, pp. 45–46.

190.   Robert Wood Johnson Foundation. Retrieved June 26, 2008, from www.rwjf.org

191.   Adams, R. A., & Rentfro, A. R. (1988). Strengthening hospital nursing: An approach to restructuring care delivery. *Journal of Nursing Administration, 21*, 12–19.

192.   Schmekel, C. E. (1991). Nursing/group practice: One innovative model. *AORN Journal, 53*(5), 1223–1226, 1228.

193.   Metcalf, K. M. (1992). The helper model: Nine ways to make it work. *Nursing Management, 23*, 40–43.

194.   Manthey, M. (1991). Delivery systems and practice models: A dynamic balance. *Nursing Management, 22*, 28–30.

195.   Milton, D., Verren, J., Murdaugh, C., & Gerber, R. (1992). Differentiated group professional practice in nursing: A demonstration model. *Nursing Clinics of North America, 27*, 23–29.

196.   Ibid.

197.   Ehrat, K. S. (1991). The value of differentiated practice. *Journal of Nursing Administration, 21*, 9–10.

198.   Graff, C., Roberts, K., & Thornton, K. (1999). An ethnographic study of differentiated practice in an operating room. *Journal of Professional Nursing, 15*, 364–371; Smith-Blair, N., Smith, B. L., Bradley, K. J., & Gaskamp, C. (1999). Making sense of a new nursing role: A phenomenological study of an organizational change. *Journal of Professional Nursing, 15*, 340–348.

199.   Styles, M., Allen, S., Armstrong, S., Matsurra, M., Stannard, D., & Ordway, J. S. (1991). Entry: A new approach. *Nursing Outlook*, 200–203.

200.   Koloroutis, 2004, p. 11.

201.   Ibid., p. 4.

202.   Ibid.

203.   Han, P. E. (1983). The informal organization you've got to live with. *Supervisory Management*, 25–28.

204.   Cameron, K. (1986). A study of organizational effectiveness and its predictors. *Management Science, 32*, 87–112.

205.   Ibid.

206.   Beyers, M. (1984). Getting on top of organizational change: Part 3. The corporate nurse executive. *Journal of Nursing Administration, 14*, 32–37.

207.   Flarey, D. L. (1991). The nurse executive and the governing body. *Journal of Nursing Administration, 21*, 11–17.

208.   Kanter, R. M. (1989). *When giants learn to dance* (p. 36). New York: Simon & Schuster.

209.   Ibid., pp. 57–67.

210.   Sovie, M. D. (1990). Redesigning our future: Whose responsibility is it? *Nursing Economics$, 8*, 21–26.

211. Genasci, L. (1994, July 24). Downsizing not always effective, experts say. *San Antonio Express-News*, p. H3.

212. Kaestle, P. (1990). A new rationale for organizational structure. *Planning Review, 18*, 20–22, 27.

213. Staring, S., & Taylor, C. (1997). A guide to managing workforce transitions. *Nursing Management, 28*, 31–32.

214. Peters, T. (1987). *Thriving on chaos* (pp. 424–438). New York: Harper & Row.

215. Reddecliff, M., Smith, E. L., & Ryan-Merritt, M. (1989). Organizational analysis: Tool for the clinical nurse specialist. *Clinical Nurse Specialist, 3*, 133–136.

REFERENCES

Abusabha, R., Peacock, J., & Achterberg, C. (1999). How to make nutrition education more meaningful through facilitated group discussion. *Journal of the American Dietetic Association, 99*, 72–76.

Adams, R. A., & Rentfro, A. R. (1988). Strengthening hospital nursing: An approach to restructuring care delivery. *Journal of Nursing Administration, 21*, 12–19.

Agency for Healthcare Research & Quality (AHRQ). TeamSTEPPS®: National implementation. Retrieved August 26, 2011, from http://teamstepps.ahrq.gov

Aikman, P., Andress, I., Goodfellow, C., LaBelle, N., & Porter-O'Grady, T. (1998). System integration: A necessity. *Journal of Nursing Administration, 28*, 28–34.

American Association of Colleges of Nursing. (2002). Hallmarks of the professional nursing practice environment. Retrieved July 17, 2008, from www.aacn.nche.edu/publications/positions/hallmark swp.pdf

American Nurses Association. (2009). *Nursing administration: Scope and standards of practice.* Silver Spring, MD: Author

American Nurses Credentialing Center. (2005). *Magnet Recognition Program®. Application manual.* Silver Spring, MD: American Nurses Credentialing Center Publishers.

American Organization of Nurse Executives (AONE). AONE nurse executive competencies. Retrieved July 1, 2011, from http://www.aone.org/aone/pdf/AONE_NEC.pdf

American Organization of Nurse Executives (AONE). (1984). *Organizational models for nursing practice.* Chicago: American Hospital Association.

American Organization of Nurse Executives. (2004). Principles and elements of a healthful practice/work environment. Retrieved July 1, 2011, from http://www.aone.org/aone/pdf/Principlesand ElementsHealthfulWorkPractice.pdf

American Organization of Nurse Executives. (2007). Role of the nurse executive in patient safety. Guiding principles toolkit. Retrieved July 1, 2011, from http://www.aone.org/aone/pdf/Role%20 of%20the%20Nurse%20Executive%20in%20Patient%20Safety%20Toolkit_July2007.pdf.

Argyris, C. (1973). Personality and organization theory revisited. *Administrative Science Quarterly, 18*, 141–167.

Batey, M. V., & Lewis, F. M. (1982). Clarifying autonomy and accountability in nursing services: Part I. *Journal of Nursing Administration, 12*, 13–17.

Beeber, L. S., & Schmitt, M. H. (1986). Cohesiveness in groups: A concept in search of a definition. *Advances in Nursing Science, 8*, 1–11.

Benne, K. D., & Sheats, P. (1948). Functional roles of group members. *Journal of Social Issues, 4*, 41–49.

Beyers, M. (1984). Getting on top of organizational change: Part 3. The corporate nurse executive. *Journal of Nursing Administration, 14*, 32–37.

Borkowski, N. (2005). *Organizational behavior in health care.* Sudbury, MA: Jones and Bartlett.

Borkowski, N. (2011). *Organizational behavior in health care* (2nd ed.). Sudbury, MA: Jones & Bartlett Learning.

Bough, S. (1992). Nursing students rank high in autonomy at the exit level. *Journal of Nursing Education, 31,* 58–64.

Bragg, J. E., & Andrews, I. R. (1984). Participative decision making: An experimental study in a hospital. In B. Fuszard (Ed.), *Self-actualization for nurses.* Rockville, MD: Aspen.

Brandon, G. M. (1996). Flattening the organization: Implementing self-directed work groups. *Radiology Management, 18,* 35–42.

Brightman, H. J., & Verhowen, P. (1986). Running successful problem solving group. *Business,* 15–23.

Cameron, K. (1986). A study of organizational effectiveness and its predictors. *Management Science, 32,* 87–112.

Caramanica, L. (1984). What? Another committee? *Nursing Management, 15,* 12–14.

Caudron, S. (1993). Teamwork takes work. *Personnel Journal,* 76–84.

Clegg, C. W., & Wall, T. D. (1984). The lateral dimension to employee participation. *Journal of Management Studies, 21,* 429–442.

Collins, S. S., & Henderson, M. C. (1991). Autonomy: Part of the nursing role? *Nursing Forum, 26,* 23–29.

Cook, S. H., & Matheson, H. (1997). Teaching group dynamics: A critical evaluation of an experiential programme. *Nurse Education Today, 17,* 31–38.

Corring, D. J., & Cook, J. V. (1999). Client-centered care means that I am a valued human being. *Canadian Journal of Occupational Therapy, 66,* 71–82.

Cox, C. L. (1980). Decentralization uniting authority and responsibility. *Supervisor Nurse, 11,* 28, 32.

Dayani, E. C. (1983). Professional and economic self-governance in nursing. *Nursing Economic$, 1,* 20–23.

del Bueno, D. J., & Vincent, P. M. (1986). Organizational culture: How important is it? *Journal of Nursing Administration, 16,* 15–20.

Desatnick, R. L. (1986). Management climate surveys: A way to uncover an organization's culture. *Personnel,* 49–54.

DesRosier, M. B., & Zellers, K. C. (1989). Focus groups: A program planning technique. *Journal of Nursing Administration, 19,* 20–25.

Dewar, B. J., & Walker, E. (1999). Experiential learning: Issues in supervision. *Journal of Advanced Nursing, 30,* 1459–1467.

Dixon, N. (1984). Participative management: It's not as simple as it seems. *Supervisory Management, 29,* 2–8.

Dreachslin, J. L. (1998). Conducting effective focus groups in the context of diversity: Theoretical underpinnings and practical implications. *Qualitative Health Research, 98,* 813–820.

Drexler/Sibbet Team Performance Model™. Retrieved August 26, 2011, from http://www.grove.com /site/ourwk_gm_tp.html

Drucker, P. F. (1973). *Management: Tasks, responsibilities, practice.* New York: Harper & Row.

Dumaine, B. (1994, September 5). The trouble with teams. *Fortune,* 86–88, 90, 92.

Dunphy, D. (1983). Personal and organizational change—Status and future direction. *Work and People,* 3–6.

Dyer, W. (1987). *Team building issues and alternatives.* Boston: Addison-Wesley.

Dyer, W. G., & Dyer, W. G., Jr. (1986). Organizational development system change or culture change? *Personnel,* 14–22.

Ehrat, K. S. (1991). The value of differentiated practice. *Journal of Nursing Administration, 21,* 9–10.

Ekblad, S., Marttila, A., & Emilsson, M. (2002). Cultural challenges in end-of-life care: Reflections from focus groups' interviews with hospital staff in Stockholm. *Journal of Advanced Nursing, 31,* 623–630.

Elpern, E. A., White, P. M., & Donahue, A. F. (1984). Staff governance: The experience of the nursing unit. *Journal of Nursing Administration, 16,* 9–15.

Fayol, H. (1949). *General and industrial management* (C. Storrs, Trans.). London: Pittman & Sons.

Flarey, D. L. (1991). The nurse executive and the governing body. *Journal of Nursing Administration, 21,* 11–17.

Fried, B., & Rundall, T. (1994). Managing groups and teams. In S. Shortell & A. Kaluzny (Eds.), *Health care management: Organization design and behavior* (3rd ed., pp. 144–147). New York: Delmar.

Friedman, B. A. (1997). Orchestrating a unified approach to information management. *Radiology Management, 19,* 30–36.

Friesen, M., Farquhar, M., & Hughes, R. (2005). *The nurse's role in promoting a culture of patient safety.* Silver Spring, MD: Center for American Nurses.

Genasci, L. (1994, July 24). Downsizing not always effective, experts say. *San Antonio Express-News,* p. H3.

George, V. M., Burke, L. J., & Rodgers, B. L. (1997). Research-based planning for change: Assessing nurses' attitudes toward governance and professional practice autonomy after hospital acquisition. *Journal of Nursing Administration, 27,* 53–61.

Gibson, J. L., Ivancevich, J. M., & Donnelly, J. H., Jr. (1994). *Organizations: Behavior, structures, processes* (8th ed.). Burr Ridge, IL: Richard D. Irwin.

Gordon, G. K. (1982). Developing a motivating environment. *Journal of Nursing Administration, 12,* 11–16.

Graff, C., Roberts, K., & Thornton, K. (1999). An ethnographic study of differentiated practice in an operating room. *Journal of Professional Nursing, 15,* 364–371.

Hall, R. H. (1963). The concept of bureaucracy: An empirical assessment. *American Journal of Sociology, 10,* 32–40.

Hall, R. H. (1968). Professionalization and bureaucratization. *American Sociological Review, 33,* 92–104.

Han, P. E. (1983). The informal organization you've got to live with. *Supervisory Management,* 25–28.

Hildebrandt, E. (1999). Focus groups and vulnerable populations. Insight into client strengths and needs in complex community health care environments. *Nursing Health Care Perspectives, 20,* 256–259.

Hind, M., Jacjson, D., Andrewes, C., Fulbrook, P., Galvin, K., & Frost, S. (1999). Exploring the expanded role of nurses in critical care. *Intensive Critical Care Nursing, 15,* 147–153.

Hirst, S. P. (2000). Resident abuse: An insider's perspective. *Geriatric Nursing, 21,* 38–42.

Hodgetts, R. M. (1990). *Management: Theory, process and practice* (5th ed., p. 286). Orlando, FL: Harcourt Brace.

Hoffart, N., & Woods, C. (1996). Elements of a nursing professional practice model. *Journal of Professional Nursing, 12,* 354–364.

Holt-Ashley, M. (1985). Motivation: Getting the medical units going again. *Nursing Management, 16,* 28–30.

Institute of Medicine. (2001). *Crossing the quality chasm: A new health system for the 21st century.* Committee on Quality of Health Care in America, Institute of Medicine. Washington, DC: National Academy Press.

Jacoby, J., & Terpstra, M. (1990). Collaborative governance: Model of professional autonomy. *Nursing Management, 21,* 42–44.

James, D. M. (1998). An integrated model for inner-city health-care delivery: The Deaconess center. *Journal of the National Medical Association, 90,* 35–39.

Jay, A. (1982). How to run a meeting. *Journal of Nursing Administration, 12,* 22–28.

Jinks, A. M., & Daniels, R. (1999). Workplace health concerns: A focus group study. *Journal of Management in Medicine, 13,* 95–104.

Johnson, J., & Luciano, K. (1983). Managing by behavior and results—Linking supervisory accountability to effective organizational control. *Journal of Nursing Administration, 13,* 19–26.

Joiner, G., & Wessman, J. (1997). Expanding shared governance beyond practice issues. *Recruitment, Retention, Restructuring Research, 10,* 4–7.

Kaestle, P. (1990). A new rationale for organizational structure. *Planning Review, 18,* 20–22, 27.

Kanter, R. M. (1989). *When giants learn to dance* (p. 36). New York: Simon & Schuster.

Kimball, B., & Joynt, J. (2007). The quest for new innovative care delivery models. *Journal of Nursing Administration, 37,* 392–398.

Knaus, W., Draper, E. A., Wagner, D. P., & Zimmerman, J. E. (1986). An evaluation of outcome from intensive care in major medical centers. *Annals of Internal Medicine, 104*(3), 410–418.

Kohn, L. T., Corrigan, J. M., & Donaldson, M. S. (Eds). (1999). *To err is human: Building a safer health system.* Committee on Quality of Health Care in America, Institute of Medicine. Washington, DC: National Academy Press.

Koloroutis, M. (2004). *Relationship-based care: A model for transforming practice.* Minneapolis, MN: Creative Health Care Management.

Kowalski, K. (1995). Teambuilding. In P. Yoder-Wise (Ed.), *Leading and managing in nursing.* St. Louis, MO: Mosby-Year Book.

Kramer, M., & Schmalenberg, C. (2002). Staff nurses identify essentials of magnetism. In M. McClure & A. Hinshaw (Eds.), *Magnet hospitals revisited: Attraction and retention of professional nurses.* Washington, DC: American Nurses Publishing.

Krejci, J. W., & Malin, S. (1997). Impact of leadership development on competencies. *Nursing Economic$, 15,* 235–241.

Leatt, P., & Schneck, R. (1982). Technology, size, environment, and structure in nursing subunits. *Organizational Studies, 3,* 221–242.

Ledlow, G., & Coppola, M. (2011). *Leadership for health professionals. Theory, skills, and applications.* Sudbury, MA: Jones & Bartlett Learning.

Leo, M. (1984). Avoiding the pitfalls of management think. *Business Horizons, 27,* 44–47.

Liebler, J. G., & McConnell, C. R. (2004). *Management principles for health professionals.* Sudbury, MA: Jones and Bartlett.

Lloyd-Jones, G., Fowell, S., & Bligh, J. G. (1999). The use of the nominal group technique as an evaluative tool in medical undergraduate education. *Medical Education, 33,* 8–13.

Lookingland, S., Tiedeman, M., & Crosson, A. (2005). Nontraditional models of care delivery. *Journal of Nursing Administration, 35,* 74–80.

Lowry, R. J., & Craven, M. A. (1999). Smokers' and drinkers' awareness of oral cancer: A qualitative study using focus groups. *British Dental Journal, 187,* 668–670.

MacLeod, J. A., & Sella, S. (2002). One year later: Using role theory to evaluate a new delivery system. *Nursing Forum, 27,* 20–28.

Maldonado, T. (1992). Lecture, senior management class. San Antonio, TX: Incarnate Word College.

Malkin, S., & Lauteri, P. (1980). A community hospital's approach: Decentralized patient education. *Nursing Administration Quarterly, 4,* 101–106.

Manthey, M. (1991). Delivery systems and practice models: A dynamic balance. *Nursing Management, 22,* 28–30.

Manz, C. C., Keating, D. E., & Donellon, A. (1990). Preparing for an organizational change to employee self-management: The managerial transition. *Organizational Dynamics, 19*, 15–26.

Marquis, B., & Huston, C. (1996). Roles and functions in organizing. In *Leadership roles and management functions in nursing: Theory and application* (2d ed.). Philadelphia: Lippincott-Raven.

Mayo, E. (1946). *The human problems of industrial civilization*. Boston: Harvard Business School.

McAllister, M. (1990). A nursing integration framework based on standards of practice. *Nursing Management, 21*, 28–31.

McClure, M. L. (1984). Managing the professional nurse: Part I. The organizational theories. *Journal of Nursing Administration, 14*, 15–21.

McClure, M., Poulin, M., Sovie, M., & Wandelt, M. (2002). Magnet hospitals: Attraction and retention of professional nurses (the original study). In M. McClure & A. Hinshaw (Eds.), *Magnet hospitals revisited: Attraction and retention of professional nurses*. Washington, DC: American Nurses Publishing.

McManis & Monsalve Associates. (2003). Healthy work environments. Striving for excellence. Retrieved July 17, 2008, from www.mcmanis-monsalve.com/assets/publications/healthy_work_environments_full.pdf

Metcalf, K. M. (1992). The helper model: Nine ways to make it work. *Nursing Management, 23*, 40–43.

Miller, J. O., & Carey, S. J. (1993). Work role inventory: A guide to job satisfaction. *Nursing Management, 24*, 54–62.

Milton, D., Verren, J., Murdaugh, C., & Gerber, R. (1992). Differentiated group professional practice in nursing: A demonstration model. *Nursing Clinics of North America, 27*, 23–29.

Model nursing practice act. Retrieved July 1, 2011, from https://www.ncsbn.org/1455.htm

Moore, W. W. (1991). Corporate culture: Modern day rites and rituals. *Healthcare Trends and Transitions*, 8–13, 32–33.

Mosley, D., Pietri, P. H., and Megginson, L. C. (1996). *Management: Leadership in action*. New York: Harper Collins.

Munn, H. E., Jr. (1984). Organizational climate in the health care setting. *Health Care Supervisor, 3*, 19–29.

Nave, J. L., & Thomas, B. (1983). How companies boost morale. *Supervisory Management*, 29–33.

Newman, J. G., & Boisoneau, R. (1987). Team care and matrix organization in geriatrics. *Hospital Topics*, 10–15.

Northouse, L. L., & Northouse, P. G. (1985). *Health communication: A handbook for health professionals*. Englewood Cliffs, NJ: Prentice Hall.

Page, A. (Ed.). (2004). *Keeping patients safe: Transforming the work environment of nurses*. Committee on the Work Environment for Nurses and Patient Safety, Institute of Medicine. Washington, DC: National Academies Press.

Page, T. (2003). Applying airline safety practices to medication administration. *Medical-Surgical Nursing, 12*, 77–93.

Peters, T. (1987). *Thriving on chaos*. New York: Harper & Row.

Peters, T. (1991, September 24). Experts' strengths can be a weakness. *San Antonio Light*, p. B3.

Porter-O'Grady, T. (1992). *Implementing shared governance*. St. Louis, MO: Mosby.

Porter-O'Grady, T., & Malloch, K. (2011). *Quantum leadership: Advancing innovation, transforming health care* (3rd ed.). Sudbury MA: Jones & Bartlett Learning.

Poteet, G. W. (1984). Delegation strategies: A must for the nurse executive. *Journal of Nursing Administration, 14*, 18–27.

Prince, S. B. (1997). Shared governance. Sharing power and opportunity. *Journal of Nursing Administration, 27*, 28–35.

Probst, M. R., & Noga, J. M. (1980). A decentralized nursing care delivery system. *Supervisor Nurse, 11*, 57–60.

Pugh, D. S., Hickson, D. J., Hinings, C. R., & Turner, C. (1969). The context of organization structures. *Administrative Science Quarterly*, 91–114.

Raelin, J. A., Sholl, C. K., Leonard, D. (1985). Why professionals turn sour and what to do. *Personnel, 62*, 28–41.

Reddecliff, M., Smith, E. L., & Ryan-Merritt, M. (1989). Organizational analysis: Tool for the clinical nurse specialist. *Clinical Nurse Specialist, 3*, 133–136.

Reiskin, H., Gendrop, S., Bowen, A., Wright, P., & Walsh, E. (1999). Collaboration between community nurses and nursing faculty using substance abuse prevention focus groups. *Nursing Connections, 12*, 31–36.

Ridderheim, D. S. (1986). The anatomy of change. *Hospital & Health Services Administration, 31*, 7–21.

Robinson, M. A. (1991). Decentralize and outsource: Dial's approach to MIS improvement. *Management Accounting, 73*, 27–31.

Rosenblum, E. H. (1982). Groupthink: One peril of group cohesiveness. *Journal of Nursing Administration, 12*, 27–31.

Rowland, H., & Rowland, B. (1992). *Nursing administration handbook* (3rd ed.). Sudbury, MA: Jones and Bartlett.

Rowland, H. S., & Rowland, B. L. (1997). *Nursing administrative handbook* (4th ed.). Sudbury, MA: Jones and Bartlett.

Rowland, H. S., & Rowland, B. L. (2002). *Handbook for nurse administrators*. Philadelphia, PA: Lippincott.

Russell-Babin, K. (1992). Team building for the staff development department. *Journal of Nursing Staff Development, 8*, 231–234.

San Juan, S. P. (1998). Team building: A leadership strategy. *Journal of the Philippine Dental Association, 50*, 49–55.

Schaffner, T., & Bermingham, M. (1993). Creating and maintaining a high-performance team. In *Nursing leadership: Preparing for the 21st century*. Washington, DC: American Organization of Nurse Executives.

Schmekel, C. E. (1991). Nursing/group practice. *AORN Journal, 53*, 1223–1226, 1228.

Schuster, M. H., & Miller, C. S. (1985). Employee involvement: Making supervisors believers. Personnel, 24–28.

Seelhoff, K. L. (1992). Six steps to team problem solving. *Hotels*, 26.

Shoemaker, H., & El-Ahraf, A. (1983). Decentralization of nursing service management and its impact on job satisfaction. *Nursing Administration Quarterly, 7*, 69–76.

Simons, B. J. (2002). Participatory management strategies. Journal of Nursing Administration, 2, 72–78.

Smith-Blair, N., Smith, B. L., Bradley, K. J., & Gaskamp, C. (1999). Making sense of a new nursing role: A phenomenological study of an organizational change. *Journal of Professional Nursing, 15*, 340–348.

Snail, T. S. (1998). Organizational diversification in the American hospital. *Annual Review of Public Health, 19*, 417–453.

Sofarelli, D., & Brown, D. (1998). The need for nursing leadership in uncertain times. *Journal of Nursing Management, 6*, 201–207.

Sovie, M. D. (1990). Redesigning our future: Whose responsibility is it? *Nursing Economics$, 8*, 21–26.

Staring, S., & Taylor, C. (1997). A guide to managing workforce transitions. *Nursing Management, 28*, 31–32.

Stevens, B. J. (1975). Use of groups for management. *Journal of Nursing Administration, 5,* 14–22.

Styles, M., Allen, S., Armstrong, S., Matsurra, M., Stannard, D., & Ordway, J. S. (1991). Entry: A new approach. *Nursing Outlook,* 200–203.

Swansburg, R. C. (1995). Nominal group technique. In B. Fuszard (Ed.), *Innovative strategies in nursing* (2nd ed.). Gaithersburg, MD: Aspen.

Timm, M. M., & Wavetik, M. G. (1983). Matrix organization: Design and development for a hospital organization. *Hospital & Health Services Administration, 28,* 46–58.

Tipping, J., Freeman, R. F., & Rachlis, A. R. (1995). Using faculty and student perceptions of group dynamics to develop recommendations for PBL training. *Academic Medicine, 70,* 1050–1052.

Urwick, L. (1944). *The elements of administration.* New York: Harper & Row.

Walton, R. E. (1985). From control to commitment in the workplace. *Harvard Business Review, 63,* 77–84.

Warda, M. (1992). The family and chronic sorrow: Role theory approach. *Journal of Pediatric Nursing, 7,* 205–210.

Weisz, W. J. (1985). Employee involvement: How it works at Motorola. *Personnel,* 29–33.

Wolf, G., & Greenhouse, P. (2007). Blueprint for design. Creating models that direct change. *Journal of Nursing Administration, 37,* 381–387.

Wolper, L. F. (2004). *Health care administration: Planning, implementing, and managing organized delivery systems.* Sudbury, MA: Jones and Bartlett.

Yeatts, D. E., & Schultz, E. (1998). Self-managed work teams: What works? *Clinical Laboratory Management Review, 12,* 16–26.

Nursing Council Bylaws

ARTICLE I

NAME

    1.1   The name of this Committee shall be the Nursing Council.

ARTICLE II

The purpose of this Council shall be:

    2.1   To ensure excellence in nursing care that will return patients to their best possible state of health or will enable them to die with dignity.

    2.2   To provide a climate that will promote and support the practice of professional nursing.

    2.3   To provide a forum for the discussion of management and patient care concerns.

The function of the Council shall be:

    2.4   To ensure excellence in nursing care.

        a.   Through the development and support of ad-hoc committees.

        b.   Through the support of XYZ Standards of Care.

    2.5   To develop nursing service employees to their fullest potential.

        a.   Through the development and support of ad-hoc committees.

        b.   Through the support of XYZ Standards of Care.

ARTICLE III

MEMBER

The members of this Council shall be:

    3.1   All members of Nurse Manager Council Group, Clinical Council, Executive Council, committee chairs, and representatives from the XYZ College of Nursing.

ARTICLE IV

OFFICERS

The officers shall consist of:

    4.1   Chair, Vice-Chair, and Parliamentarian

        a.   All officers shall be elected by secret ballot.

        b.   A majority of votes cast will be required to be elected.

        c.   In the event a majority of votes is not achieved by the first ballot, a run-off between two candidates having the most votes shall be required.

        d.   Ballots shall be counted by the Administrative Secretary and Registered Nurse I (RN1)

        e.   Officers shall serve for one year and are eligible for reelection for one consecutive term.

4.2   Officers, together with the Assistant Administrator of Nursing, shall constitute a governing board.

4.3   In the event of a vacancy:

   a.   The Vice-Chair replaces the Chair.

   b.   The Parliamentarian shall replace Vice-Chair.

   c.   The new Parliamentarian will be appointed by the governing body.

4.4   Duties of the officers:

   a.   The Chair shall work closely with the other officers of the Council. The Chair and other officers shall meet one week prior to each regular meeting for the purpose of developing and distributing the agenda and establishing time limits for discussion. The Chair is responsible to the Council for the smooth and effective functioning of its committees. The Chair is a voting member of the Executive Council and is responsible to the Council for communicating recommendations to the Executive Council. The Chair shall function according to the guidelines established in Robert's Rules of Order.

   b.   The Vice-Chair shall assume the duties of the Chair in his or her absence and shall serve as Chair of the nominating committee.

   c.   The Parliamentarian shall oversee that the Business of Nursing Council is conducted according to Robert's Rules of Order.

4.5   Qualifications for office—Must be members of Nursing Council.

ARTICLE V

MEETINGS

5.1   Regular meetings shall be held quarterly.

5.2   The annual meeting shall be held in November, at which time annual reports of officers and Chair shall be read and officers elected.

5.3   Special meetings shall be called by the Chair. The purpose of the meeting shall be stated in the call and at least two days notice will be given.

ARTICLE VI

QUORUM

A quorum of the Council shall be one-third of the membership. The presence of a quorum shall be documented in the minutes.

ARTICLE VII

COMMITTEES

7.1   Policy and Procedures Committee

   a.   Purpose

      1.   To establish guidelines, policies, and instructions for performance of procedures in accordance with the current standards of nursing practice for personnel of the Department of Nursing. The guidelines are specific and prescribe the precise action to be taken under a set of circumstances.

      2.   To annually appraise policies and procedures followed by nurses, and to develop new policies to meet present and future needs.

      3.   To ensure compliance between nursing policy and hospital policy.

   b. Membership
     1. Members shall be appointed from each of the divisions within the Department of Nursing and from the XYZ College of Nursing. One member shall be appointed from each of the following: Executive Council, Staff Development, and Nursing Resources. Two members shall be appointed from the USA College of Nursing. Three members (one Nurse Manager or Clinical Specialist, one staff registered nurse, and one LPN) shall be appointed from each of the following divisions: Medical Surgical, Maternal Child, Critical Care, and Special Services.
     2. Each member shall have an alternate appointed to attend in the member's absence.
     3. Members are to be appointed to serve a two-year term, beginning January 1 of each year.
     4. Each representative may be reappointed for one consecutive term. Only one-half of the membership shall turn over annually.

   c. Meetings
     1. The policy and procedures committee shall meet at least six times annually.
     2. The time, date, and place of meetings shall be determined by the Chair.
     3. Minutes of the meeting shall be recorded and kept on file in Nursing Service.
     4. The Chair of this committee shall be elected by its membership.

   d. Duties
     1. To accept written recommendations from an individual or committee regarding the need for a policy or procedure.
     2. Identify independently the need for a policy or procedure.
     3. To research the literature and other resources to determine common, accepted nursing practice.
     4. To develop policy and procedures statements.
     5. To annually review and revise as necessary all current policies and procedures.
     6. To report to Nursing Council at each regular meeting.
     7. To prepare a written annual report outlining the accomplishments of the committee. The report shall be prepared by the Chair of the committee and submitted to the Chair of the Nursing Council.

7.2 Nominating Committee will meet during the last quarter prior to the annual meeting as called by the Chair. The slate of nominees shall be presented to Council for consideration one month prior to the annual meeting.

7.3 Bylaws
   a. Purpose—To review the bylaws of the Nursing Council and make recommendations to the Council for bylaws revision.
   b. Membership
     1. A Chair shall be elected from Nursing Council following the annual meeting.
     2. Members shall be volunteers from Nursing Council.
   c. Meetings
     1. The Chair shall determine the frequency, time, date, and place of meetings.
     2. Minutes of the meeting shall be recorded and kept on file in Nursing Service.

7.4 Ad-Hoc Committees
   a. Purpose—To provide a vehicle by which specific tasks or programs can be assumed by a committee.
   b. Membership
     1. Membership shall follow the same format as for standing committees, unless the council decides that a smaller, more specific group will be more appropriate.

    2. Members can be appointed by Nursing Council or the committee may elect its Chair during its first meeting.

  c. Meetings

    1. During the first meeting, the committee shall:

      a. Define its purpose.

      b. Outline the necessary steps to achieve the purpose.

      c. Establish a tentative timetable.

    2. Minutes of the meetings shall be recorded and kept on file in Nursing Service.

  d. Duties

    1. The committee Chair shall report to Nursing Council during regular meetings.

    2. When the committee has completed its task, a final recommendation is made to Nursing Council for approval. Upon acceptance of this final recommendation, the Ad-Hoc Committee is dissolved.

7.5 RTN-I

  a. Purpose—To provide a forum for the discussion of topics relating to the practice of professional nursing at USAMC.

  b. Membership

    1. RTN from each unit or area and float pool for term of one year.

    2. Any RTN may attend as an observer.

    3. Adviser chosen by the committee and approved by administration. The adviser is a non voting member.

    4. Officers are chosen by the committee.

  c. Duties

    1. To identify problems related to professional nursing and recommend solutions to Nursing Council.

    2. To disseminate information to coworkers.

    3. To review at monthly meetings all approved new and/or revised policies and procedures.

    4. To accept and assume responsibility for projects delegated by Nursing Council.

    5. To report to Nursing Council at each regular meeting. The report shall include:

      a. Problems identified concerning professional nursing.

      b. Recommendations for the solution of the identified problems.

      c. Progress on delegated projects.

      d. Summary of monthly committee activities.

    6. To prepare an annual written report outlining the accomplishments of the committee. This report shall be prepared by the committee Chair and submitted to the Chair of Nursing Council.

7.6 Nurse Practice Committee

  a. Purpose

    1. To assist in identifying potential or actual problems related to quality of care, recommend corrective action, develop and plan for corrective action, and review effectiveness of corrective actions until an acceptable level of compliance is obtained. An additional charge of the committee is to develop and/or revise Nursing Standards of Care and Practice.

  b. Membership

    1. The Clinical Administrator for Nursing Practice shall assume position of Chair.

    2. The Nurse Practice Committee is composed of a Registered Nurse from each nursing unit within the hospital.

   c. Duties
      1. To review and evaluate Quality Assurance monitoring.
      2. To evaluate the effectiveness of previous actions taken to improve care based on follow-up and tracking.
      3. To plan appropriate actions that will improve the delivery of nursing care and affect patient outcomes.
      4. To communicate and implement the planned action and follow-up at the unit level.
      5. To identify trends for potential monitoring and evaluation.
      6. To report Quality Assurance analysis to Nursing Council at each regular meeting.
   d. Meetings
      1. The committee will meet at least monthly or as called by the Chair.
      2. Each committee member will receive written notice prior to meetings for attendance.
      3. An annual written report summarizing the accomplishments of the committee shall be prepared by the Chair and shall be presented to Nursing and Executive Council.

ARTICLE VIII

PARLIAMENTARY AUTHORITY

The business of this group shall be conducted according to Robert's Rules of Order.

ARTICLE IX

AMENDMENTS

The bylaws may be amended at any regular meeting by a majority vote. Any member of Council may present an amendment for vote.

The proposed amendment must be presented to the Committee in writing one month prior to voting.

Human Resource Development
Recruitment, Retention, and Managing Conflict

Robert W. Koch   *Elizabeth Thomas*   *Kathy S. Thompson*

WWW | LEARNING OBJECTIVES AND ACTIVITIES

- Develop a list of strategies to use in recruiting students into nursing education programs.
- Develop an effective nurse recruitment advertisement.
- Conduct an effective simulated interview of a nurse applicant.
- Describe the assessment center process.
- Define the terms human resource development, autonomy, empowerment, and andragogy.
- Discuss the relevance of autonomy and empowerment in human resource development in nursing.
- Apply the concept of andragogy to human resource development in nursing.
- Discuss the promotion and termination policies of an employing organization.
- Analyze causes of conflict and its relationship to human resource issues.
- Make plans to manage conflict.
- Use techniques or skills for managing conflict.
- Discuss cultural diversity and its relationship to human resource issues.

WWW | CONCEPTS

Human resource management, recruiting, selecting, credentialing, assigning, assessment center, retaining, turnover, career planning, human resource development, autonomy, empowerment, andragogy, promoting and terminating, conflict, conflict management, cultural diversity, cultural sensitivity, cultural awareness, cultural competence

SPHERES OF INFLUENCE

Unit-Based or Service-Line-Based Authority: Serves on various professional practice councils; mentors staff; role models excellence in patient care.

Organization-Wide Authority: Creates a professional practice environment that fosters excellence in nursing service; establishes and promotes a framework for professional nursing practice built on core ideology, which includes vision, mission, philosophy, core values, evidence-based practice, and standards of practice.

Quote
Try to learn something about everything and everything about something.

—Thomas Huxley

NURSE MANAGER BEHAVIORS

Plans, organizes, directs, and controls all aspects of the development of a human resource management program that meets all legal requirements governing personnel employment; manages people to reflect human resource management policies and procedures according to industry standards.

NURSE EXECUTIVE BEHAVIORS

Establishes direction, aligns persons, stimulates motivation, and inspires people to make useful change in performing their nursing roles. Uses input from employees to identify those factors that recruit and retain the best personnel available. Promotes human resource management activities to reflect the cutting edge of advancements in the field. Uses research results to develop a model of human resource development that leads people and enhances their productivity by putting to use their specific knowledge and strengths.

Introduction

Human resource management is the activities an organization conducts to use its human resources effectively. The effective use of human resources enhances organization performance and fosters the attainment of strategic goals. Human resource management includes the activities of human resources planning, recruitment, selection, orientation, training, performance appraisal, compensation, and safety. Human resource management is the strategic and coherent approach to the management of an organization's most valued assets—the people working there, who individually and collectively contribute to the achievement of the objectives of the enterprise.[1] This chapter provides an overview of processes used in the management and the development of human resources.

RECRUITMENT

Recruiting Students into Nursing

Maintaining a steady pipeline of individuals into the profession of nursing should be a consideration of all nurse executives. As the existing nursing workforce ages, the number of individuals recruited into nursing as a profession is of utmost importance. The United States is in the midst of a nursing shortage that is expected to intensify as baby boomers age and their need for health care grows. Compounding the problem is the fact that nursing colleges and universities across the country are struggling to expand enrollment levels to meet the rising demand for nursing care.

Some projections estimate that the U.S. shortage of registered nurses (RNs) will increase to 340,000 by the year 2020.[2] There is also a need to recruit more minorities into nursing to better reflect the U.S. patient population. However, African Americans, Asian Americans, Hispanic Americans, and Native Americans make up only 9% of nurses. Men make up only 6% of the profession.[3]

With these statistics and projections, it becomes every nurse executive's responsibility to initiate recruitment at the prelicensure level. The business of recruiting students into nursing requires long-term strategies for all educators and healthcare providers. Recruitment is more effective if potential consumers of nursing services are involved. Professional nurses can work through community organizations to involve the community in changing the image of nursing and in the recruitment effort. The image of nursing should reflect the qualifications and credentials of caregivers who provide safe, effective care to

Evidence-Based Practice 8-1

Based on findings from the Nursing Management Aging Workforce Survey, 55% of surveyed nurses reported their intention to retire between 2011 and 2020. The majority of those surveyed were nurse managers.[4] Furthermore, in April 2006 officials with the Health Resources and Services Administration released projections that the nation's nursing shortage would grow to more than 1 million nurses by the year 2020.[5]

individuals and communities. However, nursing leaders must also consider that preconceived stereotypes of nursing exist and may negatively affect recruitment efforts.

If the workforce issues related to the nursing shortage are to be managed, nursing leadership must consider what impressions are being portrayed of professional nurses. Healthcare agencies have tremendous opportunities in shaping the image of professional nursing. Some healthcare facilities have formed specific committees that focus on the recruitment of students into nursing education programs. From this work, a multitude of initiatives have been successful in recruiting individuals into the nursing profession. **Figure 8-1** lists some activities that may be helpful for recruiting into nursing education programs.

Recruiting Nurses Into Employment

Pivotal in the role of nurse executives, the recruitment of qualified nursing professionals is paramount to ensuring safe and effective care delivery. The goal in recruiting is to attract the best and the brightest. However, many employers of nursing have settled for the "warm body" to fill the empty position. This unfortunately often leaves the selection of new nurses to chance and may result in both unhappy employee and miserable employer.

Employers of nurses must be willing to do what it takes to attract the best and brightest talent. Today's workforce is not as complex as some may believe. In fact, most nurses are merely looking for the basics: challenging assignments, opportunities to grow as professionals, authentic work–life balance, and economic rewards. The efforts to recruit nurses should be focused and intentional. Otherwise, recruitment efforts are left up to chance with disappointing results.

Successful recruitment efforts begin with a strategic plan. Without a plan, what do employers tell prospective employees about the facilities' future? Bright people expect documented strategies and a game plan. One of the best ways to welcome developing nursing professionals into the workplace is to offer them a spot on a team. Generations X and Y, those born between 1965 and 1976 and 1977 and 1994, respectively, value the chance to be part of a group with a larger goal.[7] However, if the prospective workplace has no goals, the potential employee may find a more attractive and exciting place to work.

 Evidence-Based Practice 8-2

In a survey of 641 college-bound high-school seniors, investigators attempted to determine why nursing is not selected more frequently as a career option. Although the overall opinion about nursing was favorable, most of the students (86%) believed that nurses mainly followed doctors' orders. Only a few students believed that nurses do important work (5.4%); that nursing is challenging (9.4%), a real profession (9.3%), an important profession (5.4%), or that it provides a good opportunity to help people (3%).[6]

FIGURE 8-1 Strategies for Recruiting Nursing Students

1. Form a committee to create a plan.
   a. Include clinical nurses
   b. Set goals
   c. Create a management plan for each goal

2. Obtain recruitment materials from organizations.
   a. National League for Nursing (NLN)
   b. American Nurses Association (ANA)
   c. American Organization of Nurse Executives (AONE)
   d. National Student Nurses Association (NSNA)
   e. American Association of Colleges of Nursing (AACN)
   f. State
   g. Local

3. Prepare additional recruitment materials.
   a. News stories for newspapers, TV, and radio
   b. Posters for schools
   c. Speakers' bureau
   d. Model speeches
   e. Tours

4. Coordinate with other nurse education programs and prospective employers of nurses.
   a. Associate degree programs
   b. Diploma programs
   c. BSN programs
   d. Hospitals
   e. Public health
   f. Staffing agencies
   g. Ambulatory care facilities
   h. Nursing homes
   i. LPN programs
   j. Other

5. Prepare and offer consultation programs for junior and senior high schools.
   a. Administrators
   b. Teachers
   c. Guidance counselors
   d. Students, including potential dropouts
   e. Financial advisers
   f. Language and cultural resource advisers

6. Coordinate activities of recruiters in schools of nursing.
   a. Sources of information by telephone and mail
   b. Target adults seeking second careers, men, minorities, and immigrants

7. Involve community agencies in recruitment efforts.
   a. Professional organizations
   b. Social organizations
   c. Service organizations
   d. Others

8. Evaluate results accomplished.
   a. Number and locations of programs presented
   b. Number of students counseled
   c. Number of follow-ups
   d. Number of applicants to local or other programs
   e. Homerooms visited
   f. Career days held by high schools, schools of nursing, and employers
   g. Inquiries to source persons by telephone or letter

9. Do work-study programs.
   a. High schools with employers
   b. High schools with schools of nursing
   c. Schools of nursing with employers
   d. Cooperative education ing Students

Source: Author.

Another part of the strategic recruitment plan is to examine the needs of the workplace. In other words, the employer needs to know what talent and skills the job will require. Additionally, there should be written job descriptions for every position that reflect reality. There should be no hidden duties or assignments. Nurses in today's job market also consider availability of support staff when considering an employer. Healthcare facilities that protect the professional staff through the use of ancillary personnel to accomplish nonnursing functions are attractive to the potential nurse employee.[8]

Training and learning are no longer a benefit—they are an expectation. Today's nursing workforce expect more than just technical competence; they have been educated to insist on continuing education that will aid in their professional development. Nursing leadership must commit to the investment. Additionally, the facility must provide up-to-date technology. The best employees expect the best tools.

Today's healthcare employers must be willing to offer the nurse the opportunity for work–life balance. One of the reasons many children of nurses shun the profession is the absence of work–life balance they witnessed while growing up. Today's nurses are no longer willing to work the long arduous work schedules that once dictated the lives of their professional predecessors. The successful employer who recognizes that nurses need time to rejuvenate will not only recruit but will maintain a healthy nursing workforce.

Finally, there must be room for advancement or bright nurses will not stay. The facility that is serious about recruiting will develop mechanisms that provide clear passageways for advancement. One example is the use of career ladders and clinical advancement programs. There are no magic formulas for recruiting nurses; a sound recruitment plan will clearly differentiate one healthcare facility from another and make it a strong contender in the fight for today's most talented nurses.

Nurse Recruiter

Critically important to the nursing organization is the nurse recruiter. The nurse recruiter is the person who is responsible for identifying and screening/evaluating qualified candidates for an open position within the organization. The recruiter generally works closely with the nurse executive to determine which candidates are best suited for open positions. Nurse recruiters are expected to have knowledge of health care and its practices, policies, environment, and culture. Additionally, the nurse recruiter must be familiar with federal, state, and local hiring laws.

A good nurse recruiter is an experienced interviewer and uses an array of interviewing techniques. Recruiters need outstanding sales and communication skills because many times they serve as the facilities' representative. Frequently, the nurse recruiter must "sell" the healthcare facility's career opportunities to applicants. The nurse recruiter must possess a strong ability to build internal and external relationships with multiple customers.

One function of the nurse recruiter is the development of an organizational recruitment plan. In many organizations, the nurse recruiter works closely with the leadership to create a formal nurse recruitment plan. The plan for workforce recruitment is influenced by factors such as structural reorganization, turnover and retention, and vacant positions. There are six steps of a formal recruitment plan:[9]

1. Gathering a database through situational scanning, forecasting, and variance audits comparing demand with supply data
2. Setting objectives
3. Designing strategies to accomplish the objectives
4. Establishing the annual nurse recruitment budget
5. Implementing the strategies through operational plans
6. Evaluating and using feedback to take corrective action

Marketing

An organization that is perceived to be the "employer of choice" retains its employees and is more capable of replacing its losses than are less sought-after employers. A variety of recruitment methods may be used for communicating nursing vacancies and when choosing a specific way to reach potential employees. Some popular options are internal job postings; newspaper, radio, and television advertisements; trade magazine advertisements; Internet job sites; college campus interviews; and current employee referrals. The choice of which option to use depends on the number of positions to be filled and the cost of each recruitment method.

In considering marketing and recruiting materials, it is important to remember that image matters. Recruitment brochures, pamphlets, and written material should be enticing and provide the applicant with a desire to work for the organization. Web sites, specifically, should be professionally designed and easy to navigate. Efforts should be directed toward providing the potential applicant with information that directly influences their intention to pursue employment.[10]

Some recruiting experts recommend a marketing approach to recruitment of nurses. Such an approach focuses on the nurse as the consumer of employment. **Figure 8-2** presents a scheme for a marketing survey for recruiting and retaining nurses that includes some of these ideas. The marketing plan determines what needs to be done to sell employment to prospective professional nurses. Data are analyzed, objectives set and evaluated, and a plan made and promoted.[11]

FIGURE 8-2   Criteria for Developing an Effective Nurse Recruitment Advertisement

1. Target the population.
2. Catch the reader's attention.
3. Consider a picture that depicts a professional nurse in action, the kind of action nurses say they want.
4. List several factors that attract nurses:
   a. Opportunity for self-fulfillment
   b. Knowledge of helping others
   c. Educational loan repayment
   d. Professional development opportunities
   e. Fellowship with colleagues
   f. Competitive salaries
   g. Low nurse-to-patient ratios
   h. Self scheduling/flexible scheduling
   i. Promotion opportunities
   j. Chance to be a leader
   k. Adequate support systems
   l. Magnet recognition
   m. Structured Residency programs
   n. Shared governance
5. Involve clinical nurses in developing the advertisement.
6. Test the advertisement on the clinical nurse staff.
7. Run the ad in nursing journals that are read by the target population.
8. Establish a website.

9. Provide for telephone and email replies from applicants.
   a. toll free telephone number
   b. Specific email address
10. Provide for effective telephone and email replies to be returned from the organization.
    a. The phone should be answered with positive responses that elicit interviews. Clinical nurses making immediate follow-up calls to prospective applicants can be effective.
    b. Effective packages of recruitment materials mailed to prospective applicants. (Depict and detail factors listed under number 4.)
11. Arrange for interview, including a visit to the organization.
    a. Contact person and sponsor
    b. Travel reimbursement
    c. Paid room and meals
    d. Interviews with person doing hiring; personnel specialists, including recruiter; and clinical nurses
12. Make a follow-up offer in writing.
13. Evaluate the effectiveness of the advertisement
    a. How many contacts were received
    b. How many contacts resulted in hiring

Source: Author.

Interview

Thompson defines an interview as "an equal level, face-to-face discussion between a job seeker and a person with full authority to fill the position under discussion."[12] Nurses, as the job seekers, want a face-to-face discussion with the person who has hiring authority. They may be considering several jobs, having narrowed the field down to those that specifically fit their career goals.

The nurse recruiter or a human resources specialist will compile a personnel file that contains a completed application form, a resume or curriculum vitae, references, and any documents that are required by policy or law, such as a current, valid license to practice nursing and school transcripts. The interviewer should prepare for the interview by reading the information in the applicant's file. The interviewer should make notes of questions to ask the applicant about the information contained in the file. Adequate time should be set aside for the interview, which should take place in a private office where there will be no interruptions. An interview guide is helpful in conducting an interview satisfactorily to both the nurse manager and the applicant (**Figure 8-3**).

All candidates for nurse jobs should be treated as professionals. It is illegal to ask them certain questions, such as those listed in **Figure 8-4**. Information about age and date of birth that may be necessary for insurance or other benefits can be obtained after the candidate is hired. Also, consider that many candidates have questions. When complete information cannot be given, the interviewer should make a note, get the information, and communicate it to the candidate as quickly as possible. **Figure 8-5** lists questions that candidates may ask and that the interviewer should be prepared to answer. Eye contact, rapport, and follow-up after the interview are important strategies to incorporate into the interview process. **Figure 8-6** outlines the nurse executive's responsibilities as well as those of the candidate.

FIGURE 8-3   Interview Guide

Candidate:

Date and time of interview:

1. Arrange seating.
2. Make introductions and establish rapport.
3. Ask prepared questions.
   a. Tell me about yourself.
   b. What is your present job?
   c. What are your three most outstanding accomplishments?
   d. What is the extent of your formal education?
   e. What three things are most important to you in your job?
   f. What is your strongest qualification for this job?
   g. What other jobs have you held in this or a similar field?
   h. What were your responsibilities?
   i. Do you mind irregular working hours? Explain.
   j. Would you be willing to relocate? To travel?
   k. What minimum salary are you willing to accept?
   l. Ask about any gaps in the work history on provided resume.
4. Answer candidate's questions.
5. Note the following: Candidate was
   a. On time
   b. Well dressed
   c. Well mannered
   d. Positive about self
6. Maintain eye contact.
7. Note candidate's personal values.
8. Close the interview.
   a. Make an offer
   b. Obtain acceptance
   c. Set timetable for making offer or receiving response to offer

Source: Author.

FIGURE 8-4 Illegal Questions

Employment interviewers are forbidden by law to ask the following questions:

1. Age
2. Date of birth
3. The length of time residing at present address
4. Previous address
5. Religion; church attended; spiritual adviser's name
6. Father's surname
7. Maiden name (of women)
8. Marital status
9. Residence mates
10. Number and ages of children; who will care for them while applicant works
11. Transportation to work, unless a car is a job requirement
12. Residence of spouse or parent
13. Whether residence is owned or rented
14. Name of bank; information on outstanding loans
15. Whether wages were ever garnished
16. Whether bankruptcy was ever declared
17. Whether ever arrested
18. Hobbies, off-duty interests, clubs

Source: Author.

Assessment Center Process

Hiring is an investment in the right and best-qualified person. Interviewing techniques are often cursory and do not result in hiring the right person. Assessment center techniques should be considered for the hiring of nursing professionals. Del Bueno, Weeks, and Brown-Stewart define the assessment center as "a comprehensive, standardized process by which multiple sampling techniques are used to determine an individual's actual or potential ability to perform skills and activities vital to success on the job."[13]

The assessment center process pools information from various sources. It may also be used to plan orientation programs, for promotions, and for placement in clinical and career ladders. The following are some other characteristics of the assessment center process:

1. Assessment center process exercises are developed to measure job dimensions.
2. Assessors are selected and specifically trained to rate the candidates.
3. Each candidate is assessed by at least two persons.
4. Reliability and validity of assessment centers are high.
5. The process is job specific.
6. The process is equitable to minorities and women.
7. The process has self-development value for participants.
8. The process is expensive and may favor conformists.
9. The process diminishes the risk of hiring or promoting inappropriate candidates.
10. The process is stressful, time-consuming, and tiring for assessors; it favors outsiders.

In a similar process, a master interview tool may be developed that categorizes content such as documented clinical and administrative expertise, research, education, and other significant factors. In this method, points are assigned according to the weight of each rating category for various positions. A pool of interview questions is developed to determine the applicant's ability to communicate, organize thoughts, solve problems, and relate to others; to assess the applicant's knowledge, philosophy, experience, and personality traits; and to reveal the applicant's frame of reference, level of expectation,

---

FIGURE 8-5 Candidate's Questions and Interviewing Tips

1. How much job security does this job have?
2. What previous experience does this type of job require?
3. What is the future of this type of job?
4. What is the growth potential for this particular job?
5. Where will the most significant growth for this type of job in the healthcare industry occur?
6. What is the starting salary for this job?
7. How do pay raises occur?
8. How does one find out when other job openings occur?
9. What are the fringe benefits of this job?
10. What are the requirements for working shifts and weekends?
11. What is the floating policy?
12. What are the opportunities for continuing education?
13. What are the opportunities for promotion?
14. What child-care facilities are available?
15. What are the staffing and scheduling policies?

Tips

1. Keep the atmosphere positive, pleasant, and businesslike.
2. Focus on the essential goals.
3. Provide answers in a brief, factual, and friendly manner; use a soft and clear tone of voice; maintain a relaxed posture; and keep hands still.
4. Do not attempt to bluff answers to questions.
5. Review information sent to you before the interview.
6. Be prepared for questions related to personal philosophy and style, community relations, professional goals, clinical and administrative style, decision-making ability, flexibility in working with diverse groups, fiscal issues, personnel management, and group relationships.
7. Avoid controversial issues of religion, abortion, and politics; do not discuss confidential matters.

Source: Author.

---

attitudes, feelings, and management style. Interview panels consist of three members, the chair being appointed by the chief nurse executive. The tool is claimed to have fairly high interrater reliability, to decrease interview time, and to assist in selecting the most qualified applicant.[14]

Search Committee

A search committee is a group of individuals who serve as representatives of the employing agency and who participate in application screening, interviewing, and selecting the top job candidate(s). Many jobs that entail great responsibility in the organization result in the appointment of a search committee. The objective is to obtain input into the hiring process from the people who will be affected by the appointment. Such committees are widely used in higher education. The following is an outline of search committee procedures:[15]

1. A search committee is appointed by the chief executive officer with input from the population to be affected.
2. A chair is appointed by administration or elected by the search committee to serve as the liaison between the two.

FIGURE 8-6 What Happens During An Interview?

The Hiring Executive	The Candidate
1. Gives accurate information about job and institution.	1. Gives information about self.
2. Assesses the competencies the candidate possesses in relation to the job opening.	2. Assesses the opportunity for developing and using competencies on the job.
3. Evaluates the candidate's personal characteristics in relation to the staff members with whom candidate will work (fit to staff).	3. Assesses ability to relate to the employees with whom candidate will work.
4. Assesses candidate's potential to move organization toward its goals.	4. Assesses potential for achieving personal career goals.
5. Assesses candidate's enthusiasm and state of health.	5. Assesses the institution's climate and the morale of the employees.
6. Forms impressions about candidate based on behavior, appearance, ability to communicate, confidence, intelligence, personality.	6. Assesses opportunities for promotion and success.
7. Assesses candidate's ability to do the job.	7. Assesses own ability to do the job.
8. Determines facts about candidate.	8. Determines facts about the organization and working conditions.

Source: Author.

FIGURE 8-7 Preparatory Questions for Search Committee

1. What style of management do you follow?
2. What are your personal weaknesses and strengths?
3. What are your perceptions of the role the person in this job will perform?
4. How can this organization benefit your career?
5. What are your ideas of what the relationship should be between nurses and physicians?
6. What job in nursing would you like most to have?
7. What do you view as the role of nursing in this organization?
8. What do you view as the role of nursing in the community?
9. What do you think of collective bargaining?
10. How would you go about determining that your department operates efficiently and effectively?
11. Why should I (we) hire you?
12. How would you go about meeting the goals of the organization?
13. How would your family adapt to this area?
14. What are your career goals?

Source: Author.

3. The search committee's responsibilities are clearly laid out by policy or by the committee itself. Most committees recruit, screen, interview, and recommend applicants. Administrators generally make final decisions about appointments.

4. The search committee usually agrees at the outset to maintain all information about applicants confidential. It will not discuss any individual candidate outside the committee, except in general terms of progress reports to staff or faculty.

5. The search committee selects and implements a strategy for recruiting candidates.

6. Applications are screened after references and credentials have been obtained.

7. Applicants are scheduled for interviews and visits to the institution. **Figure 8-7** contains a list of possible search committee interview questions.

8. Once all applicants have been interviewed, the committee analyzes the information and ranks the candidates.

9. A list of recommended applicants is sent to the chief executive officer.

10. The chief executive officer invites an applicant for a return visit and decides whether to make a job offer.

SELECTING AND ASSIGNING

Selecting

The consequences of poor hiring will be exaggerated in the coming years as the nursing shortage continues to grow. Furthermore, it will be more difficult and more expensive to replace nurses. As a result, healthcare organizations that make more hiring "mistakes" will have a multitude of critical negative consequences to address. There are specific steps the healthcare organization can take to help nurse executives and managers improve their ability to make better hiring decisions. These include training the nurse leader in appropriate hiring skills.

The importance of management training cannot be stressed enough. To increase the likelihood of making better hiring decisions, organizations must provide training for all managers. Although the human resource department in larger organizations generally partners with managers and takes the lead in screening many job candidates, the line managers still play a big role in the hiring process and almost always make the final decision.

Although the mechanics of the hiring process are important, soft skills development is equally important. These might include general interpersonal skills, communication, etiquette, and even the legal dos and don'ts of interviewing.

The organization must place an emphasis on good hiring. This can be achieved, in part, by including hiring effectiveness on the nurse leader's performance appraisal. With so many responsibilities pulling nurse executives in different directions, those job duties that are included on the performance appraisal are likely to be higher priorities. It communicates to nurse managers that it is an important organizational objective and deserves their attention.

A critical mistake occurs when the nurse leader "passes," or fails to hire a talented individual just because a few technical skills are missing. The manager must exercise judgment to ensure the "missing" skills are not essential for the effective performance of the current job and can, indeed, be acquired in a reasonable period of time. There is a fine line between hiring a marginal employee and hiring a talented employee with the untapped potential to be a star performer. One can drag the organization down and the other can contribute immensely to the company's successful performance.

The ability to hire top talent should be an integral responsibility of every manager. After all, it directly affects the manager's own success (and, ultimately, the organization's as well). It has been said that one is only as good as the people who surround them.

Assigning

During the initial assignment period the new nurse is oriented to the job description. Candidates should have a choice of the possible units to which they will be assigned. However, there are times when a requested job assignment is not available or a position is not open. For example, where can a candidate who wants to work in the operating room be assigned when no vacancies exist in this area? In this situation, the candidate can be offered a choice of vacant positions in a clinical area that may be similar, such as a postoperative surgical unit. Also, the employer may consider contracting with the employee with a promise to transfer to a vacated position when one becomes available. However, it is unethical and poor practice for the employer to make a promise that he or she cannot fulfill. Such practices result in mistrust and ultimately a poor reputation among the staff.

It is imperative that new employees not be surprised by their assignments on the first day of working a new job. When assignment policies are fair, reasonable, and acceptable, candidates start work with a positive attitude. Thorough orientation is essential to ensure competency, job satisfaction, and high productivity in the particular assignments the nurse is accepting.

RETENTION

The retention of competent professional nurses in jobs is a major problem of the U.S. healthcare industry, particularly for hospitals and long-term care facilities. Most Americans change jobs about 15 times by the age of 35, and nurses are no exception. Nurses change and achieve major career goals four or five times in their lifetime, including changing their specialty or the role they play in the profession.[16] However, it is clearly recognized that a wise strategy for nurse executives is to focus on making internal improvements rather than worrying needlessly about external labor market conditions that are outside of management control.

It is far better to retain nurses than to recruit them; the advantages include cost benefits, high morale, and high-quality care. One study indicated that nurses stayed in their jobs when they received peer support, participated in a professional practice model, received tuition reimbursement, and had input into decision making; when communication was open; and when medical staff was supportive.[17] Nurse executives are advised to incorporate the American Nurses Association RN Bill of Rights as part of the organization's nurse retention policies (**Figure 8-8**).

Turnover

According to a study by Aiken and colleagues, more than 40% of nurses working in hospitals reported being dissatisfied with their jobs. The study indicates that one of every three hospital nurses under the age of 30 is planning to leave his or her current job in the next year.[18] In 2007 a report released by the Price Waterhouse Coopers' Health Research Institute found that though the average nurse turnover rate in hospitals was 8.4%, the average voluntary turnover for first-year nurses was 27.1%.[19]

Job Expectations and Satisfaction

There is little doubt that the high turnover rate in nursing is a result of job dissatisfaction. Multiple studies have examined the determinants of turnover within nursing with inconclusive findings. However, it appears that organizational climate/culture is an important determinant of "intent to leave" among nurses.[21] Higher wages do not reduce intent to leave, and increased pay alone without attention to organizational climate is unlikely to reduce nurse turnover.

FIGURE 8-8   American Nurses Association's Bill of Rights for Registered Nurses

All registered nurses have

1. The right to practice in a manner that fulfills their obligations to society and to those who receive nursing care.

2. The right to practice in environments that allow them to act in accordance with professional standards and legally authorized scopes of practice.

3. The right to a work environment that supports and facilitates ethical practice, in accordance with the Code of Ethics for Nurses and its interpretive statements.

4. The right to freely and openly advocate for themselves and their patients, without fear of retribution.

5. The right to fair compensation for their work, consistent with their knowledge, experience, and professional responsibilities.

6. The right to a work environment that is safe for themselves and their patients.

7. The right to negotiate the conditions of their employment, either as individuals or collectively, in all practice settings.

Source: Copyright © American Nurses Association. Reprinted with permission.

There is a direct correlation in retaining nurses and the leadership skills of the nurse manager. Skills that enhance nurse retention include transformation leadership style, extroverted personality traits, fostering of nurse empowerment, autonomy, and group cohesion.

For nurses, the lack of recognition or lack of advancement opportunities is also a likely reason to leave a job. It is too easy for nursing leaders to blame a lack of monetary compensation for nurse turnover, when in reality it is poor management and poor human relations. Nurses must feel valued and believe they make a difference in the organization. Nursing leaders must recognize and incorporate strategies to foster a culture where the nurse is valued for their contribution. Implementing interventions aimed at creating positive work environments is one of the most effective strategies to reduce nurse turnover.

---

www Evidence-Based Practice 8-3

In a comprehensive report initiated by the Agency for Healthcare Research and Quality in 2007, the authors found that the shortage of registered nurses, in combination with an increased workload, poses a potential threat to the quality of care. Additional analysis has found that every 1% increase in nurse turnover costs a hospital about $300,000 a year. Furthermore, hospitals that perform poorly in nurse retention spend, on average, $3.6 million more than those with high retention rates. Considering these studies, it is apparent that nurse turnover is a monumental problem that not only affects the quality of patient care but also the costs of care.[20]

Retention Strategies

Nurses leave an organization because they believe their nursing work is not adequately valued and they are not able to provide the level of care they know patients deserve. Many healthcare organizations have initiated interventions to decrease nurse turnover and create positive work environments that will satisfy nurses. Below are a few examples of nurse retention strategies.

Nurse Retention Coordinator

Indiana University Hospital developed a model with a designated full-time nurse retention coordinator. The duties of the coordinator include conducting exit/transfer interviews with nurses, holding one-to-one retention discussions, and leading unit interviews. The coordinator tackles such problems as schedule negotiation, employee reassignment, conflict resolution, and referring nurses for help with stress and burnout. The nurse retention coordinator also conducts educational sessions on team building and recognition of cultural and generational differences.[22]

Management Education

Worried by the severe shortage of nurses, one healthcare facility in Tennessee developed an action plan to educate nurse leaders in strategies to retain the nursing workforce. This facility based their intervention on the belief that nurse retention is directly related to the abilities of the nurse leaders in the organization. This hospital system tackled their retention problems by strengthening the nurse leadership through classroom and online instruction, external consultation with management experts, and an assessment of each manager's abilities for coaching and developing employees.[23]

Retaining the Older Worker

With a critical nursing shortage on the horizon, it is very important to keep older, experienced nurses in the workforce longer. To do this, several strategies may be used to keep the older nurse employed. One facility recognized that older nurses must be satisfied with their jobs and feel "job embeddedness," which includes feeling linked to the people and the institution. Some ways that increase embeddedness in older workers include offering flexible scheduling, providing mentoring opportunities, and allowing the older employee to represent the institution within the community.[24]

For some older nurses, the need to care for ailing parents or a spouse may cause them to exit the workforce. Some healthcare facilities consider offering "elder day care" to keep the senior nurse on the job. Other desired job attributes of older nurses include coworker support, teamwork, retirement benefits, adequate equipment, healthcare benefits, open door policy, respect from physicians, job security, shift of choice, paid time off, respect from administration, and educational opportunities. If healthcare organizations are to keep the most experienced nurses, nurse leaders must consider these attributes as necessities rather than fringe benefits. The loss of the most experienced nurses will no doubt affect the quality of care and have major effects on the organization.

Career Planning

Employees tend to stay longer in an organization where they are experiencing personal and professional growth. Employers who share their vision for the organization, including the growth plan, foster a climate of organizational connectedness and reduce intent to leave. When an employee feels challenged and cared for, he or she will more likely stay longer on the job. Nurse leaders must learn ways to assist professional nurses to achieve career satisfaction if they are to retain the workforce. To be successful in their careers, professional nurses need a sense of personal fulfillment and job significance.

Career Ladders and Career Development Programs

The career ladder is used to denote vertical job promotion. In business and human resources management, the ladder typically describes the progression from entry-level positions to higher levels of pay, skill, responsibility, or authority. Moving up the career ladder should be a function of three factors: time, performance, and skill set attainment. Advancing in the career development program should not be so easy that it becomes automatic simply by employment longevity. Most experts agree that employees should demonstrate a commitment to the organization before being considered for advancement within the career ladder. An employee should "put in" a designated amount of time before being eligible to climb to the next level of a career ladder.[25]

A good employee development program must be based on performance over an extended period of time. Documentation typically includes the annual performance appraisal and more informal items, such as written commendations for outstanding service.

Continuing education is a critical component in an effective employee development program and career ladder. To climb the career ladder, the employee should participate in a specified amount of continuing education. This education can be in the form of advanced college credits or merely continuing education units acquired through workshops or seminars related to the nurse's area of expertise, thus enhancing the existing skill set.

Properly administered, a career ladder should result in a win–win situation for both employers and employees. By using career ladders the nurse may receive recognition, corresponding salary increases, or increased prestige. With career ladders, the organization benefits from a more stable, better educated workforce.

However, there is one caveat the nurse executive should consider with the implementation of career ladders. Not every nurse will participate in career ladder advancement. Some employees are comfortable, and function well, at a lower level of responsibility and still meet the requirements of the job. Advancement on the career ladder should never be mandatory.

A clinical career ladder should do the following:

1. Improve the quality of patient care.
2. Motivate staff in the following areas:
   a. Job proficiency and expertise, that is, motivate nurses to reach their highest level of professional competence.
   b. Pursuit of education, which is an important factor in mobility.
   c. Development of career goals.
3. Provide methods of objective and measurable performance evaluation, and reward clinical competence for the purpose of advancement.
4. Promote retention within the clinical area and reduce the turnover rate.[26]

Performance criteria in any clinical ladder system should be clearly differentiated and specific at each level. The evaluation process must be measurable, and salary differentials must be significant enough to provide motivation. Any system should involve evaluation of educational and leadership criteria as well as skill performance. **Figure 8-9** is an example of a basic clinical ladder model.

Job Variety and Job Sharing

Rotating employees through different jobs has many advantages, such as keeping employees stimulated and productive and eliminating boredom and burnout. It also lets the employee gain other useful skills, which can increase organizational productivity. Job rotation can be used for entry-level employees as well as employees with more work experience. It could even be used for employees nearing retirement by allowing them to teach newer employees valuable knowledge useful within the company.

FIGURE 8-9   Basic Clinical Ladder Model

A. Clinical/Staff Nurse I (beginner/novice)
  1. Experience and Education
    Current state licensure with less than one year of experience.
  2. Description
    a. Needs close supervision.
    b. Performs basic nursing skills/routine patient care.
    c. Begins to develop patient assessment skills/communication skills.

B. Clinical/Staff Nurse II (advanced beginner)
  1. Experience and Education
    a. Current state licensure with more than 1 year of experience.
    b. BSN with more than 6 months of experience.
    c. MSN without experience.
  2. Description
    a. Demonstrates adequate/acceptable performance.
    b. Can differentiate importance of situations and set priorities.
    c. Requires less supervision.
    d. Demonstrates interest in continuing education.

C. Clinical/Staff Nurse III (competent)
  1. Experience and Education
    a. Current licensure with 2 or more years of experience.
    b. BSN with more than 1 year of experience.
    c. MSN with more than 6 months of experience.
  2. Description
    a. Demonstrates unsupervised competency using the nursing process.
    b. Is able to plan and organize in terms of short-range and long-range goals.

c. Demonstrates direction in actions.
d. Accepts leadership responsibility readily.
e. Demonstrates well-developed communication skills.
f. Shares ideas and knowledge with peers.

D. Clinical/Staff Nurse IV (proficient)
  1. Experience and Education
    a. Current licensure with 3 years of clinical experience and pursuit of BSN.
    b. BSN with more than 2 years of experience.
    c. MSN with more than 1 year of experience.
  2. Description
    a. Demonstrates specialized knowledge and skills.
    b. Continues professional education.
    c. Assumes leadership/supervisory responsibility.
    d. Recognizes and adjusts to situations that vary from the norm.
    e. Delegates responsibility appropriately; uses wide range of alternatives in solving problems.

E. Clinical/Staff Nurse V (expert)
  1. Experience and Education
    a. MSN with more than 2 years of appropriate clinical experience.
    b. BSN required with more than 3 years of experience; pursuing MSN.
  2. Description
    a. Demonstrates expertise in clinical practice.
    b. Assumes/delegates personnel and management responsibility.

Source: Author.

Job rotation can be tailored to fit the organization by rotating employees through special projects, partial week rotations, internships, or temporary assignments. The outcome of a properly run job rotation program includes retaining, motivating, and educating employees.

However, the nurse executive should not confuse job rotation programs with shift reassignment (pulling) to another unit. The chronic reassignment of nursing personnel to cover vacancies is always viewed as a negative to nurses and has been the cause of a great deal of disgruntlement. One sure way to negate any positive recruitment and retention efforts is to allow perpetual shift reassignment within the healthcare agency.

Another option for nursing is job sharing, that is, two persons filling one full-time equivalent job at a ratio of work agreed on by them. This option is convenient for nurses who want and can afford to work part time and need the personal time off. Less acceptable to nurses has been mandatory sharing of work in organizations in which technology and restructuring have reduced the amount of available labor for pay.[27]

HUMAN RESOURCE DEVELOPMENT

Human resource development (HRD) is the process by which corporate management stimulates the motivation of employees to perform productively. HRD provides the stimuli that motivate nursing personnel to provide nursing care services to clients at quality and quantity standards that keep the healthcare organization reputable and financially solvent, the nurses satisfied with their professional accomplishments and quality of work life, and the clients treated successfully.[28]

In HRD, people grow and prosper from learning to use the skills of problem solving, logic, inquiry, critical thinking, and decision making. HRD is a lifelong process. It is also a process of helping and sharing that leads to competence and satisfaction with both the process and outcomes. The HRD process facilitates self-direction, self-discipline, focus on immediate problems, and satisfaction related to employee participation in problem solving and decision making.[29]

Nurse executives and managers in today's workforce must be knowledgeable in developing the most precious resource—the nursing staff. HRD encompasses many concepts, including problem solving, decision making, leadership, motivation, and communication. In nursing, HRD should be a proactive program and part of strategic planning.

Healthcare organization administrators have discovered that efficiency and effectiveness are byproducts of formalized human development programs. Programs that facilitate human relationships, reliability, initiative, autonomy, and talents promote trust, reduce stress, and facilitate communication.

Empowerment and Autonomy

Empowerment of professional nurses can go a long way in developing employee autonomy and accountability. To increase the level of nurse accountability and autonomy, the leadership needs to increase the level of employee empowerment in the organization. Nurse executives must understand that the level of nurse autonomy and accountability seldom increase without leadership making efforts to increase the level of empowerment first.

To increase empowerment and thus nurse accountability, a program that starts with the executive leadership and then moves to management training and supervisor training is needed. Only when the leaders, managers, and supervisors have a common understanding for employee empowerment is it likely that the level of employee autonomy will increase. Then, the next logical step is to educate employees who may need training in problem-solving skills.[30]

People want to be successful, perform well, learn new skills, and be involved in decisions about their work. Managers who support the professional autonomy of nurses support empowerment of this group. Through empowerment, professional nurses gain a sense of control and are capable of using their own strength and power to solve workplace problems. Empowerment is therapeutic and spiritual; it is healthy for both employees and the organization.[31]

Self-Awareness and Lifelong Learning

HRD is aimed at developing the employee to his or her optimal level of performance. One goal of HRD is the development of a self-reliant learner who remains a knowledgeable and skilled worker in the future. Humans are learning machines. We are most alive and functioning closest to our potential when we are learning, adapting, adjusting, and finding new ways, approaches, and techniques to improve our lives (or the lives of others) in some way.

The nurse executive should encourage self-awareness and lifelong learning among all levels of the staff. It is through HRD activities that employees think about what they are experiencing in one part of their work life and how it relates to and connects with challenges, problems, opportunities, and situations that occur in other parts. Effective HRD helps employees to realize that they must be willing to adapt and change if they want to grow. Successful HRD programs are attained through mentoring of the leaders, support from staff development professionals, and the use of adult education theory to accomplish these goals.

Andragogy and HRD

Developed as a leading educational theory, andragogy was popularized by Malcolm Knowles as one central consideration in educating the adult learner. Andragogy is the process of engaging adult learners in the structure of the learning experience. Knowles' theory can be stated as four simple postulates:[32]

1. Adults need to be involved in the planning and evaluation of their instruction (self-concept and motivation to learn).
2. Experience (including mistakes) provides the basis for learning activities (experience).
3. Adults are most interested in learning subjects that have immediate relevance to their job or personal life (readiness to learn).
4. Adult learning is problem centered rather than content oriented (orientation to learning).

In HRD, learners are adults, and educational programs are based on theories of adult education. Nursing leaders who strive to promote HRD within an organization should consider principles of adult learning. A healthy environment must be established that allows adults to participate in making decisions that affect their work lives. HRD embraces the adult learner and assumes that education enriches one's life and promotes better employees.

Job Promotion and Advancement

A promotion is the advancement of rank or position in an organizational hierarchy system. Promotion may be an employee's reward for good performance. A promotion is when an employee is moved into a job with greater scope and responsibility than his or her current job. Promotions in and of themselves do not mean a monetary increase in salary. But in general, organizations adjust salaries with promotions when the monetary value of the new job is higher than the value of the job the incumbent currently holds. Before a company promotes an employee to a particular position, it ensures that the person is trained to handle the added responsibilities. This is marked by job enrichment and various training activities.

One way for nurse managers to ensure that all professional nurses have promotion opportunities is to develop a promotion system that indicates all promotion categories within the organization. Nurse managers should develop specific promotion policies with input from all categories of professional nurses and the human resource department. These policies should include the following:[33]

1. All vacant positions should be posted even if change in pay and rank does not occur.
2. Promotion rosters should be prepared that rank all candidates by education, experience, and performance with the best-qualified candidate at the top of the list.
3. Applicant interviews should be based on a set of established criteria.
4. The best-qualified candidates should be selected for promotion.
5. Unsuccessful candidates should be notified of the selection decision and individually counseled.
6. The promotion should be announced to appropriate employees within the organization.

Darling and McGrath write that some nurses may experience psychological trauma when moving upward from clinical to managerial positions. The newly promoted individual often is unaware of the transition process involved in a promotion, including the fact that social and professional ties are affected with other clinical nurses. Newly promoted individuals frequently take on more responsibilities and burdens and soon feel isolated and alone. To prevent or minimize anxiety associated with promotion, a transition program should include clear role descriptions and expectations, clear job descriptions, and classes in role transition strategies.[34]

Job Termination

Managers report that terminating employees is the job they most hate to do. Sometimes, however, terminating a staff person's employment is the best step to take for the organization. Sometimes terminating a person's employment is the kindest action the nursing leader can take for the person. In some circumstances, firing an employee is an immediate necessity for the safety and well-being of patients or other staff.

When terminating a worker, employers must take care to follow specific legal guidelines. By adhering to the necessary procedures, an employer can ensure that he or she avoids any legal entanglements and that the difficult situation is handled as smoothly as possible. Employees cannot be terminated at will. They are protected by public policy set forth in the National Labor Relations Act, the Civil Rights Act of 1964, the Age Discrimination in Employment Act, the Vocational Rehabilitation Act, and the Occupational Safety and Health Act. The legalities concerning job termination can be complicated and require the sage advice of a human resource specialist or legal counsel.[35]

In most cases, employees should be terminated only after all efforts to retain them have been exhausted. Disciplinary action should be progressive, moving from verbal conference, to written warning, to suspension, to discharge. Progressive disciplinary steps should be clearly defined by written policies and procedures.

Firing an employee is an unpleasant job. There are three major reasons for job termination: termination for cause, termination for poor performance, and job layoff.

Termination for Cause

One major reason for firing an employee is termination for cause. Included in this category are such actions as stealing from the organization or threatening another employee. In healthcare organizations, the endangerment of patients is another factor that warrants immediate termination. This type of termination occurs quickly because it is important to remove the problem employee from the workplace. Termination for cause is the easiest for the employer compared with other types of termination because the employee to be fired has committed a blatant offense.

Poor Performance

Most frequently, employees are fired because of poor work performance. This occurs when an employee performs poorly on the job consistently for some period of time. Employees fired for this reason are not entirely surprised. This is because a great deal of documentation, communication, and reevaluation is involved in making the decision to terminate employment because of poor performance.

The first time employees may be informed of a problem with their performance is at the employee evaluation. When an employee is given a poor evaluation, the supervisor should offer counseling so that the problem may be corrected. Often, this nudge in the right direction is sufficient to correct the employee's errors. If an employee's performance does not improve with counseling, more steps must be taken to ensure that the employee has the opportunity to improve. The worker should receive a written document, explaining all deficiencies. It is important to thoroughly document both the offenses committed by the employee and steps taken to improve performance.

After counseling the employee and documenting the work-related problems, the employer should reevaluate the employee to ascertain the level of improvement. If all these steps are taken and there is little or no improvement in the employee's job performance, termination may be considered. In many cases, however, the struggling employee may realize that this job is not suitable to him or her. At that time, the employee may wish to resign of his or her own accord.

Layoffs

The final reason an employee may be terminated is the layoff. Employees are laid off when budget cuts or a lack of work compel the organization to sever the working relationship with one or more employees. This type of involuntary termination is unique in that the employee is not terminated because of his or her own actions. When considering layoffs it must first be determined that a reduction in staff is the only viable answer for the problem at hand.

Regardless of the reason, before terminating the employment of an individual, the manager must prepare carefully. First, the manager should consult with his or her supervisors. If the termination of the individual is not acceptable to the higher ranking officials in the organization, the manager may not be able to fire that employee. The manager's supervisors should be kept abreast of all actions leading up to the decision to terminate employment.

In the termination process the manager should

- Review all written documents included in the individual's personnel file.
- Plan out and practice what will be said in the exit interview.
- Be able to answer any question the employee might have about the termination.
- Prepare a list of all company belongings that should be returned upon termination, such as keys or equipment.
- Consult legal counsel with questions about termination.
- Bring in a witness for the exit interview.

Document everything related to the employee's dismissal. If the employee takes legal action for unlawful termination, the manager will need a written record of the reason for termination and the exit conference with the employee. In the case of employees terminated for poor job performance, this means having on file all job evaluations, notices of deficiency, and a rough written transcript of what is said in the exit interview.[36]

CULTURAL COMPETENCE

The latest U.S. Census reports that one in every three Americans belongs to a racial/ethnic minority group.[37] Developing respect for cultural diversity is essential for success in the workplace and is the foundation for building intercultural competence. "Culturally competent individuals value diversity and respect individual differences regardless of one's race, religious beliefs, or ethnocultural background."[38]

Culture can be described as the sum total of socially transmitted behavioral patterns, including the arts, beliefs, values, customs, lifeways, and other products of human work and thought of a population of people that focus on their world view and decision making.[39] Just as the expectation is that healthcare professionals are sensitive to the cultural influences of those for whom they care, the nurse administrator must also be culturally sensitive in recruitment, hiring, and retention strategies.

It is important to increase one's cultural awareness and sensitivity, because culture is largely unconscious and can be powerfully influential in communication, decision making, and handling conflict. The following outlines characteristics of cultural competence as described by Pernell and Paulanka.[40] Though these indicators are applied to clients, they may also be applied to healthcare providers.

- Developing an awareness of one's own existence, sensations, thoughts, and environment without letting them have an undue influence on those from other backgrounds
- Demonstrating knowledge and understanding of the client's culture, health-related needs, and culturally specific meanings of health and illness
- Accepting and respecting cultural differences
- Not assuming that the healthcare provider's beliefs and values are the same as the client's
- Resisting judgmental attitudes such as "different is not as good"
- Being open to cultural encounters
- Being comfortable with cultural encounters
- Adapting care (communication, decision making, conflict resolution) to be congruent with the client's culture
- Cultural competence is a conscious process and not necessarily linear.

Becoming culturally competent is a dynamic process between leadership, employees, and customers that requires cultural knowledge and skill development at all service levels, including strategic planning, policymaking, administration, and practice. Cultural competence and strong diversity management will help healthcare organizations effectively draw on talent and intellectual capital and motivate more employees.

GENERATIONAL WORKFORCE DIVERSITY

An emerging challenge for nurse leaders is generational workforce diversity. Generational groups are called *cohorts*. **Table 8-1** presents four cohorts. The *Mature* generation often has a strong support for authority and will readily conform to a situation. *Baby Boomers'* leadership is marked by efficiency,

TABLE 8-1	**Generational Characteristics**		
Matures	**Baby Boomers**	**Generation X**	**Millennials**
Hard work	Personal fulfillment	Uncertainty	What's next?
Duty	Optimism	Personal focus	On my terms
Sacrifice	Crusading causes	Live for today	Just show up
Thriftiness	Buy now/pay later	Save, save, save	Earn to spend
Work fast	Work efficiently	Eliminate the task	Do exactly what's asked

Source: Center for Health Professionals. (2002). *Toward culturally competent care: A tool box for teaching communication strategies.* San Francisco: University of California.

quality, teamwork, and service. *The Xers* enjoy a balanced life and do not look for long-term employment agreements. Finally, the *Millennial* workers "work to live." They will bend rules, are techno adept, multitaskers, and have a positive attitude.

CONFLICT MANAGEMENT IN A DIVERSE WORKFORCE

Dealing with conflict can be particularly challenging in the management of a culturally diverse workforce. Conflict management serves to improve communication, work relationships, and productivity outcomes. Creating a healthy work environment is critical to a culture of quality and safe healthcare delivery systems.

The American Organization of Nurse Executives strongly supports the identification and adoption of evidence-based management practices, which include attention to work redesign. An education and research priority of American Organization of Nurse Executives is creating positive and healthy work environments in nursing and health care. This is a challenge at best, requiring understanding of the organization's culture in handling conflict, costs of conflict, the impact of organizational complexity, barriers to managing conflict, and strategies for effective conflict resolution.[41]

Rapid changes in health care, including dismantling of the traditional structure in healthcare organization, have resulted in an atmosphere of the unknown. Additionally, uncertainties caused by changes in roles and role relationships and uncharted and evolving relationships with new categories of healthcare workers have added to the perplexing work environment. These factors often lead to conflict in the workplace.

Symptoms such as high levels of negativity and passivity; poor leadership; ineffective problem-solving skills; strangled communication flow; volatile emotions, with anger surfacing; difficulty accepting changes; and recruitment and retention difficulties further create conflicting individual and organizational goals.[42]

Conflict relates to feelings, including feelings of neglect, of being viewed as taken for granted, being treated like a servant, not being appreciated, being ignored, being overloaded, and other instances of perceived unfairness. Conflict relates to ignoring an individual's self-esteem and worth. The individual's feelings may build from anger to rage. During these times, overt negative behaviors such as brooding, withdrawing, arguing, instigating unrest among staff, or fighting can be observed. The individual can let feelings and behavior interfere with job performance, resulting in carelessness, mistakes in areas of responsibility, and reduced productivity for the unit of service.

Characteristics of Conflict

The characteristics of a conflict situation are as follows:[43]

- At least two parties (individuals or groups) are involved in some kind of interaction.
- Mutually exclusive goals or mutually exclusive values exist, either in fact or as perceived by the parties involved.
- Interaction is characterized by behavior destined to defeat, reduce, or oppress the opponent or to gain a mutually designated victory.
- The parties face each other with mutually opposing actions and counteractions.
- Each party attempts to create an imbalance or relatively favored position of power vis-à-vis the other.

Conflict in healthcare organizations can be viewed from a structural or political perspective. From the structural perspective, conflict interferes with the accomplishment of organizational purposes. Bolman and Deal note that hierarchical conflict raises the possibility that the lower level of employee, the more likely that management directives may be subverted. Conflict among major partisan groups can undermine an organization's effectiveness and the ability of its leadership to function.[44]

Assessing Conflict

Hawkins and Kratsch describe different aspects of assessing a conflict situation, noting symptoms, underlying issues, and incorrect assumptions that can influence how the problem is defined. How this is handled may facilitate or hinder resolution of the true issue.[45]

Symptoms of conflict may include negative body language such as eye-rolling, turning away, repetition of story or request, disruptive behaviors (throwing objects, slamming doors), avoidance behaviors, turnover, compensation claims, and disability. Underlying needs and interest driving conflict may include needs not being met: resource needs (time, staff, space, information), psychological needs (recognition, respect, control, power, safety), emotional needs (fear, shame, sadness, loss, disappointment, support), and values in conflict (autonomy, dignity, honor, fairness or justice). Labels or inaccurate assumptions can also block resolution and are important to understand in assessing conflict. For example, labels such as "difficult family," "passive-aggressive coworker," "not a team player," "intellectual snob," "bully," "incompetent," and "uncooperative" may get in the way of true understanding of the issue and resolution.[46]

Antecedent Sources of Conflict

Conflict may develop from a number of antecedent sources:[47]

- Incompatible goals
- Distribution of scarce resources, when individuals have high expectations of rewards
- Regulations, when an individual's need for autonomy conflicts with another's need for regulating mechanisms
- Personality traits, attitudes, and behaviors
- Interest in outcomes
- Values
- Roles, when two individuals have equal responsibilities but actual boundaries are unclear, or when they are required to fill simultaneously two or more roles that present inconsistent or contradictory expectations
- Tasks, when outputs of one individual or group become inputs for another individual or group, or outputs are shared by several individuals or groups

Stress and Conflict

Conflict leads to stress, fear, anxiety, and disruption in professional relationships. These conditions can, in turn, increase the potential for conflict. Stressors include having too little responsibility, lack of participation in decision making, lack of managerial support, having to keep up with increasing standards of performance, and coping with rapid technological change.

Confrontations, disagreements, and anger are evidence of stress and conflict. Stress and conflict are caused by poorly expressed relationships among people, including unfilled expectations. Stress in patients leads to iatrogenic ailments, complications, and delayed recovery. It may be created by depression and anxiety. Stressed staff members cannot cope with stressed patients. Stressed staff display inefficiency, job dissatisfaction, and insensitive care.

Families, like patients, can add to stress when they are not managed appropriately. Increased stress for patients and staff members decreases effective use of staff time. These problems increase patient care costs because they increase the length of the illness and decrease nursing efficiency and effectiveness. In the future these patients may go somewhere else for care, whether on their own initiative or the recommendations of physicians, relatives, friends, or acquaintances.[48]

Conflict: Beliefs, Values, and Goals

Incompatible perceptions or activities create conflict. This is particularly evident when nurses hold beliefs, values, and personal goals different from those of nurse managers, physicians, patients, visitors, families, administrators, and so on. Nurses' values may boil over into conflicts related to ethical issues involving do not resuscitate orders, callous statements that belittle human worth, abortion, abuse, acquired immunodeficiency syndrome, and other problems. Personal goals may conflict with organizational goals, particularly with regard to staffing, scheduling, and the climate within which nurses work. Nurses who must violate their personal standards will lash out at the system.

Violating personal standards is demeaning to nurses and causes loss of self-esteem and emotional stress. Nurses must know they are valued and that their beliefs, values, and personal goals are respected. Like other people, nurses act to protect their personal or public image when confronted. They respond in terms of others' expectations of them because they want approval. They will defend their rights and their professional judgments. The ego is easily bruised and becomes a big problem in conflict. Defense becomes more heated when one or both parties to a conflict are uninformed or manipulated. When nurses are not recognized or respected, they feel helpless. They feel hopeless when they are unable to control the situation.[49]

Conflict Management Through Effective Communication

Effective communication is an art that is essential to maintaining a therapeutic environment. It is necessary in accomplishing work and resolving emotional and social issues such as conflict. Supervisors resolve conflict with effective communication. To promote effective communication that resolves conflict, the nurse leader should incorporate the following:[50]

- Teach nursing staff members their role in effective communication.
- Provide factual information to everyone: be inclusive, not exclusive.
- Consider all the aspects of situations: emotions, environmental considerations, and verbal and nonverbal messages.

Active Listening

Active or assertive listening is essential to managing conflict. To be sure that their perceptions are correct, nurse managers can paraphrase what the angry or defiant employee is saying. Paraphrasing clarifies the message for both. Paraphrasing can help cool off the situation because it gives the employee time and the opportunity to hear the supervisor's perceptions of the emotions expressed. Active assertive listening is sometimes called stress listening. Powell suggests these techniques:[51]

1. Do not share anger; it adds to the problem. Remain calm and matter of fact.
2. Respond constructively in both verbal and nonverbal language. Be cheerful but sober. Prevent interruptions. Bring problems into the open. Always be courteous and respectful and maintain eye contact.
3. Ask questions and listen to the answers. Determine the reasons for the anger.
4. Separate fact from opinion, including your own.
5. Do not respond hastily. Plan a response.
6. Consider the employee's perspective first.

7. Help the employee find the solution. Ask questions and listen to responses. Do not be paternalistic.

Resolving Conflict Through Negotiation

Negotiation is probably the most rapidly growing technique for handling conflict. According to Hampton, Summer, and Webber, negotiation includes bargaining power, distributive bargaining, integrative bargaining, and mediation. They are defined as follows:[52]

- Bargaining power: Refers to another person's inducement to agree to your terms
- Distributive bargaining: What either side gains at the expense of the other. Most labor management bargaining falls into this category.
- Integrative bargaining: Negotiators reach a solution that enhances both parties and produces high joint benefits. Each party looks out for its own interests, with the focus shifting to problem solving from reducing demands to expanding the pool of resources.
- Mediation: Mediators attempt to eliminate surrender as a demand. They encourage each party to acknowledge that it has injured the other but is also dependent on the other.

Mediation is a part of negotiation, but it also is a more intense strategy in its own right. The mediator is often brought into the process when the parties are locked in a positional posture. According to Marcus, the mediator must determine whether it is possible to get the parties to talk and to construct an adaptive process that moves them from confrontation, to cooperation, to resolution.[53]

Dubler & Marcus purport that mediation includes "pre-meditation appropriateness, pre-meeting investigation and party buy-in, party meeting, issue clarification, option building, option assessment, movement toward mutually acceptable solutions, and resolution and implementation."[54] In each phase, the mediator simultaneously engages in investigation, empathy, neutrality, managing the interaction, inventiveness, and persuasion. Because mediation is voluntary, either party can suspend or postpone the mediation.

Results of Conflict Resolution

If attention is given to the role of the nurse manager in creating a climate for productive work by nurses, many of the causes of conflict are eliminated. Knowledge and skills related to managing conflict when it occurs are essential to the role of nurse manager.

Conflict can be a constructive and positive source of energy and creativity when properly managed. Otherwise, conflict can cause an environment to become dysfunctional and destructive, draining energy and reducing both personal and organizational effectiveness. It can destroy initiative or creativity. Conflict can cause hostile and disruptive behavior, loss of team spirit, and loss of desire to work toward common goals. It can result in deadlock and stalemate. Managed conflicts do not escalate.[55]

SUMMARY

Nurse leaders are challenged to create work environments that address the needs and respond to the opportunities of a diverse workforce. Effective leaders must move beyond their own cultural frame of reference to promote strong intercultural communication and create cultural synergy in the workplace. They must recognize and take full advantage of the productivity potential inherent in a diverse population. Experts caution organization leaders that developing an effective diversity management strategy is a long, challenging process that cannot be solved simply by attending a few half-day workshops.

Managing a culturally diverse workforce does not happen haphazardly. Instead, it requires a deliberated and proactive approach.

 APPLICATION EXERCISES

The following exercises can be done in groups of students or employees. Form groups of five to eight persons. Select a leader to keep the group moving and a recorder to write the plan or report. Refer to the chapter text for techniques and skills for assessing and managing conflict.

Exercise 8-1

A newly appointed CNO of a small rural hospital is experiencing staffing problems with the registered nurses. She discovers that within the community there are several retired nurses who might consider returning to work on a part-time basis. List strategies that this nurse executive might consider in the recruitment efforts of older nurses.

Exercise 8-2

Consider your present workplace (or a healthcare agency that you are familiar with) and create a list of strategies that would promote work retention of registered nurses. What resources are needed to implement these strategies?

Exercise 8-3

Case Study.   During the P.M. change-of-shift report an RN calls in ill and the staffing office says she cannot be replaced. This leaves only one RN, Mrs. K, for 26 patients. Mrs. K says, "If you do not get another RN for this unit, I am going to quit this job. I will not do it this shift, but I will not put up with this constant shortage of help. I don't care if it is an RN, but I should have people with some skills to get the patients cared for. The reason everyone quits around here is because they are overworked, underpaid, and the hospital management does not give a damn. The place needs to be investigated."

Outline a plan to deal with this conflict. You may use the following format:

1. What is (are) the cause(s) of the conflict?
2. List aims, strategies, and specific skills for resolving the conflict.

Exercise 8-4

Case Study.   A surgeon and a scrub nurse get into an argument during an operation. The surgeon tells the scrub nurse that she is stupid and that he does not want her to scrub for him again. The scrub nurse says she is totally competent but that he expects her to read his mind. She says, "If you don't quit badgering me, I'm going to sue you and this hospital!" The argument escalates into a shouting match.

Outline a plan to deal with this conflict. You may use the following format:

1. What is (are) the cause(s) of the conflict?
2. Assess the dimensions of the conflict.
3. List aims, strategies, and specific skills for resolving the conflict.

Exercise 8-5

Describe a recent instance of a conflict in which you were involved. Was it resolved satisfactorily? Can the group help in finding a better solution? Discuss.

For a full suite of assignments and additional learning activities, use the access code located in the front of your book to visit this exclusive website: http://go.jblearning.com/roussel. If you do not have an access code, you can obtain one at the site.

NOTES

1. Casicio, W. F., & Aquinis, H. (2005). *Applied psychology in human resource management* (6th ed.). Upper Saddle River, NJ: Prentice Hall.

2. Ibid.

3. Benner, P., Sutphen, M., Leonard, V., & Day, L. (2010). *Educating nurses: A call for radical transformation* (1st ed.) San Francisco: Jossey-Bass.

4. Cohen, J. D. (2006). The aging nursing workforce. How to retain experienced nurses. *Journal of Healthcare Management, 51*, 233–245.

5. Health Resources and Services Administration. (2007). *Toward a method for identifying facilities and communities with shortages of nurses.* Summary report. Washington, DC: U.S. Department of Health and Human Services.

6. Degazon, C. E., & Shaw, H. K. (2007). Urban high school students' perceptions of nursing as a career choice. *Journal of National Black Nurses' Association, 18*, 8–13.

7. Hu, J., Herrick, C., & Hodgin, K. A. (2004). Managing the multigenerational nursing team. *Health Care Manager, 23*, 334.

8. Stuenkel, D. L., Nguyen, S., & Cohen, J. (2007). Nurses' perceptions of their work environment. *Journal of Nursing Care Quality, 22*, 337–342.

9. Pattan, J. E. (1992). Developing a nurse recruitment plan. *Journal of Nursing Administration, 2*, 33–39.

10. Costello, D., & Vercler, M. A. (2006). Are your recruitment strategies up to date? *Nursing Homes, 6*(1), 26–34.

11. Flynn, W. J., Mathis, R. L., & Jackson, P. J. (2004). *Healthcare human resource management.* Mason, OH: Thompson.

12. Thompson, M. R. (1975). *Why should I hire you?* (p. 94). New York: Jove Publications.

13. del Bueno, D. J., Weeks, L., & Brown-Stewart, P. (1987). Clinical assessment centers: A cost-effective alternative for competency development. *Nursing Economic$, 5*, 21–26.

14. Battle, E. H., Bragg, S., Delaney, J., Gilbert, S., & Roesler, D. (1985). Developing a rating interview guide. *Journal of Nursing Administration, 15*, 39–45.

15. Alpern, S., & Shmuel, G. (2002). Searching for an agent who may or may not want to be found. *Operations Research, 50*, 311–327.

16. Spitzer-Lehmann, R. (1990). Recruitment and retention of our greatest asset. *Nursing Administration Quarterly, 14*, 66–69.

17. Erenstein, C. F., & McCaffrey, R. (2007). How healthcare work environments influence nurse retention. *Holistic Nursing Practice, 21*, 303–307.

18. Aiken, L. H., Clarke, S. P., Sloane, D. M., & Sochalski, J. A. (2004). An international perspective on hospital nurses' work environments: The case for reform. *Policy, Politics, & Nursing Practice, 4*, 255–263.

19. Price Waterhouse Coopers. (2007). *What works: Healing the healthcare staffing shortage.* New York: Author.

20. Agency for Healthcare Research and Quality. (2007). Research news. Washington, DC: Author.

21. Rondeau, K. V., Williams, E. S., & Wagar, T. (2008). Turnover and vacancy rates for registered nurses: Do labor market factors matter? *Healthcare Management Review, 33,* 69–78.

22. Clevenger, K. (2007). The role of a nurse retention coordinator: One perspective. *Nursing Management, 38,* 8–10.

23. Herrin, D., & Spears, P. (2007). Nurse leadership development to improve nurse retention and patient outcomes: A framework. *Nursing Administration Quarterly, 31,* 231–243.

24. Cohen, 2006.

25. Gaffney, S. (2005). Career development as a retention and succession planning tool. *Journal for Quality and Participation, 28,* 7–10.

26. Noe, R. A. (2005). *Employee training and development.* New York: McGraw-Hill.

27. Erenstein & McCaffrey, 2007.

28. Flynn et al., 2004.

29. Ibid.

30. Ibid.

31. Upenieks, V. (2005). Recruitment and retention strategies: A magnet hospital prevention model. *Medical-Surgical Nursing, 4,* 21–27.

32. Knowles, M. S. (1998). *The adult learner: The definitive class in adult education and human resource development.* Linacre House, Jordan Hill, Oxford, UK: Gulf Professional Publishing.

33. Beehr, T. A., Nair, V. N., Gudanowski, D. M., & Such, M. (2004). Perception of reason for promotion of self and others. *Human Relations, 57,* 413–438.

34. Darling, L. A. W., & McGrath, L. G. (1983). The causes and costs of promotion trauma. *Journal of Nursing Administration, 13,* 29–33.

35. Casicio & Aquinis, 2005.

36. Dalton, C. (2002). Employment-at-will vs. wrongful discharge (employee termination, court cases). *Business Horizons, 45,* 3.

37. U.S. Census Bureau. (1999). *Statistical abstract of the United States* (p. 132). Washington, DC: Author.

38. Pernell, L. D., & Paulanka, B. J. (2005). *Guide to culturally competent health care* (p. xvi). Philadelphia: F. A. Davis.

39. Ibid.

40. Ibid.

41. Ibid.

42. Ibid.

43. Filley, A. C. (1980). Types and sources of conflict. In M. S. Berger, D. Elhart, S. C. Firsich, S. B. Jordan, & S. Stone (Eds.), *Management for nurses: A multidisciplinary approach* (pp. 154–165). St. Louis, MO: C. V. Mosby.

44. Bolman, L. G., & Deal, T. E. (1991). *Reframing organizations: Artistry, choice, and leadership* (p. 199). San Francisco: Jossey-Bass.

45. Hawkins, A. L., & Kratsch, L. S. (2004, April–June). Troubled units: Creating changes. *AACN Clinical Issues, 15*(2), 215–221.

46. Ibid.

47. Hermann, M. K., Alexander, J., & Kiely, J. T. (1992). Leadership and project management. In P. J. Decker & E. J. Sullivan (Eds.), *Nursing administration* (p. 571). Norwalk, CT: Appleton & Lange.

48. Murphy, E. C. (1984). Managing defiance. *Nursing Management, 15,* 67–69.

49. Silber, M. B. (1984). Managing confrontations: Once more into the breach. *Nursing Management, 15*, 54, 56–58.
50. Murphy, 1984.
51. Powell, J. T. (1986). Stress listening: Coping with angry confrontations. *Personnel Journal*, 27–29.
52. Hampton, D. R., Summer, C. E., & Webber, R. A. (1987). *Organizational behavior and the practice of management* (pp. 635–639). Glenview, IL: Scott, Foresman.
53. Dubler, N. N. & Marcus, L. J. (1994). *Mediating Bioethical Disputes: A Practical Guide*. New York: United Hospital Fund, p. 32.
54. Ibid.
55. Hashem, A., & Alex, P. (2001). Conflict resolution using cognitive analysis approach. *Project Management Journal, 32*, 4.

REFERENCES

Agency for Healthcare Research and Quality. (2007). Research news. Washington, DC: Author.

Aiken, L., Havens, D., & Sloane, D. (2000). The magnet nursing services recognition program: A comparison of two groups of magnet hospitals. *American Journal of Nursing, 100*, 26–36.

Aiken, L. H., Clarke, S. P., Sloane, D. M., & Sochalski, J. A. (2004). An international perspective on hospital nurses' work environments: The case for reform. *Policy, Politics, & Nursing Practice, 4*, 255–263.

Alpern, S., & Shmuel, G. (2002). Searching for an agent who may or may not want to be found. *Operations Research, 50*, 311–327.

American Health Care Association (AHCA). (2002). *Results of the 2001 AHCA nursing position vacancy and turnover survey*. Washington, DC: Author.

American Hospital Association (AHA). (2002). *Hospital statistics 2002*. Chicago, IL: Author.

American Hospital Association Commission on Workforce for Hospitals and Health Systems. (2002). *In our hands: How hospital leaders can build a thriving workforce*. Chicago, IL: Author.

Battle, E. H., Bragg, S., Delaney, J., Gilbert, S., & Roesler, D. (1985). Developing a rating interview guide. *Journal of Nursing Administration, 15*, 39–45.

Beehr, T. A., Nair, V. N., Gudanowski, D. M., & Such, M. (2004). Perception of reason for promotion of self and others. *Human Relations, 57*, 413–438.

Benner, P., Sutphen, M., Leonard, V., & Day, L. (2010) *Educating nurses: A call for radical transformation* (1st ed.) San Francisco: Jossey-Bass.

Bolman, L. G., & Deal, T. E. (1991). *Reframing organizations: Artistry, choice, and leadership*. San Francisco: Jossey-Bass.

Bolster, C., & Hawthorne, G. (2004). Big raises all around. Hospitals and health networks [electronic version]. Retrieved July 28, 2011, from http://www.hhnmag.com/hhnmag_app/jsp/articledisplay.jsp?dcrpath=AHA/NewsStory_Article/data/hhn0902CoverStory_salary&domain=HHNMAG

Bradley, C. (2000, April 17). Building a workforce. *HealthWeek, 4*, 4.

Bradley, C. (2000, June 12). Taking our data to the street. *HealthWeek, 6*, 4.

Buerhaus, P. I., Staiger, D. O., & Auerbach, D. I. (2000). Implications of an aging registered nurse workforce. *Journal of the American Medical Association, 283*, 2948–2954.

Carpenter, J. E., Conway-Morana, P., Petersen, R., Dooley, B., Walters, B., & Wilder, M. (2004). Engaging staff in nursing recruitment and retention initiatives, a multihospital perspective. *Journal of Nursing Administration, 34*, 4–5.

Casicio, W. F., & Aquinis, H. (2005). *Applied psychology in human resource management* (6th ed.). Upper Saddle River, NJ: Prentice Hall.

Center for Health Professionals. (2002). *Toward culturally competent care: A tool box for teaching communication strategies.* San Francisco: University of California.

Clevenger, K. (2007). The role of a nurse retention coordinator: One perspective. *Nursing Management, 38*, 8–10.

Cohen, J. D. (2006). The aging nursing workforce. How to retain experienced nurses. *Journal of Healthcare Management, 51*, 233–245.

Cook, C. (2004). The many faces of diversity: Overview and summary. *Online Journal of Issues in Nursing, 8*(1). Retrieved July 28, 2011, from http://nursingworld.org/MainMenuCategories/ANAMarketplace/ANAPeriodicals/OJIN/TableofContents/Volume82003/No1Jan2003.aspx

Costello, D., & Vercler, M. A. (2006). Are your recruitment strategies up to date? *Nursing Homes, 6*(1), 26–34.

Curtin, L. (2004). *Adjusting to an aging workforce.* Paper presented at the Conference on Solving the Nursing Shortage: Strategies for the Workplace and the Profession, June 1–4, 2004, Washington, DC: Joint Commission.

Dalton, C. (2002). Employment-at-will vs. wrongful discharge (employee termination, court cases). *Business Horizons, 45*, 3.

Darling, L. A. W., & McGrath, L. G. (1983). The causes and costs of promotion trauma. *Journal of Nursing Administration, 13*, 29–33.

Degazon, C. E., & Shaw, H. K. (2007). Urban high school students' perceptions of nursing as a career choice. *Journal of National Black Nurses' Association, 18*, 8–13.

del Bueno, D. J., Weeks, L., & Brown-Stewart, P. (1987). Clinical assessment centers: A cost-effective alternative for competency development. *Nursing Economic$, 5*, 21–26.

Deutschendorf, A. (2003). From past paradigms to future frontiers: Unique care delivery models to facilitate nursing works and quality outcomes. *Journal of Nursing Administration, 33*, 52–59.

Drucker, P. F. (1999). *Management challenges for the 21st century.* New York: HarperCollins.

Dubler, N. N. & Marcus, L. J. (1994). *Mediating Bioethical Disputes: A Practical Guide.* New York: United Hospital Fund

Erenstein, C. F., & McCaffrey, R. (2007). How healthcare work environments influence nurse retention. *Holistic Nursing Practice, 21*, 303–307.

Fabre, J. (2004, February). Improve patient safety and staff retention by mentoring your staff. *Nursing News, 28*, 9.

Filley, A. C. (1980). Types and sources of conflict. In M. S. Berger, D. Elhart, S. C. Firsich, S. B. Jordan, & S. Stone (Eds.), *Management for nurses: A multidisciplinary approach* (pp. 154–165). St. Louis, MO: C. V. Mosby.

Flynn, W. J., Mathis, R. L., & Jackson, P. J. (2004). *Healthcare human resource management.* Mason, OH: Thompson.

Gaffney, S. (2005). Career development as a retention and succession planning tool. *Journal for Quality and Participation, 28*, 7–10.

Hampton, D. R., Summer, C. E., & Webber, R. A. (1987). *Organizational behavior and the practice of management.* Glenview, IL: Scott, Foresman.

Hashem, A., & Alex, P. (2001). Conflict resolution using cognitive analysis approach. *Project Management Journal, 32*, 4.

Hawkins, A. L., & Kratsch, L. S. (2004, April–June). Troubled units: Creating changes. *AACN Clinical Issues, 15*(2), 215–221.

Health Resources and Services Administration. (2007). *Toward a method for identifying facilities and communities with shortages of nurses.* Summary report. Washington, DC: U.S. Department of Health and Human Services.

Hensinger, B., Minerath, S., Parry, J., & Robertson, K. I. (2004). Asset protection: Maintaining and retaining your workforce. *Journal of Nursing Administration, 34*, 268–272.

Hermann, M. K., Alexander, J., & Kiely, J. T. (1992). Leadership and project management. In P. J. Decker & E. J. Sullivan (Eds.), *Nursing administration* (p. 571). Norwalk, CT: Appleton & Lange.

Herrin, D., & Spears, P. (2007). Nurse leadership development to improve nurse retention and patient outcomes: A framework. *Nursing Administration Quarterly, 31,* 231–243.

Hu, J., Herrick, C., & Hodgin, K. A. (2004). Managing the multigenerational nursing team. *Health Care Manager, 23,* 334.

Kirsch, M. (2000). The myth of informed consent. *American Journal of Gastroenterology, 95,* 588–589.

Kleinman, C. S. (2004). Leadership and retention, research needed. *Journal of Nursing Administration, 34,* 111–113.

Knowles, M. S. (1998). *The adult learner: The definitive class in adult education and human resource development.* Linacre House, Jordan Hill, Oxford, UK: Gulf Professional Publishing.

Mitchell, S. (2000, May 1). Raising the bar: Green light for accreditation agencies signals better nursing education. *HealthWeek,* 12.

Moore, A. (2004). Drive for diversity. *Nursing Standard, 18,* 18–19.

Murphy, E. C. (1984). Managing defiance. *Nursing Management, 15,* 67–69.

Noe, R. A. (2005). *Employee training and development.* New York: McGraw-Hill.

O'Brien-Pallas, L. Duffield, L. C., & Alksnis, C. (2004). Who will be there to nurse? Retention of nurses nearing retirement. *Journal of Nursing Administration, 34,* 298–302.

Page, A. (Ed.). (2004). *Keeping patients safe, transforming the work environment for nurses.* Committee on the Work Environment for Nurses and Patient Safety, Institute of Medicine. Washington, DC: National Academies Press.

Parson, M. L., & Stonestreet, J. (2004). Staff retention: Laying the groundwork by listening. *Nursing Leadership Forum, 8,* 107–113.

Pattan, J. E. (1992). Developing a nurse recruitment plan. *Journal of Nursing Administration, 2,* 33–39.

Pernell, L. D., & Paulanka, B. J. (2005). *Guide to culturally competent health care* (p. xvi). Philadelphia: F. A. Davis.

Platzer, H., Blake, D., & Ashford, D. (2000). An evaluation of process and outcomes from learning through reflective practice groups on a post-registration nursing course. *Journal of Advanced Nursing, 31,* 689–695.

Powell, J. T. (1986). Stress listening: Coping with angry confrontations. *Personnel Journal,* 27–29.

Price Waterhouse Coopers. (2007). *What works: Healing the healthcare staffing shortage.* New York: Author.

Rondeau, K. V., Williams, E. S., & Wagar, T. (2008). Turnover and vacancy rates for registered nurses: Do labor market factors matter? *Healthcare Management Review, 33,* 69–78.

Silber, M. B. (1984). Managing confrontations: Once more into the breach. *Nursing Management, 15,* 54, 56–58.

Smedley, B. D., Stith, A. Y., & Nelson, A. R. (Eds.). (2003). *Unequal treatment: Confronting racial and ethnic disparities in health care.* Committee on Understanding and Eliminating Racial and Ethnic Disparities in Health Care, Institute of Medicine. Washington, DC: National Academies Press.

Snelgrove, S., & Hughes, D. (2000). Interprofessional relations between doctors and nurses: Perspectives from South Wales. *Journal of Advanced Nursing, 31,* 661–667.

Spitzer-Lehmann, R. (1990). Recruitment and retention of our greatest asset. *Nursing Administration Quarterly, 14,* 66–69.

Stuenkel, D. L., Nguyen, S., & Cohen, J. (2007). Nurses' perceptions of their work environment. *Journal of Nursing Care Quality, 22,* 337–342.

Thompson, M. R. (1975). *Why should I hire you?* New York: Jove Publications.

Upenieks, V. (2005). Recruitment and retention strategies: A magnet hospital prevention model. *Medical-Surgical Nursing, 4,* 21–27.

U.S. Census Bureau. (1999). *Statistical abstract of the United States* (p. 132). Washington, DC: Author.

Strategic Planning and Management

Patricia L. Thomas

Acknowledgement to Sandra Smith Pennington, PhD, RN, and Elizabeth Simms MSN, RN, for the original writing of this chapter.

WWW   LEARNING OBJECTIVES AND ACTIVITIES

- Define the mission or purpose statement as it pertains to nursing services.
- Use a set of standards to evaluate a purpose or mission statement for a nursing agency.
- Write a purpose or mission statement for a nursing agency. Identify the vision and values to be imparted to customers.
- Define philosophy as it pertains to nursing services.
- Use a set of standards to evaluate the philosophy statement of a nursing agency.
- Write a philosophy statement for a nursing agency.
- Define objectives as they pertain to nursing services.
- Apply a set of standards to evaluate the objectives statements of a nursing agency.
- Write objectives for a nursing agency.
- Define planning.
- Differentiate among examples of the purposes of planning.
- Differentiate among examples of the characteristics of planning.
- Differentiate among examples of the elements of planning.
- Describe strategy as it relates to the planning function of nursing services.
- Describe the strategic planning process.
- Describe operational planning.
- Define the operational plan (management plan) as it pertains to nursing services.
- Use a set of standards to evaluate an operational plan of a nursing agency.
- Differentiate among examples of strategic and tactical planning.
- Write a business plan.
- Describe a balanced scorecard.
- Consider application and demonstration of strategic planning in contemporary organizations.

Quotes

If you resist reading what you disagree with, how will you ever acquire deeper insights into what you believe? The things most worth reading are precisely those that challenge our convictions.

—Author Unknown

A journey of a thousand miles begins with a single step.

—Lao-tzu, Chinese philosopher

WWW **CONCEPTS**

Mission, purpose, vision, values, philosophy, objectives, planning, strategic planning, functional planning, operational planning, divisional planning, unit planning, business plan

SPHERES OF INFLUENCE

Unit-Based or Service-Line-Based Authority: The nurse administrator coaches management staff in developing and implementing operational plans that support the strategic plan. With management staff, the nurse executive performs periodic audits and identifies the potential needs for change.

Organization-Wide Authority: The nurse administrator involves representatives of all units of the organization in developing and implementing statements of mission (purpose), vision, values, philosophy, objectives, and operational plans. This includes a system for evaluation, feedback, and update of these statements. The nurse administrator develops a strategic plan with inputs from representative personnel of the entire organization.

Introduction

Strategic planning is a means by which an organization defines its future. The planning process involves strategies that provide direction for an organization's future as well as operational plans for the business. Planning affords the opportunity to determine how capital and human resources are allocated. The mission, values, philosophy, and objectives are powerful tools in the planning process.

Mission (or purpose), vision, values, and philosophy (or beliefs) are the basic tools of management. Knowledge of their use is part of the theory of nursing management. These tools are part of the purposeful planning function of nursing management, and skill in successful use is part of the strategy of nursing management planning.

Written statements of purpose, vision, values, philosophy, objectives, and written strategic and operational plans are the blueprints for effective management of any enterprise, including a healthcare institution. These components of planning exist at each level of management. Statements at the corporate level serve the senior leaders of the organization. Statements at the division level serve the managers and personnel of major divisions, such as nursing, operations, or finance. These statements evolve from and support those of the institution. Services, departments, and units each have written statements of purpose, vision, values, philosophy, objectives, and written operational plans that are developed from and support the documents at division and corporate levels (**Figure 9-1**).[1]

MISSION OR PURPOSE, VISION, AND VALUES

Mission or Purpose

The mission of an organization describes the purpose for which that organization exists. Mission statements provide information, direction, and inspiration that clearly and explicitly outline the way ahead for the organization. Mission statements provide vision.[2]

The purpose of any organization is to provide individuals with the means to lead productive and meaningful lives. Therefore, the purpose of the organization and each unit should be defined, a team-

> **FIGURE 9-1** **Evolution of Mission, Vision, Values, Philosophy, and Objectives Statements and Operational Plans**
>
> Mission (purpose) statements   Corporate
> Vision and value statements   ↓
> Philosophy (beliefs) statements   Division
> Objectives statements   ↓
> Operational (management) plans   Department
>   ↓
>   Unit
>
> *Source:* Author.

work approach should prevail, constituents should be properly trained, and all individuals should be treated with respect.[3]

Every organization exists for specific purposes or missions and to fulfill specific social functions. For healthcare organizations this means providing healthcare services to maintain health, cure illness, and allay pain and suffering.

Articulation of a mission statement is the first step in the strategic planning process. Industry leaders have learned that customers are the most critical stakeholders and frequently note this fact in their mission statements.[4] In recent years, strategic plans have called out the engagement of the community emphasizing patient centeredness as a foundational premise to guide decision making. Mission statements in successful business and industrial organizations incorporate socially meaningful and measurable criteria to provide a clearly defined reason for being. These simple yet crucial statements move the organization forward and are formulated for performance, products, and services. They contain statements of ethics, principles, and standards that are understood by workers. Workers who clearly perceive that they are pursuing meaningful and worthwhile goals through their individual efforts are more committed and dedicated than those who do not.[5]

The mission of an organization moves, guides, and delivers the organization to its perceived goal. The intent of the mission statement should be the initial consideration for an employee who is evaluating a strategic decision. It is widely held that the purpose or mission statement should be created from a vision statement that describes the things for which the company stands. The vision statement is created with the customer's needs in mind; to determine these needs, one must ask and listen to the customer. External customers are those who purchase the products or services of the organization. In nursing, external customers are prospective patients and families, accreditation and licensing officials, faculty and students, donors, regulators, and even taxpayers and shareholders. Internal customers include employees, both departmental and intradepartmental. Appropriate current events should be noted through reading and meetings, highlighting those events that will enhance the mission of the organization and for which the clinical nurses will claim or share ownership.[6] The mission or purpose statement incorporates the culture of the organization, including strong leadership, rules and regulations, achievement of goals, and the notion that people are more important than work.[7]

Vision

The vision of an organization should be an image of the future the organization seeks to create. It is not an abstract goal, but a set of practical ideals offering goals to be accomplished in terms that can ultimately be assessed and evaluated. It is a mental prediction of the fulfillment of the organization's success. While external market pressures and regulation shape the vision of care providers, a vision statement offers an opportunity to marry expectations imposed by external forces with specific internal practices. Examples could include transformation of healthcare delivery experienced through healthcare reform or global initiatives to improve quality, safety, and reduction of errors.

> *"Nurse leader-managers must find both the vision and the courage to move nursing forward as a knowledge-intensive profession."*

Employees who participate in developing the vision statement believe in their own abilities and are more committed to the organization than employees who do not participate. The vision statement is shared throughout the organization so employees can live the vision. It is updated to keep pace with technology and trends.[8] A vision statement is sometimes considered more strategic than a mission statement.

Vision, values, mission, or purpose statements are initially meaningful only to their creators.[9] Translated for the community, these statements place value on the way nurses care for people. Nursing education teaches the meaning of values such as tolerance and compromise. Diverse populations should be considered in developing vision and values statements for nursing organizations in response to changing sociodemographics in U.S. populations representing the consumers of healthcare services and the composition of the workforce.

Values

Values are concepts of perceived worth or importance that drive the institution and inform its mission, vision, and goals. Examples of values are commitment, creativity, honesty, quality, respect, integrity, and caring. Values are the moral rationale for business; value statements make employees feel proud and managers feel committed. Values give meaning to the right way to do things and contribute to employee motivation, enthusiasm, and energy. Values bond people and set behavioral standards.[10] Values represent actionable terms that align to guiding principles that support the work of the organization. At least half of U.S. corporations have a values statement. Agreement on values provides a mechanism for built-in quality and adherence to values makes organizations successful.[11]

Nursing Mission or Purpose

Defining a mission or purpose allows nursing organizations to be evaluated for performance. The mission articulates nursing's essential nature, its values, and what it should and will be; it describes the constituencies to be satisfied. The mission is the framework for the professional nurse manager's commitment to standards. How nursing is defined and conceptualized is important to its professional practice.

One of the major functions of a nursing entity is to provide evidence-based nursing care to clients, which can include health promotion, self-care, and empowerment. Thus, the statement should include definitions of nursing and self-care as set by professional nurses found in social policy statements and standards of care.

Virginia Henderson defined nursing as follows:[12]

The unique function of the nurse is to assist the individual, sick or well, in the performance of those activities contributing to health or its recovery (or to peaceful death) that he would perform unaided if he had the necessary strength, will, or knowledge. And to do this in such a way as to help him gain independence as rapidly as possible.

Yura and Walsh described the nursing process as follows:[13]

an orderly, systematic manner of determining the client's health status, specifying problems defined as alterations in human need fulfillment, making plans to solve them, initiating and implementing the plan, and evaluating the extent to which the plan was effective in promoting the optimum wellness and resolving the problems identified.

King defined nursing as[14]

a process of action, reaction, interaction, and transaction whereby nurses assist individuals of any age group to meet their basic human needs in coping with their health status at some particular point in their life cycle. Nurses perform their functions within social institutions and they interact with individuals and groups. Therefore, three distinct levels of operation exist: (1) the individual; (2) the group; and (3) society.

Orem defined nursing as follows:[15]

Nursing is an art through which the nurse, the practitioner of nursing, gives specialized assistance to persons with disabilities of such character that more than ordinary assistance is needed to meet daily needs for self-care and to intelligently participate in the medical care they are receiving from the physician. The art of nursing is practiced by "doing for" the person with the disability, by "helping him to do for himself," and/or by "helping him to learn how to do for himself." Nursing is also practiced by helping a capable person from the patient's family or a friend of the patient to learn how "to do for" the patient. Nursing is thus a practical and didactic art.

Kinlein suggested that "nursing is assisting the person in his self-care practices in regard to his state of health."[16]

Emerging from these and other theories of nursing are common terms central to the definition of nursing: nurse, patient or client, individual, group, society, nursing process, self-care, environment, and health.

A further mission of nursing is to provide a public good. This purpose should be indicated in the mission statement of the nursing entity. Because it gives the reason for their employment, the mission statement is written so that all people working within the organizational entity can understand and abide by it. An ultimate strategy is to have nursing personnel participate in developing mission statements and in keeping them updated so that they are empowered to fully support them.

The mission should be known and understood by other healthcare practitioners, by clients and their families, and by the community. A statement of purpose must be dynamic, giving action and strength to evolving statements of philosophy, objectives, and management plans. Statements of purpose can be made dynamic by indicating the relationship between the nursing unit and patients, personnel, community, health, illness, and self-care. **Figures 9-2, 9-3**, and **9-4** are examples of mission statements of an organization, the division, and the unit, respectively. **Figure 9-5** lists the standards for evaluation of the mission statements of an organization.

Proprietary changes have brought innovation and competition to the healthcare industry. They have also brought business techniques that have moved the hospital industry from being facilities dominated to being market driven. The corporate structures of for-profit hospitals consider product line and function and focus on mission. This focus has been adopted by not-for-profit hospitals that now look at

FIGURE 9-2 Mission Statement of an Organization

SUBJECT: MISSION STATEMENT

It is the mission of the Metropolitan Medical Center to:

1. Provide a center of excellence in the provision of medical care to our patient population, regardless of age, race, religion, political beliefs, or sexual preference.

2. Provide a clinical setting in which physicians, nurses, and those of allied health services may experience enrichment of educational opportunities.

3. Create an atmosphere of innovation in practice and technology to benefit our clientele, internal and external.

4. Foster attitudes of creativity and compassion in care delivery in every person associated with the organization.

5. Develop and fund research opportunities to provide professional growth, and to seek improvements in evidence-based/best practice patient care.

Source: Author.

mission statements in relation to new markets, market share, and diversification. The organization of these new not-for-profit corporate structures can be compared with a chain, with regionalization and integration as links. The leadership of these organizations is dynamic and future oriented rather than focused on maintenance.[17]

"Good mission statements express the organization's vision and values, evoking passion in the employees. Good mission statements delineate the organization's uniqueness. Effective nurse leaders make sure that employees see, feel, and think the mission by following it themselves. They expect and accept resistance."[18]

FIGURE 9-3 Mission Statement of a Division

SUBJECT: PURPOSE STATEMENT OF THE DIVISION OF NURSING

The mission and purpose of the Division of Nursing supports the Mission statement of the Metropolitan Medical Center. It is the purpose of the Division of Nursing to:

1. Uphold the written standards of quality nursing care for our patient population.

2. Encourage an atmosphere that will foster continuing professional development of the nursing staff through educational opportunities and mentoring.

3. Promote nursing research activities, utilizing staff in cooperation with postgraduate nursing and faculty nursing.

4. Provide a framework for the evaluation of the quality of nursing care delivered.

Source: Author.

FIGURE 9-4   Purpose Statement of a Unit

SUBJECT: PURPOSE: ACUTE CARE UNIT

The purpose of the Acute Care Unit is consistent with and supports the purpose of the Division of Nursing. The purpose of the Acute Care Unit is to:

1. Provide excellence in nursing care through physical, emotional, and spiritual care for clients and their families; they will be afforded privacy, dignity, and respect.

2. Enable nursing staff to act as patient advocates, coordinating care across the disciplines to provide an optimal level of care.

3. Provide every client an individualized plan of care, taking into account cultural customs particular to each.

4. Monitor quality of care/performance of staff on a continuous basis, with monthly audits, peer review, and annual evaluations.

Source: Author.

PHILOSOPHY

A written statement of philosophy sets out values, concepts, and beliefs that pertain to nursing administration and nursing practice within the organization. It verbalizes the visions of both nurse managers and nurse practitioners regarding what they believe nursing management and practice to be. It states their beliefs as to how the mission or purpose will be achieved, giving direction toward this end. Statements of philosophy are abstract and contain value statements about human beings as clients or patients and as workers, about work that will be performed by nursing workers for clients or patients,

---

FIGURE 9-5   Standards for the Evaluation of Mission Statements of the Nursing Division and Its Departments, Services, and Units

1. The mission statement tells the reason for the existence of the nursing division, department, service, or unit in relation to the practice of nursing and of self-care as defined by the nursing staff and in relation to the service being provided to the community of clients. Once definitions of nursing and self-care have been developed by the nursing staff and ratified by the nursing administration, they may be quoted in the mission statement.

2. The nursing division mission statement supports the mission of the organization. Unit mission statements are customized by line personnel.

3. The statement indicates that the nursing organization exists to provide a public good.

4. The mission statement is developed by the people who will live by it.

5. It includes a set of core values held by the people who will live by it.

6. It is short, clear, and unambiguous; it has a clear meaning.

7. The mission statement describes the organization's uniqueness.

Source: Author.

about self-care, about nursing as a profession, about education as it pertains to competence of nursing workers, and about the setting or community in which nursing services are provided. Statements of philosophy are valuable and usable if they reflect the current practice of an institution with an eye to the future.

> *"The character and tone of service are set by planning that evolves purpose and philosophy statements, one from the other, for the organization and each of its units."*

Hodgetts states that "all managers bring a set of values to the workplace." Managers have economic, theoretical, political, religious, aesthetic, and social values. Values are inherent in a management philosophy.[19] Nurse managers must be involved in outlining, implementing, and evaluating the unit philosophy, which must reflect the values of the times in their statements of philosophy; their philosophy is crucial to the success of the organization, because a philosophy of caring from management pervades the patient care environment.[20]

Among the contents of a philosophy statement are the core values related to a nursing modality; the need for advanced preparation, continuing education, lifelong learning, students, research and best practice, and nursing management; and nursing's role in the organization. Philosophy statements pertain to patients' involvement in their care and to their extended families. Philosophy statements also pertain to nurses' rights, including commitment to staff promotion, and nurses' responsibility to the profession.[21]

From a business aspect, the philosophy statement is an outgrowth of the institutional culture. Most Fortune 500 companies have a philosophy statement; it is displayed on posters or plastic cards, in brochures, articles, annual reports, speeches, and books. People who believe in a company philosophy perform ethically, help employees make correct decisions, speak with one voice, have a sense of corporate purpose, and work more productively.[22]

Concerns prevalent in a business philosophy are customers and employees, quality, excellence, growth, profits, shareholders, and the society that the business serves. The philosophy statement supports the mission statement as the glue that binds the separate parts together as a cohesive, productive whole. It motivates employees to accomplish complex tasks in an intimate, relatively simple work environment.[23]

A philosophy must be communicated zealously and totally supported by top management. As with the mission statement, the philosophy statement is most effective when developed by those who will live by it. Unlike mission and objectives statements, the philosophy statement remains constant.

Figures 9-6, **9-7**, and **9-8** are examples of the philosophy statement of an organization, division, and unit, respectively. **Figure 9-9** lists the standards for evaluation of philosophy statements of an organization.

OBJECTIVES

Objectives are specific statements of goals to be accomplished. They are action commitments through which the key elements of the mission are achieved and the philosophy or beliefs sustained. Objectives are used to establish priorities. They are stated in terms of processes or results to be achieved and focus on the provision of healthcare services to clients. Like the statements of mission and philosophy, they must be meaningful, relevant, and functional. They must be alive. Moore states, "If objectives are presented in terms of what can be observed, they can serve as useful tools for evaluation of nursing care and personnel performance, and as a basis for planning educational programs, staffing, requisition of supplies and equipment, and other functions associated with the nursing department."[24]

Objectives are concrete statements that become the standards against which performance can be measured. According to Moore, nursing organizations should have objectives for evaluation of patient

FIGURE 9-6   Philosophy Statement of an Organization

SUBJECT: PHILOSOPHY OF THE METROPOLITAN MEDICAL CENTER

We believe that:

- The Metropolitan Medical Center is a center of excellence in care delivery, in educational opportunity, and in the development of research.
- We believe that we are the leaders in health care in our community; that health care entails prevention and wellness in addition to treatment of illness and injury.
- We strive to provide the most effective and innovative medical services to all clients.
- We must provide continual assessment of the quality of care provided by continuous evaluation of services; we will strive to improve performance based on Quality Assurance oversight.
- We will provide each patient with dignity, provide privacy and confidentiality, and permit the right to make choices in health care based on factual information provided by the medical/ nursing staff.
- Metropolitan Medical Center employees are our major asset; they have the responsibility to perform their duties within the mission, vision and philosophy, and policies and procedures to strive toward the highest standard of care.
- Continued professional development of every employee, regardless of role served, is necessary to provide optimal patient care; it is a shared responsibility of the organization and each individual employee.
- Research is both necessary and beneficial to the continued growth of the healthcare professions; we will foster and fund research in conjunction with graduate nursing and medical personnel.
- We are committed to providing a safe environment to our clientele and to our employees through an active Risk Management department.
- It is the responsibility of the Metropolitan Medical Center to maintain fiscal integrity.

Source: Author.

care, evaluation of personnel performance, planning of educational programs, staffing, and requisition of supplies and equipment. Objectives are the basic tactics of any business, including the business of nursing management. Objectives must be selective rather than global, and multiple rather than single to balance a wide range of needs and goals related to nursing services for clients or patients. They must demand productive use of people, money, and material resources and be updated through innovation. Objectives direct the discharge of a social responsibility to the community. Objectives must be used, and one way to use them is to develop them into specific management and operational plans.

> *"Drucker writes that mission and purpose, as well as the basic definition of a business, must be translated into objectives if they are to become more than insight, good intentions, and brilliant epigrams never to be achieved."*[25]

The nursing staff, and specifically the nurse manager, must decide where efforts will be concentrated to achieve results. Some areas of concentration have already been mentioned; others may be similar to those related to business and industry. These include marketing and the development of healthcare services in areas of need. Great potential exists in the area of prevention of disease and injury. Another

---

FIGURE 9-7   Philosophy Statement of a Division

SUBJECT: PHILOSOPHY OF THE DIVISION OF NURSING

We believe that:

- The philosophy of the Division of Nursing is and must be consistent with the philosophy of the Metropolitan Medical Center.

- Our function within the organization is to ensure the highest quality medical care is provided equally to each patient admitted for treatment.

- Health care begins with prevention and wellness, and must emphasize self-care. Nursing care delivery will be based on the work of nursing theorists and evidence-based practices.

- Our patients must be treated with dignity and care delivered on an individualized basis.

- A multidisciplinary approach to care is necessary to the physical, emotional, and spiritual well-being of our patients and their families.

- It is our responsibility to maintain qualified staff, in adequate numbers, to ensure the care needs of our clients and their families; "qualified" staff must be provided with the means of continuing professional development through mentoring and an active Education Department. The staff bears equal responsibility with the organization for continuing education.

- We must provide the framework, in conjunction with the Quality Assurance Department, for the continual evaluation of standards of care delivered.

- Research within our division is beneficial to patient care and staff development.

Source: Author.

FIGURE 9-8   Philosophy Statement of a Unit

SUBJECT: PHILOSOPHY STATEMENT OF THE ACUTE CARE UNIT

- We believe that all patients deserve to be treated equally, with dignity and compassion, and provided with individualized plans of care.

- We believe that the goal of health care is the progression of the patient toward an optimal level of health, supported by education in self-care for the patients and their families.

- We believe that a multidisciplinary approach to care provides for complete services to our patients; it is the responsibility of the nursing staff to coordinate efforts among the disciplines.

- We believe that our staff is our greatest asset; preceptorships, mentoring, and organizational-based educational offerings give support toward continuing professional development.

- We believe that family is an extension of the patient and must be involved in the patient's progress. Information and education must be provided to allow optimal healthcare choices.

Source: Author.

> ## FIGURE 9-9   Standards for Evaluation of Philosophy Statements of the Nursing Division, Department, Service, or Unit
>
> 1. A written statement of philosophy should exist for the nursing division and each of its units.
>
> 2. A written statement of philosophy should be developed in collaboration with nursing employees, the consumers, and other healthcare workers.
>
> 3. Nursing personnel should share in an annual (or more frequent) review and revision of the written statement of philosophy.
>
> 4. The written statement of philosophy should reflect these beliefs or values:
>
>   (a) The meaning of the clinical practice of nursing.
>
>   (b) Recognition of the rights of individuals and of the responsibility of nursing personnel to serve as advocates for those rights.
>
>   (c) Selective other statements about humanity, society, health, nursing, nursing process, self-care relevant to external forces (community, laws, etc.) and internal forces (personnel, clients, material resources, etc.), research, education, and family as are deemed appropriate to accomplishing the mission of the division and each of its units.
>
> 5. The nursing philosophy should support the philosophy of the organization as expressed at all levels above the nursing division.
>
> 6. The statement of philosophy should give direction to the achievement of the mission.
>
> *Source:* Author.

area for objectives is innovation, which includes the introduction of new methods and particularly the application of new knowledge along with new technology.

Other areas for objectives are organization of and use of all resources: human, financial, and physical. Objectives address the need to develop managers as well as the needs of major groups within the division (such as nonmanagerial workers), labor relations, the development of positive employee attitudes, and maintenance and upgrading of employee skills. Objectives provide for attractive job and career opportunities and for activities to control worker assignment and productivity. They are the means by which productivity in nursing may be measured (**Figure 9-10**). Management balances objectives. There are short-term objectives, with their accomplishment in easy view or reach; long-term objectives; and some objectives in the "hope to accomplish" category. The budget is the mechanical expression of setting and balancing objectives. The nurse manager plans two budgets, one for operations and one for future capital expenditures. Some priorities are set with the budget, as illustrated in **Figure 9-11**.

Objectives are a fundamental strategy of nursing, because they specify the end product of all nursing activities. They must be capable of being converted into specific targets and specific assignments, enabling nurses to understand the desired endpoint and the path toward that end; objectives become the basis and motivation for nursing achievement. They make possible the concentration of human and material resources and of human efforts. Objectives are needed in all areas on which the survival of nursing and healthcare services depends. In nursing, all objectives should be performance objectives that provide for existing nursing services. They should provide for abandonment of unneeded and outmoded nursing services and healthcare products and for new services and products; they should provide for existing patient populations, for new populations of patients, for the distributive organization, and for standards of nursing service. Last but not least, objectives should exist for research and development of best practices within the nursing arena.

FIGURE 9-10   Examples of Categorical Areas for Writing Objectives

- *Evaluation of patient care.* To develop methods of measuring the quality of patient care.
- *Evaluation of personnel performance.* The patient benefits from close nursing supervision of all nonprofessional personnel who give patient care and from continuous appraisal of the nursing care given and the performance of all nursing personnel based on professional standards.
- *Planning educational programs.* The patient benefits from a continuous, flexible program of in-service education for all divisions of nursing personnel adapted to orientation, skill training, continuous education, and leadership development.
- *Staffing.* To establish a systematic staffing pattern for patient care so that all members of each department can function in accordance with their skill levels for the maintenance of continuity of nursing care and management of nursing service.
- *Requisition of supplies and equipment.* To supply nursing personnel with adequate resources to facilitate patient care; to anticipate future nursing needs and plan for the acquisition of needed resources.
- *Marketing.* To collaborate and consult with intradepartmental health team members for maximal effectiveness in promoting health care and disease prevention. New programs will be developed to meet identified needs.
- *Innovation.* To influence progressive nursing practices and research training programs in supporting changing trends that improve the quality of patient care.
- *Organization and use of all resources (human, financial, and physical).* To apply standards for decentralization of decision making and to increase efficiency and effectiveness of staffing and budgeting.
- *Social responsibility.* To support, publicize, and sustain service to the community in health endeavors.
- *Research and development.* To sustain the nursing profession and the organization.

Source: Author.

FIGURE 9-11   Examples of Balanced Objectives

- *Long-term objective.* Write a plan to develop patient teaching guides for all areas.
- *Short-term objective.* Establish procedures for safe nursing care by having fire department personnel hold classes on fire evacuation procedures for all nursing personnel on all three shifts.
- *Future budget.* Plan with the budget director to have funds allocated to repaint patients' rooms and replace worn and torn furniture.
- *Current budget.* Implement the classes for expectant parents for which funds have been allocated.

Source: Author.

Although concrete, objectives are not written in stone; they should be changed as necessary, particularly when evaluation proves them outdated, when a change of mission occurs, or when the objectives no longer are functional.[26] Refer to **Figure 9-12** for a breakdown of the elements of objectives.

Figures 9-13, **9-14**, and **9-15** are examples of objectives for an organization, a nursing division, and a nursing unit, respectively. **Figure 9-16** contains standards for evaluating the objectives of an organization.

STRATEGY

The theory of a business lies in its objectives, results, customers, and customers', values. Strategy converts theory into performance. In the 21st century, strategy is based on five certainties:[27]

1. Collapsing birthrate in the developed world
2. Shifts in the distribution of disposable income
3. Defining performance
4. Global competitiveness
5. Growing incongruence between economic globalization and political splintering

Planning is the strategy of an organization and is essential to all businesses, including those providing health care. Planning techniques used in business and industry are increasingly being adopted by healthcare organizations. Strategy is the process by which an organization achieves success in a changing environment. Beckham states that "real strategy is a plan for getting from a point in the present to some point in the future in the face of uncertainty and resistance."[29] Nursing has only tapped the surface of a business strategy.[30] Myriad services are available that can be offered to potential clients, centering on expansions of technology that include transmission of information through telephone,

---

FIGURE 9-12   Elements of Objectives

- *A performance objective:* The patient receives individualized care in a safe environment to meet total therapeutic nursing needs—physical, emotional, spiritual, environmental, social, economic, and rehabilitative (also illustrates next provision).

- *Existing nursing services for existing patients:* Nurse consultants have been made available from medical nursing, surgical nursing, mental health nursing, and maternal and child health nursing. Their services can be requested by any professional nurse or physician.

- *Abandonment of outmoded nursing services and products:* Universal precautions have been implemented and the old handwashing basins have been discarded.

- *New nursing services for new groups of patients:* Plans are being made to offer consultative nursing services from the general hospital to nursing homes in the area. In the future this will be extended to retirement homes. Both actions are the result of market surveys.

- *Organization for new nursing services:* The nurse manager has evaluated the necessity of restructuring the organization of the division of nursing to provide new nursing services.

- *Standards of nursing service and performance:* The nurse manager has decided to use the Standards of Nursing Practice developed by the ANA Congress for Nursing Practice for all nurses within the division.

Source: Author.

FIGURE 9-13 Goals of the Metropolitan Medical Center

GLOBAL GOALS

Increase patient population

Seek grants to provide funds for indigent population

Market hospital services to community

Create new markets

Expand upon services presently offered

Improve access to the hospital

Contract with medical schools for resident training

Contract with nursing schools for nursing clinicals

Capture maximum reimbursement

Initiate research

Improve efficiency

DEFINITIVE GOALS

A. Increase patient population
   1. Use incentives for MDs on staff
   2. Investigate joint ventures for specialized services
   3. Survey MDs within community
   4. Market HMO

B. Seek grants to provide funds for the indigent
   1. Division Administrators to write for grants
   2. Community-based volunteer funding

C. Market hospital services
   1. Public relations plan
   2. Increased effort for auxiliary volunteer base
   3. "Health awareness" presence at community events

4. Management people in civic organizations
5. Create user-friendly website

D. Expand services
   1. What new products can we sell?
   2. Private vendors for new equipment/ training
   3. Feasibility study for clinics: prenatal, diabetes

E. Improve access to hospital
   1. New emergency room ramp
   2. Separate parking for emergency room clientele
   3. New main entrance
   4. Acquisition of adjoining land for increased parking

F. Contract with schools for professional training
   1. Contact University Medical school/ incentives to students
   2. Contact University School of Nursing/ stipends
   3. Contact Allied School of Health/stipends

G. Capture maximum reimbursement
   1. Training: Social Service Dept. Medicare/ Medicaid
   2. Case Management: Facilitate client flow
   3. Audit bills with charts

H. Initiate research
   1. Contact graduate schools/nursing organizations
   2. Contract with private industry/ pharmaceutical companies
   3. Create website to publicize result

Source: Author.

e-mail, integrated self-management applications, access to information on drug therapies and prices, durable medical equipment resources, educational services, research and best practice briefs, and a host of therapeutic nursing products. A nursing strategy outlines how the organization achieves its strategic goals and objectives in a competitive marketplace.

Top management has to answer planning questions like these:

- Where do we go and what do we want to become? Such questions seek to define the organization's mission and objectives.

FIGURE 9-14   Objectives of the Division of Nursing

SUBJECT: OBJECTIVES OF THE DIVISION OF NURSING

The goals of the Division of Nursing are to provide the patient:

1. Physical, emotional, and spiritual individualized care within a safe environment.

2. Patient education to allow for optimal healthcare choices and participation in that health care.

3. Nursing staff who will act as patient advocates, coordinating care among all disciplines for the highest provision of services.

4. Benefits of a nursing staff supported by the Division of Nursing in educational endeavors meant to promote increased knowledge and skill.

5. Benefits of a positive working milieu in which nursing staff's job satisfaction is achieved.

6. Maximum nursing care presence at the bedside by providing ancillary staff to handle non-nursing functions.

7. Benefits from a supervisory staff able to monitor and evaluate care provided by nursing staff.

8. Benefits from implementation of nursing research results.

Source: Author.

FIGURE 9-15   Objectives of a Nursing unit

SUBJECT: OBJECTIVES OF THE ACUTE CARE UNIT

The Objectives of the Acute Care Unit are to provide the patient, family, and/or significant others:

1. Individualized care through assessment of the physical, emotional, and spiritual needs in a therapeutic, positive environment.

2. Care based upon the nursing process, with an adequate number of staff.

3. Cost-effective, quality care, with coordination of services by the primary nurse.

4. Adequate information to make the healthcare choices necessary to the attainment of an optimal level of functioning.

5. Nursing staff held to the highest standard of care, per hospital policy and procedure, with a framework for ongoing evaluation of performance.

Source: Author.

- What and where are we now? The purpose here is to examine and define the organization's philosophy and objectives.
- How can we best get there? The answer to this question will take the form of ongoing plans that include organizing, directions, and controlling concepts.

"To create a future worth experiencing for nurses, strategic thinking and strategic planning are required of all nursing leaders. Strategy is the solution."[28]

FIGURE 9-16 **Standards for Evaluation of Statements of Objectives for a Nursing Division, Department, Service, or Unit**

1. The objectives for the nursing division, department, service, or unit should be in written form.

2. The objectives should be developed in collaboration with the nursing personnel who will assist in achieving them.

3. Nursing personnel should share in an annual (or more frequent) review and revision of the written statements of objectives.

4. The written statement of objectives should meet these qualitative and quantitative criteria:

   a. They operationalize the statements of mission and philosophy; they can be translated into actions.

   b. They can be measured or verified.

   c. They exist in a hierarchy or prioritized sequence.

   d. They are clearly stated.

   e. They are realistic in terms of human and physical resources and capabilities.

   f. They direct the use of resources.

   g. They are achievable (practical).

   h. They are specific.

   i. They indicate results expected from nursing efforts and activities; they are the ends of management programs.

   j. They show a network of desired events and results.

   k. They are flexible and allow for adjustment.

   l. They are known to the nursing personnel who will use them.

   m. They are quantified wherever possible.

   n. They exist for all positions.

Source: Author.

Such activities constitute the strategy of top management. They are developed into the strategy of the nursing division and subsequently into the strategy of nursing and other business units of the organization. Planning is neither a top-down nor bottom-up proposition. Each level must harmonize its strategies with those below and above.[31]

A focus on development and use of planning strategies gives direction, cohesion, and thrust to the nursing division. Nurse employees involved in achieving objectives and goals are motivated. These goals should be clearly defined and focus on the future without losing sight of the present. Successful implementation of management plans to achieve mission objectives and goals while sustaining philosophy results in productivity, profitability, and achievement. This process is managing, and managers perform it.[32]

Cavanaugh relates strategy to power, indicating that organizational power gives nurse managers the power to do their jobs better. Her suggestions for nurse managers to strategize are summarized as follows:[33]

1. Use the political system to turn personal power into organizational power.

2. Recognize the self-interests of others in the organization and use them in a win–win manner.

3. Diagnose, plan, and execute an effective political campaign to achieve a thoughtful, purposeful goal.

4. Define ways to achieve objectives while helping others. Know people and their goals.

5. Disengage from losing issues and from issues in which you have to defend yourself on someone else's turf. A technique for doing this is placing the issue at the end of an agenda or omitting it from the minutes.

6. Defend your territory.

7. Plan and carry out an offense on issues of your own choosing and commitment.

8. Build coalitions.

9. Exploit opportunities, using situations to your advantage. Go after winning issues.

10. Set up situations to benefit persons who can benefit you. Then deliver the goods at a cost-effective price.

A political climate exists in any organization, and its nature requires compromise, trade-offs, favors, and negotiation. Nurse managers must be political to gain their goals and objectives. Ehrat identifies four considerations of political strategy:[34]

1. Structural considerations: The first major political concept is to learn the history of the organization, including its past struggles and their outcomes. Budgets reflect one of these political outcomes. What is valued by the organization? The successful nurse manager identifies these valued data and operates within their constraints and boundaries.

2. Economic considerations: What are the costs versus the benefits? Give something in return for gaining something better. All departments expect to gain a fair share of an increased budget. To ensure that nursing has equity, nurse managers develop clientele, confidence, a meaningful network, administrative support, and effective platform skills. Nurse managers also exploit their opportunities. In gaining and sustaining this influence, they do not go beyond tolerated limits.

3. Procedural considerations: Timing is important and is learned from managerial experience and maturation. Resolution is needed to prepare for and carry out negotiation and compromise. Impact must be considered with respect to opposition, support, risks, price, and trade-offs, all of which require strategies.

4. Outcome-related considerations: The outcome must meet minimum standards of satisfaction and avoid problems. It must meet some needs of everyone. (Consensus means 70% to 80% approval, agreement, and support.)

The nurse manager moving into a new nursing management position plans strategies for success. From day one, this person arrives early, listens, is polite, and does not criticize his or her predecessor. This nurse manager makes friends with the boss, assumes authority, eliminates nonessentials, trains subordinates, and delegates decision making to them. He or she establishes a psychological distance, avoids gripers, treats all employees respectfully as adults, maintains an open mind, and follows effective communication skills by keeping people informed and encouraging their input.

> *"Resources in the healthcare field are scarce, causing political conflicts and power struggles. Nurse managers should learn strategies associated with political knowledge and skills."*[35]

When conflicts occur, the nurse manager does not take sides. This individual attends to actions that produce quick results, affect the organization, are favorable to employees, and require a small investment. Giving a sense of nursing's mission, its importance, its relevance, and the meaningfulness of nursing work provides vision. This is done by listening, sharing, developing mutual ideas, and enlisting the support of informal leaders.

A research study of the relationship between nursing department purpose, philosophy, and objectives and evidence of their implementation examined documents in 35 nursing departments. Specific indicators used were patient classification systems, staffing patterns, standards of patient care, and cost-containment activity. Implementation rates of desired nursing activity varied from 9% to 25%, indicating that a "low rate of implementation negates a causal relationship between references in the documents to desired nursing activity and actual nursing activity." The researchers suggest that purpose statements are sometimes unrealistic and unachievable. The framework for this study should be used to expand the research in this area.[36]

WHAT IS PLANNING?

Planning, a basic function of management, is a principal duty of all managers. It is a systematic process and requires knowledgeable activity based on sound managerial theory. According to Fayol, the first element of management is planning, which he defines as making a plan of action to provide for the foreseeable future. This plan of action must have unity, continuity, flexibility, and precision. Fayol outlines the contents of a plan of action for his business, a large mining and metallurgic firm. The plan included annual and 10-year forecasts, taking advantage of input from others. Planning improves with experience, gives sequence in activity, and protects a business against undesirable changes. Fayol's concept is that planning facilitates wise use of resources and selection of the best approaches to achieving objectives. Planning facilitates the art of handling people. Because planning can fail, it requires moral courage. Effective planning requires continuity of tenure. Good planning is a sign of competence.[37]

Urwick writes that research in administration provides needed information for forecasting. According to Urwick, investigations should be carried out and their results expressed in concrete terms. Planning should be based on objectives framed in terms of making a product or providing a service for the community. Simplification and standardization are basic to sound planning procedures. The product or service should be of the right pattern. Planning provides information to coordinate work effectively and accurately. A good plan should be based on an objective; have standards; be simple, flexible, and balanced; and use available resources first.[38]

Planning is a mental process of decision making and forecasting. It is future oriented and ensures desirable probable outcomes. Planning involves determining objectives and strategies, programs, procedures, and rules to accomplish the objectives.[39] In nursing, planning helps to ensure that clients or patients receive the nursing services they want and need and that these services are delivered by satisfied nursing workers.[40]

> *"Planning is a continuous process, beginning with the setting of goals and objectives and then laying out a plan of action to accomplish them, put them into play, review the process and the outcomes, provide feedback to personnel, and modify as needed. As planning is put into action, the management functions of organizing, leading, and evaluating are implemented, making all management functions interdependent."*

Knowledge of the following factors relative to successful planning should be used by successful managers:

- Characteristics of planning
- Elements of the planning process

- Strategic or long-term planning process
- Tactical or short-term planning process—functional versus operational planning
- Planning standards

Ackoff describes four orientations to planning:[41]

1. **Reactivism:** Looks to the past and considers technology an enemy. It supports the old organizational forms of an authoritarian, paternalistic hierarchy, and planning efforts are aimed at returning the organization to a previous state. Control operates from the top, with plans submitted from the bottom. Problems are addressed separately, with immediate supervisors adjusting, editing, and adding to plans as they proceed through the hierarchy to the top. Reactive planning is ritualistic; in such systems, planning is considered a prerogative of management. Experience is considered the best teacher, and age gives knowledge, understanding, and wisdom. Technological advances of other organizations replace products and services of organizations oriented to reactive planning. Reactive organizations support the arts and humanities, people and values, a sense of history, feelings of continuity, and preservation of traditions. Reactivists do tactical (short-term or operational) planning.

2. **Inactivism:** As a planning orientation prevents change and maintains conformity; it operates by crisis management, in which the goal is to control discomfort without addressing its cause. Managers are kept busy with red tape and bureaucracy. The effective instrument is the committee, which operates to keep people busy until the work is outdated or success is thwarted by insufficient resources. Knowledge of current events plus connections is more important than is competence. Manners are valued. Inactivists do tactical or operational planning.

3. **Preactivism:** Dominant in U.S. organizations, preactivist managers accelerate change to exploit the future. They believe technology causes change and is therefore a panacea. Values associated with preactivism include management by objectives, inventiveness, growth, permissiveness, decentralization, and informality. Planning is done from the top down, with objectives. The appeal of preactivism is that planning is associated with science, technology, and the future. Because preactivism is based mainly on long-term forecasting, it is often full of errors.

4. **Interactivism:** Interactivists believe the future can be created and therefore design a desirable future and invent ways to achieve it. In this view, technology is valued depending on how it is used, experience reveals problems, and experiment leads to their solutions. The focus is on development, learning, and adaptation. Interactivistic planners may establish a planning period for achieving goals, objectives, and ideals. Goals are considered ends to be attained within the planning period. Objectives are ends desired, with progress expected within the planning period. Ideals are ends that are not entirely attainable but toward which progress is expected within and after the planning period. Interactivists emphasize normative planning.

The healthcare environment does not always support reactive planning by nurse managers. It is too competitive, both for patients and for scarce expert professional nurse providers. Nurse providers also resist authoritarianism and paternalism because they want to actively participate. Inactivism as a planning orientation is prevalent in subsidized government agencies, service departments of corporations, and universities. Nurse managers participate in such planning in these institutions. Nurse managers fall into the technological traps of preactivism. Plans are frequently made; however, many never become operational. Preactivists concentrate on strategic (long-term) planning.

Ackoff's interactive planning–management model is a systems model that can be applied in nursing management to effect change. A planning board does interactive planning–management. In a decentralized organization the planning board is the nurse manager of a unit, his or her boss, and the employees of the unit.[42]

The following are the five phases of Ackoff's interactive planning–management model:[43]

1. Formulation of the mess: The "mess" is the future we are now creating. Formulation of the mess includes determination of the problems and opportunities facing the organization, how they interact, and factors that obstruct or constrain one from addressing them. The output of this phase is a scenario of the future of the organization if its behavior and that of its environment do not change significantly.

2. Ends planning (idealized redesign): This is the design of the desired future. The output of this phase is the idealized design. This design is focused on the present; it must be technologically feasible, operationally viable, capable of incorporating learning, and adaptable.

3. Means planning: This phase invents ways to close the gaps between the idealized present and the mess. It involves identifying potential means, evaluating the alternatives, and selecting the best ones.

4. Resource planning: This phase includes determining when, where, and what resources are required and how they will be generated. Resources include facilities, equipment, personnel, information, money, and other inputs.

5. Implementation and control: This involves translating the decisions made in the previous phases into a set of assignments and schedules that specify responsible parties and realistic time frames.

Figure 9-17 illustrates an interactive planning cycle.

Which type of planning is best for a nursing organization? Many nurse managers would opt for interactivism because it is proactive. Some of the characteristics of reactivism, inactivism, and preactivism are also useful to nurse managers. One could assess the working environment, decide which orientation to planning is most productive, and attempt to move in that direction. A nurse manager could select a style of planning that blends reactivism, inactivism, preactivism, and interactivism. Ackoff and others opt for the interactive planning–management model.

Purposes

The following are some reasons for planning:[44]

- It increases the chances of success by focusing on results and not on activities.
- It forces analytic thinking and evaluation of alternatives, thereby improving decisions.
- It establishes a framework for decision making that is consistent with top management objectives.
- It orients people to action rather than reaction.
- It includes day-to-day and future-focused managing.
- It helps to avoid crisis management and provides decision-making flexibility.
- It provides a basis for managing organizational and individual performance.
- It increases employee involvement and improves communication.
- It is cost effective.

Donovan writes that planning has several benefits, among which are satisfactory outcomes of decisions; improved functions in emergencies; assurance of economy of time, space, and materials; and the highest use of personnel. She included decision making, philosophies, and objectives as key elements in planning.[45]

There is no purpose to the planning process unless there is a knowledge of and skill in applying those processes to the work situation; also necessary is skill in bringing the planning process up to the standard set when deficiencies exist.[46]

FIGURE 9-17   An Interactive Planning Cycle

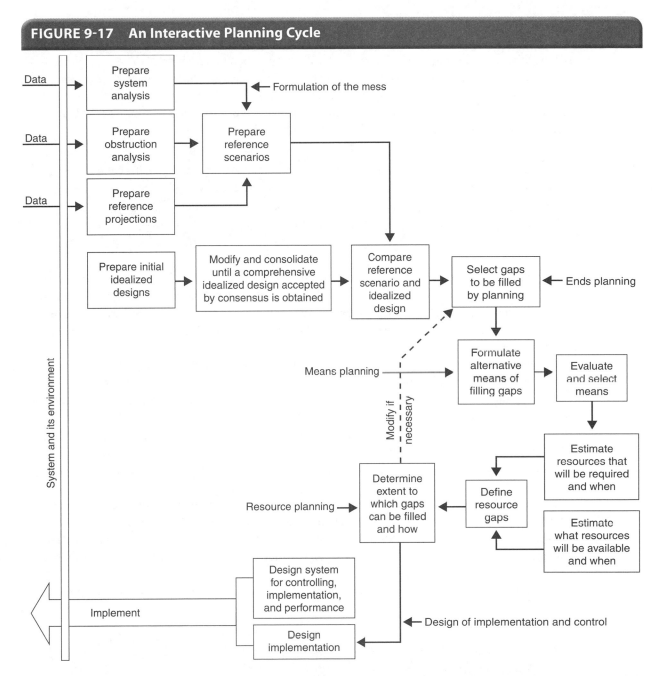

Source: Ackoff, R. L. (1981). An interactive planning cycle. In *Creating the Corporate Future* (p. 75). Indianapolis, IN: John Wiley & Sons, Inc. Reprinted by permission of John Wiley & Sons, Inc.

Characteristics

What is the nature of planning? What is so distinctive about it that it requires a nurse administrator to have specialized knowledge and skills? In an environment of changing technology, mounting costs, and multiple activities, there is a need for the chief nurse administrator and subordinate managers to plan. The forecasting of events and the laying out of a system of activities or actions for accomplishing the work of nursing and of the organization are prerequisites to success. Koontz and Weihrich define planning as "selecting missions and objectives and the actions to achieve them; it requires decision making, that is, choosing future courses of action from among alternatives."[47] They see planning as an elementary function of management. In their view of planning, nurse administrators avoid leaving events to chance; instead, they apply an intellectual process to consciously determine the course of action to take to accomplish the work. Donovan states that the planning process must be deliberate and analytic to produce carefully detailed programs of action that achieve objectives.[48]

"It has generally been understood that top administrators in nursing focus on long-term or strategic planning, whereas operational nurse managers focus on short-term or tactical planning. This process is outmoded. All managers and representative clinical nurses should have input into strategic planning. There should be strategic plans for every unit."

The nurse manager plans effectively to create an environment of high-quality practice in which nursing personnel make evidence-based decisions that meet clients' needs. In such an environment, clinical nurses make decisions about the modality of practice, and nurse managers work with nursing personnel to establish and meet their personal objectives while meeting high-quality objectives of the organization.

According to Hodgetts, planning forces a firm to forecast the environment, gives direction in the form of objectives, provides the basis for creating effective teams, and helps management learn to live with ambiguity.[49] Planning should be comprehensive, with nurse managers carefully determining objectives and making detailed plans to accomplish them.

Rowland and Rowland state that planning is largely a process of forecasting and decision making. It is future oriented, spanning time beginning in the present. These authors list the following phases of planning: determining objectives, collecting data, developing a plan of action, setting goals, and evaluating.[50]

Planning involves the collection, analysis, and organization of many kinds of data that are used to determine both the nursing care needs of patients and the management plans that provide the resources and processes to meet those needs and keep solutions patient centered. Accepting that nursing is a clinical practice discipline providing a human service, nurse managers plan to nurture the practitioners who provide the service.

The following are examples of data that need to be collected and analyzed for planning purposes:

1. Daily average patient census
2. Bed capacity and percentage of occupancy
3. Average length of stay
4. Number of births
5. Number of operations
6. Trends in patient populations
   a. Diagnoses
   b. Age groups
   c. Acuity of illness
   d. Physical dependency
7. Trends in technology
   a. Diagnostic procedures
   b. Therapeutic procedures

8. Environmental analysis
    a. Internal forces affecting nursing: availability of nurses, turnover, other departments, delivery systems (including nursing modalities), theory-based practice, and physicians
    b. External forces affecting nursing: government, education, accreditation bodies, third-party payers, and others
    c. Trends in health care and in nursing, including changes in characteristics
    d. Threats to the nursing profession
    e. Opportunities for the nursing profession

Figure 9-18 demonstrates examples of data that might be collected and analyzed for planning purposes by nursing managers.

Data on diagnostic and therapeutic procedures are used to plan for new procedures, to revise old procedures, and to make new procedures known to nursing personnel; the preceding list is certainly not exhaustive.

Planning, a dynamic organizational process, has the characteristics of an open system. Planning does the following:

- Leads to success rather than failure.
- Prevents crisis and panic, which are costly and chaotic, distort achievement, and are dominated by a single person. Planning improves nursing division performance.
- Identifies future opportunities and expectations based on conditions through forecasting techniques that range from simple to complex.

Simple forecasting techniques follow the process of gathering data and analyzing them to determine alternative decisions and the effects each decision will produce. Strengths, weaknesses, opportunities, and threats are part of this analysis, which leads to decision, choice, and implementation. In complex forecasting, computer-based mathematical models are available that are becoming less expensive, require

---

FIGURE 9-18   Planning Data for Nurse Managers

- Live births have decreased 30% in the 3 years since the institution of a family planning program.
- Sixty-three percent of live births are discharged within a 24-hour period.
- The number of deliveries with complications has increased from 210 to 257 in 1 year.
- A new cardiac catheterization laboratory has been completed.
- The hospital planning board has decided to coordinate with other hospitals in the area to consolidate specialty services for newborn care, cardiovascular surgery, and neuroscience services.
- Enrollment of students for clinical nursing affiliation has increased from 450 to 792 in 1 year.
- Enrollment of students in the nursing cooperative education program has increased from 102 to 187 students.
- Medicare reimbursement pays $_____ per patient for a day of home care.
- Early discharge has decreased average daily census from 381 to 304.
- Patient acuity has increased by 10.6 percentage points overall.

Source: Author.

a lot of time and specialized skills, and extend from 3 to 15 years. New simulation models are constantly improving and are essential to modern planning.

Planning rests on logical, reflective thinking that is neither cast in concrete nor all encompassing. If needed, leadership or top management will effect change to undertake effective planning. Leadership should obtain input from all levels to ensure success through format, procedures, time frames, maintenance, and input review.

Through the planning process, nurse managers select and retain the elements of past and present plans that work. They focus on the future, and they implement and evaluate. Thus they successfully manage nursing personnel and material resources to achieve the objectives of the nursing enterprise.

> *"Planning is the key element of nursing that gives it direction, cohesion, and thrust. It causes all nursing personnel to focus on goals and objectives and stimulates their motivation."*

Elements

Although planning is characterized as a conceptual or thinking process, it produces readily identifiable specific elements, including written statements of mission or purpose, philosophy, objectives, and detailed management or operational plans. Operational plans are the blueprints by which the purpose, philosophy, and objectives are put into measurable actions. Management or operational plans include decision-making and problem-solving processes that include strategies, policies, and procedures.

The nursing division's strategic and operational plans are roadmaps that describe the business by name and location. Nurse managers make them informative by including a summary of the work of the division. The summary describing the nursing division should include enough information to give outsiders a bird's-eye view of its totality, such as the nursing products and services provided (by quantity), admissions, discharges, patient days, number of patients by acuity categories, research and best practice projects, educational programs, students, outpatient visits, and other products and services. The description summarizes marketing activities of the nursing division, including total revenues and expenses, and describes the managerial style of the division and its impact on employees, which is related to the organizational plan of the division of nursing.

Planning is the assessment of the nursing division's strengths and weaknesses, covering factors that affect performance and facilitate or inhibit the achievement of objectives. This assessment process has both long- and short-term objectives of its own. For example, if the clinical promotion ladder is a strength in nurse retention but is weakly applied by selective nurse managers, the problem will be addressed by written objectives.

Planning entails formulation of planning premises by extrapolating assumptions from the information analyzed.[51] If data indicate that nurses will be in increased supply because of increased enrollments in schools of nursing or in short supply as a result of increased opportunities in other fields, these findings should be translated into a premise. Other premises evolve related to increased salaries, benefits, and improved working conditions. These premises lead to further premises for marketing a career in nursing to high-school students and persons changing careers.

Planning entails writing specific, useful, realistic objectives (the why) that reflect both strategic and operational goals for the division of nursing and its personnel. Objectives become the reasons for an operational nursing management plan (the what), which detail the activities to be performed, the time frames for their accomplishment (the when), the persons responsible for accomplishing the activities (the who), and strategies for dealing with technical, economic, social, and political aspects. These operational plans have control systems for monitoring performance and providing feedback. They address the budget.

In addition to the previous elements of planning, Meier indicates that good management begins "with a coordinated purposeful organization of people who collectively on a functional responsibility basis" do the following:[52]

- Plan the organization
- Provide personnel
- Provide facilities
- Provide capital
- Set performance standards
- Develop management information systems
- Activate people

Good management keeps the nursing agency successful, ensuring its growth, success, and direction and a return on investment in the future. It is the responsibility of the nurse manager to prepare a plan carefully. Beyers recommends that nurse executives be involved in the following elements of strategy planning:[53]

- Product/market planning
- Business unit planning
- Shared resource planning
- Shared concern planning
- Corporate-level planning

Nursing in all areas, clinical and managerial, must consider competition. The patient will go where there is higher quality nursing care, which results from effectively planned and managed change. Nurse educators should perform market surveys to determine the nursing products and services that consumers want.[54] This activity itself constitutes change and results in patient-centered changes. Recent attention to nurse sensitive indicators, quality indicators, and improvement offers an opportunity for nurses to showcase the impact of professional nursing practice through specific and comprehensive planning processes.

Considering the theory of the business of the healthcare organization and of nursing, what practices or people need to be abandoned? This may include products, services, markets, distribution channels, and every end user who does not fit the theory of the business. End users do not need many organizations to get information; they use the Internet to obtain information on providers and services. Nursing's goal is to improve this information and these services in the interest of survival and progress; the opportunity is with maintaining physical and mental functioning of individuals and populations. Drucker suggests managers look at windows of opportunity:[55]

- The organization's own unexpected successes and failures, as well as the unexpected successes and failures of the organization's competitors
- Incongruities, especially in the process, whether of production or distribution, or in customer behavior
- Process needs
- Changes in industry and market structures
- Changes in demographics
- Changes in meaning and perception
- New knowledge

Strategic Planning

Drucker defines strategic planning as "a continuous, systematic process of making risk-taking decisions today with the greatest possible knowledge of their effects on the future; organizing efforts necessary to carry out these decisions and evaluating results of these decisions against expected outcome through reliable feedback mechanisms."[56]

Nursing administrators can increase effectiveness through strategic planning, which can promote professional nursing practice and the long-term goals of the organization and the division of nursing. Clear, complete plans are developed in seven areas of key results, designed to include standards of performance that challenge and inspire:[57]

1. Client satisfaction
2. Productivity
3. Innovation
4. Staff development
5. Budget goals
6. Quality
7. Organizational climate

Strategic planning in nursing is concerned with what nursing should be doing. Its purpose is to improve allocation of scarce resources, including time and money, and to manage the agency for performance. Strategic planning provides strategic forecasting from 1 to more than 20 years; organizations that change rapidly may need to engage more frequently in strategic planning. It should involve top nurse managers and representatives of all levels of nursing hierarchy; including input from clinical nursing personnel promotes professional satisfaction throughout the nursing department and increases the likelihood of successful implementation. The process includes analysis of factors such as projected technological advances, the internal and external environments, the nursing and healthcare market and industry, the economics of nursing and health care, availability of human and material resources, and judgments of top management.[58]

The strategic planning process is used to acquire and develop new healthcare services and product lines, including new nursing services and products. Strategic planning is also used to divest outdated services and products. Both activities present moral and ethical dilemmas for the managers and practitioners of nursing. Strategic planning can foster better goals, clear corporate values, and better communication about corporate direction. It can lead to changes in operations, management, and organization. Strategic planning can produce better management strategy and analysis and can forecast and mute external threats.

"Environmental scans" are tools of the strategic planning process. These scans include identification of future trends, risks, and opportunities. Environmental scans also identify projected governmental, demographic, and social changes that will affect nursing strategic planning in an era of healthcare reform, aging population, single parenthood, drug use, crime and violence, and problems in the education system.[60]

> "The process of strategic planning is more important than the plan itself. The process serves to give planners a sense of direction, involves everyone, and enables unexpected opportunities to be seized and unexpected crises to be dealt with."[59]

Odiorne recommends the following process for crafting strategic plans:[61]

1. Identify the major problems of your organization to determine where you are headed and where you want to be. This process is called gap analysis. This technique examines markets, products,

customers, employees, finances, technology, standards, and community relations. Cabinets or task forces from each area may be helpful in performing gap analysis and identifying major problems.

2. Examine outside influences that relate to the key problems of your organization. Focus on the few major issues.

3. List the critical issues, that is, those that affect the entire organization, have long-term impact, and are based on irrefutable evidence rather than media hype.

4. Rank the critical issues according to their importance to your organization, and plan accordingly: "must do," "to do," and "important, but not urgent." Then divide these critical issues into "success producers" and "failure preventers."

5. Decide the issues critical to all organization managers.

6. Include time in the budget.

Figure 9-19 lists ways in which strategic planning can be used to improve management. The process of strategic planning has several phases, as summarized in **Figure 9-20**.

Strategic planning includes both planning of the process and strategy for implementing the plan. During the strategic planning process, analysis of the business environment and the internal capabilities of the organization for producing a product or service suited to success in the business environment are analyzed. Goals and strategies are also set during the planning process.[62]

FIGURE 9-19   How Strategic Planning Can Be Used to Improve Nursing Management

- To provide accountability and monitoring of performance; to tie merit to performance.
- To set up more formal planning programs and require divisional and unit planning.
- To integrate strategic plans with operational and financial plans.
- To think and concentrate more on strategic issues.
- To improve knowledge of and training in strategic planning.
- To increase top management involvement and commitment.
- To improve focus on competition, market segments, and external factors.
- To improve communication from top administration and nursing management.
- To allow better execution of plans.
- To be more realistic and rationalize and vacillate less.
- To improve the development of nursing management strategies.
- To improve the development and communication of nursing management goals.
- To put less emphasis on raw numbers.
- To anticipate the future and plan for it.
- To develop the annual budget.
- To focus on quality outputs that will improve nurse performance and productivity, decrease losses, and increase return on equity.

Source: Author.

FIGURE 9-20 Summary of Phases of Strategic Planning Process

Phase 1: The Mission and the Creed

Develop statements that define the work, the aims, and the character of the division of nursing. These include idea statements of shared values and beliefs. They are called mission (or purpose) and philosophy statements and relate to personnel, patients, community, and all other potential customers.

Phase 2: Data Collection and Analysis

Collect and analyze data about the healthcare industry and nursing. The data should include internal factors that define the work and effect employees, clients, stockholders, and creditors; technological advances; threats; opportunities to improve growth and productivity. The external factors such as competition, communities, governmental and political issues, regulations, and legal requirements; marketing and public relations; trends in the physical and social work environments; and communication are included. Use simple and complex forecasting techniques, including trend lines, group consensus, nominal group process, and a qualitative decision matrix that uses probabilities based on conditions of certainty, risk, and uncertainty.

Phase 3: Assess Strengths and Weaknesses

Define factors from the data analysis that influence management of the division of nursing. List them as strengths/opportunities that facilitate effectiveness and achievement of goals and objectives or as weaknesses/threats that impede achieving goals and objectives. Define the current position and strength of the unit.

Phase 4: Goals and Objectives

Write realistic and general statements of goals. Break the goals down into concrete written statements of objectives the division of nursing intends to accomplish in the next 3 to 5 years.

Phase 5: Strategies

Identify untoward conditions that could develop in achieving each objective. Note administrative actions to avoid or manage them. Use this information to modify goals and objectives, making contingency plans for alternative actions. Define the organization needed for implementing strategic plans. It should be interactive if cross-functional activities are involved—a matrix organization.

Phase 6: Timetable

Develop a timetable for accomplishing each objective. Identify by geographic units as well. This phase produces or becomes part of the plans.

Phase 7: Operational and Functional Plans

Provide guidelines or general instructions that lead functional and operational nurse managers to develop action plans to implement the goals and objectives. These include detailed actions, policies, practices, communication and feedback, controlling and evaluation plans, budgets, timetables, and persons to be held accountable.

Phase 8: Implementation

Put the plans to work.

Phase 9: Evaluation

Provide for formative evaluation reports before, during, and after the implementation of operational plan. Provide for summative evaluation that is quantified. Report actual vs. expected results. Evaluate the strategic mission, and plan frequently. Provide continuous feedback that can be used to modify and update the plan. Use people who implement the plan to evaluate it.

Source: Author.

Peters believes that strategic planning should be a line exercise rather than a staff one. The focus should be on building a workforce that is well trained, flexible, and quality conscious.[63] Strategic plans should be developed from the bottom up, the front line where business occurs. The written plan should be shared with everyone and should not be slavishly followed because it is constantly affected by change and should be modified every year.[64]

Obviously, with constant, quick changes in markets and operations, time management is vital to strategic planning. Strategic plans should be capable of being quickly made and changed.

Implementation of strategic plans includes strategies related to proper activities, organizational structure, company resources, and support systems. The various strategic plans of the organization should be linked to avoid internal conflicts. These links include operations, finance, human relations, marketing, budgeting, and personal action. All the elements of a strategic plan make up a system, and these elements of a system need constant monitoring for their success.[65]

Strategic or long-term planning came into vogue after World War II and is widely used in business and industry. It is becoming prevalent in the healthcare world because of technological change, modernization of the industry, increased government roles, and increased complexity of nursing management. In strategic planning, nurse managers are required to manage in the future tense by defining the future of nursing in areas such as setting objectives, developing an organization to achieve those objectives, allocating resources, and implementing objectives through specific best practice policies and plans. Nurse managers must continually evaluate and provide feedback for accomplishing these objectives and developing new strategic plans with new objectives that include planning for research use in nursing practice.[66]

A strategic plan is coldly objective in evaluating what the nursing business is and what it will be. It does not leave success to chance, and it prevents the status quo from paralyzing nursing progress. Strategic planning leads to strategic management and becomes an integral part of thinking in all management operations, including budgeting, information, compensation, organization, leadership development, patient education, and decision support systems.[67]

One of the benefits of strategic planning is that it gives a sense of direction to the managers and practitioners of nursing within the organization. The strategic plan becomes a flexible control mechanism that can be modified to deal with variables, conserve resources, and provide professional satisfaction. The strategic plan deals concretely with complex projects or programs in multistage time sequences.[68]

Conclusions about the Strategic Planning Process

Strategic planning is often considered to be a goal-setting process that is largely carried out by top management. There are many instances of long-term plans being made but fewer instances of their having been put to use. Operating nurse managers need to be trained in the strategic planning process; include techniques to involve operational managers and thereby commit them to decisions. Development of global goals and strategies broadens the identification and solution of problems, reducing threats to and unveiling opportunities for the organization.

"A cyclic model of strategic planning provides for continuous assessment of an organization's mission, values, vision, and primary strategies. This assessment is based on feedback from benchmark analysis, shareholder impact, and progress in implementation of strategies."[70]

The demonstrated usefulness of scientific planning influences the behavior of operating managers. Rewards, in the form of both pay and praise, motivate these operating managers.

Strategic planning has many benefits. It provides for objective consideration of strategic choices or options that are better matched with organizational goals and objectives. With strategic planning, the outlook becomes future oriented, resources are allocated systematically, and rapid change is accommodated.[69] Strategic plans must be dynamic to take advantage of these benefits, projecting trends and directions. These plans are the blueprints that are to be updated as the environment changes the phases and stages in the process of strategic planning (summarized in Figure 9-20).

If they are to survive, urban healthcare organizations have to do strategic planning similar to that done by many rural hospitals:[71]

- Involvement of outside organizations in fostering community change
- A high degree of community commitment and investment in all stages of the process
- Comprehensive identification of problems in the healthcare system by outside consultants
- The use of periodic meetings of communities confronting similar issues
- Identification and development of local leadership
- Enhancing teamwork among local healthcare providers
- Development of conflict-resolution mechanisms within healthcare organizations

"Healthcare institutions have to make global competitiveness a strategic goal. With the world awash in 'virtual money' in portfolios of investments, healthcare leaders have responsibility for institutional investments of endowment funds. For-profit institutions are a part of people's investment portfolios.[72] Nurse leaders should take advantage of this situation through the strategic planning process."

Functional and Operational Planning

Objectives must be converted into actions, that is, activities, assignments, and deadlines, all with clear accountability. The action level is where nurse managers eliminate the old and plan for the new. It is where time is put into perspective and new and different methods can be tried. The action level is where nurse managers answer these questions over and over again: What is it? What will it be? What should it be?

An operational plan is the written blueprint for achieving objectives; it is the organization and direction of the delivery of nursing care. It includes planning to create a budget, to create an effective organizational structure that encompasses a quality monitoring process, and to direct nurse leaders, an administrative staff, and new programs.[73]

The operational plan does the following:

- Specifies the activities and procedures used
- Sets timetables for the achievement of objectives
- Tells who the responsible persons are for each activity and procedure
- Describes ways of preparing personnel for jobs and procedures for evaluating patient care
- Specifies the records kept and the policies needed
- Gives individual mangers freedom to accomplish their objectives and those of the institution, division, department, or unit

The operational plan is sometimes called a management plan (**Figures 9-21** and **9-22**).

Nursing planning performed at a service or departmental level is referred to as functional planning. It generally relates to a specialty service within a nursing division. For example, the staff development director would be included in development of the strategic plan but would develop operational plans for staff development as a whole and for specific services or units. Likewise, the director of a home health-care agency would assist in developing the strategic plan for the company but would develop agency mission, philosophy, goals, objectives, and operational plans. With decentralization, each nurse manager would develop a strategic plan for his or her unit to be integrated into the organization's strategic plan.

Operational plans are everyday working management plans developed from both long-term objectives and the strategic planning process and short-term or tactical plans. In development of operational objectives, new strategic objectives can emerge or old ones can be modified or discarded. Strategic and tactical plans are made into operational plans and carried out at all levels of nursing management.

FIGURE 9-21   Operational Plan

Objective

The clients receive skilled nursing services to meet their total individual needs as diagnosed by professional nurses. This process is systematic, beginning with the gathering of base data, and it is planned, implemented, evaluated, and revised on a continual basis. It covers physical, emotional, spiritual, environmental, social, economic, and rehabilitation needs and includes health teaching involved in the planning of total client care. Its ultimate goal is to assist clients to, or return them to, optimal health status and independence as quickly as possible.

Actions	Target Dates	Accomplishments
Institute primary care nursing	January 1–June 30	Assigned to Ms. Scott. Decision made to attempt to use self-care concepts of Orem: (1) definition and (2) nursing systems.
1. Assign problem of overall development of a plan	January 31	
2. Assign development of a self-care concept for application using Orem[15] and Kinlein[16] as references	February 15	January 19: Assigned to Ms. Longez. In a discussion with Ms. Scott and Ms. Longez, the decision was made to investigate application of self-care using the nursing process as described by Kinlein. The nursing staff were particularly interested in the nursing history process described by Kinlein. Ms. Longez has added this dimension to her assignment. She has requested Mr. Jarmann be assigned to assist her, and he has agreed.
3. Organize resources	February 28	February 5: Ms. Scott has just updated me on the project. A good portion of her plan has been developed. They are now making a staffing plan, including job descriptions and job standards. February 27: The plan is completed and has been discussed with me. A few minor adjustments are being made.
4. Coordinate plan (a) Nursing personnel (b) Administrator (c) Public relations (d) Physicians (e) Other as needed	March 31	Done. All want to participate. Done. Announcements made to community through news media. Done and well received. Presented to board per request of administrator. They want progress reports.
5. Select and train staff	April 30	Assigned to Ms. Finch for training. Will be assisted by Ms. Scott and Ms. Longez. I will select staff with their recommendation.
6. Implement	June 30	Ms. Scott wants to direct implementation and I have concurred.

Source: Author.

FIGURE 9-22   Standards for Evaluation of Management Plan of Nursing Division, Department, Service, or Unit

1. The written management plan should operationalize the strategic goals of the organization as well as the objectives of the nursing division, department, service, or unit. It should specify activities or actions, persons responsible for accomplishing them, and target dates or time frames, as well as providing for evaluation of progress. Each activity or action should be listed in problem-solving or decision-making format, as appropriate.

2. The management plan is personal to the incumbent, who should select the standards for developing, maintaining, and evaluating it. The nurse manager should solicit desired input from appropriate nursing persons and others.

3. The actions listed should reflect planning for the following:

    a. Nursing care programs to ensure safe and competent nursing services to clients

       i.   The nursing process, including data gathering, assessment, diagnosis, goal setting and prescription, intervention and application, evaluation, feedback, change, and accountability to the consumer

       ii. A process and outcome audit

       iii. Promotion of self-care practices

    b. Establishment of policies and procedures for using competent nursing personnel: recruitment, selection, assignment, retention, and promotion based on individual qualifications and capabilities without regard to race, national origin, creed, color, sex, or age

    c. Integration of nursing care programs into the total program of the healthcare organization and community through committee participation in professional and service activities, and credentialing of individuals in organizations, including nursing organizations

    d. A budget that is evaluated and revised as necessary

    e. Job descriptions that include standards stated as objectives, outcomes, or results and that are known to the incumbents

    f. Specific utilization of personnel. This part of the plan should:

       i.   Conform to a staffing plan that is based on timing nursing activities and rating of patients

       ii.   Match competencies of people to total job requirements

       iii. Place prepared people in practice

       iv.   Place prepared people in administration

       v.   Place prepared people in education

       vi.   Place prepared people in research

       vii. Foster identification of non-nursing tasks and their assignment to appropriate other departments or non-nursing personnel

       viii. Recognize excellence in all fields: administration, education, research, and practice

    g. Provision of needed supplies and equipment for nursing activities

    h. Provision of input into remodeling and establishing required physical facilities

    i. Orientation and continuing education of all nursing personnel

    j. Education of students in the healthcare field according to a written agreement and collaborative implementation between faculty of the educational institutions and personnel of the service organization

    k. Development of nursing research staff, research activities, and application of the research findings of others

    l. Evaluation of all objectives—organizational, divisional, departmental, and at the service and unit level, as well as those stated in the individual's job description and standards

4. The management plans should have mileposts that are reasonable and attainable, with deadlines included.

5. Management plans should be based on complete information.

Source: Author.

Operational managers develop goals, objectives, strategies, and targets to set the strategic plan in motion. They match each unit goal or objective to a strategic goal or objective; their objectives can be much more detailed and specific than the strategic objectives. Numerous operational objectives can support one strategic objective.

All aspects of an operational plan are based on goals and on their achievement. The individual leadership style determines whether goal setting will be top down or bottom up. Bottom-up goal setting is participatory, using guidelines from the operational manager.[74] Participatory goal setting is believed to increase workers' commitment and achievement. Increased participation leads to greater group cohesiveness, which in turn fosters increased morale, increased motivation, and increased achievement and productivity. Individuals, including nurse managers, can ensure greater relative success in achievement of goals by building additional resources and time into their plans. Nurse managers who reject the goals of participating staff should explain reasons for rejection. Participation in goal setting alone will not ensure success. **Figure 9-23** suggests a timetable for strategic and operational planning. Like the plan itself, such planning should be dynamic and flexible.

The concept of goals as broad in nature and objectives as detailed is sometimes confusing to some participants in the planning process, particularly nurse managers. In nursing, written organizational goals have seldom been used and probably did not exist in many agencies. More attention is now being given to this aspect of management. External influences create the demand for a strategic plan, and more nurse managers have had management education and training.[75]

FIGURE 9-23   Timetable for Strategic and Operational Planning

1. Organization

   Mondays 7–9 A.M. Conference room. Breakfast.

   Attendees: Chief executive officer (CEO), assistants (including for division of nursing), and understudies

   Agenda: CEO, with input from all others, relates each item to strategic plan. CEO updates and develops written operational plans at meeting or immediately following, then reviews them for next agenda for progress and for strategic plan development.

   Minutes: Prepared and distributed to attendees

2. Division of Nursing

   Monday 3–4 P.M. Nursing conference room.

   Attendees: Chief nurse executive (CNE), associates, department heads, chairs of clinical consultants, nursing management, and staff nurse committees

   Agenda: Chairs, with input from CNE and all others, relate each item to strategic plan of division of nursing. These goals and objectives have already been coordinated with the organizational strategic plan. CNE and others update operational plans of division and departments during meeting or immediately following, then review them for next agenda for progress and nursing strategic plan development.

   Minutes: Prepared and distributed to attendees, to CEO, and to selected leaders and stakeholder

3. Service and Unit

   CNE and/or associates meet with their nurse managers and representative clinical nurses at mutually determined times and places. The groups have agendas, keep minutes, update written operational plans, and provide feedback to top nurse managers and clinical nurse staff.

Source: Author.

Some organizations do not develop separate goals and objectives. Instead, they develop objectives and from them create management plans. In actual practice, as organizational objectives are developed into operational plans, specific goals and objectives are written for each major activity. The goal is to plan, assess progress toward goals and objectives at all levels, and provide feedback to all levels of management.

Planning New Ventures

In an era of competitiveness, every nurse manager may be called on to develop ideas for new ventures (nursing products or services). For example, continuing education courses can be packaged, marketed, and presented within the organization or taken on the road. Hospitals have moved into home health care, telehealth, durable medical goods, wellness and fitness programs, storefront clinics, and many other ventures. The basic rule for undertaking new ventures is to do sound planning.

Any new venture should have a separate marketing plan. The nurse manager consults with marketing department personnel and develops a marketing operation plan to do the following:[76]

- Define problems and opportunities that may confront the new enterprise and product
- Define the competitive position of the product and set objectives to meet anticipated problems and opportunities
- Detail work steps, schedules, assignment of responsibility, budgets, and other elements of implementation
- Describe the monitoring (control) plan

The marketing plan should be separate from a primary operational plan and should include gathering and analysis of data related to the product or service as it already exists in the area. For example, if the product is continuing education, who are the customers? They could be nurse managers, nurse educators, registered nurses, licensed practical nurses, or members of other healthcare disciplines. What is the competition in the market area? Is it local or imported from educational institutions and for-profit companies? Who pays for the course—employers and/or individuals?

In addition, the operational plan gathers and analyzes data that pinpoint possible strengths, weaknesses, problems, and opportunities. It identifies strategies for taking competitive advantages. Each opportunity, problem, strength, and weakness should be addressed by definitive objectives developed into operational plans for advertising, product development, and even personal selling.

Before any new venture is launched, a control plan is made. This plan includes measures of performance, such as numbers or amounts of products or services to be sold within specific time frames. Managers are assigned responsibility for comparing expected results with actual results and for making corrections in all elements of the plan and its implementation. This plan can be achieved with marketing and operational plan checklists.[77] **Figure 9-24** illustrates an operational plan for the development of an intermediate cardiac rehabilitation program.

Nursing service planning supports the mission and objectives of the institution. For this reason, the nurse administrator needs to know the plans and programs of the health facility administrator and of other departments in which personnel contribute to the joint effort of providing healthcare services. The nurse administrator should be a participatory, voting member of all important committees of the institution including those dealing with budgets, planning, credentialing, auditing, utilization, infection control, patient care improvement, the library, or any other committees concerned in any way with nursing service, nursing activities, and nursing personnel.

The nurse administrator who participates in institutional committee work achieves an overall view of agency problems and activities and is in a position to interpret problems, policies, and plans of the agency to nursing personnel. He or she can also interpret nursing needs and problems to personnel of other departments. This planning integrates the nursing care program into the total program of the healthcare institution.

Business Plans

Business plans are detailed descriptions of the process for ensuring launching of a new product or product line, project, unit, or service. Business plans meet many of the standards for strategic planning as they are projected over an extended time period of months or years. Their purpose is to provide sources of information for investors and decision makers, motivation, and measurement of performance.[78] Business plans are the blueprints for ventures. A clinical nurse specialist who decides to enter private practice as a consultant should write a business plan to solidify ideas and prepare for the unexpected.[79]

The following are key elements of a business plan as described by Johnson and others:[80]

- Introduction: The nature, goals, objectives, and desired outcomes of the proposed business
- Description of the business: The goals, nature, and history of the sponsoring institution, nature and history of the product, and industry trends
- Market and competition analyses: The target audience, pricing, promotion, placement, and positioning; data from solid market research are used
- Product development: Product description, resources, time frames for development, and quality control plan
- Operational plan: The location, facilities, labor force, and equipment
- Marketing plan: To market services or products, the mission, marketing research, measurable goals, strategies, and staffing and financial plans
- Organizational plan: To recruit qualified employees, an organizational chart and job descriptions
- Developmental schedule: To include planning for growth
- Financial plan: To secure capital
- Executive summary

Business plans are often categorized as strategic plans. Many of the key elements are the same, although a business plan is more detailed than a strategic plan. Actually, a business plan is developed for each new venture emerging from a strategic plan. This is essentially making the business case for any new project or programs. Developing a business plan is not unlike outlining strategies for a project plan. Using a project management methodology, the business plan has a beginning and an end, designed to specify the need (needs assessment), evidence to support changes, and outcomes to measure to determine efficacy.

Figure 9-25 is a modified business plan/operational plan for accomplishing objectives related to management improvement and resource management for an intensive care unit.

Practical Planning Actions

Practical day-to-day planning actions of value to the nurse administrator include the following exercises:

1. At the beginning of each day, make a list of actions to be accomplished for the day. Cross off the actions as they are accomplished or at the end of the day. At the beginning of the next workday, carry over actions not accomplished. Either do them first or decide if they are actions that really need to be done. Do not hold tasks over from one day to the next indefinitely.
2. Plan ahead for meetings. If the meeting is a nursing responsibility, prepare and distribute the agenda in advance. Have a secretary call members for their items to be listed on the agenda.

FIGURE 9-24 Division of Nursing–Cardiac Rehabilitation Program

Strategic Objective

The patient is provided with an effective patient and patient's family teaching program, which includes guidance and assistance in the use of medical center resources and community agencies that can contribute support to the patient's total needs.

Operational Objectives	Actions	Target Dates and Persons Responsible	Accomplishments
Determine cardiologist's perception of the program: goals, resources to be used, breadth of services to be provided, etc.	1. Prepare an agenda for meeting with cardiologist	Do by July 1, 200x. Swansburg (S) and Perry (P)	The following agenda was developed: • Need for new services. • What will they be? • What will they cost? • What will be charged? • Who will pay? • Where will they be done? • Who will do them? • How many patients? • What equipment and supplies are needed?
	2. Make appointment with cardiologist.	May 3, 200x, at 11 A.M. in Dr. C's office; S and P	May 3, 200x: Had a meeting with Dr. C, the cardiologist. The purpose of this program is to rehabilitate patients following open-heart surgery, angioplasty, and post-MI. It is the intermediate phase between acute care and when they enter 'bounce back.' The following decision evolved from the meeting: 1. This program will be limited because no other such services are available. 2. Services will include physical exercises, monitoring, progress report by patient, counseling as indicated. 3. Only patients with insurance or ability to pay will be accepted. 4. It will be done in PT on Mon., Wed., and Fri. from 7 to 9 A.M. 5. Equipment and supplies will be in-house. 6. The CV clinical nurse specialist will be the project director.

FIGURE 9-24   Division of Nursing–Cardiac Rehabilitation Program (Continued)

Operational Objectives	Actions	Target Dates and Persons Responsible	Accomplishments
Meet with the CV clinical nurse specialist and plan the program.	3. Make appointment with nurse D to plan the program.	May 4, 200x, 8 A.M.; S and P with D.	Plan: 1. D will coordinate with PT director. 2. P will figure cost of program by the hour and set charges with accounting office. 3. D will borrow equipment to run the program until the next capital budget. 4. Accomplish this by May 12, 200x.
Have plan completed by May 31, 200x.	4. Set up a control chart to identify when each phase of project will be completed.	May 12, 200x; P.	May 10, 200x: Done. Posted.
	5. Write policy and procedure for the program. Include admission and discharge procedures and emergency plan.	May 31, 200x; D.	May 29, 200x: Draft presented; minor changes needed. May 31, 200x: Done.
	6. Obtain equipment and supplies.	May 31, 200x; D.	May 17, 200x: Done.
	7. Coordinate with PT director.	May 12, 200x; D.	May 17, 200x: Done.
	8. Meet with cardiologist when all this is done.	June 1, 200x; P, S, and D.	June 2, 200x: Met with cardiologist. Dr. C is happy with plan and will be ready to start on July 1, 200x. June 15, 200x: Insurance reps will visit the program and make decision. Appointment made. Marketing plan is already in operation with announcements mailed to all area cardiologists. D has a good evaluation plan.
Provide for third-party reimbursement.	9. Discuss with insurance companies.	June 15, 200x; P.	
Develop marketing plan.	10. Prepare detailed marketing plan.		
Develop evaluation plan.	11. Prepare evaluation plan.	June 30, 200x; P and D.	
	12. Implement program.	July 1, 200x; D.	July 1, 200x: Had our first patient today. Cardiologist was there as required by insurance companies. All went well.
	13. Evaluate the program weekly until stabilized.	D, beginning July 8, 200x.	

Source: Author

FIGURE 9-25 Operational Plan–Intensive Care Unit

Management Improvement: Unit Objectives, February 1, 200x

1. Precipitate imaginative thinking to improve existing procedures, capitalize on time expenditure, and introduce modern concepts and materials that directly enhance unit accomplishment.

2. Promote creativity in improving the existing patient environment.

3. Provide more modern concepts of total patient care by constant review and revision of unit administrative/managerial policies.

Plans for Achievement of Objectives	Actions	Target Dates	Accomplishments
Plan and implement a continuing unit improvement program.	1. Conduct a continuous review and analysis of unit improvement efforts through	February	Reviewed and found current for following reasons:
	a. Monthly unit conferences to review and update philosophy and objectives. Strive to accomplish more in each objective area.	February–July	Turnover in personnel is fast. Not all objectives were adequately met; need to establish a better way of accomplishing them.
	b. Patient suggestions	Review each month	Done.
	c. Suggestions of superiors	Daily	Done. In addition, all nurses were counseled by the charge nurse. Nursing technicians are presently receiving counseling, and all is being documented. Counseling had not been documented in 6 years, except for remarks such as "Things went well and we did our job, so no counseling was needed."
	d. Revision of unit procedures	April	
	e. Briefing of all personnel. Discuss philosophy, objectives, job descriptions, performance standards, hospital and nursing service policies and procedures, and unit procedures.	February	
	2. Review equipment and supplies for improvement by addition or deletion.		Disapproved. Disposable tubing was approved, ordered, and in use by June.
	a. Submit work order to alter a locker as a drying cabinet for respirator parts, because moisture provides a growth medium for *Pseudomonas* bacteria.		New floor to be done by August 1. Compressed air started by March 15. Cardiac monitors arrived April 3. Patient units 1, 3, and 4 were equipped. Unit 4 was designated the maximum monitoring site and is to be used to monitor patients with Swan-Ganz arterial lines and questionable cardiac conditions.
	b. Check on status of new floor, piped-in compressed air system, and cardiac monitors.	February–April	

FIGURE 9-25   Operational Plan–Intensive Care Unit (Continued)

Plans for Achievement of Objectives	Actions	Target Dates	Accomplishments

Review standardized policies and procedures for implementation of more current concepts of improved care accomplishments.	3. Evaluate all areas of management for current standardized efficiency.
	  a. Check all areas of infection sources.
	    i. Air exchange and pressure checked quarterly.
	    ii. HEPA filters changed quarterly.
	    iii. Check wall suction, because filters do not appear to be doing the job.
	    iv. Eliminate messy bedside stands.
	  b. Improve safety.
	    i. Secure equipment.
	    ii. Isolate oxygen nebulization units from suction.
	    iii. Send all equipment to central supply for processing.
	    iv. Improve efficiency of Ambu resuscitators.
	4. Projected: An anesthesiologist will be assigned to the intensive care unit. All bronchoscopies will be done here. Open heart surgery is still an open and current topic.
		February
		
		February
		
		February
		
		February
		
		April
		April
		
		April
		
		April
			This was done, and cleaning procedures were looked at and improved when they appeared poor. HEPA filters were replaced in February. Wall suction valves were replaced. Pipelines were found to be clogged with secretions, and system had to be purged. Shelves were mounted on wall by four units to replace bedside stands. Respirators, nebulizers, and blenders were mounted on wall above each patient unit. Suction bottles were relocated and outlets changed in an effort to isolate them from the oxygen nebulization units. Swan-Ganz catheters were standardized, and requisitioning was transferred from the unit to central supply. Ambu bags were equipped with corrugated tubing to serve as an oxygen reservoir and deliver a maximum concentration of 99% to 100%. The disposable Aqua-pack nebulizer was deleted, resulting in a $40 per case saving.

Resource Management

1. Provide, secure, and maintain the appropriate and economical use of supplies and equipment that permit unit personnel to devote maximum time and care to patient activities.

2. Provide the unit with adequate tools for safe and effective patient care.

3. Provide the unit with conservative utilization and centralization of unit supplies and equipment, thus promoting peak efficiency in meeting patients' needs.

(continues)

FIGURE 9-25 Operational Plan–Intensive Care Unit (Continued)

Plans for Achievement of Objectives	Actions	Target Dates	Accomplishments

Plan, evaluate, and project needed supplies and equipment that enhance effective and safe nursing care.	Identify projected needs with unit manager through review of
	1. Unit inventories of equipment and budgetary estimate
	2. Standards for supplies
	3. Availability of supplies and equipment
	4. Economical use of supplies and equipment
		February	Items ordered (projected replacements for 200x–200x):
			  1 electronic thermometer
			  1 IV pump
			  5 transducers
			  1 ventilator
			  1 sphygmomanometer
			  1 Wright respirometer
			  4 metal storage cabinets
			  4 Ambu bags
			  1 blood gas analyzer
			  New cubicle curtains

Plan and execute appropriate utilization of materials.	1. Economical use of expendable supplies and adequate safeguards to prevent misuse and loss
	2. Knowledge of principles of operation of appropriate mechanical equipment and procedures for effecting prompt servicing and repairs
			Items replaced:
			  ECG and defibrillator
			  portable ECG machine
			   spirometers
			  suction regulators
			Items deleted:
			  1 electronic thermometer
			  1 internal/external defibrillator
			   (to dog lab)
			  2 compressor units
			Miscellaneous:
			file card supply system revamped
			shelving obtained for lower doors
			Personnel turnover:
			  Projected losses:
			    Ms. Speich, RN, June
			    Ms. Ullman, RN, August
			    Ms. Urbom, RN, May
			    Ms. Malloy, RN, June
			    Mr. Falco, ward clerk, April
			  Projected gains:
			  Ms. Tishoff, RN, May
			    Mr. Robertshaw, RN, May
			    Mr. Angelus, RN, April
			    Mrs. Figuera, unit secretary, April
			        Myra C. Breck, RN
			        Nurse Manager, ICU

Source: Author

Have a secretary forward nursing items for the agenda of organizational meetings to the appropriate chair in advance. Prepare for the presentation.

3. Identify developing problems and put them in the appropriate portion of the division's operational or management plans.

4. Review the operational or management plan on a scheduled basis. Do this with key managers so that each knows his or her responsibilities for accomplishment of activities.

5. Review the appropriate portions of the division operational or management plan with other nurse managers when counseling them.

6. Plan for discussion of ideas gleaned from professional publications. This activity can be part of a job standard, with different managers assigned specific topics or journals. Doing so may help integrate best practice solutions from the best available evidence.

7. Suggest similar practical planning actions to other nurse managers.

Planning is also necessary to provide programs for orientation and continuing education for nursing personnel so that all will be current in applying evidence-based practice principles. Sustained improvement at the point of care and with other administrative and hospital services necessitates initiation and utilization of and participation in studies or research projects in the healthcare field. Two additional important areas for planning are educational programs that include student experience in the division of nursing and evaluation of clinical and administrative practices to determine whether the objectives of the division are being achieved.

Divisional Planning

There are many important reasons for planning, and avoiding duplicated efforts is one of them. Planning also improves communication throughout the division and the institution and reduces fragmentation by helping to keep functional units headed in the same direction. Planning is vital management training for all nurse managers. During its initial phases, planning uses an objective analysis of the division to determine its current status. The mission, strengths, weaknesses, and environment are analyzed, and a survey is performed of how all employees feel about the division. The analysis also assesses the future of the division and the major threats and opportunities it faces during the next year and the next 5 to 10 years. Planning engineers a design for monitoring and evaluating divisional performance. This design involves as many people as possible in planning and managing their areas of responsibility.

Once managers and employees have agreed on objectives, programs and projects, and schedules, employees can control their own jobs and report only when things turn out better or worse than planned.

"Planning is such a primary and essential element of management that managers cannot be effective without it."

"Provision of nursing care to patients is the purpose of a division of nursing. Nursing standards require qualified nursing personnel who collect data and make nursing diagnoses based on patients' needs and according to patient care standards. Nursing standards further indicate that cooperation among disciplines is expected."

All planning requires discipline and organization on the part of managers. Planning should be approached logically and calmly; it may threaten the insecure and may even threaten the nurse administrator, who must provide total support in terms of giving or obtaining the resources to accomplish divisional planning. Strategies are developed to address these problems and to ensure that representative nurse managers participate on all planning teams.

Unit Planning

Planning extends to the operational units of any healthcare agency; the processes involved are the same. It is in the units that the work for which nursing exists takes place. Planning should be done on a daily, weekly, and long-term basis. Daily planning is related to patient care and includes history taking, assessment, and nursing diagnosis and intervention. It involves matching people to jobs, developing policies and procedures specific to the patient population, identifying educational needs, preparing and conducting educational programs, coordinating patient care activities, supervising personnel, and evaluating the planning process and its results as summarized in **Figure 9-26**. Also included in unit planning are the implementation of theories of nursing care into the management and practice of nursing, an effective and efficient nursing care delivery system, and a system of statistical process control. Unit objectives should be clearly defined and a sound management or operational plan made to achieve them.

FIGURE 9-26   Standards for Planning Process

	Yes	No
1. The plan is written.	_____	_____
2. It defines the nursing business.	_____	_____
3. It contains objectives (general and specific goals).	_____	_____
4. It defines strategies.	_____	_____
5. It supports the mission.	_____	_____
6. It details forecasted activities for 1 year.	_____	_____
7. It details forecasted activities for longer than 1 year.	_____	_____
8. It has been developed with input from clinical nurses and line managers.	_____	_____
9. It addresses resources (personnel and facilities).	_____	_____
10. Changes are evident.	_____	_____
11. Financial plans are included.	_____	_____
12. Needs are identified and supported.	_____	_____
13. Priorities are listed.	_____	_____
14. Timetables are listed.	_____	_____
15. It is based on current data analysis.	_____	_____
16. It assesses both strengths and weaknesses.	_____	_____
17. It derives from a good nursing management information plan.	_____	_____
18. It is used and modified consistently.	_____	_____

Source: Author

EVIDENCE-BASED STRATEGIC PLANNING

Kaplan and Norton describe a balanced scorecard as a strategic planning and management system used in business and industry, government, and nonprofit organizations to align business activities to the vision, mission, values, and strategy of the organization. The authors note this method of measuring performances as a means of giving managers and executives a more "balanced" view of organizational performance. The phrase "balanced scorecard" was defined in the early 1990s; however, this type of approach was included in the beginning work of General Electric on performance measurement in the 1950s and in the work of French process engineers (who created the Tableau de Bord—literally, a "dashboard" of performance measures) in the early part of the 20th century.[81]

The balanced scorecard can improve internal and external communications and serve as a means to evaluate an organization's performance against strategic goals. Kaplan and Norton developed this performance measurement framework, adding strategic nonfinancial performance measures to more traditional financial indicators. Kaplan and Norton describe the importance of the managing process and identify four aspects to consider:[82]

1. Translating the vision and strategy: Clarifying the vision, gaining consensus
2. Communicating and linking: Communicating and educating, setting goals, linking rewards to performance
3. Business planning: Setting targets, aligning strategic initiatives, allocating resources, establishing milestones
4. Feedback and learning: Articulating the shared vision, supplying strategic feedback, facilitating strategy review and learning

Using the balanced scorecard from the four aspects described, four perspectives are outlined with each perspective identifying objectives, measures, targets, and initiatives. The four perspectives are:[83]

1. Financial
2. Internal business processes
3. Learning and growth
4. Customer

Considering each perspective and the objectives, measures, targets, and initiative in each area, a manager has a more comprehensive approach to their organizational business plan. Specifically, the balanced scorecard aids in aligning unit and individual goals with the strategy, linking strategic objectives to long-term targets and annual budgets, and identifying and aligning strategic initiatives. Using this framework, periodic evaluations can become a more systematic and methodical approach to planning.[84]

In recent years, the balanced scorecard approach has been linked to pay for performance measures that are reported publically. Center for Medicare and Medicaid CMS initiated public reporting of critical elements of care and defined metrics for home care and long-term care facilities. Accessed through the Internet, applications allow consumers to review measurements and metrics across facilities in the United States. As an extension of this process, hospitals have been included in this process demonstrating the relevance of balanced scorecards in consumer decision-making processes, linked to operational plans and desired clinical care outcomes.

Successful Planning

Keeping the responsibility for planning as a line management function is better than creating a separate planning staff of nurses, because nurses who use plans make them effective and productive, and they should be the ones to write the plans. Nurse managers ensure the plans are based on data from all sections and not biased by a few. Some people see planning as a management style; planning is a tool as well. Plan for what the health care of the future will be; with inflation and recession, the impact of the local economy on healthcare needs will always be an issue. Economics are forcing us to teach people to do more for themselves and their families. Nurse managers will certainly have to plan for changes in value systems.

Nurse managers should make decisions about the kind of planning to be undertaken and which management level should perform specific aspects of the planning. Involve personnel in planning activities they will carry out. Teach and combine the elements of planning with other management functions; ensure that all managers are involved. Accept outcomes that are different from those originally planned, as activities may quickly become outdated and require modified plans.

Research studies show that 20% of small businesses that did not perform strategic planning failed, whereas only 8% of small businesses that performed strategic planning failed.[85] Figure 9-26 outlines standards for the planning process.

CONTEMPORARY APPLICATIONS OF STRATEGIC PLANNING

In 2010, the Robert Wood Johnson Foundation in collaboration with the Institute of Medicine published *The Future of Nursing: Leading Change, Advancing Health*. This report highlighted the opportunities nurses have to transform health care through strategic initiatives emphasizing seamless, affordable care that is accessible, patient centered, evidence based, and demonstrated through measured outcomes. As the largest segment of the healthcare workforce, nurses have an opportunity and obligation to shape health reform and the report serves as a blueprint for strategic planning and action for nurses. Four overarching recommendations were offered to guide and shape planning and action by nurse leaders: (1) ensure that nurses can practice to the full extent of their education and training, (2) improve nursing education, (3) provide opportunities for nurses to assume leadership positions and to serve as full partners in healthcare redesign and improvement efforts, and (4) improve data collection for workforce planning and policy making. Each of these recommendations offers opportunity for strategic, operational, and business planning within organizations and in collaboration with external stakeholders and organizations. Likewise, they present opportunity for nursing leaders to collaborate with other disciplines and stakeholders to actualize the profession as an equal partner in future healthcare delivery systems.

When considering strategic planning tactics, nurse leaders are challenged by scare resources and past practice. Historically, strategic planning was undertaken as an exercise conducted by senior leaders in a top-down approach. Today, organizational practices emphasize an inclusive process and the inclusion of all employees in the planning process with a more deliberate, interdisciplinary, systematic approach to these activities. Examples of this are found in quality and safety initiatives where members of interdisciplinary teams are brought together to address current and future issues that prevent accomplishment of shared goals and desired outcomes within a health system. This necessitates unlearning the siloed or department specific approach to planning to enable the interdependency between disciplines and departments in achieving organizational goals.

Although past practice and experience with strategic planning distinguished between conceptual exercises and actual practice, the current healthcare environment demands an integrated approach where current practice is examined and evaluated by defined structure and process that enables effective communication among and between disciplines, roles, and stakeholders. Nurse leaders benefit from shared language found in National Patient Safety Goals and the IOM Six Safety Aims to highlight contributions made by nurses as partners in achieving defined, measurable collaborative goals.

Strategic threads focused on safety, quality, and interdependent departments and disciplines placing emphasis on efficiency and effectiveness offer opportunities for nurse leaders to demonstrate the influence of professional nursing practice on outcomes through measurement and defined metrics. Specific strategic initiatives, clear objectives and defined tactics found in quality improvement philosophies create a framework for implementation and outcomes. Specific interventions and actions of rapid cycle improvement like those found in Transforming Care at the Bedside activities or Quality Improvement structured by Plan, Do, Study, Act offer a disciplined approach for nurses at all levels of an organization to participate in planning and evaluation of care.

Many nursing organizations have embraced Magnet designation, offered by the American Nurses Credentialing Center, as a strategic roadmap that incorporates transformational nursing leadership, empiric demonstration of outcomes of nursing care, innovation, quality improvement, and an empowered workforce that demonstrates exceptional practice supported by professional practice standards. The framework offered by Magnet designation has evolved from research conducted in the 1980s that examined the practices of hospitals that were able to attract and retain nurses in a time of nursing shortage. Predicated on strategic plans, tactics, and structures that support process and outcomes of exceptional clinical practice, Magnet designation has been described as a journey that engages nurses at all levels of an organization to contribute to the mission, vision, and values of professional practice that translate into demonstrable outcomes.

The Patient Protection and Affordable Care Act and the Health Care and Education Reconciliation Act of 2010 represent federal statutes broadly described as healthcare reform laws. Within these acts, the concept of Accountable Care Organizations is introduced, outlining how networks of physicians and hospitals will commit to sharing responsibility in providing care to patients. These laws center on health insurance reform, access to care and coverage for all U.S. citizens, coverage for preexisting conditions, improving prescription drug coverage in the Medicare population, and a shift from illness and disease care in emergency departments and hospitals to wellness and the management of chronic conditions in the most appropriate setting. Inherent in the law is an expectation to reduce costs and improve the coordination of care through efficient and effective applications of evidence-based practices supported by technology, electronic health records, streamlined communication, and effective use of the human resources that comprise the healthcare team. Significant attention is being paid to Accountable Care Organizations, believed to be the structure to bring together the component parts of patient care including primary care, specialists, hospitals, home care, and community services in a coordinated and

www Evidence-Based Practice 9-1

Clancy describes planning as predicting the future state of a system after a change has been introduced. Currently, descriptions of a system are important to predicting and may be challenging given the complex nature of healthcare systems. Clancy provides examples of three applications and their usefulness in planning: phase plots, system dynamics, and social network analysis. Phase plots have their roots in physics, engineering, and dynamic systems. "The shape of trajectories in phase plots can identify subtle, underlying structures in a complex system." System dynamics involve experts gathering data interviews of key staff, surveys, management reports, and other forms of data. Using systems dynamics, the goal is to understand how entities flow through the system and identify feedback loops. Flowcharts are used extensively. Social networks are defined as the pattern of relationships that exist between entities and the information that flows between them. Using this application includes combining theories from sociology and information science (network theory). Terms such as "nodes" and "ties" are used. Surveys are used to determine the relationship between ties and nodes and fed into social network analysis software. Clancy purports that understanding the "factors underlying systems attractors" provide "new insights into existing processes and powerful tools to predict system behavior."[86]

streamlined fashion. In light of reform and the future landscape of healthcare, nursing strategic and operational plans could shape significant contributions to future care delivery systems by highlighting the contributions that professional nurses at all levels of an organization could make in addressing the needs of the patients served.

SUMMARY

The basic tools of planning are statements of mission or purpose, vision and values, philosophy or beliefs, and objectives and an active operational or management plan. All managers use such documents to accomplish the work of nursing.

Statements of mission, philosophy, and objectives support each other at different agency levels, from the unit to the service or department, and then to the division and finally to the organization.

The statement of mission or purpose gives the reasons an entity exists, whether it is an organization, division, department, or unit. The nursing mission statement pertains to the clinical best practice of nursing supported by research, education, and management.

The statement of philosophy reflects the values and beliefs of the organizational entity. It is translated into patient-centered action by nursing personnel.

Objectives are concrete statements describing the major accomplishments nurses desire to achieve. Major categorical areas for objectives include the following:

- Organization and use of all resources: human, financial, and physical
- Social responsibility
- Staffing
- Requisition of supplies and equipment
- Planning of educational programs
- Innovation
- Marketing
- Evaluation of patient care
- Evaluation of personnel performance

Major strategies of an organization are the planning process; the formulation and use of statements of mission, philosophy, and objectives; and the formulation of organizational plans developed with the broadest possible input.

Planning is the mental process by which nurse managers use valid and reliable data to develop objectives, determine the resources needed, and create a blueprint for achieving the objectives. The major purpose of planning is to make the best possible use of personnel, supplies, and equipment.

Strategic planning sets objectives for long-term nursing activities of 1 to 5 years or longer. Although traditionally done by top managers, strategic planning is an important skill for all nurse managers to develop. It ensures survival. Human resource planning ensures effective use of a scarce commodity, the professional nurse. Strategic planning has a mission, collects and analyzes data, assesses strengths and weaknesses, sets goals and objectives, uses strategies, operates on a timetable, gives operational and functional guidance to nurse managers, and includes evaluation.

Tactical planning is short-term planning. Operational or management plans convert objectives into action and include activities, assignments, deadlines, and provision for accountability. They include goals, objectives, strategies, actions, a timetable, identification of responsible persons, and note of accomplishments. Operational planning is daily, weekly, and monthly planning and can provide data for further strategic and tactical planning.

Planning within the nursing organization is intended to assist in fulfilling the mission of the health-care facility. Planning supports the organization's objectives, meshes with the plans of all other departments contributing to provision of total healthcare needs, and ultimately provides for optimum support of the nursing agency.

WWW APPLICATION EXERCISES

Exercise 9-1

Interview a nurse manager on a nursing unit. Describe the understanding the nurse manager has of the overall planning process of the organization and their particular unit. Can the nurse manager articulate a vision, mission, philosophy, and objectives? What are the core values of the organization? Are they operationalized? How did you determine?

Exercise 9-2

Use Figure 9-5, Standards for the Evaluation of Mission Statements of the Nursing Division and Its Departments, Services, and Units, to

1. Evaluate a mission statement.
2. Develop a mission statement.

Exercise 9-3

Use Figure 9-9, Standards for Evaluation of Philosophy Statements of the Nursing Division, Department, Service, or Unit, to

1. Evaluate a philosophy statement.
2. Develop a philosophy statement.

Exercise 9-4

Use Figure 9-16, Standards for Evaluation of Statements of Objectives for a Nursing Division, Department, Service, or Unit, to

1. Evaluate objectives.
2. Develop objectives.

Exercise 9-5

Use Figure 9-22, Standards for Evaluation of Management Plan of Nursing Division, Department, Service, or Unit, to

1. Evaluate management plans.
2. Develop a management plan.

Exercise 9-6

Identify and develop a statement of the planning strategy for a nursing organization or unit.

Exercise 9-7

Explore the idea of creating an evidence-based practice council; write its mission, vision, philosophy, and objectives. Create a strategic plan for the present and 2 years and 5 years in future projections.

Exercise 9-8

Write a summary of a nursing unit, service, department, or division that describes its work, the volume of products and services, marketing activities, trends, financial summary, and impact on employees.

Exercise 9-9

Interview a chief executive officer and a chief nurse executive officer of an organization. Determine their orientation to strategic planning. Compare the results. Prepare a list of questions to ask from figures in this chapter before doing the interview.

Exercise 9-10

Make a management plan for your work for a day; include planning data pertinent to that manager's area(s) of responsibility.

Exercise 9-11

List opportunities and threats to nursing, their severity, and the probability that they will occur. Consider technological, economic, demographic, politicolegal, and sociocultural forecasting.

For a full suite of assignments and additional learning activities, use the access code located in the front of your book to visit this exclusive website: http://go.jblearning.com/roussel. If you do not have an access code, you can obtain one at the site.

NOTES

1. For a classic article on purpose, philosophy, and objectives, refer to Moore, M. A. (1971). Philosophy, purpose, and objectives: Why do we have them? *Journal of Nursing Administration, 1*(3), 9–14.
2. Calfee, D. L. (1993). Get your mission statement working! *Management Review, 82,* 54–57.
3. Crosby, P. (1987). *Running things: The art of making things happen.* New York: NAL-Dutton.
4. Ireland, R. D., & Hitt, M. A. (1992). Mission statements: Importance, challenge, and recommendations for development. *Business Horizons, 35,* 34–42.
5. Truskie, S. D. (1984). The driving force of successful organizations. *Business Horizons, 27,* 43–48.
6. Beyers, M. (1984). Getting on top of organizational change: Part 1, process and development. *Journal of Nursing Administration, 14*(3), 32–39; Gillen, D. J. (1986). Harvesting the energy from change anxiety. *Supervisory Management,* 40–43.
7. Reyes, J. R., & Kleiner, B. H. (1990). How to establish an organizational purpose. *Management Decision: Quarterly Review of Management Technology, 28,* 51–54.
8. Ibid.
9. Spragins, E. E. (1992). Constructing a vision statement. *Inc.,* 33.
10. Campbell, A. (1992). The power of mission: Aligning strategy and culture. *Planning Review, 20,* 10–12, 63.
11. Farnham, A. (1993, April 19). State your values, hold the hot air. *Fortune,* 117–124.
12. Henderson, V. (1966). *The nature of nursing* (p. 15). New York: Macmillan.

13. Yura, H., & Walsh, M. B. (1988). *The nursing process* (5th ed., p. 1). New York: Appleton-Century-Crofts.

14. King, I. M. (1968). A conceptual frame of reference in nursing. *Nursing Research, 17,* 27–31.

15. Orem, D. E. (1995). *Nursing: Concepts of practice* (5th ed., p. 7). New York: McGraw-Hill.

16. Kinlein, M. L. (1977). *Independent nursing practice with clients* (p. 23). Philadelphia: J. B. Lippincott.

17. Sussman, G. E. (1985). CEO perspectives on mission, healthcare systems, and the environment. *Hospital & Health Services Administration, 6,* 21–34.

18. Farnham, 1993; Reyes & Kleiner, 1990.

19. Hodgetts, R. M. (1990). *Management: Theory, process, and practice* (5th ed., pp. 73–74). Orlando, FL: Harcourt, Brace, Jovanovich.

20. Coile, R. C. (2001). Magnet hospitals use culture, not wages, to solve nursing shortage. *Journal of Healthcare Management, 46,* 224–227.

21. Poteet, G. W., & Hill, A. S. (1988). Identifying the components of a nursing service philosophy. *Journal of Nursing Administration, 18*(9), 29–33.

22. Corporate philosophies. (1988). *Compressed Air Magazine,* 31–34.

23. Ibid.

24. Moore, 1971, p. 13; Calfee, 1993.

25. Drucker, P. F. (1978). *Management: Tasks, responsibilities, practice* (pp. 99–102). New York: Harper & Row.

26. Canadian Nurses Association. (1966). *Report on the Project for the Evaluation of the Quality of Nursing Service* (pp. 47–48). Ottawa, Ontario: Canadian Nurses Association.

27. Drucker, P. F. (1999). *Management challenges for the 21st century* (pp. 43–44). New York: HarperCollins.

28. Drenkard, K. N. (2001). Creating a future worth experiencing: Nursing strategic planning in an integrated healthcare delivery system. *Journal of Nursing Administration, 31*(7/8), 362–376.

29. Beckham, J. D. (2004). Strategy: What it is, how it works, why it fails. *Health Forum Journal, 43,* 55–59.

30. Morris, D. E., & Rau, S. E. (1985). Strategic competition: The application of business planning techniques to the hospital marketplace. *Health Care Strategic Management, 3,* 17–20.

31. Cushman, R. (1979). Norton's top-down, bottom-up planning process. *Planning Review, 7,* 3–8, 48.

32. Meier, A. P. (1974). The planning process. *Managerial Planning,* 1–5, 9.

33. Cavanaugh, D. E. (1985). Gamesmanship: The art of strategizing. *Journal of Nursing Administration, 15,* 38–41.

34. Ehrat, K. S. (1983). A model for politically astute planning and decision making. *Journal of Nursing Administration, 13*(10), 29–35.

35. Ibid.

36. Trexler, B. J. (1987). Nursing department purpose, philosophy, and objectives: Their use and effectiveness. *Journal of Nursing Administration, 17*(4), 8–12.

37. Fayol, H. (1949). *General and industrial management* (C. Storrs, Trans.) (pp. 43–50). London: Pitman & Sons.

38. Urwick, L. (1944). *The elements of administration* (pp. 26–34). New York: Harper & Row.

39. Rowland, H. S., & Rowland, B. L. (1997). *Nursing administration handbook* (4th ed., pp. 13, 32–36). Sudbury, MA: Jones and Bartlett.

40. Beyers, M., & Phillips, C. (1979). *Nursing management for patient care* (2nd ed., pp. 41–48). Boston: Little, Brown.

41. Ackoff, R. L. (1986). Our changing concept of planning. *Journal of Nursing Administration,* *16*(4), 35–40.

42. Schmeling, W. H., Futch, J. R., Moore, D., & MacDonald, J. W. (1991). The interactive planning/management model. *Nursing Administration Quarterly, 16,* 31.

43. Ibid.

44. Curtin, L. (1994). Learning for the future. *Nursing Management, 25,* 7–9.

45. Donovan, H. M. (1975). *Nursing service administration: Managing the enterprise* (pp. 50–64). St. Louis, MO: Mosby.

46. Drucker, 1978, pp. 121–129.

47. Koontz, H., & Weihrich, H. (1988). *Management* (9th ed., p. 16). New York: McGraw-Hill.

48. Donovan, 1975, pp. 63–64.

49. Hodgetts, 1990, pp. 123–124.

50. Rowland & Rowland, 1997.

51. Reif, W. E., & Webster, J. L. (1976). The strategic planning process. *Arizona Business,* 14–20.

52. Meier, 1974.

53. Beyers, M. (1984). Getting on top of organizational change: Part 2. Trends in nursing service. *Journal of Nursing Administration, 14*(3), 31–37.

54. Ibid.

55. Drucker, 1999, pp. 81–85.

56. Ibid., p. 125.

57. Sherman, V. C. (1982). Taking over: Notes to the new executive. *Journal of Nursing Administration, 12*(2), 21–23.

58. Fox, D. H., & Fox, R. T. (1983). Strategic planning for nursing. *Journal of Nursing Administration, 13*(4), 11–16; Paul, R. N., & Taylor, J. W. (1986). The state of strategic planning. *Business,* 37–43.

59. Osborne, D., & Gaebler, T. (1992). *Reinventing government* (pp. 233–234). New York: Plume.

60. Odiorne, G. S. (1987). The art of crafting strategic plans. *Training,* 94–96, 98.

61. Ibid.

62. Baldwin, S. R., & McConnell, M. (1988). Strategic planning: Process and plan go hand in hand. *Management Solutions,* 29–36.

63. Peters, T. (1987). *Thriving on chaos* (p. 477). New York: Harper & Row; Sull, D. N. (1999). Why good companies go bad. *Harvard Business Review, 77,* 42–48, 50–52, 183; Campbell, A. (1999). Tailored, not benchmarked: A fresh look at corporate planning. *Harvard Business Review, 77,* 41–48, 50, 189.

64. Peters, 1987, pp. 615–617.

65. Baldwin & McConnell, 1988.

66. Mercer, Z. C. (1980). Personal planning: An overlooked application of the corporate planning process. *Managerial Planning, 28,* 32–35; Van Mullem, C., Burke, L. J., Dohmeyer, K., Farrell, M., Harvey, S., John, L., Kraly, C., Rowley, F., Sebern, M., Twite, K., Zapp, R. (1999). Strategic planning for research use in nursing practice. *Journal of Nursing Administration, 29*(12), 38–45.

67. Ibid.; Mercy Health Services Nurses Council. (1991). Mercy Health Services: Systemwide redesign of patient care services. *Nursing Administration Quarterly, 16,* 38–45.

68. Fox & Fox, 1983.

69. Jones, D. G., & Crane, V. S. (1990). Development of an organizational strategic planning process for a hospital department. *Health Care Supervisor, 9,* 1–20.

70. Begun, J., & Heatwole, K. B. (1999). Strategic cycling: Shaking complacency in healthcare strategic planning. *Journal of Healthcare Management, 44,* 339–352.

71. Amundson, B. A., & Rosenblatt, R. A. (1991). The WAMI Rural Hospital Project. Part 6: Overview and conclusions. *Journal of Rural Health, 7,* 560–574.

72. Drucker, 1999.

73. Johnson, L. J. (1990). Strategic management: A new dimension of the nurse executive's role. *Journal of Nursing Administration, 20,* 7–10.

74. Cushman, 1979.

75. Newhouse, R. P., Dearholt, S., Poe, S., Pugh, L. C., & White, K. M. (2007). Organizational change strategies for evidence-based practice. *Journal of Nursing Administration, 37*(2), 552–557.

76. Nylen, D. W. (1985). Making your business plan an action plan. *Business,* 12–16.

77. Singleton, E. K., & Nail, F. C. (1985). Guidelines for establishing a new service. *Journal of Nursing Administration, 15,* 22–26.

78. Vestal, K. W. (1988). Writing a business plan. *Nursing Economic$, 6,* 121–124.

79. Schulmeister, L. (1999). Starting a nursing consultation practice. *Clinical Nurse Specialist, 13,* 94–100.

80. Johnson, J. E. (1990). Developing an effective business plan. *Nursing Economic$, 8,* 152–154; Johnson, J. E., Sparks, D. G., & Humphreys, C. (1988). Writing a winning business plan. *Journal of Nursing Administration, 18,* 15–19; Reiboldt, J. M. (1999). Writing a group practice business plan. *Healthcare Financial Management, 53,* 58–61.

81. Kaplan, R. S., & Norton, D. P. (2004). Measuring the strategic readiness of intangible assets. *Harvard Business Review, 82,* 1–14.

82. Kaplan, R. S., & Norton, D. P. (2000). Having trouble with your strategy? Then map it. *Harvard Business Review, 78,* 167–176.

83. Kaplan, R. S., & Norton, D. P. (1993). Putting the balanced scorecard to work. *Harvard Business Review, 71,* 134–147.

84. Kaplan, R. S., & Norton, D. P. (2007). Using the balanced scorecard as a strategic management system. *Harvard Business Review, 85,* 150–161.

85. Ireland & Hitt, 1992.

86. Clancy, T. R. (2007). Planning: What we can learn from complex systems science. *Journal of Nursing Administration, 17,* 436–439.

REFERENCES

Ackoff, R. L. (1986). Our changing concept of planning. *Journal of Nursing Administration, 16*(4), 35–40.

American Nurses Association (2010). Nursing's social policy statement: The essence of the profession. Silver Spring, MD: ANA.

American Nurses Credentialing Center. (2011). Program Overview. Retrieved August 25, 2011, from http://www.nursecredentialing.org/Magnet/ProgramOverview.aspx

Amundson, B. A., & Rosenblatt, R. A. (1991). The WAMI Rural Hospital Project. Part 6: Overview and conclusions. *Journal of Rural Health, 7,* 560–574.

Anderson, M., Cosby, J., Swan, B., Moore, H., & Broekhoven, M. (1999). The use of research in local health service agencies. *Social Science Medicine, 49,* 1007–1019.

"Balanced scorecard" helps fix Overlake strategic plan. (1999). *Healthcare Benchmarks, 6,* 103–105.

Baldwin, S. R., & McConnell, M. (1988). Strategic planning: Process and plan go hand in hand. *Management Solutions,* 29–36.

Beckham, J. D. (2004). Strategy: What it is, how it works, why it fails. *Health Forum Journal, 43,* 55–59.

Begun, J., & Heatwole, K. B. (1999). Strategic cycling: Shaking complacency in healthcare strategic planning. *Journal of Healthcare Management, 44,* 339–352.

Beyers, M. (1984). Getting on top of organizational change: Part 1, process and development. *Journal of Nursing Administration, 14*(3), 32–39.

Beyers, M. (1984). Getting on top of organizational change: Part 2. Trends in nursing service. *Journal of Nursing Administration, 14*(3), 31–37.

Beyers, M., & Phillips, C. (1979). *Nursing management for patient care* (2nd ed., pp. 41–48). Boston: Little, Brown.

Brendtro, M., & Hegge, M. (2000). Nursing faculty: One generation away from extinction. *Journal of Professional Nursing, 16*, 97–103.

Calfee, D. L. (1993). Get your mission statement working! *Management Review, 82*, 54–57.

Campbell, A. (1992). The power of mission: Aligning strategy and culture. *Planning Review, 20*, 10–12, 63.

Campbell, A. (1999). Tailored, not benchmarked: A fresh look at corporate planning. *Harvard Business Review, 77*, 41–48, 50, 189.

Canadian Nurses Association. (1966). *Report on the Project for the Evaluation of the Quality of Nursing Service* (pp. 47–48). Ottawa, Ontario: Canadian Nurses Association.

Cavanaugh, D. E. (1985). Gamesmanship: The art of strategizing. *Journal of Nursing Administration, 15*, 38–41.

Clancy, T. R. (2007). Planning: What we can learn from complex systems science. *Journal of Nursing Administration, 17*, 436–439.

Cohen, M. (2000). Tools for the practice manager. *New England Journal of Medicine, 97*, 49–50.

Coile, R. C. (2001). Magnet hospitals use culture, not wages, to solve nursing shortage. *Journal of Healthcare Management, 46*, 224–227.

Corporate philosophies. (1988). *Compressed Air Magazine*, 31–34.

Crosby, P. (1987). *Running things: The art of making things happen.* New York: NAL-Dutton.

Curtin, L. (1994). Learning for the future. *Nursing Management, 25*, 7–9.

Cushman, R. (1979). Norton's top-down, bottom-up planning process. *Planning Review, 7*, 3–8, 48.

Donovan, H. M. (1975). *Nursing service administration: Managing the enterprise* (pp. 50–64). St. Louis, MO: Mosby.

Drenkard, K. N. (2001). Creating a future worth experiencing: Nursing strategic planning in an integrated healthcare delivery system. *Journal of Nursing Administration, 31*(7/8), 362–376.

Drucker, P. F. (1978). *Management: Tasks, responsibilities, practice* (pp. 99–102). New York: Harper & Row.

Drucker, P. F. (1999). *Management challenges for the 21st century* (pp. 43–44). New York: HarperCollins.

Edsel, W. M. (1999). How to develop a business plan for your medical group. *Medical Group Management Journal, 46*, 36–39.

Ehrat, K. S. (1983). A model for politically astute planning and decision making. *Journal of Nursing Administration, 13*(10), 29–35.

Farnham, A. (1993, April 19). State your values, hold the hot air. *Fortune*, 117–124.

Fayol, H. (1949). *General and industrial management* (C. Storrs, Trans.) (pp. 43–50). London: Pitman & Sons.

Fox, D. H., & Fox, R. T. (1983). Strategic planning for nursing. *Journal of Nursing Administration, 13*(4), 11–16.

Gillen, D. J. (1986). Harvesting the energy from change anxiety. *Supervisory Management*, 40–43.

Glen, S. (1999). Educating for interprofessional collaboration: Teaching about values. *Nursing Ethics, 6*, 202–213.

Hansen, R. D. (1999). Strategic planning: The basics and benefits. *Medical Group Management Journal, 46*, 28–35.

Henderson, V. (1966). *The nature of nursing* (p. 15). New York: Macmillan.

Hodgetts, R. M. (1990). *Management: Theory, process, and practice* (5th ed., pp. 73–74). Orlando, FL: Harcourt, Brace, Jovanovich.

Institute of Medicine. (2011). *The future of nursing, Leading change, advancing health*. Committee on the Robert Wood Johnson Foundation Initiative on the Future of Nursing, Institute of Medicine. Washington, DC: National Academies Press. Retrieved August 25, 2011, from http://www.iom.edu /Reports/2010/The-Future-of-Nursing-Leading-Change-Advancing-Health.aspx

Ireland, R. D., & Hitt, M. A. (1992). Mission statements: Importance, challenge, and recommendations for development. *Business Horizons, 35*, 34–42.

Johnson, J. E. (1990). Developing an effective business plan. *Nursing Economic$, 8*, 152–154.

Johnson, J. E., Sparks, D. G., & Humphreys, C. (1988). Writing a winning business plan. *Journal of Nursing Administration, 18*, 15–19.

Johnson, L. J. (1990). Strategic management: A new dimension of the nurse executive's role. *Journal of Nursing Administration, 20*, 7–10.

Jones, D. G., & Crane, V. S. (1990). Development of an organizational strategic planning process for a hospital department. *Health Care Supervisor, 9*, 1–20.

Kaplan, R. S., & Norton, D. P. (1993). Putting the balanced scorecard to work. *Harvard Business Review, 71*, 134–147.

Kaplan, R. S., & Norton, D. P. (2000). Having trouble with your strategy? Then map it. *Harvard Business Review, 78*, 167–176.

Kaplan, R. S., & Norton, D. P. (2004). Measuring the strategic readiness of intangible assets. *Harvard Business Review, 82*, 1–14.

Kaplan, R. S., & Norton, D. P. (2007). Using the balanced scorecard as a strategic management system. *Harvard Business Review, 85*, 150–161.

King, I. M. (1968). A conceptual frame of reference in nursing. *Nursing Research, 17*, 27–31.

Kinlein, M. L. (1977). *Independent nursing practice with clients* (p. 23). Philadelphia: J. B. Lippincott.

Koontz, H., & Weihrich, H. (1988). *Management* (9th ed., p. 16). New York: McGraw-Hill.

Kramer, M., Maguire, P., Schmalenberg, C. E., Andrews, B., Burke, R., Chmielewski, L., et al. (2007). Excellence through evidence: Structures enabling clinical autonomy. *Journal of Nursing Administration, 36*, 41–52.

Lorden, A., Coustasse, A., & Singh, K. (2008). The balanced scorecard framework-A case study of patient and employee satisfaction: What happens when it does not work as planned? *Health Care Management Review, 33*(2), 145–155.

Matthews, P. (2000). Planning for successful outcomes in the new millennium. *Topics in Health Information Management, 20*, 55–64.

McNeese-Smith, D. K. (2000). Job stages of entry, mastery, and disengagement among nurses. *Journal of Nursing Administration, 30*, 140–147.

Meier, A. P. (1974). The planning process. *Managerial Planning, 1–5*, 9.

Mendes, I. A., Trevizan, M. A., Nogueira, M. S., & Sawada, N. O. (1999). Humanizing nurse–patient communication: A challenge and a commitment. *Medical Law, 18*, 639–644.

Mercer, Z. C. (1980). Personal planning: An overlooked application of the corporate planning process. *Managerial Planning, 28*, 32–35.

Mercy Health Services Nurses Council. (1991). Mercy Health Services: Systemwide redesign of patient care services. *Nursing Administration Quarterly, 16*, 38–45.

Moller-Tiger, D. (1999). Long-range strategic planning: A case study. *Healthcare Financial Management, 53*, 33–35.

Molloy, J., & Cribb, A. (1999). Changing values for nursing and health promotion: Exploring the policy context of professional ethics. *Nursing Ethics, 6*, 411–422.

Moore, M. A. (1971). Philosophy, purpose, and objectives: Why do we have them? *Journal of Nursing Administration, 1*(3), 9–14.Morris, D. E., & Rau, S. E. (1985). Strategic competition: The application of business planning techniques to the hospital marketplace. *Health Care Strategic Management, 3,* 17–20.

Naranjo-Gil, D. (2009). Strategic performance in hospitals: The use of the balanced scorecard by nurse managers, *Health Care Management Review, 34*(2), 161–170.

Newhouse, R. P., Dearholt, S., Poe, S., Pugh, L. C., & White, K. M. (2007). Organizational change strategies for evidence-based practice. *Journal of Nursing Administration, 37*(2), 552–557.

Nylen, D. W. (1985). Making your business plan an action plan. *Business,* 12–16.

Odiorne, G. S. (1987). The art of crafting strategic plans. *Training,* 94–96, 98.

Orem, D. E. (1995). *Nursing: Concepts of practice* (5th ed., p. 7). New York: McGraw-Hill.

O'Rourke, M. W. (2006). Beyond rhetoric to role accountability: A practical and professional model of practice. *Nurse Leader, 4,* 28–33, 44.

O'Rourke, M. W. (2007). Role-based nurse managers: A linchpin to practice excellence. *Nurse Leader, 5,* 44–48, 53.

Osborne, D., & Gaebler, T. (1992). *Reinventing government* (pp. 233–234). New York: Plume.

Paul, R. N., & Taylor, J. W. (1986). The state of strategic planning. *Business,* 37–43.

Pender, N. J. (1992). The NIH Strategic Plan. How will it affect the future of nursing science and practice? *Nursing Outlook,* 55–56.

Peters, T. (1987). *Thriving on chaos* (p. 477). New York: Harper & Row.

Poteet, G. W., & Hill, A. S. (1988). Identifying the components of a nursing service philosophy. *Journal of Nursing Administration, 18*(9), 29–33.

Reiboldt, J. M. (1999). Writing a group practice business plan. *Healthcare Financial Management, 53,* 58–61.

Reif, W. E., & Webster, J. L. (1976). The strategic planning process. *Arizona Business,* 14–20.

Reyes, J. R., & Kleiner, B. H. (1990). How to establish an organizational purpose. *Management Decision: Quarterly Review of Management Technology, 28,* 51–54.

Rowland, H. S., & Rowland, B. L. (1997). *Nursing administration handbook* (4th ed., pp. 13, 32–36). Sudbury, MA: Jones and Bartlett.

Sabatino, C. J. (1999). Reflections on the meaning of care. *Nursing Ethics, 6,* 374–382.

Schaffner, J. (2009). Roadmap for success: The 10-step nursing strategic plan. *Journal of Nursing Administration, 39*(4):152–155.

Schmeling, W. H., Futch, J. R., Moore, D., & MacDonald, J. W. (1991). The interactive planning/management model. *Nursing Administration Quarterly, 16,* 31.

Schmieding, N. J. (1999). Reflective inquiry framework for nurse administrators. *Journal of Advanced Nursing, 30,* 631–639.

Schulmeister, L. (1999). Starting a nursing consultation practice. *Clinical Nurse Specialist, 13,* 94–100.

Sechrist, K. R., Lewis, E. M., & Rutledge, D. N. (1999). Data collection for nursing work force strategic planning in California. *Journal of Nursing Administration, 29,* 9–11, 29.

Sherman, V. C. (1982). Taking over: Notes to the new executive. *Journal of Nursing Administration, 12*(2), 21–23.

Singleton, E. K., & Nail, F. C. (1985). Guidelines for establishing a new service. *Journal of Nursing Administration, 15,* 22–26.

Siwicki, B. (1999). What's the CEO's role? Why more chief executives are playing pivotal roles in I.T. strategic planning. *Health Data Management, 7,* 76–78, 80–82, 84–85.

Sorrells-Jones, J., & Weaver, D. (1999). Knowledge workers and knowledge-intense organizations: Part 3. Implications for preparing healthcare professionals. *Journal of Nursing Administration, 29,* 14–21.

Spragins, E. E. (1992). Constructing a vision statement. *Inc.,* 33.

Sull, D. N. (1999). Why good companies go bad. *Harvard Business Review, 77*, 42–48, 50–52, 183.

Sussman, G. E. (1985). CEO perspectives on mission, healthcare systems, and the environment. *Hospital & Health Services Administration, 6*, 21–34.

Thunhurst, C., & Barker, C. (1999). Using problem structuring methods in strategic planning. *Health Policy Planning, 14*, 127–134.

Trexler, B. J. (1987). Nursing department purpose, philosophy, and objectives: Their use and effectiveness. *Journal of Nursing Administration, 17*(4), 8–12.

Truskie, S. D. (1984). The driving force of successful organizations. *Business Horizons, 27*, 43–48.

Urwick, L. (1944). *The elements of administration* (pp. 26–34). New York: Harper & Row.

Van Mullem, C., Burke, L. J., Dohmeyer, K., Farrell, M., Harvey, S., John, L., Kraly, C., Rowley, F., Sebern, M., Twite, K., Zapp, R. (1999). Strategic planning for research use in nursing practice. *Journal of Nursing Administration, 29*(12), 38–45.

Vestal, K. W. (1988). Writing a business plan. *Nursing Economic$, 6*, 121–124.

Weaver, H. N. (1999). Transcultural nursing with Native Americans: Critical knowledge, skills, and attitudes. *Journal of Transcultural Nursing, 10*, 197–202.

Yura, H., & Walsh, M. B. (1988). *The nursing process* (5th ed., p. 1). New York: Appleton-Century-Crofts.

Zuckerman, A. M. (2005). *Healthcare strategic planning* (2nd cd.). Chicago: Health Administration Press.

Staffing and Scheduling

Beth Anderson   Lisa Mestas   Elizabeth Simms

WWW LEARNING OBJECTIVES AND ACTIVITIES

- Relate staff and scheduling to business skills of the nurse executive.
- Describe the components of the staffing process.
- Do a work-sampling study covering a specific period of time.
- Recognize factors influencing planning for staffing.
- Prepare a staffing plan for a nursing unit.
- Determine the modified approaches to nurse staffing and scheduling used by a healthcare organization.
- Describe the components of a patient classification system.
- Use a patient classification system to classify patients on a nursing unit.
- Define and recognize elements of a nursing management information system.
- Identify methods for improving productivity in a health care agency.
- Measure the productivity of the nursing staff on a nursing unit.

WWW CONCEPTS

Staffing philosophy, staffing process, staffing activities, work contract, staffing modules, cyclic staffing, self-scheduling, patient classification systems, productivity

SPHERES OF INFLUENCE

Unit-Based or Service-Line-BASED Authority: Uses input from employees to develop and implement a staffing philosophy and staffing policies that inspire personnel to work to their maximum level of productivity; is responsible for staffing and scheduling staff with assignments that illustrate appropriate staffing mix based on scope of practice, competencies, client/resident needs, and acuity of care.

Organization-Wide Authority: Oversees staffing activities through human resource management that includes use of a patient classification system and provision of qualified nursing personnel in adequate numbers to meet patient care needs; evaluates and revises staffing systems and processes of nursing services to facilitate nurse-sensitive patient/client/family-centered outcomes; oversees measurement of patient/client/resident need for nursing care.

Quote

All teams have their unique characteristics. The wise leader assesses the particular communication, relationship, and interactional dynamics of individual teams, and through that process, begins to understand the team's personal identity. That identity is unique to the team and informs the leader what will work best in motivating and leading that team.

—Kathy Molloch and Tim Porter-O'Grady

Introduction

Staffing is one of the most important issues in the delivery of health care. In a survey performed by the American Nurses Association (ANA) in 2001, 7,000 nurses reported compromise in the care of patients because of a lack of qualified staff. Up to 20% of nurses are expected to leave the field within 5 years.[1] There is no correlation in increased nursing school enrollments to fill the need created by these exits.[2]

The nursing shortage of this decade is rooted in the following factors:

- The average age of nurses currently employed is 46.
- After age 50, many nurses work part time or retire.
- Nursing salaries "plateau" unless nurses make the transition to upper management.
- The plateau offers little financial compensation for nurses wishing to remain at the bedside.
- It is increasingly difficult to recruit faculty for nursing schools.[3]

The economic circumstances of the past several years have altered and or delayed the predictions of wide-scale nursing shortages as outlined by the ANA study of 2004. Many healthcare workers, including nurses, have delayed retirement due to the national economic downturn, resulting in a more saturated employment market for newly graduated and experienced nurses. Although it would appear that the predicted nursing shortage may not become a reality, the opposite is more than likely to occur as the economy recovers and the baby boomer generation enters their 60s and place a significant demand on the healthcare system. This will create an incongruent dynamic between available nursing staff and the demand for healthcare services.[4]

There is strong evidence that an adequate number of nursing staff available to care for and coordinate care among the disciplines has an impact on patient outcomes.[5] In a study conducted in 589 hospitals encompassing 10 states, inverse relationships were recognized between nursing staff levels and negative outcomes for postsurgical patients.[6] In a separate study, the proportion of hours of care provided by nursing staff was inversely related to such adverse events as medication errors, decubiti, and patient complaints.[7]

It is well documented throughout nursing literature that staffing levels can and do affect the clinical outcomes of patients. Job dissatisfaction within the profession, a nursing shortage, and financial pressures contribute to the complexities of these issues.[8]

STAFFING PHILOSOPHY

Staffing is one of the major problems of any nursing organization, whether that organization is a hospital, nursing home, home healthcare agency, ambulatory care agency, or another type of facility. Aydelotte[9] stated the following:

> Nurse staffing methodology should be an orderly, systematic process, based upon sound rationale, applied to determine the number and kind of nursing personnel required to provide nursing care of a predetermined standard to a group of patients in a particular setting. The end result is prediction of the kind and number of staff required to give care to patients.

Components of the staffing process as a control system include a staffing study, a master staffing plan, a scheduling plan, and a nursing management information system (NMIS) (**Figure 10-1**). West adds a position control plan and a budgeting plan that integrates all aspects of staffing needs.[10]

Nurse staffing must meet certain regulatory requirements, among which are legal requirements of the Centers for Medicare & Medicaid Services. This legal standard is further supported by the standards of The Joint Commission. Other standards include the ANA *Scope and Standards for Nurse*

FIGURE 10-1 Components of a Staffing Plan

- Staffing study
- Master staffing plan
- Scheduling plan
- Nursing management information system (NMIS)
- Position control
- Budgeting plan

Source: Author.

Administrators, the ANA *Standards of Clinical Nursing Practice,* state legislation and state licensing requirements, state mandated ratios, and boards of nursing.

From all these standards and from the expectations of the community, of nurses, and of physicians, the nurse administrator develops a staffing philosophy as a basis for a staffing methodology. Community expectations will be related to economic status, local value and belief systems, and local standards of culture. Nurses' expectations will be related to the same community standards, their own perceptions of the practice of nursing, and its components, desired results, and tolerated workload.

Nurse managers can discern various values related to staffing from the nursing division's existing statements of purpose, philosophy, and objectives. A staffing philosophy may encompass beliefs about using a patient classification system (PCS) for identifying patient care needs.[11] A successful nursing leader's personal philosophy should include allowing nursing staff some degree of control within their work environment. Nurses who believe their work environment offers them a higher level of control are more likely to work for improvements rather than leave the organization.[12]

Objectives of nurse staffing are excellent care, safe patient passages, positive patient outcomes, and high productivity. Professional nurses can develop a statement of purpose that is comprehensive in stating the quality and quantity of performance it is intended to motivate. Purpose statements should be quantified.[13]

Staffing Study

A staffing study should gather data about internal and external environmental factors affecting the staffing requirements of an organization. Aydelotte listed four techniques drawn from engineering to measure the work of nurses, all of which involve the concept of time required for performance:[14]

1. Time study and task frequency
    a. Tasks and task elements (procedures)
    b. Point and time started and ended
    a. Sample size
    b. The measurement of standard time, which is the sum of average time, plus allowance for fatigue, personal variations, and unavoidable standby
    c. The measurement of nursing activity, which is the frequency of task × standard time
    d. The volume of nursing work, which is the total of all tasks × standard time
2. Work sampling (variation of task frequency and time)
    a. Identify major and minor categories of nursing activities
    b. Determine number of observations to be made

     c. Observe random sample of nursing personnel performing activities

     d. Analyze observations. Frequency occurring in a specific category = percentage of total time spent in that activity. Most work sampling studies direct care and indirect care to determine ratio.

3. Continuous sampling (variation of task frequency and time). The technique is the same as for work sampling, except that

     a. The observer follows one individual in the performance of a task.

     b. The observer may observe work performed for one or more patients if these tasks can be observed concurrently.

4. Self-reporting (variation of task frequency and time)

     a. The individual records the work sampling or continuous sampling on himself or herself.

     b. Tasks are logged using time intervals or time tasks start and end.

     c. Logs are analyzed.

Many work-sampling studies focus on procedures, ignore standards, and are lacking in objectivity, reliability, and accuracy. The techniques themselves, however, are sound.[15]

According to West, three "cardinal rules" exist for forecasting staffing requirements.[16] The first is to base staffing projections on past staffing history. A data sheet that includes types of task and procedure, average time to complete, measurement of nursing activity, and volume of nursing work is one aspect of such a model. The data can be collected from the PCS reports and census reports. Such data are readily available in most hospitals. Some NMISs, such as Medicus, provide numbers of personnel required, including the mix of registered nurses (RNs), licensed practical nurses (LPNs), and nursing assistants. Other data needed are sick time, overtime, holidays, and vacation time; the attrition rate is also important. In some PCSs, these data are built into the staffing formula. A second rule for staffing is to review current staffing levels (**Figure 10-2**). Review of future plans for the institution is the third cardinal rule.[16] Clinical nurses involved in staffing plans have confidence in the plans.

Staffing requires much planning on the part of the nurse administrator. Data must be collected and analyzed. These data include facts about the following:

- The product, that is, the needs of patient care.
- Diagnostic and therapeutic procedures performed by physicians and nurses.
- The knowledge elements of professional nursing translated into the skills of taking a medical history, performing an assessment, providing a nursing diagnosis and prescription, applying care, evaluating, keeping records, communicating, and taking all other actions related to primary health care of patients
- Evidence-based practice nurse sensitive indicators.

Changing, expanding knowledge and technology in the physical and social sciences, medicine, and economics influence planning for staffing. Healthcare institutions are treating more clients on an outpatient basis than ever before. New drugs, improved diagnostic and therapeutic procedures, and reimbursement changes have decreased the lengths of hospitalization. The result of decreased length of stay is often increased inpatient acuity. Standards of The Joint Commission, ANA, and other professional and governmental organizations such as the Institute of Medicine and the Centers for Medicare & Medicaid have required outcome measures based on evidence-based practice. These factors must all be considered in the staffing process.

Planning for staffing requires judgment, experience, and thorough knowledge of the requirements of the organization in which the individual nurse administrator is employed. It requires the support of hospital administration, physicians in charge of clinical services, and nursing staff. The basic requirement for staffing is unchanging, regardless of the type or size of the institution: Plan for the kinds and

---

FIGURE 10-2   Forecasting Staffing Requirements

1. Staffing projections on past staffing history
   a. Type of task and procedure
   b. Average time to complete
   c. Measurement of nursing activity
   d. Volume of nursing work

2. Review current staffing levels
   a. Involve clinical nurses
   b. Collect pertinent information (patient acuity, skill level of nurses, case mix)
   c. Hours per patient day

Source: Author.

---

numbers of nursing personnel that give safe, adequate care to all patients and ensure that the work of nursing is productive and satisfying.

> *"Basic to planning for staffing of a division of nursing is the fact that qualified nursing personnel must be provided in sufficient numbers to ensure adequate, safe nursing care for all patients 24 hours a day, 7 days a week, 52 weeks a year. Each staffing plan must be tailored to the needs of the agency and cannot be determined with a simple worker-to-patient ratio or formula."*

The following factors influence planning for staffing[18] (**Figure 10-3**):

- Changing concepts of nursing roles for clinical nursing practitioners, clinical nurse specialists, and clinical nurse leaders
- Patient populations that are changing as birth rates decline and longevity increases
- Institutional missions and objectives related to research, training, and many specialties
- Personnel policies and practices
- Policies and practices related to admission and discharge times of patients, assignment of patients to units, and intensive and progressive care practices

---

FIGURE 10-3   Planning for Staffing

- Changing nursing roles
- Changing patient population with birthrate declines and longevity
- Institutional mission and objectives
- Personnel policies and practices
- Polices and procedures related to patient processes
- Support services, including non-nursing support services
- Composition of medical staff and medical services
- Physical plant and environmental issues
- Organization of nursing services; structure, processes
- Data analysis of indicators such as admissions, discharges, patient acuity, staff mix

Source: Author.

- The degree to which other departments carry out their supporting services. Plans should be made to furnish staffing requirements for nursing personnel to perform non-nursing duties such as dietary functions, clerical work, messenger and escort activities, and housekeeping. Whether these services should or should not be carried out by nursing personnel is not the point; the relevance is that the degree to which the situation exists must be considered in any planning. Nurse managers should evaluate carefully assuming responsibility for non-nursing services and should encourage the appropriate departments to perform such services.
- The number and composition of the medical staff and the medical services offered. Nursing requirements are affected by characteristics of patient populations determined by the size and capability of the medical staff. Several factors affect the quality and quantity of nursing personnel required and influence their placement: special requirements of individual physicians; the time and length of physicians' rounds; the time, complexity, and number of tests, medications, and treatments; and the kind and amount of surgical procedures.
- Arrangement of the physical plant has a large impact on staffing requirements. Fewer personnel are needed for a modern, compact facility equipped with labor-saving devices and efficient working arrangements than for one that is spread out and has few or no labor-saving devices. Different staffing is required for a facility that is arranged functionally than for one that is not. If, for example, the surgical suite is not next to the birthing rooms, recovery room, and intensive care units, more staff is needed to meet acceptable standards of quality and safety. Many other architectural features must be considered, such as the location of specialized units; the location of patient rooms in relation to nursing stations, work rooms, and storage space; and the time required to transport patients to other sections of the hospital for diagnostic or therapeutic services, such as radiography and nuclear medicine.
- The organization of the division of nursing. Plans should be reviewed and revised to organize the department to operate efficiently and economically with written statements of mission, philosophy, and objectives; sound organizational structure; clearly defined functions and responsibilities; written policies and procedures; effective staff development programs; and planned periodic systems evaluation.
- Data to be analyzed include number of admissions, discharges, and transfers; outpatient activity; patient acuity; amount of supervision needed for ancillary personnel; patient teaching; emergency responses; mode of care delivery; and staff mix.

Staffing Activities

Numerous staffing activities have been identified by Price; he suggests that the nurse administrator assign and identify by name the persons responsible for each activity. Among his suggestions are the following:[19]

- One person ultimately responsible for each activity should be identified.
- The category and position of the person who should be responsible for each activity should be identified.
- The activity should be specified as requiring nursing or non-nursing personnel.
- The review should be performed for the day, evening, night, weekend, and holiday shifts.

A modified format by Price for gathering data and analyzing responsibility for staffing activities covers the following:

- Recruiting, interviewing, screening, and hiring RNs, LPNs, and nursing assistants
- Assigning personnel to clinical units and shifts
- Preparing work schedules in advance

- Maintaining daily schedules, adjusting for staff absences and patients' needs
- Calculating turnover and hours of care
- Checking time cards and payroll
- Developing policy
- Handling telephone communication
- Ensuring contract compliance

Orientation Plan

The orientation plan offered to new employees can have an impact on both recruitment and retention; orientation is a time when a sense of belonging can be instilled. A main purpose of orientation is to help the nursing employee adjust; it should be a planned program overseen by the education department or a unit-based clinical coordinator, with a one-on-one preceptor. Experienced nurses can ease the discomfort of a new work situation by:[20]

- Encouraging new nurses in the work unit as well as throughout the organization
- Readily sharing information, and being willing to learn from both new graduates and experienced nurses accustomed to different systems
- Modeling positive and professional behaviors and attitudes
- Allowing new employees to establish their own practice patterns
- Encouraging continuing education in the field
- Practicing patience

Figure 10-4 gives an example of a nursing orientation.

Policies and procedures should be introduced to the new employee in this phase. Because there are too many policies and procedures to be absorbed at once, empower the new employees by enabling them to refer to appropriate sources for reference.

Internship Programs

Many nursing departments are developing internship programs for new graduate nurses to expand the orientation process to include critical thinking skills development, clinical reasoning, and clinical skills while in a supportive and protected environment. These programs can last from months to a year with structured educational experiences based on the needs of the hospital's patient environment. The cost of an internship could be paid back in lower turnover rates, improved nursing outcomes, and increased nursing satisfaction.

Staffing Policies

Staffing policies are best derived through consultation with clinical nurses. Written staffing policies should be readily available for at least the following areas:

- Vacations, holidays, and sick leave
- Emergency leave
- Weekend shifts: number worked, days considered as "weekend"
- Shift rotation
- Overtime
- Part-time and temporary personnel
- Use of float personnel
- Schedule changes
- Use of educational time

FIGURE 10-4	Nursing Orientation—Week 1			
Monday	**Tuesday**	**Wednesday**	**Thursday**	**Friday**
8:00–4:30	8:00–10:00	8:00–8:15	8:00–4:30	8:00–8:45
Personnel	Introduction	Computer class	RN IV Therapy	XYZ Eye Center
Orientation	Philosophy	assignment		8:45–9:30
Benefits	Dress code	8:15–12:00		XYZ Organ Center
Performance	Staffing	Code 1		9:30–9:45
improvement	Time/attendance	CPR		Break
Employee health	Skills assessment	12:00–1:00		9:45–10:00
Infection control	10:00–10:15	Lunch		Nutrition Service
Fire and safety	Break	1:00–4:30		10:00–11:00
	10:15–12:15	Clinical skills		Telephone system
	Documentation	RN/LPN		11:00–12:00
	12:15–1:15	BGM		Lunch
	Lunch	Emergency trach		12:00–4:30
	1:15–4:30	R.		Team building
	*MAR	**TPN dressing C.		
	Medical policies	CNA		
	Medical exam	Vital signs		
		Body		
		mechanisms		
		Infection		
		control		
		Legal		

Source: Author.

*Medication Administration Record
**Total Parental Nutrition

- Requests of personnel and management
- Work week

A work contract can be set up between each employee and the organization. The contract should state the date employment is to commence, job classification, job description, work hours, pay rate, full-time or part-time designation, and all other specific points agreed on between the employee and organizational representative.

Staffing the Units

"According to the Joint Commission on Accreditation of Healthcare Organizations, staffing effectiveness is defined as "the number, competency, and skill mix of staff as related to the provision of needed services."[20]

Each patient care unit should have a master staffing plan that includes the basic staff needed to cover the unit for each shift. Basic staff is the minimum or lowest number of personnel needed to staff a unit and includes fully oriented full- and part-time employees. The number may be based on examination of previous staff records and expert opinion of nurse managers. Basic staff includes all categories: RNs,

LPNs, and ancillary personnel for each shift. **Figure 10-5** shows a formula for determining a core staff per shift. **Figures 10-6** and **10-7** provide other tools that can be used to assist with staffing. For example, a staffing board showing the number of personnel needed for a period of time, along with a self-scheduling form, can be useful in meeting staffing challenges.

The number of complementary personnel is determined next. Complementary personnel are scheduled as additions to the basic group. Financial resources and the availability of personnel control the total number in both groups. Not ensured a permanent pattern of staffing, complementary personnel provide the flexibility needed to meet short-term and unexpected changes.

FIGURE 10-5   Formula for Estimating a Core Staff per Shift

The average daily census for a 25-bed medical–surgical unit over a 6-month period is 19 patients. The basic average daily hours of care to be provided are 5 hours per patient per 24 hours. How many total hours of care will be needed on the average day to meet these standards? $19 \times 5 = 95$ hours. If the workday is 8 hours, this means $95 \div 8 = 11.9$ or 12 full-time-equivalent (FTE) staff are needed to staff the unit for 24 hours. An FTE is one person working full time (40 hours a week) or several persons who together work a total of 40 hours a week. A total of 12 FTE $\times$ 7 days per week = 84 shifts per week, if the staffing is to be the same each day. If each employee works five 8-hour shifts per week, $84 \div 5 = 16.8$ is the number of FTEs needed as basic staff for this unit.

The number of nursing personnel to cover sick leave, vacations, and holidays or other absences can also be determined and added to the basic staff. This information is determined from a study of personnel policies and use. It is frequently included in PCS formulas. Such additional staff may be provided from a float pool.

The next determination to be made is the ratio of RNs to other nursing personnel. If the ratio is determined to be 1:1, how much of the basic staff of 16.8 should be RNs? One half of the total, which would be 8.4 RNs and 8.4 others (LPNs, nurses' aides, orderlies, or nursing assistants). A study of staffing patterns in 80 medical–surgical, pediatrics, and postpartum units in 12 Salt Lake City community hospitals recommends a mix of 58% RNs, 26% LPNs, and 16% aides.[21]

The final determination is how many personnel are needed for each shift. Warstler recommends the following proportions: day, 47%; evening, 35%; and night, 17%.[22] This means that for a total staff of 16.8 personnel, 8 would be assigned to days, 6 to evenings, and 2.8 to nights. Obviously, this is an approximation; other patterns could also be chosen by the nurse administrator.

The number of complementary nursing personnel would be added to this basic staff. They could be a group of one RN, one LPN, and one other, assigned accordingly. The staff is entered into the following table as numbers in parenthesis added to the figure for basic staff.

In an environment that emphasizes reimbursement, complementary personnel may be budgeted as a pool and may exist as only a portion of basic personnel assigned to a pool.

Basic Staffing Plan for a 25-Bed Medical–Surgical Unit

Category	Day	Evening	Night	Total
RNs	4 + (1)	3	1.4	8.4 + (1)
LPNs	2	2 + (1)	1.4	5.4 + (1)
Others	2	1	0 + (1)	3 + (1)
Totals	8 + (1)	6 + (1)	2.8 + (1)	16.8 + (3)

Source: Author.

FIGURE 10-6 Staffing Board Showing the Number of Personnel Needed for 6 Weeks

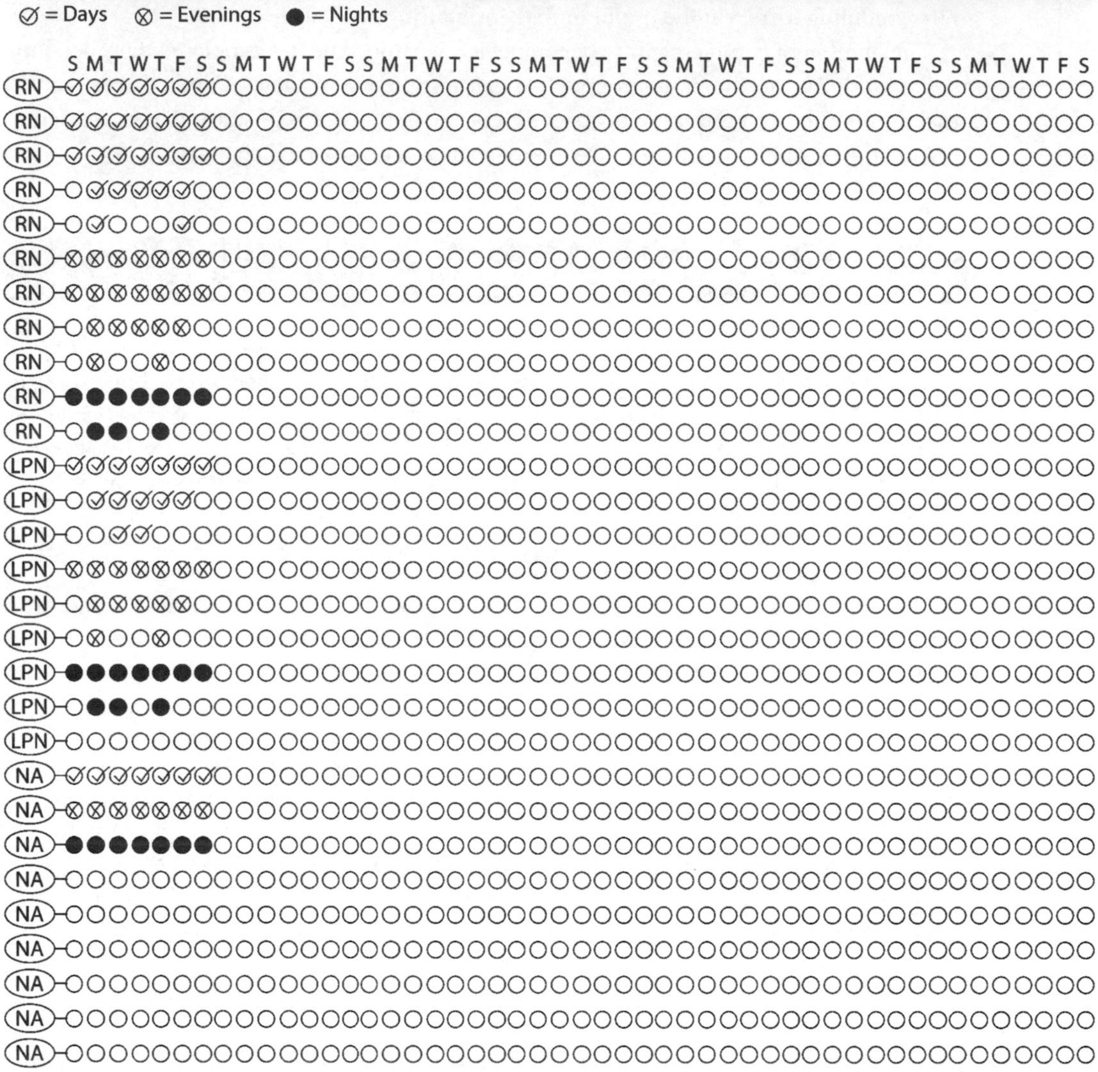

Float personnel are not permanently assigned to a station. Managed by a centralized staffing office, they provide flexibility to meet increased patient loads and unexpected personnel absences. They may be cross-trained to a number of different medical milieus or may specialize in one field. The number and kinds of float personnel can be accurately determined from general monthly records that show absence rates, personnel turnover, and fluctuations in patient care workloads.

Part-time nursing personnel may be an economic or cost-control factor in staffing, because they receive fewer benefits than full-time personnel. Part-time personnel are better motivated if they receive some benefits, such as a number of paid holidays and vacation days proportionate to days worked and pay increases when they complete the aggregate days worked by full-time personnel. Their total hours worked can be controlled to fill actual shortfalls.

Staffing Modules

Many different approaches to nurse staffing and scheduling are being explored in an effort to satisfy the needs of employees and meet workload demands for patient care (**Figure 10-8**). These include modified work weeks (10- or 12-hour shifts), team rotation, "premium day" weekend nurse staffing, and "premium vacation" night staffing. Such approaches should support the underlying purpose, mission, philosophy, and objectives of the organization and the division of nursing and should be well defined in a staffing philosophy statement and policies. Nurses are like other employees in one respect: They want to live as normal a home life as possible. In addition, shifts must be staffed and patient care needs met. The successful nurse executive will try to accommodate both by using the best available administrative staffing methodology, which must be considered from the economic or cost–benefit viewpoint, and in conjunction with and out of concern for the nursing staff.

Staffing and scheduling are reasons for both turnover and job retention. Understaffing has a negative effect on staff morale, delivery of quality care, and the nursing practice modality. Insufficient staffing can contribute to closure of beds. It causes absenteeism from staff fatigue, burnout, and professional

---

FIGURE 10-7   Self-Scheduling Format

	S	INITIALS	M	INITIALS	T	INITIALS	W	INITIALS	TH	INITIALS	F	INITIALS	S	INITIALS
Week *Jan 15* 11 A.M.	3RNs 1LPN 1NA	JH	5RNs 2LPNs 1NA		4RNs 3LPNs 1NA		4RNs 3LPNs 1NA		4RNs 2LPNs 1NA		5RNs 2LPNs 1NA		3RNs 1LPN 1NA	
3 P.M.	3RNs 1LPN 1NA	JH	5RNs 2LPNs 1NA		4RNs 3LPNs 1NA		4RNs 3LPNs 1NA		4RNs 2LPNs 1NA		5RNs 2LPNs 1NA		3RNs 1LPN 1NA	
7 P.M.	2RNs 1LPN 1NA		4RNs 3LPNs 1NA		3RNs 2LPNs 1NA		3RNs 2LPNs 1NA		4RNs 3LPNs 1NA		3RNs 2LPNs 1NA		2RNs 1LPN 1NA	
11 P.M.	2RNs 1LPN 1NA		4RNs 3LPNs 1NA		3RNs 2LPNs 1NA		3RNs 2LPNs 1NA		4RNs 3LPNs 1NA		3RNs 2LPNs 1NA		2RNs 1LPN 1NA	
3 A.M.	1RN 1LPN 1NA		2RNs 2LPNs 1NA	JH	2RN 2LPN 1NA	JH	1RN 1LPN 1NA	JH	2RNs 2LPNs 1NA	JH	1RN 1LPN 1NA		1RN 1LPN 1NA	
7 A.M.	1RN 1LPN 1NA		2RNs 2LPNs 1NA	JH	2RN 2LPN 1NA	JH	1RN 1LPN 1NA	JH	2RNs 2LPNs 1NA	JH	1RN 1LPN 1NA		1RN 1LPN 1NA	
Week 11 A.M.														
3 P.M.														
7 P.M.														
11 P M														
3 A.M.														
7 A.M.														

Each block represents 4 hours of staffing.
Names and Initials:

RN Jane Hatfield   JH   _____   _____   _____   _____

FIGURE 10-8 Staffing the Unit: Staffing Models

- Cyclic scheduling
- Self-scheduling
- Modified work week
- 10-hour shifts
- 12-hour shifts
- Weekend alternatives
- Flextime

Source: Author.

---

dissatisfaction. Conversely, nurse managers must receive value for their money. Economic constraints exist that are further limited by the costs of recruiting, hiring, and orienting new nurses and for overtime and temporary personnel when the environment creates turnover and absenteeism. Overstaffing is expensive and has a negative effect on staff morale and productivity. Staffing and scheduling must balance the personal needs of nurses with the economic and productivity needs of the organization.[24]

Patterns of staffing should be reviewed periodically to determine whether they are meeting the purpose, philosophy, and objectives of the organization and the division of nursing and whether they are practical regarding the numbers and qualifications of personnel. The ultimate objective of staffing patterns is to ensure that patients' needs are being met.

Cyclic Scheduling

Team rotation is a method of cyclic staffing in which a nursing team is scheduled as a unit. It is used in the team nursing modality.[25]

Cyclic scheduling is one way of staffing to meet the requirements of equitable distribution of hours of work and time off. A basic time pattern for a certain number of weeks is established and then repeated in cycles. There are several advantages to cyclic scheduling:

- Once developed, it is a relatively permanent schedule, requiring only temporary adjustments.
- Nurses no longer have to live in anticipation of their time off duty, because it may be scheduled for as long as 6 months in advance.
- Personal plans may be made in advance with a reasonable degree of reliability.
- Requests for special time off are kept to a minimum.
- It can be used with rotating, permanent, or mixed shifts and can be modified to allow fixed days off and uneven work periods, based on personnel needs and work period preferences.
- It can be modified to fit known or anticipated periods of heavy workloads and can be temporarily adjusted to meet emergencies or unexpected shortages of personnel.

Because cyclic scheduling is relatively inflexible, it works only with a staff that rotates by policy and personal choice. Personnel who need flexible staffing to meet their personal needs, such as those related to family and educational pursuits, do not generally accept it.

An infinite number of basic cyclic patterns can be developed and tailored to suit the needs of each unit. Patterns should reflect policy, work load factors, and staff preferences. Nursing personnel may use a staffing board (Figure 10-6) to develop a pattern and cycle satisfactory to them. A staffing board may be used to show the number of nursing personnel required for each day of the week for 6 weeks.

Self-Scheduling

Self-scheduling is an activity that may make a staff happier, more cohesive, and more committed. It should be planned carefully on a unit (cost center) basis with a written policy in place as a guideline. Planning may use either a self-directed work team or a quality circle technique approach. Personnel are scheduled to work their preferred shift as much as possible, as long as their preferred shifts meet the needs of the unit and balance with the needs of their coworkers. Self-scheduling has been found to shorten scheduling time; increase retention and satisfaction; and reduce conflicts, illness time, voluntary absenteeism, and turnover.

Self-scheduling leads to more responsible employees. It meets personal goals such as family, social life, education, child care, and commuting. It is an example of participatory management with decentralized decision making. The planning must include the givens, or rules, to be followed. These rules should be minimal to meet legal and professional standards.[26] Figure 10-7 gives an example that can be used to assist with self-scheduling.

> *"A nurse manager who had 12 RNs with absentee problems asked a nurse administrator how she could reduce these absences. A discussion followed about self-scheduling and the procedures necessary to implement. Several months later, the nurse manager reported to the nurse administrator that self-scheduling and absenteeism had decreased with only one employee still posing a problem. The problems were solved with self-scheduling. The nurse manager then successfully proceeded to use self-scheduling with all other employees who requested it."*

Modified Work Week

Modified work week schedules using 10- and 12-hour shifts and other methods are commonplace. A nurse administrator should be sure work schedules are fulfilling the staffing philosophy and policies, particularly with regard to efficiency. Such schedules should not be imposed on the nursing staff but should show a mutual benefit to employer, employees, and clients.

The 10-Hour Shift One modification of the work week is the creation of four 10-hour shifts per week in organized time increments. One potential problem with this model is time overlaps of 6 hours per 24-hour day. The overlaps can be used for patient-centered conferences, nursing care assessment and planning, and staff development. The overlap can also be scheduled to cover peak workload demands, which can be identified by observation, consensus, or self-recording by professional nurses. It can be done by hour or by a block of 3 to 4 hours. Starting and ending times for the 10-hour shifts can be modified to provide minimal overlaps, with the 4-hour gap staffed by part-time or temporary workers.

The 4-day, 10-hour work schedule for night nurses was studied in a hospital that had difficulty recruiting qualified nurses for the night shift. It was found that 10-hour shifts had stabilized staffing in intensive care, with increased productivity and decreased turnover. Turnover on the night shift had been 70% for an 8-month period. Positions stayed vacant longer than for other shifts, and sick time was higher, which increased recruitment and orientation time. Nurses were involved in planning the 4-day, 10-hour night shift schedule. Night nurses agreed to use overlapping hours to assist with day shift care, and the day shift agreed to reduce staff by one full-time equivalent (FTE). Plans were discussed with and accepted by the union. Personnel assignments and meeting schedules were addressed and resolved through participatory management. The results of these changes included reduced sick time on the 10-hour shift, reduced turnover, increased incentive, increased requests for night shift, and decreased labor hours.[27]

> ## [www] Evidence-Based Practice 10-1
>
> Vik and MacKay report a study of the quality of care by nurses who worked 12-hour shifts versus those who worked 8-hour shifts. It was a matched study of three units each. The Quality Patient-Care Scale was the measuring instrument. Results indicated that patients perceived a significantly higher quality of care from nurses working 8-hour versus 12-hour shifts. Shift patterns worked by nurses do affect the care received by patients. Recruitment and retention of nurses, however, can balance out reduced quality of care when vacancies are high. This study was limited and needs to be replicated.[29]
>
> A research study was done to measure the effect of fatigue from 12-hour shifts on critical thinking. The study found "no significant differences between levels of fatigue and critical thinking ability in nurses working 8 and 12 hours."[30]
>
> The break-even point for costs is the point at which recruiting, absenteeism, retention, and overtime cost savings equal the shift losses from 12-hour scheduling.[31]

The 12-Hour Shift A second scheduling modification is the 12-hour shift; in this system, nurses work seven shifts in 2 weeks. They work a total of 84 hours and are paid 4 to 8 hours of overtime. Twelve-hour shifts and flexible staffing have been reported to improve care and save money because nurses can better manage their home and personal lives.[29] Another commonly used pattern is six 12-hour shifts with one 8-hour shift for a total of 80 hours, with no "forced" overtime.

Weekend Alternative

"Weekend specials" have long been an attractive alternative form of scheduling. Not only do they afford the nurse weekdays with which to pursue educational opportunities or to spend time with family, they free "regular" staff from the perceived burden of working every other weekend to balance staffing. At one time, those nurses working two 12-hour shifts on the weekend were paid for a full 40-hour work week with benefits; that pay mode is rarely an option with today's budgetary constraints. There are, however, part-time packages modeled after this weekend schedule that afford greater pay than hours worked, with benefits attached.

"Premium day weekend" nurse staffing is a scheduling pattern that gives a nurse an extra day off duty, called a premium day, when he or she volunteers to work one additional weekend within a 4-week scheduling block. This staffing technique could be modified to give the nurse a premium day off for every additional weekend worked beyond those required by nurse staffing policy. This technique does not add directly to hospital costs.[32]

"Premium vacation night" staffing follows the same principle as does premium day weekend staffing. An example is the policy of giving 5 extra working days of vacation to every nurse who works a permanent night shift for a specific period of time.

Flextime

Nurses often want flexible scheduling to better accommodate their personal lives. Such scheduling options have, in fact, become an essential component of job satisfaction.[33] Flexible time (frequently called "flextime") schedules have become an increasingly important aspect of employment practices since 1980, when 11.9% of all nonfarm wage and salary workers were reported to be on flextime schedules. These schedules have resulted in improved attitudes and increased productivity as employees have gained more control over their work environment. Employees have been able to adjust to their own biological clocks. Transportation has become more efficient and flexible. Employees have better control of work activities.[34]

To control for weaknesses of previous studies, the New York State government conducted a study of staggered work hours compared with fixed work hours. The study showed the following results:[35]

1. The greatest level of satisfaction and the lowest level of dissatisfaction with the workday were expressed by employees in agencies with the greatest flexibility in scheduling.

2. Those in agencies with fixed schedules expressed the strongest dissatisfaction and lowest level of satisfaction.

3. Decreased commuting time may improve satisfaction with flextime.

> *"Flexible scheduling improves recruiting, reduces absenteeism, and increases retention by boosting morale."*

There are multiple scheduling options open for nurse managers to explore. In the case of a staff working 80 hours in a unit (six 12-hour shifts and one 8-hour shift), a need was found between the 7 A.M. to 3 P.M. shift and the 11 P.M. to 7 A.M. shift. One RN volunteered to work a straight shift 5 days a week from 3 P.M. to 11 P.M.; her "bonus" was working straight weekdays, with no weekends and holidays off. It is up to the nurse manager and the staff involved to find innovative solutions suitable to their own workplace.

Flexible Role: Resource Acuity Nurse

At West Virginia University Hospital, top nurse executives established a resource acuity nurse position to provide greater flexibility and ensure adequate staffing during peak workload periods. The executives envisioned having nurses in the position available to provide immediate relief to units when the greatest care needs arose. The resource acuity nurse would stay at the agency for as long as needed.

The nurse managers developed guidelines for undertaking the resource acuity nurse responsibilities:

- Assisting with special procedures, such as central line placement and extensive dressing changes
- Supporting nursing staff whenever an increased number of patients return from the operating room
- Assisting in cardiac arrests or other emergencies
- Transferring unstable patients to the intensive care units

www Evidence-Based Practice 10-2

A study by Imig, Powell, and Thorman indicates that flexible staffing filled vacant positions but did not increase payroll costs, hours per patient day, or overtime. It did decrease absenteeism by 60%. The hospital in this study returned to 8-hour shifts because primary nursing was threatened. In this particular study, there was no change in incidence of medication errors, patient and staff injuries, quality of care plans, complaints, recruitment, or staff attitudes from before to 6 months after flexible staffing. Also, the use of agency nurses was not reduced.[36]

This program has enabled the hospital to better meet the staffing needs of units when workload increases. Since the establishment of the resource acuity nurse position in this organization, nurses' morale has improved, because they know short-term help is more readily available and will be more equitably distributed among units.[37]

Cross-Training

Cross-training of nursing personnel can improve flexible scheduling (as in the example of the resource nurse role). Nurses can be prepared through cross-training to function effectively in more than one area of expertise. They can be kept in similar clinical specialties (such as an intensive care unit cluster) or in families of clinical specialties. To prevent errors and increase job satisfaction during cross-training, nurses assigned to units and in pools require complete orientation and ongoing staff development. Nurses should be provided with policies, job descriptions, and performance evaluations.

Temporary Workers

Nurses have been temporary agency employees for several decades. They have turned to staffing agencies because they wanted control over their lives, personal and professional. Agency work was the only way they could gain such control until nurse managers and hospital administrators realized the need to apply the science of behavioral technology, including human resources management, to nursing. Many organizations are downsizing to be more productive by decreasing overhead, and one result of downsizing is the use of agency or external workers. They are required to meet standards and competencies of the agencies that use them.

The number of temporary jobs, professional and nonprofessional, has increased annually and is now in the millions. In many instances temporary employment has caused workers to experience downward mobility. The lesson for nursing personnel is to gain a reputation for competence in more than one clinical area or in more than one of the areas of clinical practice, teaching, research, and management.

Workforces in today's organizations are leaner. Temporary employees prevent hiring mistakes by employers and employees. An increased number of hospitals continue to use temporary personnel.

Potential temporary employees should become informed about the temporary agency they will use. They can ask other nurses who have used the agency about it, screen the agency by telephone to determine customer treatment, visit the agency on a busy Monday morning, and then interview with the agency.[38]

Strategic Staffing

Accounting firms have developed strategic staffing as an approach to downsizing. Strategic staffing analyzes a unit's staffing needs, based on long-term objectives for the unit and organization, to find a combination of permanent and temporary employees with the best skills to meet these needs. Temporary staffing may protect the jobs of permanent or core employees when the temporary employee is used to cover a vacancy while the position or job is analyzed.

Temporary staff may want to sample the work. A variety of professional occupations are represented in the temporary workforce. Temporary workers provide relief for overworked permanent employees; many do one-time projects, including internal audits and forensic accounting. They work as trainers of permanent employees. Using temporary employees controls personnel expenses related to benefits, rehiring, and training. To make strategic staffing work, managers should study staffing once annually, analyzing workload peaks and valleys, looking at the financial blueprint, and communicating with providers and staff.

The warning signs that strategic staffing is required include excessive overtime, high turnover, excessive absenteeism, employees whose skills do not match job requirements, absence of regular staffing planning, missed deadlines, last-minute staffing using temporary employees, lack of a budget line for temporary employees, absence of communication with the human resources department, and low employee morale. Obtaining the best temporary workers may require consultation with specialized temporary employment firms.[38] Temporary staff members are cost effective for small businesses, because they eliminate the expense of a human resources department. For large businesses, temporary workers are cost-effective for the flexibility needed for seasonal and short-term work. Using temporary employees also enables employers to evaluate those employees for permanent jobs.[39]

Travel Nursing

A step beyond the nurses who work for local agencies, travel nursing is an increasingly popular career choice. The mobility of society at large has increased the willingness of nursing workers to relocate for weeks- or months-long assignments. Nurses engaged in travel nursing run the gamut from young single professionals with a taste for adventure to older "empty-nesters," free from family ties and ready to experience more than their local healthcare systems can offer.

"The rapidly growing nursing shortage was the impetus for the development of the travel nursing industry years ago and, as it continues, the shortage will likely fuel the demand for travel nurses in the future."[41] The offer of benefits (401(k)s, health and dental insurance) and a high rate of pay attract many applicants; it has become difficult for organizations to match the travel packages available, and many organizations have lost nurses to such enticing offers.

Travel nurses give organizations the benefit of a fresh outlook, a variety of experiences, and a willingness to work within a new system. To their new coworkers, they give a glimpse of another culture and perhaps share their willingness to learn.

The nurse administrator must ensure that these nurses meet orientation/competency standards for accreditation agencies and evaluate the value they bring to the organization in relation to the expense agency labor incurs.

Transfer Fair

In an effort to minimize the negative repercussions of downsizing, one hospital used a "transfer fair" to place staff quickly and fairly. The key participants were as follows:

- Managers with vacancies
- Recruitment staff with a list of vacancies
- Employee relations staff to answer personnel policy questions
- Staff affected by downsizing

Each affected staff member made three choices. Seniority then determined placement, and decisions were made within 48 to 72 hours.

The atmosphere and tone of a transfer fair are gracious, welcoming, professional, relaxed, and supportive. Planners prepare well and make the fair convenient for all shifts. Refreshments are served and top nursing administrators attend.[42]

Magnet Hospitals

In 1982 a groundbreaking study by the American Academy of Nursing identified 41 facilities as "magnet" hospitals, which consistently attracted and retained good nurses and provided excellent nursing care. In response, the Magnet Recognition Program was developed 9 years later by the American Nurses Credentialing Center.[43] In a study of staff nurses working in 14 magnet hospitals, those attributes identified as essential to delivering high-quality care were as follows:[44]

- Organizational support for education
- A workforce of clinically competent nurses
- Positive relationships between nurses and physicians
- Autonomy in nursing practice
- A client-centered culture
- Control of nursing practice
- Perception of adequate staffing
- Support of nursing administration

In the face of chronic understaffing, many hospitals use competitive wages and benefits to attract nurses. Competitive wages are important, but they are not the ultimate tool for attraction and retention of nurses. "Current health care concerns mandate innovative, culture-based approaches to recruiting and retaining staff."[45]

Patient Classification Systems

The component of a traditional system of nurse staffing that is essential to all facets of the total system is patient classification. A PCS, which quantifies the quality of nursing care, is essential to staffing nursing units of hospitals and nursing homes. In selecting or implementing a PCS, a representative committee of hospital administration, nurse managers, and clinical nurses should be used. Skill mix index data may be used rather than a PCS for determining staffing needs. Because of increased length of stay, most patients require total patient care with self-care limited to observation patients.

> "The primary aim of patient classification is to be able to respond to the constant variation in the care needs of patients."[44]

Classification systems originated in the 1960s, when R. J. Connor's doctoral research work resulted in the development of a classification tool for hospitals to better use nursing staff. Three categories of patient acuity, with guidelines describing typical characteristics, were identified:[46]

1. Category I: Self-care
2. Category II: Intermediate care
3. Category III: Total care

Connor's guidelines described the time necessary for the care of a patient in each category. He created a staffing algorithm using a patient index,

$$I = \frac{0.5N}{1} + \frac{1.0N}{2} + \frac{2.5N}{3}$$

in which I represents the patient care index and N the number of patients in each category. The constant (0.5, 1.0, 2.5) represents the amount of direct care in hours and the subscripts (1, 2, 3) represent the specific classification level.[47]

Purposes   The committee identifies the purposes of the PCS to be purchased or developed (**Figure 10-9**). Among such purposes are the following:[48]

> **FIGURE 10-9   Purposes of Patient Classification System**
>
> - Staffing
> - Program costing and formation of the nursing budget
> - Tracking changes in patient care needs
> - Determining values for productivity equation output
> - Determining quality
>
> *Source:* Author.

- Staffing: The system establishes a unit of measure for nursing, that is, time, that will be used to determine numbers and kinds of staff needed. Perceived patient needs can be matched with available nursing resources.
- Program costing and formulation of the nursing budget: A prescribed unit of time is used to determine the actual costs of nursing services. Profits and losses of nursing can then be determined.
- Tracking changes in patient care needs: A PCS gives nurse managers the ability to moderate and control delivery of care services, adjusting intensity and cost.
- Determining values for the productivity equation: output divided by input: Reducing input costs reduces the cost of each output (time unit). In the prospective payment system, this output measure has been the discharged patient. Outputs become the criteria for measuring nursing productivity, regardless of quality. PCSs provide workload indices as productivity measures.
- Determining quality: Once a standard time element has been established, staffing is adjusted to meet the aggregate times. A nurse manager can elect to staff below the standard time to reduce costs, making a decision to reduce quality by reducing times and costs. It is best to do this in collaboration with clinical nurses. These nurses can assist with developing and applying more efficient procedures and protocols, which can involve rearrangement of the physical setting and the assembling of equipment and supplies. Involvement by clinical nurses will increase their trust and respect, improve their attendance and work habits, improve workforce stability, and reduce errors.

Desired Characteristics   A PCS should do the following:[49]

1. Differentiate intensity of care among definitive classes.
2. Measure and quantify care to develop a management engineering standard.
3. Match nursing resources to patient care requirements.
4. Relate to time and effort spent on the associated activity.
5. Be economical and convenient to report and use.
6. Be mutually exclusive, counting no item under more than one work unit.
7. Be open to audit.
8. Be understood by those who plan, schedule, and control the work.
9. Be individually standardized as to the procedures needed for accomplishment.
10. Separate requirements for RNs from those of other staff.

Components   The first component of a PCS is a method for grouping patients or patient categories. Johnson describes two methods of categorizing patients. Through factor evaluation, each patient is rated on independent elements of care, each element is scored (weighted), scores are summarized, and the patient is placed in a category based on the total numerical value obtained. In prototype evaluation, each patient is categorized to a broad description of care requirements.[50]

Johnson describes a prototype evaluation with four basic categories (self-care, minimal, moderate care, extensive care) and one category for a typical patient requiring one-on-one care. Each category addresses activities of daily living, general health, teaching and emotional support, and treatments and medications. Data are collected on average time spent on direct and indirect care. For example, under activities of daily living, aspects of eating, grooming, excretion, and comfort are identified. At a minimal care level, the patient requires help in preparing food and positioning or encouragement to eat but can feed him- or herself.

A second component of a PCS is a set of guidelines describing the way in which patients will be classified, the frequency of classification, and the method of reporting the data. The third component of a PCS is the average amount of time required for care of a patient in each category. The fourth component is finding a method for calculating required staffing and required nursing care hours. The sum of the standard times for each category multiplied by the number of patients in that category plus the indirect care time equals required hours of patient care. Dividing this value by the number of hours staff actually works each shift results in the number of staff required to work each shift.[51]

The Commission for Administration Services in Hospitals (CASH) system of patient classification is an example of the prototype evaluation type. CASH rates patients by intensity of care and establishes a category relating to nursing hours required based on patients' ability to feed and bathe themselves with supervision; mobility status; special procedures and treatments; and observational, institutional, and emotional needs. The CASH design is quantified by determining the nursing care time associated with the critical indicators.

The GRASP® PCS uses a workload measurement design to evaluate the categories of tasks that nurses perform in providing patient care and identifies how much nursing time is required for each task. The time is then totaled.[52] GRASP® is a factor evaluation design, as is Medicus.

General agreement exists that three to five categories of patient acuity are sufficient for a PCS. Alward argues that four categories are best to reduce variance and statistical probability of error. She also states that the factor evaluation instrument is better than the prototype system because the former prevents ambiguity and overlap among the categories.[52] Research has indicated that different PCSs can generate different hours of work load and related nursing workload.[53]

Nursing Models PCSs based on a model of nursing are rare. Dee and Auger describe one based on the Johnson Behavioral System Model, which has eight behavioral subsystems: ingestive, eliminative, affiliative, dependency, sexual, aggressive-protective, achievement, and restorative. Patient behaviors and nursing interventions were rank ordered for four categories of patient acuity, with category 1 identified as reinforcing independent behaviors in adaptive areas and providing supervision. Category 4 denotes care provided on a one-to-one basis for 8 hours per shift, as, for example, in suicide observations. In this model, specifically in the eliminative subsystem, patients' behaviors that might be noted include absence of bowel and bladder control and excessive diaphoresis. Nursing interventions would include implementing a behavioral program for toilet training, bedwetting, and encopresis. Other systems would be assessed with nursing interventions identified to address the behaviors.

Dee and Auger list four advantages to relating nursing models to PCSs:[54]

1. Providing a frame of reference for the systematic assessment of patient behaviors and the development of nursing intervention
2. Providing a frame of reference for all practitioners in the clinical setting
3. Providing a theoretical framework of knowledge and behavior
4. Providing for consistency and continuity of care

Dee and Auger emphasize orientation and teaching of all new personnel so the system is used effectively. This is true of all PCSs and of their use to make decisions about admissions.

In-House Versus Purchased   Purchased PCSs are very expensive and must be modified for specific hospitals. An in-house PCS can be developed using work analysis techniques. Methods for developing such systems are described in several references; most use observation or self-reporting techniques. In the self-reporting techniques, personnel are trained to list activities they perform at timed intervals. Observation on a continuous or internal basis can be costly in time and money. Self-reporting is cheaper, but employees must be trained.[55]

Alward states that it is more realistic to use the budget to determine staffing. She suggests selecting a prototype or factor-evaluation classification instrument and revising it to conform to the division's nursing practice.[56]

Nyberg and Wolff describe a PCS that calculates the total time, direct and indirect, needed to care for each patient by unit, shift, and job classification. The required time is compared with actual and budgeted nursing care hours per patient. This system has been found to identify patient care trends, improve efficiency of staffing, and justify budgeting changes. It has been used for utilization review, using access to admitting and working diagnoses, surgical procedures, physician-consultants, patient classification categories, and a list of all daily nursing care activities. When hospitalization is not justified, a chart review is done. This computerized system determines nursing costs per patient by unit, Medicare patients and non-Medicare patients by diagnosis, and average and total costs of Medicare and non-Medicare patients. In one 2-week period, Medicare patients required 10% more nursing resources per day and 40% more nursing time for their entire hospitalization.[57]

Computer Models   There are also personal computer models of PCSs. One of these, described by Grazman, has modules for planning nursing care and dealing with the budget. This system projects the number of hours of care, for each of four patient levels, that will meet budgetary and program delivery constraints of the staffing parameters. It is a staffing system that addresses the "demand" function based on planning and the "management" function based on a blending of planning and actual situations. Thus the input variables can be changed and the budget renegotiated. This model plans nursing time and resource allocation daily, based on patient case mix and census. It gives the nurse manager control over resource use.[58]

Adams and Duchene describe a PCS that includes nursing diagnosis with related cause, nursing care goals, and potential patient outcomes. It is an in-house system, the advantages of which include the following:[59]

- Knowledge of the data tool
- Ability to alter the system to accommodate changes in procedural time standards
- Ability to make changes in staffing levels
- Ability to make percentage alterations of time given to indirect care activities

This PCS produces a plan of care, with acuity used as the basis of determining staffing needs.

Problems   One of the major problems of PCSs is maintaining reliability and validity. This can be addressed through continuing education and quality checks. A calendar can be established to have external personnel from staff development or another nursing department or unit perform a classification after one is done by unit personnel (interacter reliability). This classification can be done monthly or more or less often, depending on the results. Patients can be monitored on different days and different shifts, with a stratified random sample of 15% or 20% of the patient census. Simple percentage agreement of 90% or higher indicates satisfactory reliability. If agreement is below 80%, the system should be reviewed and adjusted.

A calendar can also be established to take a unit rotation work sample to determine whether procedures or tasks change with time and technology. The calendar can be used as an annual spot-check. Validation of PCSs varies. A questionnaire can be used to evaluate nursing staff's satisfaction with hours of care. Validity can also be tested by an expert panel of nurses. Patient category descriptions or critical indicators of nursing intervention and patient requirement lists should be reviewed annually according to standards. The PCSs must be altered when results of quality checks or work samples so indicate.

Orientation and continuing education are the best methods of ensuring reliability and validity. The nursing staff must find the PCS credible. If nurses believe that the classifications are accurate and useful, they will try to rate patients accurately. They need periodic classes to be updated, and they must be kept well informed. Managers must support the use of a valid and reliable PCS, because it indicates the institution's commitment to high-quality patient care.

Nursing should orient other department heads and physicians to the use of PCSs. Admission and placement of patients are related to PCS outcomes.[60]

> *"Practicing nurses want the PCS to provide more staff. Managing nurses want to use it to validate staffing and scheduling and to permit variable staffing. These objectives must be kept in harmony."*

Fixed-Ratio Staffing: The California Experience

Another method of determining the level of staffing necessary to deliver patient care is a fixed-ratio pattern, predetermined by nursing administrators and frequently based on historical data from PCSs, productivity reports, and admit/discharge data. Its major negative aspects include its disregard for the type of patient and for the education and experience level of the nursing staff.

The ANA of California lobbied for and facilitated the creation of the nation's first law mandating nurse-staffing ratios for acute care hospitals. AB 394, authored by Assemblywoman Sheila Kuehl, was signed into law by Governor Gray Davis (CA) on October 10, 1999. Despite a tentative agreement for implementation by January 2002, it was not until January 2004 that the regulations stipulated within the law were implemented. Bolton, Aydin, Donaldson et. al have followed these regulations. Those regulations are as follows:[61]

- Nurse staffing is determined based on the severity of illness and the need for specialized equipment.
- RNs must receive an orientation to the area assigned; orientation and competency validation are required for temporary personnel.
- Nursing positions are mandated; ancillary positions are not.
- Both the education and experience levels of the nurse are to be factored in with acuity levels when determining staffing patterns.

A study conducted in 2005 found increased costs with no improvements in patient outcomes related to mandatory nurse patient ratios.[62]

Nursing Management Information Systems

Hanson defines a management information system as "an array of components designed to transform a collective set of data into knowledge that is directly useful and applicable in the process of directing and controlling resources and their application to the achievement of specific objectives."[63]

The NMIS includes these five elements:[64]

1. Quality of patient care to be delivered and its measurement
2. Characteristics and care requirements of patients

3. Prediction of the supply of nurse power required for components 1 and 2
4. Logistics of the staffing program pattern and its control
5. Evaluation of the quality of care desired, thereby measuring the success of the staffing itself

A management information system is basic to a sound system of staffing, of scheduling, and of classification of patients. It provides shift reports of personnel by type needed and assigned, staffing and productivity data by unit and area, average data on the intensity of care needed by class of patient, and the cost per time unit of patient care.[65]

Staffing is a major reason to have an NMIS. A personal computer can be used to show, via menus and printouts, the number of nurses required by time slot, restrictions, off-duty policy, continuous or other than intermittent days off, cyclical schedules, and single rotations.[66]

Information stimulates action through management decision making. Data do not; they must be processed to be useful. Information must be timely to be useful. The following is the process for establishing any management information system:[67]

1. State the management objective clearly.
2. Identify the actions required to meet the objective.
3. Identify the responsible position in the organization.
4. Identify the information required to meet the objective.
5. Determine the data required to produce the needed information.
6. Determine the system's requirement for processing the data.
7. Develop a flowchart.

Many nursing informatics systems now offer web-based interactive scheduling modules allowing staff increased freedom and shared decision making in determining their individual schedules. These systems can be implemented over entire enterprises, allowing staff to fill openings in sister facilities with the benefits of reduced salary expenses and improved staff satisfaction.[68]

Productivity

"The most valuable asset of the twenty-first century institution, whether business or non-business, will be its knowledge workers and their productivity." Frederick Winslow Taylor set the stage for scientific management in developing a method for job analysis and eliminating unneeded motions. Scientific management makes the worker productive.[69]

Definition

Productivity is commonly defined as output divided by input. Hanson translates this definition into the following equation:

$$\frac{\text{Required staff hours}}{\text{Provided staff hours}} \times 100 = \text{Percent productivity}$$

For example,

$$\frac{380.50 \text{ required staff hours}}{380.50 \text{ required staff hours}} \times 100 = 94.7\% \text{ productivity}$$

Productivity can be increased by decreasing the provided staff hours while keeping the required staff hours constant or increasing them. These data become information when they are related to an objective that indicates variances.[70] Because healthcare resources are limited, the nurse manager is faced with the task of motivating clinical nurses to increase productivity.

Productivity in nursing is related to both efficiency of use of clinical nursing in delivering nursing care and the effectiveness of that care relative to its quality and appropriateness. Brown suggests that U.S. productivity can decline with increased labor costs without corresponding increases in performance. This decline can be due to factors such as inexperienced workers, technological slowdown from outdated equipment and decreased research and development, government regulations, a diminished work ethic, increased size and bureaucracy in business and industry, and erosion of the managerial ethic.[71]

Measurement

In developing a model for a management information system, Hanson details several formulas for translating data into information. He indicates that in addition to the productivity formula, hours per patient day (HPPD) are a data element that can provide meaningful information when provided for an extended period of time. HPPD is determined by the following formula:

$$\frac{\text{Staff hours}}{\text{Patient days}} = \text{HPPD}$$

For example,

$$\frac{52,000 \text{ staff hours}}{2,883.5 \text{ patient days}} = 18.03 \text{ HPPD}$$

Staff hours are calculated as follows:

$$52,000 \text{ staff hours} = 25 \text{ FTEs} \times 2,080 \text{ work hours per year}$$
$$2,883.5 \text{ patient days} = 7.9 \text{ average daily census} \times 365 \text{ days per year.}$$

No allowance is made for personal time such as coffee breaks, meals, vacations, holidays, sick time, and decreased census time. The figure of 18.03 HPPD may be a high provision of HPPD even for intensive care.

Another useful formula is for budget utilization:

$$\frac{\text{Provided HPPD}}{\text{Budgeted HPPD}} \times 100 = \text{Budget utilization}$$

For example,

$$\frac{18.03 \text{ provided HPPD}}{16.0 \text{ budgeted HPPD}} \times 100 = 112.7\% \text{ budget utilization}$$

The result would have been over budget if the provided hours had been the net of personal time. Because they were not, the HPPD provided may be highly productive. The adequacy of the budget is determined as follows:

$$\frac{\text{Budgeted HPPD}}{\text{Required HPPD}} \times 100 = \text{Budget adequacy}$$

or

$$\frac{16.0 \text{ budgeted HPPD}}{18.03 \text{ required HPPD}} \times 100 = 88.74\% \text{ budget adequacy}$$

Obviously, if the required HPPD are equal to the provided HPPD and exceed the budgeted HPPD, productivity is high because of budget inadequacy. According to Hanson, all data become information when related to the objective.[72] Staffing should be defined in terms of the goal of HPPD to be provided. This goal will relate to productivity, budget utilization, and budget adequacy. Whether it is effective or not depends on measurement of quality of outcomes.

Davis writes that productivity in nursing is the volume and quality of products divided by the cost of producing and delivering them.[73] It is directly related to what nurses do and how they do it. Systems have been developed to determine nursing cost per patient per shift. For example, at University Hospitals of Cleveland, the following formula is used:

$$\text{Nurse competence rank} \times \text{hourly salary rate}$$
$$\times \text{required nursing hours}$$
$$\times \text{care acuity}$$
$$= 5 \text{ nursing cost per patient}$$

For example,

$$\text{Clinician III} \times \$25.00$$
$$\times 3 \text{ hr}$$
$$\times 5$$
$$= \$1,125.00 \text{ per shift}$$

One could conclude that the more acutely ill patients are, the more licensed nurse contacts they require.

Smith, Mackey, and Markham developed a productivity monitoring system for the recovery room. The performance ratio was the required FTEs divided by worked FTEs. The data were used to decide whether to fill vacant positions and to develop a budget.[74]

Mailhot reported an analysis of problems in an operating room: poor physical environment, inadequate financial support, poor systems, and low morale. The department was overstaffed by 10 FTEs. Task forces used brainstorming and open forums to solve the problems. They used Lewin's force field analysis, putting complex decision alternatives through an outcome matrix, developing needed evaluation tools, and using pilot projects to test all changes. The task forces made 87 changes in 1 year. In addition, the task forces marketed services to patients and surgeons, provided management training for operating room managers, analyzed operating room procedures, and held an open day between director and staff once every 6 weeks during which each person could see the director. They reduced the staffing by 38 FTE positions and the budget by $1.5 million in 3 years. Job satisfaction surveys indicated improvement.[75]

High input for low output produces low productivity, and high output for low input produces high productivity. Thus the objective of a nursing productivity model is low input for high output.

Productivity Model Differences

Producers of services do not fit the same productivity models as do producers of material goods. Marked discretion exists in determining both expected and actual role performances of nurses who do not produce physical outputs. For this reason, nursing prescriptions such as "emotional support" are difficult to measure. Patient outputs or outcomes can be measured by client satisfaction and client condition on discharge.

Greater emphasis has been placed on the nursing process than on nursing outcome. Haas defines efficiency as the relationship of personnel assigned and time spent to materials expended, as well as capital and management employed, for the greatest economy in use. Productive nurses must balance their personal energies and their institution's resources with their own effectiveness.[76]

Curtin proposes that productivity in nursing is related to the application of knowledge. Professional productivity must be measured by means of efficacy, effectiveness, and efficiency in applying knowledge. Curtin indicates that these processes can be objectively measured by using the following guidelines:[77]

- Objective measures of efficacy: years of formal education, levels of academic achievement, evidence of continuing education and skill development, and years of experience
- Objective measures of effectiveness: demonstrated ability to execute job-related procedures, prioritize activities correctly, perform according to professional and legal standards, record appropriate information clearly and concisely, and cooperate with others
- Objective measures of efficiency: Promptness, attendance, reliability, precision, adaptability, and economical disposition of resources

Curtin and Zurlage acknowledge that human services such as nursing are difficult to test, to return, or to exchange if they are unsatisfactory. These authors propose a system for measuring nursing productivity that includes a nursing productivity equation, an equation relating nursing productivity ratio to hospital revenue, and a nursing productivity index.[78]

Improving Nursing Productivity

The first step toward improving productivity is to study or measure it as it exists. For example, the personnel of an education department decided to improve their productivity. They considered using a time-based method versus a value-based method in developing the productivity system.

A time-based method of productivity considers the length of time required to do each task. The first steps of a time-based method are to review the literature, do a time study, and then compare the results with those in the literature. This is done for activities unique to the unit. Units are then assigned to activities according to the estimated time for completing each. The time-based method does not give priority to activities.

A value-based system considers the value of activities to the institution. Steps for developing a value-based system of productivity include listing activities, grouping them by their value to the institution, and assigning units of productivity. The human resources department should be involved in developing a productivity system.

The McKay-Dee education department at McKay-Dee Hospital Center (Ogden, UT) uses data-collection tools that provide useful methods to better understand productivity from a qualitative and quantitative perspective.[79]

The reported knowledge and skills from improved nursing productivity add to the theory of nursing management. Rabin writes that professionals can impose productivity values on themselves. Managers should develop managerial goals and values. They need a standard of performance for themselves. Professionals must commit themselves to fostering innovative attitudes and technologies, stimulating performance by commitment to constructive action and follow-up, living up to standards of practice, keeping up to date, and being receptive to public review. Most professions can develop measurable standards of performance and productivity using online spreadsheets and software programs such as Lotus or Excel.[80]

Employers should measure nursing output objectively and pay for it accordingly in salary, benefits, and promotions. Some progress has been made in nursing in the form of standards of practice, clinical ladders, and models of peer review. These tools, along with respect for the individual dignity of nurses, support for their personal commitment to professional goals, and support for the integrity of their professional judgments, need to be enacted in the workplace.[81]

Productivity can be managed and improved through the following:[82]

- Planning that increases the variations between inputs and outputs by
  - Outputs increasing, inputs decreasing
  - Outputs increasing, inputs remaining constant
  - Outputs increasing faster than inputs
  - Outputs remaining constant, inputs decreasing
  - Outputs decreasing more slowly than inputs
- Involving staff; soliciting staff's ideas and recommendations
- Creating challenges
- Showing interest in the staff's achievement and concerns
- Praising and rewarding good performance; using incentives such as staff development, books and tuition reimbursement, paid meals, bonuses, and vacation days
- Setting the climate for productivity by asking nurses what makes them productive, acting on their suggestions, and measuring the results
- Having a meaningful set or family of easily understood outcome measures for which data are available or easy to gather and over which workers have some control
- Monitoring workload changes in staffing requirements with established standards
- Combining support with employees' understanding, motivation, and recognition
- Increasing the ratio of professional to nonprofessional staff
- Placing admitted patients based on resource availability
- Using approaches such as work simplification and workflow analysis
- Making an organizational diagnosis of problems, resources, and realities
- Stimulating nurse managers and clinical nurses to want to achieve excellence
- Setting targets for increasing output annually without additional capital or employees
- Having personnel keep and analyze time diaries to determine personal improvement actions; setting personal objectives, and measuring performance against them
- Making a commitment to improved productivity, effectiveness (doing the right things), and efficiency (doing things right)
- Seeking new products and services and new methods and ways of producing them; seeking new and useful approaches to old problems
- Maintaining concern about the process and methods of producing nursing care
- Reducing the costs of what nurses do by returning unused budgeted funds
- Improving aesthetics: the quality of work life and the pleasantness and beauty of the environment
- Applying the ethical policy statements of professional nursing organizations
- Improving use of time
- Gaining the confidence of peers
- Recognizing the need to do better

Personnel working in service areas can improve productivity by doing the following:[83]

- Focusing on organizational strategy, customer service, mission, and results rather than on methodology
- Using self-directed work teams to break jobs into observable tasks and responsibilities
- Observing and then making changes or providing training to correct deficiencies
- Watching for problems such as repetition, duplication, recurring delays, and waste of resources
- Observing the outcome of the person's work by splitting the job into four main areas: managing self, resources, and activities and working with others. Suggestions for the key skills required are

analytical thinking, ability to learn, adaptability, positive self-image, emphasis on results, good time management, concern for standards, ability to influence others, and independence.
- Providing feedback that is specific, constructive, and frequent

---

Case Study

At the Presbyterian Hospital of Dallas, a study revealed that more time was spent on clerical functions, telephone calls, and reporting patient conditions to other caregivers than on direct patient care. Several actions were taken that greatly improved productivity:[84]

- A fax machine network was instituted between nursing units and the pharmacy, reducing the number of telephone calls and medication errors.
- A keyless narcotics system was installed that included personnel pass codes. The main control system was in pharmacy, but nurses could enter their personal pass code at the narcotics cabinet. This reduced time wasted to search for keys and produced an audit trail.
- A unit beeper system with eight beepers was purchased at a local store for $375. Beepers given to every staff member at the beginning of each shift made nursing assistants feel valued.

Decision Making in Planning for Staffing

Planning and decision making in staffing issues takes into account a number of variables, including patient acuity (patient classification), organizational dynamics, geographical issues, experience, and competency of staff. Mandated ratios have posed a number of concerns, particularly considering a one-size-fits-all model. As noted, legislation has occurred related to mandated nurse-to-patient ratios at the state and federal levels. In 1999, California passed Assembly Bill 394, the first comprehensive legislation in the United States to mandate minimum staffing levels for nurses. AB 394 directed the California Department of Health Services to establish minimum, specific, nurse-to-patient ratios by licensed nurse classification and by hospital unit. The legislation became effective on January 1, 2004, and the medical/surgical ratios were tightened effective January 1, 2005.[85]

The benefits and consequences of mandating ratios continue to be debated. The American Organization of Nurse Executives opposes mandated ratios and recommends an increase in evidence-based and outcomes-driven research that includes patient acuity in the development of staffing guidelines.[86] The Society for Health Systems recommends a systematic approach to developing optimal clinical staffing, considering multiple variables to be evaluated, in creating a safe, quality staffing model:[87]

- Matches clinical staffing to the specific needs of patients based on patients' acuity, age, and ability to perform activities of daily living.
- Reflects the dependency of the patient upon nursing assistance and takes into account the absence or presence of family support during the hospital stay.
- Takes into account hospital variables such as physical layout of the nursing unit, operating rooms, emergency department and support departments, technology available to the staff (such as manual or electronic nursing documentation, electronic medical records, medicine administration procedures, automated supply cabinets, and computerized physician order entry), the degree of turnover of the units (admissions, discharges and transfers), and the role of the hospital

as either teaching or nonteaching, level 1 trauma center or not, and any specializations within the hospital.

- Fluctuates staffing by shift and day based on variations in census and patient care requirements.
- Reflects the culture of the hospital with respect to provision of nursing care and skill mix of nursing providers.
- Is objective, repeatable, and tested to be a valid method to set staffing levels.
- Involves the major hospital stakeholders in developing the staffing model, including administrators, nursing leadership and staff, support, and ancillary departments.

Evidence-Based Practice 10-3

Mittmann et al. discussed how poorly nursing costs are estimated in economic studies conducted in hospitals. This is primarily due to the lack of data on nursing times for day-to-day activities related to patient care. The researchers describe their study of nursing workload associated with hospital patient care, calculating patient care hours, using the Grace Reynolds Application and Study of PETO (GRASP®) system, extracting these data from patient records. A total of 483 patients with five different indications (acute myocardial infarction [MI], n = 98; diabetes mellitus, n = 93; pneumonia, n = 98; schizophrenia, n = 94; and stroke, n = 100) who were hospitalized in March 2002 at the Sunnybrook Health Sciences Centre, Toronto, Canada were included. The primary objective of the study was to determine standard time values for nursing activities for specific indications of a cohort of hospital patients. The patient care hours were converted into minutes, and the results were stratified by patient diagnosis and evaluated as to the frequency and duration of each nursing task. The researchers noted that nurses reported the greatest amount of time spent providing care for patients with MI (2.50 ± 2.31 hours of care per patient per hospital stay), followed by those with pneumonia (2.35 ± 2.02 hours), diabetes (1.96 ± 1.31 hours), schizophrenia (1.72 ± 1.95 hours), and stroke (1.70 ± 1.47 hours). Cardiovascular assessment was the task most frequently undertaken in patients with MI; in patients with diabetes and pneumonia it was routine teaching/emotional support, in patients with schizophrenia it was ongoing assessment, and in patients with stroke it was administration of medications. Pulmonary artery pressure monitoring took the most time in caring for MI patients (110.83 minutes), whereas one-to-one nurse–patient supervision (i.e., 1:1 sitter) took the most time in patients with diabetes, pneumonia, schizophrenia, and stroke.[90]

Evidence-Based Practice 10-4

Clarke described policy implications of staffing-outcomes research. Results from this work indicated that hospitals and units in study samples with the lowest levels of nurse staffing generally experienced worse patient outcomes than peer units and hospitals at higher levels. "There also appear to be differentials in outcomes at staffing points in between the extremes." Clarke stated that it was not clear which of these inconsistencies were from a lack of sensitivity of some outcomes to nursing staffing, which resulted from circumstances (including a variety of patient, nurse, and institutional factors) that can modify the effects of staffing seen in a particular geographical location or time period, and which negative findings relate to methodological limitations in the research. Additionally, the literature had limited information regarding patient safety, particularly over time. The researcher concluded that more research, particularly addressing patient safety and staffing over time, was necessary, specifically for policy changes in critical nursing shortage areas.[91]

The Society for Health Systems reports that these factors cannot be addressed in a static, mandated nurse-to-patient ratio. An efficient, comprehensive staffing plan can only be developed through careful analysis with key stakeholders and devised to adjust staffing requirements on a daily and shift basis.[88]

SUMMARY

Staffing and scheduling are major components of nursing management. A nursing division needs a practical and written philosophy that guides all staffing and scheduling activities and that is acceptable to the staff.

Staffing studies can be used to determine staffing needs related to personnel skills, numbers of personnel, and time and workload requirements. There are as many possible approaches to staffing as there are nursing managers and staff to create them. Staffing innovations are key to the satisfaction, and therefore retention, of nurses.

Staffing can be planned with models that calculate workload requirements from patient classification data or at the discretion of nursing administration with fixed-ratio staffing.

Productivity, the unit of output of nursing, is a focus of increasing interest to nurse managers. It must include quality care indicators that can be observed and measured.

Productivity, quality of care, and a safe and healthy workplace are all enhanced when concern for the individual seeking healthcare services is the top priority and when nursing administrators ensure

- Adequate numbers of clinically competent staff
- Positive working relationships among the healthcare team
- Autonomy and accountability for nursing practice, adequate compensation, commensurate with responsibilities, education, and experience
- Access to education and research
- Access to appropriate technologies and promotion of evidence-based practice[89]

www APPLICATION EXERCISES

Exercise 10-1

Interview a nurse manager. Identify staff activities that are determined to be most productive and why. Describe nonproductive activities and strategies to improve efficiency and effectiveness of staff.

Exercise 10-2

Based on the information listed below, use Figure 10-5, Formula for Estimating a Core Staff per Shift, to do the following exercise.

1. The average daily census of a unit is 29 patients.
2. The basic average daily hours of care to be provided are 6 hours per patient per 24 hours.
3. The workday is 8 hours. Also, consider the 12-hour workday.
4. Determine the following:
   a. The total hours of care needed on the average day to meet these standards
   b. The total number of FTEs needed to staff the unit for 24 hours
   c. The number of 8-hour shifts needed per week
   d. The number of FTEs needed as basic staff for this unit

5. Using the Salt Lake City Community Hospital recommendation of staff mix, determine the mix of RNs, LPNs, and aides.

6. Using Warstler's proportion for staffing shifts, determine the number of FTEs for days, evenings, and nights.

7. Create a table for basic staffing for this unit. Do not add complementary staff without a specific reason for doing so.

Exercise 10-3

Use cyclic scheduling and then self-scheduling to schedule a staff of six RNs and one nursing assistant for a period of 1 month. In the self-scheduling section, you may use any combination of schedules effective for unit coverage and satisfactory to the staff.

Exercise 10-4

Identify at least 12 activities that can be done to improve productivity in a division or department of nursing in which you work.

For a full suite of assignments and additional learning activities, use the access code located in the front of your book to visit this exclusive website: http://go.jblearning.com/roussel. If you do not have an access code, you can obtain one at the site.

NOTES

1. Rewick, D., & Gaffey, E. (2001). Nursing system makes a difference. *Health Management Technology, 22*, 24–26.

2. Mattera, M. D. (2001). Nurses' problems are yours. *Medical Economics, 78*(9), 1.

3. Coile, R. C., Jr. (2001). Magnet hospitals use culture, not wages, to solve nursing shortage. *Journal of Healthcare Management, 46*, 224–227.

4. Fitzpatrick, T., & Brooks, B. A. (2010) The nurse leader as logistician: Optimizing human capital. *Journal of Nursing Administration, 40*(2), 69–74.

5. Page, A. (Ed.). (2004). *Keeping patients safe: Transforming the work environment of nurses.* Committee on the Work Environment for Nurses and Patient Safety, Institute of Medicine. Washington, DC: National Academies Press.

6. Kovner, C., & Gergen, P. J. (1998). Nurse staffing levels and adverse events following surgery in US hospitals. *Image: Journal of Nursing Scholarship, 30*, 315.

7. Blegen, M. A., Goode, C. J., & Reed, L. (1998). Nurse staffing and patient outcomes. *Nursing Research, 47*, 43–50.

8. White, K. (2003). Effective staffing as a guardian. *Nursing Management, 34*, 20–24.

9. Aydelotte, M. K. (1973). *Nurse staffing methodology: A review and critique of selected literature* (p. 3). Bethesda, MD: National Institutes of Health, Division of Nursing.

10. West, M. E. (1980). Implementing effective nurse staffing systems in the managed hospital. *Topics in Health Care Financing, 6*, 11–25.

11. Althaus, J. N., Hardyck, N. M., Pierce, P. B., & Rodgers, M. S. (1982). Nurse staffing in a decentralized organization: Part I. *Journal of Nursing Administration, 12*(12), 34–39.

12. Parker, L. (1993). When to fix it and when to leave: Relationships among perceived control, self-efficacy, dissent, and exit. *Journal of Applied Psychology, 78*, 949–959.

13. Minetti, R. C. (1983). Computerized nurse staffing. *Hospitals, 57*, 90, 92; Shaheen, P. P. (1985). Staffing and scheduling: Reconcile practical means with the real goal. *Nursing Management, 16*, 64–69.

14. Aydelotte, 1973, pp. 26–31.

15. Bell, H. M., McElnay, J. C., & Hughes, C. M. (1999). A self-reported work sampling study in community pharmacy practice. *Pharmacy World Science, 21*, 210–216; Upenieks, V. V. (1998). Work sampling: Assessing nursing efficiency. *Nursing Management, 29*, 27–29; Urden, L. D., & Roode, J. I. (1997). Work sampling: A decision-making tool for determining resources and work redesign. *Journal of Nursing Administration, 27*(9), 34–41; Cardona, P., Tappen, R. M., Terrill, M., Acosta, M., & Eusebe, M. I. (1997). Nursing staff time allocation in long-term care: A work sampling study. *Journal of Nursing Administration, 27*(4), 28–36; Miller, M. E., James, M. K., Langefeld, C. D., Espeland, M. A., Freedman, J. A., Martin, D. M. (1996). Some techniques for the analysis of work sampling data. *Statistical Medicine, 15*, 607–618.

16. West, 1980, p. 16.

17. Ibid., p. 17.

18. Schroder, P. J., & McKeon, K. L. (1990). What is a safe staffing pattern for locked long-term and acute care units for adults? *Journal of Psychosocial Nursing, 28*, 36–37.

19. Price, E. M. (1970). *Staffing for patient care* (p. 12). New York: Springer.

20. Steed, C. K. (2004). "Eating our young" isn't practiced here. *Nursing, 34*, 43.

21. Joint Commission in Accreditation of Healthcare Organizations. (2001). Accreditation process improvement: Introduction to staffing effectiveness presentation. Retrieved July 13, 2011, from http://www.amda.com/publications/caring/april2002/staffing.cfm

22. Study questions all-RN staffing. (1983). *RN*, 15–16.

23. Warstler, M. E. (1972). Some management techniques for nursing service administrators. *Journal of Nursing Administration, 2*, 25–34.

24. American Hospital Association (AHA). (1985). *Strategies: Flexible scheduling*. Washington, DC: Author.

25. Froebe, D. (1975). Scheduling: By team or individually. *Staffing: A Journal of Nursing Administration Reader, 5*(4), 22–35.

26. Rondeau, K. V. (1990). Self-scheduling can increase job satisfaction. *Medical Laboratory Observer, 22*, 22–24; Teahan, B. (1998). Implementation of a self-scheduling system: A solution to more than just schedules. *Journal of Nursing Management, 6*, 361–368; Irvin, S. A., & Brown, H. N. (1999). Self-scheduling with Microsoft Excel. *Nursing Economic$, 17*, 201–206.

27. Ricci, J. A. (1984). 10 hour night shift: Cost vs. savings. *Nursing Management, 15*, 34–35, 38–42.

28. Vik, A. G., & MacKay, R. C. (1982). How does the 12-hour shift affect patient care? *Journal of Nursing Administration, 12*, 11–14.

29. Washburn, M. S. (1991). Fatigue and critical thinking on eight- and twelve-hour shifts. *Nursing Management, 22*, 80A–CC, 80D–CC, 80 F–H–CC.

30. Miller, J. A. (2011). When time isn't on your side: 12-hour shifts. *Nursing Management, 42*(6), 38–43.

31. Fisher, D. W., & Thomas, E. (1975). A "premium day" approach to weekend nurse staffing. *Journal of Nursing Administration, 4*(5), 59–60.

32. Robb, E. A., Determan, A. C., Lampat, L. R., Scherbring, M. J., Slifka, R. M., & Smith, N. A. (2003). Self scheduling: Satisfaction guaranteed? *Nursing Management, 33*, 16–18.

34. McGuire, J. B., & Liro, J. R. (1986). Flexible work schedules, work attitudes, and perceptions of productivity. *Public Personnel Management, 15*, 65–73.

35. Ibid.
36. Imig, S. I., Powell, J. A., & Thorman, K. (1984). Primary nursing and flexi-staffing: Do they mix? *Nursing Management, 15,* 39–42.
37. O'Donnell, K. (1992). A flexible role: Resource acuity nurse. *Nursing Management, 23,* 75–76.
38. Bruzzese, A. (1994, April 19). Companies turning to temps to fill voids in workplace. *San Antonio Express-News,* pp. 1C, 7C.
39. Messmer, M. (1992). Strategic staffing. *Management Accounting, 73,* 28–30.
40. Hicks, L. (1993, December 12). The rise in temps. *San Antonio Express-News,* pp. 1–H, 6–H.
41. Randolph, L. (2003). Tracking travel trends. *Nursing Management Supplement, 34*(Suppl. 5), 9–11.
42. Tuttle, D. M. (1992). A "transfer fair" approach to staffing. *Nursing Management, 23,* 72–74.
43. Kramer, M., & Schmalenberg, C. (2004). Essentials of a magnetic work environment: Part 1. *Nursing, 34,* 50–54.
44. Kramer, M., & Schmalenberg, C. (2002). Staff nurses identify essentials of magnetism. In M. McClure & A. Hinshaw (Eds.), *Magnet hospitals revisited: Attraction and retention of professional nurses.* Kansas City, MO: American Nurses Publishing.
45. Fagerstrom, L., & Rainio, A. K. (1999). Professional assessment of optimal nursing care intensity level: A new method of assessing personnel resources for nursing care. *Journal of Clinical Nursing, 14,* 369–379.
46. Connor, R. J. (1961). A work sampling study of variations in nursing workload. *Hospitals, 35,* 40–41.
47. Herzog, T. P. (1985). Productivity: Fighting the battle of the budget. *Nursing Management, 16,* 30–34; Porter-O'Grady, T. (1985). Strategic planning: Nursing practice in the PPS. *Nursing Management, 16,* 53–56; Johnson, K. (1984). A practical approach to patient classification. *Nursing Management, 15,* 39–41, 44, 46; Schroeder, R. E., Rhodes, A. M., & Shields, R. E. (1984). Nurse acuity systems: CASH vs. GRASP. *Nursing Forum, 21,* 72–77; Alward, R. R. (1983). Patient classification systems: The ideal vs. reality. *Journal of Nursing Administration, 13,* 14–18; Nyberg, J., & Wolff, N. (1984). DRG panic. *Journal of Nursing Administration, 14,* 17–21.
48. Schroeder et al., 1984.
49. Johnson, 1984.
50. Ibid., p. 41.
51. Schroeder et al., 1984.
52. Alward, 1983.
53. O'Brien-Pallas, L., Leatt, P., Deber, R., & Till, J. (1989). A comparison of workload estimates using three methods of patient classification. *Canadian Journal of Nursing Administration, 2,* 16–23.
54. Dee, V., & Auger, J. A. (1983). A patient classification system based on the behavioral system model of nursing: Part 2. *Journal of Nursing Administration, 13,* 18–23.
55. Alward, 1983.
56. Ibid.
57. Nyberg & Wolff, 1984.
58. Grazman, T. E. (1983). Managing unit human resources: A microcomputer model. *Nursing Management, 14,* 18–22.
59. Adams, R., & Duchene, P. (1985). Computerization of patient acuity and nursing care planning. *Journal of Nursing Administration, 15,* 11–17.
60. Giovannetti, P., & Mayer, G. G. (1984). Building confidence in patient classification systems. *Nursing Management, 15,* 31–34; Alward, 1983.

61. Bolton, L. B., Aydin, C. E., Donaldson, N., Brown, D., Sandhu, M., Fridman, M., Aronou, H. U. (2007). Mandated nurse staff ratios in California: A comparison of staffing and nursing sensitive outcomes pre and post regulation. *Policy, Politics, and Nursing Practice, 6*(3), 1–12.

62. Donaldson, N., Bolton, L. B., Aydin, C., Brown, D., Elashofff, J. D., & Sandhu, M. (2005). Impact of California's licensed nurse-patient ratios on unit-level staffing and patient outcomes. *Policy, Politics, & Nursing Practice, 6*, 198–210.

63. Hanson, R. L. (1982a). Applying management information systems to staffing. *Journal of Nursing Administration, 12*, 5–9.

64. Aydelotte, 1973, p. 26.

65. Halloran, E. J., & Kiley, M. (1984). Case mix management. *Nursing Management, 15*, 39–41, 44–45.

66. Moores, B., & Murphy, A. (1984, July 4). Planning the duty rota, one, computerized duty rotas. *Nursing Times*, 47–48; Canter, D. (1984, July 4). Planning the duty rota, two, back to basics. *Nursing Times*, 49–50.

67. Hanson, 1982a.

68. Valentine, N. M., Nash, J., Hughes, D., & Douglas, K. (2008). Achieving effective staffing through a shared decision-making approach to open-shift management. *Journal of Nursing Administration, 38*(7/8), 331–335.

69. Drucker, P. F. (1999). *Management challenges for the 21st century*. New York: HarperCollins, 135–140.

70. Hanson, R. L. (1982b). Staffing statistics: Their use and usefulness. *Journal of Nursing Administration, 12*, 29–35.

71. Brown, D. S. (1983). The managerial ethic and productivity improvement. *Public Productivity Review, 7*, 223–250.

72. Hanson, 1982b. The formulas are Hanson's; applications are the author's.

73. Davis, D. L. (1984). Assessing and improving productivity in the operating room. *AORN Journal, 40*, 630, 632, 634.

74. Smith, J. L., Mackey, M. K. V., & Markham, J. (1985). Productivity monitoring: A recovery room system for economizing operations. *Nursing Management, 16*, 34A–D, K–M.

75. Mailhot, C. B. (1985). Setting OR's course toward greater productivity. *Nursing Management, 16*, 42I, J, L, M, P.

76. Haas, S. A. W. (1984). Sorting out nursing productivity. *Nursing Management, 15*, 37–40.

77. Curtin, L. (1984). Reconciling pay with productivity. *Nursing Management, 15*, 7–8.

78. Curtin, L. L., & Zurlage, C. L. (1986). Nursing productivity: From data to definition. *Nursing Management, 17*, 32–34, 38–41.

79. Waterstradt, C. R., & Phillips, T. L. (1990). A productivity system for a hospital education department. *Journal of Nursing Staff Development, 6*, 139–144.

80. Rabin, J. (1983). Professionalism and productivity. *Public Productivity Review, 7*, 217–222; DiJerome, L., Dunham-Taylor, J., Ash, D., & Brown, R. (1999). Evaluating cost center productivity. *Nursing Economic$, 17*, 334–340.

81. Curtin, 1984.

82. Fralic, M. F. (1982). *The modern professional and productivity*. Annual Meeting of the Alabama Society for Nursing Service Administrators, Huntsville, Ala.; Hanson, R. L. (1982c). Managing human resources. *Journal of Nursing Administration, 12*, 17–23; Kaye, G. H., & Utenner, J. (1985). Productivity: Managing for the long term. *Nursing Management, 16*, 12–13, 15; Haas, 1984; Davis, 1984; Brown, 1983.

83. Ancona, P. (1993, July 24). How to measure productivity and improve effectiveness among workers. *San Antonio Express-News*, p. 1B.

84. Gilliland, M., Crane, V. S., & Jones, D. G. (1991). Productivity: Electronics saves steps-and builds networks. *Nursing Management, 22*, 56–59.

85. Kravitz, R., & Sauvé, M. (2002). Hospital nursing staff ratios and quality of care: Final report on evidence, administrative data, an expert panel process, and a hospital staffing survey. Davis, CA: University of California Davis Center for Health Services Research in Primary Care and Center for Nursing Research. Retrieved July 31, 2011, from http://escholarship.org/uc/item /53j6496x#page-1

86. American Organization of Nurse Executives. (2003, December). *Policy statement on mandated staffing ratios.* Chicago, IL: Author. Retrieved July 31, 2011, from http://www.aone.org/aone /advocacy/ps_ratios.html

87. Society for Health Systems. (2005). *Position statement on mandated nursing ratios.* Approved by the SHS Board of Directors, August 2005. Norcross, GA: Author.

88. Ibid.

89. American Nurses Association (ANA). (2004). *Scope and standards for nurse administrators* (2nd ed., p. 4). Silver Spring, MD: ANA Press.

90. Mittmann, N., Seung, S., Pisterzi, L., Isogai, P., & Michaels, D. (2008). Nursing workload associated with hospital patient care. *Disease Management & Health Outcomes, 16*, 53–61.

91. Clarke, S. P. (2004). The policy implications of staffing-outcomes research. *Journal of Nursing Administration, 35*(2), 17–19.

REFERENCES

Advisory Committee on Health Human Resources. (2000). *The nursing strategy for Canada, report of the Advisory Committee on Health Human Resources.* Retrieved July 2, 2011, from http://www.hc-sc.gc .ca/hcs-sss/alt_formats/hpb-dgps/pdf/pubs/2000nurs-infirm-strateg/2000-nurs-infirm-strateg-eng.pdf

Aiken, L. H., Sloane, D., Lake, E. Y., Sochalski, J., & Weber, A. (1999). Organization and outcomes of inpatient AIDS care. *Medical Care, 37*, 760–772.

Althaus, J. N., Hardyck, N. M., Pierce, P. B., & Rodgers, M. S. (1982). Nurse staffing in a decentralized organization: Part I. *Journal of Nursing Administration, 12*(12), 34–39.

American Hospital Association (AHA). (1985). *Strategies: Flexible scheduling.* Washington, DC: Author.

American Nurses Association. (1999). *Principles for nurse staffing.* Washington, DC: Author.

Aydelotte, M. K. (1973). *Nurse staffing methodology: A review and critique of selected literature.* Bethesda, MD: National Institutes of Health, Division of Nursing.

Baumann, A., O'Brien-Pallas, L., Armstrong-Stassen, M., Blythe, J., Bourbonnais, R., Cameron, S., et al. (2001). *Commitment and care: The benefits of a healthy workplace for nurses, their patients, and the system.* Ottawa: Canadian Health Services Research Foundation.

Bell, H. M., McElnay, J. C., & Hughes, C. M. (1999). A self-reported work sampling study in community pharmacy practice. *Pharmacy World Science, 21*, 210–216.

Blakeman Hodge, M., Romano, P. S., Harvey, D., Samuels, S. J., Olson, V. A., Sauvé, M. J., et al. (2004). Licensed caregiver characteristics and staffing in California acute care hospital units. *Journal of Nursing Administration, 34*, 125–133.

Blegen, M. A., Goode, C. J., & Reed, L. (1998). Nurse staffing and patient outcomes. *Nursing Research, 47*, 43–50.

Boehm, C. (2005). Staffing ratios smashing success down under. *Revolution: The Journal for RNs and Patient Advocacy, 6*, 9–9.

Bruzzese, A. (1994, April 19). Companies turning to temps to fill voids in workplace. *San Antonio Express-News*, pp. 1C, 7C.

Buchan, J., & Calman, L. (2005). *Summary: The international shortage of registered nurses.* Geneva, Switzerland: International Council of Nurses.

Canadian Federation of Nurses Unions. (2005). Enhancement of patient safety through formal nurse-patient ratios: A discussion paper. Retrieved July 2, 2011, from http://www.nursesunions.ca/sites/default/files/Nurse_Patient_Ratios_-_useful_roadmap_to_retaining_nurses.pdf

Canadian Nurses Association. (2004a). *Nursing staff mix: A literature review.* Ottawa, Canada: Author.

Canadian Nurses Association. (2004b). *Patient safety: Developing the right staff mix.* Report of think tank. Ottawa, Canada: Author.

Canadian Nurses Association. (2005). *Evaluation framework to determine the impact of nursing staff mix decisions.* Ottawa, Canada: Author.

Cardona, P., Tappen, R. M., Terrill, M., Acosta, M., & Eusebe, M. I. (1997). Nursing staff time allocation in long-term care: A work sampling study. *Journal of Nursing Administration, 27*(4), 28–36.

Coile, R. C., Jr. (2001). Magnet hospitals use culture, not wages, to solve nursing shortage. *Journal of Healthcare Management, 46*, 224–227.

Donaldson, N., Burnes Bolton, L., Aydin, C., Brown, D., Elashoff, J. D., & Sandhu, M. (2005). Impact of California's licensed nurse-patient ratios on unit-level nurse staffing and patient outcomes. *Policy, Politics, & Nursing Practice, 6*, 198–210.

Ellis, J., Priest, A., MacPhee, M., & Sanchez McCutcheon, A. (2006). *Staffing for safety: A synthesis of the evidence on nurse staffing and patient safety.* Ottawa: Canadian Health Services Research Foundation.

Fagin, C. M. (1982). The economic value of nursing research. *American Journal of Nursing, 82*, 1844–1849.

Fisher, D. W., & Thomas, E. (1975). A "premium day" approach to weekend nurse staffing. *Journal of Nursing Administration, 4*(5): 59–60.

Fitzpatrick, T., & Brooks, B. A. (2010) The nurse leader as logistician: Optimizing human capital. *Journal of Nursing Administration, 40*(2), 69–74.

Froebe, D. (1975). Scheduling: By team or individually. *Staffing: A Journal of Nursing Administration Reader, 5*(4), 22–35.

Hall, L. M. (2005). *Quality work environments for nurse and patient safety.* Sudbury, MA: Jones and Bartlett.

Imig, S. I., Powell, J. A., & Thorman, K. (1984). Primary nursing and flexi-staffing: Do they mix? *Nursing Management, 15*, 39–42.

International Council of Nurses. (n.d.). The Global Nursing Review Initiative: Policy options and solutions. Retrieved July 2, 2011, from http://www.icn.ch/publications/the-global-nursing-review-initiative/

Irvin, S. A., & Brown, H. N. (1999). Self-scheduling with Microsoft Excel. *Nursing Economic$, 17*, 201–206.

Joint Commission in Accreditation of Healthcare Organizations. (2001). Accreditation process improvement: Introduction to staffing effectiveness presentation. Retrieved July 13, 2011, from http://www.amda.com/publications/caring/april2002/staffing.cfm

Joint Commission on Accreditation of Healthcare Organizations. (2004). *2004 comprehensive accreditation manual for hospitals.* Chicago: Author.

Kovner, C., & Gergen, P. J. (1998). Nurse staffing levels and adverse events following surgery in U.S. hospitals. *Image: Journal of Nursing Scholarship, 30*, 315–321.

Lankshear, A. J., Sheldon, T. A., & Maynard, A. (2005). Nurse staffing and healthcare outcomes. A systematic review of the international research evidence. *Advances in Nursing Science, 28*, 163–174.

Lichtig, L. K., Knauf, R. A., & Milholland, D. K. (1999). Some impacts of nursing on acute care hospital outcomes. *Journal of Nursing Administration, 29*, 25–33.

Mattera, M. D. (2001). Nurses' problems are yours. *Medical Economics, 78*(9), 1.

McGillis Hall, L., Doran, D., Baker, G. R., Pink, G., Sidani, S., & O'Brien Pallas, L. (2003). Nurse staffing models as predictors of patient outcomes. *Medical Care, 41*, 1096–1109.

McGillis Hall, L., Doran, D., & Pink, G. H. (2004). Nurse staffing models, nursing hours, and patient safety outcomes. *Journal of Nursing Administration, 34*, 41–45.

McGillis Hall, L., Pink, L., Lalonde, M., Murphy, G., O'Brien-Pallas, L., & Laschinger, H. (2006). *Evaluation of nursing staff mix and staff ratio tools and models.* Final report. Ottawa: Canadian Nurses Association and Health Canada.

McGuire, J. B., & Liro, J. R. (1986). Flexible work schedules, work attitudes, and perceptions of productivity. *Public Personnel Management, 15*, 65–73.

Messmer, M. (1992). Strategic staffing. *Management Accounting, 73*, 28–30.

Miller, J. A. (2011). When time isn't on your side: 12-hour shifts. *Nursing Management, 42*(6), 38–43.

Miller, M. E., James, M. K., Langefeld, C. D., Espeland, M. A., Freedman, J. A., Martin, D. M. (1996). Some techniques for the analysis of work sampling data. *Statistical Medicine, 15*, 607–618.

Minetti, R. C. (1983). Computerized nurse staffing. *Hospitals, 57*, 90, 92.

Needleman, J., Buerhaus, P. L., Mattke, S., Stewart, M., & Zelevinsky, K. (2001). *Nurse staffing and patient outcomes in hospitals.* Boston: U.S. Department of Health and Human Services, Health Resources and Services Administration.

Nursing Sector Study. (2005, May). *Building the future: An integrated strategy for nursing human resources in Canada.* Phase 1 final report. Ottawa, Canada: Nursing Sector Study Corporation.

O'Donnell, K. (1992). A flexible role: Resource acuity nurse. *Nursing Management, 23*, 75–76.

Page, A. (Ed.). (2004). *Keeping patients safe: Transforming the work environment of nurses.* Committee on the Work Environment for Nurses and Patient Safety, Institute of Medicine. Washington, DC: National Academies Press.

Parker, L. (1993). When to fix it and when to leave: Relationships among perceived control, self-efficacy, dissent, and exit. *Journal of Applied Psychology, 78*, 949–959.

Price, E. M. (1970). *Staffing for patient care.* New York: Springer.

Rewick, D., & Gaffey, E. (2001). Nursing system makes a difference. *Health Management Technology, 22*, 24–26.

Ricci, J. A. (1984). 10 hour night shift: Cost vs. savings. *Nursing Management, 15*, 34–35, 38–42.

Ritter-Teitel, J. (2002). The impact of restructuring on professional nursing practice. *Journal of Nursing Administration, 32*, 31–38.

Ritter-Teitel, J. (2004). Registered nurse hours worked per patient day. *Journal of Nursing Administration, 34*, 167–169.

Robb, E. A., Determan, A. C., Lampat, L. R., Scherbring, M. J., Slifka, R. M., & Smith, N. A. (2003). Self scheduling: Satisfaction guaranteed? *Nursing Management, 34*, 16–18.

Rondeau, K. V. (1990). Self-scheduling can increase job satisfaction. *Medical Laboratory Observer, 22*, 22–24.

Schroder, P. J., & McKeon, K. L. (1990). What is a safe staffing pattern for locked long-term and acute care units for adults? *Journal of Psychosocial Nursing, 28*, 36–37.

Seago, J. A., Spetz, J., Coffman, J., Rosenoff, E., & O'Neil, E. (2003). Minimum staffing ratios: The California Workforce Initiative Survey. *Nursing Economic$, 21*, 65–70.

Seago, J. A., Spetz, J., & Mitchell, S. (2004). Nurse staffing and hospital ownership in California. *Journal of Nursing Administration, 34*, 228–237.

Shaheen, P. P. (1985). Staffing and scheduling: Reconcile practical means with the real goal. *Nursing Management, 16*, 64–69.

Steed, C. K. (2004). "Eating our young" isn't practiced here. *Nursing, 34,* 43.

Study questions all-RN staffing. (1983). *RN,* 15–16.

Teahan, B. (1998). Implementation of a self-scheduling system: A solution to more than just schedules. *Journal of Nursing Management, 6,* 361–368.

Upenieks, V. V. (1998). Work sampling: Assessing nursing efficiency. *Nursing Management, 29,* 27–29.

Urden, L. D., & Roode, J. I. (1997). Work sampling: A decision-making tool for determining resources and work redesign. *Journal of Nursing Administration, 27*(9), 34–41.

Vik, A. G., & MacKay, R. C. (1982). How does the 12-hour shift affect patient care? *Journal of Nursing Administration, 12,* 11–14.

Warstler, M. E. (1972). Some management techniques for nursing service administrators. *Journal of Nursing Administration, 2,* 25–34.

Washburn, M. S. (1991). Fatigue and critical thinking on eight- and twelve-hour shifts. *Nursing Management, 22,* 80A–CC, 80D–CC, 80 F–H–CC.

West, M. E. (1980). Implementing effective nurse staffing systems in the managed hospital. *Topics in Health Care Financing, 6,* 11–25.

White, K. (2003). Effective staffing as a guardian. *Nursing Management, 34,* 20–24.

Budgeting Principles for Nurse Managers

Beth Anderson   *Denise Danna*

WWW **LEARNING OBJECTIVES AND ACTIVITIES**

- Discuss concepts of budgeting.
- Identify budget-planning steps.
- Identify stages of the budget.
- Examine elements of cost accounting in a healthcare organization.
- Define selected terms related to budgeting.
- Differentiate between direct and indirect costs.
- Differentiate among fixed, variable, and sunk costs.
- Describe various budgets: operating or cash budget, personnel budget, supplies and equipment budget, and capital budget.
- Discuss the budget as a controlling process.
- Discuss monitoring of the budget.
- Discuss motivational aspects of the budget.
- Discuss cutting the budget.
- Observe preparation of the budget for an agency or a cost center.
- Describe the elements of managed care and their impact on patients.
- Explain the effects of managed care relative to managers, nurses, physicians, healthcare organizations, and other providers.

WWW **CONCEPTS**

Budget, budgeting, cost center, budget stages (calendar), cost accounting, fixed costs, variable costs, sunk costs, direct costs, indirect costs, activity-based costing, revenue budgeting, expense budgeting, operating budget, cost-to-charge ratio, zero-base budgeting, cost–benefit analysis, negative cash flow, service units, chart of accounts, inventory, financial standards, performance budgeting, personnel budget, supplies and equipment budget, capital budget, managed care, fee-for-service reimbursement, indemnity insurance plans, health maintenance organization, capitation, preferred provider organization, contracting.

Quote

Though wisdom cannot be gotten for gold, still less can be gotten without it.

—Samuel Butler

SPHERES OF INFLUENCE

Unit-Based or Service-Line-Based Authority: Is involved in the development of personnel, supplies, equipment, and capital budgets, with expenditures projected. Solves problems resulting from managed care, and promotes interests of patients and personnel.

Organization-Wide Authority: Decentralizes budget development for personnel, supplies, equipment, and capital expenditures and for projected revenues to cost-center managers. Provides budget guidance through budget stages and provides cost-center managers with current reports of expenditures and revenues while they manage all aspects of their budgets. Assists personnel in maximum understanding of their healthcare benefits. Empowers professional nurses to produce high-quality outcomes for patients, personnel, and insurers within an environment heavily influenced by managed care.

Introduction

Budgeting is an ongoing activity in which revenues and expenses are managed to maintain fiscal responsibility and fiscal health. The nurse manager has financial responsibility, is accountable for managing the nursing budget, and makes all of the decisions about how to adjust the nursing budget to manage programs and costs, including those related to adding and dropping programs, expanding and contracting programs, and modifying revenues and expenses within the nursing unit.

With limited resources and in a competitive market, healthcare organizations must use personnel and material resources wisely and efficiently. The enlightened nurse knows that the person who controls the budget is the person who controls nursing services. Because the amount and quality of nursing services depend on budgetary plans, nurses should become proficient in budgeting procedures. This proficiency provides the resources necessary for safe and effective nursing care. The costs of nursing services have been identified for many years, but the income earned from nursing services has been included in "bed and board" on the budget sheets. Achieving reimbursement for nursing services means that many government regulations and third-party payer policies must change to allow for direct payment to nursing providers, based on the amount of care given and the skills of the persons giving it.

BASIC PLANNING

In most organizations, planning yields forecasts for 1 year and for several years. The budget is an annual plan, intended to guide effective use of human and material resources, products, or services and to manage the environment to improve productivity. Budgetary planning ensures that the best methods are used to achieve financial objectives. It should be based on valid objectives to provide a product or service that the community needs and for which it will pay. In nursing, budgetary planning helps ensure that clients or patients receive the nursing services they want and need from satisfied nursing workers. A good budget is based on objectives; is simple, flexible, and balanced; has standards; and uses available resources first to avoid increasing costs.

There is no formula for the form, detail, or periods covered by budgets. Each budget system is designed for the situation at hand and must take into consideration the character of the company, the company's position, and the nature of the plans involved. Ordinarily, the budget system is most detailed in aspects of operations most important to the firm's success. Furthermore, the period covered by the budget varies with the nature of the plans and with the degree of accuracy possible in the preparation of estimates.[1]

A nursing budget is a systematic plan that is an informed best estimate by nurse administrators of revenues and nursing expenses. It projects how revenues will meet expenses, and it projects a return on equity, that is, profit. The budget should be stated in terms of attainable objectives to maintain the motivation of nurses at the unit or cost-center level. The nursing budget serves three purposes:

1. To plan the objectives, programs, and activities of nursing services and the fiscal resources needed to accomplish them
2. To motivate nursing workers through analysis of actual experiences
3. To serve as a standard to evaluate the performance of nurse administrators and managers and to increase awareness of costs

These purposes should include the organization's mission, strategic plans, new programs or projects, and goals. Managing the financial end of nursing through an operational budget obviously can create a new sense of involvement for nurses. The budget can be a strong support for developing written objectives for the nursing division and for each of its units. It can provide motivation for effective planning and standards by which to evaluate the performance of nurse managers.[2] Effective planning provides for contingencies by indicating which programs or activities can be reduced or eliminated if budget goals are not met.

Procedures

Decentralized budgeting involves the nursing unit managers and their staff in the process. Nursing service is labor intensive, which is reflected in the fact that the first six budget-planning steps pertain to labor. Note that only steps 7 and 8 are concerned with nonlabor expenses. The steps are as follows:[3]

1. Determine the productivity goal. The chief nursing officer (CNO) and the nurse manager determine the unit's productivity goal for the coming fiscal year. Changes to the organization's service line and patient outcome measure results all must be considered when planning the unit and overall nursing services budget.
2. Forecast the workload. The number of patient days expected on each nursing unit for the coming fiscal year is calculated.
3. Budget patient care hours. The expected number of hours devoted to patient care for the forecasted patient days is calculated.
4. Budget patient care hours and staffing schedules. The budgeted patient care hours are reflected in recommended staffing schedules by shift and by day of the week.
5. Plan nonproductive hours. Vacation, holiday, education leave, sick leave, and similar hours are budgeted for the coming year.
6. Chart productive and nonproductive time. To aid in the planning process, a graph is used to show nurses how the level of forecasted patient days, and therefore the staffing requirements, are expected to increase and decrease during the year. Productive time is the time spent on the job in patient care, administration of the unit, conferences, educational activities, and orientation.
7. Estimate costs of supplies and services. Consideration should be given to any new services or changes in patient mix. The supplies and services to be purchased for the year are budgeted.
8. Anticipate capital expenses. The expected capital investments for the coming year are included in the budget.

These eight steps result in a proposed budget that goes to the CNO for review. After preliminary acceptance, this budget is sent to the accounting department, where the forecasted patient days are translated into expected revenue. The budgeted productive and nonproductive times are converted into dollars, as are the costs for supplies, services, and other operating expenses that will be allocated to a given nursing unit for the coming year. A pro forma operating statement is then returned to the director of nursing for review with the nurse manager. Once the CNO and the nurse manager accept the budget, it is returned to the accounting department and forwarded with the rest of the agency manager's budgets to administration and the board of directors.[4]

People who pay high prices for health care want accountability of both costs and quality of service. The nursing budget can be a shared responsibility, with unit budgets being prepared with staff involvement at the clinical level. The planning and controlling processes are ongoing. Through their participation, clinical nurses enhance their professional stature. A budget prepared and executed as a shared experience becomes an object of ownership to a staff that puts forth effort to work within its framework.

Managing Cost Centers

A cost center is a given area of assigned accountability for both direct and indirect expenditures. A department of nursing is a cost center, as are each of its units, each clinic, inservice education, surgical suites, long-term care, home health care, and any other section with a nursing mission in which nurses provide services to clients. Each cost center is assigned a code. A uniform accounting and reporting system for hospitals is available (Seawell, 1994). An organization may use this coding system, usually referred to as the patient care system. Workload measurements, sometimes referred to as performance classifications or units of measure, are necessary. The unit of measure for each cost center is identified as a specific, quantitative statistic, such as inpatient days or number of tests. Cost centers typically have a manager responsible for these tasks.

Each cost center is an internal department dealing with distribution of services and products. The cost-center manager is responsible for determining the cost of such services or products and how they are distributed within the organization. Two types of cost centers are mission, or revenue producing, and service. Examples of mission centers are radiology and laboratory departments. These centers have monetary income related to the purpose of the organization. A service center is a support center that provides a service to other units and charges for that service; no exchange of revenue takes place. The unit served adds the costs of these support services to its costs of output.[5] Examples of support centers are food service, purchasing, and laundry.

Budgeted costs within the cost center are broken down into subcodes. This promotes better budgetary planning and control because items are specifically identified during the budget planning process. Also, each item purchased is charged to (deleted from) the balance shown for that specific subcode.

Relationship of Budget and Objectives

One of the chief planning activities is to identify the objectives of the nursing division and each of its units, including developing a management plan with a budget for each objective. One of the first sources of budgetary information is the nursing objectives. By using these objectives, nurse managers see the benefit of developing pertinent, specific, and practical budgeting objectives. These objectives must align with the organization's financial plan and objectives and third-party payer requirements for reimbursement to the organization and be monitored for changes.

Budget Stages

For practical purposes, the nursing budget follows three stages of development: formulation, review and enactment, and execution. The entire budgeting process is given a specific time frame, and a target date is assigned for each step (**Figure 11-1**). During the fiscal year of the execution stage of budgeting,

FIGURE 11-1 The Budget Calendar

Formulation Stage

1. Develop objectives and management plans.
2. Gather all financial, historical, and statistical data and distribute to cost-center managers.
3. Analyze data.

Review and Enactment Stage

4. Prepare unit budgets.
5. Present unit budgets for approval.
6. Revise and combine into organizational budget.
7. Present to budget council.
8. Revise and present to governing board.
9. Revise and distribute to cost-center managers.

Execution Stage

10. Direct and evaluate expenses and receipts.
11. Revise budget if indicated.

Source: Author.

the formulation and review and enactment stages for the next fiscal year are carried out. The budget stages are sometimes labeled forecasting, preparation, and control, respectively.[6]

Formulation Stage

The formulation stage is usually a set number of months (6 or 7) before the start of the fiscal year for the budget. During this period, procedures are used to obtain an estimate of the funds needed, funds available, expenses, and revenues. Financial reports of expenses and revenues of the previous fiscal year and the year to date are analyzed by the CNO, department heads, and cost-center managers.

One of the first steps in writing a budget is gathering data for accurate prediction of expenses (costs) and revenues (income). This task can be developed into a system. Primary sources of data are the objectives for the division of nursing and for each cost center. Each program and activity needs to have an estimated cost placed on it. If inservice educators want new audiovisual equipment, they should not walk into the nurse administrator's office and expect to have it next week or next month. Purchasing this equipment should be planned 6 to 7 months before the next fiscal year begins, and it may be budgeted for any quarter or month within that fiscal year. In surveying the objectives, nurse administrators and managers evaluate the previous year, review the philosophy, and rewrite the objectives for the future.

Other data include programs from other departments that require use or expansion of nursing resources, expansion of nursing clinics and client teaching programs, travel costs for attendance at professional and educational meetings, incentive awards, library requirements, clinical and office supplies and equipment, investment equipment and facilities modification on a 5-year plan, and contracts for items such as intravenous pumps and oxygen equipment. Data can be obtained from historical financial records of the organization.

Several cost-center reports may assist the nurse manager:

- Daily staffing reports
- Monthly staffing reports

- Payroll summaries
- Daily lists of financial categories of patients
- Biometric reports of occupancy
- Biometric reports of work load
- Monthly financial summaries of revenues and expenses

Review and Enactment Stage

Review and enactment are budget development processes that put all the pieces together for approval of a final budget. Once the cost-center managers present their budgets to the budget council, the CNO consolidates the nursing budget. The budget officer then further consolidates the budget into an organizational budget. The chief executive officer of the organization and the governing board then give their approval. Throughout this process, conferences are held at which budget adjustments are made. Nurses can sell a budget by using a marketing strategy, anticipating challenges, being persuasive without being emotional, and working toward a win–win situation.[7]

Execution Stage

The formulation stage and the review and enactment stage of the budget are planning activities. Execution of the budget involves directing and evaluating activities. The nurse administrators and managers who planned the budget execute it. Revisions in execution of the budget are scheduled at stated intervals, usually once or twice during the fiscal year. Certain procedures are followed for evaluating the budget at cost-center levels. Budgets are prepared for either fiscal years that coincide with government budgets or calendar (fiscal) years, depending on the policy of the organization.

Cost Factors

Cost is money expended for all resources used, including personnel, supplies, and equipment (**Figure 11-2**). The acuity and volume of service provided are the greatest factors affecting costs. Others factors include length of patient stays, salaries, price of materials, case mix, seasonal factors, and efficiencies (such as simplification of procedures and quality management to prevent errors that increase patient complications and increase costs). Still other factors that have an impact on costs are regulation and competition for market share, third-party payers, the age and size of the agency, type and amount of services provided, the agency's mission, and relationships among nurses, physicians, and other personnel.

Expenses

Expenses are the costs of providing services to patients. They are frequently called "overhead" and include wages and salaries, fringe benefits, supplies, food service, utilities, and office and medical supplies. As part of the budget, expenses are a collection or summary of forecasts for each cost center's account.

Full costs include both direct and indirect expenses. Although direct costs such as nursing can be traced to the source, indirect costs such as utilities, telephones, or purchasing services are allocated to the source department by a standard formula.

Expense Budgeting

Expense budgeting is the "process of forecasting, recording, and monitoring the manpower, materials and supplies, and monetary needs of an organization in such a manner that the operation of the various components of the organization can be controlled."[8] The components of expense budgeting are cost centers. Purposes of expense budgeting are included (**Figure 11-3**).

FIGURE 11-2   Cost Factors in the Budgeting Process

- Patient acuity
- Volume of service
- Length of patient stay
- Salaries
- Price of materials
- Case mix
- Seasonal factors
- Efficiencies (prevention of errors; decreased patient complications)

- Regulation
- Competition for market share
- Third-party payers
- Age and size of agency
- Type and amount of services
- Agency mission
- Relationship of personnel (collaborative)

Source: Author.

Historical trends are the single best inexpensive indicator available to the institution. They are valid for prediction of present and future trends.

Types of Expenses/Costs

Fixed, Variable, and Sunk Costs

Fixed costs are not related to volume. They remain constant as volume increases and decreases over a period of time. Among fixed costs are depreciation of equipment and buildings, salaries, benefits, utilities, interest on loans or bonds, and taxes.

Variable costs do relate to volume and census (patient days). They include items such as meals and linen. Supplies are usually volume responsive, meaning that total costs increase or decrease according to use. The cost of supplies varies by patient census, physician orders, and diagnosis. For example, the cost of surgical dressings increases when a patient's wound has drainage and dressings must be changed frequently. Also, the cost of supplies increases or decreases with the census. For this reason, every cost center should have an established unit of measure for productivity. This unit may be numbers of tests, procedures, patients of a specific acuity type, hours or minutes of service, or discharges. Most activities include elements of both fixed and variable costs. For example, personnel costs and utility costs can be both fixed and variable because a minimum is required for each.

Sunk costs are fixed expenses that cannot be recovered even if a program is canceled. Advertising is a good example.[9]

FIGURE 11-3   Purposes of Expense Budgeting

- Predict labor hours, material, supplies, and cash flow needs
- Establish procedures for making comparative studies
- Provide mechanism for change management

Source: Author.

Direct and Indirect Costs

Direct costs are the costs of providing the product or service and are often considered to be those directly related to patient care, such as personnel costs and the variable cost of supplies. The definition of direct costs varies by department. In areas not involved in direct patient care, each department incurs its own category of direct costs.

Indirect costs are those incurred in supporting the provision of the product or service, are not directly related to patient care, and include utilities, administration, housekeeping, and building maintenance. As previously mentioned, however, they are direct costs for the source department. Some indirect costs are fixed, such as depreciation and administration. Others, such as laundry and accounting, are variable. All indirect costs are allocated or transferred by a specific method to the departments that use the service.

Every hospital has a method to establish costs, including the Hospital and Hospital Health Care Complex Cost Report Certification and Settlement Summary, commonly known as the Centers for Medicare & Medicaid Services (CMS) Cost Report. In a few agencies the method is more refined. Nurse administrators should become informed about the methods favored by their organizations.

Cost Accounting

A cost-accounting system assigns all costs to cost centers. Periodically, usually monthly, reports of costs are provided to cost-center managers, but they do not reflect all costs. Many indirect costs are allocated only once a year in the CMS Cost Report. Included are costs of items such as utilities, accounting, administration, data processing, and admitting. Informed and influential nurse managers use these cost allocations when preparing budgets. Such allocations are usually hidden in the operational budget under the category of "room costs."

Cost assignments to cost centers are made on the basis of direct costing if they are direct costs of patient care. Otherwise, they are made by transfer costing from a patient care support department or by cost allocation if they are not related to direct patient care or support. Job order sheets are a method used to account for all services to patients. Direct overhead costs that cannot be identified with specific services rendered are allocated based on some other measurement, such as square feet of floor space.

Service Units

Service units are measurable units of productivity or volume for identifying and counting costs. They must be measurable, known to managers, and affected by volume. The number of service units produced measures productivity.

Unit of Service

The unit of service is a measurement of the output of agency services consumed by the patient. In the surgical suite and recovery room it is measured in minutes or hours, in the emergency room it is the number of visits or time and procedures, and in the nursing units it is based on the acuity category of patients and hours per day expressed as a targeted number. Types of measurement include procedures, patient days, patient visits, and cases.

With the increased sophistication of information systems, it is easier for nurse managers to become involved in identifying and costing service units, which can be quantified by hours of nursing care per category of acuity of illness.

Chart of Accounts

A chart of accounts that includes a number and table for each cost center is subdivided into major classifications and subcodes (see Seawell, 1994). Examples are salaries and wages, employee benefits, medical and surgical supplies, professional fees, purchased services, utilities, other direct expenses, depreciation, and rent. These classifications are divided into further subcategories.

To assign items to the correct cost center, one must record all movement of labor and materials between cost centers. All benefits must be charged to the appropriate cost center by some established method, and so must all purchases, including shared ones. This is usually done using allocated shares of service units.

Amortized expenses are deferred charges allocated to units over a specified period of time. They include depreciation charges for aging plant and equipment in addition to prepaid items. Prepaid items usually are charged monthly as service units. Other deferred expenses include unamortized borrowing costs and costs incurred for capital expansion or renovation programs.

Inventory and Cost Transfer

Identifying actual costs of any service unit is improved through an accurate system of inventory control. Based on the number of orders or requisitions for any item, the appropriate proportion of its costs can be transferred to the cost center that ordered the items.

Financial Accountability

In accepting financial accountability, nurses' first duty is to their patients, who have given them their trust. Nurses should be accountable to themselves for their work, to their professional peers, to their employers, and to taxpayers in publicly funded institutions.

In one way or another, patients pay the costs of health care. They may do so through insurance premiums, taxes, or benefits or from their own pockets. Financial accountability means that nurses and others can account for the efficient spending of the money paid for health care.

Nurse managers need information on the costs of all services provided by their own and competing institutions. This information, in turn, can be provided to clinical nurses, who should know what it costs to do their work. Cost consciousness leads to waste reduction and effective cost management.

Some managers mistakenly believe that controlling nursing labor power and expenditures can control overspending. Holding nurses accountable for their budgets, including both revenues and expenses, can rectify this misconception.[10]

Cost of Nursing Care

To determine the cost of nursing care, one must consider several factors. Nursing charges should be quantifiable. A patient acuity system serves this purpose. The patient acuity system usually separates patients into four or five levels of nursing care and enumerates nursing requirements for each level. Charges could be set by level and negotiated with third-party payers. These costs could be separated from the cost of non-nursing requirements. Non-nursing tasks could then be reassigned to ensure that the charges for nursing care reflect the actual cost of providing such care.

A second method of costing nursing services is determining what share of total agency cost is attributable to nursing. This varies by medical severity diagnosis-related group. An industry-wide effort for each region could produce standards for nursing costs and charges. Otherwise, most healthcare institutions in the United States would need to undertake research to determine nursing costs and charges on an agency-specific basis. Multinational corporations, of course, can apply research studies across member institutions.

Activity-Based Costing

Drucker recommends activity-based costing that accounts for the total process of doing business from personnel, supplies, material, and parts to installation and service of products. Healthcare organizations know and manage the costs of the entire economic chain, tying the costs to all sources of payment. To do this requires foundation, productivity, competence, and resource allocation information. Personnel perform to meet specific expectations, and they are evaluated accordingly. Old organizational structures are replaced with new cost centers that support activity-based costing, in which managers turn data into information through analysis and interpretation that lead to action.[11]

Definitions

Budget

According to *Webster's New Twentieth Century Dictionary*, Unabridged (2nd ed.) a budget is "a plan or schedule adjusting expenses during a certain period to the estimated or fixed income for that period." Herkimer states, "An effective budget is the systematic documentation of one or more carefully developed plans for all individually supervised activities, programs, or sections. The budget is a tool that can aid decision makers in evaluating operating performance and projecting what future operations might produce."[12]

A budget is an operational management plan, stated in terms of income and expenses, covering all phases of activity for a future division of time. It is a financial document that expresses an operation's plan of action. In the division of nursing, it sets the limits of financial support, thereby controlling the extent and quality of nursing programs. The budget determines the number and kinds of personnel, materials, and financial resources available for patient care and for achievement of the stated nursing objectives. It is a financial policy statement. Budgeting is the process whereby objectives and plans are translated into financial terms and evaluated using financial and statistical criteria.

Revenue

Revenue is the income from sales of products and services. Nursing revenue traditionally has been included with room charges. It can be unbundled from the room rate as a separate charge per patient acuity category and per visit, day, or procedure.

Revenue can include assets, such as accounts receivable and income-producing endowments. The latter can be restricted to specific purposes. Buildings, land, and other items can be assets if they produce income or are capable of producing income. Total income is frequently termed gross income; the excess of revenues over expenses is known as net income or profit.

Revenues also come from research grants, gift shops, donations, gifts, rentals of cots and televisions, parking fees, telephone charges, and vending machines. Revenues may be elements of product lines such as orthopedic services that include orthopedic nursing, traction equipment, and prostheses. In hospitals, revenue may refer to sources such as Medicare, Medicaid, third-party payers (insurance companies), and patients.[13]

Revenue Budgeting

Revenue budgeting, or rate setting, is the process by which an agency determines revenues required to cover anticipated costs and to establish prices sufficient to generate these revenues. Not all patients (purchasers) pay an equal share of an agency's costs, which complicates the process.

To remain viable, any business must generate sufficient revenues to cover operating costs and make a profit. These revenues include increases in working capital, capital replacements, and inflation adjustments.

Nonprofits use profits to improve plants and services; profits do not go to stockholders or owners. Profit appears as a positive balance on account ledgers. Fundamental to the rate-setting process are adequate statistical data, historical and projected, for implementing the rate-setting method to be used. On a departmental basis, these data include volume of services, current rate, allocated costs, and rate increase constraints. The goal is to obtain the greatest impact from a minimum cumulative rate increase in a cost-management environment. This can be accomplished by increasing rates in high-profit departments while instituting rate reductions in low-profit departments so that they offset each other. Revenues are often budgeted before expenses. This is necessary to determine how much revenue is available.

Patient Days

Patient days are used to project revenues. They are commonly used as units of service to compute staffing. Patient day statistics are usually derived from census reports that are done daily at midnight and summarized monthly for the year to date and annually. A patient admitted on May 2 and discharged May 10 is charged for nine patient days. **Figure 11-4** illustrates the number of patient days per unit for 1 month. Midnight census does not fully reflect the nursing resources required to accommodate outpatients that occupy a bed for 23 to 48 hours or swings in census that require nursing workloads to increase with admissions and discharges. The CNO and nurse manager must track these trends to adequately plan resource needs.

Fiscal Year

The fiscal year is the budgetary or financial year. It may be the calendar year in some organizations, beginning on January 1 and ending on December 31. Many organizations use October 1 to September 30 as the fiscal year. Some use July 1 to June 30 to coincide with budget decisions of state legislatures and the U.S. Congress. In the latter examples, the fiscal year overlaps 2 calendar years.

Year to Date

The term "year to date" describes the accumulated units of service at a particular point in the fiscal year. If the fiscal year begins October 1, the year-to-date patient days for December 31 would be the summary for 92 days.

Average Daily Census

The census is summarized for a specific number of days and divided by that number of days. For example, the average daily census for the month of May is the total patient days for May divided by 31. In Figure 11-4, the number of patient days for May is 7,975. When this is divided by 31, the average daily census is 257.

Hours of Care

Hours of care have traditionally been the number of hours of care allocated per patient per day (24 hours) on a unit. With the use of patient acuity rating systems, hours of care can be determined to the hour or even to the fraction of an hour. Patients usually fall into one of four or five patient acuity categories, each of which is assigned a specific number of hours of care per patient day.

Caregiver

Each nurse who works with patients is called a caregiver. In nursing, the three common types of caregivers are registered nurses (RNs), licensed practical nurses, and nurse aides or extenders. Most

FIGURE 11-4 Sample of Patient Day Census

Nursing Station	Current Year			Year to Date		
	May	OCC (%)	April	Current Year	OCC (%)	Previous Year
3rd Floor	1,014	79.8	833	9,792	78.6	8,650
4th Floor	811	76.9	718	7,834	75.8	7,255
5th Floor N.	526	65.3	524	5,300	67.1	4,838
5th Floor S.	622	77.2	592	5,587	70.7	5,603
6th Floor	792	71.0	866	8,730	79.8	8,176
7th Floor	850	68.5	895	9,086	74.7	8,885
8th Floor N.	376	60.6	383	4,624	76.1	2,393
8th Floor S.	303	69.8	274	3,253	6.4	1,729
9th Floor N.	526	84.8	501	5,332	87.7	2,690
9th Floor S.	481	77.6	506	5,118	84.2	2,617
MINU	104	83.9	89	1,041	85.6	432
SINU	73	58.9	84	964	79.3	471
Burn Unit	173	79.7	188	1,723	81.0	1,912
Labor and Delivery	138	37.1	99	1,228	33.7	1,258
CCU	206	83.1	148	1,848	76.0	1,937
Clinical Research Unit	137	73.7	132	1,342	73.6	1,361
EAU	23	0.0	7	390	0.0	634
MICU	213	85.9	191	2,099	86.3	2,291
PICU	169	54.5	112	1,612	53.0	1,834
SICU	229	92.3	207	2,175	89.4	2,302
NTICU	209	84.3	87	1,891	77.8	2,277
Total	7,975	73.2	7,436	80,969	75.3	79,086

(EAU: Emergency Admit Unit; MICU: Medical Intensive Care Unit; PICU: Pediatric Intensive Care Unit; SICU: Surgical Intensive Care Unit; NTICU: Neurotrauma Intensive Care Unit)

Source: Author.

personnel budgets have a ratio of RNs to other caregivers and patients. Considerable research supports a high proportion of RN caregiver staff. The current cost-management environment often makes this difficult.

Case-Mix

The patient's acuity of services is known as a case-mix. Case-mix refers to the type of patients cared for by the institution. Some of the variables included in the case-mix are diagnosis, comorbidities, and treatment patterns.

Budgeting Approaches

Zero-Base Budgeting

Zero-base budgeting is a method of budgeting used to control costs. In a zero-base budget, the budgeting process starts from zero, and everything must be justified by each new budget cycle. A previous activity can be included in the budget, but its relation to the current organizational objectives must justify funding for it. In theory, each function in a zero-base budget must stand on its own merits, and the merits of each function are reviewed annually. All labor power and costs are recalculated, and decisions are made about whether to continue the function and at what levels.

Program Budgeting

Program budgeting is a part of budget planning. Items such as continuing education programs, employee benefits fairs, and health promotion programs should be incorporated into the annual budget. The budget for each program should enumerate fixed expenses, such as rent, advertising, fixed speaker fees, and department overhead, and variable expenses, such as for food, handouts, and per-person honorarium speaker fees. Some costs, such as those for advertising, are unrecoverable even if the program is canceled. They are sunk costs and should be in the cost-center budget as well as in the individual program's budget.

Program budgets should include a break-even analysis. If the cost of the program is $2,000 and the reasonable charge is $50 per participant, the break-even point is 40 participants. A break-even chart can be made for each program (**Figure 11-5**). Income above the break-even point is profit; below it is loss.

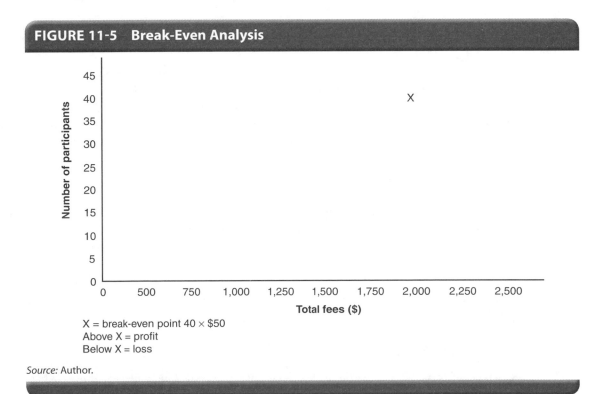

FIGURE 11-5   Break-Even Analysis

X = break-even point 40 × $50
Above X = profit
Below X = loss

Source: Author.

The point at which the cost to carry out a program is equal to the cost to cancel it is called the least-loss point. If enough people have registered to pay the sunk costs, the net loss is the same whether the program is canceled or held. It may be good public relations to carry out a program at the least-loss point.[13]

Flexible Budgeting

Flexible budgeting takes into account variations or ranges from low to high points.[14] This approach requires a well-prepared and educated nurse manager. It determines a range of volume instead of an actual volume, which is much more difficult to plan and manage.[15]

Fixed Budgeting

A fixed budget is based on a fixed annual level of volume. For example, the annual number of x-rays performed is divided by 12, giving a monthly average of x-rays. This approach to budgeting does not take seasonal or monthly variations into consideration.[16]

Types of Budgets

Operating Budget

The operating budget is the overall plan identifying expected revenues and expenses, both fixed and variable, for the forthcoming fiscal year. It is an annual budget that includes the cash budget and the capital budget. In addition, the operating budget identifies the source and nature of expected revenues and expenses. The operating budget determines the per diem and other charges to be made to the patient.

Cost-to-Charge Ratios

Cost-to-charge ratios are convenient tools for computing the cost of providing a service. For example, if the charge to a patient for the endoscopic laboratory services is $1,000, and the cost-to-charge ratio is 0.815626, then the cost to the hospital for these services is approximately $815.63. This cost includes the expense of running the endoscopic laboratory and a portion of the hospital's overhead cost. In some instances, the cost-to-charge ratio is greater than 1, which means the cost of operating these cost centers is greater than the charges.

The hospital has two types of cost centers. The first is the revenue-producing cost center, such as the endoscopic laboratory, which bills patients for services provided. The second type is the overhead cost center, such as the accounting department, which exists to support the revenue-producing centers. The cost of the overhead cost centers is allocated to the revenue-producing centers by various statistical methods. For example, utility costs are allocated to revenue-producing departments based on the square footage of space they occupy. Accounting department costs, however, are allocated based on the size of the operating budget of each revenue-producing cost center. The cost-to-charge ratio is computed by dividing the total cost of the cost center, both direct and overhead, by the total charges for the same department.

Cost–Benefit Analysis

Cost–benefit analysis is a planning technique that answers the following questions:[17] What are the costs of pursuing a goal, an objective, a program, or a specific nursing intervention? How do costs compare with the benefits? Is the project worthwhile? Comparison of different nursing interventions for the same nursing diagnosis or problem results in using the least costly interaction to achieve similar or better results. The intervention used is then cost effective.

Operating or Cash Budget

The cash budget is the actual operating budget in detail, usually excluding the capital budget. A cash budget indicates whether cash flow will be adequate to meet anticipated payments, such as debt obligations, including replacement and expansion of facilities, unanticipated requirements, payroll, payment for supplies and services, and a prudent investment program. Cash receipts come from third-party payers, tuition, endowment fund earnings, and sales of food, gifts, and services.

The cash budget is the day-to-day budget and represents money coming in and going out. It is advisable to have cash reserves so that cash flow and the money coming in pay the bills. Otherwise, revenues must be sped up or payment of bills slowed down.

Organizations often review their revenue cycle to ensure cash and expenses are kept in the appropriate ratio. Cash reserves should not be excessive; they may represent money that should be working for the organization. Cash budgets show revenues and expenses, whereas operating budgets show plans. They are usually considered integrated entities.[18]

Negative Cash Flow

Five major factors influence negative cash flow:

1. There is a time lag between delivery of services and collection of payments.
2. Timing of cycles between net income and flow of cash is different.
3. Lag occurs by the large up-and-down cycles of volume during different seasons (cash deficit during a busy census cycle or surplus during a low census cycle).
4. Labor expense (60% to 70% of operating expense) paid out in salary and wages does not cycle concurrently with collections.
5. Service-line costs have outpaced reimbursement such as implants for certain cardiac and orthopedic procedures.

To maintain solvency, cash flow must be managed carefully and cycles of cash shortage planned for appropriately. The cash budget should plan for the ability to borrow cash during shortfalls, the investment of excess cash, and the strict monitoring and reporting of lost charges and of the billing and collecting process. The cash budget is a part of the total budget and is apportioned to departments based on individual cost-center activity.[19]

Developing the Operating Budget

Operating budget information supplied to the chief nurse executive, department heads, and cost-center managers includes a budget worksheet (**Figure 11-6**) and a worksheet that explains budget adjustments (**Figure 11-7**). The budget worksheet depicts information by the account number and subcode of each cost center and lists prior-year expense, original budget, and annualized expense. This form usually is provided during the new budget formulation stage, and the annualized expense is the projected total expense if current rates continue to the end of the fiscal year. The column headed "Budget Adjustments" is empty so that the cost-center manager can fill in the budget expenses for the projected fiscal year. The column "Approved Budget" is the budget that has been approved by the finance department along with administration after reviewing the requested adjustments. Note in Figure 6 that the cost-center manager had projected an increased budget of $1,000 for subcode 6000, supplies. This amount was reduced to an annualized projection of $650 (subcodes 6100 and 6200), at the annual budget meeting.

FIGURE 11-6 Budget Worksheet

Operating Expenses

Subcode	Description	Prior-Year Expense	Original Budget	Annualized Expense	Budget Adjustments	Approved Budget
6000	Total—Supplies		0.00	1,000	$915	$650
6100	Forms	860	0.00	200		$200
6200	Books	450	0.00	450		$450
6434	Brochures	398	0.00	0.00		
6660	Film rental	100	0.00	0.00		
Total Supplies		**1,808**	**1,000**	**650**		
8000	Total—Repairs & Maintenance		0.00	1,360		
8200	Main., & Repair	100	0.00	800	$900	$1,190
8310	Minor Equip.	675	0.00	100		$100
8524	Telephone	185	0.00	190		$190
Total Repairs & Main.			**960**	**1,360**	**1,090**	
9000	Total—OCE		0.00	1,370		
9200	Travel	1,345	0.00		$685	$1,085
9300	Airfare	800	0.00		200	$400
9600	Entertainment	275	0.00		220	
Total Other Controllable		**2,420**	**1,370**	**420**		
Account Total		**5,188**	**3,730**	**2,160**		
Total $2,925						

Source: Author.

Also in Figure 11-6, note that subcode 8200, maintenance and repairs, was increased by $100 (from $800 to $900). This increase was justified on the adjustment explanation (Figure 7). Overall, increases were approved for subcodes 8200 (maintenance and repair), 9200 (travel), and 9300 (airfare). A total budget for supplies and minor equipment for this cost center was approved for $2,925. Figure 11-7 shows the adjustment explanation for subcodes 8200 and 9200.

FIGURE 11-7 Adjustment Explanation for Fiscal Year 2004

Emergency Department Budget Unit: Supplies and Minor Equipment, Fiscal Year 2004

Subcode	Description	Budget Adjustment	Justification
8200	Maintenance and repairs	100	Ice machine is breaking more frequently
9200	Travel	685	Two extra conferences for TJC
9300	Airfare	200	As above

Source: Author.

Osborne and Gaebler refer to the operational budget as the expenditure control budget. It sets up accounts for various major expenditures. These authors recommend shifting among accounts as needed and allowing departments to carry over into the new budget what they do not spend. A recommended formula for establishing an expenditure control budget is the same as previous year plus account for inflation and growth or decline plus any carryover funds. Management should apply additional money for the new initiatives. The strengths of such a mission-driven budget include the following:[20]

- Every employee has an incentive to save money.
- Resources are freed up to test new ideas.
- Managers have the autonomy they need to respond to changing circumstances.
- A predictable environment is created.
- The budget process is enormously simplified.
- Money can be saved on auditors and a budget office.
- Management can focus on other important issues.

Personnel Budget

Most budgets for nursing personnel are based on quantitative workload measurements, such as a patient acuity system. A computer software program usually produces staffing requirements by shift and day. It produces an acuity index for each patient, and the formula indicates needed staff by skill mix (RN), licensed practical nurse, certified nurse aide and by shift. It also compares actual staffing with that required, and a summary can be provided by month and year. Each day either the unit secretary or nurse enters the acuity rating for each patient into a computer.

Figure 11-8 is a nursing personnel budget based on a patient-acuity rating system. The average daily census is obtained from records produced in the admissions office. It is the result of dividing the total patient days for a unit for 1 year by 365 days. Census reports are generated daily, monthly, and annually by a computer.

Acuity is the sum of all acuities for 1 year divided by 365 days. This figure is also generated daily, monthly, and annually. The nursing hours are generated from the acuity standard listed in item 1 of Figure 11-8.

Application of a staffing formula for preparing the personnel budget for a specific unit is illustrated in **Figure 11-9**. If the nursing department does not use an acuity system, hours (of care) per patient day (HPPD) can be used. Several organizations benchmark HPPD comparing specific types of units and types of hospitals that can assist the CNO in determining if these HPPDs need to be adjusted. Changes in the Medicare case-mix index can also be used as a justification for HPPD adjustments.

In planning the personnel budget, the nurse has quantitative information related to staffing and can accurately predict the number of FTEs needed for patient care. Other considerations must be weighed at the same time: Will there be a pay increase next year? If so, it must be calculated and budgeted. Will benefits increase or decrease? They must also be budgeted. If new programs are being implemented, do they require additional labor power? Will this labor power come from cutbacks in other programs, or from added FTEs? **Figure 11-10** provides a worksheet for adding new positions to the budget.

Personnel account for the largest portion of the nursing budget. When one is preparing budgets for clinics, emergency departments, recovery rooms, operating rooms, delivery rooms, and home care, one must have quantitative data, such as numbers of visits, procedures, and deliveries. Records of length of time required for each activity can be obtained by using management–engineering techniques in which visits, procedures, or other activities are charted over a period of time.

Data should be collected over a representative period to show the actual hours worked by shift and by day. These data indicate fluctuations in the workload by shift and by day of the week. Use a second data sheet to determine the total number of patients in the emergency department area at any one time,

FIGURE 11-8 Nursing Personnel Budget

Nursing Budget

1. The personnel budget is based on total number of hours of care needed, which is determined by the acuity levels (1–4).

   Patient Acuity Level HPPD (hours per care per patient day)
   1   4.0 hours
   2   6.4 hours
   3   10.5 hours
   4   16.0 hours

2. The staffing formula is

$$\frac{\text{Average census} \times \text{nursing hours} \times 1.4 \times 1.4}{7.5}$$

3. The total nursing personnel needed for an average daily census (ADC) and specific patient acuity is presented below. The total nursing personnel also includes unit secretaries.

Unit	ADC	Acuity	HPPD	RN	LPN	CNA	Other	Total
Medical								
Oncology	17.1	3.0	10.5	24	2	12	4	42
BMT	8.2	4.0	16.0	22	0	6	2	30
Telemetry	22.3	2.0	6.4	18	3	9	6	36
4S	19.4	1.0	4.0	9	2	6	3	20
MICU	8.0	4.0	16.0	27	0	0	3	30
Total				100	7	33	18	158
Surgical								
Orthopedics	30.0	2.0	6.4	26	5	10	6	47
SICU	8.0	4.0	16.0	27	0	0	4	31
4CW	20.3	2.0	6.4	22	0	6	3	31
5CW	26.7	2.0	6.4	28	1	7	3.5	39.5
Total				103	6	23	16.5	148.5
Women's & Infants								
NBN	18.4	2.0	6.4	21	0	4	4.0	29
NICU	19.3	4.0	16.0	65	0	0	4.5	69.5
L & D*	28	0				7	3.5	38.5
Women's	24.1	2.0	6.4	25	2	6	2	35
Total				139	2	17	14	172.0
(L & D: Labor and Delivery)								
Inpatient Rehabilitation								
3 East	11.7	2.0	6.4	9	1	6	4	20

* No acuity system.

Source: Author.

FIGURE 11-9   Calculating the Nursing Personnel Budget

The staffing formula is

$$\frac{\text{Average census} \times \text{nursing hours} \times 1.4 \times 1.14}{7.5}$$

Example: Oncology Unit

- Average daily census = 17.1
- HHPD = 10.5
- 1.4 is a constant representing 7 days in a week with a full-time employee working 5 days a week: 7 ÷ 5 = 1.4

- 1.14 is a constant that allows for 0.14 FTE for vacation, sickness, etc. for each 1.0 FTE
- 7.5 is one workday

$$\frac{17.1 \times 10.5 \times 1.4 \times 1.4}{7.5} = 38 \text{ FTEs}$$

The budgeted staffing for the Oncology Unit consists of 24 RNs, 2 LPNs, and 12 CNAs. In addition, the unit has 4 unit secretaries.

Source: Author.

including patients in a holding status. Conversion of these data into graphs provides information to compare staffing with workload. These data provide the following information:[20]

- Current nursing hours available per patient visit
- Fluctuations in available hours by shift and by day
- Fluctuations in workload by time of day
- Fluctuations in ratio of staffing levels to patient load

Piper writes that the basic staffing of an emergency room should be calculated to handle a critical mass, the staffing level required to handle an unexpected emergency. In addition to quantitative data,

FIGURE 11-10   New Position Requisition

1. Job Title:
2. Department:
3. FTE Status:
   - Exempt
   - Non-exempt
4. Expected Starting Date:
5. Hours/Shift:
   - Full time
   - Part time
   - Permanent
   - Temporary: If temporary, provide finishing date
6. Description of Essential Job Duties:

   _____

   _____

7. Justification for New Position (e.g., new program/increased volume):
8. Requirements essential for position (e.g., licensure, education):
9. Advertising:
10. Preferred publication:
    - Yes
    - No
11. Approvals:

    Supervisor: Date:

    Human Resources: Date:

Source: Author.

the CNO should collect qualitative data from the staff to assist in containing stress, determining mix of staff, and improving support services. Data can be compared with those from other institutions. The result is then translated into personnel dollars.[21]

In the process of budgeting, the nurse manager knows how much each decision will cost and whether it involves numbers and kinds of personnel or amounts and kinds of supplies and equipment. Few nurse managers have the luxury of a budget that provides all the resources that can be used. Hard decisions must be made. These decisions are easier to substantiate when workloads are quantified. If the patient dependency or acuity system is reliable and valid and has quality checks on the raters, it will provide data that justify the personnel budget. When the number of adult patients of the highest acuity level increases from 24 to 32 per shift and day, the budget must be adjusted. Comparisons must be made to determine whether other levels have decreased. Estimates must be made as to whether the increases and decreases are permanent or temporary. Then the budget decisions are made.

Nurse managers study fluctuation trends in patient census and use these data for minimum staffing requirements to determine the percentage of time to staff one nurse less and the percentage of time to staff one nurse more per shift. The salary expense for the one time that one nurse less per shift is needed should be subtracted from the budget. The salary expense for the one time that one nurse more per shift is needed should be added to the budget. The result is an improved salary expense budget result.

The following strategies can reduce budget overages:[22]

- Maintain good staff retention.
- Use nurse extenders to perform non-RN functions.
- Monitor and control unscheduled absenteeism.
- Implement an effective on-call system.
- Institute a "flex-team" in related clinical areas to avoid overtime and agency nurse expenses.
- Create a large pool of part-time nurses.
- Budget according to trends.
- Negotiate for a reasonable budget that considers turnover and orientation.

Nonproductive Full-Time Equivalents

Nonproductive FTEs are hours for which an employee is paid but does not work, such as vacation days, holidays, sick days, education and training time, jury duty, leave for funerals, and military leave. These nonproductive hours must be determined and added to personnel expenditures as replacement FTEs. An FTE is based on 2,080 hours per year. If the nonproductive FTE average is to be used for personnel budgeting, the human resource department payroll section will provide it. For example,

Average vacation FTE	12.5 days
Average holiday FTE	7.0 days
Average sick days FTE	3.5 days
Average training and education FTE	3.0 days
Average other leave FTE	1.5 days
Total	27.5 days, or 220.0 hours

The total work time is 2,080 hours less 220 hours; the actual work time is 1,860 hours. The percentage of nonworked to total hours paid is 10.6%. The percentage of nonworked to worked hours is 11.8%.

A cost-center manager prepares the budget according to management rules. The budget should include a line item for replacement FTEs to cover nonproductive FTEs by assigning a fixed amount to each person's paid time off. An option is to determine percentage of nonproductive FTEs and add this total to the budget. This information is then used for staffing determination, as are seasonal fluctuations for vacations, census, and other pertinent factors.[23]

Supplies and Equipment Budget

The supplies and equipment budget is part of the operating or cash budget. It includes all supplies and equipment used in provision of services, except capital equipment and supplies charged directly to patients. Minor equipment, such as sphygmomanometers, otoscopes, and ophthalmoscopes, costs less than the base amount set for capital equipment. If the base amount is $500, all equipment under $500 appears as minor equipment in the supplies and equipment budget.

Generally, the director of materials management furnishes the total cost of supplies and equipment per cost center to the accounting office, which generates a cost per patient day. This cost is used for budgeting purposes and increases for inflation are a decision of top management. Based on projected patient days and revenues, decisions can be made to increase or decrease the supplies and equipment budget. Controlling the amounts of supplies can decrease costs and equipment kept in inventory. Nurse managers should look at the inventories they control and reduce them according to usage.

Factors that might influence the supply and equipment aspects of the budget include new program development in the institution, new physicians, and product upgrades. A product evaluation committee may be very cost effective.

Product Evaluation

Product Evaluation Committee

A product evaluation committee usually has as its members representatives of nursing, central supply, infection control, finance, purchasing, administration, and education. The committee is usually chaired by the materials manager. This committee is responsible for evaluation and purchase of supplies and equipment. The following are among its goals:

- Standardization, with all units using the same products
- Lower prices through higher volumes
- Providing a clinical perspective in focusing on the quality of the product for improved patient care
- Minimizing inventory levels wherever possible
- Decreasing the cost of education and training by standardization

Thus systematic control of the introduction of patient care products into the institution is achieved. **Figure 11-11** presents a product evaluation checklist used to justify the product under consideration.

The following is a suggested process for product evaluation by a committee:[24]

1. Determine objectives of product evaluation.
2. Define use of the product with input from potential users.
3. Define objectives for each evaluation project.
4. Do initial review of various products: features, techniques for use, and prices.
5. Select products for evaluation and evaluate techniques for use, staff acceptance, and problems.
6. Conduct inservice tests to use products.
7. Use simple closed-ended questions, open-ended questions, and rating scales to evaluate the product.
8. Compile and analyze data, including costs, cost savings, conversion cost, and reimbursement potential. (See Chapter 17 for Deming's theory of working with one supplier to improve products.)
9. Make a decision for purchase.
10. Evaluate products that are not functioning as intended and determine if replacement is needed.

FIGURE 11-11   Product Evaluation Checklist

The purpose of product evaluation is to provide a mechanism to ensure that the evaluation of products emphasize quality of care and cost containment. A checklist will be completed for products that have been selected for evaluation. The checklist will be submitted to the Director of Material Management for consideration by the Product Evaluation Committee. The checklist must be reviewed by your Department Director before submitting it to the Director of Material Management. An example of the questions needed for the committee are provided below:

1. Name and purpose of the product.

2. Is this product new, a replacement, or an upgrade?

3. What is the price and cost of this product? (purchase price, installation, training, staff, facility, service agreement)

4. How dependable is this product?

5. What type of service and vendor support will be provided?

6. What is the patient benefit from this product?

7. What resources are required to support this product? (staff, education, plant/environmental requirements)

8. How do the financials look? Where will the funds to pay for this product come from?

9. Are revenues generated by this product?

10. How and what is the reimbursement potential?

11. What is the anticipated utilization of this product? If it is a replacement or upgrade, what is the utilization of the current product?

12. Can the facility potentially hold or increase market share with this product?

Source: Author.

Capital Budget

A capital budget is usually separate from the operating budget (**Figure 11-12**). A capital budget projects the planned costs of major purchases. Each capital budget item is defined in terms of dollar value and is an item of equipment that is used over a period of time. The budget provides for depreciation of each item in the capital budget, sets aside the amount of depreciation in an escrow account, and uses this account to finance new capital budgets. Depreciation records the declining value of a physical asset. In addition, department heads are required to justify and set priorities on capital budget items (**Figure 11-13**). The exact definition of what constitutes a capital budget item with regard to dollar amount and life expectancy varies among hospitals.

Capital budgets also deal with maintenance, renovations, remodeling, improvements, expansion, land acquisition, and new buildings. The financial manager for nursing is the nurse manager, who should evaluate past decisions and advise the nurse administrator whether they were good or bad.

All proposals for capital equipment must be fully evaluated for amount of use, method of payment, safety, replacement, duplication of service, and every other conceivable factor, including the need for space, personnel, and facility renovation. The needs and desires of the medical staff should be considered. Staff involvement in planning helps ensure wise purchases of capital equipment.

FIGURE 11-12   Capital Budget Requested Fiscal Year 200X–200X: Metropolitan Memorial Hospital

Dept.	Item	Quantity	Amount
6th & 7th	Beds & misc. pat. furn.	85	$200,000.00
Admin	Pneumatic tube system	1	75,000.00
Anest	Capnograph-portable	1	4,200.00
Anest	Trans. Mon.–inc NIPB & O_2 Sat	1	9,200.00
Anest	Ventilators	2	5,050.00
ER Med	Pro Pac 106	1	13,790.00
Bio Med	Safety tester	1	1,695.00
Blood Bk	Table top centrifuge	1	2,000.00
Blood Bk	Automated cell washer	1	6,250.00
Cath Lab	Pulse oximetry	1	2,600.00
Cath Lab	Dynamap	1	3,800.00
Clin Lab	Miscellaneous equipment	1	250,000.00
Dialysis	Dialysis machine	1	25,000.00
Dietary	Refrigerator-bakery	1	3,500.00
Dietary	Refrigerator-bakery	1	6,950.00
Dietary	Refrigerator-cook area	1	3,500.00
Dietary	Refrigerator-PFS	1	3,100.00
Dietary	Meat slicer	1	3,500.00
ER	New monitoring system	1	160,000.00
ER	Propak monitor	1	3,500.00
Envir	High-speed burnisher	4	8,000.00
Envir	Slow-speed buffers	2	1,600.00
GI Lab	Video processor CV-100	1	20,000.00
CVStation	Blood pressure monitor	1	4,500.00
CVStation	Stress test system	1	20,000.00
CVStation	ECG management system	1	70,000.00
MICU/CCU	Faceplates-central monitors	12	4,920.00
Nursing	Medication carts	17	25,000.00
Nutri	Computer & printer	1	2,011.00
OR	Laparoscopic video system	1	30,165.00
OR	Electrosurgical cautery	2	17,200.00
PACU	RR stretchers	10	20,000.00
Plant Op	4000-watt portable generator	1	1,495.00
Plant Op	8 ch. OPS card for telephone switch	1	1,337.00
Radio	Rebuilt film processor	1	12,000.00
Res Th	Sterile pass-through drier	1	12,567.00
SPD	Washer decontaminator	1	75,000.00
Staff Dev	Overhead projector	1	700.00
Staff Dev	CPR manikin	1	5,641.00
Total requested Metropolitan Memorial Center			$1,114,771.00

Source: Author.

FIGURE 11-13   Capital Equipment Requisition Form

1. Project description: _____   2. Date: _____

3. Submitted by: _____   4. Department: _____

5. Equipment requested: _____   6. Useful life: _____

7. Justification for equipment:
   - Regulatory
   - New service
   - Replacement
   - Upgrade

8. How often will equipment be requested/ utilized?

9. Equipment description: _____

10. Impact to other departments: _____
    - Plant operations (renovation, installation)
    - Bio-Med
    - ISD
    - Education department
    - Other

11. Costs:
    - Equipment costs: _____
    - Renovation/installation: _____
    - Service agreement: _____
    - Personnel: _____
    - Education/training: _____
    - Shipping: _____
    - Storage: _____

12. For any equipment $5,000 or over, an equipment evaluation must be completed.

    _____Yes   _____ No (attach evaluation form)

13. For any equipment $25,000 or over, a financial pro forma must be completed.

    _____Yes   _____ No (attach pro forma)

14. Approvals:
    Department Director: Date:
    Administrator: Date:

Source: Author.

A strategic capital-budgeting method based on principles of decision analysis can help health care organizations allocate capital effectively when meeting requests for capital expenditures. There are eight steps of the strategic capital-budgeting method:

1. Establishing evaluation criteria
2. Classifying proposals by area of investment
3. Ensuring that proposals are complete and easy to understand
4. Determining costs of proposals
5. Rating proposals with respect to individual criteria
6. Setting priority weights for criteria

7. Calculating weighted value scores for each proposal

8. Ranking proposals by cost–benefit ratios

The results provide a reliable basis for optimal capital allocation.[25]

The capital budget must address increased forms of competition, dwindling financial resources, and regulatory constraints. Management should enhance conditions under which effective planning and capital budgeting increase the agency's chance of long-term survival. Capital budgeting is a part of the overall budget-planning process for the organization and not an entity unto itself. When each entry or item in the capital budget list has been analyzed and reduced to the amount available, the budget is again tabulated. It is now ready to present to the board of directors. With the board's approval, the list is distributed to cost-center managers, who prepare requisitions for purchase. The purchasing department prepares bid specifications, with input from cost-center managers. Purchases are finalized based on results of bids submitted by vendors who meet the required specifications. Finally, purchases are entered into the depreciation budget schedule. The latter is published by American Hospital Publishing and is considered the standard for the industry. The following are a few examples of the composite estimated useful lives of depreciable hospital assets: boiler house (30 years); masonry building, wood/metal frame (25 years); bed, electric (12 years); and otoscope (7 years). For budgetary purposes, the nurse manager should have access to the entire publication.[26]

When evaluating capital equipment, one should evaluate similar products one at a time. When purchasing capital equipment, one should determine whether it can be upgraded or must be replaced when the technology improves. One should consider construction, durability, modularity, warranty, availability of parts, and service agreements as part of the total cost of equipment. One should also consider leasing rather than buying.[27] There are companies who, for an annual subscription fee, assist an organization in evaluating a potential capital purchase and maintain a database that compares features, cost to own, average purchase price, and annual maintenance costs of several different manufacturers of equipment. This information can assist a department manager and the purchasing department to determine if they are getting the best value for the purchase price.

Part of the capital equipment budgeting process includes estimating the use of each item. For revenue budgeting purposes, a price or charge should be assigned to the use of each item. The cost-center manager can then determine the break-even point at which the item will be paid for.

Performance Budgeting

Performance budgeting focuses on the activities of a cost center such as indirect care, direct care, and quality monitoring. Each activity has objectives with specific financial resources, and the focus is on what is expected to be accomplished. Performance is evaluated based on a variety of outputs. Flexible budgeting that evaluates actual costs based on actual workload is an improvement over traditional budgeting but is a limited evaluation of nursing performance. Performance budgeting is an improvement over flexible budgeting because it ties performance to financial resource consumption. The steps involved are as follows:[28]

1. Define the performance activities or area of accomplishment for the cost center, which may include direct care, improved quality of care, nursing staff satisfaction, patient satisfaction, productivity, and innovation.

2. Identify the line-item operating-budget costs for the cost center being evaluated. These costs will be manager and clinical salaries, education costs, supplies, and overhead.

3. Define how much of the resources represented by each line item are to be devoted to each of the performance areas.

4. Choose measures of performance for each performance area, budget an amount of work for each area, and determine the budgeted cost per unit of work based on these measures.

The performance budget evolves or is converted from the operating budget. Potential output measures are proxies and consist of both process and outcome measures. These output measures may include the following:[29]

- Compliance with patient care plan procedures, with the goal of a percentage reduction in errors
- Compliance with evidence based medical practices such as CMS Core Measures
- Improved compliance costs (the fix, which is usually additional resources of some kind)
- Staffing decisions using reduced management time
- Cost reduction
- Increased productivity
- Increased patient and staff satisfaction
- Innovation and planning
- Direct care
- Indirect care

Multiple measures can be developed for each performance area.

Revenues

The sources of nursing revenue or for securing a financial base for nursing include grants, continuing education, private practice, community visibility, health care for students and staff, health maintenance organizations, city health departments, professional corporations, and nurse-managed centers.

Operating room nursing is an example of a cost that can be billed as a source of revenue. Determining the level of care needed for different procedures and the room charges, based on use of supplies and equipment, and billing the services separately may be considered revenue. In computing the nursing charges, the cost of nursing personnel per case can be determined from the records. To this can be added the cost of preparation time for assembling supplies and equipment and setting up the room, pre-operative and postoperative patient visits, nursing administration, and staff development. Room costs include environmental services and maintenance.[30] Using product-line strategy, nursing divisions can sell a number of product lines, such as staff development programs, consultation services, home health services, wellness programs, and computer software.

Controlling Process

Now that we have seen the nursing budget from its planning and directing aspects, we can turn to its controlling or evaluating aspects. The budget establishes financial standards for the division of nursing and through the division's cost center for each nursing unit. Daily, weekly, monthly, and quarterly feedback provide information to compare managerial performance with the established standards. The results are used to make adjustments. What kind of feedback do nurses need relative to their budgets and cost control? Nurses need information to determine whether their goals are being met. Are they exceeding the budget? Is the excess both for costs and for revenues? Are the supplies and expenses of the quantity and quality planned? Is the equipment being purchased and installed as scheduled? Are employees being recruited and used effectively to produce the expected quality and quantity of nursing services? Is employee morale good? What adjustments need to be made? Where are the problems, and who is responsible for them?

Budget processes should be flexible to allow for increased and decreased volume of business. The hospital's finance department provides cost-center managers with needed biometric information to make adjustments in staffing and in use of supplies. The colossal mistakes of budgeting are made in the control area. Variations in budget should be used as a tool for decision making, not as an instance or reactionary intervention to make arbitrary cuts that result in unrealistic operating budgets for line managers.[31]

Monitoring the Budget

Various techniques have been described for monitoring the budget; however, all budget objectives should contain procedures for quality review, including identification of a team to perform such a review. If a program is not successful—that is, if it is not meeting objectives or is running above predicted costs and below predicted revenues—then a decision should be made about whether to rework or cancel it. Although very difficult, making this decision is essential to good control. The technique of canceling budgeted programs is sometimes referred to as "sun setting." A nurse manager should accept the responsibility for "sun setting" programs that are costly and unprofitable.

In developing the nursing budget, it is necessary that the unit structures for nursing administration are comparable in type and quantity of workload. Developing and providing financial policies and guidelines is most successful when the top administrative team works with the budget monitor. The CNO is part of this team and brings to its meetings standards of service that are defensible (such as data on workload, including numbers and types of procedures, patients, surgical operations, and visits). These policies should reflect the long-term plans of the governing board.

Part of the information furnished to CNO and managers is in the form of reports, which include statistical reports of revenues and expenditures for the current year. **Figure 11-14** illustrates financial information needed by the cost-center manager and the CNO.

Note that the account number at the head of the table in Figure 11-14 is 2-7010. The prefix 2 denotes that the account balance does not turn over at the end of the fiscal year. The cost center or department is 7010. Financial transactions, including purchase orders for supplies and minor equipment, and payroll are identified with this cost-center number and are charged by the purchasing and accounting departments to this number and to the appropriate subcodes 1000 through 5000. Table columns indicate the operational budget, the actual expenditures for the current month and for the fiscal or budget year, open encumbrances, and the balance available. Because 83% of the fiscal year (which begins January 1) has elapsed, these figures have some relationship to the Percent Used column. Although 103% of the budgeted salary has been used, only 70% of employee benefits have been used, which indicates a use of overtime plus part-time employees working less than the 20 hours per week required to qualify for benefits. Zero percent of the budgeted money for minor equipment has been spent to date. Total budget expenses were 97%, indicating a variance of 10% overspending. This report serves as a control for nurse managers, but the expenditure of budgeted money for any one subcode could cause the total expenses to date to be greater than the percentage of fiscal year elapsed without creating an alarm. In this instance, overspending should be related to increased census and revenue.

Figure 11-15 informs the nurse managers of the specific financial transactions that took place during the month of October. These transactions can be checked against Figure 11-14. Information on revenues is reported in a similar manner. **Figure 11-16** illustrates the inpatient revenue for the Medical-Surgical Unit, which includes nursing and hotel services. All the revenue is credited to nursing. The revenue account is 2-40815, and the cost center is the same as for expenses, 7010. The budgeted revenues for the year are listed, as are the revenues for the month and for the fiscal year. Note that although 83% of the fiscal year has elapsed, only 76% of the budgeted revenues have been charged, a variance of 7%. Also, **Figure 11-17** indicates that 76% of budgeted equipment revenues have been billed.

FIGURE 11-14 Accounting System Report

Account: 2-7010
Department: 7010

Fiscal Year Ending 200x
January–October (83% fiscal year elapsed)
Medical-Surgical Unit—Expense

Subcode	Description	Actual Budget Approved	Current Month	YTD	Open Encumbrances	Remaining Budget	Percent Used
1000	Pool—Salary & Wages	901,053				901,053	0
1100	Professional Salary	72,533	775,790	775,790–			$
1200	Nursing Asst. Salary	4,085	50,947	50,947–			$
1300	Secretary Salary	4,347	53,168	53,168–			$
1400	Orderly Salary	3,936	52,195	52,195–			$
1500	Students	14,898	1,518	14,898			100
1600	Accrued Salaries	32,791	11,462	32,791			100
	Salaries	**$948,742**	97,881	979,789		31,047–55,722	103
2000	Pool—Empl Benefits	55,722					0
2100	FICA	112	112				100
2200	Health Insurance	59,973	5,887	59,973			100
2300	Retirement	62,158	5,591	62,158			100
2400	Disability	4,869	526	4,869			100
2500	Life Insurance	2,569	264	2,569			100
	Employee Benefits	185,403	12,268	129,681		55,722	70
3000	Pool—Med/Surg	10,000	10,000				0
3100	Med & Surg Supplies	185,000	22,000	185,000			100
3110	Drugs	2,317	1,100	2,317			100
3114	Solutions	44,000	10,000	44,000			100
	Med/Surg Supplies	241,317	33,100	231,317		10,000	96
4000	Pool—General Supply						0
4010	Office Supplies	1,010	220	1,009			100
4120	Forms	1,490	1,090	400			100
4134	Copying	35	30	36			100
4260	Dietary	620	50	620			100
4330	Linen Bedding	215	215				100
4440	Housekeeping Supply	2,880	350	2,880			100
	General Supplies	6,250	650			5,850	100
5000	Minor Equipment	450				450	0
	Total Expenses	1,382,212	143,899	1,346,637	400	35,725	97
	Account Total	**1,382,212**	**143,899**	**1,346,637**	**400**	**35,725**	**97**

FIGURE 11-14   Accounting System Report (Continued)

OPEN ENCUMBRANCE STATUS

P.O. Account	P.O. Number	Date	Original Description	Liquidating Encum.	Current Expenditures	Last Act Adjusts Encum.	Date
2-7010-4120	D3333	4/10/04	Print-All	400.00	400.00	10/4/04	

Source: Author.

FIGURE 11-15   Accounting System Report

Acct: 2-7010
Dept: 7010

Report of transactions for fiscal year ending 200x
Distribution code = 600
Medical–Surgical Unit—Expense

Subcode	Description	Date	Ref.	J.E. Offset Account	Current Rev/Exp	Encumbrances	Batch Ref	Batch Date
1100	Payroll Expense	10/07	60001	0-11181-128CR	35,017.03		TTS584	10/7
1100	Payroll Expense	10/21	60001	0-11181-128CR	37,516.33		TTS588	10/21
1100	Total Profess. Salary				72,533.36			
1200	Payroll Expense	10/07	60001	0-11181-128CR	2,115.98		TTS584	10/07
1200	Payroll Expense	10/21	60001	0-11181-128CR	1,969.04		TTS588	10/21
1200	Total Asst. Salary				4,085.00			
1300	Payroll Expense	10/07	60001	0-11181-128CR	2,012.56		TTS584	10/07
1300	Payroll Expense	10/21	60001	0-11181-128CR	2,334.44		TTS588	10/21
1300	Total Secretary Salary				4,347.00			
1400	Payroll Expense	10/07	60001	0-11181-128CR	1,936.22		TTS584	10/07
1400	Payroll Expense	10/21	60001	0-11181-128CR	1,999.78		TTS588	10/21
1400	Total Orderly Salary				3,936.00			
1500	Payroll Expense	10/07	60001	0-11181-128CR	751.56		TTS584	10/07
1500	Payroll Expense	10/21	60001	0-11181-128CR	766.44		TTS588	10/21
1500	Total Student Salary				1,518.00			
	Susp Corr/Accr Sal	9/30	R3490	0-12000-140CR	35.00		JJV002	10/10
	Susp Corr/Accr Sal	9/30	R3490	0-12000-140CR	55.00		JJV002	10/10
	RVS Acc Sal & Wage	10/01	06510	0-14300-110DP	21,462.00–		JJV001	10/10
	RVS Acc Sal & Wage	10/01	06510	0-14300-110DP	35.00–		JJV001	10/1
	RVS Acc Sal & Wage	10/01	06510	0-14300-110DP	65.00–		JJV001	10/10
	Accrued Sal & Wgs	10/31	06500	0-14300-128CR	32,924.00		JJV019	10/31
1600	Total Accrued Salaries				11,462.00			
2200	Payroll Expense	10/07	60001	2-66000-170CR	65.81		TTS588	10/07

(continues)

FIGURE 11-15 Accounting System Report (Continued)

Subcode	Description	Date	Ref.	J.E. Offset Account	Current Rev/Exp	Encumbrances	Batch Ref	Batch Date
2200	Total Health Ins.				5,886.93			
2300	Payroll Expense	10/07	60001	2-66000-170CR	2,659.96		TTS588	10/07
2300	Payroll Expense	10/21	60001	2-66000-170CR	2,930.66		TTS588	10/21
2300	Total Retirement				5,590.62			
2400	Payroll Expense	10/21	60001	2-66000-170CR	526.48		TTS588	10/21
2400	Total Disability				526.48			
2500	Payroll Expense	10/21	60001	2-66000-170CR	264.04		TTS588	10/21
2500	Total Life Insurance				264.04			
3100	Inventory Exp Alloc	10/31	06526	0-14100-130CR	22,000.00		JJV027	10/31
3100	Total Med/Surg Supplies				22,000.00			
3110	Pharmacy Distrib—Oct	10/31	07500	4-50730-214CR	1,100.00		JJV033	10/31
3110	Total Drugs				1,100.00			
3114	Inventory Exp Alloc	10/31	07524	0-121000-120CR	10,000.00		JJV027	10/31
3114	Total Solutions				10,000.00			
4010	Inventory Exp Alloc	10/31	07526	0-12100-T40CR	220.00		JJVO27	10/31
4010	Total Office Supplies				220.00			
4120	Inventory Exp Alloc	10/31	07508	4-69669-965CR	400.00		JJVO26	10/31
4120	Total Forms				400.00			
4134	Xerox Expense	10/31	07501	4-60960-960CR	30.00		JJVO28	10/31
4134	Total Copying	30.00						
4260	Inventory Exp Alloc	10/31	07506	0-12100-144CR	50.00		JJVO27	10/31
4260	Total Food Expense				50.00			
4440	Inventory Exp Alloc	10/31	07564	0-12100-140CR	350.00		JJV028	10/31
4440	Total Housekeeping Sup.			350.00				
	Account total				143,899.00	400.00		

Source: Author.

Because the amount billed (i.e., the unit's revenues), 76%, is less than the 83% of fiscal year elapsed, the nurse managers can note that revenues are currently lower than expenses, which is a negative financial report. The manager's goal is to improve this financial status by the end of the fiscal year.

Additional financial information can be furnished to each nurse manager, including summary reports in whole dollars and for all cost centers supervised. This can be done by subcode, by subcode and cost center, or by any unit or department.

FIGURE 11-16 Accounting System Report

Fiscal Year Ending 201x
January–October (83% of fiscal year elapsed)

Distribution Code = 600
Medical–Surgical Unit—Revenue

Acct: 2-40815
Dept: 7010

Code	Description	Approved Budget	Actual Current Month	Fiscal Year	Open Encumbrances	Remaining Budget	Percent Used
030	Inpatient Revenue	2,345,200–	225,800–	1,782,352–		562,848–	76
0/0	Total Revenues	2,345,200–	225,800–	1,782,352–		562,848–	76
	Account Total	2,345,200–	225,800–	1,782,352–		562,848–	76

Source: Author.

Rollover funds are also included in the financial reports that can be provided to the chief nurse executive and nurse managers. Balances in these funds are carried over into the next fiscal year to be spent at any future date. The chief nurse executive, a department head, or a cost-center manager can manage rollover funds.

Motivational Aspects of Budgeting

Budgeting can be a motivating force for personnel if current programs must increase in effectiveness and efficiency to remain, if decentralization and staff involvement provide an increased sense of responsibility and satisfaction, and if merit increases, promotions, and bonuses are tied or linked to budgetary performance.

FIGURE 11-17 Accounting System Report

Fiscal Year Ending 201x
January–October (83% of fiscal year elapsed)

Distribution Code = 600
Medical–Surgical Unit—SP & D—Revenue

Acct: 2-40818
Dept: 7010

Code	Description	Approved Budget	Actual Current Month	Fiscal Year	Open Encumbrances	Remaining Budget	Percent Used
030	Inpatient Revenue	1,895,000–	201,647–	1,440,200–		454,800–	76
	Total Revenues	1,895,000–	201,647–	1,440,200–		454,800–	76
	Account Total	1,895,000–	201,647–	1,440,200–		454,800	76

Source: Author.

Cutting the Budget

When the budget must be cut, planning is a vital aspect of the process. Budget cuts happen as hospital admissions and stays decrease and reimbursement changes. The form and the process of nursing management can determine the course of events when the budget has to be cut.

A nursing administration that delegates decision making to the lowest level and encourages participative management is an effective administration. When clinical nurses are informed at the unit level and invited to give their input, they can help with suggestions for cutting costs. They gladly implement and support the activities they recognize as resulting partly from their input. A nursing organization that promotes self-direction at the levels of clinical nurse, nurse manager, clinical consultant, and executive nurse supports direction to reduce costs and to increase productivity and profits. For example, when a hospital chief executive officer discovered that self-pay patient care was the only category not reviewed for use of resources, a clinical nurse established a review process. Physicians and other healthcare professionals supported this process.

Nursing budgets are enormous, and budgets for a single unit can run into hundreds of thousands of dollars per year. Pay awards or increases must be met by budget cuts (personnel cutbacks), use of less-expensive supplies and techniques, or increased productivity. The latter requires more paying patients, shorter stays, and increased sales of all paying services. When personnel cuts are to be made, nursing is vulnerable. Some cuts can come from all services, but nursing has greater numbers. The nurse manager who controls these numbers daily, weekly, and yearly has greater credibility. Many sources indicate that turnover is costly. The cost of turnover of personnel low on the salary scale is sometimes weighed against the higher cost of employees who are at the top of the salary scale. An assumption is made that long-time employees are better satisfied with their jobs and do better work. This assumption needs to be validated through research.

As workload data indicate shifts from one unit to another, resources also must be shifted. Asking for volunteers, moving vacated positions, and using as-needed pools can do this. Inpatient procedures in hospitals have shifted to outpatient procedures either in hospitals or at ambulatory surgery centers. New reimbursement rates, which are part of a system of ambulatory patient classifications, have been issued by CMS and affect revenues from ambulatory services. Many more diagnostic procedures are now being done on an outpatient basis; as a result, inpatients are often a sicker group, requiring more nursing care.

Because CNOs control multimillion-dollar budgets, they are powerful people. They are also vulnerable to personnel cuts. Much of this vulnerability stems from external controls imposed by state and federal governments and health insurance companies. Power comes from the ability of CNOs to use knowledge and skills in defending, directing, and controlling their budgets. They learn to hold the line on staffing and overtime and monitor for the appropriate use of supplies and equipment.

Legitimate Budget Activities

Healthcare organizations should be managed like other businesses. Charges should be determined from costs and should include allowance for profits or return on equity and for bad debts. The practice of cost shifting to make certain services revenue producers should be stopped.

Oszustowicz suggests the following seven-step system by which total financial requirements eventually determine the gross patient revenue equal to meet the financial needs of a department:[32]

1. Detail demand for nursing services and equipment needs.
2. Detail direct expenses.
3. Detail indirect expenses.
4. Detail working capital requirements.
5. Detail capital requirements.

6. Detail earnings (profit) requirements.

7. Detail deductions from patient revenues.

Reimbursement

With the continued escalation of healthcare costs, the healthcare system has evolved to emphasize patient outcomes, controlling costs, and rewarding those organizations that can do both. Basically, there are four major sources of revenue for healthcare providers: charges, retrospective reimbursement, prospective reimbursement/medical severity diagnosis-related groups, and managed care.[33] The following gives a brief overview of how quality in the form of pay for performance has evolved.

Reimbursement Based on Clinical Performance

It is important for the CNO and nurse managers to beware of the changing environment of reimbursement based on clinical quality. Although traditional forms of reimbursement are still maintained, the amount reimbursed to the organization or their ability to be a hospital of choice for covered lives depends on required reporting and performance of evidence-based criteria, better known as pay for performance. Driven by the Institute of Medicine report, *To Err is Human: Building a Safer Health System*, which outlined the cost of poor quality in the form of medical errors, hospital acquired infections, and medical errors resulting in patient harm,[34] CMS and other payers are focusing on improving patient safety and outcomes through financial penalties for lack of participation or poor performance compared with peer hospitals. This information is currently available on the CMS website, www.hospital-compare.hhs.gov. The public can review and draw conclusions on a hospital's performance. It is important in the budgeting process for the CNO to understand how these performance requirements affect the nursing department budget and the overall bottom line of their organization. Additional resources could be needed to monitor and meet these performance requirements.

U.S. Health care System

The U.S. healthcare system has many components: patients, insurers, and employers; providers such as hospitals, ambulatory care services, home health services, long-term care facilities, physicians, nurses, allied health personnel, pharmacists and pharmacies, and providers of durable medical equipment; and federal, state, and local public health services. As costs have increased, physicians who have been reimbursed based on fees for services are increasingly being reimbursed by capitation through contracts with managed care insurers, or they have themselves become employees of the managed care insurers. Employees have switched from indemnity insurance plans to managed care plans. **Figure 11-18** outlines the sequential development of healthcare insurance in the United States.

Indemnity insurance plans cover bills from most providers and pay most healthcare bills by charges or costs, with some deductibles or copayments. Indemnity plans are fast disappearing as employers and governments switch to managed care plans. As healthcare costs have soared, employers have increased employees' share of indemnity insurance premiums. Indemnity insurance plans do not keep costs down. Indemnity insurers are changing to become organizers and administrators of managed care networks and subsequently deliverers of health care. This transformation is reducing the number of insurers.[34]

In the new managed care environment, many providers are integrated into insurance plan services through individual contracts and subcontracts. Clients accept the providers of these contract services, thus limiting their choices regarding most healthcare provider services. Clients receive a total package of health care dictated by the contracts between employers and insurers.

The passage of the Patient Protection and Affordable Care Act will provide mechanisms for all U.S. citizens to have some form of health insurance coverage. In order to cover the cost of this expansion

FIGURE 11-18   Historical Development of Health care Insurance

1929	Blue Cross
1935	Social Security Act
1946	Hospital Survey and Construction Act (Hill–Burton)
1964	Hill–Harris Hospital and Medical Facilities Amendments
1965	Public Law 89-97, Medicare and Medicaid
1982	Public Law 97-248, Tax Equity and Fiscal Responsibility Act (TEFRA)
1983	Public Law, 98-21, Social Security Amendments Prospective Payment System
1985	Consolidated Omnibus Budget Reconciliation Act (COBRA)
1986	Gramm–Rudman Deficit Reduction Amendment and Omnibus Budget Reconciliation Act
1987, 1988	Omnibus Budget Reconciliation Act (OBRA)
1989	Physician Payment Review Commission
1994	Medicare Choice Act
1996	Health Insurance and Accountability Act
1997	Balanced Budget Act
2003	Medicare Prescription Drug, Improvement, and Modernization Act
2005	Deficit Reduction Act
2006	Tax Relief and Healthcare Act
2010	Patient Protection and Affordable Care Act (PPACA)
2010	Health Care and Education Reconciliation Act of 2010 (amended PPACA)

Source: Author.

of coverage, more pressure will be placed on hospitals and other providers to produce cost savings through more efficient and coordinated care. Mechanisms such as Value-Based Purchasing, bundled payments to providers, continued payment reductions for poor clinical outcomes including readmissions, hospital acquired conditions etc, must be translated to the budgeting process. The nurse administrator will need to understand the impact these changes will have on the institution's fiscal viability and the demands they will place on the nursing budget.

Managed Care

Managed care is a patient care system that includes insurance companies, employers, providers, and clients. Most enrollees of managed care plans are employees of businesses that contract for health insurance as a benefit. Many plans accept individual enrollees, particularly plans that enroll Medicare beneficiaries. Managed care is also the process by which healthcare benefits are monitored for purposes of cost management, resulting in limitation of benefit coverage and access to healthcare benefits. Managed care organizations manage the distribution of healthcare dollars, use of services, and access to benefits.

Organizations and Alternative Delivery Systems

Patients now accept healthcare plans that limit their freedom of choice. The following sections discuss some of these plans.

Health Maintenance Organizations   Financing of health maintenance organizations (HMOs) is done by capitation, in which there is a predetermined payment per patient or per service. Managed care is designed to cut costs.

The HMO is defined as

[A] prepaid health plan delivering comprehensive care to members through designated providers, having a fixed periodic payment for healthcare services, and requiring members to be in a plan for a specified period of time (usually 1 year). A group HMO delivers health services through a physician group that is controlled by the HMO unit or contracts with one or more independent group practices to provide health services. An individual practice association (IPA) HMO contracts directly with physicians in independent practice, and/or contracts with one or more associations of physicians in independent practice, and/or contracts with one or more multispecialty group practices. Data are based on a consensus of HMOs.[35]

HMOs have the following characteristics:

- Utilization risks are shifted from payer to provider.
- Competition draws consumers to less costly services when they have a choice of plans.
- Use of preventive care and ambulatory facilities decreases hospital admission rates, lowering insurance costs by 10% to 40%.
- Use of primary care physicians and nurse practitioners at fixed salaries decreases the use of expensive surgeons and specialists.
- HMOs eliminate unneeded facilities such as hospitals, operating rooms, and radiation therapy units.
- Paperwork and overhead are reduced.
- HMOs provide organized, cooperative care for individuals and families.
- Enrollees make appointments with gatekeeper physicians or nurses, mostly family practice physicians, internists, and pediatricians.
- Gatekeepers control all referrals to specialists.
- Enrollees pay a small fee per visit and for medications.
- Gatekeepers control unneeded procedures, both diagnostic and therapeutic.
- HMO plans contract for discounted prices with various providers, such as hospitals, laboratories, radiologists, physician specialists, and pharmacists.
- HMO plans emphasize complete patient care, management of chronic illnesses, education, disease prevention, and wellness. Oxford Health Plans hired 20 nurse practitioners because they are trained to provide services for disease prevention and health promotion. These RN practitioners perform more preventive care and are reimbursed at the same rate as physicians.
- HMOs make physicians business-oriented practitioners.
- HMO plans do mass customization to give each of a mass of customers what the customer desires.
- HMOs offer capitated payments, one price per enrollee.
- HMOs reduce the risks of unneeded procedures, such as cesarean sections and hysterectomies.
- Half of HMO physicians are paid flat fees that are incentives to reduce care.

Although HMOs are the most common type of managed care organization, many more millions of people belong to other types, which are discussed in the following sections.

Preferred Provider Organizations   In a preferred provider organization (PPO), a group of providers acts as healthcare brokers, providing services to a group of patients at reduced fees. PPOs have the following characteristics:

- PPOs contract with consumers through employers and insurers and with providers, including physicians, hospitals, and allied services.
- PPO services are discounted, and patients have no out-of-pocket expenses.

- In PPOs, patients are limited to using the listed providers or paying larger fees for out-of-network providers.
- PPOs are intermediaries between payer and subscriber groups, furnishing marketing and administrative services.
- PPOs set their own size, number of staff specialists, geographical availability, time limits for claims and payments, and other features.
- PPOs place hospitals but not physicians at risk. Physicians are paid discounted rates for a steady flow of patients.

Arguments that the traditional physician–patient relationship will be destroyed are inconsequential because these relationships will soon disappear. Working people want efficiency; they do not want to sit in a physician's office waiting for hours past their appointed time. Given adequate information, they will make choices about their care, and they should. The old concept of withholding information is outmoded and dangerous and in some cases illegal (i.e., informed consent). The objective of all competitive healthcare plans is to provide high-quality care less expensively. There are approximately 1,036 PPOs in the United States and more than 50.2 million enrollees.[36]

Healthcare Cost Coalitions   Healthcare cost coalitions are organizations of employers, and sometimes unions, that effectively bargain for better rates and parity with Medicare, Medicaid, and other insurers. They work to develop PPOs and utilization review programs.

Prudent Buyer Systems   Prudent buyer systems are characterized by joint purchasing arrangements, purchasing consortia composed of multiple providers, and competitive bidding for exclusive contracts.

Health Promotion and Wellness Programs   Increased education and awareness enable these programs to emphasize illness prevention.

Hospital Physician Organizations   The hospital physician organization is a relatively new entity. Its objective is to combine and reduce overhead, which can be done by sharing services such as billing.

Provider-Sponsored Organizations   Provider-sponsored organizations (PSOs) are networks of physicians and hospitals that are their owners. Approximately 84 PSOs exist in the United States. Supporters of

www Evidence-Based Practice 11-1

Spetz, Jacobs, and Hatler reported the results of a small trial of a patient vigilance system in a postneurosurgery unit of a large acute care hospital. The system included two components: (1) passive sensor array placed under the patient in a hospital bed and (2) a bedside unit that connected to the nurse call system already in place at the hospital. The researchers found that the trial demonstrated the overall effectiveness of the vigilance system in reducing the rate of patient falls. Additionally, the cost-effectiveness analysis revealed that use of this system was associated with somewhat higher measured costs. The researchers noted that the higher costs may not be entirely accurate given that the trials did not take into account unmeasured costs, such as costs associated with pain and suffering, lost revenue due to decreased competitiveness, and the cost of lawsuits after falls. Additionally, the researchers' report that they were unable to assess the cost savings associated with patients with other problems and issues, such as patients identified with cardiac and respiratory issues. The researchers cautioned readers to consider the results of their work as suggestive rather than definitive given the small trial size.[41]

PSOs say they are health providers engaged in treating patients, whereas HMOs are insurance companies that invest in stocks, bonds, and other liquid assets. PSOs offer less risk to providers than do HMOs because providers receive only part of their income from the PSO.[37,38]

Management Implications

Managers of all healthcare provider organizations face the need to maintain financial stability. To do this, they become experts in negotiating contracts, planning new ventures, and reorganizing their organizations to make maximum use of human resources. Successful managers provide leadership that empowers employees to provide maximum quality outcomes for their patients. As managers pursue these functions, they oversee evaluation techniques that are simple to administer and lead to quality improvement.[39,40]

SUMMARY

It is important for nurses to have a working knowledge of the objectives of budgeting and of component costs. Every activity that takes place in a healthcare agency costs money. A standard must exist for assigning costs to user departments. The nursing department should pay its user share, and no more. Knowledge of the cost-accounting system provides accurate information for budgeting and for cost management.

Efficient nurse managers use a budget calendar that covers formulation, review and enactment, and execution stages of the total budget process.

The major elements of nursing budgets are personnel, supplies and equipment (minor), and capital equipment. Generally, equipment that costs less than a fixed dollar amount is included in the supplies and equipment budget. A product evaluation committee is useful for ensuring that supplies and equipment promote effective and efficient patient care. The capital equipment budget includes equipment that costs more than a fixed dollar amount; it is prepared separately from the supplies and equipment budget.

Evaluation is an administrative aspect of budgeting that in itself serves as a controlling process. Decentralization vests control at the lowest competent level of decision making. Good budget feedback is essential if the budget is to be an effective controlling process. Good feedback includes information about revenues and expenses as well as internal comparisons of projected and actual budgets. The budget can motivate professional nurses to facilitate their development of innovations.

The belief that budgets are beyond comprehension can sabotage a nurse's effectiveness. Spiraling healthcare costs, cost-management efforts, and increasing accountability from individual cost centers should serve as an impetus for nurses to learn at least the fundamentals of budgets and the budgeting process. Assuming the responsibility for budget work increases the nurse's potential realm of planning, predicting, and reviewing programs within the nurse's jurisdiction.

Like a nursing care plan, the budget is an activity guidance tool. It is a plan expressed in monetary terms and carried out within a time frame. To be an effective caregiver, the nurse must know how to develop and use a nursing care plan. Similarly, to be most effective as a manager, the nurse manager must know how to develop and use a budget.

One main competency the nurse manager must possess is understanding financial information and evolving payment for performance processes and measures. The objectives of this transformation are reduced costs, improved clinical quality, and increased efficiency. Although pay for performance continues its development, it is here to stay and the nursing department must understand the implications of this reimbursement plan to play an active role in the organization's overall performance.

WWW APPLICATION EXERCISES

Exercise 11-1

Develop a performance budget for a cost center to be used as a model for a healthcare organization.

Exercise 11-2

Every hospital prepares the Hospital and Hospital Health Care Complex Cost Report Certification and Settlement Summary, commonly known as the Centers for Medicare & Medicaid Services (CMS) Cost Report. Obtain the latest one for your employing or clinical experience hospital. Select a nursing cost center and complete **Figure 11-19**, Preparing a Budget for a Unit or Project.

This exercise has acquainted you with the Medicare Cost Report. You can use projected medical inflation rates to prepare a budget for the following year. For instance, if the inflation rates are projected to be 8%, multiply all costs by 1.08 to project and budget costs. Note that intensive care units are budgeted separately. All other inpatient units are grouped as Adults and Pediatrics (General and Routine Care). To separate these units for revenue and expenditures, make the following calculations:

1. Select a patient care unit of a hospital.
2. Determine the number of patient days of occupancy for this unit (from the biometric records).
3. From the Medicare Cost Report, determine:
    3.1. Total direct and indirect costs: $ _____
    3.2. Total patient days:
    3.3. Divide the total direct and indirect costs $ _____ by total patient days _____ = $_____ cost per patient day.
    3.4. Patient days for unit (from 3.2) _____ × 3 cost per patient day (from 3.3) _____ = $_____, or approximate expenses for the nursing unit for this year.

For help, refer to Swansburg, R. C., & Sowell, R. L. (1992). A model for costing and pricing nursing service. *Nursing Management, 23*, 33–36; Swansburg, R. C. (1997). *Budgeting and financial management for nurse managers*. Sudbury, MA: Jones and Bartlett.

Exercise 11-3

A 16-bed intensive care unit needs to replace the patient beds. Research intensive care unit beds on the market and develop a capital budget for the project. Prepare justifications for the replacement and the projected depreciation of the equipment.

Exercise 11-4

Attend a marketing session given by an insurance company offering healthcare products. Analyze the presentation. What are the advantages and disadvantages for the patient?

Exercise 11-5

Locate and read five recent articles on pay for performance published in nursing journals. Summarize the implications for the nursing profession.

Exercise 11-6

Determine if there is a cost difference between 8- and 12-hour shifts for a nursing unit using the example in Figure 11-9.

FIGURE 11-19   Preparing a Budget for a Unit or Project

Unit _____   Revenue Center Number _____

Direct Expenses (Directly Assigned)

Salaries (attach position questionnaire for new ones) $_____.____
   Employee benefits $_____.____
   Personnel services $_____.____
   Supplies $_____.____
   Other $_____.____

Total Direct $_____.____

Indirect Expenses

Depreciation of capital buildings and fixtures $_____.____
Capital equipment (movable) $_____.____
   (attach requests for new items) $_____.____
   Worker's compensation $_____.____
   Life insurance $_____.____
   Communications $_____.____
   Data processing $_____.____
   Purchasing $_____.____
   Admitting $_____.____
   Patient accounts $_____.____
   General administration $_____.____

   Plant operations $_____.____
   Biomedical $_____.____
   Laundry $_____.____
   Housekeeping $_____.____
   Nursing administration $_____.____
   Patient transport $_____.____
   Preparation $_____.____
   Central supply $_____.____
   Pharmacy $_____.____
   College of nursing (or other college) $_____.____
   Interns and residents $_____.____
   Other $_____.____

Total Indirect $_____.____

Total Costs (Direct + Indirect) $_____.____

Total Charges or Revenues $_____.____

Cost-to-Charge Ratio (Divide total costs by total charges or revenues.) $_____.____
divided by $_____.____
minus $_____.____

or _____%

Source: Author.

For a full suite of assignments and additional learning activities, use the access code located in the front of your book to visit this exclusive website: http://go.jblearning.com/roussel. If you do not have an access code, you can obtain one at the site.

NOTES

1. Johnson, R. W., & Melicher, R. W. (1982). *Financial planning.* Boston: Allyn & Bacon.
2. Baker, J. D. (1991). The operating expense budget, one part of a manager's arsenal. *AORN Journal, 54,* 837–841; Klann, S. (1989). Mastering the OR budgeting process is key to success. *OR Manager, 13*(3), 10–11.
3. Althaus, J. N., Hardyck, N. M., Pierce, P. B., & Rodgers, M. S. (1981). *Nursing decentralization: The El Camino experience.* Gaithersburg, MD: Aspen.
4. Whitman, G. R. (1991). Analyzing and forecasting budgets. In C. Birdsall (Ed.), *Management issues in critical care* (pp. 287–307). St. Louis, MO: Mosby.
5. Ibid.
6. Anthony, R. N., & Young, D. W. (1988). *Management control in nonprofit organizations* (4th ed.). Chicago: Irwin.
7. Klann, 1989.
8. Huttman, B. (1964). Taking charge: Selling your budget. *RN, 47,* 25–26.
9. Covert, R. P. (1982). Expense budgeting. In W. O. Cleverly (Ed.), *Handbook of health care accounting and finance* (pp. 261–278). Rockville, MD: Aspen.
10. Talbot, G. J. (1983). Key for successful program budgeting. *Journal of Continuing Education in Nursing, 14,* 8–10.
11. Drucker, P. F. (1999). *Management challenges for the 21st century* (pp. 111–129). New York: HarperCollins.
12. Herkimer, A. G., Jr. (1978). *Understanding hospital financial management* (p. 132). Rockville, MD: Aspen.
13. Hoffman, F. M. (1984). *Financial management for nurse managers* (p. 9). East Norwalk, CT: Appleton-Century-Crofts.
14. Talbot, 1983.
15. Rowland, H. S., & Rowland, B. L. (1992). *Nursing administration handbook* (3rd ed., p. 174). Gaithersburg, MD: Aspen.
16. Ibid., p. 175.
17. Ibid., p. 174.
18. Buchan, J. (1992). Cost-effective caring. *International Nursing Review, 39,* 117–120.
19. Campbell, R. K. (1989). Understanding the management process and financial and managerial accounting: Part IV. Cash flow analysis and budgeting. *Diabetes Education, 15,* 126–127, 129.
20. Osborne, D., & Gaebler, T. (1992). *Reinventing government* (119–124). New York: Plume.
21. Piper, L. R. (1982). Basic budgeting for ED nursing personnel. *Journal of Emergency Nursing, 8,* 285–287.
22. Ibid.
23. Tzirides, E., Waterstraat, V., & Chamberlin, W. (1991). Managing the budget with a fluctuating census. *Nursing Management, 22,* 80B, 80F, 80H.

24. Meyers-Levyand, J., & Tybout, A. M. (1989). Schema congruity as a basis for product evaluation. *Journal of Consumer Research, 16*, 39–54.

25. Dickerson, M. (1988). Product evaluation: A strategy for controlling a supply and equipment budget. In H. C. Scherubel (Ed.), *Patients and purse strings* (pp. 2, 465–468). New York: National League for Nursing.

26. Kleinmuntz, C. E., & Kleinmuntz, D. N. (1999). A strategic approach to allocating capital in healthcare organizations. *Healthcare Financial Management, 63*, 52–58.

27. Arges, G. S. (1998). *Estimated useful lives of depreciable hospital assets.* Chicago: American Hospital Publishing.

28. Aronsohn, B., & Deal, N. (1992). Navigating the maze of capital equipment acquisition. *Nursing Management, 23*, 46–48.

29. Finkler, S. A. (1991). Performance budgeting. *Nursing Economic$, 9*, 404–408.

30. Ibid.

31. Palmer, P. N. (1984). Why hide the revenue produced by perioperative nursing care? *AORN Journal, 39*, 1122–1123.

32. Oszustowicz, R. J. (1979). *Financial management of department of nursing services* (pp. 1–10). New York: National League for Nursing.

33. McGrail, G. R. (1988). Budgets: An underused resource. *Journal of Nursing Administration, 18*, 25–31.

34. Kohn, L. T., Corrigan, J. M., & Donaldson, M. S. (Eds.). (1999). *To err is human: Building a safer health system.* Committee on Quality of Health Care In America, Institute of Medicine. Washington, DC: National Academy Press.

35. Westmoreland, D. (1995). Managing costs and budgets. In P. Yoder-Wise (Ed.), *Leading and managing in nursing* (p. 256). St. Louis, MO: Mosby.

36. Loomis, C. J. (1994, July 11). The real action in health care. *Fortune*, 149–153, 155–157.

37. U.S. Census Bureau. (1999). *Statistical abstract of the United States 1999* (118th ed., p. 149). Washington, DC: Author.

38. Westmoreland, 1995, p. 256.

39. Driscoll, K. (1997, April 13). Hospitals take lesson in quality improvements from GM. *San Antonio Express-News*, p. 3H.

40. May, D. (2007, December). By the numbers. *Modern Healthcare*, 1–96.

41. Spetz, R., Jacobs, J., & Hatler, C. (2007). Cost effectiveness of a medical vigilance system to reduce patient falls. *Nursing Economic$, 25*, 333–352.

REFERENCES

Althaus, J. N., Hardyck, N. M., Pierce, P. B., & Rodgers, M. S. (1981). *Nursing decentralization: The El Camino experience.* Gaithersburg, MD: Aspen.

Anthony, R. N., & Young, D. W. (1988). *Management control in nonprofit organizations* (4th ed.). Chicago: Irwin.

Arges, G. S. (1998). *Estimated useful lives of depreciable hospital assets.* Chicago: American Hospital Publishing.

Aronsohn, B., & Deal, N. (1992). Navigating the maze of capital equipment acquisition. *Nursing Management, 23*, 46–48.

Baker, J. D. (1991). The operating expense budget, one part of a manager's arsenal. *AORN Journal, 54*, 837–841.

Buchan, J. (1992). Cost-effective caring. *International Nursing Review, 39*, 117–120.

Campbell, R. K. (1989). Understanding the management process and financial and managerial accounting: Part IV. Cash flow analysis and budgeting. *Diabetes Education, 15*, 126–127, 129.

Covert, R. P. (1982). Expense budgeting. In W. O. Cleverly (Ed.), *Handbook of health care accounting and finance*. Rockville, MD: Aspen.

Dickerson, M. (1988). Product evaluation: A strategy for controlling a supply and equipment budget. In H. C. Scherubel (Ed.), *Patients and purse strings*. New York: National League for Nursing.

Driscoll, K. (1997, April 13). Hospitals take lesson in quality improvements from GM. *San Antonio Express-News*, p. 3H.

Drucker, P. F. (1999). *Management challenges for the 21st century*. New York: HarperCollins.

Finkler, S. A. (1991). Performance budgeting. *Nursing Economic$, 9*, 404–408.

Geyman, J. P. (2003). The corporate transformation of medicine and its impact on costs and access to care. *Journal of the American Board of Family Medicine, 16*, 443–454.

Herkimer, A. G., Jr. (1978). *Understanding hospital financial management*. Rockville, MD: Aspen.

Hoffman, F. M. (1984). *Financial management for nurse managers*. East Norwalk, CT: Appleton-Century-Crofts.

Huttman, B. (1964). Taking charge: Selling your budget. *RN, 47*, 25–26.

Johnson, R. W., & Melicher, R. W. (1982). *Financial planning*. Boston: Allyn & Bacon.

Kilty, G. L. (1999). Baseline budgeting for continuous improvement. *Hospitals Materials Management Quarterly, 20*, 29–32.

Klann, S. (1989). Mastering the OR budgeting process is key to success. *OR Manager, 13*(3), 10–11.

Kleinmuntz, C. E., & Kleinmuntz, D. N. (1999). A strategic approach to allocating capital in healthcare organizations. *Healthcare Financial Management, 63*, 52–58.

Kohn, L. T., Corrigan, J. M., & Donaldson, M. S. (Eds.). (1999). *To err is human: Building a safer health system*. Committee on Quality of Health Care in America, Institute of Medicine. Washington, DC: National Academy Press.

Lin, H. C., Xirasagar, S., & Tang, C. H. (2004). Costs per discharge and hospital ownership under prospective payment and cost-based reimbursement systems in Taiwan. *Health Policy and Planning, 19*, 166–176.

Loomis, C. J. (1994, July 11). The real action in health care. *Fortune*, 149–153, 155–157.

May, D. (2007, December). By the numbers. *Modern Healthcare*, 1–96.

McGrail, G. R. (1988). Budgets: An underused resource. *Journal of Nursing Administration, 18*, 25–31.

Meyers-Levyand, J., & Tybout, A. M. (1989). Schema congruity as a basis for product evaluation. *Journal of Consumer Research, 16*, 39–54.

Osborne, D., & Gaebler, T. (1992). *Reinventing government*. New York: Plume.

Oszustowicz, R. J. (1979). *Financial management of department of nursing services*. New York: National League for Nursing.

Page, A. (Ed.). (2004). *Keeping patients safe: Transforming the work environment of nurses*. Committee on the Work Environment for Nurses and Patient Safety, Institute of Medicine. Washington, DC: National Academies Press.Palmer, P. N. (1984). Why hide the revenue produced by perioperative nursing care? *AORN Journal, 39*, 1122–1123.

Piper, L. R. (1982). Basic budgeting for ED nursing personnel. *Journal of Emergency Nursing, 8*, 285–287.

Potter, L. (1999). The managed care contract: Survival or closure. *Nursing Administration Quarterly, 23*, 58–62.

Rowland, H. S., & Rowland, B. L. (1992). *Nursing administration handbook* (3rd ed.). Gaithersburg, MD: Aspen.

Schirm, V., Albanese, T., & Garland, T. N. (1999). Understanding nursing home quality of care: Incorporating caregivers' perceptions through structure, process, and outcome. *Quality Management Health Care, 8*, 55–63.

Seawell, V. L. (1994). *Chart of account for hospitals: An accounting and reporting reference guide.* Burr Ridge, IL: Probus.

Shmueli, A., & Glazer, J. (1999). Addressing the inequity of capitation by variable soft contracts. *Health Economics, 8,* 335–343.

Spetz, R., Jacobs, J., & Hatler, C. (2007). Cost effectiveness of a medical vigilance system to reduce patient falls. *Nursing Economic$, 25,* 333–352.

Talbot, G. J. (1983). Key for successful program budgeting. *Journal of Continuing Education in Nursing, 14,* 8–10.

Tzirides, E., Waterstraat, V., & Chamberlin, W. (1991). Managing the budget with a fluctuating census. *Nursing Management, 22,* 80B, 80F, 80H.

U.S. Census Bureau. (1999). *Statistical abstract of the United States 1999* (118th ed.). Washington, DC: Author.

Westmoreland, D. (1995). Managing costs and budgets. In P. Yoder-Wise (Ed.), *Leading and managing in nursing.* St. Louis, MO: Mosby.

Whitman, G. R. (1991). Analyzing and forecasting budgets. In C. Birdsall (Ed.), *Management issues in critical care.* St. Louis, MO: Mosby.

Managing the Process of Care Delivery

Casaundra Stiner-Chapman   *Robert W. Koch*

WWW LEARNING OBJECTIVES AND ACTIVITIES

- Define directing.
- Describe the nature of the directing function of nursing management with relation to the physical acts of directing and leading.
- Describe delegating duties, tasks, and responsibilities as integral to managing care processes.
- Differentiate between content (exogenous) theories of motivation and process (endogenous) theories of motivation.
- Describe Maslow's hierarchy of needs.
- Describe nurse dissatisfaction as it relates to productivity and the nurse's role as a knowledge worker.
- Describe nurse satisfaction as it relates to applications of behavioral science.
- List examples that indicate the value of career planning, emotional intelligence, communication, self-esteem, and self-actualization as management strategies.

WWW CONCEPTS

Directing (leading), delegating, management by objectives, organizational development, benchmarking, motivation, content theories of motivation, process theories of motivation, self-esteem, and self-actualization.

SPHERES OF INFLUENCE

Unit-Based or Service-Line-Based Authority: Implements management plans through the process of supervision; provides extrinsic conditions of work in quality and quantity that maintain minimal job satisfaction.

Organization-Wide Authority: Develops and implements management plans through the process of delegating decision making to the lowest organizational entity; encourages management by objectives and other directing activities that develop the conditions for individual and organizational effectiveness; directs human resource personnel to develop working conditions to satisfy and retain the best workers at high levels of productivity.

> ### Quote
> *Motivation is the art of getting people to do what you want them to do because they want to do it.*
> —President Dwight Eisenhower

Introduction

The term "management" has many varying definitions. Merriam-Webster defines management as the directing of a group of people or entities toward a goal.[1] For the purposes of this chapter, a definition coined by noted author Richard L. Daft will be used. This version combines definitions from prominent management theorists Mary Parker Follett and Peter Drucker. Daft defines management as "the attainment of organizational goals in an effective and efficient manner through planning, organizing, leading, and controlling organizational resources."[2]

LEADER VERSUS MANAGER

The concept of leader vs. manager is a contested debate. The terms are treated synonymously in some literature, indicating that they are viewed as equivalent. However, further literature is aimed at the differentiation between the two concepts. To those who maintain a distinction, leadership is considered a more broad and comprehensive term and indicates a higher level of functioning. The term does not necessarily relate to specific levels within a hierarchy; a leader can exist at any level of an organization.[3] Similarly, a manager can exist at any level of an organization—top, middle, and first line.

HISTORY AND EVOLUTION OF MANAGEMENT

Although management itself can be traced back thousands of years, the study of management started in the late 1800s. The classical perspective encompassed the first theories of management. This perspective contains three subfields: scientific management, bureaucratic organizations, and administrative principles. Scientific management theory was initiated by Frederick Winslow Taylor (1856–1915) and focused on workers, not managers.[4] Through his studies of manufacturing factories, he postulated that, by the scientific study and application of time and motion studies, worker productivity could be optimized. Bureaucratic organizations theory, started by Max Weber (1864–1920), focused on impersonal and rational management based on hierarchical rules and procedures. Administrative principles emphasized an organization as a whole, rather than individual workers. Henri Fayol (1841–1925) developed one of the first comprehensive theories, proposing 6 primary functions and 14 principles of management. Many of his primary functions are still used in management today. The additional work of Mary Parker Follett (1868–1933) and Chester I. Barnard (1886–1961) on management/employee interactions and relationships further developed administrative principles.[2]

The humanistic perspective was the evolution of initial theory work from Follett and Barnard based on understanding human behavior, including needs and attitudes in the workplace. The humanistic perspective contains three subfields: human relations movement, human resources perspective, and behavioral sciences approach. The human relations movement is most notable for the Hawthorne studies. However questionable the Hawthorne research methodology and results were, based on today's standards, they did result in a transformation to positive treatment of workers to improve productivity. The human resources perspective further shifted the emphasis to worker needs and drives. Abraham Maslow (1908–1970) and Douglas McGregor (1906–1964) were the two most notable contributors to this perspective. Maslow developed a hierarchy based on worker needs, progressing from basic physiological and safety needs, to belongingness, esteem, and finally self-actualization needs.[2,5,6] McGregor developed two theories. Theory X gave a negative view of human nature, assuming that humans have an inherent dislike of work, avoid responsibility, have little ambition, and therefore must be directed and controlled. McGregor felt that the classical perspective was based upon such a view of workers. Theory Y was the opposite, assuming that work is as natural as play or rest and that humans are responsible and capable of self-direction and self-control. He viewed Theory Y as how workers should be treated.[2,5,6] The behavioral sciences approach is the third subfield of the humanistic perspective. This approach developed ideas about human behavior by drawing on the studies of multiple disciplines, such as sociology, psychology, anthropology, and economics to develop ideas about human behavior.[2]

As the study of management increased, so did the development of new perspectives. With World War II came many changes, and management was no exception. At this time management science perspective came forward. This perspective promoted management decisions based on the use of mathematics, statistics, and other quantitative techniques. Specific subfields were all marked by the use of these techniques and include operations research with an emphasis on mathematical model building, operations management focused on manufacturing solutions, and information technology intended to provide relevant and timely information.[2]

Contemporary developments of management theory include systems theory, contingency view, total quality management, and the learning organization. Systems theory is based on organizational inputs, outputs, the transformation process creating outputs from inputs, feedback regarding the outputs, and the overarching environment affecting the entire system. Systems theory emphasizes four principles: systems are open and must interact with the environment to endure; entropy is universal in all systems and refers to the basic nature of systems to deteriorate;[1] systems have synergy and are therefore greater than the sum of their individual parts; and subsystems have an interdependent nature.[2] The contingency view merges two opposing positions, the classical perspective that there is "one best way" to manage every circumstance vs. the more modern "every situation is unique" and requires its own solution. In the contingency view, there are logical patterns, but managers must become experienced and adept at assessing key variables in different situations enabling them to make the correct decisions.[2,5] W. Edwards Deming (1900–1993) founded the total quality management movement. Total quality management theory was meant to reduce reliance on quality inspections by building quality into organizational output throughout every level and employee. Four elements are fundamental to the theory: employee involvement, focus on the customer, benchmarking, and continuous improvement.[2,3,5,7] The learning organization theory focuses on the involvement of every employee in problem solving, allowing an organization to more easily adapt to changing environments. Essential elements include a team-based structure, empowered employees, and open information sharing.[2,5]

The continued litany of proposed management theories is overwhelming. Theories involving varying leadership values and styles peaked in the 1970s. Since that time, the focus has shifted to teams, alliances, and knowledge.[8] Common recent theories are too numerous to detail, but include examples such as the Balanced Scorecard, Activity-Based Costing, Lean, Six Sigma, Theory of Constraints, Management by Objectives, Result-Oriented Management, Multiple Criteria Decision-Making, Core Competencies, Vision, Coaching, Outsourcing, Chaos Theory, Team-Building Theory, and Just In Time.[5,9] Management tools have a specific lifecycle existing of three phases: the ignorance zone, the effective zone, and the overdose zone. The overdose zone is reached when leaders become overeager due to previous success and fail to recognize excessive implementation of practices in inappropriate areas.[9]

Due to the proliferation of management theories, a gap is thought to exist between management research and management practice. The two perceived reasons for this gap are a lack of access to and understanding of research and a lack of applicable, meaningful research.[10] Because knowledge is cumulative and progressive, theory development will continue to abound.[11]

MANAGEMENT SKILLS

To be successful, a manager must possess a myriad of skills. Although the specific skills are the same regardless of the level of the manager, the application and the degree to which each is used varies at different levels of an organization. Regardless of the level of application, all necessary management skills can be classified into three categories: conceptual, human, and technical.[2]

Conceptual skills involve the abstract and the cognitive ability to see an entity as a whole, as well as the relationships among the individual parts. These skills gain crucial importance at higher levels of management, specifically in managing the processes of care delivery. Human skills concern the ability to maintain positive interpersonal relationships and to work with and through others. The adage that employees leave bosses, not jobs, has been substantiated through research.[12] Technical skills are specialized knowledge and proficiency in tasks that are related to a specific discipline. Reliance on technical skills decreases in importance as the level of hierarchy increases.[2]

MANAGEMENT FUNCTIONS AND SKILLS

Any large body of knowledge contains many different models and theories; management is no exception. Authors present multiple ideas about the classification of management skills into functions. Although some work may include additional functional categories, we will cover the same skill sets, within the framework of four management functions: planning, organizing, leading, and controlling (**Figure 12-1**).

Planning

A plan is a method for achieving an end.[1] As a management function, planning is a blueprint for an organization. Planning is considered the most fundamental of the management functions.[2]

Planning a hierarchy of purpose with constancy is important to all organizations.[7] Constancy is fostered through the development of guiding statements, such as organizational mission, vision, and values. A mission statement is an organization's reason for being: a concrete, broadly defined statement of purpose. Alternatively, a vision is a more emotional statement, meant to inspire and motivate members of the organization to its ideal future destination. Values are the main characteristics an organization champions and usually involve ethically and socially responsible attributes.[13]

These broad strategic statements are used as a basis for planning on a more tactical, operational level. At this level, objectives and goals are concrete and descriptive, giving detail on how an organization intends to attain its strategic targets. Goals define expected results and should be SMART: **S**pecific, **M**easurable, **A**ttainable, **R**elevant, and **T**ime bound.[14,15] Goal setting and planning should allow input from all levels of the organization to ensure they are SMART, which has the added benefit of increasing buy-in. With long-term strategic and operational goals and the plans to attain them, the changing internal and external environment must remain a consideration. SWOT analysis is a useful tool to aid

FIGURE 12-1 Management Functions and Skills

Planning	Organizing	Leading	Controlling
• Decision Making • Goal Setting	• Organizational Structure • Human Resources	• Emotional Intelligence • Communication • Motivation • Conflict Management • Teamwork • Relationships • Delegation	• Quality • Financial

Source: Author

in the assessment of **S**trengths, **W**eaknesses, **O**pportunities, and **T**hreats. A SWOT analysis can improve care delivery by knowing the strengths of staff, outlined areas for improvement and identifying opportunities for facilitating positive change.

Decision making is the process in which problems and opportunities are identified and subsequently resolved. There are many decision-making models presented in the literature, each with its own specific nuances. Moving from the model fad of the moment to the next up-and-coming version will not necessarily improve outcomes. Although terms may differ, basic concepts remain unchanged. What must remain constant, regardless of the approach utilized, is the understanding that decision making is a process as opposed to a single act.[2,16]

Consider the nursing process, a fundamental tool of the nursing profession, explained in terms of nonclinical decision making. The first step of the process, assessment, is the recognition of a problem or an opportunity for improvement. Data are gathered from multiple points and organized. Step two, nursing diagnosis, is the systematic analysis of pertinent data resulting in an improved understanding of the problem and its causes. Step three, plan, includes developing goals and the strategies necessary to attain them. In the nonclinical arena not every single potential goal and strategy can be undertaken. Each option must be thoroughly and logically considered and weighed in light of cost and expected resulting benefit. Accurate, applicable, actionable, and accessible evidence-based research should be reviewed for management decisions, just as with patient-related nursing practice.[16–19] Step four, implement, is the execution of the selected option(s). Step five, evaluate, provides feedback on outcomes and the realization of return on investments. Based on the results, the cyclical process then continues.[5,16]

Not every decision made requires this depth of consideration. When problems are well defined and full information is available, decisions can be programmed with rules, such as with drug formulary protocols. In situations without such clarity, and in those with time constraints, intuition based on well-established personal experience is also a valuable tool in decision making.[2]

Organizing

To organize is to develop a coherent unity or set up an administrative structure. It reflects and should support how an organization will carry out its plans. One of the primary tasks of this function is to establish the organizational structure.

Organizational Structure

An organizational structure has several key characteristics. It must address resource allocation and make optimal use of human, material, financial, and technological resources. Departmentalization defines how departments are grouped in relation to the total organization, specifically in relation to authority, responsibility, and accountability. The primary types of departmentalization are functional, divisional, and matrix. Deparmentalization can streamline care processes.

Functional structure groups areas together based on similar tasks and resource needs. This type of departmentalization achieves efficiency through work specialization. Within a healthcare facility, this type of structure would group nursing, respiratory therapy, and pharmacy into individual departments. Functional structures can be either vertical or horizontal. A vertical organization applies groupings based on chain of command, with a clear hierarchy and lines of authority. In a vertical structure, the tendency is centralized decision making, although some degree of delegation must take place in even the most vertical of organizations. A centralization of authority in large organizations makes it sluggish to accept or implement change. A horizontal structure goes beyond delegation by creating decision authority at lower levels within the organization. This type of structure values flexibility and innovation. The decentralization created by a horizontal structure allows a more rapid response to changes because decisions can be made more swiftly and they are made by those more closely involved in the situation.

Divisional structure groups diverse areas together based upon their output. This type of departmentalization is efficient when areas are more autonomous. In a healthcare organization, this type of structure might group outpatient services, inpatient services, and home health into their own individual areas.

Matrix structure is a blend of functional and divisional structures. This method maintains dual lines of authority, responsibility, and accountability—a vertical line representing the traditional structure, and a horizontal line to improve coordination and alignment of efforts across departments. This structure can be difficult to manage because it breaks the chain of command in two respects. First, it violates the unity principle because an employee is held accountable to more than one supervisor. Second, it violates the scalar principle because lines of authority are clouded.[2]

Human Resources

Human resources encompass all activities related to managing personnel, the body of persons employed by an organization.[1] The many functions in human resources include recruiting; retaining; competency; educating, developing, and training; compensating; staffing; job analyzing; performance appraising; diversity; and succession planning.

Recruiting

Recruiting involves the attraction of potential employees, as well as their selection and hiring process. Recruitment can be as simple as hosting job fairs and as complex as offering comprehensive residency programs. Nurse managers often recruit from student pools involved in practicum experiences. Once a valued employee has entered an organization, retention of that person becomes paramount.

Retaining

Many factors influence employee retention. One of the most effective methods to improve nursing retention is through a professional practice model. Professional practice models are important because they help to define the discipline, as well as the approach used in its management. They provide a framework that guides professional nursing care delivery. Nursing should be based upon a professional practice model in which nursing has the responsibility, authority, and accountability for the provision of nursing care. Provisions for autonomous practice, within the applicable standards and scope, are crucial. Models encourage critical thinking and expect independent judgment, making them ideal environments for shared governance structures. An emphasis on professional development is considered standard in professional practice models, typically going beyond simple employee acknowledgement to compensation and reward structures for accomplishments, as well as detailed competency requirements. Promotion ladders provide opportunities for both clinical and managerial advancement. Practice models have been shown to improve job satisfaction, which relates to an increased organizational commitment and lowered turnover intentions.[5,20] One of the original 14 Forces of Magnetism from the American Nurses Credentialing Center is the existence of professional models of care resulting in exemplary professional practice.[21-23]

Educating, Developing, and Training

Training should include comprehensive offerings, such as orientation, inservice education, organization-based continuing education, as well as assistance with tuition reimbursement and flexible scheduling for formal education. The program should extend beyond typical clinical role education to career development and self-improvement by providing additional offerings concentrating on the development of management skills.[7,21]

Other effective and popular training methods involve the use of a mentor or a coach. The mentoring approach permits observing, communicating with, and receiving feedback from a role model. This process allows managers and leaders in training to emulate and learn from their own managers and leaders. The second method, coaching, does not provide the observation experience of mentoring but often provides more comprehensive communication and feedback based on shadowing or being briefed by the leader in training. The relationship of mentor or coach and protégé is a unique one that requires significant input and work from both parties. Both of these training methods help facilitate learners in establishing relationships and recognizing social standards, while being able to question or criticize appropriately.[24–26]

Compensating

Compensation packages must be in alignment with company goals and values. Packages must be competitive and comprehensive, addressing wages, salary, and benefits.[2,21,22] Although varying levels of staff are often compensated differently, equality within each of the levels must be achieved and maintained. Different levels of employees are motivated by different levels of incentives. A pay-for-performance plan works well for those in middle management. This level of management is directly responsible for motivation and productivity of hourly staff, making their positions conducive to incentive pay. Retaining top-level professionals requires different techniques. In a for-profit company, the expectation of profit sharing is common. This high-level benefit is appropriate for employees who have contributed significantly to company growth. In this method, their further efforts are also ensured as they are vested in continuing their diligence and hard work in attaining organizational goals.[2]

Staffing

Staffing is the process of ensuring that the appropriate numbers of staff are scheduled and in the appropriate skill mix for the expected workload. Studies on nurse staffing levels indicate that a higher educated nursing workforce and better hospital care environments have a significant impact on both patient and nursing outcomes. These conclusions have significant implications for nurse retention and patient care.[27]

Job Analyzing and Performance Appraising

Jobs should be analyzed periodically and updated as new skills are incorporated into position descriptions. State boards of nursing offer changes in nurse practice acts that also need to be included in job descriptions. Employees should be evaluated against their job description goals. Performance appraisals evaluate strengths and weaknesses, provide feedback in a timely manner, and facilitate growth.

Diversity

Diversity is based on nonjob-related characteristics such as race, age, gender, sexual orientation, religion, social class, and ethnicity. A diverse workforce mirrors the composition of the surrounding community. Diversity is thought to improve an organization both internally through its employees and externally through competitive positioning. Organizations that value diversity are attractive employers and further increase their recruitment and retention potential. A direct byproduct of a diverse employee pool is creativity and productivity, which extends market opportunities and competitive positioning. A larger market segment can be obtained when a wider variety of customers' values and interests are understood, respected, and taken into account in providing for their needs and wants.[28,29]

Succession Planning

There are two factors highly important to successful succession planning. First, recognize that succession is a process, not an event. Second, quantitative and qualitative scientific evidence indicate that succession by well-groomed insiders is often more organizationally beneficial than the recruitment of external candidates. The fact that insiders have preexisting relationships is why insiders are more successful than those from outside the organization.[30] In *Good to Great*, Collins describes one of the primary traits of a transformational leader, or Level 5 Executive, as follows: Although they are ambitious, the primary focus of their ambition is the creation of a sustainable, enduring organization that is greater than themselves. As such, these leaders have structures in place to set up their successors to succeed.[31]

Leading

Leading is influencing others, providing direction or guidance toward the achievement of organizational and personal goals.[1,2,7] There are varying ways to exert influence: being a role model and leading by example, gaining support from others, communicating the value and necessity of action based on expertise, offering positive reinforcements, and clarifying negative consequences.[2]

Personality

Personality traits shape behavior and interpersonal relationships. Research has shown five dimensions of personality traits: extroversion, agreeableness, conscientiousness, emotional stability, and openness to experience. Although scientific proof associating personality traits with job success is not available, considering their organizational impact is important. One useful tool is the Myers-Briggs Type Indicator (MBTI). The MBTI personality test is based on Carl Jung's theory of psychological types: extraversion versus introversion, sensing versus intuition, thinking versus feeling, and judging versus perceiving. The test indicates personality preferences for gaining energy, becoming aware of information, making decisions, and dealing with the world. An effective leader understands how these preferences create strengths and weaknesses in varying situations. Consideration of personality preferences should be taken into account to produce the best outcomes and create the most effective teams. The results of a Step II Interpretive Report provide valuable feedback about becoming a more effective leader based on personal, specific trait combination.[32]

Emotional Intelligence

Personality is also reflected by emotional intelligence. The Hay Group defines emotional intelligence as "the capacity for recognizing our own feelings and those of others, for motivating ourselves, and for managing emotions well in ourselves and in others."[33] Emotional intelligence has four components: self-awareness, self-management, social awareness, and relationship management. A leader's performance is directly related to his or her competencies in each of these areas. Chapter 3 offers additional insights to emotional intelligence.

Specific social intelligence competencies useful to an effective leader consist of empathy and attunement, organizational awareness, influencing, developing others, communicating, being a change catalyst, managing conflict, building bonds, and promoting cooperation. Leaders must consider their attitude and emotions when interacting with others. Positive feelings are fostered in team members by the display of positive feelings by leaders. An evaluation of emotional intelligence strengths and weaknesses is the first step of developing into a transformational leader. Although some competencies are innate, all can be learned and developed. Based upon this assessment, competencies can be mentored, learned, practiced, fostered, grown and developed, and honed.[31,33]

Leadership Styles

Research has indicated there are six leadership styles, each based on components of emotional intelligence. Leaders align naturally with a particular style but usually recognize elements of themselves in each of the styles. This is especially important because to be effective, a leader must adopt varying styles and combinations of styles, as appropriate for the specific situation and employee.

The focus of the affiliative style is people and relationships. Creating harmony and building emotional bonds result in fierce loyalty and a sense of belonging. Freedom is granted to employees to be creative and innovative in finding the most effective methods to accomplish their tasks. Frequent, positive feedback is important. This style is most effective when the need for focus on people is greater than goals, as when needing to build harmony or rebuild trust. This style should be used in concert with others that provide direction and constructive feedback.

In authoritative style, the leader's primary function is a visionary, to mobilize people toward a vision. This style involves putting employee tasks in context with the organization goals, resulting in improved commitment and dedication. Flexibility, clarity, and transparency of standards and rewards are central. This is the most useful style and produces the most significant positive impact on organizational culture.

The coaching style places the highest emphasis on employee development, rather than productivity goals. This style is highly motivational, providing flexibility, encouraging innovation, and giving constructive criticism. This style is successful only with those employees wanting to advance and learn.

The coercive style is based upon leaders' demand for immediate compliance. This style has a negative impact on organizational climate because it fails to motivate people and restricts flexibility. It is most useful for organizations in crisis.

The democratic style focus is on participation and communication, building trust, commitment, and buy-in. However, when a consensus cannot be reached among participants, a great amount of time can be wasted. This style is a poor fit in those environments with employees not competent enough to provide sound input and those needing rapid decisions.

The pacesetting style sets exceptionally high standards for performance with a focus on doing things better and faster. Although a drive to excel is positive, a lack of communication from the leader results in overwhelmed employees with dropping morale and dwindling commitment. However, this style can yield excellent results when used with highly effective, motivated, and competent teams.[34]

Communication

Communication is the backbone of business, and effective communication is dependent upon verbal and writing skills. In today's technology-rich business environment, communication can take on many forms, such as in person, by phone, and a myriad of written options like e-mail, letters, interoffice memoranda, policies and procedures, reports and proposals, and even instant messages, wikispaces, and blogs. The appropriate channel should be selected considering the message. Despite the wealth and variety of communication channels, the underlying concept remains the same. Effective communication is an essential skill. Successful business communication is clear, concise, well organized, and professional; its purpose is to convey information or to persuade.[29]

In trying to convey a message, how a message is delivered has as much or greater impact as the content.[24] Nonverbal communication can be just as important as verbal content. Personal nonverbal messages are sent primarily with eye contact, facial expressions, and body language shown via posture and gestures. External elements such as time, space order, and zones of privacy or territory also send silent messages. Nonverbal skills can be built by becoming more cognizant of maintaining eye contact and positive posture, which can be enhanced by observing oneself on video and asking others to observe and provide feedback. Improving one's interpretation of nonverbal cues from others is equally important.[35]

Other specific communication practices are valuable. Written communication requires a basic command of the writing process including grammar and spelling. Adjust messages for the specific audience. Be open and honest and set the expectation for open communication. Carefully listen to what is being said and take discriminating notes. Communication is a two-way process, and paying close attention and providing feedback are important listening skills. Hold regularly scheduled staff meetings to provide complete and timely information and direction. Always maintain appropriate confidentiality.[24,29,36]

Motivation

Motivation is a need or desire that causes one to act.[1] Theories on motivation are many. Rather than understand historical theory, one can study techniques to motivate others.

Motivators vary among different people as well as within the same person over time. What motivates people changes as their needs change. To be effective, incentives meaningful to the individual must be used.

Behavior modification techniques create motivation. There are several methods of application. Positive reinforcement encourages by giving a pleasant consequence after a desired behavior. Avoidance learning removes an unpleasant consequence after a desired behavior. Punishment gives an unpleasant consequence after an undesired behavior. Extinction removes a pleasant consequence after an undesired behavior. Respective examples of these in the healthcare setting may include recognition of staff who went the extra distance to meet a patient need, removal of conditional period following meeting orientation goals, posting the chart audit scores of all staff requiring improvement, and removal of flex-scheduling for staff falling behind on productivity.

Motivation can be designed into jobs. Routine and boring jobs provide little challenge. Rotating or enlarging jobs can improve these types of positions. Consider cleaning staff. Rather than going from patient room to patient room mopping and emptying trash, the role could be expanded to include documentation of meal selection after providing the options to each patient. Satisfaction in the job would increase as well as productivity because a single trip would be made to each patient room. Job enrichment adds higher level responsibilities to jobs, resulting in higher level motivators for employees. There are several options for staff nurses, such as leading and participating on a unit council for shared governance, joining interview panels for potential new hires, and coordinating orientation for new employees.

Setting specific, challenging goals that are accepted by workers can increase motivation because they have targets and objectives to work toward. Employees seeking higher level fulfillment, such as esteem and self-actualization needs, are often motivated by the knowledge that their work contributes to their organization, which in turn makes a difference in the community. Those seeking higher levels of need also understand that hard work yields results, and that effort is acknowledged and rewarded.[2]

A recent, large study on motivation was acknowledged in the revered *Harvard Business Review's* "Breakthrough Ideas for 2010." The study indicated that the number one motivator for employees is *progress*. Employees want to accomplish their jobs. When employees are blocked by obstacles, motivation level falls. When headway is made, even in small amounts, motivation and enthusiasm increase.[37]

Conflict Management

Remember that supervisors, coworkers, and subordinates are individuals. They have their own values and work preferences, which may differ. Considering this, conflicts will exist.[36] Some specific mental models and tactics are helpful in conflict management:[36,38,39]

- Everyone has the right to be heard.
- Everyone has the right to be treated fairly.

- Decisions are based on evidence when it exists.
- Cooperation and consensus is preferred.
- Negotiation is useful.
    - Use diplomacy.
    - Know both sides' objectives.
    - Know what one is willing to concede.
    - Forge agreements and put in writing.
- Disputes must be settled equitably

Teamwork

A team is more than a group of people. To be an effective team, several factors must be considered. Although teams are usually given at least a broad purpose, developing that purpose into specific and measurable goals should be one of the team's first actions. These expectations build ownership and commitment within the team. Ownership and commitment also increase when the organization has a history of making meaningful use of team contributions.

Additional factors must be considered when forming a team. The size of the team should be 2 to 25 people. Bigger is not better. Studies show the most effective teams for complex tasks are five to nine members. Members should be selected based upon their skills. Member skills should be complementary. Each of these areas must be represented: expertise in the area of interest, problem solving and decision making, and interpersonal skills. A team charter should be formulated during the first session. The charter should include the mission and specific goals and output expected from the team, identification of members and their roles, behavioral norms to serve as ground rules, and operating procedures as defined by the group.[2,40]

Ground rules:

- Encourage active participation from all members.
- Communicate openly, honestly, constructively.
- Come prepared.
- Make equitable assignments.
- Maintain confidentiality, as appropriate.

Operating procedures:

- Each meeting will have an agenda based on team input.
- Meetings will start on time; be punctual.
- If you are unable to attend, notify the leader in advance.
- Meeting length will be determined by the agenda.
- Meetings will be held on a regularly scheduled basis.
- Responsibilities for recording minutes will be rotated each meeting.
- Minutes will be issued within team prescribed time frame.
- Members will be held accountable, individually and as the team.
- Define the roles and responsibilities of each member.
- Determine how to handle phone interruptions.
- Discuss how decisions be made: majority, consensus, leader.

Interpersonal Relationships

A fundamental trait of a leader is his or her ability to develop relationships. In any business, there are many types of relationships, such as those with superiors, peers, subordinates, clients, and customers.

Basic elements from successful personal relationships can be applied to the business setting. These elements include accepting influence, respecting, seeing others as human beings, and looking for the positive in others.[41] Interpersonal relationships are based on commitment and trust, which allow cohesive functioning of an organization because all are working toward the common goal of the vision. Visibility of nurse leaders and an open door policy is a component of a management style that will help establish credible and trusting relationships with staff.[21,33] Relationships are strongly affected by personality and depend upon multiple personal and social emotional intelligence competencies.[2,25] A core competency requirement is empathy, allowing attunement to others' needs and emotions.[24] Relationships should be based on mutual respect and demonstrate a genuine interest in others.

Delegation

There are many reasons managers may be reluctant to delegate, including a reluctance to take risks, fear of competition, or a lack of trust in the staff ability.[42,43] Each of these deterrents to delegation signal the need for further examination beyond the delegation function. Delegation, when done well, provides benefits for the manager, the delegatee, and the organization. Managers are freed for more advanced undertakings, staff become more capable and motivation is increased, and organizations gain work products and a more effective workforce.

Delegatee selection should be based on ability, both current and potential. To promote staff development, consider subordinate skills that would be effective for a particular assignment if guided or given instruction or specific tools. Keep potential succession plans in mind.[43] Assignments should provide some stretch effort to foster improvement. Delegate fairly among staff; content should not consist only of those tasks that are unpleasant, or tedious and boring. Delegation demonstrates trust in staff, resulting in improved motivation. Staff empowerment through delegation also increases commitment and morale. To further increase these positive results, delegate an entire project rather than just a part of it.

To enhance success, communication with the staff must contain necessary information:

- Specific task and related details
- Authority
- Tools and resources available
- Expected results, measurable outcomes
- Time frame for manager updates, project milestones, and completion
- Importance of project in relation to organization mission, vision, and values
- Consequences for success and for failure

Periodically follow up with staff. Inquire about progress and barriers requiring assistance. Provide encouragement; do not micromanage. When the project is completed successfully, recognize the staff as initially agreed. Always give credit as due. If it is later decided that the delegatee is unable to accomplish the task, reassign the project. Be tactful, truthful, and avoid excessive discouragement.[42,43]

Controlling

Controlling includes monitoring and evaluating of employees, processes, plans, progress, etc. It is a four-step process (**Figure 12-2**). The two primary areas of control are quality and financial. Benchmarking is central to the controlling process and allows organizations to compare themselves internally and among their industry. Based on quantitative and qualitative data from benchmarks and trends, and other internal and external influences, various organizational performance standards are determined, monitored, and shaped.

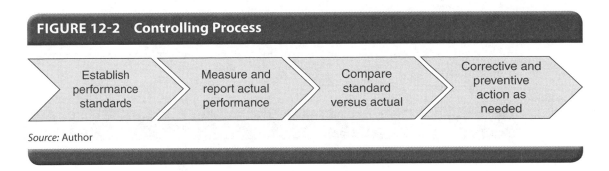

FIGURE 12-2 Controlling Process

| Establish performance standards | Measure and report actual performance | Compare standard versus actual | Corrective and preventive action as needed |

Source: Author

Quality

There are many theories, philosophies, and programs that fall under the term *quality*. Regardless of proprietary terms or the popular catch phrase of the moment, the overall concept is the same. Quality is the degree of excellence, or superiority, of something.[1] In today's environment, health care focuses on the integration of quality throughout every element of an organization and the continuous nature of the quality improvement process.

A healthcare organization's quality and safety plan should include provider profiling. Profiling is the collection, interpretation, and reporting of individual provider data on which quality improvement decisions are based. Physician action is the primary cause of clinical variation, and clinical variation is the opponent of high-quality, low-cost health care.[11]

A holistic quality and patient safety approach should focus on the six aims of health care identified by the Institute of Medicine: safety, effectiveness, patient centeredness, timeliness, efficacy, and equity.[45] Evidence-based practice and knowledge management are essential to quality. When the body of knowledge has not advanced to evidence based, best practices should be researched and followed. Active employee involvement is essential to performance improvement because front-line employees are a wealth of information about positive aspects of their areas as well as opportunities for improvement. When organizations fall short of their set standard, analysis is required. It is of the utmost importance that a just culture is established. A culture of improvement and learning is paramount to progress, rather than a culture of blame.[2,21,39]

Financial

There are two types of accounting, financial and managerial. Financial accounting involves financial statements such as income statement, retained earnings statement, balance sheet, and statement of cash flow. Managerial accounting involves the information that managers use to run an organization, from guiding daily operations to long-term strategic planning.[46] In a difficult economy with the implementation of fixed-payment systems such as diagnostic related groups (DRGs) and continually declining reimbursement rates, the golden age of health care is no more. To maintain viability, health care must take lessons learned from the business sector. This vital task begins with nursing developing a more comprehensive understanding and use of managerial accounting.

As the largest professional group within hospitals, and frequently the most expensive, nursing is a prime target for scrutiny.[39,47] As such, it is all the more important that nursing gain improved control and increased responsibility for both revenues and expenses through the development and monitoring of operating budgets. An operating budget is a plan for revenues and expenses of an organization in individual areas. The three elements of an operating budget are revenues, personnel expenses, and other-than-personnel expenses. Variance analysis should be done to compare actual results against budgeted expectations. Any monetary differences should be investigated. These differences should be justified and corrective action taken to prevent future occurrence. The purpose of this analysis is to aid the manager in the control of financial resources. Proper variance analysis assists managers in preparing budgets for upcoming periods, controlling results throughout the year and evaluating their units and themselves.[47]

SUMMARY

Managing the process of care delivery is complex involving leadership, motivating others, and exceptional communication skills. Building relationships is cornerstone to the care delivery process. Recruiting and retaining skilled staff is important to this end. Personal and motivation goals are met as the nurse becomes responsible, shows initiative, supports fellow nurses and the employing institution, welcomes change, and demonstrates individual abilities. In managing the care delivery process, the humanistic perspective provides a lens to understanding human behavior, including needs and attitude of the workplace. Three subfields from the humanistic perspective are offered: human relations movement, human resources perspective, and behavioral sciences approach. Conflict resolution skills are critical to quality care delivery. Effective leadership can be fostered by nurse administrators who desire to improve their directing or leading activities. The following rule leads to successful leadership in nursing: Find out where nurses want to go and what they want to accomplish, then mesh these goals with those of the organization. In this way, nurses accomplish organizational goals as they advise their own.

www APPLICATION EXERCISES

1. What is the difference between a leader and a manager? How might each use management skills differently?

2. Management skills can be classified into three categories: conceptual, human, and technical. Describe two skills from each category that your current manager possesses. Are there others that exemplify a manager?

3. Compare the mission, vision, and values of two healthcare organizations in the community. What are the differences and the similarities? How do they motivate staff?

4. You are a manager for an inpatient medical–surgical nursing unit. Your director has asked for your input on the goals you want to accomplish in the coming year. State two potential goals, using SMART criteria.

5. You are the nurse manager for an emergency department. It has been difficult to retain employees due to frequent short staffing and the stress of a busy, fast-paced unit. What methods could you propose to improve retention?

6. What leadership style do you identify with most? Why? What other styles might be beneficial to you? Why?

7. As manager, you must communicate to your staff the disappointing news that your organization is discontinuing their tuition reimbursement benefit. How would you communicate this message?

8. As the manager of a nursing unit, a staff nurse has come to you. He is complaining about another nurse who he feels does not contribute her share to the workload and is short tempered and rude with him. How do you approach this situation?

9. Name five organizations from which you could obtain quality benchmarking data.

For a full suite of assignments and additional learning activities, use the access code located in the front of your book to visit this exclusive website: http://go.jblearning.com/roussel. If you do not have an access code, you can obtain one at the site.

NOTES

1. *Merriam-Webster Dictionary.* (n.d.). Retrieved November 6, 2010, from http://www.merriam-webster.com/dictionary
2. Daft, R. L. (2008). *Management* (8th ed.). Mason, OH: Thomson South-Western
3. Lakshman, C. (2006). A theory of leadership for quality: Lessons from TQM for leadership theory. *Total Quality Management, 17*(1), 41–60.
4. Bamberger, P. A., & Pratt, M. G. (2010). Moving forward by looking back: Reclaiming unconventional research contexts and samples in organizational scholarship. *Academy of Management Journal, 53*(4), 665–671.
5. Value based management. (n.d.). Retrieved November 6, 2010, from http://www.valuebased management.net
6. Halepota, H. A. (2005). Motivational theories and their application in construction. *Cost Engineering, 47*(3), 14–18.
7. The W. Edwards Deming Institute. (n.d.). The Deming system of profound knowledge. Retrieved November 6, 2010, from http://deming.org/index.cfm?content=66
8. Miles, R. E. (2007). Innovation and leadership values. *California Management Review, 50*(1), 192–201.
9. Coman, A., & Ronen, B. (2009). Overdosed management: How excess of excellence begets failure. *Human Systems Management, 28*(3), 93–99.
10. Shapiro, D. L., Kirkman, B. L., & Courtney, H. G. (2007). Perceived causes and solutions of the translation problem in management research. *Academy of Management Journal, 50*(2), 249–266.
11. Pfeffer, J., & Sutton, R. I. (2007). Suppose we took evidence-based management seriously: Implications for reading and writing management. *Academy of Management Learning & Education, 6*(1), 153–155.
12. Harvey, P., Stoner, J. Hochwarter, W., & Kacmar, C. (2007). Coping with abusive supervision: The neutralizing effects of ingratiation and positive affect on negative employee outcomes. *The Leadership Quarterly, 18*(3), 264–280.
13. Swayne, L. E., Duncan, W. J., & Ginter, P. M. (2006). *Strategic management of health care organizations* (5th ed.). Malden, MA: Blackwell Publishing.
14. Doran, G. T. (1981). There's a S.M.A.R.T. way to write management's goals and objectives. *Management Review, 70*(11), 35–36.
15. Effective goal setting: Applying SMART goals. (2010). *Healthcare Registration, 19*(12), 5–6.
16. Kovner, A. R., & Rundall, T. G. (2009). Evidence-based management reconsidered. In A. R. Kovner, D. J. Fine, & R. D'Aquila (Eds.), *Evidence-based management in healthcare* (pp. 53–77). Chicago: Health Administration Press.
17. Joshi, M. S., & Berwick, D. (2008). Healthcare quality and the patient. In E. R. Ransom, M. S. Joshi, D. B. Nash, & S. B. Ransom (Eds.), *The healthcare quality book: Vision, strategy, and tools* (2nd ed., pp. 3–23). Chicago: Health Administration Press.

18. American Nurses Association. (2004). *Scope and standards for nurse administrators* (2nd ed.). Silver Spring, MD: Nursesbooks.org

19. Rundall, T. G., Martelli, P. F., McCurdy, R., Guaetz, I., Arroyo, L., & Neuwirth, E. B. (2009). Using research evidence when making decisions: Views of health services managers and policymakers. In A. R. Kovner, D. J. Fine, & R. D'Aquila (Eds.), *Evidence-based management in healthcare* (pp. 3–16). Chicago: Health Administration Press.

20. Hoffart, N., & Woods, C. Q. (1996). Elements of a nursing professional practice model. *Journal of Professional Nursing, 12*(6), 354–364.

21. McClure, M. L., & Hinshaw, A. S. (Eds.). (2002). *Magnet hospitals revisited: Attraction and retention of professional nurses.* Washington, DC: American Nurses Publishing.

22. American Nurses Credentialing Center. (2008). *A new model for ANCC's magnet recognition program* [Brochure]. Retrieved February 1, 2009, from http://www.nursecredentialing.org /Documents/Magnet/NewModelBrochure.aspx

23. Kaplow, R., & Reed, K. D. (2008). The AACN synergy model for patient care: A nursing model as a force of magnetism. *Nursing Economic$, 26*(1), 17–25.

24. Goleman, D., & Boyatzis, R. (2008). Social intelligence and the biology of leadership. *Harvard Business Review, 86*(9), 74–81.

25. Kellerman, B. (2007). What every leader needs to know about followers. *Harvard Business Review, 85*(12), 84–91.

26. Bower, J. L. (2007). Solve the succession crisis by growing inside-outside leaders. *Harvard Business Review, 85*(11), 90–96.

27. Aiken, L. H., Clarke, S. P., Sloane, D. M., Lake, E. T., & Cheney, T. (2008). Effects of hospital care environment on patient mortality and nurse outcomes. *Journal of Nursing Administration, 38*(5), 223–229.

28. Fried, B. J., & Fottler, M. D. (Eds.). (2008). *Human resources in healthcare: Managing for success* (3rd ed.). Chicago: Health Administration Press.

29. Guffey, M. E. (2010). *Essentials of business communication* (8th ed.). Mason, OH: South-Western Cengage Learning.

30. Bower, J. L. (2007). Solve the succession crisis by growing inside-outside leaders. *Harvard Business Review, 85*(11), 90–96.

31. Collins, J. (2001). *Good to great: Why some companies make the leap … and others don't.* New York: HarperCollins Publishers, Inc.

32. MBTI Product Data Sheet. (n.d.). Retrieved November 14, 2010, from https://www.cpp.com /pdfs/MBTI_Product_Data_Sheet.pdf

33. Taft, S. H. (2009). Emotionally intelligent leadership in nursing and health care organizations. In L. Roussel (with R. C. Swansburg) (Eds), (2009). *Management and leadership for nurse administrators* (5th ed., pp. 50–73). Sudbury, MA: Jones and Bartlett Publishers.

34. Goleman, D. (2000). Leadership that gets results. *Harvard Business Review, 78*(2), 78–90.

35. Bowers (2007), pg. 93

36. Drucker, P. F. (2005, January). Managing oneself. *Harvard Business Review, 83*, 100–109.

37. Amabile, T. M., & Kramer, S. J. (2010, January-February). What really motivates workers: Understanding the power of progress. *Harvard Business Review, 88*, 44–45.

38. Preston, P. (2005). Dealing with difficult people. *Journal of Healthcare Management, 50*(6), 367–370.

39. Griffith, J. R., & White, K. R. (2007). *The well-managed healthcare organization* (6th ed.). Chicago: Health Administration Press.

40. Katzenbach, J. R., & Smith, D. S. (2005). The discipline of teams. *Harvard Business Review, 83*(7/8), 162–171.

41. Coutu, D. (2007). Making relationships work. *Harvard Business Review, 85*(12), 45–50.

42. Turk, W. (2009). Effective delegation. *Defense AT&L, 38*(6), 54–56.

43. Dalton, F. (2005). Delegation pitfalls. *Association Management, 57*(2), 65–72.

44. Nash, D. B., Evans, A., & Jacoby, R. (2008). Physician and provider profiling. In E. R. Ransom, M. S. Joshi, D. B. Nash, & S. B. Ransom (Eds.), *The healthcare quality book: Vision, strategy, and tools* (2nd ed., pp. 217–242). Chicago: Health Administration Press.

45. Institute of Medicine. (2001). *Crossing the quality chasm: A new health system for the 21st century.* Committee on Quality of Health Care in America, Institute of Medicine. Washington, DC: National Academy Press.

46. Warren, C. S. (2008). *Survey of accounting* (4th ed.). Mason, OH: South-Western Cengage Learning.

47. Finkler, S. A., Kovner, C. T., & Jones, C. B. (2007). *Financial management for nurse managers and executives* (3rd ed.). St. Louis, MO: Saunders Elsevier.

REFERENCES

Aiken, L. H., Clarke, S. P., Sloane, D. M., Lake, E. T., & Cheney, T. (2008). Effects of hospital care environment on patient mortality and nurse outcomes. *Journal of Nursing Administration, 38*(5), 223–229.

Amabile, T. M., & Kramer, S. J. (2010, January-February). What really motivates workers: Understanding the power of progress. *Harvard Business Review, 88*, 44–45.

American Nurses Association. (2004). *Scope and standards for nurse administrators* (2nd ed.). Silver Spring, MD: Nursesbooks.org

American Nurses Credentialing Center. (2008). *A new model for ANCC's magnet recognition program* [Brochure]. Retrieved February 1, 2009, from http://www.nursecredentialing.org/Documents /Magnet/NewModelBrochure.aspx

Bamberger, P. A., & Pratt, M. G. (2010). Moving forward by looking back: Reclaiming unconventional research contexts and samples in organizational scholarship. *Academy of Management Journal, 53*(4), 665–671.

Bower, J. L. (2007). Solve the succession crisis by growing inside-outside leaders. *Harvard Business Review, 85*(11), 90–96.

Collins, J. (2001). *Good to great: Why some companies make the leap ... and others don't.* New York: HarperCollins Publishers, Inc.

Coman, A., & Ronen, B. (2009). Overdosed management: How excess of excellence begets failure. *Human Systems Management, 28*(3), 93–99.

Coutu, D. (2007). Making relationships work. *Harvard Business Review, 85*(12), 45–50.

Daft, R. L. (2008). *Management* (8th ed.). Mason, OH: Thomson South-Western.

Dalton, F. (2005). Delegation Pitfalls. *Association Management, 57*(2), 65–72.

Doran, G. T. (1981). There's a S.M.A.R.T. way to write management's goals and objectives. *Management Review, 70*(11), 35–36.

Drucker, P. F. (2005, January). Managing oneself. *Harvard Business Review, 83*, 100–109.

Effective goal setting: Applying SMART goals. (2010). *Healthcare Registration, 19*(12), 5–6.

Finkler, S. A., Kovner, C. T., & Jones, C. B. (2007). *Financial management for nurse managers and executives* (3rd ed.). St. Louis, MO: Saunders Elsevier.

Fried, B. J., & Fottler, M. D. (Eds.). (2008). *Human resources in healthcare: Managing for success* (3rd ed.). Chicago: Health Administration Press.

Goleman, D. (2000). Leadership that gets results. *Harvard Business Review, 78*(2), 78–90.

Goleman, D., & Boyatzis, R. (2008). Social intelligence and the biology of leadership. *Harvard Business Review, 86*(9), 74–81.

Griffith, J. R., & White, K. R. (2007). *The well-managed healthcare organization* (6th ed.). Chicago: Health Administration Press.

Guffey, M. E. (2010). *Essentials of business communication* (8th ed.). Mason, OH: South-Western Cengage Learning.

Halepota, H. A. (2005). Motivational theories and their application in construction. *Cost Engineering, 47*(3), 14–18.

Harvey, P., Stoner, J. Hochwarter, W., & Kacmar, C. (2007). Coping with abusive supervision: The neutralizing effects of ingratiation and positive affect on negative employee outcomes. *The Leadership Quarterly, 18*(3), 264–280.

Hoffart, N., & Woods, C. Q. (1996). Elements of a nursing professional practice model. *Journal of Professional Nursing, 12*(6), 354–364.

Institute of Medicine. (2001). *Crossing the quality chasm: A new health system for the 21st century.* Committee on Quality of Health Care in America, Institute of Medicine. Washington, DC: National Academy Press.

Joshi, M. S., & Berwick, D. (2008). Healthcare quality and the patient. In E. R. Ransom, M. S. Joshi, D. B. Nash, & S. B. Ransom (Eds.), *The healthcare quality book: Vision, strategy, and tools* (2nd ed., pp. 3–23). Chicago: Health Administration Press.

Kaplow, R., & Reed, K. D. (2008). The AACN synergy model for patient care: A nursing model as a force of magnetism. *Nursing Economic$, 26*(1), 17–25.

Katzenbach, J. R., & Smith, D. S. (2005). The discipline of teams. *Harvard Business Review, 83*(7/8), 162–171.

Kellerman, B. (2007). What every leader needs to know about followers. *Harvard Business Review, 85*(12), 84–91.

Kovner, A. R., & Rundall, T. G. (2009). Evidence-based management reconsidered. In A. R. Kovner, D. J. Fine, & R. D'Aquila (Eds.), *Evidence-based management in healthcare* (pp. 53–77). Chicago: Health Administration Press.

Lakshman, C. (2006). A theory of leadership for quality: Lessons from TQM for leadership theory. *Total Quality Management, 17*(1), 41–60.

MBTI Product Data Sheet. (n.d.). Retrieved November 14, 2010, from https://www.cpp.com/pdfs/MBTI_Product_Data_Sheet.pdf

McClure, M. L., & Hinshaw, A. S. (Eds.). (2002). *Magnet hospitals revisited: Attraction and retention of professional nurses.* Washington, DC: American Nurses Publishing.

Merriam-Webster Dictionary. (n.d.). Retrieved November 6, 2010, from http://www.merriam-webster.com/dictionary

Miles, R. E. (2007). Innovation and leadership values. *California Management Review, 50*(1), 192–201.

Nash, D. B., Evans, A., & Jacoby, R. (2008). Physician and provider profiling. In E. R. Ransom, M. S. Joshi, D. B. Nash, & S. B. Ransom (Eds.), *The healthcare quality book: Vision, strategy, and tools* (2nd ed., pp. 217–242). Chicago: Health Administration Press.

Pfeffer, J., & Sutton, R. I. (2007). Suppose we took evidence-based management seriously: Implications for reading and writing management. *Academy of Management Learning & Education, 6*(1), 153–155.

Preston, P. (2005). Dealing with difficult people. *Journal of Healthcare Management, 50*(6), 367–370.

Rundall, T. G., Martelli, P. F., McCurdy, R., Guaetz, I., Arroyo, L., & Neuwirth, E. B. (2009). Using research evidence when making decisions: Views of health services managers and policymakers. In A. R. Kovner, D. J. Fine, & R. D'Aquila (Eds.), *Evidence-based management in healthcare* (pp. 3–16). Chicago: Health Administration Press.

Shapiro, D. L., Kirkman, B. L., & Courtney, H. G. (2007). Perceived causes and solutions of the translation problem in management research. *Academy of Management Journal, 50*(2), 249–266.

Swayne, L. E., Duncan, W. J., & Ginter, P. M. (2006). *Strategic management of health care organizations* (5th ed.). Malden, MA: Blackwell Publishing.

Taft, S. H. (2009). Emotionally intelligent leadership in nursing and health care organizations. In L. Roussel (with R. C. Swansburg) (Eds), (2009). *Management and leadership for nurse administrators* (5th ed., pp. 50–73). Sudbury, MA: Jones and Bartlett Publishers.

The W. Edwards Deming Institute. (n.d.). The Deming system of profound knowledge. Retrieved November 6, 2010, from http://deming.org/index.cfm?content=66

Turk, W. (2009). Effective delegation. *Defense AT&L, 38*(6), 54–56.

Value based management. (n.d.). Retrieved November 6, 2010, from http://www.valuebasedmanagement.net

Warren, C. S. (2008). *Survey of accounting* (4th ed.). Mason, OH: South-Western Cengage Learning.

Information Management and Technology

Donna Faye McHaney   Ebenezer Sackey

WWW LEARNING OBJECTIVES AND ACTIVITIES

- Document how technology has changed in the workplace and at home.
- Discuss data management and the difference between data mining and data cleansing in health care.
- Discuss computer networking and identify ways the Internet can support nursing.
- Identify personal skills and skills necessary for high-tech environments.
- Identify and discuss the purpose of various information systems.
- Illustrate uses of application software.
- Discuss security concepts and issues for nurse administrators.
- Define concepts such as confidentiality and privacy.

WWW CONCEPTS

Confidentiality, data, database, information, Internet, intranet, multimedia, network, security, spreadsheet, technology, word processing, informatics, information systems.

SPHERES OF INFLUENCE

Unit-Based or Service-Line-Based Authority: Promotes human resource management activities to reflect the cutting edge of advancements in the field. Uses research results to develop a model of human resource development that leads people and enhances their productivity by putting to use their specific knowledge and strengths.

Organization-Wide Authority: Establishes direction, aligns persons, stimulates motivation, and inspires people to make useful change in performing their nursing roles. Uses input from employees to identify those factors that recruit and retain the best personnel available.

> *Quote*
>
> *The hardest thing is not to get people to accept new ideas; it is to get them to forget old ones.*
>
> —John Maynard Keynes

NURSE MANAGER BEHAVIORS

Advocates, supports, and uses computer technology that enhances nursing operations.

NURSE EXECUTIVE BEHAVIORS

Plans, develops, and evaluates information technology that improves nursing operations, including management, education, research, and clinical practice with input from representative nurses.

Introduction

The information and technology revolution is thought to be one of three fundamental changes that have taken place in society. In the classic work, *The Third Wave*, Toffler observed those three fundamental changes to be the agricultural revolution, the industrial revolution, and the information and technology revolution.[1] The information and technology revolution has redefined how we live and work, what values we place on health care and education, and our family structure.[1] Technology has made rapid progress throughout the past two centuries, revolutionizing and redefining many aspects of human life: steam engines, electricity, printing machines, vaccines, automobiles, airplanes, telephones, radio, weapons of mass destruction, satellites, television, computers, genetic engineering, cloning, and so on. The impact of technology continues with technological innovations daily. Computers are the major technological breakthrough of the past 25 to 30 years. Once thought to be for business use only, computers now exist in many households, and for most have become a common part of life. Nearly every aspect of our lives has become automated, with computers enhancing processes from the way we turn on lights to the way we interact with our families.

Although technical tools, especially computers, continue to be invented and rapidly placed in industry, the ability of organizations to accept, accommodate, and even embrace technology is moving at a varied pace. The healthcare industry has been one of the slowest businesses to embrace the computer revolution in regard to patient care even though many healthcare organizations have had their business departments functioning on computers for years. With technology creating constant transition from old to new, the healthcare industry will need to advocate education and training. "As the business world changes at an ever increasing rate, many of us are finding that our jobs require us to constantly enhance our skills and develop new ones—possibly some we never thought we'd need. Today, staying in place means falling behind, and no one can afford to do that in our technology-driven world."[2] Nursing, being one of the slowest professions to embrace technology to its fullest, must meet the challenges of using new technology in all aspects of information management. New skills must be taught and learned in order to assimilate and use the technology involved in information management. Nurse leaders must embrace technology, advocating and supporting its use in all nursing operations to meet the demand for high-quality care. Understanding meaningful uses for technology can provide avenues that enhance care and promote high-quality outcomes.

Health care involves the use and management of an abundance of information that must be collected, managed, reviewed, processed, mined, and used. High-quality patient care relies on careful documentation of every patient's medical and family history, health status, current medical conditions, and treatment plans. A clinical decision based on information that has been efficiently managed and processed lends itself to high-quality care outcomes. Specialty roles for nurses have developed over the past 10 to 15 years, and many nurses have found themselves in nursing informatics roles. In 1992, the American Nurses Association declared nursing informatics a specialty, and, currently, master level–prepared nurses with a certification in informatics may sit for the national exam.[3] Nursing informatics is a specialty area that integrates nursing science, computer science, and information science. This specialty area provides expertise in developing and implementing information management systems that can be used by nursing to enhance daily tasks and integrate various aspects of patient care.

Today, there are abundant resources available for healthcare environments. Multimedia that interact with the user through text, sight, sound, and voice are commonly used. These techniques are used to seamlessly integrate technology and information that may be located within a geographical area or even across international boundaries. The use of the Internet has equipped the healthcare industry with an avenue to provide continuity of care. With advancement of technology and integration across boundaries, concerns of security and privacy continue to loom over the healthcare industry. Management must continue addressing ethical and legal issues with regard to control of information.

NURSING INFORMATICS' ROLE IN HEALTH CARE

Healthcare informatics is a broad term involving the application of computer and information science in all basic and biomedical sciences. Medical informatics refers to the application of informatics to all healthcare disciplines as well as to the practice of medicine.[4] Nursing informatics is the use of information and computer technology to support all aspects of nursing practice. This may include direct delivery of care, education, research, and management. Nursing informatics facilitates the integration of data, information, and knowledge to support patients, nurses, and other providers involved in the decision-making process.[4]

Managers need to collaborate with the information systems (IS) department in design, development, and implementation of management and clinical applications. Nurses filling roles as nursing informaticists will act as a liaison between management, staff, and the IS department. Although informatics nurses may be removed from bedside care, they remain focused on patient care while working toward improved clinical outcomes and quality care. These nurses can communicate how tasks are completed each day, providing an understanding of the work flow for IS staff. Often, nurse managers may fill this role as well. The informatics nurse may fill a variety of roles. **Figure 13-1** lists various roles of an informatics nurse.

DATA MANAGEMENT IN HEALTH CARE

Nurses and nursing management handle large amounts of data and information during any given day. Data are a collection of numbers, characters, or facts. These are usually gathered because they are needed for analysis or some other action at a later time. Information is a set of data that has been interpreted covering some aspect of time, such as over the course of a day. **Figure 13-2** shows examples of data and information.

Knowledge can be defined as applying facts or ideas acquired by study, investigation, observation, or experience.[5] It is the synthesis of information that may have been derived from several sources, producing a concept or idea. Nurses acquire knowledge over time and use it extensively in their daily task of direct patient care. Data collection, with the aid of computer and information technology, helps to provide evidence of best practices supported by research. This collection of evidence-based information provides a substantial database of knowledge that can be applied to everyday practice situations. See **Evidence-Based Practice 13-1** for an evidence-based practice example.

Data Integrity

It is not enough to collect data, interpret it, and build a database of knowledge. Data that make up the database of information must be maintained with optimal assurance that good-quality data exist.

FIGURE 13-1 Roles of Informatics Nurses

Project manager	Informatics nurses analyze, design, develop, select, test, implement, and evaluate new or modified informatics projects that support optimal data and delivery of quality patient care.
Consultant	Consultants may take on a variety of roles, including project manager, market research, planning conferences, strategic information technology planning, reviewing clinical software, redesigning the workplace, and others. They may work for an organization or with a consulting firm.
Educator	Informatics nurses may educate staff nurses, managers, and others in using the healthcare information system. Their role would include educating all staff on confidentiality and security matters as well.
Researcher	As a researcher, the informatics nurse may research clinical situations that arise, help implement evidence-based practice, evaluate the current system for improved outcomes, and conduct research to improve clinical information systems and clinical outcomes.
Product developer	The informatics nurse may develop software applications for clinical and nonclinical healthcare environments.
Decision support/outcomes manager	Nurses in this role use technology and other systems tools to maintain data integrity and reliability, identify outcomes, and develop performance measurements. Aggregate data are used by these nurses.
Policy developer	Nurses in this role help to develop policies for clinical and administrative health care information systems.
Chief information officer (CIO)	This role provides leadership and management at the executive level for both the organization and vendors.
Entrepreneurs/Innovator	Entrepreneurs emerge every day and informatics nurses may fit here by managing their own practice, developing applications, or owning their own healthcare information systems business.
Other	Many other roles exist and will emerge as health care continues to embrace the technology that expands.

Source: Author.

American Nurses Association (2006). *Scope and standards of nursing informatics practice.* Nursesbooks.org.: Silver Spring, MD.

Hebda, T., Czar, P., & Mascara, C. (2005). *Handbook of informatics for nurses & health care professionals.* Pearson Education, Inc.: Upper Saddle River, New Jersey.

FIGURE 13-2   Examples of Data and Information

Time	Temperature	Pulse	Respirations
0730	99.2 F	66	18
1130	99.8 F	69	20
0400	101.4 F	74	22
0800	102.2 F	82	24

Source: Author.

Each single value in the table represents data, and the entire table represents a collection of data over a course of a day. The trend of the data represents information. Trends are more useful than single data to the healthcare provider.

Fictitious data, for illustration purposes only.

 Evidence-Based Practice 13-1

Knowledge can be seen when nurses use the most effective nursing interventions for the prevention of skin breakdown. High-quality care aimed at preventing skin breakdown has been identified as a nursing priority and evidence-based research drives the interventions when appropriately implemented. Studies such as that of Harrison, Logan, Joseph, and Graham[6] provide interventions that address prevention of skin breakdown.

Data integrity must be maintained so that current data are available when needed. If data integrity is less than optimal, it could result in inappropriate decisions that could possibly harm a patient. Good-quality data have characteristics that can be identified. Data must be timely, accurate, rapidly and easily available, precise, clear, comprehensive, reliable regardless of who collects it, easy to interpret, current, and appropriate for the user's needs.[4,7] Following policies that identify procedures for collection, validation, storage, management, and retrieval of data results in good-quality data. Good data are needed for nurses to make sound clinical decisions and potentially have an impact on patient care.

Several techniques exist to help alleviate erroneous data. These techniques include educating staff, system prompts, various verification techniques, data mining, and data cleansing.

Educating Staff

Even today, most nurses lack skills that enable them to integrate information technology into practice. The Institute of Medicine has strongly emphasized that informatics is a core competency required of healthcare professions, including nursing. It is time for nursing to embrace technology with care and become a part of the information and technology revolution. Educating staff is vital to having high-quality data and reducing erroneous data. Nurses should have a general understanding of how to use software, enter data, extract data, print reports, and evaluate data to make good clinical decisions. Nurses must be taught uses of technology for the future and must understand how it can enhance care. They need to know how to find information and procedures rather than know, they need to learn to question rather than answer, they need to achieve rather than accomplish, and they need to inspire rather than inform.[9]

"On any given day, documenting care consumes from 13% to 28% of a nurse's time."[10]

System Prompts

Managers, staff, and informatics nurses can work with the IS department to develop system prompts that alert the user to recheck the data, enter data in a field that has been left blank, check that the data fall in a specific range, or confirm that data have been entered correctly. These system prompts are embedded in the application software that is developed by the IS department or a vendor of the information systems software. For example, a system prompt may display on the screen to inform the nurse that the allergy field on the assessment screen has been left blank. This display would prompt the nurse to fill in the allergy field.

Verification Techniques

Verifying data is crucial to having high-quality data that can be utilized for clinical decision making. System prompts certainly help, but other techniques may be used to check and recheck data that are being entered at the point of care. Many verification techniques may exist, including verbal questioning and visual verification. Both techniques are very effective in the right environment. However, there are some things to think about when applying these techniques to verify data. It is important to be sure that patients understand what is being asked of them and understand what they are reading. Consideration should be given to hearing, language barriers, reading, and comprehension of the material. If a patient presents with any of the mentioned issues, then the nurse must accommodate, whether by getting an interpreter or a family member to help or explaining the material in a simpler form, so that the patient understands what is being asked.

Data Mining

Technology has aided in rapid advances in data capture and storage, resulting in large collections of data. These data are stored internally in what are called "relational databases" that consist of rows and columns of data. Relational databases provide an easy method for internal storage, retrieval, and analysis.

The traditional method of analyzing data manually is no longer feasible. Extracting data from these databases is known as data mining. The process of data mining has become known as knowledge discovery and data mining or data to knowledge.[8] Data to knowledge usually begins by answering questions that are being asked. Assessing the question gives managers and others an advantage toward filtering through numerous large databases. Without a clear objective of what is being asked or needed, data overload may occur instead of gaining knowledge. Once the data are gathered, then they must be prepared for data mining by selecting and formatting the data for use. Clinical data must be defined appropriately to identify like items when data mining. For example, "CABG" and "coronary artery bypass graft" must be identified as the same.

Data-mining processes may begin after the formatting has been completed by evaluating and analyzing for trends and predictive attributes. Trends that may be identified can then be interpreted and used within nursing environments. For data mining to be successful, nurse managers as well as staff nurses must be proficient in understanding current issues in managing data. Nurse managers, especially, should be aware of the uses of techniques such as data mining that allow them to extract, predict, evaluate, and apply knowledge to daily task.

Data Cleansing

Data cleansing is another technique used to clean up erroneous data that have been captured and stored in databases. Data cleansing software flags the erroneous data and generates a report. After the report is reviewed, the files or records that have been flagged may be deleted or corrected. This process should be conducted on a routine basis to keep electronic records free from errors.

MEANINGFUL USES FOR DATA

An abundant amount of information is collected in health care. Administrative data, medical data, and patient information, both personal and care related, are collected. Administrative data may include data concerning employees, benefits, staffing schedules, and anything related to the overall business aspects of health care. Medical information may include information related to pharmacy inventory, supply inventory, encounters in the hospital, medical information, medications given, treatment ordered, results of tests, and other information related to the clinical care. Patient information includes not only personal information but information related to each encounter in the hospital that an individual may have during their life span and use of that facility. Nurse administrators may handle a variety of data that fall into each of the categories mentioned.

A result of collecting and handling large amounts of data is finding meaningful uses for data that will enhance the quality of care for individuals currently and in the future. Using the data efficiently is a challenge for the healthcare industry and having the knowledge to recognize meaningful uses may be difficult as well. This may be due to limitations that facilities may impose on nurse administrators or even their knowledge level of products that are available for manipulating the data. Uses may include evaluating trends for specific patient treatment options and outcomes, tracking encounters for an individual, monitoring medication errors, identifying trends in patient length of stays, and much more.

Training administrators to recognize meaningful uses for data should begin early in their educational careers. It is important for nurses to understand that data are a vital part of research that provides a resource for evidence-based practice used in health care today. Nurse administrators should recognize they can play a vital role in promoting change in practice that will create dynamic environments integrating evidence-based information in order to promote optimal outcomes.

COMPUTER NETWORKING

Networks have become the infrastructure of today's electronic world and are the media for transfer of information from one location to another. Networks can be any computer devices that are attached, providing a conduit for information to be passed. There are two main types of computer networks: local area networks (LANs) and wide area networks (WANs). LANs are just what their name implies. All the computers in this type of network are local, meaning they all exist in a common geographical location and have a common owner. A WAN is two or more computers that are remote, meaning they are located over a large geographical distance from each other and they are connected by leased telecommunications equipment. LANs and WANs have largely given way to intranets and extranets, discussed in the next section.

Designing networks is a crucial part of the design, development, and implementation of any healthcare information system. Organization size, needs, and willingness to spend money must be considered and may range from very simple to very complex. Unfortunately, many organizations spend less money and end up with less than desirable systems.

Networks require management from the time the process starts to the planning and design phase, and network management is an ongoing process. IS department staff may be involved in the management process, especially when troubleshooting network problems. Routine monitoring to evaluate capacity and performance should be done. A network administrator manages the server and users. Server administration includes the maintenance of daily backups and any shared resources. Management of users includes the maintenance of user identification and passwords and security-related issues between users.

When considering networks and design of systems, organizations should take into account budget and spending expenses, growth of the company and future needs, the healthcare information systems to be implemented, number of employees using the system, and the amount of data to be stored, retrieved, and transferred, among other things. One of the most important things is to plan for the future. Nursing leaders should become involved in planning, designing, developing, implementing, and evaluating networks that will be used by nurses.

Intranets, Extranets, and Virtual Private Networks

Examples of networks include intranets, extranets, and virtual private networks. Each of these forms of networks is used widely today by many organizations. These networks use Internet/World Wide Web technologies for information transfer and distribution.

Intranets are used by organizations for internal use and employ a variety of communication technologies. Intranets usually are not geographically limited but do have a common owner. Employees generally have access to intranets for organizational information and applications that are easily accessible when using web browsers. Portals into the site are developed and maintained, providing centralized access by employees. Because information can be kept more current and accurate, organizations use this method of network to aid in reduction of errors and improve the quality of health care.

Extranets extend beyond intranets and an organization's information providing access to anywhere in the world. They generally use multiple types of communication technologies and are not geographically limited just as intranets. Extranets are used to connect different parties that have common interests. With extranets, staff has access to information from almost anywhere, including patients' homes, their own homes, while at conferences, or even on vacation. Nurse leaders have access to this information for evaluating staffing conditions, monitoring staff ratios, and patient care. Those outside the organizations may also have access through some portal or gateway that allows them to provide or obtain information to or from the organization.

Virtual private networks are just what the name implies: They are private networks that provide stronger security with flexible remote access. Well-designed virtual private networks are secure, reliable, and easy to administer. Organizations may need to purchase and install software so connection to the organization's intranet can occur. This software interacts with software on the organization's intranet to manage authentication and encryption.[10]

Wireless Networking

Wireless networking has rapidly become the norm for most computer users. Wireless access points are available in most areas such as academic areas, shopping malls, coffee shops, and neighborhoods. In some locations, entire cities are connected with a network.

Wireless technology is suited for the healthcare environment where providers are mobile and dependent on current data generated and captured continuously during daily tasks and activities. Many technologies used today include wireless technology. Handheld wireless devices continuously download data, including laboratory, pharmacy, and radiographic data, saving many hours of time specially dedicated to searching for this information. Bedside infusion pumps, blood glucose machines, blood pressure machines, ultrasound machines, EEG and ECG machines, and other equipment can store and download information into the electronic records, saving valuable time in patient care.

This technology is rapidly changing, as are other technologies: Radiofrequency identification tags, monitoring devices to locate staff, and voice-over technology are being used. As wireless capabilities increase, technology will continue to enhance the way nurses perform tasks, providing high-quality care at the bedside.

Internet

The largest wide area global network is the Internet. The Internet offers the ability to connect and communicate with any computer. When connected, the user can function on the Internet with simple point-and-click techniques, creating an interactive environment. The Internet has provided an opportunity for health care to reinvent the way medicine and health care are delivered. This transformation has great potential to provide access to health care to many individuals that once had none.

> "The arrival of the Internet offers the opportunity to fundamentally reinvent medicine and healthcare delivery. ... Internet technology may rank with antibiotics, genetics, and computers as among the most important changes for medical care delivery."[11]

Patients have access to vast amounts of information that provides education related to their diagnosis and care. However, patients should be told to beware of information found on the Internet. Systematic evaluations of medical content on the Web have found it to be inconsistent or the reading level too high for the average consumer. There are several key points to remember when searching for information on the Internet:

- Reading level of material found on the Internet may be too high for the average consumer to understand.
- Medical information may be inaccurate or inconsistent.
- Internet medical information can come from reputable practitioners, other providers, drug companies, practitioners looking to sell their "product," or even from other groups.
- It is crucial to evaluate the credentials of the content providers to determine their qualifications and if the information on the site might be biased.[12]

More and more physicians' offices, hospitals, clinics, and other healthcare provider organizations are creating websites that patients can access for information that is current and accurate concerning various diseases and treatment options. Many nurses have begun to work in areas such as creating and maintaining websites, consulting over the Internet, and reviewing cases, and some nurse practitioners are even providing care across the Internet via telemedicine.

As healthcare organizations continue to transition into the electronic world, many changes are occurring. The American Recovery and Reinvestment Act mandates electronic medical records for all patients by 2014, and many organizations are working toward this goal. Data can be captured and stored, providing access to information that is readily available. As this movement continues, patients will be able to access their electronic records, complete medical forms before admissions or appointments, list their medications and allergies themselves, fill out their medical history, and provide insurance information and select payment options. Self-scheduling is beginning to be used, and patients will soon have the opportunity to schedule appointments as needed over the Internet.

Patients are already being assessed, diagnosed, and treated via the Internet, and as telemedicine continues to grow this effort will continue and expand. Opportunities for consultations, primary visits, and research are growing as expansion of health care to the Internet grows. Capturing data in real-time or point-of-care environments creates large databases of data for research, providing evidence-based data that can be translated into practice fairly quickly. Video conferencing is being used to consult with colleagues concerning evaluation of diagnoses and treatments. Available resources are being used as well to improve the clinical decision-making process.

The Internet has changed the way education is provided to nurses, patients, and students and has become the ideal vehicle for multimedia instruction and education on demand. Continuing and higher education for nurses is available online, providing convenient times for learning. Continuing education programs are available over the Internet, and many organizations use the Internet for yearly education requirements and updating skills information. Even policy and procedures are found on organizations' intranets today. Higher education programs can be found online, and many institutions are using technology to enhance traditional classrooms. There are many programs that are completely offered online. These programs provide classroom environments on demand and offer convenient education for individuals needing flexibility.

The Internet has changed the way healthcare organizations are doing business with many aspects of business involving electronic transfer of information between parties. Healthcare organizations market their products, services, and facilities and recruit employees and patients via the Internet. Current employees can access personnel records and communicate with others through e-mail over the Internet.

Privacy and security are concerns when using the Internet. As Internet and technology use increase and change, privacy and security issues will continue to be a concern. The Health Insurance Portability and Accountability Act (HIPAA) addressed many issues related to privacy and security. However, the ever-increasing demand for technology implementation in health care will create new issues.

HEALTHCARE INFORMATION SYSTEMS

There are several types of healthcare information systems. Some of these systems help to manage the daily operations of general healthcare organizations and others are classified as hospital information systems. For the purposes of this text, hospital information systems are discussed.

Hospital information systems consist of two types, administrative information systems and clinical information systems. Each of these systems plays a major role in the operations of an organization providing health care to consumers, such as hospitals. As the demand for automation and data management increases in nursing, nurses will become more involved with evaluating, selecting, designing, and implementing information systems. They are becoming the norm for the clinical areas and have been used in administrative activities for years.

Hospital Information Systems

Hospital information systems are large complex computer systems designed to help manage information needs of a hospital. Hospital information systems are tools that can be used interdepartmentally or intradepartmentally. These large systems are composed of smaller systems that are used for the daily operations of a hospital. **Figure 13-3** lists some examples of administrative and clinical information systems that may be found in a hospital.

Implementing Hospital Information Systems

Nurse leaders need to become more and more involved in implementing hospital information systems, both in the administrative and clinical areas. Implementing information systems requires more

FIGURE 13-3   Hospital Information Systems

Administrative Systems	Clinical Systems
Nursing administrative systems	Nursing information systems
Payroll / human resource systems	Order entry systems
Patient registration systems	Radiology systems
Quality improvement and assurance systems	Laboratory systems
Scheduling systems	Pharmacy systems
Billing and payment systems	Dietary systems
Financial systems	Surgical and other department specific systems
Other business operations systems	Other ancillary department systems

Source: Author.

than just installing and using the systems. A management plan should be devised by the nurse leader that incorporates input for selection, design and development, implementation, and evaluation of the information system being considered (**Figure 13-4**). Nurse leaders should work closely with the IS department or the nursing informatics nurse in obtaining the optimal system that will enhance the delivery of health care.

Several processes must be completed when an organization has committed to implementing technologies. Nurse leaders and other appointed or volunteer staff nurses along with multidisciplinary team members should determine the needs of the unit, department, or division within the organization. First, a thorough assessment should be conducted that involves looking at the current system for capturing and analyzing data for delivery of care. Determining weakness and strengths of the current system provides insight into what works and does not work for daily operations. The needs of the organization are determined during the assessment phase. Nurse leaders should evaluate what is needed currently and what will be needed in the future.

Second, nurse leaders along with IS staff and administrative personnel should evaluate and select a hospital information system that meets the needs found. Several information systems should be evaluated for the closest fit to the organization's budgetary guidelines, goals, and the needs that were determined earlier.

Third, the implementation phase begins once the selection has been made. This phase involves intensive training of employees, both administrative and staff, over some period of time. Timelines need to be developed for completing training, installation of equipment and software, and testing of the new system. Once training and installation have been completed, the systems are brought online for use. Multiple support personnel should be available the day the system is started to help with problems that may arise or to guide employees through the process of computerized daily tasks.

Finally, the systems should be evaluated. Mechanisms should be developed during the planning phases that provide methods for support and evaluation of the system. These methods may include but are not limited to a call-in help desk, support technicians who are available on demand as questions and problems arise, request for help forms that can be submitted online, and suggestion boxes.

Administrative Information Systems

Administrative information systems include a wide variety of systems that work to maintain information used in the daily operations of an organization. These include financial systems, human resource

FIGURE 13-4 Example of a Project Implementation Plan[10]

ID	Activity	Duration	Start	Finish
1	UNIVERSITY HOSPITALS RESULTS REPOSITORY PROJECT STARTUP	2.5d	9/11/00	9/13/00
4	ADMINISTRATIVE	120d	9/13/00	2/28/01
5	Project Status Meetings	115.25d	9/15/00	2/23/01
13	Project Steering Committee Meetings	95.25d	9/20/00	1/31/01
19	Quality Assurance Review Visit	2d	9/13/00	9/15/00
20	Project Supervision	120d	9/13/00	2/28/01
21	PROJECT INITIATION	10d	9/14/00	9/27/00
22	Pre-Implementation Planning	1d	9/14/00	9/14/00
24	Project Planning	2d	9/15/00	9/18/00
28	Adapt Network	5d	9/18/00	9/22/00
30	Project Kickoff	7d	9/19/00	9/27/00
35	HARDWARE AND SOFTWARE	12.5d	9/13/00	9/29/00
36	Hardware/Software Installation	12.5d	9/13/00	9/29/00
39	Software Delivery Validation	9d	9/13/00	9/26/00
43	ANALYSIS	58d	9/28/00	12/18/00
44	Results Repository Surveys/Process Flow/Tables	15d	9/28/00	10/18/00
48	Results Repository Interfaces	20d	10/19/00	11/15/00
51	Results Repository Profiles/Procedures	11d	11/16/00	11/30/00
59	Nursing Assessment Surveys/Process Flow/Procedures	11d	11/27/00	12/11/00
63	Nursing Assessment Master Files	3d	12/12/00	12/14/00
65	Nursing Assessment Reports/Project Scope	2d	12/15/00	12/18/00
68	TRAINING	42d	12/18/00	2/13/01
69	Training Preparation	12d	12/18/00	1/2/01
73	Educate Users	30d	1/3/01	2/13/01
77	LIVE EVENT	28d	1/22/01	2/28/01
78	Live Event Preparation	22d	1/22/01	2/20/01
83	Results Repository Live Event	4d	2/23/01	2/28/01
86	Nursing Assessment Live Event	5d	2/22/01	2/28/01
88	Live Event Support	5d	2/22/01	2/28/01
90	POST-LIVE	10d	3/1/01	3/14/01
91	Evaluation and Feedback to Management	10d	3/01/01	3/14/01
92	Monitor Production System			

Source: Author.

systems, nonclinical patient systems such as registration and scheduling systems, and even nursing administrative systems that nurse leaders use.

Information systems that are classified as administrative systems involve any operation that is not directly linked to hands-on patient care. Operations may include nonclinical patient activities, medical records activities, business and accounting activities, and some nursing management tasks. Nonclinical patient activities may involve such tasks as patient scheduling, admissions, discharges, transfers, census functions, bed assignments, and other nonclinical activities associated with the patient. Medical records procedures include master patient index functions, abstracting (diagnosis/procedure and coding), transcription, and correspondence. Business and accounting functions may include patient insurance verification, billing, accounts payable, accounts receivable, cash processing, maintenance activities, and other business operations. Nursing management tasks may involve budget projections, employee records (annual skills and educational updates, evaluations, staffing), and other management activities required for daily operations by nurse leaders.

Clinical Information Systems

Clinical information systems involve any system that is used in patient care and may not be nursing information systems. However, these systems are generally associated with the nursing information system in hospitals, such as a laboratory or medication administration system. Refer to Figure 13-3 for a list of examples of clinical information systems. Each of the systems shown provides support to the care of patients. They may be general support systems or designated for a specific nursing area. Many nursing areas benefit from unique information systems. Some of these areas include surgery, infection control, labor and delivery, enterostomal therapy, oncology, mental health, orthopedics, neonatology, and intensive care. Clinical information systems can be used to improve the quality of care while enhancing the environment and reducing cost in the long term.

Many clinical information systems are designed in modular form, providing flexibility to the organization. General nursing information systems have multiple programs comprising a module that is used to perform various clinical tasks, educational, and management functions. The modules may vary between vendors and software developers but may include medical history, patient assessment documentation, nursing care plan, medication administration, dietary information, patient education, ongoing daily care, vital signs and graphic sheet information, reports, nursing progress notes, discharge planning, and other tasks that nurses perform on a daily basis.

Clinical nurses can use clinical information systems to provide high-quality patient care. These systems provide a mechanism for capturing data that can be used to formulate treatment plans and evaluate trends. Technology along with clinical information systems continues to change the work environment and improve the quality of work life for nursing.

GENERAL APPLICATIONS SOFTWARE FOR THE NURSE LEADER

General applications software includes communications, database management, word processing and desktop publishing, spreadsheet, personal information managers, graphics programs, and other software programs nurse leaders may need on a daily basis. Nurses use computers to perform many aspects of their daily jobs in areas such as budgeting, documentation, policy and procedures, research, inventory, scheduling, patient and staff education, maintaining personnel records, and other tasks. Because of this, nurse leaders should be prepared to encourage and support the increased use of technology in clinical and nonclinical areas of nursing. Fundamental concepts related to computers and the use of applications software are important to the nurse manager and other nurses. Computer literacy is critical and will be required more and more as computers continue to be a tool of the profession.

Communications

Communications software is what provides a link for access between computers. Links may be dedicated or nondedicated. Dedicated links remain open even when not in use. Nondedicated links are open only when being used. Organizations tend to use dedicated links to have direct access to the organization's information resources typically through a LAN connection. Small business or home environments tend to use nondedicated links and access information only when needed. However, dedicated links have become the norm with integrated services digital network and digital subscriber lines.

Nurse leaders are not normally involved in communications software selection and installation. The IS department personnel should take care of this portion of implementation. Communications software to support LANs is generally taken for granted and is provided as part of the operating system that comes installed on the equipment. At work, most employees have a dedicated connection, and at home, they can dial in or connect through a portal to the remote access server and perform as if they are at work.

Database Management

Computer databases are much like filing cabinets, only electronic. There are files and contents in those files. Databases are used to store data and can be manipulated to view information based on query options. Database management systems virtually take the place of a filing cabinet to handle many information and recordkeeping needs.

Typically, relational tables are used in databases. These tables contain rows and columns where data can be stored that relate to each other. A table is considered a collection of records where one row is a record. The rows and columns consist of cells, and these cells are given data field names. Data fields are defined with the length and type of data that will be placed in the field. The fields are defined in a table definition. A database may consist of several relational tables from which data can be pulled to form reports. Reports may be printed or displayed on the computer screen for review. This process of storing and retrieving data provides ease of information management, the timely retrieval of information, and the concurrent access of information to individuals from different locations.

Word Processing and Desktop Publishing

Word processing software is used to produce documents such as memos, letters, signs, books, and resumes. Desktop publishing software generally incorporates graphics into the text and is used for newsletters, posters and signs, books, and other documents that require graphics. Today, both types of software have incorporated aspects of each other, enabling a variety of documents to be produced from either type. **Figure 13-6** shows an example of a poster/sign produced with desktop publishing software.

Word processing and desktop publishing software applications have tools that help to manage the information placed in the document. There are various styles of formatting and, depending on the software, unique styles may exist. Styles can establish the following in a document:[15]

- Font type, size, and style
- Spacing (between lines and paragraphs)
- Page headers and footers and page numbering
- Orientation of the page (portrait or landscape)
- Margins, tabs, and text alignment
- Outline formats (bullets with symbols or numbering)

Many other tools are available in word processing and desktop publishing software. Some of these include but are not limited to spell-checkers, thesauri, word counts, and translators. You can add foot-

FIGURE 13-5   Key Points to Remember

Key Points to Remember:

Reading level of material found on the Internet may be too high for the average consumer to understand.

Medical information may be inaccurate or inconsistent.

Internet medical information can come from reputable, other providers, drug companies, practitioners looking to sell their "product" or even from other groups.

It is crucial to evaluate the credentials of the content providers to determine their qualifications and if the information on the site might be biased.[12]

Source: Author.

FIGURE 13-6   Example of a Brochure Created with Desktop Publishing

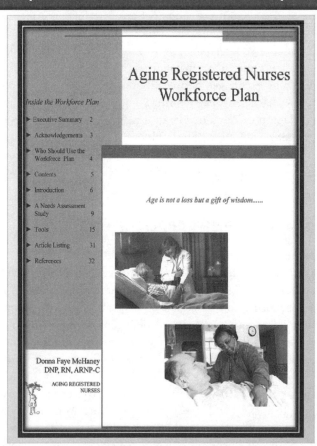

Source: Courtesy of Donna Faye McHaney, DNP, BSCS, RN, ARNP-C; University of South Alabama, Mobile, AL.

notes and endnotes, change the writing style of the paper, insert objects and captions, and edit, replace, add, or delete. Standard templates can be used or templates can be defined for use. Both word processing and desktop publishing software provide nurse leaders with tools to aid them in producing a variety of documents.

Spreadsheets

Spreadsheets are computer software applications that can be used to manipulate data. Spreadsheets contain multiple cells and rows that make up a grid-type form. The cells may contain alphanumeric text, numeric values, or formulas that define the contents of the cell. Calculations can be performed, graphs can be produced, and statistical abilities are built in most spreadsheets. They have the ability to recalculate an entire spreadsheet automatically after changing a single cell. Spreadsheets can contain large numbers of rows and columns and make handling data easy.[15] Often, spreadsheets are used for creating budgets and handling numerous amounts of data.

Nurse leaders can use spreadsheets for developing budgets, maintaining staff records, calculating and tracking, and creating graphs on statistics pertaining to staffing and patient data. Items can be imported and exported to and from other software applications as well.

Personal Information Manager

Personal information manager (PIM) applications are electronic versions of an appointment book or day planner. A PIM contains an address book, a calendar, e-mail, a journal, notes, and tasks. Today, PIMs work with desktop computers, laptop computers, and personal digital assistants (PDAs). Even cellular phones have some capabilities to support PIM applications. A PDA is a small computing device that offers the same PIM capabilities as a PIM does on a desktop computer. Calendar or contact information can be exchanged between these devices through synchronization.

These devices have many capabilities. Some are as powerful and have the same applications available as desktop or laptop computers. Today, e-mail services and Internet access are available from PDAs, providing greater flexibility with technology. PDAs are frequently being used in the clinical setting not only by nurse leaders but by staff as well. Advances in this area continue to progress and can only be refined to produce more efficient devices.

NURSING MANAGEMENT APPLICATIONS

Nursing management must be ready for the technology that is being implemented in administrative and clinical areas. Many applications are available for nursing management that can aid in daily tasks. Computer applications for nursing administration may include patient classification systems, acuity systems, staffing and scheduling systems, unit activity reports, utilization review, census, error reports, drug and allergy reactions, incident reports, shift summary reports, budgeting and payroll, and other systems. Nurse executives may also use application software for forecasting and planning, hospital expansion, regulatory reporting, risk pooling, surveys, preventive maintenance, and financial planning.

Today's nurse administrator has moved into the role of executive officer with obligations to report to the institution, to society, and to national accrediting agencies. These responsibilities and others come with the professional practice of nursing. Today's nurse administrators need more than a basic understanding of e-mail and word processing; they need to have sufficient knowledge about computer technology to help improve health care and healthcare costs by better managing nursing information.[8]

The applications for nursing management include the nursing management minimum data set (NMMDS), calendar of events, general application software discussed earlier in this chapter, and human resource information systems that support nursing management tasks. Calendars are useful for scheduling meetings, conferences, and educational events. Many nurse managers use PDAs or some general application software for this or use an Internet browser-based application available on the organization's intranet. The advantage to using the Internet browser-based application is that employees and managers can schedule appoints and events such as educational opportunities and their names are added to the class role and automatic notifications can be sent to nursing management.

The NMMDS is available from the American Organization of Nurse Executives and is a research-based management data set. It works in conjunction with the nursing minimum data set. The NMMDS contains 17 elements that fall into three broad categories: environment, nurse resources, and financial resources. Nurse executives need hard data to make the difficult quality decisions occurring in today's healthcare operating environment.[16] Having high-quality data to answer difficult questions such as outcomes of critical pathways, retention and turnover rates of personnel, nursing and patient satisfaction rates, personnel ratings, budgets, and productivity is essential to the nurse manager. NMMDS provides a tool for nurse managers to answer these difficult questions.[17]

Although most human resources applications support activities required for the human resource departments, nurse managers find themselves in situations where these data are most helpful. Management of human resources is a huge task for most organizations, requiring significant time and personnel. These applications can be very informative and supportive to the nurse manager. Reports can be obtained that supply such things as the number of individuals who apply for available positions, how many employees there are with a breakdown by rank, reports that show what educational programs have been completed, retention and turnover rates, information on credentials and special skills, time and attendance, and much more. **Figure 13-7** shows an example of an employee termination report that may be used by nursing management.

With appropriate integration of the overall hospital information systems, these data can be exported and imported into other hospital information systems, nursing information systems, and other general applications software.

FIGURE 13-7 Example of an Employee Termination Report

Employee Termination Report for the Month of September 200X				
Position	Name	Title	Date	Reason
00356	Johnson, Mary J.	Registered nurse	09/26/xx	Q
10234	Armstrong, Helen M.	Licensed practical nurse	09/08/xx	Q
16212	Mims, Janet K.	Registered nurse	09/13/xx	F
17335	Baker, Donald M.	Registered nurse	09/05/xx	Q
17366	Smitherman, Carolyn S.	Registered nurse	09/22/xx	R
18549	Jackson, Melanie J.	Unit secretary	09/01/xx	Q
18675	Hanson, Marcus K.	Respiratory therapist	09/29/xx	Q

Source: Author.

SECURITY

The importance of data and information security in an organization cannot be overemphasized. The level of an organization's commitment to security is largely driven by the sensitivity of the data or information and repercussions for their compromise. Data security management in the hospital environment could be complex for several reasons:

- The need to categorize data for administrative or clinical purposes
- Existence of very diverse users—doctors, nurses, technicians, administrators, etc.
- Varying skill levels represented in the hospital community in regard to computer use
- Inherent complexity of communication and interaction between the departments within the hospital
- The stringent privacy regulatory compliance environment in the healthcare industry
- Rapidly changing technological environment

Meaningful planning, implementation, and management of data security would require that the key players in the hospital clearly understand some of the fundamental concepts in information systems security and their roles in helping protect critical data and information. Nursing administrators play a significant role at various levels (strategic, tactical) within the hospital organization and should be involved in actively seeking ways to secure data and information. Such involvement would only be effective if they are well informed in several aspects of information security.

This section addresses some of the information systems security areas relevant to understanding the general security environment and terminology, language, and concepts in the security field. When nursing administrators understand the rudiments of information security, they are less likely to become intimidated and thus embrace their roles in effectively planning, implementing, and managing security. The intent of this section is not to make security specialists of nursing administrators, but provide them with the capability to function well in an environment where information security is an integral component of their work.

The section begins with an introduction to basic definitions and terms that form the basis of information security language. This is followed by fundamental concepts in information systems security. Subsequent discussions highlight aspects of the body of knowledge in information security pertinent to technical competence and regulatory compliance. The section concludes with a checklist to guide nursing administrators.

Definitions and Terminology

Hospitals increasingly rely on critical digital information capabilities to store, process, and move essential data in planning, directing, coordinating, and executing operations. Although the focus here is not on explanation of basic words, it is important for the reader to have a complete picture of what happens once data are collected and transformed into information. Data are raw facts that describe the characteristics of an event such as patient name and time of arrival at the hospital. Information is a collection of facts organized in such a way that they have additional value beyond the facts themselves.[18] Information therefore is data converted into meaningful and useful context for decision making. It costs resources to produce information, and once produced, information becomes one of an organization's critical assets that need to be protected.

Information technology is concerned with the use of technology in managing and processing information. Information system (IS) is a set of interrelated components that collect, manipulate, and disseminate data and information and provide feedback to meet an objective.[18] Serious security concerns face any organization that uses information, including hospitals. Data that are in storage, being processed, or in transmission can be severely compromised and organizations should take steps to ensure information security. Information assurance has become a very familiar term in the security domain as organizations seek to instill trust and confidence in customers, clients, and partners. Information assurance is information operations that protect and defend information and information systems by ensuring their availability, integrity, authentication, confidentiality, and nonrepudiation.[18] This includes providing for restoration of information systems by incorporating protection, detection, and reaction capabilities. This definition encapsulates the essence of information security and is used throughout this section. The tenets of information assurance form the core of what information security is all about.

Availability is timely, reliable access to data and services for authorized users. Integrity is protection against unauthorized modification or destruction of information. Authentication is a security measure designed to establish the validity of a transmission, message, or originator, or a means of verifying an authorization to receive specific categories of information. Confidentiality is the assurance that information is not disclosed to unauthorized persons, processes, or devices. Nonrepudiation occurs when the sender is provided with proof of delivery, and the recipient is provided with proof of the sender's identity, so neither can later deny having processed the data.

Security Breaches and Attacks

Security breaches are many and varied. Whenever the issue of information breach comes up, it is not unusual for an organization's insiders to be looking outside to catch a glimpse of the adversary. Fingers are quickly pointed at hackers. It is common knowledge today that for a significant amount of security breaches that occur, the perpetrators are insiders. Your nemesis as an end user may well be your co-worker sitting next to you. Consider the disgruntled systems administrator who has been working in the intensive care unit for several years. This individual who has access to sensitive patient information and life-supporting computer devices is terminated for nonperformance. She has the potential to wreak havoc if she chooses to redress any perceived inequities. Insiders also have direct access to information systems. Television news and the local newspapers are full of incidences of customer personal information theft. It is believed that more are not reported for fear of losing customer confidence.

Social engineering occurs when a person tricks another person into sharing confidential information such as by posing as someone authorized to have access to that information.[19] This type of security breach is quite common and fairly easy to stage. In a hospital, patient privacy is protected by laws and regulations that if not followed could result in lawsuits and other serious consequences. One can imagine how it could be easy to have unauthorized access to information. If an imposter can dedicate some time to learning the language of nurses, afford a decent pair of scrubs, and gather some amount of boldness, she could slip through the cracks and steal critical patient information. This could be detrimental to the hospital's operations. Shoulder browsing is a subtle but serious concern. This occurs when a person sits or stands by another who is busy working on a computer. This person would appear to be making conversation or saying something of importance to the busy individual. The person doing the browsing looks on the monitor and makes mental notes of information of interest. It might seem on the surface that not much information can be stolen this way. Over time, several pieces of information can be gathered that when put together can constitute significant intelligence.

A salami attack occurs when the attacker pilfers small amounts of information from several places and goes unnoticed. If an attacker discovers a weakness in the hospital's accounting server and is able to transfer small amounts of money to her bank account, this could continue for a protracted period of time. Imagine how easy this would be if an insider had access to servers or devices housing the hospital's financial resources. The salami attack may initially start at a single location and soon be extended to steal from similar servers located in different geographic regions. All the attacker needs to do is elevate her access rights on the network.

A denial of service attack renders workstation computers or servers inaccessible by legitimate users. These attacks are often launched against critical servers that host e-mail, web, and database services. The attack can be costly to an organization not only financially but could result in loss of lives if it happens in a hospital. Website defacement is another invasive attack in which the attacker is able to alter website content. It is often used for purposes of espionage.

Data dibbling refers to the alteration of existing data.[19] This modification often happens before data are entered into an application or soon as data are processed and outputted from an application. Unauthorized data modification could render the integrity of critical information worthless and in some cases could mean the difference between life and death in a hospital environment.

Password sniffing and cracking are other common attacks that are easy to do. During password sniffing, the attacker simply uses tools to gain awareness of network traffic and capture passwords being sent between computers. Many of the tools used for such attacks are free downloads on the Internet. These tools are also incredibly easy to install and use. Gaining unauthorized access to another person's password could be devastating for individuals and a hospital as a whole. Sometimes this can go undetected for long periods of time.

Viruses, worms, and other malicious software such as Trojans and rootkits could infect and adversely affect information systems in a hospital. Viruses are often small software programs developed to attach to legitimate software installed on a computer and designed to carry out specific actions, and they have the capability to spread. These actions could range from simply drawing annoying pictures on a computer screen to completely wiping out an entire hard drive, erasing all data on it. Although viruses often require substrates to flourish, worms do not need to attach to other software. They are often self-replicating and propagating. Worms are notorious for taking up useful network bandwidth and bringing the network to a crawl or completely stalling it. They could also replicate erratically and fill up hard drive space. Perhaps the worst of malicious software are Trojans and rootkits. These are extremely dangerous software that if installed on a computer can remain in the victim's system for a long time without being detected. They are often installed stealthily by the unsuspecting computer user. Free downloads are common ways of inviting such trouble. Consider this scenario: It's around Christmas and you see a very interesting screensaver demonstration on the Internet. The demonstrator invites you to her site to download and install this "cool" screensaver. As you download and install this software, you may be unknowingly also installing a Trojan. Once installed, the attacker could do several things in your computer without your knowledge. This could include collecting and sending your personal and banking information to the attacker's computer in a remote location. In many cases, some of the most powerful antimalware software fails to detect their existence in a computer.

It is one thing to steal information on a computer device and another to steal it without physically touching the computer. This is accomplished by stealing a defining characteristic of the computer device called IP (Internet Protocol) address. Hackers do this to hide the identity of the hacker's computer while embarking on an exploit. They simply use the IP address of someone else's computer, an act often referred to as IP spoofing. Even worse, an attacker can remotely take control of the victim's computer and use it to attack another computer. A single attacker can take control of several computers at a time and use them for exploits.

The use of wireless technologies is quite pervasive in most hospitals. Although this affords convenience, wireless networks could be among the most vulnerable networks. Today, there is a plethora of free sniffing software that could be downloaded over the Internet. These programs have the capability not only to capture logon information but collect enormous amounts of patient and other critical information. Some of the free downloadable software, when used with others, could even map out the specific locations of wireless devices in a location. What makes this situation scary is the fact that no special training may be needed to install and use these rather dangerous programs.

These breaches and attacks are the tip of the iceberg of what could go wrong in an organization. It is no wonder that, each year, millions of dollars are spent in attempt to protect and secure the information assets of organizations.

Why Do Breaches Succeed?

There are potential vulnerabilities within most information systems. These vulnerabilities are weaknesses at the hardware and/or software level s. Weaknesses in hardware include lack of adequate physical protection that makes such hardware highly susceptible. Dongles can be readily inserted in computer ports and used to collect keystroke information. The default settings on most devices offered by manufacturers often provide minimal security.

Software vulnerabilities range from operating system weaknesses to application software configuration issues. When the operating systems are developed, their flexibility and user friendliness concerns often supersede system security. It is common practice for Microsoft, for example, to follow the launch of a major operating system with a series of patches designed to plug security holes within the operating system. Vulnerabilities differ between operating systems and among versions of the same operating system. For example, Macintosh, Unix/Linux, and Windows 7 may respond to a particular attack differently. Windows XP with service pack 2 and Windows XP with service pack 3 may also respond differently to the same attack. These differences could be subtle or substantial. Software applications installed on operating systems introduce another level of complexity to information system security. Some poorly developed applications have little fighting chance when an attack is launched against them. Like the operating system platforms on which they are ported, differences in resilience vary. The security holes in an operating system combined with that of the applications installed on them could be a recipe of disaster, with devastating consequences for an organization.

User behavior, if not monitored and controlled, could open doors for information systems security to be breached quite easily. In most organizations such as hospitals, there could be different levels of information access offered to users. These users are typically grouped and given appropriate rights to perform certain actions on a computer or network. A user right, according to Microsoft, producer of the most widely used operating system at the time of this writing, is the authorization with which a user is entitled to perform certain actions on a computer or network.[20] A group is simply a collection of users with similar rights. Whether an individual is on a computer or network, he or she has certain rights. Although some rights limit what a user or group can do, others are very pervasive, allowing them limitless access. Microsoft refers to users with such rights as administrators. It is not difficult to understand what happens when such a powerful user right is compromised. Detailed discussion of user groups and rights is beyond the scope of this section. It is, however, important to have some understanding of the power a user could have and the consequences for careless assignment of user rights. As mentioned earlier, administrative rights provide limitless access. The sad reality is that some users may have this potent right and not even know it. User behaviors such as indiscriminate downloading and installation of software from unknown websites could put malicious, clandestine codes on a computer. When this happens, the computer or an entire network could be at the mercy of a hacker.

It is important to understand that an organization's security adversaries exploit existing weaknesses in information systems. There are risks associated with doing business of any nature. Therefore, managing risks is an important aspect of organizations that seek to do business in a secure manner. Risk is a function of the likelihood of a given threat agent exploiting a particular potential vulnerability, and the resulting impact on an organization.[21] The authors define risk management as the identification, measurement, control, and minimization of loss associated with uncertain events or risks. The ultimate purpose of risk management is to protect an organization's assets. In order to manage risk properly, risk analysis is carried out to identify these assets, discover the threat that put them at risk, and estimate the possible damage and potential loss an organization can endure if any of the threats is realized. If an organization invests in risk management, there is a good chance that breaches can be prevented or their impact on the organizations' operations can be minimized.

Protecting the Organization's Information Assets

There are several approaches to protecting an organization's information assets. The approach used will depend on the importance an organization attaches to its information assets and the impact of security breaches on its operations. The core of information security is protection of data/information confidentiality, integrity, and availability. Information protection could be elaborate and proactive or sporadic and reactive. Reactive approaches respond to incidents by providing bandage solutions. There are no well-thought-out plans or systematic ways to deal with security issues. On the other hand, proactive approaches look ahead and anticipate possible adverse events. These approaches often have well-planned programs to deal with security issues. The level of attention to detail could determine the effectiveness of security measures. The layered defense approach, sometimes referred to as defense-in-depth, has become very popular in the information security arena.

Defense-in-depth is a term used to describe an approach that integrates the capabilities of people, operations, and technology to establish multilayer, multidimensional protection.[18] This approach builds mutually supporting layers of defense to reduce vulnerabilities and to assist protection against, detect, and react to as many attacks as possible. The idea behind this layered system is that when an adversary penetrates or breaks down one defense layer, another is promptly encountered until the attacker is unsuccessful in the quest for unauthorized access. According to the U.S. Department of Defense, the biggest proponent of this approach, the capabilities that must be defended can be viewed broadly in terms of four major elements. These elements are listed and described here.[19]

- The local computing environments, which they refer to as enclaves.
- Enclave boundaries
- Networks that link enclaves
- Supporting infrastructure

The local computing environment is the total physical and organization environment, including all data, applications, people, and facilities under the control of a single authority with a common uniform policy that governs security-related practices.[18] With this definition, a hospital in a defined location fits the description of an enclave. Protection of an enclave means protecting computer and communication devices, operating systems, and integration of software applications without reducing security. In some cases, the building itself may have to be secured with cameras. Effective security begins with a security policy that will guide the actions of the organization.

Enclave boundaries are the points at which the local area network connects to the service layer. The purpose of securing the enclave boundaries include protection against unauthorized modification or disclosure of data transmitted outside the boundary. Firewalls, intrusion detection, and prevention systems are implemented at the periphery of the enclave to ensure that intrusions from the outside are dealt with based on the organization's security policy. The objective is to protect the inside network and ensure availability.

Networks that link enclaves are those that transport data and information between enclaves. These networks are often beyond the control of the organization. Typically, large telecommunication companies manage and maintain these networks. The networks have high-speed transmission and switching capabilities. Organizations purchase services from these companies and rely on the security they provide to transport their data from one point to another. It is important that organizations like hospitals that exchange critical information between remote locations do due diligence by researching these companies and use selection processes that allow them to assess their capabilities in security provisions. Also, service agreements should cover security concerns that the organization may have.

Supporting infrastructure provides security services for network, enclave, and the computing environments. These are the specific security apparatus such as cryptography, incident detection, reporting and response used to protect the network.

Implications of the Information Security Dynamic for Nursing Administrators

Nurses collect, store, and transmit large amounts of data and information of varying sensitivities from patients. The output of data processed from one unit may be the input data for another unit. Accuracy and precision of information must be maintained at all times. Patient privacy concerns are also paramount The Health Insurance Portability and Accountability Act (HIPAA) provides a number of administrative, physical, and technical safeguards for covered entities to ensure confidentiality, integrity, and availability of electronic protected health information. It has stringent stipulations with legal liabilities implications and penalties. The privacy rule sets limits on who can look at and receive a patient's information, while making accessible similar information for effective patient care. It applies to all forms of individuals' protected health information whether electronic, written, or oral.[23] The website referenced here provides succinct summary of HIPAA. Details of this act are not covered in this section. The relatively new Health Information Technology for Economic and Clinical Health (HITECH) Act has further tightened privacy rules. These rules and regulations mean that the security and privacy of patient information cannot be ignored and should be critical components at all levels of nursing administration.

Nurses, doctors, and other entities nurses work with need to be actively involved in the management of patient information. Nursing administrators cannot be relegated to playing a passive role when it comes to securing patient information. They should be engaged in the active defense process right from the outset. This means that senior leadership must commit to information assurance and set the tone for a culture and values that promote and respect patient information security. It is important for senior management to realize that the framework for a security policy they champion extends beyond the principles of computer security. Security policies should address the basic goals of reducing risk and complying with applicable laws and regulations. Policies should also look at ensuring operational confidentiality, integrity, and availability, as has been highlighted throughout this section. Roles and responsibilities as well as accountability should be established and clearly understood by all.

To protect the hospital's information assets, nurses at all levels must recognize the need to protect information resources. Information security awareness and awareness education campaigns may be necessary to ensure that nurses understand their role in protecting information entrusted to them. Awareness is fundamental to learning. The National Institute of Standards and Technology (NIST) believes that learning is a continuum; it starts with awareness, builds to training, and evolves into education[23] Nursing educators should be informed about the steps in an awareness education life cycle and be exposed to the various models available for implementing awareness education. NIST provides an elaborate process that could be adapted to nurse awareness education. Awareness should focus first on preparing nurses to see themselves as more than taking care of patients and meeting their needs. If done properly, awareness education should encourage buy-in to the entire information security assurance process. Secondly, it should arouse personal interest in seeking knowledge pertaining to information security. Thirdly, it should set the stage for training initiatives.

Training of nurses in matters concerning information security should be intentional and ongoing. Training often works well when it immediately follows awareness endeavors that have heightened interest and sensitized to their security environment. There is an established body of knowledge in information security. In order to sustain the survivability of training initiatives and information security assurance in the hospitals, training should be a mission in which every function in the hospital has a stake. As senior leadership seek training in regulatory compliance, high-level management of information security, and other skills related to security, they are indicating their commitment to security. Training should not only be tailored to specific nursing roles. It should ensure that senior leadership, program managers, the chief information officer, the information systems security officer, the systems administrator, and all employees not only understand their roles but also how they interface with each other. Information users should understand and know to whom to report and what to do in case of information breach. They also need to have the ability to ascertain when an incident has occurred. Top management would need training in information security policy formulation strategies, whereas middle management learns how to develop and implement best practices. Nursing administrators may need some outside help during training.

There must be adequate staffing and funding for the information security program to work. It is easier to achieve this if top management has bought into the security initiatives of the hospital. Seeking buy-in from top management could be a project in itself. It requires special skills, as the whole idea has to be carefully "sold" to top management. It requires technical communication skills not loaded with technical jargon, and the verbiage should be right. Depending on the environment, change management skills may be needed, particularly if the culture that exists is one likely to resist change.

In conclusion, information security management in a hospital could be challenging. There are several components to it. Nursing administrators seeking to initiate or augment existing programs should take note of the following. Part 1 lists some considerations for undertaking information security initiatives. Part 2 and 3 list administrative and technical checklist for effective security implementation. Part 3 contains recommendations made by Foundstone to obviate hacking.[25] The lists are by no means exhaustive and are not in chronological order.

Part 1

1. Embarking on information security initiatives is a step in the right direction. Protecting patient information is a regulatory compliance issue that must be taken seriously.
2. The technical and administrative complexity in managing such programs could be overwhelming. Significant time needs to be put into the entire project, particularly during the planning stage.
3. It is critical to get a buy-in from top management before starting a project on information systems security.
4. Ensure that you clearly understand all parties involved, including their roles and accountability.
5. It is important to have some technical understanding of information systems.
6. Have a grasp on information flow within the hospital and the interfaces involved.
7. Determine the human and financial resources needed to achieve established goals.
8. Spend some time familiarizing yourself with laws and regulation governing patient information privacy.
9. Establish a rapport with the information technology department and work closely with them.
10. You must be certain that there will be obstacles along the way. Learn persistence.
11. Ensure that your organization has an information security policy.

Part 2

1. Adopt a security approach that is layered.
2. Divide users into groups based on their information needs and assign only those rights needed to do their work.

3. Make sure that information system devices are placed in secure locations and physically locked to prevent unauthorized physical access.
4. Password protect the computer boot process.
5. Use operating systems, such as Windows New Technology-based systems that allow you to lock down files and folders.
6. Have a strong password policy
7. Depending on the sensitivity of information, audit computer use.
8. Implement software and hardware firewalls as appropriate.
9. Have a written acceptable computer use policy
10. Implement intrusion detection systems at the boundaries of your internal network.
11. Make sure computer devices are protected from electrical spikes, surges, and brownouts.
12. Ensure that critical servers are housed in controlled environments with air conditioning, fire prevention, and protection.
13. Ensure that critical information is backed up frequently.

Part 3

1. Isolate or remove compromised hosts from the organization's network.
2. Do not plug USB storage devices into potentially compromised machines and then plug them into other systems—this may expand an incident.
3. Secure or disable all wireless access points and dial-in modems.
4. Suspend all outbound Internet traffic if you suspect a hacker may be sending sensitive information to remote hosts.
5. Ensure that all sensitive communication is encrypted during containment and remediation.
6. Monitor network traffic.
7. Patch and harden all Internet facing applications and operating systems.
8. Review all critical code to ensure it has not been modified.
9. Monitor all e-mail for phishing
10. Ensure up-to-date antivirus software is running on all desktops and servers.
11. Activate your response team
12. Do not change anything unless instructed/approved by management and legal team.
13. Notify management as soon as possible.
14. Document everything you know, retain evidence, and maintain a chain of custody.

ETHICAL, LEGAL, AND SECURITY ISSUES

Ethical, legal, and security issues go hand in hand when using technology. These concepts have been the top issues for IS departments and healthcare organizations for many years. Webster defines ethics as a system of conduct or behavior.[26] Ethics is conforming to professional standards that are defined by an organization or group of individuals such as nursing. Security can be defined as being safe and free from danger.[26] Terms related to security are privacy and confidentiality. Privacy is defined by Romano as "control over exposure of self or information about oneself and freedom from intrusion. Privacy denotes the right of an individual to decide how much personal information to share. It includes a right to secrecy of information and protection against the misuse or release of this information."[27] Confidentiality means being entrusted with information that is held secret or secure.[26] Each of these concepts shares a relationship with each other when discussing patient information.

Many legal issues can arise from using technology and should be addressed by organizations. HIPAA of 1996 was originally designed to protect workers from losing their right to insurance coverage when leaving a job (portability) and to protect integrity, confidentiality, and availability of electronic health information (accountability). Key components of HIPAA can be found in **Figure 13-8**. Components that relate to the development of electronic data, security, and privacy standards play a major role in health-care delivery. HIPAA has placed attention on the implications on computerized electronic records as they relate to patients' rights.[12] The HIPAA privacy component gives patients access to and control over their medical data and who has access to it. Health plans, healthcare clearinghouses, and healthcare providers must obtain prospective approval from a patient before sharing protected health information.

As a result of the privacy act, security issues concerning electronic health information arose. Security provisions must be made that cover policies, procedures, physical safeguards, and technical aspects of the management of protected health information. Security rules ensure the confidentiality, integrity, and availability of electronic protected health information. The current version of HIPAA legislation represents a relatively flexible set of rules that anticipates future changes in technology but remains achievable by healthcare organizations.[12]

Nursing management must be aware of the legal issues surrounding patient information and employees. There are guidelines and strategies (**Figure 13-9**) available from the American Nurses Association, the American Health Information Management Association, and the Canadian Nurses Association that help to minimize legal risk associated with computerized documentation and technology.[28]

FUTURE TRENDS

It is unclear what the future holds for nursing when thinking about technology and what it can do to enhance the daily work flow involved in producing high-quality care. Transforming care into high-quality care is the essence of the clinical environment, and nurse leaders need to recognize the importance of

---

FIGURE 13-8   Key Components of HIPAA

There are three aspects that relate to computerized medical information and patient's rights.

1. Privacy: The requirement for healthcare providers to obtain consent from patients about protected health information
2. Security: Administrative, physical, and technical safeguards used to protect patient data
3. Code sets: Tags and labels used in identification of patient specific data, including definitions, billing codes, and patient identifiers

Source: Author.

FIGURE 13-9   Guidelines and Strategies to Minimize Risk

1. Never give out your computer password.
2. Always log off when you leave a computer terminal.
3. Follow procedures for correcting mistakes because computer entries are permanent.
4. Do not leave patient information displayed on a screen; keep track of printed information and dispose of it properly.
5. Follow your institution's confidentiality policies and procedures.

Source: Author.

emerging technologies. Two such technologies are virtual reality (simulation) and ubiquitous computing. Both these technologies are emerging and being used in education and other areas of health care.

Virtual reality allows an individual the ability to interact in a computer-stimulated environment. Most virtual reality environments are primarily visual, displayed either on a computer screen or through some special or stereoscopic display, but some offer additional sensory information such as sound. Others offer tactile information forcing feedback in medical and gaming applications. Users can interact with the computer-driven devices, which have become known as simulation technology. It has been used for years in pilot training and combat training. Currently, simulation is being experimented with and used in the medical industry. Nursing schools, medical schools, and other discipline schools are using simulation technology to train students with hands-on computer-simulated scenarios to replace the demand for clinical environments provided by healthcare organizations. It is unclear at this time where future virtual reality technology will lead the healthcare industry.[29,30]

Ubiquitous computing is a model of human computer interaction where information processing has been integrated into everyday objects and activities. Nurse leaders engaging in ubiquitous computing use many computational devices and systems simultaneously in the course of ordinary activities, and most of the time they may not be aware of it. All models of ubiquitous computing share a vision of small, inexpensive, robust networked processing devices. This natural interaction between humans and computers has yet to emerge, although there is recognition in the computer field that we are already living in a ubiquitous computing world.[31]

SUMMARY

New and emerging technologies will continue to have an effect on the healthcare delivery system. Nursing, as a major player in health care, will be part of this ever-growing era of technology. Having access to learning environments that support this new technology will be a challenge for academia and healthcare organizations. Providing learning that simulates these environments requires a commitment from administrators in both areas. As the nursing shortage, improved quality care, and the push for electronic health records continue to drive technology in health care, nurse leaders will need to be more and more involved in information system technology.

Nurse leaders, both managers and executives, need to be conscious of new emerging technologies and how they can enhance clinical and nonclinical areas of nursing. Understanding the fundamental elements of computing is no longer sufficient. Nurse leaders must have learned knowledge to help lead nursing to a new age of electronic processing. Engaging in collaboration with information systems departments to select, design, develop, implement, and evaluation information systems is essential to the success of fully computer-automated environments.

WWW APPLICATION EXERCISES

Exercise 13-1

Think back 5 to 10 years and consider how technology has changed in your workplace. Consider how technology has affected you and your family. Write down the changes you have seen as technology has advanced.

Exercise 13-2

Think about your skills. Do you have the technology skills needed to perform efficiently in a high-tech environment? What training would you benefit from? What skills do you see as necessary for nurses as it relates to technology?

Exercise 13-3

Visit Vital Health Statistics website and search the site. Numerous databases of information are available.

1. List some interesting information that you found.
2. List ways nursing uses data, information, and knowledge specific to your job.

Exercise 13-4

How have you used the Internet in your practice? How do you see the Internet being used in the future? List ways the Internet can enhance healthcare delivery that is different from what is going on today.

Exercise 13-5

1. Considering healthcare information systems, what systems have you used?
2. List healthcare information systems you use or have used and categorize them into administrative and clinical healthcare information systems.
3. What systems would benefit nursing leaders the most? List them.
4. Identify and list information technology used by personnel (unit secretary, nurse technicians, nurses, nurse leaders). Include personal computer applications and information systems.

Exercise 13-6

Gain access to a computer and look for the word processing program. Open the program and experiment with the options that the word processing software has available. Experiment with inserting pictures and graphics. Produce a fact sheet with facts about the word processing software listed.

Exercise 13-7

1. Discuss your views on ethical, legal, and security issues.
2. What security measures do you interact with in your environment? List them.
3. What security measures do you see as needing improvements?
4. How can you contribute to confidentiality and privacy efforts?

Exercise 13-8

List examples where simulation technology would be beneficial for nursing in clinical areas. Think of examples of ubiquitous computing in health care.

 For a full suite of assignments and additional learning activities, use the access code located in the front of your book to visit this exclusive website: http://go.jblearning.com/roussel. If you do not have an access code, you can obtain one at the site.

NOTES

1. Toffler, A. (1980). *The third wave*. New York: Morrow.

2. Rutsky, R. L. (1999). Techno-cultural interaction and the fear of information. *Style, 3*, 267.

3. American Nurses Association. (2006). *Scope and standards of nursing informatics practice*. Silver Spring, MD: Nursesbooks.org.

4. Hebda, T., Czar, P., & Mascara, C. (2005). *Handbook of informatics for nurses & health care professionals* (3rd ed.). Upper Saddle River, NJ: Pearson Education, Inc.

5. *Merriam-Webster Dictionary*. (n.d.). Retrieved July 31, 2011, from http://www.merriam-webster.com/dictionary

6. Harrison, M., Logan, J., Joseph, L., & Graham, I. (1998). Quality improvement, research, and evidence-based practice: 5 years experience with pressure ulcers. *Evidence-Based Nursing, 1*, 108–110.

7. Austin, C. J., & Boxerman, S. B. (2003). *Information systems for healthcare management*. Washington, DC: Foundation of the American College of Healthcare Executives.

8. Saba, V. K., & McCormick, K. A. (2001). *Essentials of nursing informatics* (4th ed.). New York: McGraw-Hill.

9. The Technology Informatics Guiding Education Reform (TIGER) Initiative (2007). Retrieved January 20, 2008, from www.tigersummit.com

10. Roussel, L., Swansburg, R., & Swansburg, R. (2006). *Management and leadership for nurse administrators* (4th ed.). Sudbury, MA: Jones and Bartlett.

11. Coile, R. C., Jr. (2000). The digital transformation of health care. *Physician Executive, 26*, 8–15.

12. Hanson, C. W. (2006). *Healthcare informatics*. New York: McGraw-Hill.

13. Carns, A. (2002, November 11). The check up is in the e-mail: A new service lets patients have online consultation with doctors. So why aren't many people using it? *Wall Street Journal*, p. R9.

14. Carns, A. (2002, October). Online doctor-patient consulting shows promise in California study. *Wall Street Journal*, p. D8.

15. Spreadsheets. Wikipedia, the free encyclopedia. Retrieved January 25, 2008, from http://en.wikipedia.org/wiki/Spreadsheet

16. Simpson, R. L. (1997). What good are advanced practitioners if nobody at the top knows their value? *Nursing Administration Quarterly, 91*, 26–37.

17. Huber, D., Schumacher, L., & Delaney, C. (1997). Nursing management minimum data set (NMMDS). *Journal of Nursing Administration, 27*, 42–48.

18. Haag, S., Baltzan, P., & Phillips, A. (2008). *Business data driven technology* (2nd ed.). Boston, MA: McGraw Hill Irwin.

19. Defense in Depth. Department of Defense. Retrieved June, 2011 from http://iase.disa.mil/ETA.

20. Harris, Shon (2007). *All-in-one. CISSP exam guide* (4th ed.). New York: McGraw Hill Osborne.

21. Wallace, R. (2002). *Academic learning series. Microsoft Windows XP Professional*. Redmond, WA: Microsoft Press.

22. Fites, P., & Kratz, M. P. J. (2003). *Information systems security: A practitioner's reference* (2nd ed.). Fites & Associates Management Consultants Ltd and Martin P. J. Kratz Professional Corporation.

23. U.S. Department of Health and Human Services. (n.d.). Health information privacy. Retrieved from http://www.hhs.gov/ocr/privacy/hipaa/understanding/consumers/index.html

24. Walsh, M., & Hash, J. (2003). *Building an information security awareness and training*: NISTSP 800-50. Gaithersburg, MD: U.S. Department of Commerce, National Institute of Standards and Technology. Retrieved July 13, 2011, from http://csrc.nist.gov/publications/nistpubs/800-50/NIST-SP800-50.pdf

25. McAfee® Foundstone® Professional Services. (2008). *How to evict a hacker.* Santa Clara, CA: McAfee, Inc. Retrieved July 13, 2011, from http://www.mcafee.com/us/resources/data-sheets /foundstone/fs-how-to-evict-hacker.pdf

26. Security. (2004). *Webster's collegiate dictionary and thesaurus.* New Lanark, Scotland: Geddes and Grossett.

27. Romano, C. A. (1987). Privacy, confidentiality, and security of computerized systems. *Computers in Nursing, 2,* 99–104.

28. Iyer, P. (1993). Computer charting: Minimizing legal risks. *Nursing, 23,* 86.

29. Burdea, G., & Coffet, P. (2003). *Virtual reality technology* (2nd ed.). New York: Wiley-IEEE Press.

30. Rheingold, H. (1992). *Virtual reality.* New York: Simon & Schuster.

31. Sharp, H., Rogers, Y., & Preece, J. J. (2007): *Interaction Design: Beyond Human-Computer Interaction.* New York: NY, John Wiley and Sons.

REFERENCES

American Nurses Association. (2006). *Scope and standards of nursing informatics practice.* Silver Spring, MD: Nursesbooks.org.

Austin, C. J., & Boxerman, S. B. (2003). *Information systems for healthcare management.* Washington, DC: Foundation of the American College of Healthcare Executives.

Barrie, J. M., & Presti, D. E. (2000, March 31). Digital plagiarism—the Web giveth and the Web shall taketh. *Journal of Medical Internet Research, 2*(1), e6. Retrieved July 31, 2011, from http://www.jmir .org/2000/1/e6/

Boyer, C., Selby, M., Scherrer, J. R., & Appel, R. D. (1998, September). The health on the net code of conduct for medical and health web sites. *Computers in Biology and Medicine, 28*(5), 603–610.

Burdea, G., & Coffet, P. (2003). *Virtual reality technology* (2nd ed.). New York: Wiley-IEEE Press.

Carns, A. (2002, November 11). The check up is in the e-mail: A new service lets patients have online consultation with doctors. So why aren't many people using it? *Wall Street Journal,* p. R9.

Carns, A. (2002, October). Online doctor-patient consulting shows promise in California study. *Wall Street Journal,* p. D8.

Charnock, D., Shepperd, S., Needham, G., & Gann, R. (1999, February). DISCERN: An instrument for judging the quality of written consumer health information on treatment choices. *Journal of Epidemiology & Community Health, 53*(2), 105–111.

Childress, C. A. (2000, March 31). Ethical issues in providing online psychotherapeutic interventions. *Journal of Medical Internet Research, 2*(1), e5. Retrieved July 31, 2011 from http://www.jmir .org/2000/1/e5

Coile, R. C., Jr. (2000). The digital transformation of health care. *Physician Executive, 26,* 8–15.

Defense in Depth. Department of Defense. Retrieved June, 2011, from http://iase.disa.mil/ETA.

Eng, T. R., & Gustafson, D. H. (Eds.). (1999). *Wired for health and well-being: The emergence of interactive health communication.* Washington, DC: US Department of Health and Human Services, Science Panel on Interactive Communication and Health.

Eysenbach, G. (2000, March 31). Report of a case of cyberplagiarism—and reflections on detecting and preventing academic misconduct using the Internet. *Journal of Medical Internet Research, 2*(1), e4. Retrieved July 31, 2011, from http://www.jmir.org/2000/1/e4/

Eysenbach, G., & Diepgen, T. L. (1998, November 28). Towards quality management of medical information on the Internet: Evaluation, labelling, and filtering of information. *BMJ, 317*(7171), 1496–1502. Retrieved July 31, 2011 from http://www.bmj.com/content/317/7171/1496.full.pdf?sid=c88ba6f5-99f8-4b92-8801-fe331f77ea31

Eysenbach, G., & Diepgen, T. L. (1999, June). Labeling and filtering of medical information on the Internet. *Methods of Information in Medicine, 38*(2), 80–88.

Eysenbach, G. (2000, February 24). Towards ethical guidelines for dealing with unsolicited patient emails and giving teleadvice in the absence of a pre-existing patient-physician relationship systematic review and expert survey. *Journal of Medical Internet Research, 2*(1). Retrieved July 31, 2011 from http://www.jmir.org/2000/1/e1

Fites, P., & Kratz, M. P. J. (2003). *Information systems security: A practitioner's reference* (2nd ed.). Fites & Associates Management Consultants Ltd and Martin P. J. Kratz Professional Corporation.

Gustafson, D. H., Robinson, T. N., Ansley, D., Adler, L., & Brennan, P. F. (1999, January). Consumers and evaluation of interactive health communication applications. The Science Panel on Interactive Communication and Health. *American Journal of Preventive Medicine, 16*(1), 23–29.

Haag, S., Baltzan, P., & Phillips, A. (2008). *Business data driven technology* (2nd ed.). Boston, MA: McGraw Hill Irwin.

Hanson, C. W. (2006). *Healthcare informatics*. New York: McGraw-Hill.

Harris, Shon (2007). *All-in-one. CISSP exam guide* (4th ed.). New York: McGraw Hill Osborne.

Harrison, M., Logan, J., Joseph, L., & Graham, I. (1998). Quality improvement, research, and evidence-based practice: 5 years experience with pressure ulcers. *Evidence-Based Nursing, 1*, 108–110.

Hebda, T., Czar, P., & Mascara, C. (2005). *Handbook of informatics for nurses & health care professionals* (3rd ed.). Upper Saddle River, NJ: Pearson Education, Inc.

Huber, D., Schumacher, L., & Delaney, C. (1997). Nursing management minimum data set (NMMDS). *Journal of Nursing Administration, 27*, 42–48.

Iyer, P. (1993). Computer charting: Minimizing legal risks. *Nursing, 23*, 86.

McAfee® Foundstone® Professional Services. (2008). *How to evict a hacker*. Santa Clara, CA: McAfee, Inc. Retrieved July 13, 2011, from http://www.mcafee.com/us/resources/data-sheets/foundstone/fs-how-to-evict-hacker.pdf

Merriam-Webster, Incorporated (2005). Merriam-Webster online dictionary. Retrieved January 07, 2008, from http://www.m-w.com/cgi-bin/dictionary

Rheingold, H. (1992). *Virtual reality*. New York: Simon & Schuster.

Romano, C. A. (1987). Privacy, confidentiality, and security of computerized systems. *Computers in Nursing, 2*, 99–104.

Roussel, L., Swansburg, R., & Swansburg, R. (2006). *Management and leadership for nurse administrators* (4th ed.). Sudbury, MA: Jones and Bartlett.

Rutsky, R. L. (1999). Techno-cultural interaction and the fear of information. *Style, 3*, 267.

Saba, V. K., & McCormick, K. A. (2001). *Essentials of nursing informatics* (4th ed.). New York: McGraw-Hill.

Security. (2004). *Webster's collegiate dictionary and thesaurus*. New Lanark, Scotland: Geddes and Grossett.

Sharp, H., Rogers, Y., & Preece, J. J. (2007): *Interaction Design: Beyond Human-Computer Interaction*. New York: NY, John Wiley and Sons.

Simpson, R. L. (1997). What good are advanced practitioners if nobody at the top knows their value? *Nursing Administration Quarterly, 91*, 26–37.

Spreadsheets. Wikipedia, the free encyclopedia. Retrieved January 25, 2008, from http://en.wikipedia.org/wiki/Spreadsheet

The Technology Informatics Guiding Education Reform (TIGER) Initiative (2007). Retrieved January 20, 2008 from www.tigersummit.com

Toffler, A. (1980). *The third wave*. New York: Morrow.

U.S. Department of Health and Human Services. (n.d.). Health information privacy. Retrieved from http://www.hhs.gov/ocr/privacy/hipaa/understanding/consumers/index.html

Wallace, R. (2002). *Academic learning series. Microsoft Windows XP Professional.* Redmond, WA: Microsoft Press.

Walsh, M., & Hash, J. (2003). *Building an information security awareness and training*: NISTSP 800-50. Gaithersburg, MD: U.S. Department of Commerce, National Institute of Standards and Technology. Retrieved July 13, 2011, from http://csrc.nist.gov/publications/nistpubs/800-50/NIST-SP800-50.pdf

Appendix 13-1

COMPUTER TECHNOLOGY TERMS

Central processing unit (CPU): The part of the computer that controls all other parts. It consists of a control unit, an arithmetic and logic unit, and memory (registers and cache).

Character: A letter, digit, or other symbol that is used as part of the representation of data. A byte.

Compact disc (CD): A type of disk storage that uses magneto-optical recording and lasers.

Data: A representation of numbers or characters in the form suitable for processing by a computer.

Database: A collection of files or tables.

Database management system: A specialized type of software used for the organization, storage, and retrieval of data in a database.

Disk (or disc): Round, flat magnetic media used for the storage of data.

Downtime: The elapsed time when a computer is not available for use. It may be scheduled for maintenance or unscheduled because of machine or program problems.

Expert system: An application that contains a knowledge base and a set of algorithms or rules that have been derived from human expertise to provide assistance in decision making.

Extranet: An extension of an organization's intranet, over the Internet, enabling communication between the institution and people with whom it deals.

Field: A unit of data within a record.

File: A collection of related data with a given structure.

Forecasting: Predicting the future by an analysis of data.

GUI (graphical user interface): A user interface to a computer based on graphics.

Hard copy: Printed computer output in the form of reports and documents.

Hardware: Physical computer equipment.

Information systems: Computer systems designed to store and manipulate information for communication and decision support.

Input/output (I/O): Transfer of data between an external source and internal storage.

Interface: Point at which independent systems or computers interact.

Internet: A worldwide network of computer networks that use the TCP/IP network protocols to facilitate data transmission and exchange.

Intranet: A privately maintained computer network that can be accessed only by authorized persons, especially members or employees of the organization that owns it.

Key: A field or fields within a record that makes that record unique with respect to other records in a file.

Kilobyte (KB): 1,024 bytes.

Local area network (LAN): Two or more computers connected for local resource sharing.

Mainframe computer: A powerful computer capable of being used and interacted with by hundreds of users, simultaneously.

Megabyte (MB): 1,024 kilobytes.

Microcomputer: A small computer built around a microprocessor.

Minicomputer: A midsize computer, smaller and less powerful than a mainframe but larger and more powerful than a microcomputer.

Modeling: Representation of a complex system used as a basis for simulation to allow for the prediction and understanding of the system's behavior.

Modem: Device that converts digital data from a computer to an analog signal that can be transmitted on a telecommunications line and that converts received analog transmissions to digital data.

Multimedia: Combination of different elements of media, such as text, graphics, audio, video, animation, and sound.

Multitasking: Mode of operation that provides for the concurrent execution of two or more tasks.

Online processing: System that provides for the immediate, interactive input and processing of data.

Operating system: Software designed to control the hardware of a specific computer system to allow users and application programs to use it.

Printer: Terminal or peripheral that produces hard copy or printed output.

Program: A set of computer instructions directing the computer to perform some operation.

Random access: A storage technique whereby a file can be addressed and accessed directly at its location on the media or a record can be addressed and accessed directly within a file.

Record: A group of related fields of data treated as a unit.

Robotics: Science or study of mechanical devices designed to perform tasks that might be otherwise done by humans.

Sequential access: Storage technique whereby a file can be addressed and accessed only after all those before it on the media have been or a record can be addressed and accessed only after all those before it in the file have been.

Simulation: Attempting to predict aspects of the behavior of some system by creating an approximate model of it.

Software: A program or set of programs written to tell the computer hardware how to do something.

Spreadsheet: Specialized type of software for manipulation of numbers.

Table: Collection of related records in a database management system.

Trend: Systematic pattern of change over time.

Ubiquitous computing: Human–computer interaction that involves sharing of computer technology with everyday activities and objects.

User friendly: Software considered easier to use for novices.

Virtual reality: Simulation of real environments.

Voice communication: Interaction with a computer by voice recognition.

Wide area network (WAN): A network of two or more groups of computers or computing devices that are remote from each other and connected by telecommunication equipment.

Word processor: Specialized type of software for the manipulation of words to produce printed material.

Leading to Improve the Future Quality and Safety of Healthcare Delivery

Health Policy, Laws, and Regulatory Issues

Valorie Dearmon

WWW ## LEARNING OBJECTIVES AND ACTIVITIES

- Describe policy, public policy, and their relationship to healthcare issues.
- Outline a policy process.
- Describe the nurse's role in public policy.
- Describe the role and function of the U.S. Department of Health and Human Services.
- Review laws and regulations that impact health care.
- Differentiate between Medicare and Medicaid.
- Describe the licensure and credentialing process.

WWW ## CONCEPTS

Policy, health policy, agenda setting, nurse practice acts, licensure, certification, laws, regulations.

SPHERES OF INFLUENCE

Unit-Based or Service-Line-Based Authority: Educates patient-care team members on the legislative and regulatory processes and methods for influencing both; interprets impact of state and federal legislation on nursing and healthcare organizations; identifies and eliminates sexual harassment, workplace violence, and verbal and physical abuse; interprets legal and regulatory guidelines for human resource management.

Organization-Wide Authority: Possesses knowledge of health policy; articulates federal and state laws and regulations that affect the provision of patient care; participates in the legislative process concerning health care through membership in professional organizations and personal contact with public officials.

Quote

I find the great thing in this world is not so much where we stand, as in what direction we are moving—we must sail sometimes with the wind and sometimes against it—but we must sail, and not drift, nor lie at anchor.

—Oliver Wendell Holmes, Jr., Former U.S. Supreme Court Justice

Introduction

Health care in America continues to remain at the forefront of public and political concerns. The United States spends far more on health care than any other nation.[1] In 2008, the United States spent 2.3 trillion dollars on health care, accounting for 16.2% of the gross domestic product (GDP).[2] It is estimated that the GDP of healthcare costs will continue to rise to an unprecedented 17.4% in 2011 and 19.6% by 2019.[3] In response to escalating costs, the 2011 budget for the Department of Health and Human Services (DHHS) increased $51 billion over last year to a total of $911 billion.[4] In numerous respects health care in the United States compares favorably to other countries by offering premium care in some of the most prestigious hospitals in the world, excelling in early adoption of surgical techniques, new technology, introduction of new pharmaceuticals, early detection and treatment of cancer, and provision of convenient care with decreased wait times to see physicians.[5] Conversely, higher healthcare expenditures have not produced a healthier population in this country. The people of the U.S. do not live as long as those in peer countries. In 2008, the average U.S. life expectancy (a basic global measurement of health) was 77.9 years, versus an average of 78.6 in other industrialized nations, and the country's infant mortality rates remained higher than those in other developed areas.[6] Furthermore, safety concerns have surfaced regarding the U.S. healthcare system. In 2000, the Institute of Medicine's landmark publication, *To Err Is Human*, alerted the nation to serious dangers within the healthcare system when reporting that as many as 98,000 patient deaths occur annually as a result of medical errors.[7] Public and private sectors were summoned to review practices and transform systems to enhance safety and quality outcomes. Over the last decade, government, private sectors, and healthcare organizations have rallied to address performance gaps and defects in the American healthcare system.[8] Changing a complex, dynamic system with multiple stakeholders is difficult and results are slow. A 2005 report indicates that although the "conversation has changed," forecasted improvement has been less than anticipated.[9] Considerable effort is needed to find the most equitable and effective policies that will improve quality and patient safety.

Throughout the history of this country, laws and regulations governing the delivery of healthcare services have evolved. The 2010 Affordable Care Act (P.L. 111-148), legislation that represents the broadest healthcare overhaul since the 1965 creation of Medicare and Medicaid programs, is the most recent effort to address increasing costs, the uninsured, and healthcare quality. The new law increases insurance coverage for 30 million citizens and provides a significant investment in public health and prevention. Opinions vary among stakeholders as to whether the new reform law will help or worsen matters. Complexity of issues, political agendas, and diversity in values further complicate resolution. Needless to say, the end to healthcare woes is far from over and much work remains to be done. The knowledge and expertise of leaders is essential to tackle the multifaceted issues that face the nation. As the largest body of healthcare providers in this country, nurses must let their voices be heard. Participation in identifying and enacting workable solutions requires an understanding of health policy and the process used to establish governing regulations.

HEALTH POLICY

According to Mason and colleagues, policy "encompasses the choices that a society, segment of society, organization makes regarding its resources" to reach defined goals.[10] Policy is also viewed as a process whereby the issues and potential interventions, ethical considerations, and political beliefs are constantly challenged.[11] Mason et al. describe five types of policy: *Institutional policies* refer to rules that govern the workplace, *organizational policies* pertain to positions taken by organizations to govern the workplace and behavior, *public policies* are authoritative rulings relating to those decisions made by government, *social policy* is intended to enhance public welfare, and *health policy* is directed toward promoting the health of citizens.[12]

Health policy is an established plan of action usually made by government policymakers or healthcare organizations to achieve established outcomes pertaining to the healthcare system.[13] **Figure 14-1** provides instances of health policy concerns within the United States for the federal, state, and local government and matters of concern for healthcare organizations and professional providers. Many concerns overlap at different levels. Although there is much debate around the extent of healthcare regulation, most agree that regulation is required to protect the interest of the public. Health care in the United States is heavily regulated by federal, state, and local government as well as private accrediting and certifying organizations.[14]

Consistent with policy of other sorts, health policy can be described as an entity and a process and reflects the values, beliefs, and attitudes of the policymakers.[15] As an entity, policy serves to articulate the position or belief of the leaders or administration in power. The philosophy and mission held by the administration influence the direction of government policies. Policies can take the form of position statements, goals, programs, proposals, and laws. Development of public health policy occurs through a process. The economic climate and scarcity of resources have led countries throughout the world to reform healthcare policies. Philosophical approaches to policy development vary widely. A *rational approach* aims to radically change policy based on idealistic goals. This approach frequently meets substantial resistance except in the case of a crisis.[16] Recently, the Obama administration accomplished an historic feat by successfully passing legislation that calls for sweeping change in the health care of America. However, due to the magnitude of change, continued disagreement among political parties and resistance threaten the viability of the newly passed law. A more conservative philosophy to policy change occurs with an *incremental view*, which is more politically savvy and strives to work from the periphery addressing smaller subsets of the issue.[17] Ripley developed a structured model to describe the stages of policy development.[18] In the Stage Sequential Model specified activities of various stages successively follow one another.[19] The stages of the policy process model are as follows:

1. Policy/issue identification
2. Agenda setting
3. Formulation
4. Implementation/adoption/legislation
5. Evaluation

Policy/Issue Identification

During the problem identification phase of policy development, a societal problem within a community, state, or nation is identified. Establishing an accurate and appropriate definition of the problem is essential if resolution is to occur.[20]

Agenda Setting

Once a problem has been identified and formed into a policy issue, data are collected and the argument for policy development is forwarded to policymakers with jurisdiction over the issue. As competition for the attention of decision makers and valuable resources may be fierce, it is important to identify those who have interest and offer support for the policy in the early stage of development.[21] During the early phase of agenda setting, the policy statement is outlined, the purpose and results are well established, important political and socioeconomic aspects are considered, and anticipated resource consumption identified. During this phase, unspoken professional and personal values and beliefs of individuals

FIGURE 14-1   Illustrative Health Policy Issues for the United States

Federal, State and Local Level

- What is the role of government in planning, funding, and regulating a national health plan?
- What role does government have in managing malpractice suits and awards?
- Supply of healthcare professionals (How much is enough? Where should funding go?)
- How involved should the government be in regulating safety practices that influence the health and well being of citizens (e.g., text messaging while driving, motor cycle helmets, fall prevention)?
- What is the role of the federal government in establishing eligibility criteria, benefits, regulations, and funding for Medicare? How will Medicare continue to be funded with an aging population?
- Who is responsible for insuring the uninsured? Should health insurance be mandated?
- Is the government responsible to subsidize health care for the uninsured?
- What is the role of government in regulating the practice of healthcare professionals (e.g., licensure, scope of practice, staffing ratios, mandatory overtime)?
- What is the role of government in planning for and responding to disasters in America?
- What is the government's responsibility in influencing healthy life style choices of citizens (e.g., smoking cessation, healthy eating, safe sex practices, exercise)?
- What role should government play in mandating patient safety and quality within the healthcare system?
- Does the government have a responsibility to establish boundaries for genetic testing and engineering?
- How should the government respond when illegal immigrants require health services?
- Does the government have a role in end of life care decisions such as the Terri Schiavo case?

Healthcare Organizations

- How can organizations control costs without jeopardizing access to care, quality of services, and patient safety?
- What responsibility does the organization have to create and sustain a culture of safety?
- How can the organization balance the duty to provide services that meet the community needs within financial constraints?
- What should be considered by the organization when determining nurse/patient staffing ratios or nursing skill mix?
- How will the institution choose the type of organizational leadership model best for the facility?
- How does the organization decide whether to emphasize preventive or treatment of illness services?

Professional Providers

- How should I influence local, state, and national professional organizations on health policy?
- How will I determine which professional organizations should I join?
- What is my role in promoting healthcare in my community?
- How do I decide which managed care contract to select?
- Should I establish an independent practice or work for an established facility?
- How can I best influence policy within my organization?

Source: Author.

participating in the policy process are likely to influence key decisions.[22] Sensitivity to these positions and assumptions is necessary to further policy development.

Policy Formulation

Formulation is the stage where the facts about the issue are gathered, scrutinized, and distributed and the proposed policy moves through the decision-making process before enactment. Funding is established and the policy is balanced in respect to other policies. Public agenda issues introduced as a bill must progress through the legislative process before enactment. During the legislative process, many factors influence the outcome of the proposed bill, including pressure from special interest groups, preference of voters, partisan views, and personal opinions. Continued involvement from stakeholders must remain high throughout the process to push the policy through. The voice of nursing cannot be overemphasized. Knowing legislators, writing letters, and supporting professional organizations can influence healthcare policy development.

Implementation/Adoption/Legitimation

In this stage a body is given responsibility for policy execution. Legislators frequently look to experts to provide evidence-based information to operationalize the program. "If government officials do not know qualified, appropriate experts, then decisions about program planning and design often are determined by legislators, bureaucrats, or staff who know little or nothing about the problem or the solutions."[23] Implementation of public policy frequently takes place through the regulatory process. The regulatory process is a crucial time for nurses to determine the impact of program elements on health care and nursing practice and to ensure legitimacy of the law is maintained.[24] Generally, a governmental agency is appointed to oversee the policy. The appointed agency is authorized to abide by a set of rules when developing a workable policy. A well-known example of legislation regulated by a government agency is a state nurse practice act. The nurse practice act is law that is administered through a board of nursing. Each board of nursing is authorized to establish rules and regulations for application of the law.

The Affordable Care Act provides for a number of significant new programs and funding. New program development, which falls primarily to federal agencies, is just beginning to carry out the provisions of the law. Now is a perfect time for nurses to be involved in the implementation of the law.

Evaluation

During the evaluation phase, the policy performance or program outcomes are appraised and policy is modified at times. Evaluation is a logical component of the policy process. "Evaluation research is a powerful tool for defending viable programs, and for providing rationale for program failure."[25] Evaluation should begin early on and continue throughout a program to avoid fatal flaws.[26] Milstead describes the Tuskegee experiment (1932–1972) in which a group of African-Americans was used as a control group and denied antibiotic treatment for syphilis even after treatment was validated as successful.[27] This example underscores the need for vigilant monitoring and evaluation to address moral and ethical concerns as part of the legislative and public policy process. Another example of sequential change to existing policy is seen in the Medicare program. Medicare originated in 1965 and was expanded in 1972 to include patients with end-stage renal disease. In 1973 Medicare was further expanded to include people of any age who meet the definition of Medicare established by Medicare. The latest revision to the program was the addition of the Medicare prescription program in 2006.

NURSES AND POLICY DEVELOPMENT

Institutional Policy

Nurses are entrenched within the healthcare system and see first hand performance gaps and quality issues. Whether nurses work in a hospital, school, home health agency, clinic, long-term facilities, public health center, or in the battlefield, front-line nurses are vital to the quality and safety of patient care. Patient safety is foundational to the work of every practicing nurse.[28] A recent Institute of Medicine (IOM) report recognizes nurses as essential to advancing patient health and recommends that nurses be full partners with physicians and other front-line staff to redesign and improve practice environments.[30] Nurses in organizational leadership positions have a responsibility to remove barriers that prevent front-line nurses from being fully engaged in developing patient-centered care models, leading improvement activities and participating in policy development that make our work settings safer for patients and healthier for nurses providing direct care.

Public Policy

Public health policy is adopted and shaped by the policy process. The process is highly influenced by the opinions and preferences of lawmakers, individuals, special interest groups, and organizations.[30] Professional nurses render more direct care than any other healthcare provider and thus are in a unique position to see first hand the impact and needed changes of health policy, laws, and regulatory requirements. As the largest group of healthcare professionals in the country, nurses have an enormous power base available based on numbers alone. According to the 2008 *National Sample of Registered Nurses*, there are over 3 million registered nurses living in the United States.[31] Abood summarizes the sources of power for nurses and notes that the basis of power extends far beyond the numbers.[32] **Figure 14-2** describes sources of power for nurses as expert, legitimate, referent, reward, and coercive. Legitimate power is afforded all nurses by virtue of licensure to practice nursing. Moreover, founding principles from the American Nurses Association's *Code of Ethics for Nurses with Interpretive Statements*[33] and Nursing's *Social Policy Statement*[34] as well as responsibilities established in American Nurses Association's *Scope and Standards for Nursing Administrators*[35] and competencies from the American Organizations of Nurse Executives[36] provide further evidence of legitimate power of the nurse. Nursing executives, by the nature of their positions, have the potential for all sources of power and, if used effectively, can influence both public and organizational policy. Successful leaders do not cling to personal power; instead, effective leaders recognize and value the power in each individual. Nurses in every role have the potential to lead change and diffuse improvement efforts. However, the opportunity for one nurse to effect change is greater at the micro level of a system than at a macro level.[37] For this reason, a nurse providing direct care frequently views policy development as "bigger than me," particularly when the issue is viewed as remote and outside of the workplace boundaries. An antecedent to nurse participation in public policy development is a mindset that envisions delivery of health care from a systems perspective rather than the perception of care as an individual experience. A lack of confidence and familiarity with policy development further thwarts nurse engagement in public policy concerns.[38] Change in public policy almost always requires collective power. Use of collective power magnifies influence and mobilizes resources to facilitate change.[39] To promote front-line staff engagement, nurse leaders have a duty to help nurses view advocacy beyond the direct patient care experience, serve as role models and mentors in public policy development with impact for nurses and patients, and provide education to increase understanding and confidence.

Health care is plagued with daunting challenges that continue to fuel public and political debate. Pressing issues confronting health care in the United States include, among others, access to care, quality and safety, cost, aging population, workforce shortage, and specialty population concerns. Nurses can

FIGURE 14-2 Sources of Power

Expert	Comes from having knowledge and skill needed by others
Legitimate	A result of the role of an individual
Referent	Obtained through admiration and respect
Reward	The power to give or withhold what others want
Coercive	The ability to punish

Source: Author.

affect change in health policy. Staying abreast of the issues is essential. The *Federal Register* is the official daily publication for rules, proposed rules, and notices of the federal government[40] and an unbiased source of information for nurses. Attending public meetings, reading the newspaper or journals, writing articles to influence opinion, contacting public officials, and participating in special interest organizations are numerous ways that nurses can become involved. Participation in professional organizations, especially those with political action committees, is one of the most effective means of influencing public policy. Professional organizations with a political arm can be highly effective and influential in health policy development. These organizations study the issue, develop a stance, lobby, and provide financial contributions to candidates who support the legislative and regulatory agenda of the organization. The American Nurses Association Political Action Committee and the Political Action Committee of the American Organization of Nurse Executives in partnership with the American Hospital Association are two politically active nursing organizations striving to influence policy development. For years physicians have been considerably more successful than nurses in exercising sources of power to highly influence health policy. Imagine for just one moment the impact for nursing and patients if nurses collectively unified and actively engaged in policy development. Nurses should serve actively on advisory boards on which policy decisions are made to advance health systems and improve patient care.

"As the largest group of healthcare professionals in the country, nurses have an enormous power base available based on numbers alone."

"The leader of today recognizes the power potential in each person."

"Pressing issues confronting health care in the United States include, among others, access to care, quality, safety, cost, aging population, workforce shortage, and specialty population concerns."

DEPARTMENT OF HEALTH AND HUMAN SERVICES

The U.S. Department of Health and Human Services (HHS) is the federal government's primary department for protecting the public's health and human services. Regulations pertaining to national health safety and well-being are administered by the HHS. The budget for HHS ($911 billion for fiscal year 2011) funds more than 300 programs and multiple agencies.[41] Some of the programs administered by HHS are Social Security, Medicare, maternal and infant health, prevention of child abuse and domestic violence, services for older Americans, preventing disease and immunizations, and substance abuse and treatment. The department's programs are administered by 11 divisions.[42]

FEDERAL AND STATE LAWS

Labor Laws

Federal and state labor laws regulate relationships between employers and employees. Healthcare organizations are not immune to these laws; thus, as with any other business, they are required to comply with established regulations. Laws cover such issues as working conditions, hours, compensation, union activity, workers' wages, occupational safety and health, and employment discrimination. Federal law is administered by the U.S. Department of Labor and is aimed at assisting every man and woman who needs or wants to work by guaranteeing safe working conditions, a minimum hourly wage, overtime pay, freedom from discrimination, unemployment insurance, and workers' compensation.[43] Special needs of those who desire to work such as older Americans, minority groups, women, and persons with disabilities, are addressed by federal law.

Title VII of the Civil Rights Act of 1964, a federal law enforced by the United States and amended by the Equal Employment Opportunity Commission (EEOC), protects workers from discrimination because of race, color, religion, gender, national origin, disability, citizenship status, or age (if an employee is at least 40 years old). The act prohibits harassment based on physical appearance or cultural practices (such as wearing a head scarf), religious affiliation, and association with other individuals or organizations.[44] Title VII applies to businesses that employ a minimum of 15 full- or part-time employees. Under Title VII, employers are required to provide equal promotion opportunities to employees. If an employee who possesses certain characteristics protected by law is passed over for a promotion, the employer must be ready to demonstrate that the decision was based on sound criteria. On the other hand, if employment requirements for a position, such as height or weight, are imposed for valid reasons, the requirement is generally not interpreted as discriminatory, unless it is imposed to prevent a candidate's selection for a position.

In Buckley Nursing Home v. Massachusetts Commission against Discrimination, a black applicant seeking a nurse's aide position sued the nursing home for discrimination after being interviewed but not hired for the position. Shortly after the interview, the nurse's aide was told that the position was filled. The position was subsequently advertised again and the nurse's aide reapplied for the position. When she called to inquire about the position she was told that she would be called as needed. During the trial, the court learned that other nurse's aides were hired after the aide's reapplication. Further testimony indicated that discussion had occurred at Buckley about the nurse's aide's color and that race was a determining factor for not hiring her. The nurse's aide was awarded money for lost wages and emotional distress.[45]

In 1980 the EEOC law expanded to include sexual harassment guidelines. These guidelines protect employees from unwelcome sexual advances or requests. Furthermore, the law prohibits verbal or physical conduct of a sexual nature when the behavior interferes with performance of work or creates intimidating, hostile, or offensive work situations.[46] To comply with the law, employers should have an antiharassment policy in place describing the complaint procedure and must promptly act to prevent and correct harassment when a claim is made.

Managers should take a complaint regarding alleged discrimination seriously and promptly seek legal counsel from the organization's attorney. When the EEOC receives a complaint from an employee, an EEOC attorney is generally appointed to meet with the employee and review the complaint. After this interview, a meeting is held with the employer. Commonly, the EEOC attempts to negotiate a settlement between the employee and the employer. It is wise on the part of the employer to resolve the complaint through conciliation. If an agreement cannot be reached, the EEOC issues the employee a right-to-sue letter, giving permission to sue the institution. In the event that the EEOC finds the act of discrimination glaring, the EEOC may file a lawsuit on behalf of the employee. If the court finds the employer in violation of Title VII, the employer may have to "restore rightful economic status" of all those in the affected class. Even if the EEOC does not support the employee's claim of discrimination, the employee may still take legal action through the state for wrongful discharge, breach of contract, or discrimination under state law. Regardless of the outcome, it is illegal for an employer to retaliate against an employee who claims discrimination.

Figure 14-3 is a summary of other federal laws that further protect workers from unfair treatment or workplace discrimination.

State laws may further protect employees from discrimination, unfair treatment, or unsafe conditions in the workplace by expounding on factors such as testing positive for human immunodeficiency virus, marital status, obesity, sexual orientation, minimum wage, meal and break regulations, overtime,

FIGURE 14-3   Federal Laws, Worker Protection, and Considerations

Federal Law	Worker Protection	Considerations
Fair Labor Standards Act (FLSA)	Establishes minimum wage and overtime pay for nonexempt employees. Overtime occurs when worked hours <40 per week. All worked hours apply even if incidental, waiting, on-call, or if employee volunteers	Exempt employees are determined based on salary, duties, and responsibilities; do not qualify for overtime or minimum wage; are paid a salary; and hours are not "clocked." Exempt employees are generally executives, administrative, and professional but titles alone do not determine status. (When state minimum wages are higher than federal standards, state standards apply.)
Child Labor Provisions of the FLSA	Establishes the minimum age of employment as 16 years	
Age Discrimination in Employment Act	Protects qualified individuals >40 years of age and <70 from discrimination; promotes employment based on ability	Private businesses with >20 employees
Immigration Reform and Control Act of 1986, 1990, & 1996	Protects lawfully admitted non-U.S. citizens from discrimination	The law requires employers to assess the legality of employees and imposes penalties for those who knowingly hire aliens.
The Rehabilitation Act of 1973	Protects handicapped employees from discrimination in the areas of recruitment, advertising, processing of applications, promotions, pay, benefits, and assignments.	Employers receiving federal monies must perform an assessment of compliance with the law.

(continues)

FIGURE 14-3 Federal Laws, Worker Protection, and Considerations (Continued)

Federal Law	Worker Protection	Considerations
Americans with Disability Act (ADA) of 1990	Protects people with a mental or physical disability from employment discrimination in hiring and promotion and requires that employer make "reasonable accommodations" for the employee to perform essential job requirements.	Employers with >15 employees for 20 or more weeks during a calendar year. Essential functions are usually defined in job descriptions.
Equal Pay Act of 1963	Equal pay for genders performing jobs within the same institution that require the same skill, effort, and responsibility	
Family and Medical Leave Act (FMLA) of 1993	Grants temporary medical leave for childbirth, adoptions, foster care placements, and employee's or family's serious health condition	Eligible employees have up to 12 work weeks of unpaid leave during any 12-month period. Following leave, the employee has a right to return to original position or an equivalent job with the same pay and benefits.
Pregnancy Discrimination Act	Prevents discrimination against pregnant women, childbirth, and related medical conditions; must apply same employment policies to both pregnant and nonpregnant workers; women must be reinstated to work under same conditions of those after other disabilities	
Veteran's Readjustment Assistance Act	Provides reemployment rights for veterans to positions held before military duty	Reemployment rights are protected from 90 days post-discharge from training or service or 1 year from time of hospitalization
Occupational Safety and Health Act of 1970	Protects employees from workplace hazards such as hazardous chemicals, noise, fires, temperature and ventilation, blood and body fluid exposure; overseen by the Occupational Safety and Health Administration (OSHA)	Employers must enforce safety standards, provide employee training (right to know), supply protective apparel, post a federal or state notice of job safety and health protection, record all workplace injuries, and compensate employee for injury whether it is the employee's fault or not, and notify OSHA of job-related deaths. Inspections can occur at any time. Penalties apply including imprisonment if willful or repeated violations occur.

FIGURE 14-3	Federal Laws, Worker Protection, and Considerations (Continued)	
Federal Law	**Worker Protection**	**Considerations**
Consolidated Omnibus Budget Reconciliation Acts (COBRA)	Employees and their families must be offered by employers healthcare coverage for a specified period of time if employment has been terminated (except for gross misconduct), hours have been reduced, employees have become eligible for Medicare	Employers with >20 employees

Source: Author.

occupational safety and health practices, family and medical leave, drug and alcohol testing, employee arrest and conviction records, access to personnel records, and health insurance continuation.

The following discussion describes a few cases noted by Pozgar that involve labor relation litigation. The first case, Theodore v. Department of Health and Human Services, resulted in a finding of discrimination when a black nurse was improperly suspended after an altercation with a white nurse. Evidence indicated that the black nurse apologized after accidentally striking a white nurse while pushing a crib. The white nurse responded by striking the black nurse and blurting out inflammatory slurs. The court found no grounds for disciplinary action against the black nurse.[47] In Schlitzer v. University of Iowa Hospital, the State Supreme Court found that a nurse who had a weightlifting limitation after an automobile accident did not meet the job requirements of a position. The court ruled that an employer does not have a responsibility to modify the essential elements of a job to accommodate an individual's disability.[48] In Odomes v. Nucare, Inc., the court ruled that pay discrimination occurred in a nursing facility when a female nurse's aide who performed work similar to that of male orderlies was paid less.[49]

Given that nurses comprise the greatest portion of the healthcare workforce, nurse managers and executives must be well informed about labor laws and regulations. Because a high volume of claims occur regarding discrimination, harassment, and wrongful discharge issues, nurses in management positions should work closely with the human resource department to ensure compliance with the laws.[50]

Health Insurance Portability and Accountability Act (HIPPA)

Enacted in 1996, HIPPA provides for the protection of healthcare information for patients. Title I of the law allows individuals immediate access to health coverage when changing employers. Title II establishes national standards for the exchange of electronic healthcare data and national identifiers for providers, payers (insurance plans), and employers. Healthcare organizations are required to develop policies and processes that protect the security and privacy of personally identifiable healthcare information in compliance with the law. Failure to do so can result in stiff penalties. Balancing the protection of individuals with the need to protect the public, the Privacy Rule permits healthcare information disclosures without individual authorization to public health authorities for the purpose of controlling disease, injury, or disability.[51] Examples of changes within healthcare organizations occurring as a result of HIPPA are removal or relocation of patient information boards, better protection of patient records at nurse stations, shred boxes for disposal of information containing personal healthcare information (PHI), tighter security measures for providers accessing PHI electronically. What has occurred is a change in provider mentality indicating that access to PHI is limited only to those who have the "right to know."

Protection of Human Subjects

The HHS human subject protection regulations were first issued in 1974 and have experienced iterative amendments over the years. The regulations protect all human subjects of research conducted or supported by HHS. Whether healthcare organizations are supported by the HHS or not, most institutions where research occurs have established a formal committee, commonly named an Institutional Review Board (IRB), to establish organizational research protocols and conduct review of proposed research before implemented.[52] HHS provides guideline requirements for IRBs making decisions about research activity (e.g., Does the research activity involve human subjects? Is the human subjects' research exempt from review)? Does the research call for the study of existing data from documents or records? If so, are the data public? If not, will information be recorded in such a manner that subjects will not be identified? Can research be done by expedited review? May consent be waived? In addition to the scrutiny of human subject protection and IRB regulations, the Food and Drug Administration (FDA), an agency of DHHS provides regulations of investigational drugs and devices.[53] Nurse executives have a responsibility to advocate for ethical practices within the organization and need to understand and abide by laws and regulations pertaining to practices under their authority.[54]

Federal and State Health Insurance

Medicare

Medicare, first established in 1965, is a federal health insurance plan covering citizens 65 years of age and older, people with certain disabilities, and individuals with end-stage renal disease. Medicare, administered by the Centers for Medicare and Medicaid Services, covers over 40 million Americans and is the nation's largest health insurance program. Medicare consists of three provisions:

- Part A (Hospital Insurance) provides payment for inpatient care, including critical access hospitals and skilled nursing facilities. It does not cover custodial or long-term care. Part A also provides assistance for qualified individuals with expenses related to hospice care and home health. Most individuals pay for this benefit during working years and therefore do not pay a premium to get these benefits.
- Part B (Medical Insurance) assists with payments for physician and outpatient care. It also pays for some of the expenses not covered by Part A such as physical and occupational and home health services as well as medically necessary supplies. A monthly premium is paid by most individuals receiving Part B benefits.
- Prescription Drug Coverage is an insurance that is provided to help lower prescription drug costs and protect against rising costs. The drug coverage became available in 2006. This is an optional benefit for a monthly premium.

Benefits of the Medicare program are provided to recipients regardless of means. Contribution from the workforce pay expenses related to hospital care. Major health policy debate is ongoing about the stability and viability of the Medicare program, particularly in light of the aging population.

Medicaid

Medicaid, also established in 1965, is a welfare program that provides public assistance for certain health expenses for low-income children and their caregivers and adults with special needs such as age, disability, and pregnancy. The program is administered by the state, and thus each state sets its own guidelines. Matching funds are provided by the federal government based on the average income of residents within the state. Participation in the Medicaid program is based on an individual's means; therefore income and resources are reviewed before eligibility for program.

REGULATORY ISSUES

Health care in America is one of the most highly regulated industries in our country. The government has a responsibility to protect the public and in doing so appraise and deem individuals and organizations safe to deliver health care. The keystone of health service regulation in the United States is regulation of licensure. The function of licensure is delegated by the federal government to the states. Therefore, hospitals and other healthcare organizations along with clinical practitioners are licensed to provide services only after meeting criteria defined by the state in which they are located. U.S. healthcare regulation inundates organizations from the federal, state, local, and even private sector. Of particular importance to nurses are the standards defined by the Joint Commission (JC). A review of the agency's purpose and accreditation process follows.

The JC is a private nonprofit organization established to define and apply standards of operation for healthcare entities. The mission of the JC is to evaluate organizations and to inspire excellence in providing safety and high-quality care.[55] The JC provides a mechanism of self-governance known as accreditation. Board members consist of physicians, administrators, nurses, employers, a labor representative, health plan leaders, quality experts, ethicists, a consumer advocate, and educators representing a diverse background in healthcare policy and practice. Corporate members include the American College of Physicians, the American College of Surgeons, the American Dental Association, the American Hospital Association, and the American Medical Association. Of note, despite the enormous role that the JC plays in establishing practice standards within healthcare, their corporate membership does not include any nursing organizations.[56]

Although participation in the JC is voluntary, Medicare, Medicaid, and most other insurance plans require providers to be accredited by either the JC or through state surveys to receive funds for services. Accreditation by the JC fulfills regulatory requirements in many states; thus most hospitals choose to participate in the accreditation process in spite of the costly fees associated with the review process and the rigorous standards.

The JC originated in 1910 when Dr. Ernest Codman proposed a system for hospitals to appraise patient results and to determine ineffective treatments. In 1917 the American College of Surgeons established standards for hospitals that formed the basis of all subsequent review endeavors. In 1951 the JC was created to continue the work of the American College of Surgeons. In 1965, when the newly formed Medicare program was established, the JC accrediting procedure was selected as the mechanism for determining qualifying hospitals for Medicare payment.[57]

Accreditation is awarded for a maximum of 3 years. Participating institutions are subject to unannounced visits from the JC at any time during the 3-year cycle. Over the years the JC has continued to expand the accreditation review process to other types of facilities. Today, more than 18,000 providers use the JC standards to guide care in the following settings:

- Ambulatory Care
- Critical Access hospitals
- Home Care
- Long-Term Care
- Behavioral Healthcare Organizations
- Hospitals
- Laboratory Services
- Office Based Surgery

The JC also provides Disease-Specific Certification Programs for most chronic disease or condition and Health Care Staffing Services.

Today, there is a wide range of compliance requirements from numerous accrediting and regulatory bodies that control health care, the breadth of which is beyond the scope of this text. Unfortunately, the networks of bureaucratic structures created by the regulations sometimes overlap, complement and contradict each other, making application difficult and costly for institutions.[58] Nurse executives must strive to create an environment where care provided to patients by nurses and other members of the healthcare team is safe and effective consistent with the standards as published by the JC and Centers for Medicare and Medicaid Services and facilitate compliance within the organization.

> *"Although participation by organizations in JC is voluntary, Medicare, Medicaid, and most other insurance plans require providers to be accredited by either JC or through survey by the state to receive funds for services."*

CREDENTIALING OF INDIVIDUAL PRACTITIONERS

Licensure is defined by the National Council of State Boards of Nursing (NCSBN) as "the process by which boards of nursing grant permission to an individual to engage in nursing practice after determining that the applicant has attained the competency necessary to perform a unique scope of practice."[59] In the United States, surprisingly, licensure of healthcare practitioners did not begin until 1873 when Texas passed a law to regulate the practice of physicians. Until that time, physicians were plentiful; however, knowledge and quality were limited, to say the least.[60] Today, there are over 100 different health professions.[61] The right to healthcare services most instances is granted by a state in which services are delivered.[62]

Nursing Licensure/Credentialing

In 1899 nurse leaders in the United States decided that nursing had reached the stage of acknowledged indispensability as an occupation in the care of the ill and convalescent and furthermore that this occupation was so intimately bound up with the safety and health of the public that it required regulation and control in the education of those who desired to engage in it.[63] The leaders who inspired the struggle were keenly aware that, because all progress must have a beginning, some effective legislation was better than none at all; time would serve to improve the extent of control, to fill in the gaps, and to remedy the errors. The important thing was to get some law on the books. The first states to enact laws were North Carolina in 1902 and New Jersey, New York, Virginia, Maryland, Indiana, California, Connecticut, and Colorado in 1903.

Nurse practice acts in each state are laws designed first and foremost to protect the public and are the policing power of the state. The acts define nursing, mandate and set standards for licensure, mandate licensure examinations, regulate schools of nursing, set standards for curricula of schools of nursing, establish requirements for continuing education for licensure renewal, mandate investigation of reports of violation of nursing practice, regulate the discipline of violators of nurse practice laws, and regulate advanced practice nurses. Each state has a nurse practice act that authorizes a board of nursing established to oversee the practice of nursing. The boards provide decisions as to which tasks may be delegated to licensed practical/vocational nurses and unlicensed personnel and that may become independent nurse functions.

To be eligible for licensure in any state, nurses must graduate from an approved school of nursing and successfully pass the National Council Licensure Examination for Registered Nurses (NCLEX-RN) or Practical Nurses (NCLEX-PN). Nurses with associate, diploma, and baccalaureate degrees sit for the same NCLEX examination. Though nurses are registered and granted licensure to practice in a given state, nurses may be allowed to practice in another state when reciprocity is granted by that state's board of nursing. There is a move toward the creation of legislative compacts between states to allow nurses the freedom to practice in nearby states without applying for reciprocity. In 2010, 29 states were members of the Nurse Licensure Compact.[64]

Nursing is a profession built on ethical principles that has earned the trust of the public. According to a 2010 Gallup poll, nurses were ranked number one by the public on professional honesty and ethical standards.[65] Interestingly, Congress ranks among the lowest in earning public trust.[66] Nurses have continued to hold this top position for the 11th year by the Gallup poll. However, in the event that nurses violate the tenets of their licensure, state boards of nursing are empowered to discipline violators by probation, revocation of license, and referral to criminal courts. Nurse executives, as leaders within an organization, are responsible for understanding, articulating, and ensuring compliance with the state nurse practice act and the state board of nursing regulations. Nurse administrators, whose span of control extends organizationwide, have ultimate responsibility for nursing practice and services throughout the facility. Therefore, the administrator is responsible for ensuring compliance with the nurse practice act by monitoring the scope and practice of nurses within the organization, and verifying and tracking licensure and credentialing of applicable staff.

> *"Nurse practice acts are designed, first and foremost, to protect the public and are the policing power of the state."*

> *"Nurses are ranked number one by the public on professional honesty and ethical standards."*

> *"Nurse executives, as leaders within an organization, are responsible for understanding, articulating, and ensuring compliance with the state nurse practice act and the state board of nursing regulations."*

Advanced Practice Registered Nurses

The advanced practice registered nurse (APRN) includes certified registered nurse anesthetists, clinical nurse specialists, certified nurse practitioners, and certified nurse midwives.[67] Currently, there is no uniformity in certification requirements or how states regulate the scope and practice of APRN roles. Since the early 1990s the regulation of advanced practice registered nurses has been an issue of debate for the profession. Consensus exists for uniform regulation; however, the mechanism for ensuring competency and safe practice is yet to be clearly defined. In 1998 the American Association of Colleges of Nursing issued a position statement titled, "Certification and Regulation of Advanced Practice Nurses," that called for uniformity in regulation of advanced practice registered nurses through certification rather than licensure. In 2000 the Delegate Assembly of the NCSBN adopted the following requirements to support uniformity in the licensure/authority process:

- Registered nurse licensure in good standing
- Graduation from a nationally accredited advanced practice program

| WWW | **Evidence-Based Practice 14-1** |

Kerschner and Cohen conducted a phenomenological study to better understand state legislators and decision making pertaining to health policy. In the study, legislators of the House and Senate health and welfare committees were interviewed. The research revealed three key elements used by legislators to structure decision making: (1) understanding the issues by gathering information; (2) shaping a personal standpoint after critical review and personal reflection; and (3) weighing for action following consideration of alternatives, effectiveness, compromise, and impact on constituents. Furthermore, data described specific influences that affected individual health policy decision making, including prominence of the issue, personal values and values of others interested in the issue, life experience of the legislator, source of information, constituents, opinion of respected colleague, the political process, and lack of time to comprehend the issue completely. Implications for nursing: (1) get to know the personal background and values of legislators; (2) tap into the legislator's values by exposing the human side of the issue; (3) present accurate, succinct, and factual information to legislators.[70]

- Advanced practice certification in the area of study by a national certification program
- Evidence of continued certification or competence

In 2002, a position paper was developed by the NCSBN on the regulation of advanced practice to provide guidance in state regulatory efforts. Additionally, the NCSBN board of directors, in an effort to further standardize regulation, approved criteria for both the certification programs and for the accrediting agencies. After considerable work by the NCSBN APRN Committee, the *Consensus Model for APRN Regulation: Licensure, Accreditation, Certification, and Education* was approved by the NCSBN and a toolkit developed to educate legislators on the proposed requirements. However, today, the recommendation to standardize APRN regulation has not been passed into federal law.[68] Until uniformity in regulations of practice is achieved, APRNs will continue to face barriers when moving from state to state. In response to rapidly changing healthcare needs and needed changes within the healthcare system, the IOM recommends that nurses practice to the full extent of their education and training and specifically encourage that the scope of practice regulations conform with the NCSBN proposed standards.[69]

Certification

Certification is the formal recognition of the knowledge, skills, and experience demonstrated by the achievement of standards identified by the profession. Certification is awarded by a nongovernmental agency or association and therefore is not regulated by law. However, as mentioned previously, the NCSBN is recommended national certification programs as a requirement for granting authority for advanced practice nurses. Certification can be obtained from numerous professional nursing organizations recognizing various levels of practice for most specialty areas.

SUMMARY

Health care in America is heavily regulated by federal, state, and local government as well as private accrediting and certifying organizations. Gaps and deficiencies in care for the public, overlapping laws, and excessive requirements for providers, insurers, and suppliers are the unintended consequence of decentralized health care. Health policy can occur in private or governmental organizations and is both an entity and a process. Nurses, as direct caregivers, are in a unique position to identify needed policy change. Given that nurses are the largest providers of health care, the numbers alone have the potential to highly influence policy development if nurses participate in the policy process.

The HHS is responsible for overseeing the national health and human services policies. The HHS administers many programs by various agencies. Laws and regulations that commonly impact nurses and patients include federal and state labor laws, federal and state health insurance, the JC accreditation standards, and licensure laws. Patient safety, quality of services, and costs are major focuses of healthy policy. Since laws frequently dictate, quality and practice standards, nurse leaders need to be knowledgeable of healthcare laws and regulations have an important duty to ensure compliance.

www APPLICATION EXERCISES

Exercise 14-1

Select a healthcare policy currently in place in a healthcare organization (may be your work or field site). Using the policy process, outline how this policy was developed and implemented. What is the nurses' role in carrying out policy within the organization?

Exercise 14-2

Interview a nurse executive in a healthcare organization. Identify how the organization obtains and updates the licensure and certification of the professional nursing staff. What requirements are in place to ensure that the professional nursing staff remains competent? Is this a local, regional, and/or federal mandate?

Exercise 14-3

Interview the chief financial officer in a healthcare organization. What are the federal and state insurance plans in place in this system? What policy issues impact reimbursement in this setting?

For a full suite of assignments and additional learning activities, use the access code located in the front of your book to visit this exclusive website: http://go.jblearning.com/roussel. If you do not have an access code, you can obtain one at the site.

NOTES

1. McKinsey Global Institute. (2008). *Accounting for the cost of U.S. healthcare: A new look at why Americans spend more* (Report). Retrieved July 13, 2011, from http://www.mckinsey.com/mgi/publications/us_healthcare/index.asp
2. U.S. Department of Health and Human Services (2011). *HHS budget in brief*. Washington, DC: Author. Retrieved January 10, 2011, from http://dhhs.gov/asfr/ob/docbudget/2011budgetinbrief.pdf

3. U.S. Department of Health and Human Services, Centers for Medicare and Medicaid. (2011). *National health expenditure data fact sheet*. Retrieved January 10, 2011, from https://www.cms .gov/NationalHealthExpendData/25_NHE_Fact_Sheet.asp

4. U.S. Department of Health and Human Services (2011). *HHS budget in brief*. Washington, DC: Author. Retrieved January 10, 2011, from http://dhhs.gov/asfr/ob/docbudget/2011budgetinbrief .pdf

5. McKinsey Global Institute, 2008.

6. United Nations, Population Division of the Department of Economic and Social Affairs of the United Nations Secretariat. (2008). *World population prospects*. Retrieved July 13, 2011, from www.un.org/esa/population/publications/wpp2008/wpp2008_highlights.pdf

7. Kohn, L. T., Corrigan, J. M., & Donaldson, M. S. (Eds). (1999). *To err is human: Building a safer health system*. Committee on Quality of Health Care in America, Institute of Medicine. Washington, DC: National Academy Press.

8. Kabcenell, A., Nolan, T. W., Martin, L. A., & Gill, Y. (2010). *The Pursuing Perfection Initiative: Lessons on transforming health care*. IHI Innovation Series white paper. Cambridge, MA: Institute for Healthcare Improvement. Retrieved July 13, 2011, from http://www.ihi.org/offerings /Initiatives/PastStrategicInitiatives/PursuingPerfection/Pages/default.aspx

9. Leape, L. L., & Berwick, D. M. (2005). Five years after *To err is human*: What have we learned? *Journal of American Medical Association, 293*, 2384–2390.

10. Mason, D. J., Leavitt, J. K., & Chaffee, M. W. (2007). *Policy and politics in nursing and healthcare* (p. 3). St. Louis: Saunders, Elsevier.

11. Malone, R. E. (1999). Rising to the challenge. *American Journal of Nursing, 99,* 7.

12. Mason et al. 2007, p. 4.

13. Cherry, B., & Trotter, B. (2005). Health policy and politics: Get involved! In B. Cherry & S. Jacobs (Eds.), *Contemporary nursing: Issues, trends & management* (pp. 211–233). St. Louis, MO: Elsevier.

14. Field, R. (2007). *Health care regulation in America: Complexity, confrontation and compromise*. Oxford: Oxford University Press.

15. McLaughlin, C., & McLaughlin, C. (2008). *Health policy: An interdisciplinary approach* (pp. 4, 8, 10, 11). Sudbury, MA: Jones and Bartlett.

16. Mason et al, 2007, pp. 78–79.

17. Ibid., pp. 80–81.

18. Ripley, R. B. (1996). Public policy theories, models and concepts: An anthology. In D. C. McCool (Ed.), *Stages of the policy process*. Englewood Cliffs, NJ: Prentice-Hall.

19. Ibid.

20. McLaughlin & McLaughlin, 2008, p. 180.

21. Mason et al, 2007, p 81.

22. Field, 2007.

23. Milstead, J. (2004). *Health policy and politics: A nurse's guide* (2nd ed., p. 27). Sudbury, MA: Jones and Bartlett Publishers.

24. Mason et al., 2007, p. 82.

25. Milstead, 2004, p. 22.

26. Longest, B. (2006). *Health policy making in the United States* (4th ed). Chicago: Health Administration Press.

27. Milstead, 2004, p. 22.

28. American Nurses Association (2004). *Nursing: Scope and standards of practice*. Washington, DC: American Nurses Publishing.

29. Institute of Medicine. (2011). *The future of nursing, leading change, advancing health*. Committee on the Robert Wood Johnson Foundation Initiative on the Future of Nursing, Institute of Medicine.

Washington, DC: National Academies Press. Retrieved January 2, 2011 from http://www.iom .edu/Reports/2010/The-Future-of-Nursing-Leading-Change-Advancing-Health.aspx

30. Longest, 2006.
31. U.S. Department of Health and Human Services. (2008). *National sample of registered nurses.* Retrieved August 7, 2011, from http://bhpr.hrsa.gov/healthworkforce/rnsurvey2008.html
32. Abood, S. (2007). Influencing health care in the legislative arena. *Online Journal of Issues in Nursing, 12,* 3–5.
33. American Nurses Association. (2001). *Code of ethics for nurses with interpretive statements.* Washington, DC: American Nurses Publishing.
34. American Nurses Association. (2003). *Nursing's social policy statement* (2nd ed.). Washington, DC: American Nurses Publishing.
35. American Nurses Association. (2009). *Nursing administration: Scope and standards of practice.* Silver Spring, MD: Author.
36. American Organization of Nurse Executives. *AONE nurse executive competencies.* Retrieved August 13, 2011, from http://www.aone.org/aone/AONE_NEC.pdf
37. Taft, S. H., & Kevin, N. M., (2008). What are the sources of health policy that influence nursing practice? *Policy, Politics, & Nursing Practice, 9,* 274–287.
38. Reutter, L., & Duncan, S. (2002). Preparing nurses to promote health-enhancing public policies. *Policy, Politics, & Nursing Practice, 3,* 294–305.
39. Porter-O'Grady, T., & Malloch, K. (2003). *Quantum leadership: A textbook of new leadership.* Sudbury, MA: Jones and Bartlett.
40. Federal Register. *The Federal Register main page.* Retrieved January 10, 2011, from http://www .gpoaccess.gov/fr
41. U.S. Department of Health and Human Services (2011). *HHS budget in brief.* Retrieved January 10, 2011, from http://dhhs.gov/asfr/ob/docbudget/2011budgetinbrief.pdf
42. Ibid.
43. Pozgar, G. (2007). *Legal aspects of health care administration* (10th ed., p. 404). Sudbury, MA: Jones and Bartlett.
44. Ibid., p. 407.
45. Ibid., p. 417.
46. Ibid., p. 418.
47. Ibid., p. 417.
48. Ibid., p. 409.
49. Ibid., p. 416.
50. Warnick, M. (2001). Human resources issues. In R. Carroll (Ed.), *Risk management handbook for health care organizations* (3rd ed., p. 711). San Francisco: Jossey-Bass.
51. U.S. Department of Health and Human Services. Regulations. Retrieved January 6, 2011, from http://www.hhs.gov/policies/index.html
52. Polit, D. F., & Beck, C. T. (2008). *Nursing research: Generating and assessing evidence for nursing practice* (4th ed.). Philadelphia: Wolters Kluwer Lippincott.
53. U.S. Department of Health and Human Resources. Regulations. Retrieved January 6, 2011, from http://www.hhs.gov/policies/index.html
54. American Nurses Association (2009). *Nursing administration: Scope and standards of practice.* (pp. 10–11). Silver Spring, MD: Author.
55. Joint Commission. (2010). *The Joint Commission mission statement.* Retrieved January 14, 2011, from http://www.jointcommission.org/assets/1/18/Mission_Statement_8_09.pdf
56. Joint Commission. (2010). *Facts about the board of commissioners.* Retrieved January 14, 2011, from http://www.jointcommission.org/assets/1/18/Board_of_Commissioners_2011.pdf
57. Field, 2007.

58. Ibid.
59. National Council of State Boards of Nursing. (2007). Nursing practice. Retrieved January 14, 2011, from https://www.ncsbn.org/1427.htm
60. Field, 2007, p. 20.
61. U.S. Department of Labor, Bureau of Labor Statistics. (2008). *Occupational outlook handbook* (2010–11 Ed.). Retrieved January 14, 2011, from http://www.bls.gov/oco/home.htm
63. Lesnik, M., & Anderson, B. (1947). *Legal aspects of nursing* (pp. 25–26). Philadelphia: Lippincott.
64. National Council of State Boards of Nursing (2010). *Nurse Licensure Compact.* Retrieved January 18, 2011, from https://www.ncsbn.org/nlc.htm
65. Jones, J. M. (2010). *Nurses top honesty and ethics for the 11th year.* Retrieved January 18, 2011, from http://www.gallup.com/poll/145043/Nurses-Top-Honesty-Ethics-List-11-Year.aspx
66. Ibid.
67. National Council of State Boards of Nursing. (n.d.). Advanced practice registered nurses. Retrieved January 20, 2011, from https://www.ncsbn.org/aprn.htm
68. National Council of State Boards of Nursing. (n.d.). Consensus model for APRN regulation: Licensure, accreditation, certification, and education. Retrieved January 20, 2011, from https://www.ncsbn.org/FINAL_Consensus_Report_070708_w._Ends_013009.pdf
69. Institute of Medicine. (2011). *The future of nursing, Leading change, advancing health.* Committee on the Robert Wood Johnson Foundation Initiative on the Future of Nursing, Institute of Medicine. Washington, DC: National Academies Press. Retrieved January 18, 2011, from http://www.iom.edu/Reports/2010/The-Future-of-Nursing-Leading-Change-Advancing-Health.aspx
70. Kerschner, S., & Cohen, J. (2002). Legislation decision making and health policy: A phenomenological study of state legislators and individual decision making. *Policy, Politics, & Nursing Practice, 3,* 118–128.

REFERENCES

Abood, S. (2007). Influencing health care in the legislative arena. *Online Journal of Issues in Nursing, 12,* 3–5.

American Nurses Association. (2001). *Code of ethics for nurses with interpretive statements.* Washington, DC: American Nurses Publishing.

American Nurses Association. (2003). *Nursing's social policy statement* (2nd ed.). Washington, DC: American Nurses Publishing.

American Nurses Association (2004). *Nursing: Scope and standards of practice.* Washington, DC: American Nurses Publishing.

American Nurses Association. (2009). *Nursing administration: Scope and standards of practice.* Silver Spring, MD: Author.

American Organization of Nurse Executives. *AONE nurse executive competencies.* Retrieved August 13, 2011, from http://www.aone.org/aone/AONE_NEC.pdf

Cherry, B., & Trotter, B. (2005). Health policy and politics: Get involved! In B. Cherry & S. Jacobs (Eds.), *Contemporary nursing: Issues, trends & management* (pp. 211–233). St. Louis, MO: Elsevier.

Federal Register. *The Federal Register main page.* Retrieved January 10, 2011, from http://www.gpoaccess.gov/fr

Field, R. (2007). *Health care regulation in America: Complexity, confrontation and compromise.* Oxford: Oxford University Press.

Kabcenell, A., Nolan, T. W., Martin, L. A., & Gill, Y. (2010). *The Pursuing Perfection Initiative: Lessons on transforming health care.* IHI Innovation Series white paper. Cambridge, MA: Institute for Healthcare Improvement. Retrieved July 13, 2011, from http://www.ihi.org/offerings/Initiatives/PastStrategicInitiatives/PursuingPerfection/Pages/default.aspx

Institute of Medicine. (2011). *The future of nursing, leading change, advancing health.* Committee on the Robert Wood Johnson Foundation Initiative on the Future of Nursing, Institute of Medicine. Washington, DC: National Academies Press. Retrieved January 2, 2011, from http://www.iom.edu/Reports/2010/The-Future-of-Nursing-Leading-Change-Advancing-Health.aspx

Joint Commission (2010). *The Joint Commission mission statement.* Retrieved January 14, 2011, from http://www.jointcommission.org/assets/1/18/Mission_Statement_8_09.pdf

Joint Commission (2010). *Facts about the board of commissioners.* Retrieved January 14, 2011, from http://www.jointcommission.org/assets/1/18/Board_of_Commissioners_2011.pdf

Jones, J. M. (2010). *Nurses top honesty and ethics for the 11th year.* Retrieved January 18, 2011, from http://www.gallup.com/poll/145043/Nurses-Top-Honesty-Ethics-List-11-Year.aspx

Kerschner, S., & Cohen, J. (2002). Legislation decision making and health policy: A phenomenological study of state legislators and individual decision making. *Policy, Politics, & Nursing Practice, 3,* 118–128.

Kohn, L. T., Corrigan, J. M., & Donaldson, M. S. (Eds). (1999). *To err is human: Building a safer health system.* Committee on Quality of Health Care in America, Institute of Medicine. Washington, DC: National Academy Press.

Leape, L. L., & Berwick, D. M. (2005). Five years after *To err is human*: What have we learned? *Journal of American Medical Association, 293,* 2384–2390.

Lesnik, M., & Anderson, B. (1947). *Legal aspects of nursing* (pp. 25–26). Philadelphia: Lippincott.

Longest, B. (2006). *Health policy making in the United States* (4th ed). Chicago: Health Administration Press.

Malone, R. E. (1999). Rising to the challenge. *American Journal of Nursing, 99,* 7.

Mason, D. J., Leavitt, J. K., & Chaffee, M. W. (2007). *Policy and politics in nursing and healthcare* (p. 3). St. Louis: Saunders, Elsevier.

McKinsey Global Institute. (2008). *Accounting for the cost of U.S. healthcare: A new look at why Americans spend more* (Report). Retrieved July 13, 2011, from http://www.mckinsey.com/mgi/publications/us_healthcare/index.asp

McLaughlin, C., & McLaughlin, C. (2008). *Health policy: An interdisciplinary approach* (pp. 4, 8, 10, 11). Sudbury, MA: Jones and Bartlett.

Milstead, J. (2004). *Health policy and politics: A nurse's guide* (2nd ed., p. 27). Sudbury, MA: Jones and Bartlett Publishers.

National Council of State Boards of Nursing. (n.d.). Advanced practice registered nurses. Retrieved January 20, 2011, from https://www.ncsbn.org

National Council of State Boards of Nursing. (n.d.). Consensus model for APRN regulation: Licensure, accreditation, certification, and education. Retrieved January 20, 2011, from https://www.ncsbn.org/FINAL_Consensus_Report_070708_w._Ends_013009.pdf

National Council of State Boards of Nursing. (2007). Nursing practice. Retrieved January 14, 2011, from https://www.ncsbn.org/1427.htm

National Council of State Boards of Nursing (2010). *Nurse Licensure Compact.* Retrieved January 18, 2011 from https://www.ncsbn.org/nlc.htm

Polit, D. F., & Beck, C. T. (2008). *Nursing research: Generating and assessing evidence for nursing practice* (4th ed.). Philadelphia: Wolters Kluwer Lippincott.

Porter-O'Grady, T., & Malloch, K. (2003). *Quantum leadership: A textbook of new leadership.* Sudbury, MA: Jones and Bartlett.

Pozgar, G. (2007). *Legal aspects of health care administration* (10th ed., p. 404). Sudbury, MA: Jones and Bartlett.

Reutter, L., & Duncan, S. (2002). Preparing nurses to promote health-enhancing public policies. *Policy, Politics, & Nursing Practice, 3*, 294–305.

Ripley, R. B. (1996). Public policy theories, models and concepts: An anthology. In D. C. McCool (Ed.), *Stages of the policy process*. Englewood Cliffs, NJ: Prentice-Hall.

Taft, S. H., & Kevin, N. M., (2008). What are the sources of health policy that influence nursing practice? *Policy, Politics, & Nursing Practice, 9*, 274–287.

United Nations, Population Division of the Department of Economic and Social Affairs of the United Nations Secretariat. (2008). *World population prospects*. Retrieved July 13, 2011, from www.un.org/esa/population/publications/wpp2008/wpp2008_highlights.pdf

U.S. Department of Health and Human Resources. Regulations. Retrieved January 6, 2011, from http://www.hhs.gov/policies/index.html

U.S. Department of Health and Human Services. (2008). National sample of registered nurses. Retrieved August 7, 2011, from http://bhpr.hrsa.gov/healthworkforce/rnsurvey2008.html

U.S. Department of Health and Human Services (2011). *HHS budget in brief*. Retrieved January 10, 2011 from http://dhhs.gov/asfr/ob/docbudget/2011budgetinbrief.pdf

U.S. Department of Health and Human Services, Centers for Medicare and Medicaid. (2011). *National health expenditure data fact sheet*. Retrieved January 10, 2011, from https://www.cms.gov/NationalHealthExpendData/25_NHE_Fact_Sheet.asp

U.S. Department of Labor, Bureau of Labor Statistics. (2008). *Occupational outlook handbook* (2010–11 Ed.). Retrieved January 14, 2011, from http://www.bls.gov/oco/home.htm

Warnick, M. (2001). Human resources issues. In R. Carroll (Ed.), *Risk management handbook for health care organizations* (3rd ed., p. 711). San Francisco: Jossey-Bass.

Risk Management and Legal Issues

Valorie Dearmon

 LEARNING OBJECTIVES AND ACTIVITIES

- Describe civil and criminal laws impacting health care.
- Identify issues pertaining to malpractice
- Differentiate among the elements of a risk management program.
- Identify the risks professional nurses face regarding malpractice and other torts.
- Describe the role of nurse leaders in creating a culture of safety.
- Outline a plan for professional nurses to use to reduce the risks of legal actions.

 CONCEPTS

Torts, civil and criminal law, negligence, malpractice, defamation, slander and libel, assault and battery, false imprisonment, standard of care, *respondeat superior*.

SPHERES OF INFLUENCE

Unit-Based or Service-Line-Based Authority: Ensures staff is clinically competent and trained on their role in patient safety; identifies areas of risk/liability; ensures staff is educated on risk management and compliance issues; develops systems that encourage/require prompt reporting of potential liability by staff at all levels; envisions and takes action to correct identified areas of potential liability.

> *Quote*
> *The only real mistake is the one from which we learn nothing.*
> —John Powell

Organization-Wide Authority: Articulates patient care standards as published within professional literature; understands, articulates, and ensures compliance with the regulatory agency standards and policies of the organization; ensures that organization clinical policies and procedures are reviewed and updated in accordance with evidence-based practice; possesses knowledge of and dedication to patient safety; designs safe clinical systems, processes, policies, and procedures; supports a nonpunitive reporting environment and a reward system for reporting unsafe practices.

Introduction

One could easily say that the provision of health care is "risky business." In 1999, the Institute of Medicine (IOM) released a seminal report indicating that medical errors contribute to the deaths of 44,000 to 98,000 hospitalized patients within the United States each year. The report explained that more patients die each year from adverse events associated with health care than expire from automobile accidents (43,458), and that deaths from medical errors surpass the number of deaths from breast cancer, the eighth leading cause of death in the United States.[1] The report shocked the public and healthcare community. The Institute of Medicine focused on human blame for medical errors with system improvement as the remedy.[2] The IOM report generated overwhelming national response from the public and private sectors to improve patient safety. In 2005, Leape and Berwick found that, although progress to transform systems within healthcare organizations is slow, the IOM report dramatically influenced the discussion and concern about patient safety.[3] A decade later, the Institute of Healthcare Improvement (IHI) reports that organizational transformation is far more difficult than originally thought.[4] Many lessons have been learned during the process of pursuing perfection. Those organizations successful in achieving and sustaining higher levels of performance identify two key elements of success: (1) commitment of leaders to quality, and (2) relentless pursuit of innovative solutions to tough problems.[5] To reach the IHI goal to eliminate preventable injuries or deaths within the healthcare system, more change is required. Today, mistakes continue to occur by fallible humans rendering patient care in imperfect work environments. Consequently, legal claims against healthcare providers continue to be a major concern and are estimated to account for 2–10% of medical expenditures.[6] Given the complexities of health care today, managing risk poses major challenges for those in positions who lead. Patient safety outcomes are affected by the nursing practice work environment.[7,8] The importance of creating a culture of safety cannot be underestimated.[9,10] It is essential that nurse managers and executives make safety a core value of the organization. Leaders must recognize their role in orchestrating and influencing an organization, specifically, to seek and lead patient safety improvement efforts.[11] Furthermore, leaders must possess a basic understanding of the laws pertaining to health care, abide by the laws, and make every effort to institute safeguards for the protection of the public, employees, and organization.

> *"Rendering patient care in imperfect work environments with broken systems and by humans (who are fallible) affords multiple opportunities for mishaps and misunderstandings."*

LAW AFFECTING HEALTH CARE

There are two distinct divisions of the law within the United States: criminal (public) and civil (private). In health care, both criminal and civil law apply, with the preponderance of litigation being civil in nature.

Civil Law

Civil law pertains to a wrongdoing between individuals or between an individual and the state, excluding criminal acts. In a civil case, defendants are found liable as opposed to guilty and are directed to pay monetary compensation for economic (financial loss) and or noneconomic damages (pain and suffering). Tort law, which addresses transgressions of one individual on the legal rights of another, is the foundation of civil law. There are two types of tort: unintentional and intentional.

Unintentional Torts

An unintentional tort or negligence may occur as a result of carelessness or accident and focuses on injury or harm. Unintentional torts are the basis of malpractice suits.

Negligence   Negligence is a part of tort or personal injury law and is defined as "a failure to use that degree of care that any reasonable and prudent person would use under the same or similar circumstances."[12] If a professional, such as a physician or nurse, is negligent while acting in his or her professional capacity, the situation is referred to as medical negligence or malpractice. To recover damages when negligence is alleged, the burden of proof lies with the plaintiff to demonstrate each of the following four elements:

1. A legal duty to provide reasonable care
2. A breach of duty (an act or a failure to act)
3. Injury to another
4. Breach of duty must be the proximate (immediately related) cause of the injury

Generally speaking, anyone or any agency is susceptible to a suit for negligence for just about any act or omission. The essence of a negligence claim is that one's conduct fell below the expected care and the failure resulted in injury. Being named in a lawsuit does not mean that wrongdoing has occurred, and injury does not necessarily indicate that someone was at fault.

> *"Being named in a lawsuit does not mean that wrongdoing has occurred, and injury does not necessarily indicate that someone was at fault."*

Medical Malpractice   Medical malpractice is "negligence on the part of a professional only while he or she is acting in the course of professional duties."[13] Malpractice contends that

1. One's conduct did not meet the expected professional standards or fell below the "standard of care," and
2. The failure caused harm to a patient.

Malpractice cases begin with an incident of alleged negligence and alleged injury. The injured party (plaintiff) retains an attorney and files a lawsuit against another (defendant). The plaintiff could be the patient, the patient's family, or a legal guardian. Depending on the allegations, there may be multiple defendants in the same lawsuit, including one or more hospitals, physicians, nurses, or others.

Medical malpractice is a serious concern for the healthcare industry. Malpractice claims are seldom the sole result of system errors; rather it is system errors coupled with professional negligence that account for many of the paid claims.[14] The Agency for Healthcare Research and Quality defines medical errors as "mistakes made in the process of care that result in or have the potential to do harm to patients."[15] Numerous reports indicate that medical errors are commonplace. Following a review of 30,000 medical records of patients discharged from 51 New York hospitals, a research team at Harvard University found that 3.7% of those hospitalized suffered adverse events, with 27.6% of the adverse events attributed to negligent care.[16] These findings are similar to other studies across the nation. Despite the high frequency of medical errors, only 1 of every 7.6 patients injured as a result of negligence files a lawsuit, and an even smaller number receive compensation for injuries.[17] Furthermore, most individuals who file a malpractice suit have suffered a genuine injury or loss; thus a common belief that most lawsuits are fraudulent is unfounded.[18]

Malpractice claims continue to be a growing concern to individual providers and institutions. The following cases represent a small sampling of cases resulting in malpractice judgments in favor of the plaintiff. In *Monk v. Doctor's Hospital*, the facility and physician were found negligent when a Bovie plate was inappropriately applied during surgery, resulting in a patient burn.[19] In an Alabama case, two nurses testified that they did not know a decubitus ulcer could be life threatening and a third nurse claimed ignorance in the need to call the doctor for symptoms of an infection. After their testimonies, the nursing facility employing these nurses was found negligent in providing training and supervision. The suit led to a judgment of 2 million dollars in damages for the plaintiff.[20] In *Lloyd Noland Hospital v. Durham*, the court ruled against the hospital when staff failed to administer a standing order of preoperative antibiotics to a patient.[21] A hospital was found negligent in *Koeniguer v. Eckrich* when a nurse failed to question a patient's premature discharge, contributing to delay in treatment and death.[22] A nurse was found negligent in *Norton v. Argonaut Insurance* after failing to clarify the dosage of a medication order with the prescribing physician. After being reassured by two nonprescribing physicians that the dosage was accurate as written, the nurse administered the medication. The patient's subsequent death was determined to be the result of an overdose of the medication.[23] Regrettably, the stories go on and on.

In many industries mistakes do not produce grave consequences, leaving organizations with more latitude to view errors as learning opportunities. However, in a high-risk business where one delivers quite personal and commonly invasive care to human beings, mistakes can have devastating and irreversible effects for those served. Healthcare leaders are in a difficult position of attempting to balance the multitude of good that occurs from the care and services provided to the majority with the potentially serious consequences of negligent incidents. The challenge to keep a "stiff upper lip" is tough when the reports of medical errors tarnish the reputation of the industry. Press releases and personal experiences continue to shake the confidence of healthcare consumers. A national survey revealed that 55% of participants were dissatisfied with the care they received and 34% reported that either they or a family member experienced a medical error.[24] Findings such as these illustrate why today the public is more skeptical and leery of healthcare services and providers. Campaigns to educate patients on the importance of being actively involved in their care are designed to reduce medical errors and promote shared responsibility for safety.[25]

> *"The latest reports on malpractice claims indicate that the incidence of nurses personally named in lawsuits is greater today than ever before."*

The latest reports on malpractice claims indicate that the incidence of nurses personally named in lawsuits is on the rise. According to the National Practitioner Data Bank (NPDB), malpractice payments for professional nurses increased from 253 in 1998 to 8,284 in 2010.[26] According to the 2006 NPDB Annual Report, 61% of paid claims were awarded for negligence on the part of nonspecialized registered nurses (RNs), 19% nurse anesthetists, 10% nurse midwives, and 10% nurse practitioners.[27] These numbers do not reflect the multiple incidents of nurses involved in lawsuits covered under the doctrine of corporate liability; the law that holds organizations responsible for the practice of all those within their walls.

In a review of more than 350 cases between 1995 and 2001, Croke identified six key areas for nursing negligence[28] summarized as the failure to

1. Follow standards of care
2. Use equipment in a responsible manner
3. Communicate

4. Document
5. Assess and monitor
6. Act as a patient advocate

Failure to appropriately monitor or treat patients and medication errors are the leading causes for malpractice payments.[29] Identifying and implementing practices to improve patient safety are a priority in healthcare settings. Initiatives within organizations nationwide are seeking to create cultures that promote patient safety. In a 2010 review of the literature, Sammer et al. found seven subcultures contributing to patient safety: an organizational leadership committed to safety, teamwork, practice based on evidence, open communication, facilities that learn from mistakes and hold people accountable, a system failure focus rather than individual blame, and patient care centered around patients and families.[30] High reliability organizations have been defined as those that strive to improve quality and safety by seeking to understand errors, prevent patient injury, and deliver high-quality care.[31] Nursing leaders have a responsibility to examine and improve work practices that enhance reliability in their organization.[32]

Standard of Care   The American Nurses Association describes a standard as an "authoritative statement defined and promoted by the profession by which the quality of practice, service or education can be evaluated."[32] Nursing standards of care identify the skill level and knowledge of the professional and the expected level of care given a similar setting and under similar circumstances.[33] The standard of care or "customary practice" is the benchmark for measuring malpractice, or more explicitly "what a reasonably prudent nurse would have done under similar circumstances." Although the term "standard of care" is commonly referenced in legal and nursing literature, most practicing nurses find it difficult to define the standard. This is because the standard of care as applied to a given situation is based on a variety of sources: the American Nurses Association (ANA) Scope and Standards of Practice, ANA Code of Ethics, nurse practice acts, the Joint Commission (JC), Health Insurance Portability and Accountability Act (HIPAA), textbooks, and hospital policies and procedures, to name a few. When determining the standard that applies, the patient's condition and other circumstances surrounding the adverse event must be considered. When all is considered even the opinions of experts will vary about the applicable standard. References such as standards and positions published by professional organizations, nurse practice acts, nursing texts, and other sources may be presented authoritative or "black lettered" reference materials and may be used to help clarify the standard. However, in a profession that holistically cares for the human elements of individuals, including the psychological, social, and physical components, these publications alone may not adequately define the standard of care. Furthermore, many traditional practices in nursing viewed as standard care have yet to undergo the rigor of scientific study and thus are not based on evidence. It is generally the culmination of many sources coupled with practice norms that establishes the standard.

Expert Nurse Witness   Because of the complexity of circumstances framing most alleged medical malpractice events, frequently an expert witness is called upon to help the jurors interpret the applicable standard of care. Expert witnesses serve as agents in the legal process and are selected based on their experience in the specialty field and knowledge of the subject in question. Experts are asked to review the facts of the matter and to provide an opinion as to whether the care rendered by the defendant(s) met the ordinary or customary standard of practice. The expert is asked to testify regarding whether the care provided to the patient met the minimal requirement mandated by law, not the optimal level of care. Nurses are commonly asked to serve as expert witnesses by both defense and plaintiff attorneys. A nursing expert may be retained by an attorney to serve as a consultant or to give sworn testimony and generally receives payment for performing one or more of the following functions:

- Review records, charts, and depositions of other witnesses and give an opinion based on expert knowledge of standards related to the nursing care rendered to the patient at the center of the suit. Details of records and depositions are reviewed thoroughly to ensure understanding of the facts.

- Write a report of the review findings, sometimes referred to as a "downside review." When the expert is anticipated to testify, written critiques of the findings are discouraged because these may not be protected and thus admissible as evidence in the case.
- Perform a literature review for relevant information pertaining to the facts of the case.
- Testify under oath in deposition and at trial. In the event of testimony, the retaining attorney works closely with the expert in preparation for the deposition or trial. Giving sworn testimony can be stressful for the expert as the opposing attorney attempts to confuse the witness and diminish the expert's credibility. A nurse serving as an expert should take the responsibility of the role seriously and abide by an ethical code of conduct. Experts should rely on formal educational knowledge and experience to form opinions and should never adopt the opinion of others.

Nurses are qualified as an "expert" based on formal education, licensure as a registered nurse, and experience. Nurses may become certified as legal nurse consultants through several accrediting organizations; however, certification is not a requirement to serve as an expert witness. Whether certified or not, preferred experts have published in peer-reviewed journals, possess the ability to speak convincingly and in language that a jury can understand, maintain good eye contact, have a record of accepting cases from both plaintiffs and defendants, and participate in professional organizations. The following case study describes a situation in which the testimony of an expert witness influenced the defense of the nursing care provided to an elderly patient.

Medical Malpractice Tort Reform   Few issues in health care ignite as much emotion as the debates over medical malpractice. Over the last 30 years, states throughout the nation have experienced varying degrees of malpractice crisis. State legislators have intervened by enacting a number of laws known as tort reform to address issues such as the unavailability of insurance, rising premiums, and enormous

Case Study

A Nurse Expert Witness Testified to the Nursing Standard An elderly, blind, female patient in a hospital in Alabama fell and broke her hip. The family sued the hospital for negligence. The patient's chart indicated that the nursing personnel had planned her care with the patient and arranged the furniture in her room, including the position of her bed, so she could safely go to her chair and to the bathroom. It was the decision of the nursing personnel to leave the side rail at the foot of the bed nearest the bathroom down. The nursing personnel had documented that the patient was instructed to call for assistance, if needed. The patient complied with instructions and for several days safely ambulated to the bathroom without incident.

The plaintiff's lawyer argued that all four side rails should have been up on the bed and that the patient should have been instructed to call nursing personnel before getting up for any reason. The expert testified that nurses make ongoing judgments about the safety and well-being of patients and in this case assessed the patient to be safe to ambulate to the bathroom alone. Furthermore, the documentation and testimony of nurses indicated that the patient had been compliant with instructions and repeatedly demonstrated the ability to safely ambulate. Based on the expert's testimony, the jury ruled in favor of the hospital.

payouts. Since the mid-1970s the crises have calmed and resurged on numerous occasions. The costs of medical liability are difficult to determine. In 2008, medical liability costs, including defensive medicine, were estimated to be $55 billion or 2.4 % of healthcare spending.[34] In 2006, the average payout for malpractice claims against individual nurses was $277,431.[35] The tort crisis is characterized by decreasing availability of medical malpractice insurance, decreasing patient access to service, and rising premiums. Factors contributing to the crisis of today include increased public awareness of errors in health care, decreased confidence and trust among patients, advances in technology and increases in the intensity of medical services, higher expectations of the public, and less willingness of plaintiff lawyers to accept settlement offers.[36] Numerous states have attempted to address the medical malpractice issue by enacting tort reform aimed to constructing barriers to malpractice suits such as shorter statute limitations, placing limits on the amount of damages awarded the plaintiff, and changing payments to periodic awards rather than lump sum payouts. Several attempts have been made to pass tort reform legislation at the national level, but to date, no federal law exists.

Patient Safety and the Tort System   Are the quest for patient safety and the current tort system compatible? Although evidence indicates that most errors are attributed to system error rather than the provider of care, society continues to punish practitioners for errors. The medical liability system appears to be in direct conflict with efforts of regulatory agencies, employers, and professional organizations attempting to change punitive cultures to cultures that discuss and analyze errors and redesign systems.[37] Although plaintiff lawyers argue that the threat of litigation improves patient safety, the "punitive, individualistic, adversarial approach of tort law is antithetical to the non-punitive, systems-oriented, and cooperative strategies promoted by leaders of the patient-safety movement."[38] Physicians are hesitant to disclose medical errors or to participate in activities to improve patient safety for fear of legal action.[39] Obviously, the tort system as we know it today is in need of restructuring to decrease reluctance of physicians and other healthcare professionals and organizations to fully disclose errors and to participate in patient safety initiatives without fear of retaliation.

> *"Although plaintiff lawyers argue that the threat of litigation improves patient safety, the 'punitive, individualistic, adversarial approach of tort law is antithetical to the non-punitive, systems-oriented, and cooperative strategies promoted by leaders of the patient-safety movement.'"[22]*

Intentional Torts

An intentional tort is a conscious decision to commit or omit an act and to either intend the result or to possess reasonable knowledge of the foreseeable consequences. Intentional torts that nurses may face include defamation, false imprisonment, and assault and battery, among others. Intentional torts possess all three of the following elements:[40]

1. An act that infringes on the rights of another with foreseeable consequences by the defendant
2. The individual carrying out the act or omission must deliberately intend the consequences
3. The consequences must be directly caused by the intended act or omission

Defamation   Defamation is the issuance of a false statement about another person, which causes that individual to suffer harm. Libel involves the making of defamatory statements in a printed form, such as a magazine or newspaper. Slander, on the other hand, involves defamatory statements by oral representation. An example of slander is a malicious statement by a nurse that falsely accuses a patient or another individual of having an infectious disease or to be of immoral character. A person who defames the character of another and causes a loss of professional reputation must be able to prove the truth of the accusation. Truth is the absolute defense of an action in slander and libel. Claims of defamation are rare in health care.

> *"A person who defames the character of another and causes a loss of professional reputation must be able to prove the truth of the accusation. Truth is the absolute defense of an action in slander and libel."*

False Imprisonment   False imprisonment is the unlawful restraint of someone that affects the person's freedom of movement. False imprisonment could be alleged due to confinement by a locked door, physical restraint, chemical restraint, or even by the threat that force may be used. Recovery from a lawsuit based on false imprisonment includes damages for physical and psychological harm.

Years ago, it was common to see elderly people positioned in wheelchairs by vests or belt restraints to keep them from moving around independently. Today, it is possible that the application of restraints, unless used for medical reasons and in compliance with federal law or the JC standards, may be interpreted as false imprisonment.[41] Strict guidelines exist in inpatient settings that define the appropriate use of restraints and seclusion along with required monitoring of those confined. Nurses should carefully adhere to these policies.

False imprisonment may also be alleged if an individual is prevented from leaving a facility by using restraint or coercion. There are legitimate reasons for detaining individuals that are legally justified. These include patients who are mentally incompetent or impaired and patients who are a threat to themselves or to others. In the event that there is question about the safety and well-being of a patient who desires to leave a facility against advice or when concern exists for another's welfare, legal advice should be sought immediately.[42]

Assault and Battery   Assault is an intentional threat to inflict injury upon a person by another who has the ability to cause harm and thus puts the person in fear of an immediate danger. Battery is the intentional touching of or application of force to another person, in a harmful or offensive manner, and without consent. The most commonly alleged act of battery against nurses is the treatment without consent.

In the case of *Roberson v. Provident House*, a nurse inserted a catheter following a physician's as needed (PRN) Foley order.[43] The patient did not want to be catheterized and protested. The nurse was found to have committed assault and battery. Nurses must obtain permission from the patient before touching the patient. The consent procedure does not have to be formal and may be implied such as when the patient holds his arm out for the start of an intravenous line. Litigation regarding the requirement for informed consent has focused around the physician's failure to explain the risks, benefits, and alternatives to the procedure. However, hospitals and nurses may be held liable for lack of informed consent if they know or should have known there was not adequate disclosure or adequate consent.

> *"A nurse who carries out any nursing intervention without the patient's consent, even if the intervention is beneficial, is potentially guilty of professional misconduct. The nurse may be disciplined by the state board of nursing and could be sued by the patient or face an allegation of assault and battery."*

How would you like to be in this circumstance? An older slightly confused patient is admitted to a medical-surgical unit for severe anemia of unknown etiology. The elderly man's appearance is unkempt. He has a scraggly beard consisting of long matted hair. A conscientious nurse, with good intention, decides to place the patient in the shower and thoroughly "scrub" the patient. After the bath, she trims his beard. When his son arrives, the son is irate about the beard being trimmed. The patient begins crying and accuses the nurse of restraining his hands while she cut his beard. He claims that despite his protests she continued to cut his beard. As innocent as the nurse may have been in this situation, claims of battery occurred. Fortunately, in this case, a letter of apology soothed the ruffled feathers of this patient and his son.

Criminal Law

Criminal law applies to an intentional wrongdoing against society as well as to an individual victim. A criminal offense is prosecuted by the state in which it occurs or by the U.S. Department of Justice. Crimes are defined as either misdemeanors or felonies. A misdemeanor is less serious than a felony, and guilt is generally punishable by fines or imprisonment for less than a year.[44] A felony such as rape or murder is punishable by confinement in a penitentiary for longer than 1 year.[45] Although less common than civil claims, healthcare providers have been accused of criminal negligence. Criminal negligence is an action that is considered to be "a reckless disregard for the safety of others."[46]

> "Although less common than civil claims, healthcare providers have been accused of criminal negligence. Criminal negligence is an action that is considered to be 'a reckless disregard for the safety of others.'"

One of the earliest and most famous cases of criminal negligence by a nurse is the Somera case, reported in *The International Review* (July 1, 1930, pp. 325–334). Lorenza Somera, as the head nurse, was directed by the operating surgeon to prepare 10% cocaine with adrenaline for administration to a patient for a tonsillectomy. Ms. Somera repeated and verified the order. A few moments after the injection was given, the patient showed symptoms of convulsions and died. The operating surgeon meant to say 10% procaine. Only Ms. Somera was found guilty of manslaughter due to negligence. The negligence consisted of following an order that the nurse should have known by reason of her training and experience was incorrect. Although the physician was negligent, the cause of death was the nurse's negligence.[47] According to the American Nurses Association's *Code of Ethics for Nurses with Interpretive Statements*, "Nurses are accountable for judgments made and actions taken in the course of nursing practice, irrespective of healthcare organizations' policies or providers' directives."[48]

> "Nurses are accountable for judgments made and actions taken in the course of nursing practice, irrespective of healthcare organizations' policies or providers' directives."

In 1997, when a patient bled to death, a court in New Jersey charged five nurses with endangering the welfare of a patient. During the same year, in Colorado, three nurses were indicted for criminal negligence in the death of a newborn after an overdose of 10 times the prescribed amount of penicillin. In 2004, criminal charges were filed against an emergency room nurse who failed to report suspected child abuse for a 2-year-old boy. The child subsequently died at the hands of his stepfather. In Wisconsin, a nurse was charged with a felony after mistakenly administering an epidural anesthetic intravenously instead of the prescribed order of penicillin. The Wisconsin nurse failed to read the medication label carefully and neglected to follow the established bar code policy. These cases have raised serious concerns for nurses and other healthcare providers who are today exposed to both civil and criminal litigation for errors or misjudgments.

CORPORATE LIABILITY

Healthcare corporations are incorporated by the state and designated as either for profit or not for profit. Not-for-profit organizations are exempt from federal taxes and, in most cases, state taxes. They also qualify for donations and charitable deductions.[49]

Board of Directors/Chief Operating Officers

Every institution is governed by a board of directors that has responsibility for the operation and viability of the institution. With the authority awarded a governing board, the board and its personal members have specific legal responsibilities and liabilities. The board and its members are accountable for the overall management of the institution. A chief operating officer is appointed by the board to carry out daily operations. The board reviews financial reports, approves strategic plans, and monitors internal operations. Furthermore, the governing body has the ultimate authority and responsibility to select medical staff.[50]

High ethical conduct is required of board members. Generally, strict rules of conduct are imposed on members to avoid conflicts of interest and self-gain. The members of the board are responsible for operating the organization in compliance with state, federal, and local laws. A case demonstrating how those in governing positions can face penalties when laws are not adhered to is that of *People v. Casa Blanca Convalescent Homes*. In this case the court found multiple violations of statutory regulations, including deficient staffing and inadequate care of residents. The operator of the facility was fined a significant amount for failure to comply with regulations.[51] Other instances of violations of the law have led to criminal prosecution.

Corporate Negligence

For years, hospitals and medical centers remained immune from liability for medical acts. With the erosion of charitable and governmental immunity, however, hospital risk for exposure increased. Under a doctrine of corporate law, hospitals are legally responsible for the safety and security of patients, employees, and visitors. The doctrine creates a duty of the hospital itself, directly to the patient. Thus hospitals cannot abdicate the responsibility to a third party. With a duty specific to the patient, hospitals are responsible to monitor the personnel involved in the processes within the organization, assess the overall operation of the facility, and make a conscious effort to identify potential risks. Corporate law in most states includes the following four duties:

1. The duty to use reasonable care in maintaining safe and adequate facilities and equipment
2. The duty to formulate adequate policies to ensure quality care for patients
3. The duty to oversee all persons who practice within its walls
4. The duty to select and retain competent physicians and staff

Respondeat Superior

The legal doctrine *respondeat superior* holds the employer responsible for torts committed by employees while on the job.[52] *Darling v. Charleston Community Hospital*, a landmark case, opened the door to corporate negligence liability of hospitals.[53] The case involved a young college football player who, after an injury, lost his leg after traction and cast application. Despite obvious signs of circulatory impairment and numerous attempts by the patient and family to seek assistance from staff, no remedial steps were taken. Although the patient was seen daily by a staff doctor, the court found the hospital negligent for not ensuring that the nurses reported important findings to physicians and notified supervisory personnel in the event that the doctor failed to act.[54]

As with physicians, hospitals are facing ever-increasing medical malpractice claims. The cost of hospital malpractice liability premiums is on the rise and can have a significant impact on operating funds. Nurses number over 3 million in the nation and thus constitute the largest group of healthcare providers; therefore, nurses have the highest exposure for claims. An important skill for nurse managers and executives is human resource leadership. Determining and providing for educational needs, assessing competency, appropriate evaluation, and having "crucial conversations" are essential to enhance patient safety and minimize organizational liability.

Credentialing Liability

Corporate responsibility extends beyond the hospital's obligation to ensure sound management practices, safe operations, and appropriate behavior of employees and agents to liability for clinical competence and performance of all practitioners granted clinical privileges. As part of the credentialing process of any healthcare facility, organizations are responsible to appropriately investigate the qualifications and background of licensed independent practitioners applying to practice within the organization. Licensed independent practitioners are defined by the Joint Commission (JC) as "individuals permitted by law and by the organization to provide care and services without direction or supervision within the scope of the individual's licensure and consistent with individually granted clinical privileges."[55] The JC requires verification of licensure and credentials, work experience, and quality of care and encourages institutions to be thorough and deliberate when granting privileges.[56] Hospitals accredited by JC are required to query the National Practitioner Data Bank before granting physician privileges to practice.[57] The National Practitioner Data Bank, a nationwide tracking system, was established by federal law in 1986 and formally inaugurated in 1990 to flag those who engage in unprofessional behavior and to restrict incompetent physicians and other healthcare practitioners from moving state to state without disclosure or discovery of previous medical malpractice payment and adverse action history.[58]

A landmark case in which a surgeon operated on a hip, injuring the femoral artery and nerve and causing permanent damage and paralysis, was the first legal case where a hospital was held liable for negligent credentialing.[59] A closer look at the physician revealed suspension from other hospitals and involvement in other cases of malpractice. The court held that hospitals have a duty to responsibly select medical staff.

Nurses who are victims of or witness inappropriate behavior of a licensed independent practitioner are responsible to report such behavior. The same is true when a nurse observes competency issues. Nurse executives, as advocates for both the patient and staff, are expected to confront and address the matters using processes defined within the organization to deal with behavioral or clinical performance matters.

OTHER AREAS OF LIABILITY FOR NURSES

Supervisor Liability

In 1994 the U.S. Supreme Court defined a nursing supervisor as a nurse who assigns, oversees, and provides direction to licensed or unlicensed personnel. This definition not only exposes nurses in formal supervisory positions to supervisory liability but expands the legal responsibility to staff nurses, particularly those who assume the responsibility of charge nurse. The "supervisor" may be found negligent if failing to assign or supervise appropriately. Furthermore, the corporation, under the doctrine of *respondeat superior*, is liable for the actions of both the nurse performing the assigned care and the nurse making the assignment.

Inadequate Staffing

Federal law mandates nursing facilities to provide adequate staffing.[60] Adequate staffing includes a sufficient number of competent staff to reasonably ensure safe care. Over the past few decades growing evidence has linked patient outcomes to nurse staffing.[61-63] Although the specific nurse–patient ratio remains controversial, administrators and managers are accountable to provide nurse staffing to meet patient needs and safety. An important nurse executive competency identified by the American Organization of Nurse Executives is the appropriate allocation of nursing resources based on patient acuity. This can be a major challenge for nurse administrators in today's healthcare arena characterized by restricted revenues, cost-cutting efforts, and a workforce shortage. The nurse executive must be dedicated to recruiting and retaining new staff. To maintain a stable workforce requires adequate orientation of new members and focused effort to create a workplace that enhances nurse satisfaction and protects staff from excessive fatigue.[64]

Floating

Floating is a common necessity in times of high acuity or short staffing. Floating has implications for both the nurse who is floating, the personnel reassigning the nurse, and the nurse delegating patient care to the floating nurse. The nurse who is being assigned to float has a professional duty to the organization and the patient to accept the assignment unless the nurse is lacking education and skill to perform the assigned duties. The nurse is obliged to provide for patients' safety. In extreme staffing circumstances, abandoning patients may potentially jeopardize patient care and safety. In these instances, "a nurse lacking in certain skills and experience is preferable to the patient lacking a nurse."[65] Thus fear or uncertainty is not a legitimate reason to refuse an assignment and used alone as a basis for refusing to float is considered unprofessional and may subject the nurse to the legal consequences of abandonment.

On the other hand, nurse managers and supervisors have a responsibility to appropriately staff the nursing units and when resources are limited must critically appraise the circumstances and carefully distribute personnel, striving to match the needs of the patients with the skills of the nurse. As indicated earlier, the supervisor, whether formally designated as such, or a staff nurse, who fails to assign and supervise appropriately, may be found negligent.

Following the Chain of Command

A nurse who fails to question an order of a patient when he or she believes that it is not in the best interest of the patient may be liable. Furthermore, nurses are responsible to contact a supervisor when a physician fails to take appropriate action or is unwilling to cooperate in a situation that threatens the well-being of a patient. Organizations should have a policy and procedure that clearly defines the chain of command. However, policy alone is not sufficient. Nurses need to be educated on their responsibility to notify an individual in authority to assist with unresolved or threatening situations. Commonly, by referring unusual or difficult situations to a higher level, action can be taken that can protect a patient's well-being. Therefore it is important to recognize that the nurse's duty to a patient extends beyond direct care and carries the responsibility of advocacy.

NURSES AND THE LITIGATION PROCESS

Nurses in an executive or manager role may be required to testify as a result of direct involvement in an alleged malpractice event, under the *respondeat superior* doctrine, or as the corporate representative. The designation of a corporate representative occurs following notice or subpoena of the organization to designate a person to testify on behalf of company policy. Staff nurses employed by the facility may be either personally named in a lawsuit or, more commonly, subjected to the litigation process as an agent of the facility. At any level, participation in the unfamiliar legal arena can be threatening and stressful. **Figure 15-1** describes steps in the legal procedure. During the litigation process, communication between the attorney and client is considered privileged or protected by law and is inadmissible in court. However, if the client shares the discussion with others, the communication is no longer protected and may be entered as evidence in court. Unfortunately, the "code of silence" can magnify the anxiety of those involved in a lawsuit and can intensify feelings of shame, guilt, or isolation experienced by the defendants.[66] Education and emotional support of nurses going through the long and frightening litigation process are paramount.

RISK MANAGEMENT

Risk management in health care serves to provide a safe and effective environment for patients, visitors, and employees, thus averting or decreasing loss to the institution.[67] Identification, analysis, treatment, and evaluation of actual or potential hazards are the focus of risk management activities. Risk management has its beginnings in the transportation industry, particularly in investigations into aviation and traffic accidents. The primary reasons for these investigations were to determine patterns or causative factors in the accidents and then to eliminate, or at least control, as many factors as possible. Insurance carriers for institutions support risk management programs and commonly decrease the cost of premiums for providers who implement practices that reduce liability.[68]

FIGURE 15-1   Steps in a Legal Procedure

1. A lawsuit begins when a complaint is filed by the plaintiff. Frequently, multiple parties are named in a lawsuit.

2. The insurance provider for the individual or entity is contacted and becomes involved in providing a legal team. When more than one party is named in the lawsuit, unfavorably for the defense, finger pointing between defendants may occur, especially if the parties are insured by different insurance carriers.

3. The discovery phase is the time whereby attorneys of opposing sides seek to identify the facts of the case in preparation for the legal battle. The discovery process can be quite lengthy as opposing attorneys exchange documents about the individuals, entities, policies, and medical records pertaining to the adverse event. Depositions of fact and expert witnesses on both sides are taken during the discovery phase.

4. As the case unfolds, commonly, there are attempts by the opposing attorneys to negotiate a settlement. It should be noted that settling a case does not confer guilt and may be the least risky and less costly resolution. The cost of the litigation process is high; thus settlement may be a reasonable compromise. However, some malpractice insurance providers may be reluctant to negotiate settlements for fear that bargaining encourages frivolous lawsuits.

5. If the parties cannot resolve the issue through settlement, a trial date is set by the court. Evidence and testimony is presented to a jury and a verdict is delivered.

6. Either side may appeal the decision of the court based on questions of law, not simple displeasure with the verdict. The cost associated with litigation must be weighed in the decision to appeal a verdict.

Source: Author.

Risk Management Responsibilities

Most healthcare institutions today have used the services of a risk manager. Because of the diversity in the size and organization of institutions, job descriptions of the risk manager vary considerably. **Figure 15-2** defines competencies of a risk manager. Important areas of responsibilities include loss prevention and reduction, claims management, financial risk, and risk regulatory and accreditation compliance.[69]

Loss Prevention and Reduction

Loss prevention and reduction is the largest category of risk management and includes the following activities:

- Institution of a system to identify risk exposure such as incident or occurrence reporting, establishment of a communication system for referrals, and review of medical records, patient complaints, and performance improvement data. Developing early warning systems is crucial to the investigation of events. Early notification of events provides an opportunity to conduct timely interviews of involved parties and to secure medical records and malfunctioning equipment associated with the event.
- Development of policies and procedures that address key risk management areas, including confidentiality, informed consent, products recalls, and sentinel events
- Collaboration with quality management, nursing, medical staff, and infection control to promote loss reduction strategies. The Joint Commission recommends the integration of risk management and quality assurance initiatives as a more efficient and cost-effective method for promoting quality and safety. Performance improvement data can identify potential risk areas and form the basis for action plans to reduce adverse occurrences. Quality and risk prevention go hand and hand. A thorough study of sentinel events using a root-cause analysis can provide valuable lessons for the organization. Aggregating and analyzing statistical data regarding quality and safety, these reports are presented to various committees and used by others, including the organization's board of directors, to determine the institution's risk for loss and to implement strategies to reduce exposure to liability.
- Coordination of education for staff on risk management issues
- Participation in the contract review process

Claims Management

All claims activities are generally handled by the risk management department. These functions include establishing files of potential or actual claims, coordinating claims activities, including negotiation of settlements, and serving as a liaison to administration as to the status of claims.[70] Claims management can be a time-consuming activity for a risk management department depending on the number and complexity of claims against an organization.

Financial Risk

A major concern of healthcare businesses is financial loss due to legal liability. Risk managers attempt to identify areas within the organization that may expose the institution to loss and estimate the potential and size of loss for exposure. When an adverse event occurs, effort is made to reduce the severity of loss through risk control strategies such as writing off hospital bills or personally meeting with the patient or family representative to resolve the grievance. Unfortunately, many clinicians and institutions are reluctant to openly discuss bad outcomes for fear that discussion may be interpreted as an admission of guilt, even if not the case.[71] Furthermore, healthcare providers fear legal obstacles with full disclosure.

FIGURE 15-2 Risk Manager Competencies

1. Keep an up-to-date manual, including policies, lines of authority, safety roles, disaster plans, safety training incident and claims reporting, procedures and schedule, and description of retention/insurance program.

2. Update programs with changes in properties, operations, or activities.

3. Review plans for new construction, alterations, and equipment installation.

4. Review contracts to avoid unnecessary assumptions of liability and transfer to others where possible.

5. Keep up-to-date property appraisal.

6. Maintain records of insurance policy renewal dates.

7. Review and monitor all premiums and other billings and approve payments.

8. Negotiate insurance coverage, premiums, and services.

9. Prepare specifications for competitive bids on property and liability insurance.

10. Review and make recommendations for coverage, services, and costs.

11. Maintain records and verify compliance for independent physicians, vendors, contractors, and subcontractors.

12. Maintain records of losses, claims, and all risk-management expenses.

13. Supervise claim-reporting procedures.

14. Assist in adjusting losses.

15. Cooperate with the director of safety and the risk-management committee to minimize all future losses involving employees, patients, visitors, other third parties, property, and earnings.

16. Keep risk management skills updated.

17. Assess the system for causes of errors and adverse events. Fix the system.

18. Use focus groups to identify unreported errors and adverse events. Eliminate punitive organizational culture.

19. Prepare annual report covering status, changes, new problems and solutions, summary of existing insurance and retention aspects of the program, summary of losses, costs, major claims, and future goals and objectives.

20. Prepare an annual budget.

Source: Author.

In 2005, after the loss of a brother to a medical error, Doug Wojcieszak formed The Sorry Works! coalition. The coalition was formed based on this family's experience. The coalition advocates that in the event of medical error or negligence, the provider admits fault, provides the patient/family with an apology, explains plans to prevent the error from reoccurring, and offers fair compensation.[72] If medical error was not found to be the cause of the unexpected outcome, the coalition recommends that providers, accompanied by legal counsel, conduct a meeting with the patient/family to explain what happened and then apologize and offer empathy without acknowledging fault. Kachalia et al. report that full disclosure of harmful medical errors and compensation offers have resulted in a significant decrease in claims and liability.[73] Until safe systems are developed in health care that foster learning from mistakes while continuing to underscore individual accountability for wrongdoing, discomfort and debate about disclosure after an unexpected outcome will continue.

Compliance with Regulatory and Accreditation Agencies

Risk management includes the duty to comply with regulatory and accrediting bodies, such as the Occupational Safety and Health Administration, Emergency Medical Treatment and Active Labor Act, Health Insurance Portability and Accountability Act, and the Joint Commission, among many others. Additional regulatory activities may include mandatory reporting of deaths based on defined criteria to the coroner, compliance with safety codes, and requirements to report select incidents to state and federal agencies.[74]

Sentinel Events

A sentinel event is defined by the Joint Commission (JC) as "an unexpected occurrence involving death or serious physical or psychological injury, or the risk thereof."[75] The JC requires immediate investigation and response to a sentinel event. A root-cause analysis can identify system and process issues contributing to the event. Following analysis of the findings, system improvements should be made to enhance safety and reduce the risk of future sentinel events. Examples of sentinel events defined by the JC include any patient death or major injury resulting from a medication error, an operation on the wrong side of the patient's body, any maternal or fetal death related to the delivery process, a fall resulting in death or major injury, and suicide of a patient within 72 hours of discharge.[76] Self-reporting of the event to the JC is encouraged by the accrediting body.

Documentation

The medical record is an account of the patient's experience during a healthcare encounter. The primary purpose of the medical record is to accurately reflect in written form the medical and nursing care that a patient receives. It is important that nurses strive to document as accurately and timely as possible. Contradictions, inconsistencies, and unexplained gaps in the medical records are difficult to defend during litigation. It is recommended that documentation take place as soon after the occurrence as possible and that a minute-by-minute recording is done during an emergency. When time is of the essence, which is quite often the case in a busy clinical setting, brief notes with times, interventions, and other relevant information should be written on a piece of paper and transferred to the medical records as soon as time permits.

The old adage "if it wasn't documented, it wasn't done" is a good guideline to use in practice, but there is no legal basis for the premise. Every nurse knows that it is impractical for nurses to chart all nursing functions and patient care activities. To do so would leave many duties undone, possibly including patient care. However, when malpractice is alleged, the medical record is the primary source of information for determining whether the standard of care was met. Furthermore, failure to document appropriate information may be interpreted as a violation of the standard. In a New York case, *Gerner v. Long Island Jewish Hillside Medical Center*, an infant suffered brain damage after developing jaundice. Several events occurred that delayed diagnosis and treatment of the jaundiced condition, including the fact that the nurses failed to note the color of the baby's skin in the record until the third hospital day. Judgment was in favor of the plaintiff partially due to failure to document the patient's condition.[77]

Electronic documentation adds new dimensions of liability. Care must be taken to safeguard patient confidentiality and unauthorized access to information with computerized systems. Policies must be developed to protect computerized patient data and audits performed routinely to ensure that only those who have a "need to know" access records. Furthermore, nurses need to be fully educated to understand that when documenting electronically, the exact time that data are entered is captured by the computer. Most computerized nursing documentation programs allow for "late entries" where providers manually enter the time that an assessment or intervention occurs; however, when the recorded time of the assessment or intervention varies significantly from the entry time captured by the computer, the nurse may have difficulty explaining the time discrepancy to a jury or remembering the circumstances regarding the delayed entry. Therefore, a procedure for late entries into the computerized medical record should be developed to guide staff. Finally, when implementing electronic documentation, it is essential that organizations minimize the need for duplicate documentation to increase staff efficiency and to minimize confusion.

The medical record is sacred ground and should never be altered after an entry is made. If it is found that a medical record has been modified, destroyed, or falsified in any fashion, the act may be construed as an attempt to conceal or manipulate facts and, under such instances, is considered a felony or criminal offense.[78] Moreover, manipulation of the record may be interpreted as malice in a medical negligence case and punitive damages may be awarded the plaintiff, even if the alteration of the record did not directly cause harm.[79] **Figure 15-3** highlights tips for documentation.

Policies and Procedures

Policies and procedures are directives for the daily operations of an institution and are required for compliance with regulatory and accreditation agencies. Policy and procedure manuals are developed as a resource tool for employees to describe the general rules of conduct but are never intended to supersede the judgment of the employee. If a patient experiences an adverse outcome, the plaintiff's attorney ordinarily petitions the institution's policies and procedures to evaluate whether the practitioner's conduct was in compliance with the established internal practices.

Policies and procedures are expected to be followed unless there is a reasonable explanation as to why a deviation should occur. Plaintiff attorneys frequently argue that internal policies and procedures form the basis for the standard of care. However, "a policy and procedure manual is not necessarily the definitive source for standards of care."[80] Nevertheless, policies and procedures find their way into courtrooms every day. For this reason, each version of a policy should be retained when revisions are made because often in lawsuits an organization is asked to produce the policy in effect at the time of the incident. Unfortunately, institutions may be remiss in ensuring that policies are updated in a timely manner and that the content reflects reasonable expectation rather than optimal practice. Organizations must be careful not to develop policies that specify conduct greater than recognized by authorities. This

FIGURE 15-3   Tips for Documentation

- Never use the medical record as a forum to record complaints against another.
- Document instructions given to patients.
- Any corrections to the medical record should be done with a thin line drawn through the original entry, and dated and initialed unless otherwise specified by hospital policy.
- Documented information should be factual and objective.
- Specific communication with physicians about the patient's condition should be recorded.
- Late entries should be recorded according to the facility's policy.

Source: Author.

practice could result in the institution being held to a higher standard than the norm. Thus policies and procedures should be based on the best evidence and consistent with national standards. This requires vigilance on the part of the organization to attend to details in the development, ongoing review, and revision of policies and procedures.[81] Finally, policies and procedures should be broad enough to allow for reasonable flexibility between departments and practitioners.

> "The American Nurses Association defines evidence-based practice as 'a process founded on the collection, interpretation, and integration of valid, important, and applicable patient-reported, clinician-observed, and research-derived evidence. The best available evidence, moderated by patient circumstances and preferences is applied to improve the quality of clinical judgments.'"[82]

Incident/Occurrence Reporting

An incident or occurrence report is an effective tool used to identify potential losses, opportunities, or potential claims. These reports are prepared for any unusual occurrence or near miss involving people or property, whether or not injury or damage occurs. Preferably, the report is generated at the time of the incident and by the individual(s) involved in the incident. However, if this is not possible, the incident report should be completed when it is first discovered.

Use of Incident Reports

Incident reports are used to collect and analyze future data for the purpose of determining risk-control strategies. Blake describes the use of a multiple causation model in incident report investigation.[83] Blake's theory suggests that causes, subcauses, and contributing factors weave together in particular sequences to cause incidents. An incident may have many concomitant causes; therefore seeking out as many causes as possible and rating them by their proximate or primary influence on the incident may be useful in reducing the chance of the incident recurring. Proximate causes are often referred to as the apparent and closest cause of the incident. Primary causes are procedural in nature, and such causes are discovered through backtracking from the proximate cause.[84]

Preparation of Incident Reports

Incident reports are commonly requested during the legal process. Discoverability of incident reports by the plaintiff depends on "state Quality Assurance and peer review statutes or statutes creating an attorney-client or insurer-insured privilege."[85]

Contents of incident reports may be either helpful or incriminating in explaining facts of a case. Commonly, defending attorneys argue against discovery, asserting that occurrence reports are part of the quality assurance process and must be protected to afford organizations the opportunity to assess and improve care without fear of legal exposure. In *Columbia/HCA Healthcare Corp. v. Eighth Judicial District Court*, the court ruled that because incident reports are part of the hospital's normal course of business, they remain open to discovery during the litigation process.[86] Incident reports should be objectively written, complete, and factual. The incident report is corrected in the same manner as any other medical record and should not be altered or rewritten. It should contain no comments criticizing or blaming others. **Figure 15-4** lists the dos and don'ts of incident reporting.

It may be institutional policy to forward the incident report to the risk manager; however, if the event requires immediate attention, notification should be expedited. The preparer should notify the risk manager or immediate supervisor to ensure prompt investigation and corrective action occur. To encourage reporting of incidents, leadership must establish a climate of trust.

Risk Management and Nursing

Patient safety and employee work life are byproducts of organizational culture.[87,88] Nursing leadership is essential to building a culture of safety.[89,90] Increasing demands for services and rising cost of health care accompanied by diminishing reimbursement require patients to move through the healthcare system quicker than ever before. The rapidity of patient turnover increases the chance of error and leaves potential gaps in communications. Further complicating working conditions is the increase in patient acuity, high staff turnover, long work hours, increased interruptions and demands, and rapidly changing technology.[91] Moving from a culture of blame to one of safety begins with identifying the reason for errors rather than focusing on the individual error.[92] As the largest group of healthcare providers and those in closest contact to patients, nurses are in key positions to identify errors and to initiate measures to protect those they serve. However, studies indicate errors to be significantly underreported by nurses.[93] Improving systems that encourage reporting and ensure anonymity is necessary to identify and address

FIGURE 15-4   Dos and Don'ts of Incident Reporting

Do	Don't
Report any event involving patient mishap or serious expression of dissatisfaction with care.	Place blame on anyone.
Report any event involving visitor mishap or property.	Place report on the patient's chart.
Be complete.	Make entry about an incident report on the patient's chart.
Follow established policy and procedure.	Alter or rewrite.
Be prompt.	Report hearsay or opinion.
Act to reduce fear in the nursing staff.	Be afraid to consult, ask questions, or complete incident reports. They can be part of your best defense and protection.
Correct in the same manner as any medical record.	Prescribe in the physician's domain.
Include names and identities of witnesses; record their statements on separate pages.	Be cold and impersonal to patients, families, or visitors.
Report equipment malfunctions, including control numbers. Remove equipment from service for testing.	
Keep the report confidential.	
Report to nurse manager.	
Confer with risk manager.	
Work to provide nursing care to meet established standards.	
Attend all staff development programs.	
Confirm all telephone orders in writing.	

Source: Author.

safety issues. Safe working environments are built on open communication, properly prepared employees who are competent in performing required duties, adequate resources, and an infrastructure that allows staff to perform work successfully.[94] Lessons from other industries must be incorporated into health care. The aviation industry has created a culture of safety by closely monitoring the hours worked by pilots, redesigning systems, and promoting teamwork and communication to prevent errors.

Figure 15-5 lists innovative initiatives recently used to improve patient safety, and **Figure 15-6** lists strategies to reduce malpractice claims. There is still much work to be done to ensure delivery systems that are safe and effective and require commitment to those we serve. Leaders must be willing to give power to others and trust in the skill and wisdom of the whole. The legendary management consultant Peter Drucker once said, "The leaders who work most effectively, it seems to me, never say 'I.' And that is not because they have trained themselves not to say 'I.' They don't think 'I.' They think 'we'; they think 'team.'" They understand their job is to make the team function. They accept responsibility and don't sidestep it, but 'we' gets the credit. This is what creates trust, what enables you to get the job done."[95]

FIGURE 15-5 Patient Safety Initiatives

- Development of rapid response teams (RRTs). As part of the Institute for Healthcare Improvement's campaign to save 5 million lives hospitals throughout the country have implemented RRTs to rescue medical-surgical patients from impending crisis. Studies have demonstrated a significant reduction in morbidity and mortality of hospitalized patients.[96]

- Implementation of communication models for reporting such as SBAR (situation, background, assessment, and recommendation). Communication breakdown is one of the leading causes of sentinel events.[97]

- Improvement of medication delivery systems including the use of bar coding. The Institute of Medicine reported that adverse drug events are the most common reason for medical errors and cost hospitals more than $20 billion per year.[98]

- Implementation of processes to improve the work environment such as transforming care at the bedside (TCAB). As many as 35% to 40% of unexpected hospital deaths occur in hospital medical-surgical units. TCAB projects sponsored by the Robert Wood Johnson and Institute of Healthcare Improvements aim to dramatically improve care on medical-surgical units by redesigning workspace, enhancing efficiency and reducing waste.[99]

- Development of teamwork. In the airline industry, "crew resource management" is a strategy to facilitate the team of flight attendants, pilots, and other crew.[100,101] Roles and responsibilities are clearly defined and practiced using simulation for numerous scenarios to ensure safety. This model is being used in some healthcare organizations such as obstetrical units and trauma units where staffs "practice for emergencies."

- Development of clinical guidelines to promote standardization of care. A study of obstetrical patients indicated that when care failed to follow establish clinical guidelines, there was a sixfold increase in litigation cases.[102]

- Development of high-performing microsystems. High-performing microsystems yield better outcomes and effective care at lower cost and produce a more satisfying work environment.[103]

- Engaging staff in their work. A culture of safety is dependent on staff ownership and engagement of their work.[104,105]

Source: Author.

FIGURE 15-6   Strategies to Reduce Malpractice Claims

1. Ignorance of the law is not an excuse for wrongdoing. If a law exists but a person does not know it, that person will not be excused for breaking it.

2. Every person is responsible for his or her own actions. The nurse must know the cause and effect of all actions or will be subject to suit for malpractice when harm occurs to a patient.

3. A nurse will not carry out an illegal order of a physician or any other healthcare provider. The nurse must know that the order is a legal one before carrying it out.

4. New nurse graduates must not be assigned to duties beyond their competence.

5. An employer hiring a nurse is required to exercise ordinary, prudent policies and procedures.

6. By the "respondeat superior" or "master–servant" rule, injury by an employee because of negligence makes both employee and employer equally responsible to an injured party. The injured party may sue both employer and employee. Both may not necessarily be found guilty.

7. Professional nurses should carry malpractice insurance. Even when an employer insures an employee, the licensed employee is usually not covered outside the place of employment.

8. Malpractice litigation can be reduced by documenting telephone advice to patients, improving communication and listening skills, and effectively obtaining patients' informed consent.

9. Malpractice risks are increased when professional nurses supervise unlicensed employees.

10. Knowledge of state laws, such as mandatory reporting of abuse, is important for nurses.

11. Courts have interpreted ERISA (Employee Retirement Income Security Act) to limit physician autonomy and subordinate clinical decision making to cost-containment decisions made by managed care organizations.

12. Good provider–patient relationships contribute to preventing malpractice suits.

13. Iatrogenic injuries are a significant public health problem that must be addressed by professional nurses.

14. The costs of malpractice litigation can be reduced by managing risks rather than vindicating providers accused of malpractice. Successful risk management techniques include credentialing of professional staff, monitoring and tracking of complaints and incidents, and documenting in the patient's medical record.

15. The medical malpractice field appeared in the United States around 1840 and has been sustained by changing pressures on medicine, adoption of uniform standards, the advent of medical malpractice liability insurance, contingency fees, citizen juries, and the nature of tort pleading.

16. Human errors in clinical nursing practice are common and underreported.

17. With increased credentialing of advanced practice nurses in health maintenance organizations, there will be increased liability for their employers and increased need for personal malpractice insurance.

18. The nursing profession appears to hold its licensees to safer standards than does the medical profession; therefore nurses are disciplined more often and more harshly than are physicians.

19. Personal involvement with patients places the professional nurse in jeopardy of legal action by the state board of nursing.

20. Many charting practices can help decrease the liability risks for nurses.

Source: Author.

Evidence-Based Practice 15-1

Lake, Shang, Klause, and Dunton conducted a cross-sectional study using the data from the National Database of Nursing Quality Indicators (NDNQI) to determine the relationship between patient falls and staffing. This study considered data collected from 5,388 units in magnet and 528 nonmagnet hospitals. Reviewing the data in multivariate models, researchers found that fall rates were 5% lower in magnet versus nonmagnet hospitals. Further findings indicated that falls were 3% less in ICUs with the addition of one registered nurse hour per day. The addition of a licensed practical nurse or nursing assistant hour per day in non-ICU settings resulted in 2–4% higher fall rates. This study provides further evidence that higher levels of education and increased nurse hours contribute to patient safety.[106]

SUMMARY

There is an element of risk when practicing in the healthcare environment. Nurses and nurse leaders should be familiar with the potential liability associated with their chosen nursing role. Civil, criminal, and corporate laws apply to certain aspects of health care. Familiarity and compliance with laws are necessary to protect the nurse from liability. Medical malpractice claims continue to escalate as consumers of health care become more informed and expectations rise. Today, the public is less trusting of providers and less forgiving of mistakes. Good communication and rapport between providers and recipients of care accompanied by quality and safety measures are essential to decrease the incidence of malpractice claims. The litigation process is generally foreign territory for nurses at any level of practice. Education and support are required to help nurses through the lengthy and threatening experience of litigation. Risk management activities can identify potential risk for the organization and implement strategies to improve the safety and quality of care. Nurse leaders must strive to create safe environments for nursing practice. Safety and quality are enhanced when care delivery systems are well designed and provide built in safety nets to protect patients from human error.

APPLICATION EXERCISES

Exercise 15-1
Interview a risk manager. How do the risk manager's competencies compare with those outlined in Figure 15-2? What risk prevention strategies does the manager use? What has been the cost of losses caused by negligence during the past year?

Exercise 15-2
Examine the incident reporting program in a healthcare agency. What are the strengths? Weaknesses? How can it be improved?

Exercise 15-3
Interview a nurse executive. Using the patient safety initiatives outlined in Figure 15-5, review with the nurse executive patient safety concerns and strategies used in his or her healthcare organization.

For a full suite of assignments and additional learning activities, use the access code located in the front of your book to visit this exclusive website: http://go.jblearning.com/roussel. If you do not have an access code, you can obtain one at the site.

NOTES

1. Kohn, L. T., Corrigan, J. M., & Donaldson, M. S. (Eds). (1999). *To err is human: Building a safer health system.* Committee on Quality of Health Care in America, Institute of Medicine. Washington, DC: National Academy Press.

2. Page, A. (Ed.). (2004). *Keeping patients safe: Transforming the work environment of nurses.* Committee on the Work Environment for Nurses and Patient Safety, Institute of Medicine. Washington, DC: National Academies Press.

3. Leape, L. L., & Berwick, D. M. (2005). Five years after *To err is human*: What have we learned? Journal of the American Medical Association, 293, 2384–2390.

4. Kabcenell, A., Nolan, T. W., Martin, L. A., & Gill, Y. (2010). *The Pursuing Perfection Initiative: Lessons on transforming health care.* IHI Innovation Series white paper. Cambridge, MA: Institute for Healthcare Improvement. Retrieved July 13, 2011, from http.//www.ihi.org/offerings/Initiatives/PastStrategicInitiatives/PursuingPerfection/Pages/default.aspx

5. Ibid.

6. Roberts, B., & Hoch, I. (2009). Malpractice litigation and medical costs in the United States. *Health Economics, 18,* 1394–1419.

7. Spence-Laschinger, H., & Leiter, M. (2006). The impact of nursing work environments on patient safety outcomes. *Journal of Nursing Administration, 36,* 259–267.

8. Richardson, A., & Storr, J. (2010). Patient safety: A literature review on the impact of nursing environment, leadership and collaboration. *International Nursing Review, 57,* 12–21.

9. Sammer, C., Lykens, K., Singh, K., Mains, D., & Lackan, N. (2010). What is patient safety culture: A review of the literature. *Journal of Nursing Scholarship, 42,* 156–165.

10. Kabcenell et al., 2010.

11. Institute of Medicine. (2011). *The future of nursing, leading change, advancing health. Report recommendations.* Committee on the Robert Wood Johnson Foundation Initiative on the Future of Nursing, Institute of Medicine. Washington, DC: National Academies Press. Retrieved August 15, 2011, from http://www.iom.edu/~/media/Files/Report%20Files/2010/The-Future-of-Nursing/Future%20of%20Nursing%202010%20Recommendations.pdf

12. Sharpe, C. (1999). *Nursing malpractice: Liability and risk management* (p. 5). Westport, CT: Greenwood Publishing Group.

13. Ibid., p. 17.

14. Troxel, D. (2009). Do health system errors cause medical malpractice claims? *Bulletin of American Colleges of Surgeons, 94,* 30–31.

15. Agency for Healthcare Research and Quality. (2004). *AHRQ's patient safety initiative: patient safety definition.* Retrieved on January 10, 2011, from http://www.ahrq.gov/qual/pscongrpt/psiniapp1.htm

16. Brennan, T., Leape, L., Laird, N., Hebert, L., Lawthers, A., & Newhouse, J. (1991). Incidence of adverse events and negligence in hospitalized patients: Results of the Harvard Medical Practice study. *New England Journal of Medicine, 324,* 370.

17. Localio, A., Lawthers, A., Brennan, T., Laird, N., Hebert, L., Peterson, L., et al. (1991). Relation between malpractice claims and adverse events due to negligence. Results of the Harvard Medical Practice study III. *New England Journal of Medicine, 325*, 245.

18. Dodge, A., & Fitzer, S. (2006). *When good doctors get sued* (2nd ed., p. 6). Olalla, CA: Dodge & Associates.

19. Pozgar, G. (2007). *Legal aspects of health care administration* (10th ed., p. 47). Sudbury, MA: Jones and Bartlett.

20. Ibid., p. 137.

21. Ibid., p. 204.

22. Pozgar, G. (2005). *Legal and ethical issues for health professional* (p. 248). Sudbury, MA: Jones and Bartlett.

23. Ibid., p. 246.

24. Friesen, M. A., Farquahr, M. B., & Hughes, R. (2005). *The nurse's role in promoting a culture of patient safety* (p. 15). Silver Spring, MD: American Nurses Association.

25. Joint Commission. *Speak Up initiatives*. Retrieved January 22, 2011, from http://www.joint commission.org/speakup.aspx

26. Health Resources and Services Administration. (2010). *National Practitioner Data Bank. Reports on individuals*. Retrieved January 23, 2011, from http://www.npdb-hipdb.hrsa.gov/resources/reports/NPDBSummaryReport.pdf

27. Health Resources and Services Administration. (2006). *National Practitioner Data Bank. 2006 annual report*. Retrieved January 3, 2011, from http://www.npdb-hipdb.hrsa.gov/resources/reports/2006NPDBAnnualReport.pdf

28. Croke, E. M. (2003). Nurses, negligence, and malpractice: An analysis based on more than 250 cases against nurses. *American Journal of Nursing, 103*, 58.

29. Health Resources and Services Administration, 2006.

30. Sammer et al., p.157.

31. Riley, W. (2009). High reliability and implications for nursing leaders. *Journal of Nursing Management, 17*, 238–246.

32. Ibid., pp. 238, 241.

33. American Nurses Association. (2004). *Nursing: Scope & standards of practice* (p. 49). Silver Spring, MD: American Nurses Association.

34. Sharpe, 1999, p. 33.

35. Mello, M., Amitabh, C., Atuh, A., & Studdard, D. (2010). National costs of the medical liability system. *Health Affairs, 29*, 1569–1570.

36. Health Resources and Services Administration, 2006.

37. Studdert, D., Mello, M., & Brennan, T. (2004). Medical malpractice. *New England Journal of Medicine, 350*, p. 286.

38. Joint Commission. (2005). *Health care at the crossroads: Strategies for improving the medical liability system and preventing patient injury* (p. 5). Retrieved January 23, 2011, from http://www.jointcommission.org/assets/1/18/Medical_Liability.pdf

39. Studdert et al., 2004, p. 287.

40. Pozgar, 2007, p.37.

41. Sharpe, 1999, pp. 6–7.

42. Ibid., p. 10.

43. Pozgar, 2007, p. 39.

44. Ibid., p. 54.

45. Ibid., p. 54.

46. Ibid., p. 62.

47. Lesnik, M., & Anderson, B. (1947). *Legal aspects of nursing* (p. 258). Philadelphia: Lippincott.

48. American Nurses Association. (2001). *Code of ethics for nurses with interpretive statements* (p. 16). Silver Spring, MD: American Nurses Association.

49. Pozgar, 2007, p. 127.

50. Ibid., p. 161.

51. Ibid., p. 135.

52. Sharpe, 1999, p. 24.

53. West, J. (2001). Occupational and environmental risk exposures for health care facilities. In R. Carroll (Ed.), *Risk management handbook for health care organizations* (3rd ed., p. 327). San Francisco: Jossey-Bass.

54. Kearney, K., & McCord, E. (1992). A new era for hospital liability. *Risk Management, 39*, 31.

55. Joint Commission. (2010a). Comprehensive Accreditation Manual for Hospitals (CAMH): The Official Guide. Glossary. *CAMH: Refreshed Core.* GL-16.

56. Joint Commission.(n.d.). *Standard FAQ details: Medical staff.* Retrieved January 5, 2011, from http://www.jointcommission.org/standards_information/jcfaq.aspx

57. Ibid.

58. Health Resources and Services Administration. (2001). *NPDB Guidebook.* Retrieved January 22, 2011, from http://www.npdb-hipdb.hrsa.gov/resources/NPDBGuidebook.pdf

59. Havlisch, R. (2001). Emerging liabilities in partnerships, joint ventures, and collaborative relationships. In R. Carroll (Ed.), *Risk management handbook for health care organizations* (3rd ed., pp. 327–328). San Francisco: Jossey-Bass.

60. Pozgar, 2007, p. 136.

61. Aiken, L. H., Clarke, S. P., Sloane, D. M., Lake, E. T., & Cheney, T. (2008). Effects of hospital care environment on patient mortality and nurse outcomes. *Journal of Nursing Administration, 38*(5), 223–229.

62. Tourangeau, A. E., Cranley, L. A., & Jeffs, L. (2006). Impact of nursing on hospital patient mortality: A focused review and related policy implications. *Quality and Safety in Health Care, 15*, 4–8.

63. Cho, S. J., Ketefiam. S., Barkauskas, V. H., et al. (2003). The effects of nurse staffing on adverse events, morbidity, mortality, and medical costs. *Nursing Research, 52*, 71–79.

64. American Nurses Association. (2009*). Nursing administration: Scope and standards of practice.* Silver Spring, MD: Nursesbook.org.

65. Sharpe, 1999, p. 48.

66. Larson, K. (2006). The psychological impact of malpractice: The lived experience. *Nephrology Nursing Journal, 33*, 140.

67. Pozgar, 2007, p. 454.

68. Ibid., p. 454.

69. Sewick, J., & Porto, G. G. (2001). The health care risk management professional. In R. Carroll (Ed.), *Risk management handbook for health care organizations* (3rd ed., pp. 3–4). San Francisco: Jossey-Bass.

70. Ibid., p. 5.

71. Sage, W. (2003). Medical liability and patient safety. *Health Affairs, 22*, 28.

72. Wojcieszak, D., Banja, J., & Houk, C. (2006). The sorry works! coalition: Making the case for full disclosure. *Journal on Quality and Patient Safety, 32*, 344–350.

73. Kachalia, A., Kaufman, S.R., Boothman, J.D., Anderson, S., Welch, K., Saint, S. et al. (2010). Liability claims and costs before and after implementation of a medical error disclosure program. *Annals of Internal Medicine, 153*, 213–222.

74. Pozgar, 2007, p. 261.

75. Joint Commission. (2010b). *Comprehensive Accreditation Manual for Hospitals (CAMH): The Official Guide. Sentinel Events.* Retrieved January 31, 2011, from http://www.jointcommission.org/assets/1/6/2011_CAMH_SE.pdf

76. Pozgar, 2007, p. 297–307.

77. Pozgar, 2007, p. 261.

78. Sharpe, 1999, p. 111.

79. Pozgar, 2007, p. 261.

80. Sharpe, 1999, p. 37.

81. Coben, M. (2001). Statutes, standards, and regulations. In R. Carroll (Ed.), *Risk management handbook for health care organizations* (3rd ed., p. 101). San Francisco: Jossey-Bass.

82. American Nurses Association, 2004, 48.

83. Blake, P. (1984). Incident investigation: A complete guide. *Nursing Management, 1,* 37–41.

84. Ibid., 37–41.

85. Davis, K. S., & McConnel, J. C. (2001). Data management. In R. Carroll (Ed.), *Risk management handbook for health care organizations* (3rd ed., p. 126). San Francisco: Jossey-Bass.

86. Pozgar, 2007, p. 302.

87. Sammer et al., 2010, pp. 156–165.

88. Singer S., Falwell A., Gaba D., Meterko, M., Rosen, A. Hartmann, C., & Baker, L. (2009). Identifying organizational cultures that promote patient safety. *Health Care Management Review, 34,* 300–311.

89. Hendrich, A., Tersigni, A., Jeffcoat, S., Barnett, C.; Brideau, L., & Pryor, D. (2007). The Ascension Health journey to zero: lessons learned and leadership perspectives. *Joint Commission Journal on Quality & Patient Safety, 33,* 739–749.

90. Laschinger, H., & Leiter, M. (2006). The impact of nursing work environments on patient safety outcomes: the mediating role of burnout/engagement. *Journal of Nursing Administration, 36,* 259–267.

91. Page, 2004.

92. American Nurses Association, 2005, p. 7.

93. Ibid.

94. Ibid., p. 15.

95. Peter Drucker Quotes. Retrieved January 31, 2011, from http://thinkexist.com/quotes/peter_f._drucker/

96. Institute for Healthcare Improvement. (2006). *Rapid response teams.* Retrieved July 13, 2011, from http://www.ihi.org/knowledge/Knowledge%20Center%20Assets/Tools%20-%20How-toGuideDeployRapidResponseTeams_0c2cd856-1da1-4119-b28e-dc650f8e7a1a/HowtoGuideRapidResponseTeams.doc

97. Joint Commission. (2011, January 26). *Sentinel event data. Root causes by event type.* Retrieved January 31, 2010, from http://www.jointcommission.org/assets/1/18/Root_Causes_by_Event_Type_2004-4Q2010.pdf

98. Kohn, Corrigan, & Donaldson, 1999.

99. Institute for Healthcare Improvement. (2003). *Transforming care at the bedside.* Retrieved July 13, 2011, from http://www.ihi.org/offerings/Initiatives/PastStrategicInitiatives/TCAB/Pages/default.aspx

100. Lateef, F. (2010). Simulation-based training: Just like the real thing. *Journal of Emergency Trauma Shock, 3,* 348–252.

101. Joint Commission, 2006a, p. 20.

102. Ibid., p.25.

103. Riley, 2009, pp. 238–246.

104. Sammer et al., 2010, pp. 156–165.

105. Botwinick, L., Bisognano, M., & Haraden, C. (2006). *Leadership guide to patient safety.* Cambridge, MA: Institute of Healthcare Improvement. Retrieved July 13, 2011, from http://www.ihi.org/knowledge/Pages/IHIWhitePapers/LeadershipGuidetoPatientSafetyWhitePaper.aspx
106. Lake, E.T., Shang, J., Klaus, S., & Dunton, N. E. (2010). Patient falls: Association with Magnet status and nursing unit staffing. *Research in Nursing and Health, 33,* 413–425.

REFERENCES

Agency for Healthcare Research and Quality. (2004). *AHRQ's patient safety initiative: patient safety definition.* Retrieved on January 10, 2011, from http://www.ahrq.gov/qual/pscongrpt/psiniapp1.htm

Aiken, L. H., Clarke, S. P., Sloane, D. M., Lake, E. T., & Cheney, T. (2008). Effects of hospital care environment on patient mortality and nurse outcomes. *Journal of Nursing Administration, 38*(5), 223–229.

American Nurses Association. (2001). *Code of ethics for nurses with interpretive statements.* Silver Spring, MD: American Nurses Association.

American Nurses Association. (2004). *Nursing: Scope & standards of practice* (p. 49). Silver Spring, MD: American Nurses Association.

American Nurses Association. (2009). *Nursing administration: Scope and standards of practice.* Silver Spring, MD: Nursesbook.org.

Blake, P. (1984). Incident investigation: A complete guide. *Nursing Management, 1,* 37–41.

Botwinick, L., Bisognano, M., & Haraden, C. (2006). *Leadership guide to patient safety.* Cambridge, MA: Institute of Healthcare Improvement. Retrieved July 13, 2011, from http://www.ihi.org/knowledge/Pages/IHIWhitePapers/LeadershipGuidetoPatientSafetyWhitePaper.aspx

Brennan, T., Leape, L., Laird, N., Hebert, L., Lawthers, A., & Newhouse, J. (1991). Incidence of adverse events and negligence in hospitalized patients: Results of the Harvard Medical Practice study. *New England Journal of Medicine, 324,* 370–376.

Cho, S. J., Ketefiam. S., Barkauskas, V. H., et al. (2003). The effects of nurse staffing on adverse events, morbidity, mortality, and medical costs. *Nursing Research, 52,* 71–79.

Coben, M. (2001). Statutes, standards, and regulations. In R. Carroll (Ed.), *Risk management handbook for health care organizations* (3rd ed.). San Francisco: Jossey-Bass.

Croke, E. M. (2003). Nurses, negligence, and malpractice: An analysis based on more than 250 cases against nurses. *American Journal of Nursing, 103,* 54–63.

Davis, K. S., & McConnel, J. C. (2001). Data management. In R. Carroll (Ed.), *Risk management handbook for health care organizations* (3rd ed.). San Francisco: Jossey-Bass.

Dodge, A., & Fitzer, S. (2006). *When good doctors get sued* (2nd ed.). Olalla, CA: Dodge & Associates.

Friesen, M. A., Farquahr, M. B., & Hughes, R. (2005). *The nurse's role in promoting a culture of patient safety.* Silver Spring, MD: American Nurses Association.

Havlisch, R. (2001). Emerging liabilities in partnerships, joint ventures, and collaborative relationships. In R. Carroll (Ed.), *Risk management handbook for health care organizations* (3rd ed.). San Francisco: Jossey-Bass.

Health Resources and Services Administration. (2001). *NPDB Guidebook.* Retrieved January 22, 2011 from http://www.npdb-hipdb.hrsa.gov/resources/NPDBGuidebook.pdf

Health Resources and Services Administration. (2006). *National Practitioner Data Bank. 2006 annual report.* Retrieved January 3, 2011, from http://www.npdb-hipdb.hrsa.gov/resources/reports/2006NPDBAnnualReport.pdf

Health Resources and Services Administration. (2010). *National Practitioner Data Bank. Reports on individuals.* Retrieved January 23, 2011, from http://www.npdb-hipdb.hrsa.gov/resources/reports/NPDBSummaryReport.pdf

Hendrich, A., Tersigni, A., Jeffcoat, S., Barnett, C.; Brideau, L., & Pryor, D. (2007). The Ascension Health journey to zero: lessons learned and leadership perspectives. *Joint Commission Journal on Quality & Patient Safety, 33,* 739–749.

Institute for Healthcare Improvement. (2003). *Transforming care at the bedside.* Retrieved July 13, 2011, from http://www.ihi.org/offerings/Initiatives/PastStrategicInitiatives/TCAB/Pages/default.aspx

Institute for Healthcare Improvement. (2006). *Rapid response teams.* Retrieved July 13, 2011 from http://www.ihi.org/knowledge/Knowledge%20Center%20Assets/Tools%20-%20How-toGuideDeploy RapidResponseTeams_0c2cd856-1da1-4119-b28e-dc650f8e7a1a/HowtoGuideRapidResponseTeams .doc

Institute of Medicine. (2011). *The future of nursing, leading change, advancing health. Report recommendations.* Committee on the Robert Wood Johnson Foundation Initiative on the Future of Nursing, Institute of Medicine. Washington, DC: National Academies Press. Retrieved August 15, 2011, from http://www.iom.edu/~/media/Files/Report%20Files/2010/The-Future-of-Nursing/Future%20of%20 Nursing%202010%20Recommendations.pdf

Joint Commission. *Speak Up initiatives.* Retrieved January 22, 2011, from http://www.jointcommission .org/speakup.aspx

Joint Commission.(n.d.). *Standard FAQ details: Medical staff.* Retrieved January 5, 2011, from http:// www.jointcommission.org/standards_information/jcfaq.aspx

Joint Commission. (2005). *Health care at the crossroads: Strategies for improving the medical liability system and preventing patient injury* (p. 5). Retrieved January 23, 2011, from http://www.joint commission.org/assets/1/18/Medical_Liability.pdf

Joint Commission. (2010a). Comprehensive Accreditation Manual for Hospitals (CAMH): The Official Guide. Glossary. *CAMH: Refreshed Core.* GL-16.

Joint Commission. (2010b). *Comprehensive Accreditation Manual for Hospitals (CAMH): The Official Guide. Sentinel Events.* Retrieved January 31, 2011, from http://www.jointcommission.org/ assets/1/6/2011_CAMH_SE.pdf

Joint Commission. (2011, January 26). *Sentinel event data. Root causes by event type.* Retrieved January 31, 2010, from http://www.jointcommission.org/assets/1/18/Root_Causes_by_Event_ Type_2004-4Q2010.pdf

Kabcenell, A., Nolan, T. W., Martin, L. A., & Gill, Y. (2010). *The Pursuing Perfection Initiative: Lessons on transforming health care.* IHI Innovation Series white paper. Cambridge, MA: Institute for Healthcare Improvement. Retrieved July 13, 2011, from http://www.ihi.org/offerings/Initiatives/ PastStrategicInitiatives/PursuingPerfection/Pages/default.aspx

Kachalia, A., Kaufman, S.R., Boothman, J.D., Anderson, S., Welch, K., Saint, S. et al. (2010). Liability claims and costs before and after implementation of a medical error disclosure program. *Annals of Internal Medicine, 153,* 213–222.

Kearney, K., & McCord, E. (1992). A new era for hospital liability. *Risk Management, 39,* 28–33.

Kohn, L. T., Corrigan, J. M., & Donaldson, M. S. (Eds). (1999). *To err is human: Building a safer health system.* Committee on Quality of Health Care in America, Institute of Medicine. Washington, DC: National Academy Press.

Lake, E.T., Shang, J., Klaus, S., & Dunton, N. E. (2010). Patient falls: Association with Magnet status and nursing unit staffing. *Research in Nursing and Health, 33,* 413–425.

Larson, K. (2006). The psychological impact of malpractice: The lived experience. *Nephrology Nursing Journal, 33,* 140.

Laschinger, H., & Leiter, M. (2006). The impact of nursing work environments on patient safety outcomes: the mediating role of burnout/engagement. *Journal of Nursing Administration, 36,* 259–267.

Lateef, F. (2010). Simulation-based training: Just like the real thing. *Journal of Emergency Trauma Shock, 3*, 348–252.

Leape, L. L., & Berwick, D. M. (2005). Five years after *To err is human*: What have we learned? Journal of the American Medical Association, 293, 2384–2390.

Lesnik, M., & Anderson, B. (1947). *Legal aspects of nursing*. Philadelphia: Lippincott.

Localio, A., Lawthers, A., Brennan, T., Laird, N., Hebert, L., Peterson, L., et al. (1991). Relation between malpractice claims and adverse events due to negligence. Results of the Harvard Medical Practice study III. *New England Journal of Medicine, 325*, 245–251.

Mello, M., Amitabh, C., Atuh, A., & Studdard, D. (2010). National costs of the medical liability system. *Health Affairs, 29*, 1569–1570.

Page, A. (Ed.). (2004). *Keeping patients safe: Transforming the work environment of nurses*. Committee on the Work Environment for Nurses and Patient Safety, Institute of Medicine. Washington, DC: National Academies Press.

Peter Drucker Quotes. Retrieved January 31, 2011, from http://thinkexist.com/quotes/peter_f._drucker/

Pozgar, G. (2005). *Legal and ethical issues for health professional*. Sudbury, MA: Jones and Bartlett.

Pozgar, G. (2007). *Legal aspects of health care administration* (10th ed.). Sudbury, MA: Jones and Bartlett.

Richardson, A., & Storr, J. (2010). Patient safety: A literature review on the impact of nursing environment, leadership and collaboration. *International Nursing Review, 57*, 12–21.

Riley, W. (2009). High reliability and implications for nursing leaders. *Journal of Nursing Management, 17*, 238–246.

Roberts, B., & Hoch, I. (2009). Malpractice litigation and medical costs in the United States. *Health Economics, 18*, 1394–1419.

Sage, W. (2003). Medical liability and patient safety. *Health Affairs, 22*, 26–36.

Sammer, C., Lykens, K., Singh, K., Mains, D., & Lackan, N. (2010). What is patient safety culture: A review of the literature. *Journal of Nursing Scholarship, 42*, 156–165.

Sewick, J., & Porto, G. G. (2001). The health care risk management professional. In R. Carroll (Ed.), *Risk management handbook for health care organizations* (3rd ed.). San Francisco: Jossey-Bass.

Sharpe, C. (1999). *Nursing malpractice: Liability and risk management*. Westport, CT: Greenwood Publishing Group.

Singer S., Falwell A., Gaba D., Meterko, M., Rosen, A., Hartmann, C., & Baker, L. (2009). Identifying organizational cultures that promote patient safety. *Health Care Management Review, 34*, 300–311.

Spence-Laschinger, H., & Leiter, M. (2006). The impact of nursing work environments on patient safety outcomes. *Journal of Nursing Administration, 36*, 259–267.

Studdert, D., Mello, M., & Brennan, T. (2004). Medical malpractice. *New England Journal of Medicine, 350*, p. 283–292.

Tourangeau, A. E., Cranley, L. A., & Jeffs, L. (2006). Impact of nursing on hospital patient mortality: A focused review and related policy implications. *Quality and Safety in Health Care, 15*, 4–8.

Troxel, D. (2009). Do health system errors cause medical malpractice claims? *Bulletin of American Colleges of Surgeons, 94*, 30–31.

West, J. (2001). Occupational and environmental risk exposures for health care facilities. In R. Carroll (Ed.), *Risk management handbook for health care organizations* (3rd ed.). San Francisco: Jossey-Bass.

Wojcieszak, D., Banja, J., & Houk, C. (2006). The sorry works! coalition: Making the case for full disclosure. *Journal on Quality and Patient Safety, 32*, 344–350.

CHAPTER 16

Tools for Evaluating Operations and Care Delivery Systems

Amy Bearden

WWW **LEARNING OBJECTIVES AND ACTIVITIES**

- Define the term "evaluating."
- Describe the relationship of evaluating to the other major functions of management: planning, organizing, and directing (leading).
- Describe operations management.
- Describe transformation of organizational culture.
- Describe the use of controls as quality tools.
- Describe the use of controls as management tools.
- Describe the use of standards for controlling or evaluating.
- Demonstrate evaluating and controlling techniques.
- Use a set of standards in the evaluating function of a nursing agency or unit.
- Describe evidence-based management and its relevance to evaluation and control.

WWW **CONCEPTS**

Controlling, evaluating, measuring, standards, transformation, Information Age, quantum leadership, microsystems, root cause analysis, Gantt chart, performance evaluation and review technique, benchmarking, evidence-based management, quality awards.

SPHERES OF INFLUENCE

Unit-Based or Service-Line-Based Authority: Defines goals within organizational departments in specific, measurable terms that include statements of performance related to standards; uses legal and accreditation standards to control, coordinate, and evaluate all activities of the organization; promotes implementation of processes that deliver data and information to empower staff in decision making; advocates for and supports a process of participative decision making; promotes the development of policies, procedures, and guidelines based on research findings and institutional measurement of quality outcomes.

> *Quote*
>
> *The most serious mistakes are not being made as a result of wrong answers. The truly dangerous thing is asking the wrong question.*
>
> —Peter Drucker

Organization-Based Authority: Obtains input from representative nursing personnel to develop and implement a strategic master control plan incorporating legal and accreditation standards; supports information-handling processes and technologies to facilitate evaluation of effectiveness and efficiency of decisions, plans, and activities in relation to desired outcomes; ensures educational opportunities for staff based on evaluation findings, specific to the population served, professional practice, available technologies, or required skills, to enhance quality in healthcare delivery.

Introduction

Evaluating the effectiveness of healthcare operations and systems is critical to our continued improvement and success in providing healthcare services. Fayol defined evaluation or control as "verifying whether everything occurs in conformity with the plan adopted, the instructions issued, and principles established. It has for its object to point out weakness and error in order to rectify them and prevent recurrence."[1]

Additionally, Urwick defines controlling or evaluating as "seeing that everything is being carried out in accordance with the plan that has been adopted, the orders that have been given, and the principles that have been laid down."[2] Urwick refers to three principles of controlling:[3]

1. Uniformity ensures that controls are related to the organizational structure.
2. Comparison ensures that controls are stated in terms of the standards of performance required, including past performance. In this sense, controlling means setting a mark and examining and explaining the results in terms of the mark. This is often called benchmarking.
3. Exception provides summaries that identify exceptions to the standards.

> *"The controlling process may be expressed as a formula:*
>
> $$Ss + Sa + F + C \rightarrow I$$
>
> *where Standards set + Standards applied + Feedback + Correction yield Improvement."*

Figure 16-1 shows the control processes described by management authors.[4] According to Peters, vision, symbolic action, and recognition make up a control system in the truest sense of the word. Peters also states that "what gets measured gets done."[5]

EVALUATION AS A FUNCTION OF NURSING MANAGEMENT

Evaluation (control) is the management function in which performance is measured and corrective action is taken to ensure the accomplishment of organizational goals.[6] Control includes coordination of numerous activities, including decision making related to planning and organizing activities and information from directing and evaluating each worker's performance. Evaluation is also concerned with records, reports, organizational progress toward aims, and effective use of resources. Control uses evaluation and regulation; controlling is identical to evaluation.[7] Koontz and Weihrich defined controlling as "the measurement and correction of the performance in order to make sure that enterprise objectives and the plans devised to attain them are accomplished."[8]

FIGURE 16-1 Control Processes	
Control Process	**Nursing Example**
1. Establish standards to measure performance for all elements of management in terms of expected outcomes. Use specific operational terms to compare with organizational activities. These are the yardsticks by which achievement of objectives is measured.	a. Healthcare providers must use at least two patient identifiers when providing care, treatment, or services.
2. Measure the actual performance. Apply the standards by collecting data and measuring the activities of nursing management, comparing standards with actual care.	a. Create and use a measurement tool to collect data by observing nurses in action and round on patients. b. Obtain feedback from the patient about the identification process and what was used by the healthcare provider to make the identification. c. Discuss and obtain recommendations from the nursing staff as to what identifiers would be the most efficient to use.
3. Compare the performance with the established standards. Make any improvements deemed necessary from the feedback.	a. Identify how often the proper identification from the nurse did not happen and why. b. Identify variations to the process or what other forms of identifying the patient may be occurring and why.

4. Take corrective actions. Keep the process continuous for all areas, including the following:
 	
  a. Management of the nursing division and each subunit
 	
  b. The performance of personnel
	a. Make adjustments to the identification process and standardize the process with input from both healthcare providers and patients:
	
	  i) Ensure that the process is standardized and performed consistently within the division of nursing and each specialty unit.
	
	  ii) Education about the patient identification standard and process should be provided to each nurse in orientation to the unit.
	
	  iii) Continuously evaluate the individual staff nurse performance of the standard for patient identification through observation, peer evaluation, and feedback from patient interviews.

Source: Author.

Organizational control is the ongoing process of assigning, evaluating, and regulating resources to meet the goals of the organization. It involves managing people, equipment, technology, information, supplies, structure, and other resources. The act of controlling involves monitoring activities to ensure they are accomplished as planned and correcting any significant deviations or variations. An effective control system has standards, measuring tools, and a surveillance process culminating in corrective action. A quality control program for measuring patient care will have the same components.[9] Controlling is an important physical act of administration; another physical act is directing. It is often considered the final element of the administrative composite process, after directing, planning, and organizing. Functions of organizational management, such as planning, organizing, directing, and controlling, occur simultaneously.[10] These simultaneous actions are also called operations management.

> *"Nurse managers use staffing reports, budget status reports, and other information to control the functioning system. These reports are both monitoring devices and feedback to the clinical nurses and care managers."*

OPERATIONS MANAGEMENT

Operations management is the central core function of every organization, including hospitals and other healthcare systems. The role of the operations manager within the organizational structure of a hospital or healthcare system is to transform and control an organization's inputs into the finished services of high quality.

Operational management is based on systems management theory and uses the four elements of inputs, transformation processes, outputs, and feedback.[11] Inputs that the nurse executive uses within the role of an operational manager include human resources, processes, materials, and supplies as well as technology and information. The nurse executive monitors the operations performance against a standard, goal, or plan by obtaining feedback or reactions from the working environment. Using the feedback obtained, the nurse executive makes adjustments or changes to the plan, which transforms the operational processes to better meet the organizational goals. Controlling should be based on facts, because the ultimate purpose of control is to identify problems that in turn will assist nurse executives and managers to make informed decisions. Control as a function of operations management provides feedback as to whether the organization is effective (consistent high-quality results), efficient (lowest possible cost, productive), and has value-added processes.[12]

Organizational Transformation

Current literature identifies the adaptation of organizational structures to changes in our society. Technology and a focus on information continue to change our culture and the way we do business. In response to changes in the workplace, a horizontal versus a top-down or vertical hierarchy (Industrial Age) is necessary, focusing on creating new structures and processes. The transformation of the workplace is significant as the control hierarchy is one with multiple directions versus linear lines of control.[13] Porter O'Grady and Malloch describe organizations as existing internally in both worlds, that is, the top-down, linear, industrial control model and the ever-changing information technology–based multiple-direction world. Organizations are in the midst of major dramatic and dynamic transformational changes to adapt to increases in the portability of information. Porter O'Grady and Malloch identify the future as the "Quantum Age" and list the following quantum characteristics for organizational leaders:[14]

- Multifocal characteristics
- Nonlinear structures
- Focus on relatedness
- Multisystems scientific processes

- Center-out decision making
- Complexity-based models of design
- Value-driven action

Leaders in organizations are in constant flux as they transform from linear, top-down management structures to the creation of infrastructures, allowing individuals to own their work processes (autonomy) and participate in shared decision making. The multifocal characteristics of populations being cared for as well as those providing the care underscore the importance of using diversity in decision making to add value to care. Quantum theory considers these dimensions along with creating systems to support the ability to work through the interdependence of the workforce. An example of this adaptation is the development of shared governance councils within patient care areas. Leaders are managing a journey of transformation, chaos, and diversity.[15] Service is patient centered and care is relationship based with attention to quality, safety, and costs. We can no longer provide services that do not add value to the healthcare experience.

Organizations that deliver health care are complex and often cumbersome, making transformation difficult. Considering complexity science and chaos theory equips the nurse executives with additional knowledge and skills to reframe and rethink "business as usual." Conceptualizing the organization from a clinical microsystems perspective provides this option. Nelson and colleagues propose a clinical microsystem model for health care, an organizational structural design supporting small functional front-line units that provide patient care.[16] An intensive care nursery, a medical/surgical unit, and an adult neurointensive care unit are examples of clinical microsystems within a larger healthcare organization. Clinical microsystems are the front-line care structures built around patient care and supported by the larger mesosystem (programs and departments).[17] Each clinical microsystem takes its own personal journey toward excellence specific to the unit mission, which in turn contributes to the whole of the organization.

Following the complexity science model, small changes can make significant differences in outcomes. Clinical microsystems bear this concept out. The environment of clinical microsystems is promoted through the dynamics of a learning organization. A learning organization considers the concepts of systems thinking, mental models, personal master, building shared vision, and team learning.[18] A clinical microsystem is such a learning organization. Each microsystem analyzes its structure by identifying and working through the "5 Ps": Purpose, Patient, Professionals or caregivers, Processes, and Patterns. When the clinical microsystems has analyzed and evaluated the 5 Ps, intentional planned care and innovation can thrive. The clinical microsystems developmental journey has five stages that support transformation:[19]

1. Creating awareness of the clinical unit as an interdependent group of people with the capacity to make changes
2. Connecting routine daily work to the high purpose of benefiting patients as a system
3. Responding successfully to a strategic challenge
4. Measuring the performance of the microsystems as a system
5. Successfully juggling multiple improvements while taking excellent care of patients and continuing the development of an enhanced sense of the unit/department as system

Drilling down on the 5 Ps provides a systematic methodology for better understanding one's unit or department and evaluating outcomes. Without the attention to the interdisciplinary approach of the microsystem, valuable resources may be squandered from lack of understanding of how work really happens. **Figure 16-2** provides the 5 Ps and points to consider when using this model to analyze and evaluate care.

> **FIGURE 16-2   The 5 Ps: Microsystems That Benefit by Mastering the 5 Ps**
>
> 1. Purpose: Know your purpose. Ask the following question: Our system exists to _____.
> 2. Patients: Know your patients. For whom are we caring?
> 3. Professionals: Know your professionals. Who provides patient care and what skills and talents do team members need to provide the right service and care at the right time?
> 4. Processes: Know your processes. How do we deliver care to meet our patients' need?
> 5. Patterns: Know your patterns. What are the regularly recurring work activities? What does it look like to work here?[20]
>
> *Source:* Author.

SYSTEMS THINKING

In the role of evaluating processes within care delivery systems, nurse executives and midlevel managers need skills to become systems thinkers. Systems thinking is an individual discipline based on system dynamics; it is highly conceptual. Learning organizations integrate systems thinking where individuals enhance their capacity to create the results they truly desire by building teams and expanding and nurturing new patterns of thinking, which when done so collectively creates a shared vision. Learning organizations support flexibility and adaptive and productive ways of tapping the commitment of the workforce and their capacity to learn. Although all people have the capacity to learn, the structures in which they function are often not conducive to reflection and engagement. Furthermore, people may lack the tools and guiding ideas to make sense of the situations they face. Organizations that are continually expanding their capacity to create their future require a fundamental shift of mind among their members. Senge states in *The Fifth Discipline*[21]

> The essence of the discipline of systems thinking lies in a shift of mind: Seeing interrelationships rather than linear cause and effect chains, and seeing processes of change rather than snapshots.

> The practice of systems thinking starts with understanding a simple concept called "feedback" that shows how actions can reinforce or counteract (balance) each other. Eventually, systems thinking forms a rich language for describing a vast array of interrelationships and patterns of change. Ultimately, it simplifies life by helping us to see the deeper patterns lying behind the events and details.[21]

Nurse executives who have come up through the ranks may hold tight to ways of linear thinking and have difficulty putting into practice new insights and challenges of organizational systems and patient care delivery processes. Internal images about how patient care should be performed may be deeply held; thus visualizing a different "way of being" in the system is difficult at best. Using exercises to challenge one's mental models can provide insight and greater awareness of a viewpoint held. Additionally, evidence-based practice can also provide a methodology for securing evidence and information to support best practices. Without attention to our mental models and the possible need to shift our focus, evidence-based practice is provided in vain.

Operations management within health care requires a wide range of strategic and tactical decisions that control the outcomes of the organization. Strategic decisions are generally the primary focus of the role of the nurse executive; tactical decisions generally are attributed to nurse managers.[22]

Management Tools: Measurement Issues

For operations managers to be successful, standards, goals, and plans must be clearly communicated to all employees within the organization. All employees have to know the goals, mission, vision, and expected outcomes of the business for the service to achieve good quality. High-quality care happens during human interaction moments at the bedside. It is a dynamic process because it is based on efficiency and effectiveness over a period of time. Leonard, Frankel, Simmonds, and Vega recommend frequent measurement and clear communication of results throughout the organization using newsletters, staff meetings, and data postings. They recommend the following basic types of measurement:[23]

- Outcome measures: Outcome measures chart progress toward the ultimate goal. Examples of outcome measures include mortality rates, length of stay, and frequency of ventilator-associated pneumonia.
- Process measures: Process measures show whether the change is resulting in improvement of the process. Examples include delays in admission and discharge and percentage of on-time administration of prophylactic antibiotic.
- Balancing measures: Balancing measures determine if the change is "robbing Peter to pay Paul." In other words, does the change improve one area but introduce problems in another? Examples include family satisfaction and readmission rates.

In the process of evaluation, policies and procedures are used as standards. Observations, questions, patient charts, patients, and healthcare team members also serve as sources of data. Corrective actions can be corroborative, disciplinary, or educational.[24] In the process of feedback, a positive experience stimulates motivation and contributes to the growth of employees.[25] A variety of tools can be useful in evaluating an organization's risks and its efficacy and efficiency.

Evaluation by Root-Cause Analysis

Medical errors are an inherent problem for healthcare providers by virtue of the complexity of the systems encircling the care of patients. Although some medical errors are due to individual carelessness, most are not intentional; they are the result of the characteristics of the combination of routine and complex care.

Root-cause analysis is an investigation looking at the multifaceted processes leading up to the event. A series of "what" and "why" questions are asked over and over again to get to the "root cause" of the event. The following questions are examples:

- What happened? What are the details leading up to the event?
- When did it happen?
- What area of service was affected?
- Why did it happen? What were the steps in the process?
- What steps contributed to the event?
- What human factors, equipment factors, and communication factors contributed?

An action plan with dates for implementation and measurement of effectiveness is then developed. Based on responses and feedback of such questions, strategies that have an impact on the structure, process, and outcomes of an organization operational plan can be formulated, implemented, and evaluated (**Figure 16-3**). An organization may use a variety of computer-based tools that serve to facilitate a decision tree, which gives options to specific actions.

> **FIGURE 16-3   Answer the Following Questions About the Healthcare System Where You Work**
>
> Is there a confidential system to report errors?
>
> Is it easy to report errors? (e.g., hotline, computerized form)
>
> Is there a designated person who oversees error reporting?
>
> Is there a mechanism for feedback to those who do report?
>
> Following a sentinel event analysis, is there communication within the whole organization?

Source: Author.

Management Tools: Performance Issues

Improvement of performance and high-value outcomes are the goals in health care. Among the controls are rules that let people know what is expected of them and how functions are to be coordinated. Communication as information is essential to control. Self-control is essential to managerial control, because it is the highest form of control. Self-control is based on self-awareness, self-reflection, thoughtfulness, and intuitiveness. Self-control implies introspection and personal transformation.

Organizations rely on changes within individuals to transform the organization. As individuals change within an organization they create the collective intent (energy) that allows the organization to adapt (or not adapt) to internal and external factors.[26] The following are several tools leaders can access to increase introspection:

- Values clarification (writing down your internal values that motivate your decisions)
- Keirsey temperament sorter (http://www.keirsey.com)
- 360-degree evaluation
- Emotional intelligence (http://quiz.ivillage.co.uk/uk_work/tests/eqtest.htm)
- Strengths Finder 2.0 (http://strengths.gallup.com/110389/Research-Behind-StrengthsFinder-20 .aspx)
- Mentor–mentee relationship
- Performance evaluation

Self-control includes being up-to-date in knowledge, giving clear orders, being flexible, understanding reasons for behavior, helping others improve, increasing problem-solving skills, staying calm under pressure, and planning ahead. Employees should be told the facts in clear, deliberate language. Effective nursing managers hold employees accountable by establishing limits. Limits are developed by engaging staff input about acceptable behaviors and communicating the agreed on behaviors to their employees. Then, when a line is crossed, the appropriate disciplinary action can be taken. This is achieved by corrective action that is consistently applied after checking the facts.[27]

Controls can be separated into two elements: mechanical and sociological. There are three stages of control. The first two are mechanical elements and the third is a sociological element:[28]

1. A predetermined definition of standards for a level of performance
2. Measurement of current performance against the standards
3. Corrective action when indicated

Nurse executives avoid the unintended consequence of control, that is, failure to adhere to standards. Because control can be perceived as a threat from unwanted power and authority, it can trigger defense mechanisms such as aggression and repression. Lemin advocated the following approaches to control: time, a high degree of mutual trust, a high degree of mutual support, open and authentic communications, clear understanding of objectives, respect for differences, use of member resources, and a supportive environment. These approaches lead to conflict resolution, changed beliefs and attitudes, genuine innovation, genuine commitment, strengthened management, and prevention of unintended consequences of control.[29]

In a good control system, controls should do the following:[30]

1. Reflect the nature of the activity and be fully integrated into the process.
2. Report errors promptly and accurately.
3. Be forward looking in anticipation of further planning.
4. Point out exceptions at critical points where failure cannot be tolerated.
5. Be objective.
6. Be flexible, responsive to rapid change.
7. Reflect the organizational pattern.
8. Be economical comparing costs with the benefits.
9. Be easily understood and accepted by employees.
10. Indicate corrective action.

The best way to ensure the quality of nursing services provided in patient units is to establish the intended purpose of the unit, philosophy, standards of care, and objectives. At least two of these, philosophy and objectives, involve planning—further evidence that the major functions of management take place simultaneously.[31] Controlling mechanisms also include accreditation procedures, consultants, evaluation devices, rounds, reports, inspections, and nursing audits.[32]

Nurses activate the processes of control. This function involves the use of power and should be used by nurse executives to promote openness, honesty, trust, competence, and even confrontation. This function also involves value systems, ethical decision making, self-control, professional self-regulation, and control by an aggregate of professionals. Quality management programs excel in quality of care, including accessibility, beliefs, and attitudes of patients about health care; structure of health care; processes of care; professional competence; outcomes of care; and self-regulation. Audits and budgets are the major techniques of control.[33]

Control functions can be differentiated among levels of managers. For example, the nurse manager of a unit is concerned with short-term tactical operational activities, including daily and weekly schedules, assignments, and effective use of resources. This nurse manager also keeps records of absences and incidents and prepares personnel appraisals, which are control activities subject to quick changes. A variety of measurement methods can be useful in completing these tasks. Two measurement methods that can be used to assess achievement of nursing goals are task analysis and quality control. In task analysis, the nurse manager inspects the motions, actions, and procedures laid out in written guidelines, schedules, rules, records, and budgets. Task analysis is a study of the process of giving nursing care. It measures physical support only; a few tools have been developed to do task analysis in nursing. In quality control the nurse manager is concerned with measurement of the quality and effects of nursing care. The American Nurses Association (ANA), The Joint Commission (TCJ), and other organizations have developed mechanisms or models for measuring nursing care. Many quality management techniques are referred to as audits.[34]

Nurse executives and managers generally work in organizations that provide their services in the presence of the customer; they are generally labor intensive and need short response times. Customers have direct contact and influence the outcome of the service provided.[35]

STANDARDS

Standardized organizational controls operationalized by the nurse executive can be structural, financial, budgetary, marketing, human resource management, and informational. Standards of care that affect nursing can be internal or external. Internal standards may include the job description, education and expertise, and the institution's policies and procedures. Performance standards should also be considered in the discussion of standardized organizational control measures.

Internal Standards

Internal standards are a prime element of the management of nursing services and can be used as a system for evaluation of the total effort, including evaluation of the management process, the practice of nursing, and all nursing care services. Evaluation requires standards that can be used to gauge the quality and quantity of services. The key source for these standards, which are available for both management and practice, is the ANA, whose publications include *Scope and Standards for Nurse Administrators* and *Standards of Clinical Nursing Practice*. Additional scope and standards for specialty practices are also available. These documents can be of assistance in developing the objectives of the division of nursing and of each unit and clinic. Objectives are developed into operational or management plans, and systematic and periodic review of accomplishment of these objectives is part of the evaluation system. A management evaluation system can be developed with a similar format. The nurse executive and nurse managers can effect further evaluation through development of criteria for nursing rounds.

External Standards

External standards consist of the following:

- Nurse practice acts
- Professional nursing organizations (e.g., American Organization of Nurse Executives, ANA)
- Nursing specialty practice organizations (e.g., Association of Operating Room Nurses, Emergency Nurses Association)
- Federal organizations and federal guidelines (e.g., TJC, Centers for Medicare and Medicaid [CMS])[36]

External standards continue to play an increasingly vital role in the evaluation of health care. The TJC's National Patient Safety Goals Hospital Program, Core Measures, and Institutes of Hospital Improvements 5 Million Lives Campaign are examples of external standards requiring the nurse administrator to evaluate a variety of performance measures of the healthcare organization.

External standards have played an increasingly vital role in the evaluation of health care. The TJC requires accredited hospitals to collect and submit performance data on acute myocardial infarction, heart failure, and pneumonia. This requirement was established to improve the safety and quality of care within hospitals. In July 2004 the CMS mandated public reporting of these measures. Public reporting implies that private health insurance companies, government agencies, and healthcare consumers have access to performance and the ability to make comparisons with other hospitals. This is a controlling measure called transparency. Transparency is essential because it increases the visibility of hospital performance, thereby making organizations accountable. Hospitals are financially motivated to participate with public reporting because CMS will withhold 4% of reimbursement if a hospital does not participate. Hospitals that do not meet minimum performance standards could end up suffering financially for providing suboptimal care and/or not being able to demonstrate appropriate care through documentation. Fact sheets detailing the quality measures are available at http://www.cms.gov/HospitalQualityInits/ www.cms.hhs.gov/quality/hospital.

Performance Standards

Performance standards can be used for individual performance, and criteria can be developed for collective evaluation of patient care. The latter may include the standards for use during nursing rounds and the criteria for the quality management program. Standards are established criteria of performance, planning goals, strategic plans, physical or quantitative measurements of products, units of service, labor hours, speed, cost, capital, revenue, program, and intangible standards.[37] They have also been defined as "an acknowledged measure of comparison for quantitative or qualitative value, criterion, or norm … a standard rule or test on which a judgment or decision can be based." Nurse executives develop, in collaboration with clinical nurses, the "clinical nursing criteria against which to measure patient outcomes and the nursing process."[38] These standards are stated as patient outcomes, nursing care processes, incident reviews, and evidence-based practice.[39]

The following are eight categories of standards:[40]

1. Physical standards: Using patient acuity ratings to establish nursing hours per patient day
2. Cost standards: Cost per patient day for supplies
3. Capital standards: A new program of monetary investment, such as a patient teaching staff
4. Revenue standards: The revenue per hour of nursing care received by patients
5. Program standards: A program designed to develop a new nursing service for changing clients' behavior regarding exercise, eating, or other health activities
6. Intangible standards: Staff development costs in nursing
7. Goals: Intangible standards are frequently replaced by goals, including those for qualitative measurements.
8. Strategic plans, as control points for strategic control, are also used as standards.

The nurse executive's involvement in strategic planning necessitates knowledge of, abilities, and skills for strategic control.

MEASURING PRODUCTIVITY

Measuring productivity is a function of the controlling process. To perform this measure, management establishes a measurement of productivity as the standard for each department and unit. Inputs are reported to appropriate cost-center managers each month. Productivity measurement tools should be developed with input from the people being measured. This development may be done locally or through consultation. Nursing departments with computerized patient classification systems often have accurate productivity indices and reporting. A significant role for the nurse executive in regard to data collection is to ensure that documentation is complete, accurate, and consistent within the medical record to have accurate data for the reporting of performance measures.

Tools to evaluate productivity of independent nurse practitioners are available.[41] **Figure 16-4** is an example of an evaluation or controlling plan for nursing services.

Preparing documentation for a Joint Commission visit may include a system for maintaining ongoing documentation that is being adapted to changes in The Joint Commission (TJC) standards. Such a system ensures that standards are kept up to date and prevents last-minute crisis preparation for TJC visits. Self-study is also a method of meeting TJC safety requirements. Employees are held accountable for meeting the standard and are tested to verify competence.[41] Programs are written and distributed

FIGURE 16-4   Operational Plan

Mission Statement to Which Objective Applies

The division of nursing has a stated philosophy and objectives. Personnel of each department or unit within the division will have their own philosophy and will set up their own objectives. The objectives will be continuously evaluated, and a written statement as to progress will be sent to the chair's office each August and February.

Philosophy Statement to Which Objective Applies

We believe that a continuous evaluation of the activities of the division of nursing is necessary to assess how effectively the needs of the patients are being met and to take action to improve nursing service when indicated. Research must be performed, and the results must be analyzed, adapted, and implemented to modify nursing procedures and practices for the attainment of more effective patient care.

Objective 6

The patient benefits from close nursing supervision of all nonprofessional personnel who give patient care, and the patient benefits from continuous evaluation of the nursing care given and of performances of all nursing service personnel based on professional standards.

Plans for Achieving Objective	Action and Accountability	Target Dates	Accomplishments
1. Plan and execute a system of continuous evaluation and appraisal of nursing services.	1. Make complete rounds throughout the hospital at least once a day from nursing office. Establish a system of formal nursing rounds by chair, assistants, and clinical nursing coordinators monthly.	Apr. 23, 20xx	Being done.
	2. Do a monthly nursing audit. Have committee chair brief the chair of the division of nursing afterward.	Dec. 1, 20xx	Criteria for major nursing diagnosis outcomes completed. Committee combined with other disciplines. Criteria applied to four nursing diagnosis outcomes with retrieval by medical records personnel and corrective actions taken.
	3. Develop standards for patient care. Use ANA *Standards of Clinical Nursing Practice* for evaluating patient care. Obtain copies for all head nurses.	Jan. 1, 20xx	Obtained. Being incorporated into system by committee of staff nurses. Will cross-check with job performance standards.
	4. Develop standards for personnel performance.	Dec. 31, 20xx	Completed for clinical nurses I, II, and III, charge nurse, in-service education coordinator, clinical coordinator, chair and assistants, operating room supervisor and staff nurses, public health nurse, and rehabilitation nurse.

FIGURE 16-4   Operational Plan (Continued)

Plans for Achieving Objective	Action and Accountability	Target Dates	Accomplishments

	5. Set up a system whereby managers attend
	  a. Change-of-shift reports.
	  b. Unit conferences.
	  c. Unit in-service programs.
		July 1, 20xx	Receiving reports and need to plan for their use. Will discuss with managers.

	6. Review and use ANA *Scope and Standards for Nurse Administrators* to develop an evaluation and inspection checklist.	Dec. 1, 20xx	
2. Study organization.	1. Reorganize as needed. Have organization chart printed.	July 1, 20xx	Done as hospital policy.
	2. Write policy on unit policies and procedures.	July 1, 20xx	Done as nursing operating instruction 160-2-4.
3. Establish a counseling program for all nursing personnel.	1. Program counseling sessions for all head nurses. Have them do the same for those they supervise.	Jan. 1, 20xx	All done once by Jan. 1, 20xx.
	2. Use the job performance standards.		

Source: Author

by education personnel, and records are maintained on education cards or by computer. Self-study methods can be used to meet other standards.

CONTROLLING TECHNIQUES

Specific controlling techniques include planned nursing rounds by nurse managers from all levels, checklists from the ANA *Scope and Standards for Nurse Administrators*, ANA *Standards of Clinical Nursing Practice*, TJC *Comprehensive Accreditation Manual for Hospitals*, and other published standards of third-party payers such as those put forth by the CMS.

Nursing Rounds

An effective controlling technique for nursing managers is planned nursing rounds, which can be placed on a schedule and can include all nursing personnel. Rounds cover issues such as patient care, patient safety, nursing practice, and unit management. To be effective, the results should be discussed with appropriate nursing personnel in a follow-up conference. Part of the evaluation process takes place as a result of the communication occurring during the rounds. **Figure 16-5** shows a protocol for planned monthly nursing rounds.

Nursing Operating Instructions

Nursing operating instructions or policies become standards for evaluation and controlling techniques (**Figure 16-6**). The ANA *Scope and Standards for Nurse Administrators* can be developed into a checklist for evaluating the management processes of nursing services. **Figure 16-7** shows a format for converting these standards into a usable control tool. The ANA *Standards of Clinical Nursing Practice* can be implemented in several ways. One way is to convert the set of standards into a checklist, as in Figure 16-7. Written protocols should be developed to implement a program for the evaluation process. Another way these protocols may be implemented is by using them to develop the evaluation standards, as in **Figure 16-8**.

Gantt Charts

Early in the 20th century, Henry L. Gantt developed the Gantt chart as a means of controlling production. The chart, which is usually used for production activities, depicts a series of events essential to the completion of a project or program. **Figure 16-9** shows a modified Gantt chart that could be applied to a major nursing administration program or project. The five major activities identified are segments

---

FIGURE 16-5   Protocol for Planned Monthly Nursing Rounds

1. The chair, assistant chair, and other appropriate nursing personnel will make nursing rounds monthly.

2. Time is 10:00 to 11:00 A.M. unless otherwise indicated.

3. Schedule:

Unit	Day
1F	1st Tuesday
2A	1st Wednesday
2B	1st Thursday
2F	2nd Tuesday
ICU	2nd Wednesday
4A	2nd Thursday
3A	2nd Friday
3-OB	3rd Tuesday, 10:30 to 11:30 A.M.
3F	3rd Wednesday
4B	3rd Thursday, 11:00 A.M. to 12:00 noon
5A, CCU	4th Tuesday
5B	4th Wednesday

4. All unit nursing personnel are welcome to attend these rounds with their head nurse. Patient care needs come first. The following areas will be covered as rounds are made to each patient's bedside:
   a. Nursing histories
   b. Nursing care plans
   c. Nursing notes
   d. Nurses' signatures on necessary documents

5. Other management areas of note will be discussed after bedside rounds:
   a. Equipment and supplies
   b. Staffing and assignments
   c. Narcotic registers

Source: Author.

FIGURE 16-6   Operating Instructions

1. Special care units will maintain policies and procedures relative to their mission. (These procedures will be reviewed, updated, and signed at least annually.)
   a. Intensive care unit
   b. Critical care unit
   c. Newborn/intensive care unit nursery
   d. Renal dialysis
2. Special care units will maintain a list of equipment needed to achieve their mission.
3. Supplies and equipment
   a. Blount resuscitator will have percent adaptor to increase oxygen concentration.
   b. Ambu resuscitator will have tail on to increase oxygen concentration.
   c. Humidification will not be used with oxygen with Ambu resuscitator.
   d. Trays from Central Sterile Supply will be returned as soon as used so that instruments will not be lost or misplaced.

Source: Author.

of a total program or project. The chart could be applied to a project such as implementing a modality of primary nursing or

- Gather data.
- Analyze data.
- Develop a plan.
- Implement the plan.
- Evaluate, give feedback, and modify the plan as needed.

Figure 16-9 is only an example. Application of this controlling process by nurse managers would be specific to the project or program, and the time elements for the various activities would vary. Using subcategories of activities with estimated completion times could also modify these five major activities. The nurse manager's goal is to complete each activity or phase on or before the projected date.

FIGURE 16-7   Format for Converting the *ANA Scope and Standards for Nurse Administrators* into a Usable Control Tool

Standard No. _____ :

Measurement Criteria   Yes   No

(List)

Source: Author.

FIGURE 16-8   Standards for Evaluating the Controlling (Evaluating) Function of Nursing Administration of a Division, Service, or Unit

1. An evaluation plan exists and is used for each nursing department, service, or unit.
2. Each evaluation plan is specific to the needs and activities of the individual department, service, or unit.
3. Evaluation findings are given in immediate feedback to subordinate nursing personnel.
4. Standards are accurate, suitable, and objective.
5. Standards are flexible and work when changes are made in plans and when unforeseen events and failures occur.
6. Standards mirror the organizational pattern of the nursing division, service, or unit.
7. Standards are economical to apply and do not produce unexpected results or effects.
8. Nursing personnel know and understand the standards.
9. Application of the standards results in correction of deficiencies.

Source: Author.

Critical Control Points and Milestones

Master evaluation plans should have critical control points: specific points in production of goods or services at which the nurse administrator judges whether the objectives are being met qualitatively and quantitatively. Critical control points tell whether the plan is progressing satisfactorily. They pinpoint successes and failures and their causes. Critical control points tell managers whether they are on target with regard to time, budget, and other resources. Milestones are segments or phases of specific activities of a project or program that are projected to occur within a time frame.

Figure 16-10 represents a modified Gantt chart with networks of milestones and critical control points. The critical path is

$$1 \rightarrow 2 \rightarrow 3 \rightarrow 4 \rightarrow 5 \rightarrow 6 \rightarrow 7 \rightarrow 8 \rightarrow 9 \rightarrow 17 \rightarrow 18$$

FIGURE 16-9   Modified Gantt Chart

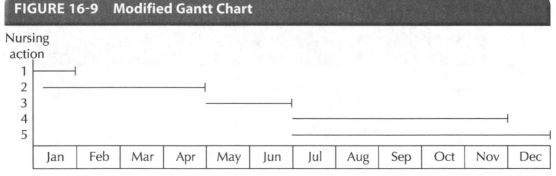

Source: Author.

Note: Five nursing actions are needed to complete a progam planned to start in January and end in December. In Figure 10, these five actions are translated into milestones and critical control points.

FIGURE 16-10   Modified Gantt Chart

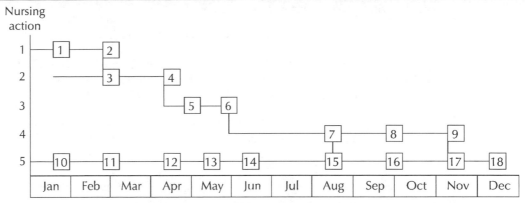

Modified Gantt chart
with milestones and critical control points
and network of milestones

Source: Author.

Line 5 in Figure 16-10 represents evaluation of all other nursing actions. This illustration is a simplified version of a control technique. Case management also uses critical paths with milestones and control points. Any major nursing program could have dozens or even hundreds of milestones and critical control points. This system also is known as the program evaluation and review technique (PERT).

Application of the milestone technique involves establishing a network of controllable pieces when planning a project or program. Each piece of the project or program is also allocated a prorated portion of the total budget. A nurse manager could use this technique to evaluate the actual expenditure amount versus the estimated budget at the end of each step of activity (or monthly) of the project or program. These are the critical control points, because each culminates in the achievement of a milestone. Each event may represent a budgeting allocation, a period of time or time span, or a continuum of several or all of these. Bar graphs are frequently used to depict milestone budgeting. Budgeting is a major controlling technique in any of its forms.[42]

Program Evaluation and Review Technique

PERT was developed by the Special Projects Office of the U.S. Navy and applied to the planning and control of the Polaris weapon system in 1958. The PERT system has been widely applied as a controlling process in business and industry.

PERT uses a network of activities, each of which is represented as a step on a chart. A time measurement and an estimated budget should be worked out that include the following:[43]

1. Finished product or service desired
2. Total time and budget needed to complete the project or program
3. Start and completion dates
4. Sequence of steps or activities required to accomplish the project or program
5. Estimated time and cost of each step or activity
6. Three paths for steps 4 and 5:
    a. Optimistic time
    b. Most likely time
    c. Pessimistic time

7. Calculation of the critical path, the sequence of the events that would take the longest time to complete the project or program by the planned completion date. This is the critical path because it will leave the least slack time.

Why should nurse executives use the PERT system for controlling?

- It forces planning and shows how the pieces fit for all nursing line managers involved.
- It establishes a system for periodic evaluation and control at critical points in the program.
- It reveals problems and is forward looking.

The PERT system generally is used for complicated and extensive projects or programs, such as planning and implementing a system of nursing diagnoses, nursing interventions, and nursing outcomes.

> *"Multiple sites exist on the Internet as resources for information on controlling techniques, including Gantt and PERT charts. Many software programs are available for using these tools."*

Many records are used to control expenses and otherwise conserve the budget. These include personnel staffing reports, overtime reports, monthly financial reports, and expense and revenue reports. All these reports should be available to nurse managers to help them monitor, evaluate, and adjust the use of people and money as part of the controlling process.[44]

Benchmarking

Benchmarking, an offshoot of quality management, is a technique whereby an organization seeks out the best practices in its industry to improve its performance. Benchmarking is a standard, or point of reference, in measuring or judging factors such as quality, values, and costs. The following are examples of benchmarks that could apply to nursing:[45]

- Establishing a skill mix of nursing employees to obtain the highest quality of patient care at the lowest cost, which is called vertical leveraging. Horizontal leveraging uses cross-training to boost productivity. If the average for the industry was a ratio of 60% registered nurses to 40% other nursing personnel, the institution would make a decision to meet or exceed this ratio.
- An operating room utilization rate of 80% or higher if the industry rate is 75%.
- An average turnover time between cases of 15 minutes if the industry rate is 20 minutes.
- A reduction of 10% from the average-for-industry cost of supplies per patient day.
- A reduction of 50% from the average-for-industry rate of hospital-acquired infections.

Standards of care define the levels of care that a patient can expect to receive in a given situation or on a given nursing unit. They are clinical benchmarks and are the foundation for quality improvement programs.

Structure standards describe the environment in which care is delivered. Process standards describe a series of activities, changes, or functions that bring about result. Clinical standards, a subgroup of the process and outcome standards, are developed to include clinical issues specific to areas of practice. These include both standards of care and standards of professional practice. According to the ANA, standards of care are authoritative statements describing a competent level of practice. Standards of professional practice are authoritative statements describing a competent level of behavior in the professional role.[46] Outcome standards are the results to be achieved.

"Standards of practice and standards of care are the benchmarks for nursing practice in all domains.

"Benchmarking is enhanced when quality teams perform at the highest level of service by sharing their best practices and processes with similar committee teams in other institutions and organizations."

Standards of practice are used to structure the quality management program. They are linked to policy and procedure development and to job descriptions and performance appraisals. Implementation of standards is done through use of generic nursing care plans and the computer. Computers provide generic nursing care plans and nursing diagnoses, interventions, and outcomes.[47]

Quality management is a necessary element of benchmarking. The following are some benefits of benchmarking:

- Goals and objectives are set, and full team support to meet them is obtained.
- Performance regarding practices, processes, and outcomes is continually improved.
- Commitment and accountability for excellence exist.
- New approaches are sought out, learned, and adapted to.
- Organizational communication is improved.
- Clinical governance is improved.
- Patient satisfaction is improved.

The benchmarking program includes planning during team meetings, collection of specific data, data analysis to determine gaps, integration through keeping all team members informed, action, and follow-up and monitoring.[48]

MASTER CONTROL PLAN

To fulfill this important management function, nurse managers can use a master control or evaluation plan. It can be a general plan for all, with each manager adding specific items for his or her own management area. A sample master control plan is depicted in **Figure 16-11**.

EVIDENCE-BASED MANAGEMENT

"Evidence-based management means that managers, like their clinical practitioner counterparts, should search for, appraise, and apply empirical evidence from management research in their practice."[49] It is essential that managers document and systematically review their actions and decisions in such a way as to further add to the evidence base for effective management practices.[50]

Evidence-based management had been limited for a multitude of reasons: poorly indexed practical application, limited training in using evidence in making management decisions, and limited size and resources in some healthcare organizations to conduct and evaluate applied research.[51] The IOM identified five practices believed to provide an agenda for developing greater evidence-based management practices:[52]

1. Balancing the tension between efficiency and reliability
2. Creating and sustaining trust
3. Actively managing the process of change

FIGURE 16-11 Master Control Plan

Objective 1

Inspect for and identify the presence of written, current, and practical statements of mission, philosophy, vision, and objectives for the division of nursing and each of its component units. The statements should reflect the purposes of the healthcare organization and give direction to the nursing care program.

Actions

1. The written statements of mission, philosophy, and objectives were current (reviewed or revised within the past year).

2. They existed for the division of nursing and for each department, ward, unit, and clinic.

3. They were written by appropriate nursing personnel, representative of people who will accomplish them.

4. The philosophy reflected the meaning of clinical practice.

5. The philosophy was developed in collaboration with consumers, employees, and other healthcare workers.

6. The objectives were specified, written in behavioral terms, and achievable.

7. They guided the process of implementing the philosophy.

8. They were used for orientation of newly assigned personnel and were otherwise widely distributed and interpreted.

9. They supported the mission, philosophy, and objectives of the institution.

10. Nursing personnel knew the rights of individuals and served as advocates for these rights.

Objective 2

Inspect for and identify the presence of written operational or management plans for accomplishment of the objectives of the division of nursing and each of its component units.

Actions

1. The written operational or management plans were current (entries within past 30 days).

2. They existed for the division of nursing and for each department, ward, unit, and clinic.

3. They included specific actions to be taken to achieve objective, target dates, and names of personnel assigned responsibility for each action.

4. They were used to evaluate progress; accomplishments were listed.

Objective 3

Inspect for and identify the presence of an organizational plan for the division of nursing and each of its component units.

Actions

1. The organizational plan was current; it agreed with actual organization when checked.

2. It existed for the division of nursing and for each department, ward, unit, and clinic.

3. It showed the relationships among component parts, spelling out the major functions of each, and it showed relationships with other services.

4. The organizational plan supported the mission assigned to personnel.

5. All nursing functions were managed by the nurse administrator.

Objective 4

Inspect for and identify the presence of adequate policies and procedures for guidance of personnel of the division of nursing and each of its component units.

Actions

1. Policies and procedures of the division of nursing and of each department, ward, unit, and clinic were current (reviewed within past year).

2. Policies and procedures did not duplicate those of higher echelons.

3. Policies and procedures were not obsolete, restrictive, or inappropriate in context.

4. Content of location of policies and procedures was known by people who needed this information.

FIGURE 16-11　Master Control Plan (Continued)

5. Policies and procedures for special care units included:

   a. Function and authority of unit director.

   b. Admission and discharge criteria.

   c. Criteria for performance of special procedures, including cardiopulmonary resuscitation, tracheostomy, ordering of medications, administration of parenteral fluids and other medication, and the obtaining of blood and other laboratory specimens.

   d. The use, location, and maintenance of equipment and supplies.

   e. Respiratory care.

   f. Infection control.

   g. Priorities for orders for laboratory tests.

   h. Standing orders, if any.

   i. Regulations for visitors and traffic control.

6. The nursing annex to the disaster plan was current and included:

   a. Recall procedures.

   b. Assignment procedures.

   c. Training plan.

Objective 5

Inspect for and identify the presence of job descriptions and job standards for all personnel throughout the division of nursing.

Actions

1. Job descriptions and job standards existed and were current throughout the division of nursing (reviewed within past year).

2. Nursing personnel participated in formulating them.

3. Nursing personnel were classified according to competence, and salaries were commensurate with qualifications and positions of comparable responsibility within the agency and the community.

4. Job descriptions were used for purposes of counseling and helping employees to be productive.

5. They were used for orientation of newly assigned personnel.

6. They described the functions, qualifications, and authority of each position identified in the organizational plan.

7. They were readily available and known to each employee.

8. There was a designated nurse leader for the division of nursing who was a registered nurse with educational and experiential qualifications in nursing practice and the administration of nursing services.

Objective 6

Inspect for and identify the presence of a master staffing plan for the division of nursing and each of its component units.

Actions

1. A master staffing plan existed and was current for the division of nursing and each department, ward, unit, or clinic. It showed authorized versus assigned personnel and was reviewed at least monthly.

2. Adequate personnel policies existed to give guidance to nursing personnel in the planning of time schedules and to allow for mobility so that personnel could be matched to jobs.

3. Avenues of communication existed to give input from nursing personnel to the nurse administrator regarding staffing problems.

4. An active plan existed for sponsoring newly assigned personnel and for identifying their special training and experience and their desired assignments.

Objective 7

Inspect for and identify the presence of a planned counseling program for all personnel of the division of nursing.

Actions

1. The nurse executive had a planned program for counseling with managers, including charge nurses.

(continues)

FIGURE 16-11   Master Control Plan (Continued)

2. Counseling occurred at least every 6 months on a scheduled basis.

3. Charge nurses counseled with individual staff members on a scheduled basis at least once every 6 months.

4. The counseling process included discussion of progress toward personal objectives, and revisions resulted from the sessions. Job standards were reviewed, and special educational and experience goals were discussed and acted on.

5. Records of counseling sessions were available and were reviewed.

6. A career progression plan was operational.

Objective 8

Inspect for and identify the presence of a system of evaluation of nursing activities in the division of nursing and each of its component units.

Actions

1. A system for evaluation of the division of nursing and each of its departments, wards, units, and clinics was in operation.

2. Change-of-shift reports and ward conferences were being periodically evaluated (at least once every 6 months).

3. Management plans indicated current evaluation of accomplishment of objectives (within past 30 days).

4. Management personnel, including the nurse executive, made planned ward rounds at least monthly and checked all aspects of department, ward, unit, or clinic management, including the following:

     a. Narcotic registers

     b. Nursing histories

     c. Nursing care plans

     d. Nursing notes

     e. Drug levels and security

     f. Supplies and equipment

     g. Assignment procedures

     h. Patient records

5. The quality assurance program was in effect, and at least one problem per month had been evaluated since June 1.

6. There was provision for inclusion of other healthcare disciplines and consumers in evaluating the nursing care programs.

7. Results of evaluation were used to assess planning for change.

Objective 9

Inspect for and identify the representation of division of nursing personnel on institution-wide and departmental boards, committees, and councils.

Actions

1. The division of nursing was represented on institutionwide boards, committees, and councils whose activities affected nursing personnel directly.

     a. Social actions

     b. Personnel boards such as awards and benefits

2. Nursing service committees had specific objectives.

3. Membership was current and representative of all appropriate segments of the nursing staff.

4. Minutes of meetings reflected progress toward objectives and followup of problems.

Objective 10

Inspect for and identify the existence of a working public relations program that serves as a means of communication between personnel of the division of nursing and the community they serve.

Actions

1. Evaluation programs existed to tell consumers of the nursing services available to them and to receive feedback from consumers on the types of services they needed.

2. There was a planned program to publicize nursing activities and recognize contributions and accomplishments of nursing personnel.

FIGURE 16-11   Master Control Plan (Continued)

Objective 11

Inspect for and identify the existence of a planned program for training and continuing education for all divisions of nursing personnel.

Actions

1. Written statements of mission, philosophy, and objectives existed and were current (reviewed within past year).

2. An operational or management plan for the accomplishment of objectives was current (entries made within past 30 days).

3. The plan listed activities, set priorities and target dates, assigned responsibility, and provided for continuous evaluation.

4. The plan provided for identification of training and continuing education needs, including input from participants, translation of needs into objectives, and the accomplishment of objectives.

5. An orientation program existed and included philosophy and objectives of organization and nursing service, personnel policies, job descriptions, work environment, clinical practice policies and procedures, and operational policies and procedures.

6. Supplemental classes were taught to meet on-the-job training needs.

7. Training programs were documented.

8. The program supported career advancement.

Objective 12

Inspect for and identify the existence of procedures and policies for providing needed primary nursing care to patients.

Actions

1. Collection of data on each patient was sufficient to permit identification and assessment of the patient's needs and to institute an individual plan of care. Included were admission data and the patient's nursing history.

2. The nursing care plan included the nursing diagnosis, prescription for care, and patient's teaching needs.

3. The plan was used to provide care to the patient, and there was an ongoing reassessment of the patient's needs with appropriate changes made in the plan of care.

4. There was evidence that nursing actions required by physicians' orders, nursing care plans, and hospital policies were accomplished appropriately. Observations of patient's progress and response to actions were made and recorded.

5. There was evidence of interpretation and implementation of the ANA Standards of Clinical Nursing Practice.

6. Nursing administration had a plan for reviewing the requirements for giving credentials to individuals and healthcare organizations and for participating in their implementation.

7. Guidelines existed for assignment of personnel based on level of competence.

8. There were policies to use unit managers and ward clerks to perform clerical, managerial, and indirect service-roles.

9. Nursing administration provided resources to accomplish primary nursing care to patient: facilities, equipment, supplies, and personnel.

Source: Author.

4. Involving workers in work design and work flow decision making
5. Creating a learning organization

Evaluating critical management and operational functions and processes further underscores the need to provide evidence to improve patient and staff outcomes.

QUALITY AWARDS DEMONSTRATING ORGANIZATIONAL EXCELLENCE

The Malcolm Baldrige National Quality Award (www.nist.gov/baldrige) and the process for achieving this award were established in 1987, when Congress passed the Malcolm Baldrige National Quality Improvement Act. The award is designed to recognize organizations that demonstrate excellence in quality performance and establish best-practice standards in their industry. To compete for the award, organizations must choose one of three categories: manufacturing, service, or small business. If a hospital established a long-term goal of achieving this award, they would begin the process by submitting a lengthy application followed by an initial screening. If the hospital passed this screening, the next step would be to undergo a structured evaluation process conducted by certified Baldrige examiners. These examiners conduct site visits to examine processes and review hospital data based on seven categories. The requirements of the Criteria for Performance Excellence are embodied in seven categories as follows:[50]

- Leadership
- Strategic planning
- Customer and market focus
- Measurement, analysis, and knowledge management
- Workforce focus
- Process management
- Results

QUALITY AWARDS RECOGNIZING NURSING EXCELLENCE

The Magnet Recognition Program was developed by the American Nurses Credentialing Center, an affiliate of the ANA, to recognize healthcare organizations that provide nursing excellence. In 1983 the American Academy of Nursing's Task Force on Nursing Practice in Hospitals conducted a study of 163 hospitals to identify and describe variables that created an environment that attracted and retained well-qualified nurses who promoted high-quality patient/resident/client care. Fourteen of these hospitals had characteristics that seemed to attract and retain professional nurses within an organization. These became known as the "forces of magnetism."

In 1990 the American Nurses Credentialing Center was established as a separately incorporated nonprofit organization, which currently offers the Magnet Recognition Program® for individual healthcare organizations and for healthcare systems with multiple settings. A nurse executive who is considering application to obtain Magnet status must meet stringent criteria of personal leadership and nursing education, have the ANA's *Scope and Standards for Nurse Administrators* currently implemented throughout nursing within the organization, have policies and procedures that encourage nurses to confidentially express concerns about professional practice, and have enacted fair labor practices, regulatory compliance, and nurse-sensitive quality indicators. The certification includes self-assessment for preparation, site visit by a team of appraisers, submission of documentation, and annual monitoring of compliance to the criteria.

WHAT THE FUTURE HOLDS

Healthcare costs continue to escalate to meet the demands of the consumers. Despite advances in biomedical knowledge and technology, healthcare outcomes vary dramatically. It is in this context that the Robert Wood Johnson Foundation commissioned the IOM to evaluate how the nation uses scientific evidence in providing highly effective clinical services. In June 2006 the IOM appointed the Committee on Reviewing Evidence to Identify Highly Effective Clinical Services to respond to the foundation's request:

1. To recommend an approach to identifying highly effective clinical services across the full spectrum of healthcare services—from prevention, diagnosis, treatment, and rehabilitation, to end-of-life care and palliation.
2. To recommend a process to evaluate and report on evidence on clinical effectiveness.
3. To recommend an organizational framework for using evidence reports to develop recommendations on appropriate clinical applications for specified populations.

It was the committee's responsibility to make recommendation for a sustainable, replicable approach to identifying effective clinical services. Based on its work, the committee concluded that the nation must significantly expand its capacity to use scientific evidence to assess effective models in healthcare delivery systems. The report, *Knowing What Works in Healthcare*, proposes an organizational framework for a national clinical effectiveness assessment program, referred to throughout as "the Program." The Program's mission serves to maximize evidence to identify effective health services. Three functions are central to this mission: setting priorities for evidence assessment, assessing evidence (systematic review), and developing (or endorsing) standards for trusted clinical practice guidelines.[53] Evidence-based practice will continue to be at the forefront of healthcare service delivery, supporting the need to provide services that are safe, effective, patient centered, timely, efficient, and equitable.[54]

 Evidence-Based Practice 16-1

Duffy, Baldwin, and Mastorovich describe their work in an organization specifically centered on the benefits of adopting a professional practice model. The authors note that the organization of patient care in many acute care institutions lacks a foundation in nursing theory. There has been support for organizing patient care according to a professional practice model. The researchers worked with an acute care setting and a school of nursing. A pilot implementation plan with formative and summative evaluation provided preliminary evidence used to expand the project. To evaluate the influence of the revised care delivery system, indicators were chosen that represented patient (satisfaction, pain, functional status) and nurse (vacancy rates, nurse satisfaction) outcomes indicators of interest. The researchers found that after 3 months, findings showed that patient satisfaction rose 2.71%, patient reported pain decreased 33% from a high of 3.5 to 1.1, and patient functional status remained unchanged. Nurse vacancy rates decreased 18.55% from 22.1% to 18%. Other findings indicated that overall nurse satisfaction rose 20% from 64% to 77%. Focus groups were also held with staff nurses from implementation units to gather feedback about the revised patient care delivery system. Responses from the focus groups indicated that purposeful interaction "makes patients feel special," the resource coordinator "allowed nurses more time to spend with patients and families," and the registered nurse staffing changes, although difficult, ensured that caring relationships were primary. Additional findings included the need for refining the revised roles and responsibilities of registered nurses and nursing assistants and open visitation.[55]

SUMMARY

Organizations are in the midst of operational change that is transforming every aspect of health care. The transformation is being driven by the increase in technology and the deepening need for communication leading to excellence in practice. Controlling/evaluating and coordinating are ongoing functions of nurse administrators that occur during planning, organizing, and directing activities. Through this process, standards are established and then applied, followed by feedback that leads to improvements. The process is continuous and systematic.

Each nurse manager should have a master control plan that incorporates all standards related to these actions. This plan can be applied to obtain immediate feedback and meet the objectives of control established for the unit, department, or division. The plan will verify results, provide instructions, and apply principles of uniformity, comparison, and exception.

Controls include policies, rules, procedures, self-control or self-regulation, discipline, rounds, reports, audits, evaluation devices, task analysis, quality control, and benchmarking. They should reflect the nature of the activity and be forward looking, objective, flexible, economical, and understandable. Controls should lead to continuous action.

Standards are the yardsticks for evaluation and include ANA's *Scope and Standards for Nurse Administrators* and *Standards of Clinical Nursing Practice*. Other standards include management plans, goals, programs, costs, revenues, and capital. Physical standards use Gantt charts, critical control points, milestones, and PERT. Each nurse manager should have a master evaluation plan, including a plan to further evaluate decisions with sound evidence.

www APPLICATION EXERCISES

Exercise 16-1

With a group of your peers or colleagues, use Figures 16-9 and 16-11 to discuss developing a new evaluation plan for a nursing unit. Incorporate the standards from both exhibits. How can they be measured? Modify them as necessary. Use your final product to evaluate the nursing unit.

Exercise 16-2

Do an assessment of a healthcare organization's evaluation plan for quality improvement. Identify quality indicators, tools for measurement, and plans for improvement based on measurement results. How does this plan correspond to internal, external, performance, and productivity standards?

Exercise 16-3

From your assessment (Figure 16-2), consider one aspect of the quality improvement plan as it relates to evidence-based practice. How would you rate the evidence supporting this practice?

 For a full suite of assignments and additional learning activities, use the access code located in the front of your book to visit this exclusive website: http://go.jblearning.com/roussel. If you do not have an access code, you can obtain one at the site.

NOTES

1. Fayol, H. (1949). *General and industrial management* (C. Storrs, Trans., p. 107). London: Pitman & Sons.
2. Urwick, L. (1944). *The elements of administration* (p. 105). New York: Harper & Row.
3. Ibid., 107–110.
4. Koontz, H. & Weihrich, H. (1990) Essentials of Management, 5th ed. New York: McGraw-Hill; Hodgetts, R. M. (1990). *Management: Theory, process, and practice* (5th ed., pp. 226–229). Orlando, FL: Harcourt Brace; Fulmer, R. M., & Franklin, S. G. (1982). *Supervision: Principles of professional management* (2nd ed., pp. 214–216). New York: Macmillan; Rowland, H. S., & Rowland, B. L. (1997). *Nursing administration handbook* (4th ed., pp. 15–16, 35–44). Sudbury, MA: Jones and Bartlett; Drucker, P. F. (1973). *Management: Tasks, responsibilities, practices* (pp. 495–505). New York: Harper & Row; Marriner-Tomey, A. (1996). *Guide to nursing management and leadership* (5th ed., p. 379). St. Louis, MO: Mosby; Mosley, D. C., Pietri, P. H., & Megginson, L. C. (1996). *Management: Leadership in action* (5th ed., pp. 492–512). New York: HarperCollins.
5. Peters, T. (1987). *Thriving on chaos* (pp. 587, 593). New York: Harper & Row.
6. Rowland & Rowland, 1997, p. 40.
7. Kron, T., & Gray, A. (1987). *The management of patient care: Putting leadership skills to work* (6th ed., p. 100). Philadelphia: W. B. Saunders.
8. Koontz & Weihrich, 1990, p. 393.
9. Barnum, B. S., & Kerfoot, M. (1995). *The nurse as executive* (4th ed., p. 229). Gaithersburg, MD: Aspen.
10. Arndt, C., & Huckebay, L. M. D. (1980). *Nursing administration: Theory for practice with a systems approach* (2nd ed., pp. 22–46). St. Louis, MO: Mosby.
11. Reed, D., & Sanders, N. (2005). *Operations management: An integrated approach* (2nd ed., p. 3). New Jersey: John Wiley & Sons.
12. Ibid., pp. 4–5.
13. Porter-O'Grady, T., & Malloch, K. (2007). *Quantum leadership: A resource for healthcare innovation* (2nd ed., pp. 5–6). Sudbury, MA: Jones and Bartlett Publishers.
14. Ibid., p. 20.
15. Ibid., p. 43.
16. Nelson, E., Batalden, P., & Godfrey, M. (2007). *Quality by design: A clinical microsystem approach* (1st ed., p. 35). New York: John Wiley & Sons.
17. Ibid., p. 75.
18. Ibid., pp. 131–135.
19. Ibid., p. 42.
20. Ibid.
21. Senge, P, (1990). *The fifth discipline*. New York: Doubleday.
22. Reed & Sanders, 2005, p. 8.
23. Leonard, M., Frankel, A., Simmonds, T., & Vega, K. (2004). *Achieving safe and reliable healthcare: Strategies and solutions* (p. 200). Chicago: Health Administration Press.
24. Franck, P., & Price, M. (1980). *Nursing management* (2nd ed., p. 135). New York: Springer Publishing.
25. Holle, M. L., & Blatchly, M. E. (1982). *Introduction to leadership and management in nursing* (pp. 178–185). Monterey, CA: Wadsworth Health Services Division.
26. Lloyd, R. (2004). *Quality healthcare: A guide to developing and using indicators* (1st ed., p. 297). Sudbury, MA: Jones and Bartlett Publishers.

27. Levenstein, A. (1981). *The nurse as manager* (M. J. F. Smith, Series Ed., pp. 17–33). Chicago: S-N Publications.

28. Lemin, B. (1977). *First line nursing management* (pp. 47–51). New York: Springer.

29. Ibid.

30. Fulmer & Franklin, 1982, pp. 216–217.

31. Ramey, G. (1976). Setting standards and evaluating care. In S. Stone & D. Elhart (Eds.), *Management for nurses* (p. 79). St. Louis, MO: Mosby.

32. Donovan, H. M. (1975). *Nursing service administration: Managing the enterprise* (pp. 160–169). St. Louis, MO: Mosby.

33. Beyers, M., & Phillips, C. (1979). *Nursing management for patient care* (2nd ed., pp. 109–141). Boston: Little, Brown.

34. Douglass, L. M. (1986). *The effective nurse: Leader and manager* (5th ed., pp. 245–278). St. Louis, MO: Mosby.

35. Koontz & Weihrich, 1990, pp. 394–395.

36. Reed & Sanders, 2005, pp. 5–6.

37. Berman, A., Snyder, S., Kozier, B., & Erb, G. (2008). *Kozier & Erb's, fundamentals of nursing: Concept, process, and practice* (8th ed., pp. 57–58). New Jersey: Pearson Prentice Hall.

38. Ganong, J. M., & Ganong, W. L. (1980). *Nursing management* (2nd ed., p. 191). Gaithersburg, MD: Aspen.

39. Rosswurm, M. A., & Larrabee, J. H. (1999). A model for change to evidence-based practice. *Image: The Journal of Nursing Scholarship, 31*, 317–322; Matthews, P. (2000). Planning for successful outcomes in the new millennium. *Topics in Health Information Management, 20*, 55–64; Silver, M. S. (1999). Incident review management: A systemic approach to performance improvements. *Journal of Healthcare Quality, 21*, 21–27.

40. Koontz & Weihrich, 1990, pp. 396–398; Harrington, C., Kovner, C., Mezey, M., Kayser-Jones, J., Burger, S., & Mohler, M. (2000). Experts recommend minimum nurse staffing standards for nursing facilities in the United States. *Gerontologist, 40*, 5–16.

41. Haggard, A. (1992). Using self-studies to meet JCAHO requirements. *Journal of Nursing Staff Development, 4*, 170–174.

42. Koontz & Weihrich, 1990, p. 424; Hodgetts, 1990, p. 243; Beyers & Phillips, 1979, pp. 134–135; Rowland & Rowland, 1997, p. 36; Fulmer & Franklin, 1982, pp. 221–227.

43. Koontz & Weihrich, 1990, pp. 424–428; Hodgetts, 1990, pp. 240–242; Critical Tools. Retrieved August 16, 2011 from http://www.criticaltools.com; Computer Information Systems. Retrieved August 16, 2011 from http://www.infosystems.eku.edu

44. Ganong & Ganong, 1980, p. 257.

45. Patterson, P. (1993). Benchmarking study identifies hospitals' best practices. *OR Manager, 9*, 11, 14–15.

46. American Nurses Association. (1991). *Standards of clinical nursing practice*. Washington, DC: Author.

47. McAllister, M. (1990). A nursing integration framework based on standards of practice. *Nursing Management, 21*, 28–31.

48. Murray, J. A., & Murray, M. H. (1992). Benchmarking: A tool for excellence in palliative care. *Journal of Palliative Care, 8*, 41–45; Woomer, N., Long, C. O., Anderson, C., & Greenberg, E. A. (1999). Benchmarking in home health care: A collaborative approach. *Caring*, 22–28; McGowan, S., Wynaden, D., Harding, N., Yassine, A., & Parker, J. (1999). Staff confidence in dealing with aggressive patients: A benchmarking exercise. *Australia New Zealand Journal of Mental Health Nursing, 8*, 104–108; Voyles, C. R., & Boyd, K. B. (1999). Criteria and benchmarks for laparoscopic cholecystectomy in a free-standing ambulatory center. *JSLS: Journal of*

the Society of Laparoendoscopic Surgeons, 3, 315–318; Gardner, D., & Winder, C. (1998). Using benchmarking to improve organizational communication. *Quality Assurance, 6,* 201–211; Nurse staffing law may herald benchmarks. (1999). *Healthcare Benchmarks, 6,* 137–138; Johnson, B. C., & Chambers, M. J. (2000). Foodservice benchmarking: Practices, attitudes, and beliefs of foodservice directors. *Journal of the American Dietetic Association, 100,* 175–182; Bucknall, C. E., Ryland, I., Cooper, A., Coutts, I. I., Connolly, C. K., & Pearson, M. G. (2000). National benchmarking as a support system for clinical governance. *Journal of Royal College of Physicians London, 34,* 52–56.

49. Axelsson, R. (1998). Towards an evidence-based health care management. *International Journal of Health Planning and Management, 13,* 307.

50. Walshe, K., & Rundall, T. (2001). Evidence-based management: From theory to practice in health care. *Milbank Quarterly, 79,* 429–458.

51. Page, A. (Ed.). (2004). *Keeping patients safe: Transforming the work environment of nurses.* Committee on the Work Environment for Nurses and Patient Safety, Institute of Medicine. Washington, DC: National Academies Press.

52. Ibid.

53. Eden, J., Wheatley, B., McNeil, B., & Sox, H. (Eds). (2008). *Knowing what works in health care: A roadmap for the nation.* Committee on Reviewing Evidence to Identify Highly Effective Clinical Services, Institute of Medicine. Washington, DC: National Academies Press.

54. Institute of Medicine. (2001). I Committee on Quality of Health Care in America. Washington, DC: National Academy Press.

55. Duffy, J. R., Baldwin, J., & Mastorovich, M. J. (2007). Using the quality-caring model to organize patient care delivery. *Journal of Nursing Administration, 37,* 546–551.

REFERENCES

American Nurses Association. (1991). *Standards of clinical nursing practice.* Washington, DC: Author.

American Nurses Association. (2004). *Scope and standards for nurse administrators* (2d ed.). Washington, DC: Author.

Arndt, C., & Huckebay, L. M. D. (1980). *Nursing administration: Theory for practice with a systems approach* (2nd ed.). St. Louis, MO: Mosby.

Axelsson, R. (1998). Towards an evidence-based health care management. *International Journal of Health Planning and Management, 13,* 307.

Balle, M. (1999). Making bureaucracy work. *Journal of Management in Medicine, 13,* 190–200.

Barnum, B. S., & Kerfoot, M. (1995). *The nurse as executive* (4th ed.). Gaithersburg, MD: Aspen.

Berman, A., Snyder, S., Kozier, B., & Erb, G. (2008). *Kozier & Erb's, fundamentals of nursing: Concept, process, and practice* (8th ed.). New Jersey: Pearson Prentice Hall.

Beyers, M., & Phillips, C. (1979). *Nursing management for patient care* (2nd ed.). Boston: Little, Brown.

Bucknall, C. E., Ryland, I., Cooper, A., Coutts, I. I., Connolly, C. K., & Pearson, M. G. (2000). National benchmarking as a support system for clinical governance. *Journal of Royal College of Physicians London, 34,* 52–56.

Coombs, C. R., Doherty, N. F., & Loan-Clarke, J. (1999). Factors affecting the level of success of community information systems. *Journal of Management in Medicine, 13,* 142–153.

Donovan, H. M. (1975). *Nursing service administration: Managing the enterprise.* St. Louis, MO: Mosby.

Douglass, L. M. (1986). *The effective nurse: Leader and manager* (5th ed.). St. Louis, MO: Mosby.

Dreachslin, J. L. (1999). Diversity leadership and organizational transformation: Performance indicators for health services organizations. *Journal of Healthcare Management, 8,* 427–439.

Drucker, P. F. (1973). *Management: Tasks, responsibilities, practices.* New York: Harper & Row.

Duffy, J. R., Baldwin, J., & Mastorovich, M. J. (2007). Using the quality-caring model to organize patient care delivery. *Journal of Nursing Administration, 37,* 546–551.

Eden, J., Wheatley, B., McNeil, B., & Sox, H. (Eds). (2008). *Knowing what works in health care: A roadmap for the nation.* Committee on Reviewing Evidence to Identify Highly Effective Clinical Services, Institute of Medicine. Washington, DC: National Academies Press.

Fayol, H. (1949). *General and industrial management* (C. Storrs, Trans., p. 107). London: Pitman & Sons.

Franck, P., & Price, M. (1980). *Nursing management* (2nd ed.). New York: Springer Publishing.

Fulmer, R. M., & Franklin, S. G. (1982). *Supervision: Principles of professional management* (2nd ed.).New York: Macmillan.

Ganong, J. M., & Ganong, W. L. (1980). *Nursing management* (2nd ed.). Gaithersburg, MD: Aspen.

Gardner, D., & Winder, C. (1998). Using benchmarking to improve organizational communication. *Quality Assurance, 6,* 201–211.

Haggard, A. (1992). Using self-studies to meet JCAHO requirements. *Journal of Nursing Staff Development, 4,* 170–174.

Harrington, C., Kovner, C., Mezey, M., Kayser-Jones, J., Burger, S., & Mohler, M. (2000). Experts recommend minimum nurse staffing standards for nursing facilities in the United States. *Gerontologist, 40,* 5–16.

Hodgetts, R. M. (1990). *Management: Theory, process, and practice* (5th ed., pp. 226–229). Orlando, FL: Harcourt Brace.

Holle, M. L., & Blatchly, M. E. (1982). *Introduction to leadership and management in nursing.* Monterey, CA: Wadsworth Health Services Division.

Institute of Medicine. (2001). *Crossing the quality chasm.* Committee on Quality of Health Care in America Washington, DC: National Academy Press.

Johnson, B. C., & Chambers, M. J. (2000). Foodservice benchmarking: Practices, attitudes, and beliefs of foodservice directors. *Journal of the American Dietetic Association, 100,* 175–182.

Koontz, H. & Weihrich, H. (1990) Essentials of Management, 5th ed. New York: McGraw-Hill.

Kron, T., & Gray, A. (1987). *The management of patient care: Putting leadership skills to work* (6th ed.). Philadelphia: W. B. Saunders.

Lemin, B. (1977). *First line nursing management.* New York: Springer.

Leonard, M., Frankel, A., Simmonds, T., & Vega, K. (2004). *Achieving safe and reliable healthcare: Strategies and solutions.* Chicago: Health Administration Press.Marriner-Tomey, A. (1996). *Guide to nursing management and leadership* (5th ed.). St. Louis, MO: Mosby.

Levenstein, A. (1981). *The nurse as manager* (M. J. F. Smith, Series Ed). Chicago: S-N Publications.

Lloyd, R. (2004). *Quality healthcare: A guide to developing and using indicators.* Sudbury, MA: Jones and Bartlett Publishers.

Matthews, P. (2000). Planning for successful outcomes in the new millennium. *Topics in Health Information Management, 20,* 55–64.

McAllister, M. (1990). A nursing integration framework based on standards of practice. *Nursing Management, 21,* 28–31.

McGowan, S., Wynaden, D., Harding, N., Yassine, A., & Parker, J. (1999). Staff confidence in dealing with aggressive patients: A benchmarking exercise. *Australia New Zealand Journal of Mental Health Nursing, 8,* 104–108.

Mosley, D. C., Pietri, P. H., & Megginson, L. C. (1996). *Management: Leadership in action* (5th ed.). New York: HarperCollins.

Murray, J. A., & Murray, M. H. (1992). Benchmarking: A tool for excellence in palliative care. *Journal of Palliative Care, 8*, 41–45.

Nelson, E., Batalden, P., & Godfrey, M. (2007). *Quality by design: A clinical microsystem approach.* New York: John Wiley & Sons.

Nurse staffing law may herald benchmarks. (1999). *Healthcare Benchmarks, 6,* 137–138.

Page, A. (Ed.). (2004). *Keeping patients safe: Transforming the work environment of nurses.* Committee on the Work Environment for Nurses and Patient Safety, Institute of Medicine. Washington, DC: National Academies Press.

Patterson, P. (1993). Benchmarking study identifies hospitals' best practices. *OR Manager, 9,* 11, 14–15.

Peters, T. (1987). *Thriving on chaos* (pp. 587, 593). New York: Harper & Row.

Porter-O'Grady, T., & Malloch, K. (2007). *Quantum leadership: A resource for healthcare innovation* (2nd ed.). Sudbury, MA: Jones and Bartlett Publishers.

Ramey, G. (1976). Setting standards and evaluating care. In S. Stone & D. Elhart (Eds.), *Management for nurses.* St. Louis, MO: Mosby.

Reed, D., & Sanders, N. (2005). *Operations management: An integrated approach* (2nd ed.). New Jersey: John Wiley & Sons; Rowland, H. S., & Rowland, B. L. (1997). *Nursing administration handbook* (4th ed.). Sudbury, MA: Jones and Bartlett.

Rosswurm, M. A., & Larrabee, J. H. (1999). A model for change to evidence-based practice. *Image: The Journal of Nursing Scholarship, 31,* 317–322.

Senge, P, (1990). *The fifth discipline.* New York: Doubleday.

Silver, M. S. (1999). Incident review management: A systemic approach to performance improvements. *Journal of Healthcare Quality, 21,* 21–27.

Urwick, L. (1944). *The elements of administration.* New York: Harper & Row.

Voyles, C. R., & Boyd, K. B. (1999). Criteria and benchmarks for laparoscopic cholecystectomy in a free-standing ambulatory center. *JSLS: Journal of the Society of Laparoendoscopic Surgeons, 3,* 315–31.

Walshe, K., & Rundall, T. (2001). Evidence-based management: From theory to practice in health care. *Milbank Quarterly, 79,* 429–458.

Woomer, N., Long, C. O., Anderson, C., & Greenberg, E. A. (1999). Benchmarking in home health care: A collaborative approach. *Caring,* 22–28.

Quality Management: Key to Patient Safety

Marylane Wade Koch

Acknowledgment to Beverly Blain Wright, RN, MSN, CNA for the original writing of this chapter.

www LEARNING OBJECTIVES AND ACTIVITIES

- Examine challenges to achieving high-quality health care and patient safety in the United States.
- Identify evolving approaches that address healthcare improvement and patient safety.
- Discuss key leaders in the field of quality management and their contributions as applied to healthcare quality.
- Identify and discuss components of a quality improvement program.
- Define tools used in the quality improvement process.
- Discuss the importance of problem identification and resolution, monitoring and feedback, customer satisfaction, and research in providing high-quality healthcare and patient safety.
- Differentiate between quality management tools and describe when they should be used.

www CONCEPTS

Quality management, total quality management, quality improvement, internal customer, external customer, structure, process, outcome, patient safety, Institute of Medicine, The Joint Commission

SPHERES OF INFLUENCE

Unit-Based or Service-Line-Based Authority: The nurse administrator coaches management staff in developing and implementing operational plans that support the strategic plan. With management staff, the nurse executive performs periodic audits and identifies the potential needs for change.

Organization-Wide Authority: The nurse administrator involves representatives of all units of the organization in developing and implementing statements of mission (purpose), vision, values, philosophy, objectives, and operational plans. This includes a system for evaluation, feedback, and update of these statements. The nurse administrator develops a strategic plan with inputs from representative personnel of the entire organization.

> ### Quote
>
> *Quality means doing it right when no one is looking.*
>
> —Henry Ford
>
> *Quality is not an act, it is a habit.*
>
> —Aristotle

Introduction

One of the most challenging jobs of any nurse leader in the United States is to provide the best possible patient care at a reasonable cost. In 2009, $2.5 trillion was spent on health care in this country with less than optimal results (https://www.cms.gov/nationalhealthexpenddata/02_nationalhealthaccounts historical.asp). Consumers, businesses, and politicians want high-quality care that matches the price paid, 50% more per capita than in other countries. The Institute of Medicine (IOM) reported that 90,000 or more patients die each year from preventable errors while in the hospital, estimating that 42% of Americans have received flawed medical care.

Nurses are in a unique position to enhance patient safety and minimize medical errors. They work in close proximity to the patient when they provide care. In 2005, the Center for American Nurses published *The Nurse's Role in Promoting a Culture of Patient Safety*. This monograph was a step toward responding to the IOM report by improving patient safety through nurses.[2]

No longer can nurse managers delegate the quality improvement function to a member of the staff or a department within the facility. The nurse manager must be a knowledgeable leader, pursuing patient and employee safety while demonstrating achievement of nursing care standards in every practice setting. Quality improvement, resource management, infection control, and risk management and safety are the responsibility of both management and staff.

Effective quality management is based on the philosophy that group behaviors can be transformed into a desirable culture. As costs, client expectations, and other aspects of health care become more demanding, managers must embrace and mentor total quality management (TQM) principles.

Quality can be defined as a measure of excellence free from deficiencies and variance that adheres to measurable and defined standards and satisfies the customer or end user. Healthcare providers must involve everyone in the healthcare agency in creating a culture that strives for improvement in all aspects of patient care and safety. Decisions and commitment to provide high-quality care must be visible

www. **Evidence-Based Practice 17-1**

The Kaiser Foundation study stated that hospital errors kill more patients than breast cancer. These figures demonstrate a loss of patient lives and personal function from medical errors that can be translated into lost income and escalating costs in disability and in corrective treatments. Some estimate the cost of medical errors may be as high as $29 billion each year.[1]

at all levels of the organization, with participation from management and front-line staff to reduce or eliminate errors.

EVOLVING PERSPECTIVES IN HEALTHCARE QUALITY MANAGEMENT

Nursing quality assurance (QA) programs began in hospitals in the 1960s with the voluntary implementation of nursing audits. QA programs were designed to set standards for nursing care delivery and to establish criteria by which to evaluate these standards. However, healthcare professionals came to understand that high-quality care could not be ensured by audits. The Joint Commission (TJC) determined that to ensure good quality, continuous improvement must be demonstrated. Synonyms for QM programs have emerged, such as quality improvement, continuous quality improvement, and performance improvement. Quality control, part of QM, refers to sustaining conformance to standards.

Accreditation agencies mandate that most aspects of health care must be incorporated into QM programs. Divisional or departmental programs need to support an organization's mission. QM plans should incorporate customer satisfaction and patient rights and safety. Leadership must embrace quality as a continuous organizational goal.

Several groups besides The Joint Commission (TJC) have stepped up to address improvement of the quality of health care in the United States. One of these is the Institute of Medicine, who began focusing on assessment and improvement in 1996. In the IOM's 2001 quality chasm report, quality was described as evidence-based care producing desired health outcomes from services delivered. This report supported evaluation of quality based on Donabedian's quality theory addressing structure, process, and outcome. Implementation of the IOM guidelines included establishing the mission and vision, creating a quality management (QM) plan providing the organizational framework that supports QM, using evidence-based clinical practice, and providing utilization management.[3] Other studies and reports from the IOM include

- *To Err Is Human: Building a Safer Health System* (http://iom.edu/Reports/1999/To-Err-is-Human-Building-A-Safer-Health-System.aspx)
- *Envisioning the National Health Care Quality Report* (http://www.iom.edu/Reports/2001/Envisioning-the-National-Health-Care-Quality-Report.aspx)
- *Leadership by Example: Coordinating Government Roles in Improving Health Care Quality* (http://iom.edu/Reports/2002/Leadership-by-Example-Coordinating-Government-Roles-in-Improving-Health-Care-Quality.aspx)
- *Priority Areas for National Action: Transforming Health Care Quality* (http://www.iom.edu/Reports/2003/Priority-Areas-for-National-Action-Transforming-Health-Care-Quality.aspx)

In 2010 the Robert Wood Johnson Foundation released a report containing testimony from The Joint Commission's Nursing Advisory Council. The recommendations provided address patient care quality and safety, focusing on clinical nursing practice, nursing education, and nursing research. To read the report, go to http://www.jointcommission.org/assets/1/18/RWJ_Future_of_Nursing.pdf.

TOTAL QUALITY MANAGEMENT LEADERS

To understand the evolution of quality management in health care, one must review history from the 1980s and 1990s. Healthcare leaders looked outside their industry for leadership in achieving quality improvement. A number of leaders surfaced that offered promise and opportunity for achieving quality goals within the healthcare industry. Some of these leaders include Deming, Juran, Crosby, and Donabedian. Each model is worthy of study and understanding by the nurse manager, although not all principles will be applicable or adopted at the unit level. However, the nurse executive should note that in every model, management plays a key role in the agency's success.

W. Edwards Deming

Deming is considered by many to be the pioneer in QM. An advocate for the principle of management for quality, he found that 80% to 85% of problems are with the system; only 15% to 20% are with workers. Workers should be given the freedom to speak and contribute as thinking, creative human beings. Deming's theory of management includes 14 points (**Figure 17-1**). Deming also warned against the seven "deadly diseases" that decrease productivity and profitability because they destroy employee morale (**Figure 17-2**).

Application of Deming's Theory

General Douglas McArthur summoned W. Edwards Deming to set up quality circles for the Japanese in 1950.[4] When Deming presented the quality methods to 45 Japanese industrialists, they applied the methods. "Within six weeks, some of the industrialists were reporting gains of as much as 30% without purchasing any new equipment."[5]

Using Deming's methods, managers and workers have a natural division of labor: The workers do the work of the system, and the managers improve the system. Thus the potential for improving the system never ends because workers know where the potential for improving the system lies. Managers know that the system is subject to variability and that problem events occur randomly. The common language for managers and workers is elementary statistics, which all workers learn.[6]

Deming used the language of statistics to identify which problems are caused by workers and which by the system. The most-used statistical tool is variation, which measures whether an activity is under control or to what degree it is out of control. Statistics enable workers to control variation by teaching them to work more intelligently. The common language of statistics may enhance discussion between participants of quality circles.[7] Variation is the concept that distinguishes normal routine changes in a process from unusual, abnormal changes that can be attributed to specific causes. Variations in performance are mostly attributable to the system. In some examples, Deming found 400% variation in performance attributable to the system.[8]

According to Deming, Shewhart, and others, there are chance (common) causes and special (assigned) causes of variation. Chance causes are common causes that are the fault of the system. They are system variations such as process input or conditions that are ever present and cause small, random shifts in daily output. They occur in 90% of cases and require fundamental system change by management. Chance causes are controlled causes. A system totally influenced by controlled variation or common causes is said to be in statistical control.

A special or assigned cause is specific to a particular group of workers, an area, or a machine. It is uncontrolled variation resulting from assignable causes or sources. Special causes occur in less than 10% of cases. They require identification of the source and preventive action. Special causes require timely data to effect changes that will prevent bad causes and keep good causes happening (**Figure 17-3**).

Management by action uses the Deming (Shewhart) cycle. The cycle should be kept in constant motion and used at all levels of the organization. Reports should conform to the new system.[9]

Using control charts to determine whether the causes of accidents are common or special can lead to development of methods to prevent accidents. Employees can then set goals to reduce the special causes.[10]

Variation is a part of every process—of the supplies used by nurses, employee performance, and more. Causes other than common and special causes exist. One such cause is tampering or making

FIGURE 17-1 Deming's 14 Points

1. Create constancy of purpose toward improvement of product and service. Everyone should have a clear goal every day, month after month. Satisfy the customer and reduce variation so all employees do not have to constantly shift their priorities.

2. Adopt a new philosophy by learning how to improve systems in the presence of variation, thus reducing variation in materials, people, processes, and products. End tampering and overreacting to variation.

3. Cease dependence on inspection to achieve quality by thoroughly understanding the sources of variation in processes and working to reduce variation.

4. End the practice of awarding business on the basis of price tag alone. Instead, minimize total cost by working with a single supplier.

5. Improve constantly and forever every process for planning, production, and service. Everyone uses PDCA (plan-do-check-act) cycle.

6. Institute training on the job. Know methods of performing tasks and standardize training. Accommodate variation in ways people learn.

7. Adopt and institute leadership. Work to help employees do their jobs better and with less effort. Learn which employees are within the system and which are not. Support company goals, focus on internal and external customers, coach, and nurture pride in workmanship.

8. Drive out fear, including fear of reprisal, fear of failure, fear of providing information, fear of not knowing, fear of giving up control, and fear of change. Fear makes accurate data nonexistent.

9. Break down barriers among staff areas and between departments. Promote cooperation. What is the constant, common goal?

10. Eliminate slogans, exhortations, and targets for the work force. Improvement requires changed methods and processes. Leaders change the system.

11. Eliminate numerical quotas for the work force and numerical goals for management. All people do not work at the same level of speed. There will be variation. Use realistic production standards. Eliminate management by objectives and use a system that rewards people's efforts toward improvement.

12. Remove barriers that rob people of pride of workmanship. Eliminate the annual rating or merit system.

13. Institute a vigorous program of education and self-improvement for everyone. This can be any education that improves self-esteem and potential to contribute to improvements in existing processes and advances in technology.

14. Put everyone in the company to work to accomplish the transformation.

Source: Reprinted from Deming, W. E. (1986). *Out of the Crisis.* By permission of MIT and the W. Edwards Deming Institute. Published by MIT, Center for Advanced Engineering Study, Cambridge, MA.

unnecessary adjustments to compensate for common-cause variation. Another is structural variation caused by seasonal patterns and long-term trends.[11]

According to Deming, managers should "measure the variations in a process in order to pinpoint the causes of poor quality." Quality improves as variability decreases.[12] Statistical charts are used to plot variations from the ideal in the production process and determine the right course to correct those variations.

FIGURE 17-2   Deming's Seven Deadly Diseases

1. Lack of constancy of purpose.
2. Emphasis on short-term profits.
3. Evaluation of performance, merit rating, or annual review.
4. Management by use of only visible figures.
5. Mobility of management.
6. Excessive medical costs.
7. Excessive costs of liability.

Source: Author.

Joseph Juran

Juran defined quality as fitness to serve, correct service the first time to meet customers' needs, and freedom from deficiencies. Quality necessitates employee involvement, with management leading the effort in planning, control, and improvement so that requirements are met. Quality requires identification of customers and their needs in a product-by-product and step-by-step process.[13]

Juran applied QM to all functions at all levels of the enterprise and incorporated the exercise of personal leadership and participation by top managers. In Juran's ideal workplace, all managers would

---

FIGURE 17-3   Application of the Deming (Shewhart) PDCA Cycle to Total Quality Management

PLAN

Common causes occur frequently (.90%) as a fault of the system and require a basic system change by management who will make the plan to fix them. Special causes occur infrequently (10%) and can be traced to a person or persons. The workers find the cause and plan preventive measures.

↓

DO

Plans are carried out by management and workers cooperatively.

Increased accidents and incidents may be due to common causes such as inadequate staffing (numbers and kinds) or special causes such as incompetent and inexperienced personnel.

↓

CHECK

The results are observed.

↓

ACT

The results are analyzed and lessons learned are noted and predictions made.

Source: Author

be educated in QM techniques. The culture has a sense of unity, in which every employee knows the direction of the new course and is motivated to go there. Resisting forces are multiple functions, levels in hierarchy, and product lines.[14] Resisting forces are prominent in healthcare agencies.

Juran's philosophy of quality is based on three major premises: quality planning, quality control, and quality improvement. According to Juran, this quality trilogy can be grafted onto the strategic planning process (**Figure 17-4**).

Philip B. Crosby

Crosby earned his reputation as a quality leader at International Telephone and Telegraph. He defined quality by four absolutes,[15] as listed in **Figure 17-5**.

Culture and climate are important to achieving Crosby's absolutes. A climate of innovation is created because continuous innovation keeps customers coming back. The organizational culture often must experience change to raise every person's basic expectations. A small group of people may be used to uphold ethics and integrity. People will come to believe that quality is as important as financial management. An attitude that fosters change will be created. If managers think and operate in terms of quality,

---

FIGURE 17-4 Juran's Quality Trilogy

1. Quality planning creates a process for meeting goals under operating conditions.[17]
   - Identify customers, both internal and external
   - Determine customer needs
   - Develop product features that respond to customer needs
   - Set goals that meet needs of customers and suppliers
   - Develop process to produce the product features
   - Prove process meets quality goals during operations

2. Quality control, the second activity of the quality process, is performed by operations personnel who put the plan into effect by identifying deficiencies, correcting them, and monitoring the process. Quality control includes the following:[18]
   - Choose what to control
   - Choose units of measurement
   - Establish measurement
   - Establish standards of performance
   - Measure actual performance
   - Interpret the difference
   - Take action on the difference

3. The third and final premise of the Juran philosophy is quality improvement, which should be purposeful and in addition to quality control. Quality improvement includes the following:[19]
   - Prove the need for improvement
   - Identify projects for improvement
   - Organize to guide the projects
   - Diagnose to find the causes
   - Provide remedies
   - Prove remedies are effective under operating conditions
   - Provide for control to hold the gains

Source: Author.

> ### FIGURE 17-5   Philip B. Crosby's Four Absolutes
>
> 1. Quality is "conformance to requirements." If the process is done right the first time, there is no need to redo it. Management sets the requirements and supplies the wherewithal to employees to do the job by encouraging and helping.
> 2. The system of quality is prevention rather than appraisal.
> 3. A performance standard of zero defects. A policy should be to deliver defect-free products on time.
> 4. The measurement of quality is the cost of nonconformance, because service companies spend half of their operating expenses on the cost of doing things wrong. Achieving these absolutes should be a constant priority. It requires the determination of management, the commitment of the entire organization, and the training and education of all employees. When they know and understand management's policy, employees will make TQM work. All levels of management are trained early.
>
> *Source:* Author.

they will change the culture and create a climate of consideration for people, employees, customers, suppliers, and the community.

By policy, every department and unit has a quality strategy and a quality function. All managers participate in TQM, which becomes a part of how they think, feel, and act. Nurse managers may want to use Crosby's Quality Management Maturity Grid to measure quality improvement aspects of their department or unit and then expand use to other areas.

Donabedian

The Donabedian model is a classic way of assessing quality of care based on structure, process, and outcome where each part directly influences the next. This model is used by the IOM in performance measurement with their six aims of quality care that is safe, effective, patient centered, timely, efficient, and equitable.[16] Structure in this model refers to the healthcare setting and all available resources such as materials, staff, and setting structure. Process is defined as the action happening to the patient while receiving care given by the staff. Outcomes are the healthcare results that occur when the customer or patient has contact with the healthcare setting and staff.

Management should take the best of the TQM theories and apply it to healthcare challenges. They must develop the philosophy that continuous improvement by all employees and managers is not only desirable but necessary.

CUSTOMERS

The customer is the focus of TQM philosophy. To provide the best quality services and products, the manager must first define what the customer wants. The service that meets the customer's needs provides the income to the supplier, whether it is an educational institution or a healthcare agency. Good quality includes freedom from waste, trouble, and failure. The manager's goal is to meet and exceed customers' needs and expectations and continue to improve.

Customers can be described as internal and external customers. In nursing management the external customers include patients, employers, and the community. Patients want high-quality care as evidenced by recovery from illness that allows them to return to their normal way of living. Patients facing death want the highest quality care to make the most of their remaining time with pain controlled. The employer wants knowledgeable and skilled workers; the community wants productive citizens.

Internal customers are those who interact with each other within and among departments and disciplines, such as nursing, pharmacy, radiology, and medical laboratory. Clinical nurses are customers of nurse managers, admission services, and others. The customer should be satisfied quickly and economically if nurse managers are to meet their expectations. This core of customers includes those who generate a profit and inspire nurses to their best ideas and highest motivation.[17]

The focus of TQM is collaboration, not competition or adversarial relations, and satisfying such customers, not confronting them. The continual quest for improvement would reduce variation, adversarial relationships within and among departments, and disharmony. This can be achieved by continuously using TQM, gathering and monitoring data, and using statistical tools to analyze the data.

QUALITY AS A PHILOSOPHY

QM is not a program but a philosophy and a way of life that must be adopted by each nursing manager to support optimal patient care. QM is customer focused, decentralized, and empowering. Good nurses aim for a world-class quality of care. This entails learning to deal with the most difficult patients and families. Nurse managers must educate and support clinical nurses as they deal with difficult customers.

Cross-functional teams and open, trusting, cooperative relationships are essential. Self-managed teams can perform multiple functions and schedule their own work, develop budgets, and deal directly with customers. They will be trained to develop needed relationships, do networking, deal with vendors, and manage projects.[18]

Successful customer relations require constant training and education programs. The need for staff development will increase as nursing staff address improved technology, greater product reliability, a customer-focused orientation, and flexibility in adapting to change. Nurse managers will continue to work with clinical staff to develop the best practice approaches and make decisions that affect all team members. An educated and well-trained work force is a nursing imperative. Every team member needs the skills of reading, understanding math, and conveying ideas to accomplish TQM.[19]

CULTURE AND CLIMATE

TQM requires a favorable environment in which values are shared as worthwhile or desirable and beliefs are shared as truth. All employees in such an environment, including top management, believe in focusing on customers, both internal and external.

In this warm, friendly climate, employees feel positive about themselves, others, and their work. Employees trust managers who facilitate their work and treat them as equals. Managers drive out fear through leadership that promotes teamwork, respect, and trust.

Linkow suggests changing the culture through a total quality culture matrix tool (**Figure 17-6**) that follows these steps:

1. Describe the current culture through group brainstorming and interviewing.
2. Establish seven core total quality values and beliefs.
3. Correlate core values and beliefs with current culture.
4. Determine the strength of the current culture.
5. Identify targets for culture change. These will be core values and beliefs with negative or nonexistent correlation or that are low in strength.
6. Use the group to change culture.
7. Use external threats to mobilize internal forces of change.[20]

FIGURE 17-6 Total Quality Culture Matrix

Core Values/Beliefs

Cultural Media	Current Culture Examples	Customer Focus	Employee Focus	Teamwork	Safety	Candor	Total Involvement	Process Focus	Symbols
Heroes	Employee who got out of a hospital bed for important meeting with a client	●	△	△	△				
	Person who left his family on vacation to work with client	●	△	△					
	Understudy steps in at last minute for sick "star" and makes resoundingly successful presentation to tough clients	●		○					● = highly correlated
Myths and Artifacts	No titles on business cards		○	○			○		
	Stories of failures with clients are told with relish		○			●			○ = correlated
	Employees do whatever it takes to satisfy the client	●	△						
	Anyone may be interrupted at any time		△	○			○		△ = negatively correlated
Rites and Rituals	When a problem is identified, a list of solutions is brainstormed by a group				●		○		
	CEO walks through headquarters many afternoons asking, "What are you working on?"		○	●			○		

Strength of Culture		Customer Focus	Employee Focus	Teamwork	Safety	Candor	Total Involvement	Process Focus	
Thickness		●	△	○	△	○	○	△	● = high
Extent of Sharing		●	○	●	△	●	○	△	○ = medium
Clarity of Ordering		●	○	●	△	○	○	△	△ = low

Source: Reprinted with permission of P. Linkow, Interaction Associates, Cambridge, Massachusetts. *Source:* Reprinted with permission of P. Linkow, Interaction Associations, Cambridge, Massachusetts.

QUALITY ACTION TEAMS

Quality circles were a participatory management technique initiated in Japan after World War II through Deming's teaching. The concept was to use statistical analysis to make quality improvements. Workers were taught the statistical concepts and used them through trained, organized, structured groups of 4 to 15 employees, called quality circles. Group members shared common interests and problems and met on a regular basis, usually an hour a week. They represented other employees from whom they gather information to bring to the meetings.[21]

Employees were trained to identify, analyze, and solve problems. Involved in the process, they made solutions work because they identified with ownership. As a result of being recognized, they developed good will toward their employers.

Quality circles were effective when facilitators, leaders, and members were trained in group dynamics and quality circle techniques. Leaders acted as peers to generate ideas to improve operations and eliminate problems. In the process all quality circle members reached consensus before decisions were recommended or implemented. Training occurred during subsequent meetings.[22]

The objectives of quality circles were participation, involvement, recognition, and self-actualization among clinical nurses caring for patients. Output contributed to the knowledge base of human behavior and motivation, which was important to the development of nursing management theory. This theory was learned and used by nurse managers concerned with developing job satisfaction of professional nurses in delivering high-quality nursing care. Quality circles evolved into quality action/management teams that met successful group design guidelines.

Research indicates that productivity and morale improve when employees participate in decision making and planning for change. Participation includes goal setting because participation leads to higher levels of acceptance and performance of these goals. Research also shows that highly nonparticipatory jobs cause psychological and physical harm.

Quality action teams may use Pareto analysis, histograms, graphing techniques, control charts, stratification, scatter diagrams, brainstorming, cause-and-effect diagrams, run analysis, and conflict resolution. Success factors include management commitment and involvement, staff involvement, training, and patience. Tangible benefits include improved quality, increased productivity, and increased efficiency Intangible benefits include improved work life quality, safety, morale, and job satisfaction.[24]

COMPONENTS OF A QUALITY MANAGEMENT PROGRAM

A quality management program is composed of the following components:

1. Clear and concise written statements of purpose, philosophy, values, and objectives.
2. Standards or indicators for measuring the quality of care.
3. Policies and procedures for using such standards for gathering data. These policies define the organizational structure for the program.
4. Analysis and reporting of the data gathered, with isolation of problems and variances.
5. Use of the results to prioritize, plan action, and correct problems and variances.
6. Monitoring of clinical and managerial performance and ongoing feedback to ensure that problems stay solved.
7. Evaluation of the QM system.

These components may be conceptualized in many different ways. One component builds on another. Batalden and Stoltz describe a framework for the continual improvement of health care (**Figure 17-7**) that incorporates underlying knowledge, policy for leadership, tools and methods, and daily work applications.[25] The mission, vision, guiding principles, and integration of values are critical to the policy for leadership. "For the continual improvement of health care, tools and methods are available that can accelerate building and using knowledge and communicating that understanding to others."[26] Tools and methods can be grouped into four major categories: process and system, group process and collaborative work, statistical thinking, and planning and analysis. Daily work applications include developing models for testing change and making adjustments as well as review of the improvements. Conceptualizing quality management principles provides the nurse with tools for assisting the nursing department with the overall QM process.

FIGURE 17-7   The Framework for the Continual Improvement of Health Care

Underlying Knowledge

Professional knowledge:
- subject
- discipline
- values

Improvement knowledge:
- system
- variation
- psychology
- theory of knowledge

Policy for Leadership

Mission, vision, and quality definition
Guiding principles
Integration with values

Tools and Methods

Process, system
Group process and collaborative work
Statistical thinking
Planning and analysis

Daily Work Applications

Models for testing change and making
improvement
Review of improvement

Source: P. B. Batalden and P. K. Stoltz. "A Framework for the Continual Improvement of Health Care: Building and Applying Professional and Improvement Knowledge to Test Changes in Daily Work." Joint Commission Journal on Quality Improvement (October 1993), 426. Oakbrook Terrace, IL: Joint Commission on Accreditation of Healthcare Organizations, 1993, p. 426. Reprinted with permission.

Statements of Purpose, Philosophy, and Objectives

The initial planning of a QM program includes the development of clear and concise statements of purpose, philosophy, and objectives. The program's purpose and philosophy mirror the organizational purpose and philosophy and should be interwoven with the organization's values. The Joint Commission (TJC) gives specific guidelines designed to assess and improve quality of client care. Quality improvement theories—such as those of Deming, Crosby, and Juran—are recommended to healthcare organizations to better conceptualize the entire QM program.

An organization need not limit itself to one theory and may incorporate concepts from several to develop the best framework for the organization's purpose, philosophy, and objectives. Every QM program needs well-articulated objectives.

Standards for Measuring the Quality of Care

Standards define nursing care outcomes as well as nursing activities and the necessary structural resources. They are used to plan and evaluate nursing care. Outcomes include positive and negative indexes. Standards are directed at structure, process, and outcome issues and guide the review of systems function, staff performance, and client care. A number of healthcare organizations issue indexes. The Centers for Medicare and Medicaid Services annually disclose projected and actual hospital select indicator rates by diagnostic-related groups.

On January 1, 2003, TJC's National Patient Safety Goals (NPSGs) went into effect for all accreditation programs. The program-specific goals and objectives mandate implementation, measurement, and evidence of performance without negotiation. The purpose of the NPSGs is to promote specific improvement in patient safety. In 2011 TJC released the revised National Patient Safety Goals for

Hospitals effective January 1, 2011. These goals were directed at areas such as safety and prevention of medication errors, accurate patient identification, improved staff communication, prevention of infection and mistakes in surgery, and identification of patient safety risks. The report can be viewed here: http://www.jointcommission.org/hap_2011_npsgs.

For hospitals, the TJC has issued accreditation performance measures involving the following functions:

1. Patient-focused functions: ethics, rights, and responsibilities; provision of care, treatment, and services; medication management; infection control
2. Organization functions: improving organizational performance; leadership; management of the environment of care, of human resources, and of information
3. Structures with functions: medical staff, nursing

TJC also requires measurement of core measures, one of the first steps in focusing on key treatment populations. An organization's results as well as national results for select core measures may be found on TJC's website: http://www.jointcommission.org/

TJC requires hospitals to proactively identify risks to patients, initiate actions to reduce risks (failure mode effect and analysis), and investigate unanticipated adverse "sentinel" events (root-cause analysis). The failure mode effect analysis, initiated proactively, involves documenting the ways a process can fail (e.g., a flowchart), why this failure would occur (e.g., a cause-and-effect diagram), and how a redesign of the process may prevent failure (e.g., a flowchart). Hospitals are required to select one high-risk process annually based in part on TJC's published sentinel event alert. Hospital leaders are to provide education and resources to conduct proactive activities to reduce risk to patients.

Root Cause

Analysis is conducted to understand how and why an adverse sentinel event occurred and to prevent its recurrence. A sentinel event is an unexpected, unwanted occurrence involving death or serious physical injury. It is called "sentinel" because it signifies immediate attention. Root-cause analysis includes assignment of a team to assess the event as soon as possible (within 72 hours). The team should include staff of all levels closest to the specific case, including those with decision-making authority. The process involves review of events, process failure, action plans, implementation of plans, and follow-up review.[27]

TJC is not the only group that collects quality data for measurement. Other organizations include the American Hospital Association, Voluntary Hospitals of America, National Committee for Quality Health Care, and the National Association of Health Data Organizations. These organizations gather, analyze, and publish data on quality of health care for consumers, employers, and the federal government. The standards include performance standards for providers. The objectives are to achieve improvement in the health status of clients, reduce unnecessary use of healthcare services, and meet specifications of clients and purchasers. These standards address improvement of healthcare quality, functions, and processes that must be carried out effectively to achieve good patient care outcomes, patient care, governance, and management. QM theory has been applied in the form of identifying common causes and special causes of performance variation.

Policies and Procedures

The third element of a QM program is the development of policies and procedures for using standards or indicators for gathering data to measure the quality of care. Batalden and Stoltz describe guiding principles that reflect the organization's assumptions about the responsibilities and desired actions of leaders that create a positive work environment. Integrating leadership policy with the values common to health professionals and underlying healthcare work is essential to contribute to shared ownership of the policy by everyone in the organization.[28] The policies and procedures define the organizational structure for the quality management program and prescribe the tools for gathering data.

DATA COLLECTION

Data collection tools may be in the form of questionnaires, rating scales, and interviews. Reliability and validity are important concepts in determining the worth of instruments used to measure variables in a study. Reliability is the extent to which an experiment, test, or measurement procedure yields the same results on repeated trials. Interrater reliability refers to the degree to which two raters, operating independently, assign the same ratings for an attribute being measured. Validity is the degree to which an instrument measures what it is intended to measure. Content (face) validity is the degree to which an instrument adequately represents the universe of content.[29]

Nursing Quality Review

Nurses use quality data collection for patient care review, which includes examination, verification, or accounting of predetermined indicators. The three basic aspects of care review include structure, process, and outcome.

Structure

Structure review focuses on the setting in which care takes place. Assessment includes physical facilities, equipment, caregivers, organization, policies, procedures, and medical records. A checklist that focuses on these categories measures standards or indicators. Structure can include such content as staff knowledge and expertise in addition to policies and procedures for nursing practice. Content related to specific nursing care to meet established standards is included in nursing process review.

Process

Process review indicators measure nursing care to determine whether nursing standards are met. They are generally task oriented. Process audits were first used by Maria Phaneuf in 1964 and were based on the seven functions of nursing established by Lesnick and Anderson. The Phaneuf audit is retrospective, being applied to measure the quality of nursing care received by the client after a cycle of care has been completed and the client discharged. The Phaneuf audit has seven subsections:[30]

1. Application and execution of physicians' legal orders
2. Observations of symptoms and reactions
3. Supervision of the client
4. Supervision of those participating in care
5. Reporting and recording
6. Application and execution of nursing procedures and techniques
7. Promotion of physical and emotional health by direction and teaching

The Phaneuf model uses a Likert scoring system. It does not evaluate care recorded.

The Quality Patient-Care Scale is a process audit that measures the quality of nursing care concurrently with the cycle of care being given. It has six subsections:

1. Psychosocial–individual
2. Psychosocial–group

3. Physical
4. General
5. Communication
6. Professional implications

In this review the nurse is evaluated by direct observation in a nurse–client interaction. A 15% sample of nurses on a unit is considered adequate. Both the Phaneuf and the Quality Patient-Care Scale process audits use the performance of the first-level staff nurse as a standard for safe, adequate, therapeutic, and supportive care.[31]

Outcome reviews can be either concurrent or retrospective. They evaluate nursing performance in terms of establishing client outcome criteria. The National Center for Health Services developed an outcome review based on Orem's description of nine categories of self-care requirements:

1. Air
2. Water and fluid intake
3. Food
4. Elimination
5. Rest, activity, and sleep
6. Social interaction and productive work
7. Protection from hazards
8. Normality
9. Health deviation

These categories are evaluated in terms of the following evidence:[32]

1. Evidence that the requirement is met
2. Evidence that the client has the necessary knowledge to meet the requirement
3. Evidence that the client has the necessary skill and performance abilities to meet the requirement
4. Evidence that the client has the necessary motivation to meet the requirement

Outcome criteria are set for populations. They can evaluate specific aspects of nursing care for particular groups, such as neonates, school-aged children, oncology, trauma, forensics, or long-term care. Client care goals should reflect an individual's optimal functioning given his or her current condition and resources for continued care. QA outcome indicators would capture if the goals, or outcome, were met or obtained.

The outcome variables as described by Evans and Ruff have face validity as outcomes of functional utility, and their value can be reliably assessed using descriptive statistics. These variables are considered important rehabilitation outcomes by clients, family members, and financial providers and have an impact on long-term functioning.[32]

Morbidity, disability, and mortality during and after provision of healthcare services are nationally recognized outcomes of health care. Nursing assessment and intervention may make a significant difference in the outcome variables, such as nosocomial infection rates in high-risk clients. McCormick illustrates the direction of outcomes that patients can take related to the assessment and treatments carried out.[33]

Another method of developing outcome criteria includes grouping of items for efficiency such as diagnosis-related groups, specific protocols for treatment, life stages, and like standards. A determination is made as to whether the outcomes are met. If outcomes are not satisfactorily met, deficiencies are identified, corrected, and followed up.

QUALITY MANAGEMENT TOOLS

Statistical Techniques

Statistical techniques include measures of central tendency and variability, tests of significance, and correlation. Central tendency refers to the middle value and general trend of the numbers. The three most common measures of central tendency are the mean, the median, and the mode. Measures of variability look at the dispersion of the measures. Three common measures of variability are the range, the standard deviation, and interpercentile measures.

Correlation refers to the extent to which two variables are related. The Pearson product–moment correlation coefficient of determination (r^2) is a method whereby cause and effect, or relationships, may be evaluated. This statistical analysis tool may be found in various computer software programs and is used with scatter diagrams. The coefficient of determination (r^2) is helpful in determining the percentage of variance on one variable that can be predicted by the variance on another variable.[35]

Data Analysis

Data analysis tools may be divided into three types: decision-making tools, data analysis charts, and relational charts. Brainstorming and multivoting are types of decision-making tools that involve groups or teams.

Brainstorming

Brainstorming is a free-flowing generation of ideas. This approach can generate excitement, equalize involvement, and result in original solutions to the problem. Ideas are not discussed as they are generated, but the team can build on the ideas of others. No judgments are made concerning an idea's worth or its feasibility. This discussion comes at a later point in the process. Brainstorming is useful when a list of possible ideas is needed. This technique works well to generate ideas for such tool as the cause-and-effect diagram.

Multivoting

Multivoting is a method to determine the most popular or important items from a list, without a lot of discussion or difficulty. This method uses a series of votes to cut the list in half each time, thus reducing the number of items to be considered. This technique is used after a brainstorming session to identify the key items on which the group will focus.

Nominal Group Technique

This is a group decision-making process for generating a large number of ideas in which each member works by himself or herself. This technique is used when group members are new to each other or when they have different opinions and goals. This approach is more structured than that of brainstorming or multivoting.

Delphi Method

The Delphi method is a combination of the brainstorming, multivoting, and nominal group techniques. This tool is used when the group is not in one location, and it is frequently carried out through mail or e-mail. After each step in the process, the data are sent to one person, who compiles the data and sends out the next step to the participants for completion.

Prioritization Matrix

A prioritization matrix organizes tasks, issues, or actions and prioritizes them by agreed on criteria. The tool combines the tree diagram and the L-shaped matrix diagram, displaying the best possible effect. The prioritization matrix is often used before more complex matrices are needed. The matrix applies options under discussion to priority considerations. This is used when issues are identified and options must be narrowed down, options have a strong relationship, or options all need to be done but prioritization or sequencing is needed.

Run Chart or Trend Chart

Run charts are graphic displays of data points over time. Run charts are control charts without the control limits. Their name comes from the fact that the user looks for trends in the data or a significant number of data points going in one direction or to one side of the average.

Trends generally indicate a statistically important event that needs further analysis. The tendency to see every variation in the data as significant should be resisted by waiting to interpret the results until at least 10 (or even better, 20) data points have been plotted. These charts are used to display variation, detect the presence or absence of special causes, or observe the effects of a process improvement (observe the effects of experiments on a process) (**Figure 17-8**).

Control Charts

Control charts are run charts to which control limits have been added above and below the mean. Generally, upper and lower control limits are statistically determined by adding and subtracting three standard deviations from the mean. Assuming a normal distribution and no special cause variation, a majority of the data points are expected to fall within the upper and lower control limits. Variance within the control limits results from aggregate common causes, and one should not tamper with the process performing as expected. As discussed earlier with regard to Deming's variance, special cause

---

FIGURE 17-8   Example of a Run Chart

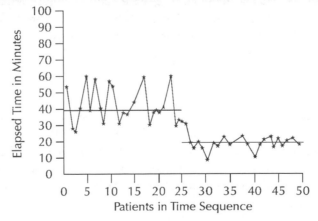

Source: P. B. Batalden, P. K. Stoltz. "A framework for the continual improvement of health care: building and applying professional and improvement knowledge to test change in daily work" Joint commission journal on quality Improvement (Oct 1993). 426. Oakbrook terrace, IL: Joint commission on Accreditation of healthcare organizations, 1993, p 426. Reprinted with permission.

variance (data points outside the control limits) occurs in less than 10% of cases and requires evaluation. These charts are used to distinguish variation from common and special causes, assist with eliminating special cause variation, and observe effects of a process improvement.

Process Flowchart

The process flowchart is a graphic display of a process as it is known to its authors or team. The flowchart outlines the sequence and relationship of the pieces of the process. Through management of the data and information, the team comes to a common understanding and knowledge concerning the process. Information is discussed on the structure (who carries out the specific step in the identified process), what activity is occurring, and finally the outcome or the results.

Fishbone Cause-and-Effect Diagram

A cause-and-effect diagram is used to analyze and display the potential causes of a problem or the sources of variation. There are generally at least four categories in the diagram. Some of the common categories involve the "four Ms"—manpower [sic], methods, machines, and materials—or the "five Ps"—patrons (users of the system), people (workers), provisions (supplies), places (work environment), and procedures (methods and rules). It is used to identify and organize possible causes of the problem or identify factors that will lead to success.

Histogram or Bar Chart

Before further analyzing a set of measured data, distribution of values is reviewed for each variable. The optimal tool for reviewing a distribution depends on how much data are available. A bar graph with a separate bar for each value may be used when data are sparse (fewer than 12 values), but as the data increase it becomes necessary to organize and summarize. A histogram, the most commonly used frequency distribution tool, does this by presenting the measurement scale of values along its x-axis (broken into equal intervals) and a frequency scale (as counts or percentages) along the y-axis. Plotting the frequency of each interval reveals the pattern of the data showing its center and spread (including outliers) and whether there is symmetry or skew. This is important information because it may signal problems in the data and should influence the choice of measures of central tendency and spread. An important distinction must be made regarding bar charts and histograms. The x-axis consists of discrete categories, and each bar is a separate group. This chart is used to show the data's distribution or spread, whether the data are symmetric or skewed, or whether there are extreme data values (**Figure 17-9**).

Pareto Chart

A Pareto diagram displays a series of bars in which the priority can easily be seen by the varying height of the bars. The tallest bar is the most frequent. The bars are always arranged in descending height. The Pareto diagram is related to the Pareto principle (named after the 19th-century economist Vilfredo Pareto), which states that 80% of the problems or effects come from 20% of the causes. This chart is used to identify the most frequent or the most important factors contributing to costs, problems, and so on (**Figure 17-10**).

Quality Improvement Teams

One method of implementing a QM program is through a team or council. This team functions with a team leader, team members, and a facilitator. The team supports management in developing and implementing a QM program and may follow group dynamics.

FIGURE 17-9   A Histogram of Errors

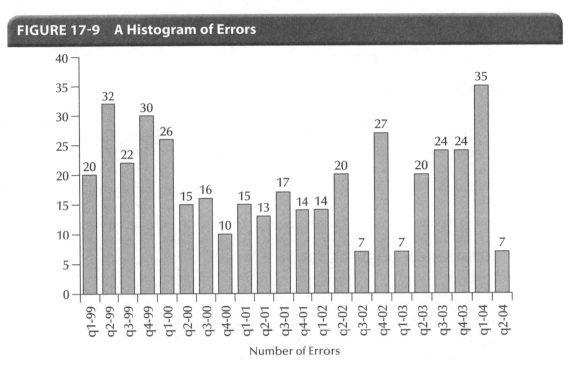

Number of Errors

Source: Author

FIGURE 17-10   Generalized Pareto Diagram

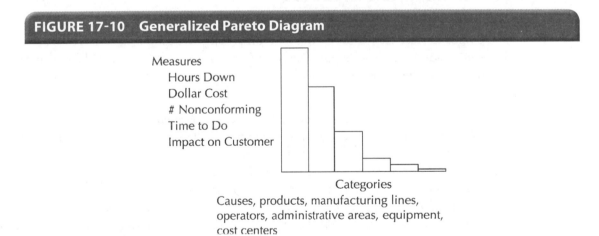

Measures
    Hours Down
    Dollar Cost
    # Nonconforming
    Time to Do
    Impact on Customer

Categories
Causes, products, manufacturing lines,
operators, administrative areas, equipment,
cost centers

Source: J. T. Burr, Center for Quality and Applied Statistics, Rochester Institute of Technology, one lomb Memorial Dr. P.O. Box 9887, Rochester, NY 14623-9887. Reprinted with permission.

PROBLEM IDENTIFICATION

Analysis and reporting of the data gathered from the evaluation process lead to problem identification and isolation. Evidence comes from primary sources, such as the client and nursing personnel, and from secondary sources, including the client's chart and family. Active client and family participation should be part of the process. QM addresses current problems. Nurses look for patterns or trends of deviation from normal. They also identify deficiencies relating to other departments that affect nursing care. If one takes a systems approach, problem identification is a team approach, with the client and family as major team players.

Problem Resolution

Once problems have been defined and isolated, plans are made to solve them on a priority basis. Critical problems are addressed first, and plans are immediately made and implemented to resolve them. Those involving the safety and welfare of the client take first priority. Other factors used in determining priority include severity, frequency, benefit, cost-effectiveness, elimination, reduction, association with professional liability, and impact on accreditation. The first consideration is always based on the impact on client care. Solutions and corrective action for problems are assigned to appropriate nursing departments, services, and units. The need is to resolve problems, not just evaluate them.

MONITORING AND FEEDBACK

The QM process is cyclic and requires monitoring of clinical and managerial performance and feedback to ensure that problems stay solved. Follow-up can be expensive and difficult. Problems of a multidisciplinary nature, such as those involving occupational therapy, physical therapy, speech pathology, and nursing, can be one consideration. The cyclic process will continue to set standards of care, take measurements according to those standards, evaluate care from multiple sources, recommend improvements, and, above all, ensure that improvements are carried out.

Involvement of Practicing Nurses

Practicing nurses can be motivated to embrace QM by a direct behavioral experience. Nurse managers should find out reasons nurses view QM unfavorably. Negative connotations may exist because of a lack of executive administrative support, views that the process is futile without changes in practice, and lack of physician involvement. Changing a negative viewpoint may be accomplished by the following strategies:

1. Ask clinical nurses to identify areas that need improvement.
2. Provide release time for clinical nurses to participate in QM activities, including attendance at committee meetings and time for QM audits.
3. Provide rewards, such as performance results achievement records, that can lead to pay raises, promotions, educational opportunities, or special assignments.
4. Target QM to patient care outcomes, the essence of nursing practice.
5. Involve clinical nurses in management through such techniques as quality circles, employee involvement programs, participatory management, decentralization, "adhocracy," and quality of work life.
6. Establish a peer review program involving nursing staff at all levels of patient care. Such a program can identify outcome criteria based on established standards for nursing practice. Peers determine if outcomes have been met based on ongoing and retrospective audits. Corrective action is determined by peers based on the outcome being adequately met.

Efficiency

Efficiency is concerned with the cost-to-benefit ratio. Can the appropriate standard be met with a cost acceptable to both consumer and provider? The computer is an example of a labor-saving device for developing and conducting a QM program. Nurse managers use it and teach other practicing nurses to use it. Standards will be kept up to date and accessible to all units in paper or electronic files. Standards should be cross-referenced.

Charts can be labeled for easy retrieval for nursing QM evaluation. In addition, the long-term care minimum data set can be an efficient QM tool for nursing homes. The minimum data set is a collection of baseline data (physical, social, and psychological factors) that can be used to assess, analyze, and plan care for residents in nursing homes. The 1987 Omnibus Budget Reconciliation Act mandated its specific elements.[36]

The following are some elements of efficiency and effectiveness:

1. Identification of the impact of nursing care on the health of the patient, that is, results or outcomes measured in terms of the patient's health status. Do the notes meet such a standard?
2. A program practical enough to be used in all clinical nursing settings
3. Random, unannounced samples
4. Nursing personnel who serve on committees long enough to be proficient
5. Grading by each person administering criteria
6. Higher patient acuity combined with shorter hospital stays
7. Interdisciplinary programs so nurses will not do the work of other disciplines. Nursing is ethically and operationally interdependent with other groups and organizations.
8. Planning for uncertain future by blueprinting scenarios for managing the future, changing the culture of nursing organizations, developing interpersonal skills, and making a creative response to risk taking[37]
9. Each nurse should be held responsible for self-improvement and for delivering a high standard of patient care.

Customer Satisfaction

Customer satisfaction is an integral part of QM. The satisfaction of not only the external client and family, but also the internal customers (an organization's staff and departments) should be assessed. Patient Rights and Human Resource standards specified by the Joint Commission and Centers for Medicare and Medicaid Services warrant measurement of these aspects.

Consumer satisfaction as an outcome of QM can be assessed through methods such as patient, family, and nurse interviews or surveys and observation checklists of nurse-patient interactions.

Quality in the healthcare marketplace is defined by employers, employee benefit consultants, physicians, and consumers—not by providers (even though physicians are providers, as are hospitals, nurses, and other caregivers). The reason physicians determine quality is that they have control over orders for diagnosis and treatment procedures. Only one-half of consumers, employers, and employee consultants ever differentiate between high- and low-quality hospitals.

Good employee relations and consumer relations programs are necessary for success in the healthcare marketplace, and their good quality must be communicated. Consumers want quality factors in this order:

1. Warmth, caring, and concern
2. Expert medical staff that is concerned, thorough, and successful
3. Up-to-date technology and equipment
4. Specialization and scope of services available
5. Outcome

Training and Communication

Training and communication are important elements of a total quality program. Training includes interpersonal skills, stress management, and conflict management. Learning is a cyclic or continuous process. Nurse managers who play educator roles develop self-awareness by applying learning principles to their own behaviors. Patient education requires an interdisciplinary team approach.

Communication of QM findings, including problems, resolution of problems, and results, must be clear. Both physicians and nursing employees need to be kept up to date. Quality must be provided and communicated to be successful. This means that providers as well as consumers will know the status of the quality of care being rendered.

RESEARCH AND QUALITY MANAGEMENT

Nursing QM programs can be combined with research programs. Nursing research is being done in clinical settings to improve patient care outcomes. Research can provide prestige, advanced knowledge for nursing professionals, and a database for clinical nursing practice for the nurse manager.

Nursing research can be used to evaluate management issues such as staffing, cost management, and staff retention. It produces new knowledge of the relationship between process and outcome. Combining QM with research makes efficient use of personnel and other resources to link research with a mandatory process, to increase the probability that research will relate to patient care, and to increase sharing of successful quality management programs with others outside the institution.

SUMMARY

QM programs ensure that quality control standards are maintained and that care delivery continually evolves toward improvement. QM requires careful planning, development, data collection, resource allocation, and evaluation. Ideally, QM programs should be founded upon TQM, a proven theory for broad application. Leadership is paramount for successful integration of TQM into QM programs; leadership will change culture and climate to give workers the training they need to affect planning and productivity. Through effective use of QM tools, the efficiency of nursing interventions or actions can be demonstrated. QM programs may lend efficacy of results to research in support of establishing best practice for nursing.

APPLICATION EXERCISES

Exercise 17-1

Using a team that represents both nursing leaders within the organization and customers, construct a questionnaire for measuring external customer satisfaction. If such a questionnaire is currently available, review it and make changes only if changes are needed. Use the questionnaire to measure external customer satisfaction with nursing. Analyze the results using appropriate QM tools, and plan for changes to improve external customer satisfaction.

Exercise 17-2

Using a team representing nursing leaders within the organization, discuss abolishing the current performance appraisal system. Use brainstorming to generate ideas for pros and cons, then use multivoting to select the first choices from the list.

Exercise 17-3

Using a team representing nursing leaders within the organization, identify a major problem. Decide on the data to be measured. Proceed to gather and analyze data and solve the problem using Deming (Shewhart) cycle or other QM methodology.

Exercise 17-4

Using a team representing nursing leaders within the organization, describe the culture of the organization. Discuss how QM may be incorporated into research. How could best practice be identified and standards set?

Exercise 17-5

Make a plan for a quality action team using the guidelines described in this chapter.

Exercise 17-6

Examine the QM program of a healthcare agency. How does it support the overall mission, vision, and values of the organization?

 For a full suite of assignments and additional learning activities, use the access code located in the front of your book to visit this exclusive website: http://go.jblearning.com/roussel. If you do not have an access code, you can obtain one at the site.

NOTES

1. Pellet, J. (2007). A prescription for health care: What can be done to improve the cost and quality of medical care. *Chief Executive*, no. 230, 52.

2. Friesen, M., Farquhar, M., & Hughes, R. (2005). *The nurse's role in promoting a culture of patient safety* (p. 905). Silver Spring, MD: Center for American Nurses.

3. Institute of Medicine. (2001). *Crossing the quality chasm: A new health system for the 21st century*. Committee on Quality of Health Care in America, Institute of Medicine. Washington, DC: National Academy Press.

4. Staskon, F. C., Kopera, A., & Wilson, R. C. (2007). Taking the IOM quality challenge: Providers can do a lot to meet the Institute of Medicine's call for improving the quality of healthcare (Institute of Medicine's quality control measures to improve the performance of healthcare services). *Behavioral Healthcare, 24*, 27–35.

5. Piczak, M. W. (1988). Quality circles come home. *Quality Progress, 21*, 37–39.

6. Tritus, M. (1988). Deming's way. *Mechanical Engineering, 28*, 38–45.

7. Ibid., pp. 26–30.

8. Ibid.

9. Duncan, W. J., & Van Matre, J. G. (1990). The gospel according to Deming: Is it really new? *Business Horizons, 32*, 3–9.

10. Francis, A. E., & Germels, J. M. (1989). Building a better budget. *Quality Progress, 21*, 70–75.

11. Smith, T. A. (1989). Why you should put your safety system under statistical control. *Professional Safety*, 31–36.

12. Joiner, B. L., & Gaudard, M. A. (1990). Variation, management, and W. Edwards Deming. *Quality Progress, 23*, 29–39.

13. Heinzlmeir, L. A. (1991). Under the spell of the quality gurus. *Canadian Manager*, 22.

14. Heinzlmeir, T. R. (1991). Quality can't be delegated. *Supervision*, 6–7.

15. Juran, J. M. (1989). Universal approach to managing for quality. *Executive Excellence*, 15–17.

16. Vasilash, G. S. (1981). Crosby says get fit for quality. *Production*, 51–52, 54; Heinzlmeir, T. R., 1991; Oberle, J., & Deutsch, B. J. (1991). A conversation with Philip Crosby. *Bank Marketing*, 22–27; Crosby, P. B. (1984). *Quality without tears: The art of hassle-free management*. New York: McGraw-Hill.

17. Institute of Medicine. (2006). *Performance measurement: Accelerating improvement—pathways to quality health care* (p. 171). Washington, DC: National Academies Press.

18. Schaaf, D. (1991). Beating the drum for quality. *Quality*, 5–6, 8, 11–12.

19. Peters, T. (1991, November 12). Family gives "teams" plenty of experience. *San Antonio Light*, p. E3.

20. Konstam, P. (1992, January 1). Making productivity grow takes work. *San Antonio Light*, p. 1E.

21. Linkow, P. (1989). Is your culture ready for total quality? *Quality Progress*, 69–71.

22. The theory of quality circles was actually developed by Frederick Herzberg and W. Edwards Deming of the United States approximately 50 years ago. Johnson, S. (1985). Quality control circles: Negotiating an efficient work environment. *Nursing Management, 16*, 34A–34B, 34D–34G; Goldberg, A. M., & Pegels, C. C. (1984). *Quality circles in health-care facilities*. Gaithersburg, MD: Aspen.

23. Ibid.

24. Piczak, 1988.

25. Batalden, P. B., & Stoltz, P. K. (1993). A framework for the continual improvement of health care: Building and applying professional and improvement knowledge to test changes in daily work. *Joint Commission Journal on Quality Improvement*, 424–450.

26. Ibid.

27. Ibid.

28. Ibid., p. 434.

29. Sweitzer, S. C., & Silver, M. P. (1997). *Measurement tools for analysis. In NAHQ guide to quality management* (7th ed., pp. 81–105). Glenview, IL: NAHQ.

30. Curtis, B. J., & Simpson, L. J. (1985). Auditing: A method for evaluating quality of care. *Journal of Nursing Administration, 15*, 14–21.

31. Ibid.

32. Evans, R. W., & Ruff, R. M. (1992). Outcome and value: A perspective on rehabilitation outcomes achieved in acquired brain injury. *Journal of Head Trauma Rehabilitation, 7*, 24–36.

33. McCormick, K. A. (1991). Future data needs for quality care monitoring, DRG considerations, reimbursement and outcome measurements. *Image: Journal of Nursing Scholarship, 23*, 29–32.

34. Pyrczak, F. (2003). *Making sense of statistics: A conceptual overview* (3rd ed., pp. 44–66). Los Angeles: Pyrczak Publishers.

35. Spuck, J. (1999). Using the long-term care minimum data set as a tool for CQI in nursing homes. In J. Dieneman (Ed.), *Nursing administration: Managing patient care* (2nd ed., pp. 95–105). Stamford, CT: Appleton & Lange.

36. Allio, R. (1986). Forecasting: The myth of control [Interview with Donald Michal]. *Planning Review, 1*, 6–11.

37. Coddington, D. C., & Moore, K. D. (1987). Quality of care as a business strategy. *Healthcare Forum Journal, 1*, 29–34.

REFERENCES

Allio, R. (1986). Forecasting: The myth of control [Interview with Donald Michal]. *Planning Review, 1*, 6–11.

Building and applying professional and improvement knowledge to test changes in daily work. *Joint Commission Journal on Quality Improvement*, 424–450.

Coddington, D. C., & Moore, K. D. (1987). Quality of care as a business strategy. *Healthcare Forum Journal, 1*, 29–34.

Crosby, P. B. (1984). *Quality without tears: The art of hassle-free management*. New York: McGraw-Hill.

Curtis, B. J., & Simpson, L. J. (1985). Auditing: A method for evaluating quality of care. *Journal of Nursing Administration, 15*, 14–21.

Duncan, W. J., & Van Matre, J. G. (1990). The gospel according to Deming: Is it really new? *Business Horizons, 32*, 3–9.

Evans, R. W., & Ruff, R. M. (1992). Outcome and value: A perspective on rehabilitation outcomes achieved in acquired brain injury. *Journal of Head Trauma Rehabilitation, 7*, 24–36.

Francis, A. E., & Germels, J. M. (1989). Building a better budget. *Quality Progress, 21*, 70–75.

Friesen, M., Farquhar, M., & Hughes, R. (2005). *The nurse's role in promoting a culture of patient safety*. Silver Spring, MD: Center for American Nurses.

Goldberg, A. M., & Pegels, C. C. (1984). *Quality circles in health-care facilities*. Gaithersburg, MD: Aspen.

Heinzlmeir, L. A. (1991). Under the spell of the quality gurus. *Canadian Manager*, 22–23.

Heinzlmeir, T. R. (1991). Quality can't be delegated. *Supervision*, 6–7.

Institute of Medicine. (2001). *Crossing the quality chasm: A new health system for the 21st century*. Committee on Quality of Health Care in America, Institute of Medicine. Washington, DC: National Academy Press.

Institute of Medicine. (2006). *Performance measurement: Accelerating improvement—pathways to quality health care*. Washington, DC: National Academies Press.

Johnson, S. (1985). Quality control circles: Negotiating an efficient work environment. *Nursing Management, 16*, 34A–34B, 34D–34G.

Joiner, B. L., & Gaudard, M. A. (1990). Variation, management, and W. Edwards Deming. *Quality Progress, 23*, 29–39.

Juran, J. M. (1989). Universal approach to managing for quality. *Executive Excellence*, 15–17.

Konstam, P. (1992, January 1). Making productivity grow takes work. *San Antonio Light*, p. 1E.

Linkow, P. (1989). Is your culture ready for total quality? *Quality Progress*, 69–71.

McCormick, K. A. (1991). Future data needs for quality care monitoring, DRG considerations, reimbursement and outcome measurements. *Image: Journal of Nursing Scholarship, 23*, 29–32.

Oberle, J., & Deutsch, B. J. (1991). A conversation with Philip Crosby. *Bank Marketing*, 22–27.

Pellet, J. (2007). A prescription for health care: What can be done to improve the cost and quality of medical care. *Chief Executive*, no. 230, 52–57.

Peters, T. (1991, November 12). Family gives "teams" plenty of experience. *San Antonio Light*, p. E3.

Piczak, M. W. (1988). Quality circles come home. *Quality Progress, 21*, 37–39.

Pyrczak, F. (2003). *Making sense of statistics: A conceptual overview* (3rd ed.). Los Angeles: Pyrczak Publishers.

Schaaf, D. (1991). Beating the drum for quality. *Quality*, 5–6, 8, 11–12.

Smith, T. A. (1989). Why you should put your safety system under statistical control. *Professional Safety*, 31–36.

Staskon, F. C., Kopera, A., & Wilson, R. C. (2007). Taking the IOM quality challenge: Providers can do a lot to meet the Institute of Medicine's call for improving the quality of healthcare (Institute of Medicine's quality control measures to improve the performance of healthcare services). *Behavioral Healthcare, 24*, 27–35.

Spuck, J. (1999). Using the long-term care minimum data set as a tool for CQI in nursing homes. In J. Dieneman (Ed.), *Nursing administration: Managing patient care* (2nd ed.). Stamford, CT: Appleton & Lange.

Sweitzer, S. C., & Silver, M. P. (1997). *Measurement tools for analysis. In NAHQ guide to quality management* (7th ed.). Glenview, IL: NAHQ.

Tritus, M. (1988). Deming's way. *Mechanical Engineering, 28*, 38–45.

Vasilash, G. S. (1981). Crosby says get fit for quality. *Production*, 51–52, 54.

Performance Management and Compensation

Amy Bearden   Carol Maietta

WWW **LEARNING OBJECTIVES AND ACTIVITIES**

- Outline the need to do performance appraisals.
- Define performance appraisal.
- Describe the purposes of performance appraisal.
- Differentiate among the standards for performance appraisal.
- Describe training approaches for performance management.
- Distinguish among performance appraisal methodologies.
- Describe performance appraisal problem areas.
- Distinguish among the major types of pay for performance.
- Identify the criteria used in a pay-for-performance plan.
- Discuss the design of a pay-for-performance plan.

WWW **CONCEPTS**

Performance appraisal, performance standards, job analysis, job description, job evaluation, feedback, work redesign, peer ratings, self-ratings, pay for performance, merit pay, gain sharing

SPHERES OF INFLUENCE

Unit-Based or Service-Line-Based Authority: Maintains a system of introductory and annual performance appraisals based on job descriptions as standards, bases all pay increases on a merit pay system, seeks constructive feedback regarding his or her own practice, takes action to achieve plans for improvement, and participates in peer review as appropriate. Coaches and acts as a mentor for career development of others, including ability to provide constructive and possibly difficult feedback.

Organization-Wide Authority: Partners with human resource leader to develop a system of performance appraisal that uses a combination of supervisor, peer, and self-ratings. Feedback is provided based on input from the nursing staff, if peer feedback is approved by policy. Human

> ### Quote
>
> *The test of a first-rate intelligence is the ability to hold two opposing ideas in mind at the same time and still retain the ability to function. One should, for example, be able to see that things are hopeless yet be determined to make them otherwise.*
>
> —F. Scott Fitzgerald

resource personnel use job analysis, job evaluation, and work redesign techniques to improve employee productivity through a performance management system. Employs a variety of pay-for-performance compensation plans as a part of the annual budget. Identifies industry trends and competencies in nursing administration and nursing practice. Engages in self-assessment of role accountabilities on a regular basis, identifying areas of strength as well as areas for professional and practice development. Evaluates accomplishment of the strategic plan and the vision for professional nursing.

Introduction

Employees make or break service-driven healthcare organizations; they deliver the patient care that the organization exists to provide. As feedback is obtained about the service from customers such as patients, physicians, and regulatory agencies, as well as from financial data, the organization providing the service responds by making changes in goals and direction. The organization depends on each individual employee to make changes in his or her performance in alignment with the goals of the larger system to be successful. Therefore, the performance appraisal is a feedback process in which employees' performances are evaluated against standards important to the operations of an organization. It is a form of communication and consists of a structured and formal interaction between a manager and an employee. The performance appraisal process consists of job description review and/or revision, performance standard communication, performance evaluation and rating, and/or compensation for performance, if applicable. The literature on performance appraisal is voluminous, indicating its value to management, human resources, and employees.

Considerable research has been done on various aspects of the performance appraisal process. In the guidebook, *What You Accept Is What You Teach*, Michael Henry Cohen sets standards for employee accountability. He states, "The three most important decisions you will ever make as a manager are whom you hire, whom you promote, and whom you allow to remain on your team."[1] He further identifies the expectations the nurse executive has the right to require from employees:[2]

- Competence: Every employee should strive to be excellent at what he or she does. The nurse administrator expects that nurses know their clinical scope and standards of practice as defined in the American Nurses Association's (ANA) *Nursing: Scope and Standards of Practice*, have membership in their clinical professional organization, hold professional certification in their field, and have knowledge of specific disease processes, effective pharmaceuticals, and evidence-based practice. There is the expectation of being accountable for one's professional development.
- Excellent customer service: Every employee should know and exceed customer expectations. Staff members are expected to know their patients, to include demographics and the most frequent disease process, and to have excellent communication skills of listening, teaching, and validating understanding. They should have the integrity to do what is right even when no one is looking.
- Teamwork: Staff members should exhibit behavior that is collaborative and respectful of others. There is an expectation that employees will come to work on time; avoid bickering, backbiting, or complaining; and be perceived as approachable by peers and other professionals. They should participate in decision making as part of the solution as patient care problems arise. Teamwork is the primary indicator for improving quality.
- Fiscal responsibility: All resources should be used prudently. It is expected that employees will take care of medical equipment, identifying items that need repair, remain productive, keep the work environment clean by putting away supplies, and not abuse meal or break times.

There are many other types of expectations or standards that can be used in addition to those listed here to set and measure performance: organizational values, annual and strategic priorities, and organizational and individual goals.

In turn, the nurse administrator must

- Communicate expectations: There should be a structured systematic process to communicate clear expectations and feedback of performance to the employee.
- Document communication: Written accounts of praise for performance should be provided, as well as counseling for improvement.
- Have reasonable expectations: Expectations must be in line with professional standards of practice.
- Have safe, legal and ethical expectations: Human resource policies and procedures, the organization's grievance procedure, and legal and regulatory requirements must be known and communicated.
- Have nondiscriminatory expectations: Laws that provide employee protection should be known; these are described in Chapter 8.

PERFORMANCE APPRAISAL AS A CRITICAL TASK

The performance appraisal and feedback process can be uncomfortable because it involves changing behaviors in individuals. But this is one of the most critical tools managers have. Unfortunately, some employees view performance appraisal as being more valued by top management than by themselves and their supervisors. Some managers do not like to do performance appraisal because it makes them feel guilty: "Did I do justice by the employee?" As writers of performance appraisals, nurse managers are concerned that they may "cast something in stone" that is inaccurate, be criticized on written grammar and spelling, say something illegal about the ratee, or be unable to substantiate their comments. Other managers are afraid of employees' reactions to ratings. Performance appraisal requires careful planning, information gathering, and an extensive formal interview, all of which are time consuming. Managers perform activities of short duration, attend ad-hoc meetings, perform nonroutine duties, and focus on current information, all of which are short-term activities compared with the ongoing performance appraisal process.[2] The process is usually not interactive, moves slowly, is passive, is isolated, and is not people oriented.[3]

Measurement of performance can be imprecise. Often, the focus is on the format, not the people. In some organizations, the human resource department sends the rating forms to the departments shortly before the end of the fiscal year. The forms must be completed immediately and are done with little or no training or preparation of the rater or ratee. The end result may be distrust by employees and dread by managers. Any time an associate feels that the process is rushed for any reason, it loses credibility.

Performance appraisal systems require top management commitment. As mentioned earlier, they should be tied to the planning cycle by being related to goals within the organization's strategic plan, patient outcomes, and personnel budgets. Performance appraisal systems are most helpful when managers commit to using them for purposes beneficial both to employees and to the organization.

www | Evidence-Based Practice 18-1

A survey of Fortune 1300 companies (1,000 industrial and 300 nonindustrial) indicated that 29% of hourly workers are not evaluated by a formal appraisal system; 39% of respondents indicated that where used, performance appraisal systems are "extremely effective" or "very effective." Performance appraisal systems are underappreciated.[4]

Research in performance appraisal domains has little effect on the process or the outcome. Some suggest that research and practice focus on fair and accurate performance appraisal as a process before attempting to use it to improve performance.[5]

Performance appraisal literature indicates the following results:[6]

- U.S. industry has used performance appraisal systems for over 10 years with little input from line managers, employees, and customers.
- Most formats use management by objectives for executives, managers, and professional employees. Trait-based rating scales are the norm for nonexempt employees. Behavioral-anchored rating scales (BARS), forced-choice scales, or mixed standard scales are seldom used. Executives and hourly employees are least likely to be evaluated.
- Supervisor ratings are most common. Self-, peer-, and subordinate ratings are used to gain an objective view of the employee.
- Very few organizations allow decisions about performance appraisal policies or practice to be made at the level at which they are executed, for example, peer review.
- Some raters receive rater training; however, employee training has seldom been welcomed.
- Only 25% of raters are held accountable for managing the appraisal process.
- Few employee opinions about the appraisal process are solicited.
- Managers are concerned with fairness, justice, and future performance.
- Of an organizational workforce, 60% to 70% is rated in the top two performance levels.
- A more comprehensive theory of the performance appraisal process is needed.

"Research indicates that high levels of organizational politics relate to the conscientious job performance of workers."[7]

PURPOSES OF PERFORMANCE APPRAISAL

Performance appraisal may be a nurse administrator's most valuable tool in controlling human resources and productivity. The performance appraisal process can be used effectively to govern employee behavior to produce goods and services in high volume and of high quality. Nurse executives can also use the performance appraisal process to govern corporate direction in selecting, training, career planning with personnel, and rewarding personnel. The Fortune 1300 survey indicated that 80% used appraisal systems to justify merit increases, provide feedback, and identify candidates for promotion, all of which are considered short-term goals. These goals were linked to long-term goals of performance potential for succession planning and career planning but could be much more useful in strategic planning. Of these companies, 58% used performance appraisal to identify strengths and weaknesses, whereas 39% used performance appraisal for career planning; 89% used performance appraisal for general guidelines for salary increases, whereas only 1% used performance appraisal for forced distribution of bonuses. Forced distribution sets a limit on the number of high-level ratings.[8]

In addition to being used for succession planning, promotions, counseling, training and development, staff planning, retention, termination, selections, and compensations, performance monitoring has been found to make employees effective. It is a managerial tool that can facilitate performance levels that achieve the company's mission and objectives.[9]

Appraisal systems are needed to meet legal requirements, including those for standardized forms and procedures, clear and relevant job analysis, and trained raters. When they do not meet such requirements, disciplinary actions, including termination, do not stand up in court.[10]

Motivation

A goal of performance appraisal is to stimulate motivation of the employee to perform the tasks and accomplish the mission of the organization. Promotions, assignments, selections for education, and increased pay are some goals that stimulate this motivation.

> *" It is the nature of man to rise to greatness if greatness is expected of him."*
>
> —John Steinbeck

Salary Problems

Performance evaluation can be one part of determining and providing equitable salary treatment. Jobs within groups of professionals, such as engineers, physicians, chemists, physicists, and nurses, have the same basic characteristics. Differences exist in the complexity of jobs. One could say that the job of a nurse assigned to a special care unit is more complex than is that of a nurse assigned to an intermediate care unit. Contrast this with the complexity of managing the care of an active intermediate care unit of 20 to 45 patients. The complexity of providing nursing care to many patients who have differing problems and are being treated by many physicians, in addition to directing many medical care plans and many nonprofessional workers, appears to be equivalent to the complexity of intensive nursing care. In fact, some nurses want to be assigned to special care units not because of the dynamics of the situation but because their sphere of operations is limited. Is a nurse in one of these units entitled to a higher salary than a nurse in the other? The job analysts say yes, if special training is required, complicated specialized equipment is being used, and the nurse is required to make more independent and critical judgments.

The jobs of all professionals can be evaluated using conventional performance appraisal techniques. However, arguments abound regarding the relationship of performance appraisals to salaries and promotion. Some writers recommend not performing performance appraisals in close proximity of salary increases and promotions.[11] According to a survey of 875 companies, 32% experimented with some form of performance-based pay.[12] Kirkpatrick recommends separating appraisals for merit salary increases from appraisals for performance improvement. Appraisals used for merit salary increases look backward at past performance, look at total performance, compare one individual with others doing the same job, are subjective, and are done in an emotional climate. Appraisals used to improve performance look ahead; are concerned with detailed performance; are compared with what is expected regarding standards, goals, and objectives; and are conducted in a calm climate.[13]

For performance reviews related to salary administration, nurse managers should explain to associates the basis of decisions. The reviews should be fair and should be completely understood by the managers. Most HR policies allow for employees to have the opportunity to discuss reviews with next-level management if needed. When a salary increase results, the nurse manager communicates the good news to the employee. Three months should elapse between appraisals for salary administration and those for improved performance.[14]

Expectancy theory states that "the greater a person's expectancy (i.e., subjective probability) that effort expenditure will lead to various rewards, the greater the person's motivation to work hard."[15] Rewards of high value should be obtainable and related to job performance. Employees repeat rewarded behavior and will be retained, thus maintaining productivity. Research indicates that productivity increased from 29% to 63% with output-based pay plans versus time-based pay plans. Individual incentive plans are better than group incentive plans.[16]

Adequate pay is one of the most powerful motivators of performance, and people will not work without it. Other financial incentives, such as shift differentials, education pay, and certification pay, are positive motivators. Research reveals that productivity actually drops with time-based rewards and hourly wages. Additionally, rewards should be related to job performance. The results can be seen by correlating rewards across individual performance. There should be substantial differences in the rewards.[16]

Kopelman suggests a mixed-consequence system: rewards for good performance and deductions for poor performance. The latter requires coaching, training, counseling, reassigning, or terminating. Important job responsibilities and behaviors deserving of high rewards can be determined from job analysis and should be related to difficult performance standards or goals.[17]

The Xerox Experience

Before 1983 Xerox had a traditional appraisal system, tying merit pay increases to performance rating. Employees were dissatisfied with the lack of an equitable rating distribution. Of employees, 95% were at level three or four in a four-level rating system. Forced distribution was used to control the numbers of employees above or below a specific level. There were no planned objectives, and the focus was on the summary rating. A task force was used to develop a performance feedback and development process with the following characteristics:[18]

1. Objectives were set between manager and employee.
2. The evaluation was documented and approved by a second-level manager.
3. An appraisal review was held at the end of 6 months, with review and discussion of objectives and progress. Both manager and employee signed the written report.
4. A final review was held at 1 year.
5. The process emphasized performance feedback and improvements.
6. A merit increase discussion was held 1 to 2 months later.
7. There was agreement on personal goals related to communications, planning, time management, human relations, and professional goals (specialty and job).
8. There were financial and human resource management objectives.
9. Managers were trained in the process.

Regular surveys of the Xerox system indicated that 81% of employees understood their work group objectives better, 84% considered the appraisals to be fair, 72% understood how merit pay was determined, 70% met personal and professional objectives, and 77% favored the system.

Other Purposes

An effective appraisal generates understanding and commitment, leading to productivity. Career development, succession planning, and performance appraisal support each other if they share objectives, recognition, concern, and communication. Usually, nurse managers take charge of performance appraisal and nurses take charge of career development. They can come together for mutual benefits.

Talent development can be a mutual goal and benefit of the two programs. Performance input supports future options and paths for growth and development of employees.[19] Accreditation and professional standards may require or suggest the use of performance evaluation.

Performance appraisals can also be used to confirm hiring decisions, particularly when new employees have an introductory period before becoming permanent. This period is crucial because employees can be terminated without the extended termination process. The premise is that new employees are performing at their best in essential qualities of attitude and work ethic in this introductory period. Effective nurse managers use this period to counsel and coach the employee to perform effectively or terminate the relationship if performance is unsatisfactory. The performance appraisal documents the process.

Performance appraisal has multiple purposes. Management should determine purposes that fit organizational needs.[20] Perhaps the ultimate purpose of performance appraisal is to measure accountability and improve practice standards. Performance appraisal systems can promote professionalism and a professional practice model. In nursing, the delivery of care is a major area to be evaluated. Evaluation addresses strengths and weaknesses, new or altered policies, and the need for more knowledge. Feedback increases self-awareness and professionalism.[21]

DEVELOPING AND USING STANDARDS

Performance Standards

Performance standards are derived from job analysis, job descriptions, job evaluation, and other documents detailing the qualitative and quantitative aspects of jobs. Performance standards are established by authority, which may be the agency in which they are used or a professional association, such as the American Nurses Association (ANA). They are measuring sticks for qualitative and quantitative evaluation of the individual's performance. These standards should be based on appropriate knowledge, and they should be practical enough to be attained. Like other documents, they must be kept up to date.

Job or performance standards for the nurse executives and nurse manager may be developed using the ANA *Scope and Standards for Nurse Administrators*. Performance standards for a job are written and used to measure the performance of the individual filling the job. Employees should know these standards are being used and know what they are. They may be asked to bring copies of the standards to their supervisor for scheduled counseling. Employees also may be asked to list their accomplishments in relation to the standards. Doing so makes performance counseling less threatening and allows employees to recognize and discuss their accomplishments. Employees may be guided to recognize areas in which their performance falls short and may be encouraged to voice goals for improvement in these areas. This method of using performance standards has been found to be effective.

The ANA Congress for Nursing Practice developed and published standards of practice in several specialty areas. The ANA *Standards of Clinical Nursing Practice* can be used in the development of performance standards. **Figure 18-1** is an example of performance standards for a clinical nurse. The nurse manager evaluates nursing productivity with standards that measure nursing performance. Standards are based on history or past experience and "gut-level appraisal by the person in charge."[22] They include establishment of criteria, planning goals, and physical or quantitative measurements of products, units of service, labor hours, speed, and the like.[23]

A standard is "a unit of measurement that can serve as a reference point for evaluating results."[24] In collaboration with clinical nurses, nurse managers develop the units of measurement as both process (intervention) and outcome criteria. Accuracy and fairness of performance appraisal come from having an objective, standards-oriented performance appraisal plan. The plan should have objectively defined task standards that can be measured in terms of output and observable behavioral change. These performance standards should relate to both quantity and quality—that is, the who, how, when, where, and what of the work. They include production standards.[25]

Performance evaluation includes standards for experience, complexities of the job, level of trust, and understanding of work and mission.[26] Friedman recommends developing job standards based on four to eight core responsibilities. For nurse managers, these core responsibilities could be in the major management functions of planning, organizing, directing (leading), and controlling (evaluating). They could also be related to the roles of clinician, teacher, administrator, consultant, and researcher. Finally, these core responsibilities could be related to self-development. Desired behaviors, outputs, or results

FIGURE 18-1 Performance Standards—Clinical Nurse

Performance Standards

1. Type of work: Nursing care of patients
   Major duty: Performs the primary functions of a professional nurse (50% of working hours).
   a. Obtains nursing histories on all newly admitted patients.
   b. Reviews nursing histories of all transfer patients.
   c. Uses nursing histories to make nursing diagnoses determining patients' needs and problems. Using this information:
      i. Initiates a nursing care plan for each patient.
      ii. Lists goal(s) for each nursing need or problem.
      iii. Writes nursing prescription or orders for each patient to meet each need or problem and goal.
      iv. Applies the plan of care, giving evidence of knowledge of scientific and legal principles.
      v. Executes physicians' orders.

2. Type of work: Management of nursing personnel
   Major duty: Plans nursing care of patients on a daily basis (14% of working hours).
   a. Rates each patient according to number and complexity of needs and goals.
   b. Knows abilities of each team member.
   c. Makes a daily assignment for each team member.
   d. Discusses assignment with each team member at the beginning of each shift.
      i. Participates in a patient hand off report with team members.
      ii. Sees that team members review physicians' orders and nursing care plans.
      iii. Answers questions arising from these activities.
   e. Confers with charge nurse and unit clerk periodically to ascertain whether there are any new orders.
   f. Plans for a team conference or huddle at a specific time and place and tells team members.
   g. Incorporates division and unit philosophy and objectives into team activities.
   h. Assists with assignment of LPN and RN students, including them as active team members according to their backgrounds and learning needs.

3. Type of work: Management of nursing personnel
   Major duty: Supervises team activities (10% of working hours).
   a. Makes frequent rounds to assist team members with care of patients. At the same time, talks to and observes patients to determine:
      i. New needs or problems.
      ii. Progress. Confirms these observations with patient if possible.
   b. Conducts 15- to 20-minute team conference using a specific agenda that has been made known to team members at previous day's conference.
      i. Involves all team members.
      ii. Solicits comments on new problems or special problems of patients and updates selected nursing care plans as needed.
      iii. Assigns roles for next day's team conference.
   c. Writes nursing progress notes and updates remaining nursing care plans.
      i. Assists technicians with writing notes as needed for training. Otherwise reads and countersigns their notes. Writes own notes.
      ii. Updates those nursing care plans not done at team conference. Recognizes this is a professional nurse's responsibility.
      iii. Reads notes of LPNs and RNs.
   d. Communicates nursing service and hospital policies to team members on a daily basis through referral to information such as daily bulletins, minutes of meetings, and changes in regulations.

FIGURE 18-1   Performance Standards—Clinical Nurse (Continued)

4. Type of work: Management of equipment and supplies
   Major duty: Identifies needs; plans and submits requests for new and replacement equipment and supplies to charge nurse (1% of working hours).
   a. While working with team members, identifies malfunctioning equipment and supply shortages and reports same to charge nurse and unit clerk on a daily basis.
   b. Submits requests for new equipment and supplies to charge nurse on a quarterly basis.

5. Type of work: Training
   Major duty: Identifies training needs of team members and plans activities to meet needs (5% of working hours).
   a. Identifies specific training needs of individual team members through daily observation of their performance and interviews.
   b. Evaluates performance through use of performance standards. Makes these standards known to each team member, and holds each responsible for meeting standards.
   c. Plans counseling and guidance of each team member on an individual basis and at least quarterly.
   d. Plans and conducts unit in-service education programs at least monthly. Involves team members.
   e. Recommends team members for seminars, short courses, college programs, and correspondence courses.
   f. Thoroughly orients all new team members. Conducts skill inventory during initial interview and plans on-the-job training for those needed skills in which team member is not proficient.
   g. Annually submits budget requests for training materials and programs to charge nurse.
   h. Makes reading assignments and allows time for team members to use library resources.

6. Type of work: Planning patient care
   Major duty: Coordinates nursing resources essential to meeting each patient's total needs and goals (5% of working hours).
   a. Consults with patients' physicians daily.
   b. Requests consultations of clinical nurse specialists. This may include clinical nurse specialists in pediatrics, mental health, medical/surgical, radiology, public health, and rehabilitation.
   c. Consults with other personnel as needed, including chaplain, social worker, recreation worker, occupational therapist, physical therapist, pharmacist, and inhalation therapist. Coordinates with physicians and charge nurse as needed.
   d. Supports philosophy of having unit clerks assume nonnursing activities by assisting with their training as needed on a daily basis to help them become proficient in their duties.
   e. Aggressively pursues having unit clerks do administrative tasks and nursing team members perform the primary functions of nursing. The latter most commonly occurs at patients' bedsides.

7. Type of work: Teaching patients
   Major duty: Teaches patients to care for themselves after discharge from the hospital (5% of working hours).
   a. Plans teaching as a major rehabilitation goal for each newly admitted patient. Includes it as part of nursing assessment and enters it on the nursing care plan.
   b. Reviews and updates teaching plans daily.
   c. Involves resource people in teaching program.
   d. Refers cases to home health nurse for followup.
   e. Makes followup appointments for assessment of progress toward nursing goals with a clinical nurse.
   f. Involves families in teaching as indicated.

FIGURE 18-1   Performance Standards—Clinical Nurse (Continued)

8. Type of work: Evaluation of care process
   Major duty: Conducts audits of nursing care (3% of working hours).
   a. Audits nursing records on a daily basis.
   b. Performs bedside audit on a weekly basis.
   c. Audits closed charts of discharged patients monthly.
   d. Reviews patient satisfaction results.
   e. Discusses results of all audits with team members as a group and on an individual basis.

9. Type of work: Personnel administration
   Major duty: Rates performances of team members (2% of working hours).
   a. Writes performance reports.
   b. Discusses reports with individuals to learn their personal goals.

10. Type of work: Self-development
    Major duty: Pursues a program of continuing education activities (5% of working hours).
    a. Sets own goals for self-development, including specialty certification, educational goals for short courses, conventions, workshops, college courses, and management courses.
    b. Participates in division and departmental in-service education programs.
    c. Participates in nursing service committee activities.
    d. Participates in research projects.
    e. Participates as a citizen in the community through involvement in professional organizations and service projects.
    f. Assumes responsibility for knowledge of, progress in, and utilization of community resources such as:
       i. Health groups
       ii. Civic groups
       iii. General education groups
       iv. Nursing recruitment
       v. Others

Source: Author.

---

under each core responsibility are then developed as performance objectives. Objectives are related to or combined with behaviors as standards for performance evaluation.[28] Job analysis, job descriptions, and job evaluations are important sources of standards for performance evaluation.[29]

> *"Standards include the dimensions of evidence-based nursing practice, measurable outcomes, and accountability."*[27]

JOB ANALYSIS

Edwards and Sproull list objective performance dimensions developed by management and employees as a necessity for effective performance appraisal. These performance dimensions are developed from job analysis. "Performance criteria should be: (1) measurable through observation of behaviors of the job, (2) clearly defined, and (3) job-related." Nurse managers and nursing employees should agree on the meaning and priority of each measurement. These standards do not need to be quantifiable but must be keyed to observable behavior:[30]

Observable behavior → Job analysis → Job standards

Basing performance appraisal on job analysis makes it more relevant and establishes content validity.[29] Job analysis systematically gathers information about a particular job. It "identifies, specifies, organizes, and displays the duties, tasks, and responsibilities actually performed by the incumbent in a given job."[32] Job analysis begins with identification of the domain of content to be measured. The domain of content may be stated in terms of the tasks to be performed, the knowledge base required, the skills or abilities needed for the work, or personal characteristics deemed necessary.[31]

Job analysis reveals overlap among jobs so they can be modified. It can be used to improve efficiency and proficiency by identifying skills certification, altering staffing levels, reassigning staff, selecting new employees, altering management, establishing training objectives and standards, developing career ladders, and improving job satisfaction.[34] A procedure for doing job analysis is as follows:[35]

1. Name the job specifically, for example, nurse manager–oncology.
2. Go to the workplace, identify the target nurses working in the job family, and talk to them. Ask these questions:
   a. What are the characteristics of a good nurse manager?
   b. What are the characteristics of a poor nurse manager?
   c. How does a good nurse manager differ from a poor nurse manager?
   d. How does a good nurse manager perform tasks better than others?
   e. What are examples of effective performance by a nurse manager?
   f. Why is this nurse manager effective?
   g. What are examples of ineffective performance by a nurse manager?
   h. Why is this nurse manager ineffective?
   i. Describe a nurse manager who performs the job better than anyone else. Why?
   j. Which job skills would you look for if you had to hire someone to be a nurse manager? Why?
   k. Describe the prior training or experience needed to effectively perform as a nurse manager. Why is this so?
3. Have the job incumbents list all duties, tasks, and responsibilities, or DTRs, that they perform. Cover a specific time period.
4. List on index cards all DTRs that the job incumbents perform. Do this by observation for a specific time period that coincides with the period covered in item 3. DTRs can be listed one to each index card.
5. Compare the two lists, and aim for a consensus between job incumbents' lists and yours.
6. State the duties, tasks, and responsibilities in specific, clear, behavioral terms.
7. Determine the four to eight categories of job tasks to be used, such as managerial, direct care, maintenance, and interpersonal.
8. Classify each DTR into the four to eight core job categories.
9. List the DTRs by priority, and use consensus to improve efficiency.
10. Evaluate DTRs for specificity, indicating how and when they will be performed.
11. Review DTRs with the team, eliminating those with low priority. Rewrite items as needed, making each a unique job skill stated in understandable language.
12. Set standards of performance, including the percentage of time each is to be done.
13. List constraints: educational, experiential, physical, and emotional.
14. Write a summary of the unique facets of the job.
15. Prepare a job analysis questionnaire and administer it to all personnel with the same job title.

Research on job analysis information has shown no significant differences between effective and ineffective retail store managers. Research also has shown no significant differences among police officers between high performers' perceptions of the demands of their jobs compared with low performers' perceptions. This is because job analysis is not designed to monitor performance. Because these research studies are few and inconclusive in relation to the literature on the subject, nursing researchers should do research in these areas. The described method of developing a master inventory of knowledge, skills, and abilities could be used to develop job analysis for other jobs.[34]

> *"Oryx, a Dallas-based oil and gas company, used teams to eliminate 25% of internal reports and reduced signatures for capital expenditures from 20 to 4. It reduced the annual budget time from 7 months to 6 weeks and saved $70 million in operating costs in 1 year."*[34]

Recent downsizing and demassing of organizations have caused managers to plan and restructure the work of remaining employees. This includes eliminating, simplifying, and combining steps, tasks, or jobs to make work easier and more enjoyable. One goal is to reduce stress by eliminating unneeded rules, procedures, reviews, reports, and approvals. Another goal is to redesign physical work by analyzing jobs using the overall process described by Denton: Observe and understand the current decision-making process; use a flow chart to document decisions; evaluate each decision-making step, both current and proposed; implement the change; and evaluate the results after a reasonable time has passed. Money is saved by eliminating ineffective bureaucracy. Sometimes money is saved by adding employees and slowing the production process to improve quality.[37]

Motorola uses these six steps to achieve statistical process control:[36]

1. What do I do?
2. For whom do I work?
3. What do I need to do my work better?
4. How can I specifically design my work?
5. How can I do my work better?
6. Do benchmarking: Measure, analyze, and control the improvement process.

> *"Job analysis is used to establish board certification in nursing specialties, ergonomic criteria for shift workers, licensure examination for registered nurses (NCLEX-RN), job descriptions for nurse editors, compensation systems, redesigns for effective and efficient systems of care, and interviewing techniques for hiring the right applicants."*[37]

Job analysis leads to a job description of the work expected by the institution, which can be used for performance appraisal. Remember, partner with your organizational HR experts (usually in the compensation area) to get assistance with job analysis.

JOB DESCRIPTION

A job description should include the job's functions and obligations and specify the person to whom the employee is responsible. It is a written report outlining duties, responsibilities, and conditions of the work assignment.[40] It is a description of a job, not of a person who happens to hold that job. Most formats for job descriptions include a job title and statements of basic functions (one sentence), scope, duties, responsibilities (areas in which achievements are measured), organizational relationships (for communication), limits of authority, and criteria for performance evaluation. Job descriptions should be one to two pages long.[39]

Use of Job Descriptions

Job descriptions are used for many purposes, including the following:

- Establishing a rational basis for the salary structure
- Clarifying relationships among jobs
- Helping analyze employees' duties
- Defining the organizational structure and support
- Reassigning and fixing functions and responsibilities in the entire agency
- Evaluating job performance
- Orienting new employees
- Assisting with hiring and placement
- Establishing lines of promotion
- Identifying potential training needs
- Critically reviewing the existing work practices within the agency
- Maintaining continuity of all operations
- Improving the work flow
- Providing data about proper channels of communication
- Developing job specifications
- Serving as a basis for planning staffing levels

Many changes in the dynamic environment of a healthcare agency (such as changes in personnel, departmental or agency objectives, budget, and technology) create the need for periodic review and revision of job descriptions by managers and HR professionals. Time should not be wasted preparing job descriptions that will not be put to use. Job descriptions should be available to all personnel so they know the dimensions of their jobs, who in the agency can help them in their work, how their performances will be evaluated, and the opportunities for advancement. To make the data more useful, numerical values may be assigned to the important elements of the specific duties, as in Figure 18-1.

> *"Role development of nurse specialists is defined in evolving job descriptions of practice from novice to expert. This role development is being shaped by healthcare policy, particularly that related to managed care; available resources; increased job complexity; and relationships between job satisfaction and organizational climate. The new career models are founded on self-responsibility, entrepreneurial aptitude, vision, and personal empowerment. The case manager nurse of the 21st century is forward thinking, flexible, and solution oriented."[40]*

To avoid bias, data for job descriptions should be gathered from several sources. Data may be collected by interviewing the job incumbent, having an incumbent keep a log of duties performed during a specific time period, observing the person, and having the person fill out a questionnaire (job analysis).

The person preparing the job descriptions should determine how they will be used so the needed information is included. It is probably best to introduce job descriptions during a time of favorable economic outlook, when this action is less threatening to employees. Job descriptions should be introduced to the staff registered nurses first. Managers may fear increased workloads and grievances. It is important to consult with all employees and allow them to discuss, comment on, and recommend changes in the job descriptions for positions. Doing so makes development of job descriptions a co-operative venture, leading to consensus, effective management, and effective performance appraisal. Language used in the job descriptions should be simple and understandable.

> *"Because job descriptions are guides, rigid application of them can result in negative behavior."*

Job descriptions should define minimum standards for effective job performance and employment and should not be too detailed. The catch-all phrase "performs other duties as directed" is evasive and should not be put in a job description. A format is needed for quality and thoroughness of job descriptions. Kennedy recommends the following 11 elements:[43]

1. Header: job title, name and location of incumbent, immediate superiors
2. Principal purpose or summary; overall contribution of incumbent
3. Principal responsibilities, including percentage of time spent on each
4. Job skills: knowledge, skills, and education
5. Dimension or scope: quantifies areas such as the budget, size of reporting organizations, and impact on the bottom line
6. Organizational chart
7. Problem-solving examples
8. Environment
9. Key contacts
10. References guiding the incumbent's actions
11. Supervision given and received

Job descriptions can be written to comply with some legal, regulatory, and accrediting requirements and used to:[42]

- Meet the licensing laws of the state, rules of accrediting agencies, and Medicare and Medicaid regulations
- Determine job ratings and classifications
- Determine whether jobs are exempt or nonexempt
- Recruit, select, evaluate, and retain employees

Figure 18-2 presents a job description for a bedside nurse in a U.S. hospital around 1887. **Figure 18-3** is a current job description for a generalized clinical nurse.

PERFORMANCE APPRAISAL AND JOB DESCRIPTIONS

In *Thriving on Chaos* Peters has a low opinion of job descriptions.[45] "Performance appraisal should be ongoing, based on a simple, written 'contract' between the person being appraised and his or her boss. Limit objectives to no more than three per period (quarter, year). Eliminate job descriptions." Of course, this is easier said than done in the highly regulated world of healthcare and employment law. The most important part of what Peters says is that they should be ongoing and simple.

Performance appraisal, the setting of objectives, and job descriptions are control devices. As such, Peters claims, they are increasingly bureaucratic, run by "experts," and out of touch with the world of human relations, because they promote stability at the expense of flexibility. Most job descriptions are not read or followed by successful workers. The alternative is coaching and teaching values.[46] Using

FIGURE 18-2   1887 Job Description

In its publication, *Bright Corridor*, Cleveland's Lutheran Hospital published this job description for a bedside nurse in a U.S. hospital in 1887.

In addition to caring for your fifty patients, each bedside nurse will follow these regulations:

1. Daily sweep and mop the floors of your ward; dust the patient's furniture and window sills.

2. Maintain an even temperature in your ward by bringing in a scuttle of coal for the day's business.

3. Light is important to observe the patient's condition. Therefore, each day fill kerosene lamps, clean chimneys, and trim wicks. Wash the windows once a week.

4. The nurse's notes are important in aiding the physician's work. Make your pens carefully; you may whittle nibs to your individual tastes.

5. Each nurse on day duty will report every day at 7:00 A.M. and leave at 8:00 P.M., except on the Sabbath, on which day you will be off from 12:00 noon to 2:00 P.M.

6. Graduate nurses in good standing with the director of nursing will be given an evening off each week for courting purposes, or two a week if you go regularly to church.

7. Each nurse should lay aside from each payday a goodly sum of [her] earnings for her benefits during her declining years, so that she will not become a burden. For example, if you earn $30 a month you should set aside $15.

8. Any nurse who smokes, uses liquor in any form, gets her hair done at a beauty shop, or frequents dance halls will give the director of nurses good reason to suspect her worth, intentions, and integrity.

9. The nurse who performs her labors, serves her patients and doctors faithfully and without fault for a period of 5 years will be given an increase by the hospital administration of $.05 a day, providing there are no hospital debts that are outstanding.

Source: Author.

performance appraisal as ways to enhance the work experience rather than "boxing" it in can facilitate productivity and joy in the workplace. Knowing the standards can provide a degree of comfort and security and thus be a useful tool rather than a control mechanism.

Job Evaluation

Job evaluation is a process used to measure exact amounts of base elements found in a job. Laws require men and women to be paid equally for equal work requiring equal skill, knowledge, effort, and responsibility under similar working conditions. This factor is important in the fight to achieve pay equity for women and hence for nurses.[47]

Job evaluation rates jobs within a given agency. Although several job evaluation systems exist, The Hay Job Evaluation System is the best known. It was developed in 1951 by the Hay Group, a Philadelphia-based consulting firm, to approve managerial, technical, and professional positions.[46] The Hay System attempts to measure exact amounts of base elements found in all jobs, including know-how, problem solving, and accountability. Know-how includes practical procedures, specialized techniques, scientific disciplines, managerial knowledge, and human relations skills. Problem solving includes the thinking challenge created by the environment. Accountability includes freedom to act, input of the job on the corporation, and the magnitude of the job. Observations of use of the Hay System indicate that

FIGURE 18-3   Position Description

Title: Generalized Clinical Nurse (GCN)

General Description. The GCN is a professional nurse with academic preparation at the BSN level or above who provides expert nursing care based on scientific principles; delivers direct patient care and serves as a consultant or technical advisor in the area of health professions; and serves as a role model in the leadership, management, and delivery of quality nursing care by integrating the role components of clinician, administrator, teacher, consultant, and researcher.

Qualifications

1. Educational
   a. Graduation from an accredited school of nursing.
   b. Bachelor of Science in Nursing degree required.

2. Personal and professional
   a. Current state professional nursing license.
   b. Knowledge of and experience in preventive care (screening and teaching).
   c. Demonstrated knowledge and competence in nursing, communication, and leadership skills.
   d. Ability to analyze situations, recognize problems, search for pertinent facts, and make appropriate decisions.
   e. Ability to coordinate orientation and continuing education of clinic staff utilizing appropriate teaching strategies.
   f. Ability to apply principles of change, organizational theory, and decision making.
   g. Membership and participation in professional organizations desirable.
   h. Recognition of civic responsibilities of nursing.
   i. Ability to communicate effectively both in writing and verbally.
   j. Evidence of professional manner and conduct.
   k. Optimum physical and emotional health.

Organizational Relationships. The GCN is administratively responsible and accountable to the nurse administrator. He or she is responsible for assessing, teaching, coordinating, providing appropriate care, and making referrals when necessary.

Activities

1. Clinician
   a. Give direct patient care in selected patient situations and serve as a behavioral model for excellence in practice.
   b. Assist the nursing personnel in assessing individual patient needs and formulation of a plan of nursing care; write nursing orders, when appropriate, for implementation of nursing plan; assist the nursing personnel in documenting the effectiveness of the individualized care.
   c. Set, evaluate, and reevaluate standards of nursing practice; communicate these standards to the nursing personnel; change standards as necessary.
   d. Evaluate nursing care given to patients within the clinical area (assessing and teaching); when appropriate, make recommendations for improvement of that care.
   e. Function as a change agent; identify the barriers to more comprehensive healthcare delivery, modify behavior, and introduce new approaches to patient care.
   f. Collaborate with other healthcare providers and make appropriate referrals when necessary.

2. Teacher
   a. Provide an atmosphere conducive to learning.
   b. Teach appropriate preventive measures to clients.
   c. Direct the orientation of new staff and student nurses to ease their role transition and improve their skills, attitudes, and practices.

FIGURE 18-3   Position Description (Continued)

    d. Consider the needs of the adult learners (nursing personnel) as well as the clinicians' knowledge and expertise when planning continuing education to the clinical practice.
    e. Initiate or assist with the planning, presenting, and evaluating continuing education programs for clinic staff.
    f. Guide and assist staff and nursing students as they assume the responsibility of patient teaching.

3. Administrator
    a. Function as a change agent and appraise leadership, communication, and change processes in the organization and assist with direct strategies for change as necessary.
    b. Work collaboratively with hospital personnel and other healthcare providers in planning care and making referrals.
    c. Make recommendations relative to improving patient care and staff and student requirements to the appropriate administrative personnel.
    d. Support and interpret the clinical policies and procedures.

4. Self-Development
    a. Assume responsibility for identifying own educational needs and upgrade deficit areas through independent study, seminar attendance, or requesting staff development programs.
    b. Evaluate own nursing practice and instruction of others and the effect these have on the quality of patient care.

5. Consultant
    a. Conduct informal conferences with nursing personnel concerning patient care of specific health problems, the problem patient, or other pertinent problems related to nursing as suggested by the staff.
    b. Assist personnel to develop awareness of community agencies/resources available in planning patient care.
    c. Serve as a resource person to patients and their families.

6. Researcher
    a. Determine research problems related to preventive care, nursing clinics, and so on.
    b. Conduct research studies to upgrade independent nursing practice.
    c. Demonstrate knowledge of the current research applicable to the clinical area, and apply this knowledge in nursing care when appropriate.
    d. Research clinical nursing problems through the development and testing of relevant theories, evaluation, and implementation of research findings for nursing practice.
    e. Promote interest in reading and reviewing of current publications dealing with the delivery of preventive care to ambulatory patients.

Source: Author.

the percentage of specialized know-how decreases with high-level positions, making problem solving and accountability the real payoff factors.[47]

Work Classification

Helton reports a system for work classification to improve white-collar work. The system includes four categories: specialist, professional, support, and clerical. Professional and specialist jobs involve a significant amount of cognitive effort, are not routine, and are challenging. Criteria used to classify white-collar work are work range, work structure, control, and cognitive effort. Applied to nursing, the nurse with a master's degree is a specialist; the nurse with a baccalaureate degree a professional; the nurse with a diploma, an associate degree, or a licensed practical nurse a support person; and aides and clerks equivalent to clerical workers. It would be economical to develop or integrate aides and clerks into one job classification.[50]

> *"Some people believe that autonomy and bureaucracy are incompatible; however, bureaucratic activities that support professional nurses' autonomy are desirable."*

Job redesign uses job enlargement and job enrichment. Job enlargement uses horizontal loading to add tasks of equal difficulty and responsibility to jobs. Job enrichment uses vertical loading to add tasks that increase the difficulty and responsibility of jobs. Job enlargement and job enrichment have beneficial results, including increased productivity. In 32 experiments involving job redesign, 30 indicated impact; the median increase in productivity was 6.4%. Employee satisfaction increased in 20 cases and was tied to more pay for increased work, less supervision, and more worker autonomy.

To make job redesign effective, nurse managers need to make accurate diagnosis and real job changes. They need to address technological and personnel system constraints, support autonomy, have a bureaucratic climate, have union cooperation and top management and supervising management support, have individuals ready to fill the jobs, and have contextual satisfaction with pay, supervision, promotion opportunities, and coworkers.[51]

Work Redesign

Work redesign needs to encompass the entire nursing care system. Work redesign should incorporate cultural issues, management structure, practice patterns, task and operating system alignment, and commitment to continuous quality improvement. Work redesign is serious work.[50] A hostile internal culture fostering competition depresses performance because players tend to attempt to beat rivals rather than perform tasks well. The weaker party may give up, whereas the stronger one feels dangerously invincible. Friendly competition is replaced by mistrust, suspicion, and scorn. Change this type of environment to one of cooperation and higher performance. Outside competition can stimulate employees.[51]

Other suggestions for work redesign include the following:[54]

- Define the existing culture; identify the desired culture. Identify gaps and plan to close them in a manner consistent with the vision and strategies of the healthcare system.
- Change structures to those that facilitate autonomy, multidisciplinary teams, new work designs, and participation in reward and risk.
- Change unwanted patient outcomes by identifying and changing practices and processes that create them.
- Because treatment design drives work redesign, gather and analyze data about treatment types and number.
- Redesign operating policies, systems, and jobs. Assess all of them using teams of practitioners who decide which to eliminate, modify, or add. Assess everything.
- Create a customer–supplier model of quality improvement to provide quality and quantity of products and services that customers want. Consider all these as management work.

Training

Nurse managers should be educated to do effective performance appraisals that maintain employee productivity. Training entails coverage of subjects such as motivational environment, appropriate job assignment, proper supervision, establishing job expectancies, appropriate job training, interpersonal relationships, providing feedback, interviewing, coaching, counseling, and performance appraisal methods. Performance-based appraisal systems consider how the employee actually performs in his or her role, taking into account the degree of interdependency and collaboration in the role.

Training raters makes performance appraisal work. The goal of such training is improved productivity. A training program can give nurse managers a conceptual understanding of performance appraisal as a management system for transmitting, reinforcing, and rewarding the behaviors desired by the organization. Raters need to know how performance appraisals will be used. Research indicates that raters have been found to vary ratings depending on their use. Refresher training is recommended after 1 year. Performance appraisal training can be conducted with other management development programs.[53]

An effective appraisal system has an objective, reliable method to evaluate whether raters are qualified. Training of raters should focus on specific evaluating errors. Research indicates that rater training decreases accuracy because the raters become more sensitive to typical rating error and change their responses, thus creating new errors. Training programs should be designed to increase awareness of this fact and correct for it. Raters are trained to capture all components of an individual's contribution to the organization, including qualitative behavior. Not all behavior reduces to quantitatively measurable performance.[54]

Training based on feedback is specific. Train the raters in behavior observation, documentation of critical performance incidents that support the consensus of a team evaluation, sensitivity to employees in legally protected categories, and performance criteria.[55]

Feedback

An analysis of 69 articles reporting 126 experiments in which feedback was applied indicated that feedback with goal setting, behavioral consequences, or both was much more consistently effective than was feedback alone. Daily and weekly feedback produced more consistent effects than did monthly feedback. Also, feedback accompanied by money or benefits of food and gasoline produced improvements in behavior more often than did praise. Graphs were used to illustrate feedback results, demonstrating the highest proportion of consistent effects. The conclusion is that feedback graphically presented at least weekly along with tangible rewards yields effective work performance.[58]

Training includes providing specific feedback to raters on timeliness, completeness, rating errors, and quality and consistency of ratings. Training methods include case studies, role plays, behavioral modeling, discussion, and writing exercises that evaluate actual appraisals, relating them to job descriptions.[57]

Feedback closes the loops by tying together the appraisal process. Feedback informs the ratee of achievements compared with expectations. It must be timely, constructive, and objective, and it must ensure that the ratee knows and can respond. The goal is to have good results continue by eliminating frustrations, which lead to lowering of goals and performance.[58]

Rater feedback from team evaluation consensus (TEC) addresses systematic inconsistencies, including unlawful bias. Correction by feedback creates improved accuracy of the system, improved morale, increased worth, and increased productivity. TEC identifies inaccurate raters for directed training or elimination as raters.[59] Feedback can be provided through coaching, counseling, and interviewing.

Coaching

The appraisal rater is a leader and a coach. Coaching for job performance is similar to coaching for athletic performance. As a coach, the rater does continuous reinforcement of tasks done well and helps with other tasks. In addition, the rater uses knowledge of adult education to train the employees to accomplish assigned work, does two-way communication, and has the necessary resources to do the job.

Coaching can include observing and listening for examples of work, good or bad. The rater coach praises the good and helps improve the bad with a joint action plan. Coaching makes performance evaluation useful.[60] Coaching is a yearlong evaluation and discussion of performance, which eliminates surprises. Progress discussions can be brief, regular, frank, open, and factual and can include the employee's viewpoint. The rater does not try to achieve truth but tries to discuss perceptions. The coach also removes obstacles to satisfactory performance. If the consequences are not working to improve unsatisfactory performance, the coach changes them. The ultimate step is to transfer or terminate the employee.[61]

Progressive discipline protects the employer from unwarranted liability resulting from discrimination charges and lawsuits, but it fails to bring about behavioral change in employees to make them fully functioning, committed team members. Employees already perceive performance appraisal to be evaluative and judgmental, not developmental. Progressive discipline combined with performance evaluation results in compliant employees. Effective leaders are coaches who gain commitment from employees. Today's employees will put forth effort if stimulated, challenged, and recognized for their efforts. They do not want to be managed; therefore managers must manage, lead, and coach.

Coaching can reduce discipline. The nurse manager as coach is available to observe behavior, provide feedback, and encourage employees to do their best. Coaching is done on a regular basis and is nonjudgmental. Employees believe the coach manager is supporting them to do better, to be successful, and to excel.

The following are some actions of an effective coach manager:[62]

- Listens
- Views the employee as a person
- Cares about the employee and helps with personal problems
- Sets a good example
- Stretches the employee
- Encourages the employee
- Helps get the work done
- Keeps the employee informed
- Praises the employee for a job well done, and provides criticism in a forthright manner

An employee who can do the job effectively may not need coaching. Coaching is personal. It is a process that involves time, interviews, observation, feedback, and help to make employees successful. The process may be repeated as necessary. A written coaching plan is helpful. It should be positive and upbeat. The manager writes the suggestions to be used for employee improvement. These suggestions should not be overstated but should describe behaviors, not characteristics. Appropriate alternative behaviors should be included in all coaching plans and sessions. The rater observes and gives feedback to correct wrong behavior or reinforce improvements by praise, factoring him- or herself into the problem as a possible contributor to it. Coaching should be done frequently and feedback given immediately with incremental changes so that employees are not stretched to the breaking point. The goal is to build a relationship that helps an employee do a good job or move on.[63]

Counseling

Counseling can be the most productive function of supervision. Counseling interviews are for the purpose of advising and assisting an individual to grow and develop self-direction, self-discipline, and individual responsibility. The counseling interview is a helping relationship involving direct interaction between the counselor (rater) and the counselee (ratee). In a counseling interview, a personal face-to-face relationship takes place. One person helps another recognize, accept, examine, and solve a certain problem.

Nurse managers can use the counseling interview to offer support and to

- Help workers develop realistic pictures of themselves, their abilities, their potential, and their deficiencies

- Explore courses of action
- Explore sources of assistance
- Accept incontestable limitations and learn to live with them, whether physical, emotional, or intellectual
- Make choices and improve capabilities

Unless they have had special training, most nurse managers are not qualified for in-depth, extensive counseling in areas involving personality structure or analysis of psychological or emotional conditions. Nurse managers must be wary of tampering with the psyche of the worker. In such cases, nurse managers should know and be able to recommend sources of help. Referring the employee to the organization's employee assistance program is appropriate when counseling begins to cross the line between serving as a means of assisting the employee to improve performance and dealing with personality or behavioral issues.

Although counseling interviews are conducted to promote desirable behavior, the term counseling should not be used synonymously with the term reprimand. Reprimands belong more properly in the progress and informational type of interview.

> *"One often hears supervisors say, 'I have counseled him on what will happen if he does not improve.' This is not counseling; this is informing a worker of the consequences of certain types of behavior or performance."*

Three approaches can be used for the counseling interview: directive, nondirective, and elective. When using the directive approach, the interviewer knows in advance what will be discussed. In this approach the interviewer gives advice, makes suggestions, helps the individual make meaningful decisions, and may even take action on some of the decisions made. This approach can be quite successful in career counseling.

The nondirective approach starts with the individual being counseled on strengths and weaknesses, potential, and problems. The individual takes responsibility for solving the problems; the counselor aids by listening. This approach is ideal for personal counseling but requires skill. The person being counseled says what he or she wants and freely expresses feelings; the interviewer must hide personal feelings and not express personal ideas. The counselor is a mirror only, reflecting the thoughts, ideas, and emotions of the counselee. This technique gives the individual an opportunity to think through problems out loud. Usually, the employee will come up with some kind of answer or course of action. In using the nondirective approach, it is most important that there be no interruptions or advice on a course of action.

With the exception of the preemployment interview, it is advisable to keep notes during the interview and write a summary afterward. The summary should indicate any decisions made during the interview and any follow-up action required. A comment should be made in terms of how well the interview accomplished its purpose. No notes should be taken during the preemployment interview, although a summary of the interview and the decision reached should be written up immediately afterward. Taking notes during the interview discourages the applicant and makes it difficult to obtain the information needed.

Career progression depends on present and past duty performance, personal initiative, motivation, professional development, and growth potential. Performance counseling of subordinates is vitally important so they know where they stand, how well they are doing, and where they can improve. The goal of this counseling is to improve present and future performance, not to make a critical examination of the past. Informal, day-to-day performance counseling dealing with current activities and immediate performance is important and must be continuous; however, it is not enough. Planned, careful performance counseling, scheduled at regular intervals, is needed to encourage self-improvement and to further development. During the counseling interview, the supervisor and subordinate work together to set targets in response to the job description requirements and targets for future job progression. The targets are put into writing, and progress is reviewed at the next session.

Performance counseling results from observation and evaluation of performance based on job standards. Anecdotal records may be kept and yield facts to support written ratings or reports. When counseling employees on performance problems, the rater uses a problem-solving approach. Such an approach includes reaching agreement that a problem exists, discussing alternative solutions, agreeing on a solution, and following up on progress.[64]

Interviewing

Interviewing is covered more fully in Chapter 8. For appraisal interviews, the problem-solving approach is also more effective than are the tell-and-see and tell-and-listen methods. High ratee participation produces high rater satisfaction. The problem-solving rater has a helpful and constructive attitude, does mutual goal setting with the ratee, and focuses on solutions to problems. The rater also acts with the knowledge that being very critical does not improve behaviors.[65]

Good performance appraisal interviews follow these basic guidelines:[66]

- They are based on detailed, specific notes that address accomplishments and shortcomings.
- They produce no surprises from the coach.
- The drafted appraisal is discussed with the ratee and then finalized.
- Work is started and ended with positive accomplishments.
- Needed changes are specified.
- Criticism is respectful.
- Written responses are allowed.
- Staff members are invited to assess the manager's performance.

Topics for performance appraisal review include the following:[67]

- Regular job duties (based on job description)
- Special assignments and miscellaneous projects
- Service and professional development
- Working relations
- Communication skills

PEER RATINGS

Research has shown that an individual's peers, that is, those people the individual works with from day to day, are a more reliable source for identifying the capacity for leadership than are the person's superiors. The armed services have found that peer nominations for leadership are significant predictors of future performance, a finding that could be tested in the nursing population. Democratic procedures, that is, having peers select the person to be promoted, would probably be threatening to many nurse managers. It has been found that peer selection differs little from selections by superiors. Occasionally, peers see a member of their group as a leader when superiors do not. Peer rating is valid when the group members have sufficient interaction and when group membership is reasonably stable over time. Peer rating is also valid if the position is important within the organization. Peer rating does help to identify potential leaders who go unnoticed by superiors. When several individuals are equally qualified for a position, peer ratings may single out the one with the highest informal leadership status.[68]

Peer evaluation may begin in high school with the Peer and Self-Evaluation System.[71] Peer rating is the professional model of appraisal used by physicians and is gaining interest and use among professional nurses. Peer rating is advocated as part of a system to make performance appraisals more objective, the theory being that multiple ratings give a more objective appraisal. Ratings can be obtained from multiple managers, project leaders, peers, and even patients.[72] Peer review is a performance appraisal process among persons with similar competencies who are in active practice. These persons critically review the practice of others using established standards of performance.[71] Peer review is self-regulation and supports the principle of autonomy.[72] It consists of colleagues examining the goal-directed care of colleagues with standards that are specific, critical indicators of care written by colleagues.[73]

The purposes of peer review are to measure accountability, evaluate and improve delivery of care, identify strengths and weaknesses, develop new or altered policies, identify a worker's need for more knowledge (competence), increase workers' self-awareness from feedback (critical reflection), and increase professionalism.[74]

Implementation of a peer review rating or evaluation system includes the following:[75]

- Planning by management and clinical nurses. It may be a steering committee representing these categories of nurses plus those from the domains of research and education.
- Having a shared governance type of environment
- Defining the peer review process and who is a peer
- Setting goals
- Outlining the process through consultation with management, human resources personnel, and a labor attorney. A decision is made as to who gathers the data. It can be the employee, with a clinical nurse specialist as coordinator. Decisions are also made as to when and how often the interview will be done and how the outcome will be handled.
- Developing a tool using the job description
- Obtaining multiple inputs: peer reports, self-reports, and coach reports. The manager acts as coach and counselor.

The peer review process may be developed using three distinct phases of establishing a peer review program: familiarization, utilization, and internalization.[76] Phase 1, familiarization, is characterized by the development of trust, talking through the process, and establishing that the performance, not human worth, is being evaluated. Phase 2, utilization, is defined as trial-and-error responses in which objectives are refined; the peer review process takes a sharper focus. Phase 3, internalization, occurs when there is complete actualization of the entire peer review process; on site, hands-on evaluations are conducted and findings are acted upon.

A new performance evaluation system is needed for flattened organizations with only one manager for 30 to 100 employees. Peer evaluation meets this need and, when done within a team, should be anonymous. Peers are more knowledgeable about each other's performance than is the manager. Peer review can improve teamwork. Rigg recommends using one rating category of overall capability, with a bell-shaped curve ranking criteria. Written comments are made for only those results falling outside the range.[79]

Peer review can be taught using videotapes developed locally. Studies of peer review indicate that professional nurses view it favorably, although some consider it a threat to friendship, time consuming, and artificially inflated. It does not always change the level of staff satisfaction with performance appraisals. Because nurses are more often directly accountable to their employers than to their customers, peer review requires strong management support.[80]

> "A survey of advanced practice nurses indicated peers evaluated only 17.5% of their job performance, with the most frequent evaluation parameters being appropriateness of care, patient satisfaction, patient outcomes, and patient volumes. Patient outcomes fell into four categories: clinical end points, complications, compliance, and functional status."[81]

SELF-RATING

Self-rating is another method of performance appraisal that is seldom used. In the Fortune 1300 study, immediate supervisors did 96% of appraisals.[80] Problems with self-raters are the same as with supervisor raters, indicating the need for training of both.[81]

Employee-developed performance appraisals have been found to be tougher than those of supervisors. Employees are the subject-matter experts and do wider coverage of their jobs. Proactive, they establish expectations beforehand. Appraisal interviews are done after self-evaluation, with a common agenda and without surprises; therefore conversations are more productive. Objectives are under the employee's control. Because they come from employees and supervisors, the job elements and performance indicators are legally defensible and broad in perspective, and they elicit employee commitment.[82]

Self-evaluation can be developed by using small groups. Having a good job description facilitates development of good behavioral expectation appraisal forms that become customized for each position. The human resources department can provide a facilitator and other support. The following questions facilitate performance indicators:[83]

- Think of who has been most effective at this element or task. What behaviors and results can you cite to support your choice?
- Think of the behaviors or results that made you say to yourself, "It would be good if everyone did that." What are they?
- What are the tricks of the trade related to this task or element?
- Think about times when you perform this task well and other times when you are not as successful. What causes the difference?
- How is the average performer different from the excellent one?
- If you were training someone, what would you emphasize?

Self-rating has been found to be threatening because the employee must place him- or herself in view of others. Self-rating is a participatory management approach supported by research. Employees who view the organization as being open are more favorable to participating in performance appraisals.[84] Employees can be trained to research their own performance and the work environment. They can do self-assessments and then analyze goals and expectations. Employees can also be trained to influence management communication skills to obtain information and advice, express their needs, and learn the style of influence to use on the manager. Thus employees become protégés of proactive performers.[85]

Although self-appraisals increase employee understanding of performance feedback and provide unique information, they are not used often. To be effective, self-evaluation should measure similar attitudes as do evaluations by supervisors. To be effective, self-appraisals should measure actual performance, relate to the same time period as the criterion, be done by individuals who are experienced in self-evaluation, and be tied to a criterion group (coworkers).

Somers and Birnbaum studied a sample of 198 staff nurses in a large urban hospital. They found "no evidence of leniency error or restriction of range in self-appraisal job performance." Convergence between self- and supervisory ratings was also evident and was interpreted as an effect of halo error, that is, a tendency to rate all employees as outstanding. Self-rating requires that employees be trained in its use and focus on core job skills to make it work.[88]

A two-part format for self- and peer evaluation can be used in a peer-review evaluation process. The objective of an emergency medical services unit that used this format was to determine competence. Qualification for peer evaluation included the amount of time peers worked together. Results indicated the following:[89]

- Peers rated partners higher than partners rated themselves in intubation, electrocardiogram recognition, advanced cardiac life support, skills as an emergency medical technician–paramedic, and skills as an emergency medical technician–ambulance.
- Self-ratings were higher than were peer ratings in communication, scene management, trauma, patient assessment, and report-rating skills, which are more subjective areas.
- Both peer and self-ratings indicated that patients who were system abusers received the lowest quality of care and that the higher the socioeconomic group, the better the care received.

> *"Research indicates that employee ratings do not differ by age; however, supervisors may view the capabilities of younger employees more positively than those of older employees."*[88]

Peer and supervisor ratings have been found to be relatively highly correlated; self–supervisor and self–peer ratings are only moderately correlated. In an assessment center study, peer evaluations were better predictors of subsequent job advancement than were other ratings, including self-ratings. Peer and self-ratings predicted management potential. Behavioral information was important to peer and self-evaluation.[89]

OTHE RATING METHODOLOGIES

Other rating methodologies are less common than are supervisor, peer, and self-ratings. They include Team Evaluation Consensus (TEC), Behavior-Anchored Rating Scales (BARS), and Task-Oriented Performance Evaluation System (TOPES). These methodologies measure job-related behaviors.

Team Evaluation Consensus

TEC uses multiple raters, a method claimed to minimize rater bias and inaccuracies. TEC uses peers, managers, and immediate supervisors for a total of two to eight raters. Direct comparisons are made with other employees or with performance benchmarks of "outstanding" or "consistently exceeds."[90]

Behavior-Anchored Rating Scales

BARS list specific descriptors of good, average, and poor performance for each of several to many job aspects. Extensive analysis is required to develop these descriptions, making them time consuming and difficult to develop. Returns are small.[91]

Descriptions of particular jobs are used to identify key job elements. Key job elements are used to develop descriptive statements of good and bad behavior. An individual's behavior is rated by closeness to behavior descriptions for key job elements (performance dimensions). Job elements, in turn, lead to behavior descriptions for each category of excellent, good, average, poor, and unacceptable, and finally lead to rating of an individual's behavior.

Raters and ratees develop the description list. Personnel time makes BARS expensive to develop. There is no composite performance score. The system is defensible in court. There have been favorable employee response and performance improvement. The results of BARS are more realistic because this system is less threatening than are most performance appraisal systems.[92]

Task-Oriented Performance Evaluation System

TOPES concentrates on job tasks rather than behavior, although it is behaviorally based because it measures task accomplishments. TOPES is also legally defensible because it relates directly to the job. Job tasks are weighted for a composite performance score. Employees can be compared across jobs. TOPES is more objective than are other methodologies because it can be used to measure quantifiable performance. Task elements are evaluated by statements that support an excellent, good, average, weak, or unacceptable rating. The score on each task is multiplied by its weight, and scores are added for a composite score.[93]

PROBLEM AREAS IN PERFORMANCE EVALUATION

It is largely assumed that merit rating systems of performance evaluation help to develop subordinates and attest to their readiness for pay increases, promotions, selected assignments, or penalties. When such systems have been scrutinized, three main problem areas have been found:[94]

- Associates have not been motivated to want to change.
- Even when people recognize a need for change, they are unable to make that change.
- Associates become resentful and anxious when the merit system is conscientiously implemented.

Effectiveness

Contrast two situations in which the same job standards are applied. In the first situation, the associate is handed a completed rating form and is told to read and sign it. He or she does so but immediately appeals to the next highest level of management. The associate says that this rating is the lowest received in his or her 15-year career and that he or she has never been told the quality of his or her performance was slipping. Although the situation is resolved in favor of the associate, he or she is no longer satisfied with working for the manager and must be transferred.

In the second situation, the job standards are discussed with the associate before they are used. The associate is asked to identify those performance factors and responsibilities that are really important to the success of the unit. He or she is also asked to write out the goals of his or her job as they are seen. The goals are fully discussed by the manager and associate. Progress is discussed at the request of the associate and at stated intervals. As a result, the associate is assisted in planning educational activities that will be accomplished in preparation for the career desired.

Which of the two situations meets the criteria of an effective performance appraisal?

Weaknesses

Many pitfalls and deficiencies exist in the performance appraisal process. Many managers defend performance appraisal as a system for improving performance. As used, it probably has negative influences because most people know their shortcomings better than does their manager. Criticisms by people who have not been adequately trained to manage an appraisal system cause employees to be anxious and frustrated, to see themselves as failures, and, in some cases, to withdraw.

The rater is influenced by the most recent period of performance, an influence that may be positive or negative. Without objective measurements and records, raters tend to focus on the few outstanding activities that are vivid in their minds. Personal feelings can influence raters, causing positive "halo" or negative "horns" effects. In many instances, the performance is appraised without clear job definitions, job descriptions, and job standards. The employee seldom knows the yardsticks by which performance is being measured. Raters are either lenient or tough, causing a great variance in value judgments. Attitudes about whether the employee deserves a pay increase influence the rater. Some managers believe that all employees are average, and they project their beliefs by rating everyone the same.[95]

Other rating errors include the following:

- Leniency/stringency error: The rater tends to assign extreme ratings of either poor or excellent.
- Similar-to-me error: The rater rates according to how he or she views him or herself.
- Central tendency error: All ratings are at the middle of the scale.
- First impression error: The rater views early behavior that may be good or bad and rates all subsequent behaviors similarly.

Other problems of performance appraisal include racial bias, focus on longevity, and complacency of managers. In their usual form, performance appraisals are intrinsically confrontational, emotional, judgmental, and complex. A survey of 360 managers in 190 corporations on the performance appraisal process indicated the following:[96]

- 69% viewed objectives as unclear.
- 40% saw some payoff.
- 29% saw minimal benefits.
- 45% were only partially involved in setting objectives for their own performance.
- 81% said regular progress reviews were not conducted.
- 52% said guidelines for collecting performance data were haphazard or nonexistent.
- Only 19% viewed performance appraisal as properly planned.
- Only 37% viewed meetings as highly productive.
- 30% saw no worthwhile results.

Performance appraisals are extrinsically affected when format is improper because of lack of manager preparation, confusion about objectives, once-a-year activity, and overreliance on forms. There are also the extrinsic areas of inappropriate values and attitudes: avoidance of conflict to avoid unpleasantness, lack of respect by failing to take the appraisal seriously, and misuse of power, causing the ratee to be beaten down, resentful, and uncommitted.[97]

FUTURE OF PERFORMANCE APPRAISAL

Deming advocated the abolition of performance appraisals. Performance appraisal is the deadliest of Deming's "deadly diseases" that stand in the way of quality management. According to Deming, performance appraisals embody a win–lose philosophy that destroys people psychologically and poisons healthy relationships. A win–win philosophy emphasizes cooperation, participation, and leadership, directed at continuous improvement of quality.[98]

Deming's system provides for three ratings for performance appraisal using process data. Using the statistic of variation, ratings fall within the system, outside the system on the high side, or outside the system on the low side. If the rating is within the system, pay corresponds to seniority; if outside the system on the high side, pay should be based on merit; and if outside the system on the low side, the employee should be coached or replaced.[99]

Effective Management of Performance Appraisals

How do we overcome these pitfalls or deficiencies? First, we must be aware of them. Second, we can learn the management-by-objectives approach and treat people as people. As a result, employees know by which yardsticks they are measured. The performance appraisal will be a joint project. It will be a helpful situation for rater and ratee. If the situation is working correctly, ratees usually push themselves.

A complex and lengthy evaluation form has not proved effective in rating personnel. Many managers have reduced their rating system to a limited checklist and a write-up that asks for strengths and weaknesses, with specific examples to justify each. Many managers agree to the following principles for a rating system:

1. The system should be simple, effective, efficient, and administratively feasible.
2. The procedures and uses of the system should be understood and agreed on by line management and the employees being rated.
3. Factors to be rated should be measurable and agreed on by managers and subordinates.
4. Raters should understand the purpose and nature of the performance review. They should be taught to use the system, observe, and write notes, including a critical incident file; organize notes and write evaluations that include examples of evidence; edit their reports; and conduct effective review interviews.
5. Raters should understand the meanings of the dimensions rated, including the dimensions' relative weights. Managers are reported to be able to distinguish among only three levels of performance: poor, satisfactory, and outstanding.
6. Criticism should promote warmth and the building of self-esteem for both ratee and rater.
7. The process should be organized and used to manage employees on a daily basis according to their needs to be coached.
8. Praise or suggestions for improvement should be done at the time of the event.
9. Standards of performance should be set and modified at the time of the event.
10. Performance standards should be valid, reliable, and fair.
11. Managers should be rewarded for good performance evaluation skills.
12. Professionally accepted procedures should be used for job analysis, development of job-related observable performance criteria, and job classifications. Fairness is ensured when processes are applied systematically and uniformly throughout the organization.
13. A fair employment posture committed to equal opportunity should be used. A conscientious and equitable appraisal system reduces lawsuits and ensures fairness and confidence. Such a system should be congruent with administrative and legal guidelines.
14. Work output, not habits and traits such as loyalty, should be measured unless the habits or traits are described by specific examples of observed behavior.
15. Quality, constant innovation, and functional barrier distraction should be emphasized.
16. Appraisal should be less time consuming through time management: daily feedback, preparation time for annual or semiannual evaluation, execution time that is spread out, and group time for consultation and coordination of appraisal criteria with peers. The last provides for fairness and equity throughout the organization.
17. The number of performance categories should be small, and no forced ranking should be used. Raters should keep it simple: 10% to 20% of the total, superior (bonus 3 2); 70% to 85%, satisfactory (bonus); and 5% to 10%, questionable or unsatisfactory (no bonus).
18. The form and process should be kept simple: a one- to two-page written contract drafted with the subordinate and containing one to two specific annual or semiannual objectives; one to two personal, group, or team growth or career-enhancement objectives; one to two objectives to improve skills; and one objective related to the team's strategic theme (such as quality improvement). The manager should use open-ended prose as the format, do formal reviews bimonthly or more often, and be able to recall the content of each contract.
19. Performance goals should be straightforward, emphasizing the manager's desired results and considering what is important to the continuing success of the business.
20. Pay decisions should be made public. No one will be embarrassed if there is equity.

21. Formal appraisal should be made a small part of overall recognition that includes listening, recognition, pay, and involvement.
22. Multiple ratings, including those of ratees' subordinates, should be used.[100]
23. To get employees to buy into performance improvement, managers should create a relationship to individual and organizational performance improvement and in turn—to add value to the success of each individual—the department and the organization, identify a measurement for each critical point in the process, and present reports and celebrate monthly at staff meetings.[101]

Evaluating performance can be challenging with the differing conceptual models offered as well as tools to be used to document tasks and roles. Paying for performance is a method that has been successful and rewards value-added behaviors and activities in the workplace.

PAY FOR PERFORMANCE

Pay for performance is based on equity theory, expectancy theory, the law of effect, and psychological fulfillment. Equity theory indicates that people want to be treated equally and fairly by employers. Expectancy theory says that people believe they can achieve certain levels of performance and, if they do, they expect to be rewarded. The law of effect states that behavior will be rewarded when repeated. Equity theory, expectancy theory, and the law of effect, individually or combined, apply when the employee says, "I believe that when I increase my efforts or inputs to produce sustained greater outputs, my employer will increase my rewards." Increased pay that is linked as a reward to increased employee inputs and outputs is pay for performance. When used effectively, the compensation system rewards superior, excellent, and satisfactory performance. People perceive an imbalance in this theory when they put forth greater effort than others but receive the same rewards. They perceive compensation to be inequitable, and pay becomes a dissatisfier.[102] Pay for performance is an incentive program that links pay to employee or corporate performance.[103]

Performance, not longevity, is fast becoming the basis for pay increases in institutions of all sizes. This may apply only to the managerial staff, or it can apply down to the lowest paid employees in an organization.[104] Pay for performance falls in line with healthcare organizations' need for accountability of healthcare outcomes. Without positive outcomes, reimbursement is affected.

Since the recession of 1982, pay for performance has become the mode for pay increases in business and industry. Of 1,080 Canadian companies surveyed, 64% indicated they would use a merit-only pay increase; 32% would use a general-plus-merit system for pay increases.[105] A survey of 250 manufacturers indicated that 76% had incentive-based programs.[106] A 1993 survey of 2,000 U.S. companies indicated that 6% used pay for performance.[107]

> "Results of longitudinal research conducted by the Italian National Health Service indicate that performance-related pay for health service professionals requires a careful implementation process to be a powerful tool at management's disposal to increase employees' performance and commitment."[110]

Expected Outcomes

Expectancy theory postulates that individuals will choose among alternatives in a rational manner to maximize expected rewards. A study designed to test subjects' choice of a pay plan from among piece rate, fixed rate, and bonus concluded the following[111]

- Pay choice has a strong impact on subjects' behavior.
- High-ability individuals choose a piece-rate plan or a bonus plan over a fixed-rate plan.

- Individuals tend to choose a pay plan that maximizes their expected rewards.
- Pay choice results in higher pay satisfaction.

Studies of managers and administrators show a positive relationship between pay-for-performance perception and pay satisfaction. A pay rate higher than that of the outside market also results in greater employee satisfaction. Pay system fairness is a function of factors that pertain to organizational justice, such as participation in pay system development, perceived fairness of allocation procedures, and greater understanding of the pay system.[112]

A company's ability to compete and its company–employee relations are improved by creatively managed compensation systems. Performance-based pay affects profitability, with profits increasing when high or good performance is rewarded with pay incentives. Variable pay affects profitability more than does base pay.[113]

There may be a limit to the ratio of pay for performance. A study of 75 college students that related performance to 0%, 10%, 30%, 60%, or 100% of base pay as incentive indicated that whereas 0% produced no significant incentive, "the productivity of subjects in the 10%, 30%, 60% and 100% incentive groups did not differ. They all produced significant incentive."[114]

Compensation is a part of business strategy. A direct link exists between compensation and achievement of established goals. Increased compensation is an incentive for employees to do well. An employee will work to achieve predetermined goals if there are predetermined rewards.[115]

The following are some reasons for basing pay on performance:[116]

- Increases job satisfaction. Associates who are involved in developing a work plan feel ownership of the process; as a result, they work harder to make their plan successful.
- Reduces absenteeism.
- Increases productivity. Workers will perform clearly identified behaviors that are rewarded. (Mediocrity should not be rewarded.)
- Decreases voluntary turnover, which says, "I believe I am worth more. Other employers will pay me more."
- Improves the quality of the employee mix. This system attracts and keeps higher level performers.

Zenger reported on a study of 984 engineering employees of two large U.S. high-tech companies. The study found that offering pay incentive awards confirmed that "extremely high and moderately low performers are likely to remain in firms offering these contracts while moderately high and extremely low performers are likely to depart." The contracts with these companies aggressively rewarded extreme performance and largely ignored moderate performance limits. To correct this, the employer can design a system to retain above-average performers and reduce turnover for only the extremely low performers.[117]

Pay for performance rewards what is valued by the employer, which may be time-in-grade and longevity. In a competitive business environment, however, employers are more apt to value new job skills and new knowledge by paying more for performance that demonstrates their use than for longevity.[118]

TYPES OF COMPENSATION PROGRAMS

Figure 18-4 lists the major types of compensation programs.[117]

Pay-for-Performance Process

The following are elements of a pay-for-performance process:[118]

1. Compensation should be part of the strategic planning process. When done with employees or their representatives as part of a task force, the compensation plan is more apt to be perceived as

FIGURE 18-4   Major Types of Pay-for-Performance (Compensation) Programs

Type	Characteristics
Merit pay	Probably most common. Usually a percentage of base pay. Sometimes part of a pay raise—a percentage for merit and a percentage for longevity. Pay raises are established for each job or group of jobs. Progression at fixed intervals is based on observation of performance. Standards of employees' success are not established a priori. When given as a merit bonus, it is not added to base pay. An individual incentive plan.
Gain sharing	A profit-sharing plan, usually a group incentive plan. A specific share of the organization's profits is distributed to a group of employees based on production measures, financial performance, and quality of service.
Cash or lump sum bonuses	Usually a share of the profits. Also a group incentive. May be a uniform bonus paid to all or most employees organization-wide.
Pay for knowledge	Pay is linked to learning new skills and being able to work at a higher level or at more than one specialty.
Employee stock	Profit-sharing plan. Some pay cash from interest and dividends. Most are deferred plans.
Ownership plans	Risky link (ESOPs) between pay and performance for these plans. The direct pay contingency is typically quite small and linked to company performance.
Individual incentive	Compensation is paid for individual performance.
Small group incentive	Each member of a group is compensated for achieving predetermined objectives.
Instant incentive	Individual compensation for noteworthy achievements.
Recognition programs	Performance awards to individuals or groups. May be money, educational programs, vacation/travel, certificates, or other symbolic award.

Source: Author.

fair and to elicit employees' trust. Company mission, philosophy, objectives, vision, values, and business plans can be guides to developing a compensation plan. Decisions are made on how to link compensation to employee or company performance and hence to individuals versus groups. It is best to use more than one kind of incentive. The plan should be customized to the organizational culture and core values of a pay system. An obvious link exists between effort and performance and the need for rewards. The organization should consider the need for change and the level(s) of organizational participation. The current compensation system should be assessed for gaps, holes, and overfunding. Potential plan types should then be assigned to close the gaps.

2. Goals should be carefully set. They should be achievable to avoid system errors. When goals are set with employees, they assume ownership of the goals. Organizational performance goals may relate to improving employee motivation, engendering a culture of employees who genuinely care about organizational effectiveness, and tying labor costs to the organization's ability to pay specific amounts. Goals should be made job specific. Costs of the plan, consistency with plant and division objectives, and fit with the culture of the organization are considered when developing the plan.

3. Standards for measurement should be precise because they are the benchmarks against which performance is met. Participants should be able to influence standards. Standards may include the following:
   - Quality standards related to total quality management or continuous quality improvement for eliminating defects or errors
   - Safety standards related to all customers, internal and external
   - Attendance standards such as pay for unused sick time or paid days off
   - Productivity standards related to volume of inputs versus outputs
   - A pay-for-performance matrix
   - Job descriptions that include specific objectives of each position and measure the accomplishments of those objectives.
   - Job descriptions can be developed with input from incumbents. When job descriptions are related to pay for knowledge, new technology may require help from experts and outside vendors. Results of these job descriptions include items such as "trained and motivated crew" and "safety." Each result has one to three or four measures of accomplishment, such as "responsiveness to customer's needs" and "number of machine breakdowns." Preparation to meet pay for knowledge includes massive training efforts that may be done in cooperation with vendors, consultants, and educational institutions. An extensive set of training modules can be developed so that training is directly related to the job description.
   - Organizational performance: profitability and financial performance
   - Management by objectives
   - Critical incidents: innovation, new products and services, market penetration, and targets
   - Economic value-added (EVA)
   - Some companies are awarding bonuses and stock options to managers on the basis of EVA, which is a way of increasing a company's real profitability. EVA equals the operating profits minus taxes minus the total annual cost of capital. The cost of capital includes interest paid on borrowed capital (less the deductible tax) plus equity capital, the money provided by the shareholders. Equity includes investment in human capital. A positive EVA means wealth is being created, whereas a negative EVA means that capital is being destroyed. EVA can be used for service businesses. EVA can be raised by using less capital and giving shareholders higher dividends. Stock prices go up.
   - Cooperation among individuals or groups
   - Specific competencies, such as communication, customer focus, adaptability, interpersonal skills, team relationships, and leadership
   - Cultural diversity

4. An objective performance appraisal system needs to be established that measures the achievement of the standards as employee outputs. The following are some examples:
   - Completion of specific education and training programs
   - Absence or reduction (including prevention) of accidents, injuries, and illnesses, and measurably reduced pollution
   - Specific problems solved
   - Reduced supply inventories and supply use
   - Reduced patient stays
   - Increased responsibility
   - Reduced costs
   - Demonstrated mastery of knowledge, skills, and abilities

5. Supervisors should be trained to use the (performance appraisal) system effectively. The performance appraisal system must be objective. Some companies separate performance apprais-

als from salary reviews. During performance appraisals career development—improvement, job skills, and career growth—is the focus. During the salary review, the focus is on worth—objectives and potential to learn new skills.

6. Performance standards should not be confused with results or accomplishments. If cultural diversity is a standard that is measured and rewarded, it will be accomplished.
7. A plan needs to be chosen (see Figure 18-4). The structure should be tailored to the performance dimensions of the job.
8. Necessary policies and procedures for implementing the plan must be written and communicated to the participants. All employees need to understand the system, that is, what it is and how it works.
9. The plan is then implemented and monitored.
   - The effectiveness of the plan is evaluated.

GROUP VERSUS INDIVIDUAL PLANS

Group Plans

Group incentive plans include small groups or work units to which rewards are allocated for group performance exceeding predefined standards, productivity improvement plans, and profit-sharing plans. These plans are designed to encourage teamwork and cooperation with shared profits, information, responsibility, accountability, and participation in decision making.

Group variable pay is used for meeting goals based on collaborative performance and teamwork and thus encourages communication. Quality can become a team sport and a win–win situation. Group variable pay is flexible and can respond to multiple goals and measures and to change. Group variable pay should be funded independently of other pay plans.[119]

Most compensation plans tend to be indecisive. People expect to be rewarded when they increase their output because of work redesign. Managers act as their coaches and facilitators in the process.[120] Teams, not individuals, increasingly are being rewarded for good work that results in innovation, increased cost control, and higher morale. Team leaders or managers set up worthwhile goals that are easy to measure. Everyone from plant manager on down receives the same annual raise for achieving or exceeding goals. The percentage of pay is set by goals that may be divided between those of the unit and organization. Employees are involved in designing team-based incentive programs. A trusting work relationship is needed. Some companies have teams of 25 to 50 employees who supervise themselves; they have no time clock and no foreperson. After a 3-month probation period, teams take over evaluation. When employee performance is substandard, the team recommends improvement programs, probation, or termination. The team helps hire new employees. Team members identify free riders and layabouts.[120]

Individual Plans

Individual merit pay can create internal competition for pay raises and the withholding of information from each other by competing employees. It encourages individuals to try to improve the system on their own, a difficult job to accomplish. Individual merit pay also uses individual quality outcome measures, which are difficult to develop meaningfully. It encourages a microfocus, decreases flexibility, and produces anxiety.

Competency Model

Individual accomplishments are temporary and variable, whereas competencies and salaries are additive over time. Competency reflects individual performance; accomplishments can result from individual or group efforts. A value-added pay system combines base salary to employee competency and rewards individual or team accomplishment with one-time lump-sum awards. Employees are paid and rewarded for actual accomplishments, and fixed payroll costs are reduced. As employees move through competency levels, the salaries are planned to reflect this. Thus employees are paid what they are worth to the organization. Employees who exceed goals add value to their positions. The value-added compensation approach is motivational and controls costs.[120]

Benner's research, using the Dreyfuss Model of Skills Acquisition, could be used as the competency model for a pay-for-performance system. Base pay would mirror the five levels of proficiency: novice, advanced beginner, competent, proficient, and expert. A nurse who bettered the timeline for achieving a higher level of proficiency could be paid a lump-sum bonus for the accomplishment.[121]

PAY DESIGNS

Many employees are willing to risk fat bonuses for superb results. The risk is that bonuses go down with recession. Bonuses hold down fixed costs; merit raises increase costs, driving up retirement benefits.

A study by Schwab and Olson produced a number of findings. These findings included that the implementation of a conventional merit system achieved a considerably better link between pay and performance than did a bonus system. A bonus system without periodic adjustments in base wages also performed less well than a conventional merit system, because merit systems benefit from the consistency of true performance over time. One surprising finding was that even a very substantial error in the measurement of performance had only a modest effect on the pay–performance correlation.[122]

Rewards should be consistent, fair, timely, and related to work. They should also be ample. In a pay-for-performance system, the outcomes include increased productivity from "overpaid" performers and rewards for underpaid performers.

> *"Money to fund programs sometimes comes from senior managers who give up their bonuses. Companies also use money from attrition."*

The Quaker Oats pet food plant at Lawrence, Kansas paid employees 5% to 10% above market to attract and retain above-average employees and remain nonunion.[123] To achieve maximal effect on employees, base pay must be kept at a level at or above the industry average. Also, labor costs must be reduced by using incentives not added into base pay.

HOW TO DO A MERIT PAY INCREASE

Merit is a term that is becoming increasingly associated with performance and pay increases for nurses. Merit may be based on the current market value within the geographical region for the position. Currently, nurses are valuable because of the nursing shortage, so market value is high. If the nurse shortage resolves and nurses become plentiful, then merit pay may adjust downward in response. Merit means that employees receive what they deserve. Pay and rewards are based on the degree of competence employees demonstrate in performing their jobs. Merit systems can include both rewards and punishments. The general goal of a merit performance and pay system is to reward people on an incremental scale so that the top achievers or performers are paid the highest salaries. A merit pay system must have four components:

1. Individual performance standards
2. Measurement scales
3. A budget
4. An award procedure

Merit pay increases are an employee incentive program. Employees who have their competencies developed, encouraged, and recognized have better attitudes about their work and their employers. These employees work to achieve organizational objectives that support their personal objectives. Merit rewards or punishments are extrinsic. The reward or punishment can be in the form of promotion, praise, recognition, criticism, social acceptance or rejection, or benefits.[124]

Many of these rewards or punishments are activated with a total merit pay system. Extrinsic rewards need to be associated with the intrinsic rewards that come from employees' participation in making decisions about their work and the conditions under which they perform their work. Professional nurses want control of their nursing practice. They want to participate in management decisions about how they accomplish this. As a result, they receive intrinsic rewards from having made the organization successful, because they have contributed to that success.

Performance Standards

Individual performance standards are written criteria developed by the supervisor in conference with the individual to be evaluated. They evolve from an established, more generalized set of job performance criteria, the job description. These performance standards are tailored to the individual's abilities and goals and to the common expectations of the individual and that person's supervisor. These standards should be measurable, and they should be objectively applied. The supervisor and employee can both observe or know that the standards have been met. These standards can be written in the format of a performance results contract related to the job description. **Figure 18-5** represents a division of nursing policy. The procedure for implementing this policy involves use of a job description and a performance results contract (**Figure 18-6**).

Measurement Scales

The weights assigned to each key results area can be in terms of units or percentages. It is more practical to assign up to 1.0 unit to each key results area and determine the percentage of achievement at the annual or final conference. Doing so allows objectives to be added, modified, or deleted without readjusting the percentage weight. In **Figure 18-7**, the weights are the numbers assigned to each key results

---

FIGURE 18-5   Policy and Evaluation of Employee Performance

All nursing service employees will have a criteria-based performance evaluation as follows:

1. Initiated on nursing service employee orientation.

2. At the end of the probationary period (3 months).

3. Annually (to be initiated during the following evaluation period for all employees). The annual performance evaluation will be cosigned by the nurse manager supervisor and employee, and filed in the employee's personnel file.

4. When an employee terminates employment or transfers, there will be an evaluation conference. A completed performance results contract will be cosigned by the employee and head nurse/supervisor, then placed in the personnel file.

Conferences and renegotiations concerning the criteria-based performance evaluation may occur as often as the employee/supervisor deems necessary.

Source: Author.

FIGURE 18-6 Sample Performance Results Contract

1. Scope of Responsibility

As clinical nurse consultant, assumes responsibility to improve the quality of health care received by the patient in the defined clinical area of expertise through role modeling, teaching, consultation, and research. The consultant assists nursing personnel to achieve their full potential and satisfaction in providing effective, efficient, and individualized care to patients and their families. The clinical nurse consultant is self-directed, determining the priorities of the role through inter- and intradisciplinary collaboration. Evaluates own practice based on the attainment of individual objectives. Responsible to the director of nursing for staff development.

2. Key Results Areas

Performance Results	Individual's Performance
a. Schedule monthly meetings with head nurse of each unit to discuss needs and to plan for utilization of clinical consultant in meeting those needs.	I would like to see more assertive behavior in this area. Meetings were often put off and not enough consistent followup—head nurses to set a time. 8%
b. Present in-service for each area as contracted with head nurses.	Observations and needs should be made by both parties in setting up classes. This area has improved since January in some units. 7%
c. Work with department members to evaluate and revise nursing orientation program.	Done. New schedule completed. Meeting held—head nurses of 5th, 6th, 7th, and 8th floors. 10%
d. Orient new staff to orientation program.	Worked with [Name]. 10%
e. Coordinate nursing orientation program with Staff Development, Personnel Relations, and Nursing Service.	Continuous need for smooth coordination and double-checking on dates. 9%
f. Review and revise medication exam as necessary.	Recommendation made to [Name]. 10%
g. Assist in teaching CPR as directed.	Class taught as scheduled. 10%
h. Continue to coordinate and present Drug Update.	Aminoglycoside (antihypertensive agents, penicillin—March). Series started in September—was delayed in starting. Need for assertion in meeting this objective. 9%
i. Present classes based on needs survey.	Equipment Fair done. Coordinated with [Name]. 10%
j. Participate in critical care course—present emergency reinsertion of tracheostomy tube.	Content approved by Alabama Board of Nursing. Very poor evaluations from second class, with many negative comments written and verbalized. 7%

Complete for Terminal Evaluation Only

	Excellent	Good	Fair	Poor
Attendance				
Initiative				
Quantity of work				
Cooperation				

Eligible for rehire ___Yes ___No

FIGURE 18-6   Sample Performance Results Contract (Continued)

3. Authority Codes
   A. Does without reporting
   B. Does and reports
   C. Gets approval before doing
   D. Participates in
   E. Recommends to supervisor
   F. Assists supervisor under direction

Summary

[Name] has been flexible in coming in for in-service programs on 7–3 and 11–7 shifts. Has completed most of the areas on the performance contract satisfactorily. Is generally well received by new employees and helpful in their orientation to Metropolitan Medical Center.

I would like for [Name] to take more initiative and to be more assertive in identifying needs with the head nurses of the clinical units and in addressing those needs promptly and consistently. [Name] has been active in emergency admission unit and I would like to see more activity on 7th and 8th floors and the NITU.

I would also ask [Name] to address concerns and questions to me directly.

_____   _____

Director Staff Development   May 8, 20xx

Source: Courtesy of the University of South Alabama Medical Center, Mobile, AL.

FIGURE 18-7   Calculating Monetary–Merit Increase For RTN II Positions

Percent	Amount	Percent	Amount
100	$1,008	71	$716
99	998	70	706
98	988	69	696
97	978	68	685
96	968	67	675
95	958	66	665
94	948	65	655
93	937	64	645
92	927	63	635
91	917	62	625
90	907	61	615
89	897	60	605
88	887	50	504
87	877	40	403
86	867	30	302
85	857	20	202

Source: Author.

area. The total of these is 100. If the employee achieves 90, then the percentage of achievement for merit pay purposes is 90%. This percentage is used to allocate budgeted wage and salary increases.

Budget

Personnel pay increases are usually projected in the operational budget represented by the excerpt in Figure 18-7. They can be related to increases in the consumer price index, to the marketplace, or to the financial status of the institution. The financial status must be a major consideration. The human resources department usually prepares a cost analysis by position (**Figure 18-8**). This cost analysis is the bridge for merit pay increases for the total nursing division.

Award Procedure

Nurse administrators take all performance results contracts for each category of nursing personnel and add up the percentage totals for all persons (for the nurse in Figure 18-7, this was 90%.). The total for registered teaching nurse II (RTN II) was 1.911%. This number is divided into the total budgeted dollars for RTN II, which was $19,263 (the sum of the amounts for filled and vacant positions labeled "Cost" in Figure 18-8). For each percentage, each person in this category will be allocated $10.08. A person who receives a 90% merit pay increase will receive 90 × $10.08 = $907.20 (**Figure 18-9**). This amount is transferred to a personnel action memorandum and processed through payroll. Each employee is told by the supervisor how much merit pay he or she will receive.

The Process

- Step 1. Employee and supervisor have a conference at an appointed time to establish the key results (objectives) that the employee will accomplish over an agreed-on period of time. These results include organizational objectives from the supervisor and personal objectives of the

FIGURE 18-8   Budget for 4% Merit Pay Increase

Nursing Positions	FTE		Total Current	FTE		Total Current
Position Classification	Filled	Salaries	Cost	Vacant	Salaries	Cost
Licensed practical nurse	84.50	$1,108,339	$44,334	9.00	$110,021	$4,401
RTN I—clinical level I	249.00	4,607,379	184,295	18.00	312,794	$12,512
RTN I—clinical level II	14.00	292,921	11,717	1.00	20,255	810
RTN I—clinical level IIII	1.00	22,755	910	0.00	0	0
RTN I (working supervisor)	45.00	893,820	35,753	0.00	0	0
Registered teaching nurse II	20.00	443,126	17,725	2.00	38,438	1,538
Nursing service supervisor I	11.50	266,910	10,676	2.00	40,228	1,609
	425.00	$7,635,250	$305,410	32.00	$521,736	$20,869
Total cost: Annual			$305,410			$20,869
Monthly			$25,451			$1,739

Source: Author

FIGURE 18-9   Standards for Evaluation of Pay-for-Performance Programs

1. There are pay-for-performance programs.
2. They were developed with input from employees.
3. They are based on company philosophy, goals, objectives, and vision.
4. They have policies and procedures.
5. The goals are job-specific.
6. There are standards for measurement.
7. They are linked to an objective performance appraisal system.
8. Rewards are linked to effort and performance.
9. Employees are informed about the programs.
10. Employees trust the programs.
11. Managers are well trained and skilled in administering the programs.
12. The programs are funded or budgeted.
13. An evaluation program is in place to monitor the programs.
14. Productivity and performance outcomes are being measured.
15. The plans are accomplishing the stated objectives.

Source: Author.

employee. Each will come to the conference table prepared to present the objectives in an atmosphere of mutual trust and cooperation. At this conference the wording of the key results areas will be negotiated, weights will be assigned to each, timeframes will be established, controls or reporting authority will be established, and the approximate date will be set for the next evaluation conference.

- Step 2. A definitive date is established, and the next conference is held. At this conference the supervisor and employee discuss progress in accomplishment of key results areas. The supervisor and employee modify objectives by negotiation, discard those they agree are no longer relevant, add new ones as needed, and discuss and record progress in the accomplishment of each objective. This conference and all succeeding ones can be scheduled at earlier dates on supervisor or employee request.

- Step 3. Conferences are scheduled at 1- to 3-month intervals until the probationary period is completed, the annual rating is required, or the employee transfers or terminates. At these times the contract is summarized, signed by employee and supervisor, and filed in the employee's personnel folder. The weights assigned by negotiated discussion are totaled, and a number is assigned. This number is used in allocating the merit pay increase.

Merit pay is a difficult procedure to accomplish because employees may not agree with the outcome. Also, supervisors are hesitant to make decisions that give employees variable pay increases. Some experts suggest that merit performance appraisal for pay be separated from performance appraisal done for other purposes. We found that the two can work together when planned, communicated, and fairly applied.

SUMMARY

Performance appraisal is a major component of the evaluating or controlling function of nursing management. Organizations are successful when employees are held accountable for performance. If used appropriately and conscientiously, the performance appraisal process governs employee behavior to produce goods and services in high volume and of high quality. Pay for performance integrates concepts from performance appraisal to enhance further this evaluation process.

Performance appraisal is a part of the science of behavioral technology and should be viewed as part of that body of knowledge. Nurse managers need this knowledge to manage the clinical nurse effectively and efficiently as a human resource.

When used for merit pay increases, a retrospective use, performance appraisal should be separated from appraisal that looks to the future. Output-based pay plans are more effective than are time-based pay plans.

Performance appraisal should be done as a system with

1. Clearly defined performance standards developed by rater and ratee
2. Objective application of the performance standards, with both rater and ratee measuring the ratee's performance against the standards
3. Planned interval feedback with agreed-on improvements when indicated
4. A continuous cycle (Raters and ratees should trust each other.)

Job analysis and job description are essential instruments of behavior technology used in performance appraisal that provide objectivity and discriminate among jobs. Coaching, counseling, and interviewing are skills of an effective performance appraisal system. In addition to supervisor ratings, performance appraisal can include peer ratings, self-ratings, TEC, BARS, and TOPES.

"Teams are effective in implementing pay-for-performance plans."

The purposes or uses of performance appraisal are multiple. In nursing, performance appraisal is used to motivate employees to produce high-quality patient care. The results of performance appraisal are often used for promotion, selection, and termination and to improve performance. Incentive programs are very common in organizations. The trend is to link pay to employee or corporate performance. Doing so motivates employees to increase productivity, especially when tied to operational measures such as attendance, quality, and safety. The most common individual performance-based pay plans are merit, awards, piece rates, and commissions.

A pay-for-performance plan should be communicated well, have measures that can be influenced by participants, be consistent and fair, provide ample and timely rewards, and be trustworthy.

Participants in a pay-for-performance plan often risk the choice of earning less for the chance to earn more later through higher retirement benefits. Pay for performance starts with reduced wages and salaries, although the base should equal or slightly exceed the industry standard.

Equity theory, expectancy theory, and the law of effect are the basis for pay for performance. People expect equal pay for equal work and increased rewards for increased output.

Problems with performance appraisal systems (as well as pay-for-performance plans) include poor preparation of raters and ratees, problems of halo and horns effects, lack of use of standards, leniency/stringency errors, similar-to-me errors, central tendency errors, and first impression errors.

A simple, well-planned performance appraisal system can be devised. It will be successful when understood by employees and will require considerable supervisory effort using nursing management theory.

www APPLICATION EXERCISES

Exercise 18-1

If a pay-for-performance program does not exist in your organization, prepare a proposal for one. Present it to your supervisor and the director of human resources. You may want to do this as a group exercise.

Results of longitudinal research conducted by the Italian National Health Service indicate that performance-related pay for health service professionals requires a careful implementation process to be a powerful tool at management's disposal to increase employees' performance and commitment.

Exercise 18-2

Use Figure 18-9 to evaluate the pay-for-performance programs in a healthcare organization. These may be individual awards, such as merit awards, piece rate, or individual commissions, or they may be group awards, such as gain sharing, profit sharing, stock options, or bonuses.

How can the programs be improved? Make a management plan for improving them and present it to your supervisor and the director of human resources.

Exercise 18-3

Determine the extent to which a nurse manager exhibits coaching behaviors. Apply these coaching behaviors to yourself or have a group of peers apply it to themselves, and use the results for discussion.

Exercise 18-4

With a group of peers, discuss whether the performance appraisal system is too complicated. If it is, how can it be simplified and still meet accreditation and legal requirements? Are these requirements keeping the system too complicated? If so, how?

Exercise 18-5

With a group of peers, discuss how the job descriptions can be modified in a manner that is consistent with the vision of the organization. The goal is to make them objective and usable.

For a full suite of assignments and additional learning activities, use the access code located in the front of your book to visit this exclusive website: http://go.jblearning.com/roussel. If you do not have an access code, you can obtain one at the site.

NOTES

1. Cohen, M. (2007). *What you accept is what you teach: Setting standards for employee accountability.* Minneapolis, MN: Creative Health Care Management, Inc.
2. Ibid., pp. 14–21.
3. Krantz, S. (1983). Five steps to making performance appraisal writing easier. *Supervisory Management, 28*, 7–10.

4. Zemke, R. (1985). Is performance appraisal a paper tiger? *Training*, 24–32.

5. Krantz, 1983.

6. Fombrun, C. J., & Land, R. L. (1983). Strategic issues in performance appraisal: Theory and practice. *Personnel, 60*, 23–31.

7. Moroney, B. P., & Buckley, M. R. (1992). Does research in performance appraisal influence the practice of performance appraisal? Regretfully not! *Public Personnel Management, 4*, 185–195.

8. Bretz, R. D., Milkovich, G. T., & Read, W. (1992). The current state of performance appraisal research and practice: Concerns, directions and implications. *Journal of Management, 8*, 321–352.

9. Hochwarter, W. A., Witt, L. A., & Kacmar, K. M. (2000). Perceptions of organizational politics as a moderator of the relationship between conscientiousness and job performance. *Journal of Applied Psychology, 9*, 472–478.

10. Fombrun & Land, 1983.

11. Schneier, C. E., Geis, A., & Wert, J. A. (1987). Performance appraisals: No appointment needed. *Personnel Journal, 66*, 80–87.

12. Zemke, 1985.

13. Levenstein, A. (1984). Feedback improves performance. *Nursing Management, 15*, 65–66.

14. Zemke, 1985.

15. Kirkpatrick, D. L. (1986). Performance appraisal: When two jobs are too many. *Training, 65*, 67–69.

16. Ibid.

17. Kopelman, R. E. (1983). Linking pay to performance is a proven management tool. *Personnel Administrator, 9*, 60–68.

18. Ibid.

19. Ibid.

20. Deets, N. R., & Tyler, D. T. (1986). How Xerox improved its performance appraisals. *Personnel Journal*, 50–52.

21. Jacobson, B., & Kaye, B. L. (1986). Career development and performance appraisal: It takes two to tango. *Personnel*, 26–32.

22. Kelly, K. J. (1990). Administrator's forum. *Journal of Nursing Staff Development, 6*, 255–257.

23. Jambunathan, J. (1992). Planning a peer review program. *Journal of Nursing Staff Development, 8*, 235–239.

24. Fulmer, R. M., & Franklin, S. G. (1982). *Supervision: Principles of professional management* (2nd ed., pp. 214–215). New York: Macmillan.

25. Koontz, H., & Weihrich, H. (1988). *Management* (9th ed., pp. 490–494). New York: McGraw-Hill.

26. Ganong, J. M., & Ganong, W. L. (1980). *Nursing management* (2nd ed., p. 191). Gaithersburg, MD: Aspen.

27. Blai, B. (1983). An appraisal system that yields results. *Supervisory Management, 28*, 39–42.

28. Friedman, M. G. (1986). 10 steps to objective appraisals. *Personnel Journal*, 66–71.

29. Rambur, B. (1999). Fostering evidence-based practice in nursing education. *Journal of Professional Nursing, 15*, 270–274; Aliotta, S. L. (2000). Focus on case management: Linking outcomes and accountability. *Topics in Health Information Management, 20*, 11–16; Frankel, A. J., & Heft-LaPorte, H. (1998). Tracking case management accountability: A systems approach. *Journal of Case Management, 7*, 105–111.

30. Edwards, M. R., & Sproull, J. R. (1985). Safeguarding your employee rating system. *Business*, 17–27.

31. Price, S., & Graber, J. (1986). Employee-made appraisals. *Management World*, 34–36.

32. Ignatavicius, D., & Griffith, J. (1982). Job analysis: The basis for effective appraisal. *Journal of Nursing Administration, 12*, 37–41.

33. Dienemann, J., & Shaffer, C. (1992). Faculty performance appraisal systems: Procedures and criteria. *Journal of Professional Nursing, 8*, 148–154.

34. Markowitz, J. (1987). Managing the job analysis process. *Training and Development Journal*, 64–66.

35. Ignatavicius & Griffith, 1982; Markowitz, 1987; Prien, E. P., Goldstein, I. L., & Macey, W. H. (1987). Multidomain job analysis: Procedures and applications. *Training and Development Journal*, 68–72.

36. Conley, P. R., & Sackett, P. R. (1987). Effects of using high- versus low-performing job incumbents as sources of job analysis information. *Journal of Applied Psychology, 72*, 434–437.

37. Denton, D. K. (1992). Redesigning a job by simplifying every task and responsibility. *Industrial Engineering, 24*, 46–48.

38. Ibid.

39. Wolfe, M. N., & Coggins, S. (1997). The value of job analysis, job description and performance. *Medical Group Management Journal, 44*, 42–44, 46–48, 50–52; Conn, V. S., Davis, N. K., & Occena, L. G. (1996). Analyzing jobs for redesign decisions. *Nursing Economic$, 14*, 145–150.

40. Berenson, C., & Ruhnke, H. O. (1966). Job descriptions: Guidelines for personnel management. *Personnel Journal*, 14–19.

41. Webb, P. R., & Cantone, R. J. (1993). Performance evaluation: Triumph or torture? *Journal of Home Health Care Practice, 5*, 14–19.

42. Kleinpell, R. M. (1999). Evolving role descriptions of the acute care nurse practitioner. *Critical Care Nursing Quarterly, 21*, 9–15; Quaal, S. J. (1999). Clinical nurse specialist: Role restructuring to advanced practice registered nurse. *Critical Care Nursing Quarterly, 21*, 37–49; Nemeth, L. (1999). Leadership for coordinated care: Role of a project manager. *Critical Care Nursing Quarterly, 21*, 50–58.

43. Kennedy, W. R. (1987). Train managers to write winning job descriptions. *Training and Development Journal*, 62–64.

44. Rowland, H. S., & Rowland, B. L. (Eds.). (1987). *Hospital legal forms, checklists, and guidelines* (pp. 23–28). Gaithersburg, MD: Aspen.

45. Peters, T. (1987). *Thriving on chaos* (pp. 596–597). New York: Harper & Row.

46. Ibid.

47. Waintroob, A. (1985). Comparable worth issue: The employers side. *The Hospital Manager, 15*, 6–7.

48. TNA's Professional Services Committee. (1985). Nurses and the comparable worth concept. *Texas Nursing*, 12–16.

49. How to establish the comparable worth of a job: Or one way to compare apples and oranges. (1982). *California Nurse*, 10–11; TNA's Professional Services Committee, 1985.

50. Helton, B. R. (1987). Will the real knowledge worker please stand up? *Industrial Management, 29*, 26–29.

51. Kopelman, R. E. (1985). Job redesign and productivity: A review of the evidence. *National Productivity Review, 4*, 237–255.

52. Bolster, C. J. (1991). Work redesign: More than rearranging furniture on the Titanic. *Aspen's Advisor for Nurse Executives, 6*, 4–7.

53. Kanter, R. M. (1990). *When giants learn to dance* (pp. 75–82). New York: Simon & Schuster.

54. Bolster, 1991.

55. Martin, D. C., & Bardol, K. M. (1986). Training the raters: A key to effective performance appraisal. *Public Personnel Management, 15*, 101–109.

56. Edwards & Sproull, 1985.

57. Ibid.

58. Balcazar, F., Hopkin, B. L., & Suarez, Y. (1985). A critical, objective review of performance feedback. *Journal of Organizational Behavior Management, 7,* 65–89.

59. Martin & Bardol, 1986; Friedman, 1986.

60. Ratcliffe, T. A., & Logsdon, D. J. (1980). The business planning process: A behavioral perspective. *Managerial Planning, 28,* 32–38.

61. Edward & Sproull, 1985.

62. Schneier, Geis, & Wert, 1987.

63. Lachman, V. D. (1984). Increasing productivity through performance evaluation. *Journal of Nursing Administration, 14,* 7–14.

64. Frankel, L. P., & Ofuzo, K. L. (1992). Employee coaching: The way to gain commitment, not just compliance. *Employment Relations Today, 19,* 311–320.

65. Ibid.

66. Lachman, 1984.

67. Martin & Bardol, 1986.

68. Wilbers, S. (1993, May 23). Performance reviews can be easier. *San Antonio Express-News,* p. 3G.

69. Ibid.

70. Booker, G. S., & Miller, R. W. (1966). A closer look at peer ratings. *Personnel, 43,* 42–47.

71. Strom, P. S., Strom, R. D., & Moore, E. G. (1999). Peer and self-evaluation of teamwork skills. *Journal of Adolescence, 22,* 539–553.

72. Friedman, 1986.

73. Jambunathan, 1992.

74. Jurf, J. B., Haley, W., Keegan, P. L., Williams, P. A., & Ecoff, L. (1992). First steps toward peer review. *Journal of Nursing Staff Development, 8,* 184–186.

75. Jacobs, M. E., & Vail, J. D. (1986). Quality assurance: A unit-based plan. *Journal of the Association of Nurse Anesthetists,* 265–271.

76. Ibid.; Jambunathan, 1992.

77. Jacobs & Vail, 1986; Jurf et al., 1992; Jambunathan, 1992.

78. Ibid.

79. Rigg, M. (1992). Reasons for removing employee evaluations from management control. *Industrial Engineering, 24,* 17.

80. Jambunathan, 1992; Jurf et al., 1992.

81. Gregg, A. C., & Bloom, K. C. (1999). Performance evaluation and patient outcomes monitored by nurse practitioners and certified nurse–midwives in Florida. *Clinical Excellence in Nursing Practice, 3,* 279–285.

82. Fombrun & Land, 1983.

83. Zemke, 1985.

84. Price, S., & Graber, J. (1986). Employee-made appraisals. *Management World,* 34–36; Andrusyszyn, M. A. (1990). Faculty evaluation: A closer look at peer review. *Nurse Education Today, 10,* 410–414.

85. Ibid.

86. Lovrich, M. P. (1985). The dangers of participative management: A test of unexamined assumptions concerning employee involvement. *Review of Public Personnel Administration, 5,* 9–25.

87. Jacobson & Kaye, 1986.

88. Somers, M. J., & Birnbaum, D. (1991). Assessing self-appraisal of job performance as an evaluation device: Are the poor results a function of method or methodology? *Human Relations, 91,* 1081–1091.

89. Ballinger, J., & Ferko, J., III. (1989). Peer evaluations. *Emergency, 21*, 28–31.

90. Van der Heijden, B. I. (2000). Professional expertise of higher level employees: Age stereotyping in self-assessments and supervisor ratings. *Tijdschrift voor Gerontologie en Geriatrie*, 62–69.

91. Shore, I. H., Shole, L. H., & Thornton, G. C., III. (1992). Construct validity of self- and peer evaluation of performance dimensions in an assessment center. *Journal of Applied Psychology, 77*, 42–54.

92. Edwards & Sproull, 1985.

93. Zemke, 1985; Edwards & Sproull, 1985.

94. Bushardt, S. C., & Fowler, A. R., Jr. (1988). Performance evaluation alternatives. *Journal of Nursing Administration, 18*, 40–44.

95. Ibid.

96. Fox, W. M. (1969). Evaluating and developing subordinates. *Notes and Quotes*, 4.

97. Coyant, J. C. (1973). The performance appraisal: A critique and an alternative. *Business Horizons*, 73–78.

98. Lofton, R. E. (1985). Performance appraisals: Why they go wrong and how to do them right. *National Productivity Review, 5*, 54–63.

99. Ibid.

100. Moen, J. T. (2004). Performance appraisal systems. *Public Personnel Management, 5*, 241–248.

101. Mainstone, L. E., & Levi, A. S. (1987). Fundamentals of statistical process control. *Journal of Organizational Behavior Management, 9*, 5–21.

102. Krantz, 1983; Martin & Bardol, 1986; Logan, C. (1985). Praise: The powerhouse of self-esteem. *Nursing Management, 16*, 36, 38; Friedman, 1986; Schneier et al., 1987; Edwards & Sproull, 1985; Breeze, E. Y. (1968). The performance review. *Manage*, 6–11; Dienemann & Shaffer, 1992; Peters, 1987.

103. MacFalda, P. A. (1998). Performance improvement: How to get employee buy-in. *Radiology Management, 20*, 35–44.

104. Appelbaum, S. H., & Shapiro, B. T. (1992). Pay for performance: Implementation of individual and group plans. *Management Decision: Quarterly Review of Management Technology, 30*, 86–91.

105. Grossmann, J. (1992). Pay, performance and productivity. *Small Business Reports, 17*, 50–59.

106. Browdy, J. D. (1989). Performance appraisal and pay for performance start at the top. *Health Care Supervisor, 7*, 31–41.

107. Appelbaum & Shapiro, 1992.

108. Grossmann, 1992.

109. Tully, S. (1993, November 1). Your paycheck gets exciting. *Fortune*, 83–84, 88, 95, 98.

110. Adinolfi, P. (1998). Performance-related pay for health service professionals: The Italian experience. *Health Service Management Research, 11*, 211–220.

111. Farh, J.-L., Griffith, R. W., & Balkin, D. B. (1991). Effects of choice of pay plans on satisfaction, goal setting, and performance. *Journal of Organizational Behavior, 12*, 55–62.

112. Miceli, M. P., Jung, I., Near, J. P., & Greenberger, D. B. (1991). Predictors and outcomes of reactions to pay-for-performance plans. *Journal of Applied Psychology, 76*, 508–521.

113. Milkovich, G., & Milkovich, C. (1992). Strengthening the pay–performance relationship: The research. *Compensation & Benefits Review, 24*, 53–62.

114. Frisch, C. J., & Dickinson, M. A. (1990). Work productivity as a function of the percentage of monetary incentives to base pay. *Journal of Organizational Behavior Management, 11*, 13–33.

115. Berger, S., & Moyer, J. (1991, August 19). Launching a performance-based pay plan. *Modern Healthcare, 21*, 64.

116. Mehrotra, A., Sorberg, M. E., & Damberg, C. L. (2010). Using the lessons of behavioral economics to design more effective pay-for-performance. *The American Journal of Managed Care, 16*(7), 497–503.

117. Zenger, T. R. (1992). Why do employers only reward extreme performance? Examining the relationships among performance, pay, and turnover. *Administrative Science Quarterly, 37,* 198–219.

118. Williamson, R. M. (1992). Reward what you value and reach new maintenance performance levels. *Plant Engineering, 46,* 113–114.

119. Appelbaum & Shapiro, 1992; Grossman, 1992; Conte, M. A., & Kruse, D. (1991). ESOPs and profit-sharing plans: Do they link employee pay to company performance? *Financial Management, 20,* 91–100; Schwab, D. P., & Olson, C. A. (1990). Merit-pay practices: Implications for pay–performance relationships. *Industrial and Labor Relations Review, 43,* 237S–255S; Jones, D. W., & Hanser, M. C. (1991). Putting teeth into pay-for-performance programs. *Healthcare Financial Management, 45,* 32, 34–35, 40, 42.

120. Grossmann, 1992; Appelbaum & Shapiro, 1992; Guthrie, J. P., & Cunningham, E. P. (1992). Pay for performance for hourly workers: The Quaker Oats alternative. *Compensation & Benefits Review, 24,* 18–23; Meng, G. J. (1992). Using job descriptions, performance and pay innovations to support quality: A paper company's experience. *National Productivity Review, 11,* 247–255; Performance reviews key in pay for performance and pay. (1993, May 10). *Wall Street Journal,* p. B1; Milkovich & Milkovich, 1992; Berger & Moyer, 1991; Tully, S. (1993, September 20). The real key to creating wealth. *Fortune,* 38–39, 44–45, 48, 50; MacLean, B. P., & Mikolajczyk, T. (1990). Value-added pay beats traditional merit programs. *Personnel Journal, 69,* 46, 48–50, 52; Greenwald, J. (1991, April 15). Workers: Risks and rewards. *Time,* 42–43; Thornburg, L. (1992a). Pay for performance: What you should know. *HR Magazine,* 58–61; Thornburg, L. (1992b). How do you cut the cake? *HR Magazine,* 66–68, 70, 72; McNally, K. A. (1992). Compensation as a strategic tool. *HR Magazine,* 38–40; Browdy, 1989.

121. Benner, P. (1984). *From novice to expert: Excellence and power in clinical nursing practice.* Menlo Park, CA: Addison-Wesley.

122. Schwab & Olson, 1990, p. S237.

123. Guthrie & Cunningham, 1992.

124. Sturman, M. C. (2006). Using your pay system to improve employees' performance: How you pay makes a difference. *Cornell Hospitality Reports, 6*(13), 8–14.

REFERENCES

Adinolfi, P. (1998). Performance-related pay for health service professionals: The Italian experience. *Health Service Management Research, 11,* 211–220.

Aliotta, S. L. (2000). Focus on case management: Linking outcomes and accountability. *Topics in Health Information Management, 20,* 11–16.

Andrusyszyn, M. A. (1990). Faculty evaluation: A closer look at peer review. *Nurse Education Today, 10,* 410–414.

Appelbaum, S. H., & Shapiro, B. T. (1992). Pay for performance: Implementation of individual and group plans. *Management Decision: Quarterly Review of Management Technology, 30,* 86–91.

Balcazar, F., Hopkin, B. L., & Suarez, Y. (1985). A critical, objective review of performance feedback. *Journal of Organizational Behavior Management, 7,* 65–89.

Ballinger, J., & Ferko, J., III. (1989). Peer evaluations. *Emergency, 21,* 28–31.

Benner, P. (1984). *From novice to expert: Excellence and power in clinical nursing practice.* Menlo Park, CA: Addison-Wesley.

Berenson, C., & Ruhnke, H. O. (1966). Job descriptions: Guidelines for personnel management. *Personnel Journal,* 14–19.

Berger, S., & Moyer, J. (1991, August 19). Launching a performance-based pay plan. *Modern Healthcare, 21,* 64.

Blai, B. (1983). An appraisal system that yields results. *Supervisory Management, 28,* 39–42.

Bolster, C. J. (1991). Work redesign: More than rearranging furniture on the Titanic. *Aspen's Advisor for Nurse Executives, 6,* 4–7.

Booker, G. S., & Miller, R. W. (1966). A closer look at peer ratings. *Personnel, 43,* 42–47.

Breeze, E. Y. (1968). The performance review. *Manage,* 6–11.

Bretz, R. D., Milkovich, G. T., & Read, W. (1992). The current state of performance appraisal research and practice: Concerns, directions and implications. *Journal of Management, 8,* 321–352.

Browdy, J. D. (1989). Performance appraisal and pay for performance start at the top. *Health Care Supervisor, 7,* 31–41.

Bushardt, S. C., & Fowler, A. R., Jr. (1988). Performance evaluation alternatives. *Journal of Nursing Administration, 18,* 40–44.

Cohen, M. (2007). *What you accept is what you teach: Setting standards for employee accountability.* Minneapolis, MN: Creative Health Care Management, Inc.

Conley, P. R., & Sackett, P. R. (1987). Effects of using high- versus low-performing job incumbents as sources of job analysis information. *Journal of Applied Psychology, 72,* 434–437.

Conn, V. S., Davis, N. K., & Occena, L. G. (1996). Analyzing jobs for redesign decisions. *Nursing Economic$, 14,* 145–150.

Conte, M. A., & Kruse, D. (1991). ESOPs and profit-sharing plans: Do they link employee pay to company performance? *Financial Management, 20,* 91–100.

Coyant, J. C. (1973). The performance appraisal: A critique and an alternative. *Business Horizons,* 73–78.

Deets, N. R., & Tyler, D. T. (1986). How Xerox improved its performance appraisals. *Personnel Journal,* 50–52.

Denton, D. K. (1992). Redesigning a job by simplifying every task and responsibility. *Industrial Engineering, 24,* 46–48.

Dienemann, J., & Shaffer, C. (1992). Faculty performance appraisal systems: Procedures and criteria. *Journal of Professional Nursing, 8,* 148–154.

Edwards, M. R., & Sproull, J. R. (1985). Safeguarding your employee rating system. *Business,* 17–27.

Falcone, P. (2007). Productive performance appraisals. Washington, DC: AMAC, American Management Association.

Fallon, L. F., & McConnell, C. R. (2007). *Human resource management in health care: Principles and practice.* Sudbury, MA: Jones and Bartlett Publishers.

Farh, J.-L., Griffith, R. W., & Balkin, D. B. (1991). Effects of choice of pay plans on satisfaction, goal setting, and performance. *Journal of Organizational Behavior, 12,* 55–62.

Fombrun, C. J., & Land, R. L. (1983). Strategic issues in performance appraisal: Theory and practice. *Personnel, 60,* 23–31.

Fox, W. M. (1969). Evaluating and developing subordinates. *Notes and Quotes,* 4.

Frankel, A. J., & Heft-LaPorte, H. (1998). Tracking case management accountability: A systems approach. *Journal of Case Management, 7,* 105–111.

Frankel, L. P., & Ofuzo, K. L. (1992). Employee coaching: The way to gain commitment, not just compliance. *Employment Relations Today, 19,* 311–320.

Friedman, M. G. (1986). 10 steps to objective appraisals. *Personnel Journal,* 66–71.

Frisch, C. J., & Dickinson, M. A. (1990). Work productivity as a function of the percentage of monetary incentives to base pay. *Journal of Organizational Behavior Management, 11,* 13–33.

Fulmer, R. M., & Franklin, S. G. (1982). *Supervision: Principles of professional management* (2nd ed.). New York: Macmillan.

Ganong, J. M., & Ganong, W. L. (1980). *Nursing management* (2nd ed.). Gaithersburg, MD: Aspen.

Greenwald, J. (1991, April 15). Workers: Risks and rewards. *Time,* 42–43.

Gregg, A. C., & Bloom, K. C. (1999). Performance evaluation and patient outcomes monitored by nurse practitioners and certified nurse–midwives in Florida. *Clinical Excellence in Nursing Practice, 3,* 279–285.

Grossmann, J. (1992). Pay, performance and productivity. *Small Business Reports, 17,* 50–59.

Guthrie, J. P., & Cunningham, E. P. (1992). Pay for performance for hourly workers: The Quaker Oats alternative. *Compensation & Benefits Review, 24,* 18–23.

Helton, B. R. (1987). Will the real knowledge worker please stand up? *Industrial Management, 29,* 26–29.

Hochwarter, W. A., Witt, L. A., & Kacmar, K. M. (2000). Perceptions of organizational politics as a moderator of the relationship between conscientiousness and job performance. *Journal of Applied Psychology, 9,* 472–478.

How to establish the comparable worth of a job: Or one way to compare apples and oranges. (1982). *California Nurse,* 10–11.

Ignatavicius, D., & Griffith, J. (1982). Job analysis: The basis for effective appraisal. *Journal of Nursing Administration, 12,* 37–41.

Jacobson, B., & Kaye, B. L. (1986). Career development and performance appraisal: It takes two to tango. *Personnel,* 26–32.

Jacobs, M. E., & Vail, J. D. (1986). Quality assurance: A unit-based plan. *Journal of the Association of Nurse Anesthetists,* 265–271.

Jambunathan, J. (1992). Planning a peer review program. *Journal of Nursing Staff Development, 8,* 235–239.

Jones, D. W., & Hanser, M. C. (1991). Putting teeth into pay-for-performance programs. *Healthcare Financial Management, 45,* 32, 34–35, 40, 42.

Jurf, J. B., Haley, W., Keegan, P. L., Williams, P. A., & Ecoff, L. (1992). First steps toward peer review. *Journal of Nursing Staff Development, 8,* 184–186.

Kanter, R. M. (1990). *When giants learn to dance.* New York: Simon & Schuster.

Kelly, K. J. (1990). Administrator's forum. *Journal of Nursing Staff Development, 6,* 255–257.

Kennedy, W. R. (1987). Train managers to write winning job descriptions. *Training and Development Journal,* 62–64.

Kirkpatrick, D. L. (1986). Performance appraisal: When two jobs are too many. *Training, 65,* 67–69.

Kleinpell, R. M. (1999). Evolving role descriptions of the acute care nurse practitioner. *Critical Care Nursing Quarterly, 21,* 9–15.

Koontz, H., & Weihrich, H. (1988). *Management* (9th ed.). New York: McGraw-Hill.

Kopelman, R. E. (1983). Linking pay to performance is a proven management tool. *Personnel Administrator, 9,* 60–68.

Kopelman, R. E. (1985). Job redesign and productivity: A review of the evidence. *National Productivity Review, 4,* 237–255.

Krantz, S. (1983). Five steps to making performance appraisal writing easier. *Supervisory Management, 28,* 7–10.

Lachman, V. D. (1984). Increasing productivity through performance evaluation. *Journal of Nursing Administration, 14,* 7–14.

Levenstein, A. (1984). Feedback improves performance. *Nursing Management, 15,* 65–66.

Lofton, R. E. (1985). Performance appraisals: Why they go wrong and how to do them right. *National Productivity Review, 5,* 54–63.

Logan, C. (1985). Praise: The powerhouse of self-esteem. *Nursing Management, 16,* 36, 38.

Lovrich, M. P. (1985). The dangers of participative management: A test of unexamined assumptions concerning employee involvement. *Review of Public Personnel Administration, 5*, 9–25.

MacFalda, P. A. (1998). Performance improvement: How to get employee buy-in. *Radiology Management, 20*, 35–44.

MacLean, B. P., & Mikolajczyk, T. (1990). Value-added pay beats traditional merit programs. *Personnel Journal, 69*, 46, 48–50, 52.

Mainstone, L. E., & Levi, A. S. (1987). Fundamentals of statistical process control. *Journal of Organizational Behavior Management, 9*, 5–21.

Markowitz, J. (1987). Managing the job analysis process. *Training and Development Journal*, 64–66.

Marqulus, L. S., & Melin, J. A. (2005). *Performance appraisals made easy*. Thousand Oaks, CA: Corwin Press.

Martin, D. C., & Bardol, K. M. (1986). Training the raters: A key to effective performance appraisal. *Public Personnel Management, 15*, 101–109.

McNally, K. A. (1992). Compensation as a strategic tool. *IIR Magazine*, 38–40.

Meng, G. J. (1992). Using job descriptions, performance and pay innovations to support quality: A paper company's experience. *National Productivity Review, 11*, 247–255.

Mehrotra, A., Sorberg, M. E., & Damberg, C. L. (2010). Using the lessons of behavioral economics to design more effective pay-for-performance. *The American Journal of Managed Care, 16*(7), 497–503.

Miceli, M. P., Jung, I., Near, J. P., & Greenberger, D. B. (1991). Predictors and outcomes of reactions to pay-for-performance plans. *Journal of Applied Psychology, 76*, 508–521.

Milkovich, G., & Milkovich, C. (1992). Strengthening the pay–performance relationship: The research. *Compensation & Benefits Review, 24*, 53–62.

Moen, J. T. (2004). Performance appraisal systems. *Public Personnel Management, 5*, 243–248.

Moroney, B. P., & Buckley, M. R. (1992). Does research in performance appraisal influence the practice of performance appraisal? Regretfully not! *Public Personnel Management, 4*, 185–195.

Nemeth, L. (1999). Leadership for coordinated care: Role of a project manager. *Critical Care Nursing Quarterly, 21*, 50–58.

Niespodziani, C. A. (2007). *The CMS-JCAHO crosswalk: A side-by-side analysis of the CMS conditions*. Danvers, MA: HC Pro, Inc.

Performance reviews key in pay for performance and pay. (1993, May 10). *Wall Street Journal*, p. B1

Peters, T. (1987). *Thriving on chaos*. New York: Harper & Row.

Price, S., & Graber, J. (1986). Employee-made appraisals. *Management World*, 34–36.

Prien, E. P., Goldstein, I. L., & Macey, W. H. (1987). Multidomain job analysis: Procedures and applications. *Training and Development Journal*, 68–72.

Quaal, S. J. (1999). Clinical nurse specialist: Role restructuring to advanced practice registered nurse. *Critical Care Nursing Quarterly, 21*, 37–49.

Rambur, B. (1999). Fostering evidence-based practice in nursing education. *Journal of Professional Nursing, 15*, 270–274.

Ratcliffe, T. A., & Logsdon, D. J. (1980). The business planning process: A behavioral perspective. *Managerial Planning, 28*, 32–38.

Rigg, M. (1992). Reasons for removing employee evaluations from management control. *Industrial Engineering, 24*, 17.

Rowland, H. S., & Rowland, B. L. (Eds.). (1987). *Hospital legal forms, checklists, and guidelines*. Gaithersburg, MD: Aspen.

Schneier, C. E., Geis, A., & Wert, J. A. (1987). Performance appraisals: No appointment needed. *Personnel Journal, 66*, 80–87.

Schwab, D. P., & Olson, C. A. (1990). Merit-pay practices: Implications for pay–performance relationships. *Industrial and Labor Relations Review, 43,* 237S–255S.

Shi, L. (2007). *Managing human resources in health care organizations.* Sudbury, MA: Jones and Bartlett Publishers.

Shore, I. H., Shole, L. H., & Thornton, G. C., III. (1992). Construct validity of self- and peer evaluation of performance dimensions in an assessment center. *Journal of Applied Psychology, 77,* 42–54.

Somers, M. J., & Birnbaum, D. (1991). Assessing self-appraisal of job performance as an evaluation device: Are the poor results a function of method or methodology? *Human Relations, 91,* 1081–1091.

Strom, P. S., Strom, R. D., & Moore, E. G. (1999). Peer and self-evaluation of teamwork skills. *Journal of Adolescence, 22,* 539–553.

Sturman, M. C. (2006). Using your pay system to improve employees' performance: How you pay makes a difference. *Cornell Hospitality Reports 6*(13), 8–14.

Thornburg, L. (1992a). Pay for performance: What you should know. *HR Magazine,* 58–61.

Thornburg, L. (1992b). How do you cut the cake? *HR Magazine,* 66–68, 70, 72.

TNA's Professional Services Committee. (1985). Nurses and the comparable worth concept. *Texas Nursing,* 12–16.

Tully, S. (1993, September 20). The real key to creating wealth. *Fortune,* 38–39, 44–45, 48, 50.

Tully, S. (1993, November 1). Your paycheck gets exciting. *Fortune,* 83–84, 88, 95, 98.

Van der Heijden, B. I. (2000). Professional expertise of higher level employees: Age stereotyping in self-assessments and supervisor ratings. *Tijdschrift voor Gerontologie en Geriatrie,* 62–69.

Waintroob, A. (1985). Comparable worth issue: The employers side. *The Hospital Manager, 15,* 6–7.

Webb, P. R., & Cantone, R. J. (1993). Performance evaluation: Triumph or torture? *Journal of Home Health Care Practice, 5,* 14–19.

Wilbers, S. (1993, May 23). Performance reviews can be easier. *San Antonio Express-News,* p. 3G.

Williamson, R. M. (1992). Reward what you value and reach new maintenance performance levels. *Plant Engineering, 46,* 113–114.

Wolfe, M. N., & Coggins, S. (1997). The value of job analysis, job description and performance. *Medical Group Management Journal, 44,* 42–44, 46–48, 50–52.

Zemke, R. (1985). Is performance appraisal a paper tiger? *Training,* 24–32.

Zenger, T. R. (1992). Why do employers only reward extreme performance? Examining the relationships among performance, pay, and turnover. *Administrative Science Quarterly, 37,* 198–219.

The Professional Nursing Staff Educator

Arlene Morris   *Debbie Faulk*

WWW LEARNING OBJECTIVES AND ACTIVITIES

- Describe the staff development process.
- Analyze the impact of the American Organization of Nurse Executives' guiding principles on the role of the staff development educator.
- Describe the roles of staff development educators and factors that affect roles and responsibilities.
- Distinguish the characteristics of adult learners.
- Integrate adult learning principles into program design.
- Apply strategies to promote critical synthesis and reflection for clinical judgment.
- Describe current issues affecting the healthcare delivery system and the impact on professional nurse staff development educators.
- Examine future issues related to the staff development educator role.

WWW CONCEPTS

Staff development, adult learning, critical thinking, critical synthesis, quality and safety, evidence-based practice.

SPHERES OF INFLUENCE

Unit-Based or Service-Line based Authority: Utilizes the staff development process to coordinate learning experiences for nursing staff.

Organization-Based Authority: Meets legal and accreditation standards for personnel competency through professional staff development; provides financial and human resources; establishes policies for staff development; provides release time for staff to attend continuing education offerings; motivates employees to assume personal responsibility for professional development; provides mechanisms to identify staff growth needs; evaluates the effects of staff participation in continuing education offerings on quality of client care.

Quote

The important thing to realize is that without necessarily being creative, a leader plays an indispensable role in the process of creation. As a crucial member of the field, a gatekeeper to the domain, the individual in a leadership position holds the keys for turning wild ideas into practical reality.

—Mihaly Csikszentmihalyi

Introduction

After two decades of dramatic, rapid changes to the healthcare delivery system, nurses employed in clinical practice settings continue to adjust to multiple roles while striving to maintain a value of "patient-centered care." Healthcare reform will drastically change healthcare delivery systems across settings. Although staff development is considered to be a "cost-effective method of increasing productivity,"[1] staff development departments must anticipate and respond to questions from health system leaders and stakeholders related to the impact of continuing education on quality outcomes. To address these concerns, staff educators must be aware of the impact of policy changes on staff development and must participate in ongoing dialogue with leaders at all system levels. Staff development is vital to clarify the role expectations of multiple levels of nursing education preparation and to promote high-quality, safe, patient family-centered care. As staff, client, and system needs change, staff development becomes the lifeblood of a professional nurse, allowing application of new research and methods in practice, which then translates to improved patient outcomes.

The American Organization of Nurse Executives (AONE) continues to support knowledge as critical to the future of patient-family centered care in the 2010 *Guiding Principles for Future Care Delivery*.[2] Knowledge must be accessible and synthesized to ensure coordinated care across multiple levels, disciplines, and settings. These guiding principles will influence the staff development educator's ability to fulfill roles and responsibilities. Recent findings from the Robert Wood Johnson Foundation (RWJF) and the Institute of Medicine's (IOM) initiative, The Future of Nursing[3] and the Carnegie Foundation[4] urge transformation of the nursing profession, equipping nurses to focus on managing the multifaceted health needs of a changing population. Given the sociopolitical and economic changes affecting today's complex healthcare delivery systems, professional staff development educators have a greater challenge to develop and provide consistent high-quality, evidence-based education to adult learners.

STAFF DEVELOPMENT EDUCATOR ROLES

Staff development continues to undergo numerous structure, process, title, and role changes. As a result, the purpose of staff development has evolved and expanded. The role includes titles such as staff development instructor, clinical educator, staff development specialist, or professional development specialist. Professional development specialists can be either hospital based (providing education for all healthcare providers and other personnel within an institution), or unit based (dedicated to one specific unit). The healthcare organization's size, structure, and financial status determine the scope of the role and responsibility. For example, staff development educators may provide programs for (a) all nursing personnel, (b) all providers of care for the client, (c) all employees of an organization, or (d) all employees of a multisite corporation.[5]

The National Nursing Staff Development Organization defines staff development as the "systematic process of assessment, planning, development, and evaluation that enhances the performance or professional development of healthcare providers and their continuing competence."[6] Professional nursing development activities include orientation, inservice education, staff development, continuing education, academic education, information management, and research. Although these activities can overlap somewhat, the desired learning outcomes are the important factors.

Grasmick describes six roles of the professional staff development educator: educator, facilitator, change agent, consultant, researcher, and leader.[7] Responsibilities within each of the roles vary according to the institution and the needs of learners. In the educator role, the staff development process is used to provide educational programs. Educational programs for healthcare providers address nursing skills and knowledge and evaluation of outcomes related to increased professional development and competency levels; they may be provided through staff orientations, inservice programs, and evidence-based practice updates. To address role changes of staff, in-service education is needed to develop and refine new skills and knowledge related to job performance. These learning experiences usually are brief and narrow in scope and aimed at only one competency or knowledge area. Staff development may include programs for all personnel within a healthcare organization, including orientation, updates for new policy or policy changes, or procedural revisions based on recent evidence (e.g., standards for prevention of urinary tract infections). Technological advances may necessitate an increased proficiency in informational technology and now allow for inservice education programs to be delivered in a variety of formats, such as computer-assisted instruction, simulation, online programs, or use of intranets to deliver mandatory programs unique to the healthcare setting or necessary to meet regulatory standards.

Continuing education responsibilities include planning and organizing learning experiences in a variety of settings intended to build on the previous education and experience of staff. State nursing board–approved continuing education offerings may be used to provide nurses with new approaches to healthcare delivery and enhance practice, education, administration, research, and theory development for state license renewal. Examples include workshops, conferences, self-learning modules, seminars, and online programs. Additionally, continuing education may be targeted to new graduates through internship or residency programs.

In the role of facilitator, the staff development educator assists learners to identify individual needs, resources appropriate for meeting these needs, and how to access appropriate resources. In the past, this may have included organization of expert presenters in a classroom. Today, however, widely accepted changes in delivery methods such as web-based learning allow innovative teaching strategies. The staff development educator must be aware of and use evidence-based teaching–learning strategies related to new technology mediums.

As a change agent, the staff educator participates in evaluating client outcomes and in identifying system, unit, or individual employee needs for improvement and acts to facilitate the change process within the healthcare environment. The staff educator also serves as a change advocate by serving on institutional committees and by being a member of professional nursing organizations to ensure that client and practice issues are addressed. Weston[9] related the impact of control of nursing practice by nurses on the delivery of best patient care and suggested that nurse leaders strive to change the infrastructure of healthcare organizations by providing education to nurses and staff regarding evaluation of options and priority actions for policy change. Critical to these changes is the creation of learning environments that foster autonomous examination of and reflection on practice and participation in organizational system decisions.

In the consultant role, the staff educator serves as a resource in the problem-solving process throughout the healthcare delivery system. Administration, units of care, and intraprofessional staff need the expertise of the professional staff educator in collaborating to identify the root cause of issues related to high quality patient outcomes, then to plan strategies for educating those involved. The consultant role also involves collaboration with faculty in schools of nursing to provide optimal student clinical experiences through preceptorships, internships, or residency programs while maintaining a safe, effective care environment for the client. School of nursing faculty, the preceptor, and staff development

www Evidence-Based Practice 19-1

Findings from a pilot study indicated that interactive videoconferencing is an "effective, accepted format for educational opportunities" and does not "compromise student learning or assessment by external assessors."[8]

educators work as a team to identify learning needs of nursing students or new graduates based on clinical learning objectives. Professional staff development educators create a positive climate and join with nurse managers to prepare preceptors or mentors for the role. Staff development educators and nurse managers, along with nursing faculty, can facilitate the preceptor/mentor role by offering educational programs. For example, a staff development specialist collaborated with faculty in a school of nursing to create a DVD that provided easy, asynchronous access to information specific to the preceptor/mentor role. Furthermore, staff educators in the consultant role provide feedback to nursing education programs regarding the quality of graduates and collaborate to develop methods that enhance quality.

As a researcher, the staff educator uses and facilitates the research process. This includes assisting staff in recognition and development of research questions related to clinical nursing interventions, administrative procedures, and educational methodologies. Development of personal and staff writing and presentation skills is a vital responsibility for the staff educator as evidence generated from research must be disseminated for use. The staff development educator can help staff become aware of methods for accessing information. For example, innovations from research findings regarding best nursing practice are available at the American Healthcare Research and Quality (AHRQ) Innovations Exchange.[10]

The American Organization of Nurse Executives recognizes that "excellent leadership is essential to ensure excellent patient care."[11] As a transformational leader, the professional staff development educator must model lifelong learning and must be able to retrieve appropriate information, modeling the retrieval and use of this information. Additionally, the role of leader involves awareness of group process and interpersonal skills such as coaching, mentoring, relationship building, dissemination of information, and determination of resources. A critical and often less recognized leadership activity is job-related counseling. This responsibility is extremely important given today's complex healthcare delivery system, increased client acuity, ethical and legal implications of care, and multiple other factors that have an impact on the work of healthcare providers. Job-related counseling involves promoting the professional growth of employees by assisting them to use self-reflection to assess needs for lifelong learning and to deliver high-quality care within current standards. Counseling also includes evaluating promotion possibilities and assistance in obtaining any formal education or required certification.

In the leader role, today's nursing professional staff educator is in a unique position to advocate for nursing as a profession. Expanded roles may require the staff educator to embody the organization within the community, including representing the institution to nonhealthcare consumers, serving on community or professional organization boards or advisory councils, and providing information to official policy decision makers in areas of expertise.

Within each of the staff development educator roles there are overlapping responsibilities. It is difficult to determine which role or responsibility is of greatest importance. However, at any given time, the staff development educator may find that one or two responsibilities take precedence. As staff needs, resources, and abilities change, the staff development educator must be flexible and embrace the changes to provide high-quality staff education. For example, implementation of the Patient Protection and Affordable Care Act may require an urgent focus on education specifically addressing these changes.

STAFF DEVELOPMENT EDUCATOR COMPETENCIES

Clinical nurses may transition to staff development roles, although they may not have had educational preparation to be effective in the required roles. Professional development specialists may have graduate degrees in a particular nursing specialty or may have advanced preparation in nursing education. Staff development educators model lifelong learning by progressing from meeting their own learning needs to development of teaching skills, eventually shifting the focus from self-learning to meeting the needs of the learners.

To function effectively and efficiently within the demanding multifaceted roles, staff development educators must possess skills in education, leading and managing, interpersonal and advanced communication skills, clinical expertise, and political acumen. Wolff categorized critical staff educator competencies within the cognitive, psychomotor, and affective learning domains.[12] **Figure 19-1** lists the suggested competencies within these three domains.

STAFF DEVELOPMENT ORGANIZATION

Each organization needs a statement of beliefs, or philosophy, about how and why it will accomplish staff development. Important to the development of a philosophy is the recognition that the primary goal of professional development is to provide high-quality care that results in positive client outcomes. Flowing from the mission and philosophy of the organization of which it is a part, the staff development philosophy should be written by a representative group, rather than an individual, and be embraced by staff and administrators. In writing a philosophy for staff development, the group needs to address the following areas:

- Commitment to quality and safety
- Importance or valuing of staff development
- Costs and benefits of staff development
- How learning occurs, including theoretical bases
- Teaching–learning strategies
- Employees' responsibility for learning
- Organizational responsibility for providing staff development

The philosophy, mission, goals, and structure of the organization will guide decisions related to how the staff development department is organized (centralized or decentralized), the number of personnel that will be required, if outside advisory groups will be used for consultation purposes, and the budget process. A centralized model includes one agency-wide staff development department, with nurse and/or nonnurse educators. In this model, all departments collaborate to determine and plan for learning needs. In a decentralized model, the nursing department has its own organized inservice or staff development program. The nursing staff development department may then adopt a central

FIGURE 19-1   Staff Development Educator Competencies

Cognitive Domain	Affective Domain	Psychomotor Domain
• Nursing, organization, and education philosophies and theories	• Awareness of personal values and philosophy	• Learner skills
• Adult educational principles and strategies	• Emotional intelligence	• Teaching skills
• Clinical nursing knowledge	• Valuing of individuals	• Communication skills
• Diversity awareness	• Valuing of lifelong learning	• Clinical nursing skills
• Effective communication strategies	• Valuing political acumen	• Technology skills

Source: Author.

unit-based model, and collaborate interprofessionally. If the healthcare organization is an institution within a larger corporation or macro-system, staff development personnel may be provided centrally to multiple sites through the use of technology such as Internet, course management systems, video streaming, lecture capture, and social communication tools.

The number of staff development personnel depends on the size of the agency and the organizational structure. In smaller organizations, a nurse manager may assume the role of professional staff development educator. However, it is unrealistic to expect one person to effectively provide orientation, continuing education, and research for the needs of the entire organization. Management or governance of the staff development program also depends on the size and structure of the organization. Nursing leaders in healthcare organizations, no matter the type, size, or organizational structure, must advocate for staff development programs.

Regardless of the size of the organization, type of governance, or staff development structure, an advisory group should be appointed to represent the customers receiving education. This group may be composed of persons from within the organization, those outside the organization, or a combination of both. The primary purpose of the advisory group is to identify needs and creative strategies and resources for planning programs. Advisory group members may increase participation of those receiving the education by communicating the purpose of staff development programs directly to the people represented.

The manager or director of staff development should be responsible for developing and implementing the budget. The amount of monies allocated for staff development may vary according to staff size, the number of anticipated new employees, and existing resources. Although some may believe staff development does not generate revenue and may suggest budget cuts in this area, this point of view is dangerous and can have legal and ethical implications. For example, risk management may identify system-wide needs for education to prevent problems. Healthcare organizational needs may change due to the impact of confidentiality and/or evidence-based practice standards. The RWJF identified that point-of-care personnel may be the area of greatest need for system-wide educational efforts.[13] Given changes in healthcare environments as a result of system redesigns, it is imperative that organizations demonstrate a commitment to staff development through allocation of necessary resources and that cost containment imperatives be addressed through careful collection and analysis of cost to benefit data.

STAFF DEVELOPMENT PROCESS

Staff development is based on a philosophy of adult education, using teaching and learning principles and concepts that apply to people with a combination of responsibilities, including family and financial obligations, employment commitment(s), and identified areas of interest or specialization. Various learning styles and level of motivation must be considered in planning staff development programs. While working within the philosophy of the organization, the staff development educator seeks ways to incorporate individual learner goals, aspirations, and personal philosophies of nursing.

Staff development educators reinforce that learning is a critical continuing process throughout a professional career. Lifelong learning involves self-direction in identifying needs and areas for growth, which in turn promotes motivation for involvement and selection of methods for learning. Lifelong learning is essential in nursing because of rapid changes in healthcare delivery systems and changing roles within that system to keep current. Nursing is influenced by public policy, technology, and societal and economic changes. Technology (which continually increases in complexity and scope) and innovations in health care are forces necessitating nurses' pursuit of lifelong learning. Nurses must adjust quickly to the demands associated with high-tech skills. Effective staff development programs respond to the needs of nurses practicing under such increased demands.

Characteristics of Adult Learners

Galbraith[14] suggests that adult learners individually fall at various points between the maxim "you can't teach an old dog new tricks" and the super learner idea proposed by Knowles.[15] Adult learner variability occurs from diverse previous experiences, the wide span of age cohorts, and unique individual learner needs. "Adult learners have never been more diverse and we as teachers must be attuned to the influence of diversity and culture on motivation and hence on learning."[16] Staff development educators need to recognize that adult learners may share similar characteristics, as listed in **Figure 19-2**.

Motivation may be defined as the energy that causes adults to strive toward competence in matters believed to be important. A common culture is created when the staff development educator values and engages the needs of adults and uses input from learners to create a shared vision. Staff educator acumen in determining what adult learner characteristics prevail in various teaching–learning situations influences the learning and transfer of information. Strategies must be developed in planning for specific learners, anticipated outcomes of the learning, and types of evaluation to be done.

Principles and Strategies of Adult Learning

There are various well-known principles of adult learning that can guide the staff development educator. Greater learner self-initiation and motivation can be encouraged by identifying learner needs before the teaching session. This can occur by simply asking the learner what knowledge is desired from the session or the anticipated use of the information. The information may be viewed as more pertinent and interesting if it can be related to an immediate need or problem. New material should build on past experiences, and teaching should be designed with a review of related material or experiences to provide scaffolding for transition to the new material.

 Evidence-Based Practice 19-2

East and Jacoby used a quasi-experimental design to determine the effectiveness of an educational module on staff compliance with central line policy. Findings indicated that educational modules were an effective teaching strategy.[17]

FIGURE 19-2   Adult Learner Characteristics

1. Prior knowledge impacts readiness to learn.
2. Life experiences and knowledge is not necessarily organized sequentially.
3. Individuals vary in preferred style of learning.
4. The role of the learner is active rather than passive and may involve conflicts in maintaining performance of multiple roles.
5. Active participation with feedback and repetition of information may be important for retention of knowledge.
6. Variations in sensory and physical abilities may impact learner motivation and/or ability to participate in various teaching strategies.

Source: Author.

Staff development educators may use transformative learning concepts to assist in planning learning experiences that provide opportunity for learners to obtain a different point of view and also to stimulate reflection. Dialogue regarding the process of transformative learning may prepare learners for possible reactions to cognitive dissonance and disorienting dilemmas. The staff development educator must create a nonthreatening learning environment (both in online and traditional classrooms) that promotes self-reflection and appreciation of various points of view. Promoting learner-to-learner and learner-to-educator interaction provides opportunities needed for learners to ponder content that differs from preconceived ideas or experiences.

Videos, computer-based programs, education modules, or group work may enable learners to control the rate and/or repetition of the presentation. Group work, collaboration, and teams may promote the social aspects of learning, and variety in learning activities can help maintain interest. The teacher assumes the role of facilitator, with mutual respect for learners who actively contribute and partner in learning situations. An environment of respect, comfort, and minimal distractions promotes learning.

Critical Thinking

Critical thinking is near and dear to the heart of adult educators because of its connection to the democratic principle of allowing all to question concepts and rationales. Critical thinking may provide the template for adult education practices.[18] Critical thinking is a process of logical reasoning that involves the recognition of assumptions underlying beliefs and behaviors, as well as justification for ideas and actions. Information should be analyzed to make sense of experiences. Critical thinking requires comprehension and analysis of variables that affect situations, including use of inductive and deductive reasoning. For example, analysis of pertinent variables at individual and system levels is used to identify root causes of issues that have an impact on quality and safety.

The staff development educator can model critical thinking by the manner in which content is presented. The teaching strategy of lecture may lead to a passive approach to learning. However, interactive strategies can encourage sharing the thinking and experiences of various learners. For example, Socratic questioning may be used as a strategy to explore underlying premises, help recognize assumptions, evaluate various points of view, consider rationales, prompt consideration of implications and consequences, and identify alternate ways of thinking. Encouraging dialogue can promote learners' evaluation of previous ways of thinking and assumptions, including critical reflection of conflicts in values and behaviors. Other examples of interactive techniques, such as case-based learning (**Figure 19-3**), scenario or vignette analyses, and simulations, allow learners to solve problems, to identify assumptions, and to seek additional information that increases both engagement in the learning and retention of information for future application. In evaluating the use of simulation specifically to measure

---

FIGURE 19-3   Case-Based Learning Strategy

Case-based learning defined as "a teaching method which requires students to actively participate in real or hypothetical problem situations, reflecting the kind of experiences naturally encountered in the discipline under study,"[19] is a proven teaching and learning method to motivate learners and to fill the gap between theory and practice. Benefits of this teaching method include knowledge acquisition, problem-solving skills, and positive attitudes.[20] Additionally, improved understanding, retention, and recall of information is an advantage of this learning method.[21]

Source: Author.

competencies, the staff development educator must be aware of the need for further research related to this teaching–learning method (**Figure 19-4**). Development of effective simulation scenarios to meet specific learner or institutional need continues to be a challenge and may require additional education for the staff development professional, or partnership with academic institutions.

Personal teacher/learner attitudes that foster critical thinking include intellectual humility, confidence and independence in thinking, courage to challenge the status quo, examination of personal bias, being fair minded, and having integrity, perseverance, and curiosity.[19] The activities suggested in **Figure 19-5** encourage development of critical thinking.

FIGURE 19-4   Simulation in Staff Development

Simulation-based assessments "have the potential to evaluate clinical competencies … and is an essential component both for the research to establish the assessment and criterion setting methodologies, and also to provide equivalent cases to different personnel and teams for testing competency."[22]

Dillon, Boulet, Hawkins, and Swanson suggest the need for more simulation research to determine what can or can not be measured with simulation, what content and skills are essential in a summative discipline-specific evaluation, and whether performance in simulated experiences can be translated into effective practice behaviors in clinical settings.[23]

Source: Author.

FIGURE 19-5   Activities to Stimulate Critical-Thinking Skills

1. Allow time for identifying personal assumptions.
4. Include demonstrations or scenarios.
2. Include alternative perspectives (may have debate).
5. Use case stories or case studies.
3. Use critical incident questionnaires.
6. Deliberately end each teaching session with unanswered questions.

Source: Author.

---

www Evidence-Based Practice 19-3

In a systematic review, O'Brien et al. found that passive, didactic sessions are less likely to result in a change in professional practice, whereas interactive workshops result in moderate changes in professional behaviors.[25]

EVALUATION OF STAFF DEVELOPMENT

Staff development evaluation is multifaceted and involves learner and program evaluation. Learner evaluation includes measurement of learner outcomes in comparison with predetermined objectives and judgments related to effectiveness of teaching strategies.[24] Program evaluation includes determining whether specific programs should be continued. Each course, seminar, class, or workshop is evaluated when it is completed to determine whether the program met the needs for which it was designed. Wilson, Crockett, and Curtis suggest a five-level framework for evaluation of staffdevelopment (**Figure 19-6**).[26]

Bloom's levels of taxonomy can provide further structure when evaluating behaviors. In this level of measurement from simple to complex performance, a psychomotor skill may initially be at the imitation level, or the evaluation standard may be set at the level of application of performing the skill for a different type of client population or setting; a level of learning in the cognitive domain may be initially set at recall of facts that have been presented, progressing to analysis of a client situation.[27] Challenges related to cost-to-benefit analysis in level five include the difficulty in quantifying some types of data and attributing the client care activities directly to the effects of the educational offering. Wilson et al. acknowledge that all five evaluation levels may not be necessary in every educational situation. However, the highest level that is applicable should also include evaluation of lower supportive levels.[28]

Organizations must provide a supportive environment in which changes in behavior can lead to increased quality of care and thereby increase client health outcomes. Translation of evaluation data into reports or executive summaries can then allow evaluation of the effectiveness of each staff development offering. This in turn can foster awareness of the potential impact of staff education to help develop an organizational culture of quality improvement.

ISSUES IN STAFF DEVELOPMENT

Advancing Health through Nursing Education

Recommendations from the Robert Wood Johnson Foundation and IOM Initiative on the Future of Nursing include the need for reform in nursing education to meet the evolving, complex needs within the healthcare delivery system. Abilities of nurses to function within various scopes of practice revolve around critical thinking and critical synthesis of integrated, fragmented, or rapidly changing information and data. Changing demographics necessitate that nurses are competent in evaluating multiple chronic co-morbidities and acute needs of clients to determine priority actions in collaboration with clients, families, and the healthcare team. According to recommendation six (*Future of Nursing*), staff development educators must collaborate with "accrediting bodies, schools of nursing, healthcare organizations, and continuing competency educators from multiple health professions to ensure that nurses and nursing students and faculty continue their education and engage in lifelong learning to gain the competencies needed to provide care for diverse populations across the lifespan."[29]

Legal and Ethical Issues

A number of ethical and legal issues are related to staff development. Ethical issues such as promotion of products made by sponsors of educational programs and integrity in recording mandatory staff competency requirements must be addressed.[30] Confidentiality regarding personal information of staff and clients is another ethical consideration. Staff educators must have knowledge of and adhere to legal limitations related to releasing confidential information. For example, use of patients' names or other identifying information during classes must be avoided as well as use of private information on hard copies of materials.[31] Other laws that have an impact on staff development include the Americans with Disabilities Act, copyrights, and scope of practice.

FIGURE 19-6   Teaching–Learning Activities to Promote IOM Competencies

Level of Evaluation	Evaluation Methodology	Evaluation Examples
1	Patient satisfaction	Questionnaires
2	Degree of learning	Pre-post test; rubrics
3	Behavior changes	Staff competency rating; Patient outcomes
4	Organization outcomes	Decrease in UTIs, pressure ulcers, or medication errors
5	Cost–benefit analysis	Total cost of program versus benefits (e.g., decrease in nosocomial infections)[25]

IOM Core Competencies	Learning Activity	Expected Learner Outcomes
Patient-centered care	• Experiential learning activities in which learners participate as the client • Case scenarios • Videotaped simulations • Role play situations of intercultural client/healthcare provider interactions	• Identify breakdown in communication or fragmentation of care • Accurate use of interpreters or identify alternative communication strategies
Working in interdisciplinary teams	• Simulated experiences • Chart review • Videotaped scenarios • Case study	• Learning the roles of the interdisciplinary team members in high-stress or high-risk situations
Evidence-based practice	• Develop clinical question(s) for review of current research • Develop question(s) regarding increasing quality of client outcomes • Develop question(s) regarding effective organizational environments of care	• Skills in writing questions for research • Development of database search skills
Applying quality improvement	• Use root-cause analysis in a prepared scenario	• Determine areas of needed improvement as teams work toward the goal of meeting the client's needs
Using informatics	• Annual offerings relating to HIPAA requirements, computer systems, access to client information at the point of care	• To reduce errors in client care and documentation

Source: HIPAA, Healthcare Insurance Portability and Accountability Act.

Workforce Diversity

The healthcare workforce of the 21st century is composed of diverse ethnicities, genders, generations, and nurses educated in practical/vocational to doctoral levels, leading to a number of challenges for the professional staff development educator. Among these are diverse learning styles, cultural backgrounds, language barriers, levels of experience, and generational expectations. Knowledge and skills related to diversity are important throughout the staff development process. Helping staff assess personal assumptions, biases, and prejudices may be the first step to overcoming problems related to cultural/ethnic, gender, generational, or educational diversities. According to Haase-Herrick "the ability of all nurses to work well with a culturally diverse staff is essential."[32] The realization that each staff member is an individual, with strengths and needs, can form a foundation that fosters communication. Planning teaching–learning activities such as role play, movies, simulations, case studies, or process recordings are strategies to help identify personal stereotypical assumptions.

Quality and Safety Issues

In 1996, the IOM began a coordinated approach focused on assessing and improving the quality of health care within the United States. The IOM's definition of quality is "the degree to which health services for individuals and populations increase the likelihood of desired health outcomes and are consistent with current professional knowledge."[33] Interprofessional healthcare providers may lack adequate preparation to provide high-quality and safe health care, requiring ongoing assessment of competency. Staff development educators should provide programs that address the five identified core areas for developing and maintaining competency:[34]

1. Delivering patient-centered care
2. Working as part of an interdisciplinary team
3. Practicing evidence-based health care
4. Focusing on quality improvement
5. Using information technology

Further IOM recommendations regarding client safety from the report on transforming the work environment for nurses include actions for healthcare organizations specifically related to management practices, competency of healthcare providers, design of healthcare provision, and a total organizational commitment to focus on client safety.[35]

Finkelman and Kenner believe the IOM reports are central to changes in healthcare delivery systems' movement toward interprofessional collaboration and should be the primary focus of nursing education.[36] Healthcare team members should be skilled in root-cause analysis to begin effective problem-solving strategies with the goal of increasing safety and thereby positive client outcomes. Figure 19-6 shows examples of specific teaching–learning activities using IOM recommendations.

Evidence-Based Practice

Evidence-based practice differs from research utilization in that client preferences and values along with expertise of the healthcare provider are necessary to determine the best evidence that is most applicable and appropriate in a given situation.[37] Motivating interprofessional staff to use research findings and evidence-based practice guidelines may be a challenge for staff development educators. However, use of current best practice standards is essential for improving quality outcomes. Staff motivation to integrate best practices can be promoted by including teaching about links between an area in which client outcomes need improvement, how client care interventions are related to client outcomes and satisfaction, and how changing practice may lead to improved client outcomes. An additional outcome may be that nursing staff become aware of their increased competence, resulting in increased confidence in practice. Knowing where to find high-quality, consistent, and replicated accurate information can also increase motivation for using research findings. Staff development educators, as leaders within the organization, must embrace AONE's third guiding principle: "the shift from 'knowing' a specific body of knowledge to 'knowing' how to access the evolving knowledge base in order to provide support for patient/family needs"[2] and provide creative teaching strategies to address the principle.

Staff development educators must incorporate teaching regarding methods of locating and retrieving systematic reviews and evidence-based guidelines from focused database searches, including the Cochrane database, the Johanna Briggs Institute, the Cumulative Index to Nursing & Allied Health Literature (CINAHL), ProQuest, and others. Methods for grading evidence must also be included in teaching healthcare providers. Recognition of barriers for information access such as lack of staff time, lack of available resources (e.g., Cochrane database), and lack of knowledge regarding database searches is important in planning learning activities. Teaching may include skills for determining levels of evidence from online resources and systematic reviews, specific criteria for evaluating information presented on websites, including approval by experts or various agencies. Critical appraisal of the evidence is an important skill in evidence-based practice. The staff development educator, along with biomedical librarians and statisticians, can facilitate this learning process. Staff development educators can use a simple tool designed by Oermann, Floyd, Galvin, and Roop to teach nurses in clinical settings how to evaluate systematic reviews.[38]

Staff development educators play a huge role in deciding which evidence-based practice model is adopted by the organization. Review of the organizational structure is a necessary first step in deciding which evidence-based practice model will be used, including incorporating (or possibly revising) the philosophy, mission, and administrative support to ensure a focus on quality and safety in health care. Commitment of all stakeholders is necessary to transform to a culture of high quality.

FUTURE PLANNING FOR STAFF DEVELOPMENT

Staff development educators must be proactive in planning strategies for meeting the future educational needs of interprofessional staff in light of current and potential challenges. The staff development process must be used to ensure competencies in the following areas:

- Emergency preparedness
- Bioterrorism
- Pandemics
- Appropriate use of electronic health records
- Appropriate use of genetic information
- Effective interpersonal communication and emotional competencies
- Aging population
- End-of-life concerns
- Integration of leadership and management into team building for socialization and resocialization of staff
- Leadership and management skills, specifically conflict management and delegation
- Political acumen
- Interprofessional collaboration in designing and improving health systems practice environments

These topics are not all inclusive but are prevailing issues facing nursing and healthcare delivery. A number of considerations are intertwined within each of these topics and are critical to staff development. Two such concepts are coherence and trust. Ponte, Kruger, DeMarco, Hanley, and Conlin define coherence as "a pervasive, enduring, and dynamic feeling of confidence that one's internal and external environments are predictable, and that there is a high probability that things will work out as well as can reasonably be expected."[39] Coherence is important in creating a work environment where high-quality care is valued and where professional development is encouraged. Ponte et al. suggest a framework for reshaping nursing practice environments where competency in practice development, leadership development, and quality and safety are major themes.[40] Effective staff development requires addressing each of these areas. Information obtained from nurses in focus groups revealed a desire for ongoing support, development and maintenance of skill in new technologies, increased development of nursing practice skills, and more education regarding professionalism.[41] Perception that professional development and nursing care are valued by the organization's leaders is crucial to developing coherence. An environment of coherence promotes a "more satisfied work force, a safer work environment, and improved patient care."[42]

Further considerations for future teaching–learning endeavors include focusing on the staff's feelings and development of emotional competencies, including conflict resolution. "Evidence suggests that emotionally intelligent leadership is key to creating a working climate that nurtures its employees and encourages them to do their best with enthusiasm, in turn this pays off in improved business performance."[43] A nurse's intelligence is important but must include critical emotional competencies. Emotional competencies are defined by Goleman as "a learning capability based on emotional intelligence that results in outstanding performance at work."[44] These competencies occur in clusters and include self-awareness, self-management, social awareness, and relationship management.

Issues of cost containment, nurse staffing patterns, and access to care are critical in planning future educational offerings. For example, nurses must be aware of cost containment practices to effectively adhere to changes in reimbursement. The nursing shortage has affected nurse staffing, challenging staff development educators to plan offerings for a variety of staff educated at different levels. Changes in public and/or institutional policies will result in evaluation of nurse-to-patient ratios, staffing mix patterns and staff scheduling for efficiency and effectiveness in attaining desired client outcomes. Institutional sharing of innovations can increase awareness of best practices, which in turn will influence public and institutional policies.

Other changes influencing professional development include use of various technologies (such as telemedicine) to assess and monitor clients with acute or chronic conditions in areas with limited healthcare services, or to contain costs. Nurse-managed services will be the response to a need for increased health promotion and disease prevention as well as to manage chronic conditions of an aging population.

Strategies to address the issues discussed here require evaluation of techniques that have shown previous effectiveness and the development of new paradigms. The professional nurse will need the ability to access and use evolving knowledge for practice. This knowledge requires the nurse to expand critical-thinking skills to include critical synthesis of information to allow coordinated care across multiple levels, disciplines, and practice settings. Strategies are needed to support relationship building with clients, families, populations, and other professionals, including the span of generations, diversity, and interdependency. The synergy of these relationships is greater than what would be enabled by any of the individual parts.

The eight nurse characteristics identified by Pacini (i.e., clinical judgment, clinical inquiry, caring practices, response to diversity, advocacy/moral agency, facilitation of learning, collaboration, systems thinking) can be used by staff development educators to conceptualize and develop educational programs. The programs should integrate knowledge development that can be acquired only by being in the presence of patients and families and that can be enhanced or facilitated using didactic methods.[45]

Finally, any future plans for staff development must revolve around a focus on communication for safe, high-quality care. Specific communication techniques developed by AHRQ such as the TeamStepps approach of SBAR (situation, background, assessment, and recommendation) may be incorporated into teaching–learning strategies (e.g., case studies, role plays, or simulation).

SUMMARY

Professional staff development educators are challenged by multiple demands and evolving issues in health care. Issues of cost containment, nurse staffing patterns, staff scheduling, and access to care must be considered. Competency in teaching diverse staff can have a tremendous impact on the quality of health care.

Nurses in all practice environments have struggled through the "re" era (redesigning, restructuring, and reengineering). These struggles have resulted in a frustrated, stressed, and angry workforce.[46] Professional staff development educators must be aware of these feelings and how they may affect the healthcare delivery system as whole and individual providers' competencies. According to Huber, "Staff development has been identified in the literature as an important factor in job satisfaction. It provides employees with an opportunity to improve their practice, level of competency, or other areas of self-interest."[47]

To create a successful future for health care, skills such as creative thinking, access to information, synthesis of knowledge, reflection to evaluate varying paradigms, and an emphasis on valuing improved client outcomes are needed throughout the healthcare team. Staff development educators must use adult education principles and strategies in the development, implementation, and evaluation of multidisciplinary programs that focus on the delivery of high-quality, safe, cost-effective, patient/family-centered care. Additionally, using evidence regarding the link between high-quality nursing care and improved client outcomes can help leaders, staff, employers, and educators develop an appreciation for the vital contribution of the nursing profession.

APPLICATION EXERCISES

Exercise 19-1 Critical Thinking

Staff educators orienting nurses to a new unit may use a chart in which identifying client information has been removed. From the chart, the orientee identifies the following:

- Appropriate and inappropriate documentation
- Teaching (or lack of) related to the client and family's identified needs
- Evaluation (or lack of) regarding effectiveness of medications
- Any iatrogenic complications that could have been prevented
- Use of evidence-based practice for nursing interventions
- Other pertinent data for the unit

In a group setting, the staff development educator uses Socratic questioning to elicit responses regarding how improvements could be made for each area.

Exercise 19-2 Diversity

Staff educators responsible for educating intraprofessional staff may use a DVD that includes persons from multiple cultures and generations. With the audio muted, the learners identify meanings from the nonverbal cues of the actors. This can be used as a prompt for discussion regarding potential assumptions that can be made based on nonverbal behaviors or incongruence between anticipated nonverbal cues and verbal communication. Each learner can be asked to keep a journal of occurrences of interactions in which incongruence was perceived and attempts to clarify meaning perspectives while avoiding assumptions or stereotypes.

Exercise 19-3 Accessing Information

The staff development educator poses a clinical question. Participants are required to search CINAHL, ProQuest, and Cochrane database to find various levels of evidence related to the clinical question. Key search words, limits for the search (age, gender, client population, dates of research, etc.), and Boolean connectors are identified. Participants then determine if any of the findings can be applied to the clinical question.

Exercise 19-4 Quality

Participants in a staff education program are asked to define criteria for high-quality nursing care, including specific behaviors, and how these can affect client outcomes. Participants are then asked if high-quality nursing care can be measured and in what way(s).

Exercise 19-5 Transformative Learning Example One—Article Summary

Find the following article: Williams, L. (2004). Enhancing communication with older adults. *Gerontological Nursing, 30*(10), 17–25. Before reading the article, answer this question:

- What assumptions do you have related to communicating with an older patient?

After reading the article, answer the following questions:

- What are three key points related to communicating with older adults that you can use in practice?
- From the assumptions that you identified before reading the article, what alternative ways of thinking related to communicating with older adults do you now have?

Exercise 19-6 Transformative Learning Example Two—Caring

Write a personal definition of caring. After writing the definition and reflecting, identify specific examples (at least two) of behaviors in which your actions reflected your definition of caring. Share your definition and examples with a peer. Through dialogue with the peer, ask them to identify the assumption(s) that provide the foundation for the definition. Discuss with your peer how your definition affects nursing and professional actions.

For a full suite of assignments and additional learning activities, use the access code located in the front of your book to visit this exclusive website: http://go.jblearning.com/roussel. If you do not have an access code, you can obtain one at the site.

NOTES

1. Marquis, B. L., & Huston, C. J. (2009). *Leadership roles and management functions in nursing: Theory and application* (6th ed.). Philadelphia, PA: Wolters Kluwer Health/Lippincott, Williams & Wilkins.
2. American Organization of Nurse Executives. (2010). *Guiding principles for future care delivery*. Chicago, IL: Author. Retrieved August 28, 2011, from http://www.aone.org/resources/PDFs/AONE_GP_Future_Patient_Care_Delivery_2010.pdf
3. Institute of Medicine. (2011). *The future of nursing, Leading change, advancing health*. Committee on the Robert Wood Johnson Foundation Initiative on the Future of Nursing, Institute of Medicine.

Washington, DC: National Academies Press. Retrieved January 12, 2011 from http://www .iom.edu/Reports/2010/The-Future-of-Nursing-Leading-Change-Advancing-Health.aspx

4. Benner, P., Sutphen, M., Leonard, V., & Day, L. (2010). *Educating nurses: A call for radical transformation.* San Francisco: Jossey-Bass.

5. American Nurses Association. (2010). *Nursing professional development: Scope and standards of practice.* Washington, DC: Author.

6. National Nursing Staff Development Organization. (1999). *Strategic plan 2000.* Pensacola, FL: Author.

7. Grasmick, L. L. (2002). Roles of the staff development educator. In K. L. O'Shea (Ed.), *Staff development nursing secrets* (pp. 7–15). Philadelphia: Hanley & Belfus.

8. Daria, M., Zerr, K., & Pulcher, L. (2008). Using interactive video technology in nursing education: A pilot study. *Journal of Nursing Education, 47,* 87–92.

9. Weston, M. J. (2010). Strategies for enhancing autonomy and control over nursing practice. *Online Journal of Issues in Nursing.* Retrieved December 2, 2010, from http://www.medscape .com/viewarticle/723410_print

10. Agency for Healthcare Research and Quality (AHRQ). (2011). Health Care Innovations Exchange. Retrieved January 12, 2011, from http://www.innovations.ahrq.gov/about.aspx

11. American Organization of Nurse Executives. (2005). *Nurse executive competencies.* Chicago, IL: Author. Retrieved August 28, 2011, from http://www.aone.org/resources/leadership%20tools /PDFs/AONE_NEC.pdf

12. Wolff, A. C. (2002). Educator competencies. In K. L. O'Shea (Ed.), *Staff development nursing secrets* (pp. 27–37). Philadelphia: Hanley & Belfus.

13. IOM, 2011.

14. Galbraith, M. W. (2004). *Adult learning methods: A guide for effective instruction* (3rd ed.). Malabar, FL: Krieger.

15. Knowles, M. (1984). *Andragogy in action.* San Francisco: Jossey-Bass.

16. Wlodkowski, R. J. (1999). *Enhancing adult motivation to learn* (Rev. ed.). San Francisco: Jossey-Bass.

17. East, D., & Jacoby, K. (2005). The effect of a nursing staff education program on compliance with central line care policy in the cardiac intensive care unit. *Pediatric Nursing, 31,* 182–184.

18. Brookfield, S. D. (2004). Critical thinking techniques. In M. Galbraith (Ed.), *Adult learning methods: A guide for effective instruction* (3rd ed., pp. 341–360). Malabar, FL: Krieger.

19. Paul, R., & Elder, L. (2005). *A guide for educators to critical thinking competency standards.* Dillon Beach, CA: Foundation for Critical Thinking.

20. Ertmer, P. A., & Russell, J. D. (1995). Using case studies to enhance instructional design education. *Educational Technology, 55,* 23–31.

21. Cliff, W. H., & Wright, A. W. (1996). Directed case study method for teaching human anatomy and physiology. *Advanced Physiology Education, 15,* S19–S28.

22. Specht, L. B., & Sandlin, P. K. (1991). The differential effects of experiential learning activities and traditional lecture classes in accounting. *Simulation and Gaming, 22,* 196–210.

23. Gaba, D. M. (2004). The future vision of simulation in health care. *Quality and Safety in Health Care, 131*(Suppl. 1), i2–i10.

24. Dillon, G. F., Boulet, J. R., Hawkins, R. E., & Swanson, D. B. (2004). Simulations in the United States Medical Licensing Examination. *Quality and Safety in Health Care, 1*(Suppl. 1), i41–i45.

25. O'Brien, M. A., Freemantle, N., Oxman, A. D., Wolf, F., Davis, D. A., & Herrin, J. (2001). Continuing education meetings and workshops: Effects on professional practice and healthcare outcomes [Cochrane Review]. *The Cochrane Library,* Issue 1.

26. Wilson, R., Crockett, C., & Curtis, B. (2002). Evaluation. In K. L. O'Shea (Ed.), *Staff development nursing secrets* (pp. 149–160). Philadelphia: Hanley & Belfus.

27. Bloom, B. S., Engelhart, M. D., Furst, E. J., Hill, W. H., & Krathwohl, D. R. (1956). *Taxonomy of educational objectives: Handbook I: Cognitive domain*. New York: David McKay.

28. Wilson, et al., 2002.

29. IOM, 2011.

30. O'Shea, L., & Robinson, C. B. (2002). Legal and ethical issues in education. In K. L. O'Shea (Ed.), *Staff development nursing secrets* (pp. 47–58). Philadelphia: Hanley & Belfus.

31. Ibid.

32. Haase-Herrick, K. (2008). Socializing and educating staff for team building. In B. L. Marquis & C. J. Huston (Eds.), *Leadership roles and management functions in nursing* (6th ed.). Philadelphia: Lippincott, Williams & Wilkins.

33. Institute of Medicine. (2001). *Crossing the quality chasm: A new health system for the 21st century*. Committee on Quality of Health Care in America, Institute of Medicine. Washington, DC: National Academy Press. Retrieved July 14, 2011, from http://www.nap.edu/openbook .php?isbn=0309072808

34. Greiner, A. C., & Knebel, E. (Eds.). (2003). *Health professions education: A bridge to quality*. Washington, DC: National Academies Press. Retrieved July 14, 2011 from http://www.nap.edu /catalog.php?record_id=10681

35. Page, A. (Ed.). (2004). *Keeping patients safe: Transforming the work environment of nurses*. Committee on the Work Environment for Nurses and Patient Safety, Institute of Medicine. Washington, DC: National Academies Press. Retrieved July 14, 2011 from http://www.nap.edu /catalog.php?record_id=10851

36. Finkelman, A., & Kenner, C. (2007). *Teaching IOM: Implications of the Institute of Medicine reports for nursing education*. Silver Springs, MD: ANA Nursebooks.

37. LoBiondo-Wood, G., & Haber, J. (2010). *Nursing research: Methods and critical appraisal for evidence-based practice* (7th ed.). St. Louis, MO: Mosby/Elsevier.

38. Oermann, M. H., Floyd, J. A., Galvin, E. A., & Roop, J. C. Brief reports for disseminating systematic reviews to nurses. Retrieved February 7, 2008, from http://www.nursingcenter.com/library/ journalarticleprint.asp?Article_ID=667360

39. Ponte, P. R., Kruger, N., DeMarco, R., Hanley, D., & Conlin, G. (2004). Reshaping the practice environment: The importance of coherence. *Journal of Nursing Administration, 34,* 173–179.

40. Ibid.

41. Ibid.

42. Ibid.

43. Goleman, D. (2001). An EI theory of performance. In C. Cherniss & D. Goleman (Eds.), *The emotionally intelligent workplace* (pp. 27–44). San Francisco: Jossey-Bass.

44. Goleman, D. (1998). *Working with emotional intelligence*. New York: Bantam Books.

45. Pacini, C. M. (2007). The synergy model: A framework for professional development and transformation. In M. A. Q. Curley (Ed.), *Synergy: The unique relationship between nurse and patients* (pp. 26–32). Indianapolis, IN: Sigma Theta Tau International.

46. Thomas, S. P. (2004). *Transforming nurses' stress and anger* (2nd ed.). New York: Springer.

47. Huber, D. L. (2006). *Leadership and nursing care management* (3rd ed.). St. Louis, MO: Saunders/ Elsevier.

REFERENCES

Agency for Healthcare Research and Quality (AHRQ). (2011). Health Care Innovations Exchange. Retrieved January 12, 2011, from http://www.innovations.ahrq.gov/about.aspx

American Nurses Association. (2010). *Nursing professional development: Scope and standards of practice*. Washington, DC: Author.

American Organization of Nurse Executives. (2005). *Nurse executive competencies*. Chicago, IL: Author. Retrieved August 28, 2011, from http://www.aone.org/resources/leadership%20tools/PDFs/AONE_NEC.pdf12.

American Organization of Nurse Executives. (2010). *Guiding principles for future care delivery*. Chicago, IL: Author. Retrieved August 28, 2011, from http://www.aone.org/resources/PDFs/AONE_GP_Future_Patient_Care_Delivery_2010.pdf

Benner, P., Sutphen, M., Leonard, V., & Day, L. (2010). *Educating nurses: A call for radical transformation*. San Francisco: Jossey-Bass.

Bloom, B. S., Engelhart, M. D., Furst, E. J., Hill, W. H., & Krathwohl, D. R. (1956). *Taxonomy of educational objectives: Handbook I: Cognitive domain*. New York: David McKay.

Brookfield, S. D. (2004). Critical thinking techniques. In M. Galbraith (Ed.), *Adult learning methods: A guide for effective instruction* (3rd ed.). Malabar, FL: Krieger.

Cliff, W. H., & Wright, A. W. (1996). Directed case study method for teaching human anatomy and physiology. *Advanced Physiology Education, 15*, S19–S28.

Daria, M., Zerr, K., & Pulcher, L. (2008). Using interactive video technology in nursing education: A pilot study. *Journal of Nursing Education, 47*, 87–92.

Dillon, G. F., Boulet, J. R., Hawkins, R. E., & Swanson, D. B. (2004). Simulations in the United States Medical Licensing Examination. *Quality and Safety in Health Care, 1*(Suppl. 1), i41–i45.

East, D., & Jacoby, K. (2005). The effect of a nursing staff education program on compliance with central line care policy in the cardiac intensive care unit. *Pediatric Nursing, 31*, 182–184.

Ertmer, P. A., & Russell, J. D. (1995). Using case studies to enhance instructional design education. *Educational Technology, 55*, 23–31.

Finkelman, A., & Kenner, C. (2007). *Teaching IOM: Implications of the Institute of Medicine reports for nursing education*. Silver Springs, MD: ANA Nursebooks.

Gaba, D. M. (2004). The future vision of simulation in health care. *Quality and Safety in Health Care, 131*(Suppl. 1), i2–i10.

Galbraith, M. W. (2004). *Adult learning methods: A guide for effective instruction* (3rd ed.). Malabar, FL: Krieger.

Goleman, D. (1998). *Working with emotional intelligence*. New York: Bantam Books.

Goleman, D. (2001). An EI theory of performance. In C. Cherniss & D. Goleman (Eds.), *The emotionally intelligent workplace*. San Francisco: Jossey-Bass.

Grasmick, L. L. (2002). Roles of the staff development educator. In K. L. O'Shea (Ed.), *Staff development nursing secrets*. Philadelphia: Hanley & Belfus.

Greiner, A. C., & Knebel, E. (Eds.). (2003). *Health professions education: A bridge to quality*. Washington, DC: National Academies Press. Retrieved July 14, 2011, from http://www.nap.edu/catalog.php?record_id=10681

Haase-Herrick, K. (2008). Socializing and educating staff for team building. In B. L. Marquis & C. J. Huston (Eds.), *Leadership roles and management functions in nursing* (6th ed.). Philadelphia: Lippincott, Williams & Wilkins.

Huber, D. L. (2006). *Leadership and nursing care management* (3rd ed.). St. Louis, MO: Saunders/Elsevier.

Institute of Medicine. (2001). *Crossing the quality chasm: A new health system for the 21st century*. Committee on Quality of Health Care in America, Institute of Medicine. Washington, DC: National Academy Press. Retrieved July 14, 2011, from http://www.nap.edu/openbook.php?isbn=0309072808

Institute of Medicine. (2011). *The future of nursing, Leading change, advancing health.* Committee on the Robert Wood Johnson Foundation Initiative on the Future of Nursing, Institute of Medicine. Washington, DC: National Academies Press. Retrieved January 12, 2011, from http://www.iom.edu/ Reports/2010/The-Future-of-Nursing-Leading-Change-Advancing-Health.aspx

Knowles, M. (1984). *Andragogy in action.* San Francisco: Jossey-Bass.

LoBiondo-Wood, G., & Haber, J. (2010). *Nursing research: Methods and critical appraisal for evidence-based practice* (7th ed.). St. Louis, MO: Mosby/Elsevier.

Marquis, B. L., & Huston, C. J. (2009). *Leadership roles and management functions in nursing: Theory and application* (6th ed.). Philadelphia, PA: Wolters Kluwer Health/Lippincott, Williams & Wilkins.

National Nursing Staff Development Organization. (1999). *Strategic plan 2000.* Pensacola, FL: Author.

O'Brien, M. A., Freemantle, N., Oxman, A. D., Wolf, F., Davis, D. A., & Herrin, J. (2001). Continuing education meetings and workshops: Effects on professional practice and healthcare outcomes [Cochrane Review]. *The Cochrane Library*, Issue 1.

Oermann, M. H., Floyd, J. A., Galvin, E. A., & Roop, J. C. Brief reports for disseminating systematic reviews to nurses. Retrieved February 7, 2008, from http://www.nursingcenter.com/library /journalarticleprint.asp?Article_ID=667360

O'Shea, L., & Robinson, C. B. (2002). Legal and ethical issues in education. In K. L. O'Shea (Ed.), *Staff development nursing secrets.* Philadelphia: Hanley & Belfus.

Pacini, C. M. (2007). The synergy model: A framework for professional development and transformation. In M. A. Q. Curley (Ed.), *Synergy: The unique relationship between nurse and patients* (pp. 26–32). Indianapolis, IN: Sigma Theta Tau International.

Page, A. (Ed.). (2004). *Keeping patients safe: Transforming the work environment of nurses.* Committee on the Work Environment for Nurses and Patient Safety, Institute of Medicine. Washington, DC: National Academies Press. Retrieved July 14, 2011, from http://www.nap.edu/catalog .php?record_id=10851

Paul, R., & Elder, L. (2005). *A guide for educators to critical thinking competency standards.* Dillon Beach, CA: Foundation for Critical Thinking.

Ponte, P. R., Kruger, N., DeMarco, R., Hanley, D., & Conlin, G. (2004). Reshaping the practice environment: The importance of coherence. *Journal of Nursing Administration, 34*, 173–179.

Specht, L. B., & Sandlin, P. K. (1991). The differential effects of experiential learning activities and traditional lecture classes in accounting. *Simulation and Gaming, 22*, 196–210.

Thomas, S. P. (2004). *Transforming nurses' stress and anger* (2nd ed.). New York: Springer.

Weston, M. J. (2010). Strategies for enhancing autonomy and control over nursing practice. *The Online Journal of Issues in Nursing.* Retrieved December 2, 2010, from http://www.medscape.com /viewarticle/723410_print

Wilson, R., Crockett, C., & Curtis, B. (2002). Evaluation. In K. L. O'Shea (Ed.), *Staff development nursing secrets.* Philadelphia: Hanley & Belfus.

Wlodkowski, R. J. (1999). *Enhancing adult motivation to learn* (Rev. ed.). San Francisco: Jossey-Bass.

Wolff, A. C. (2002). Educator competencies. In K. L. O'Shea (Ed.), *Staff development nursing secrets.* Philadelphia: Hanley & Belfus.

Building a Portfolio for Academic and Clinical Partnership

Sandra E. Walters   *James L. Harris*

www **LEARNING OBJECTIVES AND ACTIVITIES**

- Identify benefits of an academic and clinical partnership.
- Define portfolio and provide examples of evidence.
- Outline the role of an academic partner.
- Outline the role of a clinical partner.
- Discuss the significance of the clinical nurse leader and advanced practice nurses in academic partnerships.
- Describe the role of an academic partner in relation to the development of a portfolio.
- Identify the components of an academic and clinical portfolio and the development process.
- Identify elements, frameworks, and relevant recommendations to consider when designing markers of success and collaborative care models.
- Describe techniques used to manage academic and clinical partnerships.

www **CONCEPTS**

Partnerships, communication, data collection and analysis, directing (leading), coaching, portfolio development, delegation, evidence-based practice, synergy, accountability.

SPHERES OF INFLUENCE

Unit-Based or Service–Line-Based Authority: Applies communication techniques and frameworks when developing an academic and clinical portfolio and maintains effective partnerships.

Organization-Wide Authority: Designs systems and processes that result in successful academic and clinical partnerships to ensure consultant resources are available to staff, uses frameworks to develop successful portfolios and outcomes-driven measurement, disseminates information to stakeholders, and supports the presentation of different points of view together with alternate learning experiences.

> *Quote*
>
> *If we are together nothing is impossible. If we are divided, all will fail.*
>
> —Winston Churchill

Introduction

Diversity helps to sustain complex adaptive systems and contributes to information and novelty within organizations. One strategy for increasing the level of diversity in an organization is the development of relationships and linkages with other organizations, as occurs with the formation of academic and clinical partnerships.[1] In addition to increasing the capacity of the healthcare system to bring additional information to the decision-making table, multiple benefits can be derived from these partnerships:

- Improved education of nursing students as the needs of the healthcare system drive curriculum changes in academic institutions[2]
- Increased availability of faculty to teach nursing students through support of adjunct faculty appointments
- Increased availability of clinical sites for the education of nursing students
- Enhanced opportunity for clinical nurses to participate in an academic milieu that can offer resources, mentoring, and consideration for pursuit of doctoral education
- Decreased orientation costs for clinical sites related to new graduates
- Enhanced ability of clinical sites to identify and attract future registered nurse employees[3]
- Maximized use of limited equipment and other resources and avoidance of duplication in nursing programs[4]
- Increased competence and training availability for nursing staff[5]
- Improved community relations as outreach programs result in the perception of the organization as a positive corporate citizen[6]
- Expanded opportunities to build collaborative care models that support quality and safety outcomes, lead change, and advance health[7]
- Enhanced models of interprofessional education as a means of supporting the use of teams for healthcare delivery to decrease communication and culture barriers in the practice arena[8]

As partnerships are formed, the evaluation of program outcomes presents a challenge to nursing leaders at all levels of an organization. Tools developed to aid in the evaluation process must be robust enough to encompass a range of clinical and academic settings while allowing the collection of information regarding specific performance elements. The process of building a portfolio for clinical and academic partnership requires the establishment of strategic directions and governance arrangements for each organization.[9] Building a relationship between academic and clinical entities may mean breaking fresh ground inside one or both organizations as a means of capitalizing on individual assets. It is important that each member of an academic and clinical partnership be cognizant of the fact that not all activities that serve to strengthen a partnership must have a basis in business practices. Often, sharing fun can be as important as collaborating on work initiatives.

THE PORTFOLIO

The portfolio has gained acceptance in nursing as a tool for the demonstration of professional competence and as a means for reflecting learning in the educational process. The portfolio has been defined as a collection of evidence of both the products and processes of learning such that past experiences form the basis for continued development and new experiences.[10] Many view the central concept of the portfolio as that of personal and professional reflection,[11] or a determination of how well activities and programs have met their stated goals. Reflection is believed to be one of the key elements to creating a learning environment as it allows a thoughtful review of processes, tasks, and accomplishments.[12] Whatever the specific definition used, the portfolio must have a clearly stated purpose such as the evaluation of outcomes of a clinical and academic partnership. The responsibility of nurse managers to develop, nurture, and support their profession, coupled with the need to provide accountability for the equitable distribution of resources, makes the portfolio a practical mechanism for documentation of program goals and outcomes.[13] The portfolio can be used to:

1. Explore specific learning outcomes or competencies to be developed such as those related to the quality of academic/clinical presentation expected of the portfolio for individual participants.
2. Develop a standardized performance/learning contract that will include program aims, each with an action plan of activities and indicators that will be used as evidence of success.
3. Assemble evidence of contract completion and complete summary reflection for each item in the learning contract. This often consists of a synoptic statement of what evidence is present to demonstrate desired outcomes together with a critical evaluation of the quality of the evidence.

ROLE OF THE ACADEMIC PARTNER

Academic institutions do not operate in a vacuum or silo. They respond to numerous private, government, and community interests and requests and create visionary opportunities for successful outcomes. Otherwise, the academic institution is not contacted to form partnerships or engage in collaborative projects. Those academic institutions that are visionary and welcome partnerships form rich collaboratives that become the foundations for successful enterprises. Strong partnerships create dynamic portfolios beneficial to societal needs and benchmarks for others who transform knowledge, skills, and best practices into innovative models and deliverables. Unparalleled opportunity and the capability to address critical issues in health care are an example of the urgent need for academia and healthcare agencies to form partnerships.

Partnerships and portfolios do not magically emerge. The academic partner must be in a ready state to address needs and open to change when contacted by an agency. Change may require shifting from the traditional approaches to ones that meet diverse and cultural needs, while addressing numerous learning needs and high technological skill sets of individuals. Recognizing what does not work is as critical to success as what does work. Extracting these lessons is not always smooth, so listing them can promote engagement in all sorts of initiatives. A personal belief that partnerships are essential can be a powerful tenet and is useful when agendas and goals are in conflict. In the absence of this belief, a natural blaming culture persists and the partnership is doomed to failure or diminished outcomes and deliverables.

Open dialogue during planning and delivery of the requested product or project is beneficial in order to create diverse opportunities and creative use of academic and agency intellectual properties. This is a collaborative endeavor in which a teacher and learner perspective is assumed and is a requisite for success.[14] Goleman suggests using emotional intelligence (link between social and emotional abilities) is vital to working with and leading others.[15] It allows one to listen carefully and authentically express oneself as others are motivated and use their talents to the fullest. An engaged partner must demonstrate the skill sets and commitment to team building, communication, promoting change, motivating colleagues, and respecting and understanding workplace culture.[16]

Visibility by the partner beyond the academic setting creates the stage for buy-in from others. If a change in standard operating procedures or approaches is desired, sustained visibility and contact can limit the obstacles that often manifest themselves during the phases of planned change. Adopting a mutually acceptable framework can guide activities and engage multiple individuals and departments toward accomplishment of a goal. The framework should include a common purpose, identified values and beliefs, a plan to engage and educate staff, use improvement techniques, build contingencies, and adopt a style of encouragement and engagement.[17] If changes in roles are required, skill set education should follow in order to strengthen staff competencies, especially those of communication, delegation, assessment, data analysis, and evidence-based methods. If systems change is required, pilots can offer opportunities for evaluation, role clarity, system efficiency, communication flow, and satisfaction.

What can start serendipitously at one institution or agency can become reality when an academic partner is open to change and sustained partnerships. The benefits of a partnership are numerous and may include enhanced relationships and communications, cost efficiency, responsiveness to identified needs, improved access to development opportunities, and potential for additional developments through the partnership.

ROLE OF THE CLINICAL PARTNER

The clinical partner must begin the partnership process by conducting an assessment of its resources, strengths, and weaknesses. **Figures 20-1**, **20-2**, and **20-3** provide examples of the type of information that should be collected in preparation for discussions with a partner.

FIGURE 20-1 Hospital-Specific Staffing Data

Nursing Unit	Unit Type	Number of Beds	Total RN Staff	BSN Degrees	MSN Degrees
2 Alpha	Medical	40	30	16	2
2 Beta	Surgical	40	32	17	3
3 Zeus	Oncology	15	12	8	2
MICU	Intensive Care	15	40	25	5
Total		110	114	66	12

Source: Author.

FIGURE 20-2 Hospital-Specific Resources Available

Resource Available	Capacity	Availability	Considerations
Library	8 students per visit	Monday thru Friday 8am to 6pm	Requires facility ID, unlimited copies, no materials can be removed.
Conference room	16	Monday, Wednesday, Friday 1pm to 3pm	Can be reserved in advance up to 3 months. Other times available on a week to week basis.
Education classroom	10	Monday thru Friday 8am to 10 am	Contains CPR mannequins and other teaching equipment for skills lab. Must be reserved in advance.
Computer instruction room	15	Wednesday and Friday 1–3pm	Requires 2 weeks advanced scheduling for informatics support staff that must be present.

Source: Author.

FIGURE 20-3   Hospital-Specific Needs Assessment

Need	Frequency	Considerations
Patient Education forum presenters	Monthly on either 1st or second Wednesday 1–2pm	Topics target high risk groups: diabetes, obesity, heart disease, etc.
Continuing Education	Monthly on Thursday mornings 10–11am	Topics of broad interest to RNs: Infection control, infusion therapy, research utilization, etc. CEUs to be given. Multiple delivery modalities needed.
Critical Care Core curriculum	Course taught quarterly	Lecture topics from core curriculum. 30 minutes to 1 hour lectures for most topics. CEUs given.
Basic Cardiac Life Support Instruction	Weekly course Wednesdays 2–3pm or any evening 4pm to 8pm	Certified American Heart Association instructor required.
Nurse Manager development	As available	Leadership development topics for current or aspiring managers. CEUs available.
Grant Writing instruction and Research Support	Monthly forums to include staff working evenings and nights	Academic faculty needed to provide expertise and support to staff pursuing advanced certifications and degrees.
Sigma Theta Tau International chapter scholarly support activities	Quarterly forum	Presentations of research, quality improvement, and other evidence-based practice activities.
Adjunct faculty appointments for staff nurses	Multiple specialty areas to be represented each semester	Staff nurses need opportunities to share clinical expertise within academic affiliate institutions as a means of enhancing job satisfaction and actively mentoring novice nurses as part of career ladder system.

Source: Author.

Once the initial assessment has been completed, a determination of additional points for discussion with academic partners should be developed. This should include assignment of an individual to function as a liaison, establishment of goals, data to be collected for evaluation of outcomes, frequency of meetings, communication strategies, and specific legal or contractual requirements for implementation of the partnership.

ROLE OF THE LIAISONS AND PARTNERSHIP COMMITTEES

It should be understood that the academic and clinical partnership is created with the thought that it will require modification in response to changes in either the academic or clinical setting. Due to the dynamic nature of the healthcare industry, changes brought by external regulatory agencies, stakeholder demands, and healthcare innovations, there needs to be a mechanism available by which the partnership can be modified to the degree possible in response to emerging needs. Needs are met and stakeholder expectations are realized through alignment of resources.

BUILDING A PORTFOLIO

Successful academic and clinical partnerships must be underpinned by performance-based outcomes if markers of success are realized and communicated. At the inception of the partnership, agreement to use an existing portfolio format or create one is essential. However basic, many partnerships often scramble to document outcomes at the completion of a partnership project because a portfolio format was not adopted, losing a wealth of rich data that could have been captured throughout the process and as certain milestones were reached.

What is a portfolio as it relates to an academic and clinical partnership? The portfolio is a roadmap of outcomes-based indicators and subsequent documentation that tracks the successes throughout the partnership and can support future endeavors. Emphasis is on higher order skills such as application, analysis, synthesis and evaluation, problem solving, and real work situations.[18-21] Integral to the portfolio process is showcasing and celebrating successes as the partnership matures. Sustained successes (quantitative and qualitative) create opportunities for the creation and development of additional measures, partnerships, and research proposals that can substantiate evidence-based practice.

The Clinical Nurse Leader project initiated by the American Association of Colleges of Nursing (AACN) outlined guidelines for a partnership model.[22] What started as a pilot project by engaging clinical agencies and academic institutions to form a partnership has transformed into a project with sustained outcomes. Avenues have been created whereby staff can meet the daily challenges in healthcare and educators can successfully prepare students for practice. Inherent in the AACN guidelines is the use of information and outcomes as a fundamental component when assembling an outcomes portfolio. The portfolio becomes a key element useful for managers to document their value and sapports organizational stewardship whereby resources are effectively utilized. Portfolios can be a tool useful by faculty in assessing the progression by a student and by practitioners who document clinical markers of their successes. Data gleaned from the portfolios can be used by the partnership to market outcomes. Beyond the CNL example are value-added outcomes with other academic and clinical partnerships that engender learning opportunities for advanced practice nurses and nurse scientists.

Kaplan and Norton support the development of a portfolio using a strategy map as the framework.[23] The framework links assets to behaviors that support values creation using four interrelated perspectives: financial, customer, internal processes, and learning and growth. The financial perspective captures the tangible outcomes such as profits, revenue, and product costs. The customer perceptive focuses on how an organization or partnership intends to generate sales, outcomes, and loyalty from valued customers or stakeholders. The internal processes perspective details operations management, customer management, and innovation. The learning and growth perspective concentrates on human, information, and organization capital within the organization or partnership. As portfolios are built, one can align outcomes when developing future strategy and measurement tools.

DESIGNING MARKERS OF SUCCESS

The portfolio is a tool used to track and communicate individual and partnership successes. However, if markers of success are not identified early in the partnership and periodically reviewed, successes may not be realized and the potential for individual and organizational growth is often obstructed. When designing markers of success, partnerships should question assumptions, beliefs, and values and consider multiple points of view while attempting to verify reasoning.[24] Boundaries are another critical consideration. They must be explicitly identified and challenges to meeting target outcomes must be considered. Goldsmith identified three key considerations that should be addressed as markers of success:[25]

1. Control results, not processes.
2. Be flexible while remaining accountable.
3. Design markers that are purposeful and meaningful to the partnership.

Such efforts may or may not be transformed into a predictable and standardized process early on, but as the partnership evolves, success is realized, innovation is introduced, and outcomes are demonstrated. Rogers described a process "by which an innovation is communicated ... among the members of the ... system" for the purpose of providing exposure to the innovation.[26] To achieve success, the partnership must continuously engage in and monitor activities that support the innovation. Creativity must be fostered by both the academic and clinical participants. Feedback from key informants cannot be overlooked as outcomes data are tracked and presented. Often infrastructures are created without seeking input or considering needs of stakeholders. An example is the creation of clinical services that satisfies a small group while ignoring population-based needs.

In 2004, AACN introduced the clinical nurse leader role. Successful markers followed as academic and clinical sites formed partnerships and developed a new nursing role, the first in over 35 years. Clinical outcomes have followed that include reduced fragmentation in care, increased staff and patient satisfaction, and a number of anecdotal reports of nurses remaining at the bedside as opposed to seeking other career opportunities. Successful organizations and individuals have mapped outcomes that illustrate how clinical indicators are met and sustained. The marker of the success lies in how they have brokered opportunities using clinical activities that can be measured and disseminated widely. Without developing markers of success, a roadmap is not created and organizations and individuals take for granted their successes and valued outcomes. And this is timely when one considers the current economic climate, accountable care organization activities, and the recently published Institute of Medicine report on the future of nursing.[27] Academic and clinical partnerships form foundations that result in successful markers that build on past innovations and new creative approaches.

MANAGING ACADEMIC AND CLINICAL PARTNERS

Opportunities for academic and clinical partners to improve performance and quality of services and educate individuals to provide care require commitment and dedication. Pivotal to achieving these improvements is how the academic and clinical partners are managed. Identifying a lead individual or champion is an initial step. Selection can require delicate facilitation, influence, and persuasion. Otherwise, conflicts manifest and paralysis occurs, leading to unmet goals and frustrated partners. The selected lead or champion must be knowledgeable of both the academic and clinical setting or a steep learning curve follows and many opportunities for success may be lost. The designated lead or champion must engage all partners to build systems and processes that will support the identified goal. Communication at all levels is central to success. Without open communication, roles become blurred and individuals may start operating in different directions, losing sight of the identified goal. Plsek wrote that "islands of improvement" cannot be sustained in an organization or partnership without a permanent champion.[28] As one manages academic and clinical partners, synergy is created and innovation and diffusion follow.[29] Webster defines synergy as the interaction of agencies, agents, or conditions such that the total effect is greater than the sum of the individual effects.[30]

The synergy model can be used as a template when managing academic and clinical partners.[31] It pairs the needs of both organizations with the talents of faculty and staff. Senge described "mental models" as a determinant of how we make sense of the world and how we take action.[32] As such, the partner leader or champion takes the shared vision and communicates it with others while continuously creating and mapping outcomes. Organizational and personal incentives can be matched, forming the capability for sustained successes. For example, what started as an idea by an academic and clinical partner was developed into clinical guidelines that led to evidence-based inquiry and a joint publication. A return on investment helps individuals focus on projects with sustainable payback over time. Future growth and development is fostered, and people are inspired to commit to more activities. Competencies and new skill sets that stretch people to effectively use talents and engage others in outcomes management can be built by partner participation.

SUMMARY

Academic and clinical partnerships are not new. The clinical nurse leader role and increased opportunities for nurses to receive advanced nursing education have propelled the need and importance for education and practice to forge new avenues to improve patient outcomes. Academic and clinical partners improve collaboration by increased availability of faculty to teach nursing students through support of adjunct faculty appointments, thereby increasing availability of clinical sites for the education of nursing students. These partnerships, built on a portfolio model, can increase competency and training availability for nursing staff and improve community relations as outreach programs result in the perception of the organization as being a positive corporate citizen.

APPLICATION EXERCISES

Exercise 20-1

Develop a list of rights, norms, rules, agreements, and enforcement mechanisms that academic and clinical partners could share. One example would be development of a common dress code for nurses.

Exercise 20-2

Discuss communication and interaction protocols found in various organizations. Formulate a plan for how communication could be enhanced by adoption of common protocols and/or bylaws for the conduct of business meetings.

Exercise 20-3

An understanding of organizational goals is important for each member of a partnership. Develop a list of goals for a clinical site and identify specific strategies an academic partner might employ to participate in their attainment. Develop a list of goals for an academic partner and identify specific strategies a clinical partner might employ to participate in their attainment.

Exercise 20-4

Identify external stakeholders in clinical and academic settings. List specific activities to benefit external stakeholders that would allow participation by the clinical and academic partners.

 For a full suite of assignments and additional learning activities, use the access code located in the front of your book to visit this exclusive website: http://go.jblearning.com/roussel. If you do not have an access code, you can obtain one at the site.

NOTES

1. McDaniel, R. R., & Driebe, D. J. (2001). Complexity science and healthcare management. In J. Blair, M. Fottler, and G. Savage (Eds.), *Advances in Health Care Management*, vol. 2 (pp. 11–36). Kidlington, UK: Elsevier Science Ltd.

2. Steefel, L. (2005). Partnerships pilot CNL programs. Retrieved December 2, 2007 from http://www.nurseweek.com/news/Features/05-05/CNLPrograms.asp

3. Murray, T. (2007). Expanding educational capacity through an innovative practice-education partnership. *Journal of Nursing Education, 46*(7), 330–333.

4. Tennessee Center for Nursing (2005). Curing the crisis in nursing education; A master plan for Tennessee. Retrieved July 14, 2011, from http://www.centerfornursing.org/Curing%20the%20Crisis%20in%20Nursing%20Education.pdf

5. Bartels, J. E., & Bednash, G. (2005). Answering the call for quality nursing care and patient safety: A new model for nursing education. *Nursing Administration Quarterly, 29*(1), 5–13.

6. American Nurses Credentialing Center. (2005). *ANCC Magnet Recognition Program® Application Manual* (pp. 42–44). Silver Spring, MD: American Nurses Credentialing Center Publishers.

7. Institute of Medicine. (2011). *The future of nursing, Leading change, advancing health*. Committee on the Robert Wood Johnson Foundation Initiative on the Future of Nursing, Institute of Medicine. Washington, DC: National Academies Press. Retrieved January 18, 2011, from http://www.iom.edu/Reports/2010/The-Future-of-Nursing-Leading-Change-Advancing-Health.aspx

8. Carnegie Foundation for the Advancement of Teaching & Josiah Macy Jr. Foundation (2010). *Educating nurses and physicians: Toward new horizons*. Conference summary. Stanford, CA: Carnegie Foundation for the Advancement of Teaching.

9. Thompson, H. (2007). Portfolio development. *Nursing Management, 14*(3), 14–15.

10. McMullan, M., Endacott, R., Gray, M. A., Jasper, M., Miller, C. M., & Scholes, J. (2003). Portfolios and assessment of competence: A review of the literature. *Journal of Advanced Nursing, 41*, 283–294.

11. McEwan, A., & Taylor, D. (2007). Assessing practice through portfolio learning. *Journal of Community Nursing, 21*(8), 4–6.

12. Curtin, L., & Arnold, L. (2005). A framework for analysis, part II. *Nursing Administration Quarterly, 29*(3), 288–291.

13. Ward-Smith, P., Hunt, C., Smith, J. B., Teasley, S. L., Carroll, C. A., & Sexton, K. (2007). Issues and opportunities for retaining experienced nurses at the bedside. *Journal of Nursing Administration, 37*(11), 485–487.

14. Garvin, D. A., Edmondson, A. C., & Gino, F. (2008). Is yours a learning organization? *Harvard Business Review, 86*(3),109–116, 134.

15. Goleman, D. (1995). *Emotional intelligence: Why it can matter more than IQ*. New York: Bantam Books.

16. Conley, S. B., Branowicki, P., & Hanley, D. (2007). A competency and preceptor model to facilitate new leader success. *Journal of Nursing Administration, 37*(11), 491–498.

17. Reinertsen, J. L., Gosfield, A. G., Rupp, W., & Whittington, J. W. (2007). *Engaging physicians in a shared quality agenda*. IHI Innovation Series white paper. Cambridge, MA: Institute for Healthcare Improvement.

18. Farr, R. C., & Tone, B. (1994). *Portfolio and performance assessment: Helping students evaluate their progress as readers and writers*. New York: Harcourt Brace College.

19. Stiggins, R. J. (1997). *Student-centered classroom assessment* (2nd ed.). Upper Saddle River, NJ: Prentice-Hall.

20. Spandel, V., & Cullham, R. (1995). *Writing from the inside out: Revising for quality.* Portland, OR: Northwest Regional Educational Laboratory. Distributed through IOX Assessment Associates, Los Angeles.

21. McMillian, J.H. (1997). *Classroom assessment: Principles and practice for effective instruction.* Boston: Allyn and Bacon.

22. American Association of Colleges of Nursing. (2007). *White paper on the education and role of the clinical nurse leader.* Washington, DC: Author. Retrieved August 30, 2011, from http://www.aacn.nche.edu/publications/whitepapers/clinicalNurseLeader07.pdf

23. Kaplan, R. S., & Norton, D. P. (2004). Measuring the strategic readiness of intangible assets. *Harvard Business Review, 82,* 52–63.

24. Boyd, R. D., & Myers, J. G. (1988). Transformative education. *International Journal of Lifelong Education, 7*(4), 261–284.

25. Goldsmith, S. (2006). Crisis breeds innovation. *Harvard University Government Innovators Network*, [serial online]. Retrieved July 14, 2011, from http://www.innovations.harvard.edu/showdoc.html?id=30891

26. Rogers, E. M. (1983) *Diffusion of innovations.* New York: Free Press.

27. Institute of Medicine, 2011.28. Plsek, P. (2000). *Spreading good ideas for better health care: A practical toolkit, tools, perspectives, and information for health care providers.* Irving, TX: VHA.

28. Tachibana, C., & Nelson-Peterson, D. L. (2007). Implementing the clinical nurse leader role using the Virginia Mason production system. *Journal of Nursing Administration, 37*(11), 477–483.

29. Merriam-Webster. (1997). *Merriam-Webster's collegiate dictionary* (10th ed.). Springfield, MA: Merriam-Webster.

30. Curley, M. A. Q. (2004). Synergy: From theory to practice. *Excellent Nursing Knowledge* [serial online]. 1(1), Retrieved July 14, 2011, from http://www.nursingknowledge.org/portal/main.aspx?pageid=3507&ContentID=55889

31. Senge, P. M. (1994). *The fifth discipline: The art and practice of the learning organization.* New York: Currency Doubleday.

REFERENCES

American Association of Colleges of Nursing. (2007). *White paper on the education and role of the clinical nurse leader.* Washington, DC: Author. Retrieved August 30, 2011, from http://www.aacn.nche.edu/publications/whitepapers/clinicalNurseLeader07.pdf

American Nurses Credentialing Center. (2005). *ANCC Magnet Recognition Program® Application Manual* (pp. 42–44). Silver Spring, MD: American Nurses Credentialing Center Publishers.

ANCC announces market of Critical Portfolio. (2006, March). *South Dakota Nurse,* Retrieved December 23, 2007, from CINAHL Plus with Full Text database.

Bartels, J. E., & Bednash, G. (2005). Answering the call for quality nursing care and patient safety: A new model for nursing education. *Nursing Administration Quarterly, 29*(1), 5–13.

Billings, D., & Kowalski, K. (2005, July). Teaching tips. Learning portfolios. *Journal of Continuing Education in Nursing, 36*(4), 149–150. Retrieved December 23, 2007, from CINAHL Plus with Full Text database.

Boyd, R. D., & Myers, J. G. (1988). Transformative education. *International Journal of Lifelong Education, 7*(4), 261–284.

Carnegie Foundation for the Advancement of Teaching & Josiah Macy Jr. Foundation (2010). *Educating nurses and physicians: Toward new horizons.* Conference summary. Stanford, CA: Carnegie Foundation for the Advancement of Teaching.

Cole, G. (2005, November). The definition of 'portfolio.' *Medical Education, 39*(11), 1141–1141. Retrieved December 23, 2007, from CINAHL Plus with Full Text database.

Conley, S. B., Branowicki, P., & Hanley, D. (2007). A competency and preceptor model to facilitate new leader success. *Journal of Nursing Administration, 37*(11), 491–498.

Curley, M. A. Q. (2004). Synergy: From theory to practice. *Excellent Nursing Knowledge* [serial online]. 1(1), Retrieved July 14, 2011, from http://www.nursingknowledge.org/portal/main.aspx?pageid=35 07&ContentID=55889

Curtin, L., & Arnold, L. (2005). A framework for analysis, part II. *Nursing Administration Quarterly, 29*(3), 288–291.

Farr, R. C., & Tone, B. (1994). *Portfolio and performance assessment: Helping students evaluate their progress as readers and writers.* New York: Harcourt Brace College.

Garvin, D. A., Edmondson, A. C., & Gino, F. (2008). Is yours a learning organization? *Harvard Business Review, 86*(3),109–116, 134.

Goldsmith, S. (2006). Crisis breeds innovation. *Harvard University Government Innovators Network*, [serial online]. Retrieved July 14, 2011, from http://www.innovations.harvard.edu/showdoc. html?id=30891

Goleman, D. (1995). *Emotional intelligence: Why it can matter more than IQ.* New York: Bantam Books.

Institute of Medicine. (2011). *The future of nursing, Leading change, advancing health.* Committee on the Robert Wood Johnson Foundation Initiative on the Future of Nursing, Institute of Medicine. Washington, DC: National Academies Press. Retrieved January 18, 2011, from http://www.iom.edu /Reports/2010/The-Future-of-Nursing-Leading-Change-Advancing-Health.aspx

Kaplan, R. S., & Norton, D. P. (2004). Measuring the strategic readiness of intangible assets. *Harvard Business Review, 82*, 52–63.

Kear, M., & Bear, M. (2007, March). Using portfolio evaluation for program outcome assessment. *Journal of Nursing Education, 46*(3), 109–114. Retrieved December 23, 2007, from CINAHL Plus with Full Text database.

McDaniel, R. R., & Driebe, D. J. (2001). Complexity science and healthcare management. In J. Blair, M. Fottler, and G. Savage (Eds.), *Advances in Health Care Management*, vol. 2 (pp. 11–36). Kidlington, UK: Elsevier Science Ltd.

McEwan, A., & Taylor, D. (2007). Assessing practice through portfolio learning. *Journal of Community Nursing, 21*(8), 4–6.

McMillian, J.H. (1997). Classroom assessment: Principles and practice for effective instruction. Boston: Allyn and Bacon.

McMullan, M., Endacott, R., Gray, M. A., Jasper, M., Miller, C. M., & Scholes, J. (2003). Portfolios and assessment of competence: A review of the literature. *Journal of Advanced Nursing, 41*, 283–294.

Merriam-Webster. (1997). *Merriam-Webster's collegiate dictionary* (10th ed.). Springfield, MA: Merriam-Webster.

Mullen, P. (2007, March 28). The good portfolio. *Nursing Standard, 21*(29), 62–63. Retrieved December 23, 2007, from CINAHL Plus with Full Text database.

Murray, T. (2007). Expanding educational capacity through an innovative practice-education partnership. *Journal of Nursing Education, 46*(7), 330–333.

Plsek, P. (2000). *Spreading good ideas for better health care: A practical toolkit, tools, perspectives, and information for health care providers.* Irving, TX: VHA.

Rees, C. (2005, November). 'Portfolio' definitions: Do we need a wider debate? *Medical Education, 39*(11), 1142–1142. Retrieved December 23, 2007, from CINAHL Plus with Full Text database.

Reinertsen, J. L., Gosfield, A. G., Rupp, W., & Whittington, J. W. (2007). *Engaging physicians in a shared quality agenda.* IHI Innovation Series white paper. Cambridge, MA: Institute for Healthcare Improvement.

Rogers, E. M. (1983) *Diffusion of innovations.* New York: Free Press.

Senge, P. M. (1994). *The fifth discipline: The art and practice of the learning organization.* New York: Currency Doubleday.

Spandel, V., & Cullham, R. (1995). *Writing from the inside out: Revising for quality.* Portland, OR: Northwest Regional Educational Laboratory. Distributed through IOX Assessment Associates, Los Angeles.

Steefel, L. (2005). Partnerships pilot CNL programs. Retrieved December 2, 2007, from http://www .nurseweek.com/news/Features/05-05/CNLPrograms.asp

Stiggins, R. J. (1997). *Student-centered classroom assessment* (2nd ed.). Upper Saddle River, NJ: Prentice-Hall.

Tachibana, C., & Nelson-Peterson, D. L. (2007). Implementing the clinical nurse leader role using the Virginia Mason production system. *Journal of Nursing Administration, 37*(11), 477–483.

Tennessee Center for Nursing (2005). Curing the crisis in nursing education; A master plan for Tennessee. Retrieved July 14, 2011, from http://www.centerfornursing.org/Curing%20the%20 Crisis%20in%20Nursing%20Education.pdf

Thompson, H. (2007). Portfolio development. *Nursing Management, 14*(3), 14–15.

Ward-Smith, P., Hunt, C., Smith, J. B., Teasley, S. L., Carroll, C. A., & Sexton, K. (2007). Issues and opportunities for retaining experienced nurses at the bedside. *Journal of Nursing Administration, 37*(11), 485–487.

Williams, M., & Jordan, K. (2007, May). The nursing professional portfolio: a pathway to career development. *Journal for Nurses in Staff Development, 23*(3), 125–131. Retrieved December 23, 2007, from CINAHL Plus with Full Text database.

CHAPTER 21

Transformational Leadership and Evidence-Based Management in a Changing World

Linda Roussel   *Carol Ratcliffe*

WWW | LEARNING OBJECTIVES AND ACTIVITIES

- Describe transformational leadership and evidence-based management.
- Define leadership.
- Explain trait theories of leadership.
- Match examples to Gardner's nine tasks to be performed by leaders.
- Match examples to individual leadership behavioral theorists.
- Match examples to the theory of transformational leadership.
- Discuss similarities between leadership and management.
- Match examples to interpersonal bases of power.
- Describe quantum leadership in a new age of health care.

WWW | CONCEPTS

Transformational leadership, evidence-based management, trait theories of leadership, behavioral theories of leadership, leadership styles, gender issues of leadership, buffering, quantum leadership

SPHERES OF INFLUENCE

Unit-Based or Service-Line-Based Authority: Facilitates involvement of registered nurses, other staff members, and patients/clients/residents in interdisciplinary identification of desired outcomes; emphasizes problem solving, results, analysis of failure, tasks, control, and decision making; collaborates with appropriate departments in promoting integrated systems to support nursing service delivery and decision analysis.

> *Quote*
>
> *I must follow the people. Am I not their leader?*
> —Benjamin Disraeli, British Statesman

Organization-Wide Authority: Facilitates the establishment and continuous improvement of clinical guidelines related to outcomes that provide direction for continuity of care and that are attainable with available resources; focuses on creating spirit and commitment, seeking advice and feedback, empowering constituents, and modeling appropriate behavior as symbols of values and norms.

Introduction

Transformational leadership is needed for change required in health care and critical to successful organizational outcomes. Leadership is central to safety in a variety of industries as well as to an organization's competitive cost position after a change initiative.[1–3] Transformational leadership has been specifically identified by the Institute of Medicine in its work on medical error and patient safety.[4] Changes in nursing leadership have been underscored in creating safe environments for patients and staff, particularly as the weakening of clinical leadership has been cited as a cause of organizational concerns and issues.[5] The Institute of Medicine described factors of problematic leadership:[6]

- Increased emphasis on production efficiency (bottom-line management)
- Weakened trust (reengineering initiatives, poor communication patterns)
- Poor change management (inadequate communication, insufficient worker training, lack of measurement and feedback, short-lived attention, limited worker involvement in developing change initiatives)
- Limited involvement in decision making pertaining to work design and work flow (hierarchical structures, limited voice on councils, committees)
- Limited knowledge management (process failures, limited second-order attention)

To address these challenges, the following recommendations were made by the Institute of Medicine for healthcare organizations, particularly related to acquiring nurse leaders for all levels of management (e.g., at the organization-wide and patient care unit levels). Nurse leaders should do the following:[7]

- Participate in executive decisions within the healthcare organizations.
- Represent nursing staff to organization management and facilitate their mutual trust.
- Achieve effective communication between nursing and other clinical leadership.
- Facilitate input of direct-care nursing staff into operational decision making and design of work processes and work flow.
- Be provided with organizational resources to support the acquisition, management, and dissemination to nursing staff of the knowledge needed to support their clinical decision making and actions.

Although no one particular organizational structure for locating nursing leadership across all healthcare organizations was identified, the focus of the recommendations was on well-prepared clinical nurse leaders at the most senior level of management. Magnet hospitals have found some positive outcomes related to staff and patient satisfaction that correlated with participatory and transformational leadership. Clearly, transformational leadership is called for to address these challenges, to improve quality outcomes for patients and staff, and to heighten overall organizational effectiveness.[8]

HISTORY

Florence Nightingale, after leaving the Crimea, exercised extraordinary leadership in health care for decades with no organization under her command.[9] She was also one of the purest examples of the leader as agenda setter. Her public image is that of the lady of mercy, but under her gentle, soft-spoken manner she was a rugged spirit, a fighter, and a tough-minded system changer. In mid-19th century England, a woman had no place in public life, least of all in the fiercely masculine world of the military establishment. Nightingale took on the establishment and revolutionized health care in the British military services. Yet she never made public appearances or speeches and, except for her 2 years in the Crimea, held no public position. She was a formidable authority on the evils to be remedied, she knew exactly what to do about them, and she used public opinion to goad top officials into adopting her agenda. Florence Nightingale was both leader and manager.[10]

LEADERSHIP DEFINED

Researchers have studied leadership for decades, but experts still do not agree on exactly what it is. Many persons use the term leadership as if it were a magic quality, something one is born with or for which one simply has a talent. However, like talent for music and art, talent for leadership involves much knowledge and disciplined practice. Many definitions of leadership have been written, including that of Stogdill, who defines it as "the process of influencing the activities of an organized group in its efforts toward goal setting and goal achievement."[11] A difference in responsibilities exists among group members, and each member influences the group's activities. A leader is one others follow willingly and voluntarily.[12]

Stogdill's definition of leadership can be applied to nursing. In nursing practice, goals of patient care are set. Each patient has a nursing care plan that lists the problems that interfere with achieving physical, emotional, and social needs. For each problem, a goal is set and an approach or nursing prescription is written. An interdisciplinary team may identify problems, set goals, and write interventions. The team is influenced by the most highly skilled nurse available, the registered nurse who coordinates the care. Each interdisciplinary team member assumes different responsibilities in performing the total team functions.

The same principles may be applied to the entire division of nursing. Usually, the title of the head of the division is senior vice president, assistant administrator, vice president, chair, or director of nursing services. The division head is responsible for influencing all nursing employees toward achieving the stated purpose and objectives of the division of nursing. The nurse administrator is influenced by a stated philosophy or statement of beliefs about the kinds of services to be rendered by the personnel of the division of nursing. The total staff includes personnel in different job categories, across the organization regardless of operational levels of responsibility, including nurse managers, nursing case managers of shifts, and clinical nursing personnel, each with different responsibilities. The nurse administrator is responsible for establishing one standard of care and practice of nursing.

Gardner defines leadership as "the process of persuasion and example by which an individual (or leadership team) induces a group to take action that is in accord with the leader's purposes or the shared purposes of all."[13] Numerous other definitions of leadership exist. These definitions include the terms leader, follower or constituent, group, process, and goals. One can conclude that leadership is a process in which a person inspires a group of constituents to work together using appropriate means to achieve a common mission and common goals. Constituents are influenced to work together willingly and cooperatively with zeal and confidence and to their greatest potential.[14]

Leadership is a social transaction in which one person influences others. People in authority do not necessarily exert leadership. Rather, effective people in authoritative positions combine authority and leadership to assist an organization to achieve its goals. Effective leadership satisfies four primary conditions:[15]

1. A person receiving a communication understands it.
2. This person has the resources to do what is being asked of him or her.
3. The person believes the behavior being asked of him or her is consistent with personal interests and values.
4. The person believes the request is consistent with the purposes and values of the organization.

According to McGregor,[16] there are at least four major variables now known to be involved in leadership:

1. Characteristics of the leader
2. Attitudes, needs, and other personal characteristics of the followers
3. Characteristics of the organization, such as its purpose, its structure, the nature of the task to be performed
4. Social, economic, and political milieu

Leadership is a highly complex relationship that changes with the times. Such changes are brought about by management, unions, or outside forces. In nursing, changes in leadership are wrought by nursing management, nursing educators, nursing organizations, unions, and the expectations of the clientele (patients and their families).

Talbott stated, "Leadership is the vital ingredient that transforms a crowd into a functioning, useful organization."[17] The theme in these definitions seems always to be the same: "Leadership is the process of sustaining an initiated action. It is certainly not a matter of pointing in a direction and just letting things happen. Leadership is the conception of a goal and a method of achieving it; the mobilization of the means necessary for attainment; and the adjustment of values and environmental factors in the light of the desired end."[18]

In all definitions, leadership is viewed as a dynamic, interactive process that involves three dimensions: the leader, the follower(s), and the situation. Each dimension influences the others. For instance, the accomplishment of goals depends not only on the personal attributes of the leader but also on the follower's needs and the type of situation.[19]

Leadership Theories

Trait Theory

Much of the early work on leadership focused on the leader. This research was directed toward identifying intellectual, emotional, physical, and other personal traits of effective leaders. The underlying assumption was that leaders are born, not made.

After many years of research, no particular set of traits has been found that predicts leadership potential. There are several possible reasons for this failure. According to McGregor, "Research findings to date suggest that it is more fruitful to consider leadership as a relationship between the leader and the situation than as a universal pattern of characteristics possessed by certain people."[20] This statement implies that leadership is a human relations function and that different situations may require quite different characteristics from a leader. It is generally accepted in nursing that authoritarian power is effective in times of crisis but that otherwise it promotes instability.

Despite the shortcomings of the trait theory, some traits have been identified that are common to all good leaders. Such traits as honesty, trustworthiness, integrity, fair, skilled communicator, goal oriented, dedicated, committed, and hard working continue to surface in the literature.

Gardner's Leadership Studies

Two major themes in Gardner's writings that relate to the traits of leadership are the tasks of leadership and leader–constituent interaction.[21] Gardner identifies nine tasks to be performed by leaders:[22]

1. Envisioning goals: These include envisioning the best a group can be, solving problems, and unifying constituencies. Goals may involve extensive research. They may be shared, and they come from many sources. Long-term goals lend greater stability than do short-term goals.

2. Affirming values: Communities have "shared assumptions, beliefs, customs, ideas that give meaning, ideas that motivate." These include norms or values. Values embody religious beliefs and secular philosophy. Society celebrates its values in art, song, ritual, historic documents, and textbooks. People will strive to meet standards that affirm their values and motivate them. Values must be continually rebuilt or regenerated, with leaders assisting to rediscover and adapt traditions to the present. Leaders reaffirm values through words, policy decisions, and conduct.

3. Motivating: Leaders stimulate people to serve society and solve its problems. They balance positive attitudes and acts with reality. They look toward the future with confidence, hope, and energy. Loss of confidence breeds rigidity, fatalism, and passivity. Poverty negatively affects morale, learning, and performance. Leaders correct the circumstances of negative attitudes and defeat. Involving employees in decisions gives them a sense of power and ownership. Leaders resolve failure, frustration, and doubt and use intuition and empathy to solve problems.

4. Managing: Leadership and management overlap. Leaders set goals, plan, fix priorities, choose means, and formulate policy. They also build organizations and institutions that outlast them. Leaders keep the system functioning by setting agendas and making decisions. Leaders mold public opinion and exercise political judgments.

5. Achieving workable unity: Leaders function in a pluralistic society in which conflict is necessary if there are grievances to be settled. Conflict is also necessary in competing commercially, settling civil suits, and bringing justice to the oppressed. Conflict must be resolved to achieve cohesion and mutual tolerance, internally and externally. Society is fragmented and must not be polarized. Conflict resolution requires political skills: brokering, forming coalitions, mediating conflicting views, de-escalating rhetoric and posturing, saving face, and seeking common ground. People must trust each other most of the time to prevent or resolve conflict. Leaders raise the level of trust.

6. Explaining: Leaders must communicate effectively. They teach.

7. Serving as a symbol: Leaders speak for others. They represent unity, collective identity, and continuity.

8. Representing the group: All human systems are interdependent. Leaders take a broad view of events.

9. Renewing: Leaders blend continuity with change. They are innovators who awaken the potential of others. They visit the front lines and keep in touch. Leaders sustain diversity and dissent, and they change the social order.

Leader–Constituent Interaction

Charismatic Leaders Gardner defines charisma as the quality that sets one person apart from others: supernatural, superhuman, endowed with exceptional qualities or powers. Charismatic leadership can be good or evil. Charismatic leaders emerge in troubled times and in relation to the state of mind of constituents. They eventually run out of miracles and "white horses," even though the leaders are magnetic, persuasive, and spellbinding.

Masses of people often follow the charismatic leader. Such masses have historically been labeled unstable. Worry about mob rule and instability still exists. Social disorder is embodied in the Constitution of the United States.

Influence of Constituents on Leaders Constituents and leaders have an equal influence on each other. Constituents confer the leadership role. Good constituents select good leaders and make them better. In politics, constituents may follow any leader unless they are bureaucratic constituents (such as government employees) who feel constrained to mute their support. Loyal constituents support leaders who help them meet their needs and solve problems.

Influence of Leaders on Constituents Leaders choose to be leaders. They must adapt their leadership style to the situation and their constituents. In doing so, they weigh the following considerations: the degree of structure they want in relationships with constituents; the degree or hierarchy of authority, formality, discipline, constraint, and control; and the degree of focus on task versus that on people.

Leaders influence their superiors and their subordinates and have the courage to defy their constituents. Sam Houston was a leader of this type. He opposed the secession of Texas from the United States, going against his constituents. A leader may show different faces to pluralistic groups of constituents, including special interest groups.

Transforming Leaders

Transforming leaders respond to people's basic needs, wants, hopes, and expectations. They may transcend the political system or even attempt to construct it in order to operate within it. Transforming leadership is innovative, and it evolves.

The best leadership may be that which focuses on self-development and self-actualization. Leaders should develop the strengths of constituents and make them independent.[23]

Behavioral Theories

Behavioral theories include Douglas McGregor's Theory X and Theory Y, Rensis Likert's Michigan studies, Blake and Mouton's Managerial Grid, and Kurt Lewin's studies. Each of these is described here in more detail.

McGregor's Theory X and Theory Y McGregor related his theories to the motivation theories of Maslow. McGregor states that each person is a whole individual living and interacting within a world of other individuals. What happens to this person happens as a result of the behavior of other people. The attitudes and emotions of others affect this person. The constituent is dependent on the leader and desires to be treated fairly. A successful relationship is desired by both and depends on the action taken by the leader.

Security is a condition of leadership. Constituents need security and will fight to protect themselves against real or imagined threats to these needs in the work situation. Leaders must act to give constituents this security through avenues such as fair pay and fringe benefits. Unions act to solidify job security.

An effective leader creates an atmosphere of approval for constituents. Such an atmosphere is created through the leader's manner and attitude. Given the genuine approval of their leader, constituents will be secure. Otherwise, they will feel threatened, fearful, and insecure.

Knowledge is another condition of effective leadership espoused by McGregor. Employees have security when they know what is expected of them, including the following:[24]

- Knowledge of overall company policy and management philosophy
- Knowledge of procedures, rules, and regulations
- Knowledge of the requirements of the subordinate's job duties, responsibilities, and place in the organization
- Knowledge of the personal peculiarities of the constituent's immediate leader
- Knowledge by the constituent of the leader's opinion of his or her performance
- Advance knowledge of changes that may affect the constituent

Consistent discipline is another condition for effective leadership. People are met with approval when they do their jobs according to expectations. They should know what to expect in terms of disapproval when they do not meet expectations. Leaders should be consistent in setting standards and expecting constituents to meet them. Even discipline must occur in an atmosphere of approval.

Security encourages independence, another condition for effective leadership. Insecurity causes a reactive fight for freedom. Security that stimulates independence is desired. Constituents need to become actively independent by being involved in contributing ideas and suggestions concerning activities that affect them. When workers are secure and encouraged to participate in solving the problems of work, they provide new approaches to solutions. They work to achieve the goals of the organization and feel they are a part of it.

With security and independence, constituents develop a desire to accept responsibility. The level of responsibility can be increased at a pace commensurate with preservation of constituents' security. Having security gives constituents pleasure and pride. Leaders need security before they can delegate responsibility to constituents.

All constituents need a provision for appeal, that is, an adequate grievance procedure by which they can take their differences with their superiors to a higher level in the organization. Leaders who do the jobs expected of them and who treat constituents in ways that meet their needs and give them security achieve self-realization and self-development.[25]

Likert's Michigan Studies Likert and his associates at the Institute for Social Research at the University of Michigan conducted extensive leadership research. They identified four basic styles or systems of leadership: system I, exploitative-authoritative; system II, benevolent-authoritative; system III, consultative-democratic; and system IV, participative-democratic.

A measuring instrument for evaluating an organization's leadership style was developed by Likert's group. It contains 51 items and encompasses variables of the concepts of "leadership, motivation, communication, interaction-influence, decision making, goal setting, control, and performance goals."[26]

It is generally conceded that leadership behavior improves in effectiveness as it approaches system IV.

Blake and Mouton's Managerial Grid The managerial grid is a two-dimensional leadership model. Dimensions of this model are tasks or production and the employee or people orientations of managers.[27]

Two key dimensions of managerial thinking are depicted on the grid: concern for production on the horizontal axis, and concern for people on the vertical axis. They are shown as 9-point scales: 1 represents low concern, 5 represents an average amount of concern, and 9 is high concern.

These two concerns are interdependent; that is, although concern for one or the other may be high or low, they are integrated in the manager's thinking. Thus both concerns are present to some degree in any management style. Study of the grid enables one to sort out various possibilities and the attitudes, values, beliefs, and assumptions that underlie each approach. When one is able to objectively see one's own behavior compared with the soundest approach, it provides motivation to change to more closely approximate the soundest management. When group members come to share 9, 9 values, beliefs, attitudes, and assumptions, they develop personal commitment to achieving group goals as well as their individual goals. In doing so they develop standards of mutual trust and respect that cause them to elevate cooperation and communication.

Blake and Mouton contend that the 9, 9 style is the one most likely to achieve highest quality results over an extended period of time. The 9, 9 style, unlike the others, is based on the assumption that there is no inherent conflict between the needs of the organization for performance and the needs of people for job satisfaction.

Finally, as an orienting framework, the grid serves as a map to more effective ways of working with and through others. When group members have this common frame of reference for what constitutes effective and ineffective approaches to issues of mutual concern, they are able to take corrective action based on common understanding and agreement about the soundest approach and objectivity when actions taken are less than fully sound.

Kurt Lewin's Studies Lewin's leadership studies were done in the 1930s. Lewin examined three leadership styles related to forces within the leader, within the group members, and within the situation. From Lewin's studies, the leadership styles emerging were autocratic, democratic, and laissez-faire. The autocratic leader makes decisions alone and tends to be more concerned with task accomplishment than with concern for people. In contrast, the democratic leader involves followers in the decision-making process and is people oriented, focusing on human relations and teamwork. The laissez-faire leader is permissive and generally abstains from leading the staff, which often results in low productivity and employee frustration.

Other behavioral studies include the Ohio State studies, which use a quadrant structure that relates leadership effectiveness to initiating structure (with emphasis on the task or production) and consideration (with emphasis on the employee). These studies identified four primary leadership styles relating to those leaders with high initiating structure to low initiating structure and those with low consideration to high consideration.

The Ohio State researchers used the Leader Behavior Description Questionnaire. Items related to initiating structure and to consideration describe how leaders carry out their activities. Both factors are considered simultaneously rather than on a continuum. As to which combination works best, the situation determines the style.[28]

Problems with Leadership Questionnaires According to Phillips and Lord, the accuracy of leadership questionnaires is debatable. Yet they are often the only feasible way to measure leadership in real-world settings. Some researchers consider reliable questionnaires accurate. However, these authors contend that any systematic sources of variance, such as leniency error, halo, or implicit theories, can produce high internal consistency. Factor structures produced solely on the basis of implicit leadership theories do not tell users of these questionnaires anything about accuracy.

The Leader Behavior Description Questionnaire was flawed because its subjects form an overall leadership impression before completing it. Questionnaires can be improved by requiring "observers to distinguish between the presence and absence of specific, conceptually equivalent behaviors in videotaped stimulus materials."[29]

Most questionnaire-based leadership research has been conducted in laboratory settings. The results are biased by the fact that some conditions do not exist in typical field settings. Research participants do not know or have contact with the target leader; thus the behavioral-level accuracy of their responses is limited. Phillips and Lord make the following suggestions to improve research techniques of existing behavioral description questionnaires:[30]

1. Assess whether the level of accuracy required for the purpose is classification or behavioral.
2. Assess whether the level of accuracy produced by the chosen measurement technique is classification or behavioral.
3. Evaluate the research setting for potential biases "such as rote knowledge of performance, leniency in describing superiors, or other relevant rater characteristics."
4. If biases exist, judge whether they are likely to be confounded with substantive variables of interest to the user.
5. Collect global measures of leadership and leniency during the measurement process.

Leadership Style

Other studies of leadership focus on style, including contingency-situational leadership models that focus on a combination of factors, such as the people, the task, the situation, the organization, and environmental factors. These models combine theories of Fred F. Fiedler; Paul Hersey, Kenneth H. Blanchard, and D. E. Johnson; and William J. Reddin.

Fiedler's Contingency Model of Leadership Effectiveness

There must be a group before there can be a leader. Fiedler describes three classifications that measure the kind of power and influence the group gives its leader. The first and most important of these is the relationship between the leader and the group members. Personality is a factor, but its influence depends on the group's perception of the leader. Second is the task structure, the degree to which details of the group's assignment are programmed. If the assignment is highly structured, the leader will have less power. If the assignment requires planning and thinking, the leader will be in a position to exert greater power. Third is the positional power of the leader: Great power does not always yield better group performance. The best leader has been found to be one who has a task-oriented leadership style. This style works best when the leader has great influence and power over group members. When the leader has moderate influence over group members, a relationship-oriented style works best.

The organization shares responsibility for a leader's success or failure. Leaders can be trained to learn in which situations they do well and in which they fail. The job can be fitted to the leader. The appointee can be given a higher rank or can be assigned constituents who are nearly equal in rank and status. Most appointees can be given sole authority or can be required to consult with the group. The appointee can be given detailed instructions or independence. A highly successful and effective leader avoids situations in which failure is likely. That leader seeks out situations that fit his or her leadership style. Knowledge of strengths and weaknesses helps in choosing this style.[31]

Fiedler's theory is one of situations: leadership style will be effective or ineffective depending on the situation.

Life Cycle Theory of Hersey, Blanchard, and Johnson

Hersey, Blanchard, and Johnson follow a situational approach to leadership. A person's leadership style focuses on a combination of task behaviors and relationship behaviors. Focus on task behaviors is "characterized by endeavoring to establish well-defined patterns of organization, channels of communication, and ways of getting jobs accomplished." Focus on relationship behavior relates to "opening up channels of communication, providing socio-emotional support, actively listening, 'psychological strokes,' and facilitating behaviors."[32]

Reddin's Three-Dimensional Theory of Management

Reddin combined Blake and Mouton's managerial grid with Fiedler's contingency leadership model. The outcome was a three-dimensional theory of management; the dimensions are adapted from managerial grid theory, contingency leadership style theory, and effectiveness theory. These possible combinations result in four basic leadership styles:

1. Separated, in which both task orientation and relationship orientation are minimal.
2. Dedicated, in which task orientation is high and relationship orientation is low. Dedicated leaders are dedicated only to the job.
3. Related, in which relationship orientation is high and task orientation is low. Related leaders relate primarily to their constituents.
4. Integrated, in which both task orientation and relationship orientations are high. Integrated leaders focus on managerial behavior, combining task orientation and relationship orientation.

These management styles are identified below:

- Executive leaders are integrated and more effective than are compromiser leaders, who are less effective integrated leaders.

- Developer leaders are related and more effective than missionary leaders, who are less effective related leaders.
- Bureaucratic leaders are separated and more effective than deserter leaders, who are less effective separated leaders.
- Benevolent autocratic leaders are dedicated and more effective than autocratic leaders, who are less effective dedicated leaders.

The range of effectiveness is a continuum. As in other theories of leadership, the effective behavior of the leader is relative to the situation. Effective leaders apply leadership styles after assessing situations.[33]

Transformational Leadership

The healthcare system is experiencing tremendous change and chaos, and the problems of organizations are increasingly complex. Healthcare organizations are restructuring and redesigning the way patient care is delivered to meet the challenges of these changes. In addition, health care is prohibitively expensive for many Americans. Hospitals and emergency rooms are financially burdened by uninsured people who may suffer from recurring and chronic health issues, violence, drug overdose, and HIV infection. Many people, especially in rural areas and inner cities, do not have access to health care because hospitals are downsizing and a shortage of healthcare personnel exists. Leaders must find ways to keep staff motivated in this chaotic, unstable environment. Therefore effective leaders in this atmosphere of rapid change will acknowledge uncertainty, be flexible, and consider the values and needs of constituents.[34]

Bennis and Nanus describe a theory of leadership called transformational leadership. They define a transformational leader as one who "commits people to action, who converts followers into leaders, and who may convert leaders into agents of change."[35] These authors believe that the nucleus of leadership is power, which they define as the "basic energy to initiate and sustain action translating intention into reality."[36] Transformational leaders do not use power to control and repress constituents. These leaders instead empower constituents to have a vision about the organization and trust the leaders so they work for goals that benefit the organization and themselves.

Leadership is thus not so much the exercise of power itself as it is the empowerment of others. This does not mean that leaders must relinquish power, but rather that reciprocity, an exchange between leaders and constituents, exists. The goal is change in which the purpose of the leader and that of the constituent become enmeshed, creating a collective purpose. Empowered staff become critical thinkers and are active in their roles within the organization. A creative and committed staff is the most important asset that administrators can develop.[37]

Transformational leaders mobilize their staff by focusing on the welfare of the individual and humanizing the high-tech work environment. Experts favor a leadership style that empowers others and values collaboration instead of competition.[38] People are empowered when they share in decision making and when they are rewarded for quality and excellence rather than punished and manipulated. When the environment is humanized, people are empowered, feel part of the team, and believe they are contributing to the success of the organization. Leaders who share power motivate people to excel by inspiring them to be part of a vision rather than punishing them for mistakes.[39] In nursing, empowerment can result in improved patient care, fewer staff sick days, and decreased attrition. Nurses who are transformational leaders have staff with higher job satisfaction and who stay in the organization for longer periods.[40] This can be accomplished through the establishment of a shared governance model that includes staff-led councils that are composed of, but are not limited to, nursing practice, staff development, research, quality, recruitment and retention, and unit-based councils.

Nurse executives who like to feel in charge may feel threatened by the concept of sharing power with staff. So they need to be personally empowered to assist in the empowerment of others. They will have a sense of self-worth and self-respect and confidence in their own abilities. Bennis and Nanus believe the most important trait of successful leaders is having positive self-regard.[41] Self-regard is not, however, self-centeredness or self-importance; rather, leaders with positive self-esteem recognize their strengths and do not emphasize their weaknesses. A leader who has positive self-regard seems to create in others a sense of confidence and high expectations. Techniques used to increase self-worth include visualization, affirmations, and letting go of the need to be perfect.[42]

Through research and observations, Bennis defined four competencies for dynamic and effective transformational leadership: (1) management of attention, (2) management of meaning, (3) management of trust, and (4) management of self.[43] The first competency is the management of attention, achieved by having a vision or sense of outcomes or goals. Vision is the image of a realistic, attainable, credible, and attractive future state for an organization.[44] Vision statements are written to define where the healthcare organization is headed and how it will serve society. They differ from mission and philosophy statements in that they are more futuristic and describe where energies are to be focused.[45] The vision of nursing is supported by a nursing strategic plan that is integrated in and supports the overall organizational plan.

> "People are committed to visions that are mutually developed, are based on a sense of quality, appeal to their values and emotions, and are feasible yet challenging."

The second leadership competency is management of meaning. To inspire commitment, leaders must communicate their vision and create a culture that sustains the vision. A culture or social architecture as described by Bennis and Nanus is "intangible, but it governs the way people act, the values and norms that are subtly transmitted to groups and individuals, and the construct of binding and bonding within a company."[46] Barker believes that "social architecture provides meaning and shared experience of organizational events so that people know the expectations of how they are to act."[47]

Nursing leaders transform the social architecture or culture of healthcare organizations by using group discussion, agreement, and consensus building, and they support individual creativity and innovation. To do this, Barker believes that the nurse transformational leader will pay attention to the internal consistency of the vision, goals, and objectives; selection and placement of personnel; feedback; appraisal; rewards; support; and development.[48] For example, rewards and appraisals must relate to the goals, and the vision must be consistent with the goals and objectives. Most important, all the elements must enhance the self-worth of individuals, allow creativity, and appeal to the values of nurses. For many nurse leaders, these are new skills that will take time and support from mentors to develop.

Because vision statements are a new concept to many, nursing leaders should provide opportunities for staff to openly explore feelings, criticize, and articulate negative reactions. Face-to-face meetings between nursing leaders and staff are desirable because in reactions involving trust and clarity, memoranda and suggestion boxes are not adequate substitutes for direct communication.[49] This can be achieved through nursing forums, rounding, huddles, or small group meetings.

The third competency is the management of trust, which is associated with reliability. Nurses respect leaders whose judgment is sound and consistent and whose decisions are based on fairness, equity, and honesty. Staff can be heard to comment about leaders they trust with statements such as "I don't always agree with her decision, but I know she wants the best for the patients." Bennis believes that "people would much rather follow individuals they can count on, even when they disagree with their viewpoint, than people they agree with but who shift positions frequently."[50]

The fourth competency is management of self, which is knowing one's skills and using them effectively. It is critical that nurses in leadership positions recognize when they lack management skills and then take responsibility for their own continuing education. Incompetent leaders can demoralize a nursing unit and contribute to poor patient care. When leadership skills are mastered by nurse leaders, stress and burnout are reduced. Nurse leaders thus need to master the skills of leadership.[51]

Although effective leaders support shared power and decision making, they continue to accept responsibility for making decisions even when their decisions are not popular. Constituents like to have their wishes considered, but there are times when they want prompt and clear decisions from a leader. This is especially true in times of crisis.[52]

Transformational leaders are flexible and able to adapt leadership styles to the chaos and rapid change occurring in the current healthcare environment.

Differences Between Leadership and Management

Managers come from the "headship" (power from position) category. They hold appointive or directive posts in formal organizations. They can be appointed for both technical and leadership competencies, usually needing both to be accepted. Managers are delegated authority, including the power to reward or punish. A manager is expected to perform functions such as planning, organizing, directing (leading), and controlling (evaluating). Informal leaders, by contrast, are not always managers performing those functions required by the organization. Informal leaders can enable success or create barriers. However, if used effectively, informal leaders can be your eyes and ears and facilitate goal attainment and success. Leaders often are not even part of the organization. Florence Nightingale, after leaving the Crimea, was not connected with an organization but was still a leader.

> *"Zaleznik indicates that the manager is a problem solver who succeeds because of 'persistence, tough-mindedness, hard work, intelligence, analytical ability, and, perhaps most important, tolerance and good will'"*[53]

Managers focus on results, analysis of failure, and tasks—management characteristics that are desirable for nurse managers. Effective managers also need to be good leaders. Managers who are leaders choose and limit goals. They focus on creating spirit and, in doing so, develop committed constituents. Manager-leaders do this by seeking advice and solutions to problems. They ask for information and provide positive feedback. Leaders understand the power of groups. They empower their constituents, making their subordinates strong—the chosen ones, a team infused with purpose. Mistakes are tolerated by manager-leaders who challenge constituents to realize their potential.

Managers emphasize control, decision making, and decision analysis. As manager-leaders, they are concerned with modeling appropriate behavior as symbols of values and norms. Effective manager-leaders are technically capable and provide assurance in crises.

Managers focus inward but add the leadership dimension of connecting their group to the outside world, focusing intense attention on important issues. They escalate issues and complaints up the organization to be handled quickly and appropriately, rather than try to control them.[54]

Although managers are sometimes described in less glowing terms than leaders, successful managers are usually successful leaders. Leadership is a desirable and prominent feature of the directing function of nursing management.

Similarities Between Leadership and Management

Gardner asserts that first-class managers are usually first-class leaders. Leaders and leader-managers distinguish themselves beyond run-of-the-mill managers in six respects[55]:

1. They think longer term—beyond the day's crises, beyond the quarterly report, beyond the horizon.

2. They look beyond the unit they head and grasp its relationship to larger realities—the larger organization of which they are a part, conditions external to the organization, global trends.

3. They reach and influence constituents beyond their jurisdiction, beyond boundaries. Thomas Jefferson influenced people all over Europe. Gandhi influenced people all over the world. In an organization, leaders overflow bureaucratic boundaries—often a distinct advantage in a world too complex and tumultuous to be handled "through channels." Their capacity to rise above jurisdictions may enable them to bind together the fragmented constituencies that must work together to solve a problem.

4. They put heavy emphasis on the intangibles of vision, values, and motivation and understand intuitively the nonrational and unconscious elements in the leader-constituent interaction.

5. They have the political skill to cope with the conflicting requirements of multiple constituencies.

6. They think in terms of renewal. The routine manager tends to accept the structure and processes as they exist. The leader or leader-manager seeks the revisions of process and structure required by changing reality.

Good leaders, like good managers, provide visionary inspiration, motivation, and direction. Good managers, like good leaders, attract and inspire. People want to be led rather than managed. They want to pursue goals and values they consider worthwhile. Therefore they want leaders who respect the dignity, autonomy, and self-esteem of constituents.[56]

Mitchell describes five major requirements for every executive, implying that being an effective executive requires the attributes of a leader:[57]

1. Adjustment to a complex social environment of several or many units

2. Ability to influence and guide subordinates

3. Emotional and intellectual maturity as a preparation for leadership

4. Ability to think through and make decisions and to translate decisions into effective action

5. Capacity to see beyond the immediate or surface indications and, with experience, to acquire perspective

> *"Effective nurse executives combine leadership and management."*

Effective nurse leader-managers will work to achieve these same requisites.

Leadership is a subsystem within the management system. It is included as an element of management science in management textbooks and other publications. In some, the term leading has replaced the term directing as a major function of management. In such a context, communication and motivation are elements of leadership (a concept that could be debated according to management theorists' philosophical bent).

Management includes written plans, clear organizational charts, well-documented annual objectives, frequent reports, detailed and precise job descriptions, regular evaluations of performance against objectives, and the administrative ordering of theory.[58] Nurse managers who are leaders can use these tools of management without making them a bureaucratic roadblock to autonomy, participatory management, maximum performance, and productivity by employees.

Leadership Versus Headship

A job title does not make a person a leader, nor does it cause a person to exercise leadership behavior over subordinates. This is as true of nurses as it is of personnel in industry or the military services. It is a mistake to refer to the dean of a college, a professor of nursing, a nurse administrator, a supervisor, a nurse manager, or any nurse as a leader by virtue of position. That person is in a headship position rather than a leadership one, because "leadership is more a function of the group or situation than a quality which adheres to a person appointed to a formal position of headship."[59] A person's behavior indicates whether that person also occupies a functional leadership position.

> *"Leadership is an attempt to influence groups or individuals without the coercive form of power."*

Gardner writes that not all people in positions of high status are leaders. Some are chief bureaucrats or custodians. Their high status does have "symbolic values and traditions that enhance the possibility of leadership" as people have higher expectations of people in headship positions.[60] Authority embodied in a title or position of headship is legitimized power; it is not leadership.[61]

Appointed heads are not selected by persons they direct. Appointed heads frequently work toward organizational goals while ignoring the personal goals of employees. Their authority comes from high in the organization and not from their influence within the group.

In cases in which heads are elected by the group, they keep their positions only as long as they satisfy the members' needs for affiliating with the organization. They are responsible only to the group, whereas the appointed head is usually responsible to both the appointive authority and the group. Nurses who are elected to chair committees or who preside over professional organizations will not be reelected unless they satisfy the members' needs.

Appointed heads may lack the freedom to choose relationships with subordinates because their supervisors do not allow it. They have authority and power without being accepted by the group. If appointed nurse managers are allowed to and can exercise their leadership abilities, they can be accorded leadership status by the group. The nurse managers understand and motivate employees in order to be trusted by them.[62]

Preparation of Nursing Leaders

Gardner believes that 90% of leadership can be taught.[63] Education begins in basic nursing education programs. To develop risk-taking behaviors and self-confidence, students should be encouraged to create new solutions and to disagree and debate and should be allowed to make mistakes without fear of reprisal. Faculty should encourage and support students who exercise their leadership abilities in projects and organizations on campus and in the community.

When nurses graduate and enter the workforce, most are not ready to assume a leadership role. They require opportunities for self-discovery to understand their strengths and for skill building. This skill building occurs through on-the-job training, along with support from peers and mentorship from effective leaders. These mentors must be dynamic, not status quo–seeking role models who teach nurses how to preserve sameness. Tack writes that to be prepared for the future, leaders must be mentored by "those who see the world differently and project a dramatically different future, those who tend to shake things up rather than follow established precedents."[64]

Organizational managers, including nurse executives, teach managers the nature of leadership. They train nurse managers in leadership skills and put managers in the proper environment to learn leadership. This includes "starting up an operation, turning around a troubled division, moving from staff to line, working under a wise mentor, serving on a high-level task force and getting promoted to a more senior level of the organization."[65]

Nurse executives and managers should be trained to coach their constituents on leadership skills. Constituents can be trained to help managers in leadership. Leaders can listen and articulate, persuade and be persuaded, use collective wisdom to make decisions, and teach constituents to relate or communicate upward.

Gender Issues

Because most nurses are women, it is essential to understand gender issues. Research indicates that gender differences do exist in leadership styles and competencies.[66] Masculinity has been associated with being task oriented and using a direct approach for solving problems. Femininity has been characterized as being people oriented and supportive, sharing feelings, and caring for others.

> *"Transformational leadership is needed on gender issues related to nursing leadership."*

www | Evidence-Based Practice 21-1

Desjardins and Brown conducted 2-hour interviews of 72 college presidents that included questions concerning, power, conflict resolution, and learning style. The findings indicated that most women practiced leadership in a care-connected style.[67] This orientation, first described by Gilligan, values intimacy and nurturing in interactions with others.[68] Most decisions made by men are in the justice and rights mode, first described by Kohlberg in his work on moral reasoning.[69] This style of decision making values autonomy, objectivity, and fairness.

www | Evidence-Based Practice 21-2

Rosener's research supports the thesis that leadership style is connected to gender issues. Rosener describes four major areas of difference in the women leaders whom she studied. First, these women tend to encourage participation; second, they share power and information more readily; third, they attempt to enhance the self-worth of others; and fourth, they energize others.[70]

It is important to remember that the modes and traits described by both researchers are gender related but not gender specific. Women and men fall into both modes, but more men are found in the justice and rights mode.[71] Rosener's work also indicates that men operate more often through management transactions, exchanging rewards for services rendered or punishments for poor performance. Men, she found, also work more out of the power of their positions.[72]

www | Evidence-Based Practice 21-3

Gender issues as they relate to leadership in healthcare organizations have not been well studied. Dunham and Klahefn found that male and female nurse executives are not more likely to exhibit transformational leadership rather than transactional leadership, which focuses more on day-to-day operations.[73] Borman's research on executives in healthcare organizations indicates that women, more than men, identify connections to others and flexibility as important characteristics of leaders.[74] The literature points out that flexibility may be a desirable attribute in a rapidly changing or restructured organization; therefore, women may have an advantage over men.[75]

Gender differences in leadership style and competencies do not translate into one style being better than the other. However, if nurses are sensitized to gender differences, they will accept individuals for their unique leadership strengths instead of resisting them. This accepting atmosphere will encourage nurses (both men and women) to develop self-confidence and become strong leaders.

Nursing and Leadership Healthcare Policy

Nursing is conspicuous by its absence from lists of national leaders. National consumers do not perceive nurse leaders as having power. The healthcare system has failed to recognize nurses as professionals who have knowledge useful in creating solutions to complex problems. Cutler's perspective of nursing educators and nursing service personnel is that they have been the product of directive and authoritarian leadership.[76] The Institute of Medicine's *Future of Nursing* further underscore the need for nurses to "be at the table," by being better educated, and full partners, with physicians and other health professionals, in redesigning health care in the United States.

Historically, nurses have avoided opportunities to obtain power and political muscle. The profession now understands that power and political savvy will assist in achieving its goals to improve health care and to increase nurses' autonomy. Also, if the healthcare system is to be reformed, nurses must participate individually and collectively. Nurses need to find ways to influence healthcare policymaking so that their voices are heard.[77] Milio believes that nurses have the capacity for power to influence public policy and recommends the following steps to prepare:[78]

1. Organize.
2. Do homework. Learn to understand the political process, interest groups, specific people, and events.
3. Frame arguments to suit the target audience by appealing to cost containment, political support, fairness and justice, and other data relevant to particular concerns.
4. Support and strengthen the position of converted policymakers.
5. Concentrate energies.
6. Stimulate public debate.
7. Make the position of nurses visible in the mass media.
8. Choose the most effective strategy as the main one.
9. Act in a timely fashion.
10. Maintain activity.
11. Keep the organizational format decentralized.
12. Obtain and develop the best research data to support each position.
13. Learn from experience.
14. Never give up without trying.

Nurses in leadership positions are most influential.[79]

Buffering

Nursing leaders can act as buffers or advocates for nurses. In doing so, they protect constituents from internal and external pressures of work. Nurse managers can reduce barriers to clinical nurses completing their clinical work.

Buffering protects practicing clinical nurses from external health system factors, the healthcare organization, other supervisors and employees, top administrators, the medical staff, and themselves when their behavior jeopardizes their careers. Buffering is another facet of the theory of leadership related to management, and it requires leadership training.

The nurse practitioner, the extended-role nurse, staff nurses, and ancillary personnel can be protected by buffering action by nurse managers. Professional nurses do not want to have additional responsibilities delegated if they are already under severe pressure and stress. Delegation of decision making is power; delegation of work is drudgery. Professional nurses are there to motivate, not to dissatisfy.

Smith and Mitry suggest three methods of buffering, the benefits of which are improved performance, better morale, increased loyalty, a healthier organization, and respect for leaders:[80]

1. Coordinating work—that is, support services and standardized records
2. Insulating by intervening with pressure groups and creating unity of command
3. Evaluating the impingement

Management writers say there is a difference between leadership and managers, but their textbooks and writings on the subject all include leadership content. Professional nurses want to be led, not directed or controlled. Also, nurse managers can learn the concepts, principles, and laws that will assist them in becoming effective leader-managers.

Different situations require different leadership styles. The leader-manager assesses each situation and exercises the appropriate leadership style. Some employees want to be involved; others do not. There must be a fit between the leader and constituents. The leader demonstrates this by changing style and training others until a transition is made. A flexible leadership style is necessary and vital.

Transformational Leader as Coach

Coaching and mentoring are important skill sets for the transformational leader. Coaching denotes a way of being with others that provides opportunities to facilitate growth and development. Coaching requires exquisite communication skills that model ways of interacting and networking with others whereby those coached will find ready examples of best practices in working with others. Hill describes the predictable process of coaching, which includes the following:[81]

- Observing
- Examining coach motives
- Creating a discussion plan for the coaching session
- Initiating
- Providing and eliciting feedback
- Having a follow-up meeting

As a coach, observing behaviors and responding with insights and strategies will go further than "instructing" others on "what to do." Such will afford greater opportunities to learn and advance skills and opportunities. Porter-O'Grady and Malloch describe innovation coaching, stating the importance of creating the structure and content of the experience. Specifically, the following guidelines are given to facilitate this effort:[82]

- Setting the bar high.
- Being clear about who you are.
- Treating transformation as a mission, not a job.
- Exposing staff to different messages and different messengers.
- Creating an egalitarian organizational structure.
- Putting money where the ideas are.
- Letting the talented experiment.
- Allowing people to share in the fruits of their creativity.

Figure 21-1 outlines impediments to effective coaching, which includes use of power, problem solving, self-image, and knowledge. **Figure 21-2** provides a model for considering coaching from a transformational perspective, illustrating driving forces, adaptation, and other contextual issues.[83]

FUTURE DIRECTION: QUANTUM LEADERSHIP

Porter-O'Grady and Malloch describe quantum leadership as new leadership for a new age. From a conceptual perspective, quantum theory considers the whole, integration, synthesis, relatedness, and team action. **Figure 21-3** compares the Newtonian and the Quantum perspective. "Quantum theory has taught us that change is not a thing or an event but rather a dynamic that is constitutive of the universe."[84] Quantum leadership incorporates transformation, a dynamic flow that integrates transitions from work, rules, scripts, chaos, and loss. Adaptation considers such driving forces from sociopolitical, economic, and technical perspectives. The term chaos used in quantum leadership refers to the transitional period focused on relational and whole systems thinking as compared with separate components and linear thinking. **Figures 21-4** and **21-5** provide a pictorial view of the conceptualization of transformation for quantum leadership. "New rules will apply in the new age."[85] **Figure 21-6** outlines seven imperatives underscoring the need to consider quantum leadership for dramatic changes mandated in this new age.

INNOVATIVE LEADERSHIP

Porter-O'Grady and Malloch describe concepts of innovative leadership in preparing the organizational systems for change. They outline stages of adoption of innovation that include knowledge, persuasion, decision, implementation, and confirmation. Individuals are also identified and include innovators, adopters, early majority, late majority, and laggards.[86] Concepts include Design Thinking, Thinking Inside the Box, Disruptive Innovation, and Scenario Planning.

Design thinking involves integrating work from art, craft, science, and business. Understanding the consumer and the market are essential to designing programs that are sensitive to the needs of the patient. Thinking inside the box considers that those closest to the work and those who are familiar with the existing challenge have the greatest insights into the processes. As the innovation leader becomes knowledgeable about the processes by thinking inside and outside the box, positive deviants become

---

FIGURE 21-1   Impediments to Effective Coaching

Use of power	Knowledge
• Inadequate power	• Undeveloped knowledge
• Autocratic application of power	• Learning needs
• Lack of empowerment	• Inexperience
• Nonstrategic use of power	• Lack of personal technique
Self-image	**Problem solving**
• Poor self-esteem	• Inadequate worldview
• Unclear role	• Intolerance of diversity
• Psychological flaws	• No clear process
	• Situational solutions

Source: Author.

FIGURE 21-2   Innovative as a Way of Life. The Leader Focuses on the Central Components of Personal Transformation to Ensure Each Person Can Embrace Change.

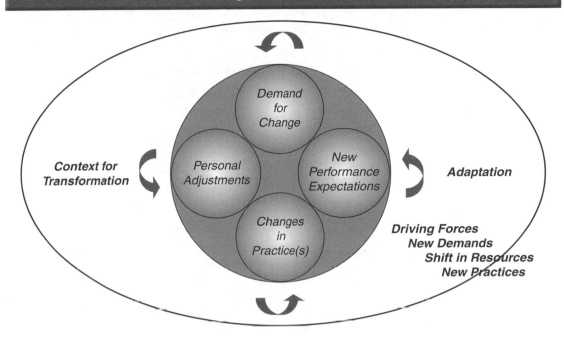

Source: Malloch, Porter-O'Grady. The quantum leader: Applications for the new world of work. (2005)

FIGURE 21-3   Conceptual Foundations

Newtonian	Quantum
• Mass production	• Envision the whole
• Compartmentalism	• Integration
• Reductionism	• Synthesis
• Analysis	• Relatedness
• Discrete action	• Team action

Source: Author.

evident. Positive deviants increase the knowledge pool, by offering different perspectives that may be on the surface divergent to the status quo. Disruptive innovation defines a performance trajectory by introducing new dimensions of performance compared with existing innovations. New markets are created by bringing new features to nonconsumers or offering more convenient or lower prices to consumers. Scenario planning allows for a "dry run," creating "what ifs" of new ideas. "The goal of thinking through scenarios and other tools of innovation is to get to failure as quickly as possible and to determine what worked and what did not work so the process can begin again."[87] Humor can even things out, lightening the overall mood and tone of the group.

FIGURE 21-4   The Universal Cycle of Transformation. This Illustration Shows the Dynamic and Interacting Forces of Transformation.

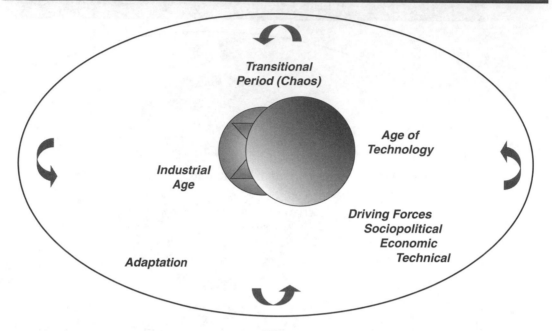

Source: Malloch, Porter-O'Grady. The quantum leader: Applications for the new world of work. (2005)

FIGURE 21-5   Universal Dynamics of Transformation. This Illustration Shows the Continuous Cycle of Interacting Processes That Are the Focus of the Transforming Work of Leadership.

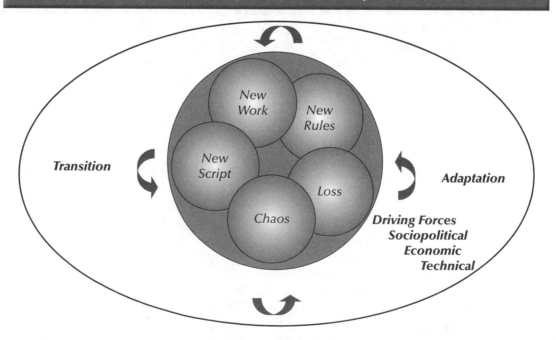

Source: Malloch, Porter-O'Grady. The quantum leader: Applications for the new world of work. (2005)

FIGURE 21-6   Seven New Age Imperatives

1. Open access to health information
2. Medicine/nursing based on genomics
3. Mass-customized diagnosis and treatment
4. User-specific insurance programs

5. Integration of allopathic and alternative therapies
6. Payment incentives tied to outcomes (quality)
7. Focused service settings for specific populations

Source: Malloch, Porter-O'Grady. The quantum leader: Applications for the new world of work. (2005)

www Evidence-Based Practice 21-4

In a systematic review, Wong and Cummings sought to describe finding of studies that examine the relationship between nursing leadership and patient outcomes. Only English research articles were reviewed, and data extraction and methodological quality assessment were completed with a total of seven quantitative research articles reviewed. The researchers discovered significant associations between positive leadership behaviors, styles, or practices and increased patient satisfaction and reduced adverse events. There were inconclusive findings related to leadership and patient mortality rates. The researchers suggested that an emphasis on developing transformational nursing leadership be pursued as an important organizational strategy to improve patient outcomes.[88]

SUMMARY

The theory of nursing leadership is a part of the theory of nursing management. Leadership is a process of influencing a group to set and achieve goals. There are several major theories of leadership. One of the earliest is the trait theory, which suggests that leaders have many intellect, personality, and ability traits. Trait theory has been succeeded by other leadership theories indicating that managers, including nurse managers, can learn the knowledge and skills requisite to leadership competencies.

Behavioral theories of leadership include McGregor's Theory X and Theory Y, Likert's Michigan studies, Blake and Mouton's Managerial Grid, and Lewin's studies.

Other studies of leadership focus on contingency-situational leadership styles and factors such as people, tasks, situations, organizations, and environment. Theorists include Fiedler; Hersey, Blanchard, and Johnson; Reddin; and Gardner. John W. Gardner's study of leadership includes the nature of leadership, identification of leadership tasks, leader-constituent interaction, and the relationship between leadership and power.

Bennis and Nanus define a theory of leadership they call transformational. This leadership style involves change in which the purposes of the leader and follower become intertwined. The effective leader creates a vision for the organization and then develops a commitment to the vision. Bennis and Nanus believe that the wise use of power is the energy needed to develop commitment and to sustain action.

Nurse managers should learn to practice leadership behaviors that stimulate motivation within their constituents, practicing professional nurses, and other nursing personnel. These behaviors include promotion of autonomy, decision making, and participatory management by professional nurses. These behaviors are facilitated by effective nurse manager-leaders.

Quantum leadership offers a new age perspective as one transforms and redesigns the workplace into a culture of greater safety and quality.

www APPLICATION EXERCISES

Exercise 21-1

Identify a transformational leader in your clinical or work setting. What characteristics have you observed that sets this individual apart as someone making a difference in the work setting? What do others (on the unit, clinic, department) say about this individual? Is there agreement?

Exercise 21-2

Name a nurse you consider to be an outstanding leader and state why you consider him or her outstanding.

Exercise 21-3

Brower describes the leader in politics as a person of stature who can rally the people, a person with outstanding ability and character. He says there is an emotional bond between the leader and the led, a "bond which must exist between a leader and his people if either is to confront greatness."[89] He believes that the abrasive strains of television may have irreparably damaged the bond between leader and led. Television shows leaders in their weaknesses because it constantly focuses on them. It was once thought that a talent such as President Jefferson would freely rise to the top in a natural aristocracy. American leaders would be people of ability and morality; they would be wise and virtuous. According to Brower, "Leadership, a relationship, depends very much on the basis of current enthusiasm or negation. Indeed it cannot exist at all in this country without the consent of the governed. We may very well be short on leadership because we are short on ourselves."[90]

Assuming that the characteristics of leadership are applicable to occupations, government, business, industry, and service institutions and professions, list three characteristics described by Brower and apply them to nursing.

Exercise 21-4

Kurt Lewin suggests that there are three leadership styles: autocratic, democratic, and laissez-faire.

1. Which leadership style does your supervisor exhibit?
2. List three of his or her activities or decisions that illustrate the style.
3. How does your supervisor's leadership style affect your work and attitude?

Exercise 21-5

Gardner asserts that first-class managers are usually first-class leaders. He believes that leaders and leader-managers distinguish themselves beyond the general run of managers in six respects. Give brief examples of how nurses you know fit all or some of the six characteristics.

Exercise 21-6

From the theory of leadership described in this chapter, describe and discuss actual examples of leadership demonstrated by persons in your organization. Consider the following:

1. Gardner's nine tasks performed by leaders
2. A charismatic leader
3. A transforming leader
4. McGregor's Theory X and Theory Y
5. Likert's authoritative and democratic systems
6. Leadership style
7. The implications for staff development

For a full suite of assignments and additional learning activities, use the access code located in the front of your book to visit this exclusive website: http://go.jblearning.com/roussel. If you do not have an access code, you can obtain one at the site.

NOTES

1. Baldridge National Quality Program. (2003). *Criteria for performance excellence.* Gaithersburg, MD: National Institute of Standards and Technology.

2. Davenport, T., DeLong, D., & Beers, D. (1998). Successful knowledge management projects. *Sloan Management Review, 37,* 43–57.

3. Heifetz, R., & Laurie, D. (2001). The work of leadership. *Harvard Business Review, 79,* 131–140.

4. Page, A. (Ed.). (2004). *Keeping patients safe: Transforming the work environment of nurses.* Committee on the Work Environment for Nurses and Patient Safety, Institute of Medicine. Washington, DC: National Academies Press.

5. Ibid.

6. Ibid.

7. Ibid., p. 136.

8. Ibid.

9. Gardner, 1986b, p. 15; Huxley, E. (1975). *Florence Nightingale.* New York: G. P. Putnam's Sons.

10. Gardner, 1986b, p. 15; Huxley, 1975.

11. Bass, B. M. (1981). *Stogdill's handbook of leadership: A survey of theory and research.* New York: The Free Press.

12. Holloman, C. R. (1986). Leadership or headship: There is a difference. *Notes & Quotes,* 4; Holloman, C. R. (1986). "Headship" vs. leadership. *Business and Economic Review, 34,* 35–37.

13. Lundborg, L. B. (1982). What is leadership? *Journal of Nursing Administration, 12,* 32–33.

14. Gardner, 1986a, p. 6.

15. Holloman, 1986; Levenstein, A. (1985). So you want to be a leader? *Nursing Management, 16,* 74–75; Jones, G. R. (1983). Forms of control and leader behavior. *Journal of Management, 9,* 159–172; McGregor, D. (1966). *Leadership and motivation* (pp. 70–80). Cambridge, MA: MIT Press.

16. Merton, R. K. (1969). The social nature of leadership. *American Journal of Nursing, 69,* 2614–2618.

17. McGregor, 1966, p. 73.

18. Talbott, C. M. (1971). Leadership at the man-to-man level. *Supplement to the Air Force Policy Letter for Commanders,* 13.

19. Mitton, D. G. (1969). Leadership: One more time. *Industrial Management Review, 11,* 77–83.

20. Kilpatrick, J. (1974, February). Conservative view. *Sun-Herald* (Biloxi, MS), p. 4.

21. McGregor, 1966, p. 75.

22. Gardner, 1986b, 1986c, 1986d.

23. Gardner, 1986b, p. 7.

24. Gardner, 1986c.

25. McGregor, 1966, pp. 55–57.

26. Ibid., pp. 49–65.

27. Likert, R. (1967). *The human organization* (pp. 4–10). New York: McGraw-Hill.

28. The grid synopsis was furnished courtesy of Scientific Methods, Inc., Box 195, Austin, TX, 78747.

29. Megginson, L., Mosley, D., & Pietri, P., Jr. (1989). *Management: Concepts and applications* (3rd ed., pp. 346–347, 352–353). New York: Harper & Row.

30. Phillips, J. S., & Lord, R. G. (1986). Notes on the practical and theoretical consequences of implicit leadership theories for the future of leadership measurement. *Journal of Management, 12,* 33.

31. Ibid.

32. Fiedler, F. E. (1969). Style or circumstance: The leadership enigma. *Notes & Quotes,* 3; Megginson et al., 1989.

33. Hersey, P., Blanchard, K. H., & Johnson, D. E. (1996). *Management of organizational behavior: Utilizing human resources* (7th ed., pp. 134–135). Englewood Cliffs, NJ: Prentice Hall.

34. Reddin, W. J. (1970). *Managerial effectiveness* (p. 230). New York: McGraw-Hill; Hodgetts, R. M. (1986). *Management: Theory, process and practice* (4th ed., pp. 319–320). Orlando, FL: Academic Press.

35. Barker, A. M. (1991). An emerging leadership paradigm. *Nursing and Health Care, 12,* 204–207.

36. Bennis, W., & Nanus, B. (1985). *Leaders: The strategies for taking charge* (p. 3). New York: Harper & Row.

37. Ibid., p. 15.

38. Lundeen, S. P. (1992). Leadership strategies for organizational change: Applications in community nursing centers. *Nursing Administration Quarterly, 17,* 60–68.

39. Tack, M. W. (1991). Future leaders in higher education: New demands and new responses. *Phi Kappa Phi Journal, 71,* 29–31; Desjardins, C., & Brown, C. O. (1991). A new look at leadership styles. *Phi Kappa Phi Journal, 71,* 18–20.

40. Bennis & Nanus, 1985.

41. Medley, F., & Larochelle, D. R. (1995). Transformational leadership and job satisfaction. *Nursing Management, 26,* 64JJ–64NN.

42. Bennis & Nanus, 1985, p. 57.

43. Barker, 1991.

44. Bennis, W. (1991). Learning some basic truisms about leadership. *Phi Kappa Phi Journal, 71,* 12–15.

45. Bennis & Nanus, 1985.

46. Barker, A. M. (1990). *Transformational nursing leadership: A vision for the future.* Baltimore: Williams and Wilkins.

47. Bennis & Nanus, 1985.

48. Barker, 1991, p. 207.

49. Ibid.

50. Gardner, 1986c.

51. Bennis, 1991, p. 24.

52. Campbell, R. P. (1986). Does management style affect burnout? *Nursing Management, 17,* 38A–38B, 38D, 38F, 38H.

53. Gardner, 1986c.

54. Zaleznik, A. (1977). Managers and leaders: Are they different? *Harvard Business Review, 82,* 74–81.

55. Zenger, J. H. (1985). Leadership: Management's better half. *Training, 22,* 44–53.

56. Gardner, 1986a, p. 12.

57. Zenger, 1985.

58. Mitchell, W. N. (1968). What makes a business leader? *Notes & Quotes*, 2.
59. Zenger, 1985.
60. Holloman, 1969.
61. Gardner, 1986a, p. 6.
62. Ibid.
63. Holloman, 1986.
64. Gardner, 1986a.
65. Tack, 1991, p. 30.
66. Zenger, 1985.
67. Desjardins & Brown, 1991.
68. Ibid.
69. Gilligan, C. (1982). *In a different voice: Psychological theory and women's development*. Cambridge, MA: Harvard University Press.
70. Kohlberg, L. (1981). *The philosophy of moral development, moral stages and the idea of justice*. San Francisco: Harper and Row.
71. Rosener, J. (1990). Ways women lead. *Harvard Business Review, 68*, 119–125.
72. Desjardins & Brown, 1991.
73. Rosener, 1990.
74. Dunham, J., & Klahefn, K. A. (1990). Transformational leadership and the nurse executive. *Journal of Nursing Administration, 20*, 28–34.
75. Borman, J. S. (1993). Women and nurse executives: Finally, some advantages. *Journal of Nursing Administration, 23*, 34–40.
76. Helgesen, S. (1990). *The female advantage*. New York: Doubleday.
77. Cutler, M. J. (1976). Nursing leadership and management: An historical perspective. *Nursing Administration Quarterly, 1*, 7–19.
78. Murphy, N. J. (1992). Nursing leadership in health policy decision making. *Nursing Outlook, 40*, 158–161.
79. Milio, N. (1984). The realities of policy making: Can nurses have an impact? *Journal of Nursing Administration, 14*, 18–23.
80. Ibid.
81. Smith, H. L., & Mitry, N. W. (1984). Nursing leadership: A buffering perspective. *Nursing Administration Quarterly, 8*, 45–52.
82. Hill, L. A. (2007). Coaching. Retrieved February 29, 2008, from http://www.harvardmanage mentor.com/demo/plusdemo/coach/index.htm
83. Porter-O'Grady, T., & Malloch, K. (2003). *Quantum leadership: A textbook of new leadership*. Sudbury, MA: Jones and Bartlett Publishers.
84. Ibid., p. 61.
85. Porter-O'Grady, T., & Malloch, K. (2007). *Quantum leadership: A resource for healthcare innovation* (2nd ed.). Sudbury, MA: Jones and Bartlett Publishers.
86. Ibid., pp. 352–353.
87. Porter-O'Grady, T., & Malloch, K. (2010). *Innovation leadership: Creating the landscape of health care*. Sudbury, MA: Jones and Barlett Publishers.
88. Ibid., 45–47.
89. Wong, C. L., & Cummings, G. G. (2007). The relationship between nursing leadership and patient outcomes: A systematic review. *Journal of Nursing Management, 15*, 508–521.
90. Brower, B. (1971, October 8). Where have all the leaders gone? *Life*, 708.
91. Ibid.

REFERENCES

Aiken, L. (2002). Superior outcomes for magnet hospitals: The evidence base. In M. McClure & A. Hinshaw (Eds.), *Magnet hospitals revisited: Attraction and retention of professional nurses.* Washington, DC: American Nurses Publishing.

Baldridge National Quality Program. (2003). Criteria for performance excellence. Gaithersburg, MD: National Institute of Standards and Technology.

Barker, A. M. (1990). *Transformational nursing leadership: A vision for the future.* Baltimore: Williams and Wilkins.

Barker, A. M. (1991). An emerging leadership paradigm. *Nursing and Health Care, 12,* 204–207.

Bass, B. M. (1981). Stogdill's handbook of leadership: A survey of theory and research. New York: The Free Press.

Bennis, W. (1991). Learning some basic truisms about leadership. *Phi Kappa Phi Journal, 71,* 12–15.

Bennis, W., & Nanus, B. (1985). *Leaders: The strategies for taking charge.* New York: Harper & Row.

Borman, J. S. (1993). Women and nurse executives: Finally, some advantages. *Journal of Nursing Administration, 23,* 34–40.

Brower, B. (1971, October 8). Where have all the leaders gone? *Life,* 708.

Campbell, R. P. (1986). Does management style affect burnout? *Nursing Management, 17,* 38A–38B, 38D, 38F, 38H.

Cutler, M. J. (1976). Nursing leadership and management: An historical perspective. *Nursing Administration Quarterly, 1,* 7–19.

Davenport, T., DeLong, D., & Beers, D. (1998). Successful knowledge management projects. *Sloan Management Review, 37,* 43–57.

Desjardins, C., & Brown, C. O. (1991). A new look at leadership styles. *Phi Kappa Phi Journal, 71,* 18–20.

Dunham, J., & Klahefn, K. A. (1990). Transformational leadership and the nurse executive. *Journal of Nursing Administration, 20,* 28–34.

Fiedler, F. E. (1969). Style or circumstance: The leadership enigma. *Notes & Quotes, 3.*

Gardner, J. W. (1986). Leadership papers 1: The nature of leadership. Washington, DC: Independent Sector.

Gardner, J. W. (1986). Leadership papers 2: The tasks of leadership. Washington, DC: Independent Sector.

Gardner, J. W. (1986). Leadership papers 3: The heart of the matter—Leader-constituent interaction. Washington, DC: Independent Sector.

Gardner, J. W. (1986). Leadership papers 4: Leadership and power. Washington, DC: Independent Sector

Gilligan, C. (1982). *In a different voice: Psychological theory and women's development.* Cambridge, MA: Harvard University Press.

Heifetz, R., & Laurie, D. (2001). The work of leadership. *Harvard Business Review, 79,* 131–140.

Helgesen, S. (1990). *The female advantage.* New York: Doubleday.

Herrin, D., Jones, K., Krepper, R., Sherman, R., & Reineck, C. (2006). Future nursing administration graduate curricula, part 2. *Journal of Nursing Administration, 36,* 498–505.

Hersey, P., Blanchard, K. H., & Johnson, D. E. (1996). *Management of organizational behavior: Utilizing human resources* (7th ed.). Englewood Cliffs, NJ: Prentice Hall.

Hill, L. A. (2007). Coaching. Retrieved February 29, 2008, from http://www.harvardmanagementor.com/demo/plusdemo/coach/index.htm

Hodgetts, R. M. (1986). *Management: Theory, process and practice* (4th ed.). Orlando, FL: Academic Press.

Holloman, C. R. (1986). "Headship" vs. leadership. *Business and Economic Review, 34*, 35–37.

Holloman, C. R. (1986). Leadership or headship: There is a difference. *Notes & Quotes*, 4

Huxley, E. (1975). *Florence Nightingale*. New York: G. P. Putnam's Sons.

Jones, G. R. (1983). Forms of control and leader behavior. *Journal of Management, 9*, 159–172.

Kilpatrick, J. (1974, February). Conservative view. *Sun-Herald* (Biloxi, MS), p. 4.

Kleinman, C. S. (2003). Leadership roles, competencies, and education: How prepared are our nurse managers? *Journal of Nursing Administration, 33*, 451–455.

Kohlberg, L. (1981). *The philosophy of moral development, moral stages and the idea of justice*. San Francisco: Harper and Row.

Levenstein, A. (1985). So you want to be a leader? *Nursing Management, 16*, 74–75.

Likert, R. (1967). *The human organization* (pp. 4–10). New York: McGraw-Hill.

Lundborg, L. B. (1982). What is leadership? *Journal of Nursing Administration, 12*, 32–33.

Lundeen, S. P. (1992). Leadership strategies for organizational change: Applications in community nursing centers. *Nursing Administration Quarterly, 17*, 60–68.

McGregor, D. (1966). *Leadership and motivation*. Cambridge, MA: MIT Press.

Medley, F., & Larochelle, D. R. (1995). Transformational leadership and job satisfaction. *Nursing Management, 26*, 64JJ–64NN.

Megginson, L., Mosley, D., & Pietri, P., Jr. (1989). *Management: Concepts and applications* (3rd ed.). New York: Harper & Row.

Merton, R. K. (1969). The social nature of leadership. *American Journal of Nursing, 69*, 2614–2618.

Milio, N. (1984). The realities of policy making: Can nurses have an impact? *Journal of Nursing Administration, 14*, 18–23.

Mitchell, W. N. (1968). What makes a business leader? *Notes & Quotes*, 2.

Mitton, D. G. (1969). Leadership: One more time. *Industrial Management Review, 11*, 77–83.

Murphy, L. (2005). Transformational leadership: A cascading chain reaction. *Journal of Nursing Management, 13*, 128–136.

Murphy, N. J. (1992). Nursing leadership in health policy decision making. *Nursing Outlook, 40*, 158–161.

Page, A. (Ed.). (2004). *Keeping patients safe: Transforming the work environment of nurses*. Committee on the Work Environment for Nurses and Patient Safety, Institute of Medicine. Washington, DC: National Academies Press.

Phillips, J. S., & Lord, R. G. (1986). Notes on the practical and theoretical consequences of implicit leadership theories for the future of leadership measurement. *Journal of Management, 12*, 33.

Porter-O'Grady, T., & Malloch, K. (2003). *Quantum leadership: A textbook of new leadership*. Sudbury, MA: Jones and Bartlett Publishers.

Porter-O'Grady, T., & Malloch, K. (2007). *Quantum leadership: A resource for healthcare innovation* (2nd ed.). Sudbury, MA: Jones and Bartlett Publishers.

Porter-O'Grady, T., & Malloch, K. (2010). *Innovation leadership: Creating the landscape of health care*. Sudbury, MA: Jones and Bartlett Publishers.

Reddin, W. J. (1970). *Managerial effectiveness*. New York: McGraw-Hill.

Rosener, J. (1990). Ways women lead. *Harvard Business Review, 68*, 119–125.

Smith, H. L., & Mitry, N. W. (1984). Nursing leadership: A buffering perspective. *Nursing Administration Quarterly, 8*, 45–52.

Tack, M. W. (1991). Future leaders in higher education: New demands and new responses. *Phi Kappa Phi Journal, 71*, 29–31.

Talbott, C. M. (1971). Leadership at the man-to-man level. *Supplement to the Air Force Policy Letter for Commanders*, 13.

Thomas, J., & Herrin, D. (2008). The executive master of science in nursing program. *Journal of Nursing Administration, 38*, 4–7.

Upenieks, V. V. (2003). What constitutes effective leadership? Perceptions of magnet and nonmagnet nurse leaders. *Journal of Nursing Administration, 33*, 456–467.

Wong, C. L., & Cummings, G. G. (2007). The relationship between nursing leadership and patient outcomes: A systematic review. *Journal of Nursing Management, 15*, 508–521.

Zaleznik, A. (1977). Managers and leaders: Are they different? *Harvard Business Review, 82*, 74–81.

Zenger, J. H. (1985). Leadership: Management's better half. *Training, 22*, 44–53.

Magnetism: Exemplary Nursing Excellence

Anita Kelso Langston　　*Robert W. Koch*

WWW **LEARNING OBJECTIVES AND ACTIVITIES**

- Identify the five components of the Magnet Model.
- Recognize the elements of the 14 forces of magnetism.
- Create effective methods of both vertical and horizontal communication.
- Distinguish between a flat organizational structure and the traditional vertical organizational structure.
- Collaborate in interdisciplinary groups to deliver effective patient care.
- Devise methods that foster the growth, professionalism, and autonomy of the direct care nurse.
- Develop a culture of inquiry, identifying and applying evidence-based practice in the clinical setting.
- Identify the outcomes associated with quality nursing care.

WWW **CONCEPTS**

Magnet Recognition Program®, domains of evidence, forces of magnetism, transformational leadership, structural empowerment, autonomous nursing practice, and professional practice models, Nursing Work Index, organizational culture.

SPHERES OF INFLUENCE

Unit-Based or Service-Line-Based Authority: Serves on various professional practice councils; mentors staff; models excellence in patient care.

Organization-Wide Authority: Creates a professional practice environment that fosters excellence in nursing service; establishes and promotes a framework for professional nursing practice built on core ideology, which includes vision, mission, philosophy, core values, evidence-based practice, and standards of practice.

> *Quote*
>
> *There is no speed limit on the road to excellence.*
>
> —Anonymous

Introduction

The projected nursing workforce shortages, as well as quality and safety issues in the healthcare industry, are in the spotlight of public awareness. Solutions to address these issues are receiving much attention. One program discussed in this chapter addresses the creation of an organizational culture that promotes high-quality patient outcomes using evidence-based practice to achieve above benchmark results. The Magnet Recognition Program®, administered through the American Nurses Credentialing Center (ANCC), provides the designation of "magnet" to facilities that have met the standards of the program. The Magnet Recognition Program® measures nursing quality indicators and patient outcomes based on the current American Nurses Association's (ANA) *Nursing Administration: Scope and Standards of Practice* to identify best nursing services and high-quality patient outcomes. It also provides a resource for the dissemination of best practices and strategies.[1]

HISTORICAL PERSPECTIVE

The Magnet Recognition Program® began when the American Academy of Nurses formed a taskforce in the early 1980s to address the nursing shortage in the United States at that time. One member of this taskforce was Dr. Mabel Wandelt, a professor at the University of Texas at Austin. She noted that certain facilities had no difficulty in attracting and retaining qualified nurses, despite a national nursing shortage.[2] This observation led to the research study to identify institutions that could attract and retain nurses and the factors related with that achievement. This hallmark study was conducted by McClure et al. at 41 hospitals of different sizes from eight regions of the United States.[3] These hospitals were predominantly private, nonprofit organizations, all affiliated with an educational program of nursing. Groups of nursing directors and groups of staff nurses were interviewed and asked key questions about the elements of their workplace that made it a good place to work. Interestingly, the findings indicated key features important for both the nursing directors and the staff nurses. These predominant features existed in these facilities regardless of the size of the organization and the region of the country. Elements such as quality of leadership, educational opportunities, and working as teams were strong factors identified. Other elements identified are presented under the categories of administration, professional practice, and professional development and published in *Magnet Hospitals: The Attraction and Retention of Professional Nurses* in 1983.[4]

Further research and studies on these facilities added to the body of knowledge first established by the ANA's taskforce. Marlene Kramer and Claudia Schmalenburg, in addition to others on their research team, conducted six different studies beginning in 1985 to substantiate the characteristics of the organizational culture in Magnet facilities. In this study 279 staff nurses were given a list of 37 items that were deemed as necessary in the delivery of high-quality nursing care. The original list of 65 items was pared down to 37, using the responses from more than 4,000 staff nurses in the previous 17-year period. This is currently known as the Nursing Work Index. Additional research in this area led to the identification of eight essentials of magnetism (Kramer & Schmalenburg, 2002).[5]

1. Working with other nurses who are clinically competent
2. Good nurse-physician relationships and communication
3. Nurse autonomy and accountability
4. Supportive nurse manager-supervisor
5. Control over nursing practice and practice environment
6. Support for education (inservice, continuing education, etc.)
7. Adequate nurse staffing
8. Paramount concern for the patient

The Magnet Hospital Recognition Program for Excellence in Nursing Services was officially approved by the ANA Board of Directors in late 1990. This program was administered by the newly formed ANCC, a subsidiary of ANA. The purpose of the program was to recognize what were now referred to as magnet hospitals, healthcare facilities that successfully recruit and retain nurses in a supportive environment. Fourteen forces of magnetism were being used as the basis or yardstick to measure each facility. A pilot study conducted in five facilities led to the first award of Magnet Hospital being presented to the University of Washington Medical Center in Seattle by the ANCC in 1994. The 14 forces of magnetism considered the heart and structure of the magnet program are:

1. Quality of Nursing Leadership
2. Organizational Structure
3. Management Style
4. Personnel Policies and Programs
5. Professional Models of Care
6. Quality of Care
7. Quality Improvement
8. Consultations and Resources
9. Autonomy
10. Community and the Healthcare Organization
11. Nurses as Teachers
12. Image of Nursing
13. Interdisciplinary Relationships
14. Professional Development

The magnet program's link between high-quality patient care and nursing excellence has catapulted magnet facilities to an esteemed place in the healthcare industry and in their communities. Currently, there are nearly 400 magnet facilities in more than 45 states in the United States, Australia, Singapore, and Lebanon.

EVIDENCE AND OUTCOMES

Health care is focused on evidence and outcomes. This prompted a series of scholarly investigations that focus on the extent to which magnet facilities promote high-quality patient care and foster positive work environments for nurses. For example, magnet facilities experience less professional burnout among professional nurses.[6] Patient-related outcomes in magnet facilities have been compared with outcomes in nonmagnet facilities. One study indicated that magnet hospitals had a 4.6% lower mortality rate.[7] One factor contributing to this success is that magnet hospitals have a significantly higher ratio of registered nurses (RNs) to patients than their nonmagnet peers.

Furthermore, 43% of nurses in ANCC magnet facilities consider the quality of care in their facility as excellent, compared to 10% of nurses in a national sample.[8] Nurses in ANCC magnet facilities report significantly higher rates of autonomy and control of the practice environment and participation in policy decisions. Magnet hospital nurses also report the presence of a powerful chief nursing office that provides the support and resources needed to deliver high-quality care.

Kosel and Olivo reported a positive correlation between employee satisfaction and customer satisfaction in magnet facilities. Job satisfaction for nurses equated with the desire to provide high-quality nursing care in a supportive environment. Facilities that recognized this key component enjoyed higher patient satisfaction scores, higher percentage of the market share, and a reduction in RN turnover and vacancy numbers as well as positive patient outcomes.[9]

Even more direct benefits can be seen when a healthcare agency secures magnet status. Studies indicate that the facilities achieving this award show decreased lengths of patient stay, fewer adverse patient outcomes, a reduction in RN turnover, and a reduction in the cost for marketing to attract nurses.[10] Each of these variables has significant impact on a hospital's bottom line.

SELF-ASSESSMENT OF THE ORGANIZATION

The initial steps in the magnet journey begin with a thorough evaluation of the organization to determine readiness. Through this activity, leaders in the nursing organization understand the strengths, weakness, and opportunities that must be considered in transformation of the nursing organization. Organizations recognizing the benefits of the magnet hospital designation and desiring to embark on the journey begin with a self-assessment of the organizational culture and perform a gap analysis.

Current criteria for potential organizations include specific requirements for the chief nursing officer (CNO), who must hold a master's degree. Either the baccalaureate or master's degree must be in nursing. Additionally, the organization must show evidence that the current ANA's *Nursing Administration: Scope and Standards of Practice* is being implemented in all areas in which nursing is practiced. One criterion indicates that nursing organizations must be in compliance with all local, state, and federal regulatory guidelines.

Data collection on nurse-sensitive quality indicators must occur at the unit and organizational level. A method must be established for nurses to provide feedback without fear of retribution, and the organization cannot have a record of an unfair labor practice involving a nurse within the 3 years prior to application.

To focus only on the goal of magnet designation and not create a culture that fosters healthy work environments in which evidence-based practice creates positive patient outcomes is a mistake. The creation of a sustainable culture that is constantly evaluating and evolving takes the investment of time and patience. Resources can be found on the ANCC website (http://www.nursecredentialing.org) to assist in the self-assessment process.

Organizations may be surprised to learn that the perceptions of the staff nurse are markedly different from that of leadership.[11] Discovering this at the beginning of the journey can allow time for organizational leaders to improve communication, mentor staff nurses into positions of shared decision making, and cultivate a healthy work environment. Participation in such surveys may be encouraged and rewarded with an extra educational day or prize drawings.

Although survey responses should always ensure the anonymity of the staff nurse, they should also include a method to compare the responses of each nursing unit. Evaluation of the strengths and weaknesses of the organization on a unit level provides a basis for a focused effort to duplicate what works well. Facilities awarded the magnet designation are able to demonstrate characteristics of a magnet culture throughout the organization, not just on one or two premier units.

MAGNET MODEL

With the exponential growth of the magnet program, ANCC recognized the need to fine tune the appraisal and application process. A statistical analysis on the previous 165 sources of evidence required for submission and the use of a panel of experts on Magnet facilities led to changes that were unveiled in 2008. ANCC has a model that is representative of the characteristics of a magnet facility and clearly demonstrates the five areas that any organization aspiring to magnet status must address. The Magnet Model® consists of these five areas:

1. Transformational Leadership
2. Structural Empowerment
3. Exemplary Professional Practice

4. New Knowledge, Innovations, & Improvements

5. Empirical Outcomes.

The traditional 14 forces of magnetism remain as the core of the program but are now organized in a clear manner with the previous problem of overlap eliminated. Though not a specific component of the model, *Global Issues of Healthcare* encircles and provides acknowledgement that magnet facilities do not exist in isolation and are products of a global community.

Three primary goals of the Magnet Program are (1) promoting quality in a setting that supports professional practice; (2) identifying excellence in the delivery of nursing services to patients/residents; and (3) disseminating "best practices" in nursing services.[12] These goals are found at the forefront within the new magnet model, as well as the 14 forces of magnetism. Each source of evidence provided in the application process identifies whether these goals are being met.

TRANSFORMATIONAL LEADERSHIP

The term transformational leadership has been in the literature for more than 30 years. James Burns described transformational leadership in a study from 1978 that identified many characteristics of leadership. According to Burns, transformational leadership involves a relationship between the leader and the follower, in which there is an investment to work together to further common goals. Successful leaders can recognize the wants and needs of the follower, combine these with their own, and reach goals in a manner that satisfies the values and motivations of both.[13] The need for the healthcare industry to undergo transformation is apparent during an age of rapidly evolving healthcare technology. Economic changes and an expected nursing shortage in the clinical setting as well as in the academic setting, corresponds with an explosion in the aging population. As magnet hospitals address the issues facing all healthcare organizations, proactive and visionary leadership can play a role in maintaining the culture of magnetism. Hospitals on the journey will be able to stay on the pathway toward excellence.

Provision of excellent nursing care, ensuring positive patient outcomes, and supporting an environment of evidence-based practice will always be priorities in Magnet hospitals. The quality of nursing leadership is considered a key element in moving an organization in a forward motion. Transformational leadership establishes relationships and engages others to work together to achieve common goals. In contrast, the goal in transactional leadership is not a shared phenomenon, and the transaction between leader and follower generally is a quid pro quo relationship: "If you do this for me, I will do this for you." Transactional leadership will fail if it appears that one of the parties has not fulfilled his or her end of the bargain. The rewards are characteristically extrinsic such as the paycheck, bonus check, or better schedule.[14]

Five transformational stages and practices as defined by Henricksen, Keyes, Stevens, and Clancy are (1) recognizing a need for a change; (2) developing a vision; (3) developing commitment and trust; (4) implementing change; and (5) sustaining the change. Transformation within an organization requires leadership with a vision and a plan to enact the vision. Sustainable transformation will happen when change occurs in phases as described by Henriksen, et al.[15] These five stages are discussed further in the following section.

Quality of Nursing Leadership

The characteristic of having strong, high-quality nursing leadership has been identified as a key factor in the ability to attract and retain nurses, as documented from the first studies of Magnet hospitals[16] to ongoing research on current magnet facilities. Leadership in these organizations was frequently described as "listening" and responsive to the voice and needs of the direct care nurse.[17] Skillful leadership that can be considered transformational requires a formal vision for the direction in which the organization aspires.

High-quality nursing leaders have the tools necessary to promote change and cultivate relationships among the executive-level administration, middle managers, and direct care nurses. Unfortunately, many nursing leaders obtain their administrative position based on proficient clinical skills and are never exposed to leadership skill development. Educational preparation for a leadership role is ideally obtained in academic graduate-level nursing programs.

Organizational structures should include providing the support necessary for leaders to obtain graduate-level degrees. However, leadership skill development can also be derived from focused leadership programs. Many external leadership programs are available for this, but some organizations establish their own leadership institutes.

For example, Tennessee currently enjoys collaboration with the Tennessee Center for Nursing and the University of Tennessee-Knoxville School of Nursing in providing a 4-day program called the Tennessee Leadership Institute for Nursing Excellence. Organizations within the state may nominate qualified candidates and provide support in transportation costs and salary for the individual. Lodging, meals, and the cost of the program are provided by the Leadership Institute.

The University of Pittsburgh Medical Center (UPMC) recognized a need for transformation in their large healthcare organizational system. Realizing that each facility operated singly and did not interact as a system in a cohesive manner, the organization developed a Transformational Model for Professional Practice in Healthcare Organizations®. This model was developed by the Beckwith Institute for Innovation in Patient Care.[18] The Beckwith Institute for Innovation in Patient Care is part of the UPMC and provides services for the organization and others wishing to use its consulting services. Part of this program includes the Beckwith Leadership Fellows Program, which provides educational support as well as mentorship in leadership development.[19]

Recognizing a Need for a Change

Nursing leaders of healthcare organizations should be able to objectively evaluate the climate of their system and evaluate if it can meet the needs of its consumers. The Institute of Medicine (IOM)'s report on patient safety[20] and similar reports that highlight the need for improvement in the provision of a safe healthcare environment are part of the public domain and place a spotlight on each healthcare organization. The difficulty lies in convincing other key decision makers in the organization to commit to the financial investment required to make significant organizational changes. The CNO must command the respect of the executive leadership and demonstrate competence in leadership skills.

Developing a Vision

A vision of the future and what the healthcare organization aspires to is guided by the nursing executive team and shared with all of the stakeholders. By providing a clear, positive vision of the future, healthcare workers are energized and inspired. "They provide a new sense of direction, give new meaning to the work, and collectively raise consciousness levels in terms of being part of a worthwhile enterprise."[21] The healthcare organization's strategic plan and nursing's strategic plan for the future will be congruent with this vision and be in alignment with each other. The CNO and the executive nursing leadership are responsible for guiding the healthcare organization to excellence in patient care services. The nursing strategic plan, mission, vision, and values are reflective of those the organization adheres to. The structural processes are in place to provide a healthy work environment.

Developing Commitment and Trust

There is a relationship between organizational commitment and the type of leadership within the organization.[22] Creating a culture that has a vision of excellence in the delivery of patient care services requires action to support the vision. Communication with healthcare workers needs to be clear, consistent, and two way. Sharing a vision for the future with the healthcare team will be followed with shared decision-making strategies to achieve the vision. Listening and responding to those that are responsible for the delivery of care is essential in the development of commitment and trust. Organizational commitment is directly related to acceptance of the organization's goals and the empowerment of the direct care nurse.[23]

Trust is cultivated and requires time to develop. Concern for the patient is paramount in magnet facilities and can be demonstrated with every organizational purchase, change in structure, and formulation of organizational policy. An organization that is perceived as placing the needs of the patient first will receive commitment from and win the trust of both the healthcare worker and the community.

Management Style

Management style in magnet facilities is considered participative. Direct care nurses at all levels have a voice in the delivery of nursing care and the programs and policies affecting them. This can be facilitated through formal and informal means. Staff nurse participation on unit and organizational councils is supported by management through scheduled time away from patient care responsibilities. Direct care nurses without experience in committee dynamics may need encouragement and guidance to be effective council members. Nursing surveys are an effective method to obtain feedback from staff nurses and should have provisions of anonymity to ensure honesty in responses. Informal solicitation of suggestions for improvement can relay to the staff nurse that his or her opinions matter and are valued. Action in response to nurse feedback is imperative, and examples of changes that resulted from this feedback should be readily available.

Leadership should make a dedicated effort to be visible and accessible to nurses on all shifts. This can require innovation and may be achieved differently with each organization, depending on the size and structure. Nursing directors are known by their staff and create opportunities to develop relationships. Creation of an open door policy can allow staff to feel at ease in bringing up work-related issues that have potential to escalate if not addressed at the onset.

Communication between management and nursing staff is essential to achieve commitment to the organization and to establish a sense of partnership. Communication is considered vertical when it comes only from the upper-level administrators, such as in the announcement of new policies in a staff meeting. This can be perceived as a paternalistic atmosphere and is not conducive to participative management. Horizontal communication is the dissemination of information through unit and organizational councils.

An example of the horizontal communication method is when a nursing unit representative on the quality of care committee shares a change in policy with co-workers on the unit. Communication should include not only issues that directly concern the nursing unit but also those that affect the organization as a whole. Expansion and renovation plans, changes in the organizational structure, and plans for future programs need to be relayed to each member of the organization.

Common communication methods are noted to be newsletters, staff meetings, memos on bulletin boards, and regular rounding on the clinical units. Effectiveness of rounding by nursing administration is dependent upon the method used and also in the action resulting from this interaction. During rounds on nursing units, nursing directors may ask the direct care staff a question as simple as "What do you need to provide the best patient care possible today?" Responses can vary from the easy fix, such as "an extra linen cart at the end of the hall," to the more difficult such as "more support staff." Regardless, genuine concern from nursing directors and communication about what can or cannot be done is an important feature to successful rounding.

With the present information technology age, providing e-mail access to all employees is now a standard practice. In consideration for the variances in technological knowledge of the multigenerational workforce, support should include the provision of basic computer classes for those without previous exposure to electronic mail. Electronic communication allows for information to be readily available in the quickest manner possible. It also allows communication with nursing staff of the frequently forgotten off-shift hours of nights and weekends. The intranet, the in-house server, has provided a new method to post memos, provide access to staff meeting minutes, and link to the Internet. Unit councils in some facilities have created websites for their particular nursing unit. In doing so, team camaraderie is achieved, communication is enhanced, and ultimately the quality of patient care can be improved. Innovations such as these must have the support of nursing management to exist.

As mentioned, there are not always easy answers as barriers arise to the provision of high-quality nursing care, but shared decision making allows for those closest to the problem to become a part of the solution. Ensuring that staff nurses take part in the decision-making process at varied levels in the organization is one component of the core competencies of the nurse administrator.[24]

STRUCTURAL EMPOWERMENT

Organizational Structure

Magnet facilities contain organizational structures that are decentralized and rely heavily on unit-based, shared decision-making councils. This will be characterized with an organizational structure that has a more horizontal dimension rather than vertical. The organizational structure is flexible and will be responsive to changes.[25] Shared decision making, along with the support of the organization to develop professionally, results in the empowerment of the nurse and job satisfaction.[26]

Traditional healthcare organizations operate with the administration and management leaders controlling and wielding power. The opinions of the staff nurse were considered unimportant and not seriously evaluated for worth. Research indicates that the opinion and suggestions of the person most actively involved in the delivery of care can pinpoint areas requiring improvement.[27]

Implementing Change

Organizational restructuring in the early 1990s occurred as a response to fiscal decision making.[28] Key decision makers were at the executive level and did not always include nursing leadership at the table. As a result, middle management in nursing were given more responsibilities, sometimes doubling their area of unit coverage, and clinical experts and educators were eliminated or also had an increased workload. Decision makers were not close to the front line and often had differences of perception with the direct care staff. Among the recommendations of the IOM in the report *Keeping Patients Safe* are suggestions of including the direct care workers in making decisions concerning the workplace and to have leadership facilitate the inclusiveness of the direct care staff in organizational councils and committees.[29]

Creating a learning environment in which healthcare workers can learn methods to create new solutions to problems encountered is another recommendation of the IOM report. Seeking to apply evidence-based practice to achieve positive patient outcomes requires a systematic approach many have never used before. Collaboration with all disciplines involved in patient care delivery is essential to achieving positive patient outcomes.

Sustaining the Change

Organizational structures will include systematic monitoring and periodic evaluations of outcomes. A continuation of communication will keep all stakeholders aware of progress toward the vision. Recognition of the positive results from changes put into place will fortify those involved in the change process. The direct care staff feel supported as they recognize the need to embrace the organizational changes. A sustainable change becomes part of the culture of the organization and expectations of delivering high-quality patient care are part of the day-to-day mindset. Policies of the organization ensure that shared decision making occurs and facilitates involvement of the direct care staff. Once this occurs, the organization can operate smoothly even as leadership may change.

Personnel Policies and Programs

Magnet organizations rely on the combination of many factors to attract and retain nurses while providing excellent patient care. Competitive salaries and benefits is one of these components. Appropriate compensation is used to reward all levels of nursing, and systems are in place to promote advancement within the profession.

Organized programs to recruit nurses to the facility and to retain the ones already present are designed with the assistance of the direct care staff. Effective recruitment and retention programs do not rely heavily on sign-on bonuses. Programs designed with the collaboration of nursing, finance, and human resources assess the trends of the workforce and current status of the nursing staff, rely on the input of the direct care nurse, and then target specific demographics for recruitment.

The goal of the organization may be to create a more culturally diverse workforce that will mirror the population of the community served. Active campaigning in this population is needed. Targeting local high school populations to enhance the desire to enter a healthcare profession and offering a "shadow a nurse" type of program are effective methods. Collaborating with local schools of nursing to offer clinical sites, providing extern programs for student nurses, and participating in career fairs are standard practices.

Creating a healthy work environment is a specific component that will be effective in retaining nurses. Policies are in place to ensure that there will be no tolerance for any type of harassment, discrimination, or retribution for whistleblowing/reporting of errors. Many organizations strive for a "no-blame" culture to encourage the reporting of any medical or practice near misses or errors. Examining the cause of the error is then the focus and will serve to create solutions.

Recognition of the aging workforce creates opportunities to reconfigure workspace accordingly. Computer and cardiac monitor screens can use large fonts and symbols, ergonomic chairs and keyboards, and patient lift devices to encourage older nurses to remain at the bedside.

Many methods may be used to evaluate job performance. Self-assessment and peer review are part of the performance appraisal, and 360-degree evaluations are used when appropriate. Nurses may voice discomfort when assigned the task of self-assessment and peer review but can be mentored in these tasks, acknowledging that this is a part of professionalism. Peer review may be conducted in the manner of chart audits, participation in councils that review applications for clinical ladder advancement, or in a more formal system of evaluation. Professional standards are part of the performance evaluation and promotion of career development is present.

Goal setting is a common method used to promote professional development and will encourage discussion in how to accomplish meeting such goals. Appropriate use of 360-degree evaluations will be in leadership positions. Nurses in leadership roles may conduct performance evaluations on themselves and then seek out evaluations from those whom they lead, their peers, and their supervisor.

COMMUNITY AND THE HEALTHCARE ORGANIZATION

Facilities with the magnet designation are partners with the communities they serve, working together to address the healthcare issues within. The community has a sense of this partnership and will form alliances that are mutually beneficial. Such involvement can be found with nurse executives serving on community-based committees and boards, as well as with the individual participation in interest groups.

The facility may provide space needed for community meetings and classes. Many support groups and disease awareness organizations require donated space for educational lectures and group meetings. Nurses within the organization may be called on to provide lectures or lead discussions in their specialty area of nursing. The organization may sponsor or plan a community health fair, using volunteers from the nursing staff to provide health screening. Organizations frequently will still compensate volunteers with salary for this commitment.

Recognition and encouragement from the organization for community involvement is demonstrated in the flexibility allowed in scheduling time off and in the performance evaluations or career ladder advancement that reward such participation. There is acknowledgement for community involvement on a personal level, even when not directly in the field of health care. Job descriptions for nursing leadership will frequently have a component related to community involvement. Organizational newsletters and award ceremonies may be used to recognize the community involvement of the nurse.

Collaboration with the area's healthcare organizations, community-based organizations, and institutions will synergize the effort to improve health care for the community. Health promotion programs, emergency preparedness, and healthcare literacy may be addressed by such collaboration. The facility will be able to demonstrate dedicated resources to support community involvement. This may not only be financial, but can also be material and human resources. There is a system in place to evaluate the outcomes of such community programs. Evaluation for effectiveness is a necessary piece for any type of program and will be used to make appropriate changes.

IMAGE OF NURSING

Magnet facilities recognize nursing services as a valuable contributor to the organization. The CNO is integral in the formulation of the strategic plan for the organization and has influence with the highest decision-making body. This can be evidenced in a variety of ways, but frequently the CNO is the leader in both the development and the implementation of organizational changes. Opinions of executive nursing leadership is valued and sought out, evidenced by the inclusion on the organization's executive committees. The CNO is known for strong quality leadership and willing mentors.

Nursing is favorably spoken of by other departments and disciplines and noted for excellence in providing patient care services. Nurses are considered integral in the success of the organization and are participants in many interdisciplinary committees. Nurses in nontraditional roles and those not under nursing services are valued as contributors in decision making. Nurses are considered assets in roles such as informatics, resource analysis, human resources, organizational performance, and risk management.

Organizational marketing strategies are noted to include positive nursing images. Announcements of individual nurses' achievements are made within the organization and in the community. Nursing services are featured on the public website for the organization. The community recognizes that nurses provide excellent patient care in this organization.

PROFESSIONAL DEVELOPMENT

The professional growth and development of nursing staff are considered a priority of the organization. Evidence of this support is seen for the direct care nursing staff as well as the administrative nursing staff. High-quality orientation programs should be flexible enough to meet the individual needs of a diverse nursing population. The current multigenerational workforce has varied learning styles and needs. Nursing educators construct orientation and inservice programs to accommodate this variety.

Inservice educational programs need to be developed based on a needs assessment and evaluated for effectiveness. Consideration for off-shift nursing staff is apparent when scheduling inservice programs. Many facilities hire specific nursing educators for the night or weekend shifts. As evidence of program availability, leaders submit records of attendance demonstrating unit participation.

Effective programs to develop clinical competency are in place, used by the nursing staff, and supported with both fiscal resources and time allotment to complete the competency program. A program such as a clinical ladder, which rewards the professional development of the direct care nurse, is one example. Control over the design and decisions of who is allowed to progress on the ladder should be done by a team of nursing peers. Design of clinical ladder programs by the nurses who are affected by them results in a higher participation rate of the nursing staff.

Clinical ladder programs that are extremely labor intensive with few rewards will not encourage nurses to grow in clinical competence. Research studies done by Kramer and Schmalenberg identified that working beside nurses who are clinically competent as one of the eight essential elements of magnetism.[30] An aggressive campaign and financial support for specialty certification is recommended as another method to further professional development.

Many nurses' desire and plan to obtain specialty certification but constraints on time, fear of failure, and lack of financial resources to purchase study material and exam fees become obstacles. Providing methods to overcome such obstacles will indicate to the nursing staff that the organization is supportive and will recognize the individual efforts of nurses to obtain specialty certification. Certification study courses, exam study material, and payment of testing fees are provided to the nursing staff as benefits by many organizations. Progression on the clinical ladder, bonus pay, and recognition programs are a few methods used to reward the nurse successful in achieving certification. Some nurses are also given extra professional development days to maintain certification.

Recognition for educational advancement is evident and promoted. Tuition reimbursement programs encourage nurses to obtain baccalaureate and master's-level degrees in nursing. Research has indicated that nursing care provided by bachelor of science-prepared nurses is linked to a decrease in negative patient outcomes and mortality.[31] Healthcare facilities wishing to obtain a magnet designation will need to make this a priority in current hiring practices and in the support of nursing staff currently employed.

The recently published Institute of Medicine report *The Future of Nursing: Leading Change, Advancing Health* strongly supports nurses to practice to the full extent of their education and training and also that nurses achieve higher levels of education and training.[32] Healthcare organizations partnering with academic organizations are needed to fully realize this transformation of nursing education. Innovation, flexibility, and collaboration are required and are seen in magnet organizations. Management staff is noted for the flexibility in staff schedules to allow for nurses to attend classes. Organizations can provide space and time for nurses to attend classes on site. Once academic advancement is completed, magnet organizations will recognize achievements with clinical ladder advancement or in job promotion.

The creation of a learning environment requires the example set by the leadership in the organization. Furthering a nursing degree, obtaining a specialty certification, and attending professional development courses are expected of the nursing leadership, including the CNO, in a magnet organization. This is reflected in each job description and performance evaluation. In addition, the placement of advanced practice nurses (APNs) within the organization allow for direct nursing staff to have opportunities to observe role models and to develop mentoring relationships. Mentoring relationships provide encouragement of direct care nursing staff to attend local professional organization programs. Organizational support of professional development is also evident when nurses are given financial support and time off to attend regional, state, and national nursing programs.

EXEMPLARY PROFESSIONAL NURSING PRACTICE

Professional Practice Model

The professional practice model is a conceptual framework that provides the structure for nursing care. It may contain several elements and can be based on theory, process, or a concept. According to Wolf and Greenhouse, a "model helps make sense of a complex reality, such as the one we are facing in healthcare, by taking essential components (sometimes called key variables) of a process or a phenomenon and attempting to explain the relationships between them."[33]

Ingersoll, Witzell, and Smith describe the importance of relating the professional practice model to the mission, values, and vision of the organization. Each component of the practice model should be a reflection of the mission and values of the organization. The professional practice model should be an indicator of the culture of the organization and should depict the relationships of the practice setting.[34]

Two of the aforementioned eight essentials of magnetism are control of and over nursing practice and perceived adequacy in staffing.[35] Both of these characteristics play a part in designing a professional practice model. Control over nursing practice should not be considered synonymous with autonomy. Autonomy is more closely related to the practice of the individual, the nurse making clinical practice decisions regarding the care of the patient. Nursing having control over the practice of nursing involves the organization as a whole and includes decisions in the method of delivery of nursing care. Nursing having control of the nursing practice and the practice environment is one of the key components of ANA's *Nursing Administration: Scope and Standards of Practice*.[36]

Care Delivery Model

The professional care delivery model is one component of the professional practice model. This describes how the delivery of nursing care actually takes place. This is demonstrated in patient care assignments, nursing plan of care, and involvement of the patient and/or family in this delivery.

In the culture of evidence-based practice, nursing is forced to examine care delivery models to determine if research supports the practice, if positive patient outcomes result from the practice, and if the needs of both the nurse and the consumer (patient) are met by the practice. Organizations are moving away from the one size fits all mentality and recognizing more than one care delivery model may be necessary within an organization. Involving direct care nurses in the process of selecting or developing a professional practice model allows those with the unique knowledge of a clinical unit to have control over the method of care delivery.

A variety of care models used within one organization is often seen, each unit selecting the most effective for their patient population. Information and educational support on various types of care delivery models can be found in professional specialty organizations, national guidelines, and state or federal regulations. An example of this can be seen in the American Association of Critical-Care Nurses' *Synergy Model of Care* within the critical care units. Primary nursing, family-centered care, team nursing, district nursing, and holistic nursing are other examples of models of care used in the past and remain in use today.

Through the evidence of research, nursing has discovered that there is value in having the RN at the bedside. Models of care that moved the RN further away from direct patient care and into a more supervisory role had fewer positive patient outcomes. Using a skill mix that had a large percentage of unlicensed assistive personnel (UAP) prevented the RN from direct patient observation. More failure to rescue was observed and nurse satisfaction lessened.[37] Magnet facilities not only make a concerted effort to return the RN to the patient bedside but also to provide the RN with support for educational growth and the resources needed for high-quality nursing care delivery.

Each organization has the responsibility to comply with the state's nurse practice act when considering the delivery of nursing care. As nurses become more and more mobile, knowledge about the specific nurse practice act for the state in which they are currently employed is imperative. Organizations will use the orientation process of new hires to provide information about regulatory statutes, but an annual educational program is needed as well. Links to the nurse practice act on the intranet site are provided by some organizations; online, self-learning modules have also been offered. Responsibility to remain updated on regulatory statutes of one's profession rests on the individual nurse, but the organization has the responsibility to ensure that nurses they employ are current on this information.

Staffing ratios and skill mix are topics of much discussion in the clinical setting and in the administrative board room. Administrators looking at financial budgets require nurse managers to be accountable for nursing salaries, the largest financial expenditure. Some financial analysts feel that if nurses would just "work smarter," a nurse should be able to provide care to 10–12 patients on a medical-surgical floor. Research has clearly indicated that nursing care provided by RNs with smaller patient assignments reduces the incidences of negative nurse-sensitive outcomes and patient mortality.[38] Is there a magic nurse-to-patient ratio required of Magnet hospitals? No, but Magnet facilities have methods in place, with nursing involvement, that ensures the needs of the patient unique to each clinical unit are met and provided for by the one most qualified to give it. Nurses in the clinical setting are aware that numbers do not always reflect the work of the nurse. Several methods to measure patient acuity level have surfaced, each with good and bad characteristics. A flexible staffing matrix, allowing for the nurse in charge to make changes as needed and to best serve the patient, is essential.

The nurse staffing system throughout the facility is based on ANA's *Principles of Nurse Staffing*.[39] Direct care nurses are actively involved in designing staffing plans that meet the needs of the patient. Flexibility is expected and allows adjustments based on patient acuity and illnesses of staff. The state's nurse practice act is adhered to with all staffing plans, which includes appropriate delegation to and supervision of any unlicensed assistive personnel. Current federal and state legislation addresses the need for safe staffing.[40] This allows registered nurses input to staffing decisions in order to provide the safest patient care but does not mandate a specific nurse-to-patient ratio.

Consultations and Resources

The practice of nursing is supported through the availability of clinical experts. The scope of practice of the APN is defined by the state's nurse practice act, but the role will be specified in the job description by the organization. The APN may serve as the change agent to energize the practice environment and ensure that policy changes are disseminated and clearly understood. APNs may be used to facilitate unit-based journal clubs, multidisciplinary patient rounds, grand rounds, or nursing research at the bedside.

Active participation in both community and professional nursing organizations is encouraged by the organization. Results from such participation will be reflected in the nursing care at the bedside. Collaborations with local educational institutions will result in mutually beneficial relationships. There are internal and external resources available to support the use of consultants and knowledgeable experts.

Autonomy

The presence of autonomy is one of the characteristics first identified in the original magnet hospitals in the early 1980s,[41] yet confusion over the meaning of autonomy and how it is perceived in the clinical setting continues today. Autonomy and accountability are also identified as one of the eight essential elements of magnetism,[42] and research indicates that it is positively correlated with job satisfaction and patient satisfaction.[43] During the research study conducted by Aiken, Sloane, Lake, Sochalski, and

Weberl on dedicated AIDS units, they noted that these units were designed by the nurses practicing in them.[44] The researchers considered this control over the practice of nursing care a key to the positive outcomes experienced. In the white paper from VHA Research Series, *The Business Case for Workforce Stability*, researchers found that giving employees more opportunities for input and using their feedback to make changes will increase job satisfaction and correlates with growth in revenue.[45]

The practice of autonomy is expected in any profession, including nursing. Nurses no longer bear the task of only following physician orders. Professional autonomy and accountability dictates that the nurse will exercise judgment derived from professional education, clinical expertise, and the ethical desire to provide high-quality nursing care.

Nurse administrators are charged by the ANA to provide registered nurses the tools and environment conducive to achieving autonomy in nursing practice.[46] Empowerment to provide nursing care in a safe and competent manner relies on an organization that values nursing judgment and encourages interdisciplinary collaboration. Clinical competence is enhanced by supportive nursing management and an organization that will not be punitive when a mistake occurs.

Nurses are confident that they will be supported in making clinical decisions. If the nurse does make an error in judgment, focus will be on gaining expertise and analyzing the decision-making process, not on punishment for decision making. Competence is a precursor to autonomy[47] and working beside nurses who are clinically competent was also identified as one of the eight essential elements of a magnet facility. Formal and informal encouragement of professional development is seen in tuition reimbursement programs, clinical ladder programs, rewards for certification, and active membership in professional organizations.

Tools needed for the nurse to achieve clinical competence are

- Internet and medical library access to research professional journals, databases, and national guidelines
- Support, financially and with time off, to participate in professional organizations
- Support in obtaining and maintaining specialty certification, financially and with educational programs
- Leadership examples in specialty certification and in membership of professional organizations
- Access to clinical experts at the bedside
- Opportunities to participate in shared decision making

Magnet facilities are able to demonstrate autonomous nursing practice on multiple levels. Nursing administrators are empowered to make the organizational decisions concerning nursing. Strong, competent leadership is essential to establishing the culture of autonomous nursing practice. Nursing as a body is recognized in the organization to have a value in decision making. APNs have the authority to practice within the scope of practice regulated by the state; direct care nurses have the freedom to act upon knowledge and guidelines set forth by their professional organization or specialty and scope of practice regulated by the state.

APNs contribute to the autonomy of the direct care nurse when the role of the APN is structured as a clinical advisor or role model.[48] When the APN is involved in compliance issues or multiple projects instead of as the unit clinical expert, staff nurses do not feel the support needed to grow in their own expertise. Having access to clinical experts at the bedside can stimulate questions and answers regarding complex issues nurses face daily. Immediate feedback by the APN is an effective method in changing practice.

Organizational support for nurses to practice with autonomy will be evident in the facility's mission, values, job descriptions, policies, and procedures. It will also ensure accountability for autonomous practice with performance evaluations. In an organization with shared decision making, nurses' participation will allow nurses control over their practice. Attending a national professional conference and returning to put new evidence-based nursing interventions into practice is an indicator of practicing with autonomy.

Research studies indicate that nursing units with a higher degree of perceived RN-MD collaboration will also experience a higher degree of nursing autonomy.[49] Fostering collaborative RN-MD relationships is the responsibility of nursing management. Establishing clear communication and having mutual respect for each other's clinical expertise are essential. Interdisciplinary work groups in which representatives from nursing and medicine strive to achieve the common goal of using best practice as supported by research is an effective method.

Organizations are responsible for maintaining this culture of mutual respect by having policies and procedures in place to deal with disruptive behavior by the physician or by the RN. No tolerance for unprofessional behavior should be clear and demonstrated in practice.

Evidence of a peer review process is present in magnet facilities. Peer review can be an intimidating idea for the direct care nurse. Mentorship in this process will be helpful and can demonstrate effective professional development of both those providing the evaluation and those receiving the evaluation. Some facilities use peer review in the performance evaluation process done annually; others will have direct care nurses routinely conduct chart audits year-round.

One organization described a communication system of immediate feedback for nurses using individual mailboxes on the nursing unit. The nurse can share information in a nonthreatening manner about any problems encountered by the next nursing shift. Peer review can also be facilitated with direct care nurses taking part in the interview process for new hires. Hiring nurses who are willing to be accountable for autonomous nursing practice will build a team with the spirit of "patients' needs come first" attitude. With this spirit, team members naturally assist in patient care if the primary nurse is busy with another task. Any method of peer review, done in the spirit of developing professional growth, is an essential tenet to a profession.

Safe and Ethical Practice

Facilities on the Magnet journey address patient safety issues that are of concern to all of the healthcare industry. Healthcare organizations may feel pressure to select measures that are proven to be efficient or cost saving but may impinge on the goal of patient safety.[50] Magnet facilities place patient safety above all other goals and have the methods to assess, design, implement, and evaluate safety programs. Such programs rely on the input from multiple disciplines to address methods and policies that ensure a safe patient care and environment.

Contributions from nurses at all levels are used to develop innovative patient safety programs. Evidence that patient safety outcomes have improved because of such programs can be demonstrated. This safety conscious attitude is imparted to every employee in the organization, and individual accountability for patient safety is present. The organization recognizes and addresses the need for employee safety as well. Programs to address such issues may be unique for the needs of the organization but may include policies to deal with violence in the workplace and secured facility access.

Methods to report unsafe or incompetent practices are in place and are not punitive. Nurses have a recourse that can be used when encountering immediate issues concerning unsafe practice of a peer or of a physician.

The ANA *Code of Ethics for Nurses* is adhered to throughout the organization. Nurses are provided education and support in using this code of ethics in their practice. There is access to members of the ethics committee for formal and informal consultation. Examples can be found of how these ethical principles are implemented. Privacy of the patient and the staff is protected with formal policies. Consequences for any breach in confidentiality are clear within this policy and are executed after the appropriate investigation.

The *Patient's Bill of Rights*, as well as *ANA's Bill of Rights for the Registered Nurse*, is used by the organization. The *Patient's Bill of Rights* informs the patient and his or her family of the right to participate in healthcare treatment choices. The *ANA's Bill of Rights for the Registered Nurse* seeks to inform the nurse of the right to deliver high-quality nursing care in a safe environment.

Nurses as Teachers

Part of the professional growth and development of nurses will include opportunities, expectations, and support for nurses to practice the role of teacher. The incorporation of teaching is part of job descriptions for all level of nurses and in performance evaluations. Patient education is valued and expected to be interdisciplinary, demonstrated through documentation, and evaluated for outcomes.

Patients and their families receive education that is holistic and individualized to meet their cultural, spiritual, and emotional needs. Assessment of the learning needs of the community in which the facility operates is apparent in patient educational programs. For instance, if the facility is serving a population demographic that has a large percentage of people speaking only Spanish, then written educational materials should be available in this language.

Nurses performing as teachers will be seen not only in patient education but during the interaction with fellow nurses and nursing students. Nurses in roles of preceptors, adjunct faculty, and mentors can be demonstrated at all levels in the organization. Direct care staff, nurse managers, directors, and nurse executives are involved in the provision of learning opportunities to a variety of undergraduate nursing students as well as graduate students.

APNs are actively involved in teaching within the clinical setting, taking advantage of teachable moments at the bedside. APNs will also be available as preceptors for graduate nursing students.

Collaborative partnerships with academic institutes in the community are mutually beneficial. As partners in combating the nursing shortage, some magnet organizations supply faculty, along with their salary, to local schools of nursing. This allows nursing programs to accept more qualified candidates into nursing programs. Clinical experiences may be held during evening and weekend time frames.

Dedicated educational nursing units have been formed in which nursing staff volunteer to serve as the clinical instructor for the partnered nursing program. The nursing staff receives training and instruction in educational methods and the nursing program has a clinical unit of nursing staff dedicated to providing valuable learning experiences for their students. Innovative clinical opportunities allow nursing schools to ensure high-quality experiences for students and professional growth of the nursing staff.

Interdisciplinary Relationships

Nursing is one component of the healthcare team and is valued by other disciplines within the organization for the expertise it provides. Likewise, nursing recognizes the contributions made by other essential professions. Interdisciplinary relationships are collaborative and positive. Evidence of this relationship exists in interdisciplinary councils, committees, and projects that exist to further the organizational vision of excellence in patient care services. Organizational policies are in place that mandate the varied membership of such shared governance councils and committees. Formulation of clinical care guidelines and the approval of patient care policies are done with multiple contributors from across the organization.

Input from all professional disciplines is received with respect and acknowledgement for their unique perspectives. Interdisciplinary patient care rounding is one method in which professionals meet to discuss patient goal setting and has been successful in shortening the length of stay for the patient.[51] Some organizations include the patient and family in interdisciplinary rounds to discuss the progress of the patient. Grand rounds are another venue in which a number of disciplines can interact and present a case study to the healthcare team members for educational purposes.

Documentation in an electronic format can facilitate interdisciplinary participation in data collection, assessment, goal setting, and evaluation of the patient. Many organizations have one format for the documentation of patient education. With the multiple professions able to access this one format, knowledge is easily shared and patient education can be reinforced by each discipline.

Conflict management strategies are in place and methods to resolve issues are clear to all members of interdisciplinary committees and councils. Support is provided to team leaders in group management techniques through educational programs, role modeling behavior, and mentoring.

Quality of Care

One of the key features of Magnet hospitals is the ability to attract and retain nurses. Research studies have indicated that nurses want to work in an environment that fosters an atmosphere in which high-quality nursing care can be delivered.[52] Nurses perceive that they are providing high-quality nursing care and would recommend that family and friends use the facility for their health care. To establish this atmosphere there must be infrastructures within the organization that are used to develop, administer, monitor, and evaluate the quality of patient care. Leadership is involved in this process as is the direct care staff. Emphasis on the quality of care is noted within the mission statement of the organization and has a place in the vision/strategic plan for the future.

Unit and organizational councils with interdisciplinary membership are actively engaged in creating policies and procedures that reflect best practice. The nursing process is operationalized throughout the organization. Human and material resources, along with fiscal support, are adequate to provide high-quality care.

Organizations wishing to document nurses' perception of the quality of care will use a survey tool as a method of measurement. The perception of quality in nursing care as well as nurse-sensitive patient outcomes are documented. Data collected need to be calculated on a unit basis and then compared to like units across the nation. The use of a national database is required for this type of comparison. Many organizations use the National Database of Nursing Quality Indicators® (NDNQI), a repository of nursing-sensitive indicators, which was designed by the ANA and is currently operated by the University of Kansas School of Nursing. Other national databases may be run by professional specialty organizations or by private institutions. Comparison of this information to like patient care units across the nation will allow the organization to identify areas needed for improvement.

NEW KNOWLEDGE, INNOVATIONS, AND IMPROVEMENTS

Research

The organization actively seeks to develop an atmosphere of learning and will base decisions concerning patient care on research or best evidence. There is an infrastructure dedicated to supporting the direct care nurse to grow in the skills needed to read, evaluate, and apply nursing research. The direct care nurse is active in questioning current nursing practice and seeks to apply best practice to the clinical setting.

To support this learning culture, clinical experts must be available for mentoring and educational programs are available to cultivate the researcher at the bedside. There is a clear delineation between what constitutes nursing research and quality improvement projects. The facility will have nursing representatives on the institutional review board (IRB), and nurses are aware of issues concerning the protection of the patient when conducting research.

A dedicated budget exists for nursing research and reflects both current and future projects. The direct care nurse has access to electronic professional nursing journals and an in-house medical library. Examples can be demonstrated in which current research has resulted in a change in the practice of nursing.

Evidence-Based Practice

The culture of the healthcare organization is focused on the use of the best evidence to support practice. The translation of research and evidence is evident throughout the organization. Nurses work in interdisciplinary teams and are participants in the structure and process that evaluate nursing practice. Keeping current with knowledge of nursing practice is most often seen when nurses are active within their professional organization.

Mentoring from a unit-based clinical nurse specialist to foster nurses seeking out the evidence to support practice is a method that is highly effective to translate research into practice. Information alone does not always change long-held traditional nursing care. Guiding the direct care nurse to investigate the strength of evidence that may or may not support practice allows a sense of ownership and will then change nursing practice.

Innovation/Quality Improvement

Organizations designated as a magnet facility are in a continual mode of quality improvement. This will include the quality of patient care delivery as well as the work environment. There is an organized method to assess the need for improvement in both of these areas, as well as interdisciplinary participation in the design of new programs.

Nurse-sensitive outcomes are used to track and compare data from other like organizations. The direct care nurse is active in this process through data collection, participation in the design of quality improvement projects, and the dissemination of information. Communication regarding the outcomes of quality improvement (QI) projects can be done on a regular schedule, such as monthly or quarterly dashboards. The direct care nurse is well versed in reading such reports and dashboards are frequently posted in public view.

Striving for excellence is easier when there is a specific goal, such as "zero incidences of nosocomial pressure ulcers," and pride in achievement results when the goal is met. Involving the direct care staff in unit assessment in order to select a quality improvement project will encourage nurses to change old habits and work together as a team to strive for excellence in patient care. Peer pressure is effectively used to ensure that there is compliance in behavioral changes. Mentoring nurses in this process may be necessary and can be accomplished by the APN for the unit or the nurse manager.

EMPIRICAL QUALITY OUTCOMES

The last component of the Magnet Model brings into focus the need to measure the effectiveness of clinical practice and programs. Each of the previous four components is associated with a method to measure effectiveness. Data collection is specific and should be at the unit level. Evaluation over a period of years should be possible in order to track growth. Graphs and tables are used to clearly demonstrate outcome data.

Many magnet facilities are undergoing a redesignation process that is very similar to the original application. An expectation for growth on the journey to nursing excellence is now part of this evaluation process. Outcome measurements may indicate a need for changes in practice and can be used for objective evaluations.

Outcome measures are both qualitative and quantitative. A perception of high-quality nursing care is measured with nursing surveys as well as patient satisfaction surveys. Benchmarks may be set by the organization but are frequently set by national standards. These can be centered on patient outcomes, workforce outcomes, and organizational outcomes. Data collection is utilized to provide a report card for the organization. Data that are currently collected or required to be reported can be used as a measurement of quality outcomes.

SUMMARY

"Described as the heart of the Magnet Recognition Program®, the Forces of Magnetism may be thought of as attributes or outcomes that exemplify excellence in nursing. The full expression of the current 14 Forces of Magnetism is the requirement for designation as a Magnet facility and embodies a professional environment guided by a strong and visionary nursing leader who advocates and supports excellence in nursing practice" (http://www.nursecredentialing.org/Magnet/ProgramOverview/ForcesofMagnetism.aspx)

For a full suite of assignments and additional learning activities, use the access code located in the front of your book to visit this exclusive website: http://go.jblearning.com/roussel. If you do not have an access code, you can obtain one at the site.

NOTES

1. American Nurses Credentialing Center (ANCC). (2010). Magnet program overview. Retrieved October 23, 2010, from http://www.nursecredentialing.org/Magnet/ProgramOverview.aspx
2. McClure, M. L., & Hinshaw, A. S. (Eds.), (2002). *Magnet hospitals revisited: Attraction and retention of professional nurses.* Washington, DC: American Nurses Publishing.
3. McClure, M. L., Poulin, M. A., Sovie, M. D., & Wandelt, M. A. (1983). Magnet hospitals: Attraction and retention of professional nurses. *American Academy of Nursing Task Force on Nursing Practice in Hospitals.* Kansas City, MO: American Nurses Association.
4. Ibid.
5. Kramer, M., & Schmalenberg, C. (2002). Staff nurses identify essentials of magnetism. In McClure, M. L., & Hinshaw, A. S. (Eds.), *Magnet hospitals revisited: Attraction and retention of professional nurses* (pp. 25–59). Washington, DC: American Nurses Publishing.
6. Aiken, L. H., & Sloane, D. M. (1997). Effects of organizational innovations in AIDS care on burnout among urban hospital nurses. *Work and Occupations, 24*(4), 453–478.
7. Aiken, L., Smith, H., & Lake, E. (1994). Lower Medicare mortality among a set of hospitals known for good nursing care. *Medical Care, 32*(5), 771–787.
8. Aiken, L. H., Havens, D. S., & Sloane, D. M. (2000). The magnet nursing services recognition program: A completion of successful applicants with reputational magnet hospitals. *American Journal of Nursing, 100*(3), 146–153.
9. Kosel, K. C., & Olivo, T. (2002). *The business case for workforce stability.* Irving, TX: Voluntary Hospitals of America.

10. Tuazon, N. (2007). Is magnet a money-maker? *Nursing Management, 38*(6), 24–31.

11. Rebello, B. & Langston, A. (2003). *Perceptions of registered nurses and nurse administrators in readiness for magnet application: Pilot study.* Unpublished master's thesis, Union University, Germantown, TN.

12. ANCC, 2010.

13. Burns, J. M. (1978). *Leadership.* New York: Harper & Row.

14. Henriksen, K., Keyes, M., Stevens, D., & Clancy, C., (2006). Initiating transformational change to enhance patient safety. *Journal of Patient Safety, 2*(1), 20–24.

15. Ibid.

16. McClure, et al., 1983.

17. Ibid.

18. Wolf, G., Hayden, M., & Bradle, J. (2004). The transformational model for professional practice: A system integration focus. *Journal of Nursing Administration, 34*(4), 180–187.

19. University of Pittsburgh Medical Center. (2008). Beckwith fellows' leadership program. Retrieved January 3, 2008, from http://www.beckwithinstitute.org/Fellows.htm

20. Page, A. (Ed.). (2004). *Keeping patients safe: Transforming the work environment of nurses.* Committee on the Work Environment for Nurses and Patient Safety, Institute of Medicine. Washington, DC: National Academies Press.

21. Henriksen, et al., 2006, p. 714.

22. Leach, L. (2005). Nurse executive transformational leadership and organizational commitment. *Journal of Nursing Administration, 35*(5), 228–237.

23. McDermott, K., Spence Laschinger, H. K., & Shamian, J. (1996). Work empowerment and organizational commitment. *Nursing Management, 27*(5), 44–48.

24. American Nurses Association. (2009). *Nursing administration: Scope and standards of practice*, Washington, DC: Author.

25. Ibid.

26. Upenieks, V. (2003). Nurse perceptions of job satisfaction and empowerment: Is there a difference between nurses employed in magnet versus non-magnet hospitals? *Nursing Management, 34*(2), 43–44.

27. Henriksen, et al., 2006.

28. Duffy, J., Baldwin, J., & Mastorovich, M. (2007). Using the quality-caring model to organize patient care delivery. *Journal of Nursing Administration, 37*(12), 546–551.

29. Page, 2004.

30. Kramer & Schmalenburg, 2002.

31. Aiken, L. H., Clarke, S. P., Cheung, R. S., Sloane, D. M., & Silber, J. H. (2003). Educational levels of hospital nurses and surgical patient mortality. *Journal of American Medical Association, 290*, 1617–1623.

32. Institute of Medicine. (2011). *The future of nursing, leading change, advancing health.* Committee on the Robert Wood Johnson Foundation Initiative on the Future of Nursing, Institute of Medicine. Washington, DC: National Academies Press. Retrieved January 18, 2011 from http://www.iom.edu/Reports/2010/The-Future-of-Nursing-Leading-Change-Advancing-Health.aspx

33. Wolf, G., & Greenhouse, P. (2007). Blueprint for design: Creating models that direct change. *Journal of Nursing Administration, 37*(9), 381–387.

34. Ingersoll, G., Witzel, P., & Smith, T., (2005). Using organizational mission, vision, and values to guide professional practice model development and measurement of nurse performance. *Journal of Nursing Administration, 35*(2), 86–93.

35. Kramer & Schmalenburg, 2002.

36. ANA, 2009.

37. Aiken, L., Clarke, S., Sloane, D., Sochalski, J., & Silber, J. (2002). Hospital nurse staffing and patient mortality, nurse burnout, and job dissatisfaction. *Journal of American Medical Association, 288*(16), 1987–1993.

38. Aiken, et al., 2003.

39. American Nurses Association. (2005). *Utilization guide for ANA's Principles of staffing.* Washington, DC: Author.

40. American Nurses Association. (2010). Safe Staffing Saves Lives—ANA's national campaign to solve the nurse staffing crisis. Retrieved October 22, 2010 from http://www.safestaffingsaveslives.org/

41. McClure, et al., 1983.

42. Kramer & Schmalenburg, 2002.

43. Ibid.

44. Aiken, L. H., Sloane, D. M., Lake, E. T., Sochalski, J., & Weber, A. (1999). Organization and outcomes of inpatient AIDS care. *Medical Care, 37*(8), 760–772.

45. Kosel & Olivo, 2002.

46. ANA, 2009.

47. Kramer, M., Maguire, P., Schmalenberg, C., Andrews, B., Burke, R., Chmielewski, L. et al. (2007). Excellence through evidence: Structures enabling clinical autonomy. *Journal of Nursing Administration, 37*(1), 41–52.

48. Manojlovich, M. (2005). Linking practice environment to nurses' job satisfaction through nurse-physician communication. *Journal of Nursing Scholarship, 37*(4), 367–371; Rosenstein, A. H. (2002). Nurse-physician relationships: Impact on nurse satisfaction and retention. *American Journal of Nursing, 102*(6), 26–34.

49. Page, 2004.

50. Dutton, R., Cooper, C., Jones, A., Leone, S., Kramer, M., & Scalea, T. (2003). Daily multidisciplinary rounds shorten length of stay for trauma patients. *Journal of Trauma-Injury Infection & Critical Care, 55*(5), 913–919.

51. Kramer & Schmalenburg, 2002; McClure, et al., 1983.

REFERENCES

Aiken, L. H., Clarke, S. P., Cheung, R. S., Sloane, D. M., & Silber, J. H. (2003). Educational levels of hospital nurses and surgical patient mortality. *Journal of American Medical Association, 290*, 1617–1623.

Aiken, L., Clarke, S., Sloane, D., Sochalski, J., & Silber, J. (2002). Hospital nurse staffing and patient mortality, nurse burnout, and job dissatisfaction. *Journal of American Medical Association, 288*(16), 1987–1993.

Aiken, L. H., Havens, D. S., & Sloane, D. M. (2000). The magnet nursing services recognition program: A completion of successful applicants with reputational magnet hospitals. *American Journal of Nursing, 100*(3), 146–153.

Aiken, L. H., & Patrician, P. (2000). Measuring organizational traits of hospitals: The revised nursing work index. *Nursing Research, 49*(3), 146–153.

Aiken, L. H., & Sloane, D. M. (1997). Effects of organizational innovations in AIDS care on burnout among urban hospital nurses. *Work and Occupations, 24*(4), 453–478.

Aiken, L. H., Sloane, D. M., Lake, E. T., Sochalski, J., & Weber, A. (1999). Organization and outcomes of inpatient AIDS care. *Medical Care, 37*(8), 760–772.

Aiken, L. H., Smith, H., & Lake, E. (1994). Lower Medicare mortality among a set of hospitals known for good nursing care. *Medical Care, 32*(5), 771–787.

American Nurses Association. (2005). *Utilization guide for ANA's principles of staffing*. Washington, DC: Author.

American Nurses Association. (2009). *Nursing administration: Scope and standards for practice*. Washington, DC: Author.

American Nurses Association (2010). *Safe Staffing Saves Lives—ANA's national campaign to solve the nurse staffing crisis*. Retrieved October 22, 2010, from http://www.safestaffingsaveslives.org

American Nurses Credentialing Center. (2010). Magnet program overview. Retrieved October 23, 2010, from http://www.nursecredentialing.org/Magnet/ProgramOverview.aspx

Arford, P., Zone-Smith, L. (2005). Organizational commitment to professional practice models. *Journal of Nursing Administration, 35*(10), 467–472.

Burns, J. M. (1978). *Leadership*. New York: Harper & Row.

Duffy, J., Baldwin, J., & Mastorovich, M. (2007). Using the quality-caring model to organize patient care delivery. *Journal of Nursing Administration, 37*(12), 546–551.

Dutton, R., Cooper, C., Jones, A., Leone, S., Kramer, M., & Scalea, T. (2003). Daily multidisciplinary rounds shorten length of stay for trauma patients. *Journal of Trauma-Injury Infection & Critical Care, 55*(5), 913–919.

Henriksen, K., Keyes, M., Stevens, D., & Clancy, C., (2006). Initiating transformational change to enhance patient safety. *Journal of Patient Safety, 2*(1), 20–24.

Ingersoll, G., Witzel, P., & Smith, T., (2005). Using organizational mission, vision, and values to guide professional practice model development and measurement of nurse performance. *Journal of Nursing Administration, 35*(2), 86–93.

Institute of Medicine. (2011). *The future of nursing, leading change, advancing health*. Committee on the Robert Wood Johnson Foundation Initiative on the Future of Nursing, Institute of Medicine. Washington, DC: National Academies Press. Retrieved January 18, 2011, from http://www.iom.edu /Reports/2010/The-Future-of-Nursing-Leading-Change-Advancing-Health.aspx

Kosel, K. C., & Olivo, T. (2002). *The business case for workforce stability*. Irving, TX: Voluntary Hospitals of America.

Kramer, M., & Schmalenberg, C. (2002). Staff nurses identify essentials of magnetism. In McClure, M. L., & Hinshaw, A. S. (Eds.). *Magnet hospitals revisited: Attraction and retention of professional nurses* (pp. 25–59). Washington, DC: American Nurses Publishing.

Kramer, M., Maguire, P., Schmalenberg, C., Andrews, B., Burke, R., Chmielewski, L. et al. (2007). Excellence through evidence: Structures enabling clinical autonomy. *Journal of Nursing Administration, 37*(1), 41–52.

Leach, L. (2005). Nurse executive transformational leadership and organizational commitment. *Journal of Nursing Administration, 35*(5), 228–237.

Manojlovich, M. (2005). Linking practice environment to nurses' job satisfaction through nurse-physician communication. *Journal of Nursing Scholarship, 37*(4), 367–371.

McClure, M. L., & Hinshaw, A. S. (Eds.), (2002). *Magnet hospitals revisited: Attraction and retention of professional nurses*. Washington, DC: American Nurses Publishing.

McClure, M. L., Poulin, M. A., Sovie, M. D., & Wandelt, M. A. (1983). Magnet hospitals: Attraction and retention of professional nurses. *American Academy of Nursing Task Force on Nursing Practice in Hospitals*. Kansas City, MO: American Nurses Association.

McDermott, K., Spence Laschinger, H. K., & Shamian, J. (1996). Work empowerment and organizational commitment. *Nursing Management, 27*(5), 44–48.

McKay, P. (1983). Interdependent decision making: Redefining professional autonomy. *Nursing Administration Quarterly, 7*(4), 21–30.

Page, A. (Ed.). (2004). *Keeping patients safe: Transforming the work environment of nurses.* Committee on the Work Environment for Nurses and Patient Safety, Institute of Medicine. Washington, DC: National Academies Press.

Rearick, E. (2007). Enhancing success in transition service coordinators: Use of transformational leadership. *Professional Case Management, 12*(5), 283–287.

Rebello, B. & Langston, A. (2003). *Perceptions of registered nurses and nurse administrators in readiness for magnet application: Pilot study.* Unpublished master's thesis, Union University, Germantown, TN.

Rosenstein, A. H. (2002). Nurse-physician relationships: Impact on nurse satisfaction and retention. *American Journal of Nursing, 102*(6), 26–34.

Trofino, A. J. (2000). Transformational leadership: moving total quality management to world-class organizations. *International Nursing Review, 47*(4), 232–242.

Tuazon, N. (2007). Is magnet a money-maker? *Nursing Management, 38*(6), 24–31.

University of Pittsburgh Medical Center. (2008). Beckwith fellows' leadership program. Retrieved January 3, 2008 from http://www.beckwithinstitute.org/Fellows.htm

Upenieks, V. (2003). Nurse perceptions of job satisfaction and empowerment: Is there a difference between nurses employed in magnet versus non-magnet hospitals? *Nursing Management, 34*(2), 43–44.

Wolf, G., & Greenhouse, P. (2007). Blueprint for design: Creating models that direct change. *Journal of Nursing Administration, 37*(9), 381–387.

Wolf, G., Hayden, M., & Bradle, J. (2004). The Transformational model for professional practice: A system integration focus. *Journal of Nursing Administration, 34*(4), 180–187.

Managing a Culturally Diverse Workforce

Francine Mancuso Parker   *Bonnie Sanderson*   *Carol Maietta*

WWW LEARNING OBJECTIVES AND ACTIVITIES

- Appreciate the value of culturally diverse recruitment and retention strategies.
- Describe nurse leader and manager behavioral characteristics necessary to manage a culturally diverse workforce.
- Identify aspects of cultural competence that maximize effective management of a culturally diverse workforce.
- Be aware of generational differences within the nursing workforce.
- Value the impact and strength of a diverse workforce on the healthcare environment.
- Integrate principles of cultural competency throughout healthcare environment.
- Appreciate the importance of relationship building in order to enhance a culturally diverse team.

WWW CONCEPTS

Workforce diversity, cultural sensitivity, cultural competence, interview, transformational leadership, magnet credentials, professional environment, ethical environment, collaboration, autonomy and empowerment.

SPHERES OF INFLUENCE

Unit-Based or Service-Line-Based Authority: Manage a culturally diverse multigenerational nurse workforce and staff; manage culturally diverse patients; competent in communication, conflict resolution, team building, delegation, planning, directing, and organizing; knowledge of the healthcare environment within a global society and utilization of business skills in managing budget, marketing, and informatics

Organization-Wide Authority: Define system processes for human resource management of a culturally diverse workforce; provide internal and external resources to meet multigenerational workforce needs; promote collaborative relationships among nurses, physicians, and multidisciplinary healthcare team members.

> ### Quote
> *We allow our ignorance to prevail upon us and make us think we can survive alone, alone in patches, alone in groups, alone in races, even alone in genders.*
>
> —Maya Angelou

Introduction

A culturally diverse workforce, an unrelenting nationwide nursing shortage, increased patient acuity, healthcare reform and restructuring, downsizing, and cost containment present a daunting challenge to nurse executives in regard to retaining a committed workforce.[1] With national nurse turnover rates hovering above 20%, it is imperative that high-quality, competent nurses are recruited and, once in the system, measures to promote job satisfaction and retention are initiated.[2] Increased workloads, demands for overtime, work environment stress, and increased nurse-to-patient ratios loom heavy and are contributing factors to dissatisfaction, turnover, and nurses leaving the profession.[3] Shaver and Lacey add that short staffing equates with decreased job satisfaction.[4]

Benefits of a culturally diverse workforce are reported in the literature and include improved quality of patient care, increased patient safety and satisfaction, and increased patient and nurse satisfaction.[5] Nurses who report high levels of satisfaction in the work environment identify positive characteristics such as increased autonomy, clinical ladder advancement, and participatory decision making and ethical practices. When nurses feel valued, no matter what cultural background, and are given fair and equal recognition for their work, job satisfaction increases.[6]

Nurse job satisfaction may be a strong predictor of intent to stay or leave the job.[7] Increasingly, nurses nationwide are reporting increased stress and dissatisfaction with their profession.[8] Research findings support that autonomy, task orientation, and work pressure experienced by nurses are related to stress and dissatisfaction. Positive experiences related to these factors are important in increasing job satisfaction, retaining nurses, and decreasing turnover. It is helpful to review the American Nurses Credentialing Center (ANCC) Magnet Recognition Program®'s criteria and standards for management practices, because organizations receiving Magnet status have documented positive retention and outcomes.[9]

An assumption of strategic human resource development for managing a culturally diverse workforce is improved organizational performance, which requires understanding of and integration with the organization's strategic objectives. An additional assumption is that nurse executives and managers must understand current and future needs of nursing within the organization.[10] The nursing process is a proven method for analysis and decision making and is recommended for use here. **Figure 23-1** provides an outline of the process.

Roy describes the process as a problem-solving approach for gathering data, identifying the capacities and needs of the human adaptive system, selecting and implementing approaches, and evaluating the outcome.[12] The process is cyclical, overlapping, and interrelated. Within this framework, the manager, in partnership with human resources subject-matter experts, evaluates resource development related to staffing, training and development, performance appraisal, compensation, safety and health, labor relations, managing change and culture, work, and organizational design.

Nurse executives, front-line managers, and human resource professionals must use innovative strategies to manage a diverse, culturally competent workforce.

A CULTURALLY DIVERSE WORKFORCE: RECRUITMENT ISSUES

The word "culture" has many implications in the workforce. It can be described as the sum total of socially transmitted behavioral patterns, including the arts, beliefs, values, customs, life-ways and other products of human work and thought of a population of people that focus on their worldview and decision making. Nurse administrators must be sensitive to the many nuances of culture and its meanings for those providing care.[13]

Studer, a performance excellence consultant for the healthcare industry, states, "It all starts with the selection and the first 90 days."[14] The most elaborate recruitment strategies will not prove financially

FIGURE 23-1   Outline of the Nursing Process

Assessment of behavior: Gathering data about the behavior needed by an individual in the organization and position

Assessment of stimuli: Identification of influencing internal and external stimuli. Stimuli are classified as

1. Focal—those most immediately confronting the person

2. Contextual—all other stimuli present that are affecting the situation

3. Residual—those stimuli whose effect on the situation are unclear

Nursing diagnosis: Formulating statements that interpret data about the adaptation, including behaviors

Goal setting: Establishing behavioral outcomes

Intervention: Determining how to attain goals

Evaluation: Judging the effectiveness of the intervention in relation to the behavior after the intervention in comparison with the goal established[11]

Source: Author.

effective if the organization cannot retain valuable employees. The goal of providing the right number of highly skilled nurses is intimately woven into nurse retention, considering cultural sensitivity and cultural competence as essential to nurse retention. Based on an assessment of each unit or department for characteristics such as size and general patient acuity, and cultural issues, an individualized plan for recruitment should be devised. Nurse staffing needs are more effectively served if a formal nurse recruitment plan is developed. Nurse leaders, hospital administrators, human resource staff, and marketing often collaborate to create the best recruitment plan. This is a proactive measure by nurse leaders and managers to minimize emergency measures for nurse recruitment. It systematically determines current nursing needs, predicts future needs, establishes recruitment objectives, identifies matching strategies for realizing these objectives, executes the plan, and evaluates its success. The same marketing principles apply whether you are targeting patients or staff. You must identify your audience, develop a targeted message, choose the appropriate vehicle to deliver that message, and measure results. This is particularly important when considering the cultural makeup of the community and nursing unit or department.

Creative collaboration within the community is a proven successful strategy for recruitment of a culturally sensitive workforce. Nurse leaders becoming involved in colleges of nursing, career planning workshops, job fairs, and speaking bureaus provide excellent opportunities to promote both the profession and organization for recruiting purposes.

Behavioral Interviewing: Cultural Sensitivity Issues

An effective way to determine how employees will conduct themselves in a future job is by looking at past behaviors.[15] The behavioral interview technique is used by managers to evaluate a candidate's experiences and behaviors to determine his or her potential for success. The interviewer identifies desired skills and behaviors and then structures open-ended questions and statements to elicit detailed responses.

Managers who use behavioral interviewing have predetermined, through a detailed analysis of the position, the skill sets required to be successful in the position. In addition to the specific clinical skills necessary for patient care, desirable qualities and leadership skills might include motivation, cultural sensitivity, cultural competence, communication, interpersonal skills, planning and organization, critical-thinking skills, team-building skills, and the ability to influence others. Conducting a position analysis requires a manager to reflect on questions such as: What are the necessary skills to do this job? What makes a successful candidate? What would make an unsuccessful candidate? Why have nurses left this position previously? What is the most difficult part of this job? What does it mean to be culturally sensitive in this position? How can cultural competence be determined in this position?

Interviewing is a two-way process. **Figure 23-2** outlines examples of behavioral-based interview questions that can be useful in the interview process. The candidate gains an understanding of the priorities for the unit and department by the content of questions asked. This is an excellent opportunity to introduce the core values and performance standards of the unit and organization. The questions should reflect current goals and initiatives, with emphasis on cultural sensitivity. For example, quality and patient safety initiatives, evidence-based practice, interdisciplinary collaboration, theory-based nursing, and research initiatives as well as culturally sensitive issues can be the focus of the interview. The interviewer also gains insight to the priorities of the interviewee by the questions asked.

FIGURE 23-2 Behavioral-Based Interview Examples

- Describe a time when you had too many things to do and were required to prioritize tasks.
- Describe a time when you were culturally sensitive to a patient you cared for.
- Identify a time when you had to make a quick, critical decision.
- Give me an example of a time when you used your critical thinking to solve a problem.
- Describe a situation in which you were able to use persuasion to successfully convince someone to see things your way.
- Describe a time when you were faced with a stressful situation that required your coping skills.
- Give an example of a time when a goal you set was successfully achieved.
- Describe a time when you set your goals too high or too low.
- What is your experience with delegation?
- Has there been a time when you had to follow a policy with which you did not agree?
- What is your personal approach to dealing with conflict?
- Tell me about a time you were able to effectively interact with a co-worker even when that person may not have liked you (or vice versa).
- Describe a difficult decision you have had to make in the last year.
- Talk to me about a circumstance when something you tried to accomplish failed.
- Give me an example of when you took the lead in solving a problem.
- Give me an example of a time when you motivated others.
- Describe a time when you anticipated potential problems and developed preventive measures.
- Talk about a time when you were required to make an unpopular decision.

Source: Author.

Peer Interviewing: Cultural Sensitivity Issues

Peer interview is a process that allows staff to participate in the evaluation and hiring of potential candidates. Capable and trained interviewing teams are representative of the organization, work group, or position being filled. Culturally competent peers generally provide a level of sensitivity and may be able to identify peers who may not be reflective of the organization's goals and preferred culture. It is important for the nurse administrator to seek peer interviewers who are medium to high performers who reflect diversity in age, race, ethnicity, and gender and also of thought and maturity. Success of the team lies in training, which focuses on understanding the selection process. This type of preparation can be achieved by internal or external facilitators.[16,17] Determining the degree of cultural sensitivity is also an important factor in the peer interview process.

The manager generally conducts the first stage of interviewing and presents peer-interviewing teams with eligible candidates. Candidates should be informed of the peer process so they can be prepared for a possible new experience. There are advantages and disadvantages to this procedure. This process is time consuming and can be difficult if there are several well-qualified candidates applying for a position. Although it is useful in some situations, it is less efficient in others. For example, if the vacancy being filled is due to a termination perceived as controversial among staff, then the process will be more difficult. Gains are that some key employees will have had contact with the new hire and some level of confidence in their ability. Participation in peer review allows employees to have ownership in the process and accountability that the new hire is successful. Managers must trust their employees' decisions and support a candidate who is recommended. **Figure 23-3** outlines strategies for recruitment.

FIGURE 23-3   Strategies for Recruiting Nursing Students for a Culturally Diverse Workforce

1. Form a committee to create a plan.
   a. Include clinical nurses
   b. Set goals
   c. Create a management plan for each goal

2. Obtain recruitment materials from organizations. Note the level of cultural sensitivity. Consider materials from the National League for Nursing, American Nurses Association, the American Organization for Nurse Executives, National Student Nurses Association, American Association of Colleges of Nursing, and state and local agencies

3. Prepare additional culturally sensitive materials (e.g., news stories from newspapers, TV, and radio; posters for school; speakers' bureau, tours).

4. Coordinate with other nurse education programs and prospective employers of nurses. How is cultural competency addressed?

5. Prepare and offer consultation programs for junior and senior high schools; consider cultural sensitivity issues.

6. Coordinate activities of recruiters in school of nursing. How is culture addressed with regards to written materials?

7. Involve community agencies in recruitment efforts.

8. Evaluate results accomplished from steps 1–7.

9. Develop work-study programs (e.g., cooperative education, high schools with employer, high schools with school of nursing).

Source: Author.

Laws That Affect the Hiring Process: Consideration for Cultural Sensitivity

Title VII is a provision of the Civil Rights Act of 1964 that prohibits discrimination, in virtually every employment circumstance, based on race, color, religion, gender, pregnancy, or national origin. In general, Title VII applies to employers with 15 or more employees.

The purpose of Title VII protection is to "level the playing field" by forcing employers to consider only objective, job-related criteria in making employment decisions. The specified classes of individuals are considered "protected" under Title VII because of the history of unequal treatment identified in each class.

Title VII must be considered when reviewing applications or resumes (i.e., by not eliminating candidates on the basis of a "foreign" last name), when interviewing candidates (i.e., by asking only job-related questions), when testing job applicants (i.e., by treating all candidates the same and ensuring that tests are not unfairly weighted against any group of people), and when considering employees for promotions, transfers, or any other employment-related benefit or condition. For intentional discrimination, employees may seek a jury trial, with compensatory and punitive damages up to the maximum limitations established by the Civil Rights Act of 1991.

The Equal Pay Act is an amendment to the Fair Labor Standards Act that prohibits employers from discriminating between men and women by paying one gender more than the other "for equal work on jobs the performance of which requires equal skill, effort, and responsibility, and which are performed under similar working conditions."[18]

The Age Discrimination in Employment Act of 1967 and the 1990 Americans with Disabilities Act are federal antidiscrimination laws that prohibit private employers, state and local governments, employment agencies, and labor unions from discriminating against qualified individuals for age or disabilities in job application procedures, hiring, firing, advancement, compensation, job training, and other terms, conditions, and privileges of employment.

Employee Orientation: Implications for Cultural Competence

The process for new employee orientation and mainstreaming may be referred to as "employee onboarding." Keeping in mind that you never get a second chance to make a first impression, nurse managers are responsible to ensure that new hires feel welcomed, valued, and prepared for what lies ahead during the new employee orientation process. Welcoming the whole person, rather than just a set of job functions, helps new hires more quickly assimilate to the unit and organizational culture.

Good orientation programs are still the exception, not the rule. The first 30, 60, and 90 days of an employee's tenure with an organization are absolutely vital, yet assimilation of a new employee into a work team is one of the least developed talent management functions. This is the period when new employees compare their prehire expectations to the actual job experience, and they may become flight risks if the real world experience falls very short of their expectations. It is very difficult to recover from a poor initial experience. The most difficult process of all is socialization, or how the employee gets to know the culture, informal structure, operating norms of the new environment and is included or not on the existing team. Without this knowledge and understanding, the time to competency for new employees may be increased. Determining and addressing cultural sensitivity during this first 30, 60, and 90 days is imperative to retaining a culturally competent, committed workforce.

A key part of individualized orientation is an inclusive plan that addresses who, what, when, where, and how the process progresses. Some important things to consider are as follows:

1. Providing timely access to critical technology systems, such as intranet, electronic documentation, medication/supply systems, or key cards
2. Introducing to employees who have successfully integrated within the last year

3. Designating an appropriate mentor
4. Providing face-to-face feedback within the first several weeks
5. Developing a plan to address identified issues

If a candidate knows that necessary resources and support are available to carry out the responsibilities of the position being sought, confidence in his or her ability to achieve organizational goals will be realized. Cultural sensitivity, and resulting orientation customization, are keys to successful orientation and assimilation into the work environment.

Mentoring is an important success factor in nursing, particularly with new nurse hires. A mentor is an individual, usually older, always more experienced, who helps and guides another individual's development. Culturally sensitive mentors are critical to a greater sense of comfort and confidence in new hires. A mentor's responsibilities may include facilitating internal introductions, which could help the new hire build strong networks. Showing the new hire available resources, providing insight to internal politics and potential communication issues, and guidance on how to tackle problems that might arise are valuable mentoring activities.

LEADER AND MANAGER CHARACTERISTICS THAT SUPPORT RETENTION

Research over the past decade has reported strong linkage between nurse satisfaction, productivity, and retention.[19] Effective management and leadership are a formidable catalyst for a successful linkage. Open communication, a supportive environment, and adequate resources for effective and safe patient care delivery are critical factors under a nurse managers' purview. Nurse managers who appreciate the unique generational characteristics of the workforce can create an environment where differences are used positively to promote job satisfaction, increase retention and commitment to the work unit and organization. One aspect of Wieck et al's study of staff nurses in 22 hospitals was to assess the characteristics nurses desire in their managers. Findings reflect that all generations value the relationship with the manager; desire support as well as sincere praise from the manager; and want to be a part of a team.[20] Effective nurse managers should use positive reinforcement as leadership tool to increase satisfaction and increase retention. A successful nurse manager is realistic and aware of the multiple stressors and arduous challenges accompanying leadership of a culturally diverse workforce in these trying times of short staff, increased turnover, and unprecedented nurse-to-patient ratios. What has not changed is consumer demand for safe, efficient, and culturally sensitive care delivery.

How effective the nurse manager is or is perceived to be by the staff has tremendous impact on the functioning of the work unit.[21] "Staff nurses are more likely to respond favorably to role models that demonstrate integrity and strong ethical and moral values."[22] Behaviors of the successful manager match words spoken. Strategizing to offset the factors influencing a high rate of turnover is an essential attribute for the nurse manager. If nurses observe their manager engaging in administrative negotiation to decrease workload, decrease nurse-to-patient ratios, accommodate flexible schedule requests, and reduce environmental stress, they are more likely to view the manager positively.

Savvy leaders and managers collaborate with schools of nursing to facilitate positive clinical learning experiences and preceptorship opportunities for students. The perceptive nurse manager realizes the recruiting possibilities and benefits from creating a positive learning environment. It is the responsibility of the manager to mentor, be a role model, and educate staff on the crucial nature of these relationships and participate in ensuring an optimal encounter with nursing students.[23]

Adams and Bond studied multiple organizations and various nurse workforces over several years and determined that "relative staff stability … associated with a positive ethos of nursing care, which embraced the elements of innovation, research-based practice, an interest in staff development, and patient and family involvement in care decisions."[24] To actualize these concepts into action is a call to ensure the nursing workforce has time to research and time to interact with patients and family members beyond clinical skill implementation. A reasonable response to this action would be an adequate number of proficient nurses empowered to practice autonomously and as a team member in meeting patient care outcomes. Nursing executives and managers must be a strong voice for the workforce at the corporate table in articulating reasonable and appropriate staffing levels, nurse-patient ratios, and safe workloads.

Leading and Managing a Diverse Nurse Workforce: Generational Differences

Generational diversity may contribute to workplace conflict if the qualities and differences are not recognized and appreciated.[25] Younger nurses, those born between 1965 and 1980, referred to as Generation X are less loyal than the older generation and will readily seek alternate employment opportunities for self-advancement.[26] Nurses born between 1981 and 1999, referred to as Generation Y, also place high value on personal time and interests. This generation is "flexible, adaptable, technoliterate, independent, entrepreneurial."[27] and have been noted for team player abilities and loyalty to their organizations.[28] Younger nurses are less apt to stay in a work environment that does not meet their needs or does not afford the "working hard" and "playing hard" philosophy characteristic of the new generation of nurses who balance personal and professional interests. Thus working overtime, pulling extra shifts, and coming in on days off may not occur with frequency among young nurses. Many younger nurses will seek a variety of experiences, readily change jobs, and, if not satisfied, leave nursing if personal and professional needs are not met and work is not meaningful.[29,30] Nurse managers must be flexible in their scheduling approach with the younger nurse who wants stability, particularly if parenthood and advanced education are part of the equation.

Retaining the seasoned, more senior nurse becomes as critically important as recruiting from the younger generation in the wake of the nursing shortage. The decision of a mature Baby Boomer nurse (born between 1946 and 1964) may be influenced by factors reflective of one nearing retirement (i.e., salary, pension, rank in staff assignment).[31] Although computer skills may be a weakness for some, a strong work ethic is a desirable characteristic of many older nurses.[32] Retaining the mature nurse provides wisdom and years of experience that deserve appreciation and valuing as well as recognition with commensurate financial rewards for loyalty and longevity. There is a shortage of nursing faculty with a not so bright outlook for this trend to reverse in spite of legislative initiatives at the federal and some states level.[33] Competition for clinical learning experiences adds to the problem of not enough resources to accommodate the number of nursing program applicants. However, recruitment initiatives must be innovative to replenish the aging, retiring workforce. Another option, according to Cyr, is to entice nurses nearing retirement to continue working.[35] This can be done by providing flexible shift assignments such as 4-hour shifts (to cover busy census times), not forcing 12-hour shifts, and providing retention-type bonus opportunities.[34]

Intensified recruitment strategies targeting high-quality students are necessary to reverse the probability of a major nursing workforce shortage, as well as a shortage of nursing faculty, in the coming years. Regardless of age, retaining nurses may be a function of showing appreciation, promoting autonomy and cultural sensitivity, providing a positive work environment where healthy relationships are fostered, and consistent and deliberate recognition of nurse work efforts. **Figure 23-4** outlines strategies that may be useful for retaining the Baby Boomer nurse and the Generation X or Y nurse.

Human resource development strategies for recruiting, retaining, and satisfying the nursing workforce targets two generations with distinct characteristics and differences. Wieck, Prydun, and Walsh determined that leadership traits valued by younger nurses included honesty (the highest ranking

FIGURE 23-4   Strategies for Retaining: Baby Boomer, Generation X & Generation Y Nurse

Retaining the Baby Boomer Nurse	Retaining the Generation X Nurse
Creative scheduling, (i.e., job sharing)	Self-scheduling
Competitive salary	Focus on outcomes vs process
Retirement and pension	Facilitate autonomy and decision making
Curtail physical work	Performance-based awards
Preceptor and mentor role	Skill development
Innovative work environment	Technologically savvy: allow to share expertise
Consistent recognition	
Teamwork (Beatty & Burroughs, 1999; Dols, Landrum and Wieck, 2010)	
Retaining the Generation Y "Millenial" Nurse	
Clearly communicated team goals and objectives	
Consistent valuable work performance feedback	
Ongoing educational and career support	
Voice in Workplace (Dois, Landrum & Wieck, 2010; Lavoie-Tremblay, et al 2010)	

Source: Author.

trait), nurturing attitude, supportive, approachable, and team players.[36] The older generation nurses noted the same attributes, with the addition of fairness and integrity as valued traits in a leader.

Cultural and Diverse Workforce Issues

Today's healthcare industry challenges the nursing workforce to be technologically savvy, professionally adept, and clinically competent in the midst of a growing culturally diverse patient and staff workforce. With one in four individuals representative of an ethnic minority group in the United States today, the total exceeds 75 million.[37] The challenge incumbent upon the nursing profession is to deliver safe, excellent, competent care while respecting the various patient and associate customs, languages, religions, and health practices. "Culturally competent individuals value diversity and respect individual differences regardless of one's race, religious beliefs, or ethno-cultural background."[38] In fact, some organizations have communicated the importance of diversity through their core values. For example, at St. Vincent's Health System (Birmingham, Alabama) one of the five core organizational values is about diversity. "Reverence: respect and compassion for the dignity and diversity of life." The American Organization of Nurse Executives "recognizes that the success of nursing leadership is dependent on [providing an associate population] reflecting the diversity of the communities nurses serve."[39] **Figure 23-5** describes this principle.

Just as the expectation is that the healthcare professional will be sensitive to the cultural influences of those for whom they care, the nurse administrator must also be culturally sensitive in recruitment, hiring, and retention strategies. It is important to increase one's cultural awareness and sensitivity, because culture is largely unconscious and can be powerfully influential in communication, decision making, and handling conflict.

> ### FIGURE 23-5 Guiding Principle 1: Healthcare Organizations Will Strive to Develop Internal and External Resources to Meet the Needs of the Diverse Patient and Workforce Populations Served.
>
> 1. Designate fiscal resources to develop programs and policies to meet the needs of diverse patient populations served.
>
> 2. Establish system processes to ensure the needs of all patient populations are met.
>
> 3. Include members from the local community with diverse backgrounds in organizational planning processes.
>
> 4. Educate the community on the importance of collecting data, including patient and workforce race, ethnicity, and primary language spoken, for use in improving patient safety and quality.
>
> 5. Develop processes and policies to ensure that non–English speaking and limited English proficiency patients will be ensured of access to interpretive services and written translated patient education materials and documents.
>
> 6. Implement processes to promote both the consistency of quality of care across various patient populations, and a balance in demographics between the patient and the workforce populations.
>
> 7. Execute employment recruitment plans and strategies to attract a workforce that is reflective of the populations served.
>
> 8. Train staff members in the importance of understanding the diversity of the patient population served and provision of culturally competent care.
>
> 9. Support staff members in obtaining training and education in healthcare interpretation.

Source: Author.

Terms such as cultural awareness, cultural sensitivity, cultural competence, and cultural skill are often included in discussions of cultural diversity and are at times used interchangeably.[40] Jeffreys describes cultural awareness as a process where one becomes sensitive to others by first engaging in self-awareness of personal biases and the impact of these biases on perceptions of culturally different individuals.[41] Purnell and Paulanka describe cultural awareness as a greater appreciation of the external signs of diversity, including arts, music, outward appearance, and physical features.[42] Personal attitudes and increasing awareness of one's own communication patterns so as not to offend someone from a different cultural background are hallmarks of cultural sensitivity. When one increases cultural sensitivity, it is with the expectation that this will facilitate cultural competence. The characteristics of cultural competence as described by Purnell and Paulanka have implications for the nursing workforce.[43] **Figure 23-6** outlines strategies for promoting cultural competence.

Practicing cultural competence is essential in promoting a unified work environment given the diversity of the workforce and patient population. The 2010 U.S. Census indicates the U.S. resident population as 308,745,538 an increase of 9.7% over the 281,421,906 counted during the 2000 Census, with an ethnic breakdown as follows:[44]

- 74.5% Whites
- 15.1% Hispanic or Latino
- 12.4% Black or African-American
- 0.8% American Indian and Alaskan Native
- 4.4% Asian

FIGURE 23-6   Strategies for Promoting Cultural Competence

1. Developing an awareness of one's own existence, sensations, thoughts, and environment without letting them have an undue influence on those from other backgrounds.

2. Demonstrating knowledge and understanding of the client's culture, health-related needs, and culturally specific meaning of health and illness.

3. Accepting and respecting cultural differences.

4. Not assuming that the healthcare provider's beliefs and values are the same as the client's.

5. Resisting judgmental attitudes such as "different is not as good."

6. Being open to cultural encounters.

7. Being comfortable with cultural encounters.

8. Adapting care (communication, decision making, conflict resolution) to be congruent with the client's culture.

9. Recognizing cultural competence as a conscious and dynamic process and not necessarily linear.

Source: Author.

- 0.1% Native Hawaiian or other Pacific Islanders
- 5.6% some other race
- 2.4% two or more races

IMPLICATIONS FOR A CULTURALLY SENSITIVE WORKFORCE

Cultural competency is an ongoing process and develops through a continuum until an individual or organization accepts diversity as a norm and acquires a greater understanding and capacity to serve within a diverse environment.[33] The principle of cultural competency is applicable to both providing care to diverse patient populations and working within a culturally diverse workforce. However, organizational efforts to provide culturally effective health care is not a substitute for increasing cultural sensitivity within a diverse workforce. Individuals are often uncomfortable with differences; thus there is a need to facilitate a culture in which differences are perceived positively with a spirit of inclusion.[46] Managing equality and cultural diversity in the health workforce is complex and challenging and needs to be approached from multiple levels.[34] Assumptions and expectations need to be addressed to help prevent cultural misunderstandings or potential disadvantages among groups. Education and training on cultural sensitivity, equality, and human rights are important aspects for ongoing growth and development of individuals and organizations. Policies must facilitate inclusion and prohibit discrimination at the macro level and a work culture must foster respect and value differences. Promoting a culturally sensitive workforce requires managers to accept personal accountability in communication practices that empower staff to demonstrate principles of equal respect.[35] Managing workforce diversity effectively will ultimately contribute to improved culturally competent patient care and outcomes.

Building Healthy Relationships

Building healthy personal and professional relationships takes hard, conscious, persistent work but is a necessary endeavor to create a positive, safe, professional work environment and culture. Patience, tolerance, acceptance of others, and the ability to forgive are just a few of the traits one must possess

WWW Evidence-Based Practice 23-1

A research study[49] examined the impact of diversity on the interaction level among staff nurses, job satisfaction, nursing turnover, and the multicultural sensitivity of a diverse nursing staff. Data were collected from 194 registered nurses from the Washington, DC, area using two standardized instruments, the Workforce Diversity Questionnaire–II and the Multicultural Sensitivity Scale Questionnaire. Results indicated that:

- Nurses who were satisfied with their current job were more likely to value differences and build trusting relationships.
- Nurses with higher educational levels appeared to be more open and involved with other cultural groups and were more likely to build more trusting relationships with other cultural groups.
- Multicultural sensitivity was related to cultural group inclusion/exclusion, valuing differences, and adaptation.
- Multicultural sensitivity and trust were not related.

There is limited research on the impact of cultural diversity on organizational outcomes and this study is an important step in the right direction. There is continuing interest in improving the nursing practice environment and the findings of this study indicate that nurses' attitudes toward cultural diversity are important considerations in job satisfaction. Furthermore, higher education levels were associated with positive cultural behaviors and attitudes. Cultural competence is not only an important characteristic for providing high-quality patient care, but an important consideration in promoting a healthy work environment among nurses. This has important implications to nurse managers and organizational leadership.

if healthy, productive interpersonal relationships are to be achieved. However, to develop healthy relationships with another, one must first have a good relationship with himself or herself by having full awareness of self. This concept translates to the ability to:

- Understand the values and beliefs that drive own behaviors
- Have awareness of and control of self-behaviors and emotions
- Be attuned to the impact all of that has on others in the relationship
- Fail successfully
- Set personal and professional goals
- Appreciate oneself and others; affirm what is done well
- Be passionate about work undertaken

Essential human relations skills include tact, diplomacy, understanding, honesty, objectivity, consideration, and motivation.[47,48] Internalizing these character traits so that they become part of who you are can improve the quality of your relationships with your peers, members of the healthcare team to whom you delegate, and physicians. Develop self-confidence, self-control, and integrity. Do you communicate what you mean to say? Does what is on the outside match what is on the inside?

In the often chaotic, fast-paced, stressful healthcare environment, it can become easy to lose the human touch of kindness and civility. Basic behaviors such as offering praise and positive reinforcement should replace criticism and sarcasm. Challenge yourself not to react to harsh words or criticism from another; rather take a deep breath, regroup, and respond to the individual in a rational, even-toned voice. Challenge yourself to recognize that often those who appear the most "unlovable" are the ones who need love and attention the most. This applies to the unruly, difficult patient who is overly demanding as well as the nursing assistant who defies a simple delegated task.

Pay attention to the clues that are subtly and not so subtly transmitted from those who are in need. Any problem is best approached with straightforward, objective language. Describe the problem as you see it in a neutral tone of voice, attacking the problem, not the person. For example, say you delegated a task to a nursing assistant who did not perform a task as you instructed and is sitting at the nurses' station reading a magazine. An appropriate reaction might be, "Ms. T, for the patient in room 111 to receive the best care ... it is important for him to be ambulated 3 times a day as the physician ordered and I need you to complete this now." Follow this with a simple "thank you." Of course, in an ideal healthcare world, all interactions would be this simple and flow this smoothly. Yet the reality is nursing functions in a complex, technology-driven environment, taking care of high-acuity patients with a diverse, culturally blended workforce. Add to the mix family members who have access to any medical condition, procedure, or intervention through the Internet and are scrutinizing nurse actions and interactions.

Nurses can improve communication and relationships by a willingness to be open to the opinions, views, and perspectives of others. Baby Boomers must be willing to embrace evidence-based best practice research Generation X or Y nurses bring to the healthcare environment. The younger nurse must be respectful of the seasoned nurse and embrace their wisdom from decades of clinical experience. When one is willing to entertain views different from his or her own, a window of opportunity is opened for growth, shared decision making, and insight.[30]

SUMMARY

The evidence is clear: Managing a multigenerational and culturally diverse workforce in the midst of a critical nursing shortage poses a daunting challenge for nursing administration and human resource professionals. Aggressive recruitment strategies are necessary to offset the mass of retiring nurses in the coming years. Creative retention initiatives must be instituted to improve nurse satisfaction and reduce the high cost of turnover. Transformational leadership style has merit for guiding the nursing workforce through difficult times within the healthcare industry. A nurse leader who is inspiring, visionary, creative, and in touch with the needs of the workforce is more likely to engender commitment to the work unit and organization. Generational differences among the nurse workforce are a consideration when planning and implementing retention strategies to increase job satisfaction, which ultimately has a positive impact on patient care outcomes. It is a good practice to help associates realize that what they perceive as big differences in each other are usually big only as a result of lack of knowledge. In fact, with greater attention to understanding diversity, team members will see that they are more alike and have more in common with each other than initial assessment might have indicated.

> *How far you go in life depends on your being tender with the young, compassionate with the aged, sympathetic with the striving and tolerant of the weak and strong. Because someday in your life, you will have been all of these.*
>
> —George Washington Carver

APPLICATION EXERCISES

Exercise 23-1

Brian D. has assumed a newly formed Doctor of Nursing Practice (DNP) position in a large academic acute care hospital system. Primary responsibilities of the role include updating the current recruitment program for nursing, creating innovative strategies to address a multicultural and multigenerational workforce, increasing retention and decreasing turnover, and developing a nurse residency program for new registered nurse graduates.

Brian's first course of action is to develop goals, objectives, and a working plan for proceeding with the initiatives to be undertaken. Assist Brian in a course of action and include human and fiscal resources needed to facilitate success in this new role. Questions to consider:

1. What are culturally sensitive issues that should be addressed?
2. How would cultural competency testing be approached?
3. What information does Brian need to begin planning?
4. What data, if any, should be collected?
5. What short-term challenge is Brian likely to face as he begins to develop a plan of action?
6. What leadership skills can Brian develop to facilitate accomplishment of the goals?

Exercise 23-2

Joan W., a nurse manager for 3 years, is considering returning to a staff RN position due to the stress associated with running a busy medical surgical unit. Turnover and workload rates are high with unprecedented nurse-patient ratios. The staff's unhappiness is evident and has even been brought to her attention by patients' family members. Joan's management style is proving ineffective, and she has little guidance from nursing administration as to how to change the situation. What steps could nursing administration take to be supportive of Joan, possibly reversing her decision to leave the nurse manager role?

www For a full suite of assignments and additional learning activities, use the access code located in the front of your book to visit this exclusive website: http://go.jblearning.com/roussel. If you do not have an access code, you can obtain one at the site.

NOTES

1. Jones, C. B., & Gates, M. (2007, September). The costs and benefits of nurse turnover: A business case for nurse retention. *Online Journal of Issues in Nursing* [serial online], *12*(3). Retrieved July 14, 2011, from http://www.nursingworld.org/MainMenuCategories/ANAMarketplace/ANAPeriodicals/OJIN/TableofContents/Volume122007/No3Sept07/NurseRetention.aspx
2. Peterson, C. A. (2001). Nursing shortage: Not a simple problem—no easy answers. *Online Journal of Issues in Nursing, 6*, 1–14. Retrieved July 14, 2011, from http://www.nursingworld.org/MainMenuCategories/ANAMarketplace/ANAPeriodicals/OJIN/TableofContents/Volume62001/No1Jan01/ShortageProblemAnswers.aspx

3. Jones & Gates, 2007; Aiken, L. H., Clarke, S. P., Sloane, D. M., Sochalski, J., & Silber, J. H. (2002). Hospital nurse staffing and patient mortality, nurse burnout, and job dissatisfaction. *Journal of the American Medical Association, 288*, 1987–1993; Shaver, K. H., & Lacey, L. M. (2003). Job and career satisfaction among staff nurses. *Journal of Nursing Administration, 33*, 166–172; Cline, D., Reilly, C., & Moore, J. F. (2003, October). What's behind RN turnover? *Nursing Management* [serial online], *34*(10).

4. Shaver & Lacey, 2003.

5. Jones & Gates, 2007.

6. Strachota, E., Normandin, P., O'Brien, N., Clary, M., & Krukow, B. (2003). Reasons registered nurses leave or change employment status. *Journal of Nursing Administration, 33*, 111–117; Upenieks, V. (2003a). Nurse leaders' perception of what compromises successful leadership in today's acute inpatient environment. *Nursing Administration Quarterly, 27*, 140–153.

7. Wieck, K. L, Dols, J., & Landrum, P. (2010). Retention priorities for the intergenerational nurse workforce. *Nursing Forum, 45*(1), 7–17.

8. Atencio, B. L., Cohen, J., & Gorenberg, B. (2003). Nurse retention: Is it worth it? *Nursing Economic$, 21*, 262–268, 299.

9. Ibid., p. 266.

10. Schuler, R. S., & Jackson, S. E. (2006). *Strategic human resource management.* Malden, MA: Blackwell Publishing.

11. Roy, C. (1991). Senses. In C. Roy & H. Andrews (Eds.), *The Roy adaptation model: The definitive statement* (pp. 165–189). Norwalk, CT: Appleton & Lange. Retrieved March 18, 2008, from http://www.bc.edu/schools/son/faculty/theorist/Roy_Adaptation_Model.html

12. U.S. Census Bureau. (1999). *Statistical abstract of the United States* (118th ed., p. 132). Washington, DC: Author.

13. Seymen, O. (2006). The cultural diversity phenomenon in organizations and different approaches for effective cultural diversity management: A literary review. *Cross Cultural Management: An International Journal, 13*(4), 296–315

14. Studer, Q. (2003). *Hardwiring excellence.* Gulf Breeze, FL: Fire Starter Publishing.

15. Klehe, U.-C., & Latham, G. (2006). What would you do—Really or ideally? Constructs underlying the behavior description interview and the situational interview in predicting typical versus maximum performance. *Human Performance, 19*, 357–382; Frase-Blunt, M. (2001). Peering into an interview. *HR Magazine, 46*, 71–77.

16. Studer, 2003.

17. Equal Employment Opportunity Commission. Retrieved on March 18, 2008, from http://www.eeoc.gov/policy

18. Ibid.

19. Wieck, Dols, & Landrum, 2010.20.

20. Ibid.

21. Shobbrook, P., & Fenton, K. (2002). A strategy for improving nurse retention and recruitment levels. *Professional Nurse, 17*, 534–536.

22. Fletcher, C. E. (2001). Hospital RN's job satisfactions and dissatisfactions. *Journal of Nursing Administration, 31*, 324–331.

23. McGuire, E., & Kennerly, S. M. (2006). Nurse managers as transformational and transactional leaders. *Nursing Economic$, 24*, 179–185.

24. Adams, A., & Bond, S. (2003). Focus on staff stability: Its role in enhancing ward nursing practice. *Journal of Nursing Management, 11*, 284–286.

25. Scott, D. E. (2007). The generations at work: A conversation with Phyllis Kritek. *American Nurse, 39*, 7.

26. Wieck, Dols, & Landrum, 2010.

27. Shader, K., Broome, M. E., Broome, C. D., West, M. E., & Nash, M. (2001). Factors influencing satisfaction and anticipated turnover for nurses in an academic medical center. *Journal of Nursing Administration, 31,* 210–216.

28. Tulgan, Bruce. (2004, Winter). Trends point to a dramatic generational shift in the future workforce. *Employment Relations Today, 30*(4), 23–31.

29. Shader et al., 2001.

30. Kupperschmidt, B., (May 31, 2006). "Addressing Multigenerational Conflict: Mutual Respect and Carefronting as Strategy." *OJIN: The Online Journal of Issues in Nursing.* Vol. 11 No. 2, Manuscript 3.

31. Kupperschmidt, B. R. (1998). Understanding Generation X employees. *Journal of Nursing Administration, 28,* 36–43; Strachota et al., 2003; Shader et al., 2001.

32. Kleinman, C. S. (2004). Leadership and retention: Research needed. *Journal of Nursing Administration, 34,* 111–113.

33. Letvak, S. (2002). Retaining the older nurse. *Journal of Nursing Administration, 32,* 387–392.

34. U.S. General Accounting Office. (2001). *Report to the Chairman, Subcommittee on Health, Committee on Ways and Means, House of Representatives: Nursing workforce, emerging nurse shortages due to multiple factors.* Washington, DC: U.S. General Accounting Office.

35. Cyr, J. P. (2005). Retaining older hospital nurses and delaying their retirement. *Journal of Nursing Administration, 35,* 563–567.

36. Wieck, K. I., Prydun, M., & Walsh, T. (2002). What the emerging workforce wants in its leaders. *Journal of Nursing Scholarship, 34,* 283–288.

37. Ibid.

38. Purnell L. D., & Paulanka, B. J. (2003). *Transcultural health care: a culturally competent approach* (2nd ed.). Philadelphia: F. A. Davis Company.

39. Clak, C. C. (2009). *Creative nursing leadership and management.* Sudbury, MA: Jones and Bartlett Publishers.

40. Jeffreys, M. R. (2005). Clinical nurse specialists as cultural brokers, change agents and partners in meeting the needs of culturally diverse populations. *Journal of Multicultural Nursing and Health, 11,* 41–48.

41. Ibid.

42. Purnell, L. D., & Paulanka, B. J. (2005). *Guide to culturally competent health care.* Philadelphia: F. A. Davis.

43. Ibid.

44. American Organization of Nurse Executives. (2007). *AONE position statement and guiding principles for diversity in health care organizations: The American Organization of Nurse Executives nurse recruitment & retention study executive summary.* Scottsdale, Arizona: HSM Group.

45. U.S. Census Bureau. (2010). 2005–2009 American Community Survey. Retrieved January 3, 2010 from http://www.census.gov

46. O'Connell, M. B., Korner, E. J., Rickles, N. M. & Sias, J. J. (2007). Cultural competence in health care and its implications for pharmacy. Part 1 Overview of key concepts in multicultural health care. *Pharmacotherapy, 27*(7), 1062–1079.

47. Whitman, M. V., & Valpuesta, D. (2010). Examining human resources' efforts to develop a culturally competent workforce. *Health Care Manager, 29*(2), 117–125.

48. Hunt, B. (2007). Managing equality and cultural diversity in the health workforce. *Journal of Clinical Nursing, 16,* 2252–2259.

49. Beheri, W. H. (2009). Diversity within nursing, effects on nurse-nurse interaction, job satisfaction, and turnover. *Nursing Administration Quarterly, 33*(3), 216–226.

50. Upenieks, V. V. (2003d). What constitutes effective leadership? *Journal of Nursing Administration, 33,* 456–467.

REFERENCES

Adams, A., & Bond, S. (2003). Focus on staff stability: Its role in enhancing ward nursing practice. *Journal of Nursing Management, 11,* 284–286.

Aiken, L. H., Clarke, S. P., Sloane, D. M., Sochalski, J., & Silber, J. H. (2002). Hospital nurse staffing and patient mortality, nurse burnout, and job dissatisfaction. *Journal of the American Medical Association, 288,* 1987–1993.

Aiken, L., Havens, D., & Sloane, D. (2000). The magnet nursing services recognition program: A comparison of two groups of magnet hospitals. *American Journal of Nursing, 100,* 26–35.

American Nurses Credentialing Center (ANCC). Magnet Recognition Program®. Accessed December 15, 2010, from http://www.nursecredentialing.org/Magnet.aspx

American Organization of Nurse Executives. (2007). *AONE position statement and guiding principles for diversity in health care organizations: The American Organization of Nurse Executives nurse recruitment & retention study executive summary.* Scottsdale, Arizona: HSM Group.

Atencio, B. L., Cohen, J., & Gorenberg, B. (2003). Nurse retention: Is it worth it? *Nursing Economic$, 21,* 262–268, 299.

Bass, B. M., & Avolio, B. J. (1990). *Developing potential across a full range of leadership: Cases on transactional and transformational leadership.* Mahwah, NJ: Lawrence Erlbaum Association.

Beatty, P. T., & Burroughs, L. (1999). Preparing for an aging workforce: The role of higher education. *Educational Gerontology, 25,* 595–611.

Beheri, W. H. (2009). Diversity within nursing, effects on nurse-nurse interaction, job satisfaction, and turnover. *Nursing Administration Quarterly, 33*(3), 216–226.

Buchan, J. (1999). Still attractive after all these years? Magnet hospitals in a changing health care environment. *Journal of Advanced Nursing, 30,* 100–108.

Clark, C. C. (2009). *Creative nursing leadership and management.* Sudbury, MA: Jones and Bartlett Publishers.

Cline, D., Reilly, C., & Moore, J. F. (2003, October). What's behind RN turnover? *Nursing Management* [serial online], *34*(10).

Colakoglu, S., Lepak, D. P., & Hong, Y. (2006). Measuring HRM effectiveness: Considering multiple stakeholders in a global context. *Human Resource Management Review, 16,* 209–218.

Cyr, J. P. (2005). Retaining older hospital nurses and delaying their retirement. *Journal of Nursing Administration, 35,* 563–567.

Dois, J., Landrum, P. & Wieck, K.L. (2010). Leading and managing an intergenerational workforce. *Creative Nursing, 16*(2), 68–73.

Equal Employment Opportunity Commission. Retrieved on March 18, 2008, from http://www.eeoc.gov/policy

Fletcher, C. E. (2001). Hospital RN's job satisfactions and dissatisfactions. *Journal of Nursing Administration, 31,* 324–331.

Force, M. V. (2005). The relationship between effective nurse managers and nursing retention. *Journal of Nursing Administration, 35,* 336–341.

Frase-Blunt, M. (2001). Peering into an interview. *HR Magazine, 46,* 71–77.

Hart, K. A. (2006). The aging workforce: Implications for recruiters. Retrieved on July 21, 2008, from http://www.hodes.com/publications/talentmatters/aarchives/hcmatters_jul06.asp

Hayhurst, A., Saylor, C., & Stuenkel, D. (2005). Work environmental factors and retention of nurses. *Journal of Nursing Care Quality, 20,* 283–288.

Hunt, B. (2007). Managing equality and cultural diversity in the health workforce. *Journal of Clinical Nursing, 16,* 2252–2259.

Jeffreys, M. R. (2005). Clinical nurse specialists as cultural brokers, change agents and partners in meeting the needs of culturally diverse populations. *Journal of Multicultural Nursing and Health, 11,* 41–48.

Joint Commission on Accreditation of Healthcare Organizations. (n.d.). *Health care at the crossroads: Strategies for addressing the evolving nursing crisis.* Oakbrook Terrace, IL: Author. Retrieved July 14, 2011, from http://www.jointcommission.org/assets/1/18/health_care_at_the_crossroads.pdf

Jones, C. B., & Gates, M. (2007, September). The costs and benefits of nurse turnover: A business case for nurse retention. *Online Journal of Issues in Nursing* [serial online], *12*(3). Retrieved July 14, 2011, from http://www.nursingworld.org/MainMenuCategories/ANAMarketplace/ANAPeriodicals /OJIN/TableofContents/Volume122007/No3Sept07/NurseRetention.aspx

Kennerly, S. (2000). Perceived worker autonomy: The foundation for shared governance. *Journal of Nursing Administration, 30,* 611–617.

Klehe, U.-C., & Latham, G. (2006). What would you do—Really or ideally? Constructs underlying the behavior description interview and the situational interview in predicting typical versus maximum performance. *Human Performance, 19,* 357–382.

Kleinman, C. S. (2004a). Leadership and retention: Research needed. *Journal of Nursing Administration, 34,* 111–113.

Kleinman, C. (2004b). The relationship between managerial leadership behaviors and staff nurse retention. *Hospital Topics: Research and Perspectives on Healthcare, 82,* 2–9.

Kupperschmidt, B. R. (1998). Understanding Generation X employees. *Journal of Nursing Administration, 28,* 36–43.

Kupperschmidt, B., (May 31, 2006). "Addressing Multigenerational Conflict: Mutual Respect and Carefronting as Strategy." *OJIN: The Online Journal of Issues in Nursing.* Vol. 11 No. 2, Manuscript

Laschinger, H. K. S., Shamian, J., & Thomson, D. (2001). Impact of magnet hospital characteristics on nurses' perceptions of trust, burnout, quality of care, and work satisfaction. *Nursing Economic$, 19,* 209–219.

Lavoie-Tremblay, M., Paquet, M., Duchesne, M., Santo, A., Gavrancic, A., Courcy, F., & Gagnon, S. (2010). Retaining nurses and other hospital workers: An intergenerational perspective of the work climate. *Journal of Nursing Scholarship, 42*(4), 414–422.

Leach, L. S. (2005). Nurse executive transformational leadership and organizational commitment. *Journal of Nursing Administration, 35,* 228–237.

Letvak, S. (2002). Retaining the older nurse. *Journal of Nursing Administration, 32,* 387–392.

Lundgren, S. M., Nordholm, L., & Segesten, K. (2005). Job satisfaction in relation to change to all-RN staffing. *Journal of Nursing Management, 13,* 322–328.

Makinen, A., Kivimaki, M., Elovainio, M., Virtanen, M., & Bond, S. (2003). Organization of nursing care as a determinant of job satisfaction among hospital nurses. *Journal of Nursing Management, 11,* 299–306.

McGuire, E., & Kennerly, S. M. (2006). Nurse managers as transformational and transactional leaders. *Nursing Economic$, 24,* 179–185.

Mills, A. C., & Blaesing, S. L. (2000). A lesson from the last nursing shortage. *Journal of Nursing Administration, 30,* 309–315.

Newhouse, R. P., Hoffman, J. J., & Hairston, D. P. (2007). Evaluating an innovative program to improve new nurse graduate socialization into the acute healthcare setting. *Nursing Administration Quarterly, 31,* 50–60.

O'Connell, M. B., Korner, E. J., Rickles, N. M. & Sias, J. J. (2007). Cultural competence in health care and its implications for pharmacy. Part 1 Overview of key concepts in multicultural health care. *Pharmacotherapy, 27*(7), 1062–1079.

Peterson, C. A. (2001). Nursing shortage: Not a simple problem—no easy answers. *Online Journal of Issues in Nursing, 6*, 1–14. Retrieved July 14, 2011, from http://www.nursingworld.org/MainMenuCategories/ANAMarketplace/ANAPeriodicals/OJIN/TableofContents/Volume62001/No1Jan01/ShortageProblemAnswers.aspx

Porter-O'Grady, T. (2001). Is shared governance still relevant? *Journal of Nursing Administration, 31*, 468–473.

Purnell, L. D., & Paulanka, B. J. (2005). *Guide to culturally competent health care*. Philadelphia: F.A. Davis.

Ribelin, P. (2003, Aug.). Retention reflects leadership style. *Nursing Management* [serial online], *34*(8).

Roy, C. (1991). Senses. In C. Roy & H. Andrews (Eds.), *The Roy adaptation model: The definitive statement* (pp. 165–189). Norwalk, CT: Appleton & Lange. Retrieved March 18, 2008, from http://www.bc.edu/schools/son/faculty/theorist/Roy_Adaptation_Model.html

Schuler, R. S., & Jackson, S. E. (2006). *Strategic human resource management*. Malden, MA: Blackwell Publishing.

Scott, D. E. (2007). The generations at work: A conversation with Phyllis Kritek. *American Nurse, 39*, 7.

Seymen, O. (2006). The cultural diversity phenomenon in organizations and different approaches for effective cultural diversity management: A literary review. *Cross Cultural Management: An International Journal, 13*(4), 296–315.

Shader, K., Broome, M. E., Broome, C. D., West, M. E., & Nash, M. (2001). Factors influencing satisfaction and anticipated turnover for nurses in an academic medical center. *Journal of Nursing Administration, 31*, 210–216.

Shaver, K. H., & Lacey, L. M. (2003). Job and career satisfaction among staff nurses. *Journal of Nursing Administration, 33*, 166–172.

Shobbrook, P., & Fenton, K. (2002). A strategy for improving nurse retention and recruitment levels. *Professional Nurse, 17*, 534–536.

Strachota, E., Normandin, P., O'Brien, N., Clary, M., & Krukow, B. (2003). Reasons registered nurses leave or change employment status. *Journal of Nursing Administration, 33*, 111–117.

Studer, Q. (2003). *Hardwiring excellence*. Gulf Breeze, FL: Fire Starter Publishing.

Thyer, G. L. (2003). Dare to be different: Transformational leadership may hold the key to reducing the nursing shortage. *Journal of Nursing Management, 11*, 73–79.

Tulgan 2004

Upenieks, V. (2003a). Nurse leaders' perception of what compromises successful leadership in today's acute inpatient environment. *Nursing Administration Quarterly, 27*, 140–153.

Upenieks, V. (2003b). Recruitment and retention strategies: A magnet hospital prevention model. *Nursing Economic$, 21*, 7–13, 23.

Upenieks, V. (2003c). The interrelationship of organizational characteristics of magnet hospitals, nursing leadership and nursing job satisfaction. *Health Care Manager, 22*, 83–98.

Upenieks, V. V. (2003d). What constitutes effective leadership? *Journal of Nursing Administration, 33*, 456–467.

U.S. Census Bureau. (1999). *Statistical abstract of the United States* (118th ed., p. 132). Washington, DC: Author.

U.S. Census Bureau. (2010). 2005–2009 American Community Survey. Retrieved January 3, 2010 from http://www.census.gov

U.S. General Accounting Office. (2001). *Report to the Chairman, Subcommittee on Health, Committee on Ways and Means, House of Representatives: Nursing workforce, emerging nurse shortages due to multiple factors*. Washington, DC: U.S. General Accounting Office.

Wieck, K. L., Dols, J., & Landrum, P. (2010). Retention priorities for the intergenerational nurse work-force. *Nursing Forum, 45*, 7–17.

Wieck, K. I., Prydun, M., & Walsh, T. (2002). What the emerging workforce wants in its leaders. *Journal of Nursing Scholarship, 34*, 283–288.

Whitman, M. V., & Valpuesta, D. (2010). Examining human resources' efforts to develop a culturally competent workforce. *Health Care Manager, 29*(2), 117–125.

Executive Summary in Health Care

Cynthia R. King *Michael A. Knaus*

WWW LEARNING OBJECTIVES AND ACTIVITIES

- Explain the purpose of an executive summary.
- Identify the audience for an executive summary.
- Describe the key components to include in an executive summary.
- Discuss the advantages of writing and executive summary.
- Examine examples of executive summaries related to quality improvement projects.

WWW CONCEPTS

Executive Summary, Quality Improvement.

SPHERES OF INFLUENCE

Organization-Wide Authority: Applies principles of writing an executive summary, quality improvement concepts and principles.

> *Quote*
>
> *The great use of life is to spend it on something that will outlast it.*
>
> —James Tuslow Adams

Introduction

One of the most difficult skills for leaders/administrators to develop is the skill of learning to communicate successfully in formal reports. Most individuals need to learn the proper style, tone, organization, flow and mechanics for the many different types of formal business reports. For nurses this can be a challenge after learning to communicate effectively in written care plans, patient case studies, and other clinical papers. Writing business reports certainly can be taught, but often are neglected in the nursing curriculum. The most difficult portion of learning to write any formal business report is developing the skills to write an executive summary to accompany the business report. This chapter outlines key aspects for nursing leaders and administrators to consider when writing effective executive summaries and provides examples of an assignment used to help leaders succeed in this area.

WHAT IS THE PURPOSE OF AN EXECUTIVE SUMMARY?

Make the purpose of the plan clear. The purpose of an executive summary is to provide a concise overview or preview to an audience who may or may not have time to read the whole report carefully. This group could account for 90% of the people who will receive copies of the report. In many ways an executive summary highlights a report like an abstract summarizes a manuscript.[1] Therefore, it is critical that your executive summary do these three things:

1. Explain why you wrote the document.
2. Emphasize your conclusions or recommendations and any financial considerations.
3. Include only the essential or most significant information to support those conclusions.

Who Is the Audience for Executive Summary?

It is important to know for whom you are writing the executive summary. Different audiences and plans require different summaries, however, they all have one thing in common—the readers are busy individuals and most often are particularly interested in the bottom line.[2,3] For example, an internal plan, such as an operations plan, annual plan, or strategic plan, does not have to be as formal with its executive summary. Make sure the highlights are covered, but you do not necessarily need to repeat the location, product/service description, or other details. After reading the executive summary, your audience should understand the main points you are making and your evidence for those points without having to read every part of your report in full. Never waste words in an executive summary.

If you're looking for investment, resources, or decisions, state this in your executive summary and specify the investment amount, resources, or decisions required. Also add some highlights of your management team, your competitive edge, and how your skills are unique. If you're looking for a loan, state this in the executive summary. Specify the amount required. Loan details do not need to be stated in the executive summary.

ADVANTAGES OF WRITING AN EXECUTIVE SUMMARY

It is essential for leaders, managers, and administrators to include an executive summary when submitting a report to high-level executives. A concise, informative executive summary allows the reader(s) to identify the important aspects of the report without reading all the details. The executive summary also helps the reader(s) to identify whether to examine the details of the entire report or delegate to another individual.[4,5]

WHAT SHOULD A SUCCESSFUL EFFECTIVE EXECUTIVE SUMMARY INCLUDE?

All executive summaries need to be brief. The best length for an executive summary is one or two pages. Emphasize the main points of the problem, issue, or plan, and keep it brief. You are enticing the audience to read more of the plan, not explaining every detail. You are highlighting what is in your more lengthy document. You may start by stating the issue or problem and then summarize how it will be addressed.[6]

For a standard executive summary, the author(s) should generally include:

- An introduction with unit/department/organization name and location
- The grab (briefly what is the opportunity or recommendations you are presenting)
- Purpose of the executive summary
- The problem, issue, or question that prompted the research and summary
- The competition (if any)
- Solutions or recommendations (address the need or opportunity) and highest priorities

- The individual or team that will do the work
- Return on investment and financials (what will it cost and what will be the outcomes)
- Brief conclusion (most important take-home points)

Include the most important points you do not want the audience to miss. Summarize the key points of the report, including the purpose.[7] This is a good place to put a small chart or table. You should also cite and explain the numbers in the text.

Provide a real summary. You may want to list items by using bullets rather than all narrative. The document or report itself will provide the details, so do NOT waste your reader's time if they cannot commit to reading, or do not need to read the entire plan.

It may be helpful to use headings in the executive summary. Follow the order of the report so the reader(s) are not confused if they decide to read the entire report. Be sure to use consistent terms that all of the audience will understand. Utilize strategic words or sentences from the report. You may use tables, graphs, or bullet points as long as the executive summary remains brief.[8]

Proofread and polish several times. Read your plan aloud or have colleagues read it. Does it flow or does it sound choppy? Once you are happy with it, ask someone who knows nothing about your business to read it and make suggestions. Most importantly, remember that an executive summary should communicate independently of the report. Be sure it is concise compared to the report. In general one to two pages is enough; however, if the report is 100 pages the executive summary may need to be 8–10 pages. Gauge the length by the length of the report.[9]

SPECIFIC WRITING TIPS AND WHEN TO INCLUDE AN EXECUTIVE SUMMARY

Nurses often have had little experience writing formal business reports. These skills need to be taught to all nursing leaders and administrators. Formal business reports and executive summaries take considerable effort and should not be undertaken lightly. Before writing the report and executive summary, the author should spend time analyzing the problem (e.g., root cause analysis or Plan, Do, Study, Act—PDSA), anticipating the audience, writing a draft, revising, proofreading, and evaluating the final product. The following are tips that may help nurse authors in this process:

1. Allow enough time to be successful. Develop a timeline and adjust as needed
2. Do not start the writing until you have completed the research and data collection concerning the problem or issue.
3. Start with a good outline. Revise the outline as needed. You may even want to use bullets to put in key points in your outline that you do not want to forget.
4. Plan quiet, uninterrupted time and space to conduct the writing.
5. You may want to write in sections. This way you can save the difficult sections for a time when you have developed confidence by working on easier sections.
6. Be consistent in verb tense throughout the executive summary.
7. In formal reports avoid "I" and "we."
8. Revise for coherence and conciseness. The author may want to read it out loud. Does it make sense and flow?
9. Proofread several times or have another individual help you proofread the document carefully.

In addition to knowing how to write an executive summary, nurses need to know when to include an executive summary with a report. An executive summary and table of contents can be included with any lengthy report that is to be submitted to administrators and executives. Examples may include strategic plans, annual budgets, annual reports, and reports that focus on root-cause analyses or failure mode analyses.

EXAMPLES OF EXECUTIVE SUMMARIES WRITTEN BY CLINICAL NURSE LEADERS

It is vital to train our future nursing leaders and administrators how to write a successful executive summary. In addition to didactic content and specific tips it is important for nurses to practice these skills through assignments. **Figure 24-1** provides an example of an assignment for clinical nurse leader (CNL) students related to quality improvement initiatives. An example of an effective Introduction to an executive summary was written by Leah R.C. Ledford, MSN, RN, CNL (High-Risk Obstetrics, Carolinas Medical Center) (**Figure 24-2**). The executive summary written by Kyla Slagter, MSN, RN, CNL (on 3 Tower, a medical surgical unit, Carolinas Medical Center) focused on the lack of documentation of evening snacks for diabetic patients. To explore the issue and write the executive summary Slagter initiated a Plan, Do, Study, Act (PDSA) to identify the problems, plan the interventions, and study the results. This was included in the executive summary (**Figure 24-3**).

Kasia Kudla, MSN, RN, CNL, works on 4C (the Progressive Cardiology unit, Cardiovascular Institute, Presbyterian Hospital) and chose to assess the increase in use of restraints as a quality and safety issue. Kudla completed her assignment with an executive summary template using roman numerals to highlight and summarize key aspects of the restraint issue (**Figure 24-4**).

On 11 Tower, the Orthopedic-Trauma floor at Carolinas Medical Center, Marie D. Litzelman, MSN, RN, CMSRN, CNL, discovered that there was a low compliance rate with the Venous Thromboembolism (VTE) Protocol. In her executive summary Litzelman used bullets to effectively summarize barriers and facilitators (**Figure 24-5**).

Executive summaries generally conclude with recommendations. Sara Pratt, MSN, RN, CNL (High-Risk Obstetrics, Carolinas Medical Center) assessed the quality and safety issue of large amounts of maternal caffeine consumption and the negative effects on the fetus and neonate. In her

---

FIGURE 24-1 An Assignment for Writing an Executive Summary Related to a Quality Improvement Initiative

Directions: This project will be written as an Executive Summary format. You will be given information on how to write an executive summary. As clinical leaders, learning how to write an executive summary for administrators and executives is as important as completing the quality improvement project. For executive summaries it is best to use headings, a mixture of narrative, and either bullet points and/or tables.

I.   Title Page   (5 pt)

II.   Introduction (very brief 5 Pt)

III. Identify the Clinical Quality Issue (very brief—including how you discovered the issue (e.g., from staff, nurse manager, your daily or weekly logs, etc.) (15 pt)

IV.   Describe the Root Cause(s) (briefly and how you found the root cause) (15 pt)

V.   Summary of aggregate data you looked at in evaluating this issue (15pt) (brief and how you got data—like from risk management, finance, NDNQI, etc.)

VI.   List of several barriers and facilitators within unit/organization (15 pt)

VII. Recommendations (brief list or description of potential actions to resolve) (15 pt)

VIII. Conclusion (very brief) (5pt)

IX.   References (at least 3) (10 pt)

Source: Author.

FIGURE 24-2   Introduction to Docosahexaenoic Acid (DHA) Recommendations in Pregnancy by Leah R.C. Ledford, MSN, RN, CNL

Introduction

Docosahexaenoic acid (DHA) is a part of the omega-3 fatty acid family. Most obstetric providers are recommending to their pregnant patients to take a daily supplement of DHA to ensure adequate ingestion. This is because most Western pregnant women do not get sufficient amounts from their diet. Lack of enough DHA in pregnancy has been linked with several adverse maternal and neonatal outcomes, including pre-eclampsia, preterm labor and delivery, and developmental delays in the fetus, especially related to brain and vision maturity.

Source: Author.

FIGURE 24-3   PDSA for Documentation of Evening Snack for Diabetic Patients

Documentation of Evening Snack for Diabetic Patients

PLAN a change or improvement

The Problem

Evening snacks for diabetic patients are not being documented consistently. If snacks are not documented it is assumed they are not being given.

Aim/Goal

1. Determine documentation of evening snacks for diabetic patients.
2. Staff on 3T will understand what to provide as an appropriate snack for a diabetic patient.
3. Staff on 3T will understand the importance and rationale of documenting evening snacks for diabetic patients.
4. Improve the documentation of evening snacks for diabetic patients.

Team

John Schooley, RN, AVP
Kyla Slagter, RN, PCL

DO the improvement, make the change

The Interventions

- Audit 20 charts from 3T to determine the documentation of evening snacks for diabetic patients. Charts audited must be from patients with a history of diabetes a current order for a consistent carbohydrate diet.
- Educate staff on appropriate evening snack options for the diabetic patient.
- If evening snacks are not being documented consistently, educate staff on the importance and rationale for documenting evening snacks on diabetic patients.
- Create a process map specific to the documentation of evening snacks for diabetic patients.
- Audit 20 charts during and post education period.

STUDY the results and examine data

Graphs/Data

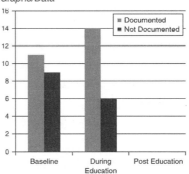

Lessons Learned

- Evening snacks are calculated into the patient's daily caloric intake. If snacks are not documented and assumed not given, the prescribed caloric intake is not being provided for the diabetic patient.
- Appropriate evening snack for a diabetic patient is ½ turkey sandwich on whole wheat bread with 240 ml skim milk.
- Baseline data determined evening snacks were **documented** on 55% of patients and **not documented** on 45% of patients audited. During education evening snacks were **documented** on 70% of patients and **not documented** on 30% of patients.

ACT to sustain performance and spread change

Next Steps

- Monthly chart audits × 3 months to evaluate documentation of evening snacks.
- If an improvement is not noted, determine the next step of action.

Carolinas Medical Center

Uncompromising Excellence. Commitment to Care.   2

Source: Author.

FIGURE 24-4   Example of Executive Summary Template Used by Kasia Kudla MSN, RN, CNL

I. Reducing restraint prevalence on 4C, a progressive cardiology unit.

II. Restraint usage can be a major barrier to improving the safety of patients at Presbyterian Hospital. Increased restraint prevalence is of major concern on 4C. Methods of patient restraint include physical/chemical restraints, and seclusion. The most common methods of patient restraint on 4C include physical and chemical restraints. The purpose of this report is to decrease restraint prevalence on 4C.

III. The nursing staff and the management team on 4C has identified that restraint prevalence is a major clinical quality issue. Daily restraint logs not only identify the number of restraint occurrences but they also confirm that among the patients that are restrained, there is frequently an increased length of stay.

Source: Author.

FIGURE 24-5   Example of Executive Summary Using Bullets by Marie D. Litzelman MSN, RN, CMSRN, CNL

Barriers/Facilitators

Barriers for this quality issue on the unit include:

- No one group or person taking responsibility for outcome (pointing fingers at others)
- Nurses feeling overworked as it is, not wanting to take on further task of making sure VTE protocol is on the chart
- No printed out protocols on unit
- Physicians not signing protocols placed on chart by nurses

Facilitators for this quality issue on the unit include:

- Patient Care Leader/Clinical Nurse Leader Role
- Quality Council initiatives

Interdisciplinary team meetings to discuss how to achieve better outcomes

Source: Author.

executive summary, Pratt provides brief recommendations for nurses and other healthcare professionals (**Figure 24-6**).

SUMMARY

The executive summary is a vital part of a formal report or proposal because the majority of the audience will read this section. Some individuals may only read this section. Busy executives and members of advisory boards have the decision-making authority in the organization but rarely have time to read anything other than the executive summary. Because the executive summary is such a crucial part

---

FIGURE 24-6   Recommendations for Caffeine Recommendations in Pregnancy by Sara Pratt, MSN, RN, CNL

It is important to provide recommendations to high-risk obstetric patients to prevent negative outcomes to a fetus or neonate as a result of excessive intake of caffeine. Two recommendations could include:

1. Provide proper education to all nursing staff, dietary staff, and all patients admitted to the Obstetrical High Risk Unit at Carolinas Medical Center—including a reference sheet that displays the quantity of caffeine that is in different dietary and herbal products.

2. At the Carolinas Medical Center's Obstetrical High Risk Unit, place all patients on a dietary restriction of less than 200 milligrams of caffeine a day as suggested by the March of Dimes in 2008. Patients should then be held accountable for their own consumption of caffeine after receiving the proper education.

Source: Author.

---

of the report it is essential that nurses who will be leaders and administrators learn to write effective executive summaries.

For a full suite of assignments and additional learning activities, use the access code located in the front of your book to visit this exclusive website: http://go.jblearning.com/roussel. If you do not have an access code, you can obtain one at the site.

NOTES

1. Guffey, M. E. (2003). *Business communication: Process and product* (5th ed.). Mason, OH: Thompson Learning.
2. Ibid.
3. Thompson, R. W., & Way, M. L. (2000). How to prepare and present effective outcome reports for external payers and regulators. *Education and Treatment of Children, 23*(1), 60–74.
4. Guffey, 2003.
5. Roach, J., Tracy, D., & Durden, K. (2007) Innovating core knowledge through upper division report composition. *Business Communication Quarterly, 70*(4), 431–449.
6. Thompson & Way, 2000.
7. Guffey, 2003.
8. Guffey, 2003; Thompson & Way, 2000; Hynes, G. E. (2008). *Managerial communication: Strategies and applications* (4th ed.). Boston: McGraw-Hill Irwin.
9. Guffey, 2003.

REFERENCES

Guffey, M. E. (2003). *Business communication: Process and product* (5th ed.). Mason, OH: Thompson Learning.

Hynes, G. E. (2008). *Managerial communication: Strategies and applications* (4th ed.). Boston: McGraw-Hill Irwin.

Roach, J., Tracy, D., & Durden, K. (2007) Innovating core knowledge through upper division report composition. *Business Communication Quarterly, 70*(4), 431–449.

Thompson, R. W., & Way, M. L. (2000). How to prepare and present effective outcome reports for external payers and regulators. *Education and Treatment of Children, 23*(1), 60–74.

Index